2012年

全国硕士研究生
入学统一考试

历史学基础
考试大纲解析

● 全国硕士研究生入学统一考试辅导用书编委会

高等教育出版社·北京
HIGHER EDUCATION PRESS BEIJING

内容简介

　　本书是与考试大纲完全配套的复习用书，意在指导考生进行扎实、高效的复习。本书从基本理论、基本观点的角度，对考试大纲的内容和要求作了深入的阐述和讲解，力求帮助考生全面了解和准确把握考试大纲的内容和要求。本书不但及时反映了最新的考研信息，而且内容系统、便于记忆、重点突出、阐述准确、针对性强，每章后还提供与真题接近的复习题供考生检测复习效果。本书是考生复习备考必不可少的基础资料，更适于考生自学使用。

图书在版编目（CIP）数据

2012年全国硕士研究生入学统一考试历史学考试大纲解析/全国硕士研究生入学统一考试辅导用书编委会编.—北京：高等教育出版社，2011.8

ISBN 978-7-04-033102-8

Ⅰ.①2… Ⅱ.①全… Ⅲ.①史学-硕士生-统一考试-自学参考资料 Ⅳ.①K0

中国版本图书馆CIP数据核字（2011）第162407号

策划编辑	刘 佳	责任编辑	刘˘佳	封面设计 王凌波	版式设计 范晓红
责任校对	陈旭颖	责任印制	朱学忠		

出版发行	高等教育出版社	咨询电话	400-810-0598
社　　址	北京市西城区德外大街 4 号	网　　址	http://www.hep.edu.cn
邮政编码	100120		http://www.hep.com.cn
印　　刷	涿州市星河印刷有限公司	网上订购	http://www.landraco.com
开　　本	787mm×1092mm　1/16		http://www.landraco.com.cn
印　　张	30	版　　次	2011 年 8 月第 1 版
字　　数	1010 千字	印　　次	2011 年 8 月第 1 次印刷
购书热线	010-58581118	定　　价	62.00 元

出版前言

一、《2012 年全国硕士研究生入学统一考试历史学基础考试大纲》规定了 2012 年全国硕士研究生入学考试历史学的考试范围、考试要求、考试形式、试卷结构等，与 2011 年版相比，2012 年版考研历史学考试大纲作了一定程度的修订。它既是 2012 年全国硕士研究生入学历史学考试命题的唯一依据，也是考生复习备考必不可少的工具书。

二、《2012 年全国硕士研究生入学统一考试历史学基础考试大纲解析》根据教育部制订的《2012 年全国硕士研究生入学统一考试历史学基础考试大纲》的要求和最新精神，深入研究上一年考研心理学命题的特点及动态，并结合作者阅卷以及"考研班"辅导的经验编写。编写时，作者特别注重与学生的实际相结合，注重与考研的要求相结合。

本书由四个学科组成，包括中国古代史、中国近现代史、世界古代中世纪史、世界近现代史。其中各部分包括以下内容：

（一）考点详解——本部分对大纲所要求的知识点进行了全面、准确的阐述，以加深考生对基本概念和原理等重点内容的理解和正确应用。本部分讲解考点明确、重点突出、层次清晰、简明实用。

（二）本章重、难点提示——优化设计与《大纲》考点相关的同步训练题供考生选用。通过学练结合，使考生更好地巩固所学知识，提高实战能力。

（三）2011 年考研历史学基础考试分析——包括试卷分析和试题分析，对考试内容、试卷结构、命题角度和答题方法等考生最需要了解和掌握的内容进行详细分析，以提高考生应试能力。

为了给考生提供更多的增值服务，凡购正版考研系列用书的考生都可以登录"中国教育考试在线"www.eduexam.com.cn 获取名师导航、在线测试、考试商城等多项增值服务。

高等教育出版社
2011 年 8 月

目 录

第一部分　中国古代史

第二部分　中国近现代史

第三部分　世界古代中世纪史

第四部分　世界近现代史

第五部分　2011 年全国硕士研究生入学统一考试历史学基础考试分析

第一部分　中国古代史

Ⅰ．考查要点

石器时代的主要文化遗存;西周的制度及其影响;春秋战国的改革与变法;春秋战国的思想;秦朝统一的各项措施及其历史影响;西汉前期的诸侯王国问题;汉武帝的统治措施;东汉的政治军事体制;两汉社会经济的发展;两汉与匈奴的关系;秦汉的思想、文化与科技;九品中正制与门阀政治;北魏孝文帝改革;江南社会经济的发展;魏晋南北朝时期士族的盛衰;魏晋玄学;隋及唐前期的国家制度;安史之乱;中晚唐政局;两税法;唐后期南方经济的发展;隋唐的民族关系与中外经济文化交流;隋唐的思想、文化和科技;北宋加强专制集权的措施;王安石变法;辽、西夏、金的建立及其制度;宋、辽、西夏、金的关系;行省制度;宋元社会经济的发展;理学及其发展;明初加强专制集权的措施;郑和下西洋;张居正改革;清代的国家制度;摊丁入亩;明清社会经济的发展;明清之际的思想。

Ⅱ．试题综述

《历史学基础考试大纲》规定中国古代史内容占试卷的比例为30%,约90分。下表为2007—2011年历史学基础试题中,中国古代史内容在单项选择题、名词解释、史料分析题、论述(简答)题等四类题型中的题量与分值分布。具体见下表:

题型 年份	单项选择题		名词解释		史料分析题		论述(简答)题		合计
	题量	分值	题量	分值	题量	分值	题量	分值	
2011	4	8分	2	20分	1	30分	1	40分	98分
2010	5	10分	2	20分	1	30分	1	30分	90分
2009	5	10分	2	20分	1	30分	1	30分	90分
2008	5	10分	2	20分	1	30分	1	30分	90分
2007	5	10分	3	30分	2/3	20分	1	30分	90分

上表显示,在2007—2011年历史学基础试题中,中国古代史内容每年均出现在四类题型中,总题量保持在8~9题,分值不低于90分。如此高的题量与分值体现了中国古代史的重要性。2007—2011年中国古代史题型题量分布较为稳定,具体而言,单项选择4~5道、名词解释2~3道、史料分析题1道(2007年为第29题史料分析题三个小题中的前两个小题)、论述(简答)题1道。

从试题考查内容看,中国古代史前三章即史前时代、夏商西周、春秋战国多出现在单项选择题中,不是考查的重点。从第四章秦汉至第八章明清(鸦片战争前)是中国古代史的考查重点,历年真题出现的近10道中国古代史史料分析题、论述(简答)题均出自以上五章,内容主要涉及政治制度、社会经济、哲学思想等。

第一章　史 前 时 代

考点详解

一、旧石器时代的人类

（一）旧石器时代

考古学根据生产工具的变革，将人类古代的历史分为石器时代、青铜器时代和铁器时代。原始社会时期，人类使用石器从事生产劳动。考古学把人类使用石制工具进行生产的时代，称为石器时代。石器时代又分为旧石器时代和新石器时代。旧石器时代开始于距今 300 万年左右，结束于距今 1 万年左右。旧石器时代，一般分为早、中、晚三期。旧石器早期，大约距今 300 万年左右至 10 余万年；中期大约距今 10 余万年至 4 万—5 万年；晚期大约距今 4 万—5 万年至 1 万年左右。

（二）直立人

旧石器早期的人类，体质上仍保留了不少古猿的特征，学术界称之为直立人，或称猿人。目前在中国大地上发现的猿人遗存，主要有元谋人、蓝田人和北京人。

元谋人于 1965 年在云南省元谋县发现，其化石只有两颗牙齿，是一位青年男性的左右上内侧门齿。根据古地磁方法的测定，元谋人的生活年代距今约 170 万年，是已知中国境内最早的原始人类。

蓝田人距今约 80 万—60 万年，发现于陕西省蓝田县，其化石包括下颌骨、头盖骨各一具以及若干牙齿，分别属于两个不同时期的人类个体。在元谋人、蓝田人的遗址，都发现了同时期的打制石器和用火遗迹。

北京人是迄今国内所发现材料最丰富、最重要的猿人化石。通过自 20 世纪 20 年代以来的长期发掘，在北京市房山区周口店龙骨山出土了大量猿人骨骼化石，身体部位比较全面，分属于 40 多个人类个体。北京人的生活年代较为分散，约在距今 70 万—20 万年之间。总体来看，北京人头盖骨低平，头骨较厚，脑容量大约相当于现代人的 80%，平均身高也较矮，但四肢尤其是上肢已与现代人相当接近。在北京人所居洞穴中发现的石器多达 10 万件，包括砍砸器、刮削器、尖状器等，从早期到晚期有明显的变化，打制技术逐步提高。洞穴中还有厚达 6 米的灰烬积层，表明北京人不仅懂得用火而且还能保存火种。

（三）早期智人

旧石器中期的人类在体质上已脱离了猿人阶段，但与现代人仍有一定区别，人类学家称之为早期智人，或称古人。目前国内发现的早期智人遗存主要有马坝人（发现于广东省曲江县马坝镇）、长阳人（发现于湖北省长阳县）、丁村人（发现于山西省襄汾县丁村）、许家窑人（发现于山西省阳高县许家窑）等。早期智人的石器打制技术更加进步，类型也更为丰富，如许家窑人遗址出土的石器达 3 万余件，包括小型刮削器、尖装器、雕刻器以及用于狩猎的石球等，形制远比旧石器早期复杂精巧。许家窑还发掘出了数以吨计的动物骨骼，但未见一具完整的个体，表明他们都是许家窑人食肉后的抛弃物，从侧面反映出当时的狩猎业已十分发达。

（四）晚期智人

大约自距今 5 万年前起，人类体质形态的原始性基本消失，已与现代人大体相同，并且因所处地域的影响逐渐分化为各色人种。人类学家称此时的人为晚期智人，或称新人。国内已发现的晚期智人化石主要有河套人（发现于内蒙古自治区乌审旗等地）、峙峪人（发现于山西朔县峙峪村）、柳江人（发现于广西壮族自治区柳江县）、山顶洞人等，其中以山顶洞人最具代表性。

山顶洞人因发现于北京市周口店龙骨山北京人遗址顶部的山顶洞而得名。1930 年发现，1933—1934 年中国地质调查所新生代研究室由裴文中主持进行发掘，距今约 1.8 万年，化石至少属于 8 个人类个体，他们的体质形态已明显地表现出黄种人的特征。这一时期的石器比旧石器中期更加精细，形状对称、均匀，刃部锋利，小型石器较多。还出现了用于装饰的钻孔石珠，说明当时的人已经具有原始的审美观念。石箭镞则表明他们已经开始使用弓箭。另外，在山顶洞人遗址还发现了磨制骨针和燧石，反映出山顶洞人已经掌握了缝纫技术和人工取火的方法。

（五）原始群

旧石器时代早、中期人类的社会组织形态都处于原始群阶段。他们以血缘为纽带形成一个个群体，群体内部过着群婚、乱婚的生活，一个原始群就是一个血缘大家族。其中只有母子关系是明确的，父子关系尚不存在。原始群不断发展，逐渐形成原始公社（或称血缘家族公社）。此时人类婚姻形态有了初步的禁约，只允许同辈的男女发生婚姻关系，民族学家称为"班辈婚"。到旧石器时代晚期，中国先民逐步进入氏族公社阶段。他们在婚姻上排除了本族兄弟姊妹之间的通婚关系，由班辈婚过渡到族外婚。族外婚的确立表明氏族公社的产生，但氏族公社真正的繁荣则是在考古学上的新石器时代。

二、新石器时代的主要文化遗存

（一）新石器时代

传统的观点是将磨制石器、制陶术、农业和畜牧业，作为新石器时代的四个基本要素和新石器时代开端的标志。新石器时代开始于距今 1 万年左右，结束于距今 4 000—5 000 年。

（二）新石器时代早期主要文化遗存

新石器时代早期的年代距今约 1 万年左右至 7 000 年。目前我国发现的新石器时代早期的文化遗存主要有湖南道县玉蟾岩遗址、江西万年仙人洞遗址、河北徐水南庄头遗址、裴李岗文化、老官台文化、兴隆洼文化、彭头山文化，其中以裴李岗文化为代表。

裴李岗文化，20 世纪 70 年代后期发现于河南省新郑县裴李岗，主要分布在河南中部，年代距今 9 000—7 000 年，与后来的仰韶文化关系密切。裴李岗文化的石器以磨制为主，且比较精致。石磨盘和石磨棒最有特点，不仅数量多而且成套出现。陶器以泥质红陶为主，裴李岗遗址中有房基、窖穴、墓地等村落遗迹，似有一定布局。农业占有主要地位，主要农作物是粟。

（三）新石器时代中期主要文化遗存

新石器时代中期的年代距今为 7 000—5 000 年。目前我国发现的新石器时代中期的文化遗存主要有仰韶文化、红山文化、大汶口文化、河姆渡文化、大溪文化、屈家岭文化和马家浜文化，其中以仰韶文化和红山文化最具代表性。

仰韶文化最初于 1921 年在河南省渑池县仰韶村发现。以后数十年间，中原地区所发现类型相似的众多文化遗址皆以仰韶文化命名。它们的年代范围大约在距今 7 000—5 000 年之间，其农业、畜牧业、制陶业都已有相当程度的发展。农业以种粟为主，畜牧业主要饲养猪、狗，制陶业则以表面有彩绘的彩陶最著名。著名的仰韶文化遗址有陕西西安的半坡村遗址和临潼的姜寨遗址。

红山文化因 1935 年在内蒙古赤峰市红山后遗址最初发现而得名，同类型文化主要分布在内蒙古东南部、辽宁西部和河北北部，距今约 5 000 年左右。其中出土了很多精致的玉礼器，还发现了包括祭坛和女神庙在内的大型祭祀建筑遗址，似表明这里的社会分化相当早，中原文明的产生可能在一定程度上受其影响。

（四）新石器时代晚期主要文化遗存

新石器时代晚期的年代，距今约 5 000—4 000 年。目前我国发现的新石器时代晚期的文化遗存主要有龙山文化、良渚文化、马家窑文化和石峡文化，其中以龙山文化和良渚文化最具代表性。

龙山文化于 1928 年在山东省章丘县龙山镇首次发现，后来在黄河中下游发现了许多同类型文化遗址，其年代大约距今 5 000—4 000 年，又可分为山东龙山文化和河南龙山文化。龙山文化的磨制石器比仰韶文化更加精致，出现了一些新兴农具，家畜种类更多，牛、羊、鸡等开始被饲养。陶器以一种黑色、陶胎极薄的"蛋壳陶"为代表还出土了较多的玉器。建筑技术也有很大提高。

良渚文化因 1936 年首次发现于浙江省余杭县良渚镇遗址而得名，分布地点在长江下游的太湖地区，距今约为 5 300—4 200 年。其主要文化特征是：陶器以泥质灰胎黑皮陶为主；农业工具进步，已种植水稻；手工业制品精巧，有玉琮、玉璧等象征权力的贵重礼器。房屋为干阑式建筑，贫富分化现象明显产生。

（五）氏族公社

氏族公社是继原始群之后出现的以血缘为纽带的人类共同体，氏族公社的历史可分为两个阶段，即母系氏族公社阶段和父系氏族公社阶段。

母系氏族公社是氏族社会的主要阶段。母系氏族公社的主要特征是：妇女居于支配地位，丈夫居于妻方，辈分从母系计算，财产由母系继承。这时实行族外婚制，即同一氏族内部不许通婚，只有不同氏族之间的同辈男女可以互为夫妻。后来发展为对偶婚，就是在互婚的男女群中各有一个主要配偶，但不严格。因此，所生子女仍知母不知父。

父系氏族公社是由氏族公社向阶级社会过渡的社会组织形式。父系氏族公社的主要特征是：男子居于支配地位,妻子从夫而居,辈分从父系计算,财产由父系继承。父系氏族制的产生是和农业及饲养业的发展分不开的。这时,男子不再以狩猎、捕鱼为主,而是代替妇女从事农业和饲养业,农业和饲养业已成为人们的主要生活来源。妇女在经济上已退居次要地位,她们的职能已转向主要从事于家务劳动和生儿育女。于是,母系氏族制瓦解,父系氏族制产生。这时的婚姻形态也由对偶婚向一夫一妻制过渡。父系氏族公社内部以男子为中心分裂成为若干个大家庭,各大家庭内部又分裂为若干个一夫一妻的小家庭。

在新石器时代晚期,若干部落由于共同的利益又结成部落联盟,以联盟议事会为最高权力机构,还推选出军事首长。私有制的产生和发展带来了社会组织的变动,在上层,联盟首长由推选逐渐演变为世袭;在基层,以血缘为纽带的氏族公社也一步步地向以地缘为纽带的农村公社过渡。

三、古史传说

(一) 三皇

中国古史传说的核心人物是三皇五帝。曾被列入"三皇"的主要人物包括:教人结网驯服鸟兽的伏羲氏,教人构木为居的有巢氏,教人钻燧取火的燧人氏,教人播种五谷的神农氏,以及身为女性、曾经补天造人的女娲氏。三皇传说名目不一,其形象神人混杂,但仍然隐约地反映了中国早期人类逐步积累生存经验的历史进程。

(二) 五帝

五帝的时代晚于三皇,其传说故事主要反映父系氏族公社的部落联盟鼎盛及其解体时期的历史内容。其名号也有多种说法,以《史记·五帝本纪》所载黄帝、颛顼、帝喾、尧、舜五人较为常见。

黄帝姓姬,名轩辕,起初可能是父系氏族公社时期黄河上游的一位部落首领。相传他与另一位部落首领炎帝(姜姓)结成联盟,互通婚姻,并打败东夷部落首领蚩尤和北方民族荤粥,将势力扩展到冀北地区和黄河中游。后来,黄帝又在争夺部落联盟首领位置的战争中击败了炎帝。在华夏族形成后,炎、黄部落联盟即被认作它的前身,因此,炎、黄特别是黄帝,在后世共同被视为华夏族和汉族的始祖。

颛顼又称高阳氏,帝喾又称高辛氏。颛顼和帝喾的时代曾经对社会上的一些制度进行改革。据载颛顼命"南正"之官"司天以属神","火正"之官"司地以属民",表明当时已开始设置分别主掌祭祀和民政的专职人员。颛顼的这些改革后来被称为"绝地天通"。颛顼的一些改革是当时社会结构发生变化的反映。帝喾继续了颛顼的作为,将祭祀与部落联盟首领的权力结合起来。

(三) 禅让制

尧,名放勋,号陶唐,所以又称唐尧,是帝喾以后的著名部落联盟首领。继尧而起的舜,名重华,号有虞氏,所以又称虞舜。尧舜时期开始实行禅让制度。尧虽有子丹朱,却不把联盟首领之位传子,而是在民间选择继承人。舜因德行杰出受到推举,摄行政务。在长期考察之后,尧终将首长之位禅让给舜。舜到晚年也同样禅位给治水有功的禹。尧、舜禅让时都要经过"四岳十二牧"的同意,实际上"四岳十二牧"就是联盟议事会成员,他们有权推选军事首长。

但禹去世后,其子启杀益夺取统治权力,就破坏了禅让传统,中国古代第一个世袭王朝由此产生,它同时标志着原始部落联盟向早期国家的转变。

本章重、难点提示

重点掌握名词

旧石器时代	班辈婚	族外婚制
直立人	新石器时代	对偶婚
元谋人	裴李岗文化	父系氏族公社
蓝田人	仰韶文化	三皇
北京人	红山文化	五帝
早期智人	龙山文化	绝地天通
晚期智人	良渚文化	禅让制
山顶洞人	氏族公社	
原始群	母系氏族公社	

第二章　夏　商　西　周

考点详解

一、夏朝与夏文化的探究

（一）史书中的夏朝

1. 夏朝的建立

夏史的可靠文献资料不多。《史记·夏本纪》主要叙述夏立国以前禹治水的事迹，禹即位至桀亡国的记叙只有寥寥数百字。史书中的夏史，基本限于启代益位、启伐有扈氏、太康失国、少康中兴、夏桀亡国几件大事。

据《史记·夏本纪》记载，禹姓姒，号有夏氏，以他为代表的夏部族最初活动于黄土高原地区。禹的父亲鲧在尧时因治水失败被处死，禹接替父职，改用疏导之法，导小水入于川，导川水至于海，不仅消除了洪水，还为农业生产发展创造了良好条件。舜举禹为他的继承人。禹即位，国号夏，都于阳城（今河南登封），其疆域包括今河南中部、北部和山西南部。禹年老，曾选东夷族的一位首领益为继承人。但禹死后，禹之子启夺得王位，并杀掉益。从此，中国历史上的禅让时代结束，王位世袭制开始。夏是我国历史上第一个王朝。

2. 太康失国与少康中兴

第三代国君太康（启之子）在位时，荒淫不理政务，其兄弟五人争位，削弱了统治力量，东夷有穷氏首领弈乘机起兵攻入夏都，夺取了王位，史称"太康失国"。后来太康侄孙少康在有虞氏部落（今河南虞城）重新积累力量，从东夷手中夺回王位，史称"少康中兴"。由太康失国到少康中兴，经过了三代人，约40年的斗争，才重新夺回政权。

3. 夏朝的灭亡

夏朝共传十四世、十七君，历471年。最后的国王名桀，是历史上少有的暴君。他生活奢侈腐朽，筑倾宫、瑶台以享乐，对人民进行残酷剥削，阶级矛盾尖锐。此时夏朝已不能控制四邻诸部落，东夷的商部族日益强大，对夏构成严重威胁。最终商的首领汤率众伐夏，与桀大战于鸣条（今河南封丘东）之野，桀战败逃走，死于南巢（今安徽巢县东北），夏朝遂亡。

4. 夏朝的政治制度与经济

夏朝是一个奴隶制国家。国王是奴隶主阶级的最高代表。国王之下有"百吏"，主要官吏有羲氏、和氏，掌政教和农业；有牧正、庖正、车正等，分掌畜牧、膳食、车服等事；六卿掌军事。又有法律和刑罚，著名的监狱叫做"夏台"，用于关押罪犯。

夏朝实行土地国有制。当时的主要农具为木器和石器，有木耒耜、石铲、石镰、石斧、石刀等，此外还有骨铲、蚌镰、蚌刀及少量青铜刀等。夏朝的手工业已相当发达。最有代表性的是青铜手工业。此外，还有玉器制造业，所制玉戈、玉琮、玉版等，技艺水平都很高。

（二）考古中的夏文化

考古学的夏文化范畴，是指夏王朝时期夏民族的文化，不包括夏朝时期其他各族的文化，也不包括夏朝建立前和灭亡后的夏族文化。

1. 二里头文化

与夏文化更为接近的考古学文化是二里头文化。它的典型遗址位于河南偃师县二里头，发现于1959年，另外相同文化类型的遗址在豫西、晋南又有多处发现。二里头文化晚于河南龙山文化，又早于同地区的先商文化，在年代上大体处于夏朝纪年之内，有可能为夏文化遗存。

二里头文化分为两个类型，一是以山西夏县东下冯遗址为代表的"东下冯类型"；二是以二里头遗址为代表的"二里头类型"。据测定，二里头文化的年代大约在公元前2395年—前1625年之间。一般将它分为四期。考古学家对于这四期文化的归属有较大分歧。二里头文化中以第三期的内涵最丰富，迄今为止已经发现两座宫殿遗址。包括夯土台基、殿堂、廊庑、庭院、殿门等配套建筑，还有用于排水的管道。台基面积约1万平方米，高近1米。这样大型的宫殿建筑，应当是王权的象征。宫殿周围还发现了陶器、骨器等作坊遗迹，特别是铜器、铜渣、坩埚碎片的出土,表明此时已开始进入青铜时代。

2. 夏商周断代工程

夏商周断代工程是一个以自然科学与人文社会科学相结合的方法来研究中国历史上夏、商、周三个历史时期的年代学的科学研究项目工程。该工程作为"九五"国家重点科技攻关项目于1996年5月16日正式启动,到2000年9月15日通过国家验收。工程主要目标是:西周共和元年(前841年)以前各王,提出比较准确的年代;商代后期武丁以下各王,提出比较准确的年代;商代前期,提出比较详细的年代框架;夏代,提出基本的年代框架。

2000年11月9日夏商周断代工程正式公布了《夏商周年表》。《夏商周年表》定夏朝约开始于公元前2070年,夏商分界大约在公元前1600年,盘庚迁都约在公元前1300年,商周分界(武王伐纣之年)定为公元前1046年。依据武王伐纣之年和懿王元年的确立,建立了商王武丁以来的年表和西周诸王年表。

二、商朝及其考古发现

(一) 商朝的兴亡

1. 商朝的建立

商族长期居住在黄河下游地区。契是商族的始祖。传说有娀氏之女简狄,吞玄鸟卵而生契。此时的商族大约以玄鸟为图腾,并由母系氏族向父系氏族过渡。契传十四世至汤,势力强大,建立了早期的国家,以伊尹为相。夏桀统治时期,政治黑暗腐朽,诸侯互相攻伐。商汤乘机灭掉了一些亲夏的诸侯国,举兵西向伐夏。公元前1600年最终兴兵伐夏,在鸣条(河南封丘东)摧毁夏的主力,正式建立商王朝。它以河南北部、河北南部、山东西部为统治中心,起初的都城在亳(今河南商丘东南)。

2. 盘庚迁殷

从成汤灭夏到盘庚迁殷以前的商朝称为早商。早商时期,由于政治发展的需要而出现了殷都屡迁的独特现象。从汤至阳甲时,迁都五次;又贵族内部多次发生争夺王位之事,国力一度衰弱。阳甲之弟盘庚立,自奄(今山东曲阜)迁都至殷(今河南安阳小屯),从此安定下来,直至商朝灭亡。盘庚迁殷对于商朝的巩固和发展起到了相当重要的作用。

3. 武丁中兴

盘庚迁殷以后,商代在各个方面都有了较大的发展,到武丁时期(前1250—前1192年)达到了商代后期的极盛时期。武丁在位期间,主要是对西北和北面的土方、鬼方等方国进行作战,经过长期征伐,最终平服了上述地区。武丁还曾对西面的羌方和南面的虎方用兵,也都获胜。他在位的50余年,是商王朝最强盛的时期。此时商的疆域西到陕西西部,南到湖北、湖南之界,北到河北北部,东到海滨。

4. 商朝的灭亡

商朝后期,除了统治者生活腐朽、统治残酷以外,还连年对外进行战争。这时渭水流域的周族已建国,而且日益强大,乘商国内空虚之机,发兵进攻商的别都朝歌(今河南淇县)。纣王将俘来的夷人编成军队迎战,在朝歌南郊牧野大败,自焚而死,时在公元前1046年。商朝建国600余年,至此灭亡。

(二) 商朝的政治、经济与文化

1. 国家机构

商的国家机构比夏代更加完善,主要表现在官制、军队和刑罚三个方面。商王是最高统治者,独揽大权。在卜辞中,商王自称"余一人"或"一人",表明是至高无上的。由夏到商的王位继承,基本上是父死子继,并辅之以兄终弟及。由于严格的王位继承制度没有完全形成,在商代中期,连续发生"弟子或争相代立"的现象。到康丁以后,商代的嫡长子继承制度才逐渐确立。

商王下面的职官设置有一个由简而繁的过程。早商时期,最高一级的是师保。这类职官的代表是伊尹,其后还有太甲时的保衡、太戊时的巫咸、祖乙时的巫贤。这些人常常是集官职与神职于一身的,所以拥有很大的权力。晚商时期,职官设置才趋于齐备。

从殷墟卜辞记载的职官情况来看,商王国的官吏大致可分为事务官、武官和史官三大类。事务官管理各种事务,名称有尹、臣、小臣等。武官的职事均与军事活动有关,名称有马、亚、射、卫、犬等。史官掌管宗教活动和文化事业,名称有卜、作册、史等。

商王朝把它的统治地区分为畿内和畿外两大部分。畿内是商王室直接统治的部分,称为"王畿",畿外是众多方国、部族分布的地区。

商朝兵制是逐步发展的。在早商时期和晚商前期,以方国部族为单位的征集制为主,常备军在商朝整个武装力量中尚处于次要地位;晚商后期,常备军有了较大发展,军事建制趋于完善,其实力已经超过所征集的诸方国部族的兵力。据甲骨文记载,商王一次出兵三千或五千人,有时多达一万三千人。又记载商王编军队为左、中、右三师,士兵主要由平民组成,有时也有奴隶在内。商代的作战方式既有徒兵步战,也有车兵车战。到商代后期,车战已成为主要的作战方式。

商代的刑法名目繁多,极其残酷。商有《汤刑》,为成文法,刑罚很残酷,有肉刑、死刑和流放等。死刑有剖腹、脯醢、炮烙等。

2. 社会经济

从考古发现的情况看,商代的农业生产工具石器最多,骨器和蚌器比较常见,木器偶有发现,青铜农具已开始使用。石器有石铲、石镰、石刀、石斧等。农业生产多以集体耕作的方式进行。甲骨文中有"王大令众人曰:脅田"的记载。"众人"亦称"众",是农业、奴隶之称。"脅田"就是奴隶们集体耕作。商代种植的谷类作物有黍、稷、麦、稻等,而以黍、稷为主。

代表性手工业为青铜铸造业,此外还有制陶业、制骨器业、纺织业、木工、石工、玉工、漆工、酿酒等。商代手工业生产的发展,比农业更为突出。其中,青铜冶炼技术和青铜器制造工艺的高度发展,更集中反映了当时手工业技术水平的时代特点。商代青铜器的种类繁多,常见的按用途分为礼器、乐器、工具、兵器、车马器等。礼器是商王和贵族用来举行宴会、祭祀等重大仪式的器物,是身份、等级和地位的标志。殷墟出土的商王室祭祀礼器司母戊大方鼎,通耳高133厘米,宽78厘米,重875公斤,结构复杂,形制雄伟,为商殷青铜器的第一重器,也是目前我国已发现的最大的古代青铜器。

商代的商业交换已有初步发展,开始出现专业商人。值得重视的是在当时的商业交换关系中已使用了货币,时称为"贝",主要是海贝。贝以十枚为一朋,朋是贝的单位。在殷墟的妇好墓中发现有六千枚海贝,为六百朋。商王和贵族还常用贝赐给臣属。海贝因数量不多,不敷使用,又用玉或骨制成玉贝或骨贝,或铸铜贝。

3. 甲骨文

商代已有文字,现在已发现的文字资料都是商代后期的遗物。主要保存在龟甲和牛肩胛骨上的,今人称之为甲骨文。因多为记录占卜之事,亦称卜辞。在少量铜器上亦铸有一些文字,称为铜器铭文,亦称钟鼎文,简称金文。

商统治者非常迷信,凡遇祭祀、征伐、田猎、疾病、农业的丰歉、天气的阴晴风雨等大事,都要用占卜的方法询问鬼神。每次占卜,要将所问事项、占卜日期、吉凶结果等,都刻在龟甲或牛肩胛骨上,成为一篇或长或短的记事文章。在殷墟发现的甲骨卜辞约有十万多片,所记甲骨文单字总数约有4 500字,今已确认者约有2 000字。东汉许慎《说文解字·叙》将汉字按其构造分为六种,即指事、象形、形声、会意、转注、假借,谓之"六书"。甲骨文虽仍以象形为主,但已初步具备六书。

甲骨文中还有不少有关商朝思想文化方面的内容。一些卜辞提到日食、月食和若干星辰名,对气候变化的记录也比较细致,反映出商人在天文学、气象学上的成就。历法上普遍使用干支记日,分一年为十二月,同时使用闰月来调整一年的天数。

(三)商朝的主要考古发现

1. 安阳殷墟

安阳殷墟是商代后期的王都。遗址位于河南省安阳市西北郊洹河两岸,东西长约6公里,南北宽约4公里,总面积约24平方公里。洹河南岸的小屯村东北为宫殿区,已发现53座建筑基址。这些宫殿是王都内规格最高和最为华贵的建筑物,其中有的是商王及王室贵族起居、议政和举行典礼的场所,有的是官署机构的所在,有的是用于祭祀祖先神灵的宗庙。作为王室档案记录的殷墟甲骨文,也大都出土于宫殿区。

2. 偃师商城

偃师商城位于河南偃师县城西的尸乡沟。该城为内城外郭式,城墙用夯土筑成,平面呈长方形,南北长1 700余米,东西宽1 200余米,总面积约200万平方米。已发现7个城门,城区南部有3座小城,宫城居中,有大型宫殿建筑群,应为施政的场所和王室贵族的起居之处。另外两座小城位于宫城左右,起拱卫宫城的作用。城区北部有大量的普通住宅建筑和水井群,附近还有窑址和墓葬群,应为平民的居住区。从城市的地理位置、规模、设施及城区规划来看,具有明显的政治功能和军事防御功能。

3. 郑州商城

郑州商城城址位于郑州市区,平面呈长方形,四周有夯筑的城墙,周长7公里。在城门东北部近40万平方米的较高地带,有数十座夯土台基建筑遗存,应是贵族居住的宫殿区。在宫殿区附近,还发现了与祭祀有关的遗存。居民区、墓葬区和手工业作坊安排在城外,在城周围已发现了4处铸铜、制陶、制骨等手工业作坊遗址。这座城邑始建于商代早期,沿用时间较长,应是商王国的首都或别都。

三、西周的盛衰

(一)西周的建立

1. 周的兴起

周族原居于今陕西渭水中游以北,是戎族的一支。传说有邰氏之女名姜原,踩巨人脚印而生弃,弃是周族的始祖。学术界认为,此时周族可能以熊为图腾,并由母系氏族向父系氏族过渡。弃善于经营农业,为尧的农师。舜封他于邰,号后稷,以姬为姓。

弃的四世孙公刘时,迁居于豳,社会经济有较快的发展。公刘之后又九世,传到古公亶父,为了躲避戎、狄的侵扰,他率领族人迁徙到岐山下的周原。周原一带的土地较肥沃,适宜耕种,周族在这里定居下来。古公在岐周发展成为一个新兴的强大势力,开始了周人的"翦商"事业,后来被追尊为"太王"。这时的周族尚臣服于商,接受商的封号。但由于势力日益强大,与商也有矛盾。

古公亶父死,子季历立,季历后被商王文丁所杀。季历死,子昌继立,是为周文王。文王在太王和季历奠定的基础上,进一步联合各方国和部落,把周族的势力向东扩展。周文王治岐时,周的社会经济、文化的发展都很迅速,武力也日益强大,先后灭掉邻近许多小国或戎狄部落,后又将国都迁至崇(今西安沣水西),改崇为丰。此时周虽在名义上仍服从于商朝,其势力却已构成对商的严重威胁。

2. 武王伐纣

文王死后,他的儿子姬发继位,是为武王,迁都于镐。丰、镐隔水相临,同为都城。这时,商忙于对东夷用兵,损耗很大,国内阶级矛盾尖锐。武王九年曾率兵东进至盟津(今河南孟津县东),诸侯不期而会者多至800个。武王审时度势,认为时机仍未完全成熟,所以命令退兵。直到纣王杀比干、囚箕子,陷于彻底孤立的时候,武王才认为灭商时机已到。公元前1046年,武王联合庸、蜀、羌、微、卢、彭、濮等族或方国,在牧野(今河南淇县南)一战打败纣王。纣王自焚,商朝灭亡。

3. 周公东征

周武王攻克殷都,又分兵四出,基本上控制了商王朝统治的主要地区。同年四月,便胜利班师,回到镐京,正式建立了周王朝。武王班师时,封纣子武庚于殷,统率殷的遗民。以弟管叔、蔡叔和霍叔领兵驻守在殷都周围,就近监视,号称为"三监"。

周武王灭商两年后,因病去世。其子成王继位,年龄很小,由武王之弟周公旦辅政。管叔、蔡叔怀疑周公篡权,便与武庚勾结,发动大规模的叛乱。周公率兵东征,用了三年时间才平定了这次叛乱,杀掉武庚和管叔,流放蔡叔,贬黜霍叔,又在洛水北岸修建雒邑(今河南洛阳),作为周的东都,以便于加强对东方的统治。从此以后,周对黄河下游的控制比较牢固。

这样,西起岐阳,东到圃田,所有渭、泾、河、洛地带,都成为周的王畿。西边的关中平原,以镐京为中心,是周人兴起的根据地,称为"宗周";东面的河洛地带,以东都王城为中心,是保卫宗周和镇抚东方的重镇,称为"成周"。东西连成一片,长达千里以上,王畿的政治、经济和军事力量,都有显著的增强,成为控制全国的基地。

(二)西周的衰亡

1. 国人暴动与共和行政

西周中期以后,周王朝逐渐趋于衰落。到周厉王时期,由于各种社会矛盾进一步激化,爆发了国人暴动,加速了周王朝的衰亡。周厉王任命荣夷公为卿士,推行"专利"政策,引起社会上下一片反对。所谓"专利",即是将原来公有的社会财富资源——山林川泽等收归王室所有,由国家统一管理,不准一般贵族和平民使用。为压制舆论的不满情绪,厉王又专门派人"监谤",发现有异议者则杀之,结果人人自危,不敢议论,道路以目。

至公元前841年,国人发动暴动,反对周厉王。厉王逃到彘(今山西霍县),朝政由召公和周公等代管,史称"共和行政"。(一说由国人共推诸侯共伯和执掌王政)。共和元年,即公元前841年,是我国现存史料中有确切纪年的开始。

2. 宣王中兴

共和十四年(前828年),周厉王死于彘,太子静即位,是为周宣王。宣王在周公和召公的辅助下,首先整顿内政,安定社会秩序,进而对周边的民族展开斗争,史称"宣王中兴"。自西周中叶以来,西北地区的戎、狄、猃狁诸族逐渐强盛,因其临近西周王畿,故已成为周室的主要威胁。宣王多次对上述诸族进行征伐,俘获甚众;对东南淮夷、南方楚国作战,也数次获胜。为巩固战果,宣王还续行分封,在邻地边区又建立了一批诸侯国。宣王在位46年,到其后期"中兴局面"已近于终止,国势又开始衰退。

3. 西周灭亡与平王东迁

宣王死后,子幽王即位。他宠爱褒姒,废申后和太子宜臼,立褒姒为后,以褒姒子伯服为太子,引起朝政混乱,诸侯叛离。申后是申侯的女儿,申侯联合缯与犬戎等部,于公元前771年,发兵进攻宗周,攻占镐京,杀幽王于骊山之下。宗周被戎人摧毁,西周灭亡。

诸侯们和申侯拥立宜臼继位,是为平王。这时丰、镐已残破不堪,周围又有戎人的威胁,平王被迫于次年放弃丰、镐,东迁雒邑(今河南洛阳)。

四、西周的制度和社会结构

(一) 西周官制与军制

1. 西周官制

西周初期,王室政权机构中最重要的官职是太师和太保。周成王时,周公任太师,召公任太保,辅佐天子执政。太师和太保掌握着王室的军政大权,并且负有监护和辅佐年少国君的重任。太师和太保通常由王室贵族中的父兄辈出任,位尊权重。

与师保地位相当,而直接辅佐周王管理政事的,是太宰。太宰以下,有众多的卿士,其中比较重要的政务官,是被称为"三有司"的司土(徒)、司马、司工(空)。司土,又称司徒,主要管理土地和农、林、牧、渔等的生产;司马,又称司武或祈父,职掌军事。司空,又称司工,掌管营建、制造等事。三有司之外还有司寇,主管刑狱等。周代的宗教职能在政权机构中逐渐削弱,其长官是太史,主管册命、制禄、祭祀、时令、图籍等。

周王朝的大小官职,有很多是世代相承的,这样就形成了世卿世禄,还有不少以官职为氏号的家族。诸侯国大都仿周室而设立相应的官职,有些诸侯则兼为王室卿士。

2. 西周军制

周王室有三支军队:一为虎贲,是王室的禁卫军;二为周六师,是国家主力军,由周人组成,驻在京师丰镐一带,也称西六师;三为殷八师,由商遗民组成,主要驻在东方,亦用于征伐,也称东八师。军队的组成,以战车为单位,一辆战车谓之一乘。《禹鼎》铭文有"戎车百乘、厮驭二百、徒千"的记载,大体说明了当时军队中各类人员的比例。当时的战车上有甲士3人,一人居中执辔驾驭车马,另外两人执戈矛弓矢盾等兵器分立左右,徒兵则随车而进。甲士由各级贵族充当,徒兵则由庶民组成。

3. 刑罚

西周的刑罚制度已很完备,制定了系统的法律条文,设有专门的司法机构和专职的司法官吏。记载西周刑罚制度的文献资料主要是《尚书·吕刑》和《周礼·秋官》,《吕刑》记载了刑法的名目,《秋官》则主要记录了与刑法有关的各种官吏的名称及其职责。西周刑罚分为五刑,即墨、劓、剕、宫、大辟。西周的刑罚主要是针对奴隶或其他下层人民制定的,贵族成员犯罪,缴纳一定数量的罚金往往可以免罪。

4. 礼乐制度

西周的礼乐制度日趋完备,西周初期,在周公主持下所制定的"周礼",内容比较广泛,其中,除了有关政刑的各种制度之外,还有吉、凶、军、宾、嘉五礼,即有关祭祀、丧葬、军旅、朝觐盟会和婚冠喜庆等各种典礼仪式,以及宫室、衣服、车马等礼仪等级规定。配合这些典礼仪式,还有具备与之相应的舞乐。其核心内容是一套严格贯彻宗法等级制、分别亲疏贵贱尊卑上下的礼仪体系。周朝礼乐制度对维护当时的社会秩序、巩固王朝统治起到了重大作用,其中很多内容对后世也产生了久远的影响。

(二) 分封制

周在全国的局势基本稳定下来后,就把巩固政权,尤其是对广大东方地区的军事占领作为首要任务,采取了一系列的措施。这些措施中,大封诸侯尤为重要。大规模地分封诸侯是在周公当政和成康时期进行的。所封诸侯都在王畿以外,各建邦国。受封者有三种:一为周王的同姓(姬姓)亲属,二为功臣,三为古帝王之后。诸侯对天子有隶属关系,有镇守疆土、捍卫王室、交纳贡税、朝觐述职的义务。诸侯在封国内是君主,初封时就是半独立状态,在封国内亦实行分封制。国内土地的一部分归诸侯直辖,一部分土地作为采邑分封给他的卿大夫,卿大夫又以同样情况分土地给士,士直接统治、剥削庶民。封国内的层层分封制也是与宗法制度相结合的,就是嫡长子继承制。

最重要的封国有:卫,武王弟康叔的封国,都朝歌(今河南汲县北);齐,太公姜尚的封国,都营丘(今山东临淄);鲁,周公旦的封国,周公旦在周室辅政,子伯禽就国,都奄(今山东曲阜);宋,商纣异母兄弟微子启的封国,都商丘(今河南商丘);燕,召公奭的封国,都蓟(今北京);晋,成王弟唐叔虞的封国,都唐(今山西翼城西)。

周初分封在于用众多的诸侯国以藩屏周,监视被征服的各地民众,达到巩固政权的目的。诸侯对王室有按期纳贡朝觐、出兵助王征伐等义务,其内政基本是独立的。周初的分封对各地的开发和文化的传播、交融是有促进作用的。

(三)宗法制

与分封制相辅相成的是宗法制。宗法制的核心内容是嫡长子继承制,即嫡长子继承父亲的宗主地位,庶子分封。按照宗法制的规定,周王的嫡长子继承王位,其余的嫡子和庶子应分封到地方去当诸侯;诸侯的嫡长子继承国君位,其余诸子分封为卿大夫;卿大夫的嫡长子即位,其余诸子分封为士。

宗法制下有大宗与小宗之别,大宗与小宗是相对而言的,具体来说,周天子是天下的共主,是所有姬姓贵族的大宗;诸侯对周天子而言是小宗,在封国内对卿大夫而言又是大宗;卿大夫对诸侯而言是小宗,在封地内对士而言又称为大宗。大宗与小宗的划分和区别,明确了下级贵族臣服上级贵族、全体贵族服从天子的政治隶属关系。

宗法制只适应于同姓贵族之间,与异姓贵族之间的关系则以婚姻为纽带联结起来。周代有"同姓不婚"的约束,姬姓贵族娶亲应娶异姓贵族的女子,而异姓贵族娶妻也多在姬姓女子中选择。姬姓贵族与异姓贵族互为姻亲的密切关系,是宗法制的重要补充。

宗法制以血缘关系为纽带,确定了贵族的亲疏、等级、分封和世袭的关系,保证了嫡长子继承王位,解决了统治阶级内部诸子、诸弟的继承权争端,成为巩固分封制的重要手段。

(四)井田制

井田制度是奴隶制国家的经济基础,它与宗法制度紧密相连,在周代得到进一步发展。井田的疆理,一般是以每一方块为一百亩(约合今 31 亩),作为一个耕作的单位,称为一田,是当时一个劳力所能耕种的标准。纵横相连的九田合为一井,十井称为一成,百井称为一同。

在井田制下,卿大夫以下的贵族所分得的田地,未经王室或公室的特许,是不得随意买卖转让的,这就是"田里不鬻",因而称为"公田"。西周中晚期以后,在"公田"之外,一些奴隶主贵族又往往驱迫农人和奴隶开垦荒地,增加分外的土地,有时王室也常将一些未垦辟的荒地或者山林赏赐给下级贵族。这些田地,不属于"公田",不征贡税,实际承认为他们所私有,称为"私田"。

(五)西周的社会结构

西周社会是由贵族、平民和奴隶三大阶级构成的。与商代所不同的是,西周各阶级内部有较细的等级划分,等级制度的色彩尤其明显。

西周的贵族包括周王、诸侯和卿大夫等。诸侯为一国之君,是诸侯国的最高统治者。卿大夫是对从政的贵族的统称。天子的权力是"上天"授予的,诸侯国是由天子分封的,卿大夫的采邑则是由诸侯分封的,天子、诸侯、卿大夫之间有天然的血缘联系或政治婚姻关系,既是亲戚又是君臣,自然就形成了下级贵族臣服上级贵族、全体贵族臣服天子的政治隶属关系,表现出鲜明的等级色彩。

西周社会的平民阶级是"国人"和"野人"。西周实行国野制,亦称乡遂制。国野制产生于周初的武力征服,国是统治宗族聚居的城郭和郊区,野则是被征服者散居的鄙野。国人是贵族的远系旁支,由于贵族的子孙繁衍,超出宗族所能容纳的限度,就将血统关系疏远的分离出去。随着时间的推移,这些被分离出去的贵族后裔就发展成为庞大的国人阶层。由于国人与贵族存在着天然的血缘联系,因而他们在当时的政治格局中享有一定的权利。国人最基本的权利和义务是"执干戈以卫社稷",他们是甲士的主要来源,是军队的主力。

野人,亦称庶人,主要是被征服地区的传统居民,包括殷商等诸多古老部落的后裔,还有迁徙到内地的周边民族成员、流亡人口等。野人的义务则是农业生产,他们是井田制下的劳动者,以助耕公田的方式为国家负担劳役地租。虽然受到比较强的人身束缚,但仍不同于完全失去自由的奴隶。

西周的奴隶名称繁多,并有等级之分。奴隶来源的多样,其成分的复杂,是西周奴隶等级化的重要原因。奴隶被广泛役使于农业、手工业、畜牧业等生产领域,有的则为王公贵族从事家内劳动。西周时期,随意杀戮奴隶的现象明显减少,反映了西周社会的进步。

五、西周的经济与文化

（一）西周的农业

西周的农业有进一步的发展。当时的主要农具是木制的耒耜。此外,还有骨铲、石铲、石犁、石刀、蚌镰等。在农业技术上,随着大量的荒地被不断垦辟成为良田,出现了休耕轮作的方法。《尔雅·释地》解释说:"田一岁曰菑,二岁曰新田,三岁曰畬。"即初垦的生荒田称为"菑"或"菑亩",耕作了两年的称为"新田",三年以上的熟田就称为"畬"。这样由生荒地逐步整治成为熟田。在耕作技术上,很注意选育良种、施肥、除草、防治病虫害及灌田或排水等。一般田地多修有排灌系统。农作物的种类不断增多,主要的有黍、稷,此外还有稻、麦、菽及蔬菜、瓜果等。用作手工业的桑、麻和染料作物,种植也较普遍。

（二）西周的手工业和商业

1. 西周的手工业

青铜铸造业是西周时期的主要手工业,继承了商代技术而有所发展。器形和数量都比商代增多。主要青铜器有礼器、兵器、手工工具、生活用具等。1976 年在陕西临潼出土的利簋,记有武王伐纣之事,是迄今发现最早的西周青铜器。西周后期,铜器的数量大增,带铭文的铜器更多。周宣王时的毛公鼎有铭文 497 字,记载了宣王告诫和赏赐其臣毛公的情况。

制陶业也有发展,除制作一般陶器之外,原始瓷的制作也有进步。在陕西岐山凤雏村岐周宗庙遗址中发现有少量带瓦钉或瓦环的绳纹瓦,这是我国迄今发现最早的瓦。

纺织业是西周一项很重要的手工业。纺织业有家庭副业,也有专为贵族们的生活需要而生产的。所用原料有丝、麻、葛和羊毛等。丝织业的发展较快,大约在西周后期,出现了锦,锦是一种用复杂技术织成的比较名贵的丝织物。用麻、葛织成的布,其种类也很多。

除青铜业、陶瓷业和纺织业外,西周时期比较重要的手工业还有骨器、玉器、漆木器、车马器具的制造等,这些不同门类的手工业都不同程度地继承和吸收了商代手工业的工艺技术,并有所发展和创新。

2. 西周的商业

同手工业一样,西周时期的商业也是由官府来经营的。在较大的都邑中出现了市场,有管理市场的"质人"。交易的商品,除了比较珍贵的"宝货"和兵器、牛马、丝帛等各种物资外,还有奴隶。奴隶的价格,如智鼎铭文所记,五名奴隶才值"匹马束丝"。商贾在市场上进行贸易,都由"质人"制发买卖的契券。

在商业交换中,主要的货币是以朋为计算单位的贝。铜也被用作交换手段,以锊或锾为重量单位。民间的贸易活动,也在城邑内外展开,但一般数量较小,大都以物易物,相互交换一些日用必需品。"氓之蚩蚩,抱布贸丝",反映了一般自由民以家庭手工业产品相交换。

3. 工商食官制度

商周时期,手工业和商业基本上由官府控制,工商业者的生产和经营活动在官府作坊和指定的范围内进行,其产品和经营主要是为贵族统治者服务的,这就是所谓的工商食官制度。"工商食官"语出《国语·晋语四》:"公食贡,大夫食邑,士食田,庶人食力,工商食官,皂隶食职,官宰食加"。"工商食官"按照三国时韦昭的解释:"工,百工。商,官贾也。"百工就是具有各种技艺的工匠。百工和官贾为官府效力,其衣食住行由官府提供。在管理方面,新设有"司工"一职,总管官府手工业,其下属还有许多工头式的小官,如工师、工正等,分管具体的生产部门。官府经营商业,其商品来源主要是官府手工业的产品,其次是农林牧副产品和市场上的买进卖出。

（三）西周的宗教思想与文化

1. 敬天保民思想

西周时期的统治阶级基本上继承了夏商以来奴隶主贵族的统治思想,把上帝视为至高无上的主宰者,而呼之为"天"。最高统治者周王,则为受天之命而王天下的"天子"。但是前有商之代夏,后来又有周之代商,都相继变革了天命,即"汤、武革命"。这样的历史事实,又使他们在不动摇"天命"的前提下,强调人事的重要性。提出"顺乎天而应乎人"的观点,就是既要顺从天意,又要适应人心,才能维持"天命"。因此,天子既要"敬天",又须"保民"。为了"保民",统治者还须"明德",这就是要求统治者加强自我克制的功夫,同时也要加强对"民"的思想约束。"敬天"、"保民"、"明德",反映了西周时期统治思想在重视天的前提下强调保民、德政的重要,比夏商时代有了重大进步。

2. 教育

周代很重视贵族子弟的教育，从幼童开始，就要教以礼、乐、射、御、书、数等基础知识和基本技能，号称为"六艺"。西周时代，文化教育为贵族所垄断，无论中央国学还是地方乡学，均由官府开设，而且学校就设在官府中，教育的特点也是"政教合一"，因而叫做"学在官府"，亦称"官学"。

3. 天文

西周时期，天文学有相当进步。《诗经》中有火、箕、斗、牛、室、昴、毕等星宿名称。到战国时期，天文学家把黄道(太阳和月亮所经天区)的恒星分成二十八个星座，称为二十八宿，四方各有七宿，名称和方位明确。二十八宿是我国最早的天文坐标图，日、月、五大行星(木、火、土、金、水)的运行，彗星、新星、流星的出现，都可以在这个坐标图上标定出方位来。根据恒星的方位，又可以比较准确地推算出一年中的重要季节的到来。二十八宿的划分和应用，是我国古代天文学研究的一项重大成就。

本章重、难点提示

一、重点掌握名词

太康失国	郑州商城	分封制
少康中兴	牧野之战	宗法制
二里头文化	三监	井田制
夏商周断代工程	周公东征	国野制
盘庚迁殷	国人暴动	工商食官制
武丁中兴	共和行政	敬天保民
甲骨文	宣王中兴	六艺
安阳殷墟	平王东迁	二十八宿
偃师商城	礼乐制度	

二、论述题

1. 论述西周分封制的内容及其意义。参见本章四、(二)。
2. 论述西周宗法制的内容及其意义。参见本章四、(三)。
3. 分析西周的社会结构。参见本章四、(五)。
4. 从农业、手工业和商业三个方面，论述西周经济的发展。参见本章五、(一)、(二)。

第三章　春秋战国

考点详解

一、春秋五霸和战国七雄

(一) 春秋霸政的兴衰

1. 王室衰微

东迁后的周王室势力大为削弱，仅能控制雒邑周围几百里的土地。诸侯定期纳贡的制度也已无法保证，致使王室财政十分拮据。东周第二代天子桓王在位时，周王室与同姓诸侯郑国(都新郑，今属河南)矛盾激化，导致一场战争，结果王室军队大败，桓王中箭负伤，周天子的威信更加低落。西周王室还能做到"礼乐征伐自天子出"，到春秋则已成为"礼乐征伐自诸侯出"。诸侯间互相兼并，于是出现了大国"挟天子以令诸侯"的情况。这样的大国称为霸主。各大国都想当霸主，于是出现了大国争霸的局面。

2. 齐桓公始称霸

春秋时期首先称霸的诸侯是齐桓公。齐桓公即位后，任用管仲为相，积极改革内政。齐国改革之后，国势日强。当时北方山戎和狄族势力正向南发展，经常袭扰燕、邢、卫等国。齐桓公利用王室虽然衰微但周王仍是名义上的诸侯各国的大宗和共主的地位，提出"尊王攘夷"的口号，联合燕国打败山戎，又联合宋、曹等国制止了狄人的扰害，齐国救邢存卫，在诸侯中威望大增。

当齐国忙于对付山戎、北狄的时候,南方的楚国日益强大,楚是江、汉流域的一个蛮族国家,西周时,活动在丹阳(今湖北秭归)一带。公元前 689 年,始建都于郢(今湖北江陵纪南城),逐渐强大,兼并了附近许多小国。楚不仅兼并了许多小国,而且连年伐郑。为了阻挡楚国的北上锋芒,公元前 656 年,齐桓公率齐、鲁、宋、郑、陈、卫、许、曹等国联军侵蔡伐楚,直抵楚边境陉地(今河南郾城南)。楚成王只得求和,两方订立"召陵之盟",楚在实际上承认了齐的中原霸主地位。

公元前 651 年,齐在葵丘(今河南兰考县东)召集鲁、宋、卫、郑、许、曹等国会盟,商订了有关各国共同遵守的条约。盟约申明:"凡我同盟之人,既盟之后,言归于好。"在这次盟会上,周襄公还派特使送来祭肉,正式确立了齐桓公的霸主地位。

齐桓公死后,国力大衰,南方的楚国又一再北伐。当时宋国较强,宋襄公想联合一些诸侯以抗楚,决定举行会盟,欲自为盟主,楚王亦与会,并在会上活捉了宋襄公。宋襄公虽被释放,但后在与楚作战中受伤而死。

3. 晋楚争霸

晋是周成王之弟虞的封国。初封于唐(今山西翼城西),后以境内有晋水,改称晋。春秋前期,国势发展。公元前 632 年,楚北上围宋,宋向晋告急,晋文公率军救宋。晋军为避开楚军的北进锋芒,在未战之前,主动退军三舍至城濮(今山东鄄城西南),晋文公会晋、宋、齐、秦等军,大破楚军。这就是著名的"城濮之战"。

城濮之战使楚国向北发展的兵力第一次受到沉重打击。战后,晋文公又大会诸侯于践土(今河南原阳西南),参加会盟的有晋、鲁、齐、宋、蔡、郑、卫、莒等国,周天子也派代表参加。盟约规定:"皆奖王室,无相害也",史称"践土之盟"。晋文公成为中原诸侯的霸主。以后 80 年间,晋楚间的斗争成为大国争霸的主要内容。

晋文公死后,灵公继位,霸权受到来自南楚和西秦的威胁。晋人虽阻止了秦的东进,却没能挡住楚庄王称霸中原。

公元前 606 年,楚庄王进攻雒邑附近的陆浑之戎时,在东周京畿阅兵示威,并派人向周王询问九鼎的轻重。公元前 597 年,楚围郑,晋救郑。次年,晋、楚军战于邲(今河南郑州市东),晋军大败,史称"邲之战"。公元前 594 年,楚又围宋,宋向晋告急,晋畏楚而不敢出兵。从此,中原各国背晋向楚,楚庄王成为中原的霸主。

4. 弭兵之会

春秋中期以后,晋、楚之间势均力敌,疲于攻战,进入两强相持阶段。此时中原小国也因饱受大国争霸战争之苦,而普遍厌战,于是出现了以宋国发起的两次"弭兵"会盟。第一次是在公元前 579 年,由宋大夫华元向晋、楚两大国提出倡议,双方勉强响应,各派代表会于宋,订立盟约。可是才过三年,楚国首先撕毁盟约,北侵郑、卫。公元前 575 年,晋、楚战于鄢陵(今河南鄢陵西北),楚大败。

公元前 546 年,宋大夫向戌倡议第二次"弭兵"。晋、楚、齐、秦、鲁、宋、郑、卫、曹、许、陈、蔡、邾、滕共十四诸侯会于宋,会上确立了晋楚共为霸主的地位,规定小国要对晋楚同样纳贡,齐、秦大国分别与晋、楚联盟。至此,晋、楚平分了霸权。这次会盟之后,晋、楚之间 40 多年没有发生大的战争,其他国家间的战争也很少。这种形势对恢复、发展各国的社会经济,安定人民的生活,都有很大的好处。

5. 秦霸西戎

秦国原是活动在陕西西部的一个小国。西周灭亡,秦襄公护送平王至雒邑有功,被封为诸侯,以岐为中心,势力逐渐发展。秦穆公在位的 39 年是秦国发展的重要阶段,他任用百里奚、蹇叔等名臣治国,成一时"富国强兵"之势。晋文公死后,秦穆公企图向东发展,争霸中原。公元前 627 年,秦袭郑,在回军至殽(今河南洛宁西北)时,遭晋军截击,秦军的三个将军被俘,全军覆没,史称"殽之战"。秦东进受挫后改变战略,转而西向,进攻戎地,"灭国十二,开地千里"。周襄王为此还曾派特使祝贺,秦在西方取得"霸西戎"的地位。

6. 吴越争霸

向戌弭兵之后四十年,长江下游以南,有吴、越两国兴起。吴在楚国之东,据文献记载,为周的祖先太王(古公亶父)之长子太伯和次子仲雍的后裔所建,都于吴(今江苏苏州)。在晋楚争霸时,晋为利用吴来牵制楚,曾于公元前 584 年派巫臣向吴人传授先进的射法、御法和战车阵法。吴王阖闾于公元前 515 年即位后,重用伍子胥、孙武整顿、治理国家,并于公元前 506 年大举攻楚,五战五胜,攻占楚国郢都。

越亦称于越,其国君相传是夏王少康的后裔,建都会稽(今浙江绍兴)。越乘吴入楚而伐吴,在檇李大败吴军,阖闾受伤而死,其子夫差继位。公元前 494 年,吴伐越,败越军于夫椒(今江苏吴县太湖中),越王勾践求和,请为属国,夫差以为已解后顾之忧,便挥师北上,争霸中原。当夫差在黄池(今河南封丘)会诸侯,与晋争霸时,不料勾践卧薪尝胆,在大夫文种和范蠡辅佐下,经"十年生聚,十年教训",壮大力量,乘机攻入吴都姑苏(今苏州），并于公元前473年灭吴。此后越王勾践亦北上会诸侯于徐州，一时号称霸主。

（二）战国的兼并战争

1. 七国并立局面的形成

秦、楚、燕、齐、韩、赵、魏七个大国，合称"战国七雄"。七国中只有秦、楚、燕为春秋旧国，韩、赵、魏是在晋国的版图上分裂而成的新国家，齐国国名未变而君主已易姓。晋、齐两大传统强国所发生的巨变，源于春秋中叶以来国君权力下替、卿大夫势力膨胀的历史背景。这些卿大夫在经济上损公肥私，在政治上干预君位继承，废嫡立庶，甚至将国君置于他们的控制之下，最后篡夺君位。其中最有代表性的事件是"韩、赵、魏三家分晋"和"田氏代齐"。

（1）三家分晋

晋在春秋中期，政权已逐渐为智氏、赵氏、韩氏、魏氏、范氏、中行氏六家卿大夫所掌握。六卿在架空国君的同时，彼此间也展开兼并。首先是智、赵、韩、魏四家联合消灭了范氏、中行氏，随后到公元前453年，赵、韩、魏三家又联合起来灭掉势力最强的智氏。智氏灭亡后，赵、韩、魏不仅瓜分了智氏的土地，而且将晋公室的土地、人民也基本瓜分，仅给晋国国君留下两城。公元前403年，周威烈王正式册封三家大夫为诸侯，成立赵、韩、魏三国，晋国灭亡。赵国占有晋国的东、北部，韩国占有晋国的南部，魏国占有晋国中、西部。由于三国是由晋国分裂而成的，故史籍中又称之为"三晋"。

（2）田氏代齐

齐国的田氏原是陈国公子完的后裔。公子完在齐桓公时，因避陈之内争，逃来齐国，姓田氏，任齐"工正"。春秋中期，田氏势力逐渐强大，齐国本来也有数家卿大夫共同执政，但经过长期斗争后权力基本落入田氏一家手中。到公元前391年，田氏大夫田和将齐康公迁往海边，予以食邑一城，自立为君以代之。至此姜姓齐国已变成了田氏的齐国。公元前386年，通过魏国国君魏文侯代为请求，周安王正式承认田和为诸侯。

2. 马陵之战与魏国的兴衰

战国初期，魏国是最强盛的国家。魏文侯时期，经过李悝变法，促进了封建经济的发展，形成了中央集权的政治制度，建立了一支以武卒制为基础的强大武装力量。公元前344年，魏在大梁附近的逢泽发起并主持了"逢泽之会"，率领十二诸侯朝见周天子，成为盟主。至此，魏已成为称霸中原的唯一大国。

逢泽之会韩没有参加，魏认为这是背叛，于是在公元前342年攻韩，韩告急于齐，齐威王命田忌、田婴为将，孙膑为军师出征援韩。齐举兵直趋大梁，魏将庞涓急忙引兵自韩回魏。魏以太子申为上将军，与庞涓以十万士卒迎击齐军。齐军诈败，魏军紧追。至马陵（今山东范县西南），天黑道狭，齐军以伏兵包围了魏军，庞涓自杀，太子申被虏。马陵之战，魏国元气大伤，从此一蹶不振。

齐威王因马陵之战提高了威望，魏只好"变服折节而朝齐"，向齐妥协。公元前334年，魏惠王到徐州朝见齐威王，尊齐为王，齐威王不敢独自称王，又尊魏为王，史称"徐州相王"。马陵之战以后，魏国削弱，出现了秦、齐两大强国东西对峙的形势。魏、赵、韩三晋地处中原，成为齐秦必争之地，由此展开了复杂激烈的合纵连横之争。

3. 合纵与连横

在齐、秦对峙时期，各诸侯国间产生了"合纵"与"连横"的斗争。因为南北方向为纵东西方向为横，故以三晋为主，北连燕，南连楚，以抗击秦或齐，叫做合纵；而以三晋为主，东连齐而西抗秦，或西连秦而东抗齐，叫做连横。就策略而言："合众弱以攻一强"谓之合纵；"事一强以攻众弱"谓之连横。随着斗争的发展，合纵连横的含意也在逐渐变化。至战国后期则变为：六国联合抗秦为合纵，六国分别投靠秦国为连横。

公元前318年，公孙衍联合魏、楚、燕、韩、赵"五国伐秦"，并推楚怀王为纵约长。但由于五国不能合作，仅韩、赵、魏出兵，结果于公元前317年联军在修鱼（今河南原阳）被秦军击败，合纵被瓦解。公元前318年，秦惠文王接受司马错的建议，利用巴蜀之间的矛盾，起兵伐蜀，先灭蜀国，接着又灭掉了巴国。从此秦国获得了"天府之国"的巴蜀，对日后的发展起了重大的作用。

齐国曾于公元前314年趁燕国内乱一度将其灭亡，后来燕国在诸侯扶持下复国，图谋报复。公元前284年燕国上将军乐毅率燕、秦、赵、魏、韩五国兵合纵攻齐，在济西大败齐军。随后乐毅果决进兵，攻克齐都城临淄后，分兵五路，迅速平定、攻占了绝大部分齐地。齐国只剩下莒和即墨两城未被攻下。后来齐将田单用火牛阵破燕军于即墨，燕军溃退，齐军收复了全部失地。但齐国被燕军侵占达五年之久，损失极大，从此一蹶不振，齐秦对峙的局面也最终被打破了。公元前278年秦将白起率兵攻克楚都郢，楚被迫迁都于陈（今河南淮阳）。楚国进一步衰落下去。此后，合纵连横就逐渐演变为：六国并力抗强秦为合纵，六国分别投降秦国为连横。

4. 远交近攻与长平之战

（1）远交近攻

公元前 266 年，秦昭王用范雎为相，采纳了范雎的"远交近攻"之策，即远交齐、楚，近攻三晋。范雎认为，如此"得寸则王之寸，得尺亦王之尺"。这样既能破坏东方各国的合纵，又能巩固所攻占的土地。远交近攻之策对秦最终统一六国具有深远意义。

（2）长平之战

公元前 262 年，秦昭王派大将白起攻打韩国，占领了野王城（今河南沁阳），切断了韩国上党郡和国都的联系。韩国想献出上党郡向秦求和，但是上党郡守冯亭不愿降秦，请赵国发兵取上党郡。赵派老将廉颇率大军驻扎在长平（今山西高平县西北），秦也派白起率兵向长平进攻，廉颇鉴于秦军攻击力量很强，采取筑垒固守，坚不出战，以逸待劳的策略，消耗秦的力量。双方相持三年，不分胜负。公元前 260 年，赵孝成王中了秦的反间计，改用赵奢的儿子赵括代替廉颇。赵括只能空谈兵法，不会领兵打仗，他一反廉颇的战略，向秦军大举进攻。秦军佯败，待赵军追至营垒前，分兵切断赵军后路，断绝粮草，将赵军分割包围长达 46 天。赵括突围不成，战死，40万赵军尽被坑杀。此战的胜利奠定了秦灭六国统一中国的基础。

5. 秦统一六国

公元前 256 年，秦吞并周王室，挂名的周天子自此不复存在。在长期战争中，秦国又夺取了赵、韩、魏、楚诸国的大片土地。到公元前 247 年秦王嬴政即位时，秦对六国已具有压倒性优势，统一大局已定。公元前 230 年派内史腾灭韩；公元前 229 年派大将王翦灭赵（赵灭国后，公子嘉逃往代郡自立为代王，至公元前 222 年被秦攻灭）；公元前 227 年派王翦攻燕，公元前 222 年燕亡；公元前 225 年派大将王贲灭魏；公元前 224 年派王翦攻楚，公元前 222 年楚亡；公元前 221 年派王贲灭齐。秦灭六国后，分天下为 36 郡，秦王政更号为始皇帝，在中国历史上第一次建立起多民族统一的中央集权的封建国家。

二、春秋战国的经济发展与社会变动

（一）土地私有制的产生

土地私有制的萌芽和产生，是社会生产力发展的必然结果。私有土地的来源有如下四条主要途径：（1）赐田转向私有；（2）贵族之间通过转让关系，将部分土地转向私有；（3）贵族之间互相劫夺土地，据为己有；（4）开荒地据为己有。战国时期，是土地国有制彻底瓦解、土地私有制也就是封建地主土地所有制确立和发展的时期。

（二）农业的发展

1. 铁器和牛耕的使用

春秋时期，社会生产力有很大的发展，其主要表现为铁器和牛耕的出现。我国铸造铁器大约开始于西周末年或春秋初年。至春秋中期以后，使用铁器的情况已很多。铁农具的使用具有划时代的意义，有了铁农具，才能进行深耕，使过去不能开垦的土地得以垦殖。铁农具的使用又和耕牛的使用相互关联，耕牛使铁农具的深耕效能得以更好发挥。

2. 兴修水利

铁器的普及使用，为水利事业的发展提供了有利条件。战国时期有三大著名的水利工程，即魏国引漳溉邺、李冰开凿的都江堰和秦国开凿的郑国渠。魏国的邺县（今河北临漳西南）县令西门豹征发农民开渠十二条，引漳河以灌田，使农业获得很大的发展。秦国的蜀郡郡守李冰在今成都以北灌县境内整治岷江，分岷江水为内江和外江两大支，以内江主灌溉，外江主分洪泄水，既消除了岷江长期存在的水患，又灌田三百余万亩。秦国又用韩国水工郑国，在关中渭水以北开凿水渠，从此，关中为沃野，为秦进行统一中国的战争提供了重要的物质条件。

3. 农业的进步

战国时期的农业生产技术已有很大进步，主要有四方面：（1）深耕熟耨；（2）辨土施肥；（3）把握农时；（4）疏密得宜。由于铁农具的普遍使用，水利灌溉事业的发展和耕作方法的进步，单位面积产量有所提高。当时各诸侯国根据土壤气候等条件，普遍种植稷、黍、稻、麦、菽、麻等 6 种粮食作物。

（三）手工业的发展

春秋战国时期，手工业生产部门已经比较繁复，分工也开始细密。冶铁业是一项重要的手工业，从已发现的冶铁遗址来看,冶铁规模已相当大,产品种类和数量很多,质量也很好。在北方发现的铁器,以农具和手工工具为最多。在南方楚国地区发现的铁器中,兵器居多,如戈、矛、剑、刀和匕首等。官府冶铁业主要是为统治阶级的政治、军事和生活需要服务的。民间冶铁业则以制造商品为主。

春秋战国时代青铜业仍有进一步发展。当时人们对青铜的取材、配料、冶铸的火候都有精密的分析记录,对不同用途青铜器成分中铜与锡的比例掌握得十分科学,甚至对冶炼过程中不同火候的辨认标准也有着明确的记载。

盐业生产在春秋战国时期已很发达,并且分为海盐、池盐和井盐。海盐多产于东部沿海地区,池盐多产于西北地区,井盐生产则至迟在李冰作蜀郡太守时已出现于四川。

除上述手工业部门之外,这一时期玉石雕刻、金银骨器的加工制造以及酿酒等,也都有较大的发展。

（四）商业的发展

随着农业和手工业的发展,商品交换也有新的发展。主要商品有菽、粟等粮食,还有手工业品以及鱼、盐等。适应商品交换关系的需要,有大量的货币在流通,也有许多商业性质的城市出现,交通进一步发展。

战国流通的货币种类有刀、布、钱和爰金。刀币流通地区以齐国为主,随着齐国经济的繁荣,刀币的流通扩大到了赵、燕并远及辽东和朝鲜北部。布贝的流通是在黄河中游地区,包括卫、郑、晋、宋等诸侯国。爰金是楚国的货币,流通于楚国的长江、淮河流域。秦和周使用圆钱,中间有孔。

（五）社会结构的变动

1. 地主阶级和农民阶级

战国时,经过变法运动在列国确立起来的社会阶级结构中,地主阶级和农民阶级是社会的两个基本阶级。

地主阶级占有土地和部分占有劳动者人身,剥削劳动者的剩余劳动,是社会的统治阶级。当时的地主阶级由来源不同的四个部分组成:(1) 分封贵族转化而来的大地主。(2) 官僚和军功地主,他们是列国官僚和军人,得到国君赏赐的土地而成为地主阶级的一部分。(3) 大商人和高利贷者兼地主,他们经营商业和放高利贷起家后,又通过买卖关系兼并土地,转化为地主。(4) 豪民地主是地主阶级中的另一个阶层。这是随着土地的自由买卖而从自耕农、手工业者和商人中发展起来的地主,他们虽然没有做官,但依靠经济手段致富,而且"富比封君",剥削大量的佃户,因而古籍中称之为"豪民"。

农民阶级是封建地主阶级剥削压迫的对象。在战国时期,由于本身地位和生产条件的不同,农民阶级由自耕农、佃农、"庶子"和雇农组成。(1) 自耕农,大批从旧时的庶人、国人转化而来。(2) 佃农,是从自耕农中分化出来的。(3) "庶子",有法定主人而没有完全人身自由。(4) 雇农,也叫"庸夫"、"庸客",他们是完全失去土地又无固定主人的农民。

2. 士的兴起

在西周宗法分封制中,士是最下层贵族。春秋时期,社会动荡、变革,作为政治结构的宗法制逐渐瓦解,首当其冲的贵族成员显然是处于贵族最底层的"士"。他们当中的许多成员,把出卖智力作为新的谋生手段。随着低级的贵族"士"流落民间,他们所掌握的文化也被传播、普及,把原来集中于周王室和社会上层的文化逐渐扩散,为思想文化的活跃创造了条件。

三、春秋战国的改革与变法

（一）春秋时期的改革与变法

1. 齐国管仲改革

齐桓公任用杰出的政治家管仲为相,实施了一系列的改革。主要内容为:

(1) 整顿行政管理系统,"叁其国而伍其鄙"。所谓"叁其国"就是将国中划为二十一乡,士居十五乡,工居三乡,商居三乡,分设三官管理。乡下有连、里、轨三级,分别设官管理。所谓"伍其鄙"就是将鄙野分为五属,设立五大夫、五正官分管。属下有县、乡、卒、邑四级,分别设立县帅、乡帅、卒帅、司官管理。整顿行政系统的目的是"定民之居",使士、农、工、商各就其业,稳定社会秩序。

(2) 加强军事力量,"作内政而寄军令"。将全国军事力量编为中、左、右三军,各一万人,齐君率中军,国、高二氏率左、右二军。军下有旅、卒、小戎、伍四级。将军事组织与行政系统结合起来,十五士乡每五乡为一军,乡、连、里、轨四级行政组织与旅、卒、小戎、伍四级军事组织相应合而为一。实行军政合一,利用宗族关系加强了国家常备军事力量。

(3) 实行"相地而衰征"的税制改革,设置官吏管理全国山林、川泽收入。同时加强盐铁管理,铸造统一货币,调剂物价,免除关市之税,促进经济发展。

管仲进行的富国强兵改革,使齐很快强大,奠定了齐国建立霸业的基础。

2. 鲁国的初税亩

铁农具与牛耕的使用直接破坏着井田制。因为先进农具的使用提高了农业生产效率,农民得以开辟更多私田,而不肯尽力于公田。各诸侯们为了扩大税源,增加财政收入,先后进行了赋税制度的改革。较早进行改革的是齐国的"相地而衰征"和晋国的"作爰田",而鲁宣公十五年(前594年)推行的初税亩是最著名的一次赋税改革。初税亩就是开始实行以亩积为单位征收耕地税的制度,不分公田、私田,一律按亩纳税,税率为亩产量的十分之一。这一制度的实行,实际也就开始承认私有土地的合法性。

赋税制度的改革在一定时期中扩大了诸侯们的税源,充实了府库;可是,各国实际放弃了实行已久的井田制度,也放弃了国家对土地的所有权,承认土地私人占有制。这就加速了井田制的瓦解过程。

(二)战国时期的改革与变法

1. 魏国李悝变法

魏国在战国初年魏文侯当政时(前445—前396年),任用李悝为相,进行变法。李悝变法的主要内容有以下几点:

(1)废除世卿世禄制,实行"夺淫民之禄以来四方之士"。"淫民"是指那些凭借世袭制无功受禄的贵族,李悝主张取缔他们的特权,把他们的财产、权力没收,按"食有劳而禄有功"的原则重新分配,使众多的贤才来为魏供职。此举使一些无功旧贵丧失地位,而使大批出身庶族能为魏国作贡献的士人登上政治舞台。

(2)推行"尽地力之教"。其具体措施:规定每亩地的标准产量为一石五斗,要求农民治田勤谨,达到每亩增产三斗;同时杂种各种粮食作物,以防某种作物发生病害导致饥荒。充分利用空闲土地,扩大农副生产。魏国地少人多,李悝推行"尽地力之教"适应了魏国的国情,促进了农业生产的发展。

(3)实行"平籴法"。规定年成好时,政府以平价购入粮食;灾年再以平价出售,用"取有余以补不足"的办法来平衡粮食价格。目的是防止商人垄断粮价,造成"谷贱伤农,谷贵伤民"的现象,以稳定小农经济,巩固封建的经济基础。

(4)制订《法经》,以加强法制。为了巩固魏国已有的变法成果,维护新的财产关系和统治秩序,李悝研究、总结了当时各国的法律,并集其大成,制订了《法经》这部新法典。《法经》是我国古代第一部较完整的成文法典,共6篇,分别是《盗法》、《贼法》、《囚法》、《捕法》、《杂法》、《具法》。这部法律主要是为保护剥削阶级的利益而制定的,但对魏国来说,在维护社会秩序、稳定政局方面,起了重要的作用。《法经》在古代法制史上也占有重要地位,具有承前启后的作用,《秦律》和《汉律》都是以《法经》为蓝本,在此基础上逐步扩大补充而成的。

李悝的变法取得了成功,使魏国很快富强起来,成为战国初年的头号强国。

2. 楚国吴起变法

吴起,卫国人,是著名的政治家和军事家。魏文侯曾任他为西河(今陕西东部)郡守,因善用兵,颇有名声。后受猜忌,大约在公元前390年离魏入楚,一年后楚悼王任用吴起为令尹,主持变法。吴起变法基本上承袭了李悝在魏国实行的办法,并根据楚国"大臣太重、封君太众"的状况而进行改革。它的主要内容是:

(1)凡是封君传到第三代的就收回其爵禄,废除公族中疏远者的特殊待遇,把一些旧贵族迁移到荒凉的地区。(2)精简无关紧要的官职,削减过高的官吏俸禄,把节省下的经费用来训练战士。(3)整顿吏治,要求官吏"私不害公","行义"而不计毁誉,一心为地主政权效力。禁止旧贵族以私门招引食客,以防其结党反对变法。

楚国经过此次改革,政治得到整顿,军力也日益强大。可是,吴起之改革遭到楚国贵族保守派的反对,双方的斗争也很尖锐。公元前381年楚悼王死,保守派立即发动政变,把吴起杀掉,吴起的改革几乎都被废除。

3. 齐赵燕韩四国的改革

齐国的改革主要在齐威王时期。他任用邹忌为相,改革内容包括:一是整顿吏治,制订对官吏的考核标准,用人"谨择君子,毋杂小人其间",要求依法"督奸吏"。二是广开言路,提倡进谏。三是把传统的义务兵制和雇佣兵制相结合,放手起用田忌、匡章、孙膑大批良将。四是发展生产,改进了国家授田制,采用分地长期使用制以调动生产积极性。五是在国都临淄设立稷下学宫,招徕各家学者和天下贤士,让他们著书立说,荀子曾在稷下学宫讲学。齐国成为战国时代学术文化的中心。

赵国在赵烈侯时,在公仲连主持下,进行了内政改革,改革主要集中在教化人民、建立选官制度和改善财政方面。赵武灵王时,进行了"胡服骑射"的军事改革,改革的主要措施有二:一是把原来宽袍大袖的服装,改为胡人那种短装紧身服饰,束皮带,穿皮靴,以适合马上训练、作战。二是通过不同途径组建骑兵。赵武灵王通过军事改革,建立起强大的骑兵部队这一举措,对中原国家军队的发展影响极大。从此,各国逐步以步骑兵代替了车兵而成为军队主力。

燕国在燕昭王时的改革比较深刻,并曾招贤纳士,引进了乐毅、邹衍、剧辛等一批很有才能的人,国势一度强盛。韩国的改革是在韩昭侯时,由法家申不害进行了以"术"为特征的政治改革。具体措施有二:一是改组、整顿官吏队伍,对各级官吏的职权、任务做了明确规定,以此为标准衡量、选拔人才。二是对官吏加强考核、监督。

(三)商鞅变法

1. 商鞅变法的主要内容

商鞅变法是分两次进行的。第一次开始于公元前359年,第二次开始于公元前350年。其主要内容如下。

(1)政治方面:商鞅对政治的改革是以彻底废除旧的"世卿世禄"制、建立新的封建专制主义中央集权制为重点。

① 制定二十级爵。制定二十级爵的做法,意味着废除旧世卿世禄制,今后根据人们的军功大小授予爵位,官吏从有军功爵的人中选用。各级爵位均规定有占田宅、奴婢的数量标准和衣服等次。又制定了"奖励军功,严惩私斗"的办法。奖励军功的做法是:将卒在战争中斩敌首一个,授爵一级,可为五十石之官;斩敌首两个,授爵二级,可为百石之官。宗室贵族无军功的,不得授爵位。有功劳的,可享受荣华富贵;无功劳的,虽家富,不得铺张。严惩私斗的做法是:为私斗的,各以情节轻重,处以刑罚。

② 实行县制。废除分封制,以县为地方政区单位,分全国为四十一县,县设令以主县政,设丞以副县令,设尉以掌军事。县下辖若干都乡邑聚。后来秦在新占地区设郡,郡的范围较大,又有边防军管性质,因之郡的长官称守。后来郡内形势稳定,转向以民政管理为主,于是郡下设若干县,形成秦的郡县制度。

③ 实行什伍制度。秦之都乡邑聚原来都是自然形成的大小居民点。居民登记于户籍,分五家为一伍,两伍为什,同于后代的保甲制度。为了加强管理和统治广大居民,规定什伍之内各家互相纠察。

(2)经济方面:商鞅对经济的改革是以废除井田制、实行土地私有制为重点。这是战国时期各国中唯一用国家的政治和法令手段在全国范围内改变土地所有制的事例。①废井田,开阡陌。在全国范围废除井田制度,实行土地私有制度。废止"田里不鬻"的原则,准许民间买卖田地。②重农抑商政策。奖励耕织,凡努力耕织、生产多的,免除徭役。凡从事末业(工商)及因懒惰而贫穷的,全家没入官府,罚为官奴婢。③统一度量衡。统一斗、桶、权、衡、丈、尺,并颁行了标准度量衡器,全国都要严格执行,不得违反。

(3)社会方面:主要推行小家庭政策,以利于增殖人口、征发徭役和户口税等。具体规定:凡一户有两个以上儿子到立户年龄而不分居的,加倍征收户口税。禁止父子兄弟(成年者)同室居住。

商鞅变法损害了旧贵族的利益。公元前338年,秦孝公去世,太子即位,是为秦惠文王。公子虔等人诬告商鞅谋反,惠文王下令逮捕商鞅,商鞅逃回封地发兵抵抗,因寡不敌众而败,被处以车裂之刑,诛灭家族。

2. 变法的意义

商鞅变法的意义重大而深远,它从根本上改变了秦国的面貌,使之后来居上,成为战国七雄之首,并最终吞并了关东六国。秦王政后来能够统一全中国,成为始皇帝,追根溯源,与商鞅变法的成功关系极大。商鞅虽死,秦惠文王和他的子孙都继续实行商鞅的新法。此外,秦代实行的许多制度是在商鞅变法时创建的,两者的前后源流关系清晰可见。

(四)春秋战国的政治变革

1. 官僚制度的建立

(1)官分文武

西周春秋时期的宗族政权体制是军政合一的,周王室和诸侯国的卿大夫文武不分,卿大夫平时是管理国家政务的行政长官,战时则成为统领军队的军事长官,集行政权和领兵权于一身。

经过战国前期的变法,各国相继确立了中央集权的官僚统治,其显著特点是有文官和武官之分。在国君之下设相和将,相也称相邦、丞相,又通称宰相,是百官之长,协助国君处理全国政务。将又称将军,是武官之长,负责领兵打仗。有的国还设有御史,相当国王的秘书。

官分文武,适应当时政治上和军事上的需要,因为处理政务要有一定的政治能力,指挥作战要有一定的军事才能;同时又分散了大臣的权力,可以起互相监督作用,便于国君控制。

(2)俸禄制度

到战国中期,随着封建官僚制度的建立,国君对各级官吏的报酬,一般已不采取分封土地的办法,而是给以一定数量的粮食作为俸禄,有时赏给部分钱币或黄金。以官位的高低定俸禄的多少,官高的可达万担、千钟的厚禄,也有"斗食"的小吏,形成了"臣尽死力以与君市,君垂爵禄以与臣市"的新格局。这种官僚俸禄制度,便于国君用利害关系控制各级官吏。

（3）上计制度

国君对官吏的考核,最主要的方法叫"上计"。上计的办法是,中央的重要官吏和地方的首长,每年要把自己管辖地区的户口、垦田、赋税等预算数字写在木券上,上报国君,并把木券剖分为二,国君执右券,臣下执左券。到了年终,官吏必须到国君那里去报核。国君根据右券亲自考核,或由丞相协助考核。根据考核结果,予以升、降、赏、罚。上计制度的建立,意味着中央对地方财政控制的加强。

（4）玺符制度

战国时期,国君已普遍用玺、符作为凭证,用以任免官吏,传达政令,调遣军队,派遣使者。任命官吏时要授予玺印,作为权力的凭证,上下来往的各类行政文书都必须加盖玺印,官吏任满或因罪免职时将玺印缴回。对统兵的将领发放虎符,虎符呈伏虎形,上有铭文,分为两半,将领只持有右半,左半则存于君主处。调动军队时,传令者持左半虎符与将领合符,命令方才生效。玺符制度的推行,加强了国君对官僚机构和军队的控制,有利于国君的集权。

2. 郡县制的演变

战国时期地方郡县制的确立来自于春秋的县郡制,是战国兼并战争发展的结果。此制使郡上升为地方最高一级政权,并确立了郡辖县,县为基层政权的体系。郡的性质原来是特设行政区,它或是与县同级的单位,或是军事区划,或是边地行政单位,现在成为普遍的一级地方行政单位,对于促进统一、加强中央对地方的控制意义重大。郡的行政长官是郡守,掌管一郡军政;副职是郡尉,专司军事。县政府的基本职能是管理兵、刑、钱、农四事。县长官称县令,副职是县丞。郡守、县令均由国王任免。县以下的地方基层组织是乡、里、什伍。郡、县、乡、里、什伍的地方行政区划和组织建制,开创了我国地方行政系统的先例。

3. 礼乐制度的变更

春秋时代,社会发生了深刻变化,随着宗族政治的日趋瓦解,传统的礼乐制度难以继续维持,出现了"礼崩乐坏"的局面。进入战国时代,社会变革加速,传统的礼乐制度被彻底破坏。经过变法运动,法律制度普遍建立起来,法律取代了礼乐,成为维护新的统治秩序的主要工具。这时虽然也有礼乐,但多流于形式,或名存实亡,或名同实异,其地位和作用与昔日的"周礼"无法相提并论。

四、春秋战国的思想与文化

（一）诸子百家

春秋战国时期,官学的没落和私学的兴起推动了"诸子蜂起"、"百家争鸣"的思想大解放。《汉书·艺文志》,将诸子学派分为儒、道、阴阳、法、名、墨、纵横、杂、农和小说十家。在思想领域影响最大的是儒、道、墨、法四家。

1. 孔子及其思想

孔子,名丘,字仲尼（前551——前479）,春秋后期鲁国人,曾在鲁国任下级和中级官吏。后自办学校,以教书为业。为宣传他的政治主张,他先后游访了卫、宋、陈、蔡、楚等国,但均不被采用,晚年回到鲁国从事讲学。"仁"是孔子的政治观和社会观的核心和最高境界。为实现"仁"而制定的制度和行为准则为"礼"。孔子主张行"仁政","使民以时";反对"暴政",反对残酷剥削,反对"非礼",都是他的思想观点的体现。

孔子是我国古代私人办学的先驱。他的教育思想进步,主张"因材施教","有教无类"。他熟悉古代经典,相传他曾删定"六经",以为教材。六经即《诗》、《书》、《易》、《礼》、《乐》、《春秋》。《乐》今已佚失,其他五经尚存。孔子的主要言论保存在《论语》一书中。

2. 儒家

战国时期,儒家的代表人物主要有孟子和荀子。

孟轲,战国邹（今山东邹县）人。他是鲁国贵族孟孙氏的后裔,曾受业于子思的门人。他继承孔子的学说而有所发展,其学说的核心是"仁、义"。他主张行"仁政",主张"保民",反对诸侯混战,反对残酷的剥削和压迫,对当时各国的政治和战争多所抨击。孟子的性善说是他的仁政学说的哲学基础。孟子倡导"民为贵,社稷次之,君为轻"的民主思想,这是奴隶社会崩溃、庶民地位提高的反映。他的主要学说多收在所著《孟子》一书中。

荀子,名况,赵国人,为儒家,但有较浓厚的法家思想,时人尊称他为荀卿,曾游访齐、楚、秦、赵等国,曾任齐国稷下学宫祭酒和楚的兰陵县令。他主张以"礼"治国,他所说的"礼",就是"制度、政策",与"法"无甚区别。他反对孟子的性善论,认为人性本恶,性善是后天教化的结果。因为人性是恶的,所以要用礼治来约束,做到"明分使群"。荀子还对孔、孟较少谈及的天道观进行了阐述,认为天是没有意志的自然存在,与人事的吉凶祸福无关。人类既应该顺应自然界的规律,同时也可以通过主观努力改造自然,"制天命而用之"。他的主要学说多收在所著《荀子》一书中。

3. 道家

道家的代表人物是老子和庄子。

老子姓李,名耳,字聃,楚国人,约与孔子同时,是道家的创始人。现在所见托其名的《老子》一书则写成于战国时期,有关思想观点的形成要晚于儒、墨学说。《老子》探讨了儒、墨所忽略的宇宙本原问题,提出了"道"的哲学范畴,它无形无象但无处不在,是超越时空的绝对精神。《老子》反对儒、墨"仁政"、"尚贤"的政治理论,主张小国寡民,无为而治,使民无知无欲。《老子》一书中有比较丰富的辩证法思想,揭示了客观世界中普遍存在的矛盾对立关系及其相互转化的现象,但又把矛盾对立面的转化关系过分夸大,认为事物发展仅仅是简单的循环,从而走向相对主义。

庄子是战国中期宋国人,名周,他进一步发展了《老子》的哲学政治思想。庄子同样认为"道"是宇宙本原,并且更强调"道"的主观性和不可知性。其相对主义思想也更加强烈,无是非,齐死生,忘物我,几乎抹杀了一切对立事物的界限。由此他反对社会进步,否定文化知识,痛恨仁义礼乐,主张恢复人的自然本性,做到愚昧全真和心灵的消极自由。以老、庄为代表的道家学派对后世中国社会影响很大。

4. 墨家

墨家是继儒家之后较早出现的学派,与儒家并称为战国时之显学。其创始人墨子,名翟,是春秋末战国初鲁国人,他的思想较多地反映了社会下层人民的利益。墨子提倡"兼爱",即无差别的爱,反对儒家有层次、差等的"仁爱",由此又主张"非攻",谴责列国的兼并战争。关于政治,墨子提出"尚贤",希望上自天子、下到乡里的各级职务都选拔贤人来担任,在"尚贤"的基础上,又提出"尚同",即所有人都要自下而上服从领导,直至"上同于天子"。在经济和社会生活方面他主张"节用",反对儒家倡导的厚葬和礼乐建设,认为这都会造成不必要的浪费。其世界观则强调尊天、尊鬼,迷信色彩较重。墨子的信徒人数很多,他们内部有严密的组织,带着宗教和苦行的色彩,在战国社会上影响相当大。

5. 法家

法家是反映新兴地主阶级利益的思想流派。战国早期的法家有李悝、吴起、商鞅、申不害、慎到等,都是各国变法运动的倡导者。后期法家的代表人物是韩非。韩非是韩国人,先秦法家思想的集大成者。他的著作收集在《韩非子》一书中。法家是主张君主专制的,商鞅重"法",申不害重"术",慎到重"势",从不同角度提出加强君权的主张。韩非认为,要建立中央集权的专制主义政治,法、术、势缺一不可。"法"指成文法令,"术"指国君操纵臣下的手段,"势"指国君拥有至高无上的权势。他主张把法、术、势结合起来,以加强中央集权制。韩非的这些主张,为结束诸侯割据,建立统一的中央集权的封建国家,提供了理论根据。

6. 阴阳家、名家和兵家

阴阳家是战国时提倡阴阳五行说的学派,代表人物是战国末年齐人邹衍等。齐国人邹衍用五行相胜说来解释朝代的变更,创立了五德终始说。按他的说法,黄帝是土德,夏禹是木德,商汤是金德,周文王是火德,而将来代周的一定是水德。因为木胜土,土胜水,水胜火,火胜金,金胜木。后来秦始皇就采用这个说法,把秦朝定为水德。五行更始,"道"是主宰一切的规律,周而复始地循环。阴阳学说对秦汉时期的社会思想影响极大。

名家是战国时期以辩论名实问题为特征的学派。春秋战国时期,由于社会的大变革,"名实相怨"的情形十分严重,以致许多学派都提出了"正名"的主张,即按照自己的观点来校正每件事物的名和实,以调整其矛盾。至战国发展为专门的学派,其代表者有惠施、公孙龙等。惠施学说的要义是"合同异",既强调对立间的同一,又强调同一体内部的对立。公孙龙提出了"白马非马"的观点。公孙龙只看到个别与一般之间的差异,并将这种差异绝对化,否认它们之间的内在联系,这就倒向了诡辩论。

兵家是以研究军事理论为主的学派,主要代表人物有孙武、孙膑。孙武,春秋后期齐国人,所著兵书名《吴孙子兵法》,通称《孙子兵法》,全书分 13 篇,系统地总结了战略、战术方面的问题,包括战争计划、动员、权谋、侦察,如何争取先机,如何利用地形,乃至如何使用火攻、间谍等特殊手段,叙述简洁而富有哲理性,对后代影响至深。孙膑,战国中期人,孙子之后。孙膑所著兵书名《齐孙子》八十九篇,大约在东汉后期已亡佚,直到 1972 年,才在今山东临沂银雀山汉墓中被考古工作者发现。经整理,以《孙膑兵法》行世,全书分上下两编,各收文十五篇,共为三十篇,为当今研究孙膑兵法乃至先秦军事的宝贵资料。

(二)文学与史学

1. 文学

《诗经》,是我国最早的一部诗集,现存305篇,由风、雅、颂三部分组成。《风》又称《国风》,即十五国风,保存有大量民歌,是《诗经》的精华。《雅》分《小雅》和《大雅》,多是贵族歌颂帝王功绩的作品,有些篇章与后世的叙事诗很接近。《颂》分《周颂》、《鲁颂》、《商颂》,内容是在祭祀或大朝会时用于歌功颂德的颂歌。根据部分诗篇考察,最早的约作于西周初年,最晚的约作于春秋中期。

《楚辞》,是《诗经》以后出现于我国南方的韵文体文学。它是以楚语写成的诗歌。这种文体一直流传在民间,诗人屈原继承了南方优秀的诗歌传统,取材于民间神话传说,以丰富的想象力和浪漫主义气质,写成了热情奔放、照耀世界的抒情长诗《离骚》、《天问》等15篇。同时的作家还有宋玉、景差、唐勒等。后人把他们所创作发展的这一文体称为"楚辞",或简称为"辞"或"骚"。

2. 史学

《春秋》也叫做《春秋经》,是我国最早的一部编年体历史著作,以鲁国的历史为主,简要记载了从鲁隐公元年至鲁哀公十四年(前722——前481年)共242年间的史事。相传经孔子整理成书。

《春秋左氏传》简称《左传》。它与《公羊传》、《穀梁传》一样,都是《春秋》的传,但写法不像《公羊传》、《穀梁传》那样专在探索《春秋》笔法,而是原原本本地写出《春秋》中所记载的史事的详情本事。起于鲁隐公元年(前722),终于鲁哀公二十七年(前468),其中叙事则至鲁悼公十四年(前454)为止,即春秋时期史事。

《书》也叫做《书经》或《尚书》,全书分为《虞书》、《夏书》、《商书》、《周书》四部分,主要记述商、周两代的一些重大政治事件,如重要战争、阶级关系、政治制度和政策等,有很高的史料价值。

《竹书纪年》是战国时魏国编年体的官史,因原本写于竹简而得名。该书久埋地下,直到公元279年汲郡人盗发魏襄王墓时才被发现。它记载着从黄帝到魏王的史事。此书以魏为主,略涉其他各国。可惜此书到宋代已经散失,现在所看到的是王国维编成的《古本竹书纪年辑校》和范祥雍的《古本竹书纪年辑校订补》。

《战国策》是一部关于战国时代纵横家游说辞和权变故事的汇编,也有一些战国史事的记载,分国编辑,是战国时代最基本的史料。《史记》有关战国史事,多取材其书。

(三)科学技术的发展

1. 天文历法

春秋时期,各国使用了三种不同的历法。以冬至月为正月的,叫做"周正";以冬至后一月为正月的,叫做"殷正";以冬至后二月为正月的,叫做"夏正"。"夏正"也叫做"夏历",比较符合一年四季气候的变化,最便于农业生产,到战国时期,"夏历"被普遍采用。战国时期我国已出现了天文学专著,楚人甘德作《天文星占》,魏人石申作《天文》。后人把二书合一为《甘石星经》。

2. 医学

医学在春秋战国时期进步显著。医学家已懂得人体解剖,知道内脏、血管和血液循环的情况。治病已有较多的分科,如内科、外科、妇科、小儿科等。诊断方法有望、闻、问、切。医疗器械有"针"、"石"、"熨"等。战国时期,著名的医书有《黄帝内经》十八篇,分《素问》和《灵枢》两部各九篇,《素问》主要论述脉理和病因,《灵枢》主要论述经络和针刺。全书记载了我国两千数百年前的有关人体解剖的知识和血液循环的概念。这对世界古代医学是一个巨大的贡献。当时出现的名医如秦的医缓、齐的秦越人(号扁鹊)等。

本章重、难点提示

一、重点掌握名词

葵丘之盟	逢泽之会	管仲改革
城濮之战	马陵之战	初税亩
践土之盟	徐州相王	李悝变法
弭兵之会	合纵与连横	平籴法
秦霸西戎	远交近攻	《法经》
吴越争霸	长平之战	吴起变法
三家分晋	都江堰	胡服骑射
田氏代齐	郑国渠	商鞅变法

什伍制度	老子	《楚辞》
官分文武	庄子	《春秋》
俸禄制度	墨家	《左传》
上计制度	韩非	《尚书》
玺符制度	阴阳家	《竹书纪年》
孔子	名家	《战国策》
孟子	兵家	《甘石星经》
荀子	《诗经》	《黄帝内经》

二、论述题

1. 简述战国初期李悝变法的主要内容及其意义。参见本章三、(二)。
2. 论述商鞅变法的主要内容及其历史影响。参见本章三、(三)。
3. 论述战国时期中央集权官僚制度的建立。参见本章三、(四)。
4. 简述春秋战国时期儒家的代表人物及其思想。参见本章四、(一)。
5. 简述春秋战国时期道家的代表人物及其思想。参见本章四、(一)。
6. 简述战国时期墨家的思想主张。参见本章四、(一)。
7. 简述战国时期法家的代表人物及其思想。参见本章四、(一)。
8. 简述春秋战国时期的文学与史学成就。参见本章四、(二)。

第四章　秦　　汉

考点详解

一、秦朝统一及其历史影响

(一)中央集权制的形成

公元前221年,秦国在统一六国后就着手建立和健全专制主义中央集权的国家机器,以巩固其对全国的统治。

1. 皇帝制

首先确立了至高无上的皇权。秦王政自认为功劳高于古代所有的帝王,因此更改名号,把古代传说中神和人最尊贵的三皇五帝的称号合二为一,号称"皇帝"。自此,"皇帝"便成为封建国家的最高统治者的称号。此外,还规定皇帝自称"朕","命"称"制","令"称"诏",印称"玺",并废除子议父、臣议君的"谥法"等,规定皇帝按照世代排列,第一代称始皇帝,后世以二世、三世计,传之无穷。

皇帝拥有至高无上的权力,从中央到地方的主要官吏,如郡守、县令等,都由皇帝任免,都按照皇帝的律令或意志办事。军权也集中到皇帝手中,凡调动士卒五十人以上,必须持有皇帝的虎符为凭,才准调动。

秦始皇采用五德终始说神化皇权。五德终始说是战国末年齐人邹衍创立的。他把阴阳与五行相胜配合起来,提出五德终始的循环论和命定论,认为土、木、金、火、水五行就是五德,历史上的每个朝代代表其中一德,按照五行相胜的次序,互相更替,周而复始。秦始皇是第一个实行这种学说的,认为周得火德,秦得水德,水能克火,故秦代周。秦始皇采用五德终始说是用以证明他代周的必然性和实行法治的合理性,为专制主义皇权寻找思想理论根据。

2. 三公九卿制

皇帝之下,设中央机构,以协助皇帝领导全国,并处理庶政。此中央机构采用三公九卿制。三公为丞相、太尉、御史大夫。丞相是百官之长,"掌丞天子,助理万机"。秦朝设左、右丞相,以右为尊;太尉掌军事;御史大夫"掌副丞相",主管监察。他们互不相属,互相牵制,从而保证决断权集中在皇帝手中。

九卿有奉常,掌管宗庙礼仪;郎中令,掌管宫廷警卫;太仆,管理宫廷车马;卫尉,掌管皇宫保卫;典客,处理少数民族事务及外交;廷尉,负责司法;治粟内史,掌全国财政税收;宗正,管理皇室亲族内部事务;少府,掌管全国山河湖海税收和手工业制造,以供皇室需要。此外,还有掌管宫廷修建工程的将作少府等。这些官僚都是由皇帝任免,概不世袭。

秦始皇设立三公九卿制度,为建立专制主义中央集权的封建国家制度开创了新局面,对以后历代封建王朝的政治制度有深远的影响。

3. 郡县制

在地方行政机构上,秦始皇废除了古代的封国建藩制度,将战国后期已实行的郡县制推行到全国,把全国分为 36 郡,秦末增至 40 余郡(京畿不设郡,设内史以别于其他诸郡)。郡的主要长官是郡守,掌政事和军事;另有郡尉,辅佐郡守,并掌军事;还有监御史,为中央派遣之监察官吏。郡下设若干县,主要长官,万户以上的大县设"令",不满万户的小县设"长",令(长)掌政事和军事;另有丞,掌文书、刑法;尉,掌军事。

县以下有若干乡。乡设三老,掌教化;啬夫,负责征收租税和征发徭役;游徼,负责地方治安。乡之下有里,另有亭、邮等,构成了一套严密的地方机构。

4. 秦律

秦始皇统一六国后,对商鞅变法以来的法律加以补充和修订,颁布全国,对六国原有的法律,除吸收有用的条文外,其余都予废除。湖北云梦出土的秦律竹简中,不仅有对商鞅制订的秦律的解释和案例,还有从商鞅变法以来先后修订的各方面的律令,如田律、仓律、金布律、关市律、工律、徭律、军爵律、捕盗律等,不下数十种。虽远非秦律的全部,却可以看出从农业到手工业,从徭役到交换,从经济到政治等多方面的内容。

(二)秦朝的经济政策

1. 土地私有制

秦始皇三十一年(前 216 年),秦政府颁发"使黔首自实田"的法令,进行全国性的土地登记。这是由于统一战争过程中,土地占有情况变更较大,尤其是东方六国的土地占有情况,秦国很难掌握。这次登记,在于承认现实土地的占有状况,以稳定赋税收入。这样,也就以国家统一法令的形式,确认了土地的私有权。

2. 统一货币、度量衡与车轨

秦统一前,货币非常复杂,各国货币的形状、大小、轻重都不相同,计算单位也很不一致。秦始皇统一后以秦国货币为标准,统一全国货币。具体措施是:规定货币为两等,上等为黄金,以镒为单位,下等为铜币,圆形,重半两,上有"半两"二字。新币制的实行和货币的统一,消除了过去由于币制复杂而造成商业交换中的困难,促进了商业的发展。

秦始皇下令废除六国旧度量衡,以原秦国的度量衡制为基础,向全国颁行新的统一的度量衡制度及标准器。同时,还继续执行度量衡定期鉴定制度,每年二月对全国度量衡器进行鉴定,以保证计量器具的准确和统一。秦始皇还在全国范围统一车轨,大车的两轮之间,皆宽六尺,史称"车同轨"。这一措施对发展交通运输业起了促进作用。

3. 迁徙豪富

秦灭六国后,下令迁徙各国的旧贵族和豪富到咸阳及南阳、巴蜀等地,以削弱他们的政治、经济势力。文献记载,仅被迁到秦的国都咸阳一带的,就有十二万户之多。对于六国故地的贵族、豪富,秦廷采取了强制迁徙的措施,如迁赵王迁于房陵(今湖北房县)、齐王建于共(今河南辉县)、赵国豪族卓氏于临邛(今四川邛崃)、魏国豪族孔氏于南阳(今属河南)。迁徙的主要目的在于使这些贵族、豪富脱离乡土,便于监视,同时也促进了新迁居地区的经济发展。

4. 修治驰道

秦始皇为了在全国范围加强统治,为了调发士卒和转运粮饷方便,又大修驰道。驰道以咸阳为中心,主要干线有两条:一条向东直通燕齐,一条向南直达吴楚。由咸阳向北直达河套地区也有一条交通干线,称为"直道"。西南地区开通了由今天四川宜宾直通云南曲靖的道路,因地形险阻,道路比较狭窄,名为"五尺道"。这样,一个以咸阳为中心的四通八达的交通网,把全国各地联系在一起了。

(三)秦朝的文化政策

1. 书同文

战国时期各国文字异形和混乱,不但妨碍政令的执行,而且影响着经济、文化的发展。秦始皇命令丞相李斯、中车府令赵高、太史令胡母敬等对文字进行整理。"罢其不与秦文合者",制定出小篆,作为标准文字,通用于公文法令。后来程邈又根据当时民间流行的字体,整理出更为简便的新书体——隶书,作为日用文字在全国范围推广。秦始皇和李斯改革并统一文字,对于巩固国家的统一,促进经济、文化的发展,起了巨大的作用。

2. 焚书坑儒

公元前 213 年，秦始皇采纳李斯的建议，实行焚书政策。主要内容：（1）除《秦纪》、医药、卜筮、农书以及国家博士所藏《诗》、《书》、百家语外，凡私人所藏儒家经典、诸子和其他历史古籍，一律限期交官府销毁，逾期不交的，处以黥刑并罚作城旦；（2）谈论《诗》、《书》者处死，以古非今者灭族；（3）严禁私学，欲求学者"以吏为师"。

第二年，又发生了坑儒事件。起因是有些儒生和方士对始皇不满，说他"专任狱吏"，"乐以刑杀为威"，"贪于权势"等。秦始皇认为他们"或为妖言，以乱黔首"，就把他们逮捕，严加拷问。先后逮捕了四百六十多个儒生，全部在咸阳坑杀。

秦始皇焚书坑儒，意在维护统一的集权统治，反对是古非今，打击方士荒诞不经的怪谈异说，但并未收到预期的效果。焚书坑儒的残暴做法，给民族文化造成了不可弥补的损失。

3.《吕氏春秋》

吕不韦组织门人集体编纂的杂家著作，又称《吕览》。成书于公元前 239 年，全书分 12 纪、8 览、6 论，共 26 卷、160 篇，约 20 余万言。该书以道家思想为主，兼采儒、墨、法、兵诸家之长，初步形成了包括政治、经济、哲学、道德、军事等各方面的理论体系。作者意在综合百家之学，总结历史经验，为行将出现的统一全国的专制中央政权提供长治久安的治国方略。书中还保存了许多旧说佚闻，在理论上和史料上都有较高的价值。

（四）经略边疆

1. 征服越人，开凿灵渠

在南方，秦始皇发动了对越人的战争。越是当时自长江下游直至南海交州湾沿海地区居民的泛称，因其种姓繁多，又称"百越"。其人断发文身，从事渔猎和粗放的农业生产。秦并六国后，派尉屠睢统军 50 万，继续开拓东南、南部沿海地区。越人凭借复杂的地形进行抵抗，秦军经过三年苦战才基本完成征服工作，统帅尉屠睢也在战斗中丧生。

秦始皇为了支援征服南越和西瓯的战争，命令监御史禄在今广西兴安县开凿灵渠，沟通了湘江和桂江上游漓江之间的交通，解决了运输粮饷的困难，才将越族打败。公元前 214 年，秦始皇在岭南地区设置了桂林、南海、象三郡。秦始皇经略岭南地区，征发大量的中原居民到岭南三郡定居，这些居民带去了铁器和其他先进的生产工具及生产技术，促进了岭南地区的经济、文化的发展，也加速了当地民族的融合过程。

2. 通西南夷

西南夷按照分布地域的不同，区分为西夷和南夷两部，每部又有若干族属。主要地区，包括今贵州西部，云南的东部、中部、西部，四川的西部，西藏的东部。这些民族的族属复杂，语言和风俗不同，经济生活也不相同，社会的发展很不平衡。

秦灭六国以后，派将军常頞征调巴、蜀士卒，经略西南夷。常頞在今四川宜宾至云南昭通一线的崇山峻岭上，开凿了五尺宽的道路，通于西南夷；并在一些民族地区设置了行政机构。秦经略西南夷，开五尺道，对促进巴蜀乃至中原和西南夷地区的民族间的经济、文化交流，起了重大的作用。

3. 北防匈奴

秦在北部边疆的威胁来自匈奴。匈奴是崛起于战国后期的一个北方民族，在秦兼并六国前后，它也逐步征服了蒙古高原上的一些部族，建立起南抵阴山、北至贝加尔湖的强大草原国家，其君主称为"单于"。战国末年，匈奴向南发展，占领了河套地区，即史书中所称"河南地"，对秦朝构成重大威胁。秦始皇统一六国后，派大将军蒙恬率军 30 万北击匈奴，至始皇三十二年（前 215 年）终于夺回"河南地"。并在这个地区设置了 34 个县，重设九原郡。

为了进一步巩固在这些地区的统治，秦始皇于公元前 211 年迁 3 万户居民到北河、榆中，垦田生产，开拓边疆。为抵御匈奴侵扰，秦朝利用战国时秦、赵、燕诸国北方边墙，加以整修连贯，筑成了西起临洮（今甘肃岷县）、东至辽东的万里长城。秦始皇北防匈奴，修筑长城，对保卫黄河流域先进的经济、文化的发展，起了巨大的作用。

二、西汉建立与文景之治

（一）楚汉之争与西汉的建立

公元前 206 年，刘邦率领反秦农民起义军攻占秦都咸阳，秦朝灭亡。继之项羽入关，自立为西楚霸王，都彭城，分封 18 个诸侯王，封刘邦为汉王，据巴蜀、汉中之地。汉元年（前 206 年）八月，刘邦乘项羽镇压齐地叛乱之机,起兵攻占关中,远袭彭城,为项羽所败,后退至荥阳、成皋一带,联合各地反对项羽的势力,与项羽成相持局面,同时派部将韩信攻掠赵、齐等地,使项羽腹背受敌。汉四年(前203年),双方言和,相约以鸿沟为界,东属楚,西属汉。次年,项羽依约撤兵东归。刘邦乘机约韩信等人合力围追。垓下一战,楚军全军覆灭。项羽突围至乌江自刎而死。历时5年之久的楚汉之争是由秦末农民战争演变而来的统治阶级的内部斗争。刘邦知人善任,因势利导,终于取得胜利。汉五年(前202年)二月,刘邦即皇帝位于定陶附近的汜水之南,国号汉,五月迁都于长安(今陕西西安市),建立西汉王朝。

(二)西汉初的统治制度

1. 无为而治与黄老思想

西汉建立之初,经济凋敝,社会残破。刘邦为了稳定社会秩序,恢复发展生产,改善人民的生活,以稳固他的统治,就采纳了士人陆贾的建议,用"无为而治"的思想指导政治,基本上沿用秦朝的政治制度,适应当时的政治和社会形势以制定政策,将他的新建王朝稳定了下来。

汉初的无为而治方针不同于法家的严刑峻法,也不同于儒家的繁文缛节,主要是道家思想的体现。当时的道家思想成为"黄老之学","老"即老子,"黄"指黄帝。因战国道家学者假托黄帝之名撰写了《黄帝四经》等著作,故黄帝在一段时期内也被当做道家代表人物。黄老之学适应了汉初希望安宁、清静的普遍社会心理。

2. 汉承秦制

西汉初年,基本上沿袭了秦朝的政治制度。即在中央,皇帝有至高无上的权力,中央机构,即朝廷,由三公九卿组成,地方行政基本上是郡县制度。史称这一情况为"汉承秦制"。

3. 消灭异姓王

在楚汉战争过程中,刘邦为了集中力量战胜强大的对手项羽,遵从张良、陈平等人的建议,不得不分封韩信、英布、彭越等人为王以取得他们的支持。汉初保留并调整了他们的分封。当时被分封的异姓王有7个:楚王韩信、梁王彭越、淮南王英布、赵王张敖、韩王信、燕王臧荼、长沙王吴芮。此外,在边地还有闽越王无诸、南粤王赵佗。吴芮、无诸、赵佗诸王在当时主要是在自己统辖的区域内起保境安民的作用,而其他6个异姓王,特别是韩信、彭越、英布三王,他们手握重兵,占据广大地盘,对于西汉中央来说,是个严重威胁。

从公元前202年到公元前195年,7年之间,汉高祖借口他们谋反,先后将韩信、彭越、英布、臧荼等杀掉,把张敖废为列侯,韩王信逃入匈奴,仅留下一个势力最小的吴臣(吴芮子)。

4. 郡国并行制

刘邦在剪除异姓王的同时,又分封了一批刘姓子弟为王。汉高祖总结秦亡的原因时,认为秦朝没有封同姓子弟为王是其短命的关键所在。因此,他在剪除异姓王的同时,又陆续分封了九个刘姓子弟为王,史称同姓王。同时,刘邦在地方上继续实行郡县制。于是,西汉初年,郡县制与诸侯王国并行的制度,被称为"郡国并行制"。

当时的郡只有十五个,主要设置在旧秦国的疆域之内和魏、韩、楚的西部地区。郡下设县。郡守、县令等主要官吏都由皇帝直接任命。王国的政权机构和中央基本相同,除太傅和丞相由中央任命外,自御史大夫以下的各级官吏,都由诸侯王自己任命。诸侯王还有一定的军权,有财政权,可在国内征收赋税。王国的疆土广大,人口众多,多数王国很富庶。诸侯王国和郡都直属于中央,但诸侯王国的地位远远高于郡。王国的太傅和丞相的职位也高于一般郡守。直到景帝以后,郡和王国的地位才真正相当。

5. 赋税制度

主要赋税有田租、算赋和口赋,更赋。

(1)田租。田租,亦叫田税,性质和其他税收不同,是对土地所有者征收的土地税,对象是土地,征税的主要手段是实物,包括粮食、谷物。汉代田租的税率前后有变化。西汉建立至景帝元年(前151年)大体十五税一。

(2)算赋和口赋。算赋和口赋都是人口税。算赋是丁税,十五至五十六岁的男女,每人每年纳一百二十钱(一算)。口赋是儿童税,七至十四岁的儿童每人每年纳二十钱。

(3)更赋。更赋是代役税。西汉规定,男子二十三岁至五十六岁之间,要服兵役两年。此外,每人每年在本郡服役一个月,叫做更卒或卒更。不服役的,每月出钱二千,叫做践更。每人每年还要戍边三天,不服役的,出钱三百,叫做过更。

6. 军事与法律

汉初建立了比秦朝更为完备的武装力量,在中央设立南、北军,分别由卫尉、中尉统领,作为守卫皇宫和京师的常备军。在地方,有经过训练的预备军,根据地区的具体条件,分别设材官(步兵)和骑士(骑兵),这些预备军皆由郡守和郡尉(后改为都尉)掌管。常备军和预备军的兵源都由郡国征调来的"正卒"充任。

汉初还制走了法律。刘邦入关之初,约法三章,只是稳定社会秩序的临时措施。西汉政权建立后,刘邦认为"三章之法,不足以御奸",令萧何根据《秦律》,制定《汉律》。萧何除去秦律夷三族及连坐法,在秦律的基础上,又增加《兴律》、《户律》、《厩律》3章,合为9章,故称《九章律》。

(三) 文景之治

汉文帝和景帝在位共41年,继续实行轻徭薄赋、奖励生产、与民休养的政策,扭转了汉初以来经济落后、政局不稳的局面,使社会经济由恢复而发展,人民生活更加安定,物资丰厚。史称此时为"文景之治"。当时的主要社会政策有:

1. 轻徭薄赋

文帝、景帝实行轻徭薄赋政策。主要内容有三项:文帝在一段时期内免征田租,景帝则将田租由十五税一减至三十税一,并立为定制。算赋由每人每年纳一算(一百二十钱)减为四十钱。徭役由原每人每年在本郡充更卒一个月减为三年充更卒一个月。

2. 贵粟政策

贵粟政策是文帝时的政论家晁错提出来的。具体做法是"使民以粟为赏罚",就是人民可用粮食向国家买爵位,也可以用粮食赎罪。国家的粮食多了,可以减轻租赋;商人要买爵位,就要向农民买粮,粮价也会提高。为了北防匈奴,令为买爵或赎罪而入粟者将粟运至长城沿线。这里的粮食足够五年之用后,再运至内地各郡县收藏。这项政策一实行,国家的存粮大增,农民的生活和生产都一度得到改善;商人的社会、政治地位也大大提高。

3. 惠商政策

文帝还变"抑商"政策为"惠商"政策。下令"开关梁,弛山泽之禁",就是取消在关口津梁处检查来往行人的制度和山林川泽樵采、捕捞的禁令。商人们可以自由贩运,任意开山鼓铸,砍伐木材。这些措施实行后,商业和手工业都获得迅速的发展。

4. 宽减刑罚

在法律方面,文帝、景帝提倡轻型慎罚。文帝废除了秦以来犯罪亲属连坐、没为官奴婢的"收孥相坐律令"和约束臣民言论的"诽谤妖言之罪"。因齐地少女缇萦上书,将黥、劓、刖等几种残害肢体的肉刑改以笞刑代替,景帝又减少了笞刑数目。

(四) 削藩与七国之乱

文帝即位后,同姓诸侯王的势力日益膨胀。中央为加强集权,开始削弱诸侯王势力。

1.《治安策》

面对中央集权与地方封国势力之间的尖锐矛盾,贾谊向文帝上《治安策》,提出了"众建诸侯而少其力"的主张。就是要将王国分割为若干小国,以削弱其力量。文帝起初就很重视贾谊的建议,但有些犹豫不决;后来形势更加严重了,才把齐国分为六个小王国,立齐王肥的六个儿子为王;又把淮南国分为三个小王国,立淮南王长的三个儿子为王。

2.《削藩策》

景帝时,中央和诸侯王之间的矛盾更加尖锐。御史大夫晁错上《削藩策》,建议借诸侯王犯错误的时机,削减诸侯王的封地。景帝采纳了这个建议,于景帝前三年(前154年),削楚王戊的东海郡,削赵王遂的常山郡,削胶西王卬的六个县。

3. 七国之乱

七国之乱是以刘邦之侄吴王刘濞为首发动的一次同姓王联合大叛乱。刘濞蓄谋叛乱,为时已久。导火线是当时景帝和晁错认为吴王刘濞有罪,欲削他的会稽和豫章两郡。刘濞就乘机串通楚、赵、胶西、胶东、菑川、济南六国的诸侯王,发动了联合叛乱。公元前154年,吴楚等七国以"诛晁错,清君侧"为借口,发动叛乱。周亚夫率领大军迎击吴楚军。他采用重兵坚守,用轻兵断绝吴楚粮道的策略,使吴楚军不能持久作战。只用了三个月的时间,就大破叛军。刘濞逃到东越,为东越人所杀。其余六王皆自杀,七国被废除。

七国之乱平定后,景帝为了进一步削弱诸侯王的权力,以加强中央集权,免除了各诸侯王的行政权力,规定诸侯王不再治民,削减了王国官吏,改称王国的丞相为相。从此以后,王国实际上变成了和中央直接统辖的郡一样的地方政权。

七国之乱的平定和诸侯王权力的削弱,沉重地打击了分裂割据势力,在制度上,基本解决了刘邦实行诸侯王制度时所产生的弊病,进一步加强了中央集权制度。

三、汉武帝的统治与西汉的强盛

汉武帝统治的 50 余年(前 140—前 87 年),是西汉王朝的鼎盛时期。在经济繁荣、府库充溢的基础上,汉武帝在政治、经济、军事等方面采取了一系列改革措施,力图加强专制主义中央集权,以适应统一国家的需要。

(一)汉武帝加强中央集权的措施

1. 中朝的形成

中朝亦称内朝,主要是由皇帝身边的较低级的亲信官吏和侍从人员组成的决策机构。为了加强皇权,限制丞相权,汉武帝提拔了一批中下层官员,作为自己的高级侍从和助手,替他出谋划策,发号施令。这样,在朝官中就有了中朝和外朝之分。由尚书、中书、侍中等组成的中朝成为实际的决策机关,而以丞相为首的外朝官,逐渐成为执行政务的机关。中外朝的形成,显示了统治权力的高度集中。

2. 刺史与司隶校尉

为了加强对地方的控制,武帝于元封五年(前 106 年),分全国除京师直辖区以外的其他地区为十三个州部(监察区),每个州部设刺史一人,称州刺史,简称刺史,以监察地方。刺史"以六条问事",一条是监察"强宗豪右",五条是监察郡守、尉和王国相。征和四年(前 89 年),又于京师所在地设司隶校尉,掌纠察京师百官(三公除外)和三辅(京兆、冯翊、扶风)、三河(河东、河内、河南)、弘农七郡。刺史秩六百石,司隶校尉秩比两千石,都以京官监察地方的高官,司隶校尉还纠察朝官,史称这一制度为汉武帝"以内制外,以小制大"之术。这套制度比秦朝的监察制度严密得多,进一步加强了皇帝对于庞大的官僚群的督导与控制。

3. 察举制

汉初,官吏主要有两个来源:一是按军功爵位的高低,选任各级官吏,故景帝以前,有"吏多军功"之说。二是选自郎官,即郎中令属下的中郎、侍郎、郎中、议郎等。郎官的职责是守卫宫殿和做皇帝随从,经过一段时间,中央或地方官有缺额,即可从郎官中选用。

到武帝时,军功地主已经没落,而郎官多出自"任子"或"赀选",难以选拔到真正的人才。因此,新儒学的代表董仲舒提出正式建立察举制度的主张。他建议由列侯、二千石郡守,每年从地主阶级中推举茂才、孝廉各一人。武帝采纳董仲舒的建议,于元光元年(前 134 年)冬,初令郡国每年举孝廉各一人。从此之后郡国每年推举孝廉的察举制度正式确立了。除孝廉一科为察举取士的主要科目外,武帝还不定期设立茂才、贤良方正、文学等科察举取士,以广泛地吸收地主阶级优秀人才。这些被察举到中央的人员,一般都在郎署供职,由郎官再逐渐升迁。

4.《推恩令》与诸侯王问题

汉武帝时期,诸侯王虽然不像以前那样强大难制,但是有的王国仍然连城数十,地方千里,威胁着西汉中央政权。元朔二年(前 127 年),汉武帝采纳主父偃的建议,颁布《推恩令》:诸侯王除由嫡长子继承王位以外,可以推"私恩"把王国土地的一部分分给子弟为列侯,由皇帝制定这些侯国的名号。按照汉制,侯国隶属于郡,地位与县相当。因此王国分为侯国,就是王国的缩小和朝廷直辖土地的扩大。《推恩令》下后,王国纷纷请分邑子弟,于是诸侯王的支庶多得以受封为列侯,西汉王朝不用黜陟的办法而使王国的辖地缩小。

接着,武帝颁布《左官律》和《附益法》。《左官律》规定,凡在诸侯王国任官者,地位低于中央任命的官吏,并不得进入中央任职。以此限制诸侯王网罗人才,防止他们从事非法活动。《附益法》严禁封国的官吏与诸侯王串通一气,结党营私,以达到孤立诸侯王的目的。

元鼎五年(前 112 年),汉武帝又采取"酎金夺爵"的措施,削夺列侯的爵位。汉武帝以诸侯王所献助祭的"酎金"成色不好或斤两不足为借口,夺爵者达 106 人,占当时列侯的半数。至此,王、侯虽然还存在,但只能"衣食税租",不得过问封国的政事,封土而不治民。通过这些措施,进一步加强了中央集权,基本上结束了汉初以来诸侯王割据的局面。

(二)改革财政经济

汉武帝为了扩大财政收入,支援战争需要,在桑弘羊的协助下,进行了大规模的财政改革。

1. 五铢钱

为了解决私人铸劣钱营利造成的币制紊乱问题,汉武帝决定从统一货币种类、统一货币发行权入手。元狩五年(前 118 年),武帝初令郡国铸五铢钱。元鼎四年(前 113 年),汉武帝下令宣布禁止郡国铸钱,把全国各地私铸的钱币运到京师销毁,把钱币大权收归中央,成立了专门的铸币机构,即由水衡都尉的属官钟官、辨铜、技巧三官负责铸造五铢钱。钟官负责铸造,辨铜负责审查铜的质量成色,技巧负责刻范。这次新铸的五铢钱(也称上林钱或三官钱)重如其文,钱的质量很高,便于流通,成为当时唯一合法的货币。

2. 盐铁专营

元狩四年(前119年),汉武帝任用大盐商东郭咸阳和大冶铁商孔仅为大农丞,专门负责管理盐铁事宜,从此盐铁由政府专卖。在各盐铁产区设立盐官、铁官,隶属于大农。盐官负责组织盐业生产,备置煮盐用的"牢盆",募民制盐,然后将产品统一收购发卖,未经盐官组织而私煮盐者有罪,更不得私售。铁官主管铁矿开采冶炼、铁器铸造及其销售,对生产过程的控制比制盐更加严密。盐铁官营使朝廷获得重利,打击了富商大贾和大手工业者,但也有产品质次价高之弊,损及百姓。天汉三年(前98年),又实行酒类专卖,郡国设榷酤官垄断酒类销售,其生产或出自官府作坊,或由私人向官府承包。

3. 均输与平准

元封元年(前110年),汉武帝采纳大农令桑弘羊的建议,在全国实行均输平准政策。所谓均输就是调剂运输;平准即平稳物价。所谓均输法,就是在中央主管国家财政的大司农之下设立均输官,由均输官到各郡国收购物资,把各地应当运交中央的物资运到售价较高的地区出卖,再买该地物产,易地出售,辗转交换,最后把中央所需货物运回长安。

平准法就是由国家平抑物价的政策。其办法是由国家在长安和其他主要城市中设置掌管物价的官吏,利用均输官所储存的物资,根据市场上的物价,贵时抛售,贱时收购,这样打击富商大贾的囤积居奇行为,使市场物价保持稳定。

西汉朝廷通过均输、平准控制了许多商品的购销,增加了财政收入,并大夺商人之利。

4. 算缗与告缗

为了打击富商大贾、高利贷者的经济势力,增加政府的财政收入,汉武帝于元狩四年(前119年),颁布了算缗令。算缗就是向大商人、高利贷者征收财产税。规定商人财产每2000钱,抽税一算(120钱);经营手工业者的财产,凡4000钱,抽一算;不是三老和北边骑士而有轺车者,每辆抽税一算,商人的车,则征收二算;船五丈以上者,每只船抽税一算。元鼎三年(前114年)又实行告缗,即鼓励告发算缗不实。凡揭发属实,即没收被告者全部财产,并罚戍边一年,告发者奖给被没收财产的一半。

(三) 改革军事

1. 期门军与羽林骑

期门军是汉武帝于建元三年(前138年)建立的,由侍中、常侍、武骑及待诏陇西、北地等六郡良家子能骑射者组成,共约一千人,归光禄勋掌管。因常侍从武帝而期待于殿门,故有"期门"之名。羽林骑是于太初元年(前104年)选六郡良家子组成,约七百人,亦属光禄勋。羽林骑原叫做建章营骑,因守卫建章宫而得名。后更名"羽林骑",取"如羽之疾,如林之多"之意。

2. 八校尉

禁卫军是于元鼎六年(前111年)建立的,共有八支,每支有士卒约七百人,由八个校尉率领,因称"八校尉"。八校尉为中垒、屯骑、步兵、越骑、长水、胡骑、射声、虎贲。八校尉的士卒都由招募而来,是职业兵,这是中国古代有募兵制的开始。这支军队后来发展成为西汉王朝的军事主力。

(四) 独尊儒术的文化政策

1. 罢黜百家,独尊儒术

西汉前期,最高统治集团以黄老无为思想指导政治,在官吏中或社会上,诸子百家的思想都很活跃,这样的情况是不利于加强中央集权的。于是,汉武帝接受董仲舒的建议,"罢黜百家,独尊儒术",即用经过董仲舒改造过的儒学思想,作为统治思想。

董仲舒,他以治《公羊春秋》知名于时,著有《春秋繁露》一书。董仲舒发挥先秦儒家的伦理观,将其概括为"三纲",即君为臣纲、父为子纲、夫为妻纲,又特别阐发了《公羊春秋》的"大一统"思想。董仲舒学说当中的神秘主义倾向十分浓重,大量借用了阴阳家的思想因素,这尤其表现在其"天人感应"理论上。他将天塑造为一个具有人格神色彩的宇宙最高主宰,主张天人合一,天的喜怒哀乐会通过人世间很多自然现象体现出来。君主受命于天,统治百姓,百姓如违抗君主,即是违逆天意。同时君主也要小心谨慎,顺天之命而行事,如无道妄为,天就会降灾异以示警,终至大乱。这样他既以天保护皇权,又用天约束皇权。

董仲舒还特别强调法治,把儒法两家糅合为一体,既主张"以教化为大务",又主张"正法度之宜",其实质就是外儒内法,也就是汉宣帝所说的"汉家自有制度,本以霸王道杂之"。这种统治思想一直为历代封建统治者所奉行。

2. 兴太学

董仲舒还建议在长安兴办太学,培养人才,以选拔官吏。汉武帝接受了这个建议,于建元五年(前136年)置《诗》、《书》、《易》、《礼》、《春秋》五经博士,博士均为今文经学家。元朔五年(前124年),又为博士官置弟子五十人,太学正式开学。充当博士弟子的条件是"民年十八以上,仪状端正者",由太常负责选拔。又从各郡国县中选拔有文学、有教养的青年到太学与博士弟子一同受业,称"如弟子",每年考试一次,优秀的补为郎中、文学、掌故。除在长安设立太学外,武帝还令各地郡国皆立学官,即郡国学。

(五)晚年汉武帝与巫蛊之祸

1. 沉命法

汉武帝末年,由于长时期的兴师暴众和严刑峻法,阶级矛盾日益尖锐,农民起义不断,严重地威胁到西汉王朝的统治。汉武帝一再派中央重要官吏,持节和虎符,发兵镇压农民起义,都未成功。武帝制定"沉命法",自郡太守以下大小官吏,对辖区内的农民起义不及时发觉镇压者,处死。

2. 轮台罪己诏

汉武帝晚年,他的统治政策出现转变。汉武帝停止了对外的征伐,转向对内政的整顿,主要是实行"息民重农"政策。公元前89年,汉武帝拒绝了桑弘羊在轮台扩大屯田的建议,并下诏罪己,表示当今政务最重要的是"禁苛暴,止擅赋,力本农"。武帝又以赵过为搜粟都尉,推行代田法,改进耕作技术,发展生产。汉武帝的政策的改变,收到了良好的效果,社会逐步安定下来,生产有所恢复发展。

3. 巫蛊之祸

又称巫蛊之狱。当时迷信,以为用巫术诅咒及用木偶人埋地下,可以害人,称为"巫蛊"。武帝时,方士和神巫多聚京师,女巫出入宫中,教宫人埋木偶祭祀免灾。武帝晚年多病,疑其左右人巫蛊所致。征和元年(前92年),丞相公孙贺被人告发用巫术诅咒,在驰道埋木偶人,死于狱中。次年,江充诬告太子宫中埋木偶人甚多,太子畏惧,杀江充及胡巫而逃走。武帝发兵追捕,太子也发兵抗拒,激战五日,死者数万人。后太子兵败自杀。

四、西汉后期的社会危机与王莽改制

(一)昭宣中兴

昭帝和宣帝前期,霍光辅政,继续奉行武帝晚年的政策,减少徭役和赋税;放弃酒榷政策,改归民营;又在首都长安和各郡县广置常平仓,控制物价;还"假民公田",就是将国有土地出借给贫苦农民耕种,不收租税。这些办法亦促进了社会的安定,所以史称"昭宣中兴"。

(二)西汉末年的社会危机

1. 限田限奴婢之议

西汉后期的主要社会问题,是土地和奴婢问题。哀帝时,为了缓和阶级矛盾,稳定社会秩序,大臣师丹、孔光、何武等建议实行限制私人占有田地和奴婢数量的政策,史称"限田限奴婢之议"。规定诸王、列侯以及吏民占田以30顷为限;占奴婢则诸王最多不超过200人,列侯、公主100人,以下至吏民30人;商人不得占田,不得为吏。这个办法受到当权的外戚官僚们的反对,被搁置而没法实行。

2. 再受命

西汉末年,社会危机越来越严重。有些方士儒生根据"五德终始"说,编造出"汉运将终,应更受命"的说法,于是哀帝决定实行"再受命"的改制。建平二年(前5年),哀帝宣布"再受命",改元为"太初元将",自号"陈圣刘太平皇帝"。"陈"为舜后,"刘"为尧后。哀帝自称"陈圣刘",意为尧后禅位于舜后,这是应天之命。此闹剧演过两月,社会情况仍无好转,哀帝又自动取消了"再受命"之事。

(三)王莽改制

元寿二年(前1年)哀帝死,王莽复任大司马,并录尚书事,操纵了汉政权。公元8年,王莽代汉称帝,改国号为新。王莽掌权后,为了缓和尖锐的阶级矛盾,颁发诏令,进行改制。其主要内容是:

1. 王田、奴婢政策

为了解决长期存在的土地和奴婢问题,公元9年,王莽根据《周礼》的井田制度,规定:更名天下田为"王田",私人不得买卖;男丁八口以下之家占田超过一井者,分余田与宗族邻里乡党;原无田者,按制度受田,即一夫一妇受田百亩;废除奴婢制度,改奴婢之名称"私属",即家众、家丁。

2. 五均六筦

五均是在长安及全国五大城市洛阳、邯郸、临淄、宛、成都设立五均官。长安分东西市，设令，各市有长、令、长皆兼五均司市官，称为"五均司市师"。下设交易丞五人，钱府丞一人。五均官的任务是管理市场的物价，收工商业税。赊贷是由政府办理贷款，规定贫民遇有丧葬、祭祀或欲经营工商业而无资金的，可向钱府丞贷款。祭祀贷款限十天归还，丧事贷款限三个月归还，不收利息；工商贷款每年要交十分之一的利息。六筦是官府专营盐、铁、酒、铸钱，征收渔猎樵采之税，五均、赊贷，共六事。

3. 改革币制

王莽改革币制是由附会周景王铸大钱引起的。他铸有各种刀币，作为大钱。在始建国元年（公元9年），又进行第二次改革，废刀币和五铢钱。另造二十八种货币，叫做二十八品。黄金一品，银货二品，龟宝四品，贝货五品，钱货六品，布货十品。钱和布为同一物，即铜制，所以总称之为"五物、六名、二十八品"。

4. 统一度量衡

王莽于公元9年实行统一度量衡制度，制造标准的度量衡器颁行天下，令"万国永遵"，作为统一全国的度量衡标准。新莽的度量器物，传世较多，尤以原藏故宫现存台湾的王莽铜斛为珍宝，它已具备斛、斗、升、合、龠五量，构成了完整的度量衡总体。东汉以后各代，多承袭莽制。

5. 更易名号

王莽为了附会西周的官制，在中央设四辅（太师、太傅、国师、国将，位上公）、三公（大司马、大司徒、大司空）、四将（更始将军、卫将军、立国将军、前将军），凡十一公。三公下设九卿、二十七大夫、八十一元士，组成中央机构。又置六监（位上卿），分掌京师宫殿的戍卫、皇帝的舆服等。改郡太守称卒正、连率或大尹等，县令、长称宰。改变少数民族的族名和民族首领的封号，如改高句骊王为下句骊侯，改匈奴单于为降奴服于，改"匈奴单于玺"为"新匈奴单于章"。

王莽改制很快就失败了。失败的原因是多方面的，就他来说，主要问题就是附会古制，任意乱改。

五、东汉的政治

（一）东汉王朝的建立

1. 刘秀建立东汉

刘秀从地皇三年（公元22年）联络南阳附近各县地主豪强以"复高祖之业"起兵加入反王莽战争起，经过三年的征战，在取得河北地区控制权以后，于更始三年（公元25年）六月在鄗（今河北高邑）称帝，建立东汉，改元建武。不久，刘秀招降更始政权留守洛阳的大将朱鲔，建都洛阳。

2. 退功臣进文吏

为了削夺中兴将帅的军权，刘秀适时地提出了"退功臣进文吏"的策略。刘秀"退功臣进文吏"之策的关键是"退功臣"。其做法，一是封侯褒扬，就是给功臣以尊崇的地位和优厚的经济待遇，褒赞建朝之功。二是奉朝请，不任吏职，就是让功臣居家静养，朝廷有事即奉请入朝参与议事，日常不任官职。刘秀在退功臣的同时，多次征召"天下俊贤"，收罗天下文士充任吏职。为广进文吏，刘秀完善了自西汉以来的察举制。

建武十三年，诏三公举茂才各一人，监察御史司隶州牧岁举茂才一人。将每年一度的选举固定成为制度。尽管东汉后来的察举制度流弊丛生，但刘秀的察举求得了许多求上进、勤吏政的好官吏，对东汉初年社会政治的稳定和经济的恢复起到了重要作用。

东汉初年，经过军事上的统一，对政府机构与职能的调整，对功臣的妥善安置，以及在以柔道治国思想下，倡导儒学、释放囚奴、减轻刑法等措施，东汉王朝取得了政治上的稳固，为王朝经济的恢复和发展提供了基础。

3. 光武中兴

为了缓和阶级矛盾，维护封建统治，光武帝刘秀调整了统治政策，减轻对人民的压迫和剥削。从公元26年到公元38年，曾先后下了7次诏书释放官私奴婢（其中一次是免罪徒为庶民）。公元35年，又连下3次诏书，禁止残害奴婢。还废除王莽时期的苛捐杂税，公元30年，把田租从十税一恢复到西汉时候的三十税一。朝廷还有时发给不能生活的贫民急救粮。光武帝提倡节俭，注意整顿吏治，惩处贪官污吏。在他统治十多年后，全国出现了较为安定的局面，生产得到恢复和发展。历史上把这段时期称作"光武中兴"。

（二）东汉初期的政治军事体制

东汉初年对政府机构与职能进行调整的核心是维系专制主义的皇权，通过加强尚书台的权力和强化监察机构,完成了中央政府的重建和调整工作,通过固定州刺史治所和废除郡国都尉,完成了地方政府的建制。

1. 虽置三公,事归台阁

刘秀削弱三公的权力,加强尚书台的权力,这是他的重要集权措施之一。东汉初年,中央最高的官职是三公,就是司徒、司空和太尉。司徒是由丞相改称的,管民政,权力比丞相小得多。司空是由御史大夫改称的,不再管监察,而是改管重大水土工程。太尉管军事。三公的职位虽高,徒有虚名,并无实权。

东汉初年,正式成立尚书台,作为总理国家政务的中枢机构。尚书台设尚书令一人,秩千石;尚书仆射一人,秩六百石。分三公曹、吏曹、民曹、客曹、二千石曹、中都曹,每曹设尚书一人,秩六百石,下辖侍郎六人、令史三人。在东汉,尚书台实际上成了皇帝真正决策和发号施令的权力机构,三公和九卿只是受命办事,形成"虽置三公,事归台阁。三公之职,备员而已"的局面。三公或大将军只有经过皇帝恩准,加"录尚书事"头衔,方可参与中枢决策。六曹尚书的职掌涉及行政、民事、外交、司法诸多与三公九卿所掌相重的事务,并凌驾于三公九卿之上,大大地削弱了三公的权力。

2. 监察制度

为了实行对政府官员行政的有效监督,刘秀在继承秦、西汉监察制的基础上,组建了从中央到地方的监察机构,包括御史中丞、司隶校尉和州刺史。

(1) 御史中丞

东汉改西汉御史大夫为司空,不负监察之责,而将御史大夫属下的御史中丞改任御史台长官,负责监察百官,御史中丞,秩千石。御史中丞下有治书侍御史2人,掌法律条文解释;侍御史15人,掌察举官吏违法,接受公卿群吏奏事。官吏朝见皇帝或国家举行祭天、祀庙、封王侯、拜将相等大典时,御史中丞或侍御史监察威仪。御史中丞的权力仅次于尚书令。

(2) 司隶校尉

西汉武帝时置司隶校尉,至成帝时废除。东汉又复置,兼领一州事,秩比二千石。设从事史十二人,主管察举中央百官犯法者和本部各郡事务。司隶校尉既是京官,又是地方官。参与议论朝政时,位在九卿之上,朝贺时,处于公卿之下。监察权之大,"无所不纠,唯不察三公。"在公卿朝见皇帝时,尚书令、御史中丞、司隶校尉会同并专席而坐,号曰"三独坐"。刘秀重用司隶校尉有别于御史中丞,重在抑制贵戚、权臣,以提高皇权。

(3) 州刺史

东汉初年,在司隶校尉辖区之外,分全国为十二州(部),每州设刺史一人,秩六百石。刺史于每年八月巡行所属郡国,检阅刑狱情况,考察长吏政绩,年终奏于皇帝。其职权在西汉的基础上,将地方选举劾奏之权也转归刺史。刺史职权的扩大是皇权加强的表现,到东汉中后期,刺史逐渐获得地方行政权和领兵权,便发展成为分裂王朝的地方割据势力。

司隶校尉兼领一州,又为中央要职,有监察公卿的权力,再加上中央总监察机构御史台、地方的州刺史,就形成从中央到地方完整的强有力的监察系统,大大地稳固了东汉前期的皇权。

3. 地方行政机构

西汉时刺史无固定治所,刘秀改革使刺史有固定治所,实际上成为比郡高一级的行政长官,可以处理地方政务,不通过三公,可直接上奏皇帝。这就将地方行政管理直接置于皇帝的控制之下,并逐渐形成州、郡、县三级管理制度。

4. 废除郡国都尉

东汉王朝建立之初,仍沿袭西汉制度,每郡置都尉一人,负责地方部队和治安。为了防止地方官员发动武装叛乱,刘秀在建武六年(30年)下诏罢郡国都尉官,取消地方专门统帅军队的武官,将军权归并于守、相,同时取消每年一度的"都试"之制。刘秀所罢都尉仅限于内郡,边郡因多事仍置都尉,以佐太守,分部领兵。其后内地有紧急军情,亦往往复置都尉。郡都尉的废除是东汉地方行政制度的重大变化,虽然减少了地方官员拥兵自重的隐患,有利于中央集权,但在整体上却削弱了国家的军事力量。

(三) 东汉中后期的政治

东汉从中期开始,政权主要控制在外戚和宦官两大集团手中。这两大集团各谋私利,互相斗争,政治黑暗。东汉后期,宦官掌权,政治更加腐朽,一部分比较正直的官吏和太学生结合起来,与宦官集团展开了激烈的斗争。

1. 外戚与宦官

东汉前期,皇帝很注意防范外戚干政,严格限制他们的政治权力,不使权势过大。章帝死后,和帝十岁即位。以后的继位皇帝也多是小儿,太后临朝听政,实是依靠娘家的父兄掌权,因之往往形成庞大的外戚权力集团,左右朝政。小皇帝多非太后亲生,年长之后,畏忌外戚的权势,怕被废黜,就以身边的宦官为心腹,伺机除掉外戚集团,宦官又掌大权。

这样的斗争在东汉中期的和、安、顺、桓四帝时各发生过一次。宦官干政的情况日益严重。第四次斗争是外戚梁冀擅权和宦官单超等诛除梁氏。顺帝以后,外戚梁氏掌权。后父梁商、兄梁冀相继任大将军,历冲帝、质帝、桓帝四朝,成为外戚执政的极盛时代。在梁冀掌政 24 年中,梁氏一门出了七侯、三皇后、六贵人、二大将军,卿相尹校共 57 人。延熹二年(159 年)梁太后死,桓帝与中常侍单超等密谋,除掉梁冀。公卿列校刺史被连及者数十人,故吏宾客被罢黜者 300 余人,"朝廷为空"。梁氏灭门之后,中常侍单超、徐璜、具瑗、左悺、唐衡,因参与谋诛梁冀有功,5 人同日封侯,史称"五侯"。从此以后,东汉政权为宦官垄断。

2. 清议与党锢

宦官垄断政权以后,政治日益黑暗,一些比较正直的高级官吏、在野的地主士人和太学生,采取各种形式,与宦官集团展开了斗争,于是相继发生了"清议"运动和"党锢"事件。

(1) 士人清议

东汉后期,官僚士大夫中出现了一种品评人物的风气,称为"清议"。宦官专政不仅使政治黑暗,而且也垄断了仕途。这就严重地侵夺了士人的上进之路。这一时期,太学生已发展到三万余人,各郡县的儒生也很多,他们上进无门,就与官僚士大夫结合,在朝野形成一个庞大的官僚士大夫反宦官专权的社会政治力量。他们议论政治,品评人物,力图通过清议,反对宦官外戚特别是当权的宦官,挽救东汉统治。

(2) 党锢之祸

东汉末年部分官僚士大夫因反对宦官专政而被罢官禁锢、遭受株连杀害的事件,史称"党锢之祸"。东汉桓帝时,宦官专政,不仅造成了深重的社会危机,而且严重地侵犯了部分官僚士大夫的切身利益。以李膺、陈蕃为首的官僚与太学生郭泰、贾彪等联合,议论政治,品评人物,抨击宦官专权。太学生的舆论攻势获得了朝野上下官僚、士人的支持,引起了宦官的强烈仇恨,于是便指诬这些官僚和太学生结为朋党。桓帝延熹九年(166 年),宦官怂恿桓帝大捕党人达二百多人。李膺及一些党人被赦归田里,禁锢终身,史称第一次党锢事件。建宁二年(169 年)打击过宦官势力的张俭被诬告、受追捕。党人被捕者众多,被牵连致死、废禁的达六七百人。熹平五年(176 年)州郡受命禁锢党人的门生,牵连故吏、父子兄弟以至亲属,史称第二次党锢之祸。直到黄巾起义后,汉灵帝大赦党人,绵延 20 多年的党锢之祸才告结束。

六、两汉社会经济的发展

(一)西汉初期恢复社会经济的政策

汉初,为稳定社会秩序,恢复社会经济,采取重农抑商政策。

1. 重农政策

刘邦的"重农"政策,主要有四点:(1) 复员军队,士卒都给予土地和宅舍,其中的少数成为地主,多数成为自耕农。(2)号召逃亡人口回乡,"复故爵田宅"。(3) 减轻田租(税),十五税一;(4) 下令解放因生活困难而自卖为奴婢的人。这些措施增加了农村的劳动力,在一定程度上稳定了社会秩序,对调动农民的生产积极性,恢复农业生产,起了积极的作用。

2. 抑商政策

抑商政策的主要内容有:商贾及其子孙不得为官吏;商贾不得拥有私有土地。商人一律不准穿丝织品的衣服,不得乘车骑马,不得携带兵器,不得做官,而且还要交纳加倍的人口税。商人的投机倒把、囤积居奇活动受到抑制,这对社会安定和农业生产有利。

(二)东汉初期恢复社会经济的政策

东汉初年,由于经历了长期战乱和伴之而来的人口锐减,社会经济凋敝。为了及时解决当时的社会问题,光武帝刘秀采取了一系列恢复生产、稳定社会秩序的措施。

1. 解放奴婢

奴婢问题是西汉中、后期以来一直严重存在的社会问题。为了缓和阶级矛盾,使封建政府控制更多的劳动力,以增加赋税收入,光武帝刘秀从建武二年(公元 26 年)到十四年中,先后下达六次有关释放奴婢和三次有关禁止虐待奴婢的诏令。释放奴婢的范围包括:因贫穷而"嫁妻卖子"者,王莽时没入为官奴婢者,被权势之家掠为私奴婢者等。解放奴婢、禁止残害奴婢政策的实行,对稳定社会秩序,恢复发展社会经济,都起了积极的作用。

2. 赋民公田与假民公田

东汉初期,由于战争破坏和人口锐减,政府掌握着大片荒芜无主的公田。东汉朝除了将这些"公田"的一部分赐给功臣贵族外,主要用于"赋民"或"假民"耕种。"赋"即给予。赋民公田,就是将国家所有土地给予贫民耕种。接受赋田的农民,也就获得了土地的所有权,成为按法令独立向国家缴纳租税的自耕农。"假,犹租赁。"接受假田的贫民,在性质上变成了国家的佃农,向国家缴纳假税。两种耕种公田的形式,朝廷有时都可以给予粮种、耕牛加以扶植。东汉初期实行赋民公田或假民公田之策,目的都在于解决破产农民无地耕种的问题。

3. 度田与度田事件

土地问题是西汉中后期留下来的另一重要社会问题,也是最主要的社会问题,东汉政府于建武十五年(公元 39 年)下诏州郡,清查核实天下的田地以及户口、年纪,即所谓"度田令"。这样做有两个目的:(1)限制豪强大家兼并土地和奴役人口的数量;(2)便于封建国家征收赋税和征发徭役。在实行度田过程中,豪强大姓都反对清查,隐瞒不报,而刺史、太守惧怕他们的势力,不敢按章如实查核。

光武帝于建武十六年秋九月,以"度田不实"罪处死河南尹张伋等郡守十余人,下令加紧度田。于是大姓兵长们就武装反抗,许多农民不明真相,也跟从大姓兵长反抗,这就是史称的"度田事件"。后来刘秀采取了镇压与分化相结合的政策,对捕获的大姓兵长,迁徙到他郡、县,给予优厚的田宅安排,不予处罚。这实际是一种妥协政策,度田不了了之,反度田斗争也就平息下来。东汉以度田为措施,整顿田亩、户籍及赋税管理,有利于中央集权的加强。

(三)两汉农业的发展

两汉时期农业生产的发展,主要表现在牛耕更加普遍,铁农具更进一步推广,水利工程的大量兴建,耕作技术有了显著的改进。

1. 铁农具和牛耕

西汉时期,铁农具的使用已相当普及。尤其是在黄河、长江两大流域,情况更是如此。特别是在汉武帝时期,冶铁业归国家垄断,铁器的推广更为迅速。在不少地方还发现了铁犁壁,这是在耕地时的一种帮助翻土、碎土的装置。考古资料表明,东汉铁制农具出土地区比西汉进一步扩大。在边远的广西、甘肃、新疆等地都发现了犁铧,在宁夏还发现了犁镜。这一时期还出现了一些新式铁农具,重要的有全铁曲柄锄和钹镰等。曲柄锄是中耕农具,全铁曲柄锄使用起来既坚固又省力。钹镰是割草用的大镰刀,接以长木柄,可直立砍草,生产效率很高。两汉时期以牛耕为主,主要是用二牛抬杠的形式,也有马耕。

2. 水利工程与技术

铁农具的广泛使用,为兴建水利提供了有利的条件。汉武帝时在关中开凿了几条较大的灌溉渠。元光六年(前 129 年),为了转输由关东西运的漕粮,在著名水工徐伯的领导下,征发几万民工开凿了与渭河平行的漕渠。漕渠在渭河南岸,傍渭东行,流经今临潼、渭南、华县、华阴直到潼关附近注入黄河。长达 100 多公里。渠成后,不仅使这一段的漕运时间缩短一半,而且使沿渠两岸万余顷土地受益。白渠始凿于太始二年(前 95 年),在渭水之北,西起谷口(今陕西礼泉东北),东入栎阳,引泾水,注入渭水,与郑国渠平行,长二百里,溉田四千五百余顷。

东汉初年,官府已注意水利的兴修。明帝令著名水利工程专家王景、王吴修治黄河。王景、王吴在修治黄河中成功地创造了水门控制法。从河南荥阳至山东千乘开凿渠道,将黄河与汴河相连,并在这千余里的渠道上,每隔十里立一水门,对黄河与汴河的水量进行调节,使黄河水涨注入汴河,汴河水涨流入黄河,防止了黄河的决堤之患。王景的水门法成功地使黄河在以后的 800 年间没有改道,大大减少了水灾。

东汉初年,各地已在利用水力进行生产。其中影响最大的是水碓和水排。水碓是粮食加工工具,主要用于舂米。水排是鼓风工具,用以冶炼铜铁,亦提高了生产力。在水利灌溉技术上,汉灵帝时的掖庭令毕岚利用齿轮转动传带的原理发明了翻车,以最省力的方式,有效地解决了从低河渠向高田灌水的问题。

3. 耕作技术

西汉的农业生产技术在原有的基础上有较大的进步。汉武帝末,搜粟都尉赵过总结了西北地区抗旱的经验,推广了"代田法"。所谓"代田法",就是把一亩地分成三甽和三垄,年年互换位置,以休养地力。下种时把谷物种在甽里,幼苗长出后,把垄上的土推到甽里,这样作物入土深,抗风耐旱。代田法配合便巧的农具,实行精细的田间管理,每亩产量增加一斛至三斛。

赵过还发明了耧车。耧车是一种播种机,能同时播种三行,也叫三脚耧。一人一牛,一天可播种一顷地,大大提高了播种效率。到成帝时,氾胜之又总结了一种新的耕作方法——区种法。这是一种园艺式的耕作技术,把土地划成许多小区,集中使用水肥,精耕细作,提高了单位面积产量。区种法的出现说明西汉农业技术已达到较高的水平。

(四) 两汉手工业的发展

汉代手工业的发展,主要表现在冶铁业、纺织业以及漆器业等部门。

1. 冶铁业

冶铁业是各项手工业的先导部门,也是促进农业生产发展的主要手工业部门。西汉前期,冶铁业有国营、官营(郡、国经营)和民营三种。国营或官营冶铁业的劳动者主要是刑徒、士卒和雇工。汉武帝于元狩四年(前119年),收冶铁归国营,垄断了冶铁业。西汉冶铁技术有很大提高。当时的工人们已发明了焠火技术,就是在锻造刀剑时,把刀剑烧红,浸入水中,以增强硬度。尤其突出的是,西汉铁器已出现彻底柔化处理的黑心可锻铸铁。

东汉初年,南阳太守杜诗发明了水排,即利用河水的冲力转动机械轮轴,使鼓风皮囊张缩,不断给高炉加氧,"用力少,见功多"。水力鼓风的发明是冶炼技术的一大进步,

在铁器铸造方面,东汉时已熟练掌握了层叠铸造这一先进技术。与战国时期比较,叠铸技术有重大改进,由原来的双孔浇铸,改为单孔一次浇铸。叠铸技术的改进,进一步提高了生产效率。

在制钢技术上,东汉发明了铸铁脱碳成钢技术和"百炼钢"技术。"百炼钢"技术,即将炒钢反复锻打,每加热锻打一次称为一"炼",以炼成含碳量高、含杂质少而组织均匀的优质钢。"百炼钢"代表了东汉炼钢工艺的最高水平。冶铁效率和铸造技术的提高,进一步促进了铁器的普遍使用。

2. 纺织业

西汉的丝织业比较发达,主要是官府经营的丝织业作坊。国营纺织业主要是为皇室和官府织造服装。最重要的国营纺织业有三处:(1)东织室和西织室,都设在长安,专为皇室织造衣物。(2)三服官,设在齐国的都城临淄,每年用精美的丝织品制作皇室的冬、夏、春(秋)三季的服装。所以有"三服"之称。(3)陈留郡襄邑(今河南睢县)也设有服官,专为皇帝和贵族、大臣们制作礼服。

西汉纺织品的种类很多,有锦、绣等。同时还出现了织造提花织物的机械——提花机,而且提花技术已经达到了很高的水平。

东汉的桑、麻种植的范围比西汉扩大,养蚕和丝织业、麻织业都有很大的发展,纺织技术也有进步。主要丝织品产地在今山东、四川等省,设置有服官,京师洛阳设有织室,专为皇室和高级贵族、官僚制做服装。

3. 漆器

汉代的漆器业有很大的发展。在蜀郡(成都)和广汉等地都设有工官,监造皇室、贵族使用的精美漆器。漆器的制作过程复杂。漆器的种类很多,有耳杯、盘、壶、盒、盆、勺、枕、奁、屏风等。颜色有黑、红或朱红,大多色彩鲜艳,构思巧妙。长沙马王堆汉墓出土漆器180多件,不仅品种多样,而且造型美观,色泽光亮。

(五) 两汉商业的发展

1. 商业

农业和手工业的发展,促进了商业的繁荣。汉初虽然曾禁止商人衣丝乘车、当官为吏,但国家的统一,经济的恢复和发展,山泽禁令的放弛,给商业的繁荣创造了条件。东汉的商品种类比西汉多,市场扩大,交通发达。在城市中都设有交易市场,叫做"市"。市内按所卖商品种类,分为若干"市列"或"列肆",每个列肆又有很多店铺或商摊。

辜榷是商业交易中的一种包揽政府买卖的独占行为,出现于西汉末年,在东汉很有市场。因为这种向官府包揽式买卖,从中可以获得垄断性的高额利润。所以从事辜榷商业活动的,都是与豪门贵戚高级官僚有勾结的富商大贾。

2. 城市

商业活动主要在都市进行。由于各地经济发展不平衡,都市的分布也很不平衡。汉武帝时,全国比较著名的都市有20个左右,分布在关中、三河、燕赵、齐鲁、梁宋、楚越、巴蜀等地,大多数集中在经济最发达的黄河中下游一带。长安是西汉的都城,也是全国最大的商业都市。长安交通便利,是西北与巴蜀和内地贸易的枢纽,又是与西域通商的中心。

除长安之外,洛阳、临淄、邯郸、宛(今河南南阳)、成都等都是当时著名的大都市。洛阳水陆交通方便。临淄丝织业发达,人口密集,是齐鲁的中心。邯郸是黄河以北的商业中心。宛是南北交通要道,冶铁业很发达。

成都的手工业,特别是蜀锦,驰名全国。

3. 民族合市

民族间由官方组织的定期(或不定期)的商业交换关系,叫做"合市"或"互市"。合市在西汉已出现。东汉时期,汉和匈奴之间,定期合市。每次合市,汉商以巨量的铁器、丝织品和其他手工业品,交换匈奴的数以万计的牛马。汉和羌、乌桓、鲜卑以及西南各族之间,也定期合市。合市这一交换形式在促进民族间的经济、文化交流方面,起了重大的作用。

(六) 东汉地主庄园经济

在豪强地主支持下建立起来的东汉王朝,使豪强地主在东汉一代几乎不受限制地发展起来,形成了对社会政治与经济具有重大影响的豪强地主田庄。东汉社会土地占有分私有与公有两部分,私有土地由自耕农与地主占有。其中私有土地最大的占有者是豪强地主,他们对私有土地的经营大多采取田庄的管理模式。

豪强地主田庄在经济、政治、军事上具有显著特点:(1) 规模大,多种经营。经过数十年,甚至近百年的土地兼并,东汉的豪强地主田庄的规模都十分巨大。一般以农业为主,兼营林、牧、渔各业,还从事某些手工业,或进行一定的商业和高利贷活动。(2) 聚族而居,宾客相附。东汉地主田庄往往以宗族为核心聚族而居,这里有宗族聚居的因素和社会动乱宗族互保的原因。每一个田庄,在若干作坊、宅院、庭院之外,多修有高墙,在高墙的四周建有瞭望谯楼,战乱时每一个田庄就是一个坞堡。这样,在地主田庄里,就往往聚有宗族、宾客、徒附、部曲和奴婢数百人或数千人,田庄主既是占有整个庄园的大地主,又是宗族长。(3) 拥有私人武装。东汉豪强地主武装的形成,与刘秀削弱地方军权有关。随着郡国都尉的废除和轻车、骑士、材官、楼船士及军假吏等地方军队的省罢,豪强为了田庄的治安,组建了田庄武装。这支田庄内的地主私人武装,多由徒附和宾客组成。

豪强地主田庄与自耕农经济相比较,具有很强的生存与发展能力。考古发现的陶风车、陶水井、短辕一牛挽犁画像石、曲柄锄石刻、水利灌溉模型等都出土于东汉豪强地主的墓中,说明地主田庄具有兴修水利、制造推广新农具、实施耕作新技术等能力,而这些对于自耕农则是不可想象的。以宗法关系聚族而居的地主田庄可以组织大规模农业生产,这也是个体自耕农不可能做到的。

豪强地主田庄经营范围很广,使各种生产互相促进,克服了一般地主单一经营的缺点。同时,田庄对生产精心策划和组织管理,在战乱期间,对生产发展也起一定的保护作用。

七、秦汉社会结构与社会矛盾

(一)秦朝的社会结构与秦末农民起义

1. 秦朝的社会结构

统一后的秦,除皇室外,在地主阶级中明显地分为两种类型,即军功地主和宗法性地主,前者主要来源于秦国,后者是秦以外的原六国地主、贵族。不论是军功地主还是宗法性地主,他们都属于"身份性地主",即土地所有权的取得是由军功或世袭而来。

农民阶级大致有两个阶层,即自耕农和依附农。自耕农是秦代农民中的主要成分。他们多数人被称为"士伍",没有爵位,但有独立户籍,自耕农有属于自己所有的生产资料和家室、妻子。自耕农是国家各种赋税、徭役的主要承担者。依附农民主要有两个来源:一是统一前秦国原有的依附农民,二是统一以前秦国以外六国的依附农民。同自耕农相比较,依附农民不直接承担封建国家的赋税、徭役,但地主阶级对他们的压榨远甚于前者。

除地主和农民两大对立阶级外,秦代社会尚存在有一定数量的官、私奴隶。

2. 陈胜吴广起义

秦二世元年(前209年)七月,一队开赴渔阳(今北京密云)的闾左戍卒900人,遇雨停留在大泽乡(今安徽宿州境),不能如期赶到渔阳戍地。按秦法"失期当斩"。陈胜、吴广就发动这群农民举行了起义。先后攻占大泽乡、蕲县,在攻下楚的故都陈县(今河南淮阳)时,已有兵车六七百乘,战马千余匹,战士数万人。

陈胜以陈县为都城,被推举为"张楚王",建立了农民政权;还提出了"伐无道,诛暴秦"的口号,以号召群众。吴广为假王,率主力军西击荥阳。吴广围攻荥阳不下,陈胜又以周文为将军,率军直取关中。

秦以少府章邯为将军,编骊山刑徒为军队,大败周文部起义军。周文退出关中,又被章邯击败,周文自杀。吴广的将军田臧劝吴广放弃攻荥阳,去迎击章邯,吴广不听,为田臧杀死。田臧又为章邯击败而死。在章邯进攻陈县时,陈胜率军迎战,因兵力薄弱,败退至下城父(今安徽蒙城),被车夫庄贾所杀。陈胜领导的农民起义只有半年就失败了。

3. 巨鹿之战

陈胜、吴广死后,继续领导农民进行反秦斗争的是项羽和刘邦。旧楚名将项燕之子项梁和梁侄项羽在吴(今江苏苏州),杀掉秦会稽郡守,起兵响应。不久项梁率八千子弟兵渡江北上,队伍扩大到六七万人,连战获胜。原沛县亭长刘邦和一部分刑徒逃亡山泽,这时也袭击沛令起事,后归入项梁军中。项梁立楚怀王之孙为楚王,继续与秦军战斗。以后,项梁在定陶败死,秦章邯军转戈北上,渡河进攻另一支反秦武装——武臣所立之赵。

楚怀王命宋义为上将军、项羽为次将,率七万人救赵。宋义畏缩不前。项羽杀宋义,率军北渡漳水,破釜沉舟,每人只带三日的粮食,与秦军进行决战。九战九捷,大破王离军,王离被俘,章邯南逃,随解巨鹿之围。项羽继续追击章邯部秦军,后章邯率20万人在殷墟(今河南安阳)投降项羽。项羽怕降卒有异心,行至新安(今河南渑池),把这20万降卒全部坑杀。巨鹿之战是秦末农民大起义中最激烈的、具有决定意义的一场战斗。这场大战的胜利,基本上消灭了秦王朝赖以存在的军队,扭转了整个战局,为最后推翻秦王朝的统治奠定了基础。

在项羽解巨鹿之围时,刘邦奉命西击秦。刘邦起初只有数千人,一路收集散布于各地的起义军,以扩大自己的势力,又对秦军避实攻虚,经过一年多的迂回进军,于秦二世三年(前207)八月攻入武关。十月,刘邦军至霸上(今陕西西安市东),子婴投降,秦亡。

(二)两汉的社会结构

1. 地主阶级

(1)军工地主

从汉初到西汉中期,居于地主阶级上层的是军功地主;西汉中期到东汉则是豪族地主。西汉建立后,继承了秦的军功爵制。汉高祖刘邦颁布的军队复员令和复故爵田宅令,一方面通过论功行赏,扶植了一批新的军功地主,另一方面又恢复和维护了原有的军功地主的地位。刘邦还对跟随他夺取天下的高级文官武将进行大规模的赐爵封侯。列侯和其他高爵的军功地主,在封邑或食邑内,凭借国家机器,强迫农民缴纳租赋,提供无偿劳役。西汉初从中央到地方军政大权都由他们掌握。

从惠帝开始,赐爵制度发生了重大变化,赐吏爵、民爵,还有卖爵,有钱有粮就可买到爵位。随着军功爵制的破坏,军功地主集团也就衰败下去了。

(2)豪族地主

豪族地主是汉代社会引人注目的阶层或集团。文景时期采取的入粟拜爵,就是扶植豪强的一项政策。当时的大地主、大商人拥有粮食,把粮食运到边境就可得到爵位,实际是加强了他们的政治地位。另外西汉政府实行轻田赋,重人头税,也是扶植豪强的一项政策。田租由十五税一减到三十税一,人头税却很重,这对于占有众多土地而人口少的地主有利。另外,汉武帝时开始起用商人做官,使商人与地主、官僚三位一体,加速了土地兼并,形成大土地所有制。随着土地兼并的加剧,新的豪族地主又继续形成并得到发展。

东汉时豪族地主势力进一步发展,在经济上经营大地主田庄,拥有控制依附农民的特权。在政治上把持选举,垄断各级政权。在文化上,传习家学,通经入仕,屡世高官,形成了门阀大族。

2. 农民阶级

农民阶级包括自耕农、佃农和雇农。自耕农要承担封建国家的各种租赋,包括田租、算赋、口赋和各种徭役。破产的农民,多数被迫依附于大地主作佃客。佃客一般以对分的比率,向地主交纳地租。还有一些破产农民,迫于生计,为佣工糊口。

3. 奴婢

两汉奴婢数量很大,有官奴婢和私奴婢之分。奴婢的来源,一为罪犯本人以及重罪犯的家属没官为奴者,一为原来的私奴婢,通过国家向富人募取或作为罪犯财产没官等途径,转化为官奴婢。官奴婢主要从事宫廷和官府中各种劳役,如侍奉、洒扫、乐舞、豢养禽兽等,也有在官府手工业作坊中劳动或从事畜牧、营建和耕种公田的。私奴婢主要来自破产农民。他们有的是被迫自卖为奴;有的是被人掠卖为奴。私奴婢主要从事家务劳动,有一部分则从事农业、手工业生产乃至经商活动。

(三)西汉末年的农民战争

西汉末年的农民大起义是长期的社会矛盾发展的结果;但是王莽改制造成的混乱加速了大起义的爆发,形成了以绿林、赤眉为首的农民大起义。

1. 绿林军

天凤四年(公元17年),荆州一带发生饥荒,新市人王匡、王凤兄弟,被推为领袖,聚众数百人起义。他们的根据地在绿林山(今湖北大洪山中),故称为“绿林军”。不久,起义军分化成下江、新市、平林三支军队,势力扩大到江汉流域。

2. 赤眉军

在绿林军起义的第二年,琅琊(今山东诸城)人樊崇率领百余人在莒县(今山东莒县)起义,不久转入泰山。次年,徐宣、谢禄、杨音等也聚众数万与樊崇会合。他们在泰山、北海一带进行斗争,击败田况所部莽军。为了作战时与敌人相区别,起义军用赤色染眉,因称之为"赤眉军"。地皇四年(公元 22 年),王莽派太师王匡、更始将军廉丹率十万官兵前来镇压。赤眉军在成昌(今山东东平)大败莽军,廉丹被杀,王匡逃命。成昌大捷后,赤眉军乘胜向西发展,人数已达 10 万人。

3. 昆阳之战

西汉宗室、南阳大地主刘縯、刘秀兄弟,以"复高祖之业"相号召,联络附近各县地主豪强,并且把宗族、宾客组成一支七八千人的军队,称为舂陵军,参加反对王莽的行列。绿林军领袖为了扩大影响,于宛城南面的淯水上拥立刘玄作皇帝,恢复汉的国号,年号更始(公元 23 年)。起义军节节胜利,王莽十分恐慌,急派大司徒王寻、大司空王邑,征调各州郡精兵 42 万人,迎击起义军。先以 10 万人围攻昆阳。起义军将领王凤自率八九千人坚守昆阳城,派刘秀率小部突围,收集各县起义军回救昆阳。刘秀收集了数千人,突入王莽军的指挥中心,莽军大乱。城内守军乘势杀出,莽军大败,死伤以万数,王寻被杀,王邑狼狈逃窜。这就是历史上以少胜多的著名战例之一昆阳之战。

4. 农民起义失败

绿林军乘胜向王莽展开强大的攻势:一路由王匡率领北上直攻洛阳,一路由申屠建、李松率领西攻武关,直捣长安。这时长安发生暴动,王莽被杀,长安被绿林军迅速攻克。更始二年初,更始帝刘玄迁都长安。更始二年(公元 24 年),赤眉军分兵两路西攻长安,讨伐刘玄。次年春两路军会师弘农,拥立 15 岁的汉宗室刘盆子为帝,建立了政权。接着西进至高陵,与绿林军将领王匡等联合。同年九月,攻入长安,刘玄投降,不久被绞死。由于豪强地主隐匿粮食,聚众反抗,长安城中粮尽,赤眉军被迫退出长安。东归途中,在宜阳遭刘秀大军包围阻击,全军覆没。坚持十年之久的绿林赤眉大起义至此失败。这次起义推翻了王莽政权的腐朽统治,沉重打击了地主阶级,具有不可磨灭的历史功绩。

5. 刘秀统一全国

刘秀在消灭了赤眉军后,继续镇压其他农民起义军。这时,在中原地区和边疆地区还有若干割据势力,自立名号,与刘秀相对抗。刘秀从建武二年(公元 26 年)开始进行统一中国的战争,用招降和进攻两种手段,逐步消灭割据势力。至建武十二年,全国基本上统一。

(四)东汉末年的农民战争

1. 太平道和五斗米教

太平道是早期道教的一支,大约产生于东汉中期。太平道以尊奉《太平清领书》而得名。《太平清领书》后来被称为《太平经》,是道教最早的经典。这部书所包含的思想内容极为复杂,既有辟谷食气、符诀神咒、鬼魂邪怪、求神成仙之类的迷信思想,也有改造社会的主张。

东汉末年,张角根据此书,创立太平道。他自称"大贤良师",派弟子 8 人到各州郡传道,用符水治病。太平道被苦难人民视为救星,十多年信道者增至 30 多万人,遍布青、徐、幽、冀、荆、扬、兖、豫等八州。经过较长时间传道活动之后,将流散各地的贫苦农民组织起来,全国共分 36 方,大方万余人,小方六七千人,各有首领。太平道的广泛传播,为张角最后举行起义做了思想与理论准备。

与太平道传播的同时,在巴蜀地区也流行着另一支由张陵领导的原始道教——五斗米道。以凡入道者,皆"出五斗米"故名。其教义也主张平均、平等,主要活动于雍、益二州,根据地在汉中。道徒的组织很严密。初入道者称"鬼卒",首领称"祭酒",更高者称"治头大祭酒"。

2. 黄巾起义

在经过长期的组织准备之后,张角决定于灵帝中平元年(184 年)即甲子年的三月五日,在全国同时起义,并提出了"苍天已死,黄天当立,岁在甲子,天下大吉"的口号,并用白土在京城各衙署门及州郡官府门上写上"甲子"二字,表明太平道的意向、起事时间和斗争所指。可是由于叛徒唐周告密,决定提前于二月间起义,各地起义军以黄巾包头。张角称天公将军,其弟张宝称地公将军,张梁称人公将军,领导巨鹿的黄巾军。起义以后,黄巾的主力主要集中在三个地区:冀州黄巾军由张角兄弟率领,颍川黄巾军由波才领导,南阳黄巾军由张曼成领导,进攻矛头指向洛阳。东汉政府也主要围剿这三个地区。东汉朝廷派何进为大将军,调集大军防守洛阳,以皇甫嵩、朱儁、卢植为中郎将,率军进攻黄巾军。各地的豪强地主也把宗族、部曲、家兵组成地主武装,修筑坞堡,与黄巾军相对抗。黄巾军的主力经过 9 个月的激烈战斗先后失败。

黄巾起义比秦末和西汉末的农民大起义有明显的进步。主要有两大特点:(1)这次起义有计划、有纲领、有组织、有准备;(2)利用宗教组织发动农民起义。

八、秦汉的民族关系

(一)秦汉与匈奴的关系

1. 秦与匈奴的关系(见本章一)

2. 西汉与匈奴的关系

(1)白登之围

汉六年(前201年),冒顿单于发兵围攻马邑,韩王信投降,次年又攻晋阳(今山西太原市)。汉高祖闻讯,亲率30万大军迎战,被匈奴围困于平城白登山(今山西大同东南),达七天七夜,和主力部队完全断绝联系。后来用陈平计,向单于阏氏行贿,才得脱险。

(2)和亲政策

汉初,由于战争破坏,经济亟待恢复,政权尚未巩固,无力对匈奴作战。汉高祖只好采纳娄敬"和亲"的建议,把汉室公主嫁给单于,每年送去大批的丝绸、粮食、酒等,与匈奴约为兄弟,以缓和匈奴的侵扰。实行和亲没能从根本上解除匈奴的威胁。匈奴一面和亲,与西汉进行贸易,另一方面又派兵经常骚扰,抢掠财物。但是,和亲避免了汉匈之间大规模的战争,有利于西汉王朝集中力量解决内部问题,休养生息,恢复发展经济。

(3)汉武帝对匈奴的战争

汉武帝即位以后,由于西汉经济、军事、政治力量的强大,对匈奴作战的条件成熟了,于是改变和亲政策,发动了对匈奴的战争。规模最大的有三次大战役。

元朔二年(前127年),汉武帝派卫青率军出击,把匈奴赶出河套地区,并设立朔方、五原两郡。同时,修复了该地的秦长城,并移民10万口在此开发防守。河套地区土地肥沃,宜耕宜畜牧,是匈奴南下的根据地。收复河套地区,解除了匈奴从河套地区南下对西汉首都长安的威胁。

元狩二年(前121年),汉将霍去病率军出陇西西击匈奴,汉军西进1 000余里,攻克焉支、祁连二山,杀掠匈奴4万余人,使匈奴遭到重大打击,匈奴浑邪王杀休屠王,率部众4万余人归降汉朝。西汉占领河西走廊,先后设张掖、酒泉、武威、敦煌四郡,从此自河西走廊至罗布泊一带无匈奴,匈奴与西羌的联系断绝,从而打通了汉通西域的道路。

元狩四年(前119年),汉武帝派卫青、霍去病分东西两路,同时进击漠北。卫青率军与匈奴单于大战于单于龙庭附近,单于战败率几百骑兵突围逃遁。汉军斩虏匈奴两万人,前进到寘颜山(今蒙古杭爱山)赵信城。霍去病率军从东路出击,大败匈奴左贤王,杀虏匈奴七万余人,一直前进到狼居胥山(今蒙古乌兰巴托附近)。此次战役汉军取得辉煌胜利,迫使匈奴放弃漠南地区,向西北边远地区迁徙,从而基本上解除了匈奴对整个西汉北边的威胁。

(4)昭君出塞

汉匈战争,汉损失士卒数万人,马十余万匹,无力再进行大规模的战争。匈奴也损失惨重,后分裂为五部,互相攻杀。其中的一部首领为呼韩邪单于,投降汉朝,南徙于长城一带,要求与汉和亲。公元前33年,呼韩邪单于到长安,汉元帝以宫人王嫱(字昭君)嫁与呼韩邪单于,号宁胡阏氏;元帝亦改年号为竟宁。从此,汉匈之间又恢复了和亲。呼韩邪归汉是一个重大历史事件,它结束了汉匈长期的战争状态,转入和好,促进了汉匈关系的发展和中原与塞北的联系,初步实现了汉匈之间的统一。

3. 东汉与匈奴的关系

(1)南北匈奴

东汉初年,匈奴贵族为争夺单于继承权而分裂为南、北两大部,史称南匈奴和北匈奴。南匈奴立比为单于。比的祖父呼韩邪单于与汉"和亲",娶王昭君为阏氏。比亦向东汉"奉藩称臣",刘秀命中郎将段郴监护南匈奴,单于庭内迁到云中(今内蒙古托克托),后又迁美稷(今准格尔旗北)。其部属也随同内迁,势力日益强大。北匈奴立呼韩邪的另一个孙子蒲奴为单于,曾为南匈奴击败,退居漠北。

(2)东汉对北匈奴的战争

北匈奴的存在始终是东汉朝廷之患,随着中原政局的稳定和社会经济的发展,东汉朝廷对北匈奴的政策,开始由羁縻转向军事进攻。从永平十六年(公元73年)至永元二年(公元90年),前后进行了长达17年的战争。明帝永平十六年,汉将窦固、耿忠出酒泉塞,击败北匈奴呼衍王,追踪直至蒲类海(今新疆巴里申湖),置宜乐都尉，屯田伊吾(今新疆哈密)。次年，窦固、耿忠又合兵击平车师前、后王，重置西域都护，切断北匈奴与西域的联系。北匈奴困窘，诸部南下归汉者逐年增多。和帝永元元年(公元89年)，汉将窦宪、耿秉等得南匈奴之助，又大败北匈奴，逐北3 000里，登燕然山(今蒙古杭爱山)，刻石记功而还。永元二年、三年，汉军又连续大破匈奴，斩获甚众，单于遁逃，汉军出塞5 000里始还。此后，北匈奴有的降于汉或南匈奴，有一部分随北单于逐步西迁。

(二) 两汉与西域各族的关系

1. 西域

西域有广义与狭义之分。狭义指玉门关以西，葱岭以东；广义则包括葱岭以西，亚洲西部和欧洲东部一带。当时以天山为界，分为南北两部，分布了36个小国，大部分在天山南部。公元前2世纪初，匈奴冒顿单于征服了西域，设立僮仆都尉，掠夺人口，索取贡税，并以此为据点，向西汉进攻，西域遂成为匈奴军事上的据点和经济上的后盾。

2. 张骞通西域

张骞两次出使西域。第一次是武帝建元三年(前138年)，第二次是元狩四年(前119年)。出使西域的目的：第一次要联合大月氏，第二次要联合乌孙。当时匈奴在西域势力很大，大月氏、乌孙不想再回原地，所以张骞原定的目的未能达到。但是，张骞第一次出使西域，对六七个国家的自然环境、物产、风土人情等进行了考察，回来后向武帝做了详细汇报。第二次出使到乌孙，并派助手到达许多国家。他回来时带了几十名乌孙人到长安，这是西域派使者第一次到中原来，受到隆重接待。不久，张骞的助手们也带着其他国家的使者一起回到长安。从此，西域不断派使到长安，西汉也遣使到西域各国去，每批数十至数百人，建立了和西域各国的联系。

张骞通西域后，汉族人民与西域各族人民的经济文化联系日益密切，中原地区的先进技术不断地传入西域，如中原的井渠法和穿井技术对西域的影响很广泛。此外丝织品、漆器等精美手工艺品大量向西域行销，对西域的经济发展有着重要意义。西域劳动人民也把繁殖和饲养牲畜的方法、种植瓜果蔬菜和豆类的技术传到了汉族人民居住地区，丰富了汉族人民的经济文化生活。

3. 西域都护

宣帝神爵二年(前60年)，汉又控制了西域北道。宣帝任命郑吉为西域都护，仍驻乌垒城。自今巴尔喀什湖以东、以南的广大地区都成为西汉王朝的疆域，归西域都护统辖。这是西汉派驻西域的最高长官。从此，确立了西汉在西域的统治，匈奴基本上撤出了西域。

4. 丝绸之路

西汉王朝在西域设置行政机构以后，促进了中国与中亚、西亚的经济、文化联系。当时，自长安经河西走廊通向中亚，共有两条道路：一条出阳关，经鄯善(今罗布淖尔附近)，沿昆仑山北麓西行，过莎车，西逾葱岭，出大月氏，至安息，西通犁轩；或由大月氏南入身毒。另一条出玉门关，经车师前国、沿天山南麓西行，出疏勒，西逾葱岭，过大宛，至康居、奄蔡。这就是著名世界的"丝绸之路"。

5. 班超经营西域

明帝永平十六年，东汉政府派窦固等率兵大败北匈奴，占领伊吾卢城，赶走了北匈奴在车师前、后王国一带的势力，着手恢复与西域诸国的政治关系。窦固派班超率吏士三十六人与南道诸国联系。班超得到鄯善、于阗、疏勒的支持，杀掉匈奴使者，控制了南道。和帝永元三年(公元91年)，北道的龟兹降于班超，汉以班超为西域都护，驻龟兹(今库车县东郊皮朗旧城)。永元六年，班超又控制了焉耆。至此，西域五十余国又摆脱了匈奴的奴役，纳于东汉都护的统辖之下。

永元九年(公元97年)，班超派甘英出使大秦(罗马帝国)。甘英西经条支(今伊拉克)、安息(今伊朗)诸国，至安息西界(波斯湾)，未过海而还。甘英是我国古代继张骞的副使之后到达西亚的使节，为打通欧、亚交通做出了重要贡献。班超在西域的活动，为增进汉族与西域各地区政治、经济的联系，维护多民族国家的统一，立下了历史功勋。

(三) 两汉与西南夷、东南、东北各族的关系

1. 西南夷

西汉时期，在我国西南地区，今云南、贵州和四川西南部一带，居住着许多语言、风俗不同的少数民族，当时统称为"西南夷"。汉武帝时，西南各族人民与内地联系与日俱增。汉武帝曾派唐蒙到夜郎，厚送礼物，夜郎和邻近邑落归附汉朝，在那里设置犍为郡(今四川宜宾)。

张骞从西域归来后，汉武帝想打开由西南地区通往身毒的道路，前后派出使者十多批，到了昆明以西，无法前进,才停止。元鼎元年(前111年)西汉破南越之后,在西南设郡,以邛都为越巂郡,筰都为沈黎郡,冉駹为汶山郡,白马为武都郡。元封二年(前109年)汉武帝发巴蜀兵至滇,降滇王,以其地为益州郡,并赐"滇王王印,复长其民"。此后西南大部分地区都归入西汉的直接管辖之下,西南各族和汉族人民之间的联系更加紧密了。

2. 东越与南越

东越分为闽越和东瓯两国。建元三年(前138年),闽越进攻东瓯,东瓯向长安告急,汉武帝派兵救东瓯,闽越退兵。东瓯请求内迁,武帝迁东瓯人于江、淮之间。建元六年(前135年),闽越又进攻南越,南越也向长安告急,武帝出兵击闽越,闽越贵族杀了闽越王,又与汉对抗。武帝派陆海士卒进攻闽越,后亦迁闽越人于江、淮之间。元鼎五年(前112年)秋,武帝遣伏波将军路博德、楼船将军杨仆等以楼船(水兵)十万人,分四路进攻南越。次年,破番禺(今广州),以南越地置儋耳、珠崖、南海、苍梧、郁林、合浦、交趾、九真、日南九郡。

3. 乌桓与鲜卑

东汉初年,乌桓和鲜卑都曾侵扰东汉的东北边境。建武二十五年(公元49年),辽西的乌桓大人郝旦与汉通好,到洛阳朝见刘秀,刘秀封乌桓八十一人为王、侯等,允许乌桓迁居于沿边诸郡,协助汉防御匈奴和鲜卑。汉在上谷宁城(今河北宣化附近)置护乌桓校尉,兼领与乌桓、鲜卑互市等事。鲜卑继乌桓之后,也归附东汉,刘秀封鲜卑的首领为王、侯。桓帝时,鲜卑大人檀石槐统一鲜卑各部,立庭(首府)于今张家口北。分三部进行统治:自右北平(治今河北丰润县东南)以西至上谷(治怀来),为中部,慕容部世为中部大人;上谷以西至敦煌,为西部,拓跋部世为西部大人;右北平以东至辽东(治今辽宁辽阳),为东部,宇文部世为东部大人。都以部为氏。不久,檀石槐死,鲜卑又分裂为数部,力量减弱。

九、秦汉的思想、文化和科技

(一) 两汉时期的思想

1. 汉初的黄老思想

汉初吸取秦末农民战争的教训,采取在黄老思想指导下的"无为而治"的统治政策。黄老学说的特点是:在政治上肯定新的封建一统王朝的统治秩序,承认君臣关系不可改变的前提下,极力主张"无为而治",认为统治者用少所作为的办法,就能缓和社会矛盾,稳定统治秩序。在这种思想指导下,汉初统治者采取"顺民之情与之休息"的政策,以适应恢复生产、稳定社会秩序的需要。西汉初年黄老思想的代表作是陆贾的《新语》。汉初"无为而治"的思想,促进了封建统治秩序的巩固,为社会生产的恢复创造了条件。

2. 董仲舒的儒家思想

董仲舒(前179—前104年),广川人。为了适应汉中期统治者的需要,他不但首倡儒学独尊,而且把孔子的学说宗教化,把封建专制制度的理论系统化,形成了一套完整的思想体系。他给汉武帝上《天人三策》就是这一思想体系的具体说明,《春秋繁露》是其代表著作。

为了维护封建统治,董仲舒提出"天人合一"说和"天人感应"说。他把自然界的"天"塑造成为有意志的人格神,把人间的一切都说成是上天有目的的安排。自然和社会的一切变化,国家的兴亡,都是上天意志的表现。天意与人事紧密相连,天以祥瑞灾异影响人,人的活动也能感动天。这为两汉谶纬迷信思想的进一步泛滥提供了理论依据。董仲舒还大力宣扬孔孟"君君、臣臣、父父、子子"的等级观念,并提出了"三纲"、"五常"的伦理规范。

董仲舒学说的思想核心,是从维护统一的封建中央集权的立场出发,神化专制皇权,并力图把封建政权、神权、族权、夫权结合起来,所以长期以来为封建统治阶级所信奉。董仲舒的学说,基本上是借用阴阳家的思想重新解释儒家经典。这种新的儒家学说,适应文、景以来社会政治、经济发展的要求,对于巩固国家的统一,有其积极作用。

3. 经今古文之争

秦朝不仅"焚书坑儒",还下"挟书令",藏有儒家经典者治罪,因之在秦代无传授和学习儒家经典者。汉初,儒家经典只能靠那些仅存下来的学者们背诵记录,再由当时通行的文字"隶书"抄写下来。后来在孔子旧宅与河间献王等处,又陆续得到许多战国时代遗留下来的儒家经典,字体是用秦统一前的篆书抄写的,因此被称为古文经,原来用隶书字体写的便称为今文经。

今文经和古文经不仅字体不同,篇章多少不同,而且对经学内容的解释也有很大差异。今文经学解释经义,主要在于"通经致用",着重章句推衍,结合阴阳五行灾异和刑名学说来发挥"微言大义",提倡大一统,尊君抑臣、正名分等思想。古文经学则看重章句训诂,把儒学经典视为古代历史资料,包括许多应该效法的古代社会政治制度。两派之间有着严格的界限。今文经出现较早,而且董仲舒以治今文经《春秋公羊传》得到汉武帝赏识,故在董仲舒的建议下陆续被立为学官。

古文经晚出,遭到今文经派的排斥,长期不得立为学官。成帝时命人搜求天下遗书,刘向、刘歆父子等先后担任搜集到的大量图书的整理工作,又发现《春秋左氏传》、《毛诗》、《逸礼》等古文经书。王莽当权时,由于托古改制的需要,刘歆借机把《左氏春秋》、《古文尚书》、《逸礼》、《毛诗》立于学官,后又立《乐经》为博士,《周官经》6 篇也立为博士。东汉光武帝时,取消古文经博士,复立今文经博士,共 14 博士。古文经虽不得立学官,但在民间却广为流传。

古文经学家贾逵、马融、郑玄兼通今文经。郑玄破除各家传统,广采众说,遍注群经,得到经今、古文两派的赞许,号称"郑学"。至此,基本上结束了经今、古文斗争。许慎为了反对今文经学派根据隶书经典,穿凿附会,曲解经文,用了二十二年的时间,写成《说文解字》一书,收小篆九千三百五十三个,收古文(战国文字)、籀文(西周、春秋文字)一千一百六十三个为重文;每个字标明字形,注出音读,推究字义,全书分为五百四十部,全部解说不过十三万三千多字,简明扼要,是我国最早的一部编辑完善、内容丰富的字典。

西汉时期经今古文之争,是儒家内部争夺"禄利之路"的斗争,是统治阶级争权夺利的一种表现形式。虽然他们两家各立门户,争论不休,但在歌颂先王先圣、美化古代政治制度、为封建统治阶级政治服务等问题上还是一致的。不过,经今古文之争,由于双方互相辩难,对学术发展也起了一定的促进作用。

4. 谶纬神学

谶纬是一种庸俗的经学和迷信的混合物。谶是用诡秘的隐语、预言作为神的启示,向人们昭示吉凶祸福和治乱兴衰。这类东西往往有图有文,故也叫图书或图谶。纬是相对儒家的"经"来说的,即是假托神意来解释儒家的经典的纬书。当时有《诗》、《书》、《礼》、《乐》、《易》、《春秋》、《孝》等纬书,总称七纬。

谶纬的内容有的解经,有的述史,有的论天文、历数、地理,更多的则是宣扬神灵怪异,其中充斥阴阳五行思想。这些内容,除包含一部分有用的自然科学知识和古史传说以外,绝大部分都荒诞不经,极便于人们穿凿附会,做任意的解释。王莽、刘秀称帝,都曾利用过谶纬。刘秀把谶纬作为一种重要的统治工具,甚至发诏班命,施政用人,也要引用谶纬,谶纬实际上超过了经书的地位。中元元年(公元 56 年),光武帝颁布图谶于天下,更使图谶成为法定的经典。汉章帝会群儒于白虎观,讨论经义,由班固写成《白虎通德论》(又称《白虎通义》)一书,这部书系统地吸收了阴阳五行和谶纬之学,使之与今文经学糅为一体。

5. 佛教的传入

佛教产生于公元前 6 世纪的印度,大约到了西汉末年开始传入我国。东汉明帝时,蔡愔至印度研究佛学归来,在洛阳建寺译经,中国开始有汉译本佛经。东汉末年,安息僧人安世高、月氏僧人支谶等相继来到洛阳,翻译佛经。汉人严浮调从安世高学经,并参与翻译。

佛教在中国初期流行的是小乘教。佛教宣扬的教义可归纳为:(1) 宣扬"人死精神不灭";(2) 宣扬"因果"报应;(3) 认为要"行善"、"修道"为来世造福;(4) 不杀生,专务清静。小乘教上座部的教义,重点是讲"禅数",提出戒、定、慧三学。

佛教传入中国,对中国古代的思想、文化、艺术都产生了极大的影响。

6. 道教的发展

道教是由黄老学说与巫术结合而形成的。东汉顺帝时,琅琊人宫崇向朝廷献《太平清领书》一百七十卷。这是我国最早的道教经典。

东汉末年,道教分为三大支派,一支为太平道,以张角为教主,在黄河南北传教;另一支为天师道,亦称为五斗米道,以张修和张鲁为教主,在汉中、巴蜀一带传教;第三支以于吉为教主,在长江下游传教。三派的信徒多为贫苦农民,这些信徒的多数成为农民大起义的主力。

7. 王充《论衡》

谶纬的流行,今文经的谶纬化,使经学的内容更为空疏荒诞,降低了束缚人民的力量,所以统治阶级中一些较有见识的人如桓谭、尹敏、郑兴、张衡等,都表示反对谶纬。在反谶纬的思想中,卓越的思想家王充在哲学问题上跳出了经学的圈子,以唯物主义思想有力地攻击了谶纬的虚妄,批判了经学的唯心主义体系。

王充出身于"细族孤门",曾做过州郡小吏,大部分时间以教学为生,写成了《论衡》85 篇(今存 84 四篇),20余万言。他认为万物由元气构成,反对天人感应说,反对有神论,发展了古代的天道自然观。王充认为精神依存于形体,形须气而成,气须形而知。根据这种道理,他反对人死为鬼之说。王充受当时生产水平和知识水平的限制,对于他自己引为论据的某些自然现象,有时理解错误。他无法了解社会的阶级构成,不能正确说明人的主观作用。所以他不得不用天命来解释社会事物变化的终极原因,用骨相来解释个人的贵贱夭寿,因而陷入了宿命论。

(二)秦汉时期的文化

1. 史学的发展

两汉时期,封建统治者继承了前代由国家修史的传统,在中央设史官,编修历史。其中最有名的史书是《史记》和《汉书》。

(1)司马迁与《史记》

司马迁字子长,夏阳(今陕西韩城)人。父司马谈,武帝时,为太史令,学识渊博。原拟撰写一部史书,未及撰述,就因病去世。元封三年(前 108 年),司马迁承袭父职,任太史令。太初元年(前 104 年)与唐都、落下闳等共同制定《太初历》。此后开始撰修《史记》。天汉二年(前 99 年),李陵败降匈奴,司马迁在朝廷为李陵辩护,触怒武帝,被下狱并处以宫刑。太始元年(前 96 年)被赦出狱,为中书令,发愤继续完成所著史籍,经过十余年的艰苦努力,终于完成了这部史学巨著,人称其书为《太史公书》,后称《史记》。

《史记》记事始于传说的黄帝,止于汉武帝太初年间,包括上下 3 000 年的历史,尤详于战国、秦、汉。全书分为 12 本纪、10 表、8 书、30 世家、70 列传,共 130 篇,52 万余字。本纪按年代顺序记述帝王的言行和政绩;世家记载诸侯国的兴衰;列传主要记载各种代表人物的活动;表则按年代谱列各时期的重大事件;书是有关经济、政治和文化制度的专篇。这五种不同的体例互相配合,广阔地反映了 3 000 年的社会历史面貌。

(2)班固与《汉书》

东汉班固所撰《汉书》,是继《史记》之后的又一部史学名著。班固的父亲班彪作《后传》数十篇,拟将《史记》续至西汉末年为止。建武三十年(公元 54 年)班彪去世,班固继承父业,用了 20 余年时间,完成了这一西汉历史著作的绝大部分。和帝永元初年(公元 89 年),班固由于外戚窦宪之狱的牵连而免官入狱,永元四年死于狱中。据说和帝命班固之妹班昭补写八《表》,马续补写《天文志》,最后完成了《汉书》的编撰。

《汉书》全书由 12 本纪、8 表、10 志、70 列传组成,共 100 篇,80 万字。基本沿袭《史记》体例而稍作变更,改"书"为"志",把"世家"并入"列传"。《汉书》在编纂学上的成就很大,它包举一代,自成一书;创造了断代史的体例;它在《史记》的基础上进一步整理了纪传体,使体例更加统一,历史资料和历史知识更加丰富。在《汉书》十志中,首创了刑法、五行、地理、艺文等四志,系统地整理了中国自西汉以来在刑法、哲学、地理、典籍等方面的资料和研究成果。《汉书》的不足就是缺少对社会的大胆批判精神。

(3)《东观汉记》

《东观汉记》是我国第一部官修的纪传体本朝史书,参加撰述的史家可考者近 20 人,历时一百多年,因最后的编撰者蔡邕被王允杀害,而没有最后完书。据《隋书·经籍志》记载,共有 143 卷,记事起于光武帝刘秀,迄灵帝刘宏。该书在三国两晋南北朝时期很流行,与《史记》、《汉书》并称"三史"。因按朝廷授意,书中充满对东汉皇帝的溢美之词和大量的祥瑞灾异、图谶的记载。

2. 文学的发展

(1)《淮南子》

西汉淮南王刘安及其门客所撰。刘安,汉高帝孙,武帝叔父,袭父封为淮南王。该书以道家思想为主,并杂有儒、法、阴阳家观点,善于运用历史传说和神话寓言说理论辩,因而不仅保存了古代不少珍贵的神话故事,也创作了《塞翁失马》、《亡秦者胡》、《狐捕雉》、《西家之子》、《卢敖游北海》等许多优秀的寓言。由于内容大旨归于道家,但亦融合先秦各家学说,故《汉书·艺文志》著录入杂家。此书原名《鸿烈》,自刘向校定后,称《淮南》,《隋书·经籍志》始题作《淮南子》。

(2)汉赋

赋是散文韵文并用、体物写志的一种文体,是直接从骚体演变而来的;与战国诸子的散文也有重要关系。西汉早期的赋为骚体赋,如贾谊的《吊屈原赋》、《鹏鸟赋》等,都是借物抒怀,文词朴实。枚乘的《七发》,开汉武帝时散体大赋的先河。

汉武帝之世,是赋的成熟时期。有名的赋家有司马相如、扬雄、东方朔等,其中以司马相如最负盛名。他的作品有《子虚赋》、《上林赋》等。这些赋都是气势恢弘,景物迷离,辞藻华丽而奇僻,反映了西汉国家的宏伟辽阔,表现了物质世界的丰富多彩。西汉后期,最著名的赋家是扬雄。

东汉时期,赋家以班固、张衡最有名。东汉时期的赋篇幅短小,向反映现实的方向发展,叫做小赋。张衡的《思玄赋》、《归田赋》,赵壹的《刺世疾邪赋》等,都表达了作者对当时社会的不满,揭露了官场的黑暗腐朽。

（3）诗歌

两汉的诗歌以《乐府》和《古诗十九首》为代表。《乐府》也叫做《乐府诗》,是汉武帝时期由乐府采集民间诗歌选编配乐而成的诗集,内容广泛地反映了当时社会生活的各个方面。其中《战城南》、《十五从军征》、《平陵东》、《思悲翁》、《东门行》、《有所思》、《陌上桑》等,分别反映了人民的悲惨遭遇,对繁重徭役、横征暴敛的不满,反映了妇女不幸的命运及其坚强不屈的性格等。

《古诗十九首》是东汉中后期的中下层知识分子的作品。这些知识分子在当时的黑暗社会中,为求功名利禄,背井离乡,四处奔走。他们把对社会的感触,倾注到作品之中。如《冉冉孤生竹》、《孟冬寒气至》、《明月何皎皎》、《迢迢牵牛星》等,就是倾述生离死别、情感追求、仕途坎坷的诗篇。

3. 艺术

（1）绘画

两汉时期的绘画艺术很发达。宫廷府寺的墙壁上,贵族、官僚、地主的宅第的墙壁、墓壁上,盛行以绘画装饰。其中最有代表性的是汉景帝子鲁恭王在曲阜修建的灵光殿。

（2）雕塑

西汉的石刻最有代表性的,是霍去病墓前的石刻群。其中的"马踏匈奴"刻石是为纪念霍去病的战功而刻的,形象生动逼真,最为著名。东汉时期主要用于垒砌墓葬的画像石(砖),也是一种很有价值的雕刻艺术。画像多用单线阴刻或阳刻技法,内容有官吏出行图、狩猎图、战争图,还有农业生产、煮盐、锻铁、木工、纺织、宴饮、百戏、烹调等场面,这是我国最早的一批浮雕艺术。

（三）秦汉时期的科技

1. 天文历法

在先秦时期古代天文学发展的基础上,两汉时期的天文学在历法编制、天文仪器制造和天象观测、宇宙理论模式等方面都形成了在世界上独具特色的体系,影响到后世中国天文学的发展。

随着我国古代科学家对天体认识的深入,在两汉形成天体理论的三大学说,即盖天说、浑天说和宣夜说。成书于公元前1世纪的《周髀算经》是盖天说的代表作,认为天为半圆形,地成拱形,日月星辰附着于天地平转。浑天说,认为天地之象如卵之裹黄,"天转如车毂之运也,周旋无端,其形浑浑,故曰浑天。"这种说法对于天体结构的设想比较近于实际。东汉前期的郗萌是宣夜说的代表,他认为根本不存在一个固体的天体,日月众星在充满气的物质的无限宇宙空间运动。

东汉杰出的科学家张衡是浑天说的代表。张衡的《灵宪》一文,系统完整地描述了天地万物的生成变化发展过程,探索了五大行星运动快慢及其与地球运动的关系。他依据浑天说理论,制造的水运浑天仪,以漏水为原动力,通过转轮系统的转动,近似正确地把天象演示出来。地动仪是用精铜制造的,圆径八尺,形似酒樽,内置机关,在八个方向各安一个龙头,口衔铜丸一枚。哪个方向发生地震,同方向的龙头就口吐铜丸,发出警报。

天文学的发展给历法的进步提供了很好的条件。汉初,沿用秦的《颛顼历》,以十月为岁首。但《颛顼历》并不精确,到汉武帝时已出现了"朔晦月见,弦望满亏"的错乱现象。于是汉武帝令司马迁、邓平等改《颛顼历》而作《太初历》,以正月为岁首,采用有利于农时的二十四节气,在无中气的月份,插入闰月,调整了太阳周天与阴历纪月不相合的矛盾,使朔望晦弦较为正确,是我国历法上一个划时代的进步。成帝时,刘歆又依据《太初历》作《三统历》。

在西汉历法研究的基础上,东汉晚期的刘洪创立了《乾象历》,将东汉早期天文学家李梵、苏统等人发现的月亮视运动不均匀性的成果运用于交食的推算,提高了日月食推算的准确性。

2. 算术

大约在西汉中期,我国古代的第一部算学著作《周髀算经》成书。《周髀算经》是一部解释盖天说的天文学著作。在数学方面,使用了相当复杂的分数算法和开平方法。还用竿标测日影以求日高,使用的是勾股定理,这部书是我国现存文献中最早引用勾股定理的著作。

《九章算术》,约成书于东汉前期。全书共分九章,搜集了246个数学问题的解法。其中记载了当时世界上最先进的分数四则和比例算法。还有各种面积、体积的算法和利用勾股定理进行测量的问题,以及开平方、开立方的方法,特别是在世界数学史上第一次记载了负数概念和正负数的加减法运算法则,这部书对中国古代数学的发展所产生的影响是很大的,标志着我国古代数学的完整体系的形成。

3. 医药学

编撰于战国时期,西汉时最后写定的《黄帝内经》,包括《素问》与《灵枢》两部分,是我国现存最早的一部医书。《素问》假托黄帝与岐伯的对话,用阴阳五行思想阐述许多生理病理现象和治疗原则。《灵枢》则记述针刺之法。汉代还有《难经》一书,用问难法解释《内经》,对其中的脉法、针法内容,有所发挥。西汉初年的淳于意(仓公)是著名的医学家。他少时受业于同郡老医家阳庆,学"黄帝、扁鹊之脉法,五色诊病,知人死生,决嫌疑,定可治及药论甚精"。《史记》所载仓公诊籍20余例,为后世病历的起源。

东汉时期的医学更加发展,最著名的医学家有张仲景和华佗。张仲景被后人尊称为医圣,著《伤寒杂病论》。晋人王叔和析为《伤寒论》和《金匮要略》二书。《伤寒论》对伤寒诸症分析病理,提出疗法,确定药方。《金匮要略》一书,则是杂病的病症、病方的汇集。《伤寒杂病论》从辨症、立法、拟方、用药等各个环节,建立了一整套辨证治疗的医疗原则,奠定了我国中医治疗学的基础,标志着我国中医理论走向成熟。

华佗字元化,沛国谯(今安徽亳州)人,以精到的外科手术和麻醉术著名。华佗还模仿虎、鹿、熊、猿、鸟的活动姿态,编成"五禽之戏",传授给人们,以锻炼身体。五禽戏是以体育活动为主,与调节气息结合的健身运动。

成书于东汉的《神农本草经》,是我国现存最早的药物学专著。书中共收药物365种,其中植物药252种,动物药67种,矿物药46种。根据药物的性能和使用目的的不同,又分为上、中、下三品。这是我国药物学的最早分类法,以后历代本草著作均相沿引用此法。

4. 农学

(1)《氾胜之书》

西汉氾胜之所撰的一部农书,约成书于1世纪后期。《汉书·艺文志》载有《氾胜之十八篇》,后世通称《氾胜之书》。此书记载和总结黄河流域,特别是关中一带的农业生产技术,其中较为重要的有区田法、溲种法、耕田法等,是我国历史上第一部完整的农学著作。

(2)《四民月令》

《四民月令》是东汉后期叙述一年例行农事活动的专书,是东汉官僚崔寔模仿古时月令所著的农业著作,成书于2世纪中期,叙述田庄从正月直到十二月中的农业活动,对古时谷类、瓜菜的种植时令和栽种方法有所详述,亦有篇章介绍当时的纺绩、织染和酿造、制药等手工业。

5. 纸的发明

造纸术的发明和应用是科技史上的一件大事。先秦以来,书写材料或用竹简木简,以绳联册成编,或用绢帛,曲而为卷。但是简编笨重,绢帛价贵,都不能充分适应文化发展的需要。西汉时期,开始用麻等植物纤维造纸。东汉和帝时,官宦蔡伦进一步改进造纸术,用书皮、麻头、破布、渔网之类低成本原料造纸成功,价格低廉且宜于书写。自此纸的使用逐渐推广,世称"蔡侯纸"。到东晋末,纸的使用已完全普及,并逐步传至周边各国,在世界范围内为文化发展作出了贡献。

本章重、难点提示

一、重点掌握名词

皇帝制	贵粟政策	轮台罪己诏
五德终始说	《治安策》	巫蛊之祸
三公九卿制	《削藩策》	昭宣中兴
郡县制	七国之乱	限田限奴婢之议
书同文	中朝	再受命
焚书坑儒	刺史	王莽改制
《吕氏春秋》	司隶校尉	五均六筦
灵渠	察举制	退功臣进文吏
楚汉之争	《推恩令》	光武中兴
黄老思想	酎金夺爵	尚书台
汉承秦制	五铢钱	御史中丞
异姓王	均输与平准	士人清议
同姓王	算缗与告缗	党锢之祸
郡国并行制	董仲舒	赋民公田
《九章律》	太学	假民公田
文景之治	沉命法	度田事件

漕渠	五斗米道	《汉书》
白渠	黄巾起义	《东观汉记》
王景	白登之围	《乐府诗》
水排	和亲政策	《古诗十九首》
代田法	昭君出塞	浑天说
楼车	张骞通西域	《太初历》
区种法	西域都护	《周髀算经》
辜榷	丝绸之路	《九章算术》
合市	经今古文之争	《伤寒杂病论》
陈胜吴广起义	《说文解字》	《神农本草经》
巨鹿之战	谶纬	《氾胜之书》
绿林、赤眉军	《白虎通义》	《四民月令》
昆阳之战	《论衡》	蔡侯纸
太平道	《史记》	

二、论述题

1. 论述秦朝加强中央集权的政治、经济、文化措施。参见本章一、(一)、(二)、(三)。

2. 论述西汉时期的诸侯王国问题。参见本章二、(二)、(四)和三、(一)。

3. 简述汉武帝加强中央集权的措施。参见本章三。

4. 简述王莽改制的主要内容及其失败原因。参见本章四、(三)。

5. 论述东汉初期的政治、军事体制调整。参见本章五、(二)。

6. 概述西汉时期农业、手工业和商业的发展。参见本章六、(三)、(四)、(五)。

7. 论述东汉地主庄园经济的特点及其意义。参见本章六、(六)。

8. 分析两汉时期的社会结构。参见本章七、(二)。

9. 从道教发展的角度,论述东汉末年的农民战争。参见本章七、(四)。

10. 论述西汉与匈奴的关系。参见本章八、(一)。

11. 简述两汉与西域各族的关系。参见本章八、(二)。

12. 论述从秦朝到西汉武帝时期统治思想的演变。参见本章九、(一)。

13. 概述两汉时期的经今古文之争及其影响。参见本章九、(一)。

14. 概述两汉时期文学与史学的主要成就。参见本章九、(二)。

15. 从天文历法、医药学、农学角度,论述两汉科技的进步。参见本章九、(三)。

第五章　魏晋南北朝

考点详解

一、三国鼎立与西晋统一

(一) 东汉末年的混战与三国局面的形成

1. 汉末军阀混战

东汉光熹元年(189 年),外戚、大将军何进谋诛宦官。他一方面拉拢大族袁绍兄弟,一方面密召并州牧董卓率军入京。不料谋泄,宦官先发制人,杀掉何进。接着袁绍入宫,又大杀宦官两千多人。这一事件结束了东汉长期以来的外戚宦官专权。董卓乘机率军入洛阳,废少帝,另立九岁小儿陈留王刘协为帝,即献帝。董卓独揽朝政。

初平元年(190 年),关东各州郡牧守、军事集团推举袁绍为盟主,联兵进攻洛阳,讨伐董卓。董卓以武力不敌,就挟持献帝西走长安。董卓到长安后,为部将吕布杀死,部属分裂为数支,互相火并。董卓死后,关东豪强地主的军事联盟便宣告瓦解,各自割据,相互混战。

经过近十年的混战与兼并,到建安四年(199年)时,全国大的割据势力便剩下孙策(据江东)、刘表(占荆州)、刘璋(据益州)、韩遂与马腾(占有凉州)、公孙度(盘踞辽东)等,其中势力最大的是中原地区的袁绍和曹操。

2. 官渡之战

在军阀混战初期,袁绍的势力发展较快,而曹操势力的发展则更令人注目。建安元年(196年)汉献帝辗转返回洛阳时,曹操迎汉献帝迁都许县(今河南许昌),取得了"挟天子以令诸侯"的政治优势。同时,开始在许都周围实行屯田,当年获得谷物百余万斛,以后又把屯田制推广到其他地区,为统一北方创造了有利条件。

官渡之战是曹操和袁绍为争夺对黄河中下游的统治权而进行的一场有决定性意义的战争。当曹操大体上平定黄河流域南部时,袁绍也平定了黄河以北。建安五年(200年),双方决战于官渡(今河南中平境内)。袁绍以精兵十万,劲骑万余匹,南渡黄河。袁绍虽兵多粮足,但内部矛盾重重,军纪松弛,人心涣散。曹操能用于迎击袁绍的士卒虽不过两三万人,兵、粮都远不及袁绍;可是曹操的统治集团内部比较稳定,将士用命。建安五年十月,他以五千奇兵,夜袭袁绍军于官渡(今河南中牟)附近的乌巢,全烧袁军粮食。终于在官渡以少胜多,歼灭袁军主力,取得了统一北方的决定性胜利。官渡战后,袁绍病死,其子袁谭、袁尚自相攻击,曹操乘机挥师北上,消灭了袁氏残余势力。

建安十二年(207年),曹操又亲率大军远征乌桓,基本上统一了北方。

3. 赤壁之战

赤壁之战是曹操为并吞江南而与刘备、孙权进行的一场有决定性意义的战争。建安十三年(208年),曹操南征荆州,企图扫平南方割据势力。这时刘表已死,其子刘琮举州而降。依附于荆州的刘备退守夏口(今湖北汉口),派谋士诸葛亮到江东,同孙权结盟,共谋抗曹之计。曹操率20余万众、号称80万大军东进,与孙刘联军5万人遭遇于赤壁(今湖北嘉鱼东北)。曹军远来疲惫,军中流行疫病,北人不习水战,荆州降卒则持观望态度。孙军主帅周瑜派将领黄盖诈降,因风纵火,焚毁曹军舰船,然后孙刘大军水陆并进,大败曹军。

赤壁之战是继官渡之战后又一次以少胜多的战例。曹操在赤壁之战的失败,使他统一全国的希望化为泡影,从此初步形成了天下三分的格局。

4. 夷陵之战与三国局面的形成

赤壁之战后,曹操深感一时无力征服南方,于是改变方针,转为着眼于对内经营。之后几年,他先后平定了凉州马腾、韩遂,汉中张鲁,取得了关中、凉州和汉中地区。战后刘备的势力得到了迅速发展。他先取得了荆州大部,从建安十六年(211年)至建安十九年(214年),又西攻刘璋,占有了益州。建安二十四年(219年),他两线出击,北面从曹操手中夺得汉中;东线镇守荆州的关羽进攻襄樊,掳于禁,斩庞德,威镇北方。孙权战后也颇有所得,他一方面同曹操争夺荆州和江淮地区,另一方面又派步骘招抚了占据广、交(今两广及越南北部)的士燮兄弟,将岭南收归版图。

刘备势力的强大,特别是荆州关羽的发展,严重威胁了孙吴的安全,于是孙吴与蜀汉以争夺荆州的统治权而爆发了夷陵之战。建安二十四年(219年),孙权乘关羽集中兵力在襄樊一线进攻曹军之际,派吕蒙袭杀关羽,夺回荆州。这一行动,将刘备彻底封锁于三峡之内,使刘备两面钳击中原的计划流产。222年,刘备企图重新夺回荆州,以实施两面钳击中原战略。于是以替关羽报仇为名,调集所有兵力,亲征东吴,孙权任陆逊为大都督,率五万士卒,以逸待劳,在夷陵(今湖北宜昌东南)用火攻,蜀军大败。这就是历史上另一个以弱胜强的著名战例"夷陵之战"。自这次战役之后,蜀、吴的势力处于均衡状态,但都弱于曹魏。两国为了共抗曹军,又互相遣使通好,恢复联盟关系,三国鼎立局面完全形成。

(二)曹魏的政治与经济

1. 曹魏的政治

建安二十五年(220年),曹操病死,其子曹丕废汉献帝,自立为帝(魏文帝),国号魏,建都洛阳,追尊曹操为魏武帝。为了适应战争和重建北方地区的需要,曹魏在政治制度上也实行了一些改革和调整,首先从人才选拔制度上开始。"唯才是举"是曹操改革旧人才制度的核心。

东汉以来的以经术、"德行"、门第为主要内容的察举制度,一方面已流于形式,充满着弄虚作假的现象,另一方面由于天下大乱,人才流移,也使这种察举不能正常进行。因此曹操果断地提出"唯才是举"、"任天下之智力"的选拔人才方针。从建安八年(203年)至二十三年(218年),他连续五次下令求贤,指出不论身份贵贱,品德如何,只要有"治国用兵之术",便可选拔为官。如于禁、乐进原是士兵,张辽、徐晃原是降将,都得到重用。

魏文帝后，对中央和地方官制也进行了一番改革。中央官制的重要改变是设了中书监、令。新设中书以分尚书之权，是曹魏在加强中央集权方面的新措施，为后来隋唐时期三省六部制的萌芽。中书监、令以起草诏命的形式参予决策，他们权任极重，但资格较浅，君主容易加以控制。中书省取代尚书台参予决策的部分职权，使尚书台主要成为行政中枢，一般由元老重臣担任尚书令、仆射的尚书台权力被削弱了。地方官制上，曹魏将东汉末州牧制度固定化，正式形成州、郡、县三级制度。州刺史（或州牧）成为管辖地方的行政官。

为了把军权集中于中央，曹操又设置都督。东汉末年以来，各地大族豪强纷纷建立地主武装。他们归附曹操之后，曹操仍使之统领各自的部众。这样做有利于笼络大族豪强，但不利于统一指挥。于是，曹操在数支部队之上设置都督，作为某一次战役或某一防区军队的统帅。都督是中央官，其统领的军队也就成了中央军。曹丕即位时，正式建立都督制。都督是驻防地区的最高军事长官，有时兼领一州或数州刺史。由于都督权力过重，并且逐渐转变为地方官，导致后来出现的外重内轻的局面。曹魏这种将州级军政大权集于一人的做法，对以后的影响相当深远，助长了地方割据趋势。

2. 九品中正制

曹丕为争取世家大族的支持，接受了颍川士族陈群的建议，开始推行九品中正制度。九品中正制度，又称九品官人法。其办法是：委任"贤有识鉴"的中央官吏兼任本州、郡、县的大小中正官，负责察访本州、郡、县散处在各地的士人，作出"品"、"状"，供吏部选官参考。所谓"品"，是综合士人德才、门第评定的等级，共分九品，大致二至三品为高品（一品为虚设，无人能达到），四至五品为中品，五至九品为下品。在德才、门第中，定品时一般依据后者，叫"计资定品"。"状"是中正官对士人德才的评语。所以，九品中正制不仅是选官制度，而且兼具考课官吏的作用，其本意"盖以论人才优劣，非谓世族高卑"。但是中正官往往被大族所垄断，而中正又把门第作为品评的首要甚至是唯一的条件。于是九品中正制变成培植魏晋士族的温床。九品中正制成了士族地主垄断选举的工具，为门阀制度的形成铺平了道路。

3. 屯田与经济的恢复发展

曹操为了解决军粮问题，于建安元年（196年）开始在都城许县屯田。后来又下令在各郡县屯田。屯田分民屯和军屯两种。民屯的屯田民由国家拨给田地，按军事编制。地租率：用官牛的，官得产粮的六分，民得四分；不用官牛的，对分。屯田民有国家组织、保护，还供给耕牛、种子等，又无徭役苛扰，可以安心生产。军屯是以士卒屯田，用"十二分休"制，即每十人中，有八人佃耕，二人巡守。曹魏为了军事和经济的需要，先后开凿或整修了许多沟渠陂堰。曹魏的屯田政策和水利事业的发展，不仅解决了他的军粮问题，对于遭受长期战乱破坏的中原地区的社会秩序的恢复，对于农业生产的恢复和发展，都起了重大的作用。

（三）蜀吴的政治与经济

1. 蜀汉的建立

221年，刘备称帝建都成都，国号汉，以恢复汉王朝相号召，史称"蜀汉"或"蜀"。蜀国的政治制度与东汉基本相同。刘备在夷陵之战失败后不久病死。他的儿子刘禅即位，由丞相诸葛亮辅政。诸葛亮是一位很有才能的政治家和军事家。在他掌权的十多年中，蜀国的政治比较稳定，经济也有发展。

2. 平定南中

南中就是两汉时期的南夷地区，民族众多，民族关系复杂，交通又极不方便，蜀汉在这里的控制力很薄弱。建兴三年（225年），诸葛亮出兵南中，他采取"心战为上，兵战为下"的方针，对少数民族的首领孟获七擒七纵，终于使他心服，表示不再反叛。诸葛亮对南中实行羁縻政策，任用本地或本民族的首领为地方官吏，任孟获为蜀的御史中丞，民族关系有所改善，南中的局势也逐步稳定。南中的稳定不仅消除了蜀的后顾之忧，还成为蜀的后方，为蜀对曹魏的斗争提供了一定的人力和物力，客观上加强了少数民族与汉族经济文化的联系，有利于少数民族地区的开发。

3. 诸葛亮北伐

从建兴六年（228年）起，诸葛亮致力于北伐，至十二年（234年）共出兵五次。诸葛亮北伐的最终目的是"兴复汉室"，直接目的是以攻为守，争取战略上的主动。建兴十二年（234年），他进驻五丈原（今陕西眉县），病死军中，蜀军撤退。此后，蜀军以姜维任统帅，屡次伐魏，均无进展。

4. 孙吴的政治

黄龙元年（229年），孙权称帝，国号吴，历史上亦称孙吴。孙吴的统治是以江南大族豪强为基础的。东吴政权推行复客制和世袭领兵制来保障世家豪族的利益。所谓复客制，即国家允许官僚大族所占有的佃客免除赋役。他们的佃客多由国家赐予。所谓世袭领兵制,即东吴政权允许大族将领率领的士兵可以世袭。

(四)西晋的统一与晋初政治措施

1.西晋统一的历程

魏明帝时,曹魏政治日坏,之后政局发生重大变化,世家大族的代表司马懿和他的儿子司马师、司马昭逐渐控制了军政大权。嘉平元年(249年),掌权的宗室曹爽等陪同魏帝曹芳出洛阳城南拜谒明帝高平陵,司马懿乘机在洛阳发动政变,把曹爽集团一网打尽,夺取了朝中大权,史称"高平陵事变"。从此,曹魏政权落入司马氏父子手里。后来,司马氏又继续清除地方上的反对势力,先后镇压了淮南三次叛乱,进一步巩固了自己的统治。

景耀六年(263年),魏派钟会、邓艾两路大军伐蜀。钟会率十万大军为主力,由斜谷入汉中,姜维在剑阁(今属四川)防守。邓艾以三万士卒出阴平道(今甘肃文县),直逼成都,刘禅投降,蜀亡。咸熙二年(265年),司马昭的儿子司马炎逼魏元帝"禅让"帝位,自己称帝(晋武帝),国号晋,都洛阳,史称西晋。天纪三年(279年),晋调六路大军共二十余万人伐吴,次年三月,水师至建业的石头城,孙皓被迫投降,吴亡。

2.分封诸王

司马炎篡魏之后,认为魏亡的重要原因是未给宗室诸王军政大权以为皇帝的藩辅。因此,西晋建国不久便分封了27个同姓王,并不断扩大宗室诸王的权力。开始是允许诸王自选国中长吏,继而又以户数多少把诸王分为三等,并开始置军。这样,诸王不仅掌握了封国中的军政大权,而且控制了相当多的军队。西晋分封宗室的目的是藩卫皇室,但后来随着统治阶级内部矛盾的发展,诸王大都卷入了争夺中央统治权力的斗争,反而削弱了中央皇权的统治。

3.上品无寒门,下品无势族

曹丕制定的"九品中正制"到了西晋,已发生相当大的变化。主要是由于中正官一职多为世族门阀出身的官僚所把持,这一制度变成为他们培植门阀们私家势力的重要工具。中正的品第是士人入仕的前提,品第高低决定官职的高低。由于门第高则品高,所授的官也高;门第低则品低,所授的官也低。因此,高级官吏都被大族高门所垄断。魏晋士族正是这些在九品中正制中蝉联高位的高门大族所形成,而那些出身寒微者,即使才智过人,也难有出头之日,士、庶的界限越来越分明。这样,九品中正制已不再是真正选拔人才的途径,而出现了"上品无寒门,下品无士族"的情况。

4.占田制

西晋在借鉴西周井田制、汉代限田说以及曹魏、孙吴屯田制中合理成分的基础上,改革土地、田赋管理体制,颁行了占田制。占田制包括以下内容:

(1)农民的占田和课田。占田,是指农民向政府登记所占有的土地;课田指农民向政府交课税(田租)之田,亩收谷八升。占田制规定:"男子一人占田七十亩,女子三十亩;其外,丁男课田五十亩,丁女二十亩,次丁男半之,女则不课"。

(2)户调式。凡是丁男立户的,每年户纳调绢三匹,绵三斤;丁女及次丁男立户者,纳半数。边郡民户,纳正额三分之二,更远者纳三分之一。少数民族交纳"賨布",户一匹,边远地区纳一丈。

(3)士族地主占田、荫客和荫亲属等特权。一品官有权占田五十顷,以下每品递减五顷,至九品占田十顷。贵族官僚和宗室、国宾、先贤之后及士人子孙还可以荫亲属,多者九族,少者三世。

西晋占田制,政府并不是将土地授给农民,只是承认其占有土地的限额,将其占有合法化。它的积极作用在于解除了屯田制下军事管制的强迫劳动;占田数高于课田数,可以鼓励人民去占田开荒;对士族地主占田在法律上给予了一定限制。这些都有利于提高农民的生产积极性。但占田制中自耕农的户调和田租负担比曹魏分别增加二分之一到一倍;按官品占田,巩固和扩大了地主特权。

5.门阀政治

门阀士族是地主阶级中的一个特权阶层。它萌生于东汉,发展于三国,初步形成于西晋时期。门阀政治之所以在西晋时初步形成,与西晋建国的社会基础分不开。西晋司马氏是在一批士族官僚的支持下,通过政变而取得政权的。因此,建国后所制定的政治、经济措施,自然是保护士族地主利益的。西晋以法律、制度的形式,在政治、经济、文化各方面将世家大族的特权固定下来,使西晋初步形成了门阀政治的格局,但门阀的形成,不仅没有能够解决三国时期存在的统治阶级与被统治阶级之间的矛盾,反而在统治阶级内部制造了一系列新的矛盾:门阀为了保障自己的特权,在政治上进行垄断,压抑排斥庶族寒门地主,导致了寒门地主与门阀的矛盾和政治黑暗;门阀以家族利益为出发点,只要能保证家族累世为公卿,就无所不用其极,各个门户之间为此钩心斗角,导致了士族内部的矛盾斗争;门阀地位的世袭化,对权力的更高追求,对国家土地和劳动力的分割,又导致了皇室与士族之间的矛盾斗争。这些矛盾和斗争,决定和影响着以后历史的发展,形成了两晋南北朝政治演变的主要内容。

(五) 八王之乱与西晋的灭亡

1. 八王之乱

太熙元年(290年),晋武帝死,其子司马衷即位,是为惠帝。惠帝即位初,外祖杨骏辅政。贾后为了掌权,与宗室楚王玮合谋,于元康元年(291年)发动政变杀死杨骏及其家属亲党,以辈分较高的宗室汝南王亮辅政。不久,贾后唆使楚王玮杀亮,然后又以专杀之罪杀楚王玮,这样大权就落到贾后手里。

元康九年(299年),贾后废黜惠帝后宫所生的太子,并于次年将他杀害,此举使西晋统治集团的内部冲突大为激化。统领禁军的赵王伦发动政变,杀死贾后,随后又废黜惠帝,自立为帝。赵王伦的篡位引起了宗室诸王的普遍反对,政变开始演化为内战。在外任都督的齐王、成都王、河间王起兵讨伐赵王伦,拥惠帝复位,随后三王又互相厮杀,长沙王、东海王也卷入战争。

自惠帝即位至此,卷入政变和内战的主要为汝南、楚、赵、齐、成都、河间、长沙、东海八位宗王,史称"八王之乱"。东海王司马越于永兴三年(306年)毒死惠帝,另立皇太弟司马炽为帝,是为怀帝。前后混战了十六年的"八王之乱"至此结束。

这场内乱给西晋统治带来的危机是巨大的,在这16年(291—306年)间,正常生产无法进行,人民死于战乱者无数,阶级和民族矛盾迅速激化;统治者忙于内战,削弱了自身的力量,无力去对付流民及少数民族起义,西晋统治分崩离析。

2. 五胡与西晋的灭亡

魏、晋时期,北方少数民族不断内迁至黄河中下游,西部少数民族也在迁移。内迁的主要民族有匈奴、羯、氐、羌、鲜卑,史称"五胡"。晋惠帝永兴元年(304年),匈奴贵族刘渊在汾河流域起兵,自称汉王。晋怀帝永嘉二年(308年),刘渊称帝,建都平阳(今山西临汾),国号汉。永嘉四年,刘渊死,其子刘聪立。次年,派其族弟刘曜攻破洛阳,俘晋怀帝。晋在关中的官僚又拥立秦王司马邺为帝,是为愍帝,都于长安。建兴四年(316年),刘曜又攻入长安,俘愍帝,西晋灭亡。

3. 永嘉南渡

永嘉(307—313年)是西晋怀帝司马炽的年号。在这期间,内迁的北方少数民族匈奴、羯、氐、羌、鲜卑等相继起兵,匈奴贵族刘渊、刘聪等相继称帝,还连续攻破洛阳、长安,俘虏晋怀帝、愍帝,灭亡西晋,史称此事件为"五胡乱华"。当时的战争带有严重的民族仇杀的性质,所以十分残酷。汉族官民纷纷南逃,史称"永嘉南渡"。

二、东晋南朝的政治

(一) 东晋政权的兴衰

1. 东晋的建立

建兴四年(316年),西晋灭,南方的官僚和南逃的北方士族的首领们于次年拥立司马睿为晋王,又次年立为帝,是为元帝,建都建康,史称东晋。王导属琅琊王氏,是北方士族的代表人物,司马睿称帝,王导及其族兄王敦的功劳最大。他以王导任丞相,掌大权;以王敦任镇东大将军、都督江扬荆湘交广六州(几乎包括当时东晋全境)诸军事、江州刺史,所以当时有"王与马,共天下"之说。

2. 东晋历次北伐

东晋建立前期,曾多次出兵北伐,最重要的是祖逖和桓温的北伐。

(1) 祖逖北伐

祖逖(266—321年),字士稚,范阳遒县(今河北涞水)人。他南渡以后,不甘故国倾覆,主动请缨。司马睿任命他为豫州刺史,但只给少量给养,不给一兵一卒和兵器。永嘉七年(313年),祖逖毅然率领自己原有的部曲百余家渡江北上。祖逖在淮阴(今江苏清江)冶铸兵器,招募士卒,队伍扩大到两千余人。他进军至今河南地区,联合当地的起义武装,大破石虎(石勒之侄)军五万余人,又连破石勒军,可是正当祖逖准备渡河北上的时候,司马睿派来了戴渊为都督兖豫幽冀雍并六州诸军事、征西将军,以牵制祖逖。祖逖忧愤成疾,于大兴四年(321年)病死于雍丘(今河南杞县),北伐停止。祖逖死后,王敦之乱随即爆发,石勒又攻占河南,晋军被迫退到淮南,祖逖北伐的成果化为乌有。

(2) 桓温北伐

桓温北伐共有三次,永和十年(354年),桓温第一次北伐。他率步骑4万,一直打到关中,驻军灞上。但因为他未能及时进占长安,贻误战机;前秦又坚壁清野,晋军乏食而退。十二年(356年),桓温再次北伐,一举收复洛阳。他几次建议还都洛阳,但朝中权贵在江南已经广有田园,反对迁都。桓温还军后,朝廷改派他人守河南,遂使河南得而复失。太和四年(369年),桓温第三次北伐,他亲督水军由黄河进抵枋头(今河南浚县),因数战不利、粮储用尽而退兵,结果遭到前燕的夹击,损失三四万人。

3. 淝水之战

桓温死后,其弟桓冲为中军将军、扬豫二州刺史,代掌兵权。这时前秦已基本上统一了北方,对东晋的威胁日益严重。桓氏原来与世家大族谢氏有矛盾。桓冲为了缓和桓氏与谢氏以及东晋统治集团内部的矛盾,以便联合抗击前秦,就主动解除了自己所兼扬州刺史一职,让与辅政的谢安。他出镇京口,与谢安协力,加强对前秦的防御。

谢安为了组织一支归中央直接指挥的得力军队,就让其侄、广陵(今江苏扬州)相谢玄招募来自徐、兖二州的侨人或其子孙,组成军队,并进行长期严格的训练,号为"北府兵"。前秦于382年统一了中国的北方。太元八年(383年)七月,苻坚大举伐晋,秦军前锋为二十五万人,由苻坚之弟苻融率领,很快攻下寿阳(今安徽寿县)。东晋以谢安之弟谢石为征讨大都督,以谢玄为前锋都督,率北府兵八万人迎击秦军。晋军水陆并进,与秦军隔着淝水相对而阵。谢玄要求秦军稍稍后退,以便晋军过河决战。苻坚想师撤退,本想趁晋军半渡时发动突然袭击,但一退而不可止,阵脚大乱,溃不成军,自相践踏而死者无数。晋军乘机大举进攻,获得全胜。苻坚身中流矢,逃回洛阳收拾残部,只剩十多万人。

淝水之战进一步确定了早已存在的南北对峙的局面。东晋的胜利,使南方避免了一场大的混乱和破坏,经济文化得以继续发展;前秦的失败,使一个主要靠政治、军事强力维持的北方统一政权迅速瓦解。

4. 东晋的衰亡

(1) 司马道子专权

淝水战后,谢安的威望、权力进一步增大,引起了孝武帝的猜疑,谢安被迫请求出镇广陵,把中央权力交给了孝武帝的弟弟会稽王司马道子。385年,谢安病死后,司马道子独揽军政大权。安帝隆安元年(397年),兖青二州刺史、皇舅王恭联合荆州刺史殷仲堪起兵,反对皇族、宰辅司马道子。第二年,广州刺史桓玄、雍州刺史杨佺期也起兵响应,联合进攻建康。不久,王恭败死,桓玄又火并了殷仲堪和杨佺期,控制了长江中、上游的广大地区,与东晋的朝廷对立。这时,长江下游的江北地区也脱离东晋朝廷的控制。朝廷所能控制的地区,不过是东南八郡而已。

(2) 孙恩、卢循起义

内战刚结束,司马道子之子司马元显掌朝政。司马元显为了建立一支自己控制的军队,以与上游的桓玄、下游的刘牢之对抗,于399年下令强征江南八郡"免奴为客"的农民当兵。这一事件成为孙恩、卢循起义的直接导火线。孙恩,琅琊人,世代信奉五斗米道。他的叔父孙泰是著名的道教首领,曾任东晋王朝的太守等官。后因密谋起兵,被司马道子诛杀。孙恩逃到海岛上,聚合了一百余人,准备起事报仇。

399年,就在司马元显征发江南八郡免奴为客者当兵时,孙恩认为时机已到,立即率领部下百余人登陆,在浙东发动起义。从400年到402年,孙恩又曾多次率义军登陆,前后数十战。但在最后一次登陆中失利,孙恩投水自杀,余众数千人推孙恩妹夫范阳大族卢循为领袖。卢循率起义军余部,先后转战浙江、福建、广东、广西一带,又坚持斗争十年。411年卢循率兵向交州转移,与交州刺史杜慧度战于龙编,卢循兵败,赴水死。孙恩、卢循起义,参加的群众有数十万人,坚持斗争达12年(399—411年)之久,转战于长江中下游以南的广大地区。这次起义虽然失败了,但它沉重打击了东晋门阀士族势力。

(3) 桓玄篡位

就在镇压孙恩、卢循起义期间,东晋统治集团仍未中断他们的权力之争。402年,盘踞长江上游的荆州都督桓玄,兴兵叛乱,攻入建康,杀司马道子父子及北府兵将领刘牢之等。403年,桓玄逼晋安帝退位,自己做了皇帝,国号楚。

(4) 刘裕代晋

桓玄作乱称帝之初,靠的是北府兵的支持,东晋的大多数士族也对此持默许态度,但桓玄称帝之后,企图剪除北府兵将领,夺取北府军权,这就引起了北府兵的反抗。404年,刘裕在京口起兵,声讨桓玄,桓玄兵败,逃到江陵,不久被杀。刘裕恢复了东晋统治,迎回安帝,改元义熙(405—418年)。刘裕辅政,掌握了东晋的全部军政大权。刘裕掌权后,对内整顿吏治,重用寒人;实行"土断",抑制兼并,整顿赋税制度。对外,于410年灭南燕,

413 年平定了在益州割据的谯纵。417 年又灭后秦。这样,刘裕在地主阶级中树立了威望,取代东晋的条件日益成熟。420 年,刘裕废东晋恭帝司马德文,自立为帝(宋武帝),国号宋。

(二)南朝政权的更替

刘宋建立,中国的南方开始了"南朝"时期。南朝包括四个连续的封建政权:宋(420—479 年)、齐(479—502 年)、梁(502—557 年)、陈(557—589 年)。它们都建都于建康。此四个朝代的统治时间都很短,各为几十年,最后为隋朝所统一。

1. 刘宋政权

宋的建国者是宋武帝刘裕,但他当皇帝不到三年就病死了。之后是少帝刘义符,也仅在位一年。刘宋时在位时间较长的是文帝刘义隆(424—453 年)。在文帝统治时期,继续实行武帝时整饬吏治、抑制豪强、奖励耕织、减轻赋税等措施。刘宋前期的国势和社会经济都有所发展,特别是文帝元嘉后期,南方出现了东晋以来少有的兴旺。史称文帝时为"元嘉之治"。

2. 萧齐政权

刘宋末年,皇族之间又连年混战,大权集中在中领军将军萧道成手中。升明三年(479 年),萧道成废宋顺帝刘准,自立为帝(齐高帝),国号齐,史称南齐或萧齐。萧道成称帝后,为了稳定社会秩序,以巩固他的统治,采取了一些比较积极的措施。主要有继续实行"土断"政策,整理户籍,减轻租税等,这些措施起过一定的作用。可是,萧道成在位四年就死了,此后,他的子侄发生了争夺皇位的斗争,后来便爆发为内战,父子相杀,祖孙相杀。萧鸾(道成侄)于 494 年,连杀两个新立的皇帝,夺得了帝位(即明帝)。在位五年,把萧道成和武帝萧赜的子孙几乎都杀光了。政治之黑暗,是历史上少有的。

3. 萧梁政权

501 年,萧道成的族弟萧衍以报兄仇为名,在襄阳起兵,攻进建康,502 年称帝(梁武帝),建立了梁朝。梁武帝即位后,为了使他的统治能够稳定,使他的子孙能永保江山,就采取了对皇族、官僚、地主在生活上优容、在政治上严加提防的方针。萧衍还大力提倡佛教,遍造佛寺,并三次舍身同泰寺,诡称要当和尚,群臣赎他用钱达 4 亿之多。

武帝晚年,爆发侯景之乱。太清元年(547 年),东魏大将侯景降梁。侯景原为东魏河南道大行台,有士卒十万人。降梁不久,即又叛变,并渡江围攻建康。梁武帝的子孙各拥兵不救。太清三年三月,建康城被攻破,城内原有十余万人,在被围的一百多天中,几乎都被饿死,活下来的只有二三千人,梁武帝也被饿死。侯景纵兵焚烧抢劫,建康城化为焦土。大宝二年(551),侯景自立为帝,国号汉。当时,梁武帝之七子萧绎镇守江陵,派将军王僧辩和陈霸先征讨侯景。次年,建康城破,侯景逃跑时被杀。

侯景之乱,是南方的又一次空前大浩劫,也是南朝历史的一个转折点。乱后,南朝在长江下游以北的土地,尽为东魏、北齐所占;汉中及长江中游以北的土地,尽归西魏所有。从此,南朝力量更加衰落了,南弱北强的局面正式形成。

4. 陈朝政权

太平二年(557 年),陈霸先废敬帝自立(陈武帝),国号陈。陈初,梁朝的残余势力不断起兵反抗,江南的寒族豪强也割据自立,政局很不稳定。直到陈文帝、陈宣帝才逐渐用武力或笼络的手段解决了这些割据势力。但是,陈的疆域局促于长江以南、信州(今湖北宜昌)以东,是南朝中最小的。宣帝之子后主陈叔宝是有名的荒淫之君,他在内外交困的时候,还大兴土木,修建楼阁。陈叔宝祯明三年(589 年),隋军南下,攻破建康,陈叔宝被俘,陈亡,隋朝统一中国。

(三)南朝中央集权的逐渐强化

南朝皇帝为加强皇权,在制度和用人方面,都采取了一些措施。制度方面最主要的变化,即是把魏晋以来尚书、中书等中央官制进一步确定,并有所发展。至梁武帝时,中央的中枢权力机构大致有以下五个:

(1)尚书省,自曹魏时始设,东晋南朝沿之。长官为令、左右仆射,下设诸曹尚书,分领具体事务。但至南朝,其职能已渐转化为一般的办事机构。(2)中书省,曹魏时为分尚书省之权而设,东晋南朝沿之,掌出纳帝命,即起草诏书、政令,接受尚书奏事等机要大事,长官监、令。(3)门下省,西晋时始设,南朝沿用,置侍中、给事黄门侍郎各四人,其职责主要是在皇帝身边服侍、保卫、顾问应对,拾遗补阙,检举非法。门下之设,原为分中书省之权,故权位极重。(4)秘书省,南朝设,掌典籍图书,设监、丞各一人,郎四人。(5)集书省,南朝设,置散骑常侍、通直散骑常侍各四人,掌侍从左右,献纳得失,省阅奏书,并有驳回权,又与中书侍郎对掌禁令,纠察违失,权亦极重。

以上机构,在职能上或有重复交叉,其设置也并无定准,还处于游移发展中,但从中可以看到一个趋势,即至南朝时,国家的中枢权力机构已被划分为若干个,再无某一个机构能独掌大权。这对加强皇帝权力是极为有利的,也为后来隋唐时期三省六部制的确立打下了基础。

三、江南社会经济的发展

(一)孙吴对江南经济的开发

三国时期,孙吴建都建业。为了促进南方经济的发展,吴国也推行了屯田制度,并分为民屯、军屯。民屯主要集中于吴郡、会稽、丹阳地区,设典农校尉、典农都尉管理。军屯设置则更为广泛,凡有军队驻扎之地,均有军屯的设置,重点集中于长江南北,最大规模的军屯在庐江(今安徽潜山),有佃兵数千家。吴国的屯田制同曹魏相比,有其自身的特点:一是时间长,从203年一直延续至280年,与吴国政权相始终;二是屯田与水利开发并举,如在太湖屯田区建东南海塘、修太湖东缘湖堤、开凿塘河、整治江南运河。三是无论屯田还是水利建设,大多是开拓性而非恢复性的。这些开创性的工作,奠定了江南农业和水利发展的基础,促进了江南经济的进一步开发。

(二)侨置与土断

永嘉南渡的流民,在流移过程中,多数依附于较有威望的大姓或官僚。这些南渡的人口叫做侨人、侨户。侨人的绝大多数是按照宗族、乡里相聚而居的,侨姓士族、地主往往是侨人的自然首领或主人,他们以拥有侨人作为自己的势力。东晋统治者为了控制侨人,也为了维护侨姓士族的利益,在侨人比较集中的地区,暂时借地重置了许多侨人的原籍州、郡、县,并仍用旧名,叫做侨州、侨郡、侨县,简称"侨置"。初置侨州、郡、县时,规定侨人有户籍的,免除赋役,这对招徕北人和鼓励登录流人于户籍都起了一定的作用。南方原有的郡县叫做"土郡县"。土断是东晋和南朝废除侨置、将侨人的户口编入土郡县的办法。

晋成帝(326—342年)时,已开始推行"土断"。哀帝兴宁二年(364年)三月庚戌,又大规模地实行"土断",称作"庚戌土断"。土断由桓温主持,严厉清查户口,对隐匿户口的豪族地主也给予惩处。这次"土断"的成果很大。"土断"之后,国家控制的户口大量增加,赋税收入也增多了。

刘裕于义熙九年(413年)再次实行"土断"政策。除南徐、南兖、南青三州都在晋陵界内,不在土断之列外,其余都依界土断。多数侨置郡、县被合并或取消。在户籍上,不再分土著和侨人。对于势家大族隐藏户口的,严厉清查。

(三)东晋南朝时南方经济的发展

东晋南朝的江南经济,仍然是一个以农业为主导,农、工、商依次发展的基本格局,农业在经济中占有首要地位。农业的各种经济成分从户口数量上说,独立的个体小农居于多数,但就地位而言,地主的庄园经济又占首要地位,而国有公田的经营只是前两者的补充。手工业则主要仍以官营为主,但私营手工业发展较快。这一期间,商业仍相当活跃。海外贸易和国内的南北贸易有了进一步的发展,商品市场也有相当的规模。但战乱和货币经济的萎缩,对商业的发展有一定的消极影响。

东晋建立前后,自北方南来的人口中,有许多农民,为开发南方增添了大量的劳动力。他们南来,带来了北方先进的生产工具和耕作技术,尤其使铁制锸、铲、锄和犁铧等工具及深耕细作、积肥粪田等技术得到推广,因之南朝时期的农业技术有很大的进步。南方的农业生产发展很不平衡。三吴地区最发达,此外,鄱阳湖、洞庭湖沿岸和成都平原,也是重要的粮食产地。广州地区的农业生产也有很大发展。其他地区仍相当落后,铁农具和耕牛缺少,以火耕水耨为主,耕作粗放。人口的增加,农业的发展,战争的需要,使东晋南朝的手工业也有了进一步的发展,较为突出的是纺织、冶铸、造船、制瓷和造纸业。

四、十六国北朝的政治形势与民族关系

(一)十六国的兴亡

西晋灭亡以后,司马氏在江南重建政权,史称东晋(317—420年)。在北方,从刘渊建国到北魏统一北方(304—439年)的130多年时间内,各少数民族的上层分子和汉族官僚地主,在混战割据中纷纷建立政权,历史上叫做十六国时期。因十六国政权多是匈奴、羯、鲜卑、氐、羌五个少数民族上层分子所建,故历史上称为"五胡十六国"。十六国由北魏崔鸿著《十六国春秋》得名。十六国是鲜卑人建立的前燕、后燕、西秦、南凉、南燕,匈奴人建立的汉(前赵)、北凉、夏,氐人建立的前秦、后凉,羯人建立的后赵,羌人建立的后秦、巴賨人建立的成(汉),汉人建立的前凉、西凉、北燕。

1. 前赵与后赵

永兴元年(304 年),匈奴族首领刘渊在离石起兵反晋,自称匈奴大单于,后建国号汉,改称汉王。刘渊子刘聪继立,派兵消灭西晋。刘聪实行"胡汉分治",在大单于之下设单于左、右辅;另设左、右司隶统治汉族。汉昌二年(318 年),刘聪族弟刘曜即位,改国号为赵,史称前赵。十二年(329 年),前赵被后赵所灭。

后赵是羯人石勒建立的。石勒原是刘渊、刘聪的大将。在匈奴贵族互相争权之时,他的势力迅速发展。刘曜在关中建立赵国时,他于次年自立为帝,国号亦称"赵",史称"后赵",以襄国(今河北邢台)为都城。石勒也实行胡汉分治,他注意劝课农桑,兴办学校,赋税略有减轻,国力强盛,一度统一北方。石勒之侄石虎是个著名的暴君,穷兵黩武,众役繁兴,征求无已,后赵终于在他死后亡于冉闵。

2. 前秦

前秦是氐族苻氏所建。后赵亡时,苻洪聚众 10 多万,其子苻健进占长安,于 352 年称帝,建国号秦,史称前秦。苻健侄苻坚继位后,在汉族士人王猛的辅助下,进行政治、经济改革,加强中央集权。通过整顿吏治,兴办学校,劝课农桑,出现了大乱以来最为繁荣的局面。在此基础上,前秦出兵消灭前燕、前凉、前赵,统一了北方,并派兵进攻西域。前秦建元十九年(383 年),苻坚不听群臣劝谏,大举进攻东晋,结果大败于淝水。淝水战败后,前秦立刻陷入土崩瓦解,次年灭于后秦。

(二)北魏统一北方

1. 北魏统一北方

淝水之战后,前秦瓦解,拓跋珪(道武帝)于 386 年乘机复国,不久改国号为魏,史称"北魏"。起初都于盛乐(今内蒙古和林格尔北),398 年,建都平城(今山西大同)。次年,称帝,为道武帝。他在位期间,重视发展社会经济,使鲜卑人"分土定居",从事农业生产;又重用汉族士大夫,注意改善民族关系。泰常七年(422 年),北魏攻占刘宋的青、兖二州。次年,魏太武帝拓跋焘即位,连年攻战,431 年灭夏国,太延二年(436 年)灭北燕,太延五年(439 年)灭北凉。完成了北方的统一,中国的北方进入北朝时期(439—581 年)。

2. 北魏前期的政治

太武帝拓跋焘为巩固统治,促进北方内迁民族经济文化的发展,采取了一系列措施。因此,北魏前期实际上实行的是一种"胡汉分治"的政治制度。汉魏的台省和鲜卑的氏族部落旧制并行,如其尚书省设南、北二部尚书:南部尚书管南部州郡,任职者有鲜卑人,也有汉人;北部尚书管北部州郡,任职者全部是鲜卑人。诸州有一个时期则设置 3 刺史,宗室 1 人、异姓 2 人。北魏承袭十六国之制,还在关塞驻军处设立军镇。太延五年(439 年),至少已有军镇 30 个。为防御柔然犯边,北方建立了有名的六镇:沃野镇、怀朔镇、武川镇、抚冥镇、柔玄镇、怀荒镇。镇将由鲜卑贵族担任,镇兵由鲜卑部落民充当。经济方面:与民休息,不断减轻农民负担。文化方面:太武帝下诏以道教为国教,寇谦之为天师,并接受寇谦之代表老君授给他的"太平真君皇帝"称号,太武帝又提倡儒学,425 年,北魏建立了太学并祭祀孔子。与此同时,极力削弱被拓跋族奉为"戎神"的佛教,446 年,太武帝下令在全国范围内灭佛。

3. 宗主督护制和九品混通

宗主原称坞主或壁帅,是在"五胡十六国"时期未南逃的大地主。他们拥有众多的宗族、部曲,修有坞壁,缮制甲兵,是一些大大小小的封建地主武装首领。其依附农民往往有数百家、上千家,乃至万家,为其私家人口。北魏统治者为加强对其他地方的控制,曾于道武帝天赐三年(406 年)下令,州郡、县皆置长官三人,但面对北方社会宗族势力强盛、坞壁组织广泛存在的局面,又不得不依靠宗族首领或坞主作为地方统治的支柱,于是形成了"宗主督护"的制度。

宗主督护,即承认"宗主"在当地的势力和特权,利用他们代表北魏朝廷"督护"地方,收纳租税,征发徭役、兵役。但宗主督护制是北魏当时的地方基层政权组织,曾为北魏统治的稳定及赋税徭役的征调起过一定的作用。在这一制度下,充当宗主的豪强大姓控制着大量劳动力,仍然对中央集权形成不小的妨碍。

九品混通是北魏前期实行的赋税制度。当时,民户的赋税负担,正税为每户平均纳调帛二匹、絮二斤、丝一斤、粟二十石。此外,另有附加税,每户平均纳帛一匹二丈,"以供调外之费"。按照国家规定,在征收赋税时,不是这样平均分摊给各户,而是由县令和乡吏"计赀定课",分为"三等九品"。九品是赋税高低的品级,三等是按不同等级将赋税送到不同地区。即"上三品户入京师,中三品入他州要仓,下三品入本州。"这就是"九品混通"。

(三)北魏分裂与北齐北周对峙

1. 北魏后期的政治

(1)六镇起义

六镇是沿长城一线之北的六个军镇,自西而东,为沃野、怀朔、武川、抚冥、柔玄、怀荒,位置南北交错,是北魏为防御柔然等漠北民族而设立的。镇将和镇兵都是鲜卑族人。另有镇民,为汉族和其他民族的居民以及内地因犯罪而发配北边的人等。正光四年(523年),柔然进攻北魏,怀荒镇民请求开仓放粮,以便抗敌,遭镇将拒绝,兵民愤而杀死镇将,举行起义。次年春,沃野镇破六韩拔陵也聚众起义,其他各镇的兵民都纷纷响应。525年六月,起义军在北魏军和柔然军夹击下失败。

(2)河阴之变

在镇压起义中,居住在秀容川(今山西忻州境内)的契胡酋长尔朱荣迅速崛起。他拥有部落8 000余家,纠集骁勇,占领晋阳(今山西太原)。武泰元年(528年),胡太后毒死孝明帝,另立元钊为帝。尔朱荣借口为孝明帝报仇,带兵长驱直逼洛阳,立元子攸为帝,攫取北魏大权。他执胡太后和元钊到河阴(今河南孟津),沉入黄河,又纵兵杀王公卿士2 000余人。这就是所谓"河阴之变"。汉化的鲜卑代北士族在这次事变中遭到了毁灭性的打击。

(3)北魏分裂

永安三年(530年),元子攸不满自己的傀儡地位,趁朝见之机杀尔朱荣。尔朱荣弟尔朱兆攻陷洛阳,杀元子攸,立元恭为帝,尔朱氏仍然把持北魏政权。这时,原尔朱氏的部将高欢倒戈消灭尔朱氏势力,拥立元脩为帝(孝武帝)。尔朱氏的另一部将宇文泰则据有关中。永熙三年(534年),孝武帝被迫西走长安,投奔宇文泰,高欢再立元善见(孝静帝)。于是,统一的北魏分裂为东魏和西魏。

2.东魏与北齐

高欢又立元善见为帝(孝静帝),迁都邺,史称东魏(534—550年)。550年,高欢的儿子高洋废掉东魏帝自立,建立北齐(550—577年)。559年,高洋死,统治集团内部发生了长期激烈的权力之争,政治黑暗,赋税徭役一再加重,阶级矛盾日益尖锐化,鲜卑贵族和汉族地主之间的矛盾也很严重。577年,北周武帝宇文邕出兵北齐,俘齐帝高纬,北齐亡。

3.西魏与北周

535年,宇文泰立元宝矩为帝(文帝),都长安,史称西魏(535—557年)。557年,宇文泰的儿子宇文觉也废掉西魏帝自立,建立北周(557—581年)。建德六年(577年),北周出兵灭北齐。至此,整个黄河流域和长江的上游,都由北周统一了。

4.北齐北周的国家制度与政策

(1)北齐均田令

河清三年(564年)北齐重颁均田令:男子受露田80亩,妇人40亩,不再给倍田。又每丁给20亩桑田为永业田,不宜种桑的地方给麻田,亦为永业田。奴婢依照良人受田,受田人数按官品高低,限制在300人至60人之间。丁牛一头受田60亩,限4牛。北齐的均田、租调制与北魏比较,奴隶受田有些限制,奴婢的租调有所增加,意图对王公贵族和地主豪强稍加限制。但北齐的均田制收效甚微。

(2)北周府兵制

府兵制为550年宇文泰所创,其制度是:①仿鲜卑八部大人之制,全国设八个柱国大将军,实为六个(宇文泰都督中外军事,是最高统帅,另一西魏宗室挂虚名,不领兵),合周礼六军之制。②六个柱国各督两个大将军,每个大将军督两个开府,每个开府各领一军,共二十四军。作战时,临时命将配兵,二十四个开府将军的权力有所削弱。③士兵初由豪强部曲充任,以后又扩充到富家多丁子弟,最后一般贫下户均可为兵。府兵不入民籍,另立军籍。当府兵者,自备弓、刀、甲、槊、戈,弩由官府供给,如资装全部自备,则不负担其他课役。

府兵制的建立,是北周军制上的重大改革,它使中央集权在军事上有了大的进展,同时使政府在编户外又控制了一些农民,对北周实力的加强及以后的统一有重大作用,也对隋唐的府兵制有直接影响。

(3)北周武帝灭佛

北周初有僧侣100万,寺院万余所,严重影响政府的兵源、财源。建德三年(574年),北周武帝下诏禁断佛、道二教,把僧侣地主的寺庙、土地、铜像、资产全部没收,以充军国之用。近百万的僧尼和寺院所属的僧祇户、佛图户编入民籍,强者编入府兵。这些改革使北周日益强大起来。建德六年(577年),北周出兵消灭北齐。

(四)北朝社会经济的发展

北方的社会经济在北魏中后期开始有所发展。

1.农业

北魏孝文帝实行均田制、三长制和新的户调制以后,促进了农业生产的发展。在北魏前期,洛阳一带乃至黄河中游的广大地区,到处荒芜,人烟极少。自孝文帝改革之后,许多过去逃亡异乡的汉族劳动人民相继回到这里,开荒种地,耕地面积在不断扩大,粮食生产也在增加。在农业生产上用牛的情况增多,铁农具使用的范围也有扩大,农具种类增多,式样也有改进。

北魏的统治者亦利用宗教以统治人民,因之佛教发展很快。大大小小的寺院都有自己的田产。大部分寺院和地主庄园差不多。较大的寺院都拥有较多的僧祇户,僧祇户是由国家拨给的。寺院还拥有寺户(亦称佛图户),是由官府拨给的犯罪百姓或官奴充当。僧祇户和寺户都不再负担国家的租税和徭役。不仅这样,有些自耕农或贫困农民为了逃避国家的赋役,甘愿投奔到寺院的荫庇之下,将田产献给寺院,自己则充当寺院的佃农。

2. 手工业

北魏自改革以后,手工业也由恢复而发展。主要手工业有冶铁业、纺织业和制瓷业。当时的冶铁技术有锻铁和铸铁。兵器、铁甲和车马具等,主要使用锻铁制造。铁制手工工具很多,也很先进,这是兴建土木工程和水利工程的重要条件。北魏中后期,纺织业亦有发展,主要是丝织技术有很大进步。织各种花纹的锦、绮和刺绣,都有新的特点。北魏中后期,制瓷业有新的发展,工艺技术也有进步。不仅出现了各种深浅不同的青色釉,而且在青瓷基础上较成熟的烧造出黄釉、酱釉、褐黄釉和黑褐釉等。

3. 商业

北魏孝文帝自迁都洛阳以后,洛阳的长期荒凉的面貌迅速改变了,不仅成为北魏的政治中心,也逐渐成为北方最大的商业城市。商业有官营和民营两种。官营盐、铁是专营性质,包括了生产和销售。大部分冶铁业也掌握在官府手中。北魏王朝还在一些重要城市设立常平仓,丰年销售绢帛,收购粮食;荒年则减价出售粮食。这样以保持物价的稳定。

(五) 南北朝民族关系

1. 北方各民族的大融合

魏晋时期进入中原的各少数民族,经过 200 年左右,到北魏统一北方时已基本汉化。鲜卑拓跋部进入中原时,又带进一批新的部落,开始了新的融合过程。魏孝文帝改制,总结和肯定了以前的民族融合的成果,又促进了这一融合进程的迅速发展。到南北朝末期,各族人民在经济生活、文化语言、风俗习惯等方面,都已和汉族基本上一样了。

这一时期的民族融合,从方式上看,既有各族人民在友好交往中的相互影响,也有统治者的主动政策,还有在血与火的民族斗争中的附带同化。在内容上,汉族影响少数民族是主流。但各族人民在与汉族融合的同时,也带来了他们的优秀思想文化,如胡乐、胡舞、胡饼,尊重妇女的意识,夷汉之别观念的淡化等,给汉族文化输入了新鲜血液。魏晋南北朝时期各族人民的大融合,为隋唐时期经济文化的发展奠定了基础,在中国的民族史上占有重要的地位。

2. 北方境内主要少数民族

当汉、匈奴、鲜卑、羯、氐、羌等民族日益完成民族大融合之际,北朝的西、北面还生活着另外一些少数民族,主要有柔然、高车、突厥。

突厥原居今西伯利亚叶尼塞河上游,以狩猎、游牧为生。6 世纪中叶,突厥逐渐强大,打败柔然,其首领土门(姓阿史那氏)自称伊利可汗,建立突厥汗国。其子木杆可汗时,全部占据柔然的疆土,其疆域东至辽河上游,西至里海(一说咸海),南至大漠,北至贝加尔湖。这时突厥已有文字、官制、刑法和税法等。

柔然又译作蠕蠕、芮芮、茹茹。其族渊源于东胡,4 世纪中期,游牧于蒙古高原中部,其首领及可汗家族以郁久闾为姓,北魏改其姓为闾。5 世纪初,首领社仑统一各部,创设各项政治制度,自称可汗,建立柔然汗国。5 世纪中,柔然可汗大檀西征,曾经征服塔里木盆地东部诸国,击败乌孙,迫使乌孙人向帕米尔高原迁徙,并将属部突厥由东部天山迁往阿尔泰山,使之成为锻奴部落。因此,柔然汗国一度曾称霸西域,垄断丝绸之路中段。北魏太和十一年(487 年),柔然可汗豆仑想要南侵北魏,向属部高车征集兵马,高车起而反抗,首领阿伏至罗率众西迁,在今乌鲁木齐一带建立高车王国,世代与柔然汗国为敌,柔然汗国势力大衰。6 世纪中叶,突厥兴起,柔然汗国为突厥攻灭,柔然族人或为突厥所杀,或融合于突厥和汉族之中。

高车,因所乘之车轮子高大,幅条很多,而得此称呼。北魏称之为高车,南朝则称之为丁零。其族以丁零为多数,也融合有鲜卑和匈奴,游牧于今贝加尔湖东西。柔然强盛时,高车被其征服,成为属部。北魏太和十一年(487 年),柔然可汗豆仑想要南侵北魏,大肆征发高车族人从军。高车副伏罗部首领阿伏至罗多次劝谏,豆仑不听。阿伏至罗因而大怒,率领高车部众十余万户,西迁至车师前王国的西北,创建了高车王国。阿伏至罗向天山以南进军,征服高昌、车师前王、焉耆、龟兹、鄯善、于阗等国,命从弟穷奇驻守于焉耆,统领天山以南,自己统领天山以北。高车经常与柔然交战,多次攻杀其可汗。6世纪中叶被突厥攻灭。

五、北魏孝文帝改革

（一）改革的背景

北魏自建国以后,经过整整一个世纪的努力,对北方的统治逐渐巩固,但是仍然有着许多严重的问题,影响着北魏的发展。当时北魏存在的主要问题是经济落后,政令不举,阶级矛盾和民族矛盾尖锐。北魏统治者如继续使用原有的制度和办法进行统治是很困难的。于是北魏政府中的一些有识之士深感必须改弦更张,设法缓和当时的阶级矛盾和民族矛盾。而大量荒地的存在和皇权的增强,也为改革提供了条件。

（二）冯太后改革

改革大体分两期进行。第一期在484—486年间,主要改革政治、经济制度;第二期在494年迁都洛阳以后,着重改革鲜卑人的生活习惯,实行汉化。北魏孝文帝改革,在前期主要是在冯太后的主持下进行的。

1. 整顿吏治

太和八年(484年),改革首先从吏治开始。北魏前期,地方行政区划为州、郡、县三级制。其长官州为刺史,郡为太守,县为令长(亦称县宰)。但吏治混乱,地方守宰不论治绩好坏,任期都是六年。这时没有俸禄制度,官吏到任以后,任意搜刮人民。改革法令规定:守宰任期按治绩好坏决定,不固定年限。又制定俸禄制度,官吏俸禄由国家统一筹集(户调外每户增收帛三匹、粟二石九斗),定期按官品发放,不许官吏自筹。为了杜绝贪赃枉法,又制定了惩治贪污的办法。凡贪污帛一匹及枉法者,一律处死。经过这样的整顿,吏治变得比较清明,也为后来改革提供了保证。

2. 三长制

太和十年(486年),北魏又下令废宗主督护制,实行三长制。规定五家立一邻长,五邻立一里长,五里立一党长。三长要求挑选乡里中能办事而又谨守法令者担任。其职责是掌握乡里人家的田地,检查户口,管理农民,征收租调,征发兵役徭役。通过实行三长制,废除宗主督护制,使政府政令能较好地贯彻到基层,北魏的基层统治机构更趋完善。

3. 均田制

太和九年(485年),任魏主客给事中的李安世首先上书,建议实行均田。当年十月北魏发布均田诏令,其主要内容是:(1)男子十五岁以上,受露田四十亩,桑田二十亩;妇人受露田二十亩。露田加倍或加两倍授给,以备休耕。年满七十岁,还田于官。桑田为世业,不还田。桑田按照规定,种植一定数量的桑、榆、枣树等;不宜蚕桑的地区,改授麻田,男子十亩,妇人五亩。(2)露田不得买卖,桑田亦不得买卖。但"盈者得卖其盈,不足者得买所不足"。(3)奴婢受田数量和办法与农民相同。壮牛一头,受田三十亩;每户限受四牛之数,不再给桑田。(4)地方官吏各随在职地区给予公田,刺史为十五顷,太守十顷,治中、别驾各八顷,县令、郡丞六顷。新旧任相交接,不许出卖,后代谓此"公田"为"职公田"或"职分田"。

所谓均田,并不是平均土地,而是国家利用国有土地和农民原有的土地,把农民固定在土地上,加强控制,以保障租调征收和徭役的征发。但均田制在当时还是有积极意义的。如规定每户占有土地的数量,并不准买卖,这些规定在一定的时间内和一定程度上,限制了豪强大家兼并土地。国家公开授田,可以招徕流民和豪强大家控制下的依附农民,有助于开垦荒地,发展生产。

4. 户调制

废除九品混通制,实行定额租税制。即一夫一妇的家庭,纳户调帛一匹、粟二石。民年十五岁以上未娶妻的,四人出一夫一妇之调。能从事耕织的壮年奴婢,八口出一夫一妇之调。耕牛二十头,出一夫一妇之调。产麻之乡,以布代帛,数同。这一新的户调制度的实行,改变了过去赋税征收的混乱现象,对于自耕农来说,户调减轻了很多;对于大地主来说,由于户调征收到奴婢和耕牛,虽然比率较低,毕竟加重了他们的负担。

（三）孝文帝迁都洛阳与汉化改革

1. 迁都洛阳

太和十四年(490年),冯太后死,孝文帝亲政,继续进行改革。太和十八年(494年),把都城由平城迁到洛阳,改变了过去对中原遥控的形势,有利于统治整个国家;也解脱了一百多年来在平城形成的鲜卑贵族保守势力的羁绊和干扰,有利于继续进行改革。

2. 汉化改革

在改革鲜卑旧俗,实行汉化方面,孝文帝采取了一系列措施。太和十九年(495年),他下令禁止穿胡服,改穿汉服;禁止在朝廷上说鲜卑语,改说汉语,如有违犯,当加降黜;凡迁居洛阳的鲜卑人,即以洛阳为籍贯,不得归葬平城。次年,又下令改繁复的鲜卑姓为音近或义近的汉姓,如拓跋氏改为元氏,所以他后来称元宏;其他如丘穆陵氏改穆氏、步六孤氏改陆氏等。孝文帝还积极提倡鲜卑贵族和汉人士族联姻,他纳汉族门阀四姓等女子为妃嫔,又替诸王纳汉族高门女子为妃。

(四) 改革的意义

北魏孝文帝改革是一次政治、经济、文化和风俗习惯的全面改革,它促进了鲜卑族的封建化,促进了各民族的大融合,意义重大,影响深远。(1) 整顿吏治,始班俸禄,严惩贪赃枉法,对于消除百余年来的官吏、守宰鱼肉人民之积弊,改造封建政权,起了积极的作用。(2) 实行均田制、三长制和改革户调制,一方面,在一定程度上打击了士族门阀地主,抑制了他们的恶性发展;另一方面,有助于招引广大劳动人民回到土地上来,开垦荒地,恢复发展生产。(3) 提倡鲜卑族接受汉文化,推动了北方民族的融合过程。

六、魏晋南北朝时期士族的盛衰

(一) 士族的兴起

从东汉到魏晋,统治集团中逐渐形成一个带有贵族色彩的门阀士族阶层,它拥有特殊的政治和社会地位,其影响由南北朝一直延续到唐代。

在东汉,一些士族大姓因世代通经入仕,位至公卿高官,还有一些则长期把持地方政权,往往又被称为世家大族。曹操采取一些措施打击豪门大族的发展,但仍不能不依靠世家大族中的名士来为他出谋划策。

曹丕时期,又采纳吏部尚书陈群的意见,制定九品中正制,由各郡现任朝官的高门大姓品评本地人物。但九品中正制反过来成为世家大族巩固自己势力的工具,一些当朝为官的家族逐渐独占上品,垄断高官,形成"公门有公,卿门有卿"的局面。

西晋时期,占田令文规定了品官的经济特权,门阀士族逐渐形成。士族凭借自己的经济实力和文化背景,积极参与政治,开始变成社会中一个特权阶层。他们一般有较为严格的宗法传承世系,控制着大量部曲和田产,有相对独立的经济条件和政治主张。

(二) 士族的鼎盛

1. 两晋之际士族的分化

两晋之际,士族发生了一次大的分化。一些根深蒂固、族大宗强的士族死守北方旧居,如范阳卢氏、博陵崔氏、弘农杨氏等,他们成为各个少数民族政权拉拢的对象,而南渡士族则成为政治权力的核心,与皇权共同治理江东,形成了皇权政治的特殊形式——门阀政治。

2. 东晋士族的极盛

东晋是门阀士族的鼎盛时期,高门士族琅邪王氏、颍川庾氏、谯国桓氏、陈郡谢氏、太原王氏相继主持朝政,相形之下皇权反而趋于衰弱。在选官制度上,资品的评定完全演化为以血缘关系区别的门第高下为标准。官职有清浊之分,凡士族传统上所居之官称为清职,寒人所任之官职称浊职。东晋进一步确立了"举贤不出世族,用法不及权贵"的政治、法律准则。士族内部的等级、士族与寒门的界限也进一步森严,平时士族交友、婚宦都不能逾越这些界限。在当时,修"谱牒"之风盛行,私人修谱者比比皆是,其目的就是防"假冒",以保证士族的特权。

门阀势力的迅速扩张,导致了皇权同士族的矛盾。个别大族的专权,也导致了其他大族的不满。因此东晋初年,曾发生过两次较大的内乱。一次是元帝、明帝时期的"王敦之乱"。另一次是苏峻之乱。在这两场斗争中,中央虽然险胜,但并非全凭己力,而是依靠其他士族的力量,这种形势,使东晋皇室一直难以摆脱门阀的控制。

(三) 士族的衰落与寒人的兴起

1. 士族的衰落

到南朝,作为士族代表的高门士族已经严重衰败。颍川庾氏、谯国桓氏、太原王氏在东晋末年的政争中已基本覆灭,生于琅邪王氏、陈郡谢氏等高门也人才凋零,失去实权,仅成为政治上的点缀品。他们首先是鄙薄武职、脱离军权,其次是不耐烦剧,不再担任重要行政职务,最终只能出任俸禄优、品级高、事务清闲的所谓"清官"。面对越来越多掌握实权的寒人,士族被迫深沟高垒,严自标置,宣言"士庶之际,实自天隔",通过婚(婚姻关系)、宦(所任职务)与寒人严格划清界限,甚至几乎完全隔绝来往。

2. 寒人的兴起

寒人，或称庶族，在当时主要指没有特权的地主或商人。他们不甘心受士族的排挤，皇帝也企图利用他们来限制士族，所以刘宋以后，寒人势力发展得特别快。寒人势力上升的第一条途径是充任掌握军权的将帅。南朝的开国皇帝，都是通过领兵打仗、控制军权而上升起来的庶族地主。南朝的将帅，也多是庶族寒门出身。

寒人势力上升的第二条途径，便是掌管机要。由于士族缺乏办事能力，皇帝又怕他们难以控制，所以南朝时全以寒人典掌机要、处理政务。如中书通事舍人原是九品小官，南朝时进为八品，掌起草诏令，参与机密，甚至专断政务，成为煊赫一时的职位。南朝的通事舍人多由寒人担任。南朝时，寒人担任的另一要职是典签。南朝君主鉴于东晋方镇势力的强大，威胁到中央皇权的教训，多以宗室子弟为州镇军政长官，以寒人为典签进行控制。州镇要事，须典签签署方能实行。典签每年数次回京向皇帝报告情况，时称"诸州惟闻有签帅，不闻有刺史"。寒人的兴起，反映了皇权的加强和门阀士族的衰落。

七、魏晋南北朝的思想、文化和科技

（一）魏晋南北朝的思想

1. 魏晋玄学

（1）魏晋玄学产生的背景

汉代儒学的神秘化、繁琐化，使之丧失了统治思想的功能，魏晋士族门阀阶层需要寻求适应自身需要的统治思想。汉末以后的长期动荡，经学传授的家法、师法传统断裂，为新的学术风气兴起创造了条件。

（2）玄学的基本思想

玄学主要盛行于魏晋时期的士人中，是以道家理论解释儒家经典《易》为中心形成的思想流派。"玄"取自《老子》中"玄之又玄，众妙之门"一语，意为深奥神秘，玄奇难测。当时士人以道家的《老子》、《庄子》和儒家的《易》作为玄学的基本依据，被称为"三玄"。玄学探讨"有"与"无"的关系，最终落实到"自然"与"名教"的关系上。其中名教是指名分尊卑决定的礼教和道德规范。

（3）主要代表人物及其思想

玄学之风，始于曹魏正始时期（240—249年）。当时的代表人物是何晏和王弼。何晏著《论语集解》和《道德论》，王弼注《易》和《老子》。他们通过对这些书的注解，继承和发挥老子的哲学，主张"有"生于"无"，"名教本于自然"。这样就把道家和儒家糅合在一起，为名教的存在找到了新的理论根据。

正始之后，玄学的代表人物是魏晋之际的嵇康和阮籍。他们反对司马氏专权，遭受迫害，于是在思想和生活方面，采取了崇尚自然，反对名教，放荡不羁，使酒任性的态度。提出"越名教而任自然"的观点，主张"崇简易之教，御无为之治"。在政治上崇尚无为，主张国君要无为而治，甚至主张"无君"、"无臣"，被称为"贵无思想"。同为竹林七贤之一的向秀与嵇康、阮籍的思想有所不同。向秀提出万物自生自化的观点，认为不存在自然的创造者，还提出名教即自然的看法。

西晋时期玄学的代表人物是裴頠和郭象。裴頠主张"崇有"，并著《崇有论》。《崇有论》是针对玄学思想的流弊而提出的，他认为"无"不能产生"有"，因而"无"和"无为"于事无益。郭象是西晋中、后期集玄学之大成的代表人物，他吸取了向秀关于万物自生自化的说法，也吸取了裴頠崇有论的观点，提出他的自生独化论，认为常存的一切事物"有"皆"块然而自生"，主张事物自生自造，独化于自然之境，进而论证礼法名教、富贵贫贱均为自然天理。

（4）鲍敬言的《无君论》

两晋之际，鲍敬言继承了阮籍、嵇康的"无君"思想加以发展，著《无君论》，系统地提出了"无君"的主张。认为天地是物质的自然存在，万物是阴阳二气化生而成。天在上，地在下，乃是自然现象，无所谓尊卑之分。他认为造成人民痛苦的剥削、压迫、战争等，都是由于产生了君主和统治阶级造成的。他的中心思想是"古者无君，胜于今世"。鲍敬言对自然和社会的观点，既是对玄学的批判，也是对门阀士族的黑暗统治的抗议，在当时的历史条件下是难能可贵的。

2. 佛教的兴盛

魏晋南北朝时期的长期战乱，各族统治者的有意识提倡，意识形态上佛教与玄学、儒学的结合，使佛教的发展在这一时期超过了土生土长的中国道教，成为最有影响的宗教。后赵时，龟兹僧人佛图澄很为石勒、石虎所敬重，尊为"大和尚"，佛图澄的弟子释道安博学多识，对佛教经典很有研究。他为佛教僧徒制定了"戒律"三条；又致力于佛教经典的整理工作。

道安的弟子慧远为东晋著名僧人，在庐山东林寺建"莲社"（亦称"白莲社"），宣扬死后可"往生"西方"净土"的说法,后世净土宗人尊之为初祖。龟兹僧人鸠摩罗什于后秦时到长安传教,译佛经七十四部,三百八十四卷。

大致说来,此期佛教学说主要有两派:一为般若学,重修持而成佛,为渐悟学派,主要流行于南方;一为禅宗学,重"顿悟",并主张"一阐提"皆可成佛。顿悟学说首创于东晋僧侣竺道生,一阐提皆可成佛之论,起初南方未信,后传入为北方昙无谶所译之《大般涅槃经》,顿时信徒如云。

自中国西去求法的有东晋著名僧人法显。法显从长安西行,自海上归来,前后共十四年,历访三十余国,携回很多梵本佛经。归国后在建康译经。又撰《佛国记》,亦名《法显传》,记录他的旅行见闻,是研究 5 世纪初期亚洲佛教的重要史料,也是研究中外交通史和南亚各国古代历史、地理的重要资料。

3. 范缜与《神灭论》

南朝齐梁范缜所著反对神不灭论的论文,存于《梁书》本传中。该文认为"形神相即","神即形也,形即神也。是以形存则神存,形谢则神灭也",强调精神不能离开形体而独立存在,并以"刃利"关系喻之,进而提出"形质神用"的正确命题,指出形体是精神所从属的实体,而精神只是形体所发生的作用,认为人的生理器官是精神活动的基础,形亡则神灭,据此否定有鬼论。另外还批判揭露了佛教对国计民生的极大危害。该文正确阐述了形神关系,确立了科学的唯物主义形神一元论,代表中国古代无神论形神观的最高水平,从理论上摧毁了神不灭论的基础,沉重打击了佛教神学。

4. 道教的发展

魏晋以后,为了使原始道教获得官方承认,一部分道教领袖开始改革原始道教。这方面的主要代表人物,在南方有葛洪、陶弘景,北方有寇谦之。

葛洪,两晋时人,著有《抱朴子》一书,提出以道为本,以儒为末,道儒结合;宣扬服食炼丹、延年益寿之术,迎合大族官僚的需要。

陶弘景,字通明,出身士族,是齐、梁时著名的道士。他擅长炼丹,并收集整理许多道教上清派经典,撰成《真诰》《登真隐诀》等,将道教炼丹、养生、成仙理论发展了一大步。他又以道教阴阳相生的宇宙生成模式和生死二元对立观念,建立了道教史上的第一个成熟的神仙系统。他还将儒学中"中庸"、"至忠"、"至孝"等观念和佛教中"生死轮回"、"地狱"、"顿悟"等学说,略加变化,充实到道教理论中去,强调遵行礼教为修道成仙的重要途径,从而形成了他的"三教并重"、"三教合一"的新道教理论。陶弘景被后世道徒尊为"道家之尼父"。

在北朝,道士寇谦之也对道教进行改造,剔除可能被用于组织斗争的教义、仪式,增加礼度和服食修炼的内容。他还托言太上老君授予天师之位,编《云中音诵新科之诫》等道经,并献给北魏太武帝。他得到了北魏太武帝拓跋焘的信任和支持,道教被宣布为"国教",地位在佛教之上。

(二)魏晋南北朝的文化

1. 文学

建安(196—220 年)是东汉献帝的年号。这一时期的文学很盛,史称建安文学,以诗歌的成就最为显著。建安文学继承现实主义的文学传统,以当时的社会动乱和人民的苦难为题材,形成了富于忧国之思,志在建功立业,悲凉慷慨,平实质直的风格。这就是所谓"建安风骨"。建安诗人的代表有曹操父子、建安七子和蔡琰等。代表作品有曹操的《蒿里行》、曹丕的《燕歌行》(这是我国现存最早最完整的七言诗)、王粲的《七哀诗》、蔡琰的《悲愤诗》。

东晋时期山水田园诗产生并有所发展。陶渊明的作品是田园诗的代表,主要作品有《归园田居》;山水诗派的开创者是谢灵运,代表作有《山居赋》。

由于佛、道的广泛流传,神话和志怪小说也开始兴起。著名的有东晋葛洪的《神仙传》、干宝的《搜神记》和梁吴均的《续齐谐记》。宋刘义庆的《世说新语》,内容则属文人轶事小说,反映了东汉至东晋士族的生活面貌。

随着文学的发展,出现了文学批评、文学理论和文学选集专著。曹丕的《典论·论文》,首开文学批评之风。梁刘勰的《文心雕龙》是一部文学批评和文学理论名著。全书共 50 篇,系统地论述了各种文章体裁和创作方法,体大思精,是前人文学批评的总结性著作。他反对以形式取胜的文风,认为过分的雕琢会失去自然美。他又提出"歌谣文理,与世推移",文学的内容和形式,应该随着时代而发展。这部著作的出现,反映了文学理论的提高。齐、梁时钟嵘的《诗品》是一部诗歌批评名著。

2. 史学

魏晋南北朝时期史学发展,政府重视修史,私家修史之风也很盛。最著名的史学著作有刘宋时范晔的《后汉书》和西晋陈寿的《三国志》。

《后汉书》是在前人所修的几家"后汉书"的基础上撰写的一部纪传体断代史。所记为东汉近二百年间的重要史事和人物等。原书为九十卷,只有纪、传,无表、志。萧梁时,刘昭把西晋司马彪的《续汉书》中的八志收入,并为作注,分成三十卷。至北宋时,又将范晔原书与刘昭的八志合刊为一书,成为今本《后汉书》,共一百二十卷,为研究东汉史的重要资料。

《三国志》作者陈寿,原仕蜀汉为观阁令史,蜀亡后入晋任著作郎。《三国志》是一部记述三国时期的重要史事和人物的纪传体断代史。全书分为魏、蜀、吴三部,共六十五卷,取材较精,文字简炼;但无表、志。南朝刘宋时,裴松之作注,博引群书一百四十余种,保存了大量的史料。此书是研究三国史的重要资料。

常璩所著《华阳国志》,上起巴蜀的传说时期,下止成汉的灭亡,记载了西南地区的历史、风土及人物。常璩的经历与陈寿类似,原在成汉任职著作,熟悉西南史事典故,成汉亡后入东晋,他撰写的《华阳国志》保存了许多不见于正史中的宝贵史料。

此外,南齐沈约的《宋书》、梁萧子显的《南齐书》、北齐魏收的《魏书》,是研究刘宋、南齐、北魏历史的主要史书,后来都收入"二十四史"。北魏崔鸿的《十六国春秋》等后来都亡佚了。

3. 地理学

魏晋南北朝的地理学有很大的发展,其中最著名的为郦道元撰的《水经注》。《水经》为东汉桑钦撰,记载全国水道一百三十七条,每条水撰为一篇,记其源流和所经地方。郦道元为之作注。全书以《水经》所记水道为纲,补以枝流小水共一千二百五十二条,逐一探求源流,述其变迁,又详记所经地区、山陵、城邑、关津的地理、历史情况,以及名胜古迹等,对有关史事多所考证。其字数多于原书二十倍,是原书内容的重大补充和发展,是我国古代的一部全面系统的综合性的地理名著。文笔生动流畅,有较高的文学价值。

北魏杨衒之的《洛阳伽蓝记》共5卷,是一部城市地理专著。它以记录北魏末年洛阳的一些寺观庙塔建筑为主,同时详细地记述了洛阳内外的壮观景象,洛阳城里坊、衙司的布局等。它同《水经注》一样,是地理、历史、文学价值都很高的著作。

在地图绘制方面,西晋裴秀创制《禹贡地域图》18篇,并在《序文》里提出了制图六体:分率、准望、道里、高下、方邪、迂直。制图六体的提出,把制图技术提高了一大步。

4. 艺术

魏晋南北朝时期的艺术异彩纷呈。雕塑、绘画、书法都有突出的成就,代表了这一时期艺术的最高水平。

石窟艺术是绘画和雕塑艺术的结合。佛教石窟是在佛教东传的过程中逐渐开凿的,从西域到中原沿途都有。其中著名的有山西大同西北的云冈石窟、河南洛阳的龙门石窟和甘肃敦煌的莫高窟——千佛洞。

这一时期的绘画,名家辈出,绘画理论也有了相应的发展。孙吴的曹不兴,西晋的卫协、张墨都是有名的画家,萧梁时张僧繇常画佛寺壁画,在运用佛教绘画色彩和晕染法作画中,他创造了"没骨画法"。北朝的蒋少游、曹仲达也善画人物画。

随着绘画的发展,南齐谢赫撰著绘画理论著作《古画品录》,提出绘画六法:气韵生动、骨法用笔、应物像形、随类赋彩、经营位置、传移模写。这是绘画经验的总结。

在绘画艺术中成就最大的是东晋的顾恺之。顾恺之擅长人物画,所画人物有一定比例,不仅重视人物的气韵、骨法,而且重视像形、位置。他认为画人物最重要的是画好眼睛,因为眼睛是传神之处。现存顾恺之的《女史箴图卷》,相传是后人摹写的,但也保存了真迹的遗风。

书法从东汉起逐渐成为一种专门艺术。汉末,蔡邕用八分体写石经,刘德升首创行书体(草书兼真书)。钟繇创立真书(楷书),独享盛名于一时。东晋王羲之吸收汉魏诸家之精华,集书法之大成,兼善隶、草、真、行,被称为书圣。他儿子王献之的书法成就不减其父,人称之为小圣,父子合称"二王"。北朝的书法也有很大的成就,其特点是结构谨严,气势雄厚,现存魏碑多是这种字体。

(三)魏晋南北朝的科技

1. 天文历法

在天文历法方面,东晋虞喜著有《安天论》,他的重要贡献是发现"岁差",他观察到太阳从第一年冬至运行到第二年冬至,没有回到原来的位置上,计算出每50年向西移动1度,岁岁有差,因称之为岁差。他的这一发现当时没有受到重视,直到祖冲之才运用它制定新的历法。三国时,魏明帝施行《景初历》。刘宋元嘉初,改行何承天制定的《元嘉历》。何承天已经认识到岁差,但计算不准确,也没有用于修订历法。

祖冲之证实了岁差的存在,并把它应用到他所制定的《大明历》中。根据计算,《大明历》规定一年为365.242 814 81天,与近代科学测量的日数相差不到50秒。《大明历》中另一重要改革是对闰法做了新的调整,将古法 19 年 7 闰改为 391 年 144 闰。《大明历》是当时最先进的历法,从梁天监九年(510 年)开始采用,到隋开皇九年(589 年)废止,共用了 80 年没有改动。

2. 算学

魏晋时期,最有成就的数学家是刘徽。刘徽注《九章算术》,并著有《海岛算经》。他首创割圆求周的科学方法,把圆的内接正六边形依次分割到 192 边形,得到圆周率为 3.14。南朝宋时的大数学家祖冲之进一步求出圆周率 π 的值在 3.141 592 6 和 3.141 592 7 两个数值之间,把圆周率求到小数点后第七位。

3. 医学

西晋时期最著名的医学家是王叔和。他精通脉理,著《脉经》10 卷,把脉象归纳为 24 种,奠定了脉学的理论基础。皇甫谧长于针灸,他著《针灸甲乙经》12 卷,是我国第一部针灸学专著。

两晋之际的葛洪撰《金匮药方》一百卷,另有简约本《肘后救卒方》(亦称《肘后备急方》)三卷。南朝齐、梁时的道士陶弘景修补《肘后备急方》,称《补阙肘后百一方》。他又撰《本草经集注》,分为七卷,著录药物 730 种,首创以玉石、草木、虫、兽、果、菜、米食分类,对本草学的发展有一定的影响。

4. 农学

北魏末年贾思勰的《齐民要术》是一部农业生产技术的总结性著作。全书分为十卷,共九十二篇,分别论述各种农作物、蔬菜、果树、竹木的栽培和育种,家畜家禽的饲养,农产品加工及副业等。反映了当时我国北方的农业生产技术水平。是我国古代的一部很有价值的农业科学著作。

本章重、难点提示

一、重点掌握名词

官渡之战	淝水之战	《无君论》
赤壁之战	北府兵	《佛国记》
夷陵之战	孙恩、卢循起义	《神灭论》
中书监、令	元嘉之治	葛洪
都督	侯景之乱	陶弘景
九品中正制	侨置与土断	寇谦之
平定南中	宗主督护制	建安文学
高平陵事变	九品混通	《文心雕龙》
占田制	六镇起义	《后汉书》
门阀政治	河阴之变	《三国志》
八王之乱	僧祇户与佛图户	《华阳国志》
五胡	柔然高车	《水经注》
永嘉南渡	三长制	《洛阳伽蓝记》
祖逖北伐	典签	《大明历》
桓温北伐	魏晋玄学	《齐民要术》

二、论述题

1. 论述九品中正制的内容及其影响。参见本章一、(二)。
2. 简述西晋初期巩固统一的措施。参见本章一、(四)。
3. 简述淝水之战的经过及其影响。参见本章二、(一)。
4. 论述南朝中央集权逐渐强化的表现。参见本章二、(三)。
5. 简述北魏前期的统治政策。参见本章四、(二)。
6. 论述北魏孝文帝改革的背景、内容及其历史意义。参见本章五。
7. 论述魏晋南北朝时期士族的盛衰。参见本章六。
8. 简述魏晋玄学产生的背景及其代表人物的思想。参见本章七、(一)。
9. 概述魏晋南北朝时期的文学、史学及地理学的主要成就。参见本章七、(二)。
10. 简述魏晋南北朝时期的科技发展。参见本章七、(三)。

第六章 隋 唐 五 代

考点详解

一、隋朝的统一与覆灭

（一）隋朝的统一

1. 杨坚代周

581 年，杨坚废北周静帝，建立隋朝，自立为帝，是为文帝，改元开皇，国都仍在长安，称大兴城。

2. 统一南北

隋开皇八年（588 年），隋文帝杨坚命其子晋王杨广率兵五十余万，分数路大举攻陈。次年初，隋将韩擒虎、贺若弼率军渡江，一举攻下建康，俘虏了陈叔宝，陈朝灭亡。岭南诸郡也在少数民族首领先夫人的率领下，归顺隋朝。至此，中国重归统一。隋的统一，结束了自东晋十六国以来 270 多年的分裂割据局面，再建统一的中央集权国家，有利于各民族的融合和经济文化的发展。

（二）开皇之治与隋炀帝的统治

1. 开皇之治

隋统一中国后，消除了南北长期对立的局面，为南北经济的交流和发展创造了有利条件。隋文帝时期，采取劝课农桑、轻徭薄赋的政策，有利于社会的安定，调动了农民的生产积极性，因而社会经济的恢复、发展都较快。因此，他所统治的开皇年间，史称"开皇之治"。

2. 隋炀帝的统治

隋炀帝杨广（560—618 年），隋文帝杨坚次子。即位之初，他创设进士科，完善中央官制，营建东都及开凿大运河，在政治、经济和军事方面都有深远的意义。但是，炀帝刚愎自用，他即位后推行的一系列暴政，使得社会矛盾迅速尖锐和激化。隋炀帝的暴政主要表现为役赋繁重和刑法苛暴两方面。同时，隋炀帝还穷兵黩武，频繁发动对外战争。其中规模最大的是三次征伐高丽的战争。征伐高丽的战争，先后动用人力数百万，征调财物无数，大量士兵、民伕死于战场和劳役，由于农村中极度缺乏劳力和耕畜，大量土地荒芜，社会经济受到严重破坏。

（三）隋末农民战争与隋朝的灭亡

征伐高丽的战争成为隋末农民大起义的导火线。大业七年（611 年）十月，山东邹平王薄起义于长白山（今山东章丘）。他自称"知世郎"，并作一首《无向辽东浪死歌》，号召农民参加起义，大业十三年（617 年）前后，各地农民起义军逐渐汇合为三大主力，一为翟让、李密领导的瓦岗军，二为窦建德领导的河北义军，三为杜伏威、辅公祐领导的江淮义军。

在三大农民起义军中，瓦岗军的力量最为强大，其创始人是翟让。翟让，韦城（今河南滑县东南）人，大业七年（611 年）前后起义于瓦岗寨。李密出身于功臣世家，曾参加杨玄感反隋军，大业十二年（616 年），由王伯当引荐，加入瓦岗军。李密招来许多小股起义军加入瓦岗军，又谋划攻下金堤关（在今荥阳东北），又在荥阳重创隋军，杀死隋将张须陀。次年，攻下兴洛仓，由于李密的领导才能，翟让拱手将领导权让给他，李密称魏公，建元永平。此后，瓦岗军接连攻下回洛仓、黎阳仓及附近郡县，直逼洛阳城下。但此时李密却由于担心翟让夺他的权而将其杀害。这就造成了瓦岗军内部的离心倾向，使之从鼎盛走向衰落。

河北义军首领窦建德，漳南县人，大业七年（611 年），聚众两百余人参加高士达领导的义军。大业十三年（617 年），窦建德在乐寿县（今河北献县）称长乐王，建立农民政权。唐武德元年（618 年），窦建德改国号为夏，称夏王，并迁都洺州（今河北永年）。

江淮起义军的领袖是杜伏威、辅公祐。他们都曾在大业九年参加长白山起义军，后来自己组织队伍向淮南发展。江淮间各支起义军多来归服。大业十三年，杜伏威率军大败隋军，乘胜攻克高邮（今江苏高邮北）、历阳（今安徽和县），次年攻克丹阳（今江苏南京），控制了江淮流域的广大地区，威胁隋朝的军事重镇江都（今扬州）。

大业十二年（616 年）隋炀帝第三次到江都后，畏于北方农民起义的发展，不敢北还。大业十三年五月，太原留守李渊起兵反隋。十一月攻陷长安，策立代王杨侑为傀儡皇帝，李渊任大丞相，掌握大权。武德元年（618 年）三月，领导侍卫部队司马德戡和贵族宇文化及发动政变，缢杀了隋炀帝。李渊随即亦废杨侑，自立为帝，国号唐。隋朝 581 年建立，至此灭亡，前后历时 37 年。

二、唐朝的建立和贞观之治

（一）唐朝的建立

1. 从太原起兵到关中称帝

唐王朝的建立者李渊出身于关陇贵族。大业十三年（617 年）初，李渊官至太原留守，据守北方重镇。当年五月，起兵反隋。攻陷长安后，立炀帝之孙代王杨侑为傀儡皇帝，遥尊隋炀帝为太上皇，自任大丞相，掌握大权。次年三月，宇文化及杀隋炀帝，李渊亦废杨侑，自立为帝，国号唐，建元武德，仍以长安为国都。

2. 统一全国

唐王朝建立后，立即着手进行统一全国的战争。当时陇右、河东、河北、江淮及江南一带均有割据势力存在，形成了群雄纷争的局面。面对这一形势，唐王朝确定了巩固关中，进兵西北，夺取中原，平定江南的战略计划，并立即着手进行统一全国的战争。

李渊为消灭农民起义军或割据势力，采用了招降或武力消灭两种方式。如河北起义军之窦建德、刘黑闼，江淮起义军的辅公祏相继被杀，杜伏威和瓦岗起义军的李密、徐世勣则投降。地方割据势力如陇右的薛仁杲、幽州的罗艺、洛阳的王世充等相继投降，陇右的李轨、巴陵的萧铣、朔方的梁师都等相继败死。至贞观二年（628 年），中国又统一起来。

（二）玄武门之变

唐王朝建立不久，统治阶级内部的权利之争日益激化。太子李建成、齐王李元吉结成的太子集团，与在统一战争中实力迅速膨胀的秦王李世民集团之间，为夺取皇位继承权而进行的明争暗斗愈演愈烈。武德九年（626 年）六月四日，李世民先发制人，率心腹将领长孙无忌、尉迟敬德、张公瑾等人伏兵于宫城北门玄武门，射杀了准备参加早朝的李建成、李元吉，史称"玄武门之变"。李渊被迫立李世民为太子。同年八月，高祖将皇位传给太子，李世民即帝位，李渊被尊为太上皇。次年改元贞观。李世民便是历史上著名的唐太宗。

（三）贞观之治

唐太宗在位的贞观年间（626—649 年），政治比较清明，经济发展较快，社会秩序稳定，国势强盛，人民生活水平得到改善，民族关系融洽，边境也较安宁，史称"贞观之治"。

1. 君臣论治

唐太宗经常与其大臣们论古说今，总结历史经验，以改善统治。他很重视强盛的隋朝在短时间内土崩瓦解一事，经常议论隋亡的教训，并引以为戒。他们还议论历代王朝兴衰成败的原因，从中吸取经验教训。参与论治的主要有魏征、房玄龄、杜如晦、褚遂良、马周等人。唐太宗君臣论治的范围很广，涉及加强、巩固封建统治的各个方面，其主要内容多收入《贞观政要》一书，因而该书深受后代封建统治者的重视。

2. 选贤任能，兼听纳谏

唐太宗在用人方面坚持"选贤任能"的原则，不因亲故而取庸劣；不因关系疏远或曾是政敌而舍贤才。不拘一格，因材致用，因而从各阶层、各集团搜罗了许多人才，他重用的一批大臣如房玄龄、杜如晦、魏征、李靖、徐世勣等，都是当时杰出的政治家或军事家。唐太宗很重视听取大臣的意见，注意兼听众议，虚心纳谏。他还鼓励大臣直言极谏，因之一时朝廷上出现了良好的政治风气。常对太宗进言的大臣以魏征最为著名，而且敢犯颜直谏。

3. 轻徭薄赋

唐太宗实行轻徭薄赋的政策，使得唐初的赋税徭役比隋朝有所减轻。尤其是力役，不仅削减了大型公共工程，以减轻民众的劳役负担和赋税，而且比较有节制，注意不夺农时。

4. 华戎同轨

在与少数民族的关系方面，唐太宗虽曾多次派兵反击突厥、吐谷浑的侵扰，并进而征服了突厥、吐谷浑等，但他主要还是采取以怀柔为主的羁縻政策。在边远少数民族地区设立羁縻府州，任命各族首领为都督、刺史等，以统辖本族。对于归附的少数民族首领也很信任，不少人被授以高级官职、册封爵位，还帮助他们的部属，发展生产，稳定社会秩序。唐太宗对少数民族采取的政策是比较成功的，促进了各民族的经济文化交流，同时也为唐朝树立了声威。贞观四年（630 年），唐太宗被少数民族尊奉为"天可汗"。

三、武则天与唐玄宗的统治

（一）武周代唐

贞观二十三年（649年）五月，唐太宗病逝，太子李治继位，改元永徽，是为高宗。永徽六年（655年），高宗废除先前所立的王皇后，改立武则天为皇后，朝中大权遂渐落武则天手中。弘道元年（683年），高宗死，立第七子（武则天所生）李显为帝，是为中宗，武则天以皇太后临朝称制。次年，废中宗，立豫王李旦（高宗第八子，中宗母弟）为帝，是为睿宗，武则天继续临朝称制

（二）武周政治

690年九月，武则天改唐为周，改元天授，以洛阳为神都，加尊号"圣神皇帝"，登上了皇帝宝座，武则天是中国历史上唯一的女皇帝。武则天从身为皇后开始参与朝政，到因政变退位，共当政五十余年。在她统治时期，基本延续唐太宗时的各项政策，使当时的政治、经济、文化都得到进一步的发展，为开元盛世的形成奠定了基础。

1. 打击关陇士族势力，扶植庶族地主力量

武则天打击削弱士族势力，提拔重用了许多庶族出身的官吏。显庆四年（659年），她通过高宗诏令改修《氏族志》为《姓氏录》。规定凡五品以上官员"皆升谱限"，进入士族之列，其余"各以品位高下"为标准，共分九等，其中皇后之武姓被定为第一等。这就进一步打破了士族与庶族的界限，提高了出身低微的庶族官员的政治与社会地位。

2. 改进科举，进行殿试增设武举

为进一步打击关陇士族，拉拢和培植新的官僚势力，武则天改进科举制度，大量吸收庶族地主做官天授元年（690年）曾进行殿试，由皇帝面试和主考考生。长安二年（702年）又设置武举，由兵部主持选拔军事人才，并将其纳入科举之列。通过以上措施，武则天选拔了大批封建官吏和优秀人才，其中相当一部分来自庶族地主，从而扩大了武周政权的统治基础。

3. 重视发展农业生产

武则天很重视发展农业生产，一再下令劝课农桑。州县田畴垦辟，户有余粮的，官长可得升迁；为政苛滥、户口流散的，官长要受惩罚。在她统治期间，户口增殖，社会经济继续发展。

4. 加强西域边防的管理和建设

武则天还重视对西北边疆的管理与经营。长寿元年（692年），武威总管王孝杰大破吐蕃，一举从吐蕃手中收复了安西四镇，并在龟兹恢复设置了安西都护府，统龟兹、于阗、疏勒、碎叶四镇，管辖天山南路，直至帕米尔高原的广大地区。长安二年（702年），武则天又在庭州（今新疆吉木萨尔）置北庭都护府，管辖天山以北，包括阿尔泰山和巴尔喀什湖以东的辽阔地区。

（三）中宗复辟和韦后干政

神龙元年（705年），82岁的武则天身染重病，宰相张柬之联络右羽林卫大将军李多祚发动政变，拥兵入宫，强迫武则天传帝位于中宗李显，复唐国号，并把政治中心由洛阳移回长安。武周政权至此结束，武则天本人也在当年病逝。

唐中宗复位后，昏庸懦弱，皇后韦氏及其女安乐公主掌握大权。韦后欲效法武则天称帝为女皇，与武则天之侄武三思勾结一起，逐杀张柬之等人，共谋夺取政权。景龙元年（707年）七月，太子李重俊发动兵变，矫诏发羽林军杀武三思及其党羽十余人，企图消灭韦皇后一派，但中宗在韦皇后和安乐公主的胁迫下，不得不发兵杀死李重俊。李重俊兵变未果，韦皇后进一步控制了大权，并于景云元年（710年）将中宗毒死，开始临朝掌政。这时，睿宗李旦之子李隆基与姑母太平公主合谋，引羽林军连夜攻入玄武门，杀死韦皇后和安乐公主及其党羽，扶睿宗复位。

睿宗即位后，李隆基虽被立为太子，但大权掌握在太平公主手中。太平公主与太子李隆基的矛盾愈演愈烈。延和元年（712年）八月，睿宗传位太子，李隆基即位，是为唐玄宗。当时太平公主阴谋政变夺权，玄宗先发制人，杀死太平公主门下党羽，太平公主亦被赐死。至此，武后以来纷乱动荡八年之久的政局宣告结束。

（四）唐玄宗的统治

1. 开元盛世

李隆基（685—762年），即唐玄宗，史称唐明皇。他在诛除韦后之前，已封临淄王，曾任中央和地方许多官职，经历过不少政治斗争，有较丰富的政治和社会经验。即帝位后，励精图治，先后任用姚崇、宋璟、张九龄等为

宰相,革除积弊,改善吏治,发展生产。在他统治的前期开元年间,唐朝进入鼎盛时期。史称"开元盛世"。

（1）裁汰冗官,整顿吏治

唐玄宗即位之初,即采取措施,保持了政治上的稳定。曾裁汰冗员,裁减闲散机构,慎选官吏,整顿吏治。玄宗专门颁布了《整饬吏治诏》,规定每年十月各道按察使对地方官的政绩进行严格考核,以定升降黜陟。开元末年,还修订了《大唐六典》,作为行政法典,明确规定各级政府机构的组织建制、职权范围及人员编制,实行官员定额编制,从法律上杜绝冗官滥吏,保证行政效率。

（2）抑制食封贵族

唐初规定,凡食实封的贵族,封户的租调由封家征收。最初食实封者不过二三十家,封户多的仅千余户,到中宗时,食实封者增至140家以上,封户多的达万户。这样就使国家的一部分租调被私家侵吞。开元三年(715年),玄宗规定,封家的租调改归政府统一征收,由封家在京城或州治领取,封家亦不得再向封户催索或放高利贷。后来又规定,凡子孙承袭实封的,户数减十分之二。这些措施对食封贵族的势力起了一些抑制作用。

（3）压制佛教势力

武则天、中宗、睿宗时期,崇佛过度,佛教势力得到恶性发展。开元二年(714年),玄宗接受姚崇的建议,下令淘汰天下僧尼,强制还俗者达1.2万余人。同年八月,玄宗还下令禁止新造佛寺,禁止民间铸造佛像经,并禁止贵族官僚与僧尼交往。这些措施都抑制了佛教势力。

（4）兴修水利,重视农业生产

开元年间,全国兴修了许多水利工程,蔡州新息县的玉梁渠,灌田30余万亩,蓟州三河县的孤山陂,灌田20余万亩。玄宗还在各地大兴屯田,全国共有军屯992屯,垦田面积达500万亩左右。

（5）检田括户,限制土地兼并

针对武周以来均田制日趋破坏,土地兼并和农民逃亡日益严重的情况,开元九年(721年),玄宗任命宇文融为劝农使大力检括逃户和籍外占田。对括得的客户每丁税钱1500文,只交户税,免其6年,使之重新回到均田土地上去。这一措施既增加了政府收入,也对改变占田不均的情况,缓和阶级矛盾,发挥了一定的积极作用。

2. 天宝危机

（1）均田制的破坏及土地兼并的盛行

唐前期基本的土地政策是均田制。在均田制下,官僚贵族和平民百姓均可得土地。这有利于提高一般农民的劳动积极性,从而使农业恢复发展起来。但由于官僚贵族授予的土地数额很高,而平民百姓往往授田不足,加之永业田、口分田在一定条件下可以转让或买卖。均田制的这些先天不足,给土地兼并和大土地所有制的发展提供了方便。后来均田制逐渐废坏,土地兼并日益发展。到唐玄宗后期,土地问题日益严重,许多失去土地的农民四处逃亡,严重削弱了唐朝的统治基础。

（2）府兵制的终结及"内轻外重"军事格局的形成

随着均田制度的破坏,府兵已难以维持。为弥补兵源的不足,唐王朝开始实行募兵制。开元十一年(723年),根据张说的建议,玄宗诏令招募强壮12万人,充当京师宿卫的兵士,号长从宿卫,免其赋役,后改称彍骑。彍骑起初多选自精壮,且注重军事训练,具有一定的战斗力。但天宝年间彍骑招募的多为市井无赖,既不注重训练,生活腐化堕落,军事战斗力较差。

边镇戍兵也自开元二十五年(737年)起,正式实行招募制,因为要长期服役,招募的戍兵被称为长从兵或长征健儿。他们由边地将帅长期统率,逐步形成了将帅专兵的局面。长征健儿(官健)与长从宿卫(彍骑)分别代替了原来轮番戍防与宿卫的府兵和卫士,是唐代兵制变革中的两个重要内容。这种变革使招募制的雇佣兵、职业兵代替了征兵制的义务兵,是中国中古兵制发展史上的一件大事。

掌握边镇武力的官员叫节度使。节度使势力在当时被称为藩镇或方镇。节度使设于睿宗景云二年(711年),起初职掌只限于军事。到玄宗开元、天宝年间,先后在沿边设立了安西、北庭、河西、朔方、河东、范阳、平卢、陇右、剑南九个节度使和岭南经略使。以上十镇的统帅多由胡族首领担任兵力共有49万人。当时全国的总兵力约为57万人,而京城及内地所驻兵力仅为8万人,仅及边镇兵力的六分之一。

这表明,先前府兵制下"内重外轻"的军事格局已被"内轻外重"所代替,唐王朝丧失了拥重兵居关中以驭天下的军事优势。为加强作战力量,节度使的权力不断被扩大,以至于军、民、财权集于一身,很快发展成为强大的地方割据势力,成为唐中央统治的离心力量。

（3）天宝年间的政治危机

曾经励精图治的唐玄宗,到后期深居宫中,怠于政事,沉湎于酒色歌舞,穷奢极欲。政事则先后委于宰相李林甫、杨国忠。李林甫口蜜腹剑,勾结宦官,妒贤嫉能,他掌权十九年,政治日益黑暗。他死后,杨贵妃的族兄杨国忠为相。他结党营私,贿赂公行,政治更加黑暗。

四、隋及唐前期的国家制度与社会经济

(一) 隋朝的国家制度

1. 加强中央集权的政治措施

(1) 三省六部制

隋朝建立后,废除了北周按照《周礼》设立的六官,吸收了汉魏以来历朝的官制,制定新的制度。在中央设三师、三公及尚书、门下、内史、秘书、内侍五省;秘书省掌国家图书典籍,位高职闲;内侍省管理宫廷内部事务,全是宦官;真正负责国家政务的是尚书、内史、门下三省。三省职同秦汉时代的丞相,历史上一般称为三省制度。内史省是决策机构,负责草拟、颁发皇帝的诏令,其长官为内史令。门下省是审议机构,负责审核政令,驳正违失,其长官为纳言。尚书省是执行机构,负责贯彻执行重要政令,其长官为尚书令,副长官为左、右仆射。三省为中央最高统治机构,三省长官(包括仆射)同为宰相,共同负责中枢政务。六部即尚书省下属的吏、民、礼、兵、刑、工等六部。吏部主官吏的考核任免,民部主户口、赋税等,礼部主礼仪制度,兵部主军政,刑部主法律、刑狱,工部主水陆工程。各部长官为尚书,副长官为侍郎。三省分权改变了以往宰相一人执掌大权的状况,削弱了相权,加强了皇权。三省六部职司划分明确,提高了行政效能,加强了中央统治力量。

五省之外,设有御史台掌监察;都水台掌水利(583年废)。隋炀帝大业三年(607年),又新置谒者台和司隶台,掌巡察内外百官和军民活动,与御史台合称三台,以加强对内外官员的控制和纠察。

(2) 州县制

开皇三年(583年),隋文帝采纳兵部尚书杨尚希的建议,下令"罢天下诸郡",取消地方上郡一级的建制,改东汉末年以来地方行政的州、郡、县三级制为州、县两级制(607年隋炀帝又改州为郡)。州设刺史,县置令。州刺史相当于以前的郡守,除边远州外,刺史只管民政,不掌军权。又合并了一些州县,裁汰冗员,消除了过去层次、机构过多的弊端,改善了吏治,节省了开支。后来还规定,九品以上的地方官吏都由吏部任免,每年进行考核。州县佐吏三年必须更换,不得连任,而且不许用本地人,必须用外地人,这改变了秦汉以来地方官自聘僚属的惯例,防止了本地豪强地主垄断地方政权,进一步加强了中央对地方的控制。

(3) 改革府兵制

开皇十年(590年),隋文帝对府兵制做了重大改革。府兵制原为西魏、北周的兵制。府兵为职业军人,兵士都由军府统领,不列入州县户籍,家属也随营居住,编为军户。改革后,军人除仍有军籍、隶属军府外,又与其家属一起编为民户,隶属于州县;有了固定的住处,可以按均田令分得土地,从事生产;同则还要按规定轮番到京城宿卫,或执行其他任务。关于府兵统率方面,沿用"魏、周十二大将军之遗制",设置十二卫,每卫置大将军,总隶于皇帝。各卫所统军府,即府兵的基本组织单位,到隋炀帝时改称鹰扬府,由郎将和副郎将统领。

隋朝在府兵制度上的改革,使府兵制进一步与均田制结合起来,从而巩固了府兵制。同时将府兵统率权集中在中央,进一步加强了中央集权的统治。

(4) 创立科举制

魏晋南北朝选官体制是以九品中正制为考核、品评机制,在州郡设置中正、小中正,专司品评人才,向朝廷推荐。由于中正官均由本州郡的世家大族贵族官僚担任,九品中正遂成了门阀士族把持选举的工具。

隋文帝即位后,废除九品中正制,选官不问门第。令各州每年向中央选送三人,参加秀才、明经等科的考试,合格者录用为官。隋炀帝即位后,创立进士科,这标志着科举制的产生。科举即分科取士之意。这一制度产生后,把读书、应考和做官三者联系起来,成为以后士人仕进的必由之路。科举制的产生,打破了数百年来世族门阀垄断仕途的局面,一般地主子弟甚至贫寒子弟也可能由此走上仕途。从此,选拔官吏之权从世家大族手中收归中央政府,从制度上限制了世家大族把持政治大权,为庶族地主参与政权开辟了道路。

(5)《开皇律》

北周时期,法律时宽时严,刑罚混乱。隋文帝即位后,制定了《开皇律》。该律分为十二卷,共五百条,将刑罚分为死刑、流刑、徒刑、杖刑、笞刑五种二十等。还规定对犯"十恶"者要严惩不贷。《开皇律》由于对前代刑法做了总结,而且在量刑定罪上较为宽简,因而对后世法律影响较大。《开皇律》成为唐律及其以后各代法典的基础。

2. 整顿发展经济的措施

（1）均田制

开皇二年（582年），隋文帝下令实行均田制。规定每丁受露田80亩，桑田或麻田20亩，妇人受露田40亩，露田在受田人死后归还国家。桑田或麻田为永业田，可以传给予孙，可以买卖。奴婢受田与平民同，但一家之内，奴婢受田人数有限制：亲王之家限300人，平民之家限60人。丁牛一头受田60亩，一家限四牛。奴婢和耕牛受田，实际归主人使用。亲王至都督，皆给永业田，多者百顷，少者40亩。京官皆给职分田，一品五顷，每品以50亩为差，至九品为一顷。外官也有职分田，又给一定数量的公廨田。职分田的收入作为官吏俸禄的一部分，公廨田的收入作为官署办公费用。

隋朝实行的均田制度是在人少地多，朝廷可以控制较多土地的背景下实行的国有土地分配制度。均田制不是将所有土地都拿来分配，而是将政府所能支配土地中的一些无主荒地分配给农民耕种，使他们固定在土地上，以利于封建政府的派役和税收。虽然农民受田往往不足定额，但继续实行均田制毕竟使无地少地的农民分到一些土地，提高了他们的劳动积极性，并在一定程度上抑制了土地兼并，因而对当时农业生产的恢复、发展起了积极的作用。

（2）租调力役制

在均田制的基础上，隋朝实行租调力役制度。此制贯穿"轻徭薄赋"的政策。开皇二年（582年）规定：十八岁以上为丁，要负担租调力役；六十岁为老，免除租调力役。租为田租，调为户调，力役即劳役。一夫一妇为一床，每年交租粟三石：受桑田者交调绢一匹（四丈）、绵三两，受麻田者交调布一端（六丈）、麻三斤。无妻室的单丁及奴婢纳一半租调。丁男每年服力役一个月。开皇三年，减轻租调力役，规定成丁年龄由十八岁提高到二十一岁，受田年龄仍为十八岁。受田者前三年不纳租调不服力役。调绢由每年一匹减为二丈，力役由每年一个月减为二十天。开皇十年（590年），又规定五十岁以上者，可"免役输庸"，即纳布帛以代替力役。租调力役的减轻和输庸代役制的实行，在一定程度上减轻了农民的负担，提高了他们的生产积极性，促进了农业生产的发展。

（3）大索貌阅和输籍之法

开皇五年（585年），隋文帝下令清查户口，依照户籍簿上登记的年龄体貌进行核对，此即所谓"大索貌阅"。如有不实，三长要发配远方。清查的结果，使国家户籍增加了四十四万余丁，一百六十四万余口。另外还根据宰相高颎的建议，实行了"输籍之法"。即由国家制定"输籍定样"（划分户等的标准），发到各州县，每年正月五日，县令派人到农村，依定样划分户等，作为征调赋税、力役的依据。由于国家规定的赋税、力役数量低于豪强地主对佃农的剥削量，许多原来依附豪强地主的农民纷纷脱离地主，向官府申报户口，纳税服役，成为国家的编户。

大索貌阅和输籍定样，既有利于国家的赋税收入，又打击了豪强世族的势力，从而加强了中央集权，促进了社会生产的发展。

（4）营建东都和开凿大运河

隋在统一全国后，为了加强中央对东方和南方的控制，决定修建洛阳以为东都。隋炀帝大业元年（605年），开始营建东都，历时十个月。隋炀帝常住洛阳，将其作为东部的政治、军事、经济中心。运河开通后，洛阳成为南北经济文化交流的枢纽，

隋炀帝在营建东都的同时，又下令开凿大运河。大运河以洛阳为中心，分为三大段。中段包括通济渠与邗沟。通济渠北起洛阳，东南入淮水。邗沟北起淮水南岸之山阳（今江苏淮安），南达江都（今扬州）入长江。南段名江南河，北起长南岸之京口（今镇江），南通余杭（今浙江杭州）。北段名永济渠，南起洛阳，北通涿郡（今北京城西南）。大运河分段开凿，前后历时五年，全长两千余公里，

开凿大运河的目的是为了加强中央对东部和南部的统治，同时也是为了从南方漕运粮食和便利对东北用兵。大运河对中国南北的经济、文化交流和巩固国家的统一都起了巨大的作用。

（二）隋朝社会经济的发展

隋朝在政治、经济上的整顿和改革，强化了中央集权，加强了封建国家对人力物力的控制，给隋朝经济发展以有利条件。南北统一，再建统一的中央集权封建国家，也促进了当时封建经济的发展，出现了"人多殷富"的短暂繁荣景象。

隋朝农业发展的主要表现，是农业人口的激增、垦田面积的扩大和国家粮仓的丰实。由于社会经济迅速发展，国家的赋税收入也不断增加，官府为储存粮食，在各地修造了许多官仓，除京师的太仓外，其中较著名的有黎阳仓、河阳仓、常平仓、广通仓（后改称永丰仓）、含嘉仓、子罗仓、兴洛仓、回洛仓等。

隋代的手工业有较迅速的发展，这是和农业、商业的发展密不可分的。其手工业成就主要体现在纺织业、

制瓷业和造船业三方面。

隋代商业贸易出现繁荣的景象,其重要标志是商业都市的出现。长安是全国最大的商业中心,也是国际贸易的重要城市。长安有东、西两市,国内外商人云集。东都洛阳也是重要的国内外贸易城市,有东、南、北等三市。

(三)唐朝前期的国家制度

1. 中央和地方官制

唐初,中央的主要机构为三省、六部、一台、五监、九寺。地方上实行州县两级制。太宗时,又在州之上设道,作为监察区。

三省为尚书省、门下省和中书省(隋称内史省),职掌与隋制同。尚书省下设吏、户(隋称民部)、礼、兵、刑、工六部,职掌亦与隋制相同。中央还另有殿中省和秘书省,但在中枢政治中的作用不大,故习称唐代是三省六部。三省长官起初均为宰相,共议国政。但由于尚书令权力太大遂以唐太宗曾任此职为理由,不再授人,而以左右仆射代行职权。左右仆射起初是当然的宰相,但后来要加"同中书门下"头衔才是宰相。由于中书令、门下侍中的名位较高,所以也不常设。于是就给其他官员加上"同中书门下三品"、"同中书门下平章事"等头衔,担任宰相。三省的长官均为宰相,共同在门下省的政事堂参议国政,政事堂会议也成为协助皇帝统治全国的最高决策机构。光宅元年(684年),裴炎为中书令时,迁政事堂于中书省。开元十一年(723年),张说又奏改政事堂之名为"中书门下",作为宰相办事机构,堂后设吏房、枢机房、兵房、户房、刑礼房五房。这时"中书门下"不仅有决策权,还对尚书六部进行对口领导,掌握了一部分行政权力。

宰相的权力分于三省,又由品级较低的官吏担任宰相,这就进一步削弱了相权,加强了皇权,但同时也更便于发挥整个统治集团的作用。

除三省六部外,唐中央还设有监察机构御史台,长官为御史大夫和御史中丞,掌管纠察非违与弹劾事宜。还有五监(国子监、少府监、将作监、军器监、都水监)、九寺(太常、光禄、卫尉、宗正、太仆、大理、鸿胪、司农、太府)及专管文化典籍的秘书省等。

唐初的地方行政制度与隋朝基本相同,仍为州县两级制。州的长官为刺史,县的长官为县令,县下设乡,乡下设里。此外,唐初还在边缘一些比较重要的地方设置总管或都督,监察军民。唐太宗为加强对地方的控制,将全国分为关内、河南、河东、河北、山南、陇右、淮南、江南、剑南、岭南10道。到开元二十一年时又分为15道。道只是依据自然山川形势而划分,并非行政单位,皇帝经常根据需要临时派遣按察使或巡察使,深入各地对官吏的工作进行监督、检查或巡视,客观上加强了对州县的控制作用。

2. 均田制和租庸调制

武德七年(624年),唐高祖下令继续推行均田制和租庸调制。均田制是唐前期基本的土地制度,它的主要内容是:18岁到20岁的中男和21岁到59岁的丁男,每人授田100亩,其中80亩为口分田,死后归还政府,20亩为永业田,可以传给子孙。60岁以上的老男、笃疾者、废疾者授口分田40亩。寡妻妾授口分田30亩。这些人如为户主,加授永业田20亩。和尚、道士授口分田30亩,尼姑、女冠(女道士)授口分田20亩。工商业者的永业田、口分田减半授给;若在狭乡(人多地少地区)则不授。一般妇女、部曲、奴婢、耕牛不再列入授田范围。贵族和官员授田另有规定:最多者为亲王,可授永业田100顷,最少者为武骑尉,可授永业田60亩。各级官员另有数量不等的职分田,以其收入作为俸禄的一部分。各级官府还有数量不等的公廨田,以其收入作为办公费用。职分田和公廨田在原任官离职时,则由新任官接管,不得出卖。对土地买卖的规定:贵族官僚的永业田和赐田,可以自由出卖。百姓合法迁移和家贫无力丧葬者,准许出卖永业田。迁往宽乡和卖充住宅、邸店、碾硙的,并准许出卖口分田。买田的数量不得超过本人应受的法定数额。

与前代相比,唐代均田制有一些新特点:一是取消了对一般妇女、部曲、奴婢、耕牛的授田,反映了妇女地位的进一步下降,也反映了门阀士族势力在唐代的衰落;二是授田对象中增加了杂户、官户、工商业者和僧道,反映了他们身份地位的上升以及寺观经济的发展,对僧道授田是为了确定寺观对土地的所有权;三是对贵族官僚授田的规定更加完备,而且授田的数额很高,反映了地主土地所有制的进一步发展;四是对土地买卖的限制进一步放松,永业田和口分田在一定条件下均可买卖。这就给土地兼并和大土地所有制的发展提供了方便。

租庸调制是唐前期的主要赋役制度,是在均田制基础上实行的。租庸调按丁征收。每丁每年交纳粟二石,称为租。每年植桑区交纳绢二丈、绵三两,种麻区交纳布二丈五尺、麻三斤,称为调。每丁每年服徭役二十天,闰月加二日。如果不服徭役,每天折纳绢三尺或布三尺七寸五分,称为庸,也叫"输庸代役"。如果政府额外加役,十五天免调,三十天租调全免。额外加役最多不能超过三十天。隋朝规定五十岁以上的人才能以庸代役,而唐朝将此加以推广并制度化,并规定了役期的最高天数。这些都使农民有较多的时间从事农业生产,有利于社会经济的恢复和发展。

3. 府兵制度

唐王朝建立后,继续沿袭西魏、北周、隋以来的府兵制度。经唐太宗贞观十年(636年)的整顿健全,唐代的府兵制比前代更加完善。唐代府兵的中央领导机构主要是左右卫、左右武卫等十二卫,东宫六率是其次要机构。十二卫各设大将军一人,直接听命于皇帝。六率各设率一人,隶属于太子。府兵的基本单位是设在各地的折冲府(亦称军府、军府),由折冲都尉和果毅都尉统领。府分上、中、下三等,上府1200人,中府1000人,下府800人。军府分布于全国,但以长安附近的关内道为最集中。其原因之一是京畿所在,形势重要;二是人口稠密,兵源充足。关内、河东、河南等腹心地区的军府占总数的绝大部分,这样就使中央握有重兵,借以贯彻"居重驭轻","举关中之众以临四方"的军事方针。府兵必须凭尚书省兵部的兵符才能调拨。战时由皇帝命将率军出征,战争结束,将领回朝,士卒归府,将无常兵,难以干预国政。临时统兵权与调兵权的分离,保证了中央对府兵的绝对控制,有利于维护中央集权和巩固国家的统一。

唐代府兵制建立在均田制基础上,是兵农合一的制度。卫士二十一岁入军,六十岁免役。征点标准是"财均者取强,力均者取富,财力又均,先取多丁"。在服役期间免自身租调,但出战时要自备武装、甲胄和衣粮。府兵经常性任务是轮流到京城宿卫,称为"番上"。有时亦出征或到别地戍防。府兵平时在乡土参加农业生产,冬季农闲时集中进行军事训练,从而形成了兵农合一、寓兵于农的军事制度。这样既保证了府兵的来源,也减少了封建国家的军费开支。

4. 学校与科举

唐代的学校教育分为官学和私学两个系统,以官学为主。中央官学主要是"六学二馆"。六学指国子学、太学、四门学、律学、书学和算学,隶属国子监,置博士、助教以教授生徒。二馆指弘文馆和崇文馆。弘文馆隶属门下省,崇文馆隶属东宫,各置学士以教授生徒。属中央官学的还有东都国子监诸学、医学、乐学、崇玄学、历学等。中央官学大部分招收官僚子弟和外国留学生,庶族平民子弟仅占少数,以儒家经典和各科专门知识为学习内容。地方官学由京都学、都督府学、州学、县学、市镇学、里学组成,以经学和医学为主要教学内容。

唐代的科举分常举和制举两种。常举主要有秀才、明经、进士、明法、明书、明算、道举、童子等八科,其中以明经、进士两科最重要。明经考试的内容有帖经、经义和时务策,以帖经为主;进士考试的内容为帖经、诗赋和时务策,以诗赋为主。考帖经能死记硬背即可,考诗赋则需要独立思考,因而中明经易,中进士难。常举初由吏部主持,后改由礼部主持。常举考中以后,只是取得做官的资格,必须再经吏部考试合格,方能授官。制举是由皇帝亲自主持的考试。

制举科目多临时设置,较重要的有贤良方正科、直言极谏科、军谋宏远堪任将帅科等。平民百姓和官吏均可应试。制举不常举行,取人极少,在科举中不占重要地位。武周时,还创立了武举,专门选拔军事人才,由兵部主持。

科举制有利于庶族地主参政,进一步扩大了封建统治的阶级基础。

5. 律令格式

唐前期的法律体系是由律、令、格、式四种形式构成。律是刑法典。令是关于国家各种制度的规定,如《户令》、《田令》等。式是各项行政法规,办事细则,如《水部式》等。格是对律、令、式所做的补充和修改。律、令、格、式互为补充,以律为主,同时并行。

唐律是直接从隋《开皇律》发展而来的。唐律从唐高祖时开始制订,到唐太宗时修订完成。唐高宗永徽年间,又对律文加以解释。释文称为"疏",具有和"律"同等的效力。二者合编,称为《永徽律疏》,后世称之为《唐律疏议》。这是我国现存最早的一部完整的封建法典。《唐律》分为名例、卫禁、职制、户婚、厩库、擅兴、贼盗、斗讼、诈伪、杂律、捕亡、断狱12篇,共502条。刑名有笞、杖、徒、流、死五种。在量刑定罪上,唐律比隋律又有所减轻。

《唐律》不仅为宋、明、清各代法典的编纂提供了范本,而且对古代朝鲜、日本、越南等亚洲国家的法律产生了极大的影响。

6. 撰修《氏族志》

唐初士族阶层,主要有四个地域集团,他们各有崇尚:山东士族尚婚娅,江左士族尚人物,关中士族尚冠冕,代北士族尚贵戚。当时江左和代北士族,唐初已全面没落;关中士族即关陇贵族,是唐王朝起家和赖以建国的根基,在唐政权中实力最强,是左右唐初政局的力量。而以崔、卢、郑、李、王为首的山东士族,虽经隋末农民起义的打击有所衰落,但由于昔日为名门望族,根深蒂固,到唐仍有一定社会地位和影响。

为了压抑士族势力,提高以李氏皇族为首的统治集团的地位,太宗诏令高士廉等刊正姓氏,修撰《氏族志》。贞观十二年,书成,仍列山东士族崔民干为第一等。太宗下令重修。新修成的《氏族志》,以李唐皇族为首,外戚次之,崔民干被降为第三等。

通过这次修《氏族志》,一部分做官的庶族地主获得了士族名分,而山东士族则进一步受到打击。《氏族志》的修订以削弱山东士族为目的,对新兴的庶族地主有利,对皇权的加强有利。

(四) 唐朝前期社会经济的发展

1. 农业

唐代生产工具的改进是农业生产水平提高的重要标志。唐代的犁已由直辕犁改进为曲辕犁。曲辕犁结构完备,装有犁壁,便于深耕;配有犁评,可调节犁铧入土的深浅度,操作灵活省力,便于转弯,提高了耕作速度和质量。

唐代的水利事业有很大发展。唐前期见于记载的重要水利工程有一百六十多处。遍布于黄河中下游之南北,南到淮水和长江流域。所用灌溉工具也有进步,如辘轳、桔槔、翻车等传统汲水工具,已被普遍使用。此外,还在江南水田地区出现了一些新的灌溉工具,其中主要的有水车和筒车。水车和筒车相似,都是用巨型木轮缚若干木桶或竹筒于轮上,随水流转动,将河水汲至高处水槽中,引入沟渠浇灌。水车在北方也有推广。水碓、水磨、水碾也在广泛的使用。

2. 手工业

唐代的手工业可分为官营和私营。官营手工业在唐代手工业中占有重要的地位。中央主管官营手工业的最高机构是工部。官营手工业的产品一般不在市场上出售,只供皇室和官府消费。官营手工业规模较大,分工较细,又有最好的工匠从事生产,有利于生产的发展和技术的提高。私营手工业主要是农村的家庭手工业,其产品在纳税后自用有余时,也在市场上出售。手工业作坊大多集中在城市,有纸坊、毡坊、酒坊、铜坊、染坊、绫锦坊等。

唐前期的主要手工业有纺织业、陶瓷业和矿冶业等。纺织业中以丝织业和麻织业最为重要。丝织品的主要产地仍在今河北、河南一带。当时生产的布绝大多数是麻布,麻织品盛产于南方,黄州(今湖北黄冈)的赀布是其中的上品。唐代的印染技术也达到了相当高的水平,夹缬、蜡缬、绞缬等印染方法都广泛流行,印染的花纹十分精美。

唐代专烧青瓷的窑多在南方,以越州窑(今浙江绍兴)的产品为最佳,其釉色光亮纯青,又为帝王专用,故被誉为"秘色瓷"。陶器以三彩陶俑,即"唐三彩"最为著名,以青、绿、黄三色为主,以人、马、骆驼为主要造型,唐三彩的施釉技术达到了新的水平。

3. 商业与交通

京城长安既是全国的政治中心,又是最大的商业城市。长安城周围七十多里,由宫城、皇城和外郭城等三部分构成。外郭城是居民区和工商业区,共有108坊和东西两市。坊是住宅区,市是工商业区。市内出售货物的店铺称肆,经营同类货物的肆集中在同一区域,称行。在乡村也有定期进行交易的场所,称为草市、墟或集。

唐代驿传制度也有很大发展。在水陆交通要道上,大约每三十里设一驿,全国共有驿1 643所,其中陆驿1 297所,水驿260所,水陆相兼驿86所。陆驿备有马,水驿备有船,以供官吏往来和文书传递。在水陆交通线上,还有私人开设的旅店,接待来往客商,供给食宿和马匹等。

唐朝对外的交通线主要有西北的陆路和东南沿海的海路。陆路由洛阳、长安经河西走廊、西域,通往中亚、西亚、南亚和欧洲,这就是历史上著名的"丝绸之路"。东南海路从广州、扬州、登州(今山东蓬莱)、楚州(今江苏淮安)、明州(今浙江宁波)等港口可达东南亚各国以及新罗、日本、波斯、大食等国。中国输出的商品主要是丝绸、瓷器和药材等,输入的商品主要是香料、珠宝、象牙、犀角等。

五、安史之乱与中晚唐政局

(一) 安史之乱

1. 原因

安史之乱发生的主要原因是:边防节度使权力过大,成为强大的地方势力;中央统治集团日益腐朽。

2. 经过

天宝十四载(755 年),集范阳、平卢、河东三镇节度使于一身的安禄山在范阳起兵叛乱。因其密友史思明与其协同叛乱,故史称"安史之乱"。叛军连败唐军,攻入洛阳。天宝十五年(756年)正月,安禄山在洛阳称帝,国号大燕。六月,破潼关,进占长安。唐玄宗仓惶出逃。行至马嵬驿(今陕西兴平西),禁军哗变,杀死杨国忠,又迫唐玄宗缢死杨贵妃。唐玄宗逃往成都。太子李亨在灵武即位,是为唐肃宗。

唐肃宗即位后,依靠朔方节度使郭子仪和河东节度使李光弼的兵力,又调集西北各路军队,积极准备反攻。南面则有张巡和许远坚守睢阳(今河南商丘南),鲁炅坚守南阳,挡住叛军南下的通道,保障了唐朝江、淮财赋的来源。

至德二年(757年),安禄山被其子安庆绪杀死,庆绪自立为帝。乾元二年(759年),史思明又杀安庆绪,自立为大燕皇帝,上元二年(761年),史思明又被其子史朝义所杀。763年,史朝义兵败自杀。安史之乱至此平息,前后共经历八年(755—763年)。

3. 影响

安史之乱是唐朝由盛而衰的转折点。从这以后,朝廷的权力日益削弱,逐渐形成藩镇割据的局面;在民族关系方面,唐朝日益失掉"天可汗"的优势,吐蕃、南诏等民族政权不断侵犯唐朝;在经济方面,黄河流域遭到严重破坏,而江南的经济未遭破坏,日益发展,经济开始超过北方。

(二)藩镇割据

1. 割据局面的形成

安史之乱平定后,唐朝无力彻底消灭安史的余部,只得任命安史降将为节度使:李宝臣为成德节度使(治恒州,今河北正定),田承嗣为魏博节度使(治魏州,今河北大名),李怀仙为卢龙节度使(治幽州,今北京),史称"河朔三镇"或"河北三镇",后来发展成为最强大的割据势力。

为了巩固统治,在内地也实行"以方镇(藩镇)御方镇"的方针,在关中、关东、江淮流域广置藩镇,以求互相制约。可是这些藩镇往往不听命于朝廷,甚至自行任免官吏,自掌军队,自专刑赏,户口不报中央,赋税不交朝廷,于是逐渐形成"天下尽裂于方镇"的局面。

2. 朝廷对藩镇的斗争

唐朝曾多次对藩镇进行斗争,其中规模最大的是德宗和宪宗时期的两次斗争。德宗建中二年(781年),成德节度使李宝臣死,其子李惟岳请求继位,被德宗拒绝,于是李惟岳就和魏博节度使田悦、淄青节度使李正己、山南东道节度使梁崇义联合发动叛乱,史称"四镇之乱"。德宗调兵平叛,梁崇义、李惟岳先后败死;但后来奉命平叛的卢龙节度使朱滔、淮西节度使李希烈因对朝廷不满,也参加叛乱,致使叛乱规模越来越大。建中四年(783年),德宗调泾原兵五千人援救被李希烈叛军围困的襄城。泾原兵途经长安时,因犒赏菲薄而哗变,德宗逃往奉天(今陕西乾县),史称"泾原兵变"。以后,德宗依靠李晟、马燧等将领,终于收复了长安,消灭了朱泚、李怀光等叛军,这场叛乱才告结束。

唐宪宗即位后,由于两税法的长期实行和大量转运江淮财赋,中央政府的财力增强,宪宗决心裁抑藩镇,于是再次展开了对藩镇的斗争。元和元年(806年),首先讨平了西川节度副使刘辟的叛乱。次年,又平息镇海节度使李琦的叛乱。元和七年(812年),魏博镇内讧,继任节度使田弘正归附朝廷。元和十二年(819年),朝廷击败吴元济,平定了淮西,成德节度使王承宗和卢龙节度使刘总也先后归顺朝廷。元和十四年(819年)。朝廷又消灭了淄青的李师道。至此,藩镇暂时都服从中央的号令,但是藩镇割据的基础并没有被摧毁。唐穆宗时,河朔三镇再次叛乱,又割据一方。藩镇割据局面一直延续至唐朝灭亡。

(三)南衙北司之争

宦官专权骄横,引起皇帝和朝官们的强烈不满,朝官和宦官之间不断发生斗争。宰相官署在宫廷以南,称为"南衙";宦官所在的内侍省在宫廷北部,称为"北司",史称此斗争为"南衙北司之争"。其中最为激烈的两次斗争是顺宗时期的"二王八司马事件"和文宗时期的"甘露之变"。

1. 二王八司马事件

永贞元年(805年),顺宗即位,任用王叔文、王伾、韦执谊、刘禹锡、柳宗元、韩泰、韩晔、陈谏、凌准、程异等人,进行政治改革,史称"永贞革新"。这次改革的内容相当广泛,主要内容有免除民间的欠税和各种杂税,禁止官吏在正税以外额外进奉,罢去扰民的宫市,抑制藩镇割据势力,选拔人才,计划收夺宦官兵权等。改革受到了宦官和藩镇的联合抵制。在巨大的压力下,顺宗被迫退位称太上皇,立太子纯为帝(即宪宗),改革至此失败。王叔文、王伾被贬,不久王叔文被赐死,王伾死于贬所;韦执宜、刘禹锡、柳宗元等八人被贬为边州司马,史称"二王八司马"事件,它以宦官集团的胜利而告终。

2. 甘露之变

唐文宗即位后,对宦官的专权非常不满。太和五年(831 年),他以宋申锡为宰相,谋诛宦官。事泄,宋申锡被宦官反诬欲立漳王李凑为帝,结果文宗反而贬逐宋申锡。太和九年(835 年),文宗又任用李训、郑注等,再谋打击宦官势力。起初利用宦官内部矛盾,除掉了韦元素、王守澄等大宦官。后来李训又在同年十一月,让左金吾卫大将军韩约奏称大明宫左金吾大厅后石榴树上夜降甘露,诱骗仇士良等大宦官前往观看,准备在那里一举消灭他们。不料事泄,宦官派出禁军大杀朝官,李训、郑注、韩约和宰相王涯等都被杀。这次事件史称"甘露之变"。此后,宦官集团权势更大,"天下事皆决于北司,宰相行文书而已"。唐昭宗三年(903 年),宰相崔胤召宣武节度使朱温入长安,尽杀宦官 700 人,宦官专权的局面从此结束。

(四) 唐朝后期中枢政制的演变

唐前期在中央掌握决策大计的是三省宰相班子,唐后期逐渐过渡到翰林学士和枢密使手中。

1. 翰林学士和翰林院

开元二十六年(738 年),玄宗以中书省不能及时完成众多的诏令起草任务,成立了翰林学士院,负责一部分诏书的起草工作。永贞元年(805 年)唐宪宗继位后,开始对翰林院进行强化和改革:在诸学士之上置翰林学士承旨,时称"院长"、"翰长",为翰林院首脑。凡皇帝注意之大诰令、大废置和密谋策划,承旨得"专受专对"。

由于翰林学士与中书舍人都有草诏权,分工不明,宪宗乃分翰林学士和中书舍人为两制,各置六员。由于翰林院在宫禁之内,故称翰林学士为"内制";唐后期中书省在皇城,故称中书舍人为"外制"。时内制重于外制,朝廷的制诰、诏令、赦文等都由翰林学士执笔,中书舍人只能起草一些不太重要的文书。这样,翰林学士的草诏权就被固定下来,翰林院成为设置于内廷的正式决策机构。

2. 枢密使和枢密院

枢密使参知机务是与唐朝宦官势力的发展密切相关连的。玄宗常委派宦官监军,肃宗时用权阉李辅国掌禁兵,德宗设护军中尉二人、中护军二人,全以宦官充任,统率左右神策军、天威军等禁军。元和初年,宪宗在强化翰林院职权的同时,又设枢密使一职,以宦官二人充任。宣宗时出现了枢密院,枢密使下设枢密承旨,再下有枢密院史,各级机构已相当完善。枢密使的任务是为皇帝传宣诏令,承受外朝表奏。如枢密使认为诏敕有不便之处,可以黄纸书写意见,贴于诏敕之后,称为"贴黄",以这种形式来指挥政事。从枢密使职务来看,无疑为"内相",枢密院亦为设于内廷的一个决策机构。二枢密使和二护军中尉合称"四贵",从地位和权势来看,枢密使低于护军中尉,但在政治上的发言权枢密使则更大。中尉掌军和枢密掌政,为唐后期宦官专权提供了切实的保证。

随着翰林院和枢密院权力的上升,三省宰相的权力日益下降。唐前期,国家政务由宰相办公机构政事堂或中书门下决定;唐后期,翰林院逐渐掌握了大部分草诏权,中书门下所辖枢机房的职务又归枢密院,中书门下所剩下的决策职务就微乎其微了。宪宗以后,国家的决策大计都由翰林院草诏,经枢密使宣付中书门下执行。唐前期那种中书草诏、门下封驳、尚书执行的三省制度,逐渐解体。唐后期,三省宰相制逐渐被翰林院和枢密院所取代,固然是由于皇帝控制翰林学士和枢密使要比控制三省宰相容易一些,更适合君主专制的需要。

(五) 牛李党争

唐朝官僚按其出身而言,主要分为两类,一是门荫出身者,一是科举进士及第者。就其政治倾向来说,门荫出身者多倾向于没落的门阀士族,进士出身者多倾向于与士族有矛盾的庶族。两种不同出身官僚之间的明争暗斗由来已久,其中历时最久、斗争最烈的是所谓"牛李党争"。

牛党以牛僧孺、李宗闵、杨嗣复为首领,多是进士及第者,代表庶族地主。李党以李德裕、郑覃为首,多以门荫入仕,代表士族地主。元和三年(808 年),牛僧孺、李宗闵以贤良方正对策,痛诋时政,被主考官杨於陵(杨嗣复之父)、韦贯之大加赞赏,评为上第。当时宰相李吉甫(李德裕之父)以对策映射自己,向宪宗陈诉,并指出考试存在舞弊现象。结果主考官杨於陵、韦贯之被贬,牛僧孺、李宗闵等人也长期不予重用。元和三年对策案拉开了牛李党争的序幕。

牛李党争从宪宗时期开始,一直延续到宣宗时期,前后斗争数十年。斗争最激烈的时期是在文宗时期,当时两党势力不相上下。武宗时,李党得势,牛党的首领被贬逐到岭南。宣宗时,牛党重新得势,李德裕被贬逐,死于崖州(今海南省琼山)。至此牛李党争才基本结束。

基于出身、政见的差别以及个人恩怨的关系,两党的官僚围绕着一些具体的政策、措施而进行激烈的门户之争。就主要问题而言,比较重要的有两个:一是如何对待科举取士。李党主张废进士科,按门第取士。牛党则赞成科举制度,反对按门第取士。在这个问题上,牛党胜于李党,因为科举是通过考试选拔人才,虽然也有弊病,但总比按门第取士要合理进步。二是如何对待藩镇割据。李党重视统一,主张以武力讨伐藩镇的叛乱。而牛党多主张对藩镇妥协姑息,只求平安无事,不求统一。在这个问题上,李党胜于牛党。因为藩镇割据对国家统一,社会安定,人民的生产、生活等,都有极大的危害。

(六) 黄巢起义与唐朝的灭亡

1. 黄巢起义

乾符元年(874 年),王仙芝等率领农民数千人在长垣(今属河南)起义,黄巢于次年起义响应。他们领导起义军采取了避实击虚、流动作战的方针。乾符五年(878 年)二月,王仙芝在湖北黄梅战死,黄巢自称"冲天太保均平大将军",成为农民起义领袖。广明元年(880 年)五月,起义军歼灭唐招讨都统高骈的精锐部队,杀其骁将张璘。七月,由采石渡过长江,进入河南。十一月,起义军六十万向洛阳进军。十二月,攻克潼关。唐僖宗仓惶出逃成都。黄巢率领起义军进入长安,黄巢在长安称帝,国号"大齐",年号"金统",建立农民革命政权。

起义军进入长安后,没有乘胜追击逃往成都的唐朝廷,也没有去消灭关中地区的藩镇势力和中央禁军残部,致使假投降的凤翔陇右节度使郑畋得以纠集力量与起义军对抗;使唐朝廷亦得到喘息之机,利用南方财富,重新集结力量,向起义军反攻。中和三年(883 年),唐朝引沙陀贵族李克用前来进攻起义军。起义军退出长安,转向河南。又遭朱全忠(温)和李克用等部的追击。黄巢率千余人退至泰山,为唐军所追及,黄巢在狼虎谷(今山东莱芜西南)自杀。农民起义至此失败。

2. 唐朝的灭亡

黄巢大起义后,唐朝的统治已虚弱不堪,此时,朝廷里的宦官、朝官之争仍在继续,他们都分别勾结藩镇作为外援。天复元年(901 年),朝官与宦官的矛盾尖锐化,宰相崔胤勾结朱全忠进军长安,宦官韩全诲劫持唐昭宗逃往凤翔,依附于李茂贞。天复三年,李茂贞与朱全忠和解,杀韩全诲等人,并将昭宗交给朱全忠。昭宗回长安后,朱全忠杀宦官数百人,宦官长期专权的局面至此结束。

天祐元年(904 年)初,朱全忠派其部下杀死宰相崔胤等人,又挟持昭宗迁都洛阳。当年八月杀死昭宗,立昭宗幼子十三岁的李柷为帝,是为哀帝。天祐四年(907 年),朱全忠废哀帝,改国号梁,史称"后梁";自立为帝,即梁太祖;年号"开平",建都汴(今河南开封)。

六、中晚唐的财政改革与社会经济

(一) 第五琦的榷盐法和刘晏理财

1. 第五琦的榷盐法

唐朝政府为了解决财政困难,决定进行以财政和赋税制度为主的改革。乾元元年(758 年),第五琦建议实行榷盐法,即国家在产盐区设盐院,居民凡以产盐为业者,免其杂徭,隶属于盐铁使,所产盐由国家统购专卖;人民私煮盐者判罪。盐价由每斗十文提高到一百一十文,此后,盐税成为唐政府的重要财政收入。

第五琦的榷盐法虽取得了一定成效,但其法也非尽善尽美,最大的弊端在于全面垄断食盐的产销环节,使得政府不得不广置专卖机构并增派官吏管理,经营管理的费用及损耗增多,从而直接影响了榷利的纯收入。

2. 刘晏理财

上元元年(760 年),刘晏出任盐铁使,先后掌管全国财政近 20 年,对财政制度进行了较大的改革,主要内容如下:

(1) 改进榷盐法。改进官运官卖的榷盐法,撤销非产盐区的监官,把产盐区所购盐加价卖给商人,任由他们转销各地,政府通过掌握统购和批发来控制盐政。在距产盐区较远的地区,设常平盐仓,以调剂盐价,避免商人任意抬高盐价。盐铁使下设巡院,遍布各地水陆要冲,缉查私盐。盐法的改革,使政府的盐利收入由岁入 60 万贯增加到 600 万贯,占全国财政收入的 $\frac{1}{2}$。

(2) 整顿漕运。为了由江淮向关中漕运粮食,他疏浚了运河,建造了坚固的漕船,并以盐税雇用船夫,不再在沿河州县征发丁役。另外,还继续使用行之有效的分段转输法。这次整顿降低了漕运的运费,减少了损耗,提高了效率。

(3) 实行常平法。在各道设巡院,以勤廉干练者为知院官,让其随时上报当地物价的涨落,政府遇贵则卖,遇贱则买;同时还让其每旬每月上报各州县的雨雪丰歉情况,在丰收地区,以高于市价的价格收买粮食;在歉收地区,以低于市价的价格出卖粮食。这样就使政府能及时调整物价,稳定市场,政府也获得了大利。

（二）两税法

唐朝政府实行的一系列理财措施，虽然在一定时期缓解了财政困难，但并未能从根本上消除赋税征收中的混乱现象和解决财政困难。唐德宗建中元年（780 年），在宰相杨炎的建议和推动下，唐王朝对国家税收体制做出重大调整。在继承先前地税和户税征收精神的前提下，废止已陷入困境中的租庸调制，改行统一按每户的实有田亩和资产征税，每年分夏秋两次交纳，是为两税法。杨炎建议推行的两税法，实质上是以户税和地税来代替租庸调的新税制。

两税法的主要内容是：（1）取消租庸调及一切杂徭、杂税，但保留丁额。（2）不分主户（当地土著户）、客户（外来户），一律以当时居住地为准登入户籍，交纳赋税。（3）不再按丁征税，改为按资产和田亩征税。根据资产定出户等，按户等征收户税，定税计钱，折钱纳物，即以钱计算税额，折合成实物交纳；根据田亩数量征收地税，地税以大历十四年（779 年）的垦田数字为准，交纳谷物。（4）没有固定住处的行商也要纳税。税额初为其收入的三十分之一，后改为十分之一。（5）每年分夏、秋两次征收，夏税要在六月交完，秋税要在十一月交完。（6）"量出制入"。中央根据财政支出的需要先做预算，定出总税额，分配到各地征收，全国没有统一的税率。

两税法是一种比较适应当时情况及历史发展趋势的制度。它与当时土地高度集中、大多数农民失去土地成为佃户以及商品经济不断发展的情况相适应。两税法由主要按丁口征税转向主要按土地和资产征税，这是中国封建经济的新发展在赋税制度上的反映，是封建税制的一个重要改革，是税制的一大进步。

两税法的进步意义：（1）此法把租庸调和各种杂徭、杂税合并，建立了统一的税制，在一定时期内，既保证了国家的财政收入，也使人民的负担有所减轻。（2）此法规定官僚、贵族、客户、不定居的商人都要纳税，这就扩大了税源。又此法规定按土地资产的多少征税，比租庸调不管居民有多少土地资产，一律按丁征税合理。这样的一些做法，在一定程度上改变了赋税集中在贫苦农民身上的不合理状况。（3）此法关于定税计钱、折钱纳税的规定，在一定程度上有助于商品经济的发展

两税法存在的弊病：实行两税法后，土地兼并由于不再受任何限制而发展得越发严重。两税法规定量出制入，致使税额不断增加，而且后来两税之外又增加了许多苛捐杂税。两税法规定户税钱要折合成布帛交纳。后来由于货币不足，出现了"钱重物轻"的现象，即货币增值，物价下跌，致使纳税者的实际负担增加。

（三）唐后期南方经济的发展

安史之乱以后，北方黄河流域成为藩镇割据混战的角逐场所，社会经济的恢复和发展比较缓慢。但江南地区相对比较安定，北方人民为了逃避战乱，大量南迁，使南方不仅增加了劳动人手，还获得了先进的生产经验和技术。所以唐朝后期，南方的经济发展迅速、逐渐超过了北方。

1. 农业

唐后期，南方农业的发展与水利工程的兴修有密切关系。唐前期兴建的水利工程是南方少，北方多。唐后期兴建的水利工程则是南方多，北方少。南方修建的水利工程不仅数量多，有些水利工程的规模也很大。唐后期，南方各地开垦了许多湖田、渚田、山田，这使水域、山区的土地也得到利用。水利的兴修和土地的垦辟，使江南的粮食生产大为增加，居于全国首位。

2. 手工业

唐后期，南方手工业有很大发展，其中比较突出的是纺织业、造船业、造纸业和制茶业。唐后期，南方丝织业有较大发展，在数量和质量两方面都超过北方。

南方的造船业在唐后期的发展也很显著。当时的造船技术比较先进，由于采用船板铁钉钉连法、用石灰桐油填塞船缝、船模造船技术和水密隔舱等先进技术，所造船舶更加严密、坚固、耐用和大型化。另外，在荆南一带，还出现了用脚踏动两轮前进的轮船。

唐后期的造纸业比唐前期更为发达，重要产地多在南方。益州的麻纸、浙东的藤纸、韶州的竹笺、宣州的宜纸、扬州的六合笺、临川的滑薄纸等都是著名产品。

制茶业在唐后期有很大发展。茶树的种植遍及南方各地，制茶业具有相当规模。在制茶业不断发展的情况下，唐人陆羽写了《茶经》一书，记述了茶的性状、品质、产地、采制饮用方法及用具等，这是我国也是世界上第一部论茶专著。

3. 商业

唐后期的商业有很大发展，南方商业的发展尤为显著。长江流域的城市比以前更多，更繁荣。扬州是漕米、海盐、茶叶等的集散地；益州（今四川成都）是西南的政治、经济中心，西南生产的丝织品、食盐、纸张、瓷器等，多由此运销外地，商业也很繁荣。所以当时谚称"扬一益二"。沿海城市，以广州为首，泉州、明州等也开始

成为重要的对外贸易城市。唐政府在广州设立市舶使,后来又建市舶使院,管理对外贸易。

由于城市和商业的发展,原来住宅区"坊"和商业区"市"被严格分开的旧制度,在扬州等一些城市开始打破,商业活动不再局限于市。唐后期在各州县普遍设置管理商业活动的市令。在农村的交通要道上出现了更多的草市、墟市,这些市定期交易,交易后即散去。

在一些大城市中还出现了柜坊和飞钱。柜坊经营钱物存付,代人保管钱物,向存钱物者收取一定的柜租、凭书帖或信物支付钱物,这种书帖类似于后世的支票。飞钱又称便换。商人在长安把钱交给某道进奏院(驻京办事处)或某军、某使、某富家,然后带着当事人付给的文券,到目的地凭文券取钱,这种文券类似于后世的汇票。柜坊和飞钱都是商业发展、交易频繁、营业额巨大的产物。此制产生后,减少了支付钱币的麻烦,避免了携带重金走远路的危险,有利于商品经济的发展。

七、隋唐的民族关系与中外经济文化交流

(一)突厥与其他北方民族

1. 突厥的分裂

隋初,突厥分裂为东、西两部,东、西突厥互相对立,两部内部各派也互相攻战。开皇十九年(599年),东突厥突利可汗战败降隋,隋封他为启民可汗,并以宗女义成公主嫁之。大业七年(611年),西突厥处罗可汗亦降隋。

2. 东突厥

隋末唐初,占据大漠南北的东突厥屡次攻掠内地,成为唐朝的重大威胁。贞观三年(629年),唐太宗乘突厥内部分裂之时,派李靖、李绩(即徐世绩)等为行军总管,统兵十余万分道出击。次年,颉利可汗被俘,东突厥汗国在唐军的沉重打击下灭亡。东突厥灭亡后,唐政府在东起幽州,西至灵州一带,设置了顺、祐、长、化四个都督府,以安置内附的十余万突厥族民众。在东突厥故地,置定襄、云中两都督府,下设六个州,任用原来的突厥贵族为刺史,具体管理当地的突厥部落。唐朝采取怀柔政策,对来归附者不加歧视。唐太宗因而得到各族的拥戴,被尊为"天可汗"。

3. 唐与西突厥对西域的争夺

为打通中原与西域交往的通道,唐与西突厥展开了争夺西域的斗争。贞观九年(635年),唐派大将李靖统兵,大败吐谷浑,解决了通往西域用兵的后顾之忧。贞观十四年(640年),唐朝大将侯君集率兵攻灭高昌国,太宗以其地为西州,并在交河城(今新疆吐鲁番西之雅尔和卓)置安西都护府。不久西突厥的叶护阿史那可汗占浮图城(今新疆吉木萨尔)归附,太宗置为庭州。此后,唐又攻取焉耆、龟兹等镇,天山南路各国纷纷脱离西突厥,归附唐朝。至贞观二十二年(648年),西域大部统一于唐。唐迁安西都护府至龟兹,统领龟兹、于阗、焉耆、疏勒四镇,称"安西四镇",安西四镇成为唐朝经略西域的军事基地。

唐高宗永徽二年(651年),阿史那贺鲁统一西突厥各部,自称沙钵罗可汗,多次与唐发生战争。显庆二年(657年),唐派将军苏定方等进攻西突厥,沙钵罗可汗战败被俘,西突厥灭亡。唐在其故地设昆陵(在碎叶水东)、濛池(在碎叶水西)两都护府,均以突厥贵族为都护。唐以碎叶水旁的碎叶城(今吉尔吉斯托克马克附近)取代焉耆,与龟兹、于阗、疏勒为新的"安西四镇"。

长安二年(702年),武则天又在天山以北设置了北庭都护府。安西都护府和北庭都护府是唐朝设在西域的最高统治机构,前者管辖天山以南的塔里木盆地及葱岭以西、楚河以南的广大中亚地区,后者管辖天山以北及巴尔喀什湖以东、以南的广大游牧地区。

唐朝统一西域,还有力地保障了"丝绸之路"的畅通,进一步促进了中西使节交往和经济文化的交流。

4. 后突厥

东突厥灭亡后,唐朝经常征调他们东征西讨,渐渐引起突厥人民的不满。永淳元年(682年),突厥贵族骨咄禄利用本民族人民的反唐情绪,重建突厥政权,建牙于乌德鞬山,据有东突厥故地,通常称之为后突厥汗国。

天宝元年(742年),后突厥汗国统治下的拔悉密、回纥、葛逻禄三部起兵,杀死骨咄叶护。天宝四载(745年),回纥怀仁可汗兵击突厥,杀死白眉可汗,后突厥汗国至此灭亡。汗国治下的突厥人一部分归附唐朝,一部分西迁中亚,而大部分转入回纥国。

5. 薛延陀

薛延陀是由薛、延陀两个部落联合而成的。贞观二年(628年),西突厥发生内乱,薛延陀首领夷男率部7万余家越金山往附东突厥。时东突厥境内薛延陀、回纥、拔也古诸部,也纷纷起来反抗突厥的统治。夷男随即加

入了斗争当中,率众击破东突厥的四部帅——"四设",并被起义各部落公推为可汗。唐太宗为拉拢夷男对付东突厥,于贞观三年册封他为真珠毗伽可汗。东突厥灭亡后,薛延陀成为漠北强国。

贞观十九年,夷男死,其子多弥可汗继位,国内部众不服,内乱频生。次年,唐太宗以李勣为将,统唐军攻灭了薛延陀。贞观二十一年,唐太宗于其地设六府七州,以铁勒各部酋长为都督、刺史,并设燕然都护府予以管理。

6. 回纥

回纥是铁勒的一支。公元6世纪中叶起,先后依附于突厥和薛延陀。贞观二十年,配合唐军灭薛延陀,并占据其大部分土地。次年,回纥首领吐迷度被唐封为瀚海都督兼怀化大将军,吐迷度自称可汗。玄宗开元中期以后,后突厥汗国衰落,回纥又逐渐强大起来。天宝三年(744年),唐玄宗册封回纥首领骨力裴罗为怀仁可汗。次年,骨力裴罗攻灭后突厥汗国,尽有突厥故地。

安史之乱时,回纥曾助唐平叛。贞元五年(789年),改名回鹘。回鹘最强盛时,其领地东起额尔古纳河,西至阿尔泰山,南至漠南。开成五年(840年),回鹘内部纷争,黠戛斯乘机灭亡回鹘汗国,回鹘人大部分西迁。

(二)吐谷浑与吐蕃

1. 吐谷浑

吐谷浑原是鲜卑族慕容部一支的首领的名字。该部原居今辽宁一带,西晋末,吐谷浑率部西迁至今甘肃、青海之间。后来以吐谷浑为姓氏,建立国家,都伏俟城。其官制、衣服、器用都仿效中原王朝,并使用汉文。隋初经常入侵。开皇十六年(596年),隋文帝以光化公主嫁于吐谷浑可汗。大业四年(608年),隋炀帝派军大败吐谷浑。在其地设河源、西海、鄯善、且末四郡。唐初,吐谷浑累为边患,与唐不时发生战争。贞观九年(635年),唐太宗命李靖率军进击吐谷浑,其王伏允兵败自杀,其子慕容顺继位,称臣内附。唐封其为西平郡王。此后,吐谷浑与吐蕃互相攻伐。唐高宗龙朔三年(663年),为吐蕃所灭。

2. 吐蕃

吐蕃是今藏族的祖先。6世纪后期,在今西藏西南部建立奴隶制国家,其王称赞普。7世纪初,赞普松赞干布统一西藏高原,都于逻些城(今拉萨)。松赞干布同唐朝保持友好关系,并多次遣使入唐求婚。

贞观十五年(641年),唐太宗以文成公主入吐蕃和亲,嫁与松赞干布。唐高宗时,又封松赞干布为驸马都尉、西海郡王,从此确立了吐蕃对唐朝的臣属关系。景龙元年(707年),唐中宗又以金城公主嫁吐蕃赞普尺带珠丹。唐蕃"遂和同为一家"。

松赞干布以后的百余年里,吐蕃王朝凭借强大武力,不断对外扩张,并与唐朝展开了争夺西域和剑南的斗争。天宝十年(751年),由于唐边境官吏的苛求与压迫,南诏也反叛唐廷,归顺吐蕃。安史之乱爆发后,唐西北边防空虚,吐蕃乘机夺去了河西、陇右之地。广德元年(763年),吐蕃一度攻陷长安,其国力达到鼎盛阶段。频繁的扩张战争削弱了吐蕃的国力。进入9世纪后,吐蕃开始由盛转衰。

长庆元年(821年),吐蕃遣使请求会盟。于是双方在长安会盟,约定各守境土,不相侵犯。次年,唐穆宗又遣使到吐蕃,与之会盟于逻些。长庆三年,吐蕃赞普为纪念这次会盟,建立"唐蕃会盟碑"。此碑至今尚存于拉萨大昭寺前。

(三)南诏

唐朝时期,在今云南一带居住着许多民族,其中最主要的是乌蛮和白蛮。7世纪后期,乌蛮征服洱海一带的白蛮,在那里建立了六个不相统属的政权,史称"六诏"。其中的蒙舍诏在最南边,又称南诏。到南诏王皮逻阁时,渐次消灭其他各诏,建立了统一的南诏国,都太和城(今云南大理市南)。

开元二十六年(738年),唐玄宗册封皮逻阁为云南王,南诏进入全盛时期。南诏与唐时战时和。乾符四年(877年),双方恢复和好关系。天复二年(902年),南诏执政大臣郑买嗣推翻蒙氏王朝,建立大长和国(902—928年),南诏灭亡。

(四)靺鞨族和渤海国

靺鞨是今满族的祖先。隋唐之际,靺鞨分为数十部,其中居南部(今起北起松花江上游、南至长白山一带)的粟末部和居于北部(今黑龙江中下游直至东海岸)的黑水部,势力最为强大。

圣历元年(698年)粟末首领大祚荣建立政权,自立为震国王。先天二年(713年),唐玄宗在粟末地区设置忽汗州都督府(又称渤海都督府),并册封大祚荣为渤海郡王、忽汗州都督。此后粟末靺鞨即称渤海国,以上京龙泉府(今黑龙江宁安县世环镇)为都。

黑水靺鞨与唐朝也有密切关系。开元十三年(725年),唐在黑水靺鞨地置黑水军,次年,又以其最大部落设黑水都督府,其余各部为都督府下属的州,任命各部首领为都督、刺史。五代时,契丹族兴起,黑水靺鞨沦为契丹的附属。

（五）隋唐与亚洲诸国的经济文化交流

1. 朝鲜

唐初，朝鲜半岛仍由高丽、百济、新罗三国鼎足而立，均遣使与唐往来。唐太宗平定东突厥和高昌后，以高丽联合百济进攻新罗为借口，于贞观十八年（644 年）派水、陆大军 10 万进攻高丽，次年败归。高宗时，继续对高丽用兵，于总章元年（668 年）攻下平壤城，高丽灭亡。唐在高丽故地设置了九都督府，四十二州，一百县，总隶于安东都护府。后来由于新罗的反对，唐朝的势力退出朝鲜半岛。上元二年（675 年），新罗统一了朝鲜半岛。唐从新罗输入药材、皮毛、金银和工艺品等，向新罗输出丝织品、茶叶、瓷器、药材、书籍、精致的金银器物等。

新罗在文化方面深受唐朝的影响。新罗派到长安的留学生是所有外国留学生中人数最多的。7 世纪时，新罗人薛聪利用汉字字形作音符，创制了"吏读"，以帮助阅读汉文。雕版印刷术在唐末五代时传入新罗，佛教也由唐传入新罗。新罗的天文、历法、服饰、艺术、建筑都受唐朝的影响，各项制度也大都模仿唐朝。朝鲜文化也传入中国，如唐太宗十部乐中就包括"高丽乐"。

2. 日本

隋唐时期，日本正处于社会大变革时期。从隋朝时起，即不断派人到中国学习，到唐朝时达到高潮。日本先后派出遣唐使十三次，另外还有未能成行的及迎送使节的迎入唐使和送唐客使六次，共十九次。每次派出的遣唐使团多达百人以上，有时多至五百余人。中国的许多律令制度、文化艺术、科学技术以及风俗习惯等，通过他们传入日本，对日本的社会发展产生了很大影响。日本的政治、经济制度都深受唐朝影响。9 世纪时出现的日文字母平假名、片假名就是根据汉字创制的。相传平假名是学问僧空海所创，片假名是留学生吉备真备所创。日本的城市建筑深受唐朝影响，平城京（今奈良）即仿唐长安修建。

在唐代中日交往史上最著名的人物是日本的阿倍仲麻吕和中国的鉴真。阿倍仲麻吕，汉名晁衡，唐玄宗时来中国留学，在中国五十多年，担任过唐朝的高级官员，工诗文，与王维、李白等是密友，后逝于长安。鉴真，俗姓淳于，扬州人，曾主持扬州大明寺。唐玄宗时，应日僧之请前往日本传授戒律。十多年间，五次东渡都失败了，第六次东渡方获成功，此时他双目已失明。他除在日本传授戒律外，还将大量佛教经典、建筑技术、雕塑艺术以及医药书籍等传入日本，对日本的医学、雕塑、美术和建筑的发展做出了贡献。

3. 印度

在中印文化交流史上，围绕佛教而进行的交流是重要特色之一。当时不少天竺高僧携带佛经到唐朝，或亲自参加译经工作。中国的许多僧人也曾前往天竺求真经，其中最著名的是唐朝高僧玄奘和义净。

玄奘，俗姓陈。贞观三年（629 年），他为到天竺求经，从长安出发，途经今新疆、中亚，访问了今印度、尼泊尔、巴基斯坦等国。他在佛教学术中心那烂陀寺（今印度伽雅城西北）等地研习佛学。贞观十九年（645 年），他返回长安，带回梵文佛经 657 部。此后他在长安慈恩寺专心译经，20 年中译出佛经 75 部 1 335 卷。贞观二十年（646 年），玄奘撰成《大唐西域记》12 卷，记述了他西行取经所见所闻的 138 个国家的历史沿革、山川特产、风土人情、宗教信仰和历史传说，成为研究中古时期中亚和印度历史、地理及中西交通的宝贵资料。

继玄奘之后，另一位西行天竺的佛学大师为义净。咸亨二年（671 年），他搭波斯船从广州出发，浮海赴印度。历时 25 年，于证圣元年（695 年）回到洛阳。他带回梵文经书 400 部，并在洛阳翻译佛经 56 部 230 卷，还写了《南海寄归内法传》和《大唐西域求法高僧传》二书，记录了当时南亚一些国家的社会、文化和宗教状况，是研究 7 世纪东南亚、南亚各国历史、地理和中印文化交流史的宝贵资料。

4. 大食

大食是阿拉伯帝国在中国史书上的名称，最强盛时领土横跨欧、亚、非三洲。在中亚与唐为邻。唐高宗时，大食即遣使来唐，此后双方的经济、文化交流通过陆路和海路发展迅速。天宝十年（751 年），大食进攻中亚的石国，唐将高仙芝率兵救援，在怛罗斯（今哈萨克斯坦江布尔）战败，不少唐士兵及技术工匠被大食俘虏，于是中国的丝织、绘画、金银器制作技术，特别是造纸法，由此传入西亚和欧洲，推动了西方文化的发展和传播。

八、隋唐的思想、文化和科技

（一）宗教与哲学

1. 道教

道教形成于东汉，以老子李耳为教祖。唐朝皇帝以与老子同姓为由，认老子为自己的祖先，积极扶植道教，力图借助神权来巩固皇权。武德八年（625 年），李渊下令规定道教在儒教和佛教之上，为三教之首，确立了有唐一代的崇道政策。唐高宗追尊老子为太上玄元皇帝。武则天称帝时,利用佛教《大云经》,宣传女人也可以当皇帝,遂规定佛教居道教之上。唐睿宗时,又规定两教地位平等。唐玄宗则大力提倡道教。开元末年,道教发展到鼎盛时期。但道教大多讲炼丹服食,求长生不死,需要大量的钱财,主要在上层社会流行,所以其影响不如佛教大。

2. 佛教

隋唐时期,佛教的主要宗派有天台宗、华严宗、法相宗、净土宗和禅宗。

(1) 天台宗,创立人是陈隋间的智凯。它崇奉的主要佛经是《法华经》,故又名"法华宗"。此宗宣传一切"皆由心生",世界本体是空无的,故亦名"空宗"。它的基本理论为止观论、三谛圆融论和无情有性说。

(2) 华严宗,创立人是得到武则天大力扶持的法藏,以崇奉《华严经》而得名,主要是通过论证所谓"尘是心缘,心为尘因。因缘和合,幻相方生",以及"法界缘起法",宣称客观世界是依赖于主观世界而存在的。

(3) 法相宗,由玄奘创立于贞观年间。它的主要内容是"穷究万法之性相",故名"法相宗"。以论证"万法唯识"、"心外无法"为宗旨,又称"唯识宗"。它崇奉的主要佛经是《解深密经》、《瑜伽师地论》和《唯识二十论》,主张宇宙万物皆由"识"幻化而成。

(4) 禅宗。禅宗起于北魏,相传由印度僧人达摩所创,"禅"即"坐禅"或"禅定",意思是静坐深思。到武则天时,禅宗内部发生分化,分为慧能的南宗与神秀的北宗。南宗宣传顿悟,北宗宣传渐悟。南宗最为盛行,几乎取代其他各宗派,垄断了佛坛。由于以禅宗为代表的佛教,除原有的哲理丰富等长处外,又逐渐中国化,因而在与道教的竞争中占有优势。

有唐一代,佛、道二教间的斗争一直很激烈。唐高祖和唐太宗置道教于佛教之上;武则天为了取唐建周,又把道教贬在佛教之下;唐武宗为了打击极度膨胀的佛教寺院的经济势力,听从道士之言,下令灭佛;唐宣宗继位后,又立即扶植佛教。但是,由于以禅宗为代表的佛教,结合中国社会的实际,简化了教义和修行方法,吸收儒家的一些思想因素,增添了世俗宗法色彩,逐步从外来宗教转化为具有中国特色的宗教,加强了自己的竞争能力,因此,佛、道之争,佛教还是占优势的。

伴随佛教传来的哲学思想和文学、艺术等,对中国的文化产生了重大影响。中国文化吸收了佛教文化,丰富了自身,并得到促进和发展。如在艺术方面,佛教建筑和雕塑对中国的建筑雕塑有很大影响;在文学方面,佛经的大量翻译丰富了中国文学的体裁和内容;在哲学方面,佛教唯心主义哲学影响了儒家思想,产生了宋代的理学。

3. 祆教、摩尼教、景教

祆教即琐罗亚斯德教,亦称火祆教、拜火教。公元前6世纪由波斯人琐罗亚斯德创立。该教认为,宇宙间有光明的善神和黑暗的恶神互斗,以火代表善神而加以崇拜。祆教早期流行于中、西亚,东晋十六国时期,经中亚传入中国,至唐代进一步发展。唐政府中设有萨宝府,是专门管理祆教的机构。

摩尼教是3世纪时波斯人摩尼所创,约于唐前期传入中国,也叫作明教。该教宣传善恶二元论,认为光明是善的本原,黑暗是恶的本原,人应助明灭暗。延载元年(694年),波斯人拂多诞持摩尼经典《二宗经》来朝,摩尼教始传入中土。安史之乱时传到回纥地区,成为回纥国教。大历三年(768年)唐代宗准许回纥在长安建摩尼教寺,赐额"大云光明寺"。唐武宗会昌灭佛,摩尼教遭打击后转为秘密传播,宋以后常为农民起义所利用。

景教即基督教的聂斯脱利派,5世纪前期,兴盛于中、西亚。唐贞观九年(635年),叙利亚人阿罗本由波斯来中国传教,改教名为景教,并在长安等地建寺礼拜,称"波斯寺"。后改称"大秦寺"。建中二年(781年),波斯教士景净等在长安立《大秦景教流行中国碑》,记述景教传入中国和在长安建寺度僧、宣传教义的情况。

4. 哲学

唐朝哲学的发展主要表现在两方面:一是以韩愈、李翱为代表的唯心主义,他们宣扬天命论和性情说,提倡儒家道统和伦理纲常。二是以柳宗元、刘禹锡为代表的唯物主义,他们批判天命鬼神,宣扬无神论,肯定人的主观能动性及在支配自然中的作用。

韩愈主张天命论。他认为,天有意志,能赏罚。贵贱祸福都取决于天的意志,人对天只能随顺敬畏,不可以人力改变天命。他极力反对佛教和道教的荒谬不经之说。

柳宗元认为,宇宙是由混沌的、运动着的元气构成的,没有起点,也没有极限。天地万物的变化,都是元气"交错而动",相互作用的结果。天地、元气、阴阳都是物质的,并无意志,不可能赏功罚祸。向天呼号,希望它有赏罚,或得到它的怜悯和恩赐,都是极其荒谬的。他反对君权神授思想,认为帝王"受命不于天,于其人"。他认为社会历史的发展遵循着不以人们的主观愿望为转移的客观必然之势,指出历史的发展"非圣人意也,势也"。

刘禹锡进一步探索天与人的关系。认为天与人各有其特点,既相互区别,又相互作用,天与人"交相胜,还相用"。人虽不能干预自然界的职能和规律,但却可以利用和改造自然。

刘禹锡和柳宗元是唐代朴素唯物主义和无神论的代表人物,但他们的观点并不彻底。这主要表现在他们对宗教的容忍上,特别是他们参与反对宦官斗争失败而被贬之后,转而向佛教寻求归宿。

(二)经学、史学和地理学

1. 统一经学

统一经学的形成由官修《五经定本》、《五经正义》及几部私修经书共同完成。《五经定本》是唐太宗令颜师古撰写的,是一部考订《周易》、《尚书》、《毛诗》、《礼记》、《左传》五经文字的书,后颁行全国,成为官定的统一课本。文宗开成二年(837年),在郑覃的主持下,又刻成了著名的《开成石经》,进一步完成了五经在文字上的统一。

《五经正义》由唐太宗令孔颖达等人撰写,是一部解释五经经义的书。书在高宗朝撰成后,完成了五经内容上的统一。此后,注释儒经必须以此为标准,科举应试亦必须准此答卷,不许自由发挥。私修经书主要有唐初贾公彦的《周礼疏》、《仪礼疏》,杨士勋的《春秋穀梁传疏》以及唐后期徐彦的《春秋公羊传疏》。这些书也对经学的统一做了贡献。

2. 唐修正史

国家正式开馆修史始于唐太宗时期,由宰相监修。从此,官修史书由史官修撰并由宰相监修成为制度,直到清朝。唐初史馆奉诏所修正史有《晋书》、《梁书》、《陈书》、《北齐书》、《周书》、《隋书》等共六部。史家李延寿私人撰《南史》和《北史》两部。鉴于梁、陈、北齐、周、隋五史没有《志》,后来又编修了《五代史志》十种,一并附进《隋书》,即今《隋书》十志。

3. 刘知己与《史通》

《史通》是我国历史上第一部史学理论著作,作者刘知几《史通》共20卷,对唐代以前的史学著作和史学家做了系统的总结,并提出了刘知几个人的修史主张。他指出,史学家要兼有才(写作能力)、学(历史知识)、识(认识能力)三长,而尤以"史识"为最重要。他主张,撰写史书要"不掩恶,不虚美","良史以实录直书为贵",反对"妄生穿凿,轻究本原"。刘知几是我国古代最早的一位史学评论家,他的理论、观点在当时是很进步的。《史通》对后代治史、著史产生了巨大的影响。

4.《通典》、《唐六典》

《通典》是我国第一部专门记述历代典章制度的通史,为杜佑(735—812年)所撰。《通典》记事,上起黄帝,下迄唐天宝年间。全书共有二百卷,分为食货、选举、职官、礼、乐、兵、刑、州郡、边防等九门,每门又分若干目。对于每一制度,都从上古记述到唐朝,唐代尤详,有很重要的史料价值。《通典》的问世,创立了一种新的史书载体——政书体,后来的"三通"、"九通"、"十通"以及各种会要、会典的编纂,都是在它的直接影响下产生的。

《唐六典》成于开元二十七年(739年),共30卷,为李林甫奉敕编撰,是一部以开元年间现行的职官制度为本,追溯其历史沿革源流,以明设官分职的典章著作。书中保存了大量唐朝前期的田亩、户籍、赋役、考选、礼乐、军防、驿传、刑法、营缮、水利等制度和法令等方面的重要资料。

5.《元和郡县图志》

《元和郡县图志》为唐代李吉甫所撰。李吉甫长期任宰相,熟悉当时的图籍。全书以当时四十七镇为纲,每镇篇首有图,分镇记载府、州、县及其户口、沿革、山川、道里、贡赋等内容。这是一部重要的全国性历史地理著作。原书地图部分在宋代已经遗失,因此,后人又称此书为《元和郡县志》。

(三)文学

1. 诗歌

唐朝诗歌的发展,大致可分为初唐、盛唐、中唐、晚唐四个时期。初唐是唐诗的开创时期,著名的诗人有王勃、杨炯、卢照邻、骆宾王,号称"初唐四杰"。他们改造了宫体诗,奠定了五律。

盛唐的两大诗歌流派是以王维、孟浩然为代表的山水田园诗派和以高适、岑参为代表的边塞诗派。李白和杜甫是盛唐双峰并峙的大诗人,他们的诗歌代表了唐诗乃至中国古典诗歌的最高成就。中唐诗人以"大历十才子"和白居易、元稹、韩愈、柳宗元、刘禹锡、李贺等为代表,其中白居易、元稹、张籍等运用新语言,写下了大量赋咏新题材、反映社会现实的乐府诗。晚唐诗人有李商隐、杜牧、温庭筠等。李商隐的诗富于文采,长于抒情。

在唐代诗人中,影响和成就最大的是李白、杜甫、白居易三人。李白是一位伟大的浪漫主义诗人。他的诗内容广泛,豪迈奔放,气势磅礴,想象丰富,手法夸张,语言生动明快。后人称李白为"诗仙"。他一生漫游名山大川,许多描绘壮丽河山的诗篇都是传世佳作。但是由于他一生很不得意,又深受道家思想影响,因之诗中有一些消极成分,常常流露出人生若梦、及时行乐的颓废思想。他的著名诗篇如《早发白帝城》、《将进酒》、《蜀道难》等,一直为人们所传诵。

杜甫是一位现实主义诗人,所作诗有"诗史"之称。他的诗博采众长,感情真挚细腻,基调沉郁雄浑,语言精练。著名组诗《三吏》、《三别》,反映了人民所受的种种压迫和苦难。

白居易是一位杰出的现实主义诗人,其诗作中的精华是讽喻诗,《卖炭翁》、《杜陵叟》等都是其中的名篇。这类诗或揭露官府的横征暴敛,或指斥豪门贵族的骄奢淫逸,或抨击穷兵黩武的不义战争,具有高度的思想性和艺术性。另外,他的长篇叙事诗《长恨歌》和《琵琶行》也有很高的成就。他的诗深刻地反映现实,诗风平易通俗。

2. 古文运动

古文运动是唐代的一次文学运动。这一运动主要是对文风、文体和文学语言进行改革。古文是唐朝人对先秦两汉通行的散文体文言文的称呼,其特征是散行单句,不拘格式,不同于骈文的讲究排偶、辞藻、音律、典故。唐中叶,一些文人反对六朝以来的浮艳文风,大力倡导古文,逐渐形成社会风尚,此即古文运动。

古文运动的代表人物是韩愈和柳宗元。韩愈是古文运动的积极倡导者,写了大量优秀的散文,气势雄健,奔放流畅,后人推他为唐宋八大家之首。他主张"文以载道",认为写文章应重视思想内容,但他所说的"道"是指儒家思想。柳宗元也是古文运动的倡导者,他也主张"文者以明道"。

3. 传奇

传奇是中国古典小说的一种形式。它出现于隋末,发展兴盛于唐代,是在魏晋南北朝志怪小说的基础上发展起来的。但与志怪小说相比,传奇中的主人公多取自现实生活中的人,因而作品具有比较丰富的社会内容。由于唐末裴铏曾编有小说集《传奇》三卷,后人即用此作为这类文学作品的称呼。

唐代传奇可分为讽喻小说、侠义小说、爱情小说、历史政治小说等四类。其中的名作主要有李朝威的《柳毅传》、蒋防的《霍小玉传》、元稹的《莺莺传》、白行简的《李娃传》、沈既济的《枕中记》、李公佐的《南柯太守传》、陈鸿的《东城老父传》、《长恨传》等。

唐代传奇在中国小说文学史上占有重要地位,对后世文学产生了很大影响。宋元以后的许多白话小说和戏剧故事,就是从传奇中取材、创作出来的。

4. 俗讲与变文

唐代佛教宣讲经文,分僧讲和俗讲两种。僧讲专对僧徒,俗讲则以普通人为对象。为了吸引听众,争取信徒,佛教僧侣在俗讲时,往往把经文通俗化、故事化,以散文和韵文相结合,夹叙夹唱,以加强效果。俗讲的话本,称为变文。由于这种形式生动活泼,因此变文很快从最初只讲唱佛经故事,发展到包括历史故事、民间传说和当代人物传记等,成为一种新的文学体裁。变文对当时的传奇小说,后来的宋人话本以及民间的弹词说唱都产生了很大的影响。现在流传下来的变文,是在敦煌石室遗书中发现的,已整理出版的辑本有《敦煌变文汇录》、《敦煌变文集》和《敦煌变文校注》等多种。

(四) 艺术

隋唐时期的艺术既继承了汉魏以来的文化传统,又大量吸收了当时边疆各少数民族和外国的艺术成果,融汇发展,取得了辉煌的成就。

1. 书法

隋唐的书法名家众多,成就突出,在我国书法史上占有重要地位。欧阳询的楷书笔力遒劲,法度严整,传世碑刻以《九成宫醴泉铭》最为有名。虞世南楷书字体匀圆,刚柔相济,传世作品以《孔子庙堂碑》为代表。褚遂良综合各家书法之长,参酌隶书笔法,别具一格,他的代表作有《三藏圣教序》、《雁塔圣教序》等。

颜真卿是唐中期成就最大的书法家。他将篆、隶、行、楷四种笔法结合起来,创造了方正敦厚、气势雄浑的新书体,世称颜体,著名作品有《颜氏家庙碑》、《颜勤礼碑》、《多宝塔碑》等。柳公权是唐后期的著名法家,他融合诸家笔法之长,自成一体,世称柳体。代表作有《李成碑》、《唐大达法师玄秘塔碑》。柳公权和颜真卿合称"颜柳",代表了唐代书法水平的最高成就。

草书方面,以孙过庭、怀素、张旭等最有成就。孙过庭是著名的草书家兼书法理论家,著有《书谱序》2卷流传于世。怀素的草书刚劲有力、奔放流畅,《自叙帖》是其代表作。张旭好饮酒,每醉后挥笔草书,变化无穷,其代表作为《古诗四帖》。

2. 绘画

隋朝著名画家展子虔、董伯仁长于人物、车马、楼阁及山水配景。现存展子虔唯一遗作《游春图》，被元代汤垕誉为山水画的始祖。初唐绘画以宗教佛像和贵族人物画为主，名家有阎立德、阎立本兄弟。现存阎立本的《太宗步辇图》、《历代帝王图》，就是人物故事画的杰作。

吴道子是盛唐最有成就的画家，他兼擅人物、山水和佛道画，造诣很高，有"画圣"之称。他在继承前代技法和西域画法的基础上，发展了梁代张僧繇的晕染法，使画富有立体感。画中人物的衣带似会随风飘动，因而有"吴带当风"之誉。

诗人王维首创水墨山水画，山水画精炼、淡雅，富有诗意，苏东坡称其"诗中有画，画有中诗"。

盛唐、中唐的张萱、周昉都以善画仕女著名。在描写上层妇女的生活画面上，张萱构图新颖，设色鲜明，流传至今的作品有宋徽宗临摹的《虢国夫人游春图》和《捣练图》。周昉的仕女画长于神情的描绘，现存《簪花仕女图》是其代表作。

五代的绘画以描绘宫廷生活和山水、花鸟画见长。顾闳中的《韩熙载夜宴图》为传世名作，有很高的历史与艺术价值。

3．雕塑

雕塑艺术主要包括石窟造像、陵墓石雕和墓葬陶俑等。石窟造像是为宗教服务的，当时比较著名的有敦煌千佛洞、龙门奉先寺、永靖炳灵寺和天水麦积山等。在陵墓石雕中，陕西礼泉唐太宗墓前的昭陵六骏，生动刻画了六匹骏马的不同姿态，造型遒劲、简练有力、生动逼真，是唐代石雕中的精品。唐代有不少优秀的雕塑家，其中最为著名的是被称为"塑圣"的杨惠之。

4．音乐与舞蹈

唐高祖时，沿用隋炀帝时的九部乐，到太宗时，定乐为十部，即燕乐、清商乐、西凉乐、天竺乐、高丽乐、龟兹乐、安国乐、疏勒乐、康国乐、高昌乐。高宗以后，十部乐逐渐衰落，到玄宗时遂按演出形式将乐分为坐部伎和立部伎。坐部伎有六种乐，演奏时坐于堂上；立部伎有八种乐，演奏时立于堂下。

唐代舞蹈分健舞和软舞两种，舞时配以音乐。盛唐乐舞以"霓裳羽衣舞"为代表，白居易曾写《霓裳羽衣舞歌》，详细描述此舞的宏大场面。

（五）科学技术

1．天文历法

隋朝在天文历算方面有很多成就。仁寿四年（604年），刘焯撰成《皇极历》，这是一部很精密的历法，它确定岁差为75年差1度，已接近准确值。在制定此历时，刘焯吸取北齐张子信有关太阳视运动不均匀的成果，发明了等间距二次内插法，来推算每天的太阳视运动速度。

唐朝最杰出的天文学家是僧人一行。他是世界上第一次发现了恒星移动现象的人，比英国人哈雷发现恒星移动几乎要早一千年。他又倡议测量子午线的长短，根据在河南实际测量的结果，算出子午线每一度长三百五十一里八十步。这个数字虽不很准确，但却是世界上第一次实测子午线的记录。他还同梁令瓒合作，制成水运浑天铜仪。这不仅是表示天象的仪器，也是计时的仪器，是世界上最早的用机械转动的天文钟。他编成的《大衍历》是一部比较准确的历法，其编写体例结构亦为后代所沿用。

2．医药学

隋朝在医学上有显著进步。巢元方撰《诸病源候论》，是我国第一部详论病因、疾病分类、鉴别和诊断的著作，书中还记述了用肠吻合手术治疗外伤断肠等。该书对后代医学影响很大。唐朝在医学上成就更大，不但分科较细，有杂疗、疮疽、少小、耳目、口齿、角注等科，而且名医辈出。隋唐名医最著名的是隋朝至唐初的孙思邈。他著有《千金要方》和《千金翼方》，两书的内容十分丰富，共收集了五千三百多个药方，记载了八百多种药物。由于他对医药学的重大贡献，后人尊称他为"药王"。

唐高宗时，苏敬等人奉命编纂了《唐新本草》，这部书图文并茂，记载药物八百多种，是世界上第一部由国家编定颁布的药典。唐玄宗时，王焘撰《外台秘要》，收集了六千九百多个药方，汇集了前代药方的精华。

3．建筑

隋朝工程建筑，以李春设计建造的赵州（今河北赵县）安济桥最负盛名。安济桥是世界上现存最古老的单孔石拱桥。

隋唐时期的都城长安（隋名大兴城）是由名家宇文恺等设计建造的。总的特点是建制严密，规模宏伟，为秦汉都城所不能比。长安城内街道宽阔笔直，布局东西对称，街道呈棋盘式，宫殿、衙署、坊市分置，里坊呈封闭式，市场集中，是当时世界上第一流的大城市。

　　唐朝的木结构建筑已达到相当成熟的水平,现存的有山西五台县的南禅寺大殿和佛光寺东大殿,南禅寺大殿建于建中三年(782年),是国内现存最古木结构建筑。

　　唐朝建造的佛塔很多,大、小雁塔至今享有盛名。大雁塔建于永徽三年(652年),在大慈恩寺内,是高僧玄奘仿照印度风格设计的。唐朝考中进士的士人,多于此处题名留念,史称"雁塔题名"。

4. 雕版印刷术

　　雕版印刷术发明于隋末唐初。唐太宗曾令印行长孙皇后的《女则》,玄奘也曾印刷佛像,但当时还不普及,唐中叶以后才逐渐推广。唐朝末年,成都已大批印书,成为全国印书业的中心。现存最早的雕版印刷品是印于咸通九年(868年)的《金刚经》,现藏英国伦敦大英博物馆。国内现存最早的雕版印刷品是晚唐的龙池坊卞家印《陀罗尼经》。

九、五代十国的政治与经济

(一) 五代更替

　　唐朝于907年灭亡之后,中国历史进入了五代十国时期。所谓五代,是指在中原地区相继出现过五个短命的王朝,即梁、唐、晋、汉、周。由于这些国名曾在历史上出现过,所以一般在五代国名前冠以"后"字,以区别于以前各朝。五代计53年(907~960年)。

1. 后梁与后唐

　　后梁为朱温所建。朱温本为黄巢部将,降唐后封为同华节度使,赐名全忠。随后逐渐扫除了今华北地区的割据势力,并一举铲灭宦官集团,于天祐四年(907年)灭唐建后梁,是为后梁太祖,都汴(今河南开封)。朱温在位期间,不仅初步统一了黄河流域,还改革了唐末的一些积弊,如废枢密院,立崇政院,以文职官吏为院使等。还继续打击宦官及士族两个腐朽势力,提高地方行政长官的权力。朱梁中后期,大小战争几乎没有停止过,大大损耗了国力,923年被后唐所灭。

　　后梁开平二年(908年)沙陀人李克用死,子存勖继晋王位,与后梁进行了长期的战争。梁龙德三年(923年)存勖称帝于魏州(河北大名),是为庄宗,改元同光,国号唐,史称后唐。同年,灭后梁,建都洛阳。同光三年(925年),出兵攻灭前蜀。庄宗为政暴虐,重敛急征。四年,克用养子李嗣源借魏州兵变力量攻入开封,存勖在洛阳为乱兵所杀。嗣源入洛阳称帝,是为明宗,改元天成。明宗颇有政绩,废除庄宗弊政,局面有所好转。长兴四年(933年)明宗病故,子从厚继位,不久为嗣源养子从珂起兵所杀。清泰三年(936年)嗣源女婿石敬瑭勾结契丹攻入洛阳,灭后唐。

2. 后晋与幽云十六州

　　清泰三年(936年),后唐河东节度使石敬瑭(沙陀人),认契丹主耶律德光为父,并割让幽云十六州,岁贡帛三十万匹,因此,契丹主在太原册立石敬瑭为皇帝,国号晋,史称后晋。同年,石敬瑭攻入洛阳,灭后唐,迁都开封。后晋疆域,除幽云十六州割让给契丹外,大体同于后唐。天福七年(942年),石敬瑭病死,侄石重贵继位,史称少帝或出帝。重贵在大臣景延广等影响下,奴事契丹的态度有所改变,契丹于开运元年(944年)、二年二次南侵,均为后晋军士击退,三年,重贵任其姑父杜威为元帅,抵御契丹,杜威却与契丹勾结,引契丹军南下攻入开封,耶律德光在开封称帝,国号为辽,后晋亡。

3. 后汉与后周

　　广顺元年(951年),郭威称帝,建国号为周,都开封,史称后周。郭威即位后,着手改革弊政。显德元年(954年),郭威去世,其养子柴荣即位,是为后周世宗。他继续革新政治,发展经济,训练军队,并着手进行统一战争。显德七年(960年),大将赵匡胤发动陈桥兵变,建立宋朝,后周灭亡。

(二) 十国

　　五代时期,南方存在着诸国并立的局面,在江淮地区先后有吴和南唐;两浙地区有吴越;四川地区先后有前、后蜀;两湖地区有荆南(南平)和楚;福建地区有闽;两广地区有南汉。这些政权与北方河东地区建立的北汉共十个割据政权,史称"十国"。

(三) 周世宗改革

　　周世宗柴荣继位后,广泛收罗人才,在周太祖郭威改革的基础上,继续推行政治、经济、军事诸方面的整顿和改革,为统一事业做出了重要贡献。在政治上,纳士求贤,倡导节俭,严惩贪污,整顿机构,抑制藩镇,加强中央集权。在经济上,整顿庄田,罢营田,招民垦荒,均定赋税,兴修水利,发展生产;并废寺院,毁佛像铸钱,增加财政收入。在军事上,加强禁军,淘汰老弱,这些措施使后周的国力大为增强。

周世宗继位后,致力于统一全国的大业,先出兵后蜀,收回了秦(今甘肃天水)、凤(今陕西成县)、成(今甘肃成县)、阶(今甘肃武都)4 州。次年攻伐南唐,经三年苦战,夺取江北、淮南 14 州 60 县之地,使长江以北地区尽归后周所有。显德六年(959 年),周世宗亲自率兵北征辽国,收复了幽云一带的瀛、莫、易三州和瓦桥关(今河北雄县境)、益津关(今河北霸县境)、淤口关(今河北霸县信安镇)等"三关"之地。随后乘胜进取幽州。当年六月,柴荣在开封去世。他虽然没有完成统一大业,但为后来北宋王朝的统一奠定了基础。

（四）五代十国南方经济的发展

五代时期,黄河流域战乱频繁,社会生产的发展受到了严重阻碍。南方各割据政权一般却比较稳定,战争较少,有利于社会生产的发展,特别是长江下游的吴和南唐以及吴越,经济发展更为显著。南唐与吴越在境内广泛修建圩田,对保证粮食丰收意义尤为重大。圩田即在水乡河床较高、田面较低的地方,沿河渠岸和田边筑堤,内以围田,外以隔水。每圩方圆几十里。沿堤建水闸,旱则开闸引水灌溉,涝则闭闸拒水,有利于农业生产。

本章重、难点提示

一、重点掌握名词

开皇之治	曲辕犁	安东都护府
瓦岗军	唐三彩	遣唐使
玄武门之变	安史之乱	阿倍仲麻吕
贞观之治	藩镇割据	鉴真
《贞观政要》	河朔三镇	玄奘
天可汗	泾原兵变	《大唐西域记》
武周政治	南衙北司之争	义净
《姓氏录》	二王八司马事件	怛罗斯之战
殿试	甘露之变	天台宗
武举	翰林院	华严宗
北庭都护府	枢密使	法相宗
开元盛世	护军中尉	禅宗
天宝危机	牛李党争	祆教
彍骑	黄巢起义	摩尼教
长征健儿	榷盐法	景教
节度使	刘晏理财	《五经正义》
三省六部制	常平法	唐修正史
州县制	两税法	《史通》
科举制	《茶经》	《通典》
《开皇律》	柜坊与飞钱	《唐六典》
租调力役制	东突厥	《元和郡县图志》
大索貌阅	西突厥	古文运动
输籍定样	安西都护府	传奇
大运河	安西四镇	俗讲与变文
政事堂	后突厥	一行
租庸调制	薛延陀	《诸病源候论》
府兵制	回纥	孙思邈
常举	吐谷浑	《唐新本草》
制举	吐蕃	幽云十六州
律令格式	唐蕃会盟碑	周世宗改革
《唐律疏议》	南诏	圩田
《氏族志》	渤海国	

二、论述题

1. 论述隋朝加强中央集权的措施。参见本章四、(一)。
2. 论述贞观之治及其历史意义。参见本章二、(三)。
3. 简述武则天加强统治的各项措施。参见本章三、(二)。
4. 简述天宝危机的主要表现。参见本章三、(四)。
5. 论述唐朝前期的国家制度。参见本章四、(三)。
6. 简述唐朝前期社会经济发展的主要表现。参见本章四、(四)。
7. 简述安史之乱的原因、经过及其历史影响。参见本章五、(一)。
8. 简述唐代藩镇割据的形成及中央对藩镇的斗争。参见本章五、(二)。
9. 简述唐代南衙北司之争。参见本章五、(三)。
10. 论述唐朝后期中枢制度的演变。参见本章五、(四)。
11. 简述唐代的牛李党争。参见本章五、(五)。
12. 论述唐代两税法实行的背景、内容及其历史意义。参见本章六、(二)。
13. 简述唐后期南方经济的发展。参见本章六、(三)。
14. 概述隋唐与突厥的关系。参见本章七、(一)。
15. 简述唐代佛教的主要宗派及其思想主张。参见本章八、(一)。
16. 简述唐代史学的主要成就。参见本章八、(二)。
17. 简述隋唐科学技术进步的主要表现。参见本章八、(五)。
18. 简述周世宗改革的主要内容及其影响。参见本章九、(三)。

第七章　宋、辽、西夏、金、元

考点详解

一、宋朝建立与专制集权的加强

(一) 宋朝的建立与统一

1. 陈桥兵变

显德七年(960年)元旦,边境奏报北汉和辽朝会师南下,于是朝廷命后周禁军将领——殿前都点检赵匡胤,率领大军北上抵御。部队来到开封东北的陈桥驿。赵匡胤与其弟光义及亲信赵普等人共同策动军队哗变,奉赵匡胤为天子。赵匡胤假意不允,士兵以黄袍加其身,回师开封。后周恭帝被迫禅位,赵匡胤称帝(宋太祖)。国号宋,仍都开封,史称北宋,年号建隆。

2. 北宋的统一

北宋最高统治者继续执行后周先南后北的战略方针,从乾德元年(963年)起,着手进行统一全国的战争。北宋先后灭荆南、后蜀、南汉、南唐等割据势力。开宝九年(976年),赵匡胤死,其弟光义(太宗)即位,继续进行统一战争。太平兴国三年(978年),割据漳、泉二州的陈洪进和吴越王钱俶先后献地投降。北宋基本上统一了南方,转而全力进攻北汉。太平兴国四年(979年),北汉主刘继元降,五代十国分裂割据的局面基本结束。

(二) 北宋加强中央集权的措施

1. 政治制度方面

(1) 中央官制

宰相不再由三省长官充当,而是另以同中书门下平章事为宰相。又增设参知政事为副相,通常称为"执政",与宰相合称"宰执"。宰执办公地点称"中书门下"(政事堂),负责行政。最高军事首脑则是枢密院长官枢密使。中书门下与枢密院合称"二府",分掌文武大权;另外,又设三司,下辖盐铁、户部、度支三部,是最高的财政机构,号称"计省",其长官为三司使,亦称"计相"。于是,中书主民,枢密院主兵,三司主财,各不相知,分别对皇帝直接负责。这样,原来集政权、财权、军权于一身的宰相的权力被一分为三,宰执、枢密使、三司使互相牵制,从而削弱了相权,加强了皇帝对政权的直接控制。

（2）地方行政制度

北宋的地方行政机构是州、县两级。与州平行的还有府、军、监,府一般设于要地,如东京开封府、西京河南府等;军设于军事要冲;监设于坑冶、铸钱、牧马、产盐地区。州、府、军、监的长官分别称知州、知府、知军、知监。又规定府州长官由文臣担任,长官之外另设通判,使其互相牵制。

宋太宗至道三年（997 年）,又将全国州郡划分为十五路（以后路的数目有所增加）,并陆续在各路设转运使司（长官为转运使,主管财政兼监察地方官吏,简称"漕臣"）、提点刑狱使司（长官为提点刑狱,主管司法兼监察,简称"宪臣"）、安抚使司（长官为安抚使,主管军事,有时也兼管民政,简称"帅臣"）、提举常平使司（长官为提举常平,熙宁初置,主管常平仓救济、农田水利等,简称"仓臣"）四司。因其长官安抚使、转运使、提点刑狱、提举常平兼有监督地方官吏之责,所以此四司亦合称"监司",还是中央的派出机构,不是一级地方政府。

北宋通过监司控制地方的行政、军政、财政、司法,督责地方官吏;又通过通判限制、分割知州的权力,从而加强了对地方的控制。

（3）官职差遣

官、职、差遣制度是北宋实行的官衔与实际职务分离的官吏任用制度。官即寄禄衔,如尚书、侍郎之类,只是一种虚衔,作为叙级、定薪俸之用;职亦称贴职,是授予一部分文官的荣誉衔,并无实际职掌,如学士、直阁之类;差遣才是官员所担任的实际职务,故亦称职事官,枢密使、三司使等,属于此类。一般官员则在所担任的职务之前,冠以"判、知、权、管勾、提举"等字眼,如判寺事、知州、提举常平等,以示差遣。

（4）改革科举制度

北宋发展了唐以来的科举制度,严格考试程式,扩大取士名额,提高登第士人的待遇,广泛吸收地主阶级知识分子参加政权。为防止考官徇私和举人舞弊,对考官实行锁宿制度,对试卷推行糊名、誊录法,并严禁举人夹带、代笔、举烛等行为。从开宝六年（973 年）起,举人经礼部试（省试）之后,增加了皇帝亲自主持的殿试。雍熙二年（985 年）,又创殿前唱名赐及第之制。这样,被录取的人就成了"天子门生",从而彻底收回了取士大权。

2. 军事制度方面

建隆二年（961 年）三月,宋太祖取消殿前都点检这个重要的禁军将领职位。同一年,在一次酒宴中,赵匡胤"劝"大将石守信等人交出兵权,大将在利诱胁迫之下,交出了兵权,史称"杯酒释兵权"。禁军分为殿前司和侍卫司两部,分别由殿前都指挥使、侍卫步军都指挥使和侍卫马军都指挥使（三帅）统领,而总领禁军的权力集中到皇帝手中。但是,三帅有握兵之重却无发兵之权。中央专设枢密院,负责军务。枢密院直接对皇帝负责。而枢密院虽能调兵遣将,却又不能直接统兵。这样,就实现了统兵权与调兵权的分离,防止了武官将领权力过大。

同时,还实行"更戍法",禁军的驻屯地点,每隔几年更换一次,而将领却不随之更动,使得"兵无常帅,帅无常师",防止将领与兵士相结合,军队与地方势力相结合。北宋统治者按照"守内虚外"的政策进行军事部署。宋初军队分为四种,即禁军、厢军、乡兵和蕃兵。禁军是中央正规军,是北宋军队的主力。厢军是诸州的镇兵,由地方长官控制。乡兵是按户籍抽调的壮丁或招募的地方兵,其任务是在本地防守。蕃兵由边区少数民族组成,驻于边地。禁军选择身强力壮和武艺高强的壮丁担任,较其他军队待遇优厚,装备精良,训练有素,而且全部二十二万禁军中,一半驻京师,一半分守各地。这样,就保证了中央对地方的军事优势。这种军事部署,直到与辽和西夏的战事吃紧以后,才有所变化。

3. 财政与法律方面

北宋初年于各路设置转运使,将地方财赋收入,除一小部分留作"诸州度支经费"外,其余全部收归中央。中央还派京官去地方上监收。宋朝除在各路设提点刑狱掌司法,严格法制以外,还规定:凡死刑必须申报中央复审核准。司法制度有所恢复,大权基本收归中央。

《宋刑统》,全称《宋建隆重详定刑统》。太祖建隆四年（963 年）,由窦仪、苏晓等人编定。以后虽多次修订,但始终以此为本。《宋刑统》以唐律为准,分名例、卫禁、职制、户婚、厩库、擅兴、贼盗、斗讼、诈伪、杂律、捕亡、断狱 12 篇,每篇之下又分若干门,共 213 门,502 条,30 卷。它收集了自唐开元初年至宋建隆初年近 250 年间的敕、令、格、式中的刑事规范,并增加了"折杖法",即流徒加脊杖,笞杖改为臀杖的折换法。它是我国历史上第一部刊版印行的法典,是研究宋代政治、经济、文化及法律制度的重要文献之一。

4. 北宋加强中央集权措施的影响

北宋加强中央集权的措施,对解决藩镇跋扈,维护国家统一,起了重要作用,在客观上也有利于当时社会经济的发展。但是这些措施具有局限性,如实行兵将分离的政策,带来了将帅无权,指挥不灵,以致军队战斗力削弱的弊病,虽然北宋政府后来豢养了百余万军队,却仍受到辽、西夏的侵扰。由于各级政府权力的分散,形成了叠床架屋的官僚机构,官吏众多,行政效率低。财权过分集中,造成地方上财政拮据。

二、北宋中期的统治危机与王安石变法

(一)北宋中期的社会危机

北宋中期社会危机日益严重,主要表现在:在政治方面的冗官、冗兵、冗费现象,造成国家财政支出过大的局面;在社会方面的土地高度集中和赋役苛重,促使阶级矛盾迅速激化。

1. 冗官冗兵冗费

北宋政府通过科举制度、恩荫制度和其他途径,给地主阶级成员以广泛的参政机会。特别是对官员的恩荫,在历史上以宋代为最滥,不仅恩荫名目繁多,而且面很广,宗室子弟在襁褓中即可当官,高官除荫子孙外,还可荫及旁系亲属和门客。因之,官僚队伍迅速膨胀。

冗兵问题是由所谓"养兵政策"造成的。北宋为了缓和阶级矛盾,防止破产农民铤而走险,每逢荒年,便把成千上万的流亡农民招募为禁军或厢军。因此,职业兵人数直线上升。庞大的军队,远远超过了宋朝政府的正常需求。冗官、冗兵使北宋政府的行政和军事效能日益低下。

冗费问题主要是由两方面的原因造成的,其一是北宋本来就对官吏和军士的待遇优厚,政府财政开支已很大,而冗官、冗兵情况日益严重,致使财政开支猛增。其二是对辽和西夏的战争后,每年输巨额"岁币"以维持和平局面。冗费问题是北宋中期造成财政支出浩大局面的主要原因。

2. 北宋的户籍制度

宋代户籍中,将乡村人户划分为主户和客户两大类。主户指占有土地交纳赋税的人,客户则指无地而耕种地主土地的佃户。主户又有官户、民户、形势户之分,官户,即品官之家,有减免赋税等特权。民户为平民之家,形势户指家中有人在州县官府中充当吏人、书手、保正、户长的民户。主户依土地财产多少分为五等,此为"五等版籍"。居住在城镇的民户称为坊郭户,按照财产多少划为十等以定差科。

3. 赋役制度

北宋的赋税主要有二税(田税,分夏秋两季征收)、丁口之赋(丁口税,总称身丁钱米)、杂变之赋(杂税),在纳税时,又有支移、折变、加耗、义仓税等额外盘剥。北宋的农业税,沿用唐朝后期以来的两税法,分夏秋两次征收。宋初,一般是按每亩年输一斗的定额课取谷物;有的地区仍采用十国时的旧制,每亩每年纳税三斗。在交纳田赋时,北宋政府还沿用了前代的"支移"和"折变"来盘剥农民。所谓支移,就是官府借口军事急需,强迫北方农民把秋税谷物送到沿边城镇去缴纳,人畜盘费全需自备。在没有支移任务的地区,农民也要按照田赋数量每斗加纳"道里脚费"。所谓折变,就是官府借口需要,命令农民改纳指定的物资或纳现钱。

两税之外,又有丁口之赋和杂变之赋。宋初把唐末五代的杂税大部分继承下来,凡是以身丁为对象而征收的,则总名之为"丁口之赋";凡是以牛皮、盐、曲之类为对象而征收的,则总名之为"杂变之赋"。这两种都必须随同两税输纳。丁口之赋,不管有无土地,全须交纳。

赋税之外,还有徭役、差役负担。差役也叫职役,是主户轮流到政府部门服劳役,其名目繁多。因为官户有免役特权,一般地主也常常设法逃避当差,所以应役者主要是自耕农、半自耕农。徭役则不分主、客户,一律承担。由于赋役的苛重和不均,一般地主和形势户,为了减轻赋税,便把自家的土地和人丁分散成许多户头,这叫"诡名子户"。有的人家把土地假称献纳给僧寺、道观,叫做"诡名寄产"。这样,他们对国家的负担便被大量地转嫁到广大下等主户的头上。

(二)庆历新政

在社会危机十分严重的情况下,统治阶级中的一些人士主张改革,寻求解决社会危机的办法。真宗朝王禹偁等上疏请求变法。他的建议虽然没有被采纳,但后来为范仲淹等人所继承。

庆历三年(1043年)九月,范仲淹被任命为参知政事,他在富弼、欧阳修等人的支持下,向仁宗上《答手诏条陈十事疏》,提出十项改革方案:(1)明黜陟,(2)抑侥幸,(3)精贡举,(4)择官长,(5)均公田,(6)厚农桑,(7)修武备,(8)减徭役,(9)覃恩信,(10)重命令。

上述改革内容,以整顿吏治为中心,以裁减冗员、选拔贤能为整顿吏治的手段,目的是缓和社会矛盾。同年,颁布了几道诏令,推行范仲淹等人的主张,史称"庆历新政"。但是,由于改革措施触犯了官僚和权贵的既得利益,遭到了他们的猛烈反对,新政推行仅一年左右,范仲淹、富弼等人就被迫离开朝廷,已颁布的改革法令也相继被取消。

（三）王安石变法

1. 变法的主要内容

王安石在宋仁宗嘉祐三年（1058年）向仁宗上万言书。在《上仁宗皇帝言事书》中，王安石比较系统地提出他的主张，却没有引起重视。治平四年（1063年）五月，神宗即皇帝位。王安石向神宗提出他的主张，受到神宗的重视。熙宁二年（1069年）王安石为参知政事，进行变法。王安石设"制置三司条例司"作为主持变法的机构。王安石罢相后，神宗继续进行变法，直至元年八年（1085年）神宗去世。这次变法是在熙宁、元丰年间（1068年—1085年）进行的，所以又称之为"熙丰变法"。

王安石变法是以"富国强兵"为宗旨，新法的内容大体可分三大类：

第一，财政经济方面的改革（富国）。

（1）均输法。为改变原来各路转运使经济信息不灵，各地产品供求失调的弊端，命各路转运使全面了解各地产品的供销情况和京师需求情况，有计划、有选择地"徙贵就贱，用近易远"。这一条有利于减少国家开支，同时限制了富商大贾的投机倒把。

（2）青苗法。各地方政府于每年正月和五月两次贷钱谷给农村主户，按户等高低规定借贷数目。借贷期限为半年，出息二分。当时民间的利息很高，一年以五分为常，甚至有超过两倍到三倍的。此法旨在抑制兼并之家的高利贷盘剥，维持农民正常的生产、生活秩序，也可增加政府的收入。

（3）农田水利法。规定各地兴修水利工程，其工料由当地居民照户等高下分派。凡单靠民力不能兴修的，其不足部分可向政府贷款，取息一分；一州一县不能胜任的，可联合若干州县共同负责。农田水利法对于农业生产的发展起到了一定的推动作用。

（4）募役法，亦称免役法。把原来按户等轮流充当州县差役的方法，改由州县政府出钱募人充役。募役所需费用，由当地主户按户等高下分担，称"免役钱"。原先享有免役特权的官户、僧道户和不服差役的城市上五等坊郭户、农村的未成丁户、单丁户、女户等，也须按户等纳相当同等民户所纳钱的半数，称"助役钱"。这可以使很多农民免除劳役束缚，有利于农业生产。

（5）市易法。政府出资在京城设市易务，大量收储各种滞销货物，待市场短缺货物时，再赊销给商人，于一年后加息二分偿还货款。后来在杭州、润州（今江苏镇江）、长安、凤翔等地也设市易务。这是用国家权力限制大商人对市场的操纵，以稳定物价，国家收入也有增加。

（6）方田均税法。为了解决赋税负担不均的问题，并保证国家的财政收入，对土地进行丈量清查。清查后，将田地的亩数、主人姓名、土地好坏一一登记上册，并按土地好坏分为五等，作为征税的依据，以改变过去豪强地主有产无税、农民产去税存、赋税负担不合理、严重影响国家财政收入的现象。

第二，军政方面的改革（强兵）。

（1）置将法。针对更戍法造成的"兵不知将，将不知兵"的局面，把禁军划分为若干个辖区，由固定的将官，就地加以训练。"将"是当时军队编制的一种单位，一"将"有三千人上下，先后在开封府界、河北、京东、京西和陕西五路设置了七八十将。将领均选择武艺高强、作战经验丰富的人担任，专门负责训练军队，以提高军队素质。置将法的推行，加强了北宋的边防力量。

（2）保甲法。农村的住户，十家为一保，五保为一大保，十大保为一都保。每家有两丁以上者，抽一人为保丁。保丁编制起来，进行训练，维持地方的治安，加强统治者对地方的控制，又可以补禁军的不足。

（3）保马法，亦称保甲养马法。首先在开封府实行，后又推行于河东、陕西等五路。规定凡五路义勇和保甲愿养马者，每户养一匹，有能力者可养二匹。政府或给马，或给钱令自行购买。养马户可受到免征折变、杂变之赋及差役、杂徭等优待。这一方法改变了过去军马全由政府饲养的状况，使政府节约了大量养马开支；也有利于加强地方的军事实力。

（4）设军器监。统一管理各地的武器制造。在出产武器材料的州设都作院，奖励改良武器，根据各地所造武器的好坏，黜陟官员。

第三，教育和科举方面的改革（培养和选拔人才）。

在教育改革中，主要是在京师和州、县广泛兴建学校，在太学实行"三舍法"：初入学的为外舍生，不限名额；外舍生经过考试升为内舍生，名额200人，内舍生经过考试升为上舍生，名额100人。上舍生学行优秀者，或授官，或可直接参加省试、殿试。王安石颁行《三经新义》作为学校的统一教材。此书是王安石对《诗》、《书》、《周礼》三部儒家经典重新加以注释而成，故名《三经新义》。在科举改革方面，废除明经、诸科，只以进士科取士；规定应举人不再考诗赋、帖经、墨义，而考经义和策论，经义则以《三经新义》作为应试标准。

王安石变法,在发展生产、富国强兵方面收到了某些效果。但是,由于变法派触动了北宋大官僚、大贵族、大地主集团的既得利益,引起他们激烈的反对和攻击,推行新法举步维艰。加上新法本身的一些弊端和王安石与吕惠卿等人的矛盾和纷争,削弱了变法派内部的力量。

2. 元祐更化与哲宗绍述

元丰八年(1085年)神宗去世,其子哲宗即位,改元元祐。时哲宗年仅十岁,由其祖母高太后临朝听政,重用保守派代表人物司马光、文彦博等。除教育和科举的部分改革内容外,其他新法全部被废除,变法派官员或被贬官或遭流放,王安石变法最终失败。这在历史上称作"元祐更化"。元祐八年(1093年),高太后死,哲宗亲政,又起用变法派重要成员章惇、曾布等,重新推行神宗时的新法,并贬谪元祐臣僚,史称"哲宗绍述"。

三、辽、西夏、金的建立及其制度

(一)辽的建立及其制度

1. 契丹建国

契丹族原为鲜卑族的一支,居住在辽水上游的潢水流域,以游牧为主。五代初年,契丹族在其杰出首领阿保机的领导下建立国家。阿保机姓耶律氏,亦称耶律阿保机。916年,阿保机统一契丹各部,自立为皇帝,国号契丹,建元神册。神册五年,由突吕不等人参照汉字,创制契丹大字。后又由阿保机之弟迭剌参照回鹘文和汉文,创制契丹小字。天赞四年(925年),阿保机率军亲征渤海国。次年,灭渤海国,改名东丹国。

2. 辽的政治军事制度

(1)南北面官制

"南面官"与"北面官"是指辽的中央双轨官制而言。辽的中央有两套政治统治机构,一套居于皇帝大帐之北,称作"北面官";一套居于皇帝大帐之南,称作"南面官",这是一种民族分治制度。南面官依"汉制"(唐朝的制度)统治汉人及渤海人,杂用汉族士大夫和契丹贵族;北面官以"国制"(契丹旧制)统治契丹人和其他少数民族,机构比较简单,是根据契丹部落的传统建立起来的,一律任用契丹贵族。故《辽史·百官志》载:"官分南北,以国制治契丹,以汉制待汉人。……北面治宫帐、部族、属国之政;南面治汉人州县、租赋、军马之事。因俗而治,得其宜矣。"

(2)部州制与州县制

辽的地方行政制度基本上也是采用了民族分治的制度,与中央制度是一致的。辽在地方上以五京为中心,将全国分为五道。道之下,实行部族制和州县制双轨分治的制度,契丹等游牧民族所在地区,实行部族制。根据各族地位高低和大小又分为大部族和小部族,统治机构为某族司徒府。汉人和渤海人地区采取州县制,大体仿唐制,州设刺史、同知州事;县设令、丞、主簿、尉。

(3)头下军州

头下又作投下,头下军州是由辽的宗室、外戚、大臣和所属部族首领中立有战功的人,以其所分得的或所俘获的人口设置的。大的州都修城郭,所俘掠的汉人和渤海人,大部分被安置在适宜于农耕的地区,有技艺的则使其从事手工业。这些从事农耕的人,一方面要向头下军州的贵族交纳实物地租,另外还须向辽政府交纳课税。城市里的商税,除酒税交给辽政府外,其他均归头下军州的贵族所有。头下军州的官吏,除节度使以外,都由各州的贵族委派。

(4)四时捺钵

辽代的政治制度之一。每年春夏秋冬四季,辽朝皇帝都要到各地进行巡视和从事渔猎活动。所谓"捺钵"就是辽朝皇帝在渔猎之地所设行帐,皇帝出猎时,朝中官员随行,在捺钵与南北面大臣商议国事。

(二)西夏的建立及其制度

1. 西夏建国

西夏是党项人建立的政权。党项是羌族的一支,原在今青海、甘肃、四川三省边境地区,过着游牧生活。唐中期,党项族首领受到吐蕃的压迫,逐步迁入今陕甘宁边境。唐末,党项族首领拓跋恩恭,参与镇压黄巢起义,被封为节度使,并被赐姓李。宋初,党项委蛇于宋、辽之间,接受双方封赐,但主要是联辽抗宋。

宋乾兴元年(1022年),党项在灵州怀远县建新城,称兴州,迁都于此。宋天圣六年(1028年),李德明派其子元昊领兵攻下原为回鹘、吐蕃占据的甘州和西凉府。宋明道元年(1032年),宋仁宗加封德明为夏国王,承认其割据的合法性,不久,德明死,元昊继位,继续向吐蕃、回鹘进攻,先后占据了瓜州(今甘肃安西东南)、沙州(今敦煌)、肃州(今酒泉)。1038年,元昊正式称帝,国号大夏,建都兴庆府,史称西夏。

2. 西夏的制度

西夏国所立制度,基本上仿照宋制。中央设置中书省、枢密院、三司和御史台,分掌行政、军事、财政和监察。中央还设置"蕃学"和"汉学",分别选蕃汉官吏子弟入学,以科举取士。在地方设立州郡和蕃落两套不同的行政机构。州郡原为汉地,由中央直接派遣官吏进行治理;蕃落为原党项人聚居的广大地区,仍根据传统习惯进行松散的统治。军事上实行征兵制,每二丁取正军一人,总兵力有几十万。西夏还仿汉字形体,创造西夏文字,通令全国使用。

(三)金的建立及其制度

1. 金的建立

女真族的前身是隋唐时期的黑水靺鞨。唐末五代时,始称女真,为渤海国所统治。五代时,契丹灭渤海国,黑水靺鞨始以女真之名见于史籍,并附属于契丹。契丹贵族为了削弱女真人的反抗力量,把居住在今松花江以南女真人的数千户强宗大族迁往今辽阳以南,编入契丹户籍,称之为熟女真。居住在黑龙江中下游及长白山地区的女真人,未编入辽的户籍,称之为生女真。后来建立金国的完颜部就是生女真的一个部落。

1115 年,阿骨打称帝,国号大金,建元收国,都上京会宁府(今黑龙江省阿城南),阿骨打即金太祖。

2. 金的制度

(1)勃极烈制

金朝前期的国家制度。勃极烈是女真语,为"治理众人"之意。皇帝之下设各种名称的勃极烈,以皇帝为首,组织最高决策机构,掌握军国大政。这种制度仍有氏族议事会的某些特点。到熙宗时正式废除勃极烈制,采用唐宋官制。

(2)天眷新制

天会十三年(1135 年),金熙宗继位,对官制进行改革,他废除了勃极烈制,中央设中书、门下、尚书三省,尚书省设尚书令,为百官之长,其下有左、右丞相。天眷元年(1138 年),政治制度又作了进一步的改革,改革后的制度在历史上被称为"天眷新制"。新制的内容是全面实行汉官制度;原来的各种官职按新的制度进行换授;按功勋授予女真的贵族以不同的勋爵和封国;进一步加强了相权,制定了礼仪。在上京会宁府营建宫殿,制定了文字。

(3)正隆官制

正隆元年(1156 年),又废中书、门下省,由尚书省总管政务。尚书省直属于皇帝,在军事上,废除都元帅府,设枢密院,枢密院与尚书省为政治和军事的最高机构,但枢密院由尚书省节制,朝廷任命枢密使和枢密副使。金朝的制度固定下来。

(4)猛安谋克制

猛安谋克是女真人在氏族社会末期的部落组织,阿骨打加以发展,使它同时也成了一部分较早归附金朝的奚人和契丹人的社会基层组织。猛安、谋克的人数本无定制,阿骨打起兵反辽时,统一规定三百户为一谋克,谋克即百夫长;十谋克为一猛安,猛安即千夫长。猛安、谋克既是行政长官,又是军事首领。猛安谋克是一种兵民合一的组织,凡猛安谋克户,平时从事生产活动,战时则自带器甲,以猛安谋克为单位,编成军队,应征出战。这样不仅能节约财政开支,而且能保证有较强的战斗力。

四、宋、辽、西夏、金的关系

(一)北宋与辽的和战

1. 高梁河之役与雍熙北伐

太平兴国四年(979 年),宋太宗领兵灭北汉后,乘胜进军幽州。北宋军队起初一路势如破竹,辽各州县长官纷纷投降。但宋军因连续作战疲乏,最后攻打幽州城时,十五日不能下,辽名将耶律休哥带领骑兵来援,在高梁河(今北京西直门外)大败宋军。

雍熙三年(986 年),宋太宗乘辽朝新君初立之机,又派三路大军北伐。东路军以曹彬为统帅,出瓦桥关,进军幽州;中路军以田重进为统帅,出飞狐口(在河北涞源北),攻打蔚州(河北蔚县);西路军以潘美为统帅,杨业为副,出雁门,进取云中(山西大同)。战争开始时,三路军队节节胜利。但因各军之间缺乏必要的协调,指挥不力,岐沟关(今河北涿州)一战大败,杨业负伤被俘、绝食而死。雍熙北伐失败。高梁河与岐沟关两役失败后,北宋放弃了收复幽云失地的计划,对辽采取消极防御的政策。

2. 澶渊之盟

1004 年 9 月,辽圣宗及其母萧太后率二十万大军南下,入宋朝境内,11 月在连破一些州城后,直抵澶州,直接威胁宋的都城开封。宋君臣震动。王钦若和陈尧叟主张迁都。宰相寇准和毕士安坚决主张真宗亲征。经过激烈的争论,真宗终于亲自出征,前军用伏弩射死在阵前视察地形的辽军统帅萧挞览,大挫辽军锐气。宋真宗登上澶州城督战,宋军士气大振。辽方有意退兵,于是双方议和。和约规定:宋辽约为兄弟之国,两国以白沟河为界,宋岁输辽银 10 万两、绢 20 万匹,称为"岁币"。澶州又称为澶渊,所以这次和约又称为"澶渊之盟"。澶渊之盟以后,宋辽之间维持了一段较长时间的相对稳定的局面。

(二) 北宋与西夏的和战

元昊称帝后,要求宋廷承认,但遭拒绝。双边贸易亦中止,宋、夏关系急剧恶化。从康定元年(1040 年)开始,元昊不断发动对宋的战争,多数战役是以宋朝的失败告终。宋朝被迫让步,谋求与夏和好。西夏虽然连胜,但也多有伤亡,财力难以支持,国内人民普遍厌战;加上夏、辽关系破裂,为避免两面受敌,也愿与宋议和。庆历四年(1044 年),宋、夏重订和约:规定元昊取消帝号,仍由宋朝册封为夏国主;北宋每年给西夏银 7.2 万两、绢 15.3 万匹、茶 3 万斤;重开保安军和高平寨榷场,恢复民间商贩往来。

(三) 金灭辽、北宋

1. 宋金海上之盟

金建之后,在与辽的战争中,接连胜利。这让北宋统治者看到辽朝有必亡之势,想借助金人的力量收复燕云十六州。从政和七年起,先后数次派人从登州渡海到金,相约夹攻辽朝。宣和二年(1120 年),宋金订立所谓"海上之盟",规定:宋金两国地位平等;宋金夹击辽,长城以北的中京(大定府)由金攻取,长城以南的燕京由宋攻取,灭辽后,燕云地区归宋,西京之地待拿获天祚帝后给宋(平、营、滦诸州的归属未定),宋给辽的岁币转送金国。这件事史称"海上之盟"。

2. 金灭辽

海上之盟缔结的次年,金军大举进攻辽。宣和四年(1122 年),金先后攻占了辽的中京、西京,辽天祚帝败逃至夹山。此时北宋派童贯率军两次攻打燕京,但均被辽军击败。北宋只好与金军夹攻燕京,金军出兵居庸关南下,不战而得燕京。金占燕京后,不愿践约,将燕京归宋。后经反复交涉,金才同意将燕京及所属六州(涿、易、檀、顺、景、蓟)归宋,宋则答应每年以一百万贯钱作为代价,附在当年的"岁币"中一起交给金朝。宣和七年(1125 年)二月,天祚帝在逃往西夏途中被金兵俘虏,辽亡。

3. 西辽(哈喇契丹)

辽灭之前,耶律大石曾率契丹一部西走中亚。1124 年,也就是辽灭亡的前一年,大石称帝,重新建立以契丹人为主的国家,以虎思斡耳朵(今吉尔吉斯托克马克附近),其疆域西至今阿姆河,东至和州(今新疆哈喇和卓),幅员万里,史称西辽,亦称哈喇契丹。西辽在传播中国文化,开发中亚,促进中国和中、西亚及欧洲的文化交流方面,起过积极的作用。西辽建国八十八年,于 1218 年为蒙古所灭。

4. 金灭北宋

金从北宋对辽的作战失败中发现北宋政权的衰弱可击。宣和七年(1125 年),金在灭辽后即分兵两路南下伐宋。消息传到开封,北宋君臣大惊。宋徽宗急令各地军队勤王,并禅位给其子赵桓。赵桓即位(钦宗),以次年(1126 年)为靖康元年。大臣李纲负责京城防御,指挥军民多次击退金军进攻。太原宋军凭城坚守,拖住西路金军,与此同时陕西等处勤王宋军亦纷纷开至。东路金军不敢继续进攻,遂与宋廷讲和。钦宗答应交付巨额赔款,割让太原、河间、中山三镇,并遣亲王为人质。金军于是北撤,徽宗亦返回东京。然未逾数月,金军即于靖康元年(1126 年)八月再度南下。同年,金军攻陷开封。靖康二年(1127 年),金军将宋徽宗、钦宗二帝及后妃、宗室、大臣等掳略北上,北宋灭亡。史称"靖康之变"。

(四) 南宋与金的和战

1. 南宋的建立

靖康二年(1127 年)五月,赵构在南京应天府(今河南商丘)即帝位,是为高宗,改元建炎。后高宗南逃,以临安(今浙江杭州)为国都,故称南宋。

2. 黄天荡之役

建炎四年(1130 年),兀术(完颜宗弼)攻占杭州,大掠后北返,在将渡长江时,为南宋名将韩世忠阻截在黄天荡(今南京市东北长江干流)。宋军八千人凭借有利地形与金军激战,金军大败。金军被围四十八天,最后凿渠入江,又纵火为掩护,才得逃脱。

3. 顺昌大捷

绍兴九年(1139 年),反对议和的兀术掌握了金朝的军政大权。次年,兀术统率四路大军南下攻宋。在东路,宋将刘锜指挥原八字军近两万人,在顺昌击溃金将兀术带领的最精锐部队 10 万多人的围攻,取得了顺昌大捷。顺昌大捷是一次以少胜多的著名战役,此战役给金军以沉重打击。

4. 郾城大捷

顺昌大捷后,岳家军出湖北,入河南,在各地义军的配合下,一路势如破竹,先后收复颍昌(今河南许昌)、陈州、郑州、洛阳。绍兴十年(1140 年)七月,兀术亲率精锐突袭郾城。岳飞亲率骑兵参战,大破金兵。这就是历史上有名的郾城大捷。

5. 绍兴和议

绍兴十一年(1141 年)十一月,宋金签订了和约,主要内容为:南宋向金称臣;皇帝由金册封;宋每年向金输银二十五万两,绢二十五万匹;以淮河至大散关(今陕西宝鸡境)为宋、金两国的分界线,但中间唐、邓二州和商、秦二州的一半属金。史称"绍兴和议"。绍兴和议是在宋、金力量大致相当的形势下签订的。此后南宋统治者满足于偏安江南,不愿北伐、收复失地;金政权内部则矛盾激化,国力日渐衰弱,因此双方基本上维持了比较稳定的对峙局面。

6. 采石之战

绍兴三十一年(1161 年)九月,金军数十万分四路大举南侵。金主完颜亮亲自率领的中路军由于南宋淮河一线的守将闻风而逃,顺利进抵长江北岸的和州(今安徽和县)。十一月初,完颜亮大军准备从采石(今马鞍山南)对岸渡江。当金军渡江时,前往前线犒军的参谋军事虞允文毅然负起抗击金兵渡江的重任,一面派兵迎击上岸金军,一面命水军和当地民兵驾船攻击金军船队。南宋军民奋勇杀敌,金军大败,退至扬州。不久,金军内讧,完颜亮被杀,金军北归。

7. 张浚北伐与隆兴和议

隆兴元年(1163 年),孝宗用张浚为枢密使,都督江淮军马,派李显忠和邵宏渊带兵进行北伐。宋军在宿州南的符离地区被金军击溃,北伐即告失败。宋、金之间再次进行和谈。隆兴二年(1164 年)冬,双方签订"隆兴和议":宋不再向金称臣,改为叔侄之国;每年少输银五万两,绢五万匹;恢复绍兴时划定的疆界。此后,宋、金在四十年间未发生大的战争。

8. 韩侂胄北伐与嘉定和议

开禧二年(1206 年),韩侂胄进行北伐,这次军事行动没有周密的准备,因此,战争一开始,宋军就处在被动的位置上。开禧北伐,最终以失败而告终。嘉定元年(1208 年),宋金双方再一次订立和议。和议规定宋金改为伯侄之国;岁币绢、银各增为三十万匹、两;犒军钱三百万贯;维持原来边界。嘉定和议后,宋、金两国都日益衰弱,无力再发动战争。

五、元朝的统一及其影响

(一) 蒙古国的建立及其制度

1. 蒙古国的建立

蒙古族在唐代称为"蒙兀室韦",原居于黑龙江上游额尔古纳河东南部。8 世纪时,西迁到今蒙古国的鄂嫩河和克鲁伦河流域,属唐朝燕然都护府管辖,后又曾臣服于辽和金。1189 年,铁木真被推为蒙古部首领。在此前后,他打败了塔塔儿、蔑儿乞等部,又于 1201—1204 年间,先后征服了札答剌、克烈、乃蛮等部,统一了蒙古草原。

1206 年,蒙古各部贵族共同推举铁木真为全蒙古的大汗,尊称为成吉思汗,国号蒙古汗国,亦称大蒙古国。

2. 蒙古的政治制度

(1) 千户制

成吉思汗即位后,建立行政、军事和生产组织相结合的统一体制——千户制,将全国的人民和土地划分为95 个千户,由大汗分别授予共同建国的贵戚、功臣,任命他们为千户的那颜(首领),使之世袭管领。千户下又分为若干百户,百户下为十户。千户制是基于蒙古人的游牧生活方式而建立的一种军事封建制的政治体制。在这种体制下,所有青壮年男子皆为战士,编入军队,自备马匹和兵器,由千户长、百户长率领,随时听命出征。千户也是行政单位,平时管理居民户籍、生产、税收和司法等行政事务。

(2) 怯薛军

成吉思汗为加强统治权力,组建一支直接听他指挥的常备武装力量——怯薛军。怯薛军是最精锐的部队,主要由贵族、大将等功勋子弟构成,共 1 万名。他们的统帅是木华黎、赤老温、博尔忽、博尔术,怯薛分为四班轮流值宿,总称为"四怯薛"。怯薛军的任务是,平时承担保卫大汗的金帐,分管汗庭事务以及警察等职责,战时则成为大汗亲自统领的军队。怯薛军是成吉思汗赖以实行军事封建专制统治的中坚力量。

(3) 大札撒

成吉思汗将历来的训令、札撒和习惯都加以汇总,而且用畏兀儿字记录下来。在 1225 年,他下令颁布了札撒和训令,史称为《札撒大全》或《大札撒》。札撒(意为法度、军令)保护私有财产,维护贵族的权力,对盗窃私有财产、藏匿逃亡奴隶及俘虏者以及临阵退缩者都处以死刑。

(二)蒙古西征和蒙古灭西夏、金

1. 蒙古灭西夏、金

1205—1209 年,蒙古军三次攻入西夏,迫使西夏称臣,纳女纳贡。蒙古西征归来,于 1226 年秋又发动对西夏的战争。1227 年,蒙古灭西夏,解除了它灭亡金朝的西顾之忧。1229 年,窝阔台继位,继续征讨金朝。他遵照成吉思汗遗言,采取联宋灭金的策略,1231 年窝阔台分兵三路大举攻金。次年,三路军会师汴京,金哀宗逃到蔡州(今河南汝南)。蒙古遣使约南宋夹攻金,商定灭金后,由宋收复洛阳、汴京、归德。

绍定六年(1233 年)冬天,宋、蒙两国的军队联合进攻蔡州城。次年正月,蔡州城破,金哀宗自杀。金朝至此灭亡。

端平元年(1234 年)六月,宋依约准备接收洛阳等地,但蒙古军以武力制止宋军接收。宋军大败,只得仓促退兵。这次被称为"端平入洛"的军事行动的失败,造成了严重后果:它激化了与蒙古的矛盾,为蒙古大举进攻南宋提供了借口,从此开始了长达 45 年之久的宋、蒙战争。

蒙古统治者在对南宋作战的初期,不很顺利,便决定先出兵吐蕃,再由吐蕃东进,迂回包抄南宋。1240 年,蒙古大汗窝阔台之子阔端率军入吐蕃地区,召见萨斯迦班智达。淳祐四年(1244 年),萨斯迦在凉州拜见阔端,代表吐蕃各地、各教派僧俗首领,与阔端达成协议,同意吐蕃归属蒙古,蒙古亦尊重吐蕃各教派、首领的权力。从此,蒙古国即通过萨斯迦这位宗教首领实现对吐蕃的统治。1253 年,忽必烈采取大迂回包抄战略,穿过吐蕃区进入滇北,灭大理国,使分离三百余年的云南与内地复归统一。

2. 蒙古三次西征与四大汗国的建立

蒙古军大规模的西征共有三次。第一次西征的时间是 1218—1223 年。1218 年,蒙古军在成吉思汗的亲自率领下开始了第一次西征。先后击灭西辽、花剌子模、康里等国,基本上征服了自中亚西至黑海东岸的广大地区。第二次西征的时间是 1235—1244 年。此时成吉思汗已死,大汗窝阔台命拔都、贵由、蒙哥率军西征,攻占里海以北地区及俄罗斯,直入孛烈儿(波兰)、马扎儿(匈牙利)等地。第三次西征的时间是 1253—1259 年。蒙古大汗蒙哥命旭烈兀率军西征,攻灭木剌夷(今伊朗境内),击败黑衣大食(阿拉伯),攻陷巴格达和大马士革城,把蒙古国的势力扩展到西南亚。

成吉思汗在世时,把占领区分成三个"兀鲁思",分封给他的三个儿子。长子术赤封于钦察,据有花剌子模和康里国故地,建都萨莱(今伏尔加河下游),称钦察汗国(金帐汗国)。术赤死后,该国归其子拔都;次子察合台封于西辽及畏兀儿故地,东起阿尔泰山,西至阿姆河,包括新疆天山南北路等地,后来称为察合台汗国;三子窝阔台封于乃蛮故地,今鄂毕河上游以西至巴尔喀什湖以东皆属之,后来称为窝阔台汗国。第三次西征之后,蒙古大汗蒙哥又将新占地区封给旭烈兀,建都帖必力思(今伊朗大不里士),称伊儿汗国。这就是历史上有名的四大汗国。它们同蒙古汗国及后来的元朝一直保持形式上的藩属关系,因此形成了历史上空前辽阔的、横跨欧亚大陆的蒙古大帝国。但是由于它只是军事征服下的联合体,缺乏共同的经济、文化基础,各国建立之后,独立发展,因之很快成为几个不相统属的国家。

(三)元朝的建立与南宋的灭亡

1. 合州之战

1234—1253 年,蒙古在相继灭掉金、吐蕃、大理之后,形成了对南宋的合围之势,蒙古开始全力进攻南宋。宋宝祐六年(1258 年)初,蒙哥汗以三路大军攻宋,由忽必烈攻鄂州(今湖北武昌),兀良合台自云南回师攻潭州(今湖南长沙)。蒙哥汗亲率主力军进攻四川,被南宋军队阻于合州坚城之下。宋开庆元年(1259 年)七月,蒙哥汗亲自到合州城下督战,宋军猛烈反击,蒙哥汗被炮石击中,死于营中。蒙哥汗死后,蒙古统治集团内部发生了争夺汗位的斗争。忽必烈急于回去争夺汗位,所以接受了南宋权相贾似道的乞和要求,于闰十一月初率军北还。

2. 忽必烈建元

1260 年，忽必烈即大汗位，建元中统。1271 年，忽必烈建国号为"元"，取《易经》乾元之义。忽必烈改变了历代王朝以发祥地为国号的旧传统，采用吉祥字词为国号，并为明清沿用。次年，又改中都（燕京，今北京）为大都，从此以大都为元朝国都。

3. 襄阳、樊城之战

1267 年，忽必烈接受南宋降将刘整的建议，将军事攻击的重点确定为攻襄阳、樊城。襄阳、樊城先后被元军围困六年（1267—1273 年）。南宋军民展开了襄樊保卫战。宋朝几次派援军但都被打败。元军又切断汉水通道，中断守城军民与外界的联系、供应。1273 年，元军先后攻陷樊城、襄阳。元军取得襄阳和樊城，即打开了进入长江的门户。

4. 南宋灭亡

1274 年 6 月，元军兵分两路直趋临安。1276 年 2 月，元军占领了临安，俘南宋恭帝赵㬎及谢、全两太后并宋宗室官吏等北去。此后，文天祥、张世杰、陆秀夫等又先后拥立益王赵昰、卫王赵昺为帝，继续进行抗元斗争，但终因力量悬殊而失败。文天祥被俘后在大都从容就义。陆秀夫于 1279 年 2 月负帝昺投海死，南宋灭亡。

（四）元朝的政治军事制度

1. 中央制度

元朝中央最主要的机构有三，即中书省、枢密院、御史台，分掌行政、军事、监察大权。

（1）中书省

元朝废弃以前的三省（中书省、门下省、尚书省）制，实行一省制，即设立中书省（又称都省）作为中央最高的行政机构，总理政务。中央设中书省，中书令是虚衔，由皇太子兼领。中书令之下，有右、左丞相，是实际的宰相。下面有平章政事，及右丞、左丞和参知政事，为副相。中书省下面有吏、户、礼、兵、刑、工六部，各部长官为尚书，另有侍郎为副，与尚书共同处理政务。

（2）枢密院

1263 年，设立枢密院，总理全国的军事。枢密使由皇太子兼领，也是虚衔，枢密院的二员枢密副使掌握军务。后来又增设同知枢密院事等官员。枢密院掌管兵权，是中央最高军事机构，其职司范围甚广，除怯薛军由天子或其亲任大臣统领外，凡侍卫亲军及镇戍诸军均归节制，征讨调遣及军官选授迁调等事项莫不管领。

（3）御史台

御史台（又称内台、中台、宪台等）掌管监察。最高长官为御史大夫，其下为御史中丞、侍御史、治书侍御史。御史台下，有殿中司和察院。前者主要任务是纠察百官，后者是作为朝廷的耳目，行刺举之事。

2. 地方制度

（1）行省制

地方的行政机构系统是行省、路、府、州、县。地方政府最高行政机构是行中书省，简称行省。行省的初义，即将中书省的职权临时在某处行使的意思。行省是中书省的派出机构，后来演变为常设的地方最高行政机构。各行省设丞相一员（例不常设），平章政事二员，右丞、左丞各一员，参知政事二员，品级皆与中书省官相同。全国分十个行省，即岭北、辽阳、河南、陕西、四川、甘肃、云南、江浙、江西、湖广。此外还有高丽行省。由中书省直辖的山东、山西、河北、蒙古等地称腹里，有关事务由中书省下辖的六部掌管。

元朝的行省职权很大，凡地方一切民政、财政、军政无不统领。元朝的行省制，从政治上巩固了国家的统一，使中央集权在行政体制上得到了保证。另外，在一些边远地方设立行省，如甘肃行省、云南行省、辽阳行省、岭北行省等，大大加强了对边疆地区的管理。

（2）路府州县

中书省和行中书省以下的行政区划为路、府、州、县。元朝在路、府、州、县都设置达鲁花赤，作为最高的监临长官，例由蒙古人充当，掌握最后裁定的权力，位于同级其他官员之上。

（3）对西藏的管理

元朝初年，忽必烈即封吐蕃喇嘛教萨斯迦派首领八思巴为国师，后来又加封他为帝师。忽必烈以后，元朝皇帝也都尊奉大喇嘛为帝师。帝师既是佛教的最高首领，统领全国佛教；又是西藏地区的最高政治首领，掌管西藏军民世俗事务。除去委任帝师外，元朝又设置中央和地方机构，直接管辖西藏。在中央设宣政院（初名总制院），主管全国佛教事务及吐蕃军、民之政，以帝师领院事，设置院使十员，其中为长者常以朝廷大臣兼任，位居第二者必由帝师推荐僧人担任，以下设有同知、副使、院判等官，又在西藏设立三个宣慰使司都元帅府（简称宣慰司）。在宣慰司下，又设宣抚司、安抚司、招讨司、万户府、千户所等。自宣慰使、都元帅至万户等各级官员，多以当地僧俗首领担任,由帝师或宣政院荐举,朝廷授职。此外,还在西藏设置驿站,调查户口,征收赋税,屯戍军队等。从元朝开始,西藏地区已正式成为我国行政区划的一部分。

（4）澎湖巡检司

台湾（元代称为瑠求或琉球）地区的澎湖在南宋时已隶于泉州晋江县,在元朝仍隶于泉州晋江县。而元朝又在澎湖设巡检司,以管辖澎湖和台湾。

3．军制与站赤

（1）军制

元代的军事组织有两大系统,一是宿卫系统,宿卫军队由怯薛军和侍卫亲军组成。原来的四怯薛轮番入侍的制度保留下来;侍卫亲军隶属于枢密院。二是镇戍系统,是镇守地方的军队系统。"腹里"主要由蒙古军和探马赤军担任。探马赤军是由蒙古各部族选出的士兵组成,战时冲锋陷阵,战事结束,即在被征服地区进行镇戍。南方由蒙古军、汉军和新附军（南宋新降附的军队）进行镇守。

元世祖实行军民异籍、军民分治政策,虽然军职世袭制被保留下来,但军队的调遣、军官任命权均归枢密院。这就防止了分裂割据势力的形成,保证了政治上的巩固和统一。

（2）站赤

元朝政府在全国设置驿站,叫做站赤（蒙古语,意为管理驿站的人）。中原地区的驿站由兵部管辖,蒙古地区的驿站由通政院管辖。站赤分为陆站和水站,陆站备有马、牛、驴或车,水站备有船只。元代是我国古代驿站最发达的时期,驿站的普遍设立,加强了全国的政治联系,也便利了全国的交通。

4．土地与赋税制度

（1）官田

全国的土地分为官田和私田两种。官田即政府所有的土地。北方的官田大都是金代屯田军遗留下来的土地,南方的官田则是南宋皇室及政府所遗留下来的土地。元朝建立以后,就把这种官田,一部分作为军队的屯田,一部分作为官吏的职田,一部分赏赐给王公贵族和寺院僧侣,一部分招民耕种取租。

（2）赋役制度

元代的赋税制度比较混乱,北方、南方的税制亦不相同。北方的赋税主要有税粮和科差。税粮分为丁税和地税,丁税每丁粟二石,地税每亩粟三升。丁税和地税并非由民户同时负担,一般情况是,丁税少而地税多者纳地税,地税少而丁税多者纳丁税。科差又分丝料、包银、俸钞三项,都是以户为单位征收的。

南方的赋税制度则沿用南宋的两税法,按照地亩征税,分为夏秋两次征收。秋税征粮,夏税征木棉、布、绢、丝、绵等物。元朝政府又有繁重的徭役和差役,把所属人口划分为民户、站户、匠户、冶金户、打捕户、盐户、窑户等,称作"诸色户计",使之各当其役。一般民户要负担开河、筑堤、运输、修城等徭役。

六、宋元的社会经济

（一）北宋社会经济的发展

1．农业

圩田在南方有了进一步发展,规模有所扩大,如著名的芜湖万春圩即有田十二万七千亩。北宋农民推广使用了一些新农具,如新型水车龙骨翻车和筒车、以人力代牛耕的踏犁等,从而使农业生产发展到了一个新的水平,粮食产量有所提高。为了减轻插秧的劳动强度,人们还创造了秧马。随着北宋的统一,南北各地的农作物品种得到了交流。水稻的优良品种也在各地推广,其中最著名的品种"占城稻"从越南引进福建,后又推广到江淮和北方。

2．手工业

矿冶业在北宋手工业中占有重要地位。冶炼时,普遍使用煤作燃料,鼓风设备也由体积大、风力足的木风箱代替了鼓风皮囊,加快了冶炼过程,并可大量生产优质铁。煤则在内地得到普遍开采,产量相当大,不仅用于冶炼、制瓷业,而且在许多地方已大量用于居民生活。

北宋建都开封,东南漕运十分重要,船只是不可缺少的运输工具,加上海外贸易兴盛,促进了造船业的进步。北宋官府设有很多造船场所,分布在今江西、浙江、湖南、陕西等地,其中虔州（今江西赣州）、吉州（今江西吉安）、温州、明州是著名的造船基地。隔离舱的设置和指南针使我国成为当时世界上造船业和航海业最先进的国家。

制瓷业在北宋获得了空前的发展,不论是产品的精美还是数量和品种之多,都大大地超过了前代。官窑、钧窑、汝窑、定窑、哥窑是北宋五大名窑。

3. 商业

北宋以前的城市，一般是坊（居民区）、市（商业区）分区，交易只能在市里进行，而且只能在白天进行，入夜即止。北宋时，开始打破了坊、市和昼夜的界限。开封市内，商店可以随处开设，而且有了夜市和晓市。市内还出现了"瓦子"（或称"瓦舍"、"瓦肆"），里面有"勾栏"（歌舞、戏剧场所）、酒肆和茶楼，还有说书、演戏的，是娱乐的场所。城市以外的常设市集称为草市，到北宋更加普遍。农村中还有定期开放的小市，北方叫做集，南方叫做墟。

随着商品交换的发展，货币流通额迅速增加。为了解决金属货币不足和流通不便的问题，真宗时，在政府许可下，成都十六家富户主持印造了一种纸币，代替铁钱在四川市场上流通，叫作"交子"。这是中国、也是世界上最早的纸币。仁宗年间，设交子务，改交子为官办，以36万贯铁钱为本金，定期限额发行，流通区域仍限于四川。徽宗时，改交子为"钱引"，扩大流通区域。

北宋除广州外，又在杭州、明州、泉州、密州（今山东诸城）、秀州（今浙江嘉兴）五地设市舶司，使外贸规模成倍扩大。

（二）南宋社会经济的发展

1. 农业

南宋时，植棉区已从两广、福建逐渐推广到长江和淮河流域。江浙地区是当时的主要稻米产区，因而有"苏（州）湖（州）熟，天下足"的谚语。

2. 手工业

丝织业也有进步。南宋在今浙江、江苏、四川等地设有官办丝织作坊，叫做"织锦院"，各有织机数百台，工匠数千人，规模很大，有较细的分工，产品精美华贵。南宋印刷业的中心是都城临安，其次还有建阳、广都（今四川双流东南）等地。临安国子监印书，质量最好，称为"监本"。南宋时期刻印的图书以种类多、技术考究而著称于世，宋版书为后人所珍爱。

3. 商业

南宋都城临安府是当时政治、经济和文化的中心，商业极其繁荣。榷场贸易则主要存在于宋与金、宋与西南各族之间，由官府管理，征收榷税。广州、泉州、明州仍是重要的通商口岸，特别是泉州，已取代广州，成为最大的外贸基地。另外，在临安、温州、秀州（今浙江嘉兴）、江阴军（今江苏江阴）等地也设有市舶司，负责外贸。

由于商业和对外贸易的发展，南宋货币铸造供不应求，政府便大量印制纸币。当时流行的纸币有钱引和会子两种。钱引流通于四川地区，取代了北宋时使用的四川交子。会子分东南会子、淮交、湖会三种。绍兴三十一年，在杭州设立会子务，发行的会子通行东南各路，称东南会子。两淮发行的会子是为淮交、湖会，先在湖北通行，后扩大到京西和广南。南宋政府发行纸币数量巨大，又不贮备本金，造成币值下跌，通货膨胀。

（三）元朝社会经济的发展

1. 农业

忽必烈在位时，采取了一系列的"重农"政策和措施，主要有：设立管理农业的政府机构；保护农田，限制抑良为奴；招集逃亡，鼓励开荒；大力开展军民屯田；减免租税；设置粮仓、常平仓；兴修水利等。

此外，还颁行《农桑辑要》。至元十年（1273年），忽必烈命人编修《农桑辑要》一书，颁行天下，命令各地地方官大力宣传和推广。此书系参考历代农书如《齐民要术》等，并结合当时实际的农事经验所写成。此书颁行于全国，对指导农业生产发挥了很大的作用。

通过以上措施，农业生产得到了恢复和发展，主要表现在人口的增加、农业产量的提高和棉花等新作物的推广上。

2. 手工业

元朝的官办手工业，规模、产量和分布之广均超过前代。官办手工业的官府机构主要有工部、将作院、大都留守司、武备寺等下属诸系统和地方官府系统。在官办手工业中实行匠户制度。匠户是指怀有一定技艺的工匠所属的人户，另编户籍。元代匠户有三种，为军队生产，受军队管辖的是军匠；为各局院生产，受局院管辖的是官局工匠，称系官人匠；受各贵族王公直接管辖的私属工匠称投下匠户。匠户的职业世袭，非经放免，子孙不得脱籍。

元代的手工业以棉织业、丝织业、制瓷业、印刷业、火器制造业最重要。棉纺织业作为新兴的行业，在元代大有发展。由于江南地区已经盛种棉花，因而棉纺织业作为一种农村的家庭副业，也在江南地区普遍发达起来。在江南棉织业的发展中,黄道婆做出重大的贡献。黄道婆将从崖州黎族妇女那里学来的先进棉纺技术与内地原有的纺织技艺结合起来,并有所发明创新,如创制轧棉籽的搅车、三锭脚踏纺车、弹棉椎弓;在染织方面,还能错纱、配色、织出各种美丽图案,适应和推动了当时棉纺织业的发展。松江地区在元代逐渐成为棉纺织业的中心,陶瓷业在宋、金的基础上也有所发展。在南方,江西景德镇异军突起,成为全国最大的制瓷中心,以生产高质量的青花瓷为主。这种瓷器造型优美,色彩清新,有很高的艺术价值。元代印刷技术的突出成就是王祯发明的木活字印刷术和转轮排字架。

3. 商业

中统元年(1260年),忽必烈印造发行中统元宝钞,简称中统钞,以金银为钞本,面额自十文至二贯(一千文为一贯)共九种,每一贯当交钞一两,两贯当白银一两。至元二十四年(1287年),又发行至元宝钞,简称至元钞,也以金银为钞本,与中统钞并行,面额自五文至二贯共十一种,每一贯当中统钞五贯。有元一代以使用纸币为主,其中中统钞和至元钞一直行用不废,这二者成为主要的纸币。在元朝前期,纸币颇有信用,通行全国各地。统一稳定的纸币的流通,大大有利于各地之间的经济交流,促进了商业的繁荣。但是元朝后期,由于钞本逐渐空虚,政府滥发钞币,钞法便日益败坏。

斡脱,蒙古和元朝经营高利贷商业的官商。斡脱(突厥语,意为"同伙")原是西域回回商人的一种商业组织的名称,因西域回回商人善于把持商业营利,政府就向他们提供本钱,用他们代为经商,称作斡脱。入元以后,专立斡脱户,设诸位斡脱总管府(1267年)、斡脱所(1272年)、斡脱总管府(1283年)等机构,为斡脱商人提供种种特权,他们可以不服差役,不纳商税。后来凡用官本从事高利贷或其他商务活动的,都一概称为斡脱。斡脱除去替政府经商以外,又替政府及王公们举放高利贷。他们领了政府及王公的钱,或出贷给官吏,或出贷给人民,叫作斡脱钱。斡脱钱的利息极高,当年本利相等,第二年又把本和利息加一倍,称为"羊羔利"或"羊羔息"。

元朝的海外贸易也很发达。当时管理海外贸易的机构叫作市舶提举司,简称市舶司。元朝先后在泉州、庆元(今浙江宁波)、上海、澉浦(今浙江海盐县南)、温州、广州、杭州设立了七个市舶司。泉州是对外贸易的最大商港。

4. 大运河的整治和海运

元朝建都在大都,大都的粮食要仰给于江南,为了解决南粮北运问题,元朝不仅凿通大运河,而且开辟了海道。划直和修凿大都通往江南的京杭大运河以代替隋唐以来那条以中原洛阳为中心的旧运河,是元代整治大运河的目的和最终结果。这项工程由中央的都水监和各地的河渠司负责。元朝初年,南北漕运必须采用水陆两运的办法,先是水运自浙西入江入淮,再由黄河逆水至中滦(今河南封丘),然后改为陆运至淇门(今河南汲县),由淇门入御河(即隋朝的旧运河),北上抵大都。

元朝政府在至元十七年(1280年),开济州河,自今山东的济宁到东平。从济州河以南,便可经由隋朝的运河到达扬州和杭州。在至元二十六年(1289年),又开会通河,自今山东东平至临清,入于隋朝的运河即御河(由临清至天津),全长二百五十余里。1291年,都水监郭守敬建议,在金代运河的基础上开通惠河,自大都至通州,入于白河,总长一百六十余里,由通州即可沿白河到天津。这样,大运河便完全贯通起来了,北起大都,南迄杭州。这条南北直通的京杭大运河的贯通,对政治、经济、文化都起到了积极的推动作用。

为了保证大都粮食及其他物资的需要,元政府除了利用陆路、运河运送之外,又开辟了海运航线,并形成了漕运以海运为主,内河运输为辅的格局。海道自平江(今江苏苏州市)刘家港入海,北上绕过山东半岛,抵达直沽(今天津)。海船循此道行走,若取最近的路,最快时十日可至京师。元朝开辟海道,也主要是为了南粮北运,其由海道运粮的总数,最初不过四万六千石,以后增至一百万石,最多时达到三百三十余万石。海运要比陆运及河运省费很多,所以有元一代,海运始终不废。

七、宋元的社会矛盾与农民起义

(一)北宋中期的王小波、李顺起义

淳化四年(993年)春,茶农王小波领导广大佃农在故乡青城县起义。王小波向群众宣告:"吾疾贫富不均,今为汝均之"。这是中国农民战争史上第一次明确提出"均贫富"的战斗口号。后来王小波在作战受伤后病死,起义军推举王小波的妻弟李顺为领袖,继续坚持起义斗争。次年正月,起义军占领成都府城,李顺即位称王,国号大蜀,年号应运。大蜀政权发行了"应运元宝"(铜钱)和"应运通宝"(铁钱)两种货币,这是我国农民政权所发行的最早货币。这时起义军发展到数十万。北起剑门,南至巫峡的广大地区,都处于大蜀政权的控制之下。五月,宋太宗派大军围困成都,最后城被攻破,义军死者三万余人,李顺生死不明,起义失败。

王小波、李顺起义的意义不仅在于沉重打击了北宋王朝的统治,他们提出的"均贫富"的口号的影响尤为深远,发展了唐末农民起义的"均平"思想,反映了广大贫苦农民对改变"贫富不均"的社会状况的要求。

(二)北宋末年的方腊、宋江起义

方腊,睦州青溪县(浙江淳安)人。青溪及其附近地区盛产竹木漆茶等经济作物,造作局和应奉局每年从这里勒索成千上万斤的漆和竹木花石等大量物资。百姓生活陷入绝境。摩尼教成为发动和组织群众的形式,摩尼教宣传要通过斗争,才能制服黑暗,争取到光明,信者断荤酒,不事神佛祖先。

宣和二年(1120年),方腊聚众起义,他自号"圣公",建年号"永乐",设置官吏将帅。义军很快攻占了今浙江、安徽、江西的许多地方,人数增至近百万人,整个东南半壁为之震动。这时,北宋政府已和新强大起来的女真贵族签订了联合灭辽的盟约,故在京城附近集中了15万精锐的禁军和西北边兵,准备北上夹击辽朝。当北宋最高统治者接到方腊起义军逼近杭州的消息之后,惊恐万状,立即派童贯统率这支精兵兼程南下,镇压起义。由于起义军对官军的迅速南下缺乏准备,没有集中力量北上抵抗,童贯带领的宋军顺利过江。不久,杭州、歙州相继陷落。起义军撤回青溪,并继续进行英勇的抵抗。宣和三年(1121年)四月,方腊被俘,八月被杀害于开封。各地起义军先后遭到官军的残酷镇压,方腊起义失败。

方腊起义前后,河北、山东、淮南一带也爆发了农民起义,其中以宋江为首的一支影响最大。他们武艺高超,作战勇敢,能以少胜众,屡败官军。宣和三年初,宋江起义军集结力量从京东移师南下,进入淮南楚州(江苏淮安)一带。二月,起义军在海州(江苏连云港)遭到知州张叔夜的袭击,包括宋江在内的一部分起义军向张叔夜投降,余部继续进行斗争。大约到宣和四年,宋江起义才被彻底镇压下去。

(三)南宋中期的钟相、杨么起义

在南宋初年的农民起义斗争中,以湖南钟相、杨么起义的影响最大。鼎州(今湖南常德)人钟相以宗教和行医的方式,积极进行宣传"等贵贱,均贫富"的思想。

建炎四年(1130年)二月,钟相在武陵县起义。附近人民纷起响应,义军很快发展到四十万人,周围十九县都在义军控制之下。钟相自称楚王,年号天载。不久,起义军遭到打击,钟相父子被俘,遭杀害。钟相牺牲后,杨么继续领导起义军进行斗争。他们根据洞庭湖区的特点,逐步摸索出一套"陆耕水战"的战斗方法。东至岳州,西至鼎、澧州,南到潭州,北到荆南,幅员数千里,又为义军所控制。绍兴三年(1133年),杨么号称"大圣天王",后又拥立钟相少子钟仪为太子,共同领导义军。

起义军的力量发展,对南宋统治是一个严重的威胁。高宗调集了岳飞的部队前往镇压。岳飞用招降办法分化瓦解起义军的队伍,绍兴五年(1135年),杨么最后被俘,壮烈牺牲。

(四)元朝的民族等级制度

元朝统治者为了维护蒙古贵族的特权,对各民族进行分化,让先被征服地区的人比后被征服地区的人地位高一些,人为地制造民族等级。元世祖时,明令把全国人分为四等:第一等是蒙古人,第二等是色目人(指西北地区各族及中亚、东欧来中国的人),第三等是汉人(指原来金统治下的汉族和女真、契丹、渤海、高丽等族及较早被蒙古征服的四川、云南人),第四等是南人(指原南宋统治下的汉族和其他民族)。这四等人在政治待遇、法律地位、经济负担以及其他权利义务上都有种种不平等的规定。在政府机关中,蒙古人任正职,汉人、南人只能充当副职。如地方上的官吏,以蒙古人充各路达鲁花赤,汉人充总管,回回人充同知,形成定例。

元朝时期,中国的回族形成了。"回回"原指由中亚、阿拉伯、波斯等地迁到中国的人,经过长时期在内地与其他各族人民杂居、互相通婚、文化上互相渗透,逐渐在中国境内形成了具有独特生活习惯、宗教信仰、文化特点的新民族——回族。

(五)元末农民战争与明朝的建立

1. 红巾军起义

至正十一年(1351年),韩山童、刘福通等于颍州的颍上聚集3 000多人,准备起义,起义者宣称韩山童是宋徽宗的八世孙"当为中国主"。不料走漏风声,永年县官发兵来围,韩山童被捕牺牲,其子韩林儿逃入武安山(在今河北武安县境)中,刘福通、杜遵道等则率众走出颍州(今安徽阜阳),于这年五月,攻下颍州州城。起义军皆头包红巾,并执赤色旗帜,所以称为红巾军。

至正十五年(1355年),刘福通迎立韩林儿为皇帝,又号小明王,建都亳州(今安徽亳州),国号大宋,年号龙凤。至正十七年(1357年),刘福通又分兵三路北伐,大举进攻元朝。东路军由山东北上,直捣京城大都;中路进攻山西、河北,也指向大都;西路军攻取关中。但是三路北伐大军之间缺少联系,遂被元军各个击破,红巾军北伐失败。刘福通在三路军北伐时,于至正十八年占汴梁,作为都城。至正十九年(1359年),元军攻破汴梁,刘福通和韩林儿退走安丰(今安徽寿县)。至正二十三年(1363年),安丰为张士诚攻破,刘福通被杀。

红巾军之外,还有其他一些起义队伍,一支是浙东的方国珍,一支是先在苏北高邮(今属江苏)起兵、后来占据平江(今江苏苏州)的张士诚。高邮地处南北冲要,张士诚占据高邮,被元朝看作心腹之患。至正十四年(1354年),元朝丞相脱脱亲统百万大军进攻高邮,结果被张士诚击溃。高邮大捷埋葬了元军的主力,

2. 朱元璋建立明朝

朱元璋原是郭子兴的部下,郭子兴死后,他升为左副元帅。至正十六年(1356年)三月,朱元璋攻下集庆路(今江苏南京),改名应天府。韩林儿封他为江南行省平章,旋升为丞相。从此,朱元璋便以应天为根据地,次第翦灭周围的割据者。至正二十四年(1364年),朱元璋灭掉陈友谅的割据政权。至正二十七年(1367年),又消灭了张士诚,收降方国珍。次年,朱元璋即皇帝位(明太祖),国号大明,年号洪武,以应天为京师。至正二十七年(1367年),朱元璋命徐达为征虏大将军,常遇春为副将军,带领25万大军进行北伐。至正二十八年(1368年)八月,徐达率军入大都,元朝灭亡。

八、宋元的思想、文化与科技

(一)理学及其发展

1. 宋学

从北宋中期起,儒学领域出现了新的现象,主要表现为汉唐学者专事经学笺注的传统遭到废弃,对以贞观年间钦定的《五经正义》为代表的经学旧说产生怀疑,群儒奋起,开创了以己意解经的新时代,逐渐形成了带有两宋鲜明时代特征的新儒学——包括各种儒家学派在内的宋学。

宋学早期的代表人物胡瑗、孙复、石介聚徒讲学,又相继入国子监为教官,时称"宋初三先生"。其授徒摒弃汉、唐注疏,不重章句训诂,而是通过讲论形式探索经书义理,力求把握儒家学说的实质。神宗前后,宋学进入昌盛时期,出现以王安石为代表的王学(又称荆公新学)、以程颢、程颐兄弟为代表的洛学、以张载为代表的关学、以苏轼为代表的蜀学等分支,稍前还有周敦颐、邵雍等著名学者。各家各派具体论学虽有差异,但都侧重抽象思维,探讨宇宙社会生成之源,力图建立一套包括宇宙观、认识论、人生观在内的理论体系。其论学多围绕理、气、心、性等哲学范畴而展开,通常以"理"概括精神,"气"概括物质,对"性"则有不同理解。

其中程颢、程颐是后来宋学中成为主流派的理学的先驱。二程认为万物一理,一物之理也就是万物之理;理一分殊,表现出不同的形态。理在天为命,在人为性。维护封建的纲常等级,也就是维护天理。程颐将人性的两个层次命名为天理、人欲,提出"存天理,灭人欲"。其论理气心性,又必以儒家纲常伦理为依归,将自然、道德合二为一。程颢的观点和程颐有一些差别,认为人心具有良知良能。

2. 理学

宋学发展至南宋,正式衍生出理学,并成为宋学中的主要学派。朱熹是理学形成的关键人物,其学主要承自程颐,而于周敦颐、张载、邵雍等人亦多所吸收,基本上做到了集宋学诸家诸派之大成,形成一套完整而系统的思想体系。因其以"理"为哲学核心,故有理学之名,亦称程朱理学。他认为"理"是万物生长的本源,而"气"只是构成万物的材料。主张以天理来克制人欲,以道心来主宰人心,要"去人欲,存天理",以此来调和阶级矛盾。

陆九渊对理的理解与朱熹不同,主张"心即理",因而有心学之称。陆九渊把儒家思孟学说和佛教禅宗思想结合起来,并承袭和发挥了"天即理即心"的观点,提出"心即理也"的命题,认为"心"是天地万物的本源。淳熙三年(1176年),陆九渊和朱熹在江西信州鹅湖寺进行学术辩论,史称"鹅湖之会"。关于"理"的性质,朱熹认为"理兼体用",是客观外在的,并体现于万物,心本身不等于理,心之性才是理。陆九渊则以为心性无别,理心合一,由内向外贯诸万物。关于修养途径,朱熹强调格物致知,即物穷理,累积递进,以求贯通。陆九渊则主张由内入手,直接发现本心,以求彻悟,不必去费心认识外部事物,通过自我反省,自我体验达到修养目的。南宋后期,理学的发展出现了朱、陆合流的趋向。

理学实是一种新形式的儒学,以儒家学说为中心,兼容佛道两家的哲学理论,从世界观的高度,论证了封建纲常名教的合理性和永恒性,更能适应封建统治的需要,因而被采纳为官方哲学。理学正统地位的确立是在南宋理宗朝时期。淳祐元年(1251年),理宗亲撰《道统十三赞》,"就赐国子监,宣示诸生",正式肯定从二程到朱

熹是孔孟以来道统的真正继承人,使程朱理学成为继孔孟以来的正统思想和钦定的官方哲学。

程朱理学在宋学中取得了独尊地位以后,理学家及其信徒在政治上把持了仕途要津,在思想上取得了垄断地位,朱熹所撰之《四书集注》逐渐成了科举考试的标准答案,不允许士人"务自立说",从而严重地阻碍了学术思想的发展。

3. 浙东事功学派

与此同时,浙东部分儒家学者在民族危机的刺激下,积极提倡研究学问要经世致用,形成了金华学派、永嘉学派和永康学派,统称为浙东事功学派。金华学派的创立者是吕祖谦,叶适是永嘉学派的集大成者,他从事功思想的"致用"立场出发,反对虚幻的道学和心学。陈亮是永康学派的创立者,他的思想的核心是"物",认为任何道理法则都不能离开具体的事物。

(二) 宋元时期的宗教

1. 佛教

宋朝佛教有各种宗派,其中以禅宗南宗流传最广泛。南宗中又有各种宗派。在禅宗之外,天台宗等宗派也相当盛行。蒙古在北方兴起的时候就很推崇佛教。元统一全国后设有宣政院,僧人的地位相当高。元朝特别尊崇信奉藏传佛教。

藏传佛教是佛教传入吐蕃后形成的一个教派,最受元朝皇帝的尊重。元世祖忽必烈尊吐蕃大喇嘛八思巴为帝师,命他制定蒙古新字,下诏颁行天下,俗称八思巴字。此后,元朝皇帝和后妃都以喇嘛为帝师,从他们授佛戒。帝师和其他喇嘛不仅在政治上拥有特权,在经济方面又有免田税、商税的特权,并免差役。藏传佛教的经典由《甘珠尔》、《丹珠尔》两大部分组成,是世界上著名的佛教丛书,俗称藏文大藏经。两部都以藏文译本为主,均编成于14世纪后半叶。

2. 道教

在宋代,道教的政治地位胜过佛教,这与最高统治者的大力扶持和提倡是分不开的。北宋皇帝的尊崇道教,以真宗赵恒与徽宗赵佶为最甚。南宋诸帝中,理宗赵昀特别推崇道教,他在扶道上的一件大事是推荐道书《太上感应篇》,广泛传播,使该书宣扬的宗法性伦理道德以宗教方式普及民间,同时也加速了儒道之间的融合。

道教在元代分为数派,其中以全真教势力最大,流传广泛。成吉思汗西征时,曾召见全真教主丘处机,问长生之术,呼之为"丘神仙",封为国师,赐号"长春真人",命他总领道教。丘处机随从到过中亚,其弟子李志常著《长春真人西游记》,是研究中西交通史的重要资料。

(三) 宋元时期的文学与艺术

1. 唐宋八大家和宋词

北宋欧阳修等人继承唐朝后期的古文运动,使古文完全压倒骈文。欧阳修、曾巩、王安石、苏洵、苏轼、苏辙与韩愈、柳宗元并称为古文创作的"唐宋八大家"。词的繁荣是宋朝文学最突出的成就,主要有婉约派、豪放派之分。北宋前期婉约派占主导地位,柳永尤以创作慢曲长调见长。苏轼开创豪放词派,至南宋辛弃疾获得充分发展,其词作豪迈慷慨、气势磅礴,充满爱国主义热情。北宋中叶到南宋的婉约派词人周邦彦、李清照、姜夔等人的创作都达到很高的艺术水准。

2. 话本小说

宋代,随着城市商品经济的更趋繁荣,适应市民阶层文化娱乐生活需求的"说话"成为当时主要的文学形式之一。以"说话"(讲故事)为生的艺人,叫作"说话人"。这种"说话人"用的底本,一般称作"话本","话本"经过流传加工,便演变为"话本小说",这就是我国古代最早的白话小说,都是用当时的白话口语写成。宋代话本流传至今的有《五代史平话》、《大宋宣和遗事》及《京本通俗小说》等。

3. 元曲

元代杂剧的大作家多,优秀作品多,著名的有元曲"四大家"之誉的关汉卿、白朴、马致远、郑光祖等人。他们的代表作品是关汉卿的《窦娥冤》、白朴的《梧桐雨》、马致远的《汉宫秋》、郑光祖的《倩女离魂》等。此外,王实甫的《西厢记》、石君宝的《秋胡戏妻》等,在艺术性和思想性上都有空前的成就。

在南方,以南曲腔调演唱的温州杂剧等地方戏发展成为南戏,亦称传奇、戏文。著名的"四大传奇"是《荆钗记》、《拜月亭》、《杀狗记》和《白兔记》。而元末温州高明的《琵琶记》,则被推崇为"南戏之祖"。

4. 绘画

宋朝在都城设立"翰林图画院",成为一时的创作中心,培养了一批绘画人才。徽宗时,曾将"画学"纳进科举考试的科目,试题是前人吟咏山水花鸟的诗句,从而推动了画家们向山水花鸟画方面发展,使这类绘画出现了繁荣的局面,产生了很多著名画家,如善画山水的李成、米芾、李唐、马远等;工于花鸟的宋徽宗赵佶;以画马和人物著称的李公麟;善画宫室和风俗、人物的张择端;专工人物画的李嵩、刘松年等。张择端的《清明上河图》为传世之作。

(四)宋元时期的史学

1.《资治通鉴》

我国现存的第一部编年体通史,为北宋著名史学家司马光所编撰。《资治通鉴》共二百九十四卷,又有考异和目录各三十卷。叙事上起周威烈王二十三年(公元前403年),下迄后周世宗显德六年(959年),以事系年,详略得宜,史料翔实,考证谨严,文笔简洁。司马光在编纂这部书的过程中,邀集了当时著名的史学家刘恕、刘攽、范祖禹为主要助手。他们吸取纪传体的优点,避免编年史的弊病,每遇重大历史事件,不再分见于多处,因此它赋予编年史体以新的生命力,对后来史学界影响很大。

2.袁枢与《通鉴纪事本末》

我国第一部纪事本末体的历史著作,为南宋史学家袁枢所编著。他以纪传体史书叙事零乱,一事往往重见于数篇,不辨主次;编年体史书述事断断续续,不成系统,于是创纪事本末体。对《通鉴》进行改编,区别门目,以类排纂,综括1362年史迹,分隶239目,始于三家分晋,终于周世宗征淮南,每事一篇,自为起讫,故名"纪事本末"。

3.《资治通鉴纲目》

朱熹据司马光《资治通鉴》、《举要历》和胡安国《资治通鉴举要补遗》等书,本儒家纲常名教,简化内容,编为纲目。纲为提要,模仿《春秋》,由朱熹自作;目为叙事,模仿《左传》,命其弟子赵师渊写成,用意在于用《春秋》笔法,"辨名分,正纲常"。史料价值虽不高,但创立纲目体裁,对史书编纂具有很大影响。

4.郑樵与《通志》

南宋史学家郑樵著,全书共200卷。此书以记述典章制度为主,分为本纪、年谱、略、世家、列传。其中二十略是全书的精华,尤以氏族、六书、七音、都邑、昆虫草木五略为旧史所无。

5.四大类书

北宋人编纂的类书,重要的有百科性质的《太平御览》一千卷,小说汇编的《太平广记》五百卷,文章总集的《文苑英华》一千卷,政事历史的《册府元龟》一千卷,号称宋代四部大书,其中尤以《太平御览》和《册府元龟》的史料价值为高。

6.金石学

金石学是宋代学者在史学领域中开辟的一个新园地。金石学家主要做了三方面的工作:一是对古器物及古器物拓本的搜集,二是对古器物的鉴定及金石文字的考释,三是以古器物及金石文字来考订历史记载。主要的金石学著作,北宋时有欧阳修的《集古录》,吕大临的《考古图》,王黼的《宣和博古图》,以及黄伯思的《金石题跋》;南宋时有赵明诚的《金石录》,薛尚功的《历代钟鼎彝器款识法帖》,郑樵的《通志·金石略》。

7.胡三省与《资治通鉴注》

北宋司马光《资治通鉴》成书后,有人伪托其门人刘安世作《资治通鉴音义》,胡三省奉父命予以刊正,但在1276年逃难时原稿丢失。他又购得他本,写成了294卷的《资治通鉴注》。《通鉴》内容繁复,需要训释之处甚多,《通鉴注》是后人读《通鉴》必不可少的参考书。

8.宋元官修正史

北宋时出现了三部重要著作,即欧阳修、宋祁等撰《新唐书》二百五十五卷,薛居正等撰《旧五代史》一百五十卷,欧阳修撰《新五代史》七十四卷。以上皆列入二十四史。元朝有官修的三部史书,即《宋史》、《辽史》和《金史》。

9.地理学

1280年,忽必烈派遣懂得多种方言的女真人都实为招讨使去考察河源。历时四个月,终于发现黄河源"火敦脑儿",译言星宿海。1351年,翰林学士潘昂霄根据阔阔出的口述,写成《河源志》,这是我国有关河源的第一部专著。朱思本《舆地图》也是元代地理学上的一项重大成就。他利用自己的实际调查和前人已有经验成就,花十年之功,编绘而成《舆地图》。此外,还有周达观的《真腊风土记》和汪大渊的《岛夷志略》。周达观将他随从元朝外交使节至真腊(今柬埔寨)访问的所见所闻,写成《真腊风土记》一卷。汪大渊在1349年之前,曾随商船队两度远航,到达东南亚、波斯、阿拉伯半岛等数十国,对所见相互往及风土人情加以记载,写成《岛夷志略》一卷。

（五）宋元时期的科技

1. 印刷术、指南针和火药

据《梦溪笔谈》记载，北宋仁宗庆历年间毕昇在雕版印刷术的基础上发明了活字印刷术。这种方法比雕版印刷省工省力，成本较低，所以很快得到推广。至元代，又改进为用木制活字。至明代，又出现了铜、铅活字。

北宋时，已知道用磁石磨成针以指示方向，这就是指南针。指南针已普遍用于航海等方面。后来又进一步将磁化的钢针支撑放在一个刻有方位的盘中，这便是罗盘针。沈括是发现磁偏角的第一个人。

火药到了宋代已经得到广泛的应用，特别是在军事上的应用更具有重要的意义。北宋在开封设有专门制造火药和火器的官营手工业作坊。仁宗时，曾公亮等编《武经总要》中，记有火药武器的名称、用法和三种制造火药的配方。南宋时，又先后发明了"铁火炮"和管状发射器"突火枪"，又发展为用铁或铜作筒的"火铳"。蒙古军西征时，火药又从陆路传到西方各国。

2. 天文历法

北宋天文学家苏颂吸取前人天文学方面的知识和齿轮应用技术上的成就，创造了世界上第一座结构复杂、自动运转的"天文钟"——水运仪象台，并写成了一部图文并茂的详细说明书——《新仪象法要》，记载了水运仪象台的全部结构。

元代的天文学成就也是空前的。特别是由郭守敬、王恂、许衡等制定的《授时历》达到了中国古代历法的顶峰，是中国古代创制的最精密的历法。《授时历》行用 364 年，是我国推算最精确和使用最久的历法。郭守敬为了观测天象，创造简仪、仰仪和圭表等一系列仪器以助观测。

3. 医药学

北宋针灸学家、太医王惟一总结历代针灸家的实践经验，设计铸造了两个针灸铜人模型，在上面刻画穴位，标注名称；同时写成《新铸铜人俞穴针灸图经》3 卷，不久又把《图经》刻石流传，使此后学习针灸的人对俞穴部位能有正确的认识。

南宋人宋慈的《洗冤集录》，系统地论述了检验尸体的各种方法，是世界上第一部司法检验专著，对法医学的发展有很大影响。

金、元时期医学理论有很大发展，产生了四大学派，称为"金、元四大家"。四大家以金代的刘完素、张从正、李杲和元代的朱震亨为代表。他们的理论和医术，对我国医学的发展有一定的影响。

4. 算学

北宋时期的数学家，除沈括之外，主要有楚衍、朱吉和贾宪等人；南宋时期著名的数学家，在南方有秦九韶和杨辉，在北方有金朝的李治。主要数学著作有秦九韶的《数学九章》、杨辉的《详解九章算法》、李治的《测圆海镜》、朱世杰的《四元五鉴》等。

5. 农学

南宋时，陈旉撰《农书》三卷，是现存最早的专门记载、论述南方农业的著作。元世祖时，为督促农桑，推广先进农业技术，司农司编纂了一部《农桑辑要》颁发各地。《农桑辑要》是我国现存最早的官修农书。

王祯的《农书》是元代一部重要的农业科学著作，全书分三大部分：（1）《农桑通诀》，综述我国农业发展概貌，分列农事、牛耕、蚕事等多项农事问题。（2）《百谷谱》，分述谷、瓜、蔬、果、竹木、经济作物等的栽培方法及备荒问题。（3）《农器图谱》，对各种农具，水利机械、手工业工具等均有详细的图解。他还设计过木活字及转轮排字架。《农书》之末附有他的《造活字印书法》一文，是目前所知的系统叙述木活字版印刷术的最早文献。

《农桑衣食撮要》两卷是畏兀儿人鲁明善于 1314 年出版的，是农历性质的农书。其内容以中原地区农事为主，兼及北方少数民族地区的农业和畜牧业生产经验，其中如收羊种、造酥酒、晒干酪的方法等，具有明显的游牧民族特色。

6.《营造法式》和《梦溪笔谈》

北宋末年李诫编写的《营造法式》是这一时期建筑技术的总结。全书 34 卷，分名例、制度、功限料例、图样四部分。中国古代的建筑，宋以前以木结构为主，所以该书对大木作的叙述特别详细。书中还配合文字说明，绘制出各种制度的图样。《营造法式》的问世，标志着我国古代建筑技术已发展到较高的阶段，它是我国和世界建筑史上的珍贵文献。

沈括的《梦溪笔谈》共有26卷,《补笔谈》3卷,《续笔谈》11篇。它是沈括平生的读书研究和观察自然的记录,包括了文学、艺术、历史、政治、科学等方面的内容。全书以很大的篇幅记载了自然科学方面的成就,它涉及天文、地理、数学、化学、生理学、医学以及科技诸多方面的内容。这本书被视为"中国科学史上的里程碑"。

九、宋元对外经济文化交流

(一) 宋代对外经济文化交流

宣和五年(1123年)出使高丽的徐兢,受到高丽政府的隆重接待。他回国后,根据自己的经历和调查访问所得,写成《宣和奉使高丽图经》40卷,举凡"建国立政之体,风俗事物之宜",都描写得颇为详尽,这是一部研究高丽历史的传世名作。

两宋时期,到中国求法和留学的高丽僧人非常多。其中,义天的贡献最大。元丰八年(1085年),义天从高丽来到中国,除了学习佛教教义外,还广泛收集了佛典章疏和儒家经典。回国后,他又在高丽兴王寺设教藏都监,编录从宋、辽以及日本搜购来的佛典和这次由宋求得的佛经章疏,刊刻为《续藏经》(即《义天续藏经》),共4700多卷。这部书传到北宋后,临安、平江等处的大寺院就把其中在中国还没有刻本的复刻出来,为中国佛教史的研究做出了有益的贡献。

在中国的影响下,高丽很快也学会了雕版印刷技术。11世纪中期,毕昇发明胶泥活字后,到南宋末又出现了木活字。这种活字印刷术,大约在13世纪初期传入高丽,高丽人民又用铜铸成铜活字。后来,这种新兴的印刷术被高丽政府所采用,特置书籍院,专门铸字印书,为称誉于世的李氏朝鲜铜活字打下了基础。

日本名僧荣西,曾于乾道四年(1168年)和淳熙十四年(1187年)两次来中国,他不仅把禅宗输入日本,还将茶种带回日本,并著《吃茶养生记》二卷,宣传茶的作用。

中国的文字对越南有很深的影响。越南曾长期使用汉字。在13、14世纪之交,越南人民创造了自己的方块文字,称为"字喃"。"字喃"是以汉字为素材,运用形声、会意、假借等造字方式来表达越南语言。在"字喃"中保存了有关我国古代音韵方面的宝贵材料,是研究我国古代音韵的重要参考资料。

两宋时期,我国和印尼的交往非常密切。成书于宝庆元年(1225年)的赵汝适的《诸蕃志》,对来中国贸易的东南亚国家和地区有相当详细的记载。

(二) 元朝对外经济文化交流

元朝与安南(今越南北部)、占城(今越南南部)、真腊(今柬埔寨)、暹国(今泰国)都有密切的经济文化往来。元英宗时,文子方出使安南,著有《安南行纪》一书。元成宗时,周达观随从出使真腊,著有《真腊风土记》一书。该书记载当时真腊人民喜用元朝货物,许多生活用品都来自元朝。元中后期人汪大渊曾随商船出游南亚、东非数十国,所著《岛夷志略》一书,记游历见闻,述及东非层拔罗国物产、风土人情等事。

忽必烈在位时,意大利旅行家马可·波罗来华,成为中外关系史上的大事。马可·波罗出生于意大利威尼斯的一个商人家庭,约于至元十二年(1275年)随父到达中国。此后遂留居中国达十七年之久,甚得忽必烈的信任,曾被委派为扬州的官吏。至元二十八年始由泉州乘船启程,途经伊儿汗国,于四年后终于回到威尼斯。以后根据马可·波罗的记忆与口述,由鲁思梯谦笔录,写成《马可·波罗行纪》一书。该书对元初的政治经济情况都有极详细的描写,盛称元朝城市的繁荣和富庶。该书问世以后,使西方人大开眼界,引起他们对中国文明的向往。

本章重、难点提示

一、重点掌握名词

陈桥兵变	冗官冗兵冗费	募役法
计相	主户与客户	市易法
州、府、军、监	支移与折变	方田均税法
监司	丁口之赋	置将法
官职差遣	杂变之赋	保甲法
杯酒释兵权	庆历新政	保马法
更戍法	青苗法	《三经新义》
《宋刑统》	农田水利法	元祐更化

哲宗绍述	窝阔台汗国	宋学
南北面官制	伊儿汗国	程颢、程颐
头下军州	合州之战	朱熹
四时捺钵	襄樊保卫战	理学
勃极烈制	行省制	陆九渊
天眷新制	路府州县	鹅湖之会
正隆官制	达鲁花赤	浙东事功学派
猛安谋克制	宣政院	藏传佛教
雍熙北伐	澎湖巡检司	全真教
澶渊之盟	探马赤军	唐宋八大家
海上之盟	站赤	话本
西辽	交子	南戏
靖康之变	市舶司	《资治通鉴》
黄天荡之役	会子	《通鉴纪事本末》
顺昌大捷	《农桑辑要》	《通志》
郾城大捷	黄道婆	金石学
绍兴和议	中统钞	《资治通鉴注》
采石之战	至元钞	《河源志》
隆兴和议	斡脱	活字印刷术
嘉定和议	王小波、李顺起义	指南针
千户制	方腊起义	《授时历》
怯薛军	宋江起义	王祯《农书》
大札撒	钟相、杨么起义	《营造法式》
端平入洛	回回	《梦溪笔谈》
钦察汗国	红巾军起义	《马可·波罗行纪》
察合台汗国	高邮大捷	

二、论述题

1. 论述北宋加强中央集权的措施及其历史影响。参见本章一、(二)。
2. 简述王安石变法的主要内容及其历史意义。参见本章二、(三)。
3. 简述辽的政治军事制度。参见本章三、(一)。
4. 简述金的政治军事制度。参见本章三、(三)。
5. 简述北宋与辽的和战。参见本章四、(一)。
6. 概述南宋与金的和战。参见本章四、(四)。
7. 简述蒙古三次西征与四大汗国的建立。参见本章五、(二)。
8. 论述元朝的行省制度及其历史影响。参见本章五、(四)。
9. 简述北宋社会经济的发展。参见本章六、(一)。
10. 简述南宋社会经济的发展。参见本章六、(二)。
11. 简述元朝社会经济的发展。参见本章六、(三)。
12. 论述南宋程朱理学的代表人物及其思想主张。参见本章八、(一)。
13. 简述宋元时期史学的主要成就。参见本章八、(四)。
14. 论述宋元时期的科技进步。参见本章八、(五)。

第八章　明、清(鸦片战争前)

考点详解

一、明初专制集权统治的加强

(一)明初加强专制集权统治的举措

1. 中央制度

(1)废中书省,权分六部

明朝初年,中央和地方的政治建制基本承袭元朝。中央设中书省,置左、右丞相。不久,太祖朱元璋发现中书省的丞相和地方行省的权力过大,决心加以改革。洪武十三年(1380年),因丞相胡惟庸专权揽政,且欲谋反,朱元璋杀胡惟庸,废除中书省及丞相,并且规定以后子孙不准设丞相,臣下有奏请者处以极刑。

朱元璋废掉中书省和丞相后,即提高六部的地位,升尚书为正二品,侍郎为正三品,委大政于六部,由六部分理天下庶务。由此六部尚书之上更无首长,六部各不相属,六部尚书平列,上面总其成者是皇帝。秦、汉以来实行了一千余年的丞相制度从此废除,皇帝的权力更大了。六部以吏部掌职官最为重要,户、兵二部的权利稍次。不过明代的六部都只是具体的办事机构。

(2)内阁

明太祖废丞相后,繁剧的政务和大量的奏札,自非一个人的精力所能料理。洪武十五年(1382年),他仿宋制设置华盖殿、武英殿、文渊阁、东阁等殿阁大学士,由文人充任,批阅奏章,只可备顾问。明成祖即位以后,则特简解缙、胡广、杨荣等七人入直文渊阁,得以参与机务,称为内阁学士,渐升为大学士。内阁之名及阁臣参与机务自此始。宣宗常到内阁,命阁臣票拟。特别到英宗时,小皇帝九岁即位,不能处理国事,凡章奏皆由阁臣票拟呈进,以后内阁票拟遂成为制度。

所谓票拟,即是一切内外章奏送到内阁,由阁臣代替皇帝先看,提出处理意见,墨书在一张小票(纸条)上,附贴在章奏上,呈进皇帝。皇帝看过之后,把小票撕了,亲自用红笔写批在章奏上,这叫做批红。内阁票拟经皇帝批红之后,就变成正式谕旨发下。不过大臣的票拟只有经皇帝朱批之后方能生效,故最高权力仍旧归于皇帝,内阁仍只是辅政机构。

明中期以后,由于皇帝怠政或倚重内阁,阁臣权力日重,票拟往往就是皇帝的朱批意见,所以,内阁大学士,尤其是内阁首辅,往往无丞相之名,却是实际上的丞相。但内阁不能统领百官,指挥诸司,又是大不同于古代宰相职权的地方。内阁的权力实际大大低于古代宰相的职权,这十分有利于君主加强集权。

(3)五军都督府

洪武初年,由大都督府的大都督节制中外诸军。洪武十三年(1380年)正月,改大都督府为中、左、右、前、后五军都督府(简称五军府),分领在京的除亲军外的各卫所和在外的各都司。五军都督府与兵部共掌兵权。兵部是任命将领、发布调遣命令的机构(调兵必须奉旨),但不直接统率军队。五军都督府则是主管军籍和军政的机构,虽然分领在京及在各地的军队,但不能自己调遣军队及任命将领。这二者互相钳制,又都不能指挥军队,以使最高统一指挥权操于皇帝手中。

(4)监察制度与三法司

洪武初年的监察机关称御史台。洪武十五年(1382年)十月改称都察院,长官有左、右都御史等,专职弹劾百司。都察院下设十三道监察御史,定员110人,职纠内外官员。

给事中制度是独立于都察院之外的另一套监察体系。朱元璋按六部的建制,设立吏、户、礼、兵、刑、工六科,各置都给事中、左右给事中、给事中等官,共五十余人。这六科是独立的,其职在分别稽察六部事务,六部有违失,可以驳正。给事中与监察御史合称为科道官。

三法司指刑部、大理寺、都察院,三法司会审指明代重大刑狱要由上述三部门共同完成,刑部主审理、都察院主纠察、大理寺主驳正,这是明代重要的司法审判和监察制度。刑部属六部之一,掌天下刑名、关禁之政令。大理寺是复审平反刑狱的机构,明代沿袭旧称,仍设大理寺卿一人,下设左、右二寺。虽刑部、都察院审理,审查过的案件均应由大理寺复查、驳正。三法司并行体现了明代司法的慎刑原则,防止司法监察权过于集中,滥用职权。

通政司是明代创设的,掌收内外一切章奏、封驳和臣民密封申诉之件。长官为通政使。朱元璋认为政务如水,应当使之常通,即下情上达之意,所以这个机关以通政为名。通政司地位仅次于六部和都察院,并与部、院和大理寺卿等并称为"九卿"。

（5）厂卫制度

洪武十五年,太祖改革禁卫军时,建立十二个亲军卫,其中最重要的就是"锦衣卫"。锦衣卫主官为卫指挥使,"掌侍卫、缉捕、刑狱之事"。因特殊的职责,锦衣卫以皇室安全为由,经常四处秘密调查,庭外用刑。明前期的"厂"指永乐十八年(1420年)建立的东厂。东厂全称"东辑事厂",是由宦官组成的、直接听命于皇帝的特务机构。东厂设掌印太监一员,掌班、领班、司房无定员。它和侍卫亲军的锦衣卫一样,只对皇帝负责,毋需经司法机关批准即可随意缉拿官民。明中期,还设置过性质类似的西厂和内行厂等由宦官主持的特务机构。厂卫虽属两个不同的机构,但性质大体相同,都是君主专制的产物。

2. 地方制度

地方行政制度为省、府、县三级制。明初仍沿元制,在各地推行中书省,在各行省设平章政事、左右丞、参知政事等官。洪武九年(1376年),朱元璋改行中书省为承宣布政使司(习惯上仍称为省),简称为布政司,主管一省的民政和财政。另设提刑按察使司,掌管司法;设都指挥使司(简称都司),掌管地方军政。三者合称"三司"。

三司在省里是平行的,彼此不相统属,各同中央有关部门发生联系。如布政司与六部发生联系,也与都察院有联系。按察司听命于刑部、都察院,都司听命于兵部及五府。这样,三司分权鼎立,可以防止地方权力过大,但事无统属,运转不灵。所以明中期以后,朝廷纷纷派部院大臣出任总督、巡抚各差,以驾于三司之上。这些总督、巡抚并非官名,只是一种差遣。

十三布政使司有山东、山西、河南、陕西、四川、湖广、浙江、江西、福建、广东、广西、云南和贵州等。布政司之下,设府(直隶州)和县(属州)二级地方政府,长官分别为知府(知州)和知县。除十三布政司外,还有省级机构南北二隶属,统驭两京(畿)地区,二直隶下直接设府,府下辖州县,而府内事务或直达中央,或借职于邻近布政使司。

3. 卫所制度

明朝军队的基层组织分为卫、所两级,叫做"卫所制度"。大致五千六百人为一卫,称为卫指挥使司,卫的长官是指挥使。一卫辖有五个千户所,每千户所一千一百二十人,设千户一人。千户所辖有十个百户所,每百户所一百一十二人,设百户一人。百户所辖有总旗二,小旗十。约五十人为一总旗,一个总旗领五个小旗,约十人为一小旗。卫、所遍布全国各地,自京师至府、县皆有卫、所。卫隶属于都指挥使司,都指挥使司又分隶于五军都督府,并听命于兵部。

4. 学校教育和科举考试

明代的学校和科举制度都是官员培养和选拔制度,学校侧重在培养,科举侧重在选拔。国子监是国家最高教育机关,设有祭酒主管。监生有官生和民生两种,官生由品官子弟、土司和外官留学生组成,民生由各府州县儒学推荐的优秀生员组成。监生所学功课主要有《四书》、《五经》、《大明律令》,朱元璋的《御制大诰》及刘向的《说苑》等。明初,国子监直接入仕者甚多,学生众多,太祖和成祖时近万人。科举考试成为入仕正途后,国子监教育逐渐衰败。

科举是一种选拔官吏的考试制度。科举考试每三年举行一次,称为大比。参加科举者必须是各级学校的生员。府(州)、县生员,即所谓的秀才,每逢子、午、卯、酉年的八月(秋闱),在省会参加三年一次的乡试,及格者称举人。举行乡试之次年,即丑、未、辰、戌年的二月(春闱),举人在京参加会试,及格者再于三月初一日参加由皇帝亲自主持或以皇帝名义举行的廷试(或称殿试),中选为进士,分一、二、三甲。一甲三人,称赐进士及第,即状元、榜眼、探花。二甲若干人,称赐进士出身。三甲若干人,称赐同进士出身。

科举考试的内容是儒学的《四书》与《五经》。凡是乡试、会试都考三场,选《四书》中的文句作考题,让应考者据以作文,阐述其中的义理。应考者作文只能根据特定的注疏发挥,不能有自己的见解;并且必须把文章写成八股文,文体不能违背八股的格式。所谓股,即对偶之意。简括说来,文章的主要部分要分为八股,要用八个排比对偶组成,这便叫做八股文。

明代以八股文取士,使读书人为求取功名,唯知敷衍一篇八股文,此外,既不通经史,又不谙实际,这就禁锢了人们的思想和智慧,妨碍了科学、文化的发展。

5.《大明律》与《大诰》

《大明律》是明朝的主要法律,全书凡三十卷,四百六十条,改变唐律的篇目,分为名例律、吏律、户律、礼律、兵律、刑律、工律等七律。《大明律》的刑名有五,即笞、杖、徒、流、死。但五刑之外,又有凌迟、刺字、充军等刑。明律设有"奸党"条,以惩治大臣结党,设有"八议"保护特权阶级的利益等。

洪武十八年(1385年)十一月,太祖颁布亲自编撰的《大诰》。随后,又颁行了《大诰续编》、《大诰三编》。三编《大诰》汇集了大量惩治官民贪赃受贿、转嫁赋役、侵吞税粮、抗租误役、流亡隐匿和使用凌迟、枭首等重刑的案例。朱元璋颁行《大诰》三编的目的,即在于公布一系列酷刑案件,用以威慑及警戒臣民,使之安分守己,不敢轻易犯法。《大诰》三编是朱元璋用严刑峻法治理臣民的记录,也是朱元璋推行专制主义的一种手段。

(二)明初的政治

1. 胡蓝之狱

胡蓝之狱是明太祖以胡惟庸案和蓝玉案为核心,削弱开国功臣势力的一系列案件总称。洪武十三年(1380年),左丞相胡惟庸以"谋不轨"的罪名被诛,太祖借此大兴党狱。洪武二十三年(1390年),颁布《昭示奸党录》,以伙同胡惟庸共谋不轨罪,杀韩国公李善长、吉安侯陆仲亨等,株连3万余人。洪武二十六年(1393年),颁布《逆臣录》,以谋反罪杀凉国公蓝玉、鹤庆侯张翼等,牵连万余人。这两次党狱,不但元勋宿将被杀殆尽,而且许多江南豪族也被诛灭。

2. 靖难之役

明初,朱元璋陆续分封24个儿子和1个从孙(靖江王)为王。朱元璋实行分封制度的目的,一是在于加强对北方蒙古骑兵的防御,二是为了防止朝廷中奸臣篡夺皇位。为了使诸王发挥作用,朱元璋规定各王府均设亲王护卫指挥使司,共三护卫,甲士少者三千人,多者至一万九千人。在诸王中,以北方诸王的势力最大。

洪武三十一年(1398年)明太祖去世,皇太孙朱允炆继位,改元建文。建文帝意识到藩王手里的重兵对自己是巨大的威胁,便听从大臣齐泰、黄子澄、方孝孺等人的削藩建议。建文元年(1399年)六月,在削掉势力相对弱的五个藩王后,他又着手对付势力雄厚的燕王朱棣。燕王遂以反对朝中奸臣(齐泰、黄子澄)破坏祖制为借口,打出"清君侧"旗号,在北平起兵"靖难"。"靖难之役"历经四年,燕军攻入南京,建文帝不知所终。朱棣就帝位,改元永乐。

明成祖即位以后,继续执行朱元璋的巩固专制主义中央集权的政策。他接受"靖难"的教训,首先积极进行削藩。将分封在长城沿线、拥有较多兵力的"塞王"内迁,取消他们驭将统兵的权力。他又于永乐十九年(1421年),把都城从南京迁到北京。迁都北京有利于巩固北部边防,又能进一步控制东北地区。

(三)明初对边疆地区的经营

1. 蒙古地区

明朝初年,蒙古分裂为鞑靼、瓦剌和兀良哈三大部。永乐时,鞑靼和瓦剌不断兴兵南侵,因而明成祖曾先后五次率兵亲征。永乐七年(1409年),明朝遣使与鞑靼通好,被鞑靼杀死。明即派兵讨伐鞑靼,被鞑靼击败。次年,明成祖亲率五十万大军第一次北征,在今鄂嫩河沿岸击败鞑靼主力军,鞑靼归降明朝。明封鞑靼首领阿鲁台为和宁王。瓦剌与鞑靼矛盾严重,曾攻杀鞑靼可汗,后又准备进攻明朝。明成祖于永乐十二年(1414年)第二次北征,大败瓦剌军于忽兰忽失温(今蒙古乌兰巴托东)。瓦剌请降,明封其首领脱欢为顺宁王。兀良哈部在洪武时归附明朝,明太祖朱元璋在其居地设置朵颜、福余、泰宁三卫指挥使司,任用其首领为指挥使。

2. 奴儿干都司

在东北地区,主要居住着女真族。明朝初年,女真族分为建州女真、海西女真、野人女真三大部。为加强对东北地区的管理,先是明太祖设立辽东都指挥使司,用以控制女真各部。以后明成祖于永乐二年(1404年)在黑龙江口特林地方,设置奴儿干卫。永乐七年(1409年),又在特林设置奴儿干都指挥使司(简称奴儿干都司),下设许多卫、所,统辖北起外兴安岭以北、南接图们江在内的黑龙江、松花江、乌苏里江流域及库页岛的广大地区。

3. 对西藏的管理

西藏在明代称为乌思藏,是藏族居住的地区。洪武时,明朝在西藏设立两个都指挥使司,即乌思藏都指挥使司及朵甘卫都指挥使司,又设有指挥使司、宣慰使司、招讨使司、万户府、千户所等机构,综理军民事务。这些机构,有的是土司,有的是羁縻卫所,其官员皆敕封当地的僧俗首领担任,并保留他们之间原有的上下级关系。这些官员皆世袭,但品秩、任免、升迁均由朝廷掌握,服从朝廷的管辖。

4. 西南地区

洪武十五年(1382年),太祖设置了云南布政使司。永乐十一年(1413年),成祖又在贵州设立布政使司。

在布政使司之下,根据各少数民族地区社会经济发展不平衡的特点,采取了不同的统治措施:在比较进步的地区采取了"改土归流"政策,裁撤了原来的土司,由中央派出流官担任知府、知州、知县进行管理;在相对落后地区则保留了元朝的土司制度,任命当地头人为土官进行统治。土司衙门包括宣慰司、宣抚司、土知府、土知县等,这些长官均系世袭,另有些地区是"土流兼治"。通过这些措施,明政府加强了对少数民族地区的管理和统治。

二、明中期的政治、社会危机与张居正改革

(一) 明中期的政治

1. 土木之变与北京保卫战

英宗正统初年,蒙古瓦剌部强盛起来,其首领脱欢统一了瓦剌和鞑靼两大部,拥立原来元朝皇室后裔脱脱不花为可汗,自称丞相。正统四年(1439年),脱欢死,其子也先继位,自称太师淮王。正统十四年(1449年)七月,也先率军大举南下,攻掠大同。边报传至京师,王振不做充分准备,即挟英宗领兵五十万亲征。八月初,大军抵达大同,王振得报前线各军屡败,因而惧不敢战,又立即折回,回师至土木堡(今河北怀来境),被瓦剌军追上,兵士死伤过半,英宗被俘,王振被护卫将军樊忠用锤打死,此即所谓"土木之变"。

英宗被俘的消息传到北京,朝野震惊。时任兵部侍郎的于谦力主抗战,反对南迁,皇太后和监国的郕王朱祁钰任命于谦为兵部尚书,组织北京保卫战。他急调军队赴京师守卫,又转运通州仓粮入京以备守城。于谦升为兵部尚书,他与大臣拥立英宗弟郕王朱祁钰为帝(景泰帝),以稳定人心,全力抗敌。瓦剌军主力进攻德胜门,被打得大败,也先之弟战死。这时,脱脱不花汗等也不满也先的攻掠政策,主张与明廷议和,放回英宗。八月,英宗被释返京,居皇城南宫,称太上皇。

2. 夺门之变

英宗归来之后,朝廷出现了策划英宗复辟的阴谋活动。景泰八年(1457年)正月,景泰帝病危,将军石亨、官僚徐有贞等勾结宦官曹吉祥发动"夺门之变",拥英宗复位,强加于谦以"谋逆罪"而诛杀。

3. 大礼议

正德十六年(1521)武宗死,其堂弟世宗以外藩入继皇位。在议定世宗之父兴献王朱祐杬尊号,决定世宗以何种身份"继统"的问题上,统治集团内部出现了不同意见。以首辅杨廷和为代表的大部分朝臣主张维持孝宗的"大宗"之统,认为世宗应以孝宗过继之子的身份尊孝宗为"皇考",以兴献王为皇叔父。而张璁、桂萼等一部分下级官僚则迎合世宗之意,提出"继统不继嗣",仍以兴献王为父,追尊帝号,而以孝宗为"皇伯考",两派争论激烈,人数较少的张璁"议礼"派因得到世宗支持,渐占上风,杨廷和被迫辞职。十七年(1538),追奉皇考献皇帝(即兴献王)庙号睿宗,"大礼议"宣告结束。

4. 庚戌之变

嘉靖二十九年(1550年)六月,蒙古俺答率军犯大同。大同总兵仇鸾重赂俺答,请求勿攻大同,移攻他处。八月,俺答遂引兵东去,自古北口入犯,长驱至通州,直抵北京城下。抄掠之后,退兵西去,史称"庚戌之变"。

为了防备蒙古贵族的袭扰,明朝在不同时期于东起辽东山海关、西至肃州嘉峪关一线修缮长城,设置了辽东、蓟州、宣府、大同、太原、榆林、宁夏、固原、甘肃九个重镇,派驻重兵,进行防卫,称为"九边"。

(二) 明中期的社会危机

1. 土地兼并

明中期以来,土地兼并日趋剧烈,皇室、功臣、贵戚、官僚以及地主富户,无不大肆掠夺土地,造成土地占有日益集中的现象。皇室占地,称为皇庄。皇庄始于永乐时期。燕王朱棣时,曾于京郊宛平县的黄垡、东庄营等地建立王庄,称帝后改为皇庄。洪熙、宣德以后,亲王庄田逐渐增多。他们多通过钦赐、奏讨、纳献、强买和直接掠夺等手段占田;其中最主要的方式是奏讨,即把农民耕作的熟田指作闲地、空地、荒地向皇帝奏求,然后占为己有,"名为奏求,实豪夺而已"。

2. 军屯制度的破坏

随着土地兼并的恶性发展,卫所屯田也逐渐破坏。诸王、公侯、监军太监、统兵将领、卫所军官和地方豪强竞相侵占屯田,役使军丁。随着军屯制度的破坏,到正德时军饷只能依靠国库。军屯制度的破坏,不仅影响了国家的财政收入,也削弱了明朝的边防力量。

(三) 张居正改革

1. 考成法

　　万历元年(1573 年)十一月,张居正推出考成法。规定六部、都察院各衙门,凡属应办的公事,都要根据事情缓急,立定期限办理,设置文簿登记存照,依限办完注销。若地方抚(巡抚)、按(巡按)行事迟延,则部院纠举;部院注销文册有弊,则六科纠举;六科奏报不实,则内阁纠举。

　　考成之法贵在"考",考核的程序是以部院考察抚按,以六科监督部院,以内阁督察六科,所以内阁就总揽了行政和监察责任,内阁首辅掌控了官员的命运。考核的目的是整顿吏治,裁汰冗员,提高行政效率,以便其改革措施的推行。考成法的推行,使内阁得以控制整个权力机关,裁汰冗官、清理驿递、核实田亩、整顿赋税等重大措施得以顺利推行。

　　2. 整饬边防

　　在整饬边防方面,张居正支持王崇古的建议,改善同蒙古的关系,封蒙古俺答汗为顺义王,命名其城为归化城(今内蒙古呼和浩特),并在大同等地设立茶马互市,与蒙古进行贸易。又调抗倭名将戚继光镇守蓟门,用李成梁镇守辽东。

　　3. 整治水利

　　万历六年(1578 年),张居正起用先前总理河道都御使潘季驯治理黄河、淮河,并兼治运河。潘季驯在治河中贯串了"筑堤束水,以水攻沙"的原则,很快取得了预期的治水效果。使河水不再入淮,大大减少了水灾,保障了农业生产,多年弃地得以变为良田。

　　4. 清丈土地

　　清丈田地是整顿赋役的一项措施。万历八年(1580 年)十一月,下令清查全国土地。凡勋戚庄田、民田、职田、荡地、牧地等,一律丈量。最后清查结果,全国总计田亩七百万顷。这个数字有浮夸之处,因为有些官吏改用小弓丈量田地,以求增加田额。但这个数字中确有增加的部分,即清查出了一部分豪强地主隐瞒的田地,有利于抑制地主逃税现象,改变赋税不均状况。

　　5. 一条鞭法

　　一条鞭法是整顿赋役的最重要的措施,主要是解决"役"的征收问题。明中叶以后的社会经济情况有所变化,一是土地兼并在猛烈地发展,一是商品经济在迅速地发展。在这种情况下,旧的赋役制度不能不改变,一条鞭法便应运而生。在嘉靖十年(1531 年)时就出现了一条鞭法,当时只在局部地区推行。到了万历九年(1581年),张居正把一条鞭法作为全国通行的制度,大力推广。

　　一条鞭法的主要内容是:"总括一县之赋役,量地计丁,一概征银,官为分解,雇役应付。"第一,一概征银,田赋和力役都折银征收。这样就取消了力役,由政府雇人充役。第二,把一部分力役摊入田赋征收。把过去按户按丁征收的力役改为折银征收,称为户丁银。一条鞭法还没有把力役全部摊入田赋,只是部分地摊入田赋。第三,归并和简化征收项目,统一编派。把过去对各州县征收的夏税、秋粮、里甲、均徭、杂役以及加派的贡纳等项统统折成银两,合并为一个总数,一部分按丁摊派,一部分按田赋摊派。第四,赋役的征收解运,由过去的民收民解(即由里甲办理),改为官收官解(即由地方政府办理)。

　　张居正清查土地和改革赋役制度的直接结果,使明朝的财政状况有了一定的改善和好转。由于赋、徭折银特别是徭役折银的实现,使赋、役合并征收成为可能。这样,赋税的征收就减少了环节,简化了手续。而徭役在各地不同比例地由田亩承担,减轻了人丁的负担。张居正改革既是对当时人口流移相对自由和商品货币经济有了一定发展的现实的认可,同时为改革后人们离开土地到处流动的行为提供了法律依据,使农民对国家的人身依附关系进一步松弛,为城镇手工业的发展提供了充足的劳动力资源。由于赋、役征银,对农产品的商品化趋势和小农与市场联系的加强,以及货币地租的产生,起到了强劲的推动作用,极有利于商品货币经济的发展和中国的资本主义萌芽。

三、晚明政治与明末农民战争

(一)明后期的政局

1. 争国本

　　争国本是指万历朝的立储之争,即立皇太子问题。神宗皇后无子,王贵妃生常洛(即光宗),郑贵妃生常洵(即福王)。常洛为长子,理当嗣位。但神宗宠爱郑贵妃,欲立常洵,大臣们不答应,于是神宗迁延不立常洛为太子,争国本遂起。万历二十九年(1601 年),由于许多大臣的不断上书和争取,朱常洛终被立为太子,储君的问题得到暂时解决。

　　2. 梃击、红丸、移宫三案

万历四十三年(1615年)五月,蓟州人张差持木棍闯进慈庆宫门,击伤守门宦官,欲谋害太子朱常洛,为宦官所执。刑部主事王之采审实,事与郑贵妃有关,史称"梃击案"。万历四十八年七月,神宗死,朱常洛继位,是为明光宗。不久,光宗患痢疾。郑贵妃指使太监进泻药,鸿胪寺丞李可灼又进"红丸",光宗服后一命呜呼,廷臣大哗,史称"红丸案"。光宗死后,李选侍仍居乾清宫,她是郑贵妃的同伙,挟太子朱由校擅权。吏部尚书周嘉谟、御史左光斗等上疏,请李选侍移宫,离开太子,史称"移宫案"。

3. 东林党

东林党的创始人是万历中期吏部文选司郎中、江苏无锡人顾宪成。顾宪成进士出身,万历二十一年,先因"国本"之争触怒神宗,次年再与内阁首辅王锡爵交恶,被革职。无锡原有东林书院,为宋代杨时讲学之处。顾宪成倡议修复,遂与好友高攀龙、钱一本等讲学其中,并在讲习之余,批评朝政,议论人物。东林党人的倾向是要求改良政治,反对宦官专权肆恶,反对矿监税使掠夺城市工商业者,反对宗室贵戚无限占田。熹宗是在杨涟、左斗光等东林党人的极力坚持下登极的,所以,天启初年,东林党人大受重用,权盛一时。但不久,以魏忠贤为首的阉党,即对东林党人进行残酷打击,几乎被杀逐殆尽。

4. 复社

明朝末年出现的进步政治社团与文学团体,成员大多是东林党人。崇祯(1628—1644年)初年,魏忠贤被诛,阉党被定为逆案,东林党人进入政府,逐渐放弃其改革主张。一部分江南地主官僚继东林党而起,组织团体,主张改革。江苏太仓人张溥和张采等合并了江南许多地主阶级知识分子组织的文社,建立"复社"。崇祯六年(1633年)在苏州虎丘举行成立大会。复社主要以讲学方式批评时政。南明弘光时,遭马士英、阮大铖打击。阮大铖编了《蝗蝻录》,提供复社人士名单,想把反对派一网打尽。清军南下,复社中不少人成为抗清斗争的组织者和领导者。复社主要人物吴应箕、陈子龙等皆在抗清斗争中殉难。顺治九年(1652年)复社被清政府取缔。

(二)明后期的社会矛盾

1. 土地兼并

明朝后期,土地兼并更加猛烈,宗室勋戚庄田的规模更大。一般官僚地主对土地的兼并也异常激烈。豪强地主不仅在本乡占田,而且跨越省县设立寄庄田。皇室、贵族和官僚地主的兼并,导致明后期大地主土地所有制的恶性发展。由于皇室贵族和官僚地主享有免税特权,地方赋税只好转嫁到农民和一般地主的身上,这不仅激化了广大农民和地主阶级的矛盾,也加剧了地主阶级内部的矛盾。

2. 三饷加派

明朝后期,财政危机严重。为了摆脱财政危机,明朝先后实行"三饷加派"。所谓"三饷",就是辽饷、剿饷、练饷。辽饷是万历时为与后金(清)作战而增征的军费,共520万两。剿饷是崇祯时为镇压农民起义而增征的军费,共330万两。练饷是为训练军队而增征的军费,共730余万两。

3. 矿监税使

明朝统治者为了摆脱财政危机的另一做法是对城市工商业者大肆掠夺。从万历二十四年(1596年)起,明神宗派遣大批宦官充当矿监税使,分往各地开矿、征税。这些宦官在各大城市中莫不疯狂掠夺,或借口开矿强占土地,或巧立商税名目横征暴敛,甚至随意捕杀人民,处置地方官吏。这就引起一系列城市居民反抗矿监税使的斗争。

(三)明末农民战争

明末农民大起义首先在陕北爆发。天启七年(1627年),陕西白水农民王二举行起义,杀死澄城知县张斗耀,揭开了明末农民大起义的序幕。崇祯八年(1635年)正月,农民军十三家七十二营的首领齐聚河南荥阳,商讨作战方略。会后,农民军攻克明中都凤阳,焚毁皇陵,明廷大为震动。崇祯九年(1636年)秋,农民军的主要首领高迎祥被俘处死。在明军的围攻下,很多起义军先后假降了明朝,张献忠也在湖广谷城伪降熊文灿;李自成在四川北部梓潼打了败仗,走匿陕南商洛山中,因而暂时出现了起义军斗争的沉寂时期。

1. 张献忠与大西政权

崇祯十二年五月,张献忠于谷城重举义旗,明政府以杨嗣昌督师襄阳,统兵十万,对张献忠大举围剿。张献忠突破包围进入四川,杨嗣昌也领兵入川追击。张献忠乃由四川东下,在崇祯十四年(1641年)二月,一举攻破襄阳,杨嗣昌闻之自杀。崇祯十七年(1644年)正月,张献忠率兵进入四川,七月克重庆,八月破成都,四川各省州县大都收归所有。十一月,张献忠在成都正式建国,国号大西,年号大顺,称大西王。

2. 李自成与大顺政权

崇祯十四年(1641年),李自成攻破洛阳,杀掉福王朱常洵,开仓散粮,受到当地饥民的欢迎,起义军迅速扩充。李自成提出"均田"、"免粮"的口号,用以鼓舞和号召群众,农民军很快发展到五十万人。崇祯十五年(1642年),李自成在襄阳称新顺王,改襄阳为襄京,新顺政权建立后,李自成决计进取北京,推翻明朝。他采纳了顾君恩的建议,制订了先取关中作基地,然后经山西攻取北京的战略计划。崇祯十六年(1643年),李自成率军攻破潼关,占领西安。崇祯十七年(1644年)李自成改西安为长安,称西京,建国号大顺,建元永昌。铸永昌钱,造甲申历。随后,李自成亲率主力攻占北京,崇祯帝自杀,明朝灭亡。经山海关一役,李自成大军战败,被迫退出北京,李自成率军返回西安。不久,李自成在湖北九宫山战死。

四、明清鼎革与清初的社会矛盾

(一)努尔哈赤建立后金

满族的前身是女真族。女真族在明初分为建州女真、海西女真、野人女真三大部。其中居住在长白山北部、牡丹江和绥芬河流域的称"建州女真"。努尔哈赤,明初建州左卫指挥使猛哥帖木儿的后裔,姓爱新觉罗(金姓)。万历十六年,他统一建州诸部。此后近三十年时间里,他相继征服哈达部、辉发部、乌喇部和叶赫部等海西和野人女真,到万历四十七年,基本完成对女真各部的统一。万历四十四年,努尔哈赤在赫图阿拉即汗位,被推为"英明汗",立年号为"天命",后定国号为金,史称"后金"。

(二)明与后金(清)的战争

1. 萨尔浒之战

努尔哈赤称汗之后,积极准备对明作战。万历四十六年(1618年),发布"七大恨"告天征明。万历四十七年(1619年),努尔哈赤在萨尔浒山附近,与明军发生了决定辽东形势的一次大战。明朝为保持它在辽东的统治,企图一举消灭后金,调集大军九万人,以杨镐为经略,分四路进兵,扑向赫图阿拉。明军为努尔哈赤集中优势兵力所击败。萨尔浒之战的结果,辽东局势起了根本变化,从此明朝在军事上失去主动进攻的力量,被迫处于防守地位,而后金则由防御转入进攻。

2. 辽沈之战

萨尔浒之战后,明朝先是起用熊廷弼为辽东经略,后改用袁应泰经略辽东。天启元年(1621年),努尔哈赤大举进攻,夺取沈阳、辽阳,占有辽河以东70余城,袁应泰兵败自杀。史称辽沈之战。为了加强对明军的攻势和对新占领区的统治,努尔哈赤将都城迁到辽阳。天启五年又迁都沈阳,改称盛京。

3. 宁远之战

天启二年,明朝任用孙承宗为蓟辽经略。孙承宗在任四年,采取袁崇焕的意见,使袁崇焕修筑宁远城,坚守关外二百余里地方,又命诸将修筑锦州、大小凌河、松山、杏山等城,开拓地方二百余里,几乎收复辽河以西旧地。以后孙承宗被阉党魏忠贤所排斥罢职,明朝任用阉党高第为经略。高第怯懦无能,认为关外不可守,遂尽撤锦州、大小凌河、松山、杏山诸城守兵迁入关内,并要袁崇焕撤出宁远,袁崇焕死守不去。天启六年正月,努尔哈赤率兵围攻辽东重镇宁远,遭到明参将袁崇焕的顽强抵抗,被炮火击伤,退回沈阳。八月,努尔哈赤病死。

4. 山海关之战

清与吴三桂联合击败李自成大顺军的一次战争。崇祯十七年(1644年),李自成领导的大顺军灭亡明朝。明宁远总兵平西伯吴三桂拥精兵4万,驻扎山海关,他拒绝李自成的劝降,而乞师清廷,以期合力进攻农民军。李自成于四月十九日,率20万大军东征,先锋至关外之一片石,李自成则率主力屯于关内,依山傍海,严阵以待。四月二十一日,战斗开始,农民军在关内的石河和关外的一片石与吴三桂激战。吴三桂被农民军重重包围。二十二日,数万骑清军参战,农民军猝不及防,全线溃败。清吴联军追杀40里,大顺军伤亡惨重。二十六日,李自成率数千骑败还北京,随后撤离北京西走。清廷自此入主中原。

(三)清的建立与清军入关

努尔哈赤死后,第八子皇太极继承汗位,年号天聪。崇祯九年(1636年),皇太极在沈阳称帝,改元崇德,改国号为"大清",改族名为"满洲"。崇祯十六年(1643年)八月,清太宗皇太极死,其子福临即位,年仅六岁,由叔父多尔衮摄政。崇祯十七年(1644年)四月,清睿亲王多尔衮率大军南进,伙同投降的吴三桂的明山海关守军,击溃李自成部。五月初,直入北京。多尔衮既入京,即议定迁都,遣官往盛京迎顺治帝。十月一日,顺治帝祭告天地,登皇极殿,即皇帝位,颁诏天下,定都北京。

(四)南明政权

1. 福王

北京的明朝政权被大顺农民军推翻后,崇祯十七年(1644年)五月十五日,崇祯帝的从兄福王朱由崧在凤阳总督马士英的拥戴下,在南京称帝,建元弘光。不久,清廷命多铎移师南下。顺治二年四月,扬州城破,史可法被执,不屈而死。五月,福王被俘,多铎入南京,福王政权灭亡。

2. 鲁王、唐王、桂王

弘光政权灭亡后,同年闰六月,浙江、福建两地又先后建立起鲁王朱以海、唐王朱聿键政权。鲁王由张国维、钱肃乐等迎立,监国于绍兴。唐王由黄道周、郑芝龙等拥立,监国于福州,后即帝位,建元隆武。这两个政权不但没有联合抗清,反而互相摩擦,形成水火不容之势。清廷先后诱降拥有重兵的鲁王政府的方国安、唐王政府的郑芝龙,这两个政权第二年便相继败亡。

顺治三年(1646年)十一月五日,苏观生拥立隆武的弟弟朱聿𨮁在广州称帝,年号绍武,绍武政权建立仅40余天,便被清军袭击消灭。十一月十八日,丁魁楚、瞿式耜等于广东肇庆拥立桂王朱由榔监国,后称帝,年号永历。永历政权依靠农民军联明抗清斗争支持,得以维持十余年之久。

(五) 清初的社会矛盾

1. 清军入关后的政策

清兵初入关时,为了稳定政权,曾颁行一些安民措施。如笼络关内汉族地主、恢复生产、减免赋税、废除明朝的厂卫制度,严明军纪,为崇祯帝发丧,保护明帝诸陵等。这样的政策对争取中原地区汉族的人心起了很好的作用。但它同时也执行了一些错误的政策,在社会上产生了不良影响,因而遭到了抵制。

其中主要的有"剃发、衣冠、圈地、投充、逃人"五事。剃发即"剃头",是要征服区的汉人剃发束辫,从满人习俗。衣冠即更明朝衣冠,从满人服饰。圈地即"圈田",是把畿辅五百里内汉人的田地圈占给八旗将士。大规模圈田三次,共圈占田地约十六万余顷。名义上是圈占明朝皇室、勋戚的庄田,其实这些田地已在农民战争中归于农民所有。此外,还有许多自耕农的田地亦被圈占。"投充法",凡在京城三百里内外,八旗庄头及仆从人等,将各州县村庄汉人逼充奴仆,特别是各色工匠更逼投充。"逃人法",即满洲贵族的奴仆有逃走者。"逃人鞭一百,归还本主。隐匿之人正法,家产籍没。邻右九甲长乡约,各鞭一百,流徙边远"。对逃亡者及窝藏者严加处分,邻右不行首告也要治以重罪。

2. 郑成功的抗清斗争

郑成功,本名森,后隆武帝赐姓朱,改名成功,号称"国姓爷"。郑成功不肯随父降清,在郑芝龙降清北去后,他入海抗清,以金门、厦门为海上抗清基地。顺治十五年(1658年)到十六年,郑成功由海路举行了一次大规模的北伐,进入长江,攻占芜湖,包围南京,附近州县纷纷归降。清军利用郑成功成功的轻敌情绪,行诈降计,伺机发动突袭,郑军大溃,退回厦门。此后清朝加强对厦门的经济封锁,郑成功处境窘迫,遂于顺治十八年(1661年)渡海远征台湾。经过八个多月的围攻,郑成功发动总攻,以重炮猛轰城外堡垒,荷兰殖民长官揆一被迫在投降书上签字,结束了荷兰侵略者在台湾38年的殖民统治。

郑成功收复台湾后,采取了许多政治、经济措施。大兴屯田,招集福建、广东人民前来开荒,设官府,兴学校,进一步开发了台湾。

五、清代疆域的奠定与多民族国家的统一

(一) 平定三藩之乱

清初,利用明朝降将以镇守南方:平西王吴三桂驻云南,平南王尚可喜驻广东,靖南王耿精忠驻福建,称为三藩。康熙亲政后,开始对"三藩"采取限制,但不能解决根本问题。康熙十二年(1673年)三月,尚可喜请求归老辽东,以其子继续镇守广东。康熙帝以广东已经平定,命令全藩撤退。吴三桂、耿精忠也被迫先后请求撤藩,以试探清廷的态度,康熙认为"撤亦反,不撤亦反",断然决定全部撤藩。吴三桂随即在云南发动叛乱,响应吴三桂叛乱的还有福建的靖南王耿精忠和广东的平南王尚之信。此三王之叛乱,史称"三藩之乱"。康熙采取的对策是坚决打击吴三桂,决不给予妥协讲和的机会;而对其他的叛变者则大开招抚之门,只要肯降,不咎既往,以此来分化敌人,削弱吴三桂的羽翼,从而孤立吴三桂。经过八年苦战,终于平定三藩之乱。

这次平叛的胜利,消除了地方割据势力,使中国避免了一次大分裂,进一步加强了中央对西南边疆地区的控制和管理,有利于统一多民族国家的巩固和发展,有利于国内各地区、各民族间经济和文化的交流与发展。

(二) 收复台湾

康熙二十年(1681年),三藩之乱平定,解决台湾问题的时机成熟了。这年郑成功之子郑经死,诸子争位,最后幼子郑克塽立。郑克塽时年12岁,大权操于冯锡范与刘国轩之手。康熙帝即用施琅为水师提督,进兵台湾。康熙二十二年(1683年)闰六月,施琅统战船三百,水师二万,攻打澎湖。经过七天激战,收复澎湖,郑军守将刘

国轩败回台湾,郑克塽遣使军乞降,清军遂进驻台湾。

康熙帝在台湾设一府三县即台湾府和台湾、凤山、诸罗三县,隶于福建省。并在台湾设总兵一员,驻兵八千,在澎湖设副将一员,驻兵二千。康熙帝收复台湾,完成台湾和大陆之间的政治统一,大大促进了以后台湾的政治、经济与文化的发展。

（三）清朝的疆域

清朝的疆域计有内地十八行省,东北的盛京、吉林、黑龙江,以及内蒙古、外蒙古、唐努乌梁海(在萨彦岭和唐努山之间)、青海蒙古、西藏、新疆等少数民族地区,幅员辽阔,西到巴尔喀什湖和葱岭,北到唐努乌梁海,东北到外兴安岭、库页岛和鄂霍次克海,东到沿海及台湾诸岛屿,南到南沙群岛,这就基本上奠定了今天中国疆域的规模。

六、康乾盛世及其社会问题

（一）摊丁入亩

清代将丁银并入田赋征收的赋税制度,又称为地丁合一,丁随地起。清朝建立后沿用明代的一条鞭法。长期的战乱,再加上官吏和地主相互勾结,营私舞弊,将贵族、官吏和地主负担的赋税徭役转嫁到贫困劳动者身上,政府面临"丁额无定,丁银难收"的尴尬境地。康熙为了巩固统治、缓和社会危机、减轻劳动人民的沉重负担,于康熙五十一年(1712 年)宣布实行新的赋税制度,规定:以康熙五十年(1711 年)全国的人丁数为准,固定税额,以后额外添丁,不再多征,叫作"圣世滋丁,永不加赋"。人丁银虽为固定额数,但仍不能解决赋役不均的问题,很多大地主勾结官吏,躲避差役,丁银由无地少地的贫民负担。为解决这一问题,雍正元年(1723 年)七月,发布诏令,在全国(除山西及西北、西南边区)逐步推行"摊丁入亩"政策,即将康熙五十年的丁银额数全部摊入地亩,与田赋银一并征收。经过半个多世纪的推行,至乾隆四十二年(1777 年),全国除奉天省外基本上都实行了摊丁入亩。这是我国赋税制度史上的一项重大改革,从此人丁税彻底废除。农民对封建国家的人身依附关系进一步削弱,在一定程度上改变了赋役不均的现象,减轻了无地少地农民的负担;另一方面,也使占有大量土地的富豪无法规避赋役,有助于封建统治秩序和税收的稳定。

（二）文字狱

为加强专制统治钳制文人的思想,清朝统治者从其奏章、著作等文字中摘取只言片语,罗织罪名而制造的冤狱,史称文字狱。清是满族所建,为维护满洲皇帝和贵族在全国的统治地位,清统治者对任何反满的思想、言论和行动都加以严密的监视和镇压。还多次挑剔文字,对行文之间择词不当或引用欠妥之处,都捕风捉影,认为是不满清朝,遂以文字、思想定罪下狱。在康熙、雍正、乾隆三朝,文字狱大兴,见于记载的有七八十起。比较著名的有明史案、南山集案和吕留良案。

明史案发生在康熙二年(1663 年),浙江湖州(今浙江吴兴)富商庄廷鑨刊刻了朱国祯编写的明史,又请人续写了天启、崇祯两朝事,书中不避努尔哈赤之讳,不用后金年号,多有指斥满洲的字句。后被人告发,清廷以"大逆"定罪。时庄廷鑨已死。清政府便派人开棺戮尸,其家族及为书作序者、刻印者、校订者以及售书、藏书之人一并问罪,牵连者达数百人。

康熙五十年十月,又兴南山集案。时翰林院编修戴名世著《南山集》,书中有关于南明抗清的史实,被告发,戴名世以大逆罪处斩,株连者达数百人之多。

吕留良案是拖延时间最长的一次文字狱。吕留良是具有反清思想的士大夫,明亡清兴,他削发为僧,拒不事清,又著书提倡反清复明。湖南人曾静与弟子张熙读其书,深受其思想鼓舞,便列举了雍正九条罪状,劝川陕总督岳钟琪起兵反清。事发,吕留良被戮尸示众,其族人、师徒皆被斩首或流放。乾隆即位后将吕留良所著一概列为禁书。此案迁延 30 年方告结束。

文字狱抑制了思想文化的自由发展,是封建统治者用血腥屠杀的方法在思想文化领域实行专制主义集权统治的突出表现。

七、明清国家制度

（一）明朝的赋役制度

1. 黄册和鱼鳞图册

黄册是明初用以征收赋役的依据,开始编制于洪武十四年(1381 年),详细登载全国所有编入里甲人户的情况,如每户的乡贯、姓名、年龄、丁口、田宅以及所属户类(民户、军户、匠户)等。这种黄册每十年编造一次,其编造以里甲为单位,每里编为一册。册凡四份,一份上送户部,其余三份则由县、府、布政司各存一份。上送户部者,封面是黄纸,故称为黄册。因黄册是明政府征收赋役的依据,所以又称赋役黄册。

鱼鳞册是土地登记册,编制于洪武二十年(1387年),以一个粮区(税粮万石)为单位,每区土地丈量后,记载各块土地的面积、地形、四至、土质和业主的姓名,并绘制成图。因所绘田亩挨次排列状如鱼鳞,故称鱼鳞图册。它同黄册相配合,成为明初征收赋役的依据。

2. 里甲制度

明代县以下的基层组织为乡,乡以下的组织为里甲。以110户为一里,其中丁粮多者10户为里长,余百户为10甲,每甲10户,皆置甲首。每年均有里长一人、甲首一人,率领一甲应役。凡十年一周,即每十年之中,每一里长、甲首与每甲皆轮流服役一次。如此十年之后,再查算各户丁粮之消长,重新编审里甲,如前轮流当役。里长的职责极为广泛,除派役外,又督催税粮。另外,明初又有粮长负责田赋收解,以纳粮万石上下的地方为一区,区内设立粮长,管理收解一区内的税粮。粮长主要设置于江浙、湖广、江西、福建等地。

3. 明朝的赋和役

明初的赋税制度,是按田亩征赋,按户或按丁征役,赋和役分别征收。赋分为夏税和秋粮,在夏季征收的叫做夏税,在秋季征收的叫做秋粮。征收的物品,夏税以小麦为主,秋粮以米为主。米麦是征收的标准物品,称为"本色",若将米麦折合成丝、绢及钱、钞、银等征收,则谓之"折色"。从正统元年(1436年)开始,明政府把江南的赋税一概折银征收,规定米麦一石折银二钱五分,四石折银一两,共四百余万石折成百余万两,称之为金花银。

明初的役分为多种,不同的户有不同的役。凡人户按其职业区分,主要有民户、军户、匠户三种。军户世代承应兵役,匠户世代承应工役,此二者皆为特殊的役。民户的役大约分为三类,即里甲、均徭、杂泛。凡以户计者叫里甲,以丁计者叫均徭,其他一切公家差遣不以时者,则统称为杂泛。里甲之役即前所述按甲轮流服役,这是一种职役,均徭是指服务于官府的有经常性的杂色差役,杂役则是不同于里甲、均徭的劳役,其名目甚多,都是官府因事临时编派的。以上里甲、均徭、杂泛等,皆有力役(力差)与雇役(银差)之分。凡民户亲身应役者,叫做力役(力差),而纳银于官府,由官府雇人应役者,叫做雇役(银差)。

4. 工匠制度

明初对工匠的管理,仍然沿用元朝的匠户制度,即把工匠编入专门的匠籍,不准随便脱离匠籍改业。明代工匠分为轮班工匠和住坐工匠两种。

轮班工匠隶属于工部,是各地轮流赴京上工的工匠。工匠轮班制开始于洪武十九年(1386年),规定各地工匠轮班到京师服役,每三年一班,期限为三个月,服役完毕即回家。除班期外,其余时间均归自己支配。到景泰五年(1454年),全国轮班工匠又一律改为四年一班,此后终明之世不变。轮班工匠完全是无偿服役,不仅上工之日没有代价,连往返京师的盘费也要自负。

住坐工匠是固定在京师工作的工匠,主要为皇家从事生产,隶属于内府内官监(宦官二十四衙门之一),但其匠籍管理及征调仍归工部。住坐工匠每月上工十日,其余二十日自由支配,并且享有一定待遇,一般每月支米三斗。

(二)清朝的政治制度

1. 中央制度

(1)内阁与六部

清朝沿袭明制,仍以内阁作为政府的中枢机构,以内阁大学士作为宰辅,但实际上内阁的实权远不及明朝。内阁系由皇太极时的文馆及内三院演变而来。天聪三年(1620年),皇太极设立文馆,后改文馆为内三院,即内国史院、内秘书院、内弘文院。入关以后,清廷仿照明制,改内三院为内阁。一般来讲,内阁设大学士满、汉各二人,协办大学士满、汉各一人,学士满六人,汉四人。内阁的职责一如明朝,但由于它的一些重要事务分与后来所设的南书房和军机处,因此其实际权力比明代要小。阁臣虽有草拟诏旨之责,但只是秉承皇帝的意旨。吏、户、礼、兵、刑、工六部,职责和明朝基本相同,是中央政府的执行机关。六部皆设尚书为长官,左、右侍郎为副长官,俱满、汉各一人。

(2)议政王大臣会议与南书房

清朝特设的中枢权力机构,是氏族军事民主制的残留。清代内阁只是名义上的最高行政机关,而议政王大臣会议和后来的军机处才是真正的最高权力机构。清初,凡军国大政均由议政王大臣会议决定,亦称"国议",其成员概由旗人贵族组成,汉人不得参与。

康熙十六年(1677年)，康熙帝调翰林等官入乾清宫南书房当值，称为"南书房行走"，人数不固定。除陪皇帝写字作诗外，也秉承皇帝意旨拟写谕旨，发布政令，实际上是皇帝处理政务机要的秘书班子。南书房的设立，削弱了议政王大臣会议的权力。

（3）军机处

雍正七年(1729年)，清廷对西北用兵，为商议军务，防止消息泄密，于隆宗门内设军需房，后改为军机房，又改为军机处，战事结束后仍保留为常设机构。军机处的职官有军机大臣，俗称"大军机"，有军机章京，俗称"小军机"。军机大臣由皇帝从满、汉大学士、尚书、侍郎等官员内特简，有些也由军机章京升任。军机大臣之任命，其名目为"军机处行走"，或"军机大臣上行走"。凡入选军机处者，都是皇帝的亲信，完全听命于皇帝。

皇帝通过军机处将机密谕旨直接寄给地方督抚，称为"廷寄"；各地方督抚也将重大问题径寄军机处交皇帝审批，称为"奏折"。中间不再经过内阁（"明发上谕"仍由内阁下达），对军国大政的处理无须再由议政王大臣会议决议。军机章京初无定额，至嘉庆初年，始定为满、汉章京各16人，共32人，满、汉章京又各分两班值班，每班八人。军机章京之任命，或称为"军机司员上行走"，或称为"军机章京上行走"。

军机处无专官，军机大臣、军机章京都是以原官兼职，皇帝可以随时令其离开军机处，回本衙门。军机大臣既无品级，也无俸给。军机大臣之任命，并无制度上的规定可供遵循，完全出于皇帝的自由意志。军机大臣的职务也没有制度上的规定，一切都由皇帝临时交办，所以军机大臣只是承旨办事而已。

军机处成立后，议政王大臣会议于乾隆五十六年(1791年)废止，内阁变成只是办理例行事务的机构，一切机密大政均归军机处办理。军机处总揽军政大权，真正成为执政的最高国家机关。

（4）理藩院与内务府

清代专门管理边疆少数民族地区事务的中央机构是理藩院。初设时仅管理蒙古，以后扩大到新疆、青海、西藏等少数民族地区。凡铨选、封爵、会盟、诉讼、翻译等事项，均由其统领。同时还兼管对俄交涉事务。其编制与六部基本相同，但官员皆由满、蒙担任，汉人不得预闻。理藩院的设置，在加强和巩固我国统一多民族国家上起了积极的作用。

清朝特设内务府管理宫廷事务。长官称总管大臣，由满族王公大臣担任，目的在于防范太监窃权乱政。

（5）秘密立储制

清朝在皇位继承问题上初无定制，皇太极及顺治帝死后，都曾引发继位斗争。康熙效仿汉制，设立皇太子，但两立两废，到晚年便不再立储，致使身后诸子相残，雍正继位后，遂创行秘密立储制，他写下储君之名，密封藏于匣内，放置在乾清宫"正大光明"匾额之后。另写一道由内务府收藏，以备核对。

秘密立储是清朝一项独具特色的制度。它的特点在于皇帝全权决定储君人选，不受"嫡长"传统观念约束，并且彻底排除了统治集团中任何其他势力、个人对建储一事的干扰，是皇权强化的重要表现。另一方面，秘密立储之法于传子之中寓传贤之意，起到了杜绝储位纷争、保持政局稳定的作用，比前代的嫡长子继承制更具合理因素。

（6）官员考核制度

清朝对现任官员实行考核。地方官的考核称为"大计"，三年一次；京官的考核被称为"京察"，六年一次。考核方法是地方总督巡抚、京官三品以上自陈政事得失，以下官员由吏部都察院考核。武官的考核则成为"军政"，每五年一次，由兵部主持。考核一等的加一级，如有冒滥徇私者按保举连坐法予以处分。但在实践中，无论京察还是大计都流于形式。

2. 地方制度

（1）总督、巡抚

清朝地方行政机构分为省、道、府（直隶州、厅）、县四级。清前期共设置内地十八省，即直隶、山东、山西、河南、江苏、安徽、江西、浙江、福建、湖北、湖南、陕西、甘肃、四川、广东、广西、云南、贵州。清朝末年，台湾、新疆也改为行省，又将东北改为奉天、吉林、黑龙江三省，省的最高官员为总督和巡抚。大致两省或三省设一总督，每省设一巡抚，无巡抚省份，例由总督兼理。巡抚是总揽一省军政、民政的最高官职。总督比巡抚事权更重，但以负责军政为主，兼管民政。他们都是皇帝的心腹，秉承皇帝的旨意行事。

乾隆时全国共设有八个总督，即直隶总督，管辖今河北省及内蒙古一部分地区，驻保定；两江总督，管辖江苏、安徽、江西三省，驻江宁（今南京）；闽浙总督，管辖福建、浙江二省，驻福州；两湖总督，管辖湖南、湖北二省，驻武昌；陕甘总督，管辖陕西、甘肃二省，驻兰州；四川总督，驻重庆，又驻成都；两广总督，管辖广东、广西二省及南海诸岛，驻广州；云贵总督，管辖云南、贵州二省，驻贵阳，又驻云南。八总督中，直隶、四川总督各兼其省之巡抚事，陕甘总督亦兼甘肃巡抚。以后到光绪末年，又增设东三省总督，合为九督。至于巡抚之设置，乾隆时期，除直隶、四川、甘肃三省外，他省皆置巡抚一人，因成定制。

督抚之下，各省均设承宣布政使司和提刑按察使司，设布政使、按察使各一人。布政使又称藩台，主管民政、财政和人事大权；按察使又称臬台，主管司法、刑狱，兼领驿传。

（2）道

道设道员，为省藩、臬二司与府、厅中间一级的地方长官，各省无定员。道有分守道与分巡道，分守道专管钱谷，分巡道专管刑名。此外，还有专职道，专管一省某方面的事务，如粮储道、盐法道、兵备道等。

布政使司、按察使司及守、巡各道，即是所谓司、道。司、道都是监督府、县的，所以通称"监司"。司、道虽不及督抚地位之高，但都可以直接向皇帝奏事，都自有办事衙门。

（3）保甲制度

保甲制度是清代采取的严密控制基层社会的政治制度。其制规定：不论州、县、城乡，每十户为一牌，立一牌长。十牌为一甲，立一甲长。十甲为一保，立一保长。每户门上挂一印牌，写明户主姓名和丁口数目。这些内容登入官册，以便稽查。清政府通过这种办法对人们进行严厉的监视和控制。另外，还有与保甲制相表里的里甲制，完全因袭明代，是专管赋役的基层组织。

（三）清朝的军事制度

1. 八旗制度

努尔哈赤在统一女真各部的过程中，创立了八旗制度。1601 年，为便于管理女真诸部，努尔哈赤在女真部族原来的牛录组织基础上，创建八旗制度。最初实际上只有黄、红、蓝、白四旗，随着队伍的壮大，在原四旗基础上，各加"镶"四旗，合称八旗。八旗各设旗主，由努尔哈赤的子侄担任，称固山贝勒。八旗是军政合一、兵民合一的组织，"以旗统兵"，又"以旗统人"，既是军事组织，又是行政组织和生产组织。八旗制度加强了女真诸部的组织管理，提高了控制力、战斗力和生产能力。

2. 八旗军和绿营军

清朝的军队主要有八旗兵和绿营兵两种，大致八旗兵有二十余万，绿营兵有六十余万。八旗军分为满洲八旗、蒙古八旗和汉军八旗，每旗均设都统，归中央八旗都统衙门统管，地方督、抚无权征调。八旗军分为守卫京师的"禁卫兵"（京营兵）和驻防地方的"驻防兵"。禁卫兵又分为郎卫和兵卫。郎卫选上三旗中才武出众者组成，分班入值禁中宿卫，由领侍卫内大臣统领。拱卫京师的叫作兵卫，计有骁骑营、前锋营、护军营、步军营、火器营、健锐营、虎枪营等，分别防守紫禁城、内外城及京郊地方。八旗兵在北京以外分驻各地，称为驻防，驻在全国各重镇要地，设有专官辖之。各驻防地的旗兵都是满洲、蒙古、汉军合以为营，组成佐领若干。驻防地设官，最重要的地方设将军，较次要之地设都统或副都统，再次要之地设城守尉或防守尉。

绿营军主要是清军入关后改编的明朝军队和其他部队。因用绿色军旗，故称绿旗兵或绿营兵。兵种有马兵、步兵和水师。在京师者为巡捕营，隶属于步军统领衙门。在各省者有督、抚、提、镇诸标，分别由总督、巡抚、提督、总兵等所统辖；抚、提、镇诸标，皆受总督节制。另外，还有由河道总督统辖的河标，由漕运总督统辖的漕标等。

清朝把八旗兵和绿营兵交错分布在京师和各省重镇要地，在全国构成军事控制网，既便于防御和镇压人民的反抗，又便于八旗兵监督和控制绿营兵。

（四）清朝的边疆管理制度

1. 东北地区

在东北地区，清廷实施军府制，设奉天将军驻盛京（沈阳），吉林将军驻吉林，黑龙江将军驻齐齐哈尔。又分设总管、副都统等机构，加强管理。对于边远地区黑龙江下游、库页岛等地未入旗籍的少数民族，则沿用当地旧制设乡长（喀喇达）和姓长（噶珊达）。清政府还在黑龙江两岸和额尔古纳河设卡伦，建立常规巡边制度，加强对俄国的防范。

2. 札萨克制度

在内外蒙古地区，均实行札萨克制，即盟旗制度。蒙古各部划分为旗，旗是基本行政单位，合若干旗为一盟。旗有札萨克（即旗长），盟有盟长。札萨克为世袭之职，盟长则由中央任命。此外，中央又派大员驻在各要地，以加强控制。此外，清政府在内蒙古地区设察哈尔、热河都统、绥远将军，在外蒙古地区设乌里雅苏台将军、科布多参赞大臣、库伦办事大臣等，以加强对蒙古地区的管理。

3. 新疆地区

在新疆地区,乾隆时征服准噶尔及回部后,为加强对新疆地区的统治,设伊犁将军,驻惠远城(今霍城东南),又设参赞大臣为辅,总理天山南北路之军事、政治、边防诸务。在天山南路地区,也就是在回部(维吾尔族)地区,于喀什噶尔(今喀什市)设参赞大臣,节制天山南路各城。伯克,由维吾尔贵族充任,以管理各城事务,但废除原有的伯克世袭制,伯克可随时升调,其制与内地的官制基本相同。

4. 西藏地区

乾隆年间,清廷提高了驻藏大臣的职权,明确规定驻藏大臣和达赖、班禅的地位平等。西藏地方的行政、军事、财政长官及各大寺庙的管事喇嘛,都由驻藏大臣会同达赖简选。西藏的对外联系,均由驻藏大臣全权办理。达赖、班禅的财政机构的一切收支,统归驻藏大臣稽查总核。达赖、班禅的继承人问题,也必须由驻藏大臣监临决定。

乾隆帝特创金瓶掣签制度,在大昭寺内设一金瓶,规定达赖、班禅及大呼图克图的灵童转世,须由诸喇嘛当众于金瓶内抽签,并由驻藏大臣或理藩院尚书亲临监督确定,以避免地方上层贵族操纵,加强中央政府对西藏地区的控制。

5. 西南地区

清初对苗族及其他少数民族的统治是沿袭元、明的土司制度,即以少数民族的首领担任当地的土官,文职有土知府、土知州、土知县等,武职有宣慰使、宣抚使、安抚使、招讨使、长官等。自明朝以来,为了加强中央的权力,消弭土司之患,即开始改土归流,就是废除世袭的土官,改设可以随时任免的流官。清朝也不断实行改土归流政策,但集中地、较大规模地改土归流,是在雍正一朝。

雍正四年(1726 年)至九年,清政府采纳云贵总督鄂尔泰的建议,通过招抚和镇压相结合的办法,在少数民族众多的广大西南地区,进一步实行"改土归流"政策,将很多少数民族世袭的土司改为流官。清廷在原土司地区设立府、厅、州、县,实行与汉族地区相同的制度,如清丈土地,编制户口,纳粮当差等,大大加强了西南地区与内地的联系,有利于促进少数民族地区经济文化的发展,有利于巩固国家统一及巩固西南边防。

八、明清社会经济的发展

(一) 明初恢复发展经济的措施

1. 奖励垦荒

明初,太祖要求各级官吏把"田野辟,户口增"作为治国之急务,推行垦荒屯田。明太祖下令,各地流亡人民还乡生产,还乡者皆免税三年,量力开垦土地,如果现在农户丁少原来田多,不得依前占田。如果现在丁多原来田少,地方官验丁拨给荒田。凡各处荒田均听民开垦作为己业;若原业主归来,地方官于附近荒田内拨补给土地。朱元璋晚年又下令,凡山东、河南、河北、陕西各处新垦荒地,都"永不起科"。

2. 屯田政策

明代的屯田分三大类:民屯、军屯、商屯。民屯是由政府组织人民屯田,如移民屯种、募民屯种等。洪武年间,明政府曾不断地把狭乡(人多地少的地方)人民大量地向宽乡(人少地多的地方)迁移,这是移民屯种。民屯与一般的垦荒不同。一般垦荒是人民自行开垦,所垦田为人民自有。而民屯是有一定的组织,由官督民耕种,土地属于官田,人民是官府的佃户。

军屯是明代规模最大、最重要的屯田方式,它与卫所制度相辅实行。明初各地卫、所兵士皆分为屯田与守城两部分,大致边地三分守城、七分屯种,内地二分守城、八分屯种。当时全国军队基本上可以实现屯田自给。

商屯是官府利用对食盐的专卖,引导商人到边地屯田。明初,为解决边地军饷供应,规定如果商人把军粮运到边地,就可以获得盐引,到指定的盐场换盐获利,此法被称为"开中法"。商人为节约运费,就雇募一些人直接到边地屯田,收获粮食后就近交纳,就近换取盐引,这种屯田形式就是商屯。商屯在明初对于供应军粮及开垦边地,都起了一定的积极作用。

3. 鼓励种植桑棉

为了发展农业生产,明太祖还鼓励农民种植经济作物。规定有田 5 亩至 10 亩者,种桑、麻、棉各半亩,10 亩以上者加倍,田多的照此比例递增。不种桑者,交绢一匹。不种麻者,交麻布一匹。不种棉者,交棉布一匹。到洪武末年,又下令各地农民能再多种棉花,则蠲免赋税。又下令山东、河南农民,此后凡种植桑枣果树,都永不起科。这些措施,有利于扩大经济作物的种植面积,为棉、丝纺织业的发展提供了更多的原料。

(二) 明中后期社会经济的发展

1. 农业

明中后期从海外引进了原产北美洲的玉米和甘薯。这两种粮食作物产量高,耐旱抗寒,在比较贫瘠的山地、旱地和滨海沙地都能生长,不与小麦、水稻和桑麻争地,比较容易种植。农作物新品种的传入,对缓解粮食供应压力起到积极作用,对人们的饮食结构起到革命性影响。

除粮食作物外,明中后期还引进花生、烟草等经济作物和南瓜、番茄、辣椒等蔬菜品种,农业经济作物的种植面积在日益扩大。明中后期,棉花成为最重要的衣料,北方天气适宜棉花生长,河南、河北、山东、山西发展成为棉花的主产区;江南则成为棉布及深加工地区。

2. 手工业

棉纺织业在明代中后期的发展突飞猛进,它是明代农村副业生产中商品化程度最高、最为普及的手工业生产。松江地区的棉纺织业最为发达,浙江嘉善县的纺纱织布也很有名。纺织业方面,苏、杭二府是全国丝织业的中心区,山西潞安府的丝织业也闻名全国。景德镇的制瓷业,技术多有革新。如瓷器施釉法改进了,用吹釉法代替蘸釉法,施釉更加均匀光泽。印刷业方面,自正德后在无锡等地也出现了铜铅活字,表明印刷技术的进步。制盐方面,沿海和山西解池都采用晒盐法,比煮盐法既节省了燃料,又提高了产量。

3. 商业

明初钱钞兼行,禁官民用金银交易,但至洪武末年,大明宝钞急剧贬值,民间交易陆续用银。出于经济运转的需要,政府在正统元年(1436年)开始"弛用银之禁",对南直、浙江、江西、湖广等地的赋税折征银两。白银流通趋于合法化,并成为明后期最重要的货币。明政府的田赋、徭役、工商业税、海关税乃至官吏俸禄、国库开支,也大都是以银折价,以银计算。

由于工商业的发展,商业资本也非常活跃,在全国出现了更多的商人,他们在各地设立会馆,组织各种商帮。其中最多的是徽商,其次是晋商、江右商,

(三)清初恢复发展经济的措施

1. 停止圈地

清初满洲贵族在京畿地区强行圈地,不仅使农业生产遭到破坏,同时也使满汉民族矛盾加剧。康熙八年(1669年),政府下令停止圈地。另以张家口、山海关等处旷土换补给旗人,借以缓和民族矛盾。

2. 更名田

康熙八年(1669年),清廷下令将明代藩王庄田免价给予原来佃户耕种,永为世业,号为"更名田",使这一部分拥有更名田的农民完全取得了自耕农的地位。更名田的实行,实际上是清政府对明末农民业已夺回藩王所占庄田事实的承认。

3. 奖励垦荒

清军入关后即大力推行垦荒,凡州县卫所荒地无主者,皆分给流民及官兵屯种,三年起科。康熙时期,为进一步推行垦荒,将起科年限又逐步放宽到六年以至十年。康熙时期垦荒政策执行得较为得力,因此成效显著。

4. 废除匠籍

明代匠户从明中叶起,一律改为以银代役,但匠籍仍存。清廷于顺治二年(1645年),下令废除匠籍,免征班匠银。但此后不久,清廷又恢复征收班匠银,康熙以后,陆续将匠银摊入田赋,以致最后废除了匠籍。这样,匠户也就摆脱了政府的人身约束,从而为民间工商业的发展创造了有利条件。

(四)清前中期社会经济的发展

1. 农业

清代粮食生产的发展具有很多方面的原因。从粮食生产本身来说,首先要归因于多熟复种制的推广。其次是水稻、玉米、甘薯等高产作物得到推广,粮食作物结构得到调整。由于注意精耕细作,粮食的单位面积产量也有显著提高。农业经济作物的种植面积也增加了。桑、茶、棉花、蓝靛、烟草都成为当时极重要的商品化农产品。

改良土壤、改造低产田、兴修水利也是推动农业发展的重要因素。康熙时曾大举治理黄河,并兼治淮河、运河,又曾修治永定河。雍正时又修筑江苏、浙江的海塘,使沿海一带的农田免受海潮的破坏,也是一项大的工程。

2. 手工业

丝织业在清代手工业中占有重要地位。当时江宁、苏州、杭州、佛山、广州等地的丝织业都很发达。棉织业也有发展。松江、苏州、无锡都是棉织业的中心地。松江出产的棉布不但数量多,而且质量好,畅销全国各地。

清代,江西景德镇仍是全国制瓷业的最大中心。清代的制瓷技术比明代更有进步,突出地表现在彩色瓷器的工艺水平大有提高。清代的青花、五彩、素三彩和粉彩、珐琅彩等都很有名,其中尤以粉彩和珐琅彩最称精

美,驰名中外。

矿冶业也有进一步发展,其中最突出的部门是云南的铜矿开采业和广东佛山镇的冶铁业。

3．商业和城市

清代城市的发展又超过了明代。特别是东南一带,工商业城市普遍兴盛,著名的有江宁(今南京)、苏州、杭州、扬州、镇江、无锡等,这些城市都比明代更发展。各地中小市镇也随着商业性农业、手工业和商业的发展而兴起。如广东佛山镇、湖北汉口镇、河南朱仙镇、江西景德镇,已经名闻天下,被称为"四大镇"。由于商业的发达,清代出现了许多大商人。最大的商人是两淮盐商、山西票号商和广东行商等。

(五) 资本主义萌芽

明代中后期,在商品经济高度发展的基础上,江南地区的某些手工业部门中出现了资本主义萌芽。其中以江南丝织业和棉纺织业最为明显。当时,苏州是江南丝织业的中心,已经出现了很多机户,专以机织为生,并且存在着机户雇佣机工从事生产的情况。机工与机户之间的关系是"机户出资,机工出力"的劳动力买卖关系。此外,资本主义的生产关系也见之于其他手工业部门。如在松江棉布袜制造业中,即存在着包买商形式的资本主义经营。

明代后期出现的资本主义萌芽,还只是个别的零散的现象。在清代,江南丝织业中的资本主义萌芽,较明代有非常显著的发展。特别值得注意的是,在江宁、镇江、苏州等地出现一些大的包买商,他们开设"账房"或"行号",以从事资本主义的经营。这种"账房"或"行号"拥有大量的织机和原料,或自行设机督织,或将织机、原料分给小机户为其生产。在这种账房的周围有众多的小机户及织工受其支配,从账房到小机户到织工,结成资本主义的生产关系。此外,在广东的冶铁业、铸铁业中,在云南的采铜业中,在江西景德镇的制瓷业中,在四川的制盐业中,在陕西的木材采伐业中,也有资本主义性质的经营。

清代的资本主义萌芽虽然有所发展,但仍非常微弱。这首先是由于中国的封建土地所有制造成的,以小农经济为基础的自然经济的顽强存在,使商品经济很难发展。其次是封建政府多对内实行重农抑商的政策,对外实行闭关锁国政策,严重地阻碍了工商业及内外贸易的发展。再次是商业资本多半用于购置土地,很少投之于手工业生产。

九、明清对外关系与贸易

(一) 郑和下西洋

郑和,原姓马,回族,小字三保,后世称之三保太监,云南昆阳州(今云南晋宁)人,明初统一云南时被阉入宫。靖难之役从燕王朱棣起兵有功,因被赐郑姓,提拔为内官监太监。从永乐三年(1405年)到宣德八年(1433年),郑和共七次率领庞大的船队下西洋,历时28年。郑和船队游历南洋群岛诸国,到达中南半岛、印度半岛、阿拉伯半岛等亚非的三十多个国家,最远到达非洲东海岸,越过赤道。

郑和下西洋的目的是多方面的,既有宣传明朝的国威,扩大在海外的政治影响,招谕各国前来朝贡的目的,也有发展以朝贡为形式的海外贸易的意图。郑和所率船队满载瓷器、茶叶、铁器、农具、纻丝、丝绸、金银等国内产品,去换取亚、非各国的象牙、香料、宝石等奇珍,因此他们的船只被称为"宝船"。

跟随郑和下西洋的使者费信著《星槎胜览》、马欢著《瀛涯胜览》、巩珍著《西洋番国志》。这三部书记载了所至各国的概况,如生活习惯、风俗礼仪和社会生产等,是研究中外关系史的重要材料。

郑和船队七次远航,最远到达赤道以南的非洲东海岸地方,比意大利人哥伦布和葡萄牙人达·伽马发现新航路要早半个世纪以上。这是世界航海史上的壮举,是中国对世界航海事业的巨大贡献,同时也加强了中国与亚、非各国的经济文化交流。

(二) 倭寇之患和援朝抗日

1．倭寇之患

明朝初年,日本正处于分裂混战的南北朝时期,一些封建主为了取得财富,便组织许多武士、浪人和商人,结成武装集团,到中国沿海一带进行走私贸易和劫掠骚扰,被称作倭寇。倭寇为患最烈的时期,是在明世宗嘉靖年间。在抗倭斗争中,戚继光功勋卓著。嘉靖三十四年(1555年),在山东防御的戚继光奉命调往浙江,镇守台州(今浙江临海)等地,不久升为参将。戚继光见卫所兵不习战,乃招募农民和矿夫三千人,组成一支新军,亲自练成精兵,人称为"戚家军"。经过严格训练后,纪律严明,勇猛善战,成为抗倭劲旅,和俞大猷所率海上明军密切配合,在嘉靖四十年(1561年)后的一段时间里,多次给由浙江转向福建的倭寇以重创,从而保证了东南倭寇的最终荡平。

2. 援朝抗日

万历二十年(1592年),丰臣秀吉遣小西行长、加藤清正率军十余万,战舰数百艘,侵入朝鲜。朝鲜国王李昖逃到鸭绿江边的义州,遣使向明朝求援。这年年底,明朝即派宋应昌为经略,李如松为东征提督,统领援军过鸭绿江。万历二十一年(1593年),在朝鲜军队的配合下,于平壤大败日军,迫使日军南逃,从根本上扭转了朝鲜战局。不久,开城、汉城也相继收复。丰臣秀吉不甘心失败,假意与明议和,以诱明撤兵,然后重新占领朝鲜。这时,明朝内部以兵部尚书石星为首的主和派占了上风,开始与日和谈罢兵。丰臣秀吉借机进行再次战争的准备。

万历二十五年(1597年),日本再次侵略朝鲜。明政府又派兵部尚书邢玠率军入朝。明、朝两国军队先后在稷山之战和露梁海之战中取得胜利。次年八月,丰臣秀吉去世,日本军心大乱,中朝联军围剿入海逃跑的日军,在釜山以南海域,明朝老将邓子龙和朝鲜名将李舜臣英勇作战,壮烈牺牲。12月,日本军队全面撤出朝鲜,战争结束。

(三)西方殖民者的入侵

正德十二年(1517年),葡萄牙殖民者首先抵达广东屯门岛(今香港新界),并在此建筑堡垒,正德十六年(1521年),明军收复屯门岛,逐走葡萄牙殖民者。嘉靖三十二年(1553年),葡萄牙人又贿买明朝官吏,借口要到澳门岸上曝晒水浸货物,以每年纳租银二万两为条件,遂得入据澳门。葡萄牙殖民者以澳门为基地,从事公开及走私贸易,贩进运出各种货物,但澳门只是租借地,其关税征收权、司法权和行政管理权,仍控制在明地方政府手中。

紧随葡萄牙之后来到中国的是西班牙。天启六年(1626年),西班牙殖民者侵占了我国台湾北部的基隆和淡水。此后不久,西班牙人也占据台湾北部,崇祯十五年(1642年),荷兰击败西班牙人,独占了台湾,直到郑成功时,始被驱逐。

(四)耶稣会士

明中叶后来华的天主教传教士,始于万历间,主要代表人物有利玛窦、熊三拔、龙华民、邓玉涵、罗雅谷、汤若望等。其中以利玛窦最早,且影响最大。他们来华传教,得到葡萄牙等国殖民势力支持,利用与明朝士大夫交往,取得合法传教地位。在传教过程中,极力糅合儒家学说,以适应中国文化及明朝统治者之需。同时,他们也向中国介绍了西方自然科学如天文、历法、火器等,向西方介绍中国文化,对中西文化交流起到一定作用。

(五)闭关政策和马戛尔尼来华

闭关政策是一种严格管制对外贸易的政策,其主要内容为:将对外贸易的城市限制于广州一口;在对外贸易中实行公行制度,由清政府认可的行商垄断进出口贸易,以限制外商的交易对象;制定一系列管理、防范外国人的章程,对外商在中国的活动做了严格的规定。

1793年8月,英国派马戛尔尼使团到达中国大沽口。马戛尔尼于同年9月14日在承德避暑山庄觐见乾隆皇帝,递交了英王乔治三世给乾隆的国书,向清政府提出了多项要求,包括允许英商在舟山、宁波、天津等地进行贸易,允许英人在北京设立货栈,在舟山附近划一小岛供英商使用,在广州附近同样划一地方给英商,以及减免广州、澳门之间来往货物的商税。英使提出的要求,不仅仅是为了扩大对华贸易,还包藏着殖民扩张的野心,其中领土要求尤为明显。清政府几乎拒绝了英使的所有要求,马戛尔尼出使中国未能达到预期目的。

(六)中俄边界

俄国的势力在明末清初开始向黑龙江流域扩张,先后在中国东北边地强建雅克萨和尼布楚两城,侵入索伦、呼尔喀等部。平定三藩之后,清廷在多次交涉无果的情况下,遂于康熙二十四年(1685年)、二十五年两次发起雅克萨反击战。在沙俄军队遭受重创,守城士兵只存几十人的情况下,沙俄被迫同意和谈。

康熙二十八年(1689年),中俄双方于尼布楚进行谈判,签订了《中俄尼布楚条约》条约规定:两国以格尔必齐河、外兴安岭和额尔古纳河为分界线,外兴安岭以北属俄罗斯,以南属中国,额尔古纳河以北属俄罗斯,以南属中国。至于外兴安岭与流入鄂霍次克海的乌第河之间的地方暂行存放,留待以后定议。又规定毁雅克萨城,迁俄人出境,此后两国商旅凡持有文票(护照)者,听其往来贸易不禁。

《尼布楚条约》是中俄双方签订的第一个边界条约,它从法律上肯定了格尔必齐河以东、外兴安岭直至鄂霍次克海以南的乌苏里江和包括库页岛在内的黑龙江流域的广大地区,都是中国的领土。

雍正年间,中俄又通过《布连斯奇条约》和《恰克图条约》,划定了中俄中段边界。雍正五年(1727年),双方签订《布连斯奇条约》,规定了中俄中段边界:以恰克图为起点,由此向东至额尔古纳河,向西至沙毕纳伊岭(即沙宾达巴哈),以北属俄罗斯,以南属中国。布连斯奇条约签订后,双方又于雍正六年(1728年),在恰克图签订了《恰克图条约》，这是谈判的一个总结果。条约共十一条，主要内容在边界问题上，其内容与《布连斯奇条约》相同，同时又重申了《尼布楚条约》中关于东段边界的乌第河地区仍然暂不划界的规定。关于中俄通商规定，俄国商人每三年可以到北京一次；每次不得超过200人，买卖货物俱不征税。除北京外，在恰克图、尼布楚两地所进行的经常性边境贸易也不征税。此外，条约还规定了俄国向中国派遣留学生、俄国在北京的俄罗斯馆内建造教堂、增派教士等内容。

通过中俄《布连斯奇条约》和《恰克图条约》的签订，俄国不仅巩固了它业已侵占的中国蒙古地区的大片土地，而且还进一步侵占了更多的土地，把贝加尔湖一带以及唐努乌梁海以北的叶尼塞河上游地区全都划入了俄国的版图。同时，《恰克图条约》还给予俄国以在北京建立东正教教堂和传教的权力。但是，由于《布连斯奇条约》和《恰克图条约》正式规定了当时中俄的中段边界，在中俄两国实力大体相当的情况下，它对沙俄的进一步扩张还是能够起到某种遏制作用的。

十、明清思想、文化和科技

（一）明清时期的哲学

1. 王守仁的心学

王守仁，字伯安，人称阳明先生，浙江绍兴府余姚人。他曾在贵州、江西、浙江等地聚徒讲学，后来其门徒将他的著述编纂成《王文成公全书》，其中《传习录》和《大学问》是他的主要哲学著作。他发展了南宋陆九渊的学说，主张"心外无物"，"心外无理"、"心明便是天理"，提倡"致良知"与"知行合一"。所谓"致良知"者，即是要求人们从事于"去人欲，存天理"的修养。所谓"知行合一"，不是认识与实践的统一，而是知与行合二而一，知就是行，行就是知。"知行合一"说的宗旨，在于消除人们一念中之不善，以防祸于未然。王守仁的学说在明后期广为流行，几乎有取代程朱理学的趋势。王守仁学说被称为王学，其学派被称为阳明学派或姚江学派。

2. 李贽

李贽，字宏甫，号卓吾，别号温陵居士，福建泉州府晋江县人。他反对"以孔子之是非为是非"，反对把儒家经典看作是真理的标准，对理学进行了激烈的批判，表现出了大胆的离经叛道的批判精神。他的著作有《藏书》、《续藏书》、《焚书》、《续焚书》等。

3. 黄宗羲

黄宗羲，字太冲，号南雷，又号梨洲，浙江绍兴府余姚县人。他的主要著作有《明儒学案》、《宋元学案》和《明夷待访录》等。黄宗羲在哲学思想上肯定"理在气中"的唯物主义观点，他在政治上反对君主专制，对君主专制制度做了深刻的揭露，指出专制帝王把天下当作自己的产业，乃害民之贼。又指出专制帝王之法乃"一家之法"，并非天下人之大法。还提出工商皆本的主张，反映了当时社会变迁的现实和社会的要求。

4. 顾炎武

顾炎武，字宁人，号亭林，江苏苏州府昆山县人。曾参加复社活动和抗清斗争，失败后终身不仕，主要著作有《天下郡国利病书》、《日知录》、《亭林文集》等。顾炎武的哲学思想含有唯物主义成分，在政治思想方面也激烈反对君主专制，主张限制君权，扩大地方权力。在治学方面，顾炎武提倡"经世致用"、"明道救世"，反对空言，成为嘉道时期经世思潮兴起的重要源头。他的《天下郡国利病书》就是以有益于世用为目的而写成的。

5. 王夫之

王夫之，字而农，号姜斋，世称船山先生，湖南衡阳人。他的著作很多，主要有《张子正蒙注》、《周易外传》、《读四书大全说》、《读通鉴论》和《宋论》等。王夫之继承了宋代张载的唯物主义思想，通过对宋、明以来主、客观唯心主义的批判继承，建立了超越前人的唯物主义思想，主张"尽天地之间，无不是气，即无不是理也。"他还提出了"耕者有其田"的主张，认为土地不是帝王的私产，是耕者所有。

（二）明清时期的文学与艺术

1. 小说

明清文学以小说最为发展。明代小说已达到很高的艺术境界，产生了一大批以神仙故事、历史公案、言情咏物和日常生活为题材的话本和小说，代表性的作品有《三宝太监下西洋》、《封神演义》、《列国志传》、《英烈传》、《石点头》、《醉醒石》等，其中以《西游记》、《水浒传》、《三国演义》和《金瓶梅》等最具代表。短篇小说的创造极为丰富，出现了一批短篇小说集，代表性作品有明末著名书商、文人冯梦龙的"三言"（《喻世明言》、《警世通言》和《醒世恒言》）和凌濛初的"二拍"（《初刻拍案惊奇》和《二刻拍案惊奇》）等。

清代小说盛行，著名的有蒲松龄的《聊斋志异》、吴敬梓的《儒林外史》和曹雪芹的《红楼梦》，此外，还有李海观的《歧路灯》。

2. 戏剧

明清时期戏剧也有很高的成就。最优秀的剧本有明代汤显祖的《牡丹亭》，清代洪昇的《长生殿》，孔尚任的《桃花扇》等。

3. 绘画

明代的绘画继承了宋元画风，内容以山水和人物居多。明初的宫廷绘画占据画坛主流，代表作有赵原的山水和边文的花鸟画。明中期以后的江南，吴派风格领先画坛，被称为"吴门四大家"的沈周、文徵明、唐寅和仇英等人吸收了五代、元朝文人画传统，把画、诗和书法融为一体，山水画意境幽远，颇富文采。明末画坛以董其昌的松江派为中心。董其昌善水墨，兼擅泼墨。

清初的王时敏、王鉴、王翚、王原祁、恽寿平、吴历等，都是正统画派的代表人物，称为清初六大家。四王的山水画深受明末董其昌复古主义的影响，把仿古、临古放在第一位，画风渐趋柔靡。清代画坛上成就最大的是清初的朱耷、石涛，以及清中期的扬州画家，他们的画作均富于独创精神。清中期扬州画家的代表是号称"扬州八怪"的金农、郑燮、罗聘、李鱓、黄慎、李方膺、高翔、汪士慎。他们不受因循守旧，所画山水、人物、花鸟梅竹等各辟蹊径，不拘一格，给人清新之感，成为我国绘画史上的新流派。

（三）明清时期的史学和地理学

1. 史学

明代的官修史书主要有《元史》、《明实录》和《明会典》等。《元史》修于明初，二百一十卷，系统地记述了元朝一代的历史，是二十四史之一。《明实录》是编年体史书，是由每位新即位的皇帝命史官根据档案撰修前一皇帝的实录。明朝从太祖朱元璋至熹宗朱由校，共十五帝都有实录，只有明宗朱由检（崇祯帝）为亡国之君，没有实录。这些实录都保存下来，其内容十分丰富，涉及明朝各个方面，是研究明史的宝贵资料。

《明会典》是明代纂修的当代通行的典章制度，有正德刊弘治本和万历本两种，属明代政书。明立国之初，曾编纂一批政书，包括《大明律》、《大明令》、《诸司职掌》等。这些书的主要内容都收入《明会典》中，为研究明朝典章制度的重要资料。

明代私家著史以谈迁的《国榷》最有名。《国榷》一百零八卷，是一部编年体明史。此书对于研究明史，尤其是研究明代建州女真及崇祯一朝的历史，有重要参考价值。

清代的官修史书主要有《明史》、《清实录》、《清会典》、《清三通》等。清廷从顺治二年（1645年）设明史馆，至雍正年间完成《明史》的编纂，著名学者万斯同以布衣参加编写，出力最多。《明史》包括本纪24卷，志75卷，表13卷，列传220卷，在二十四史中，《明史》是编纂方法比较严密的一部，尤其是志书部分，有很高的成就。

黄宗羲的《宋元学案》和《明儒学案》等，开辟了研究学术史的新领域。顾炎武的《天下郡国利病书》、顾祖禹的《读史方舆纪要》，以及《盛京通志》和各地纂缉的地方志，都有极其重要的价值。

由于考据学的影响，钱大昕的《廿二史考异》、王鸣盛的《十七史商榷》、赵翼的《廿二史札记》也都是采用考据方法整理古史的代表著作，于后人治史极有帮助。

明清时期在史学理论方面建树最大的是章学诚，代表作有史学批评著作《文史通义》和校勘著作《校雠通义》。他主张史学要经世致用，反对空谈义理，也反对专务考据。他又提出"六经皆史"的观点，把为儒者一直奉为圣明的经书看作只是古代史料。他还认为刘知几所主张的史家"三长（才、学、识）"并不完备，他在"三长"之外，再加上"史德"一条。"史德"是指"著书者之心术"，即史学家著史要忠于客观史实，褒贬善恶务求公正。

2. 文献学

《永乐大典》成书于明成祖永乐时，由解缙等奉命纂修。所辑入的相关内容包括明初以前的图书七八千种，涉及经、史、子、集诸方面。全书共22 937卷（包括目录60卷），约3.7亿字，装成11 095册。这是我国最大的一部类书。因辑入材料的方式常是整段、整篇甚至是整部地分韵抄录，所以较多地保留了所收录书籍的原来面目，使宋、元以前的许多文献赖以保存下来。如《旧五代史》、《宋会要》等重要史籍，就是清代学者从《永乐大典》中辑出的。《永乐大典》有正本一部，嘉靖时又缮抄副本一部。可惜这本书正本毁于清入关之际的战火，副本毁于近代八国联军的炮火，目前所剩不足原来的4%，散布于世界各地。

《古今图书集成》一万卷，总目四十卷，共计一万零四十卷，清康熙时陈梦雷编，雍正时蒋廷锡奉敕重编。内容分历象、方舆、明伦、博物、理学、经济六编；编下设典，典下又分若干门类。条理清楚，搜集宏富，是继《永乐大典》之后的又一部大型类书。

《四库全书》是清乾隆皇帝委派纪昀等许多著名学者编纂的，全书分为经、史、子、集四类，共收书3 503种，

7 9337卷,装订成36 000余册。所收之书的来源可分两部分:一是清廷的内府藏本,一是从各省收集的民间藏本。书成后共缮写七部,现完整保存下来的还有四部。《四库全书》编成后,编者们又撰《四库全书总目提要》二百卷,仍以经、史、子、集分类,类下又分目属,每书皆摘举要点,考其源流得失,广泛地评价了我国的古籍,可为阅读古籍入门之书。

3. 考据学

考据学在清代发展成一门专门的学问,提倡汉儒的训诂考订,又称汉学、朴学。其主要内容是从文字音韵、名物训诂、校勘辑佚等方面入手,从事经书古义的考证,并由此推广到其他书籍。清代考据学的起源可追溯至明末清初的黄宗羲、顾炎武,他们治学严谨,反对宋明理学空谈心性的弊病,提倡汉学,但并不泥古、独尊汉学,而是强调通经致用,从古代寻找变革的根据。

乾嘉时期,清政权巩固,文字和思想高压,知识分子热衷于为考据而考据。乾嘉考据学派主要分为吴、皖两派。吴派以苏州人惠栋为首,著有《古书尚书考》《九经古义》等书,吴派的治学方法是信家法而尚古训。皖派以戴震为首。他们在治学上"实事求是,不主一家"。戴震之后,门生又分为两派。一派以段玉裁、王念孙为代表,专重音训考据;另一派以汪中、阮元为代表,音训考据与义理之学并重。其中段玉裁所写《说文解字注》,在文字学方面取得了巨大成就,被称为"千七百年来无此作"。王念孙所写《广雅疏证》和《读书杂志》,则是乾嘉时期有关训诂、校勘的代表作。

4. 地理学

清代的地理测绘也有不小成就。康熙时曾组织人力对全国进行测量,制成《皇舆全览图》,乾隆时,又派明安图等人两次到新疆等地进行测绘,在《皇舆全览图》的基础上,绘制成《乾隆内府皇舆全览图》,在这份地图里第一次详细绘出了新疆地区情况,至今仍有一定的参考价值。嘉庆二十五年(1820年)绘制的《重修大清一统志》,基本上反映了当时中国的版图情况。

明代考察旅行家徐霞客写了一部优秀的地理著作,名为《徐霞客游记》。此书对我国河道地理的考察作出了重要贡献,特别是对我国西南石灰岩地貌的介绍,是世界上有关这方面最早的记载,在科学上有很高的价值。

(四)明清时期的科技

1. 天文历法和数学

明朝原用历法名《大统历》,实际是元朝郭守敬修的《授时历》。至明朝末年,此历已出现较大误差,崇祯时,由徐光启主持修订,聘用耶稣会士龙华民、汤若望等参与工作,比较系统地引进参考了欧洲的天文学知识,修成《崇祯历书》。可是此历书在明代并未颁行,至清初由汤若望进呈,才颁行全国,称《时宪历》,一直用到清末。

清代王锡阐是著名的天文学家,他著有《晓庵新法》等书,发明了推算金星、水星凌日的方法,提出了日、月食初亏和复圆方位角计算的新方法。

梅文鼎,字定九,号勿庵,安徽宣城人。他以毕生的精力,从事中国古代历算学的整理与阐发,以及对西洋科学的研究和介绍。所著天文、历法、数学方面的著作,达86种,在中外科学知识的整理上,做出重大贡献。所著《古今历法通考》,是我国第一部历学史;所著《中西数学通》,总括了当时世界数学的全部知识,达到了当时我国数学研究的最高水平。

明安图是著名的蒙古族历算学家,乾隆时出任钦天监监正。经过三十多年的深入研究,他写出了《割圆密率捷法》四卷,创用"割圆连比例法"证明了割圆三法,他是我国用解析方法对圆周率进行研究的第一人。

2. 医药学

明初朱橚的《普济方》,全书共168卷。该书其总述、门类、方则等运用了中国传统的中医理论,用五运、六气解释病理,分类整理和保存了许多珍贵药方,是我国现存古代最大的一部方书。

药学方面以李时珍所撰《本草纲目》最有名。李时珍访采医药,阅书八百余种,撰成《本草纲目》52卷,记载药物1 892种,附有动植物插图1 100余幅,全面总结了我国古代的药物学成就,把我国药物学的研究提高到一个新的阶段。

乾隆时期官修《医宗金鉴》90卷,对《金匮要略》、《伤寒论》等书做了许多考订,并征集了不少新的经验良方,是一部介绍中医临床经验的重要著作。

清代名医王清任著有《医林改错》一书,在医学史上占有重要地位。他强调解剖学知识对医病的重要性,并对古籍中有关脏腑的记载提出质疑,通过对尸体内脏的解剖研究,他绘制出《亲见改正脏腑图》25种,对人身内部脏腑的构造提出新的见解。

3. 农学

徐光启，进士出身，曾任职翰林院，至礼部尚书、文渊阁大学士。徐光启生活在传统农业和手工业都非常发达的松江府，对农业生产极为关注。他潜心收集农学典籍，并亲自实践，著成《农政全书》60卷，全书系统总结了明末农业生产经验，是传统农业生产的集大成之作。

宋应星所著的《天工开物》共分18篇，对明末各手工业部门的生产技术均有涉及，是一部明末手工业和农业生产技术的总结性著作。

在农业科学研究上，清代也取得了一定的进展。鄂尔泰等人编修了综合性农书《授时通考》，全书共78卷，内容以农田生产为中心，兼及林、牧、副、渔。张履祥著有《补农书》，总结南方农业生产的经验，对水稻增产提出了不少有益的见解。

本章重、难点提示

一、重点掌握名词

内阁	大顺政权	驻藏大臣
票拟	建州女真	金瓶掣签
批红	萨尔浒之战	更名田
五军都督府	辽沈之战	郑和下西洋
给事中制度	宁远之战	倭寇之患
三法司	山海关之战	援朝抗日
通政司	南明	耶稣会士
厂卫制度	剃发	闭关政策
卫所制度	投充法	马戛尔尼来华
国子监	逃人法	《尼布楚条约》
八股文	三藩之乱	《布连斯奇条约》
《大明律》	摊丁入亩	《恰克图条约》
《大诰》	文字狱	心学
胡蓝之狱	黄册	李贽
靖难之役	鱼鳞图册	黄宗羲
奴儿干都司	里甲制度	顾炎武
改土归流	金花银	王夫之
土木之变	轮班工匠	《明实录》
夺门之变	住坐工匠	《明会典》
大礼议	议政王大臣会议	《国榷》
庚戌之变	南书房	《明史》
皇庄	军机处	《文史通义》
考成法	理藩院	《永乐大典》
潘季驯	内务府	《古今图书集成》
一条鞭法	秘密立储制	《四库全书》
争国本	京察	考据学
梃击、红丸、移宫三案	总督、巡抚	《徐霞客游记》
东林党	保甲制度	《崇祯历书》
复社	八旗制度	《普济方》
三饷加派	绿营军	《本草纲目》
矿监税使	札萨克制度	《农政全书》
大西政权	伯克	《天工开物》

二、论述题

1. 论述明初加强专制集权统治的举措。参见本章一、（一）。

2. 论述明代一条鞭法的主要内容及其历史意义。参见本章二、（三）。

3. 简述明与后金（清）的主要战争。参见本章四、（二）。

4. 论述清代摊丁入亩的主要内容及其历史意义。参见本章六、（一）。

5. 概述清代推行文字狱的原因、主要案件及其影响。参见本章六、（二）

6. 简述明代的赋役制度。参见本章七、（一）。

7. 论述清朝的中央政治制度。参见本章七、（二）。

8. 简述清朝的总督、巡抚制度及其影响。参见本章七、（二）。

9. 论述清朝的军事制度。参见本章七、（三）。

10. 简述清朝的边疆管理制度。参见本章七、（四）。

11. 简述明初恢复发展经济的措施。参见本章八、（一）

12. 简述明中后期社会经济的发展。参见本章八、（二）。

13. 简述清初恢复发展经济的措施及清前中期社会经济的发展。参见本章八、（三）和（四）。

14. 概述明清资本主义萌芽的产生及其特点。参见本章八、（五）。

15. 论述郑和下西洋。参见本章九、（一）。

16. 概述清代（鸦片战争前）中俄边界问题。参见本章九、（六）。

17. 简述明清时期哲学的代表人物及其思想主张。参见本章十、（一）。

18. 简述明清史学的主要成就。参见本章十、（三）。

19. 简述明清时期科技进步的主要表现。参见本章十、（四）。

第二部分　中国近现代史

Ⅰ. 考查要点

两次鸦片战争;中日甲午战争;重要的不平等条约及其影响;列强划分势力范围;太平天国政权;湘军与晚清地方势力的崛起;义和团运动;洋务运动;戊戌变法;清末新政与预备立宪;晚清教育改革;同盟会及其主张;南京临时政府及其内外政策;民初政党政治;二次革命;洪宪帝制;护国战争;民初经济发展;新文化运动;五四运动;第一次国共合作;北伐战争;南京国民政府的建立及其内政、外交;中共土地革命与苏维埃政权;南京政府时期的社会经济与文化;九一八事变与抗日救亡运动;正面战场与敌后战场;中共抗日根据地的建立和发展;中共七大;抗战时期的外交;抗战胜利的历史意义;重庆谈判与政治协商会议;中华人民共和国的成立;社会主义改造;中共八大;真理标准大讨论;中共十一届三中全会;改革开放;社会主义市场经济的确立。

Ⅱ. 试题综述

《历史学基础考试大纲》规定中国近现代史内容占试卷的比例为20%,约60分。下表为2007—2011年历史学基础试题中,中国近现代史内容在单项选择题、名词解释、史料分析题、论述(简答)题等四类题型中的题量与分值分布。

题型 年份	单项选择题		名词解释		史料分析题		论述(简答)题		合计
	题量	分值	题量	分值	题量	分值	题量	分值	
2011	6	12分	1	10分			1	40分	62分
2010	5	10分	2	20分			1	30分	60分
2009	5	10分	2	20分			1	30分	60分
2008	5	10分	2	20分			1	30分	60分
2007	5	10分	1	10分	1/3	10分	1	30分	60分

上表显示,在2007—2011年历史学基础试题中,中国近现代史内容多以单项选择题、名词解释、论述(简答)题三种题型出现,2007年曾出现在史料分析题的第三小题中。总题量大体上在8题左右,分值约60分。2007—2011年中国近现代史题型题量分布为单项选择题5~6道、名词解释1~2道、论述(简答)题1道。

中国近现代史考查时间范围为1840—1992年,这段历史分为晚清史(1840—1911年)、民国史(1912—1949年)和共和国史(1949—1992年)三个阶段,真题考查的侧重点是晚清史和民国史,目前考过的名词解释、论述(简答)题全部出自这段时期,其重要性由此可见。2007—2010年中国近现代史简答题是晚清史或民国史单独出题,2011年中国近现代史论述题为"论述近代两次中日战争对中国政治、经济和国际地位的影响",同时考查了晚清史和民国史的内容。共和国史内容多以单项选择题的形式出现。从试题考查内容看,多为政治经济制度变革、战争及其影响、思想文化等,反映了中国近现代史的特点。

第一章　列强的对华侵略

考点详解

一、列强历次侵华战争

（一）鸦片战争

1. 鸦片贸易

鸦片战争以前,中国在中英贸易中一直处于出超的有利地位。这种贸易状况,与英国资本主义经济扩张的需要是尖锐对立的。于是,英国商人便开始利用鸦片这种特殊商品,作为打开中国大门的重要手段。

1773 年,英印殖民政府确立了大量种植及向中国大量输出鸦片的政策,并给予东印度公司制造和专卖的特权。英国在印度大量销售棉纺品及其他工业品,以购买印度的鸦片,然后再将鸦片输入中国以换取中国的茶叶、生丝,运销英国和世界各地。在这种三角贸易关系中,鸦片起着特殊的作用,使英国资产阶级从中获取了巨额利润。由于鸦片输入量的激增,中、英之间的贸易逐渐发生变化。英国由原来的入超变为出超,而且这种差额越来越大。

鸦片贸易改变了中国对外贸易的长期优势,使白银大量外流。鸦片大量泛滥还给清政府的统治造成了严重危机。一方面,大量的白银外流,银价上涨,各地税收困难,拖欠赋税日益增多,国库储备越来越少,清政府的财政陷入困境。另一方面,官吏、兵丁吸食鸦片和从鸦片走私中收受贿赂,使清政府的吏治更加腐败,军队更加丧失战斗力。

2. 虎门销烟

鸦片输入给中国社会和清朝统治带来的危害,不能不引起清朝政府的关注。19 世纪 30 年代后期,清政府内部围绕鸦片问题展开了激烈的争论。1836 年 6 月,太常寺少卿许乃济奏请清廷,主张弛禁,将鸦片贸易合法化。而林则徐等人反对弛禁,主张严禁。道光皇帝采取了禁烟派的主张,并于 1838 年 12 月 31 日,任命林则徐为钦差大臣,节制广东水师,前往广州查禁鸦片。林则徐到达广州后,与两广总督邓廷桢、广东水师提督关天培等人合作,一方面积极整顿海防,防御外国侵犯;一方面严拿烟贩,惩办违法官弁,严禁国人贩卖、吸食鸦片,并于 3 月 16 日晓谕外国烟贩,限期呈缴所有鸦片。

在禁烟斗争的压力下,英国烟贩被迫缴出鸦片 2 万余箱,美国烟贩也缴出 1 500 余箱,共计 237 万余斤。在林则徐主持下,自 1839 年 6 月 3 日至 6 月 25 日,将所有缴获的鸦片在虎门海滩当众销毁。虎门销烟是中国禁烟运动的一个重大胜利。

3. 鸦片战争的经过

中国禁烟成为英国政府发动侵华战争的借口。英国发动战争的直接原因就是为了保护罪恶的鸦片走私活动,而根本原因是要用武力打开中国大门,把中国变成它掠夺原料的基地和倾销商品的市场。

第一次鸦片战争始自 1840 年 6 月,止于 1842 年 8 月,持续了两年多时间,经历了 3 个阶段。战争的第一阶段,自 1840 年 6 月英军封锁广州海面开始,至 1841 年 1 月义律单方面公布《穿鼻草约》时止,历时 7 个月。在这个阶段,英军实施封锁珠江口、占领定海、北上天津以武力逼迫清政府就范;中国方面除广东积极备战外,总体上持消极抗战的态度。

1841 年 1 月,义律单方面公布了《穿鼻草约》,其主要内容包括割让香港、赔偿烟价 600 万元、恢复广州通商等条款。琦善因未奏准,不曾在草约上盖用钦差关防。但英军却据此无效的草约,于 1 月 26 日强占了香港。

战争的第二阶段,自 1841 年 1 月 27 日清政府对英国宣战始,至 5 月 27 日《广州和约》签订为止,历时 4 个月。在这个阶段,清政府虽然宣战,但并无真正抗战的决心。道光皇帝派往广州主持军事的奕山、杨芳等官僚昏庸无能,在对英作战中一触即溃,终于签订了屈辱的《广州和约》。

1841 年 5 月 27 日,奕山与义律签订了屈辱的《广州和约》,规定清军六天内撤至离广州 60 英里以外的地方;一周内缴纳 600 万元"赎城费";赔偿英国商馆损失 30 万元。

战争的第三阶段,自 1841 年 8 月英军再度进攻厦门开始,至 1842 年 8 月 29 日签订《南京条约》为止,历时一年。在这个阶段，英军以进攻江浙地区为重点，以武力逼迫清政府彻底就范。清政府虽调集重兵赶赴浙江，但在前线溃败后便一味求和，最后被迫在南京订立了城下之盟。

鸦片战争以清政府的失败而告结束。从军事上看，英国虽然在武器装备和训练方面处于优势地位，但也有兵力严重不足、与本国距离遥远、补给困难等不利条件。中国在鸦片战争中失败的根本原因，在于中国封建制度的腐朽、科学技术的落后和清朝政府的腐败。

（二）第二次鸦片战争

正当清政府忙于与太平天国作战之际，英国、法国在俄、美两国的支持下，发动了新的侵华战争。这场侵略战争以扩大《南京条约》所取得的权益为目的，实际上是第一次鸦片战争的继续，史称第二次鸦片战争。

1. 修约

1854 年，《南京条约》签订届满 12 年，英国政府以《望厦条约》有 12 年后在贸易及海面各款上稍作变通的规定为借口，联合法、美两国向清政府进行"修约"交涉。清政府表示拒绝，交涉没有结果。1856 年，《望厦条约》届满 12 年。美国在英、法的支持下，再次提出全面修改条约的要求，英、法也提出同样要求，仍被清政府拒绝。此时英、法与俄国进行的克里米亚战争已经结束，于是英、法决心发动一场新的侵华战争。

2. 亚罗号事件和马神甫事件

1856 年 10 月，英国利用所谓"亚罗号"事件制造战争借口。"亚罗号"是一艘中国走私船，曾在香港注册，但已经过期。10 月 8 日，广东水师在中国走私船"亚罗号"上搜查海盗，逮捕了十几名中国水手。英国驻广州代理领事巴夏礼遵照英国政府的指示，致函两广总督叶名琛，竟称"亚罗号"是英国船，要求释放人犯，并编造中国士兵捕人时扯落英国国旗的谎言，无端要求向英方赔礼道歉。叶名琛复函据理驳斥，但为息事宁人，同意把人犯送交英国领事馆，而巴夏礼拒不接收。10 月 23 日，英国军舰冲入珠江，进攻沿江炮台，第二次鸦片战争正式爆发。

在此之前，法国正因"马神甫事件"（又称"西林教案"）向中国交涉。所谓"马神甫事件"，是指法国天主教马赖违犯外国传教士不得到五口通商以外地区活动的规定，潜入广西西林县活动，于 1856 年 2 月被处死一案。法国为了换取英国支持它在越南"自由行动"，并取得天主教在中国传教不受干涉的保证，便接受英国建议，派葛罗为全权专使，以"马神甫事件"作为借口，率军侵华。

3. 第二次鸦片战争的经过

1857 年 12 月，英法联军首先攻陷广州，然后率军北上，于 1858 年 4 月到达大沽口。5 月大沽失陷。英法联军直抵天津城下，扬言要攻占北京。清政府慌忙派大学士桂良、吏部尚书花沙纳为钦差大臣前往天津议和。1858 年 6 月，清政府在天津分别与英法签订了中英《天津条约》和中法《天津条约》，此后，又在上海分别与英、法订立《通商章程善后条约》。

《天津条约》签订后，双方都不满意，清政府对"外国公使驻京"条款难以接受，英法两国希望扩大侵略权益，蓄意利用换约之机重新挑起战争。1859 年 6 月，英法侵略者在与清政府换约交涉未能达成一致情况下，派军进攻大沽，但遭到清军顽强抵抗，英法联军战败，并退出大沽口。

1860 年 2 月，英、法两国政府分别再度任命额尔金和葛罗为全权代表，率领英军 18 000 余人，法军约 7 000 人，船舰 200 余艘，来华扩大侵略战争。8 月 24 日，英法联军占领天津，9 月 22 日，咸丰皇帝仓皇出逃热河承德（今河北承德市），留下其弟恭亲王奕䜣负责议和。10 月 6 日，英法联军占领圆明园。圆明园前后经营 150 多年，综合中西建筑艺术，聚集了古今艺术珍品和历代图书典籍。英法联军在圆明园大肆进行抢掠，然后又纵火焚毁。奕䜣在英、法武力逼迫下，于 10 月 24 日、25 日分别与额尔金、葛罗交换了《天津条约》批准书，并签订了中英、中法《北京条约》。

（三）沙俄侵占我国北方领土

第一次鸦片战争后，沙俄利用清政府力量削弱之机，开始在我国东北和西北地区大肆进行侵略活动。1850 年 8 月，沙俄又强占了黑龙江口的重镇庙街，并以沙皇的名字要把庙街更名为尼古拉耶夫斯克。到 1853 年底，沙俄势力已扩张到黑龙江下游两岸和江口外整个中国领海，并且侵占了库页岛。

1851 年 8 月 6 日，在沙俄的强迫下，伊犁将军奕山代表清政府与沙俄代表签订了中俄《伊犁塔尔巴哈台通商章程》，沙俄取得了在新疆设立领事、领事裁判权、通商免税、建立贸易圈等侵略权益。

1856 年末，沙俄竟将霸占的我国吉林三姓（今黑龙江依兰县）副都统所辖的黑龙江下游地区和库页岛划为它的"滨海省"，设首府于庙街。

1858 年 5 月，乘英法联军攻陷大沽之机，穆拉维约夫率兵直驱瑷珲，于 28 日胁迫黑龙江将军奕山与之签订了《瑷珲条约》。条约主要内容是:黑龙江以北、外兴安岭以南60多万平方公里的中国领土划归俄国,仅在瑷珲对岸精奇哩江(今俄国结雅河)以南的一小块地区(后称江东六十四屯)仍保留中国方面的永久居住和管辖权;乌苏里江以东的中国领土划为中俄"共管",原属中国内河的黑龙江和乌苏里江,此后只准中、俄两国船只往来,别国不得航行。

1860年10月底,俄国公使伊格纳季耶夫自称"调停有功",并以帮助镇压太平军为诱饵,再加之以武力要挟,又迫使奕䜣签订了不平等的中俄《北京条约》。此条约除迫使清政府确认《瑷珲条约》外,还规定:(1)乌苏里江以东地区40余万平方公里的中国领土割让给俄国,惟"遇有中国人住之处及中国人所占渔猎之地,俄国均不得占,仍准中国人照常渔猎";(2)俄国得在库伦、张家口、喀什噶尔等地免税贸易、设立领事并享有领事裁判权。(3)中俄西段未定疆界应"顺山岭、大河之流,及现在中国常驻卡伦(哨所)等处"为界。这一规定为它以后强占中国西部领土制造了依据。

1864年10月,清政府被迫在中俄《勘分西北界约记》上签字。具体划定了从沙宾达巴哈山口(今俄境)起至浩罕边界为止的中俄西段边界。通过这个条约,俄国割占了巴尔喀什湖以东以南,包括斋桑泊和特穆尔图淖尔在内的约44万多平方公里的中国领土。

沙俄通过《瑷珲条约》、《北京条约》和一系列的勘界条约,侵占了我国144万多平方公里的领土。

(四)中法战争

1. 法国侵略越南

1862年,法国发动了侵越战争,迫使越南与之签订《西贡条约》,割占了边和、嘉定、定祥三省及昆仑岛。1867年,法军又攻占了永隆、昭笃、河仙三省,控制了湄公河三角洲。1873年11月,法国为占领越南北部和控制红河航行权,组织了由安邺率领的远征军,攻陷了河内及附近各地。越南政府请求清政府派军援助,并招当时驻在保胜(今老街)等地的刘永福的黑旗军南下抗法。刘永福参加过反清起义军,太平天国失败后,他率部进入越南,队伍逐渐扩大到2 000人。他的部队以七星黑旗为军旗,所以称黑旗军。黑旗军应邀南下后,配合越南军队在河内城郊大败法军,击毙法军首领安邺。刘永福因功被越南国王授以三宣副提督,据守红河两岸地区。

1882年4月,法海军上校李维业(又译作李威利)指挥法军再次进攻北圻,占领河内。在越南政府的邀请下,刘永福再次率黑旗军开赴前线,于1883年5月19日在河内城西的纸桥附近设伏,痛歼法军,击毙李维业。越南国王授刘永福以三宣提督之职。法国不甘心在越南的失败。1883年5月,法议会又通过增加远征越南军费550万法郎和增派1 800名侵略军的议案。8月,法军攻陷越南首都顺化,逼签《顺化条约》,取得了对越南的"保护权"。《顺化条约》签订后,法国便把侵略矛头指向中国,要求清政府承认法国对越南的殖民统治,撤出在越南北部的清军,召回刘永福,开放云南边界。中法矛盾日益激化。

2.《中法会议简明条款》

李鸿章在德国人德璀琳的撮合下,与法国海军军官福禄诺进行谈判,并于1884年5月11日在天津签订了《中法会议简明条款》。主要内容是:中国承认法国与越南签订的条约和对越南的保护权;中国驻越清军调回境内(未明确规定撤军期限);法国不索赔款,中国在中越边境开埠通商;法国与越南修约时,不出现有损中国体面的字样;三个月后,双方派遣全权大臣,制定详细办法。这一条约的签订,表明了清政府对法国侵略的妥协屈服。

3. 马尾海战

亦称马江之役。1884年北黎事件后,法国反诬清政府违背《中法会议简明条款》,极力讹诈。同年7月15日法远东舰队司令孤拔率舰队主力强行驶入福建马尾港。福建会办海疆事务张佩纶和船政大臣何如璋在清廷妥协政策的影响下,不作战备。8月19日,法国复向清政府发出撤兵、赔款的最后通牒。遭拒绝后,法舰于8月23日向马尾港内的中国船舰发起突然袭击。福建水师仓促应战,部分船舰未及起锚即被击沉、击伤。是役,中国兵舰被击沉11艘,官兵伤亡700余人。马尾船厂遭法舰炮火轰毁。马尾海战的惨败是清政府妥协投降政策的恶果。8月26日,清政府被迫对法国宣战。

4. 镇南关大捷

1885年初,法军攻陷和破坏镇南关(今友谊关),以重兵威胁广西边境。冯子材率"萃军"由钦州开赴镇南关前线。冯子材联络边民,团结友军,在关前隘筑墙据守,主动出击。3月22日,冯子材在其他各军的密切配合下,血战2天,歼敌千余人。26日各军乘胜出关,猛攻谅山,法军司令尼格里受重伤,法军全线溃退,促使法国茹费理内阁倒台。

5. 中法战争的影响

中法战争是中国反对侵略并取得胜利的战争,但结果却被清政府的妥协政策葬送。中法战争不仅结束了第二次鸦片战争以后形成的"中外合好"的局面,而且进一步暴露了清政府的腐朽无能和对外软弱妥协的心理,助长了英、法、俄、日等列强侵略中国及其邻邦的野心。

(五)中日甲午战争

1. 帝后党争

从 19 世纪 80 年代后期开始,清政府内部逐渐形成了"帝党"和"后党"两派政治势力。同治皇帝 1875 年去世后,4 岁的载湉即位,是为光绪皇帝。随着光绪皇帝成人,慈禧太后由"垂帘听政"改为"训政",并于 1889 年宣布"归政"光绪皇帝。但她仍大权独揽,并把朝内和地方的实权人物集结于自己的周围,形成了以她为核心的"后党"集团。光绪皇帝依靠自己的师傅翁同龢,集结了部分官僚,形成"帝党"集团。帝党的核心人物多是光绪皇帝近臣和翁同龢的门生故旧。

帝党和后党之间不仅存在争夺清朝最高统治权的矛盾,而且在许多重大的内政外交问题上也存在着革新与守旧、抗争与妥协的差异。在对待日本侵略问题上,帝党主张积极整军备战,遏制日本的侵略。他们不断利用"清议"来催促政府整顿弊政,备战自卫,增强防御力量。后党对日本的侵略意图始终没有提高警惕,一直认为日本不敢对中国大动干戈。

2. 东学党起义

1894 年 2 月,朝鲜爆发了东学党起义。6 月,起义军攻占全罗道首府全州。朝鲜统治者急忙请求清政府派兵协助镇压。清政府对日本虚伪的"保证"深信不疑,于 6 月 5 日派直隶总督叶志超率陆军 1 500 人赴朝鲜,进驻汉城南的牙山,并于次日按《天津会议专条》的规定通知了日本。日本随即借口保护使馆、侨民,派兵分踞汉城一带要地,之后又陆续增兵 1 万余人。这时,朝鲜局势已经逐渐平稳,清政府建议两国同时撤兵,但日本拒不撤兵,提出两国共同监督朝鲜内政改革的无理要求,蓄意扩大事态,挑起战争。

3. 丰岛海战

1894 年 7 月,清政府命济远、广乙等舰护送仁字军增援驻朝鲜牙山清军。7 月 25 日晨,当济远等舰返航驶至丰岛海面时,突遭日军吉野、浪速、秋津洲三舰袭击。济远、广乙被迫还击。广乙中弹起火后搁浅焚毁;济远管带方伯谦贪生怕死,命树白旗西逃,水手王国成等自动操尾炮击中紧追的吉野。清政府雇用的英船高升号及同行的炮舰操江号,赴朝途中亦在此与日舰遭遇,操江号被俘,高升号被击沉,船上清军官兵约 850 人死难。日本蓄意挑起甲午战争,中国被迫于 8 月 1 日对日宣战。

4. 平壤战役

1894 年 7 月,日军在汉城附近牙山袭击清军后,即组织万余人兵力,由山县有朋率领,分四路包围平壤。时该城由叶志超、左宝贵、马玉崑、卫汝贵等率清军一万五千人驻守。自 9 月 15 日起,日军分三路发动总攻。东路日军从正面进攻,马玉崑部抵死相拒,数次击退敌人;西路日军偷袭西南门,卫汝贵部奋力迎战,毙敌多人;北路日军强攻牡丹台和玄武门,左宝贵登城指挥,身负重伤仍坚持督战,后中炮牺牲,玄武门破。叶志超弃城溃逃,渡过鸭绿江,平壤失陷。

5. 黄海海战

亦称大东沟之役。北洋舰队于 1894 年 9 月 17 日在黄海大东沟海面遭到日本舰队的袭击。双方展开激战,清军致远舰管带邓世昌、经远舰管带林永升率官兵英勇奋战,壮烈牺牲。镇远等舰受伤后坚持抗敌,双方激战 5 小时,日本舰队首先撤离,北洋舰队随即返航旅顺。此战,北洋舰队 5 艘沉毁,6 艘受伤,死伤官兵约 800 余人,损失重大,但主力尚存。日本舰队 5 艘受重伤,官兵死伤 300 余人,也遭到沉重打击。此后李鸿章避战求和,下令退守威海卫,使日本控制了制海权。

6. 辽东战役

1894 年 10 月,日军突破清军鸭绿江防线后,连占中国辽东凤凰城、岫岩、海城等地。清政府调两江总督刘坤一为钦差大臣,督办东征军务,并命湖南巡抚吴大澄和宋庆为帮办,以期挽回颓势。自 1895 年 1 月 17 日起,清军相继四次发动收复海城之役,均遭挫败。1895 年 2 月 28 日,日军从海城分四路进犯,3 月 4 日攻占牛庄,3 月 7 日不战而取营口,3 月 9 日又攻陷田庄台。仅十天时间,清朝百余营六万多大军便从辽河东岸全线溃退。

7. 威海卫之战

黄海海战后,李鸿章令海军避战自保,使北洋舰队困守威海卫基地。1895 年 1 月 20 日,日军出动二十五艘兵舰运送陆军二万余人在荣城湾登陆,并以军舰封锁港口。1895 年 2 月 2 日,日本占领了威海卫南、北两岸炮台,与海军一起炮轰停泊在刘公岛和港内的北洋舰队。北洋舰队受敌水陆夹攻,爱国官兵仍英勇抵抗,击沉敌舰两艘和鱼雷艇五艘。北洋舰队先后有四艘军舰被击沉,十二艘鱼雷艇突围被掳,人员伤亡惨重。北洋海军中的洋员煽动部分兵弁哗变,胁迫丁汝昌投降。2月11日,丁汝昌拒绝投降,被迫自杀。余舰十一艘为日军所获。至此北洋海军彻底覆亡。

威海卫之战以后,日本控制了渤海湾,直接对天津和北京构成了威胁。面对这一严峻形势,清政府被迫按照日本的旨意,任命李鸿章为"头等全权大臣",前往日本议和。1895年4月签订了中日《马关条约》。

8. 反割台斗争

《马关条约》签订后,日军于1895年5月开始在台湾强行登陆。台湾巡抚唐景崧内渡,台北不战而失。台湾各族人民在徐骧等人领导下组成义军,与刘永福的黑旗军共同战斗,先后在新竹、台中、彰化等处与日军进行激烈的战斗。10月,日军逼进台南,日本海军配合陆军进攻,台南守军孤立作战,最终于21日陷落。台湾省全境沦陷。

(六) 八国联军侵华战争

1900年由英、美、德、法、俄、日、意、奥八国组成的联军侵略中国的战争。1900年夏义和团反帝斗争进入高潮,帝国主义为了镇压义和团,并借机扩大对中国的侵略,联合发动侵华战争。6月10日,八国联军2 000多人从天津向北京进犯,在杨村一带被义和团击败。6月17日,帝国主义军舰向大沽炮台进攻,占领了大沽炮台。7月14日,联军攻陷天津,随即集结2万兵力进犯北京。8月14日,北京失陷,八国联军在京津一带烧杀抢掠。9月,侵略军陆续增至10万人,并由京津出兵侵犯山海关、保定、山西等地。同时,沙俄又单独出兵17万侵占东北三省。1901年9月7日德、俄、英、美等11个帝国主义国家胁迫清政府签订了空前屈辱的《辛丑条约》。八国联军除留下部分兵力常驻京津至山海关18处要地外,其余全部撤走。而沙俄侵略军则强占东北不撤,从而激起了中国人民的拒俄运动。

二、重要的不平等条约及其影响

(一)《南京条约》

1842年8月,耆英、伊里布与璞鼎查在南京下关江面的英国军舰"皋华丽"号上签订了中英《南京条约》。其主要内容有:(1)中国将香港一岛割让给英国;(2)开放广州、福州、厦门、宁波、上海等五处港口为通商口岸,英国有权在所开各口派驻领事,设立领事馆,英国商人可以自由通商,不受只准与清政府指定的行商贸易的限制;(3)赔偿英国鸦片烟价600万元,商欠300万元,军费1 200万元,共计2 100万元(不包括广州"赎城费"600万元),分4年付清。(4)协定关税,即英商在通商各口缴纳进出口货税,中国须同英国商定。

《南京条约》签订以后,为了议定关税税率及其他有关问题,中英双方又在广州继续谈判。1843年,璞鼎查又强迫清政府签订了中英《五口通商章程》、《五口通商附粘善后条款》(即《虎门条约》),作为《南京条约》的补充条款。通过《虎门条约》,英国又获得了以下权利:(1)领事裁判权。条约规定,英国人在中国领土上发生司法交涉或是犯罪,由英国领事按照英国法律处理,中国政府无权根据中国法律进行判处。这一规定严重破坏了中国的司法权,开创了外国人在中国犯罪而不受中国法律制裁的恶例。(2)片面最惠国待遇。条约规定中国在将来给予其他国家任何权利时,"亦准英人一体均沾"。此项条款为英国和其他国家在侵略中国的过程中,互相援引,攫取各种侵略权益开创了恶例。(3)居住及租地权。条约规定英国人可以在通商口岸租赁土地,建房居住。后来,外国侵略者利用这项特权在通商口岸建立租界,并逐渐发展为完全脱离中国政府管辖的特别区域。

《虎门条约》还附有《海关税则》,其中规定凡未列入本税则的所有进出口货物,一律"值百抽五"。进出口税率的降低,有利于英国向中国倾销商品和掠夺原料,把中国纳入世界资本主义市场。《海关税则》的签订,使中国海关失去了保护本国经济发展的作用。

第一次鸦片战争和《南京条约》等一系列条约的签订,使中国社会开始发生根本性的变化。政治上,中国的独立主权受到严重侵犯,领土完整遭到破坏,司法、关税等主权开始丧失,中国开始受制于西方列强;经济上,中国自给自足的自然经济开始受世界资本主义经济的强烈冲击,并逐步成为世界资本主义的商品销售市场和廉价原料的供应地。从此,中国由一个独立的封建国家逐步地转变为半殖民地半封建国家。

(二)《望厦条约》和《黄埔条约》

1844年7月,美国专使顾盛和清政府钦差大臣耆英在澳门附近的望厦村签订了中美《望厦条约》(即中美《五口贸易章程》)。在这个条约中,美国享有除割地、赔款以外的英国在《南京条约》中所取得的各项特权,同时还新增了以下几项重要的侵略权益:扩大领事裁判权、美国兵船在中国沿海各港口的航行权、美国可在通商口岸修建教堂和医院、变更税例须与美国领事等官商议、所订条款如有变通之处可在12年后由两国派员议商修订等。这些条款进一步严重地侵犯了中国的司法主权、领海权、关税自主权。

1844 年 10 月 24 日,耆英在广州附近的黄埔与拉萼尼签订了《黄埔条约》。通过这一条约,法国也取得了中英、中美条约中规定的全部特权。条约还规定:"倘有中国人将法兰西礼拜堂、坟地触犯毁坏,地方官照例严拘重惩。"这就迫使清政府开始放弃对天主教的禁令,至 1846 年,法国获得在各通商口岸自由传教的权利。从此,基督教开始在中国逐渐传播开来。

(三)《天津条约》和《通商章程善后条约》

1858 年 6 月 26 日和 27 日,桂良、花沙纳同英、法分别签订中英《天津条约》和中法《天津条约》,条约主要内容有:英、法公使驻北京;增开牛庄(后改营口)、登州(后改烟台)、台湾(台南)、淡水、潮州(后改汕头)、琼州、汉口、九江、南京、镇江等地为通商口岸;允许外国人到内地游历、传教和通商;外国商船自由航行长江各口岸;修改关税税则;中国向英国、法国分别赔款银 400 万两和 200 万两。同时规定,条约的批准书一年以后在北京互换。

同年 11 月,清政府又分别和英、法、美三国在上海签订了《通商章程善后条约》,主要内容有:鸦片贸易合法化;中国海关由英人"帮办税务";海关对进出口货物照时价抽 5%;洋货运销内地,除按价值抽 2.5% 的子口税外,免征一切内地税。

在中英、中法《天津条约》订立前,俄国公使普提雅廷诱逼清政府于 6 月 13 日首先订立了中俄《天津条约》,取得了许多特权,还特别规定了两国派员查勘"从前未经定明边界",以便通过"勘界"来侵占中国领土。美国公使列卫廉也于 6 月 18 日与清政府订立中美《天津条约》,同样取得了许多特权。

(四)中英、中法《北京条约》

1860 年 10 月 24 日和 25 日,清政府先后与英法代表签订了中英、中法《北京条约》。条约规定:承认《天津条约》完全有效。增开天津为商埠;准许英、法招募华工出国;割让九龙司,"归英属香港界内";退还以前没收的天主堂资产,法方还擅自在中文约本上增加:"并任法国传教士在各省租买田地,建造自便";赔偿英、法军费各增至 800 万两,恤金英国 50 万两,法国 20 万两。

(五)《中法新约》

1885 年 6 月 9 日,李鸿章与巴德诺代表中法两国在天津签订《中法会订越南条约》(又称《中法新约》),其主要内容是:中国承认法国对越南的保护权;在中越边境指定两处为法国陆路商埠。允许法国在此设立领事馆;法货进出中国边界,应减轻关税;日后中国修建铁路,须向法国人商办;法军从台湾和澎湖撤军。法国势力从此侵入我国云南、广西,进一步加深了我国西南边疆的危机。法军撤出台湾、澎湖后,清政府于当年设置台湾省,任命刘铭传为第一任台湾巡抚。

(六)《马关条约》

1895 年 4 月 17 日,李鸿章与日本代表签订了《马关条约》。其主要内容是:(1)中国承认日本对朝鲜的控制。(2)割让辽东半岛、台湾全岛及所有附属各岛屿和澎湖列岛给日本。(3)赔偿军费二万万两白银。(4)增开沙市、重庆、苏州、杭州四个通商口岸,日船可沿内河驶入以上各口。(5)允许日本臣民在中国通商口岸设立工厂,产品运销内地只按进口货纳税,并准在内地设栈寄存。条约中还规定,为保证中国履行条款,日军暂时占领威海卫。

《马关条约》是《南京条约》以来最严重的丧权辱国条约,它给中国带来了严重的灾难,使中国的半殖民地化程度进一步加深。条约规定日本对中国巨额赔款的勒索,相当于清政府全年财政收入的三倍。清政府除了加重搜刮外,被迫大借外债,使列强进一步加强了对中国的控制和掠夺。条约允许日本在华直接投资设厂,适应了帝国主义资本输出的需要。它强占中国大片领土,不仅严重破坏了中国的领土完整,而且刺激了列强瓜分中国的野心,掀起了帝国主义瓜分中国的狂潮。

(七)《辛丑条约》

1901 年 9 月 7 日,奕劻、李鸿章代表清政府,与俄、英、美、日、德、法、意、奥、西、比、荷等 11 个国家的公使,在最后议定书上签字,正式订立了《辛丑条约》。《辛丑条约》正约有 12 款,还有 19 个附件。

主要内容是:(1)清政府向各国赔款白银 4.5 亿两,以关税、盐税和常关税作为担保,分 39 年还清。加上年息 4 厘,本息共计 98 223 万余两。这笔赔款习惯上被称作"庚子赔款",是西方列强侵略中国以来数额最大的一笔赔款。(2)在北京设立"使馆区"。中国人不准在这个区域内居住,各国可以在这里驻兵。(3)大沽炮台以及从北京到大沽沿路的炮台"一律削平"。从北京到山海关铁路 12 个战略要地,准许各国派兵驻守。(4)惩办在义和团运动中和帝国主义作对的官吏。永远禁止中国人成立或加入反帝性质的各种组织,"违者皆斩"。(5)改总理衙门为外务部,"班列六部之前",以办理今后对帝国主义的交涉。

帝国主义列强通过《辛丑条约》大大加强了它们在中国的势力和影响,加强了对清政府的军事监督和政治控制,使之继续充当它们侵略中国的工具。

三、边疆危机与朝贡体系崩解

(一) 日、美侵犯台湾

美国从 19 世纪 50 年代开始,把台湾作为它在远东侵略的重点地区。1856 年,美驻华专使巴驾向国务院提出一项由美、英、法三国分别占领台湾、舟山群岛和朝鲜的计划。1867 年,美船"罗佛"号在台湾南部琅峤(今恒春)附近触礁沉没,船长等十余人被高山族人所杀。美国利用这一事件挑起事端,公然派海军少将贝尔率两艘军舰进攻台湾,美军 180 多人在琅峤登陆。高山族人民英勇抵抗,打退了美军的进攻,并击毙美国副舰长马肯基等多人,残敌被迫退去。

日本自明治维新后开始走上军国主义道路,表现出极强烈的向外扩张野心,其首要侵略目标就是台湾和朝鲜。1871 年 11 月,有琉球渔船因遇飓风漂流至台湾,船员 50 余人被高山族人误杀,12 名生存者由中国政府送回琉球。此事与日本毫不相干,日本竟以此作为对外侵略的借口。

1874 年 5 月,日本在美国帮助下,派陆军中将西乡从道率兵 3 000 余侵犯台湾,日本在琅峤劫掠焚杀,高山族人民据险反击。日军退踞龟山,设立都督府。清政府一面和日本交涉,一面派船政大臣沈葆桢率军赴台,部署防务。

1874 年 10 月,李鸿章与大久保利通签订《台事专约》(即中日《北京专约》),规定日军限期从台湾撤退,清政府赔偿银 50 万两。日本利用《北京专约》上有台湾居民"曾将日本国属民等妄为加害"、日本出兵是"保民义举"等字样,作为清政府承认琉球是日本属国的依据。1879 年,日本以武力正式吞并琉球,改为冲绳县。

(二) 英国侵略滇藏

1. 马嘉理事件与《烟台条约》

1852 年英国占领缅甸后,企图寻找一条由缅甸通往中国的道路,由西南方向入侵中国。1875 年 2 月,英国驻北京使馆翻译马嘉理率领武装探路队进入云南。2 月 21 日,马嘉理被当地人民盘问,他蛮横地开枪行凶。当地人民激于义愤,打死马嘉理。这就是所谓"马嘉理事件",或称"滇案"。英国趁机扩大事态,以武力逼迫清政府让步。

1876 年 9 月,李鸿章代表清政府在山东烟台与威妥玛签订了中英《烟台条约》和《入藏探路专条》。其主要内容是:中国派专使赴英就"马嘉理事件"赔礼道歉,并赔偿白银二十万两;允许英国派员到云南考察,以商订滇缅边界及通商章程;凡内地各省及通商口岸发生涉及英人生命财产案件,英国可派员前往观审;增开宜昌、芜湖、温州、北海为通商口岸,各口岸租界内的洋货免征厘金,无论华商、洋商,将洋货运入内地,只纳子口税,其他各项内地税全免;英国人可到甘肃、青海、西藏等地"游历",开辟印藏交通等。《烟台条约》扩大了英国在华的侵略特权,为其进一步侵略中国西南地区提供了便利条件。

2. 《藏印条约》与《藏印续约》

《烟台条约》签订后,英国自恃已取得进入西藏的条约依据,多次武装入侵西藏,由于西藏人民的坚决抵抗,英国入侵计划未能得逞。1890 年和 1893 年,清政府与英国先后签订了《藏印条约》与《藏印续约》,承认锡金归英国保护,开放亚东为商埠,英国在亚东享有治外法权以及进口货物五年不纳税等特权。从此,英国打开了西藏的大门,其侵略势力不断深入。

(三) 新疆危机与《伊犁条约》

1. 新疆危机

1865 年初,浩罕汗国摄政王派军官阿古柏入侵南疆。此后两年间,阿古柏又先后攻占南疆各城,吞并了其他几个割据政权。1867 年,阿古柏悍然宣布成立"哲德沙尔汗国"(意为七城国)。1870 年,阿古柏相继侵占吐鲁番地区和乌鲁木齐,把侵略势力从南疆进一步扩展到北疆的部分地区。

当时正在中亚进行激烈争夺的英国和沙俄,都试图通过支持阿古柏政权,染指中国新疆地区。沙俄于 1872 年 6 月与阿古柏订立"通商条约",公然承认阿古柏为"哲德沙尔"领袖,换取在新疆通商、商队过境、设置商务专员等特权。英国于 1874 年同阿古柏签订正式条约,承认阿古柏的统治地位,并以提供大批枪支弹药为条件,取得在阿古柏统治地区通商、驻使、设领事等权利。这样,阿古柏政权就成为英、俄分裂和控制中国领土新疆的傀儡。

2. 左宗棠收复新疆

与此同时,日本侵略我国台湾,东南海防顿形紧张。清政府内部发生了"海防"与"塞防"的激烈争论。直隶总督李鸿章强调"海防"的重要性,认为应大力加强海防,但同时却认为"海防、西征力难兼顾",主张放弃新疆。陕甘总督左宗棠提出"海防塞防并重",力主规复新疆。清政府权衡利弊,在加强海防的同时,也接受左宗棠的主张,于1875年4月任命左宗棠为钦差大臣督办新疆军务。

1876年3月,左宗棠率军西征。他采取了"先北后南"的方针,仅用了半年多的时间,就恢复了北疆大部分领土。1877年,清军乘胜进军南疆,阿古柏仓皇逃走,在库尔勒身亡。1878年1月,清军收复了除沙俄侵占的伊犁地区以外的全部新疆领土。

3.《伊犁条约》

1878年6月,清政府派崇厚为使,前往俄国谈判索还伊犁的问题。崇厚在沙俄的胁迫愚弄下,于1879年10月2日擅自签订了《交收伊犁条约》。清政府拒绝批准该约,同时改派曾纪泽兼任驻俄公使前往俄国改订条约。

经过半年多的反复交涉,双方代表于1881年2月在彼得堡签订了中俄《伊犁条约》和《改订陆路通商章程》。根据这一条约,中国收回被俄国侵占的伊犁地区,取消了崇厚所订条约中割让特克斯河流域和松花江航船到伯都纳等条款,但霍尔果斯河以西、伊犁河以南以北两岸的原属中国的大片领土被划归俄国。此后,根据条约规定而签订的中俄《伊犁界约》等几个边界议定书,沙俄共割占了中国斋桑湖东北、霍尔果斯河以西、特穆尔图淖尔东南和阿克赛河源等7万多平方公里的土地。

清政府收回伊犁后,于1884年11月在新疆建立行省,设置州县,同时任命刘锦棠为新疆巡抚,更加密切了新疆与祖国内地的联系。

(四)朝贡体系的崩解

朝贡体系是自公元前3世纪开始,直到19世纪末期,存在于东亚、东南亚和中亚地区的以中国为核心的国际关系体制。到鸦片战争前期,中国主要的朝贡国有日本、朝鲜、越南、缅甸等。19世纪60年代至70年代,朝贡体系受到西方资本主义的全面冲击和破坏。

1871年,清政府同日本签订了《中日修好条规》。主要内容:(1)两国各以礼相待,互不侵犯;(2)两国政事自主,"彼此均不得代谋干预";(3)两国可互派使臣驻京;(4)议定通商港口,可在指定的对方各口设理事官,行使对等职权;(5)两国兵船为保护各自商民可往来指定的对方口岸,禁止驶入他口及内地河湖支港。《中日修好条规》的签订标志着朝贡体系开始破裂。

1862—1884年,法国先后通过两次《西贡条约》、两次《顺化条约》,确立了对越南的殖民统治。中法战争结束后,1885年6月,中法正式签订《中法会订越南条约》(即《中法新约》),清政府承认了法国与越南订立的条约,放弃了对越南的宗主权,承认法国对越南的殖民统治。清朝与越南的宗藩朝贡关系遂告结束。

1885年12月,英国派兵攻占了缅甸首府曼德勒,俘虏了缅甸国王,并于1886年1月宣布将上缅甸并入英属印度,完成了对整个缅甸的吞并。英国吞并缅甸之后,清政府提出了抗议,中英双方进行了谈判。1886年7月,在北京签订了《缅甸条款》,清政府承认了英国在缅甸的特权,英国同意缅甸每隔十年"循例"向中国"呈进方物",但在实际上清朝与缅甸的宗藩关系已不复存在。

明治维新后,日本开始对外扩张。1875年5月,日本强令琉球国王停止对中国的朝贡,并派军队驻扎琉球,6月又强令琉球改用日本年号。1876年,日本在琉球设立司法机构,事实上将琉球置于其统治之下。琉球国王于1877年4月遣使来华,恳求清政府阻止日本的吞并行径。清政府派何如璋到日本进行交涉,但未取得成果。1879年3月,日本政府派兵占领琉球,3月30日正式宣布琉球为冲绳县。虽然清政府与日本再次进行交涉,但由于日本的蛮横和清政府的软弱,琉球终为日本所吞并。清朝与疏球的宗藩朝贡关系遂告结束。

1876年,日本舰队进入汉江口,迫使朝鲜在江华府同日本缔结了不平等条约《朝日修好条约》(即《江华条约》)。此后,日本加快了侵略朝鲜的步伐,先后酿造了1882年"壬午兵变"和1884年的"甲申政变"。甲午战争后,1895年,根据《马关条约》,清朝解除与朝鲜的宗藩关系。朝鲜实际上变成了日本的势力范围。至此,清朝的藩属国丧失殆尽,朝贡体系彻底崩溃。

四、列强划分势力范围

(一)三国干涉还辽和《中俄密约》

1. 三国干涉还辽

中日《马关条约》规定清政府将辽东半岛割让给日本,直接威胁到俄国侵略东北地区的阴谋,因此引起俄国的关注。1895 年 4 月,俄国联合德、法两国,分别向日本外务省提交备忘录,要求日本将辽东半岛归还中国。与此同时,三国海军出现在日本海面,向日本施加军事压力。日本在甲午战争中虽然战胜了中国,却无力与三国抗争。10 月 19 日,日本被迫接受三国要求,同意退还辽东半岛,但向中国索取了"赎辽费"3 000 万两白银。俄国发动的三国干涉还开启了 19 世纪末列强瓜分中国狂潮的序幕。

2.《中俄密约》

三国干涉还辽之后,清政府对俄国产生了幻想,实行联合俄国,牵制其他列强的外交方针。1896 年,清政府借沙皇尼古拉二世举行加冕典礼之机,派李鸿章赴俄秘密谈判,于 6 月 3 日签订了中俄《御敌互相援助条约》,即《中俄密约》。密约的主要内容有:(1)日本如侵占俄国远东或中朝两国领土,中、俄两国应以全部海、陆军互相援助。(2)战争期间,中国所有的口岸均对俄国军舰开放。(3)中国允许俄国通过黑龙江、吉林两省修造一条铁路以达海参崴。该路的修筑和经营,由中国交与华俄道胜银行承办,其详细合同由中国驻俄公使与华俄道胜银行商订。(4)无论平时或战时,俄国均可在该铁路运送军队和军需物品。

表面看来,《中俄密约》是中、俄两国共同防御日本的军事同盟。实际上,俄国的目的是在"共同防日"的名义下,通过修筑中东铁路把自己的势力深入中国东北地区,加强对中国的控制。

根据《中俄密约》,清政府于 1896 年 9 月 8 日与华俄道胜银行签订了《合办东省铁路公司合同章程》,设立了名为中、俄合办实由俄国独揽大权的所谓"中国东省铁路公司",负责修筑和经营中东铁路。俄国在铁路沿线享有派驻警察、开采煤矿和兴办其他工矿企业的权利,实际上把这些地区变成了自己的势力范围。

(二)德国强占胶州湾

德国在甲午战争前就垂涎我国胶州湾。1896 年 12 月,德国向清政府正式提出了租借要求。德皇威廉二世于 1897 年 8 月访问俄国,就侵占胶州湾问题同尼古拉二世达成默契。同年 11 月 1 日,两名德国传教士在山东巨野县被当地群众杀死,成为德国占领胶州湾的借口。11 月 14 日,德国派军舰强占了胶州湾。1898 年 3 月 6 日,德国强迫清政府订立了《胶澳租界条约》,规定将胶州湾租借给德国,租期 99 年,在租期内,胶州湾完全由德国管辖。同年,德国还攫取山东境内两条铁路的修筑权和铁路沿线 30 里以内地区的开矿权,把山东变为自己的势力范围。

(三)俄国的势力范围

1897 年 12 月,俄国出兵强占了旅顺口和大连湾。1898 年 3 月 27 日,俄国与清政府签订了《旅大租地条约》,并于 5 月 7 日订立《续立旅大租地条约》,强迫租借旅顺和大连湾及其附近海面,租期 25 年,在租期内完全由俄国管辖。俄国还获准修筑中东铁路支线,把中东铁路和旅顺、大连湾连接起来,并规定支线所经地区的铁路权利不得让与他国。次年,俄国又擅自把租借地改为"关东省",设首席长官管理行政,把势力范围扩大到东北全境。

(四)法国的势力范围

法国在三国干涉还辽后立即与清政府签约,增开云南的河口、思茅为商埠,并取得在广东、广西和云南开矿的优先权。1897 年 3 月,法国又强迫清政府同意不将海南岛割让给他国。1898 年 4 月,法国再迫使清政府答应租让广州湾,并于 1899 年 11 月 6 日正式和清政府签订了《广州湾租界条约》,强租广州湾及其附近水面,租期 99 年。此外,法国还取得了修筑从越南边境至昆明和从广州湾赤坎至安铺的铁路,以及承办中国邮政等特权,并逼迫清政府答应不把云南、两广割让给他国。从此,滇、桂、粤三省变成了法国的势力范围。

(五)英国的势力范围

英国为了保持它在长江流域的优势,于 1898 年 2 月迫使清政府宣布不将长江沿岸各省让与或租给他国,使长江流域成为英国的势力范围。法国强租广州湾后,英国又提出租借九龙半岛作为"补偿",并于 6 月 9 日与清政府签订《展拓香港界址专条》,租借了包括沙头角到深圳湾之间最短距离直线以南、英国九龙割占地界限街以北广大地区以及附近岛屿和大鹏、深圳两湾水域,租期 99 年。此后,为阻挡俄国势力南下,英国又要求按照租让旅顺口同样条件租借威海卫,并于 1898 年 7 月 1 日强迫清政府签订了《订租威海卫专条》,租借了威海卫。

(六)日本的势力范围

日本在占领中国台湾省后,又于 1898 年 4 月强迫清政府同意不将福建租让给其他国家,从而将福建省划为它的势力范围。

(七)门户开放政策

当列强争相在中国强占租界港湾、划分势力范围的时候,美国正忙于和西班牙争夺菲律宾,一时顾不上参与瓜分中国。美西战争结束后,列强在华势力范围已基本划定。

1899 年 9 月 24 日,美国国务卿海约翰训令驻英、德、俄、法、日、意六国公使,向各国政府递交一项照会,要求各国同意在华实行美国提出的门户开放政策。这一政策的要点如下:(1)各国对他国在中国所取得的任何势力范围、租借地、通商口岸和既得利益,不得干涉。(2)各国对运往自己势力范围各口岸的他国货物,均由中国政府按照中国现行关税率征税。(3)各国对进入自己势力范围各口岸的他国船舶,不得征收高于本国船舶的港口税;当他国使用自己所修或所经营控制的铁路运输货物时,不得征收高于本国商品的铁路运费。

美国提出"门户开放"政策的目的,是企图用"机会均等"的手段,防止列强瓜分中国,以保持整个中国市场对美国商品的自由开放,从而为美国利用其经济优势与其他列强争夺创造条件。由于门户开放政策既承认列强在华的既得利益,又利于它们在华进一步扩张,因此得到列强不同程度的赞同。

本章重、难点提示

一、重点掌握名词

鸦片贸易	丰岛海战	《辛丑条约》
虎门销烟	平壤战役	《台事专约》
《穿鼻草约》	黄海海战	马嘉理事件
《广州和约》	辽东战役	《烟台条约》
"亚罗号"事件	威海卫之战	《伊犁条约》
马神甫事件	《南京条约》	《中日修好条规》
《瑷珲条约》	《虎门条约》	三国干涉还辽
《勘分西北界约记》	《望厦条约》	《中俄密约》
黑旗军	《黄埔条约》	《胶澳租界条约》
《中法会议简明条款》	《天津条约》	《旅大租地条约》
马尾海战	《通商章程善后条约》	《广州湾租界条约》
镇南关大捷	《北京条约》	《展拓香港界址专条》
帝后党争	《中法新约》	门户开放
东学党起义	《马关条约》	

二、论述题

1. 简述鸦片贸易的形成及其对中国的影响。参见本章一、(一)。
2. 简述第一次鸦片战争的经过。参见本章一、(一)。
3. 简述第二次鸦片战争的经过。参见本章一、(二)。
4. 概述沙俄在两次鸦片战争时期侵占我国的领土。参见本章一、(三)。
5. 简述中法战争的经过及其影响。参见本章一、(四)。
6. 简述中日甲午战争的经过。参见本章一、(五)。
7. 论述《南京条约》及其附属条约的主要内容、影响。参见本章二、(一)。
8. 论述中英、中法《天津条约》与《北京条约》的主要内容及其影响。参见本章二、(三)和(四)。
9. 简述《中法新约》的主要内容及其影响。参见本章二、(五)。
10. 论述《马关条约》的主要内容及其历史影响。参见本章二、(六)。
11. 论述《辛丑条约》的主要内容及其历史影响。参见本章二、(七)。
12. 论述美国门户开放政策提出的背景、内容及其影响。参见本章四、(七)。

第二章　清统治的衰落

考点详解

一、太平天国时期的农民战争

（一）洪秀全与拜上帝会

洪秀全，广东花县人，从1828年起，他多次赴广州应考秀才，但屡试不中。多次科场失败，对洪秀全打击异常沉重，他开始丢掉对科举功名的幻想，并对现实产生了不满。1843年，洪秀全受《劝世良言》启发，创立了拜上帝会。此后，洪秀全在传教时，先后撰写了《原道救世歌》、《原道醒世训》、《原道觉世训》和《太平天日》等，宣传拜上帝会的教义。经洪秀全、冯云山的数年努力，拜上帝会势力在广西紫荆山地区迅速壮大起来，逐渐形成了由洪秀全、杨秀清、萧朝贵、冯云山、韦昌辉、石达开六人组成的领导核心。

（二）太平天国的兴起

1. 金田起义和永安建制

1851年1月11日，洪秀全在金田村宣布起义，建号"太平天国"，全军将士皆蓄留长发，红巾包头，以示与清王朝誓不两立，太平天国农民战争正式爆发。金田起义后，太平军挥师东进。3月23日，洪秀全在武宣县东乡称天王。8月，太平军攻克永安州（今广西蒙山县）。太平军在永安驻守了半年时间，并颁行了天历，制定各种制度。1851年12月17日，洪秀全颁布封王诏令：杨秀清为东王，萧朝贵为西王，冯云山为南王，韦昌辉为北王，石达开为翼王。诏令还规定，西王以下各王俱受东王节制。杨秀清实际上掌握了太平天国的军政大权。

2. 定都天京

1852年4月，太平军自永安突围，经湖南，于次年1月攻克武昌。1853年2月，太平军放弃武昌，水陆并进，顺长江东下，连克九江、安庆、芜湖等军事重镇，于3月20日占领南京。太平天国把南京改称天京，定为太平天国的首都，正式建立起与清政府对峙的政权。

3. 太平军的北伐和西征

太平天国定都天京后，采取了重兵保卫天京、同时举行北伐和西征的战略。北伐的总目标是直捣清朝的都城北京。1853年5月，林凤祥、李开芳等率军一万余人，自扬州出发，开始了北伐进军。北伐军经安徽、河南北上，10月底进逼天津。清军决运河堤放水，北伐军进攻天津受阻。北伐军粮尽衣缺，于1854年2月南撤，5月转据东光县连镇待援。天京派出的援军，曾到达山东境内，不幸在临清失败。北伐军听到援军北上的消息，由李开芳分兵自连镇南下接应，被清军围于山东高唐州。北伐军被截断在两地，被清军各个击破。1855年3月、5月，林凤祥、李开芳先后被俘，太平军北伐最终失败。

太平军在北伐的同时，还派兵西征。西征的战略目的在于确保天京，夺取安庆、九江、武昌这三大军事据点，控制长江中游。1853年6月，胡以晃、赖汉英、曾天养等率太平军溯江西上。西征军进展极为顺利，当月即攻克安庆，进围南昌。9月，撤南昌之围，攻下九江。此后，西征军分为两支。一支由胡以晃等率领，以安庆为基地，经略皖北。一路由韦俊等率领，沿江西上，挺进湖北。西征军在湖北获得辉煌胜利后，攻入湖南，遇到了曾国藩湘军的顽抗。

太平军历时三年的西征，终于夺回了安庆、九江、武汉三大要地，控制了安徽、江西和湖北东部的大部分地区，稳定了长江上游的局势，为屏障天京、进行长期战斗打下了基础。

太平军占领南京后，清政府命钦差大臣向荣率清军17 000余人到达南京城东孝陵卫，成立"江南大营"。另一钦差大臣琦善率直隶、陕西、黑龙江马步各军约万人至扬州，成立"江北大营"。

1856年2月，秦日纲奉命自上游赴援。4月，太平军内外夹击，大败清军。太平军随即乘胜渡江，大败江北大营统帅托明阿军，连克扬州、浦口，江北大营120余座营垒纷纷溃散。6月，太平军又回师镇江，大破清营七八十座，江苏巡抚吉尔杭阿自杀。太平军又乘胜攻破江南大营，向荣率残军逃至丹阳毙命。太平军击溃江北、江南大营，解除了威胁天京三年之久的军事压力。

（三）太平天国后期斗争与失败

1. 天京变乱

1856 年，太平军先后击溃江北、江南大营，天京周围的紧急形势暂时解除。杨秀清乘机进一步扩大个人权势，再次借"天父下凡"，逼迫洪秀全封他为万岁。洪秀全答应了杨秀清的要求，但事后即密令在江西督师的韦昌辉、在湖北督师的石达开速回天京，结果引发了天京变乱。

9 月 1 日深夜，韦昌辉包围东王府，将杨秀清及其眷属全部杀死，经过这场屠杀，韦昌辉控制了天京，独揽军政大权。这又引起了洪秀全的不满。11 月初，洪秀全下令处死韦昌辉，迎石达开回京辅政，长达两月的天京变乱，始告平息。天京变乱是太平天国由盛而衰的转折点。

2. 太平天国后期的军事斗争

太平天国领导集团分裂后，形势顿挫。洪秀全提拔了与清军血战多年的青年将领陈玉成、李秀成、李世贤等为各军主将。1858 年 8 月，陈玉成、李秀成召集各路将领在安庆府枞阳镇召开军事会议，决定集中兵力联合作战，先攻江北大营，解除清军对天京的包围。9 月，陈、李两军在滁州境内会师东进，攻破浦口，再次击溃江北大营，歼敌万余人，并进占江浦，洪秀全将江浦一带改称天浦省，派重兵驻守。浦口一带战斗的胜利，解除了天京北面的威胁，恢复了天京同江北的交通。1860 年 5 月，太平军再次摧毁江南大营。6 月，太平军又相继攻克苏州、嘉兴、松江等许多州县，开辟了苏南地区，建立了以苏州为首府的苏福省。1861 年 9 月，湘军攻占安庆，从此太平天国在上游的重镇尽失，天京已无屏蔽。1864 年 7 月，天京陷落，标志着太平天国失败。

二、太平天国的政权和制度

（一）《天朝田亩制度》

1853 年下半年颁布的《天朝田亩制度》，是太平天国的一个纲领性文献。《天朝田亩制度》是一个以解决土地问题为中心，内容涉及政治、经济、军事、文教等各个方面的社会改革方案。

《天朝田亩制度》的基本内容，是根据"凡天下田，天下人同耕"的原则，把土地平均分配给农民使用。它把土地按年产量划分为上、中、下三级九等，然后好田坏田互相搭配，好坏各一半，以户为单位，按人口平均分配，凡 16 岁以上的每人分得一份同等数量的土地，15 岁以下减半。同时，还提出了"丰荒相通"，以丰赈荒的办法。《天朝田亩制度》还对农副业生产和分配等问题，做了一系列具体规定：生产和分配，都由农村政权的基层组织"两"来实行管理，每 25 户为一"两"，分得土地的农民，都要参加农副业生产劳动。

《天朝田亩制度》希望通过这样的改革方案，建立"有田同耕、有饭同食、有衣同穿、有钱同使，无处不均匀，无人不饱暖"的理想社会。

《天朝田亩制度》试图在否定封建土地所有制后，在维持小农经济的基础上，实现消灭阶级，财产公有，"无处不均匀，无人不饱暖"的绝对平均平等的理想社会。但是，它违反社会经济发展的客观规律，因而是根本无法实现的空想。

（二）圣库制度

定都天京初期，太平天国宣布"凡物皆天赐来，不须钱买"，下令没收商贾的私人资本货物，废除了商业贸易，在天京水西门灯笼巷设立"天朝圣库"，总管天朝公共财物。规定个人一切财产及战利品皆应上缴圣库，人们的日常生活所需由圣库供给。凡私藏金一两、银五两者，一经查出，金银没官，人即治罪。后因天京城内各种生活物资严重匮乏，太平天国开办了官营商业。

（三）中央政权

太平天国的政权，带有浓厚的军事色彩，爵位官职，都不分文武，既处理政务，又带兵打仗。其最高的领导为天王，天王之下设各等王、侯爵位（后来在王爵之下陆续增设了义、安、福、燕、豫、侯六等爵位），王爵之下又设了国宗、军师、丞相、检点、指挥、将军等职。这些组成了太平天国的中央政权机关。除天王外，以东王杨秀清的权力最大，执掌军政大权，所以东王府实际上成为总理国务的行政机关。东王府的吏、户、礼、兵、刑、工六部尚书，是分管各部的主要官员。

（四）乡官制度

太平天国的地方政权，分省、郡、县三级。省级官员没有明确规定，多为王侯兼任。郡设总制，县设监军，都由中央委任，称为"守土官"。县以下的基层组织实行乡官制度。乡官制度是按照太平军的编制，把广大居民组织起来，每五家设一伍长，五伍长设一两司马，四两司马设一卒长，五卒长设一旅帅，五旅帅设一师帅，五师帅设一军帅，一军共有 12 500 家。从军帅到两司马等职官一般由各地公举或由上级官员委派本地乡人担任，称作"乡官"。

乡官制度是一种军政合一的组织，它的推行，对巩固政权稳定秩序与支持作战都起了很大作用。

（五）《资政新篇》

1859 年 4 月，洪仁玕从香港来到天京。他到天京后不久，被封为干王，总理太平天国朝政。洪仁玕就任不久，便向天王提出了一个带有资本主义色彩的改革纲领——《资政新篇》。

该书分"用人察失类"、"风风类"、"法法类"、"刑刑类"四个部分，涉及政治、经济、文化、外交等方面的改革问题。在政治方面，提出"禁朋党之弊"，反对"结盟联党"，要求统一号令，加强中央集权。在经济方面，主张发展近代工业交通，包括兴建铁路、公路，制造轮船；允许民间雇工开矿，鼓励富民投资，兴办银行，发行纸币等。在文化方面，主张破除封建迷信和陈规陋俗，提倡办学馆、医院，禁溺婴及买卖人口和使用奴婢，严禁鸦片入口。在外交方面，主张同资本主义国家自由通商，进行文化交流，但外人不得干涉太平天国的内政和"国法"

《资政新篇》明确提出中国要向西方国家学习，发展资本主义，具有鲜明的资本主义色彩，符合当时中国社会发展的客观要求，比起农民中原有的平均主义理想，这是一个大进步。《资政新篇》并没有给太平天国后期政治带来重大变化，它的思想意义大于实际意义。但是，《资政新篇》不是农民起义实践的产物，不反映农民当时最迫切的利益和要求，严重脱离太平天国农民起义的斗争现实。

三、湘淮军与晚清地方势力的崛起

（一）湘军

湘军是曾国藩创办的地方性武装。由于清朝正规军队在同太平天国军队作战中连连溃败，咸丰皇帝于 1853 年初命令长江南北各省在籍官绅举办团练，组织地方武装。曾国藩受命到长沙协助湖南巡抚办理团练。他以罗泽南的湘勇为基础，略仿明戚继光的成法，募练了一支不同于绿营制度的军队——湘军。

湘军用知识分子为营官，主要有罗泽南、彭玉麟、李续宾等。曾国藩以同乡和伦常的封建情谊作为维系湘军的纽带，选将募勇坚持同省同县的地域标准，鼓励兄弟亲朋师生一同入伍，甚至同在一营。实行士兵由营官自行招募，每营士兵只服从营官一人，整个湘军只服从曾国藩一人，形成一种严格的封建隶属关系。湘军对士兵进行以三纲五常为核心的思想教育和禁扰民、嫖、赌、吸食鸦片的军纪教育，进行技击、枪法和阵式的军事操练。这就在一定程度上纠正了清朝正规军队军纪败坏、指挥不灵的弊病，战斗力大为增强，成为太平天国最强大的对手。1854 年 2 月，湘军练成水陆两军，共 17 000 多人。

（二）厘金制度

清政府在镇压太平军时，为解决军饷而征收的商业税。1853 年，清江北大营军务帮办雷以諴在扬州仙女庙首先设卡抽厘，试行开征。厘金分为两种，一是行商的货物通过税，二是坐商的交易税，税率约为 1%。第二年，推行到许多地区。最初是征收过境的粮食，后来范围日益扩大，成为一种常税，有些州县税卡林立。

厘金制度演变为清政府的一项重要税收制度，成为清政府镇压太平天国起义的重要军饷来源。但它增加了人民的负担，阻碍了商品经济的发展。

（三）淮军

1862 年春，李鸿章奉曾国藩之命，仿照湘军营制，在安徽编成一支拥有 6 000 余人的淮军，成为继湘军之后又一只重要武装。1862 年 4 月，上海官绅雇佣英国轮船将淮军从安庆运到上海，与英法侵略军"常胜军"联合，阻止太平军夺取上海，并不断攻击苏南太平军。1864 年又攻夺浙江嘉兴，江苏常州、丹阳。天京被湘军攻破后，淮军赴安徽、福建等地镇压太平军余部。在战争中其队伍不断扩大，至次年全军已达六七万人，后成镇压捻军的主力。1870 年，李鸿章任直隶总督后，先后抽调军官赴德学习，成立水师学堂、武备学堂，进一步用洋枪炮武装，用洋操训练淮军。至中法战争、中日战争时，淮军已成为比较强大的武装集团。

（四）湘淮地方势力的崛起

太平天国起义后，曾国藩、李鸿章先后奉旨在湖南、安徽编练地方武装，称为湘军、淮军。湘、淮军变通旧制，实行兵为将有，逐渐取代八旗、绿营兵的地位，成为镇压太平天国起义的主力。

1860 年 6 月江南大营覆灭后，咸丰皇帝因湘军出力、江南江北大营收功的计划破产，采纳肃顺的主张，给曾国藩以地方实权，任命他为署两江总督，督办江南军务，所有大江南北水陆各军均归节制。1861 年 11 月，慈禧太后上台的当月，又命令曾国藩统辖江苏、安徽、江西、浙江四省军务，打破了两江总督只辖苏、皖、赣三省的惯例，命令所有四省巡抚、提镇以下文武各官悉归其节制。随着湘淮军转战南北，各地的军政大权多落入湘淮系势力的手中。

湘淮系的扩展，从根本上说是反映了汉族地主阶级在权力结构中地位的上升，地方督抚中满汉比例的变动，尤其集中地反映了这一点。湘淮势力控制地方权力，削弱了清王朝的中央集权，使晚清政治出现了内轻外重"督、抚专政"的局面。在咸丰朝以前,无论是八旗还是绿营,其兵权都是直隶于中央的,决非将帅可得而私有。但是,湘淮军则是由将帅自行招募的私家军队。自湘军起,兵归国有的局面,转变为兵为将有。同时,湘淮军的饷需也由将帅"就地筹划"得来,而非由清廷户部调拨。此种筹饷制度进一步巩固了兵归将有,各私其军的格局。湘淮军将帅既得总督、巡抚的地位,他们就利用手中的兵权,独揽地方上的民政、财政、司法诸大权。

四、清廷政局

(一)总理衙门的设立

1861 年 1 月,咸丰皇帝批准恭亲王奕䜣等的建议,设立了总理各国事务衙门(简称总理衙门),主管对外交涉和通商关税等事务。其后扩及修筑铁路、开矿、织造枪炮军火等事务,总揽了全部洋务事宜。

清政府还设置了南、北洋通商事务大臣。南洋通商大臣初为五口通商大臣,1844 年设置,原是两广总督兼职,1858 年改由两江总督兼任,1868 年,因通商口岸已扩展至长江各地,遂改五口通商大臣为南洋通商大臣。北洋通商大臣初为三口(牛庄、天津、登州)通商大臣,1861 年设置,当时是专职。1870 年,因通商事务扩大,改三口通商大臣为北洋大臣,管理直隶、山东、奉天三省通商、交涉事务,由直隶总督兼任。

总理衙门对于南、北洋大臣,只是备顾问和代传达而已,不能直接指挥,在制度上没有隶属关系。

(二)辛酉政变

1861 年 8 月,咸丰皇帝在热河行宫病死。遗诏以年方六岁的儿子载淳继位,同时任命亲信怡亲王载垣、郑亲王端华、户部尚书肃顺等八人为"赞襄政务王大臣",总摄朝政。载淳继位后,改年号为"祺祥"。

11 月 1 日,慈禧太后带着载淳由热河回到北京,次日即以幼帝之名发布上谕,宣布解除端华、肃顺等赞襄政务王大臣的职务,予以逮捕,不久即处死。11 日,载淳登上皇位,改元同治。12 月 2 日,慈禧、慈安两名皇太后正式实行"垂帘听政",实权掌握在慈禧太后手中。恭亲王奕䜣被授以"议政王大臣",辅以政事。这一年是农历辛酉年,史称"辛酉政变",又称"祺祥政变"、"北京政变"。

辛酉政变后中国政治格局的变化,一方面大大加强了清政府镇压太平天国等农民起义的力量,并最终将它们镇压下去,逐渐稳定了清朝政局;另一方面,清朝统治集团中一部分主张学习西方资本主义先进技术的官员逐渐掌握了中央和地方的部分权力,为洋务运动的开展创造了条件。

(三)同治中兴

从第二次鸦片战争结束直到中法战争爆发,中国与西方列强没有发生大规模的冲突,维持了 20 多年的"中外和好"的局面。这样,随着太平天国和其他人民起义先后被镇压,清政府的统治出现了一段相对稳定的时期。

1. 外交使节制度的建立

1861—1862 年间,英、法、俄、美等国先后在北京建立了公使馆。此后,欧洲的德国、丹麦、荷兰、西班牙、比利时、意大利、奥地利,亚洲的日本,南美洲的秘鲁诸国,也相继派使来华。1870 年"天津教案"以后,清政府被迫屈辱地派崇厚赴法国"致歉",这是中国第一次正式派使节出访。1875 年"马嘉理事件"以后,清政府迫于英国压力,不得不派郭嵩焘等前往英国"致歉"。郭嵩焘出使英国后,随即留任驻英公使,成为中国派出常驻西方国家的第一位使节。继郭嵩焘使英之后,清政府因日本侵台事件,又派何如璋为驻日公使。此后,中国陆续向一些主要国家派出使节,并在一些重要的通商城市派驻领事,负责管理中外交涉。

2.《中美续增条约》

1868 年,清政府派离任的美国公使蒲安臣率领"中国代表团"出访欧美。蒲安臣使团到达美国后,竟擅自代表清政府与美国政府签订了《中美续增条约》(亦称《蒲安臣条约》),承认美国享有掠夺华工以及在中国各通商口岸设立学校的权力。

3. 海关总税务司

中国关税行政原属户部。1854 年,英、法、美三国利用上海小刀会起义的机会,窃取了上海海关管理权。1859 年 1 月,两江总督兼五口通商大臣何桂清将总管海关税务的全权委托给英国人李泰国。1861 年总理衙门成立后,李泰国的总税务司地位得到清政府的确认。1863 年,英国人赫德接任海关总税务司,长期控制中国海关,一直到 1909 年。1865 年,总税务司署在北京成立,名义上隶属于总理衙门,但海关行政、用人等大权完全掌握在赫德手中,各口税务司和海关的高级职员也一律由外国人充任。由于关税在清政府的岁入中比重逐渐增长,所以海关总税务司的地位愈益重要。赫德担任总税务司以后,采取了一系列措施,不断扩展海关行政机构,进一步完善了海关制度。

五、义和团运动

（一）义和团运动的兴起

义和团原称义和拳,是长期流行于山东、直隶等地的许多民间秘密结社中的一种。甲午战争后,德国占领胶州湾,强划山东全省为其势力范围;外国教会亦在山东扩展势力,纵容、包庇不法教民(即中国教徒),遇有民教涉讼事件,它们往往出面干预,胁迫地方官袒教抑民,作出不公正的判决。群众对教会积恨成仇,各地反教斗争接踵而起。

1898 年 10 月,山东冠县义和拳以阎书勤为首,联合直隶威县赵三多等,聚众烧毁红桃园教堂,占领犁园屯,震动了鲁、直两省的毗连地区,成为义和拳反帝斗争兴起的讯号。次年 10 月,朱红灯、本明和尚为首的义和拳在平原县杠子李庄、森罗殿等处,与地方营队战斗,促成山东许多州县反侵略斗争的迅速发展。

山东义和拳开展反教会斗争后,当地传教士要求清政府严加镇压。山东巡抚张汝梅则建议清政府改义和拳为团练,以便控制,并将义和拳改名为义和团;毓贤继任山东巡抚后,企图瓦解分化义和拳,采取"分别良莠"的办法,对参加义和拳的一般群众称为良民,默许他们设厂练拳,对武装反抗的人则诬蔑为"匪徒",捉拿惩办。张汝梅、毓贤的计划虽未达到预期目的,却有利于义和拳的发展。山东各地大刀会、红拳会以及其他秘密结社的成员和一般群众纷纷参加义和团,使其成为具有广泛群众性的灭洋团体。

（二）扶清灭洋

义和团在山东兴起不久,就先后提出"助清灭洋"、"兴清灭洋"等口号,到 1899 年底,又打出了"扶清灭洋"的旗帜。后来,"扶清灭洋"这个口号逐渐为各地义和团所普遍采用,成为义和团的行动纲领。此口号在当时为发动群众参加反帝爱国斗争曾起到积极作用,但"扶清"即导致被清政府利用,"灭洋"亦反映了义和团笼统的排外思想,故有其消极作用。

（三）东南互保

当清政府颁布对外"宣战"上谕时,长江流域及东南沿海各省地方督抚,却与列强联手,发起了所谓的"东南互保"。清政府"宣战上谕"发布后,刘坤一、张之洞拒绝执行。在英国的策动和盛宣怀的积极串通下,6 月 26 日,刘、张授权盛宣怀和上海道台余联沅,同各国驻上海领事正式会商,订立《东南互保章程》,规定"上海租界归各国共同保护,长江及苏杭内地均归各督抚保护,两不相扰"。此后,刘坤一、张之洞等联络两广总督李鸿章、浙江巡抚刘树棠和闽浙总督许应骙等,把互保的范围扩大到整个东南地区,形成了东南互保的局面。

东南互保表现了东南地区当权的洋务派官员与西方列强合作抵制义和团的意向,并在推行过程中保全了西方侵略者在长江流域和华南的利益。由于实行东南互保,中国南方基本没有发生战事,维护了这一地区的社会经济,同时,进一步增强了汉族地方督抚的实力和影响,提高了他们在清朝统治集团中的地位。

（四）义和团运动的失败

慈禧太后在经过山西逃亡西安的路上发布命令,要清朝官员对义和团"严行查办,务净根株"。从此,清政府与帝国主义列强联合起来,共同镇压各地义和团,义和团运动最终失败。

本章重、难点提示

一、重点掌握名词

拜上帝会	《天朝田亩制度》	辛酉政变
金田起义	圣库制度	同治中兴
永安建制	乡官制度	《中美续增条约》
江南大营	《资政新篇》	海关总税务司
江北大营	湘军	赫德
天京变乱	厘金制度	扶清灭洋
天浦省	淮军	东南互保
苏福省	总理衙门	

二、论述题

1. 简述《天朝田亩制度》的主要内容及其意义。参见本章二、（一）。
2. 简述《资政新篇》的思想主张及其意义。参见本章二、（五）。
3. 简述晚清湘淮军与地方势力的崛起及其影响。参见本章三。

4. 简述辛酉政变的经过及其对晚清政局的影响。参见本章四、（二）。

5. 论述义和团运动时期东南互保条约的内容及其影响。参见本章五、（三）。

第三章　近代化的启动

考点详解

一、师夷长技以制夷

（一）魏源与《海国图志》

林则徐在广州主持禁烟过程中，为了寻求御敌之策，逐步改变了传统的观念，开始主动地去了解西方，认识西方。他组织人手翻译外国报纸和书籍，译有《四洲志》和《华事夷言》等，内容包括新闻动态、对华评论、历史地理、经济律例、军事技术、科学文化等诸多方面。林则徐被称为近代开眼看世界的第一人。

魏源在林则徐主持编译的《四洲志》的基础上，增补大量中外资料，完成了著名的《海国图志》一书，初版50卷，后增为100卷。在这部著作中，魏源比较详细地介绍了世界各国地理、历史和社会现状，同时明确提出了"师夷长技以制夷"的主张。魏源认为，西方的长技主要体现在战舰、枪炮、养兵练兵的方法等军事方面，主张建立造船厂、火器局，制造各种兵舰枪炮。魏源的《海国图志》及其所表达的"师夷长技"的思想，开辟了向西方寻求救国真理的新方向，对中国近代思想界产生了重大影响。《海国图志》传入日本后，对日本的文化和学术也产生过一定作用。

（二）徐继畬与《瀛环志略》

徐继畬（1795—1873），号松龛，山西五台人。道光进士，历任按察使、巡抚等职。1848年撰成《瀛环志略》10卷，全面、系统地介绍了世界近80个国家和地区的地理位置、历史变迁、经济文化和风土人情。其中对亚洲、欧洲和北美洲的介绍尤为详细，对中国了解较少的南美洲、大洋洲和非洲也有所记述。

（三）姚莹与《康輶纪行》

姚莹（1785—1853），字石甫，安徽桐城人。鸦片战争期间任台湾道员，积极抵抗英军侵略。《南京条约》签订后，他被贬官四川。1845年，姚莹撰写的《康輶纪行》一书问世。该书不仅对西藏的地理、历史、政治、宗教、风俗习惯等做了考察，而且对英、俄等国的情况也做了探讨。书中揭露了英、俄侵略中国的野心，建议请政府加强沿海与边疆防务。他强调学习西方的自然科学，同时还介绍了英国资产阶级议会政治。

二、早期维新思潮

19世纪70至90年代，随着民族资产阶级的产生，出现了反映新兴民族资产阶级利益的早期维新思潮。他们的主要代表人物有王韬、薛福成、马建忠、郑观应等，其代表性著作分别为《弢园文录外编》、《筹洋刍议》、《适可斋记言纪行》、《盛世危言》。他们的思想主张并不完全一致，但具有共同的政治倾向。他们主张向西方国家学习，要求实行某些政治经济的改革，希望使中国变成一个独立富强的国家。

早期维新派具有反对外国资本主义侵略、维护国家主权和民族独立的爱国思想。他们谴责外国侵略者强迫清政府签订的不平等条约，特别是对其中规定的片面的最惠国待遇、领事裁判权、协定关税等条款，表示了极大的不满，认为这些规定给中国带来无穷祸害。

早期维新派主张发展民族工商业，把中国逐步变成独立富强的资本主义国家。他们认为外国侵略者对中国进行经济掠夺，是造成中国贫弱的主要原因，从而主张中国不但应当讲求武备，加强国防，以抵抗西方资本主义国家的"兵战"，而且必须大力发展民族工商业，同西方国家进行"商战"。

早期维新派具有一定的反对封建专制制度的民主思想，主张革新政治，建立君主立宪的政治制度。马建忠介绍了西方资产阶级"三权分立"的政治学说；王韬介绍了西方国家"君主"、"民主"、"君民共主"三种政治制度，认为"君民共主"制度最善；薛福成介绍了英国资产阶级议会中的两党制；郑观应在19世纪八九十年代之交则明确提出在中国实行议会制的主张。

除上述改革主张外，早期维新思想家们还在教育、军事、外交等方面提出不少改革意见，他们的思想代表着新兴资产阶级的利益,反映了中国资产阶级在登上政治舞台之后的政治心态和要求。然而他们毕竟是刚刚从封建营垒中转化而来,还难以摆脱封建传统伦理道德的束缚。由于早期维新思想家们的宣传、呼吁,改革中国的要求逐渐形成为一股新的社会政治思潮,为后来的资产阶级维新变法运动起到了思想先导作用。

三、洋务运动

(一)洋务派的形成

洋务运动涉及的范围十分广泛,包括制造枪炮船舰、编练新式海陆军、兴办近代工矿交通企业、举办新式学堂、向海外派遣留学生等。随着形势的发展和主持者对西方国家和西学认识的深化,洋务运动的重点前后有所不同。前期(60年代至90年代)以"自强"为主,重在创办使用机器生产的军事工业和训练新式军队,力图建立一套新的防务体系;后期(70年代至90年代)除继续进行"自强"活动外,又在"求富"的口号下,逐渐兴办工矿、轮船、电报、铁路和纺织等民用工业。同时,还举办了一批新式学堂,向海外派遣留学生和翻译西方书籍等。

主张举办洋务的倡导者,在清朝中央政府有恭亲王奕䜣和军机大臣文祥、桂良,地方大吏有曾国藩、左宗棠、李鸿章、沈葆桢、丁日昌、郭嵩焘等。由于他们在兴办洋务的问题上,思想主张基本一致,于是就在清朝统治集团内部形成了一个势力相当强大的政治派别,习惯上被称为洋务派。

当时出现了一些宣传洋务的著作,其中影响较大的是冯桂芬于1861年写成的《校邠庐抗议》。冯桂芬在书中明确提出"采西学"、"制洋器"的主张,他还提出,举办洋务应当"以中国之伦常名教为原本,辅以诸国富强之术"。这一宗旨,不仅成为兴办洋务的纲领,也成为后来流行一时的所谓"中学为体,西学为用"理论的先河。

(二)洋务派与顽固派的争论

洋务运动遭到清廷内部守旧官僚的坚决反对,这些人以理学权威自命,恪守"祖宗成法"和"圣人古训",仇视和排斥西方资本主义新思想、新事物。他们对洋务派提倡学习西方语言文字、引进先进技术、采用机器生产等活动,都深恶痛绝,一概斥为"用夷变夏",极力加以反对。这部分人被称为顽固派,其中代表人物有大学士倭仁、徐桐、李鸿藻等。

从60年代后期开始,随着洋务活动的开展,两派斗争开始激化。1866年底,奕䜣奏请在同文馆内增设天文算学馆,招收翰林、进士、举人、贡生及科举正途出身五品以下京外各官入馆学习,结果遭到顽固派群起攻击。经过争论,倭仁等最后被迫撤销原议,但天文算学馆招生一事也受到严重影响。

洋务派和顽固派在维护封建制度和纲常礼教的根本立场上是一致的,它们之间的分歧只在于要不要学习西方的近代科学技术,举办机器制造工业,以求自强。洋务派认为,西方的武器装备、科学技术都远远超过了中国,为了富国强兵,战胜西方,就必须向西方学习。而顽固派则认为,学习西方就是"用夷变夏",破坏了"夷夏之大防",违背了"祖宗成法"和"立国之道",因而坚决抵制各项洋务活动。洋务派和顽固派的争论是清朝统治集团内部变革与守旧的不同政见之争。

(三)创办军事工业

洋务派办的军事工业,是从1861年曾国藩在安庆设立内军械所和1862年李鸿章在上海设立三所洋炮局开始的。但这些军事工业均属草创、规模很小,几乎没有使用机器。真正的近代军事工业是从1865年曾国藩、李鸿章在丁日昌的积极倡议下,在上海创办江南制造总局开始的。从1865年到1890年,洋务派在全国各地共创办了21个军工局厂。其中规模较大的有江南制造总局、金陵机器局、福州船政局、天津机器局、湖北枪炮厂。

1. 江南制造总局

1865年李鸿章创设于上海,是当时国内最大的兵工厂。1865年,李鸿章购买了美商在上海的旗记铁厂,该厂机器设备比较齐全,可以修造轮船和枪炮。以此为基础,合并丁日昌、韩殿甲分别主持的两炮局,设立了江南制造总局。1867年,该局由虹口迁至上海城南高昌庙,扩大规模。主要制造枪支、大炮、弹药,同时也生产钢铁和制造轮船。该局产品大都以调拨方式分发南、北洋各军,有时也供给其他各省军队。

2. 福州船政局

1866年左宗棠创设于福州马尾,是当时国内最大船舶修造厂。1866年6月,左宗棠奏请设立船政局,得到批准后与法国人日意格、德克碑签订合同,议定自船厂开工之日起,5年内由他们监造大小轮船十六艘,并负责训练中国的技术人员。1866年9月,左宗棠调任陕甘总督,赴任前推荐前江西巡抚沈葆桢任总理船政大臣。除开铁厂和船厂之外,船政局还设立船政学堂(又称"求是堂艺局"),分前后两堂,前堂学习法文,以培养造船人才为主;后堂学习英文,以培养驾驶人才为主。从建厂到1895年,共造船36艘,造船技术也逐步有所提高,同时还培养了一批中国自己制造和驾驶轮船的技术人才。

3. 金陵机器局、天津机器局和湖北枪炮厂

1865年李鸿章建于南京,其前身是马格里主持的苏州洋炮局。1865年,李鸿章署理两江总督,将马格里主持的炮局由苏州迁至南京并加以扩充,改称为金陵制造局。金陵制造局主要生产大炮和弹药,产品大部供应李鸿章的淮军及北洋三省。

1866年,奕䜣奏准在天津设局制造各种军火,由三口通商大臣崇厚负责策划。次年,崇厚建立了天津机器局。这是清朝在北洋设立的第一个兵工厂。最初的厂址在城东贾家沽,号称东局;继在城南海光寺设立分厂,号称西局。1870年,李鸿章调任直隶总督兼北洋大臣,接办天津机器局,从江南制造局调来的沈保靖总理局务,在原有基础上进行了大规模扩建。其产品主要供应直隶、东北及江南各地淮系水陆军。

湖北枪炮厂由后起洋务派官员张之洞创建。中法战争后,张之洞原定在广州创办枪炮厂,并通过驻德公使洪钧在德国购买机器。1889年,他调任湖广总督,将厂址移至湖北汉阳。1891年开始购地建厂,1893年建成。湖北枪炮厂在当时的军事企业中,规模庞大,设备最新,但建厂工程进展缓慢。因为张之洞将该厂经费很大一部分用于汉阳铁厂,致使枪炮厂的生产大受影响。

(四) 新式海陆军的建立

1. 北洋水师

1874年,日本派兵侵略台湾在清朝统治阶级内部引起了极大震动。经过半年多的讨论,清朝统治阶级内部终于达成共识,确立了加强海防的方针,任命沈葆桢和李鸿章分别督办南北洋海防事宜,每年从海关税、厘金项下拨解经费。清政府一开始即以创建北洋海军为重点,筹建海军主要由李鸿章负责。海军舰只除由福州船政局和江南制造总局制造外,主要购自英、德两国。至1894年,分别建成福建水师、南洋水师和北洋水师,共有船舰六七十艘,已具有相当规模。

福建水师由闽浙总督管辖,绝大部分舰只都是福州船政局70年代制造的,只有少数几艘购自英、美。在1884年的中法战争中,几乎全军覆没。

南洋水师归两江总督兼南洋大臣统辖,最初由沈葆桢一手擘划。1879年沈葆桢病逝,左宗棠、曾国荃、刘坤一先后任两江总督,南洋水师一直由湘系控制。舰船多由福州船政局和江南制造局建造,少数购自外洋。

北洋水师是清政府的海军主力。自1875年筹办至1895年被歼,北洋水师一直由李鸿章控制,其兴衰与淮系集团势力的消长密切相关。北洋水师的舰船大部分购自外国,1888年正式成军,共有大小舰船二十余艘,其中铁甲舰两艘,还有巡洋舰、鱼雷艇等比较先进的舰只。1888年以后北洋舰队不再添购舰只,1891年以后又停止购买枪炮弹药,海防经费被慈禧挪用修建颐和园。

2. 海军衙门的设立

中法战争失败后,清政府总结海军失利的教训,提出"大治水师为主"的方针。为了统一海军的指挥权,于1885年10月在北京成立海军衙门,任命奕譞为总理海军事务大臣,奕劻、李鸿章为会办大臣,善庆、曾纪泽为帮办。80年代,李鸿章还先后在旅顺口、大连湾、威海卫等地布置防务,修筑炮台,并在旅顺建设船坞。旅顺口和威海卫成为北洋海军的两个主要基地。

3. 练军

1861年1月,奕䜣、文祥等奏请训练八旗兵丁使用洋枪洋炮。次年,在天津成立洋枪队,聘用外国教练。接着,上海、广州、福州等地亦按照天津练兵章程成立洋枪队。当时的外国教练,主要是英法两国军官。1864年,总理神机营事务奕譞等在北京建立了"威远队",演练枪炮及"洋人阵式"。1866年,总理衙门大臣奕䜣等在直隶选练六军,共15 000人,称为"练军"。

(五) 官督商办企业

从70年代开始,洋务派在继续"求强"的同时,着手兴办以"求富"为目的的民用企业,其中包括采矿、冶炼、纺织等工矿业以及航运、铁路、邮电等交通运输事业。自70年到90年代,共创办民用企业20多个,除少数采取官办方式,个别的(如湖北织布局)一度采取官商合办方式外,其余企业都采取了官督商办的方式。轮船招商局、开平矿务局、电报局和上海机器织布局是当时最重要的几个官督商办民用企业。

1. 官督商办

官督商办是洋务运动时期清政府创办民用企业的主要方式,始于19世纪70年代初洋务派早期经营的民用企业。一般由商人出资认股,由清政府委任官员督办。这类企业享有减税、免税、贷款、专利等特权。内部实权

掌握在官府委派的总办、会办、帮办、提调手中。后来多数企业改为官商合办或商办。官督商办方式对民用企业早期的发展有一定的推动作用。

2. 轮船招商局

1872 年李鸿章创办于上海,是由军事工业转向民用企业、由官办转向官督商办的第一个企业,也是规模最大的民用企业。李鸿章创办轮船招商局,一方面是因为洋务派办军事工业在经费上遇到困难,举步维艰,需要办些赚钱的企业,以解决财源问题;另一方面也是因为当时外国资本垄断了我国沿海和长江中下游内河航运,我国旧式的航运业面临破产。

1872 年 8 月,李鸿章饬令浙江海运委员朱其昂筹办轮船招商事宜。12 月,朱其昂等议定"条规",经李鸿章批准施行。轮船招商局在上海宣告成立。1873 年 7 月,李鸿章札委唐廷枢任招商局总办,徐润等任会办,重订"局规"和"章程"。掌握招商局实权的唐廷枢和徐润既是官方的代表,又是最大的股东,具有官、商双重身份。由于他们富于经商经验,所以招募股本,开展业务,都颇见成效。1877 年以 220 万两收购美国旗昌轮船公司的产业,成为一个拥有 30 余艘商船的大型近代航运企业。1885 年李鸿章札委盛宣怀为督办,马建忠、谢家福为会办。盛宣怀控制了招商局的人权和财权,从而使商办色彩大为减弱,官督的权力明显加强。

3. 开平矿务局和电报总局

为了解决军工生产的原料和燃料供应问题,李鸿章于 1878 年创办开平矿务局。最初,开平矿务局拟兼采煤、铁矿,后来由于熔铁炉成本过大和缺乏冶炼方面的专门人才而停办铁矿,专采煤矿。1881 年,开平煤矿开始投产。所产煤炭除了供应轮船招商局、天津机器局和北洋海军外,还大批在市场上出售。为了适应煤产量的不断提高和运输需要,1882 年唐山到胥各庄的铁路开始通车,1886 年成立了开平铁路公司。

1880 年,在天津设立电报总局,并设立电报学堂培养电报专业人才。电报总局由盛宣怀为总办。1882 年 4 月起,电报总局改为官督商办企业。1884 年,上海至广州间线路竣工,电报总局也由天津迁往上海,仍由盛宣怀督办。此后,电报逐步扩展至全国各重要城市。

(六)近代教育的兴办

1. 洋务学堂

中国近代教育开始于洋务运动时期。清政府在洋务派推动下开展各项洋务活动,需要大量新式人才。从 19 世纪 60 年代起,清政府先后开办了一批学习"西文"(即外国语言文字)和学习"西艺"(西方近代军事技术和科学技术)的新式学堂,以培养各类洋务人才。

京师同文馆于 1862 年在北京设立,是培养外国语言文字、科学技术人才的学校。在外国语言文字方面,先后分设了英、法、俄、德、日五馆。科学技术方面,自 1866 年起,相继添设算学馆(包括天文)、化学馆、格致馆和医学馆。京师同文馆是洋务派开办的第一所洋务学堂。

在京师同文馆开办的同时,李鸿章奏请在上海设立同样的外语学校,得到清廷批准。1864 年,上海同文馆开办,后于 1867 年改名为上海广方言馆。除京师同文馆和上海广方言馆外,专门学习外国语言文字的学校还有广州同文馆、湖北自强学堂等。

洋务派开办近代军事企业和民用企业,需要大量掌握科学技术的人才,因此,又陆续开办了一些专门学习西方军事技术和科学技术的新式学堂。1866 年,左宗棠在奏请设立福州船政局时请求在马尾设置船政学堂。次年初,学堂开办,分前后两学堂,总名为求是堂艺局。前学堂注重法文、专习舰船制造;后学堂注重英文,学习管轮驾驶。马尾船政学堂开办后,一批洋务学堂纷纷在各地成立,其中比较著名的有 1879 年创办的天津电报学堂,1881 年创办的天津水师学堂,1886 年创办的天津武备学堂等。

洋务学堂是中国近代新式教育的开端,是中国第一批具有近代性质的新式学校,打破了旧式教育和科举制度的一统天下。新学堂内不仅开设西文,还开设了大量数学、物理、化学、天文等自然科学课程,推动了西方近代科学技术的引进和传播。它培养了一批近代科技军事人才和知识分子,在文化教育方面起到了开风气的作用。

2. 派遣留学生

清政府在兴办新式学堂的同时,还开始了派遣留学生的活动。1870 年,曾国藩、李鸿章联名奏请选派幼童赴美国学习,得到清廷批准。1872 年 8 月,第一批 30 名幼童乘轮船离上海赴美。此后连续三年,每年又各派出 30 名。后清政府在顽固派的压力下,以留学生沾染外洋风俗,流弊多端为由,将留美学生全部撤回。1881 年,94 名中国留美学生分三批回国。在回国的 94 名学生中,只有两人完成了大学毕业,其中一人就是著名的铁路工程师詹天佑。

在派遣学生留学美国的同时,清政府还派出学生留学欧洲。1873 年,在派遣幼童留学美国一事启发下,船政大臣沈葆桢向清政府奏请派船政学堂优秀学生留学欧洲,得到清政府批准。1877 年,李鸿章再次上奏清政府,要求派船政学堂学生留学英、法,分别学习造船和驾驶技术。同年春,船政学堂学生 35 人正式出洋留学。这批学生分别留学英国、法国,均取得优良成绩。1879 年李鸿章又奏请续派船政学生出洋留学,至 1881 年派出 8 名,1886 年又派出 34 名,船政学生留学取得了较好成绩,学习海军的学生回国后,许多人成为北洋海军的骨干。

四、商办企业

(一) 商办企业的出现

19 世纪 70 年代前后,随着国内商品市场及劳动力市场的逐渐形成,中国社会出现了商办企业。这些商办企业主要是由一些官僚、地主、买办和商人投资而来的,也有一些是从原来的旧式手工业工场、作坊开始采用机器生产转化而来的。它们的出现,是近代中国民族资本主义工商业的发端,是中国社会经济发生重要变化的标志。

商办企业中规模较大的有 1869 年在上海成立的发昌机器厂,是由铁匠作坊主方举赞开始采用车床而出现的;1872 年,华侨商人陈启源在广东南海县设立继昌隆缫丝厂;1878 年,轮船招商局会办朱其昂在天津设立贻来牟机器磨坊;1881 年,黄佐卿在上海设立公和永缫丝厂;1882 年,徐鸿复、徐润等在上海设立同文书局;1887 年,买办商人严信厚在宁波设立通久源轧花厂。此外,在上海、广州、北京等地还有一些小规模的商办企业。

(二) 新阶级的产生

伴随中国资本主义的产生和发展,中国社会的阶级构成和阶级关系也开始发生新的变化,出现了前所未有的两个新的阶级——资产阶级和无产阶级。

中国的民族资产阶级有两个来源,一是由那些投资于官督商办、官商合办及商办企业的官僚、地主、买办和商人转化而来;另一个来源则是由那些采用机器生产的手工工场主转变而来。这两部分人,形成中国早期的民族资产阶级。民族资产阶级又是一个带有两重性的阶级。它一方面受到外国资本帝国主义和本国封建主义的压迫,具有反对外国侵略和反对封建压迫的要求,希望中国能够独立富强,为民族资本主义的顺利发展提供条件。另一方面,它又同外国资本主义和国内封建势力保持着千丝万缕的联系,缺乏彻底反侵略、反封建压迫的坚决性。

中国近代第一批产业工人是通商口岸的码头工人和外国轮船雇佣的中国海员。后来,随着外国资本相继在中国开设工厂,兴建各种建筑工程,随着洋务派兴办军用、民用企业以及商办企业的产生,中国产业工人队伍不断扩大。

五、戊戌维新运动

(一) 康有为的变法理论

1890—1895 年,康有为在陈千秋、梁启超等学生的协助下,撰写了《新学伪经考》和《孔子改制考》。这两部书是维新变法的重要理论根据。

1.《新学伪经考》

《新学伪经考》于 1891 年 8 月刊行。在这部书中,康有为利用历史考证的方法,论证了被历代统治者奉为神圣的古文经《周礼》、《逸礼》、《毛诗》、《左传》、《易经》等均系西汉末年刘歆伪造,因此是"伪经"。刘歆伪造古文经书的目的,是为王莽篡汉建立新朝提供理论依据,完全湮没了孔子的"微言大义",因此是王莽新朝之学,与孔子无涉,应称为"新学"。康有为把古文经传一概斥为伪造,并没有真实的历史根据。但他的大胆议论,震动了当时的思想界。在顽固派的攻击下,清朝统治者曾先后两次下令严禁该书流传。

2.《孔子改制考》

《孔子改制考》刊行于 1898 年。在这部著作中,康有为将今文经学观点与资产阶级政治思想结合起来,为变法维新制造理论依据。一方面,《孔子改制考》发挥了"托古改制"的思想,认为"六经"全部都是孔子自己撰著的,是孔子"托古改制"的范本。他认为"六经"中所称尧、舜的盛德大业,都是孔子为了按照自己的理想实行改制而假托古人的议论创作出来的。

《孔子改制考》在理论上否定了"敬天法祖"的守旧思想,同时又企图借用孔子的权威来为变法维新制造理论依据,为变法维新扫除思想障碍。另一方面,康有为在《孔子改制考》中,又运用今文经学三统三世的学说,认为中国社会历史的发展分为"据乱世"、"升平世"和"太平世"三个阶段,逐步由低级向高级演进。他并且进一步把"据乱世"、"升平世"和"太平世"附会为君主专制时代、君主立宪世代和民主共和时代。依照这种进化史观,康有为强调了当时中国由"据乱世"进入"升平世"的必然性,为变法维新寻求理论支持。

(二)维新运动的开展

1. 公车上书

1895 年 4 月,康有为在京参加会试期间,传来了日本逼签《马关条约》的消息,在京参加会试的举人也义愤填膺,以省籍为单位纷纷到都察院请愿,表示反对。康有为起草了《万言书》(即《上清帝第二书》),提出拒签和约、迁都抗战、变法图强三项建议,并详细论述富国、养民、教民等变法图强的具体措施。5 月 1 日,各省举人齐聚松筠庵开会讨论,有 1 300 多人在这封万言书上签了名。康有为发动举人上书事件,史称"公车上书"。

公车上书是近代中国知识分子第一次群众性的爱国行动,它打破了清政府长期以来对知识分子过问朝政的压制,同时推动着维新变法思潮逐渐转变为一场爱国救亡的政治运动,康有为自此也逐渐确立了维新变法运动领袖的地位。

2.《中外纪闻》

1895 年 7 月,康有为在北京创办《中外纪闻》,由梁启超等人编辑文稿,介绍西方资本主义国家的政治、经济和思想文化,鼓吹变法维新。《中外纪闻》最初每期印 1 000 份,随专载诏书、奏章的邸报免费送给在京官员阅读。后来增印至 3 000 份,逐渐引起了官僚士大夫的注意,产生了一定的影响。这是资产阶级维新派创办的第一份刊物。

3. 强学会

1895 年 8 月,在康有为、梁启超的奔走推动下,由翰林院侍读学士文廷式出面,组织了"强学会"。康有为作《强学会序》,痛陈列强侵略下的危迫形势,呼吁官僚士大夫们起来挽救民族危亡。强学会每十天集会一次,每次都有人讲"中国自强之学"。11 月,康有为又在上海成立强学会分会,在上海及其附近活动的维新派人士相继参加。1896 年 1 月,出版了《强学报》。1896 年 1 月,御史杨崇伊上书弹劾强学会结党营私,攻击《中外纪闻》鼓吹西学,背叛"圣教"。强学会和《中外纪闻》遂遭封禁。接着,上海强学会也被解散。

4.《时务报》与《变法通议》

1896 年 8 月,汪康年等在上海创办《时务报》,由梁启超任主笔。《时务报》从创刊到 1898 年 8 月 8 日停刊,共出刊 96 册。它以新颖的言论,流畅的文笔,风行海内,影响深远,对维新运动的开展起了很大的推动作用。梁启超在《时务报》上发表了《变法通议》、《论中国积弱由于防弊》、《论君政民政相嬗之理》、《说群》等一系列政论文章,较为系统地宣传了维新变法思想。几个月内,《时务报》销数增到 1 万多份,成为影响全国的维新派的喉舌。

《变法通议》以资产阶级进化论的观点,论述了变法是"天下之公理"、"变亦变,不变亦变"的道理;明确提出中国要变法图强,必须学习西方资本主义国家的政治制度和文化教育制度,主张"变法之本在育人才,人才之新在开学校,学校之立在变科举,而一切要其大成在变官制",要求改变封建官僚制度。他还大胆地宣传民权思想,呼吁"伸民权,建议院",实行君主立宪制度。

5.《仁学》与南学会

在湖南,最活跃、最激进的维新派代表人物是谭嗣同。1897 年,他完成了《仁学》一书的撰写。在书中,他宣传资产阶级的民权思想,对封建的君主专制制度和纲常名教进行了较为深刻的批判。谭嗣同等湖南维新派的活动得到倾向维新的湖南巡抚陈宝箴、按察使黄遵宪、学政江标和徐仁铸等人的支持。

1897 年 10 月,陈宝箴在长沙设立时务学堂,梁启超应邀担任总教习,唐才常、谭嗣同等人任分教习。他们在时务学堂广泛介绍西学,宣传变法理论,批判传统的旧学和专制制度。1898 年 2 月,谭嗣同、唐才常等人创办了南学会,在长沙设总会,各府、厅、州、县设分会。南学会每周集会一次,讲演天下大势和变法主张。

6. 严复与《天演论》

天津维新派的主要代表人物是严复。1897 年,他与夏曾佑在天津创办《国闻报》,鼓吹学习西方资本主义,力求变法图强。《国闻报》是当时北方最重要的报纸,与《时务报》相互呼应,推动了维新思想的广泛影响。

严复在维新运动中的最大功绩是翻译西书,宣传西方资产阶级的社会政治学说,其中影响最大的是《天演论》。《天演论》原名《进化论与伦理学》,是英国生物学家赫胥黎的论文集。他借用达尔文的进化论,阐明自己的维新变法主张,认为实行变法,就会"自强保种",符合"天演"和进化;否则就要亡国灭种,为"天演"所淘汰。《天演论》所宣传的进化论,既给人们敲起了民族危亡的警钟,又使人们看到民族振兴的可能,从而成为宣传救亡图存、维新变法的理论根据。

(三) 维新派与顽固守旧派的争论

1. 争论的主要问题

维新变法运动的发展,引起了保守势力的反对,于是在维新变法派与顽固守旧派之间展开了一场争战。概括起来,这一争论主要围绕以下三个方面的问题展开:

(1) 要不要实行维新变法。顽固势力坚持"祖宗之法不可变",认为祖宗之法是古圣贤王流传下来的最完美的治国之道,只要守住这些祖传"大道",就足以对付一切变故。维新派援引中国古代关于"变"的哲学观点和西方资产阶级的进化论,批驳顽固派的这些观点。维新派还把维新变法和救亡图存联系起来,认为中国面临被列强瓜分的危机,只有维新变法,革除积弊,才能挽救危亡。

(2) 要不要变革封建的教育制度。顽固派反对西学,坚持八股取士制度,认为开办学校"名为培才,实则丧才",会败坏人心风俗。维新派则认为,要维新变法,挽救民族危亡,就必须废除科举制度,举办新式学校。

(3) 要不要变革封建的政治制度。顽固守旧势力认为君主专制制度是完美的政治制度,反对提倡平等、民权,认为民权之说"无一益而有百害"。维新派用西方资产阶级的社会契约论和天赋人权说以及中国古代的重民思想,对封建的"君权神授"论进行了批判。维新派还指出,君主专制制度是中国贫弱落后的根源。

维新变法与顽固守旧的思想论争,实质上是新兴的中国资产阶级在思想上与封建主义的第一次正面交锋。这场争论,比较集中地反映了近代中国在文化思想领域中学和西学、新学与旧学之争。通过论争,西方资产阶级社会政治学说在中国迅速传播开来,人们的思想得到进一步的解放,维新变法、救亡图存成为许多人的信念,从而极大地促进了维新变法运动的高涨。

2. 张之洞与《劝学篇》

在维新派与顽固派的论争中,洋务派官员张之洞于1898年3月写了《劝学篇》,这本书分为内、外篇,"内篇务本,以正人心;外篇务通,以开风气"。全书以"中学为体、西学为用"为宗旨,反对维新派宣传的自由、平等、民权等西方资产阶级政治观念,反对变革封建君主专制制度,但主张学习西方近代生产技术和军事技术,学习西方的教育、经济、军事制度和法律。由于《劝学篇》采取了调和中西、折衷新旧的态度,同时又以维护清朝封建统治为根本目的,所以得到了光绪皇帝的赞赏,下令各省广为刊布。《劝学篇》的刊行,受到维新派人士的批判。

(四) 百日维新与戊戌政变

1. 《应诏统筹全局折》

1898年1月底,康有为向总理衙门呈送了上清帝第六书,即《应诏统筹全局折》,提出了变法维新的政治纲领。他指出,"变则能全,不变则亡,全变则强,小变仍亡",建议光绪皇帝效法日本,推行新政。康有为希望能够借助皇帝的权力来推行维新变法,使维新派参与政权,改革政治制度。在这次上书中,康有为的政治主张比以前较为温和,没有提出兴民权、设议院的主张。

2. 保国会

1898年春,会试举人从全国各地来到北京,经过康有为等维新派人士的奔走联络,由康有为发起并由御史李盛铎出面成立了保国会。保国会以挽救危亡相号召,提出"保国、保种、保教"三大宗旨,准备在北京、上海成立总会,在各省、府、县设立分会。保国会成立后,顽固派唆使御史文悌上章弹劾,诋毁保国会"名为保国,实为乱国"。在顽固势力的压力下,许多人退出了保国会,保国会成员锐减,后被迫停止活动。尽管它存在的时间很短,但它的宗旨和康、梁等人在会上发表的政治演说,却被天津、上海、广州各地的报纸刊载,影响甚大。

3. 明定国是诏与百日维新

1898年春夏之交,支持变法的帝党与反对变法的后党之间争夺统治权的斗争日趋激烈。光绪皇帝为了加快变法,推行新政,于6月11日颁布了"明定国是"的诏书,宣布变法。从此日开始,到9月21日慈禧太后发动政变,共103天,史称"百日维新"。

在变法期间,光绪皇帝发布了上百道变法诏令,除旧布新。其主要内容有:① 经济方面:保护农工商业,设立农工商局,切实开垦荒地,提倡开办实业,奖励发明、创造;设立铁路、矿产总局,修筑铁路,开采矿产;设立全国邮政局,裁撤驿站;改革财政,编制国家预算。② 文化教育方面:改革科举制度,废除八股文,改试策论;设立学校,在北京创办京师大学堂,各地设立中小学堂,派人出国留学;提倡学习西学,设立译书局,翻译外国书籍;奖励新著作,奖励创办报刊,准许自由组织学会。③ 军事方面:设厂制造军火,精练海陆军,陆军改用西法操练,裁汰旧军,以及力行保甲。④ 政治方面:改革行政机构,裁汰冗员,取消闲散重叠的机构,准许官民上书言事。

新政诏令中,并没有维新派和康有为过去多次提出的设议院、开国会、定宪法等政治思想。康有为在百日维新期间也未再次提出这些主张,反而一再提醒光绪皇帝对国会、议院等不可操之过急。新政范围很广泛,对旧制度也进行了一定程度的改革,并且开始推行某些新制度。随着变法维新运动的日益高涨,新旧两派的矛盾斗争也就迅速尖锐起来。

4. 戊戌政变

9 月 21 日凌晨,慈禧太后发动政变,先将光绪皇帝软禁于中南海的瀛台,慈禧太后以"训政"的名义,重掌国政。这就是"戊戌政变"。政变以后,慈禧太后大肆搜捕维新派人士。康有为、梁启超分别在英国人和日本人的保护下,逃往国外。9 月 28 日,谭嗣同、康广仁、杨深秀、刘光第、杨锐、林旭等六人被杀于北京菜市口,时人称为"戊戌六君子"。百日维新时期推行的各项新政措施,除京师大学堂得以保留外,其他全被取消。戊戌维新变法运动宣告失败。

（五）戊戌变法的历史意义

戊戌维新运动是中国资产阶级的政治代表维新派领导的爱国救亡运动。维新派在民族危亡的关键时刻,高举救亡图存的旗帜,要求改革封建的社会制度,发展资本主义,使中国走上独立富强的道路。戊戌维新运动具有资产阶级启蒙运动的重要意义,在维新运动期间,维新派着力传播西方资产阶级的社会政治学说和自然科学知识,宣传天赋人权、自由平等观念,批判封建君权,猛烈地冲击了陈旧腐朽的旧文化。维新运动在反对旧学、提倡新学,批判"中学"、提倡"西学"的同时,以新的思想内容,新的形式风格,在许多思想和文化领域都开创了新的局面。"诗界革命"、"文体革命"、"小说界革命"、"戏剧改良"等相继而起,形成了广泛的文艺革新运动。

本章重、难点提示

一、重点掌握名词

《海国图志》	开平矿务局	《变法通议》
《瀛环志略》	京师同文馆	《仁学》
《康輶纪行》	上海广方言馆	时务学堂
《校邠庐抗议》	马尾船政学堂	《国闻报》
江南制造总局	《新学伪经考》	《天演论》
福州船政局	《孔子改制考》	《劝学篇》
北洋水师	公车上书	《应诏统筹全局折》
海军衙门	《中外纪闻》	保国会
练军	强学会	百日维新
官督商办	《时务报》	戊戌政变
轮船招商局		

二、论述题

1. 简述早期维新思想的代表人物及其思想主张。参见本章二。

2. 论述洋务派与顽固派的论争。参见本章三、（二）。

3. 简述洋务派创办的主要军事工业。参见本章三、（三）。

4. 简述洋务派创办的主要民用企业。参见本章三、（五）。

5. 简述康有为的变法理论。参见本章五、（一）。

6. 论述维新派与顽固守旧派的论争及其意义。参见本章五、（三）。

7. 论述戊戌变法的主要内容及其历史意义。参见本章五、（四）、（五）。

第四章　清末改革与社会变迁

考点详解

一、清末新政与预备立宪

（一）清末新政（1901—1905）

1901 年 4 月，清政府成立督办政务处，委派奕劻、荣禄、李鸿章等 6 人为督办大臣，刘坤一、张之洞、袁世凯遥为参与。政务处总理新政事宜，成为组织领导新政的中枢。

1.《江楚会奏变法三折》

1901 年，两江总督刘坤一、湖广总督张之洞会衔上奏变法三折，史称《江楚会奏变法三折》。《江楚三折》以"有才兴学"、"整顿中法"、"吸收西法"为中心，提出了一整套系统的、切实可行的改革方案。《江楚三折》影响甚大，得到清廷的批准。它实际上规划了清末新政改革的基本框架，对新政的启动和实施起了重要的作用，清末新政初期的改革多参照了其中的建议。

2. 新政的主要内容

从 1901 年 4 月成立督办政务处到 1905 年 12 月成立学部，清政府发布了一系列除旧布新的政令，逐步推出各项新政，主要内容包括以下方面：

（1）行政制度改革。主要是调整机构、整顿吏治。1901 年 7 月，撤销总理各国事务衙门，改设外务部，班列六部之前。1903 年，设立商部，后来与工部合并，改为农工商部。巡警部是随着军事改革设立的。在军事改革中，清政府仿照西方近代兵制，将军制分为常备军、续备军和保安三种，把维持治安的军队分离出来，专门负责地方治安。为此，清政府于 1905 年设立了巡警部。为适应教育改革的需要，1905 年，清政府又设立了学部，在中国近代教育的发展中迈出了重要的一步。在此期间，先后裁撤了河东道总督，云南、湖北、广东三省巡抚及通政司，归并詹事府于翰林院。同时，清政府还采取措施整顿吏治，裁汰各衙门胥吏差役，停止捐纳买官。

（2）经济改革。1903 年 8 月，清政府正式设立了商部，其管辖范围不仅包括工商业，还包括农业。商部在清政府各部中位于第二位，仅次于外务部，反映了清政府对农工商业的重视，1906 年，商部扩展为农工商部。商部成立后，即着手建立联络官商的机构，以沟通商情，推动工商业的发展。1903 年，清政府谕令在各省城设立商会，各州县设立分会。商部成立后，陆续公布了《商律》、《公司注册试办章程》、《商会简明章程》、《奖励公司章程》以及《矿务章程》、《试办银行章程》等。1905 年，商部在北京设立劝工陈列所、高等实业学堂，开办户部银行。这一系列改革和法令的推行，改变了中国社会长期视工商为末务的现象，促使当时出现了一个举办工商业的热潮，使中国厂矿企业、交通运输业和金融业诸方面有了长足的发展。

（3）军事改革。1901 年 8 月，清政府下诏停止武科举，并令各省裁撤绿营防勇，改练常备、续备、巡警等军，操练新式枪炮。1902 年底，清廷在京设立练兵处，派奕劻总理其事，袁世凯充会办练兵大臣。1902 年，继李鸿章任直隶总督的袁世凯练成"北洋常备军"一镇，约 12 500 人，湖广总督张之洞也练成"湖北常备军"两翼，约 7 000 人。1904 年 9 月，练兵处会同兵部奏定《新军营制饷章》和《陆军学堂办法》等条规，计划在全国编练新军 36 镇，每镇官兵 12 500 人，总为 45 万人，后来还拟定了按省分配、限年编成的办法。袁世凯利用会办练兵大臣的地位身份和扩编新军的机会，于 1905 年编成北洋新军 6 镇。其他各省限于财力、人力，大都没有完成计划。直到清朝覆亡，总共编成 14 镇和 18 个混成协，以及 4 标及禁卫军一镇，约 17 万人左右。这些军队，一般称为新军。清廷为独揽军权，于 1905 年合兵部与练兵处为陆军部，但袁世凯依然通过其势力控制着北洋新军的实权。

（4）教育改革。教育改革包括创办新学堂、鼓励留学和改革科举制等，目标是建立近代教育制度。（见本章第二节）

清末新政的启动，促进了中国资本主义的发展，也推动着改革思想和改革实践的进一步深入。资产阶级立宪思想迅速兴起，立宪运动逐步展开，进一步推动清末改革开始走向政治体制改革的阶段。

（二）预备立宪（1905—1911）

1. 五大臣出洋考察政治

1905 年 7 月，清政府决定仿效日本明治维新派大臣到欧美各国考察宪政的做法，派遣亲贵重臣先行对欧美各国政治制度进行详细考察。12 月，载泽、尚其亨、李盛铎、戴鸿慈、端方等五大臣奉旨分别前往欧美和日本考察政治。在五大臣出洋考察的同时，清廷又谕令设立考察政治馆，作为研究宪政的机关，探讨中西政体的优劣，提供改革方案。1906 年 8 月，出洋考察宪政的五大臣归国，密陈立宪有"皇位永固"、"外患渐轻"、"内乱可弭"三大好处，主张诏定国是，仿行宪政，

2. 预备仿行宪政与官制改革

清政府于 9 月 1 日正式宣布"预备仿行宪政"。谕旨指出立宪的原则是"大权统于朝廷，庶政公诸舆论"，但"目前规制未备，民智未开"，不能立即实行宪政，应先从改革官制入手，逐步厘定法律、广兴教育、清理财政、整顿武备、普设巡警，作为实行宪政的"预备"。这道上谕确立了实行立宪的国策，国家由此进入了预备立宪时期，即由封建专制政治向资产阶级民主政治过渡的新时期。

清政府宣布仿行宪政以后，首先进行官制改革，以确立中央和地方的政治体制。11 月 6 日，清廷宣谕按奕劻等厘定的新官制进行改革。主要内容有：（1）改巡警部为民政部，户部为度支部，兵部为陆军部，刑部为法部，理藩院为理藩部，大理寺为大理院，都察院为都御使、副都御使，其中法部管司法，大理院管审判，都御使负责纠察行政缺失；（2）将太常、光禄、鸿胪三寺并入礼部，工部并入商部，取名农工商部；（3）增设专管轮船、铁路、邮政的邮传部；（4）内阁、军机处、外务部、吏部、学部等部门不变；（5）准备设海军部、军谘处、资政院、审计院等。1907 年，清政府又对各省官制进行了改革。

清政府官制改革试图建立三权分立的政治体制，行政权操之于内阁，司法权由法部掌握，审判权归大理院，立法权由准备成立的资政院掌管。但实际上"大权统一于朝廷"，仍以军机处为"行政总汇"。

3. 立宪团体的建立

清廷宣布实行预备立宪以后，资产阶级立宪派人士纷纷联络，发起组织立宪团体。在众多立宪团体中，影响较大的有预备立宪公会、政闻社和宪政公会。

（1）预备立宪公会

1906 年 12 月，江苏、浙江、福建等省商学界 200 多人在上海成立预备立宪公会，推福建郑孝胥为会长，江苏张謇、浙江汤寿潜为副会长。预备立宪公会以筹备立宪事宜，推动朝廷立宪，提高人民宪政知识为中心，同时还出版了大量宣传普及宪政知识的书刊，开办了法政讲习所，以推动地方自治的进行。

（2）政闻社

1907 年，梁启超、蒋智由等在东京成立了政闻社。梁启超在《政闻社宣言书》中提出四大政纲：① 实行国会制度，建设责任政府；② 厘定法律，巩固司法权之独立；③ 确立地方自治，正中央地方之权利；④ 慎重外交，保持对等权利。政闻社出版了机关刊物《政论》。1908 年 2 月，政闻社本部迁往上海，在总务长马相伯主持下，创办法政学堂，联络各立宪团体，交结王公大臣，逐步建立沿江沿海及南北各省的分支机构，展开了公开的和秘密的活动。

（3）宪政公会

宪政公会初名宪政讲习会，由杨度在日本东京创立。杨度初倡革命，后主立宪。他于 1907 年 6 月成立宪政讲习会，并在国内发展力量。1908 年 3 月，他来到北京，在北京设立宪政公会总部，并且发表宣言，表示其政治目的在于"团合运动，以冀开国会、布宪法、建设责任政府，消专制之威，免暴动之祸，实行君主立宪。"宪政公会在北京、河南、安徽、山东以及上海、天津等地建有支部，声势颇极一时之盛，尤其在湖南、湖北，以学会形式扩充势力，影响极大。

此外，康有为的保皇会也改名为帝国宪政会，汤化龙在湖北成立宪政筹备会，丘逢甲在广东成立自治会。立宪团体纷纷成立，进一步壮大了立宪派的声势和力量，成为推动清末宪政改革的重要力量。

4.《钦定宪法大纲》与谘议局、资政院

（1）《钦定宪法大纲》

1908 年 9 月，清政府颁布"预备立宪"以 9 年为限，同时颁布《钦定宪法大纲》和《议院法要领》、《选举法要领》、《逐年筹备宪政事宜清单》。

《钦定宪法大纲》规定，皇帝有颁行法律及发交议案、召集及解散议院、设官制禄及黜陟百司、统帅陆海军及编订军制、宣战议和及订立条约、宣布戒严及发布命令等权力，并总揽司法权。同时它也规定，司法权与行政权

分离,君主不以诏令变更法律,这就使君主的权力受到一定的限制。同时还对臣民的权利、义务做了规定,规定臣民有言论、出版、著作、集会和结社的自由,有获得人身保护等权利。尽管幅度有限,但人民的合法权利和政治地位在中国历史上第一次以宪法大纲的形式得到一定程度的承认。

（2）谘议局

谘议局是清政府在立宪期间设立的地方谘议机关。1907 年 10 月清廷谕令各省督抚速设谘议局。1908 年 7 月,清政府又公布施行《各省谘议局章程》和《谘议局议员选举章程》,并且限令各省一年内一律成立。至 1909 年 10 月,除新疆缓办外,全国 21 个行省的谘议局均如期成立,同时开幕。从《谘议局章程》所规定的谘议局的职任权限及宗旨来看,它并不具备立法权,只是一个言论、谘询机构。它所议决的方案没有完全的法律效力,不能强制地方政府执行,但它有权议决监督财政,有权议决地方兴革大政,有权对行政进行监督。按照规定,谘议局议长、议员都是通过民主选举产生,但对选举权和被选举权有着严格的限制。

（3）资政院

清政府于 1907 年宣布筹设资政院,1910 年正式成立。资政院议员分为钦选和民选议员二种,各占 100 议席,外加钦选总裁 2 人。钦选议员是由宗室王公世爵、满汉世爵、外藩王公世爵、各部院官员以及硕学通儒等组成。民选议员由各省谘议局选举产生后,经各省督抚选定。资政院的职责主要有:议决国家财政预、决算;议决税法及公债;新定及修改法典,但无权制定修改宪法。议决的法案须"请旨裁决"。资政院具有一定的立法权,但还不是完全的立法机构。

谘议局和资政院的设立,建立了议院制度的雏形,是对封建专制制度的历史性突破,具有重要的历史意义。资产阶级立宪派利用谘议局与资政院,以国民代表自居,积极参政议政,力求按资产阶级民主政治的原则办事,并且与清政府展开进一步的斗争。

5. 国会请愿运动

1909 年 10 月各省谘议局成立后,立宪派既获得了合法的地位。他们在 1910 年发起三次大规模的国会请愿运动,将立宪运动推向了高潮。

（1）第一次国会请愿运动

1909 年 10 月 1 日江苏谘议局成立后,议长张謇即通电各省谘议局,约请共同发动速开国会请愿运动。11 月,16 省谘议局代表 55 人齐集上海,举行"请愿国会代表团谈话会"。1910 年 1 月 16 日,请愿速开国会同志会在北京将请愿书呈递都察院代奏。清廷以"国民知识不齐"为理由,坚持国会的召开须等九年预备期满、国民教育普及之后,拒绝了这次要求速开国会的请愿。第一次请愿失败。

（2）第二次国会请愿运动

第一次请愿失败后,各省代表通电发表《国会请愿代表同人奉上谕后通知书》,说明清政府已经拒绝速开国会和成立责任内阁的要求,呼吁各省绅商、团体继续组织力量,准备再次请愿。然后,他们又在北京组织国会请愿同志会,发表《国会请愿同志会意见书》,号召各地士绅参加国会请愿同志会,以扩大请愿的声势。同时,黎宗岳等在京成立国会期成会,作为国会请愿的后援组织。梁启超则在日本创立《国风报》,徐佛苏也在京主持《国民公报》,为之制造舆论。6 月 16 日,立宪派组织了 10 个请愿团,向都察院上书。6 月 27 日,清廷颁布诏旨,以"财政困难,灾情遍地"为理由,再次拒绝了请愿团的要求。第二次请愿又告失败。

（3）第三次国会请愿运动

请愿的再次失败并没有使立宪派气馁,他们决定向资政院、摄政王上书,同时各地谘议局向地方督抚上书,双管齐下。10 月 7 日,国会请愿代表团赴摄政王府上书,载沣拒不见。9 日又向刚刚成立的资政院上书。资政院接受上书后,于 22 日通过了请速开国会案,并上奏清廷。与此同时,各地谘议局也组织了颇具声势的地方请愿活动,促使 18 省督抚将军联名向清廷发出了请设内阁和开国会的电报。

清廷摄于各地请愿运动、资政院和地方督抚的压力,被迫做出让步,于 11 月宣布缩短预备立宪期限,于宣统五年(1913 年)召开国会,国会未开以前,先厘定官制,设立内阁。

上谕发布后,立宪派内部产生了分歧。包括张謇在内的一部分人认为请愿已取得一定成效,停止请愿活动;另一部分人则坚持宣统三年(1911 年)召开国会的原议,准备再行组织请愿。对此,清廷采取了强硬态度,令将赴京请愿的东三省代表押解回籍,宣布禁止请愿。至此,请愿活动走到了尽头。国会请愿代表团被迫宣布解散。

国会请愿运动具有民主运动的性质。立宪派采取和平请愿的斗争方式,在比较广泛的范围内宣传了宪政思想,提高了国民的民主觉悟和爱国思想。同时,清政府对于国会请愿运动的态度,逐步暴露了统治者的真实面目,使清政府丧尽民心。部分立宪派通过国会请愿运动,开始同清政府决裂,逐渐转向革命。

6. 皇族内阁

1911 年 5 月,清廷发布内阁官制和任命总理、协理大臣以及各部大臣的上谕,宣布裁撤军机处、旧内阁和会议政务处,任命奕劻为内阁总理大臣,那桐、徐世昌任内阁协理大臣,组成责任内阁。但在内阁 13 名成员中,竟有 9 名满人,汉人只占 4 名;而且在 9 名满人中,皇族竟然又占 7 名。皇族不仅充当了国务大臣,而且居于领导和多数地位。因而,这一内阁被称为"皇族内阁"。

从 1905 年五大臣出洋考察政治到 1911 年皇族内阁成立,清政府为了抵制革命,维护自己的统治,被迫进行了一系列政体改革。但在这一过程中,清政府不仅不能满足立宪派速开国会的要求,而且试图通过改革将权力集中到满清贵族集团手中,从而引起立宪派和地方督抚的不满,使他们逐渐对清政府的改革失去希望。

二、科举制度的废除和晚清教育改革

(一)科举制度的废除

为使近代教育真正地得到发展,清政府逐步改革并最终废除了科举制度。1901 年后,清政府开始对科举制实行改革,一方面修改科举考试内容,将传统的四书、五经扩大到政治、历史、军事、地理、军事等适应时代需要的科目;一方面逐渐减少科举名额,使学堂与科举最终合流。1905 年 9 月,清廷下令从 1906 年起停止一切科举考试,这样,延续一千多年的科举制度至此废除。科举制的废除,扫除了中国建设现代化国家道路上的重要障碍,有力地推动了中国近代教育事业的发展。

(二)晚清教育改革

1. 洋务运动时期的教育改革(见第三章三、)
2. 戊戌变法时期的教育改革(见第三章五、)
3. 清末新政时期的教育改革

教育改革是清末新政的重要内容之一,主要包括创办新学堂、鼓励留学和改革科举制,其目标是建立近代教育制度,此次教育改革直接导致了科举制的废除和近代教育体制的确立。1901 年,清廷下诏要求各省所有书院于省城者一律改设为大学堂,各府及直隶州均改设为中学堂,各州县均改设为小学堂,各地设蒙养学堂。1902 年,派张百熙为管学大臣,颁布《钦定学堂章程》,该年为农历壬寅年,称为壬寅学制。该学制规定从蒙养学堂到大学堂共分 7 级,完成整个学制需 20 年。壬寅学制虽正式公布,但并未付诸实施。

1904 年,清政府颁布张之洞和张百熙制定的《奏定学堂章程》,即"癸卯学制"。该章程不仅制定了从蒙养院、初等小学、高等小学、中学堂、高等学堂、大学堂直至通儒院的普通教育体系,还制定了初级师范学堂到优级师范学堂的师范教育体系,以及从初等农工商实业学堂、中等农工商实业学堂到高等农工商实业学堂的实业教育体系。这样,中国历史上第一个学堂类型比较齐全、体制比较完备的学校体系初步建立起来。

科举考试停止后,学校教育占据了主导地位,清政府因之于 1905 年 12 月成立了主管全国教育事业的中央机构——学部。学部建立后,颁布了学堂考试章程。这样,自"癸卯学制"初步建立近代教育体系,中国近代教育制度至此日臻完善。

同时,清政府还提倡奖励出洋留学。1902 年 12 月,清政府批准外务部制定的留学生章程,规定凡学成归国者,分别奖以翰林、进士、举人出身并按等录用。此后,留学生人数逐年增加。

三、八旗绿营的衰落与新军的编练

(一)新建陆军

1894 年冬,督办军务处委派广西按察使胡燏棻编练新军,计 5 000 人,编成 10 营,号"定武军"。《马关条约》签订后,胡燏棻调任督办津芦铁路,由袁世凯接替编练新军。袁世凯将定武军扩编到 7 000 余人,改称"新建陆军"。新建陆军虽然还沿用了淮军的营务处、营、队、哨、棚等名称,但在编制上以近代德国的陆军制度为蓝本,分步、马、炮、工、辎各兵种,全部使用购自国外的新式武器,延聘德国军官督练洋操。新建陆军由督办军务处直接控制,由户部供饷,饷银每年近百万两,在当时各军中待遇最优。

(二)自强军

1895 年中日战争期间,署理两江总督张之洞在江苏编练新式军队,成十三营,其中步队八营,马队、炮队各两营,工程队一营,共两千八百六十人,名自强军。以德国少校来春石泰为首的三十五名军佐任教习,营制、训练均仿德军章程。营官、哨官多出自天津武备学堂和广东陆师学堂。1896 年春,张之洞回湖广总督本任,自强军由两江总督刘坤一续练。1901 年调往山东,归袁世凯节制,后成为陆军第六镇的一部分。

(三) 武卫军

戊戌政变后,直隶总督荣禄将驻扎在直隶境内包括新建陆军在内的军队合编为武卫军,分前、后、左、右、中五军。袁世凯的新建陆军被编为武卫右军,编制扩大为 13 000 人。义和团运动中,除袁世凯的武卫右军外,其他四军在京津一带或被消灭,或遭重创。1901 年,袁世凯被任命为直隶总督兼北洋大臣,率武卫右军回到直隶。

(四) 清末新政时期的军事改革(见本章一、)

四、会党与民变

(一) 会党

清末资产阶级革命党人对民间秘密会社的总称。在此以前,天地会、哥老会等通称会,自兴中会与天地会首领联络后,始称"会党"。会党除有反清复明的口号外,尚有组织上实行家长式领导,首领由大首领加封,一切唯首领之命是从;组织成员以破产农民、手工业者和游民无产者为主体;有很强的地方性;采取秘密方式进行活动等特征。兴中会成立后,很注意联络会党,以扩大势力和影响。兴中会发动广州起义和惠州起义,主要依靠力量就是会党。

会党的社会基础深厚,社会联系广泛,富于斗争和牺牲精神,但是具有散漫性和盲目破坏性,也难于完全理解和接受资产阶级革命纲领,因而各次起事鲜有成功和善始善终者。会党在辛亥革命推翻清王朝统治的斗争中起了十分重要的作用。

(二) 民变

在革命党人武装起义此起彼伏的同时,全国各地群众自发的反清朝暴政的斗争呈现出急剧高涨的态势。

20 世纪初年的中国,民族灾难深重,农村经济残破,整个社会动荡不安,广大劳动人民的生活更加困苦。清政府还利用推行新政之机,加捐加税,勒索人民。各级官吏乘机从中勒索中饱,广大民众难以为生,各地群众自发的反抗斗争绵绵不断。据不完全统计,1902—1911 年间,全国各地的各类民变多达 1 300 余起。

1902 年,因摊派赔款,各地抗捐斗争层见叠出。伴随着抗捐抗税的斗争而普遍兴起的抢米风潮,遍及大江南北,大河上下,形成强大的声势,各地农民斗争此呼彼应,持续高涨。1910 年,数十年所未有的严重灾荒,使各地人民的反抗浪潮更加高涨起来,这一年发生抢米事件的地区遍及南北各地。

本章重、难点提示

一、重点掌握名词

清末新政	宪政公会	《钦定学堂章程》
《江楚会奏变法三折》	《钦定宪法大纲》	《奏定学堂章程》
五大臣出洋考察政治	谘议局	新建陆军
预备仿行宪政	资政院	自强军
预备立宪公会	国会请愿运动	武卫军
政闻社	皇族内阁	会党

二、论述题

1. 简述清末新政的主要内容及其意义。参见本章一、(一)。
2. 简述晚清预备立宪时期的主要立宪团体及其主张。参见本章一、(二)。
3. 简述清末国会请愿运动及其历史影响。参见本章一、(二)。
4. 论述晚清教育改革。参见本章二、(二)。

第五章　辛　亥　革　命

考点详解

一、西学传播与革命思潮的兴起

（一）西学传播

1. 两次鸦片战争时期的西学传播

西学是指西方自然科学、社会科学等西方学术文化。鸦片战争以后，传教士大量进入中国，以通商口岸为基地，进行各种西学传播活动，出版了一批介绍西方近代科学的著作。在这些著作中间，英国传教士、医师合信的《全体新论》等 5 种西医著作，英国传教士蒙克利的《算法全书》、美国传教士哈巴安德的《天文问答》、合信的《天文略论》、英国传教士伟烈亚力和中国人李善兰合译的《代微积拾级》、伟烈亚力与中国人王韬合译的《重学浅说》、英国传教士艾约瑟和李善兰合译的《植物学》等都是第一次将西方近代科学介绍进中国的著作。

2. 洋务运动时期的西学传播

洋务运动开展以后，洋务派为了学习西方科学技术，开始大量翻译刊印西方图书。洋务派创办的京师同文馆也从事西书翻译活动。同文馆共译刊西方图书 200 多部，内容除了有近代物理、化学、数学、天文、地理以外，更着重于外交、世界历史和法典等。其中以美国人丁韪良所译《万国公法》、中国人杨树和张秀合译的《世界史纲》、法国人毕利干所译的《化学阐原》影响较大。

1868 年，江南制造总局附设了翻译馆，由英国传教士傅兰雅主持，翻译出版西学书籍。翻译馆译刊的西书内容包括应用科学与工程技术、自然科学中的基础学科、社会科学等，其中著名译作不少，如《化学鉴原》、《化学分原》、《地学浅释》、《佐治刍言》等，都是影响广泛，轰动一时的译作。

在翻译和介绍西学的中国人中，贡献较大的有李善兰、华蘅芳、徐寿等。李善兰翻译了《几何原本》后 9 卷、《代数学》、《重学》等数学、物理方面的书籍。他还著有《则古昔斋算学十四种》，其中《方圆阐幽》已经独立地达到了微积分的初步概念。华蘅芳翻译了代数、三角、微积分、概率论等方面的著作，共 60 多卷。徐寿研究物理、化学和机械制造，他同华蘅芳等人编译了大量这方面的科学著作，刊行的有 13 种，其中《化学鉴原》和《西艺新知》两书较为著名，对中国近代化学的发展起了重要的推动作用。

洋务运动时期传播的西学，内容主要以自然科学和应用科学为主，但有关西方哲学社会科学的内容也开始增多。在这一时期，西学通过遍布各地的新式学堂、各种近代报刊和品种繁多的西书，得到比较广泛的传播，西学的影响已经逐渐从知识界扩大到社会基层。

（二）革命思潮的兴起

1. 革命思想的传播

《辛丑条约》订立后，清政府腐朽卖国的真面目，渐为时人所认识。民主革命思想，因之日益传播，为资产阶级民主革命运动的兴起，开辟了思想道路。其时正在迅速形成中的近代新型知识分子群，则是传播民主革命思想的中坚力量。

上海和东京是当时青年知识分子与留学生最为集中的两个地方。1903 年前后，在他们中间兴起了创办刊物、翻译介绍西方民主政治学说和各国民主革命历史的热潮，二三年内，出版政治性刊物近 20 种。这些刊物从不同角度抨击清政府丧权辱国、昏庸腐败，宣传民族主义和民主共和思想，鼓吹进行民族民主革命，以挽救中国的危亡。在创办报刊的同时，革命派还建立自己的印书馆，印刷革命书籍。这些书籍和革命报刊一样，在国内外销售，传播革命舆论，激发民族民主革命思想。

在宣传革命思想的读物中，影响最大的是章炳麟的《驳康有为论革命书》、邹容的《革命军》和陈天华的《警世钟》、《猛回头》。

2. 章炳麟与《驳康有为论革命书》

章炳麟，原名绛，号太炎，浙江余杭人。他早年受维新派思想影响，参与了维新变法的宣传活动。戊戌变法失败后前往日本，思想开始转变。1903 年，他在《苏报》上发表了著名的《驳康有为论革命书》，批驳了康有为的保皇观点。针对康有为关于中国"公理未明,旧俗俱在"因而"只可行立宪,不可行革命"的观点,他指出:"公理之未明,即以革命明之;旧俗之俱在,即以革命去之。"章炳麟的《驳康有为论革命书》,是其时革命派从思想上、理论上正面批判立宪派的重要著作。

3. 邹容与《革命军》

邹容,字蔚丹,四川巴县人。1902 年留学日本。1903 年 4 月回上海,结识了章太炎,5 月出版名著《革命军》,全书两万余字,共七章。《革命军》以西方资产阶级的自由、平等、天赋人权说作为理论基础,积极歌颂革命,号召推翻集专制、卖国与种族压迫为一体的清政府,恢复人民应当享有的民主权利。他提出了建立"中华共和国"的口号,反对帝国主义干涉中国的革命和独立。《革命军》是其时表述资产阶级民主革命的原则和理想最为完整和鲜明的著作。销售逾百万册,占清末革命书刊销售数的第一位,对民主革命思想的传播起了很大的作用。

4. 陈天华与《警世钟》、《猛回头》

陈天华,字星台,湖南新化人。他于 1903 年赴日留学,当年,他满怀爱国激情,写成了《警世钟》和《猛回头》两本小册子,以通俗易懂的文字,较精辟地阐明了中国必须进行民主革命的道理。他揭露帝国主义侵略给中国带来的深重灾难,号召人们立即行动起来,为保卫祖国的独立自主和民族的生存权利而斗争。他进而指出,清政府已经成为帝国主义统治中国的驯服工具。因此,要抵抗帝国主义的侵略,要挽救民族危亡,就要进行革命,推翻清政府这个"洋人的朝廷"。他特别指出,保皇派鼓吹的"维新"、"立宪",全是一套胡言乱语。《警世钟》和《猛回头》宣传的爱国思想炽烈激进,通俗易懂,具有强烈的感染力,人们争相传诵,成为资产阶级革命派宣传革命的锐利武器。

5. 苏报案

清政府对民主革命思想的日益传播大为惊恐。1903 年 5 月,《苏报》刊登了介绍邹容的《革命军》和章炳麟驳斥康有为政见的文章,鼓吹革命,在社会上引起很大的反响。1903 年 6 月,上海租界的工部局派巡捕到刊登介绍《革命军》文章的《苏报》馆里捕人,章炳麟和邹容先后入狱,发生了震惊中外的"苏报案"。清政府要求工部局将章、邹等引渡,解送南京审讯。帝国主义深怕由此影响他们在租界的特权,拒绝引渡。最后,租界会审公廨判决邹容监禁两年,章炳麟监禁三年。1905 年 4 月,邹容因不堪监狱的折磨,病死狱中。1906 年 6 月,章炳麟刑满出狱,被孙中山接到东京。

二、同盟会的建立

(一)兴中会

1894 年冬,孙中山由上海赴檀香山,联合华侨 20 余人,创立了中国第一个资产阶级革命团体——兴中会。1895 年春,孙中山回到香港,与当地进步社团辅仁文社合作,成立兴中会总部。兴中会在会章中揭露了清政府的腐败无能,指出中国正面临着被帝国主义瓜分的严重危机。在会员入会的秘密誓词中,明确提出了"驱除鞑虏,恢复中华,创立合众政府"的革命目标,决心推翻清朝政府,建立资产阶级政权。

(二)革命团体的涌现

20 世纪初年资产阶级革命派的思想宣传活动,扩大了革命舆论阵地,传播了民族民主革命思想,也推动了各地革命团体的先后成立。1903 年,留日学生中的激进分子秦毓鎏等组织了一个 20 余人参加的小团体——青年会,它"以民族主义为宗旨,以破坏主义为目的"。拒俄运动中,青年会成员均参加"拒俄义勇队"。拒俄运动失败后,义勇队又改名为军国民教育会,以"养成尚武精神,实行爱国主义"为宗旨。随后,一部分会员秘密组织了一个暗杀团,决定回国进行实际革命活动。暗杀团成员黄兴、龚宝铨分别在长沙、上海组建了革命团体华兴会、光复会。

1. 黄兴与华兴会

黄兴,原名轸,字克强,1902 年初,被选派留学日本,受革命思想影响,转向革命。积极参加"拒俄义勇队"和军国民教育会的活动。1903 年夏,受军国民教育会指派,回湖南策划起义。黄兴回到长沙后,于 1904 年 2 月 15 日正式成立华兴会。为了扩大势力,准备起义,华兴会设立黄汉会以联络军界,设立同仇会以联络会党。1904 年春,黄兴联络哥老会首领马福益,决定趁农历十月初十慈禧太后 70 岁生日那天起事,但事机泄漏,马福益被捕遇害,黄兴逃往上海,不久转赴日本。

2. 科学补习所

1904 年 7 月,湖北革命志士刘敬安、张难先在武昌成立科学补习所,秘密从事革命活动。他们认为:"革命非运动军队不可,运动军队非亲身加入行伍不可。"科学补习所曾和华兴会取得联系,准备响应华兴会的起义。后来华兴会起义计划泄漏,科学补习所也受牵连,被迫停止活动。刘敬安等利用有合法地位的教会阅览室——日知会,继续进行革命宣传,暗中联络同志,并于 1906 年重新组织了秘密的革命团体,名称也叫日知会。

3. 光复会

1904 年冬,江浙地区的革命团体光复会在上海成立,成员有蔡元培、陶成章、龚宝铨等,蔡元培被推为会长。光复会以"光复汉族,还我河山,以身许国,功成身退"为誓词。章炳麟在狱中参与了光复会的创立。后来,光复会在日本成立分会,参加者达数百人。

华兴会、科学补习所、光复会等革命团体的建立和各地革命运动的发展为资产阶级革命政党同盟会的成立,提供了思想上和组织上的准备。

（三）中国同盟会的建立

1903 年,孙中山在东京建立革命军事学校时,第一次提出以"驱除鞑虏,恢复中华,创立民国,平均地权"十六字为纲领。1905 年 7 月 30 日,孙中山、黄兴、宋教仁等 70 余人在东京召集会议,讨论成立全国性的革命团体的问题。经过反复讨论,最后定名为"中国同盟会",简称"同盟会"。以"驱除鞑虏,恢复中华,创立民国,平均地权"为纲领。

1905 年 8 月 20 日,中国同盟会在东京正式成立。会议通过了《中国同盟会总章》,规定同盟会本部暂设于日本东京,本部机构遵循三权分立的原则,在总理之下设行政、评议和司法三部。孙中山被推举为总理,黄兴被任为执行部庶务科总干事,总理外出时即由庶务科总干事主持本部工作。在本部的统一领导下,在国内外分设 9 个支部。国内按地区设东、西、南、北、中 5 个支部,支部以下各省设立分会;国外设南洋、欧洲、美洲、檀香山 4 个分部,支部以下各国设立分会。同盟会的主要成员是中小资产阶级及其知识分子。

1905 年 11 月 26 日,同盟会创办了机关刊物《民报》。孙中山在《民报发刊词》中,将同盟会的十六字纲领归结为民族、民权、民生三大主义,即三民主义,次年,孙中山在为同盟会制定革命方略而写的《军政府宣言》和《民报》创刊周年纪念大会的演讲中,对此又作了进一步发挥。

民族主义包括"驱除鞑虏,恢复中华"两项内容,即推翻清王朝,变半殖民地半封建的中国为独立的中国。民权主义的内容是"创立民国",即推翻封建专制制度,建立资产阶级的民主共和国。民权主义的提出,从理论上解决了当时资产阶级民主革命迫切需要解决的中心问题。民生主义的基本内容是"平均地权",即通过核定地价,按价收税,将革命后社会改良进步之增价,收归国有,"为国民所共享"。

三民主义是一个比较完整的资产阶级民主革命的纲领,它的提出,对于统一革命党人的思想、动员号召群众,起到了巨大的作用。但是,它没有明确提出反对帝国主义的口号,也没有提出彻底的土地纲领。在同盟会内部,对于这一纲领也有不同的理解。在组织方面,同盟会计划中的组织系统始终未能完备地建立起来。本部和地方分会之间缺乏紧密有效的联系。同时,同盟会内部还存在着较为严重的派系斗争。

同盟会虽然存在着这样那样的弱点,但以孙中山为首的革命民主派坚持通过武装斗争推翻清朝统治、建立民主共和国的革命立场,从而团结和发展了革命力量,推动了革命形势的向前发展,促进了革命高潮的到来。以同盟会成立为标志,民主革命运动进入了新阶段。

三、革命派与改良派的论战

（一）论战的背景及舆论阵地

同盟会成立后,革命派大力宣传同盟会的政治纲领,而以孙中山"三民主义"理论武装起来的《民报》,迅速占有了进步舆论的中心领导地位,大受海内外进步知识分子的欢迎。以康有为、梁启超为代表的资产阶级改良派,惊惧于思想界权威地位的动摇和丧失,企图驳倒同盟会提出的革命纲领,阻遏民主革命思想的传播。革命派清醒地认识到,对于改良派的进攻,必须予以有力的回击,才能进一步推动革命的发展。因此,在 1905 年到 1907 年间,双方分别以《民报》和《新民丛报》为主要阵地,在思想领域展开了一场大论战。两派在新加坡、檀香山、旧金山和香港等地的报纸也相继参加到论战之中。

（二）论战的主要内容

论战涉及的范围很广,包括民主革命的对象、任务、方法、前途等一系列重大问题,归结起来,论战的中心问题是围绕同盟会的纲领即三民主义进行的,也就是中国要不要"反满"和以革命手段推翻清王朝的统治,要不要建立民主共和国以及要不要平均地权、改变封建土地制度。要不要"反满"和以暴力推翻清王朝,是这场论战的中心。

（三）论战的意义

这场思想论战以革命派的胜利告终。论争的实质是用什么手段、建立一种什么样的资本主义制度。论争的双方革命派和康、梁等人代表着同一阶级——资产阶级的利益，是这个阶级政治主张上的两翼。左翼的革命派希望通过暴力革命的手段，建立资产阶级的民主共和国；而右翼的康、梁等人则希望通过和平的改革，在中国建立君主立宪的资本主义制度。革命派的思想言论尽管存在着许多严重的弱点，但他们要求进行民族民主革命的政治主张顺应历史发展潮流，因而日益得到当时进步人士和广大群众的理解和拥护。革命派以明显的优势占领了思想阵地，为即将到来的辛亥革命做好了舆论准备。

四、革命党人的反清起义

（一）萍浏醴起义

1906 年 12 月，在湖南、江西交界的浏阳、醴陵、萍乡地区首先爆发了号称"革命军"的大规模会党起义。1906 年夏，黄兴派刘道一、蔡绍南等返回湖南整顿会党，宣传革命，得到会党首领龚春台的响应。龚春台密谋起义，创立洪江会，设总机关于麻石，势力发展到萍乡、浏阳和醴陵等县。1906 年 12 月 3 日，龚春台率二三千人在麻石起义，各地会党首领先后响应。起义群众包括煤矿工人、贫困农民和防营士兵，总数达 3 万人以上。清政府急调湖南、湖北、江西、江苏等省 4 万军队四面围攻义军。起义军浴血奋战，坚持了一个多月，最终失败。

（二）同盟会发动的反清起义

从 1907 年 5 月至 1908 年 4 月，在孙中山的直接领导下，同盟会在华南沿海和沿边地区连续发动了六次武装起义，即 1907 年 5 月的饶平黄冈起义，6 月的惠州七女湖起义，9 月的防城起义，12 月的镇南关起义，1908 年 3 月的钦州马笃山起义和 4 月的云南河口起义。

孙中山的战略思想是，在华南沿海和沿边地区起义，夺取两广以为根据地，北上进取长江，长江南北革命党人群起响应，然后大举北伐，直捣北京，推翻清朝统治。但是，孙中山在华南组织的这些武装起义均告失败，失败的根本原因在于革命党人缺乏依靠群众、发动群众进行长期艰苦斗争的决心。

1. 广州新军起义

革命派几次起义失败后，他们总结经验教训，深感过去失败的原因在于会党组织涣散，难于指挥，决定以运动新军作为重点，争取掌握新式武器、有一定作战训练的新军作为基本力量，在广州发动起义。由于同盟会会员姚雨平、赵声、倪映典等人的艰苦工作，至 1909 年底广州新军已有 3 000 多人加入了同盟会，约占其总人数的一半。同盟会遂决定于 1910 年 2 月 24 日起义。由于消息泄露，广州地方官吏加强了戒备，并下令收缴新军士兵手中的枪支弹药。2 月 12 日，倪映典率新军 3 000 余人提前起义。次日晨，倪映典率军攻省城，途中突遇清军，倪中弹牺牲。起义军经顽强抵抗后溃退，起义失败。

2. 黄花岗起义

1910 年 11 月 13 日，孙中山在槟榔屿召集同盟主要干部会议，商定具体起义计划。会后，革命党人很快就投入紧张的起义准备工作。孙中山亲自到华侨中去募款，派人到国外购置武器。黄兴到香港组织统筹部，在广州部署 30 多处秘密据点。

1911 年 4 月 23 日，黄兴秘密潜入广州城，主持起义的领导工作。由于清政府搜捕极严，黄兴在准备尚未就绪的情况下，临时决定于 27 日晚起事，分兵四路进攻。27 日下午，黄兴率 120 余人的敢死队冲入总督衙门，但其余三路均未能按时策应。两广总督张鸣岐闻讯逃往水师提督衙门，黄兴下令焚毁总督衙门，并率部与清军展开巷战。革命党人多人牺牲，黄兴和朱执信受伤后退回香港，起义遭到惨重的失败。此役同盟会牺牲会员 100 多名，其中 72 人的遗骸被收葬于广州东郊黄化冈，故称"黄花岗起义"。

同盟会领导和影响下的连续不断的武装起义，激励了人民的斗志，促进了全国革命形势的发展。

（三）光复会发动的反清起义

同盟会成立后，光复会的一部分领导人如徐锡麟因意见分歧，没有加入同盟会，继续以光复会名义进行革命活动。光复会的陶成章、徐锡麟、秋瑾等人，在浙江秘密联络会党，以绍兴大通学堂为据点，策划起义。1907 年，徐锡麟和秋瑾相约于 7 月 19 日于安庆和绍兴同时起义，遥相呼应。部署未定，嵊县会党先期发难失败，各地会党遭到镇压。徐锡麟仓促举事，于 1907 年 7 月 6 日利用安徽巡抚恩铭到巡警学堂参加毕业典礼的机会，刺杀恩铭，率领学生等进攻安庆军械所，失败被执，慷慨就义。绍兴大通学堂受到牵连，秋瑾被捕，牺牲于绍兴轩亭口。

1905 年，柏文蔚组织了名为岳王会的革命团体，主要以军事学堂学生和新军官佐作为联络对象，成为光复会的外围组织。1908年11月,岳王会骨干、安徽新军炮营队官熊成基乘当时慈禧太后和光绪皇帝先后死去人心浮动之机,率马炮两营千余人在安庆起义,围攻安庆未能得手,被迫到庐州解散,起义失败。

五、中华民国的建立

(一)辛亥革命

1. 文学社与共进会

文学社是1911年1月由振武学社改组而成,蒋翊武任社长,以"研究文学"为名,在武汉新军中发展会员,开展革命活动。共进会于1907年8月成立于日本东京,主要领导者有焦达峰、孙武等。共进会以同盟会的纲领为纲领,但将"平均地权"改为"平均人权",主张以长江流域为中心开展革命运动。

1911年广州起义和四川保路风潮,推动了革命形势的迅速发展。9月24日,共进会和文学社正式联合成立了统一的起义领导机构,推举文学社领导人蒋翊武为革命军总指挥,共进会领导人孙武为参谋长。同时,拟定了详细的起义计划,推定了起义后军政府的负责人,并分别派人到上海迎接同盟会领导人来鄂主持大计,还到邻近各省联络策应。湖北革命党人为武昌起义做了较为周密的计划和部署。

2. 武昌起义

文学社和共进会的联合,使武汉革命形势突飞猛进。10月10日晚,新军工程第八营的革命党人首先发难,打响了武昌起义的第一枪。他们杀死镇压起义的反革命军官,冲到楚望台军械库夺取弹药。军械库守军中的革命士兵们闻风响应,一举占领了楚望台。发动起义的士兵临时推举原日知会会员、队官吴兆麟担任指挥,向总督衙门发动进攻。湖广总督瑞澂仓皇逃往停泊在江面上的兵舰上。起义军一夜之间占领武昌,取得首义的胜利。江对岸的革命党人闻风而动,也分别在11日晚和12日晨光复汉阳和汉口,完全控制了武汉三镇。

3. 湖北军政府

武昌起义胜利后,革命党人组建了湖北军政府。当时,孙中山、黄兴等人不在武汉,而直接组织起义的文学社、共进会的领导人在起义前,或负伤、或牺牲、或出逃。湖北革命党人认为谘议局是个"民意机关",所有议员都是湖北各县具有代表性的人物,应该同他们进行合作。11日,革命党和立宪派骨干聚集在湖北谘议局,推举新军第二十一混成协协同黎元洪为湖北军政府都督。

(二)南京临时政府的成立及其内外政策

1. 南京临时政府的成立

12月25日,孙中山自海外回国,到达上海。29日,各省代表在南京举行会议,正式选举孙中山为临时大总统。1912年1月1日,孙中山在南京宣誓就职,宣告中华民国临时政府成立,以1912年为民国元年,改用公历。接着,选举黎元洪为副总统,并在南京成立了临时参议院,作为立法机关。中华民国临时政府的成立,标志着资产阶级共和国在中国的建立。

2. 南京临时政府的内外政策

南京临时政府成立后,在短短的三个月时间里,陆续制定并颁布了一系列有关经济、政治、文化教育等方面的法令。

(1)经济方面,宣布实行振兴实业的方针,颁布保护工商业,鼓励发展民族工业的章程制度和措施,废除清代的一些苛捐杂税,奖励华侨在国内投资。

(2)在政治、法律及社会习俗方面,根据资产阶级"自由平等"、"天赋人权"的原则,宣布人民享有选举、参议等"公权"和居住、言论、出版、集会、信教等"私权";命令各级官厅焚毁刑具,停止刑讯;通令保护华侨,禁止贩卖华工;严禁买卖人口,禁止蓄奴,革除历代官厅"大人"、"老爷"等称呼,以及禁止蓄辫、缠足、赌博,严禁种植和吸食鸦片,等等。

(3)在文化教育方面,颁布《普通教育暂行办法》,命令废止小学读经,禁用清政府学部所颁发的教科书,新编教科书必须合乎"共和民国宗旨",废止"有碍民国精神及非各学校应授之科目",在高等学校中一律废止使用《皇朝掌故》、《大清会典》、《大清律例》等。

南京临时政府在改革内政的同时,颁布一系列外交政策与原则,并依据这些政策、原则开展了多方面的外交活动。临时政府在《宣告友邦书》中,重申承认清政府和帝国主义国家缔结的一切不平等条约,承担过去的外债和赔款,保护帝国主义在华的各种特权和利益。临时政府为了取得列强承认,进行过多次交涉,但都毫无结果。

3. 南北议和与清帝退位

1911 年 12 月初,南北双方达成停战协议。12 月 18 日,袁世凯的议和全权总代表唐绍仪和各省军政府议和代表伍廷芳,开始在上海进行和平谈判。经谈判,南北双方达成协议:革命党人同意让出政权,袁世凯则同意宣布赞成共和,并逼清帝退位。此后,南北谈判双方争议的中心,是如何结束南北两个政权的对立局面,建立以袁世凯为总统的统一政权问题。袁世凯主张清政府与南京临时政府同时解散,由他另立统一的共和政府。南京临时政府拒绝了这个无理要求,但被迫同意在清帝退位后立即由袁世凯重组政府。

对于清朝皇帝的处置,是双方争议的另一个重要问题。1912 年 2 月 6 日,南京临时参议院正式通过了《优待条例》,规定:清帝称号不变;每年由民国政府给予 400 万元;清帝仍留居皇宫,以后居住颐和园;原有私产由民国保护等。2 月 12 日,清帝宣布接受优待条例,正式退位。第二天,袁世凯声明赞成共和,孙中山向临时参议院辞职。2 月 15 日,临时参议院选举袁世凯为临时大总统。

4.《中华民国临时约法》

3 月 11 日,孙中山颁布了提请临时参议院通过的《中华民国临时约法》。《临时约法》共分总纲、人民、参议院、临时大总统副总统、国务员、法院,附则 7 章,56 条。规定:"中华民国之主权属于国民全体";人民享有人身、居住、财产、言论、出版、集会、结社、通信、信仰等自由;人民有请愿、诉讼、考试、选举及被选举等权利;人民有纳税、服兵役等义务。在国家机构的体制上,它改变了原来临时政府组织法大纲的总统制,规定实行责任内阁制。内阁总理由议会的多数党产生。总理对总统要办的事情,如不同意,可以驳回;总统颁布命令须由总理副署才能生效。孙中山颁布临时约法是为了防范袁世凯独裁,维护民主共和制度。《临时约法》是革命的产物,带有鲜明的革命性、民主性。它不仅具有现实的进步意义,在中国宪政史上也占有重要的地位。

5. 国民政府北迁及北京政府的组建

孙中山在宣布辞去临时大总统职务时,为了防范袁世凯日后专制独裁,在辞职咨文中提出了定都南京、新总统必须到南京就职并遵守参议院所制定的《临时约法》等三项条件,申明在新总统到南京就职后他才正式辞职。袁世凯通过在北方制造兵变等手段,迫使孙中山做出让步。3 月 6 日,临时参议院议决允许袁世凯在北京宣誓就职。10 月,袁便宣誓就任临时政府总统。4 月 1 日,孙中山正式解除临时大总统的职务。2 日,临时参议院决议将临时政府迁往北京。

1912 年 3 月,袁世凯提名唐绍仪为国务总理,在南京组织第一届内阁。唐内阁的要害部门受袁世凯控制,如陆军总长一职,袁世凯便坚决不肯交给黄兴,而由他的亲信段祺瑞充任;但宋教仁等四个同盟会员也分到了农林、工商、司法、教育等四个部门,连同唐绍仪在内的十个阁员中,同盟会员占半数,被称为"同盟会中心内阁"或"唐宋内阁"。

4 月 16 日,国务院在唐绍仪等回到北京后宣告成立。同时,作为立法机关的临时参议院,也于 1912 年 4 月 4 日议决 8 日起休会北迁。这样以北京为首都的统一的中华民国政府,已正式形成。

本章重、难点提示

一、重点掌握名词

《驳康有为论革命书》	科学补习所	武昌起义
《革命军》	光复会	湖北军政府
《警世钟》、《猛回头》	同盟会	南北议和
苏报案	三民主义	《优待条例》
兴中会	萍浏醴起义	《中华民国临时约法》
军国民教育会	黄花岗起义	唐宋内阁
华兴会	文学社与共进会	

二、论述题

1. 论述 20 世纪初革命思潮的传播及其代表人物思想。参见本章一、(二)。
2. 论述三民主义的内容及其历史意义。参见本章二、(三)。
3. 简述革命派与改良派论战的背景、内容及其意义。参见本章三。
4. 简述南京临时政府的内外政策。参见本章五、(二)。
5. 简述《临时约法》的主要内容及其历史意义。参见本章五、(二)。

第六章 民初政局

考点详解

一、民初政党与议会

（一）民初的主要政党

1. 国民党的组建

1912 年 8 月 25 日,同盟会与统一共和党、国民共进会、国民公党、共和实进会等几个小党合并,在北京改组成国民党,推举孙中山为理事长,黄兴、宋教仁等为理事。但实际上整个党务由宋教仁代理,实权为宋所掌握。国民党宣布以"巩固共和,实行平民政治"为宗旨。国民党的革命精神比同盟会大为减退,抛弃了同盟会秘密时期的"平均地权"纲领,取消了同盟会公开时期的"男女平等"主张,并把原来的"力谋国际平等"改为"维持国际和平",但由于吸收了各方面人物参加,声势浩大,在临时参议院中占多数,成为第一大党。

2. 统一党

该党存在时间为 1912 年 1 月至 1913 年 5 月。1912 年 1 月以章太炎为首的中华民国联合会与以张謇为首的预备立宪公会合并组成。章炳麟、程德全、张謇、熊希龄为理事。该党以"巩固全国之统一,建设中央政府,促进共和政治"为宗旨。实际上反对同盟会,拥护袁世凯统一。5 月合并组建共和党,但不久又退出,继续维持统一党。1913 年 5 月又与共和党、民主党合并组成进步党。

3. 共和党

该党存在时间为 1912 年 5 月至 1913 年 5 月,系以统一党和民社为骨干,合并了国民协进会、国民公会等组建而成。共和党理事有黎元洪、张謇、章太炎、程德全、伍廷芳等人。建党不久,统一党章太炎、王揖唐等人即退党。共和党在北京临时参议院中有 40 余个席位,为议会第二大党。在民初国会中共和党也是第二大党,参众两院共有 190 多席。

4. 民主党

该党存在的时间为 1912 年 9 月至 1913 年 5 月。其前身是 1912 年 4 月 13 日在上海成立的共和建设讨论会,发起人为孙洪伊、汤化龙等。后来梁启超加入此会,并被奉为思想领袖。1912 年 9 月 27 日,共和建设讨论会与政治倾向相同的国民协会以及共和统一会、国民新政社、共和促进会等政团组合,正式成立民主党,成为民初政坛上又一重要政党。民主党在参议院约拥有 7 席,在共和党和国民党对抗时,常倾向于共和党。

5. 进步党

1913 年 5 月 29 日在北京成立,由共和党、民主党、统一党合并而成。以黎元洪为理事长,梁启超、张謇、伍廷芳、孙武、那彦图、汤化龙、王揖唐、蒲殿俊、王印川九人为理事。出版《天铎报》为机关报。总部设在北京,各省、地区设支部,各县设分部。党纲为"采取国家主义,建设强善政府;尊重人民公意,拥护法赋自由;顺应世界大势,增进平和实利"。支持袁世凯镇压二次革命,反对国民党,并为袁世凯出任正式大总统效力。1913 年 7 月曾由该党重要分子熊希龄出任内阁总理。但自袁世凯解散国民党及国会后,该党亦逐渐瓦解。

（二）第一届议会与《天坛宪草》

1. 第一届议会

1912 年 8 月,临时参议院公布《中华民国国会组织法》、《参议院议员选举法》、《众议院议员选举法》、《筹备国会事务局官制》等法律文件,对国会的组织、权力、构成、人数、选举、督导机关等各方面做了基本的规范和部署。根据上述法令规定,1912 年 12 月至 1913 年初,全国举行第一次国会选举。根据选举结果,共选出参、众两院议员 862 席。国民党获得 392 席,其中众议院 269 席,参议院 123 席,成为国会第一大党;共和、民主、统一 3 党总共约占 223 席。1913 年 4 月 8 日,第一届国会开幕。

按照当时有关法律,众议院议员任期 3 年,参议员议员任期 6 年,每两年改选三分之一,由于国会屡遭非法解散,参众两院议员一直没有改选,国会活动时断时续,1924 年 10 月北京政变后停止活动。1925 年 4 月 24 日段祺瑞下令正式解散,历时 12 年。

2.《天坛宪草》

《天坛宪草》是中华民国第一部宪法草案。本名《中华民国宪法》，因国会宪法起草委员会在天坛祈年殿办公，故通称《天坛宪草》。第一届国会的宪法起草委员会成立于1913年6月30日。1913年10月14日，宪草脱稿，至10月31日宪法起草委员会三读决议，成为宪法案。11月1日，提交国会宪法会议。及至袁世凯收缴议员证章，国会不足法定开会人数，制宪活动首次流产。

《天坛宪草》共11章113条。其内容虽对袁世凯有所让步，扩大了总统权限，但其基本精神仍坚持约法的原则，即国家立法权属于国会，政府实行责任内阁制等，并坚持总统任命国务员须经国会通过，总统无权解散众议院等。

二、二次革命、护国战争

（一）二次革命

1. 宋教仁案

1912年12月至1913年2月，第一届国会选举在全国范围内进行。国民党在众参两院中获得了392个议席，共和党、民主党、统一党合计仅占223个议席。国民党取得压倒多数的竞选胜利。宋教仁认为这是通过议会斗争取得政权的时机。他到处发表演说，声称要以国会多数党的资格组织新内阁。不料，1913年3月20日夜在上海火车站被歹徒暗杀，死于次晨。

刺杀宋教仁的案件很快水落石出，主使行刺的正是袁世凯自己，而直接布置暗杀的则是国务总理赵秉钧。宋案真相震惊全国。孙中山主张立即兴师讨袁。但许多革命党人对武装讨袁没有信心，大部分国民党议员则留恋名位，主张在北京联合其他党派，以国会的力量从事"法律倒袁"。

2. 善后大借款

为了筹集反革命战争经费，4月26日，袁世凯指派赵秉钧等同英、法、德、日、俄五国银行团谈判，把交涉经年未定的2 500万英镑的所谓善后大借款的合同签订下来。扣除折扣、到期的借款和赔款，袁世凯实际能拿到手的不过760万英镑，而规定47年还清的本利为6 785万英镑。尽管条件如此苛刻，袁世凯为了发动反革命内战，不交国会审议，悍然签订了大借款合同。

3. 二次革命及其失败

1913年6月9日，袁世凯下令罢免李烈钧，接着又调任胡汉民和柏文蔚，派遣大批北洋军队南下。1913月7日，李烈钧在江西独立，组织讨袁军。黄兴在南京宣布讨袁。接着广东、安徽、上海、福建、湖南等地也宣告独立，举兵讨袁。但由于国民党涣散无力，已失去号召力，不可能广泛地发动和组织群众，讨袁军又缺乏统一指挥，甚至还有一部分被袁世凯收买。而袁世凯却得到帝国主义的积极支持。因此，南昌、南京很快被袁军攻占。孙中山、黄兴被当做"乱党"头目严令通缉，只得再次逃往海外。"二次革命"失败。

（二）洪宪帝制与护国战争

1. 袁世凯的专制统治

（1）第一流人才内阁

袁世凯以武力镇压了南方的"二次革命"，而在北京却保留着国民党议员占多数的国会。其目的是要国会选他做正式大总统。他拉拢进步党议员，于1913年7月任命该党议员熊希龄为内阁总理。9月，内阁组成，只有司法、教育、农商等少数总长职位由进步党人梁启超、汪大燮、张謇等分别担任，而陆军、内务、外交等重要部门则牢牢掌握在袁世凯的嫡系军阀、官僚手中。由于梁启超等人都是社会名流，这个内阁被人称为"第一流人才内阁"。

（2）逼选总统与解散国会

袁世凯镇压"二次革命"后，迫不及待地要做正式大总统。他违反国会应先制定宪法，然后依据宪法选举总统的法定程序，主张国会应先选举总统，后制定宪法。他策动黎元洪领衔，联合十四省都督致电国会，要求速选总统。在内外压力下，国会宪法会议违反法定程序，在宪法制定前于10月4日公布《大总统选举法》。经过三次连选，国会最终选举袁世凯为正式大总统，黎元洪为副总统。

袁世凯当上正式大总统后，国会对他来说已无存在的意义。11月4日，袁世凯以国民党议员和李烈钧有联系为借口，下令解散国民党，撤销国民党议员的资格。这样就使国会不足法定人数，无法开会。他又以政府不能无咨询机关为理由，于11月26日下令组织政治会议，成为他的御用工具。1914年1月10日，袁世凯公然下令取消国会。各地方的自治会和省议会随即通令取消。

（3）《中华民国约法》

国会解散后，袁世凯的下一个目标是废除《临时约法》。1914年3月，由政治会议建议设立的约法会议召开。根据袁世凯提出的"修改约法大纲七条"，约法会议很快就炮制出所谓《中华民国约法》。5月1日，袁世凯正式公布，同时废除《临时约法》。这个"袁氏约法"把总统的权力扩大到跟专制皇帝相似的程度：改责任内阁为总统制；撤销国务院，在总统府内设政事堂作为办事机构，袁世凯根据"袁氏约法"，又成立了代行立法机关职权的参政院。由袁世凯任命的70余名参政，多为清朝遗老和袁氏的亲信官僚和政客。参政院为袁世凯修改了《总统选举法》，其中规定：总统任期改为十年，可连选连任；总统继任人由现任总统推荐，被推荐者并无任何限制。

至此，辛亥革命后所建立的资产阶级民主制度，包括《临时约法》、国会等，被袁世凯全部破坏，专制独裁统治则被用法律的形式肯定下来。

2. 洪宪帝制

1915年，袁世凯授意他的美国顾问古德诺，发表了《共和与君主论》一文，胡说中国人知识太低，只适合君主制。紧接着就在8月间，杨度、孙毓筠、严复、刘师培、李燮和、胡瑛等六人，在袁世凯的授意下，组织了"筹安会"。他们被称为筹安会"六君子"。筹安会以"研究共和政治得失"为名，公开倡言复辟帝制。

筹安会成立后，立即通电全国，要各地文武官吏和商会团体速派代表进京，讨论国体问题。梁士诒于9月19日成立"全国请愿联合会"，主张以国民会议解决国体问题，以加快帝制进程。10月，参政院在请愿联合会的催促下，决定召开国民代表大会，议决国体问题。在袁世凯的操纵下，各省的所谓代表很快选出，接着又在当地进行国体投票。11月，1993票全部赞成恢复帝制。

1915年12月，袁世凯接受帝位，改中华民国为中华帝国，改次年（1916年）为洪宪元年，元旦举行登极大典，史称"洪宪帝制"。

3. 护国战争

1915年12月，辛亥革命时期曾任云南都督的蔡锷在云南起义，举起了反袁护国的旗帜，发动了护国战争，全国各地纷纷响应。1916年1月，蔡锷分兵三路，进攻泸州、叙府等蜀南各地，全川震动。2、3月间，袁世凯派援川大军达10万人，与蔡部护国军在川南激战。护国战争促进了反袁斗争形势的发展，继贵州之后，广西、陕西、浙江等省先后宣布独立。广东在中华革命党压力下也被迫独立。以袁世凯为首的北洋军阀内部这时也发生分化。冯国璋等还提出逼迫袁世凯取消帝制。在一片讨袁声中，袁世凯被迫于1916年3月22日取消帝制，仍任总统。但反袁斗争仍继续发展，袁世凯心腹、四川将军陈宦、湖南将军汤芗铭也相继独立。袁世凯见大势已去，在做了83天皇帝后，于6月忧惧而死。

4. 中华革命党与欧事研究会

二次革命失败后，孙中山把国民党改组为中华革命党。改组的目的，是克服国民党成分复杂、组织涣散的弊端。1914年7月8日，中华革命党在东京举行成立大会，孙中山就任总理。《中华革命党总章》规定："以实行民权、民生两主义为宗旨"，"以扫除专制政治、建设完全民国为目的。"在组织上，为克服过去革命党内部良莠不齐、涣散无力的弊端，孙中山规定了严格的入党条件和纪律，但却陷于严重的宗派主义。他将党员按参加时间先后，分为首义、协助、普通三类，规定在政治上各有不同的待遇，这使中华革命党脱离了广大群众。

孙中山和黄兴在关于二次革命失败和责任、重新发动革命的方针以及组织中华革命党的有关原则方面产生了分歧。由于这些分歧，黄兴、李烈钧等老一批同盟会会员拒绝加入中华革命党。

第一次世界大战爆发后，留在日本未加入中华革命党的部分国民党人，以讨论欧事为名，于1914年8月在东京成立"欧事研究会"。欧事研究会在日本成立后，美国、南洋、欧洲及国内上海的一些人相继加入，共有会员100多名，主要是追随黄兴的国民党军事骨干和国民党中的稳健派。欧事研究会坚持反袁的政治主张，但在斗争策略上反对孙中山派的"急进"方针，主张"缓进"方针，存在着对再举革命缺乏信心的消极因素。

5. 白朗起义

1912—1915年间，湖北、河南、直隶、山东、山西、奉天等省都先后爆发过反验契、反清丈或抗捐抗税等斗争，其中影响最大的是白朗起义。白朗，河南宝丰人，1911年领导农民起义反清。袁世凯窃国后，起义队伍逐渐扩大到几万人，提出"逐走袁世凯"、"建立完美之政府"的口号，转战于河南、湖北、安徽、甘肃、陕西等地。1914年，袁世凯调集10万大军，对起义进行残酷镇压。8月，白朗战败受伤，不久牺牲，起义失败。

三、南北对峙与军阀混战

（一）军阀割据与张勋复辟

1. 军阀割据

袁世凯死后，中国出现了军阀割据纷争的局面。当时在北方的主要军阀有：以段祺瑞为首的皖系，它在日本帝国主义的支持下，控制着安徽、陕西、山东、浙江、福建等省，而且掌握着北京政府的实权，势力最大；以冯国璋为首的直系军阀，受到美、英帝国主义的扶植，拥有江苏、江西、湖北三省之地，势力仅次于皖系；以张作霖为首的奉系军阀，得到日本的支持，控制着东北地区，在直、皖两系之间举足轻重。此外，还有控制山西的阎锡山和控制徐州一带的张勋等军阀。

在西南军阀中，以唐继尧为首的滇系和以陆荣廷为首的桂系，势力最大。前者占据云南、贵州两省和四川的一部分，后者则占据了两广的地盘。滇、桂两系军阀受到美英帝国主义的扶植，和北方的直系军阀比较接近。

2. 新旧约法之争

南北军阀在袁世凯死后，首先争执的是所谓新旧《约法》。段祺瑞根据袁世凯生前炮制的所谓新《约法》（《中华民国约法》），以国务院名义发布了一个由副总统黎元洪"代行"总统职权的通电。各派反袁势力都赞成黎元洪继任大总统，但是不承认援引袁记新约法。他们主张应该恢复《临时约法》和国会；根据《临时约法》，黎元洪应该"继任"总统，而不是"代行"总统职权。由于全国一致反对，段祺瑞被迫暂时让步。

1916 年 6 月，副总统黎元洪继任大总统。6 月 29 日，北京政府以大总统名义下令恢复《临时约法》，同时宣布定于 8 月 1 日召开国会。历时近一个月的新旧《约法》之争，最终以《临时约法》和国会的恢复而结束。

3. 府院之争

各种政治势力、军阀派系的矛盾和斗争，继而反映在重新召开的国会中。国会恢复后即着手制定宪法。当时在国会中，议员居多的国民党和进步党形成互相对立的两派。进步党人梁启超、汤化龙等组成了宪法研究会，俗称研究系，支持段祺瑞的统治；国民党人张继等一部分议员则组成宪政商榷会，亦称商榷系，主张把《临时约法》作为制定宪法的基础。段祺瑞由于得到日本帝国主义的支持，掌握了北京政府的实权，而把黎元洪视为傀儡，并勾结研究系，对黎元洪施加压力。黎元洪和副总统冯国璋依靠英、美帝国主义，拉拢商榷系，与段祺瑞对抗，形成了总统府和国务院之间的"府院之争"。

1917 年，围绕着"参战"问题，府院之争达到了尖锐化。1917 年 2 月，美国宣布与德国断交，准备参加第一次世界大战，要求中国与它采取一致行动。亲美的黎元洪接受美国的要求，国会也通过对德绝交。日本不甘落在美国之后，也想通过唆使北洋政府参战，进一步控制中国。段祺瑞则企图以参战为名，向日本借款练兵，扩充皖系势力，因此积极主张参战。而美国看到日本的阴谋，又怂恿直系军阀反对参战。段祺瑞见参战目的未能达到，便组织了以皖系军阀为骨干的督师团，逼黎元洪同意参战，并通电要求解散国会。恰巧这时段祺瑞以允许日本训练中国军队和控制兵工厂等条件，向日本借款的卖国行为被揭露出来，激起全国人民的反对。黎元洪利用群众的反段情绪，在英、美赞助下，免除了段祺瑞国务总理的职务。

4. 张勋复辟

段祺瑞被免职后，在天津成立"独立各省总参谋处"，唆使皖系、奉系各省督军宣布独立，并积极准备进兵。北京黎元洪无计可施，只好请张勋出面调停。1917 年 6 月，张勋以调停直、皖争执为名，通电要黎元洪解散国会，随即亲率 3 000 辫子兵入京，逼走黎元洪。7 月，张勋拥溥仪复辟，改民国六年为宣统九年。张勋的这种倒行逆施，激起全国人民的一致反对。段祺瑞见驱逐黎元洪和解散国会的目的都已达到，于是也宣布反复辟，组成"讨逆军"进攻北京。7 月 12 日，"讨逆军"攻入北京，辫子兵被缴械，张勋逃入东交民巷荷兰使馆；溥仪再次宣布退位。这次复辟丑剧，仅 12 天就迅速破产了。

（二）皖系统治与第一次护法运动

1917 年 7 月到 1920 年 7 月，中央政权由段祺瑞所操纵，是为皖系军阀专政时期。

1. 安福国会

段祺瑞赶走张勋后，即以"再造民国"的功臣自居，又一次出任国务总理。他废弃了《临时约法》，并另组临时参议院来取代国会。1918 年 8 月，第一届国会成立。皖系军阀所包办的这届国会，1918 年 8 月 12 日成立，1920 年 8 月 30 日解散，实际存在时间只有两年。由于皖系军阀自诩为合法的民选国会，故这届国会称为"第二届国会"或"新国会"，又由于皖系军阀的御用政客们常在北京安福胡同的"安福俱乐部"聚会，故这届国会又通称"安福国会"。1918 年 9 月 4 日，安福国会选举大总统，徐世昌以 425 票当选。

2．第一次护法运动

段祺瑞重新上台后，拒绝恢复《临时约法》和国会。1917 年 7 月，孙中山偕同部分旧国会议员，率领起义的海军第一舰队由上海南下广州，联合桂系（陆荣廷）、滇系（唐继尧）等军阀，于 8 月召开非常国会，建立了反对段祺瑞的"中华民国军政府"，并被选举为大元帅，揭起了护法斗争的旗帜。西南军阀参加护法只是对付段祺瑞以求自保的权宜之计，而非真正拥护孙中山的护法主张，他们在与直系军阀有了勾结之后，便开始多方排斥孙中山。

1918 年 1 月，唐继尧、陆荣廷等成立"中华民国护法各省联合会"，推岑春煊为议和总代表，加紧谋求与北洋军阀妥协。5 月，他们又改组军政府，废元帅制为总裁制，迫使孙中山辞去大元帅职。改组后孙中山虽被推为七总裁之一，但实际权力已为唐继尧、陆荣廷等西南军阀所篡夺。孙中山见事不可为，便于 5 月 21 日愤而离开广州，前往上海。第一次护法运动失败。

3．直皖战争

1920 年 7 月，以段祺瑞为首的皖系军阀和以曹锟、吴佩孚为首的直系军阀，为争夺北京政府的统治权而进行的混战，史称直皖战争。

1920 年 7 月 14 日，直皖双方正式交火，在京奉铁路沿线的杨村一带和京汉铁路的涿州、高碑店、琉璃河一带作战，双方各投入近 10 万人的兵力。开始皖军在日军支持下曾获小胜，直军退出了高碑店、杨村。17 日，战场形势突变，吴佩孚率一部直军突袭皖军前敌司令部所在地松林店，皖军前敌司令曲同丰和司令部全体高级将领被俘。皖军在西线战败。同时奉军在东线助直军作战，东线皖军全线崩溃。19 日，段祺瑞辞职。接着直、奉军队开到北京。直皖战争以皖败直胜而结束。北京政权落入直奉两系军阀手中。

（三）直系统治与第二次护法运动

1920 年 8 月到 1924 年 10 月，中央政权由直系军阀操纵，是为直系军阀专政时期。

1．第一次直奉战争

直皖战争后，为了扩张各自的势力，直、奉两系争先恐后地收编皖系残军，激烈地争夺内阁席位和各省地盘。1922 年 4 月 29 日，第一次直奉战争正式爆发。这场战争，奉系投入兵力 12 万，直系用兵 10 万，战线也比较长。东路在津浦线，西路在沿京汉线及其以东地区进行。4 月下旬至 5 月初，双方在长辛店、固安、马厂等地先后交战。5 月 5 日，长辛店直军获得大捷，西线奉军溃败，东线奉军也开始溃退。6 月 18 日，直奉双方签订了停战协定，第一次直奉战争正式结束，北京政权完全落入了直系军阀的手中。

2．曹锟贿选

第一次直奉战争后，为了欺骗人民和排斥其他派系，直系军阀恢复了民国初年的国会，让黎元洪复任总统，标榜所谓"法统重光"。9 月，又组成了以王宠惠为总理的"好人政府"，还提出了"保护劳工"等口号。而当他们认为自己的统治已经稳定时，便踢开傀儡黎元洪，拥曹锟直接上台。

曹锟为了把自己"选"为总统，以 40 万元收买了国会议长，以每张选票 5 000 到 1 万元贿买了 500 多个议员。1923 年 10 月，这批被人们斥为"猪仔"的受贿议员把曹锟"选"为总统。这就是臭名昭著的曹锟贿选。10 月 10 日，曹锟就职，向众议院提名孙宝琦组阁，接着由这些"猪仔"议员赶制和公布了《中华民国宪法》，被人们称为"曹锟宪法"或"贿选宪法"。

3．第二次护法运动

第一次护法运动失败以后，孙中山仍未灰心丧气。1920 年 10 月，拥护孙中山的粤军驱逐了盘踞在广东的桂系军阀，由桂系操作的军政府也随之瓦解。11 月，孙中山回到广州，开始发动第二次护法运动。1921 年 5 月，广州的非常国会召开会议，议决成立政府，选举孙中山为非常大总统。孙中山以非常大总统兼陆军大元帅的名义，正式再度揭起护法的旗帜，积极筹备北伐，以推翻北京的军阀政府。但是，当 1922 年 5 月北伐军进入江西后，粤军总司令陈炯明在广州发动政变，炮轰总统府。

在陈炯明叛军的攻打下，孙中山避难于永丰舰，依靠还拥护他的部分海军与叛军对峙，同时手令进入江西的北伐军回师讨陈。后因局势无法挽回，孙中山不得不于 1922 年 8 月 9 日再次离开广州，退避上海。第二次护法运动又告失败。

（四）北京政府的政治制度

1．中央行政制度

中央行政制度的主干是大总统和国务院。南京临时政府时期，实行总统制，未设国务总理，行政各部由部长总理事务，部长由临时大总统提请参议院同意任命，在北京临时政府时期，行政各部之上设立了国务总理。

洪宪帝制失败后,恢复责任内阁制。1924年10月北京政变后,段祺瑞担任临时执政,对内总揽军民政务,统帅陆海军;对外代表国家。1927年6月18日,张作霖就任安国军大元帅,大元帅之下设国务院,大元帅不对任何机关负责,也不设民意机关。

2. 地方行政制度

武昌起义后建立的湖北军政府,设都督一人,军民兼管。这种政体,为光复各省所采用。1913年1月8日,袁世凯公布《划一现行各省地方行政官厅组织令》,规定各省行政长官称民政长,省行政机关称行政公署。除湖北、山西、四川、福建、江苏、江西诸省外,各省民政长一律暂由都督兼任。次年5月23日,袁世凯公布《省官制》,把民政长一职改为巡按使,行政公署改称巡按使公署。1916年7月6日,黎元洪下令将巡按使改称省长,巡按使公署改省长公署。

省以下还有道一级行政设置。1913年1月8日,袁世凯公布《划一现行各道地方行政官厅组织令》,规定道的行政首长由省民政长官经国务总理呈请大总统简任。1914年,规定道的行政公署称道尹公署,行政首长称道尹。"贿选宪法"规定,地方政制为省县两级。据此,道尹于1924年7月1日被裁撤。

1912年11月26日,袁世凯通令县的行政长官改称县知事,其他清代所置府、直隶厅、直隶州的行政长官分别改称府知事、厅知事、州知事等。1913年1月8日,袁世凯又公布《划一现行各县地方行政官厅组织令》,将直属地方的府、厅、州改称为县,行政长官一律改称县知事,行政机关一律改称县知事公署。

3. 行政区划

民国初年,大致沿袭了清末的行政区划,全国共计分为22个行省,3个地区。22个行省是直隶、奉天、吉林、黑龙江、江苏、安徽、江西、浙江、福建、湖北、湖南、山东、河南、甘肃、新疆、四川、陕西、山西、广东、广西、云南、贵州。3个地区是蒙古、青海、西藏。1914年,增设了5个特别行政区,它们是京兆、热河、察哈尔、绥远、川边。京兆特别行政区由清代顺天府改置。清代旧制热河与察哈尔由直隶兼辖,绥远由山西兼辖,现均单列,建都统府。川边设川边镇守使,由四川都督节制。1925年2月改称西康。

(五)北京政府初期的对外关系

1. 沙俄在蒙古的分裂活动

武昌起义爆发后,沙俄借口保护领事馆,增派军队侵驻库伦,并拨给外蒙古杭达多尔济集团大批军械弹药。在俄国的策动下,他们于10月18日宣布"独立",与俄军一起进攻库伦办事大臣衙门,驱逐办事大臣三多。12月1日,他们发表"独立宣言",宣布成立"大蒙古国",以活佛哲布尊丹巴为"皇帝"。1912年11月,这个傀儡政权又与沙俄订立《俄蒙协约》和所附《商务专条》,以及有关开矿、借款、铁路、银行、电线等一系列条约,几乎将外蒙古所有的主权与资源,都出卖给了俄国。

《俄蒙协约》签订后,中国政府表示概不承认。但袁世凯政府在沙俄的讹诈下,于1913年11月与沙俄签订了《中俄声明》,承认了沙俄对外蒙古的控制。根据《中俄声明》,自1914年9月起又举行了中俄恰克图会议,并于1915年6月签订《中俄蒙协约》,沙俄承认中国对外蒙的"宗主权",北京政府承认外蒙的"自治"和沙俄在外蒙的各种特权。俄国十月革命爆发后,1918年北京政府派军队开进库伦,恢复了对外蒙的主权。

2. 西姆拉会议

1913年10月至1914年7月,英国操纵的所谓中英藏会议在印度北部的西姆拉召开。1914年4月27日,英国提出一个条约草案,主要内容有:"承认外藏自治",其"内政暂由印度政府监督";"西藏中央政府"在"内藏""仍保留其已有之权",中国不得驻兵藏境;"中国政府与西藏有争议时,由印度政府判决之"。中国政府拒绝接受这个条约草案。7月3日,英国勾结西藏地方"代表"私下签订了非法的"西姆拉条约",中国政府代表拒绝在这个条约上签字,并正式声明,凡英国同西藏地方当局本日或他日签订的条约或类似的文件,中国政府一概不予承认。会议宣告破裂。

西姆拉会议期间,英国代表麦克马洪背着中国政府代表而同西藏地方代表在会议外以秘密换文的方式,划定所谓"麦克马洪线",把9万平方公里的中国领土划归英属印度。当时的中国政府不承认非法的"西姆拉条约"和"麦克马洪线",以后的历届中国政府也从未承认过。

3. 二十一条

1914年8月,第一次世界大战爆发,日本趁其他帝国主义国家无暇东顾之机,对德奥宣战,并派兵在山东半岛登陆,接管德国在山东的势力范围。为了独霸中国,1915年1月,日本又以支持袁世凯称帝为诱饵,提出了旨在灭亡中国的"二十一条"。

二十一条共分五号,其主要内容是:第一号四条,中国政府承认日本享有德国在山东的一切权利,并加以扩大;第二号七条,要求将旅大租借期限及南满、安奉两铁路期限延长为 99 年,并承认日本在南满及内蒙古东部的特殊权利;第三号两条,中日合办汉冶萍公司,未经公司同意,不准他人开采附近矿山;第四号一条,中国沿海港湾及岛屿,不得租借或割让给其他国家;第五号七条,要求中国中央政府聘用日本人为政治、财政、军事等顾问,中国警政及兵工厂由中日合办,将武昌至九江、南昌至杭州、潮州间之铁路建筑权给予日本,允许日本在福建省有投资修筑铁路及开采矿产的优先权。

经过几个月的秘密谈判,日本以最后通牒的方式,迫使袁世凯于 5 月 9 日接受它的要求,其中仅把原来的第五号内容改为日后另行协商。

4. 西原借款与中日军事协定

西原借款是 1917 年至 1918 年间日本寺内正毅内阁与段祺瑞政府签订的一系列政治、经济、军事借款的总称,由西原龟三以寺内正毅的私人代表身份从中牵线串联而成,借款总额约为 3.86 亿日元。其中西原龟三经手的有 8 次,约 1.45 亿日元,其余因寺内正毅内阁下台未成立。这些借款均有抵押条件,包括以盐余、库券、铁路财产、新税收入等作担保。日本通过这些借款,取得一系列特权,如满蒙铁路的建筑权,设立无线电台和有线电台的权利,吉林、黑龙江森林金矿的采伐权,等等。

中日军事协定,是在以苏俄为假想敌的前提下,扩大日本对中国的侵略。1918 年 5 月,段祺瑞政府与日本签订了所谓《中日陆军共同防敌军事协定》和《中日海军共同防敌军事协定》。通过中日军事协定,日本取得了在我国驻兵和军队自由出入我国东北及蒙古的特权。军事协定签订后,日本立即将其策划已久的侵占中国东北的阴谋付诸实施,日军七八万人开进东北,把侵略势力进一步扩张到东三省北部,迅速代替了沙俄在东三省的侵略地位。

本章重、难点提示

一、重点掌握名词

统一党	《中华民国约法》	第一次护法运动
共和党	筹安会	直皖战争
民主党	洪宪帝制	第一次直奉战争
进步党	护国战争	曹锟贿选
第一届议会	中华革命党	第二次护法运动
《天坛宪草》	欧事研究会	《中俄蒙协约》
宋教仁案	白朗起义	西姆拉会议
善后大借款	新旧约法之争	二十一条
二次革命	府院之争	西原借款
第一流人才内阁	张勋复辟	中日军事协定
政治会议	安福国会	

二、论述题

1. 简述民初的主要政党及其主张。参见本章一、(一)。
2. 简述北京政府初期的对外关系。参见本章三、(五)。

第七章 五四运动与国民革命

考点详解

一、民初经济发展

(一) 民初发展工商业的经济政策

1. 南京临时政府的工商经济政策(见本部分第五章五、)
2. 北京政府的工商经济政策

北京政府统治时期颁布了一系列发展工商业的经济政策和各种法令、条例。(1) 保护工商业。工商部先后颁发了许多条例,如《暂行工艺品奖励章程》、《公司条例》、《商人通例》、《矿业条例》等,对工商业的规范和保护起到了一定的作用。(2) 提倡国货。为了加强民族工商业的对外竞争能力,抵制洋货,提倡国货,农工商部对某些工业企业,在资金、技术等方面予以一定帮助。1914 年,政府先后组织各省工商团体携产品参加了在日本东京举行的大正博览会和在巴拿马举行的国际博览会,中国产品获得多项大奖。此外,农工商部还成立劝业委员会,附设工业试验所、工商访问所及商品陈列所。(3) 疏通金融。为了安定金融和票据市场,政府颁布了《证券交易所法》,制订了《商业银行暂行则例》,以使经营者有所遵循,监督者有所依据。此外,政府还批准了一批新式银行的设立,以活跃金融市场。(4) 推行新币。针对货币流通紊乱状况,1914 年 2 月 7 日,颁布《国币条例及施行细则》,规定"国币"的铸造发行权归政府,"国币"的基本单位是圆,每圆以库平纯银六钱四分八厘为标准,圆以下辅币单位分别有半元、二角、一角;镍币有五分;铜币有二分、一分、五厘、二厘、一厘。新的国币成色较高,信誉很好,畅行各地,在相当长的时期里起着主币的作用。

(二) 民族资本主义工业的发展

1. 发展原因

民初,民族资本主义工业获得了迅速发展。其发展的原因除了南京临时政府和北京政府颁布的一系列工商经济政策外,还有以下几个因素。其一,辛亥革命提高了资产阶级的社会地位和影响,激发了人们投资近代工业的热情;其二,西方各主要资本主义国家忙于第一次世界大战,不能不暂时放松对中国的经济掠夺,从而为中国民族工业的发展提供了一个有利时机;其三,辛亥革命后群众性的反帝爱国运动,尤其是 1915 年反对日本灭亡中国的"二十一条"所掀起的大规模的抵制日货运动,有力推动了民族资本的发展。

2. 发展概况及特点

民族工业的发展以纺织和面粉等轻工业为最迅速。民族纺织业在此期的发展,已初步形成几个资本集团,如张謇创办的南通大生纱厂到 1915 年已设 3 厂;荣宗敬、荣德生创设的申新纱厂到 1921 年也已设 4 厂。到 1922 年,申新共有纱机 134 907 锭,布机 1 615 台,资产总值达 1 591 万元,是全国规模最大的民营棉纺织企业。周学熙创办的华新纺织公司,1918—1922 年先后开设 4 厂,资本达 836 万元,纱机 108 000 锭,面粉业的发展仅次于纺织业。1911 年全国面粉厂约 40 家,资本 600 多万元。1919 年增至 120 多家,资本约 4 500 万元。在大战期间,中国面粉畅销英、法、美、俄、日本及东南亚各国。

中国民族工业虽然取得了较大的发展,但它在整个国民经济中所占的比重仍然很小,半殖民地半封建的特征也仍然很浓。首先,中国民族工业是趁欧美帝国主义在第一次世界大战期间无暇东顾的机会进一步发展起来的,因此,这种发展是很短暂的。第一次世界大战结束后,各列强又都卷土重来,中国的民族工业立即开始萎缩,逐渐萧条。第二,民族工业的发展主要在轻工业方面,重工业基础十分薄弱,还未形成自己独立的工业体系。第三,中国民族工业在大战期间虽然出现了一些上百万元的大公司,但发展较快的还是中小企业和工场手工业。第四,中国民族工业即使在发展较快的第一次世界大战期间,也没有完全摆脱帝国主义的控制,在一些主要的工业部门,外资仍然超过本国资本。

3. 民族企业家

在民族工业的迅速发展中,涌现出了一批有作为的民族资本家。第一次世界大战期间,江苏无锡的荣宗敬、荣德生兄弟,在上海建立了茂新二厂和福新四、六厂,在汉口建立了福新五厂。到 1922 年,荣氏企业面粉厂达到 12 个,生产能力占全国民族资本面粉厂的 1/3 左右,被称为"面粉大王";纱厂 4 个,拥有纱锭 13 万余枚,形成了荣家企业体系,成为中国最大的民族资本集团。

广东佛山侨商简照南、简玉阶兄弟,清末在香港创办南洋兄弟烟草公司,以"中国人请吸中国烟"的口号做宣传,产品畅销华南和南洋各岛。

上海人穆藕初,第一次世界大战期间先后在上海、郑州创办了德大、厚生、豫丰等纱厂。他翻译出版了美国人泰勒的《科学管理法》一书,并在本厂推行这种管理方法。他在经营纱厂的同时,还举办植棉试验场,著《植棉浅说》,致力于改善棉种和推广植棉业。

浙江定海人刘鸿生,1920 年在苏州创办鸿生火柴厂,以后发展成为民族资本火柴业中最大的资本集团,在中国市场上压倒瑞典、日本火柴,被称为"中国火柴大王"。

湖南湘阴人范旭东,1914 年在大沽口开办久大盐业公司,第一次世界大战后在塘沽创办永利碱厂,出碱后打破了英国卜内门公司对中国纯碱市场的垄断。

(三) 商会组织

商会出现于清末,是在旧式商业、手工业行会的基础上演变而来。辛亥革命前,商会在中国社会上已有很大的势力,北京政府时期又有很大的发展,其组织遍布全国各地。1912 年,在几个大城市商务总会的倡导下,在北京成立了中华全国商会联合会,并建立了常设机构,1914 年 3 月,又在上海召开了全国商会第一次代表大会。在北京政府期间,这个组织召开了九次全国代表大会,不仅进行商务活动,而且参加了一系列的政治和社会活动。

二、新文化运动

(一)《新青年》

1915 年 9 月 15 日,陈独秀在上海创办了《青年》杂志,成为新文化运动兴起的标志。《青年》杂志从第二卷起改名为《新青年》。1917 年 1 月,著名教育家蔡元培就任北京大学校长,实行"学术思想自由"和"兼容并包"的方针,聘请陈独秀为文科学长。《新青年》编辑部也从上海迁到北京。1918 年 1 月,《新青年》由个人主编改为同人刊物,成立编辑委员会,由编委轮流编辑,每期一人,周而复始。《新青年》移到北京后进一步扩大了影响,集结了陈独秀、李大钊、鲁迅、胡适、周作人、刘半农、沈尹默、易白沙、吴虞等一批资产阶级和小资产阶级激进民主主义者,成为新文化运动的主要阵地。

(二)新文化运动的内容

1. 民主与科学的宣传及对儒教的批判

新文化运动的主要内容是提倡科学和民主。民主指的是资产阶级民主政治。科学指自然科学、社会科学和科学态度、科学方法。新文化运动的倡导者们认为,民主和科学是推动中国社会前进的两个车轮,中国要从专制和愚昧下求得解放,摆脱落后状态,赶上资本主义强国,"当以科学和人权并重"。

新文化运动的倡导者们在提倡民主、科学,反对专制、迷信的斗争中,对以孔子和儒家学说为代表的维护封建专制制度的旧礼教、旧道德,发动了猛烈的攻击,揭起了"打倒孔家店"的大旗。1916 年,康有为等人要求北京政府定孔教为"国教"并列入宪法。这引起了新文化运动倡导者们的尖锐批判。

陈独秀认为,以儒家学说为代表的封建伦理道德是阻碍中国人民觉醒的最大敌人,指出"儒者三纲之说,为一切道德、政治之大原。"按照三纲之说,为臣、为子、为妻皆为附属之物,没有任何独立自主的人格可言,因此,三纲之说维护的是彻头彻尾的奴隶道德观,这种封建主义的宗法纲常体系和民主共和制度是根本不相容的。

鲁迅主要是用他的文学作品对儒家学说、对旧的伦理道德展开批判的。1918 年以后,他在《新青年》上陆续发表了《狂人日记》、《我之贞烈观》、《我们现在怎样做父亲》等小说和杂文,通过对现实生活的敏锐观察,深刻地揭露了封建制度和封建礼教的罪恶,使新文化运动的反封建斗争达到前所未有的深度。

在新文化运动中,吴虞、胡适、易白沙等人也都向封建礼教、伦理纲常和家族制度发动猛烈的攻击,论证了儒家"三纲"的伦理道德同资产阶级自由平等的伦理原则的区别和对立。吴虞将封建礼教斥之为"吃人的礼教",其流毒"不减于洪水猛兽"。他的文章在当时思想界产生了相当大的影响。

应当指出,新文化战士当时对儒家学说的批判,主要是对封建伦理道德的抨击,并没有对儒家思想做全面的评价。

2. 文学革命

新文化运动的另一个重要内容是"文学革命",即提倡白话文、反对文言文,提倡新文学、反对旧文学。1917 年 1 月,胡适发表《文学改良刍议》,对文学改革从形式到内容提出了许多意见,主张以白话文为"中国文学之正宗"。同年 2 月,陈独秀发表《文学革命论》,把反对文言文和封建文学同政治革命联系起来,竖起了文学革命的大旗。他提出了推倒贵族文学,建设国民文学;推倒古典文学,建设写实文学;推倒山林文学,建设社会文学,成为文学革命的纲领。陈独秀主张彻底改革文体和文学内容,打到"文以载道"、"代圣贤立言"的封建文学和"无病呻吟"、"满纸之乎者也矣焉哉"的老八股,使文学写人生、写社会,反映现实生活,表现时代精神。

鲁迅把反封建的革命内容和白话文的表现形式很好地结合起来,为文学革命作出了杰出的贡献,树立了中国新文学的典范。他于 1918 年 5 月发表于《新青年》上的《狂人日记》,是新文学运动的第一篇白话小说,稍后的其他作品,特别是著名的《阿 Q 正传》为中国新文学的发展奠定了稳固的基础。

随着文学革命的开展,一些报刊也陆续改用白话文出版。《新青年》从 1918 年起开始改用白话文,稍后,《每周评论》、《新潮》、《晨报副刊》等也都改用白话文出版。

(三)新文化运动时期的主要社团

1917 年 10 月,恽代英在武昌发起组织了互助社,以"群策群力,自助助人"为宗旨,注重个人品格的修养,提倡服务社会。

1918 年 4 月，毛泽东、蔡和森、何叔衡、肖子升等在长沙发起成立了新民学会。它是五四时期影响较大的进步社团之一。最初以"以革新学术，砥砺品行，改良人心风俗为宗旨"。学会成立后，为了向外寻求新思想新文化，发起留法勤工俭学运动。

1918 年 7 月，李大钊、王光祈、曾琦等在北京发起成立少年中国学会，以"本科学的精神，为社会的活动，以创造'少年中国'为宗旨"。它是五四时期人数最多、分布最广、存在时间最长的一个社团，其成分很复杂，会员有着极不相同的思想倾向。

1918 年 10 月，以北京大学学生邓中夏、黄日葵、许德珩为骨干的"国民社"成立，于次年 1 月出版了《国民》杂志。

1918 年 11 月，北京大学傅斯年、罗家伦等发起成立了新潮社，1919 年 1 月创办了《新潮》杂志。它大力提倡白话文，反对旧礼教，并提出了"伦理革命"的口号，有力地推动了新文化运动的发展。

1914 年 6 月，美国康奈尔大学的中国留学生任鸿隽、胡适、赵元任、杨铨等人发起组织中国科学社。次年，中国科学社正式成立，并创办《科学》杂志。1918 年，中国科学社迁回上海。中国科学社开展了许多科学活动，在它影响下相继成立了各种科学技术的分科学会，对推动中国科学事业的发展起了很大的作用。它所创办的《科学》月刊，在宣传普及自然科学技术知识方面，起了很突出的作用。

（四）新文化运动的影响

新文化运动是辛亥革命在文化思想领域中的延续。它大力宣传民主和科学，在政治上和思想上给封建主义以沉重的打击，对于中国人民，尤其是广大青年的觉醒，起了巨大的启蒙作用。新文化运动是我国历史上一次空前的思想解放运动，它激励先进的人们继续探求救国的真理，从而为马克思主义在中国的广泛传播，开辟了思想道路。

新文化运动也存在着明显的缺点，主要表现在：运动的参加者基本局限在知识分子的范围，没有同广大劳动群众相结合；采用形式主义的态度分析问题，使他们不能正确处理继承中国优秀文化遗产和引进西方先进文化的关系，产生了对中国文化全盘否定和对西方文化盲目崇拜两种错误倾向，这对当时的运动和后来的历史发展都产生了消极的影响。

三、五四运动

（一）巴黎和会与山东问题

1918 年 11 月，第一次世界大战以德、奥等同盟国的失败而告终。1919 年 1 月，美、英、法、日、意等 27 个战胜国在法国巴黎召开"和平会议"。中国在大战中参加了协约国方面，应邀以战胜国的资格参加会议，派出了以北京政府外交部长陆征祥为首席代表，以南方军政府代表王正廷、驻美公使顾维钧、驻英公使施肇基、驻比公使魏辰祖为成员的中国代表团出席巴黎和会。

中国代表向和会提出了废弃势力范围、撤退外国军队巡警、裁撤外国邮局及有线无线电报机构、撤销领事裁判权、归还租借地、归还租界、关税自主等 7 项"希望条款"，以及取消二十一条及其换文的要求。但两项提案一提出就被和会最高会议所拒绝，理由是不在和会权限以内。接着中国代表团提出关于处置山东问题的意见，要求将德国在胶州湾的租借地、胶济铁路及在山东的其他权益，直接归还中国。日本以武装占领的既成事实和中国方面曾有"欣然同意"的换文为借口，蛮横坚持德国在山东强占的权益应无条件让予日本。

4 月 30 日，英法美三国会议在没有中国代表参加的情况下，决定把德国在山东的全部权益让于日本，并将有关条款列为对德《凡尔赛和约》第 156、157、158 三条。

（二）五四运动

当凡尔赛和约关于山东问题的条款在 5 月 1 日、2 日传出后，一场反帝爱国运动便在北京爆发了。5 月 4 日下午，北京各高校学生 3 000 多人，来到天安门前集合。学生们手执写有"还我青岛"、"取消二十一条"、"拒绝在巴黎和会上签字"等口号的旗帜，一致要求惩办曹汝霖、章宗祥、陆宗舆三个卖国贼。

从 5 月 4 日至 6 月 3 日，是五四运动的第一阶段。在这一阶段，运动以北京为中心，以青年学生为主力。广大爱国学生的英勇斗争，打击了帝国主义的侵略气焰和军阀政府对内专政、对外卖国的反动统治，显示了青年知识分子的革命先锋作用。6 月 3 日上午，北京各校 2 000 多名学生涌上街头，开展更大规模的反帝爱国宣传运动。北洋政府出动大批军警，两天内逮捕了千余名学生。六三大逮捕引起了全国各界的极大震动，以 6 月 5 日的上海人民实现"三罢"斗争为标志，五四运动进入了一个新阶段，运动的中心由北京转到上海，主力由学生变为工人,主要形式由学生罢课发展为工人罢工、学生罢课、商人罢市的"三罢"斗争。在全国各界人民强大的压力下,北洋军阀政府被迫于 6 月 5 日释放了被捕学生。10 日,又被迫下令罢免曹汝霖、章宗祥和陆宗舆的职务。

6 月 28 日是合约签字日,中国代表没有出席签字会议,拒绝了在对德和约上签字。

(三)五四运动的历史意义

五四运动以爱国、进步、民主、科学为宗旨,在中国近代史上具有划时代的伟大意义。第一,五四运动为实现外争国权、内除国贼的运动目标,进行了不屈不挠的斗争,表现了彻底的不妥协的反帝国主义和反封建主义的精神。第二,五四运动既是一个爱国政治运动,又是一次文化运动,一次空前的思想解放运动。它极大地提高了中国人民的觉悟,产生了一批赞成俄国十月革命、具有初步共产主义思想的知识分子,并对运动起了思想上政治上的指导作用。第三,在五四运动中,中国工人阶级作为独立的政治力量登上了政治舞台。五四运动促进了马克思列宁主义在中国的传播及其与中国工人运动的结合,为中国共产党的成立,做了思想上的准备。

(四)马克思主义在中国的传播

俄国十月革命对中国最大最深刻的影响是送来了马克思列宁主义。李大钊是中国最早歌颂十月革命和介绍马克思主义的杰出代表。李大钊于 1918 年先后在《新青年》上发表了《法俄革命之比较观》、《庶民的胜利》、《布尔什维主义的胜利》等文,开始运用马克思主义的观点,正确分析第一次世界大战的帝国主义性质,并阐明了十月革命的伟大历史意义和世界无产阶级革命的必然前途。

五四之后,首先是一些有影响的刊物开始以较大篇幅发表宣传马克思主义的文章,马克思主义的一些基本著作和介绍马克思主义的书籍也被陆续翻译出版。1919 年 9 月李大钊把他主编的《新青年》第 6 卷第 5 号编成马克思研究专号,并发表长文《我的马克思主义观》。这是我国系统地介绍马克思主义学说的开始。该文介绍了马克思主义的唯物史观、政治经济学和科学社会主义的基本原理。

随着马克思主义的广泛传播,学习和研究马克思主义的团体纷纷建立。1920 年 3 月,在李大钊指导下,邓中夏、黄日葵、高君宇等在北京大学秘密成立了马克思学说研究会,该会成员不仅以多种形式学习和研究马克思主义,而且深入工人群众进行实际的宣传与组织工作。1920 年 5 月,陈独秀在上海发起组织马克思主义研究会,主要通过翻译日文介绍马克思主义著作。

(五)五四前后各种社会思潮

1. 文化保守主义

(1)国粹派

以"发明国学,保存国粹"为宗旨的复古主义派别。1905 年邓实、黄节等人创办《国粹学报》,主要撰稿人有刘师培、章炳麟、马叙伦等人。他们反对清王朝的统治,批判保皇派,对资产阶级民主革命起了一定的推动作用,但主要倾向在于论证只有国粹才能挽救中国,带有浓厚的封建复古主义色彩。他们对民族文化不区分精华与糟粕,盲目地继承和崇拜自己民族过去的一切;拒绝接受一切新思想与新事物,排斥其他民族的优秀文化传统。这种思潮在五四前后曾活跃一时。

(2)学衡派

1922 年出现的反对新文化运动的文化派别,因 1922 年在东南大学创办《学衡》月刊而得名。其主要成员有东南大学教师吴宓、梅光迪和胡先骕等人,他们都曾有过赴欧美留学的经历,故以"学贯中西,博古通今"相标榜,自称其刊物以"昌明国粹,融化新知"为宗旨,实际上是"学了外国本领"、"保存了中国旧习"的封建复古派。其散布的谬论遭到了进步文学阵营的有力抨击。30 年代初随着《学衡》杂志的停刊,该派最终解体。

(3)甲寅派

20 年代中期出现的反对新文化运动、宣传封建复古思潮的文学派别,代表人物章士钊,因创办《甲寅》杂志而得名。1925 年,章士钊重办《甲寅周刊》,并在该刊发表《评新文学运动》等文,继续反对新文化运动,反对以白话文取代文言文。

2. 政治改良主义

(1)好人政府

1922 年 5 月,胡适与蔡元培、王宠惠、汤尔和、罗文干、梁漱溟、丁文江等 16 人在《努力周报》上联名发表《我们的政治主张》一文,主张组织一个"好政府"作为改革中国政治的最低限度的要求。他们提出了政治改良的三条基本原则:要求一个"宪政的政府",一个"公开的政府",一种"有计划的政治"。

1922 年 9 月,在吴佩孚支持下,曾在《我们的政治主张》上签名的王宠惠、罗文干、汤尔和等人入阁,王宠惠为国务总理。他们都属英美派,当时被认为是无党无派的"好人",因而这个政府有"好人政府"之称。这个政府为曹锟所不容,结果仅存在了3个多月就垮台了。

（2）联省自治

1920年7月,湖南督军谭延闿借口避免卷入南北战争,通电主张湖南自治。11月,章太炎发表《联省自治虚置政府议》,赞同联省自治。进步党人梁启超、熊希龄等主张仿照美国联邦制,由各省制定省宪法,实行自治,并召开联省会议,成立联省自治政府。广东军阀陈炯明、云南军阀唐继尧等通电响应。地方军阀用联省自治对抗直系军阀的"武力统一"政策。1924年,一些进步人士曾利用这一口号推动浙江自治和苏、浙、皖三省联省自治,进行反对北洋军阀孙传芳的斗争。1926年广东革命政府出师北伐,联省自治的主张无人再提。

（3）制宪救国

20年代初期,资产阶级改良主义的政治主张,即制定一部民主宪法,达到救国治国的目的。1922年11月《东方杂志》出版两期《宪法研究号》,报刊也就这一问题进行广泛的讨论。两三年中掀起了制宪高潮。1921年9月,公布了《浙江省宪法》。1922年1月,公布了《湖南省宪法》,广东也公布了宪法。1922年8月国民会议公布了一个宪法草案。但各省军阀并不想实行,这些宪法不过是一纸空文。

（4）废督裁兵

辛亥革命后,各派系军阀拥兵自重,长期割据混战,因而废督裁兵之说兴起。1921年12月,梁启超提出"裁兵或废兵"主张,但又认为万不可有"法律外的行动"。次年7月,上海中华全国工商协会等20多个团体联名发表《废督裁兵宣言》,吁请军阀"顺从民意",放下屠刀,并组织裁兵促进会以为推动。另有人提出,以人民和政府为主体,组织裁兵救国实行委员会,筹集基金,分期裁撤军队,安排退伍官兵到警察、民团及各建设事业中去。裁兵后采取征兵制。孙中山也曾是"裁兵"的积极提倡者,但这一主张始终没有取得实际效果。

3. 实业救国

中国近代民族资产阶级的一些代表人物主张以发展资本主义工商业作为救国救民途径的思想。20世纪初,中国的资本主义经济有了初步发展,但由于帝国主义的侵略和清王朝的封建压迫,民族经济举步维艰,民族资产阶级深感自己的生存和发展受到极大威胁。在当时广大人民反帝爱国救亡的形势下,一些民族资产阶级代表人物提出实业救国论,主张大力发展本国资本主义工商业,以抵制帝国主义的侵略和掠夺。这一思想在资产阶级上层人物中风行一时,并有广泛的影响。其代表人物是张謇。他受两江总督张之洞委托,在南通筹建纱厂,以棉纺织为中心,陆续兴办了二三十个企业,形成一个较大的民族资本集团——大生资本集团。实业救国论是他从事经济活动的指导思想。他所说的实业,包括农业、工业和商业,而以发展新式工业为中心。在工业方面,他认为棉纺织业和钢铁业最重要,因为这两者居中国进口货物之首位。由于棉、铁是基本工业,只有优先发展棉、铁,才可以掌握经济命脉、抵制外国的经济侵略,以利于国家的经济独立。特别是由于中国经济落后、穷困,尤需以棉、铁业作为发展实业的重点。

4. 国家主义派与中国社会党

国家主义派20世纪20年代出现的一个右翼派别。五四运动后,从少年中国学会中分化出去的右翼分子曾琦、左舜生、李璜、陈启天、余家菊等人,于1923年前后在《先声》周报、《中华教育界》上发表宣传国家主义的文章。该派宣扬超阶级的国家观和国家至上说,阻止马克思主义在中国的传播和中国共产党领导的革命运动的发展,自称国家主义派。该派的主张受到了中国共产党的深刻批判,国民党中央执委会也印发了《反国家主义宣传大纲》。该派于1923年12月在法国创立了中国青年党。青年党主要成员从巴黎返国后,创立《醒狮》周报,发动所谓醒狮运动,从事反苏、反共宣传。该派后又称"醒狮派"。

中国社会党是清末民初的无政府主义政党。领袖江亢虎,其先组织社会主义研究会,又称社会主义同志会,1911年改组为中国社会民主党,同年11月定名为中国社会党。宗旨是赞同共和、融化种界、改良法律、尊重个人、破除世袭遗产制度、普及平民教育、奖励劳动者、专征地税、限制军备等。领袖人物除江亢虎外还有张继、李怀霜、张克恭、段仁、陈翼龙、沙淦、叶夏声等。本部设上海,南京、苏州等地有支部30余个,党员数千人。1912年6月与中华民国工党联合,自称两党党员有20万人。同年10月部分党员脱离另组社会党。1913年被袁世凯解散。1924年江亢虎曾一度恢复该党活动。

四、中国共产党的成立

（一）中国共产党第一次全国代表大会

1921年7月23日,中国共产党第一次全国代表大会在上海法租界望志路106号(现兴业路76号)举行。

出席大会代表 12 人,代表着全国 50 余名党员。他们是上海小组李达、李汉俊,北京小组张国焘、刘仁静,武汉小组董必武、陈潭秋,长沙小组毛泽东、何叔衡,济南小组王尽美、邓恩铭,广州小组陈公博和旅日小组周佛海。此外,陈独秀指派的代表包惠僧也出席了大会。共产国际代表马林和尼克尔斯基列席了会议。30 日晚受到租界巡捕的搜查后,大会转移到浙江嘉兴南湖的一只游船上举行。

大会通过了中国共产党纲领,确定党的名称为中国共产党,规定党的纲领是:革命军队必须与无产阶级一起推翻资产阶级政权,承认无产阶级专政,消灭资本家私有制,没收一切生产资料归社会公有,直至实现消除社会的阶级区分。党纲还规定了民主集中制的组织原则、党的纪律以及领导制度、组织机构、吸收党员的条件与手续等内容。大会选举陈独秀、张国焘、李达组成中央局。陈独秀为中央局书记,张国焘负责组织工作,李达负责宣传工作。

(二) 中共二大和民主革命纲领的制定

1922 年 7 月 16 日至 23 日,中国共产党第二次全国代表大会在上海召开。会议通过了《中国共产党第二次全国代表大会宣言》和关于民主联合战线,关于工会运动、青年运动、妇女运动,关于党的组织章程,关于加入第三国际等决议案。宣言重申了党的最高纲领,制定了党的最低纲领。最高纲领是"组织无产阶级,用阶级斗争的手段,建立劳农专政的政治,铲除私有财产制度,渐次达到一个共产主义社会。"最低纲领规定了党在当前的奋斗目标和最近的任务。主要包括三个方面,"一、消除内乱,打倒军阀,建设国内和平;二、推翻国际帝国主义的压迫,达到中华民族的完全独立;三、统一中国为真正民主共和国。"

为贯彻党的民主革命纲领,大会通过了《关于"民主的联合战线"的决议案》,号召全国的工人、农民团结在共产党的旗帜下,同时联合全国一切革命党派,联合资产阶级民主派,组成民主的联合战线共同对敌。大会还通过了《中国共产党加入第三国际决议案》,确认中国共产党是共产国际的一个支部。中共二大通过了《中国共产党章程》,这是中国共产党成立后的第一个党章。会议选举陈独秀、张国焘、蔡和森、高君宇、邓中夏为中央执行委员,另选出三名候补执行委员。陈独秀被选为中央执行委员会委员长。会议还决定出版《向导》周报,作为党中央的机关刊物,由蔡和森任主编。

(三) 中国共产党成立的历史意义

中国共产党第一次全国代表大会的召开,正式宣告了中国共产党的成立。从此,在中国出现了一个完全新式的、以实现社会主义和共产主义为奋斗目标的、以马克思列宁主义为行动指南的、统一的工人阶级的政党。它的诞生表明灾难深重的中国人民终于有了可以信赖的组织者和领导者,中国革命的面貌从此焕然一新。

五、中国国民党改组与第一次国共合作

(一) 中国国民党改组

1919 年 10 月,孙中山将中华革命党改组为中国国民党,以"巩固共和,实行三民主义"为政纲。从 1922 年 9 月起,孙中山开始进行国民党的改组工作。9 月初,他在上海召开改进国民党的会议,研究改组国民党计划,并成立了包括共产党人在内的国民党改组方案起草委员会。1923 年元旦,孙中山发表了《中国国民党宣言》,宣布今后革命必须依靠民众的力量,重申国民党的政纲三民主义,并首次提出了修改不平等条约的问题。

1923 年 1 月,苏俄代表越飞抵上海与孙中山会谈。1 月 26 日,发表了《孙文越飞宣言》。宣言表明了苏俄对中国革命的支持和建立平等的中苏关系。这个宣言的发表,标志着孙中山联俄政策的正式确立。

1923 年 8 月,孙中山派出以蒋介石为代表的、包括共产党员张太雷等人参加的"孙逸仙博士代表团"赴苏联考察党、政、军组织情况。10 月,应孙中山邀请,苏联政府派鲍罗廷到广州,被孙中山聘为政治顾问。10 月 25 日,改组国民党的特别会议在广州举行。会议委任廖仲恺、谭平山、胡汉民等 9 人组成新的国民党临时中央执行委员会,鲍罗廷为顾问,负责进行国民党的改组工作,决定来年 1 月在广州召开国民党第一次全国代表大会。11 月 12 日,发表了《中国国民党改组宣言》。

(二) 中共三大

1923 年 6 月 12 日至 20 日,中国共产党第三次全国代表大会在广州举行。会议中心任务是讨论建立国共合作的统一战线问题。会议经过激烈的争论,通过了《关于国民运动及国民党问题的决议案》,决定全体共产党员以个人名义加入国民党,建立国共合作的统一战线。中共三大制定的关于统一战线的方针政策,推动了第一次国共合作的形成。中共三大的不足在于,对民主革命中的无产阶级领导权问题、农民土地问题和建立革命军队问题都还缺乏明确的认识。

(三) 中国国民党第一次全国代表大会与国共合作的实现

1924 年 1 月 20 日至 30 日,中国国民党第一次全国代表大会在广州举行。大会通过了《中国国民党总章》、

《改组国民政府之必要案》、《中国国民党第一次代表大会宣言》等文件。

大会宣言以联俄、联共、扶助农工三大政策为基础,重新解释了三民主义,制定了实现新三民主义的政治纲领。关于民族主义,对外主张"中国民族自求解放","免除帝国主义之侵略";对内主张"各民族一律平等"。民权主义主张直接的、普遍的、革命的民权,规定"为国民者不但有选举权,且兼有创制、复决、罢官诸权";民权"为一般平民所共有,非少数者所得而私";"效忠于帝国主义及军阀者",不得享受自由权利。民生主义规定了平均地权和节制资本的原则。"平均地权"是将私人所有的土地,由地主估价呈报政府,政府照价征税,或收买、征收,无地或少地的农民由国家分配土地耕种;"节制资本"则规定,不管中国人和外国人开办的企业,有独占性质者,或者因规模过大私人无力承担者,均由国家经营,使私有资本制度不能操纵国计民生。

经孙中山重新解释的三民主义,同中共二大制定的反帝反封建纲领基本上是一致的,所以新三民主义就成为革命统一战线的共同纲领,也是国共合作的政治基础。

国民党第一次全国代表大会通过的《中国国民党总章》,是把国民党改组成为新的革命政党的组织法规,也是规范国民党进行组织活动的根本章程。全国、各省、各县均设相应的代表大会。各区设区党员大会(或代表大会)和区执行委员会。基层组织为区分部,设区分部党员大会和执行委员会。大会通过对国民党章程的讨论,正式确认了共产党员可以以个人资格加入国民党,同时保留共产党党籍。

国民党第一次全国代表大会还通过组织国民政府的决议案。决议还附有孙中山拟订的《国民政府建国大纲》,规定国民政府以三民主义、五权宪法为建设中华民国的基本纲领。建设之程序,分为军政、训政、宪政三个时期。

国民党一大重新解释了三民主义,使国民党有了明确的反帝反军阀的政治方向;大会确立了联俄、联共、扶助农工三大政策,确认共产党员可以以个人资格加入国民党,标志着国民党的正式改组和国共合作的正式建立。

六、国民革命与北伐战争

(一)黄埔军校的建立

国民党一大后,孙中山在苏联的帮助和共产党人的参与下,创办了"中国国民党陆军军官学校",因校址在黄埔,通称黄埔军校,1924 年 5 月 5 日开学。孙中山自兼军校总理,任命蒋介石为校长。军校学习苏联红军建军经验,设立党代表,建立政治工作制度。1926 年 3 月,国民党决定将国民革命各军所开办的军校与黄埔军校合并,改组为中央军事政治学校,归属军事委员会领导。

黄埔军校是一所新式的革命军事学校,是国共合作的一个重要成果。它共计办了七期,培养了大批优秀的军事、政治干部,为统一广东革命根据地,建立国民革命军和北伐战争奠定了基础。

(二)南北政局的演变

1. 第二次直奉战争和北京政变

1922 年第一次直奉战争后,各派军阀为争夺地盘和中央统治权,继续争斗不已。1924 年 9 月上旬江浙战争爆发。

江浙战争是第二次直奉战争的前奏,在直系江苏军阀齐燮元和皖系浙江军阀卢永祥之间进行。9 月中旬,孙传芳部越过仙霞岭进入浙江,卢永祥腹背受敌,不得不转赴上海。下旬,孙军占杭州。10 月中旬,卢永祥宣布"下野",江浙战争结束。

江浙战争爆发后,孙中山、张作霖因同卢永祥订有反直同盟,都站在卢永祥方面。张作霖以反对攻浙为由,于 9 月 15 日起兵讨直,自率六路大军向山海关和热河方面出动。第二次直奉战争爆发。

正当两军在前方相持、北京城空虚的时候,直系将领冯玉祥从前线倒戈回师,发动了北京政变。10 月 22 日夜,冯军乘直奉两军在山海关一带拼死厮杀之时,秘密回师北京,一夜之间控制了北京城,监禁了总统曹锟。政变后,冯玉祥等宣布脱离直系军阀系统,成立中华民国国民军。11 月 5 日,国民军驱逐清废帝溥仪出皇宫。北京政变使战局发生急剧变化,直军很快被奉军打败。11 月初吴佩孚率残军 2 000 余人由塘沽乘舰南逃,第二次直奉战争结束。

2. 广东革命政府的建立

1924 年 10 月,广东革命政府依靠黄埔学生军、一部分革命军和工农力量,平定了反革命武装广东商团的叛乱,使广东革命根据地得到初步巩固。1925 年 2—3 月,广东革命政府以黄埔学生军和粤军许崇智部为主力举行第一次东征,讨伐军阀陈炯明,打垮了陈部主力 3 万多人,占领了潮州、梅县等地。6 月,革命军回师广州,镇压了滇、桂军阀杨希闵、刘震寰的叛乱。7月1日,广东革命政府由大元帅府改组为国民政府,实行委员制,以汪精卫、廖仲恺、胡汉民等16人为委员,汪精卫任主席。

(三)国共合作中的政治冲突

1. 廖仲恺被刺案

1925年8月20日,廖仲恺在国民党中央党部门前被刺杀。这是国民党右派策划的打击左派、破坏国共合作的阴谋事件。国民党中央在共产党人的参加下,开展了打击右派的斗争,重要案犯,有的逃跑,有的被抓捕。在打击右派过程中,蒋介石趁机控制了广东的军政实权,他被任命为广州卫戍司令和国民革命军第一军军长。原代理大元帅,时任国民政府外交部长、广东省长的胡汉民和国民政府军事部长许崇智,都因涉嫌廖案而离开广州。

2. 西山会议

1925年11月23日,国民党内的老右派邹鲁、谢持、林森、张继、居正等人在北京西山碧云寺召开非法的"国民党一届四中全会",是为西山会议。参加会议的右派及其支持者被称为"西山会议派"。会议公开反对孙中山的联俄、联共、扶助农工三大政策,通过了《取消共产党员加入本党党籍案》、《俄人鲍罗廷顾问解雇案》、《开除中央执行委员之共产派谭平山李大钊等案》等。12月,西山会议派组成伪国民党中央执行委员会,翌年3月在上海召开伪国民党第二次全国代表大会。选举伪中央,与广州的国民党中央对抗。

西山会议派的一系列反共分裂活动,遭到了中国共产党和国民党左派的坚决批判和抵制。1926年1月召开的国民党二大,对西山会议派做了组织处理。

3. 中山舰事件

1926年春,蒋介石利用右派军官和孙文主义学会分子制造了中山舰事件。其经过是:3月18日,黄埔军校驻省办事处通知海军局,谓奉蒋介石命令,需调派军舰到黄埔候用。海军局即派出中山舰前往。但19日晨舰到黄埔后,却得知并无调舰命令,经请示蒋后,中山舰又开回广州。20日凌晨,蒋介石不经国民党中央同意,擅自宣布广州戒严,调动大批军警断绝内外交通,逮捕海军局负责人李之龙(当时为共产党员),占领中山舰和海军局,扣捕黄埔军校及第一军中做党代表和政治工作的共产党员。包围苏联顾问的住宅,拘捕黄埔军校及第一军中的全体共产党员,篡夺了第一军的军权。这就是"中山舰事件",亦称"三二〇事件"。

对于蒋介石制造的阴谋活动,广州国民政府及国民革命军将领、共产党和苏联顾问总的倾向是表示不满和反对,但陈独秀主张妥协,苏联顾问也主张迁就蒋介石,致使蒋介石的阴谋得逞。3月23日,汪精卫由于受蒋介石的排挤离开广州出国。中山舰事件是蒋介石篡夺革命领导权、特别是篡夺军权的关键一步。

4. 整理党务案

1926年5月15日至22日,国民党二届二中全会在广州举行。蒋介石在会上以"消除疑虑,杜绝纠纷"为由,提出了旨在限制共产党、夺取国民党大权的所谓"整理党务"的四个提案。提案规定:共产党员在国民党高级党部(中央党部、省党部、特别市党部)任执行委员的人数不得超过各级党部执行委员的三分之一;共产党员不得担任国民党中央各部部长;加入国民党的共产党员名册须交国民党执行委员会主席保存;共产国际对中共的指示和中共对加入国民党的共产党员的指示需先经国共两党联席会议通过,等等。

中共和中央领导人以及苏联顾问继续对蒋介石采取妥协退让的方针,这个提案被全会通过。会后,原任国民党中央各部部长职位的共产党员全部离职,蒋介石担任了国民党中央常务委员会主席(由张静江代理)、中央组织部长(由陈果夫代理)、军人部长、国民政府军事委员会主席、国民革命军总司令等要职。

(四)国民革命军北伐与工农运动的发展

1. 北伐战争

广东革命根据地的统一,全国工农革命运动的高涨,为打倒军阀,进行北伐战争准备了条件。1926年1月,国民党第二次全国代表大会确定了北伐的方针。6月5日,国民党中执会特任蒋介石为国民革命军总司令。7月9日,北伐誓师大会在广州召开,北伐战争正式开始。

北伐战争面临的敌人有三个:一是控制河南、湖北、湖南和直隶南部的吴佩孚,有军队20万人;二是盘踞江苏、浙江、安徽、福建、江西的孙传芳,有军队20万人;三是占有东北和山东、直隶、热河、察哈尔等地并控制北京政权的张作霖,有军队35万人。根据双方力量对比和敌人内部矛盾的状况,北伐军决定采取集中优势兵力、各个击破敌人的作战方针。首先以第四、七、八军约5万人,指向湖南、湖北;同时派出第二、三、六军约3万人进入湘南、湘东,警戒江西;以第一军驻守潮州、梅县,警戒福建。待消灭吴佩孚后,再集中兵力转向东南各省,消灭孙传芳。最后进入长江以北地区,消灭张作霖。

1926 年 7 月北伐军进占长沙,10 月攻占汉阳、汉口、武昌,至此,吴佩孚的主力基本被消灭,北伐军取得了两湖战场的胜利。11 月,北伐军攻占南昌,孙传芳主力大部被消灭。1927 年 1 月,北伐军分三路继续进军:东路以第一军为主,由何应钦任总指挥,白崇禧任前敌总指挥,从赣东、闽北入浙,直逼杭州、上海;中路以第三、六、七军为主,蒋介石自兼总指挥,下分李宗仁的江左军和程潜的江石军,由鄂东、赣东北沿长江两岸向皖苏挺进,与东路军会攻南京,并进入皖北,阻止奉军南下;西路以第四、八军为主,由唐生智任总指挥,从湖北沿京汉线向豫南进攻,与在陕西的国民军联系,相机进入豫中。这期作战的中心目标是夺取南京、上海。3 月 22 日,上海工人经过第三次武装起义占领上海。24 日,中路军之江右军进占南京。

在北伐战争顺利进行中,9 月,冯玉祥在绥远五原宣誓就任国民军联军总司令,宣布参加国民革命,挥师南下,11 月,控制陕西、甘肃,并和北伐军共同进攻河南。

从 1926 年 7 月到 1927 年 3 月,北伐军出师不到 10 个月,就消灭了吴孙两大军阀的主力部队,从广东打到武汉、南京、上海,使革命区域由珠江流域扩展到长江流域。在北伐胜利进军的形势下,西南川、滇、黔各省地方军阀也都转向拥护国民政府。

2．工农运动的发展

工农群众运动促进了北伐战争的胜利进军,而北伐战争的胜利又推动了工农群众运动的发展。汉口、九江英租界的收回、上海工人三次武装起义是最重要的事件。

汉口、九江的英租界是 1861 年根据第二次鸦片战争后签订的中英不平等条约设立的。在中国工人阶级和人民群众的坚决斗争下,英国被迫于 2 月 19 日、20 日与武汉国民政府签订《中英关于收回汉口英租界之协定》、《中英关于收回九江英租界之协定》,英国正式承认汉口、九江英租界交还中国。

1926 年 10 月和 1927 年 2 月—3 月,在中国共产党的领导下,上海工人阶级为配合北伐战争,先后举行三次武装起义。前两次起义因准备不足,客观条件不成熟而失败。3 月 21 日,在陈独秀、罗亦农、周恩来、赵世炎等领导下,发动了第三次武装起义,占领了上海,成立了上海特别市临时政府。

1927 年 1 月至 2 月初,毛泽东去湖南实地考察了湘潭、湘乡、衡山、醴陵、长沙五县的农民运动状况,3 月发表了《湖南农民运动考察报告》。《报告》充分肯定了农民在国民运动中的伟大作用;总结了农民运动的经验,特别强调了建立农民政权和农民武装的重要性;分析了农民中的各个阶层,初步提出了中国共产党在农村的阶级路线;着重宣传了放手发动群众、组织群众、依靠群众的革命思想,提出了解决中国民主革命的中心问题——农民问题的基本理论和政策。

（五）国民党实行清党与国民革命的失败

1．四一二政变

1927 年 3 月 26 日蒋介石抵达上海后,纠集吴稚晖、张静江、李宗仁、白崇禧等,召开了反共秘密会议,谋划“清党”反共。4 月 12 日凌晨,由白崇禧坐镇上海指挥,杨虎、陈群等具体配合,首先出动帮会流氓,冒充工人,袭击了闸北、南市、沪西等地工人纠察队。军警则以调解工人“内讧”为名,强行收缴“双方”枪械,打死打伤工人 300 余人,并强占了上海总工会。次日,20 多万工人罢工抗议暴行,其中 6 万多人前往驻军司令部请愿,行至宝山路时,竟遭周凤岐军的机枪扫射,死 100 多人。14 日,上海军警开始全面“清党”,大批共产党员和革命者被捕,革命组织和进步团体被查封。18 日,蒋介石通电拥护“清党”,建立国民政府,并定都南京,形成宁、汉对峙。

2．马日事变

1927 年 5 月 21 日(该日的电报代日韵目为“马”字),驻长沙的第三十五军三十三团团长许克祥在军长何健的指使下,发动叛乱。一夜之间,叛军捣毁省总工会、省农协、省农讲所、特别法庭等革命组织和机关,释放全部被关押的土豪劣绅,杀害共产党员和群众 100 多人,使长沙陷入白色恐怖之中。事后,许克祥勾结湖南国民党右派头目,组织所谓“湖南救党委员会”,推翻了革命的国民党湖南省党部。“马日事变”是汪精卫同蒋介石公开呼应的信号。

3．七一五分共与国民革命的失败

1927 年 7 月 15 日,在经过精心策划之后,汪精卫召集武汉国民党中央执行委员会扩大会议,决定“制裁”共产党人,正式作出关于“分共”的决定,公开背叛了孙中山决定的国共合作政策。随后,武汉国民政府、国民党中央各部纷纷发出通告、训令,取缔共产党和一切革命活动。在“宁可枉杀一千,不可使一人漏网”的口号下,对共产党人和革命群众进行疯狂的大屠杀。随着汪精卫集团举行反共政变,第一次国共合作最后破裂,国民革命遭到失败。

本章重、难点提示

一、重点掌握名词

中华全国商会联合会	甲寅派	黄埔军校
《新青年》	好人政府	第二次直奉战争
《文学改良刍议》	联省自治	江浙战争
《文学革命论》	制宪救国	北京政变
互助社	废督裁兵	廖仲恺被刺案
新民学会	实业救国	西山会议派
少年中国学会	国家主义派	中山舰事件
国民社	中国社会党	整理党务案
新潮社	中共一大	北伐战争
中国科学社	中共二大	《湖南农民运动考察报告》
五四运动	《孙文越飞宣言》	四一二政变
国粹派	中共三大	马日事变
学衡派	国民党一大	七一五分共

二、论述题

1. 概述民初发展工商业的经济政策。参见本章一、（一）。
2. 论述民初民族资本主义工业发展的原因、表现及其特点。参见本章一、（二）。
3. 论述新文化运动的主要内容及其历史影响。参见本章二、（二）、（四）。
4. 简述新文化运动时期的主要社团及其主张。参见本章二、（三）。
5. 论述五四运动的原因及其历史意义。参见本章三、（一）、（三）。
6. 概述五四前后各种社会思潮。参见本章三、（五）。
7. 论述中国共产党的成立及其历史意义。参见本章四、。
8. 论述国民党一大的主要内容及国共合作的实现。参见本章五、（三）。

第八章　南京国民政府的建立与苏维埃革命

考点详解

一、南京国民政府的建立及其内政、外交

（一）南京国民政府的建立

1. 宁汉合流

1927 年七一五政变后，武汉国民党政府迁往南京，与南京国民党政府合在一起，史称"宁汉合流"。汪精卫武汉七一五分共以后，宁、汉双方，再加上已迁入上海的西山会议派代表的沪方，都以国民党"正统"地位自居，内部斗争复杂。但在反共这一问题上，三方是一致的。这样，在冯玉祥的调停下，汉方汪精卫表示愿与宁方合流共同反共，但蒋介石必须下野。由于桂系对蒋介石不合作，蒋不得不于 1927 年 8 月 13 日正式通电宣告下野，促进了宁汉合流。8 月 25 日，武汉方面宣布迁都南京。汪精卫由于反共"过迟"受到西山会议派反对，不得不"通电下野，自请处分"。这样，宁、汉、沪 5 月 16 日在上海成立了国民党中央特别委员会。宁汉合流正式完成。

2. 第二期北伐与济南惨案

根据国民党二届四中全会通过的《限期北伐案》，蒋介石于 1928 年 4 月下令进行"第二次北伐"。1928 年 2 月，南京政府将北伐各军编为第一、二、三集团军，分别以蒋介石、冯玉祥、阎锡山为总司令，全军总司令蒋介石，参谋总长何应钦。第一、二、三集团军分别沿津浦路、京汉路、正太路向奉军发动进攻。4 月 8 日，李宗仁受任为

第四集团军总司令,白崇禧为前敌总指挥,奉命由京汉线北上。4 月 10 日,第一集团军占领山东的韩庄、台儿庄。接着第二集团军也在鲁西击溃孙传芳部。4 月 23 日,一、二集团军攻占鲁中重镇泰安。27 日,一、二集团军会师野鸡岗,决定会攻济南。5 月 1 日占领济南,张宗昌弃城逃跑。

国民党军的北伐,受到日本帝国主义的干涉。4 月 17 日,日本政府决定第二次出兵山东。5 月 3 日,日军公然武装进攻济南,竟惨无人道地将南京国民政府山东特派交涉员蔡公时及其随员 17 人残杀,并肆意杀害无辜市民,一手制造了"济南惨案",亦称"五三惨案"。在日军得寸进尺的阻挠下,蒋介石下令国民党军队退出济南,向西绕道渡过黄河北上。

3. 皇姑屯事件与东北易帜

济南惨案后,东线由于张宗昌、孙传芳部溃不成军,已无战斗。5 月底国民党军各部分别进入京津附近,5 月 30 日,张作霖以安国军大元帅的名义,下达总退却命令,奉军退回东北。张作霖于 6 月 3 日深夜乘专车离京反奉。4 日凌晨,当张作霖的专车到达沈阳附近的皇姑屯车站时,被日军预先埋好的炸药炸毁,张作霖受重伤当日死亡。日本侵略者一手制造了"皇姑屯事件"。

奉军溃退后,国民政府任命阎锡山为京津卫戍司令,阎部于 6 月上旬相继进入北京、天津。历时 16 年由北洋军阀控制的北京政府垮台。6 月 15 日,南京政府宣布"统一告成",20 日改直隶省为河北省,北京市为北平市。

退回东北继承父职的张学良,于 7 月中旬派人同蒋介石的代表在北平达成协议,预定在 1928 年 7 月 21 日易帜,但由于日本帝国主义的阻挠未能实现。12 月 29 日,张学良终于通电全国,宣布即日起"服从国民政府,改易旗帜"。至此,四一二政变后国民党在南京建立的政权形式上统一了全国,确立了它在全国的统治地位。

(二) 南京国民政府的政治制度

1. 训政制度的实施

1928 年 8 月,国民党在南京召开二届五中全会,会议决定结束军政实行训政,并决定国民政府设立行政、立法、司法、考试、监察五院。10 月上旬国民党中央通过《训政纲领》,由国民政府公布施行。

《训政纲领》规定:在训政时期,由国民党全国代表大会"代表国民大会,领导国民行使政权"。在国民党全国代表大会闭会时,则以政权托付国民党中央执行委员会执行之。还规定,训政期间,国家的选举、罢免、创制、复决四种政权,由国民党负责训练国民使用;行政、立法、司法、考试、监察五种治权,虽由国民政府总揽执行,但"国民政府重大国务之施行"必须由国民党中央政治会议进行指导和监督;国民政府组织法,也由国民党中央政治会议负责解释和修正。这样就以法律的形式规定了"以党治国"的原则,确立了国民党在国家政权中至高无上的决策地位。

国民党二届五中全会是国民党政权初建阶段的一次重要会议,它标志着训政的开始。

2. 五院制

在公布《训政纲领》的同时,又公布了《国民政府组织法》,规定国民政府由行政、立法、司法、考试、监察五院组成,分别执行五项治权。并设国务会议处理政务,解决院与院之间不能解决的问题。当日,国民党中央执行委员会便任命蒋介石、谭延闿、胡汉民、戴季陶、蔡元培、王宠惠等 16 人为国民政府委员,指定蒋介石为国民政府主席兼陆海空军总司令。

五院的建立是逐步进行的。1928 年 10 月 29 日,行政院开始行使职权,院长为谭延闿。立法院于 1928 年 12 月 8 日开始行使职权,院长为胡汉民。1928 年 11 月,司法院成立,院长为王宠惠。考试院成立于 1930 年 1 月,院长为戴季陶。监察院于 1931 年 2 月正式成立,原任命蔡元培为院长,至成立时蔡辞职,改由于右任为院长。至此,以"党治"为原则,以五院为基础的国民党训政体制基本完成。

3. 中统与军统

国民党的特务组织是蒋介石一手建立起来的,主要有"党方"和"军方"两大系统,也就是"中统"和"军统"。

中统也被称为"CC"系,是由国民党的中央组织部调查科演变而来。1927 年 8 月,陈果夫把蒋介石的一批亲信及一部分党政人员组织起来,成立了"中央俱乐部"。他们控制了中央组织部,并不断扩大调查科。1930 年夏,又在调查科增设了特务组织,专门收集共产党的情报,还派出特派员分驻各地,从事各种特务活动。1932 年,调查科内部又秘密成立了"特工总部",由调查科主任徐恩曾负责。特工总部设有书记室,下辖组织、指导、审理、行动四课。书记室之外设有训练、情报、总务三科。

1932 年 3 月,蒋介石指使贺衷寒、戴笠、康泽等人,打着"复兴民族"的旗号,成立了"中华民族复兴社",以蒋介石为社长。复兴社成立后不久,又在其内部成立了一个更为秘密的内层组织"力行社",并决定设立外围组织"革命青年同志会"和"革命军人同志会"等。复兴社的活动范围起初主要是在军事系统,后来扩展到其他方面。这个特务系统后来隶属于军事委员会,称作"军事委员会调查统计局",简称"军统"。

(三)南京国民政府初期的主要政治派别

1. 改组派

改组派即"中国国民党改组同志会",是1927年后在国民党内形成的、以汪精卫为精神领袖的反蒋政治集团。1927年冬,汪精卫在国民党派系斗争中遭到失败后,汪系骨干陈公博、顾孟余等人,利用国民党内外对新内战政策不满、要求改革的思想,打出"改组国民党"的旗号,掀起反蒋运动。

1928年5—6月,陈公博、顾孟余先后在上海创办《革命评论》和《前进》杂志,宣传改组国民党的主张。是年冬,"中国国民党改组同志会"在上海正式成立。由王乐平负责,在上海、南京、江苏一带活动。参加改组派的主要是大学生和国民党党政机关的职员。改组派的主要口号是恢复1924年国民党改组精神,重新"确立农工小资产阶级的联合战线",复活"国民革命联合战线"的国民党。他们对待共产党及其他政治派别如第三党、西山会议派、无政府主义者、国家主义派等均采取排斥和反对的态度。

改组派的活动遭到蒋介石的坚决镇压,它在各地的刊物相继被查封。其领导机关被封闭,许多成员被捕。1930年2月18日,蒋介石又使用暗杀手段,指使特务在上海暗杀了改组派的实际负责人王乐平,使其受到沉重打击,活动渐趋消极。中原大战后,改组派宣告瓦解。

2. 人权派

人权派是20世纪20年代末出现的、比较有影响的资产阶级改良派之一。该派以胡适、罗隆基为代表,主要通过《新月》杂志来宣传他们的主张,因此也被称作"新月派"。人权派反对国民党"训政"下的一党专政,要求废除党治,实行民治,呼吁发起"人权运动",企图按照欧美国家的榜样来改良中国政治。他们不赞成暴力,尤其反对共产党领导的暴力革命,主张中国以改良的方法,走"演进的路"。1930年11月,罗隆基以"言论反动、诬蔑总理"的罪名被捕。胡适则被训斥为"诋毁党义"、"大逆不道"。人权派走向瓦解,其右翼胡适等人投入国民党阵营,左翼罗隆基等人则向中共靠拢。

3. 第三党

第三党以国民革命时期著名的国民党左派邓演达为首,正式名称叫"中国国民党临时行动委员会",是从国民党中分化出来的一个小资产阶级的革命政党。其基本立场是要在国共两党之外,结成第三种势力,经过第三条道路复兴中国革命,因而又被称为第三党。

邓演达在四一二政变后遭蒋介石通缉,逃往苏联,开始反蒋活动。1927年11月他同宋庆龄、陈友仁一起以"中国国民党临时行动委员会"的名义发表宣言,痛斥南京和武汉的叛变,表示要继续为实现孙中山的三民主义而奋斗。他的这一倡议立即得到国内谭平山等人的响应。同年底,谭平山、章伯钧、季方、张申府等人在上海成立"中华革命党",并遥尊邓为领袖。

1930年5月邓演达自海外归国,8月召开干部会议,把第三党的名称正式定为"中国国民党临时行动委员会",通过决议《政治主张》。邓被选为中央干事会总干事,负责主编《革命行动》月刊。第三党的基本主张是进行"平民革命",认为中国仍是半殖民地半封建社会,中国革命是资产阶级的平民革命;革命的主力是占平民大多数的工农群众;革命的目标是推翻国民党反动统治,建立"以工农为重心的平民政权"。

邓演达利用他以前在黄埔军人中的影响,策动蒋系军官反蒋,给蒋介石的统治造成一定的威胁。1931年8月,邓演达被国民党逮捕,11月蒋介石把他秘密杀害。第三党受到沉重打击,但大多数成员仍然坚持反蒋斗争。

4. 中国青年党

1923年12月2日在法国巴黎创立。创建人有曾琦、李璜等。发刊《先声周报》,鼓吹国家主义,故又称"国家主义派"。1924年9月,曾琦、李璜、张梦九等国家主义者,以上海为中心进行活动,并与少年中国学会的陈启天、左舜生、余家菊等创办《醒狮周报》,故亦称为"醒狮派"。该党初为秘密组织,以中国国家主义青年团的名义对外活动。1929年公开中国青年党党名。该党一直追随国民党,进行反共反人民的活动。抗日战争中,该党一部分人组成"中国青年党中央政治行动委员会"参加汪精卫伪政府,沦为汉奸。抗战胜利后,又以独立单位参加政治协商会议及由国民党单方面召开和组织的"国民大会"和"国民政府"。

5. 中国民权保障同盟

1932年12月,中国民权保障同盟在上海正式成立,宋庆龄任主席,蔡元培任副主席。同盟的宗旨是营救一切爱国的革命的政治犯,争取人民的言论、出版、集会、结社等自由。同盟成立后,为保障人民的民主自由权利、营救政治犯、反对国民党的非法拘禁和杀戮,开展了多项活动。1933 年 6 月 18 日,蒋介石派特务在上海法租界宋庆龄寓所附近把同盟总干事杨杏佛暗杀,同盟的活动因国民党的残酷迫害无法继续下去,无形中终止。

(四)国民党主要军事实力派的纷争

1. 编遣会议

1928 年 6 月,南京国民政府北伐奉军结束后,蒋介石为削弱冯、阎、桂各派实力,以减少军费负担、从事经济建设为借口,提出裁编问题;建议全国留 50 师,每师 1 万人。7 月 11 日,蒋介石与冯、阎、李召开军事善后会议,未能达成协议。1929 年 1 月 1 日,蒋介石主持召开国民革命军编遣会议,通过了"国军编遣委员会进行程序大纲"等一系列文件。会议确定全国设八个编遣区,蒋介石控制其中的四个。同时规定全国军队等一切权力收归中央;各军原地静候改编。蒋介石这种削弱非嫡系实力的做法引起了冯、阎、桂等各地方实力派的不满。1929 年 8 月,蒋介石被迫召开第二次编遣会议,将全国军队的总数目由原来的 50 个师增加到 65 个师,以此来扩充蒋介石自己的实力。第二次编遣会议召开的结果,使蒋介石与各地方实力派的矛盾进一步激化。不久,爆发了一系列的新军阀混战。

2. 蒋桂战争

1929 年 3、4 月间,蒋介石集团与桂系集团之间进行的一次争权夺利的战争。1929 年 1 月,蒋介石在南京召开编遣会议,企图削弱其他军阀的势力,引起了各派军阀的不满。当时,桂系军阀李宗仁、白崇禧拥有相当势力,控制着两广、两湖,并占有平津部分地区。2 月,李宗仁以武汉政治分会的名义,撤换了亲蒋的湖南省主席鲁涤平。3 月,蒋介石以中央的名义下令查办武汉政治分会,并发兵进攻武汉。蒋桂战争由此爆发。蒋介石为了打败桂系,令陈济棠等率军由广东进逼广西,用巨款收买桂系的军事将领李品仙、李明瑞、杨腾辉等,并派人联络冯玉祥、阎锡山和四川刘湘,三面包围武汉。4 月,桂系战败,李宗仁、白崇禧南逃,蒋介石控制了两湖,蒋桂战争结束。

3. 蒋冯战争

1929 年蒋介石征讨桂系得手后,为了进一步消灭异己力量,立即转移兵力,进攻冯玉祥的西北军。冯玉祥在蒋军压力下,收缩兵力,5 月中旬,令驻山东、河南的西北军退守潼关。蒋介石兵分三路大举进攻,同时收买西北军韩复榘、石友三部,策动刘镇华、杨虎城、马鸿逵部先后叛冯附蒋。在蒋的武力进剿和内部瓦解的困境下,冯玉祥被迫于 5 月 27 日通电下野。8 月,蒋介石召开编遣实施会议,欲强行削弱地方实力派的兵力。阎锡山与冯玉祥结盟,决定武力讨蒋。10 月 10 日,冯玉祥指使西北军将领宋哲元、孙良诚等 27 人通电反蒋,兵分三路进攻河南。11 日,蒋介石下令讨伐。至 11 月下旬,蒋军在河南先后三次发动攻击,将西北军赶回潼关,战争结束。

4. 中原大战

又称蒋冯阎大战。1930 年 3 月,冯玉祥、阎锡山、李宗仁和白崇禧三个集团成立了"中华民国军",组成反蒋大联合。4 月,向蒋介石部发动攻击,双方在以陇海铁路为中心,以津浦、平汉两路为辅翼的数千里的战线上投入百万大军展开厮杀。战争初期,对蒋介石十分不利,直至 8 月,蒋部才开始扭转危局。9 月 18 日,张学良发出通电,以调停为名率兵入关,占平津。10 月,蒋军攻占开封、郑州、西安,冯军完全瓦解,阎军退至黄河以北,桂军退回广西,历时七个月的中原大战结束。中原大战双方使用兵力 100 多万人死伤 30 多万人,给人民造成了空前的战乱和深重的灾难。中原大战以蒋介石的绝对胜利而结束,确立了蒋介石在各派军阀中的优势,从而巩固了他的独裁统治。

(五)南京国民政府初期的外交

1. 改订新约运动

改订新约是南京政府的重要外交活动。1928 年 6 月 15 日南京政府发表《对外宣言》,内称:"今当中国统一告成之际,应进一步而遵正当之手续,实行重订新约。"7 月 7 日外交部提出重订新约的三条原则:条约已届期满者,废除旧约,另订新约;尚未期满者,以正当之手续解除另订;旧约已期满新约未订定者,另订适当临时办法,处理一切。改订新约的内容只限于关税自主和废除领事裁判权两项。

关于关税自主问题,1928 年 7 月首先同美国订立《整理中美两国关税关系之条约》,随后,陆续同挪威、比利时、意大利、丹麦、葡萄牙、荷兰、瑞典、英国、法国、西班牙、日本缔结"友好通商条约"或新的"关税条约"。所有这些条约都在原则上承认了中国的关税自主。根据这些条约,中国方面改变了长期以来关税制度上的均一税和海陆关税不统一这两种不合理的规定,使中国获得了一定的关税自主权,并提高了税率。但是,关税行政管理权仍然掌握在帝国主义者手中,税率的提高也仍有限制(基本按 1926 年关税会议所议税率),所以中国的关税权仍不能完全自主。

关于废除领事裁判权问题,英、法、美、日几个帝国主义国家一直未表示同意,1931 年南京政府公布《管辖在华外国人实施条例》。但实施日期一再后延,最后并未实行。南京政府的"改订新约",具有一定的积极作用,但它并没有从根本上取消帝国主义的在华特权,更远远没有使中国成为独立自主的国家。通过改订新约这种方式,国民政府取得了有关各国的承认。

2. 中东路事件

1929 年中俄之间爆发中东路事件。中东路事件起源于中俄关于中东铁路管理权的争执。1929 年 7 月 10 日,蒋介石、张学良指使中东铁路中方负责人以武力接收由两国共同经营的中东铁路,逮捕和遣送苏方高级职员 59 人。18 日,苏联宣布对华断交。8 月,在中苏边境发生武装冲突。美国等帝国主义国家企图进行干涉,实现中东铁路的国际共管。张学良的东北军被苏军打败。12 月签订《伯力协定》,恢复事件以前的状态。

二、中共土地革命与苏维埃政权

(一)八七会议与三大起义

1. 八七会议

1927 年 8 月 7 日,中共中央在汉口召开紧急会议。会议由瞿秋白、李维汉主持,通过了关于最近农民斗争、最近职工运动、党的组织问题等决议案,发表了著名的《告全党党员书》。

八七会议主要解决了三方面问题:(1)坚决清算了国民革命时期以陈独秀为代表的右倾机会主义错误。(2)确定了土地革命和武装反抗国民党反动派的总方针。(3)选出了中央临时政治局。瞿秋白、李维汉、苏兆征为政治局常委(后又增选周恩来、罗亦农为常委)。

八七会议给正处在思想混乱和组织涣散中的中国共产党指明了新的出路,为挽救中国共产党和中国革命作出了巨大的贡献。但八七会议在反对右倾错误时没有防止"左"倾情绪,反而容许和助长了冒险主义的倾向。

2. 南昌起义

1927 年 7 月下旬,中国共产党中央临时政治局常委决定在南昌举行武装起义、发动农民举行秋收起义和召集党的中央紧急会议,并成立了以周恩来为首的前敌委员会,负责领导在南昌的武装起义。8 月 1 日凌晨 2 时,周恩来、贺龙、叶挺、朱德、刘伯承等率领共产党直接掌握和影响的军队 2 万余人在南昌宣布起义,经过 4 个多小时的激烈战斗,占领了南昌城。随即组成了以共产党员为主体、国民党左派参加的国民党革命委员会。起义部队沿用国民革命军第二方面军的番号,下辖第九、十一、二十共 3 个军,任命贺龙为代总指挥,叶挺为代前敌总指挥。

8 月 3 日至 7 日,起义军按预定计划相继撤离南昌,取道临川、宜黄、广昌南下,9 月中旬占领大埔县的三河坝。9 月底 10 月初,起义军在汤坑、三河坝遭到优势敌人的攻击,损失严重,潮州、汕头亦相继失守。随后,主力又在流沙一带遭敌截击。在起义军遭受失败的情况下,根据中共中央指示,起义主要领导人分批撤离部队。保存下来的部队,一部分转移到海陆丰,与当地农民武装汇合;另一部分在朱德、陈毅率领下,经粤北、赣南转入湘南开展游击战争。南昌起义打响了武装反抗国民党反动派的第一枪,成为中国共产党独立领导人民革命战争和创建人民军队的开端。

3. 秋收起义与三湾改编

八七会议后,中共中央临时政治局候补委员毛泽东以中央特派员身份赶赴湖南,改组中共湖南省委并筹备和领导秋收起义。起义的部队统一编为工农革命第一军第一师,下辖 3 个团,约 5 000 人,计划分三路进攻平江、萍乡、醴陵、浏阳,然后共同进攻长沙。9 月 9 日,起义爆发。但各路起义军都很快遭到失败。

9 月 19 日,起义军退集到浏阳县的文家市,前委重新讨论进军方向问题。毛泽东主张到敌人统治力量薄弱、群众条件较好的农村去。会议采纳了毛泽东的意见,否定了继续进攻长沙的主张,决定沿湘赣边界向南进军。9 月 29 日,起义部队到达永新县的三湾村,进行了著名的"三湾改编",把"支部建在连上",确立了党对军队的领导,成为建设无产阶级领导的新型人民军队的重要开端。

10 月底,部队到达井冈山的中心地带茨坪,开始创建井冈山革命根据地的斗争。

4. 广州起义

1927 年 12 月 11 日,在中共广东省委书记张太雷和叶挺、叶剑英等领导下,国民革命军和第四军教导团全部、警卫团一部和广州工人赤卫队 7 个联队以及市郊部分农民武装,联合举行武装起义。经过两个多小时的激战,起义军占领了广州市区的大部分地区,随即成立了广州苏维埃政府。广州起义是趁国民党粤桂军阀混战于梧州、肇庆之时举行的。起义爆发后,两派军阀立即停止斗争,集中5万兵力进攻广州。起义部队经过三天三夜的殊死奋战,终因寡不敌众而失败,张太雷和许多指战员英勇牺牲。

(二)农村革命根据地与工农武装割据理论的形成

1．井冈山革命根据地

井冈山根据地是最早开辟的一块革命根据地。1927年10月毛泽东带领经过"三湾改编"的工农革命军进入井冈山。至1928年2月,工农革命军先后攻占了井冈山周围的茶陵、遂川、宁冈等县城,建立了县级政府和党组织。

1928年4月底,朱德、陈毅率领南昌起义留下的部队和湘南暴动后组成的农民军到达井冈山,在宁冈砻市与毛泽东部会师。会师后,两支部队合编为工农革命军第四军(6月改称中国工农红军第四军),朱德任军长、毛泽东任党代表。红军采用"敌进我退,敌驻我扰,敌疲我打,敌退我追"的游击战术,多次打败湘赣两省的敌军,扩大了根据地区域。5月成立湘赣边界苏维埃政府。后来,井冈山根据地发展为湘赣根据地。

到1930年,共产党领导开辟的根据地主要有以下六大区域:赣南闽西根据地、湘鄂赣根据地、湘鄂西根据地、鄂豫皖根据地、闽浙赣根据地和左右江根据地。

2．土地革命

中共八七会议通过的《最近农民斗争的决议案》,决定用革命手段解决农民的土地问题。1928年5月至7月,井冈山根据地从分田开始,掀起了土地革命的高潮。在总结斗争经验的基础上,1928年12月,制定了《井冈山土地法》,规定"没收一切土地归苏维埃政府所有",主要采用"以乡为单位","以人口为标准","男女老幼平均分配"的办法,分给农民耕种,不许土地买卖。

1929年4月,红四军发布了《兴国土地法》,改变了《井冈山土地法》中没收一切土地的政策,重新规定为"没收一切公共土地及地主阶级的土地"。7月,中共闽西第一次代表大会通过的《土地问题决议案》,明确提出"不打击富农","集中攻击目标于地主","分田时以抽多补少为原则",等等。

经过多年的土地革命实践,在同"左"的和右的思想斗争中,通过大量的调查研究,在1930年冬形成了一条正确的土地革命路线。这就是:依靠贫农、团结中农、限制富农、保护中小工商业者,消灭地主阶级,变封建半封建的土地所有制为农民的土地所有制。土地革命的深入发展,对巩固根据地,支援长期战争,起到了重大的作用。

3．工农武装割据理论

农村革命根据地的广泛开辟,表明中国革命已走上了"工农武装割据"的道路。毛泽东在革命实践的基础上,进行了理论探索,于1928年10月到1930年1月相继写成《中国的红色政权为什么能够存在?》、《井冈山的斗争》、《星星之火,可以燎原》等著作。这些著作总结了共产党领导武装起义和开辟农村根据地的经验,分析了中国社会的特点,形成了"工农武装割据"的理论。

(三)苏维埃政权建设

1931年11月7日至20日,中华苏维埃第一次全国代表大会在江西瑞金召开。大会宣告中华苏维埃临时中央政府成立,通过了《中华苏维埃共和国宪法大纲》及土地法、劳动法、经济政策、红军政策、文化教育政策等文件,选举产生了中央执行委员会。宪法大纲规定,中华苏维埃共和国是工农民主专政的国家,它的全部政权属于工人农民红军士兵及一切劳苦民众,苏维埃的最高权力机关为全国工农兵代表大会,大会闭会期间,中央执行委员会为最高权力机关,中央执行委员会下设人民委员会,处理日常政务。

在苏维埃政权的领导下,根据地的经济建设、政权建设和文化建设蓬勃开展起来。在经济建设方面,各级苏维埃政权围绕着革命战争的中心任务,进行必要的和可能的经济建设工作,把发展农业生产作为头等重要任务,通过开垦荒地、兴修水利、组织开展互助合作运动、生产竞赛等途径,以增加粮食产量和日用品的供给。由于措施得当,各地农业生产都得到了迅速恢复和发展。在政权建设方面,第一次全国工农兵代表大会以后,从中央到省、县、区、乡各级政权均实行工农兵代表会议制度和民主选举制度。

(四)反"围剿"斗争与红军长征

1．五次反"围剿"

当国民党内部各军事实力派忙于混战之际,红军和革命根据地获得了快速发展。中原大战结束后,蒋介石立即抽调兵力"围剿"红军。从1930年底到1931年秋,蒋介石对中央革命根据地连续发动了三次"围剿",毛泽东采取避敌主力、诱敌深入,集中优势兵力、各个歼灭的方针,粉碎了前三次"围剿"。

1933年2月,蒋介石调兵50万分三路"围剿"红军。当时毛泽东的正确领导虽被王明"左"倾冒险主义排斥,但红军在周恩来、朱德指挥下,根据事先与毛泽东共同拟订的战略方针,仍然取得了第四次反"围剿"的胜利。1933 年 10 月,蒋介石调兵百万"围剿"中央苏区和邻近苏区,红军在王明"左"倾冒险主义统治下全线出击,屡战不胜。4 月广昌一战,红军损失很大。后又兵分 6 路全线御敌,未能打破"围剿"。1934 年 10 月,红军被迫开始长征。

2. 红军长征与遵义会议

1934 年 10 月,由于王明"左"倾主义的错误领导,中央红军未能打破蒋介石发动的第五次"围剿"。10 月 21 日,中央红军及后方机关 8 万余人从江西瑞金、于都和福建的长汀、宁化出发,被迫作战略转移。长征初期,红军虽经英勇奋战,但却遭到很大损失。

1935 年 1 月 15 日至 17 日中国共产党于长征途中在贵州遵义举行了中央政治局扩大会议。会议批判了"左"倾冒险主义领导者在军事上的错误,重新肯定了毛泽东等指挥红军取得多次反"围剿"胜利的战略战术的基本原则,通过了《中共中央关于反对敌人五次"围剿"的总结的决议》,改组了中央领导机构。毛泽东被推选为政治局常委。会议决定取消博古、李德(共产国际军事顾问)的最高军事指挥权,仍由中央军委主要负责人朱德、周恩来指挥军事。随后在行军途中,根据会议精神,常委分工,决定由张闻天代替博古负总的责任。不久又组成毛泽东、周恩来、王稼祥三人军事指挥小组。遵义会议结束了以王明为代表的"左"倾教条主义、冒险主义在党中央的统治,确立了以毛泽东为代表的马克思主义的正确路线在党中央的领导地位,使红军和党中央得以在极其危急的情况下保存下来。

遵义会议后,在毛泽东等人的指挥下,终于摆脱了敌人的围追堵截,于 6 月 14 日实现了中央红军和红四方面军在四川懋功的会师。此后,中共中央确定了北上建立陕甘革命根据地的战略方针。10 月 19 日,红军主力抵达陕北吴起镇,与红十五军团会师。1936 年 10 月,在粉碎了张国焘分裂主义阴谋后,红四方面军和红二方面军一同北上,并与红一方面军在甘肃会宁会师。至此,长征胜利结束。

三、南京国民政府时期的社会经济与文化

(一)南京国民政府时期的经济改革

1. 四行二局

"四行二局"包括下列几个核心金融机构:中央银行、中国银行、交通银行、中国农民银行和中央信托局、邮政储金汇业局。

中央银行于 1928 年 11 月 1 日在上海成立,号称国家银行,享有发行兑换券、铸造及发行国币,经理国库、募集或经理国内外公债事务等项特权。国民政府在成立中央银行的同时,采用增加官股和派遣人员的办法改组了中国银行和交通银行。中国银行改为经国民政府特许的"国际汇兑银行",交通银行改为"发展全国实业之银行"。1935 年 6 月,国民政府颁布《中国农民银行条例》,将 1933 年成立的豫鄂皖赣四省农民银行改组为中国农民银行,资本额为 1 000 万元,有发行兑换券及农业债券的特权。同时,国民政府还设立了以经营进口军火为主的中央信托局和从事小额储蓄、储金汇兑的邮政储金汇业局,以垄断全国的信托、保险等金融业务。这样,"四行二局"便成为国家资本金融垄断的中心。

2. 废两改元与法币政策

国民政府建立之初,国内币制极为复杂紊乱,多种不同的银两、银元、铜币和形形色色的纸币并行流通,严重阻碍了商品交换和贸易的发展。1932 年 7 月,国民政府财政部设立"废两改元委员会",研究废两改元问题。次年 4 月,国民政府发布《废两改元》的训令,规定"自 4 月 6 日起,所有款项之收付一律改用银币,不得再用银两。"

废两改元的实施,废除了银两这一落后的货币政策,确立了银本位制,并进而统一了全国的货币。自此,银元成为具有强制流通能力的本位币,不但有利于国内工商业和对外贸易的发展,也为后来实施的法币政策扫清了道路,奠定了基础。

1929—1933 年,资本主义世界爆发了经济大危机。为了转嫁危机对本国的影响,各帝国主义国家展开了激烈的货币战,并纷纷放弃了金本位制,实行了货币贬值政策。1934 年,美国实施白银法案,提高白银价格,并在国内外大量收购白银,引起了银价大幅度上涨,中国白银大量外流,导致国内银根紧缩,银行挤兑,物价猛跌,货物滞销,严重地影响了工商金融业,经济危机日益加剧。

为了防止白银外流,1935 年 11 月,国民政府宣布实行法币政策,规定以中央、中国、交通三家银行(后来又加入中国农民银行)所发行的货币为法币,所有完粮纳税及一切公私款项之收付,概以法币为限,不得行使现

金。同时规定实行白银国有,以及外汇通过英镑来计算(法币1元合英镑1先令2便士半)。法币本身无法定的含金量,也不能兑换银币,但它以外汇为本位,信用由外汇的价格决定,是一种汇兑本位制。

法币政策的实施,统一了全国的货币,有利于商品经济的发展和促进国内统一市场的形成;由于实行白银国有,稳定法币汇价,安定金融市价,有利于国内外贸易发展和金融业的改造。另一方面,法币虽然以外汇及金银为发行标准金,但本质上,它是一种虚本位制,一旦国家财政管理脱离了轨道,或者与国家外汇储备及社会有效供给严重背离之时,这种虚本位制则为推行恶性通货膨胀政策提供了方便。

3. 国民经济建设运动

1935年4月,蒋介石发表《国民经济建设运动之意义及其实施》的报告,宣布推行"国民经济建设运动"。这场运动在当时被一部分人鼓吹为政府与人民共同致力于迅速完成经济建设的一种经济政策,在平时为国民经济的发展,在战时为经济动员的准备,实为"一石二鸟"的运动。1935年12月,国民党五届一中全会通过了《确定国民经济建设实施计划大纲》,决定通过"人力"、"地力"、"资力"、"组织力"的配合,适应国民经济的发展。在组织机构方面,中央、省、县各级均设国民经济建设委员会,市镇设立各种同业公会,村设立农业协会,各规定其职责。1936年中国的国民经济出现了复苏的局面,民族资本主义的发展也达到了中国历史上的最高峰。但是,经济复苏所出现的好景仅仅是昙花一现,1937年7月,日本帝国主义发动全面侵华战争,此后,全国进入战争状态。

(二)新生活运动

1934年蒋介石在江西"剿共"时,发起了新生活运动。2月19日成立了"新生活运动促进会",并向全国推广。新生活运动,就是使全体国民的全部生活(衣、食、住、行)都合乎民族固有道德——"礼义廉耻"的运动。蒋介石一再强调新生活运动的"中心准则"就是"礼义廉耻"四个字。蒋介石发起"新生活运动"的目的,是从"改造国民的衣食住行"等日常生活入手,以"整齐、清洁、简单、朴素、迅速、确实"为具体目标,使"国民生活军事化、生产化、艺术化","改造社会,复兴国家"。

蒋介石自从提出新生活运动后,连续发表多篇演说,并主持制定了《新生活运动纲要》和《新生活运动须知》两个文件。1934年7月,成立了新生活运动促进总会。蒋自任总会长,江西省主席熊式辉为主任干事,下设调查、设计、推行三股,并分别聘任数十名高级官员为指导员、干事。国民政府还制定了各级"新运会"的组织大纲,大张旗鼓地加以推行。但是,新生活运动并未收到预期的效果。

(三)南京国民政府时期的文化教育

1. 大学院制

1927年6月,民国政府设大学院,管理全国学术及教育行政事宜。大学院设大学委员会议决全国学术教育上的一切重要问题,委员会由各学区国立大学校长及大学院所聘之国内专门学者组成,同时设立中央研究院等国立学术研究机关,设立高等教育、普通教育、社会教育等处,分别负责有关教育行政事务。在地方废止教育厅,实行大学区制,把全国分成若干大学区,每区设国立大学一所,大学校长兼管区内教育行政及一切学术事项。推行大学院制在于保持教育对政府的相对独立性,以保证教育的自由发展。这显然与国民党的教育宗旨不符,因此国民政府于1928年10月废除大学院制,恢复旧的教育行政体制。

2. 中央研究院

1928年4月,国民政府根据蔡元培等人提议设立专门的国家科研机构——中央研究院。中研院受国民政府直接领导,在上海、南京等全国各地设有物理、化学、天文、气象、地质、工程、历史语言、社会科学、动植物研究等共10个研究所。同时,它还是全国最高学术机关,对全国的学术研究有指导、联络、奖励责任。中研院以蔡元培为院长、杨铨为总干事,大量聘请国内知名学者和归国留学生,至1930年底有研究人员193名。1929年9月又成立国立北平研究院,设有理化、生物、人地3部。

3. 文艺界的主要流派

(1)革命文学派

大革命失败后,大批文化宣传工作者聚集到上海,坚持革命的文化斗争,如田汉组织了南国剧社,蒋光慈、钱杏邨等筹备成立太阳社。1928年1月,创造社和太阳社以《创造月刊》、《太阳月刊》等杂志为阵地,掀起了一场无产阶级革命文艺运动。两个社团的成员力图创造一种"以无产阶级的阶级意识"为指导的、为完成无产阶级历史使命服务的斗争文学。

革命文学派的主张继承了五四以来的新文学传统,激发了民众的革命热情。但受国内外"左"倾思想的影响,忽视了文学艺术特有的规律,犯了教条主义和宗派主义错误。反映这类思想的文章有成仿吾的《从文学革命到革命文学》、冯乃超的《艺术与社会生活》、蒋光慈的《关于革命文学》等。

为了共同进行反对国民党文化"围剿"的斗争,推动革命文学事业的发展,1930 年 3 月,在共产党领导下,中国左翼作家联盟在上海成立。其成员包括太阳社、创造社及其他左翼文艺工作者,如鲁迅、茅盾、冯雪峰、田汉、潘汉年、郁达夫等 50 余人。

继"左联"之后,1930 年中,朱镜我、王学文等发起成立"中国社会科学家联盟"(简称"社盟"),由南国社等组织参加的"上海戏剧运动联合会"更名为"左翼戏剧家联盟"(简称"剧联"),朝花社等进步美术团体组成"中国左翼美术家联盟"(简称"美联")。在四个联盟基础上,中共中央宣传部又组织了一个联合机构——"左翼文化总同盟",全面领导左翼文艺事业。

(2)新月派

新月派以徐志摩、梁实秋等人为主体,因创办新月书店和《新月》杂志而得名。他们主张思想言论的充分自由,反对"标语与主义",认为"人性是测量文学的唯一标准","文学是没有阶级性的",反对把文艺同阶级斗争联系起来。其代表作是徐志摩的《〈新月〉的态度》、梁实秋的《文学与革命》等。

(3)民族主义文艺派

民族主义文艺派是由国民党组织部门领导下组成的,它以朱应鹏、黄震遐及潘公展等人为代表,因在 1930 年发起"民族主义文艺运动"而得名。他们出版《前锋周报》与《前锋月刊》,鼓吹"文艺的最高意义,就是民族主义","以民族意识为中心思想的文艺运动,在现代中国是最为需要的",提出要铲除"多型的文艺意识"尤其是马克思主义的阶级斗争学说,而统一于国民党的"中心意识"即"民族意识"。其代表作是黄震遐的《陇海线上》、《黄人之血》。

(4)论语派

论语派以林语堂、周作人等为代表,因在 1932 年创办《论语》杂志而得名。他们提倡文艺以创作具有讽刺意义的幽默小品文为主。主要刊物有《论语》、《人间世》、《宇宙风》,以刊登小品文为主,提倡幽默、闲适、性灵,主张"以自我为中心,以闲适为笔调",采取与政治保持距离的自由主义立场。

本章重、难点提示

一、重点掌握名词

宁汉合流	编遣会议	红军长征
第二期北伐	蒋桂战争	遵义会议
济南惨案	蒋冯战争	四行二局
皇姑屯事件	中原大战	废两改元
东北易帜	改订新约运动	法币政策
《训政纲领》	中东路事件	国民经济建设运动
五院制	八七会议	新生活运动
《国民政府组织法》	南昌起义	大学院制
中统	秋收起义	中央研究院
军统	三湾改编	革命文学派
改组派	广州起义	中国左翼作家联盟
人权派	井冈山革命根据地	新月派
第三党	土地革命	民族主义文艺派
中国青年党	工农武装割据	论语派
中国民权保障同盟		

二、论述题

1. 论述南京国民政府的训政制度的建立。参见本章一、(二)。
2. 简述南京国民政府初期的主要政治派别及其思想主张。参见本章一、(三)。
3. 论述南京国民政府初期的外交。参见本章一、(五)。
4. 简述八七会议的主要内容及其意义。参见本章二、(一)。
5. 简述遵义会议的主要内容及其历史意义。参见本章二、(四)。
6. 论述南京国民政府以法币政策为中心的经济改革及其意义。参见本章三、(一)。

7. 简述新生活运动的内容及其意义。参见本章三、(二)。
8. 概述 1927—1937 年我国文艺界的主要流派。参见本章三、(三)。

第九章 抗 日 战 争

考点详解

一、日本侵华与抗日救亡运动

(一) 九一八事变

1931 年 9 月 18 日晚,日本关东军在沈阳北郊柳条湖附近炸毁了南满铁路的一段路轨,然后诬称中国军队破坏铁路、袭击日本守备军,突然向中国东北军驻地北大营和沈阳城发动进攻,制造了震惊中外的九一八事变。九一八事变前后,蒋介石多次指示张学良,对日本的侵略要采取不抵抗态度。到 19 日晨,沈阳城全被日军占领。

日军在侵占沈阳的同时,也攻占了长春。至 9 月底,日军侵占了除辽西地区之外的辽宁、吉林两省。1932 年 2 月 5 日,日军占领了哈尔滨。至此,东北三省全部沦陷。

(二) 国联调查团

九一八事变后,南京国民政府和蒋介石决定对日方针是不抵抗,而依靠国联的力量抑制日本的侵略行动。1931 年 9 月 21 日,中国代表施肇基正式向国联递交声明书,报告日本发动九一八事变的经过和中国未做任何抵抗的事实,请求国联立即召集理事会,阻止此种形势的扩大及恢复事变前原状。11 月 21 日,国联通过了组织调查团的决议。

1932 年 1 月,由李顿为团长的国联调查团正式成立。该团于 3 月至 6 月在中国活动数月后,到 10 月公布了《国联调查团报告书》。报告书承认"东三省为中国之一部"等若干基本事实,对日本的侵略行径也做了一定程度的揭露,指出日军在九一八事变中的军事行动"不能认为合法之自卫手段","满洲国"是日本制造的傀儡政权。但报告书在许多方面为日本侵略者辩护,从而作出了许多有害于中国的结论。这个报告书遭到了全国人民的唾弃和反对。1933 年 2 月 24 日国联大会通过报告书,基本上接受了李顿报告书的意见和建议,并申明对"满洲国"不给予事实上或法律上的承认。3 月 27 日,日本政府发表通告,宣布退出国际联盟。

(三) 一·二八事变与伪满洲国的建立

1. 一·二八事变

日本在武装占领中国东北后,为了转移国际视听,并逼迫国民党政府承认它占领东北的既成事实,又向上海发动进攻。1932 年 1 月 18 日,5 名日本和尚向上海三友实业社总厂大门外正在操练的中国工人义勇军投石挑衅,双方发生冲突。日本便以此为借口扩大事态。

日本海军陆战队于 1 月 28 日深夜在闸北发动进攻,驻上海的十九路军在全国人民抗日热潮的推动和影响下,在军长蔡廷锴、总指挥蒋光鼐的指挥下,奋起抵抗。淞沪抗战坚持了一月之久。最后,由于国民党政府的妥协,中国抗战部队才主动撤退。

5 月 5 日,中日签订《上海停战协定》,规定中国军队只能留驻在昆山、苏州一带,不能进驻上海,而日本侵略军却可以继续留驻上海;中方承诺取缔抗日活动,十九路军换防,派往福建"剿共"。

2. 伪满洲国的建立

1931 年 9 月 22 日,日本关东军参谋部制定了《满蒙问题解决方案》,确定"建立以宣统帝为元首,领土包括东北四省及蒙古,得到我国支持的新政权"。1931 年 11 月,日本帝国主义把前清废帝溥仪从天津挟持到东北。1932 年 3 月 1 日,日本帝国主义以"满洲国"政府的名义,发表了一个所谓"建国宣言",宣布"满洲国"成立。9 日溥仪在长春出任"执政",年号大同,"首都"长春,改称"新京"。

1932 年 9 月 15 日,在长春签订了《日满协定书》。规定:确认日本以往"在满洲国领域内""所享有的一切权益",并予以尊重;确认"两国共同担任防卫国家的责任,为此需要日本国军队驻扎于满洲国内"。16 日,日本外务省发表宣言正式承认"满洲国"。

1934 年 3 月,"满洲国"改称"满洲帝国",溥仪由"执政"改称"皇帝",年号为"康德"。

（四）察哈尔民众抗日同盟军、福建事变

1. 察哈尔民众抗日同盟军

日本侵占了东北三省以后，又积极向热河、察哈尔及关内华北地区进行新的侵略扩张。1933 年春，日军于占领长城各口及滦东以后，又分兵侵入察东和冀东，华北形势异常危急。为了抵抗日军的进犯，保卫察哈尔，冯玉祥联合方振武、吉鸿昌等，经过一段时间的酝酿和准备，于 1933 年 5 月 26 日，在张家口发出通电，宣告组成察哈尔民众抗日同盟军。冯玉祥任同盟军总司令。6 月，在张家口召开同盟军第一次代表大会，通过了《关于民众抗日同盟军纲领决议案》等文件。大会组织了军事委员会，并制定了抗日的具体方案。短时间内，同盟军迅速发展到十余万人。会后，同盟军以方振武为前敌总司令、吉鸿昌为前敌总指挥，分三路迎击日伪军。7 月，收复多伦，并乘势追击，把日伪军完全赶出察哈尔。

但是，蒋介石国民党政府却用尽各种手段破坏同盟军的抗日爱国活动。在日蒋夹击和孤立无援的险恶形势下，冯玉祥于 8 月 5 日发表通电，宣布离职，下野入山东泰安。抗日同盟军大部被宋哲元的第 29 军收编，吉鸿昌、方振武通电宣布改抗日同盟军为抗日讨贼军，继续抗日，奋战于热河、长城一带，在蒋、日军队联合进攻下，于 10 月中旬失败。

2. 福建事变

1933 年 11 月 20 日，十九路军领导人蒋光鼐、蔡廷锴等联合了国民党内反蒋势力李济深、陈铭枢等，在福州召开"中国人民临时代表大会"，成立"中华共和国人民革命政府"，公开宣布反蒋抗日。他们主张排除帝国主义在华势力，废除不平等条约，推翻反革命的卖国政府，扫除一切封建势力，实行计口授田，发展民族资本，改良农工生活，保证一切生产人民之绝对自由平等权利，等等。这些主张反映了国内中间阶级的政治和经济要求。中华苏维埃临时中央政府、工农红军同福建人民政府签订了抗日反蒋协定。蒋介石对福建事变采取彻底扑灭的方针，并亲任讨逆军总司令，调集 15 万军队，向福建进攻。在蒋介石优势兵力的进攻下，福建事变在 1934 年 1 月底宣告失败。十九路军的番号被取消，它的余部后被国民党南京当局收编为第七路军。

（五）《塘沽协定》、《何梅协定》、《秦土协定》

1933 年 4 月，长城抗战失败，日本关东军进入华北，直逼平津。5 月 31 日，国民党政府代表熊斌与日本关东军代表冈村宁次在塘沽进行谈判，并签订了停战协定，习称《塘沽协定》。根据协定，划定冀东为非武装区，中国军队撤至延庆、昌平、高丽营、顺义、通州、芦台所连之线以西、以南地区，日军撤至长城线，从而在实际上默认了日本对东三省及热河的占领，自此，华北门户洞开，为日本进一步控制整个华北创造了条件。

1935 年 6 月至 7 月日本华北驻屯军司令官梅津美治郎与中国军委会华北分会代理委员长何应钦订立何梅协定。6 月 9 日，梅津向何应钦提出备忘录，内容为：罢免于学忠、张廷谔、蒋孝先、丁昌、曾扩情、何一飞；从河北撤走宪兵第三团、第五十一军、第二十五师及一切党部、特务机关、励志社北平支部；解散军分会政训处、北平军事杂志社、第二十五师学生训练班；禁止中国国内的抗日活动；任命省市职员应容纳日方希用选用者；日方得对上述事项实施监视和纠察。7 月 6 日，何应钦复函全部予以承诺。据此，中国在河北的主权丧失殆尽。

1935 年 6 月 5 日，4 名没有护照的日本特务机关人员潜入察哈尔境内绘制地图，行至张北县，被当地驻军扣留。察哈尔省主席宋哲元为避免引起事端，下令释放。日方以此为借口提出无理要求。6 月 27 日，察省代主席秦德纯与日本关东军驻沈阳特务机关长土肥原贤二正式签订了《秦土协定》。其主要内容为：（1）向日军道歉，撤换与该事件有关的中国军官，担保今后日本人在察哈尔可以自由行动；（2）成立察东非武装区，第二十九军从该地区全部撤退；（3）中国方面停止向察哈尔移民；（4）解散察哈尔排日机构。

（六）华北事变

经过以上《塘沽协定》、《何梅协定》、《秦土协定》，中国华北地区的领土与行政完整已经分崩离析。日本的目标是在此基础上，推动华北自治，把华北五省（河北、山东、山西、察哈尔、绥远）从中国分离出去。

1935 年，日本帝国主义采取了一系列策动华北五省"自治"的侵略行动。这就是华北事变。1935 年 9 月，新任日本华北驻屯军总司令官多田骏发表声明，公开鼓吹华北五省要在日本指导下"联合自治"。11 月 25 日，日本侵略者唆使国民党滦榆区行政督察专员殷汝耕在通县成立"冀东防共自治委员会"（后改称"冀东防共自治政府"），宣布"脱离中央自治"。

为了策动华北"自治"，日本更把二十九军军长、平津卫戍司令宋哲元当作主要的拉拢对象。蒋介石为拉住宋元哲只得让步，12 月 11 日，南京国民政府明令设置冀察政务委员会，由宋元哲任委员长。冀察政务委员会名义上虽然隶属于南京国民政府，但实际上具有相当大的独立性，日本帝国主义和亲日汉奸势力对它有很大影响

和控制力。由于日本帝国主义的步步进逼和国民党政府的妥协退让,华北局势已到了岌岌可危的地步,民族危机日益加深。

(七) 一二·九运动

1935 年 11 月 18 日,北平一些大学学生自治会在中共北平临时工作委员会的组织领导下,成立了北平学生联合会。北平学联成立后,决定联合北平各大中学校进行请愿示威,反对"华北自治"和冀察政务委员会的成立。经过深入发动,12 月 9 日,北平各高等院校和部分中学学生举行了声势浩大的反日救国示威游行。学生们高呼:"打倒日本帝国主义"、"反对华北五省自治"、"打倒汉奸卖国贼"、"立即停止内战"。12 月 16 日,冀察政务委员会准备成立,北平学生 1 万多人举行更大规模的游行示威,反对"冀察政务委员会"的成立。在广大爱国学生的压力下,冀察政务委员会被迫延期成立。以一二·九运动为标志,在全国出现了抗日救亡运动的新高潮。

(八) 中共的抗战方针

1. 八一宣言

1935 年 8 月 1 日,中共驻共产国际代表团在共产国际关于建立反法西斯统一战线政策的指导下,以中共中央的名义发表了著名的《为抗日救国告全体同胞书》即《八一宣言》,号召全国各党派立即停止内战,以便集中一切人力、物力、财力、武力,去为抗日救国的神圣事业而奋斗。八一宣言有力地推动了抗日救亡运动的高涨。

2. 瓦窑堡会议

1935 年 10 月中央红军胜利到达陕北,中共中央针对华北严重的局势,于 12 月 17 日至 25 日在陕北瓦窑堡召开政治局会议。这次会议讨论了关于民族统一战线、抗日联军和国防政府等问题,批评了党内存在着的"左"倾关门主义,制定了建立抗日民族统一战线的策略方针。

会议通过了《关于目前政治形势与党的任务决议》。两天后,毛泽东在党的活动分子会议上,作了《论反对日本帝国主义的策略》的报告,着重阐明了中国共产党的抗日民族统一战线的理论和政策。决议和报告分析了九一八事变特别是华北事变以来国内政治形势和阶级关系的新变化,论述了建立抗日民族统一战线的可能性和必要性。宣布把苏维埃工农共和国改变为苏维埃人民共和国,并调整自己的政策。

瓦窑堡会议是一次极为重要的会议。它确定了中国共产党关于抗日民族统一战线的策略方针,解决了遵义会议没有来得及解决的政治路线和政治策略问题,为迎接抗日新高潮的到来做了政治上和理论上的准备。

二、抗日民族统一战线的形成

(一) 两广事变

在全国抗日救亡运动进一步高涨的氛围中,1936 年 6 月初,发生了两广事变。1936 年 5 月,胡汉民患脑出血病故,两广地方实力派失去重心。蒋介石企图乘机分裂两广,然后各个消灭。广东将领陈济棠,联络广西的李宗仁、白崇禧,打起"北上抗日"的旗帜进行反蒋。

1936 年 6 月 1 日,两广组织的西南政务委员会和国民党西南执行部呈文国民党中央和南京国民政府,呼请抗日。6 月 2 日又通电全国,把他们的军队称为"抗日救国军",出兵湖南。对于两广事变,蒋介石一面在政治上进行分化瓦解,一面向两广集结军队,准备武力解决。由于全国舆论一致要求抗日,反对内战,9 月 17 日,蒋介石同李宗仁在广州会晤,两广事变和平解决。

(二) 西安事变

两广事变结束后,蒋介石开始部署"剿共"军事。他把嫡系精锐部队 260 个团约 30 余万大军,摆在平汉线的郑州至汉口段和陇海线的郑州至灵宝段,集结待命。并下令扩建西安、兰州两地机场,调集 100 架新式战斗机和轰炸机候用。又调陈诚、卫立煌、蒋鼎文等 20 余名高级军政大员聚集西安。蒋介石的这些部署,既是为了大举"剿共",也准备密谋解决张学良、杨虎城问题。张杨在数次哭谏无效后,遂决定实行兵谏。

1936 年 12 月 12 日,按照张学良、杨虎城商定的计划,东北军一部包围了华清池,迅速解除了进行抵抗的蒋介石卫兵的武装,将蒋介石扣留,并移送西安新城大楼。十七路军同时行动,控制了西安全城,拘捕了陈诚、蒋鼎文、卫立煌等 10 多名军政要员。当天,张、杨联合发出通电,提出改组南京政府、停止一切内战等八项主张。中共中央政治局在对事变进行了反复研究、讨论之后,否定了杀蒋的意见,确定了和平解决的基本方针。

12 月 22 日,南京方面正式派出谈判代表宋子文、宋美龄到西安。周恩来作为中共中央全权代表参加谈判。经过两天谈判,蒋介石被迫间接接受了联共抗日、释放政治犯、担保内战不再发生等条件。西安事变得到和平解决。

西安事变的和平解决,成为时局转换的枢纽。从此内战基本结束,给国共两党重新合作建立了必要的前提,对推动全国抗日局面的形成起了极大的作用。

（三）抗日民族统一战线的正式形成

抗日战争爆发后,迫切需要建立国共两党的合作,从而成立抗日民族统一战线。1937 年 7 月 15 日,中共中央向国民党递送了《中国共产党为公布国共合作宣言》,并约定由国民党中央通讯社发表。宣言提出了全民族抗战,实行民主政治和改善人民生活等三项政治主张,作为国共合作的纲领和全国人民的共同奋斗目标。

国民政府军事委员会于 1937 年 8 月 22 日就中国工农红军改编为国民革命军第八路军发布命令,中共中央军委也于 8 月 25 号发出改编命令,将在陕甘宁边区的红军主力改编为国民革命军第八路军(9 月 11 日按全国统一的战斗序列,改称第 18 集团军)。任命朱德为总指挥,彭德怀为副总指挥(9 月 11 日改称正、副司令),八路军下辖三个师:第 115 师以原红一方面军为主编成,师长林彪,第 120 师以原红二方面军为主编成,师长贺龙,第 129 师以原红四方面军为主编成,师长刘伯承。

9 月 22 日,国民党中央通讯社发表了《中国共产党为公布国共合作宣言》,23 日蒋介石在庐山发表《对中国共产党宣言的谈话》,指出团结御侮的必要,并在事实上承认了共产党的合法地位。中共宣言和蒋介石谈话的发表标志着第二次国共合作和抗日民族统一战线的正式形成。

三、全面抗战的爆发

（一）卢沟桥事变

1937 年 7 月 7 日晚,驻丰台的日军一部,在北平西南宛平县境的卢沟桥附近举行实弹演习。23 时左右,演习的日军诡称一名士兵失踪和受到中国士兵的射击,要求进入宛平县城搜查,遭到中国驻军的严正拒绝。早有准备的日军,即向卢沟桥、宛平城及其附近地区发动进攻。当地中国驻军第二十九军的第二一九团官兵奋起回击。中华民族长达八年的抗日战争从此开始。

7 月 21 日,日军炮击宛平城和长辛店的中国驻军,26 日攻打廊坊,廊坊陷落,当天日军向二十九军发出最后通牒,限二十九军于 28 日前撤出北平地区。中国军队拒绝了日军的蛮横要求。28 日日军在飞机大炮的掩护下,集中兵力向南苑发动进攻,南苑守军三十八师 4 个团与北上增援的一三二师一起与日军展开激战。29 日南苑失守,二十九军副军长佟麟阁、一三二师师长赵登禹壮烈牺牲。宋哲元于 28 日晚根据蒋介石的命令撤离北平到保定。29 日北平陷落。与此同时,日军对天津发起了进攻,30 日天津陷落。

（二）八一三事变

日本帝国主义继在华北挑起卢沟桥事变,侵占平津地区后,又在华东地区挑起了八一三事变。8 月 13 日,日本军舰以重炮向上海闸北轰击,海军陆战队也向闸北、江湾方面大举进攻,中国守军当即予以猛烈反击,这就是八一三事变,淞沪会战开始。

14 日,国民政府发表《自卫抗战声明书》,宣布:"中国为日本无止境之侵略所逼迫,兹已不得不实行自卫,抵抗暴力。"中国进入了全国性的抗日战争。

四、正面战场与敌后战场

（一）抗战初期的正面战场

1. 国民政府的军事部署与战略方针

1937 年 8 月上旬,国民政府在南京召开国防会议,会议决定以国民政府军事委员会为最高统帅部,蒋介石为陆海空大元帅,程潜为参谋总长,白崇禧为副参谋总长。国民政府军事委员会于 8 月 20 日,将南北战场划分为五个战区:冀察鲁北为第一战区,晋察绥为第二战区,苏南浙江为第三战区,闽粤为第四战区,山东淮北为第五战区,并制定了作战方针:"国军一部集中华北持久抵抗,特别注意确保山西之天然堡垒;国军主力集中华东,攻击上海之敌,力保淞沪要地,巩固首都;另以最少限兵力守备华南各港口。在此次国防会议上,经过讨论,确定以"持久消耗战"为战略方针,即军事上采取持久战略,"以空间换时间",逐次消耗敌人,以转变敌我优劣形势,争取最后胜利。

2. 淞沪会战

八一三事变后,日军兵力不断增加,由 1 万左右增加到 20 多万人,并且使用了飞机、坦克等现代化武器。国民政府为了保卫上海,下达总动员令,将上海划为第三战区,先是由冯玉祥任司令长官,后由蒋介石自兼,集中了 70 余师 70 万人的重兵与日军决战。淞沪会战开始阶段,中国军队主动组织进攻,经过数日激战,将登陆日军大部歼灭。11 月 5 日,日军 3 个师团从杭州湾北岸的全公亭、金山咀登陆,从西线迂回上海。中国军队腹背受敌,被迫全线撤退。12 日,上海失陷,淞沪会战结束。

淞沪会战中,中国军队在上海和全国人民的支持下,奋勇苦战了 3 个月,歼敌 6 万余人,给敌人以重大打击,粉碎了日军"速战速决"的梦想。

3. 国民政府迁都重庆

1937 年 11 月日军占领上海后,便兵分三路向南京进逼,企图水陆并进,从东、南、北三面合围南京,占领中国的政治中心,迫使中国政府投降。蒋介石任命唐生智为南京卫戍司令。11 月 20 日国民政府发表《迁都宣言》,宣布迁都重庆,继续抗战。到 11 月底,国民政府各机关已大部分迁至重庆,一部分迁至武汉、长沙。

12 月 3 日,约 7 个师团的日军在沪宁路方向分三路向南京进攻,太湖南岸的日军也分两路向南京攻击,海空军协同作战。6 日,两方面的日军进至宣城、秣陵关、汤山镇和龙潭以东一线,7 日发动全线总攻。中国军队在与敌激战中,伤亡重大。12 日,雨花台及各重要据点相继失守,守军撤退。13 日,南京失陷。

4. 忻口会战

日本为了达到南夺上海、北占太原,确保平汉路、津浦路沿线,迫使中国屈服的战略意图,在上海作战期间,下令华北日军向太原进攻。国民政府集中了 14 个师 8 万人的兵力,由第二战区副司令长官卫立煌任前敌总指挥,组织了忻口会战。日军于 10 月中旬开始向忻口进攻,中国军队凭借坚固工事,与敌人展开了阵地争夺战。

正当忻口会战处于相持状态时,为策应晋北日军夺取太原,河北日军的 3 个师团于 10 月中下旬攻陷娘子关,接着沿正太线西进,先后占领了阳泉、寿阳、榆次等地,直逼太原。11 月 1 日,防守忻口的中国部队全线撤退。原拟退至太原以北阵地,继续保卫太原,但在日军追击下,未进入阵地即渡汾河西撤。第七集团军总司令傅作义率第三十五军在太原与敌苦战五天后突围。

忻口战役是华北战场最大最激烈的一次战役,历时 23 天,大小战斗 40 余次,歼灭日军 2 万余人,

5. 平型关大捷

从 8 月下旬到 9 月底,八路军陆续开赴战场。第一一五师进至平型关东北公路两侧高地设伏。9 月 25 日晨,敌第五师团一部及大批辎重车辆进入我军伏击地区,第一一五师迅速将敌人分割包围,经过半天激战,歼敌 1 000 余人,缴获大批枪支和物资,毁敌汽车和马车 300 余辆。平型关大捷是抗战以来中国军队对日军作战取得的一个重大胜利,打击了日本侵略军的猖狂气焰,振奋了全国的人心、士气,提高了共产党和八路军的威望。

6. 徐州会战

日军占领南京后,为打通津浦路,连接南北战场,并切断陇海路,威胁平汉路,进窥武汉,决定进行以夺取徐州为主要目标的作战。中国军事当局采取利用优势兵力进行运动战、各个击破分进之敌的作战方针,由第五战区司令长官李宗仁驻徐州指挥。3 月 24 日,日军矶谷师团在空中火力支援下,配以重炮、坦克向台儿庄猛攻,与中国军队展开了激战。4 月 6 日,中国军队向台儿庄日军发起全线攻击,至 7 日凌晨,除一部日军突围逃往峄县外,其他被围之敌全被歼灭,台儿庄战役胜利结束。

台儿庄战役是国民党正面战场在抗战初期取得的一次比较大的胜利,国民党军队以伤亡近 2 万人的代价,击溃了日军对台儿庄的进攻,歼敌 1 万余人。这次胜利打击了日军的气焰,极大地鼓舞了全国军民抗战的信心。

5 月中旬,日军从南北两个方向形成了对徐州的包围,企图迫使我军在内线作战的不利条件下与之决战,达到围歼我军主力之目的。由于敌我装备对比悬殊及作战条件的不利,为保存实力,作战部队突围撤退。19 日,徐州失陷。

7. 武汉会战

徐州沦陷后,日军的下一个目标便是武汉。1937 年 11 月国民政府部分机构由南京迁至武汉后,该地成为中国的政治、军事、经济中心,国民党方面也准备以保卫武汉为中心,利用长江两岸有利地形,尽量消耗日军,以坚持长期抗战。6 月中旬,日军开始进攻武汉的准备作战,先后攻占安庆、潜山和马当要塞。7 月,又攻陷湖口、九江,取得了从江南进攻武汉的据点。此后,即开始进行攻占武汉的外围战。

为了保卫武汉,国民党军队在武汉外围拼死抵抗,给日军以重大杀伤,但至 10 月下旬,武汉三镇已陷于日军三面包围之中。在这种情况下,10 月 24 日国民政府最高统帅部下令放弃武汉,25 日国民党军队撤出武汉。武汉会战是抗战以来双方投入兵力最多、战线最长、伤亡最大的一次战役。

1938 年 10 月中旬,日军在广东大亚湾登陆。10 月 21 日,广州失守。广州、武汉的失守,标志前期抗战基本结束。

(二) 抗战相持局面的形成

1. 近卫声明

抗日战争时期日本首相近卫文麿发表的对华政策声明。抗战爆发后,日本对中国国民政府实行军事打击为主、政治诱降为辅的政策。1938 年 1 月 16 日,近卫首次发表对华政策声明,胁迫国民政府立即接受德国驻中国大使陶德曼提出的"和平"条件,宣称若不接受,日本将"不以国民政府为对手"而另建"与大日本提携之新政府"。同年 10 月中日战争转入战略相持阶段,为适应这一变化,11 月 3 日近卫内阁再次发表声明,改变了"不以国民政府为对手"的方针,以所谓"共同防共"、"建立东亚新秩序"为饵,向国民政府诱降。12 月 22 日,近卫内阁第三次发表对华声明,又一次提出"善邻友好、共同防共和经济合作"的建议,企图诱使国民政府"放弃抗日"和"对满洲国的成见",实行对日投降。在全国抗日高潮的推动下,同时也由于此声明损害了英美在华利益,国民政府没有响应此声明,并于 11 月 4 日第二次近卫声明发表后驳斥了这一声明,指出日本之声明"实欲中国牺牲其自由独立国家之神圣权利,中国人民对此坚决抗拒到底。"但是汪精卫却公开响应近卫声明,于 1938 年 12 月投降日本。

2. 南岳军事会议

1938 年 11 月 25 日至 28 日,国民政府军事委员会在南岳召开军事会议,即第一次南岳军事会议。会议决定要继续实行持久消耗的战略方针,重视游击战和运动战,以迂回包围战术转守为攻,牵制消耗敌人。会议重点把整训军队、提高军队素质、增强军队作战能力放在突出地位。为此会议制订了全面整训军队的方针和原则,规定全国军队分三期轮流整训。会议重新调整了战区,将全国划分为第一至第五战区、第八至第十战区以及苏鲁、冀察战区。

3. 随枣会战

日军攻占武汉后,为了巩固对武汉地区的占领,以攻为守,先是于 1939 年 3 月 27 日攻下南昌,接着又向随县、枣阳地区发动进攻,以消除鄂北、豫南方面中国军队对武汉的威胁。5 月,日军 3 个多师团在空军配合下发动随(县)枣(阳)战役。中国第五战区部队与从钟祥北犯之敌激战 10 余天,敌先后占领枣阳、新野、唐河、南阳、桐柏等地。中旬,中国军队反攻,收复失地。日军除占领随县城外均退回原地区,双方恢复到战前态势,随枣战役结束。此役中国军队毙敌 13 000 余人,起到了牵制和消耗日军的作用。

4. 第一、第二次长沙会战

1939 年 9 月 14 日至 10 月 10 日,日军用 10 余万兵力在海空军配合下第一次进攻长沙,企图消灭粤汉路方面中国军队的主力。敌军分三路进攻。赣北、鄂南两路被中国军队击退。主战场湘北方面,中国军队利用地形节节抵抗。日军曾进抵长沙外围,但因粮弹消耗已尽,于 10 月初撤回原阵地。1941 年 9 月,日军为对中国第九战区部队予以打击,又以 10 余万兵力第二次进攻长沙。中国军队在新墙河等处与敌激战,月底敌到达长沙外围。日军达到击溃第九战区主力的预定目标后,于 10 月初撤回原阵地。此役国民党军队损失四五万人,日军伤亡 3 万人左右。

5. 中条山战役

在晋南、豫北交界处的中条山地区是国民党军队的一块游击根据地。1941 年 5 月初日军集中了 6 个师及 2 个旅团,兵分三路围攻中条山地区。面对日军的围攻,除部分国民党军队进行抵抗外,其余大部都采取避敌方针,不战而退。仅几天时间日军就占领中条山南黄河各渡口,国民党军队陷于日军包围之中。后在八路军协助下才突出重围,但损失惨重。日军以极小的代价将国民党军队逐出中条山地区,至此黄河以北晋南地区完全为日军占领。

(三)太平洋战争后的正面战场

1. 国民政府对日宣战与中国战区的建立

1941 年 12 月 8 日日军偷袭美国海军基地珍珠港,美国太平洋舰队受到毁灭性打击,太平洋战争爆发。太平洋战争爆发后,英、美对日宣战。1941 年 12 月 8 日中国政府正式对日宣战。国际形势的发展变化迫切需要世界反法西斯力量联合起来。

1942 年元旦,美英苏中等 26 国代表在华盛顿签署了《联合国家宣言》,约定加盟各国应各尽其兵力与资源以打击共同的敌人,不得与任何敌人单独媾和。1942 年 1 月 2 日,根据美国总统罗斯福的建议,成立了中国战区盟军最高统帅部,由蒋介石担任最高统帅,美国的史迪威任统帅部参谋长。战区范围包括中国、泰国、越南。

2. 中国远征军入缅作战

中国战区成立后,中国派军队入缅作战。入缅作战的首要目的是为了保卫滇缅公路。滇缅公路东起中国的昆明,西至缅甸的腊戍,与仰(光)曼(德勒)铁路相连接,是对中国至关重要的交通线,保持滇缅公路的畅通有利于中国的持久抗战。

中国政府于 1942 年 2 月以第五军、第六军、暂编第六十六军编组成远征军,先后入缅作战。中国远征军入缅后与英缅军兵分三路南下迎敌,西路为英缅军,中路为远征军第五军,东路为远征军第六军,第六十六军集结于曼德勒待机。3 月下旬,中路远征军在同古战斗中给日军以重大杀伤,4 月又在斯瓦一带构筑阵地逐次抵抗,消耗日军。但东路远征军将兵力分散使用,被日军各个击破,4 月 22 日东枝失守。西路英缅军队士气不振,兵无斗志,4 月 17 日英军一个师及装甲旅 7 000 余人竟被日军一个大队包围。中国远征军第六十六军一部驰援击退日军,使其安全后撤。在日军进攻下,中国军队一部退到腊戌,一部退向密支那。4 月 25 日日军攻陷腊戌,远征军渡过怒江退入中国境内,隔江与日军对峙。退向密支那的中国军队一部退入印度,一部退回国内。退往印度的远征军,加上后来从国内运去的部队,编成中国驻印军。退回滇西的远征军及新增加的部队,于 1943 年春重建中国远征军司令长官部。

1943 年春,驻印军掩护中美工兵修筑中印公路。从 10 月底起,驻印军先后在胡康河谷及孟关、孟拱河谷等地进行了多次战斗。1944 年 8 月初攻占密支那,11 月中旬占领八莫。1945 年春又先后攻占南坎、腊戌等地。

为策应中国驻印军在缅北的作战,并早日打通滇缅公路,中国远征军进行了滇西反击战。1944 年 5 月中国远征军相继渡过怒江,向日军发起攻击,目标直指滇西战略要地松山、腾冲、龙陵。9 月先后攻克松山、腾冲,11月进占龙陵、芒市。1945 年 1 月中旬攻占畹町。27 日,远征军和驻印军在芒友会师,打通了中印公路。不久驻印军被调回国内。

中国远征军和中国驻印军在滇西、缅北反击战中,打通了国际交通线,胜利地完成了配合盟军反攻缅北的任务,为支援整个缅甸战场做出了贡献,并减轻了美军进攻太平洋的侧面压力,提高了中国的国际声望,增强了全国军民坚持抗战胜利的信心。

3. 第三次长沙会战

1941 年 12 月 8 日,日军从广东对香港发动进攻。为策应香港方面作战,打通粤汉铁路,12 月 24 日,日军以 3 个多师团的兵力,在空军掩护下,第三次进攻长沙,另以 1 个多师团在南浔铁路发动攻势,进行牵制作战。中国第九战区以约 14 个军参战,先在长沙外线层层阻击进攻之敌,以消耗敌军力量。

1942 年 1 月 1 日日军开始进攻长沙,守卫长沙的国民党军队与日军展开激战,日军反复突击皆被击退,4日,中国军队全面反击。日军随即北撤,中国军队追击歼敌。15 日日军撤至新墙河以北阵地,恢复原态势。第三次长沙会战是太平洋战争爆发后,日军对正面战场发动的一次大规模的攻势,在会战中国民党军队一线兵团顽强抵抗,从而取得了这次会战的胜利,此役共毙伤日军 5 万余人。

4. 浙赣会战

1942 年 4 月,美国军舰载飞机首次轰炸东京、横滨、名古屋和神户等地,然后在中国浙江的空军基地降落。美机的轰炸使日本受到很大震动。为摧毁浙江的主要空军基地,解除对日本本土空袭的威胁,日军发动了浙赣战役。5 月中旬,日军第十三军团由杭州、萧山、绍兴出发,开始向浙赣铁路东段进攻,5 月底日军第十一军团自南昌向浙赣铁路西段进攻,企图东西夹击,打通浙赣路,摧毁浙赣地区的中国空军机场。至 7 月 1 日东西两线日军在浙赣路上的横峰会合,打通了浙赣路。日军将玉山、衢州、丽水机场破坏后,开始撤退。国民党军队乘势反攻,收复桐庐、横峰等地。至 8 月底除金华、兰溪等地继续被日军占领外,基本上恢复了战前态势。

在浙赣会战前后,日军还发动了鄂西战役、常德战役,国民党军队进行了顽强抵抗,最后都以恢复原态势而告终。

5. 豫湘桂战役

1943 年,日军在太平洋战场节节败退。为了援救其在东南亚的军队,打通从中国东北到越南的大陆交通线,同时也为了破坏盟军在中国的空军基地和飞机场,日本制定了"一号作战计划",1944 年 1 月 24 日日本天皇批准下达。日军调集了 51 万重兵,对正面战场豫湘桂地区发动了大规模的长期战略进攻。

日军按预定部署首先向河南发起了进攻。1944 年 4 月 17 日日军从中牟突破国民党守军防线渡过黄泛区,于 4 月 22 日占领郑州,5 月 25 日洛阳陷落。河南作战结束后,日军又向湘北发动进攻,目标是攻占长沙,占领衡阳。5 月 27 日日军分三路南犯,6 月 18 日长沙陷落,8 月 8 日,衡阳陷落。为打通湘桂铁路,连接与越南的铁路交通,日军以 9 个师团又 2 个旅团共约 11 万兵力,发动广西会战。11 月 10 日攻占桂林,11 月 24 日攻占南宁,驻越南的日军一部也越过国境向南宁推进,12 月 10 日两路日军在距南宁 70 公里的绥渌会师。至此日军实现了打通大陆交通线的作战计划。

豫湘桂战役期间,国民党损失了五六十万军队,丢失了豫、湘、桂、粤、闽等省 20 多万平方公里的国土、146个城市、30 多个飞机场,使 6 000 万人民陷于日军奴役之下,损失空前严重。对日本来说,虽然打通了大陆交通线,但以当时日本在华兵力要确保广大的占领区及 2 000 多公里长的战线也是不可能的,这样势必会使其兵力进一步分散,在战略上处于更加困难的境地。

（四）中国共产党领导的敌后战场

1. 洛川会议和《抗日救国十大纲领》

为了动员一切力量实现全面抗战,并具体制定指导抗战的纲领和政策,1937 年 8 月 22 日至 25 日,中国共产党在陕北洛川召开了中央政治局扩大会议。

会议在总结中共历次关于抗日救国主张的基础上提出了著名的《中国共产党抗日救国十大纲领》,其要点是:（1）打倒日本帝国主义,（2）全国军事的总动员,（3）全国人民的总动员,（4）改革政治机构,（5）抗日的外交政策,（6）为战时的财政经济政策,（7）改良人民生活,（8）抗日的教育政策,（9）肃清汉奸卖国贼亲日派,巩固后方,（10）抗日的民族团结。《抗日救国十大纲领》是中国共产党全面抗战路线的纲领,它把实行抗日与争取民主紧密结合起来,争取使抗战的胜利成为人民的胜利。

洛川会议是中国共产党在抗日战争爆发的历史转折关头召开的一次重要会议。它正确规定了党的基本行动路线和工作方针,制定了一条全面抗战路线,从而向全党和全国人民指明了抗日战争的正确方向。

2. 新四军与皖南事变

1937 年 10 月,国共两党就改编南方八省 13 个地区的红军游击队（不包括琼崖红军游击队）达成协议,国民政府军事委员会宣布,将这些部队改编为国民革命军新编第四军。叶挺为军长,项英为副军长,张云逸任参谋长,袁国平任政治部主任。为了加强党的领导,还成立了中央军委新四军分会,项英为书记,陈毅任副书记。新四军下辖四个支队:共 10 300 人。12 月新四军军部在汉口成立,1938 年 1 月迁至南昌。

1940 年 7 月中,国民党向共产党提出一个"中央提示案",要求取消陕甘宁边区、八路军新四军紧缩编制并全部集中至黄河以北冀察地区。10 月 19 日,国民政府军事委员会正副参谋总长何应钦、白崇禧向八路军、新四军领导人朱德、彭德怀、叶挺、项英发出"皓电",限其一个月内,按《中央提示案》规定全部撤至黄河以北地区。12 月 9 日,蒋介石发布命令,限 12 月 31 日前,黄河以南所有八路军、长江以南所有新四军全部开到黄河以北地区。同时,密令第三战区司令长官顾祝同调集 8 万余兵力,以上官云相为"前敌总指挥",埋伏于新四军北上必经之地。

为顾全大局,中共同意将皖南部队全部撤至江北,并与顾祝同商定了新四军北撤路线。1941 年 1 月 4 日,新四军皖南部队 9 000 余人奉命北移,由泾县云岭出发绕道前进。6 日,到达茂林地区,即遭国民党重兵围攻。新四军仓促迎敌,虽经 7 天血战,终未打退强敌,14 日,新四军阵地完全被占领。全军除约 2 000 人分别突围外,大部壮烈牺牲。军长叶挺赴上官云相总部谈判时被扣押,项英、周子昆突围后,被叛变的副官杀害。

皖南事变发生后,中共立即予以反击。同时中共中央军委于 1 月 20 日发布重建新四军命令,以陈毅为代理军长,刘少奇为政治委员。25 日,新四军新军部在苏北盐城成立。

3.《论持久战》

为了从理论上阐明抗日战争的性质、特点及其发展规律,解答如何进行持久战及如何才能取得最后胜利等问题,批驳各种错误思想,毛泽东于 1938 年 5 月下旬至 6 月上旬在延安抗日战争研究会做了《论持久战》的重要演讲。

他精辟地分析了中日双方在战争中存在的敌强我弱、敌大我小、敌退步我进步、敌寡助我多助这四个相互矛盾着的因素,全面地考察和论证了坚持持久战以争取抗战胜利的客观依据,指出日本无力支持长期战争,最终必将失败。中国经过艰苦的持久战,必将取得最后胜利,有力地驳斥了"亡国论"和"速胜论"。毛泽东科学地预见了持久的抗日战争将经历战略防御、战略相持和战略反攻三个阶段,并着重分析了争取战略相持阶段到来的条件。

毛泽东正确地解决了持久战中的作战原则问题,着重阐明了主动地、灵活地、有计划地实行防御战中的进攻战、持久战中的速决战、内线作战中的外线作战,是以弱胜强的唯一正确的战略方针。他指出战略防御和反攻这两个阶段以运动战为主,游击战和阵地战为辅,而战略相持阶段则以游击战为主,运动战和阵地战为辅。

《论持久战》是指导中国抗战取得胜利的伟大著作,它科学地阐明了抗日战争的发展规律,指明了争取抗战胜利的正确道路,批判了对于抗日战争的各种错误认识,从理论上、思想上武装了抗日军民,坚定了广大人民争取抗战胜利的信心和决心。

4. 百团大战

为了粉碎日军的进攻和"囚笼政策",八路军前方总部决定对华北日军发动一次大规模的进攻作战。8 月下旬至 12 月初,华北八路军在彭德怀的指挥下,先后出动 105 个团共 40 万兵力,在长达 2 500 公里的战线上向日军发起了进攻,是为百团大战。

战役分为三个阶段:第一阶段(8 月 20 日至 9 月 10 日)的中心任务是进行交通击破战,重点摧毁正太铁路。第二阶段(9 月 22 日至 10 月上旬)继续扩大上阶段的成果,重点进攻交通线两侧和深入根据地内之敌军据点。第三阶段(10 月 6 日至 1941 年 1 月)是反击敌人的报复"扫荡"。

百团大战历时三个半月,八路军进行大小战斗 1 824 次,毙伤日伪军 25 800 余人,百团大战是抗战期间八路军发动的最大战役,沉重地打击了敌人,鼓舞了全国人民抗战胜利的信心,提高了共产党及其领导下的抗日武装的威望。

五、国民政府的内政与外交

(一)战时政治体制的确定

1. 国民党临时全国代表大会与《抗战建国纲领》

1938 年 3 月 29 日至 4 月 1 日,为检查抗战以来的工作,确定以后的任务和行动的方针,国民党在武汉召开临时全国代表大会。大会的主题是"抗战建国"。

大会通过了《抗战建国纲领》。纲领总则规定:"确定三民主义及总理遗教"为抗战建国之"最高准绳";"全国抗战力量应在本党及蒋委员长领导之下"。对外政策,主张联合一切反对日本帝国主义侵略之势力,制止日本侵略;否认及取消一切伪组织。对内政策,军事上,加紧军队之政治训练,使之一致为国效命;指导及援助各地武装人民,在各战区司令长官指挥下,与正规军配合作战,在敌后发动普遍的游击战。政治上,组织国民参政会;改善各级政治机构。经济上,进行以军事为中心的经济建设;"实行计划经济"。民众运动方面,提出在不违反三民主义最高原则及法令范围内,对于言论、出版、集会、结社予以合法之保障。大会决议确立领袖制度,选举蒋介石为国民党总裁、汪精卫为副总裁。决议设立由蒋介石任团长的三民主义青年团,训练全国青年"成为三民主义之信徒"。

2. 国民参政会的设立

国民党临时全国代表大会决定设立国民参政会后,国民政府公布了《国民参政会组织条例》。1938 年 7 月 6 日,国民参政会一届一次会议在汉口开幕,标志着国民参政会的正式成立。

参政会的职权主要是讨论政府将要实施的对内对外方针,并有向政府提出建议案和听取政府施政报告以及提出询问案的权力。参政会作出的决议案必须经国防最高会议通过后,再依其性质交主管机关制定法律或颁布命令施行。遇有紧急特殊情形则不必交参政会讨论。所以,参政会名为民意机关,实为咨询机构。

3. 国民党五届五中全会

1939 年 1 月 21 日至 31 日,国民党在重庆召开了五届五中全会,重要议题是抗战和党务问题。在抗战问题上,全会坚持继续持久抗战的立场。在党务问题上,全会在分析国民党走下坡路的原因时,除了承认自身有"许多重大的缺陷"外,还把中国共产党的发展壮大及其在全国政治影响和地位的提高视为国民党自身颓势的一个重要原因,因此,全会确定了"防共、限共、溶共、反共"的方针,并设立了专门的"防共委员会"。会上还决定设立国防最高委员会,以蒋介石为委员长,统一党政军的领导。

国防最高委员会指挥党政军各机关,蒋介石任委员长,委员由国民党中央执监委员会常委、国民政府五院正副院长、军委会委员及由委员长提出的人员担任。委员长有极大权力,"对于党政军一切事务,得不依平时程序,以命令为便宜之措施"。

国民党五届五中全会决定的方针政策,表明抗战期间国民党反动性的一面在上升,表明它的抗战由比较积极到消极的转变。既同日本侵略者谋求妥协,又坚持抗战;既推行反共政策,又不放弃国共合作的两面政策,就成为五届五中全会之后国民党蒋介石集团政治态度的基本特点。

4. 行政三联制

1940 年 7 月,蒋介石在国民党五届七中全会上提出实行"行政三联制"。他认为:"凡政治经济之设施,必经过设计、执行、考核三者之程序。"只有实施行政三联制,然后行政方可能为一个整体。根据蒋介石的意图,国民党设立了中央设计局和党政工作考核委员会。中央设计局为设计机关,主持全国政治、经济、国防建设的设计与审核,即实行计划政治,党政军原有各机关负责执行。党政工作考核委员会负责核定设计方案之实施进度,并主持对党政机关工作、经费、人事等诸方面的考核。三者构成了国防最高委员会的集中办事机构。

5. 新县制

为加强对基层政权的控制,国民政府于1939年9月公布《县各级组织纲要》,实行"新县制"。规定"县为地方自治单位"。新县制按土地面积、人口、经济、文化及交通等状况,将县划为一至六等。县以下设乡(镇),乡(镇)以下为保、甲。原来的区不再作为一级行政机构,只在面积较大或有特殊情形的县设区,作为县的派出机构。为加强"党治",在县党部下,设乡(镇)分部和保甲小组,以层层节制,逐级运作。县长、乡(镇)长、保长掌握辖区的民政、军事(警务)、经济、文化等权力。新县制的推行,是假借地方自治之名,强化国民党政府对地方的统治。

6. 国民精神总动员运动

蒋介石在1939年2月召开的国民参政会一届三次大会上发起"国民精神总动员运动",企图重振国民抗战精神。国民党及其政府成立了国民精神总动员委员会,以蒋介石为会长,制定公布《国民精神总动员纲领》及实施办法、《国民公约及誓词》。蒋介石还通电全国,宣布实行国民精神总动员,要求各省市县都设立国民精神总动员会。

国民精神总动员的目标是:(1)国家至上民族至上,(2)军事第一胜利第一,(3)意志集中力量集中。其主要内容是培养国民"救国之道德"。国民党的国民精神总动员具有两面性。一方面是抗日,另一方面在这一运动中蕴含着深刻的政治目的,即假集中、统一、抗战之名,行排斥异己、巩固其一党专政之实。

针对这种两面性,中共中央在1939年4月发表《为开展国民精神总动员运动告全党同志书》,要求全党同志对其标榜抗日的方面予以支持,对其反共反人民的方面则进行实质上的批判。

7. 《中国之命运》

1943年3月,蒋介石以自己的名义发表了由陶希圣执笔撰写的《中国之命运》一书。《中国之命运》论述了中国历史问题,认为宗法制度及其哲学伦理思想,是社会生活不变的常理,孔孟之道奠定了中国"三千年来一脉相传的正统思想之基础",而三民主义正是这一正统思想的继承者。

《中国之命运》阐述了国民党建国的方针政策,即发扬民族固有精神的"心理建设"、恢复中国固有伦理的"伦理建设"、强化保甲制度的"社会建设"、实现工业化的"经济建设"和以三民主义为指导的"政治建设"。《中国之命运》猛烈攻击资产阶级民主主义及马克思列宁主义,认为"个人本位的自由主义与阶级斗争的共产主义"是英美思想与苏俄思想的抄袭附会,是"为帝国主义做粉饰,为侵略主义做爪牙","有害于国家民族",必须清除。它还诬蔑中共及其军队"割据地方","破坏抗战","妨碍统一",是"变相的军阀和新式的封建",必须铲除,认为未来中国之命运决定于内政,而且"不出于这二年之中"。

该书出版后,国民党通令全国上下各个部门开展学习运动。随后中共发表了大量文章,如毛泽东为《解放日报》写的社论《质问国民党》、周恩来在延安做的报告《论中国的法西斯主义——新专制主义》以及陈伯达、艾思奇、胡绳、吕振羽等人发表的文章,对《中国之命运》一书进行了全面系统的批驳。

(二)抗战时期的外交

1. 陶德曼调停

抗战爆发后,中国军队在淞沪战场上的坚决抵抗,使日本速战速决的幻想破灭。日本一面加紧进攻,一面开始实施诱降策略,企图通过第三国的活动,诱使国民政府投降,以达到灭亡中国的目的。在这种情况下,既是日本的盟国,同时又与国民政府有密切关系的德国就充当了中日战争的调停人。1937年10月28日,德国驻华大使陶德曼和驻日大使狄克逊按照其政府的指示,分别向中日两国政府表示愿意"调停"中日战争。从11月初到12月,经过多次调停,因日本的条件极为苛刻,最终未能达成协议。之后日本政府宣布"不以国民政府为谈判对手"。陶德曼调停以失败告终。

2. 不平等条约的废除

太平洋战争爆发后,中国既然作为盟国之一,美、英等国理应平等对待和尊重中国主权,但列强加在中国身上的不平等条约尚未完全废除,它们还保留着治外法权(领事裁判权)等多项特权,因此中国人民坚决要求废除不平等条约。1943年1月9日,日本与汪伪签订参加"大东亚战争"共同宣言的同时,签订了《关于交还租借及撤销和废除治外法权之协定》。日本的用意在于加强汪伪政权的欺骗作用,此举促使美英加快了与中国谈判的进程。

1943年1月11日,国民政府与美英分别在华盛顿和重庆签订新约,据此美英两国正式废除了在华治外法权、通商口岸特别法庭权、使馆区及一些铁路沿线驻兵权、沿海贸易及内河航行权、外人引水权等项特权,废除了《辛丑条约》,并将上海、厦门的公共租界和天津、广州英租界及北平使馆区的各种权益交还中国。随后其他各国如巴西、比利时、挪威、加拿大、瑞典、荷兰、丹麦、葡萄牙等国相继宣布放弃在华特权,与中国签订了平等的新条约。

中英、中美旧约的废除,是中国人民长期斗争的结果,也是中国走向完全独立平等的国际地位的第一步。当然,英美等国放弃的只是治外法权及有关特权,但并没有放弃根据不平等条约取得的所有特权,中外关系中仍然存在着不平等的状态。

3. 中国国际地位的提高

太平洋战争爆发后,特别是第二次世界大战胜败的形势已见分晓的时候,美国总统罗斯福出于对战时和战后国际战略的考虑,主张提升中国的国际地位。这时中国以大国的积极姿态参与了重大的国际事务。

1943年10月30日,美英苏中四国在莫斯科签署了《关于普遍安全的宣言》。宣言宣布四国将采取联合行动,继续对轴心国作战,直至各轴心国无条件投降,并宣布根据一切爱好和平国家主权平等的原则,建立一个普遍性的国际组织,所有这些国家无论大小,均得加入会员国,以维护国际和平与安全。

1943年11月22日至26日,中、美、英三国首脑蒋介石、罗斯福、丘吉尔在开罗召开会议,讨论远东问题。会议通过了《开罗宣言》,12月1日正式发表。宣言表示必须剥夺日本自1914年第一次世界大战开始以后在太平洋所夺得的或占领的一切岛屿,使日本所窃取的中国领土,如满洲、台湾、澎湖列岛等归还中国,为此三国将对日作战,直至日本无条件投降为止。中国参加开罗会议及签署《开罗宣言》,表明了中国国际地位的极大提高。

1944年至1945年中国参加了创建联合国的工作。1945年4月至6月,包括美、英、苏、中在内的51个国家代表举行旧金山会议,制订了《联合国宪章》,10月联合国正式成立。因此四国宣言的发表为战后联合国的建立奠定了基础,也确立了中国四大国之一的地位,使中国成为联合国四个发起国之一,并成为联合国安理会常任理事国之一。

4. 史迪威事件

1942年2月,美国总统罗斯福应中国战区最高统帅蒋介石的请求,派遣史迪威中将赴华,任中国战区参谋长、美国驻华军事代表、中缅印战区美军司令官等要职。3月初,史迪威抵华,蒋介石旋即任命其为中国战区统帅部参谋长,命其指挥入缅作战的中国军队。史迪威力图全面控制中国政府,同蒋介石产生矛盾和冲突。1944年下半年,罗斯福总统鉴于国民党军队在豫湘桂战场全线溃败的危局,一再致电蒋介石,提议任命史迪威为中国军队总司令,全权指挥包括中共武装在内的全部中国军队及在华美军。罗斯福并派赫尔利为特使,赴华协调蒋史关系。史迪威对蒋介石的消极抗日积极反共政策持严厉批评态度,并要求蒋介石将包围陕甘宁边区的部队用于抗日方面,主张以一定数量的战略物资装备中共军队。蒋介石拒绝美方提议并坚决要求撤换史迪威。28日,华盛顿宣布召回史迪威,任命魏德迈接任驻华美军司令官兼中国战区参谋长。

(三)中国民主政团同盟

1939年10月,国民参政会中的部分参政员梁漱溟、李璜、黄炎培等人发起组织了"统一建国同志会"。11月,在重庆举行会议,拟定了《统一建国同志会信约》和《简章》。统一建国同志会的建立,是中间政派在组织上结合起来开展政治活动的开始。

1941皖南事变后,在国际国内形势紧张复杂的情况下,统一建国同志会的同仁,痛感松散的组织形式已难以应付当时的严重局势,于是,决定在原有组织基础上建立中国民主政团同盟。

1941年3月19日在重庆上清寺特园召开成立大会,通过了《中国民主政团同盟政纲》、《敬告政府与国人》和《中国民主政团同盟简章》,推举黄培炎、张澜等13人为中央执行委员,由中华职业教育社的黄培炎、青年党的左舜生、国家社会党的张君劢、乡村建设派的梁漱溟、第三党的章伯钧为中央常务委员,黄培炎为常务委员会主席,左舜生为书记。1942年又有以沈钧儒为代表的救国会加入,遂形成除少数无党派个人盟员外,主要是由上述三党三派组成的政治团体。

民盟发表的宣言和纲领,其主要内容有促进民主团结;贯彻抗日主张,争取国家独立自由;结束"党治",实施宪政,实践民主;确立国权统一,反对地方分裂;军队属于国家,反对以武力从事党争;厉行法治,反对一切非法之特殊处置;尊重学术思想之自由,保护合法之言论出版集会结社等。从它的宣言、纲领看,主要是代表和反映了中国民族资产阶级、上层小资产阶级的利益和政治主张。1941年9月18日,中国民主政团同盟在香港出版机关报——《光明报》。

1944年9月19日,在重庆召开全国代表会议,将中国民主政团同盟改组为以个人为基础的"中国民主同盟"。

六、中共抗日根据地的建立和发展

（一）陕甘宁边区和敌后抗日根据地的开辟

1. 陕甘宁边区

抗战爆发后，根据国共双方协议，于1937年9月由陕甘宁革命根据地改编而成，原根据地的苏维埃政府改为边区政府，以延安为边区首府，由林伯渠任主席。陕甘宁边区的范围，大致包括延安、鄜县、甘泉、延川、延长等20余县。抗战后期，国民党胡宗南所部军队始终对陕甘宁边区实行封锁，中共也采取了不向外发展的方针，边区范围基本没有扩大。

2. 敌后抗日根据地的开辟

华北地区在太原失守后，八路军根据中共中央的指示，分散兵力，向敌后实施战略展开，分别以五台山、管涔山和太行山为依托，配合地方党组织，大力发动群众，组织民众武装，广泛开展游击战争，创建山区根据地，后随力量的壮大，又向平原地区发展，使华北抗日根据地进一步扩大和巩固。

1937年9月平型关战役后，八路军——五师主力南下，聂荣臻率一部分部队和军政人员留驻五台山，开展游击战争，创立了晋东北、察南、冀西三个游击区，11月7日成立了晋察冀军区，初步形成了以五台山为中心的晋察冀抗日根据地。晋察冀抗日根据地不断发展，形成了第一个也是华北敌后最大的抗日根据地。

1937年9月，八路军一二〇师在贺龙、关向应率领下进入管涔山地区，广泛开展创建根据地的工作，部队也得到很大的发展，为创建晋西北抗日根据地奠定了初步基础。1938年8月，一二〇师派出了李井泉率领的大青山支队，到12月底在大青山地区开辟了绥西、绥中、绥南三块游击根据地，以后晋西北根据地与大青山根据地连成一片，成为晋绥抗日根据地。

1937年10月，一二九师进入晋东南地区，在当地党组织的配合下，开展游击战争，以太行山为中心开始了根据地的创建工作。1938年春，宋任穷率领的骑兵团和徐向前率领的一二九师、——五师的三个团及一个支队到达冀南，邓小平也到冀南加强部队的政治军事建设，8月初掌握了冀南大部分政权，8月中旬在南宫召开各军代表会议，选举产生了冀南行政主任公署，冀南根据地初步形成。

1938年夏，刘伯承率一二九师和——五师各一部分出击平汉铁路南段，肃清当地的土匪和伪军，建立了安阳、内黄、汤阴三个县的抗日民主政权，奠定了冀鲁豫根据地的基础。晋察冀、冀南、冀鲁豫等根据地的开辟，为建立统一的晋察冀鲁豫抗日根据地奠定了基础。

（二）抗日根据地的各项政策

1. 三三制

1940年3月中共中央发出《抗日根据地的政权问题》的指示，提出了抗日根据地政权建设的三三制原则，即共产党员、非共产党员的左派人士、中间派人士在政权机关中各占1/3。此后各根据地根据三三制原则对原有政权组织进行了调整和充实。1941年5月陕甘宁边区中央局颁布《陕甘宁边区施政纲领》，规定党员必须与党外人士实行民主合作，不得把持包办独断专行。这一政策的实施有利于从政治上团结各抗日阶级、阶层，争取中间力量，巩固发展抗日民族统一战线，对于克服困难、团结抗战有重大作用。

2. 大生产运动

为了克服抗日根据地的财政经济困难，1939年2月毛泽东在延安召开的中共中央直属机关生产动员大会上发出了"自己动手，丰衣足食"的号召。1941年抗日根据地出现严重困难局面，中共中央再次提出自力更生、生产自救、开展大规模的生产运动以克服困难。陕甘宁边区是最早开展大生产运动的根据地。边区政府成立了生产委员会，采取有效措施鼓励生产，扩大耕地面积，提高粮食产量。其他根据地在紧张的战斗环境中，因地制宜地开展了生产运动。开展大生产运动后，边区各机关、部队、学校大都达到了自给。

大生产运动使解放区战胜了严重的经济困难，改善了人民生活，减轻了人民负担，为争取抗战胜利奠定了物质基础。

3. 减租减息

1942年1月，中共中央政治局通过了《关于抗日根据地土地政策的决定》，规定了减租减息的各种具体政策，决定在根据地深入普遍掀起减租减息运动。1943年各解放区普遍地掀起了减租减息的高潮，地租一般实行二五减租，利息一般实行分半减息（年息减为一分五厘）；地主必须实行减租减息，农民则必须交租交息。

减租减息政策减轻了地主对农民的封建剥削，激发了农民抗日与生产的积极性；同时也承认不反对抗日的地主、富农等是抗日与生产不可缺少的力量，使他们能够保有一定的地位和利益，这样就有利于从经济上团结各抗日阶层。

（三）延安整风运动

为了加强共产党的政治建设和思想建设，争取抗日战争和中国革命的胜利，中国共产党于1942年开始进行整风运动。1942年2月毛泽东在中央党校做了《整顿党的作风》和《反对党八股》的报告，4月中共中央宣传部作出了《关于在延安讨论中央决定及毛泽东同志整顿三风报告的决定》，6月又发出《关于在全党进行整顿三风学习运动的指示》。同时，中共中央成立了由毛泽东主持的学习委员会，领导整风运动。

整风运动的主要内容是：反对主观主义以整顿学风，反对宗派主义以整顿党风，反对党八股以整顿文风。整风的步骤是，首先认真学习研究文件然后联系实际检查思想、检查工作，开展自我批评和相互批评。在此基础上，写出个人思想总结。接着开展对于自己所在地区和部门的工作的检查。

1943年10月党的高级干部又开始学习和讨论党史问题。1945年4月中共中央召开了扩大的六届七中全会，通过了《关于若干历史问题的决议》，对党内若干重大历史问题作出了全面的实事求是的结论，使全党尤其是党的高级干部对中国民主革命的基本问题的认识达到了在马克思列宁主义基础上的一致。至此，整风运动胜利结束。

整风运动是一次普遍的马克思列宁主义的思想教育运动。通过整风，实现了共产党在政治上、思想上和组织上的高度统一，确立了马克思列宁主义原理与中国革命具体实践相结合的根本原则。

（四）中共七大

1945年4月23日至6月11日，中国共产党在延安召开第七次全国代表大会。大会听取并讨论了毛泽东的政治报告《论联合政府》、朱德的军事报告《论解放区战场》和刘少奇的《关于修改党章的报告》，周恩来作了《论统一战线》的重要发言。这些报告和发言从各个方面论述了中国共产党的政治路线、军事路线、组织路线的基本精神，总结了历史的经验，并对各条战线的任务和政策提出了具体意见。大会经过讨论，一致通过了关于政治、军事、组织方面的报告，并通过了政治决议案、军事决议案和新的党章。

大会制定的政治路线是：放手发动群众，壮大人民力量，在中国共产党的领导下，打败日本侵略者，解放全国人民，建立一个新民主主义的中国。这条路线是夺取抗日战争胜利的总路线，也是抗战胜利后继续革命，夺取民主革命在全国胜利的总路线。

大会根据党的政治路线和毛泽东的军事理论，制定了以人民军队、人民战争、战争的战略战术为基本内容的人民军事路线的完整体系。大会还指出，今后八路军、新四军的战略中心任务就是要把抗日游击战争转变为正规战争，迎接抗日战争的大反攻。

大会通过的新党章规定，"中国共产党以马克思列宁主义的理论与中国革命的实践之统一的思想——毛泽东思想，作为自己一切工作的指针，反对任何教条主义和经验主义的偏向。"把毛泽东思想确立为中国共产党的指导思想是中国革命历史发展的必然，也是新党章的一个最大特点。

中共七大是中国共产党成立以来最盛大的一次代表大会。它制定了正确的路线和政策，使全党能在革命面临新的重大转变的关键时刻，在思想理论、政治路线和组织制度上得到及时正确的指导，使全党在马克思列宁主义、毛泽东思想的基础上达到了空前的团结。它为党领导人民争取抗日战争的胜利和新民主主义革命在全国的胜利，奠定了政治上、思想上、组织上的基础。

七、沦陷区与伪政权

（一）抗战初期的主要伪政权

卢沟桥事变以来，日军侵占了我国华北、华中和华南的大片国土。日本侵略者按"分治合作"的方针，先后在占领区建立了各地区的伪政权，企图用"华人治华"的假象，消除抗日思想，维持占领区的治安，进行资源和财富的掠夺，以适应扩大侵略战争的需要。

1937年9月在张家口成立了以于品卿为最高委员的伪察南自治政府，辖察南10个县。10月在山西大同成立了以夏恭为最高委员的伪晋北自治政府，辖晋北13个县。同时还在归绥建立了以蒙奸云王为主席的伪内蒙自治政府。11月在张家口将以上三个伪政权联合起来，成立了伪蒙疆联合自治委员会。1939年9月又改称"蒙疆联合自治政府"。

日军占领平津地区后，于1937年12月在北平成立了以王克敏为委员长自称"中华民国临时政府"的伪政权，辖河北、山西、山东、河南四省及平、津两市。日军占领上海、南京及附近地区后，于1938年3月在南京成立了以梁鸿志为行政院长自称"中华民国维新政府"的伪政权，下辖江苏、浙江、安徽三省及京、沪两市。

（二）汪伪政权的建立

汪精卫一贯主张对日妥协，抗战开始后，以他为中心，形成了一个有周佛海等国民党高级官员参加的"低调俱乐部"，宣传"战必大败，和未必大乱"，积极酝酿对日"和平运动"。1938 年 11 月汪精卫的代表高宗武、梅思平在上海重光堂与日本代表今井武夫、伊藤芳男商定了汪精卫集团叛国出逃的计划，并秘密签署了《日华协定纪录》、《日华协议谅解事项》，规定共同反共，承认伪满洲国，经济提携，等等。12 月 19 日，汪精卫、周佛海、陈公博等人经昆明乘飞机叛逃至河内。

汪精卫于 12 月 29 日发表致蒋介石及国民党执监委的"和平建议"的电报，即所谓"艳电"，要求国民政府"与日本政府交换诚意，以期恢复和平"。"艳电"的发表是汪精卫集团公开叛国投敌的宣言。1939 年 12 月 31 日，汪精卫集团与日本秘密订立《日支新关系调整要纲》。主要内容是：承认东北地区为日本所有，日本占领下的其他地区由日本长期占领，伪政府要由日本顾问掌握，伪军和伪警察由日本教官训练，伪政府的财政经济政策、工业、农业及交通运输业由日本控制，中国的一切资源日本可以随意开发和利用。

1940 年 3 月下旬，汪精卫在南京召开中央政治会议，确定"中央政府"的政纲、机构及人选。3 月 30 日汪精卫在南京宣告"国民政府"成立。11 月中旬，日本承认汪伪政权。

（三）日本在沦陷区的政治统治与奴化教育

为了把沦陷区变成日本进行太平洋战争的兵站基地，从 1941 年起，日军按"七分政治、三分军事"的原则，对敌后实行政治和军事相配合的"总力战"方针。日军集中它在关内半数以上的兵力，对华北和华中根据地实行大规模的持续的"扫荡"和"蚕食"，并由华北伪政权配合，在华北推行"治安强化运动"，由汪伪政权配合，在华中推行"清乡运动"。在日军"扫荡"地区整顿和加强伪政权伪组织，扩充伪军，清查户口，实行保甲制，掠夺各种物资。

日本帝国主义在沦陷区大力进行奴化教育和欺骗宣传。1938 年 7 月，日本五相会议决定的《从内部指导中国政权的大纲》确立了其在占领区的文教方针：尊重汉民族的固有文化，恢复东方精神文明，促进日华合作，禁止共产主义思想，修正三民主义，振兴儒教。据此，日本侵略者在占领区内，改编教科书，以"中日亲善"、"共存共荣"、"大东亚新秩序"等谬论为主要内容，设立师资培训班，训练奴化教员，强制学习日语，企图以此泯灭中国人的民族意识。在社会教育和宣传方面，利用报刊、广播、影剧等手段，广泛宣传奴化思想。提倡"振兴儒教"，尊孔读经，利用封建伦理道德为其服务。在伪满、华北和华中，分别组织了协和会、新民会和大民会等团体，协助进行奴化宣传，加强对沦陷区人民的控制。

（四）日本对沦陷区的经济掠夺

经济掠夺是日本帝国主义侵华的主要目的。它的掠夺是多方面的：为了摧毁中国的金融体系，日本除劫掠了沦陷区的中中交农四行的全部分支机构及各省银行外，还通过伪政权建立银行，滥发钞票、军用票、各种债券，搜括中国人民的血汗。为了控制和掠夺沦陷区的工矿业，日本分别采取了"军事管理"、"委任经营"、"中日合资"、"租赁"、"收买"等方式，以扼杀中国民族工矿业的生机。为了在沦陷区掠夺更多的战略物资，日本把在东北实行的物资统制办法推行到关内，实行严格的贸易统制。为了加强对农村的经济掠夺，日本在沦陷区对粮食进行无偿的"征发"和"收购"，对土地进行强行侵占，对农村劳动力任意征发，并在农村征收各种苛捐杂税。

日本帝国主义在沦陷区的军事统治和经济掠夺，给中国造成了极大的灾难，不仅使中国人民的生命和财产遭受了惨重的损失，而且也使中国的工业化道路、现代化进程被大大地延误。

八、侵华日军暴行

（一）南京大屠杀

日军攻入南京以前，华中派遣军司令官松井石根向部队下令：占领南京必须做周详的研究，以便发扬日本的武威，而使中国畏服。在这个指令下，日军进占南京城后进行了野蛮的大屠杀。南京大屠杀长达六个星期之久，其间 30 万中国人被杀害，其中集体屠杀 28 起，零星屠杀 858 起，2 万人次的妇女被奸淫，1/3 房屋被焚毁。南京大屠杀是一次残酷的、野蛮的、疯狂的、灭绝人性的暴行，然而它并没有征服中国人民的抗战意志，反而更加激起了中国人民同仇敌忾奋起抗敌的决心。

（二）实施细菌战和毒气战

日本侵华期间，为征服中国人民，公然违反国际公法，惨无人道地在中国土地上研制细菌和化学武器，实施细菌战和毒气战。九一八事变后，日军在中国东北建立由关东军领导的、以石井四郎为首的细菌实验所，即"石井部队"，开始研制细菌武器。以此为基础，日军在 1935 年至 1936 年间建立起两支秘密细菌战部队："关东军防疫给水部"和"关东军兽疫预防部",这就是后来臭名昭著的"第731部队"和"第100部队"。自1940年下半年起,日本侵略者开始使用细菌武器。

据不完全统计,日军曾在中国20个省进行过细菌战,有据可查的死难百姓达27万余人,更有大量未记录在案的死难者和军人。日军还在中国的太原、济南、南京、汉口、宜昌等地,设立制造毒剂的工厂,日军在上海、太原等地驻有专门从事化学战的部队,大规模使用化学武器,屠杀中国军民。据不完全统计,八年期间,日本侵略军曾在中国14个省市77个县区,使用化学武器1 131次。

(三)慰安妇和掠夺劳工

战争期间,日本强迫大约20万朝鲜、中国、菲律宾、印度尼西亚等国妇女充当慰安妇。直到1992年7月,日本政府才被迫正式承认这一丑恶行径。

日本在沦陷区大量掠夺劳动力。据伪满统计,从1937年到1943年,从华北驱赶到伪满去的工人和农民共有389万余人。太平洋战争爆发后,大量中国工人和被俘的士兵,被送到日本从事各种繁重的劳动。这些劳工,绝大部分被虐杀。

九、抗日战争的胜利

(一)雅尔塔会议与《中苏友好同盟条约》

1945年2月,斯大林、罗斯福和丘吉尔在雅尔塔举行三国首脑会议。会议期间讨论了苏联参加对日作战问题。会上三国签订了一项秘密协定,规定在三项条件下,苏联于欧洲战争结束后两个月至三个月内参加对日作战,其条件是:(1)外蒙古的现状须予维持;(2)由日本于1904年所夺取的俄国权益须予恢复,(3)千岛群岛须交予苏联。

按照《雅尔塔协定》,中国和苏联于6月底到8月中旬在莫斯科进行谈判。8月14日签订了《中苏友好同盟条约》及《中苏关于中国长春铁路之协定》、《中苏关于大连之协定》、《中苏关于旅顺口之协定》等附件,条约规定苏联将同其他盟国联合对日作战,直至最后胜利,国民党政府正式承认了雅尔塔协定所规定的有关中国及苏联在中国东北的权益。

(二)波茨坦公告和苏联出兵东北

1945年7月17日至8月2日,斯大林、丘吉尔、杜鲁门举行波茨坦会议。会议期间,于7月26日发表《美英中促令日本投降之波茨坦公告》,通告日本政府立即宣布无条件投降。28日,日本首相声明,对波茨坦公告"置之不理"。8月6日和9日,美国空军在广岛和长崎各投下一颗原子弹,造成了重大伤亡。

8月8日,苏联对日本宣战。9日,百万苏联红军分东、北、西三路对日本关东军展开猛烈攻击,向哈尔滨、长春、沈阳等地挺进。在苏军的猛烈进攻下,8月17日关东军下令停止抵抗,8月30日关东军全部解除武装。随着日本关东军的覆灭,在日本扶植下成立的伪满洲国也一起土崩瓦解,傀儡皇帝溥仪等逃跑时在沈阳被苏军俘虏。

(三)抗日战争的胜利

1945年8月9日,毛泽东发表《对日寇的最后一战》。10日和11日,朱德总司令连续发布命令,命令各解放区抗日武装部队,向其附近各城镇交通要道之敌军及伪军伪政权发出通牒,限期向我军投降。如遇敌伪军拒绝投降,即予以坚决消灭。在中国抗日军民、苏军和美军的打击下,日本政府于8月10日宣布接受波茨坦公告。

8月14日日本天皇发布停战诏书,宣布无条件投降,翌日向全国公布广播。9月2日在停泊于东京湾的美国军舰密苏里号上举行了日本投降签字仪式。战败国日本外相重光葵代表日本天皇和日本政府,日军总参谋长梅津美治郎代表日本大本营在投降书上签字。盟军的代表和中国、苏联、美国、英国、法国、荷兰、澳大利亚、加拿大、新西兰等国代表也签了字。

中国战区日本投降签字仪式于9月9日在南京原中央军校礼堂举行,日本驻中国派遣军总司令官冈村宁次在投降书上签字。中国的抗日战争取得了伟大胜利。

(四)抗战胜利的历史意义

中国的抗日战争是世界反法西斯战争的重要组成部分。中国战场开始最早,持续时间最长。中国战场始终是反对日本法西斯的主要战场,一直抗击和牵制着日本大部分陆军和大量的海空军。中国抗战还打乱了日本的"北进"、"南进"计划,一方面使日军无力"北进",使苏联避免了东西两线作战;并能从远东地区先后抽调50余万兵力用于西线对德作战,加速了德国法西斯的败亡;另一方面也延缓了日军"南进"时间,大大减轻了日军对英、美等国军队的压力,并出兵缅甸与盟军协同作战。这在战略上有力地配合与援助了世界各国人民的反法西斯战争。

中国人民为世界反法西斯战争的胜利承受了巨大的民族牺牲,做出了不可磨灭的贡献。抗日战争是中国人民自鸦片战争以来第一次取得完全胜利的反侵略战争和民族解放战争。抗日战争的胜利,洗雪了19世纪40年代以来中国人民受帝国主义奴役和压迫的耻辱,创造了半殖民地弱国打败帝国主义强国的奇迹。这个胜利极大地推进了中国革命的历史进程,为中国新民主主义革命的最后胜利奠定了坚实的基础。

抗日战争是在中国共产党的抗日民族统一战线旗帜下,以国共两党合作为基础,工农商学兵各界、各族人民、各民主党派、抗日团体、社会各阶层、爱国人士和海外侨胞广泛参加的全民族抗战。抗日战争的胜利,是人民战争的伟大胜利。

十、抗战时期的社会经济与文化

(一)国民政府战时经济统制

抗战爆发后,随着沿海沿江各省的相继沦陷,国民党政府退踞西南、西北一带,在大后方实行战时经济统制政策。统制的物资大体分为五类:(1)粮食类,(2)日用必需品类,(3)工业器材类,(4)外销物资类,(5)专卖物资类。对上述物资的统制,主要采取了统购统销、专卖和限价等办法。

其中最为重要的是粮食统制。国民政府于1940年8月1日设立全国粮食管理局,对粮食实行统一管制。实行田赋征实、征购、征借,以图达到"控量制价",保证军粮民食来源。1941年3月,国民党政府实行"田赋征实",即按田赋正额和附加额折征实物,一律缴纳粮食。征购就是随同田赋征实再同时征购粮食,其中征购部分发给"粮食库券",而且给价很低。1944年,国民党政府把征购一律改为征借,废除粮食库券,只在缴纳的田赋单上注明,代替凭证。上述措施,在一定程度上保证了粮食的军需民食,缓解了财政负担,但增加了农民的负担,同时也未能遏制粮价上涨的势头。

抗战时期国民党政府实行的经济统制政策,具有双重的效用和影响。一方面,战时经济统制政策的推行,为解决物资匮乏、经济困难、通货膨胀、物价飞涨、奸商投机、囤积居奇等严重问题,提供了某些必要条件,并获得了某些具体的效果。另一方面,战时经济统制政策的实施,又在某种意义上适应了国民党政府专制独裁,建立庞大的国家垄断资本主义的需要。

(二)沿海工业内迁与后方经济的发展

中国的工业集中在沿海和长江中下游各城市。抗战爆发后,上海等地的不少民族资本家出于爱国热情和使企业免遭日本掠夺,向国民政府申请将工厂迁往内地。国民政府为适应战时的军事和民用需求,除将一些国营工厂内迁外,对自愿迁移的民族工业给予贷款和运输的便利,同时还强制一批政府所需要的工厂内迁。于是有大批战区工厂迁往内地。到1940年底,共有600余家民营工厂12万吨机件材料迁往西南、西北地区。

这些千里内迁的工厂虽然只占沿海沿江工厂的极少部分,但它们的内迁与复工,对大后方经济的发展与建设起了很大的作用和影响:第一,奠定了大后方的工业基础,促进了西部地区社会经济的发展,并在一定程度上改变了中国工业的布局。第二,工厂内迁给后方带来了一支强有力的技术力量,对后方工业的开发起了很大的作用。第三,内迁厂矿的产品在一定程度上满足了前线的军需和后方的民用,直接或间接地支援了抗战事业。

为了巩固后方的经济基础,国民政府在动员工矿业内迁的同时,制定了一些发展后方工矿业的政策,决定以四川、云南、贵州、湘西为大后方经济发展的中心区域。国民党制定的《抗战建国纲领》确定战时工矿业政策的基本原则为:"开发矿产,树立重工业的基础,鼓励轻工业的经济,并发展各地的手工业。"随后颁布了一些工矿业管理和奖励的法规。由于大后方的工矿业是在战时特定的环境中发展起来的,因而国防工矿业的发展居优先地位,同时民生日用工矿业也有所发展。

(三)抗战时期的文化

七七事变后,文化工作者开始联合起来,1938年3月,中华全国文艺界抗敌协会在汉口成立。它以团结全国文艺工作者、对内"喊出民族的危机,宣布暴日的罪行,造成全民族严肃的抗日情绪和生活"、对外"揭露日本侵略者的罪行,引起世界人民的正义感"为目标,以孙科、周恩来等人为名誉理事,实现了30年代曾经相互对立的无产阶级民主主义、自由主义与民族主义文艺运动在现代文艺史上第一次也是唯一的一次大联合。

继"文协"之后,1938年4月1日专责宣传工作的国民政府军事委员会政治部第三厅正式组建。它吸纳了大批文艺界人士,自厅长郭沫若以下到普通科员,几乎都是中国文化界的名流巨子。在"文协"及第三厅的推动下,广大文艺工作者组织了一批批工作队、宣传队、话剧团、漫画队、慰劳队、服务队等深入后方的大小城镇乡村,深入前线与敌后,从事抗日的新闻出版、文艺宣传及文艺创作。

解放区的文化建设也取得很大成绩。抗战爆发后,解放区集合了全国文化界、艺术界的一批知名人士,如丁玲、成仿吾、周扬、艾思奇、邹韬奋、欧阳山等人。他们在中共领导下,成立了陕甘宁边区文化界救亡协会、中华全国文艺界抗敌协会延安分会及抗战剧团、民众剧团等文艺团体,从事抗日文艺宣传和普及工作。

1942年5月毛泽东在延安中共中央宣传部召开的座谈会上发表讲话,被称为《在延安文艺座谈会上的讲话》。《讲话》针对五四文学革命以来文艺发展的情况,提出了文艺从属于政治并反过来影响政治的观点和革命文艺为工农兵服务的根本方向,阐述了文艺的普及与提高、文艺的源泉、文艺的批评标准以及文艺界的统一战线等问题,系统地回答了当时文艺运动中许多有争论的问题。《讲话》对延安文艺界的整风运动起了重要的指导作用,并对以后的革命文艺创作产生了深远的影响。

本章重、难点提示

一、重点掌握名词

九一八事变	台儿庄战役	国民精神总动员运动
国联调查团	武汉会战	《中国之命运》
一·二八事变	近卫声明	陶德曼调停
伪满洲国	南岳军事会议	史迪威事件
察哈尔民众抗日同盟军	随枣会战	中国民主政团同盟
福建事变	中条山战役	陕甘宁边区
《塘沽协定》	中国远征军	晋察冀抗日根据地
《何梅协定》	中国驻印军	大生产运动
《秦土协定》	第三次长沙会战	三三制
华北事变	浙赣会战	减租减息
冀察政务委员会	豫湘桂战役	延安整风运动
一二·九运动	洛川会议	《关于若干历史问题的决议》
八一宣言	《抗日救国十大纲领》	中共七大
瓦窑堡会议	国民革命军新编第四军	蒙疆联合自治政府
两广事变	皖南事变	中华民国维新政府
西安事变	《论持久战》	汪伪政权
国民革命军第八路军	百团大战	南京大屠杀
卢沟桥事变	国民党临时全国代表大会	《中苏友好同盟条约》
八一三事变	《抗战建国纲领》	田赋征实
淞沪会战	国民参政会	沿海工业内迁
忻口会战	国民党五届五中全会	中华全国文艺界抗敌协会
平型关大捷	行政三联制	《在延安文艺座谈会上的讲话》
徐州会战	新县制	

二、论述题

1. 论述西安事变的和平解决及其历史意义。参见本章二、(二)。
2. 简述抗日民族统一战线的形成。参见本章二、(三)。
3. 论述抗战时期的正面战场及其作用。参见本章四、(一)、(二)、(三)。
4. 简述中国远征军入缅作战及其意义。参见本章四、(三)。
5. 论述中国共产党领导的敌后战场及其意义。参见本章四、(四)。
6. 简述抗战时期国民政府的政治体制变动。参见本章五、(一)。
7. 论述抗战时期的外交及其成就。参见本章五、(二)。
8. 简述抗日根据地的各项政策。参见本章六、(二)。
9. 论述中共七大的主要内容及其历史意义。参见本章六、(四)。
10. 论述抗战胜利的历史意义。参见本章九、(四)。

第十章　国共和平谈判与全面内战

考点详解

一、重庆谈判与政治协商会议

（一）重庆谈判与《双十协定》

1945 年 8 月 14 日、20 日、23 日国民政府主席蒋介石连发三电邀请中共中央主席毛泽东赴渝面商"国家大计"。28 日下午，毛泽东应邀偕周恩来、王若飞，在前来迎接的国民政府军委会政治部部长张治中、美国驻华大使赫尔利陪同下从延安飞抵重庆。国民政府派出王世杰、张群、张治中、邵力子同周恩来、王若飞进行具体谈判。

经过 43 天的谈判，10 月 10 日国共双方代表签订了《政府与中共代表会谈纪要》，即《双十协定》。《纪要》共 12 个问题，有的达成了协议，有的只是表述了双方的意见，同意以后继续商谈。重庆谈判的主要成果是达成了和平建国的基本方针，即国共双方"必须共同努力，以和平、民主、团结、统一为基础"，"长期合作，坚决避免内战，建设独立、自由和富强的新中国"；确定召开各党派代表及无党派人士参加的政治协商会议，共商和平建国大计；确认国民党迅速结束"训政"，实现政治民主化；党派平等合法；取消特务机关；释放政治犯；实行地方自治和自上而下的普选等。在双方斗争的焦点即解放区军队和政权问题上，双方未能达成协议。

（二）政治协商会议

1946 年 1 月 10 日，政治协商会议在重庆开幕。参加会议的代表共 38 人，其中国民党代表 8 名，共产党代表 7 名，民盟代表 9 名，无党派代表 9 名，中国青年党代表 5 名。

会议通过了《政府组织案》、《国民大会案》、《和平建国纲领》、《军事问题案》、《宪法草案》等五项决议，于 1 月 31 日闭幕。政治协商会议的中心议题和斗争焦点是政治民主化和军队国家化问题。

在政治民主化方面，会议通过的《和平建国纲领》作为政府的施政纲领。纲领确定建设统一、自由、民主的新中国，规定改组国民党一党政府。《宪法草案》，规定立法院为相当于议会之国家立法机关，由选民直接选举产生，行政院为最高行政机关，并对立法院负责，立法院对行政院全体不信任时，行政院或辞职或提请总统解散立法院。《宪法草案》还规定了中央与地方分权的原则，规定省为地方自治的最高单位。

在军队问题上，会议经过讨论确定了军党分立、军民分治的整军原则和以政治军的办法，并决定由军事三人小组商定中共军队的整编办法并进行整编，同时按照国民党政府军令部的计划整编国民党军队。

政协协议很快被国民党撕毁，使这次实现民主统一和平建国的机会成为泡影。

二、内战时期的政治、经济与社会

（一）国民政府实行宪政

1. 制宪国大

1946 年 11 月 15 日，国民大会在南京召开。会议主题是制定宪法，故又被称为"制宪国大"。12 月 25 日正式通过《中华民国宪法》，并决定于 1947 年 1 月 1 日由国民政府公布，12 月 25 日施行。随后，国大闭幕。

《宪法》包括总纲、人民之权利义务、国民大会、总统、行政、立法、司法、考试、监察、中央与地方权限、地方制度、选举罢免创制复决、基本国策、宪法之施行及修改，共 14 章 175 条。它规定："中华民国基于三民主义，为民有民治民享之民主共和国"，实行国会制、责任内阁制及地方自治。它采取"宪法保障主义"，罗列了大量人民的自由与权利，如民主、平等、自由、人权保障等。

1947 年 3 月，国民党六届三中全会决定改组国民政府，4 月 17 日，国防最高委员会及国民党中常会联席会议决定了政府人选，4 月 18 日，国民党政府将名单公布。4 月 23 日，宣布改组后的政府成立。但国民党仍然控制着政府中的主要职位以及国府委员中半数以上的席位。

2. 行宪国大

1948 年 3 月 29 日，"行宪国大"在南京开幕。大会的主要议题是选举总统副总统。根据《宪法》规定，总统仅是礼仪上的国家元首，位高权小。因此，作为国民党总裁的蒋介石，表示不参加竞选，在 4 月 5 日国民党中常会通过了张群提出的赋予总统紧急处置权的《动员戡乱时期临时条款》的议案。之后,蒋介石又表示"尊重"和"接受"中央的决定,做总统候选人。4 月 19 日由居正陪选,蒋介石以 2 430 票(出席 2 765 人)当选为总统。

在副总统的选举中,蒋系和桂系展开了激烈的角逐。最后,李宗仁以 1 438 票对孙科 1 295 票的多数战胜了孙科当选为副总统。5 月 1 日国大闭幕。

至此,国民党完成了从"训政"到"宪政"的转变。然而,此种宪政的施行,不仅未能达到争取民众、挽救政治危机的目的,反而进一步暴露了国民党蒋介石的独裁面目,使其陷入更加孤立的境地。宪政也导致了其领导层的分裂,加速了国民政府覆亡的进程。

(二) 国统区的经济危机

1.《中美友好通商航海条约》

1946 年 11 月 4 日外交部长王世杰同美国驻华大使司徒雷登在南京签订了《中美友好通商航海条约》,通称"中美商约"。主要内容有:(1) 美国国民享有在中国"领土全境内,居住、旅行及经商"的自由,包括从事"商务、制造、加工、科学、教育、宗教及慈善事业"的自由。(2) 美国国民可在中国领土全境内从事文学艺术活动,并享有"关于版权、专利权、商标、商号及其他文学艺术作品及工业品所有权之任何性质之一切权利及优例。"(3) 美国商品在中国所交纳进口关税和内地税方面,享有与中国商品和第三国商品同等待遇。(4) 包括军舰在内的所有美国船舶可以在中国"开放之任何口岸、地方或领水内"自由航行,"必要时"可以自由出入任何不开放的口岸、地方或领水。

该约以"平等"、"互惠"的形式掩盖着侵略的实质。因此,它的签订,受到了各界爱国人士的强烈谴责。正是在"互助友好"、"双方平等"的幌子下,美国全面攫取了在中国的政治、经济、军事和思想文化等方面的特权。从此,美国的独占资本与国民党政府的垄断资本更加紧密地结合在一起,控制着国统区的社会经济。

2. 新的币制改革及其失败

1948 年 8 月 19 日,国民党政府再次实行"币制改革",发行金圆券,以一元金圆券兑换 300 万元法币的比率收回法币。1949 年 5 月,金圆券的发行量由最初的 9 亿元增加到 679 458 亿元,金圆券事实上已成为废纸。1949 年 7 月,国民党政府在广州又改发银元券,自然也很快地崩溃了。

(三) 国统区第二战线的形成

内战开始后,国民党加强对国统区民主运动的镇压。面对国民党的高压政策,中共及时调整了其在国统区领导爱国民主运动的策略,建立反卖国、反内战、反独裁与反特务恐怖的广大阵线。伴随着国民党不断强化的政治经济控制,中共领导的国统区爱国民主运动也日益高涨。1946 年 12 月 24 日晚,在北平东单发生了美军强奸中国女大学生的暴行。这一事件激起了北平及各城市学生及工人、市民的抗议运动。1947 年 3 月 8 日,在上海成立了全国学生抗议美军暴行联合总会。这时,全国还有 9 个省 38 个城市发生了饥民抢米风潮。台湾人民也举行了二二八起义。

1947 年 5 月,又爆发了全国性的反饥饿、反内战、反迫害运动。国民党反动派对人民的爱国运动采取野蛮的镇压政策。5 月 18 日,国民党政府颁布《维持社会秩序临时办法》,规定严禁人民 10 人以上的请愿和一切罢工、罢课、游行示威。此法一公布,立即遭到广大学生的反对。5 月 20 日,京、沪、苏、杭 16 个专科以上学校学生5 000 余人,在南京举行"挽救教育危机联合大游行",其中心口号是"反饥饿、反内战、反迫害"、"要吃饭、要和平、要民主",提出增加教育经费、增加高校师生待遇、停止内战等要求。当游行队伍行至珠江路口时,遭到军警、特务镇压,被殴伤 100 余人,被捕 20 余人,造成了震动全国的"五二〇血案"。

国统区以学生为主力的人民运动,形成了与人民解放军相配合的反美反蒋斗争的第二条战线。它与中共军队在正面同国民党军的作战互相配合,沉重打击了国民党政权。

(四)《中国土地法大纲》

为了彻底消灭封建剥削制度,充分满足农民的土地要求,1947 年 7 月 17 日,中共中央工委在河北平山县西柏坡召开中国共产党全国土地会议。9 月 13 日,通过了《中国土地法大纲》。这个大纲经中共中央批准于 10 月10 日公布。

大纲规定:废除封建性及半封建性剥削的土地制度,实行耕者有其田的土地制度。由乡村农会没收一切地主的土地、财产,征收富农的多余土地和财产,连同公地及其他所有土地,按乡村全部人口,根据抽多补少、抽肥补瘦的原则,平均分配,归个人所有;保护工商业者的财产及其合法经营不受侵犯。但会议忽视了某些地区土改中出现的一些"左"的错误,没有予以及时纠正,使其随着土改的深入扩大而进一步发展。中共中央又从 1947年底开始纠正这些错误,至次年春天陆续颁发了《土地改革中的几个问题》、《新解放区农村工作的策略问题》等重要文件,要求各地要根据当地具体情况,采取不同的策略实施《大纲》。

《中国土地法大纲》公布后,各解放区普遍深入地展开了斗争恶霸地主和没收、分配地主土地的运动。至1948 年底,大约在有 1.5 亿人口的地区完成了土地改革任务,使 1 亿无地少地的农民获得了土地。这就大大激发了农民革命和生产的积极性,巩固了人民民主政权。

三、解放战争

(一) 国民党军队的全面进攻

1946 年 6 月底,蒋介石以围攻中原解放区为起点,发动了全国规模的内战。接着,从 7 月开始,陆续发动了对其他解放区的进攻。到 1947 年 2 月,国民党军经过八个月的作战,夺占解放区 105 座城镇及大片领土,部分实现了其战略计划。但在此过程中,损失兵力 71 万余人,力量受到削弱。同时,由于战线拉长,能够出击的机动兵力大为减少,加上经济形势严重,在此情况下,它无力继续发动全面进攻,不得不转而实行重点进攻的军事方针。

(二) 国民党军队的重点进攻

蒋介石实行的重点进攻,是企图将解放军堵在黄河以北,使战争继续在解放区内进行,进一步消耗解放区的人力物力财力。进攻陕北和延安,还在于企图首先解决西北问题,割断中国共产党的右臂,驱逐中共中央和解放军总部出西北,然后调动兵力进攻华北,达到各个击破的目的。针对蒋介石的政治军事意图,中共中央于 3 月 18 日主动撤离延安。

3 月 13 日,国民党以胡宗南集团为主力 23 万人,向延安地区发动全线进攻,但在青化砭、羊马河、蟠龙镇等战役中,国民党军遭到重创。国民党军对陕北的重点进攻受到严重挫败。在山东解放区,国民党调集了 60 个旅45 万人,由陆军总司令顾祝同坐镇徐州指挥,采用密集队形、大集团滚筒式平推战术,企图将华东野战军逼至沂蒙山区决战,或逼其北渡黄河。华野集中优势兵力,采取两侧抗击,中间突破的战法,于 5 月 14 日将敌主力整编第 74 师包围于孟良崮地区。蒋介石也认为这是与华野决战的良机,一面令其坚守,一面急调 10 个整编师救援。双方在此进行了血战。至 16 日,华野以牺牲 12 000 人的巨大代价,全歼 74 师及 83 师一部共 32 000 余人,击毙国民党中将师长张灵甫。七十四师是国民党军五大主力之一,全部美械装备。它的被歼灭是对国民党军的沉重打击。孟良崮战役的胜利,为华东野战军由防御转入进攻奠定了基础。

(三) 解放军的战略反攻与三大战役

经过近一年的作战,国共两党军事实力的对比发生很大变化。国民党不但在军事上丧失了大量有生力量,政治上也日益孤立。中共中央不失时机地作出了人民解放军实行战略转变的决策:举行全国性反攻,由内线作战转入外线作战,由战略防御转入战略进攻。决定以中原地区作为突破口,把战略进攻矛头直指鄂豫皖三省交界处的大别山区。

为了实现这一战略计划,毛泽东作了三军配合、两翼牵制的部署,即以刘伯承、邓小平率领的晋冀鲁豫野战军主力实施中央突破,渡黄河南进,直趋大别山。以华东野战军主力为东路,挺进苏鲁豫皖地区;以晋冀鲁豫野战军一部为西路,挺进豫西。中共三路大军突破黄河防线,直接威胁着国民党的统治中心南京、武汉,国民党军被迫由战略进攻转入全面防御。与三路大军转入外线作战的同时,其他战场的人民解放军也转入外线作战或内线反攻。

1948 年 9 月 12 日,东北野战军发动了辽沈战役,至 11 月 2 日结束。辽沈决战,中共歼敌 47.2 万人,俘虏范汉杰、廖耀湘等国民党高级将领,解放东北全境,使国共两党军事实力发生根本性的变化,加快了解放战争的进程。

1948 年 11 月 6 日至 1949 年 1 月 10 日,华东、中原两大野战军及其他部队共约 60 万人,在以徐州为中心,东起海州、西至商丘、北起临城、南达淮河的地区内,同约 80 万国民党军进行了淮海战役。淮海战役中,中共歼灭国民党军最精锐的机械化兵团 5 个,击退 2 个,歼敌 55.5 万人,使国民党军丧失大兵团作战能力,也使国民党政权的政治经济中心京沪地区全部失去了屏障。

淮海战役期间,东北野战军 80 万人挥师入关,同华北 2 个兵团联合发起平津战役。平津战役从 1948 年 11 月 29 日开始,至 1949 年 1 月 31 日结束,共歼灭国民党军 52 万余人。

三大战役历时 4 个月零 19 天,共歼灭国民党军 173 个师 154 万余人。基本上消灭了国民党军主力,给国民党政权以毁灭性打击,为进军江南、解放全国创造了决定性条件。

(四) 国民党南京政权的崩溃

1949 年 1 月 21 日,蒋介石迫于各方压力,宣告下野,总统职务交与李宗仁代理。李宗仁上台后向中共发出了和平谈判的请求。中国共产党同意了国民党的请求,派出了周恩来、林彪率领的中共代表团,与张治中、邵力子、黄绍竑等人组成的国民党代表团进行和谈。4月1日,和平谈判在北平举行。

但在谈判之前,李宗仁为国民党确定了"平等"、"隔江而治"的和谈原则,蒋介石则制定了不变更国体、不追究战争责任问题等五项原则。因此,会谈中围绕中共所提《国内和平协定》,进行了激烈争论。中共在战犯、国民党军改编、解放军过江等问题上做出了让步,但拒绝了其"就地停战"与"划江而治"的要求。15日,中共代表团提出《协定》的最后修正案,并通知国民党4月20日为最后签字期。国民党认为"接受和谈,无异于投降",在请示蒋介石后,于20日致电张治中等人,拒绝在最后修正案上签字。

由于国民党政府拒绝和平协定,中国人民解放军发动渡江战役。4月20日深夜,东线渡江部队开始行动,其战线东起江苏江阴,西至江西湖口,23日解放中华民国首都南京。南京的解放,标志着早已四分五裂的南京国民党政权的彻底崩溃。

(五)中共七届二中全会

为争取革命的彻底胜利和建设新中国,中国共产党在1949年3月5日至13日在河北省平山县西柏坡村召开了七届二中全会,毛泽东向全会做了报告。报告指出,在全国胜利的局面下,党的工作重心必须由乡村转移到城市,在城市工作中必须贯彻党的政治方针,必须以恢复和发展生产事业为一切工作的中心。毛泽东在报告中着重分析了全国胜利以后中国社会的基本矛盾和新民主主义的经济结构,规定了党在政治、经济、外交等方面应采取的基本政策和由农业国转变为工业国建设伟大社会主义国家的目标。毛泽东在报告中,还考虑到阶级斗争形势的变化和中国共产党地位的变化,及时提醒全党要警惕骄傲自满、以功臣自居情绪的滋长和资产阶级"糖衣炮弹"的袭击,继续保持谦虚谨慎不骄不躁和艰苦奋斗的作风。

中共七届二中全会是一次极为重要的会议,它所确定的纲领、路线、方针、政策,为中共夺取全国革命的胜利,并推动新民主主义革命向社会主义革命的历史转变,奠定了政治上与思想上的基础。

四、中华人民共和国的成立

(一)中国人民政治协商会议的召开

1949年9月21日,中国人民政治协商会议第一届全体会议在北京中南海开幕。会议经过充分讨论,于9月27日、29日通过了《中国人民政治协商会议组织法》、《中华人民共和国中央人民政府组织法》、《中国人民政治协商会议共同纲领》三个文献。

《中国人民政治协商会议组织法》规定人民政协是中国共产党领导的人民民主统一战线的组织形式。在普选的全国人民代表大会召开以前,执行全国人民代表大会的职权,由它的全体会议选举中央人民政府并付之以行使国家权力的职权。在普选的全国人民代表大会召开以后,就成为协商机关,就有关国家建设事业的根本大计或重要措施,向全国人民代表大会或中央人民政府委员会提出建议案。

《中国人民政治协商会议共同纲领》具有临时宪法的性质。它规定了新中国各类方针政策的总原则。政治上,中华人民共和国是以工人阶级为领导,以工农联盟为基础的人民民主专政的国家,国家政权属于人民,人民行使国家政权的机关为各级人民代表大会和各级人民政府,人民普选产生各级人大,人大选举产生各级政府,全国人民代表大会是国家最高政权机关。军事上,建立统一的军队即人民解放军和人民公安部队,实行统一指挥、统一制度、统一编制、统一纪律,军队中建立政治工作制度,实行民兵制度。经济上,实行公私兼顾、劳资两利、城乡互补、内外交流的政策,以发展生产,繁荣经济。文化教育上,实行新民主主义的文化教育,以提高人民文化水平、培养建设人才为主要任务。民族政策上,国内各民族一律平等,团结互助,在少数民族聚居区实行民族区域自治。外交政策以保障本国独立、自由和领土主权完整、维护国际的持久和平和各国人民之间的友好合作、反对帝国主义的侵略与战争为原则。

9月27日,通过了四项决定:(1)中华人民共和国国都定于北平,自即日起将北平改名为北京。(2)采用公元纪年,当年为1949年。(3)在国歌未正式制定前,以《义勇军进行曲》为国歌。(4)国旗为红底五星旗。

(二)中华人民共和国的成立

1949年10月1日,中央人民政府委员会在北京举行第一次会议,中央人民政府主席、副主席及委员就职。会议推选林伯渠为秘书长,任命周恩来为政务院总理兼外交部长、毛泽东为中央人民政府人民革命军事委员会主席、朱德为中国人民解放军总司令、沈钧儒为最高法院院长、罗荣桓为最高检察署检察长。会议决定接受《中国人民政治协商会议共同纲领》为中央政府的施政方针。下午,各界民众30余万人在天安门广场举行了中华人民共和国成立大典。毛泽东宣读了《中华人民共和国中央人民政府公告》,宣布中华人民共和国中央人民政府成立。

中华人民共和国的成立,标志着近百年来中国人民的反帝反封建斗争取得了根本性的胜利,中国人民摆脱了帝国主义、封建主义和官僚资本主义的压迫,实现了民族独立、自主与人民民主。它结束了长久以来的分裂与混战局面,重新实现了国家统一与大团结,为建设一个繁荣、强大的新中国奠定了坚实的基础。

本章重、难点提示

一、重点掌握名词

重庆谈判	《双十协定》	政治协商会议
制宪国大	《中国土地法大纲》	平津战役
行宪国大	重点进攻	渡江战役
《中美友好通商航海条约》	孟良崮战役	中共七届二中全会
金圆券	辽沈战役	中国人民政治协商会议
五二〇血案	淮海战役	《共同纲领》

二、论述题

1. 简述重庆谈判的主要内容及其意义。参见本章一、(一)。
2. 论述政治协商会议的主要内容。参见本章一、(二)。
3. 简述《中国土地法大纲》的主要内容及其历史意义。参见本章二、(四)。
4. 论述中共七届二中全会的主要内容及其意义。参见本章三、(五)。
5. 论述中华人民共和国成立的历史意义。参见本章四、(二)。

第十一章　从新民主主义到社会主义(1949—1956 年)

考点详解

一、政权的巩固与经济建设

(一) 政权的巩固

1. 镇压反革命

新中国建立之初,国民党反动残余势力的活动十分猖獗,他们不甘心失败,继续进行破坏和捣乱,特别是在朝鲜战争爆发后,反革命活动更加猖狂。针对这种情况,1950 年 10 月 10 日,中共中央发出《关于镇压反革命活动的指示》。指示要求各级党委坚决纠正对反革命分子"宽大无边"的"严重的右的偏向",全国贯彻"镇压与宽大相结合"的政策,首先镇压那些罪大恶极、解放后继续作恶的反革命分子。这样,在各地党委和人民政府的领导下,从 1950 年 12 月,在全国范围内大张旗鼓地开展了镇压反革命运动。1951 年 2 月 21 日,中央人民政府公布了《中华人民共和国惩治反革命条例》,明确规定了处理反革命案件的原则和方法,这就使干部和群众在镇压反革命运动中有了法律武器和量刑标准。全国规模的镇压反革命运动,到 1951 年 10 月基本结束。

通过镇反运动,基本上扫除了国民党反动派遗留在大陆的残余势力,使我国社会秩序出现了空前安定的局面,巩固了人民民主专政。

2. 中共七届三中全会

为了全面分析新中国建立初期的形势,确定党和国家在这个时期的任务及党应采取的战略方针,中国共产党于 1950 年 6 月 6—9 日在北京召开了七届三中全会。会上,毛泽东做了《为争取国家财政经济状况的基本好转而斗争》的书面报告和《不要四面出击》的重要讲话。在报告中,明确指出了中国共产党在今后三年左右时间内的中心任务是争取国家财政状况的根本好转,实现这个中心任务必须创造三个基本条件:(1) 土地改革的完成;(2) 现有工商业的合理调整;(3) 国家机构所需经费的大力节减。为了创造这些条件,必须做好土地改革、稳定物价、调整工商业、肃清反革命、整党、统一战线、民族、文教等八项工作。这个报告是国民经济恢复阶段我们国家的行动纲领。

中共七届三中全会是中国共产党在新中国建立初期召开的一次重要会议,为党和政府在国民经济恢复时期制定了正确的路线和方针,这对于巩固新生的人民政权,迅速恢复和发展国民经济,稳步地实现从新民主主义到社会主义的过渡,具有重要的指导意义。

3. 第一届全国人民代表大会与《中华人民共和国宪法》

1954年9月15日,全国人大一届一次会议在北京隆重开幕。会议的中心议题是:制定宪法;听取和审议政府工作报告;选举新的国家领导工作人员。全国人大一届一次会议的最重要的成果,是制定了第一部《中华人民共和国宪法》。主要内容是:(1)关于国家的性质和政治制度。国体是人民民主专政,政体是人民代表大会制度,各级国家机关,一律实行民主集中制。(2)关于国家的经济政策,规定了国家向社会主义过渡的方向和途径。(3)关于民族关系和民族政策。规定了各民族一律平等,少数民族聚居的地方实行区域自治。(4)规定了公民的权利和义务。

《中华人民共和国宪法》是我国第一部社会主义类型的宪法。它体现了人民民主和社会主义两大原则。它用根本大法的形式,明确规定了我们国家的国体与政体,也指明了全国人民继续前进的正确道路,这就为我国社会从新民主主义过渡到社会主义提供了法律保证。

（二）国民经济的恢复

1. 土地改革运动

根据中央人民政府颁布的《中华人民共和国土地改革法》的规定,从1950年冬天起在新解放区逐步开展了轰轰烈烈的土地改革运动。土地改革大体分为发动群众、划分阶级、没收和分配土地三个步骤。土改的总路线是"依靠贫农、雇农,团结中农,中立富农,有步骤地有区别地消灭封建剥削制度,发展农业生产"。这次土改是在工人阶级掌握了国家政权和国内战争基本结束的条件下进行的。采取保护富农经济的政策,是这次土改和解放战争时期土改的最显著的区别。到1953年春,除一部分少数民族地区外,土地改革已全部完成。

土改推翻了封建土地所有制和地主阶级的统治,使农民从政治、经济上翻了身,巩固了工农联盟,促进了农业生产和整个国民经济的恢复和发展。

2. "三反"、"五反"运动

随着私人资本主义工商业的恢复和发展,许多不法资本家利用他们同国营经济的联系,以各种方式向工人阶级和国营经济进攻。与此同时,中国共产党和国家机关内部,出现并滋长了相当严重的贪污、浪费、官僚主义现象,当时被人们称为"三害"。在朝鲜战局稳定、土改和镇反取得重大胜利之后,首先于1951年冬在国家机关、国营经济部门和企事业单位开展了"反对贪污,反对浪费,反对官僚主义"的"三反"运动。在"三反"运动进入高潮后,1952年1月26日中共中央部署在各大中城市的工商业者中开展"反对行贿、反对偷税漏税、反对盗骗国家财产、反对偷工减料和反对盗窃国家经济情报"的"五反"斗争。

1952年10月,"三反"、"五反"运动胜利结束。运动的胜利具有重大意义。一是纯洁了国家机关,对广大干部进行了一次阶级教育和廉洁奉公的教育,提高了中国共产党在人民中的威信。二是进一步查明了私营工商业的状况,巩固了工人阶级和国营经济的领导地位。在私营企业中建立了工人监督,推进了国家资本主义的发展。三是增强了广大人民群众对贪污、浪费、官僚主义造成的社会危害的认识,提高了警惕性,具有移风易俗的作用。这对促进社会的安定、良好社会风气的形成有重大影响。

3. 工商业的合理调整

中共七届三中全会确定的合理调整工商业的工作,在会后全面展开,1950年9月底基本完成。其基本环节是调整公私关系、劳资关系和产销关系,这三者又以调整公私关系为主。一是调整公私关系,即调整国营经济同私人资本主义经济的关系。二是调整劳资关系。根据公认的民主权利、有利于发展生产、以协商方法解决劳资纠纷三条原则协调劳资关系。三是调整产销关系。中央召开一系列专业会议,公私方代表在一起根据以销定产的原则,协商制定各产业的产销计划,合理分配生产任务,逐步克服私营企业生产中的无政府状态,使产销趋于平衡。通过这次调整,不但使私营工商业渡过了难关,而且有很大的发展。这也促进了整个国民经济的恢复和发展,使国营经济的领导地位得到加强,也使资本主义工商业开始走上国家资本主义道路。

二、对外政策与抗美援朝

（一）新中国建立初期的外交方针

另起炉灶的方针，即不承认国民党政府同各国建立的旧的外交关系，而要在新的基础上经过谈判同外国另行建立新的外交关系。另起炉灶的方针，使我国改变了半殖民地的地位，在政治上建立了独立自主的外交关系。

打扫干净屋子再请客的基本含义是：（1）鉴于帝国主义长期以来一直敌视中国人民的解放事业，现在又企图继续保留在中国的特权，所以不能给予其合法地位；（2）为了防止帝国主义的破坏和捣乱，应该在清除帝国主义在华特权、势力和影响后再与其建交；（3）为了防止帝国主义颠覆和破坏，应禁止帝国主义国家在中国的新闻机构及文化教育机构的非法活动。所采取的具体措施有：收回外国兵营、整顿海关及税则、限制外轮驶入中国内河、处理外国在华企业及房地产、停止与中国无外交关系的外国新闻机构的活动、整顿教会及外国人兴办和津贴的各种文化、教育、卫生和救济活动。同时，对旧中国残留的社会腐败现象，如烟馆、赌场、妓院、流氓团伙以及反革命分子也都做了必要的清理。

由于第二次世界大战后世界上已经形成社会主义同帝国主义两大阵营对抗的局面，由于美帝国主义在中国人民解放战争时期执行的是从扶蒋反共、助蒋内战到敌视新中国政权的政策，所以中国共产党确定，新中国在对外关系上，要实行"一边倒"，即倒向社会主义一边的战略。1949 年 6 月 30 日，毛泽东在《论人民民主专政》文章中，把"一边倒"的方针正式公诸于世。

以上所述"另起炉灶"、"打扫干净屋子再请客"、"一边倒"，构成新中国建立初期三大外交方针。这些方针把旧中国的屈辱外交，改造成了新中国的独立自主的外交。《中国人民政治协商会议共同纲领》，又对新中国的外交原则和政策，做了具体规定。

（二）《中苏友好同盟互助条约》

1949 年 12 月 16 日至 1950 年 2 月 26 日，毛泽东访问苏联，同斯大林会谈中苏关系问题。1950 年 1 月 20 日周恩来抵苏加入谈判。2 月 14 日在莫斯科签订了《中苏友好同盟互助条约》、《关于中国长春铁路、旅顺口及大连的协定》、《关于贷款给中华人民共和国的协定》。《中苏友好同盟互助条约》规定："缔约国双方保证尽力采取一切必要的措施，以期制止日本或其他直接间接在侵略行为上与日本相勾结的任何国家之重新侵略与破坏和平。"一旦一方受到日本或者日本同盟国之侵袭而处于战争状态时，"另一方即尽其全力给予军事及其他援助"。"双方根据巩固和平与普遍安全的利益，对有关中苏两国共同利益的一切重大国际问题，均将进行彼此协商。"

关于中国长春铁路、旅顺口及大连的协定规定：一俟对日合约缔结后，但不迟于 1952 年末，苏联将共同管理中长铁路的一切权利以及属于该路的全部财产无偿地移交中国；苏联军队自共同使用的旅顺口撤退，并将该地区的设备移交中国，而由中国政府偿付苏联自 1945 年起对上述设备恢复与建设的费用。贷款协定规定：1950 年至 1954 年 5 年内，苏联贷款给中国 3 亿美元，用以偿付中国向苏联购置机器设备与器材的费用，年利 1%，中国以原料、茶、现金、美元等偿还，1954 年 12 月底至 1963 年底偿清。

中苏条约和协定的签订，是当时国际上的一个重大事件。它表示了中苏两国的团结和反对侵略的共同立场。这无论对新中国的安全和建设，还是对世界、特别是对远东的和平，都起到了积极作用。

（三）和平共处五项原则

为了和平解决朝鲜和印度支那问题，中、苏、美、英、法及有关国家 1954 年 4 月 26 日至 7 月 21 日在瑞士的日内瓦举行会议，这是新中国首次以大国身份参加的重要国际会议。我国政府派出以周恩来为代表的代表团参加日内瓦会议。为了正确处理国与国之间的关系，发展同邻近的民族独立国家的关系，1953 年 12 月，周恩来代表我国政府在同印度就两国在西藏地方的关系问题举行谈判时，第一次提出了和平共处五项原则，即：相互尊重领土主权、互不侵犯、互不干涉内政、平等互助、和平共处的原则，作为处理中印关系的原则，得到印度方面的赞同。1954 年 6 月，在日内瓦会议休会期间，周恩来总理应邀先后访问了印度和缅甸，同印度总理尼赫鲁、缅甸总理吴努分别发表了联合声明，一致同意以和平共处五项原则作为处理国际关系的准则，在国际关系中产生了深远的影响。

（四）抗美援朝

1950 年 6 月 25 日，朝鲜战争爆发。27 日，美国总统杜鲁门公开宣布美国武装援助南朝鲜，干涉朝鲜内政，同时命令其海军第七舰队开进台湾海峡。应金日成首相请求，中共中央和毛泽东毅然作出了"抗美援朝，保家卫国"的决策。10 月 8 日,毛泽东发布命令,将东北边防军改为中国人民志愿军。任命彭德怀为志愿军司令员兼政委。10 月 19 日,彭德怀率领志愿军入朝作战。抗美援朝战争分两个阶段。第一阶段从 1950 年 10 月到 1951 年 6 月,中朝军队连续进行了五次战役。1951 年 7 月双方开始停战谈判,朝鲜战争进入第二阶段。在此阶段,由于美国不放弃侵略野心,企图以"军事实力"配合谈判,致使朝鲜战争进入了边打边谈的局面。中朝军队经过三年浴血奋战,终于使这场战争以中朝军队和人民的胜利而结束。1953 年 7 月 27 日,美国不得不在停战协议上签字。

抗美援朝战争的胜利,保住了朝鲜民主主义人民共和国的独立,保卫了世界和平和中国的安全,提高了中国的国际地位,极大地提高了新中国的国际威望,也为我国开展大规模的经济建设和社会主义改造争得了一个相对稳定的和平环境。

三、社会主义改造

(一) 过渡时期总路线

土地改革和恢复国民经济的任务完成后。中共中央在 1952 年下半年开始酝酿和提出过渡时期总路线,以便逐步实现向社会主义的转变。1953 年 6 月 15 日,中共中央政治局召开会议讨论由统战部长李维汉率领的调查组提出的关于资本主义工业的公私关系问题的报告。在这次会上毛泽东第一次对党在过渡时期总路线和总任务的内容做了比较完整的表述。

1953 年 12 月,中共中央批准并转发了经毛泽东修改的中宣部关于党在过渡时期总路线的学习和宣传提纲《为动员一切力量把我国建设成为一个伟大的社会主义国家而斗争》。这个提纲对总路线做了更为完整的表述:从中华人民共和国成立,到社会主义改造基本完成,这是一个过渡时期,党在这个过渡时期的总路线和总任务,是要在一个相当长的时间内,逐步实现国家的社会主义工业化,并逐步实现国家对农业、手工业和资本主义工商业的社会主义改造。1954 年 9 月,第一届全国人民代表大会,用法律的形式把过渡时期的总路线作为全国人民在过渡时期的总任务确定下来,写入中华人民共和国宪法。

党在过渡时期的总路线,是"一化三改"的总路线,包括两方面内容。一是逐步实现社会主义工业化,这是总路线的主体;二是逐步实现对农业、手工业和资本主义工商业的社会主义改造,这是总路线的两翼。这两方面相互联系,相互促进,相互联系,体现了发展生产力和变革生产关系、解放生产力的有机统一,是一条社会主义建设和社会主义改造同时并举的路线。

(二) 第一个五年计划的制定

根据苏联建设社会主义的经验,中共中央在酝酿提出过渡时期总路线的同时,即由周恩来、陈云等主持着手编制发展国民经济第一个五年计划(1953—1957)。在计划开始实施后,又经多次补充修改,1955 年 7 月由全国人民代表大会一届二次会议正式通过。第一个五年计划的指导方针和基本任务是:集中主要力量发展重工业,建立国家工业化和国防现代化的初步基础;相应地发展交通运输业、轻工业、农业和商业;相应地培养建设人才;有步骤地促进农业、手工业的合作化;继续进行对资本主义工商业的改造,保证国民经济中社会主义成分的比重稳步增长,同时正确地发挥个体农业、手工业和资本主义工商业的作用;保证在发展生产的基础上,逐步提高人民的物质生活和文化生活水平。

(三) 统购统销政策

为了贯彻过渡时期总路线,实施发展国民经济的第一个五年计划,解决人民生活和国家建设所需的最重要物资的供求矛盾,国家决定对粮、棉、油等农副产品实行统购统销政策。1953 年 10 月首先决定实行粮食统购统销,即对农村中的余粮户实行计划收购,对城市居民和农村缺粮户实行粮食定量配售,由国家严格控制粮食市场。11 月,决定实行油料计划收购。1954 年 7 月决定实行棉布计划供应、棉花计划收购。统购统销政策,是在当时经济发展水平低,基本产量匮乏的情况下实行的。这一政策对保障城乡社会主义建设和人民基本生活资料的需要,稳定市场物价,促进三大改造,起了积极作用。

(四) 社会主义改造

1. 农业

过渡时期总路线颁布后,我国从 1953 年起,全面展开了对农业、手工业和资本主义工商业的社会主义改造。其中对农业的社会主义改造,是通过互助合作道路进行的。土地改革完成后,中国共产党及时号召人民组织起来,并于 1951 年 9 月召开全国第一次农业互助合作会议,制定了《中共中央关于发展农业生产互助合作的决议(草案)》,于 1953 年春发布全国。同年年底又发布了《中共中央关于发展农业生产合作社的决议》。在这两个决议的指导下,我国农村的互助合作运动得到健康稳步的发展。

我国农业社会主义改造的发展过程,大体经历了三个阶段:一是从新中国成立到1953年底,以发展互助组为中心,同时试办初级社。二是1954年到1955年春,是初级社在全国普遍建立阶段。三是1955年下半年到1956年,是农业合作化运动高潮阶段。

农业合作化的实现,是一场深刻的社会变革。首先,农业合作化把汪洋大海般的小农个体经济改造为社会主义集体经济,实现了土地公有,避免了两极分化。同时,这也解决了社会主义工业化同小农经济的矛盾,在新的基础上巩固了工农联盟和社会主义制度。其次,农业合作化促进了农业生产力的发展,合作化后兴建了许多水利工程,进行了大规模农田水利基本建设,增强了抵御自然灾害的能力,推动了农业生产的发展。第三,在农业生产发展的基础上,基本上保证了城乡人民对农产品的需要,也使农民生活有所改善,还为国家工业化积累了资金,也有利于对资本主义工商业的社会主义改造。

2. 手工业

手工业的合作化,在总路线提出后,也是采取积极引导的、稳步前进的方针,组织形式是由手工业生产合作小组、手工业供销合作社到手工业生产合作社,步骤是从供销合作入手,由小到大,由低级到高级,逐步实行社会主义改造和生产改造。到1956年底,基本实现了对手工业的社会主义改造。在手工业合作化后期出现了发展过快、合并过多、统一计算盈亏等不利于手工业发展的缺点和问题,致使某些手工业产品出现质量下降、品种减少的现象,某些服务行业合并过多,使人民生活不方便。但是,总的来说,对手工业的社会主义改造是成功的,取得了重要经验。

3. 资本主义工商业

国家在没收官僚资本的基础上,对资本主义工商业采取和平改造的方式,通过多种形式的国家资本主义形式,把资本主义私有制逐步改造为社会主义的全民所有制。在我国,国家资本主义就是社会主义国营经济同私人资本合作的经济,按照其中社会主义因素的多少等情况,又可分为初级和高级两种形式。初级形式是国家对私营工商业实行委托加工、计划订货、统购包销、经销代销等;高级形式是个别企业公私合营、全行业公私合营等。

对资本主义工商业的改造可分为三个阶段:第一阶段是在1953年年底以前,主要是实行初级形式国家资本主义阶段。第二阶段是从1954年到1955年夏,主要是实行个别企业公私合营阶段。这时,国家对资本家的赎买形式为"四马分肥",即在企业利润分配时,国家税收占34.5%,职工福利占15%,企业公积金占30%,资本家红利占20.5%,大体为四分之一。第三阶段是从1955年秋到1956年,是实行全行业公私合营阶段。1956年底,全国私营工业户数的99%,私营商业户数的82.2%实现了公私合营,这标志着资本主义工商业的社会主义改造已基本完成。

在全行业公私合营高潮中,因为来势迅猛,要求过急,速度过快,工作过于粗糙,造成对一部分工商业者的安排、使用不很适当,使他们不能发挥所长来为社会主义服务;同时,在企业改组中,合并过多,统一计算盈亏单位太大,造成产品单调,经营特点丧失,质量下降,服务行业、商业网点撤销过多,给人民生活带来不便,特别是把大量无剥削的小手工业者和小商小贩卷入全行业公私合营中,混淆了劳动者和剥削者的界限,挫伤了他们的社会主义生产积极性。但是,它和农业、手工业改造后期出现的一些问题一样,是实际工作中的偏差。对资本主义工商业改造的胜利,是我国社会主义革命中的一个历史性胜利。这标志着我国已经基本上消灭了资本主义剥削制度和资产阶级,这就为生产力的发展开辟了广阔的前景。

(五)高度集中统一的经济体制的形成

社会主义改造的胜利,使中国的社会经济结构发生了根本变化。社会主义经济已成为主体经济成分,社会主义经济制度已经在我国建立起来,中国已经从新民主主义社会进入社会主义社会,实际上是社会主义初级阶段。社会主义制度的建立,是我国历史上最深刻最伟大的社会变革。

与社会主义基本制度在中国确立的同时,也逐步形成了高度集中统一的经济管理体制。"一五"计划末期,我国以生产资料私有制为基础,逐步建立了以大计划、小自由,大统一、小分散为原则的社会主义计划经济管理体制。它主要表现在以下几个方面:第一,实行指令性计划与指导性计划相结合的而以指令性计划为主的计划管理体制。第二,实行以中央集权为主的财政体制。第三,基本建设和工业管理体制。第四,实行以计划流通为主的商业流通体制。第五,实行统包统配的劳动体制和等级工资体制。以上经济体制的基本特点是高度集中统一。国家以行政手段调节经济运行。这种高度统一的经济管理体制,对集中人力、物力和财力,保证重点建设顺利进行,促进"一五"计划的超额完成,对于保证市场稳定,改善人民生活,发挥了重要作用。但是同时也暴露出国家管得过多,统得过死,条块分割的弊病,影响和限制了地方和企业积极性的发挥,更不能发挥市场调节的作用,也不利于社会主义商品经济的发展。

本章重、难点提示

重点掌握名词

镇压反革命	一边倒	第一个五年计划
土地改革运动	《中苏友好同盟互助条约》	统购统销政策
"三反"、"五反"运动	和平共处五项原则	四马分肥
另起炉灶	抗美援朝	
打扫干净屋子再请客	过渡时期总路线	

第十二章 社会主义发展道路的探索(1956—1966 年)

考点详解

一、发展模式的探索与实践

(一)《论十大关系》

毛泽东在 1956 年 4 月 25 日举行的政治局扩大会议上,发表了《论十大关系》的讲话。十大关系是指:重工业和轻工业、农业的关系;沿海工业和内地工业的关系;经济建设和国防建设的关系;国家、生产单位和生产者个人的关系;中央和地方的关系;汉族和少数民族的关系;党和非党的关系;革命和反革命的关系;是非关系;中国和外国的关系。

《论十大关系》的报告以苏联经验为鉴戒,初步总结了我国社会主义建设的经验,提出了探索适合中国国情的社会主义建设道路的任务,为中共八大的召开做了准备。

(二)中共八大

1956 年 9 月召开的中国共产党第八次全国代表大会,是中华人民共和国成立后首次党的全国代表大会。这次大会是探索我国社会主义建设道路的一个重要里程碑。它的重大意义就在于提出和初步解决了我国社会主义建设中的许多重大问题。

(1)正确地分析了我国社会主义改造基本完成以后国内阶级关系和主要矛盾的变化,提出党和国家今后的主要任务是集中力量发展社会生产力。国内的主要矛盾,已经是人民对于建立先进的工业国的要求同落后的农业国的现实之间的矛盾,是人民对于经济文化迅速发展的需要同当前经济文化不能满足人民需要的状况之间的矛盾;全国人民的主要任务是集中力量发展社会生产力,实现国家工业化,满足人民的经济文化需要。(2)在总结第一个五年计划期间的经验的基础上,坚持了既反保守又反冒进,在综合平衡中稳步前进的经济建设方针。(3)对我国在"一五"期间形成的高度集中统一的经济体制的改革也进行了探索。(4)根据社会主义建设的需要,提出在国家政治生活中开展反对官僚主义的斗争,进一步扩大社会主义民主,健全社会主义法制。(5)根据党的地位的变化和新形势、新任务的要求着重提出了加强执政党的建设问题。

中共八大是共和国历史上具有深远意义的一次大会。它关于中国社会主义主要矛盾的理论以及党和国家工作重点转移到社会主义建设上的决策具有重大的理论意义和实践意义。它提出的许多新方针、新设想是富于创造精神的,对于探索中国自己的社会主义建设道路做出了重要贡献。

(三)总路线

1958 年 5 月,中共八大二次会议在北京召开。大会根据毛泽东的建议正式制定了"鼓足干劲、力争上游、多快好省地建设社会主义"的总路线。这条路线的基本点是:调动一切积极因素,正确处理人民内部矛盾;巩固和发展社会主义的全民所有制和集体所有制,巩固无产阶级专政和无产阶级的国际团结;在继续完成经济战线、政治战线和思想战线的社会主义革命的同时,逐步实现技术革命和文化革命;在重工业优先发展的条件下,工业和农业同时并举;在集中领导、全面规划、分工协作的条件下,中央工业和地方工业同时并举,大型企业和中小型企业同时并举;通过这些,尽快地把我国建设成为一个具有现代工业、现代农业和现代科学文化的伟大的社会主义国家。

这条总路线反映了广大人民群众迫切要求改变我国经济、文化落后状况的普遍愿望,把实现现代化作为建设社会主义的宏伟目标,肯定发展生产力是巩固和发展社会主义的根本途径,强调正确处理人民内部矛盾,坚持走工农业并举等工业化道路,这些是正确的。但是它忽视了经济发展的客观规律,片面强调人的主观能动性,片面强调速度,没有注意有计划按比例综合平衡发展。

(四)"大跃进"运动

"大跃进"运动首先从农业开始。1958 年 9、10 月间召开的中共八届三中会议通过了《一九五六年到一九六七年全国农业发展纲要(修正草案)》。10 月 27 日,《人民日报》发表题为《建设社会主义农村的伟大纲领》的社论,要求农业在 12 年内实现一个伟大的跃进,首次吹响了农业"大跃进"的号角。紧接着在全国掀起了空前规模的农田水利建设运动和积肥运动。随后,又不断地提高和修改粮食生产计划指标。

1958 年 8 月以后,"大跃进"的重点从农业转向工业。8 月 17 日至 30 日,中共中央政治局在北戴河召开扩大会议。会议号召全党和全国人民用最大的努力,为在 1958 年生产 1070 万吨钢,即比 1957 年的产量 535 万吨增加一倍而奋斗,这个决定和号召,把工业"大跃进"推向了高潮,于是以"小(小高炉)、土(土法炼钢)、群(群众运动)"为特征的全民炼钢运动迅速掀起。

"大跃进"运动不但没有加速发展我国的生产力,相反却极大破坏了我国生产力的发展,其直接的后果是国民经济比例严重失调,人民生活水平严重下降。"大跃进"运动所以导致失败,是有其深刻原因的。首先,"大跃进"运动说明当时中国共产党对社会主义建设的客观规律缺乏认识,对社会主义建设的长期性和艰巨性思想准备不足,对冒进思想在建设中具有的危害性认识不足。其次,"大跃进"运动说明企图在计划经济体制下,依靠群众运动的方法来快速发展生产力是不切合实际的。再次,盲目追求高速度,破坏了经济的稳步和协调发展。

(五)人民公社化运动

1958 年兴起的人民公社化运动,是"大跃进"的产物,实际上是一场生产关系的"大跃进",这是企图通过人民公社,使中国早日过渡到共产主义。但是由于严重脱离了中国历史发展实际,不但没有达到它预期的目标,反而使社会主义建设事业遭受严重挫折。

1958 年 8 月 29 日,在北戴河召开的中共中央政治局扩大会议,通过了《中共中央关于在农村建立人民公社问题的决议》。9 月 1 日,《红旗》杂志发表《迎接人民公社化高潮》的社论,9 月 10 日,《人民日报》发表《先把人民公社的架子搭起来》的社论。于是一个大办人民公社的全民运动,迅速在中国农村广泛开展起来。人民公社化运动发展迅猛,仅在两个月内,全国农村就基本上实现了公社化。

人民公社的集中特点是"一大二公",并从建立开始就刮起了"共产风"。所谓大,一是规模大,初级农业社数十户,高级农业社一二百户,而人民公社一般都在 4 000 户以上;二是经营范围大,是农林牧副渔全面发展、工农商学兵五位一体的社会基层组织。所谓公,一是通过收回自留地、家禽家畜、家庭副业等消灭生产资料私有制残余和扩大积累、建立社办企业,提高公有化程度;二是实行组织军事化、行动战斗化、生活集体化,大搞公共食堂、幼儿园、幸福院等。社队内部贫富拉平,实行平均主义的供给制或半供给制、食堂制,完全违背了按劳分配原则。人民公社实行政社合一,乡党委就是公社党委,乡人民委员会就是社务委员会,各种权力集中在公社,基层生产单位没有自主权,生产没有责任制,劳动纪律松弛,经济核算制度也被抛弃。

二、经济建设的曲折

(一)国民经济出现严重困难

由于"大跃进"、人民公社化运动和"反右倾"斗争,加上自然灾害和苏联单方面撕毁建设合同的影响,到 1960 年,我国国民经济陷入严重的危机之中,国家和人民面临新中国成立以来最严重的经济困难。第一,国民经济比例严重失调。第二,工农业总产值和主要农产品产量严重下降。第三,人民生活水平大幅度降低。造成国民经济困难有自然灾害的因素,也有苏联领导背信弃义的原因。但是,从根本上说,国民经济的困难主要是由于经济建设上的"左"的指导思想造成的。在三年"大跃进"和人民公社化运动中"共产风"、浮夸风、瞎指挥风盛行,唯心主义泛滥,人为地超越生产力的现实水平,主观地对生产关系"不断变革",搞"穷过渡",从而严重破坏了生产力的发展。

（二）调整、巩固、充实、提高八字方针

"调整、巩固、充实、提高"作为方针是在1961年1月中共八届九中全会上确定的。全会正式向全党全国人民宣布,1961年应缩小基本建设规模,调整发展速度,在已有的基础上,采取调整、巩固、充实和提高的方针。它的基本内容是,以调整为中心,调整国民经济各部门之间失调的比例关系,巩固生产建设获得的成果,充实新兴产业和短缺产品的项目,提高质量和经济效益。

"八字"方针改变了"大跃进"以来追求高指标、高速度等错误做法,但对急于求成的"左"的指导思想还没有彻底清算,中共八届九中全会仍然认为,党的社会主义建设总路线、"大跃进"、人民公社是适合中国的实际情况的,对经济困难的严重程度认识不足,对工业生产规模过大,工业发展速度太快,仍然认识不清。

（三）七千人大会与西楼会议

从"八字"方针的提出到1961年底,国民经济的调整工作进行近一年,但整个经济形势仍然十分严重,有些方面还在进一步恶化。为了总结经验,认清形势,统一认识,加强团结,动员全党更坚决地贯彻调整国民经济的方针,1962年1月11日至2月7日,中共中央在北京举行了扩大的工作会议。参加会议的有各部门、各中央局、各省、市、自治区党委及地委、县委、重要厂矿企业和部队的负责干部7 000多人,因此又称"七千人大会"。会上,刘少奇代表中共中央做了书面报告和讲话,初步总结了1958年以来社会主义建设的基本经验教训,分析了几年来工作中的主要缺点错误。

七千人大会在坚决贯彻执行"八字"方针,促进国民经济的恢复和发展方面起了积极作用,但也存在明显的缺点和历史的局限性,如会上对"三面红旗"仍是完全肯定的,因此,七千人大会总结经验教训,纠正错误,只能是初步的,没有从根本上否定"左"的指导思想。

为了进一步统一对国内经济形势的认识,具体研究贯彻"八字方针"的措施,做好国民经济调整工作,1962年2月21日至23日,在中南海西楼由刘少奇主持召开了中共中央政治局常务扩大会议,亦称"西楼会议"。

根据刘少奇的建议,2月26日,陈云在国务院各部委党组成员会议上做了题为《目前财政经济情况和克服困难的若干办法》的讲话,陈云分析了当时农业生产下降、市场紧张、物价高涨、通货膨胀和国家存在大量财政赤字的情况,认为我国的财政经济形势处在一个非常困难的时期,必须全面地调整国民经济,并提出了减少城市人口,精兵简政,采取一切办法制止通货膨胀,尽力保证城市人民的最低生活需要,把一切可能的力量用于农业增产,计划机关的主要注意力应该从工业、交通方面转移到农业增产和制止通货膨胀方面来等一系列克服困难的意见。3月18日,在征得毛泽东同意后,将这个讲话批发给各地区、各部门。西楼会议后,中共中央决定恢复中央财政小组,主管经济工作,并任命陈云为组长。

三、国内政治与对外关系

（一）《关于正确处理人民内部矛盾的问题》

1957年2月27日,毛泽东在最高国务会议第11次(扩大)会议上发表了《关于正确处理人民内部矛盾的问题》的重要讲话。会后经过整理并做了若干重要的补充和修改,于6月19日在《人民日报》发表。其基本内容如下:第一,分析了社会主义社会的基本矛盾及其特点。第二,阐明关于正确区分和处理社会主义社会中敌我矛盾和人民内部矛盾这两类不同性质矛盾的学说。第三,要把正确处理人民内部矛盾作为国家政治生活的主题,提出了正确处理人民内部矛盾的各项方针政策。

毛泽东关于正确处理人民内部矛盾的理论极大丰富和发展了马克思主义,为社会主义社会的各种改革奠定了理论基础。另一方面毛泽东把正确处理人民内部矛盾当做整个社会主义时期国家政治生活的主题提出来,具有重大的理论意义和现实意义。这是中共八大路线的继续和发展,是探索中国自己的建设社会主义道路的新成果,它为如何保证社会主义事业健康顺利发展指明了方向。

（二）整风运动

1957年的整风运动与反右派斗争是当时我国政治生活中的两件大事。1957年4月27日,中共中央发出《关于整风运动的指示》。整风运动的目的,就是要使全党学会正确处理人民内部矛盾,自觉地扩大民主生活,扩大批评与自我批评,把我国的政治生活、整个国家引导到生动活泼的发展道路上来,使全体人民更积极地建设社会主义的经济和文化;整风运动把正确处理人民内部矛盾问题作为主题,在全党普遍地、深入地反对官僚主义、宗派主义、主观主义,提高全党的马克思主义的思想水平,改进作风,以适应社会主义改造和社会主义建设新形势新任务的需要。

（三）庐山会议

1959年7、8月间的庐山会议包括两次会议。1959年7月2日至8月1日,是中共中央政治局扩大会议,从

8 月 2 日至 16 日，是中共八届八中全会。从会议内容看，又可分为前期和后期。7 月 2 日至 22 日为庐山会议前期，主要是继续纠正"大跃进"和人民公社化运动中的"左"倾错误；从 7 月 23 日至 8 月 16 日为庐山会议后期，毛泽东错误地发动了对彭德怀的批判，会议的方向急转直下，变为进行反右倾斗争。

庐山会议前期总结经验，纠正"左"倾错误，以及庐山会议结束时对钢煤棉粮指标的压缩，都是正确的、必要的。而庐山会议后期对彭德怀等的批判及会后在全国开展的反右倾运动，是完全错误的，是新中国成立以来我党政治生活中的一次重大错误。在政治上它使中国共产党从中央到基层的民主生活、使国家的民主生活，遭到严重损害，错误地打击了一批敢于实事求是、反映实际情况、提出批评意见的同志，扩大了浮夸、说假话的不良影响，助长了毛泽东的个人专断作风和个人崇拜现象的发展。在理论上，使阶级斗争扩大化理论进一步发展。在经济上，打断了纠正"左"倾错误的进程，使中国共产党内已有所克服的"左"倾思想和"左"的行动再次泛滥，并延续很长时间。

（四）社会主义教育运动

在中共八届十中全会上，毛泽东出于"反修防修"的考虑，又提出了要进行社会主义教育。1963 年 5 月，毛泽东在杭州召集有部分政治局委员和中央局书记参加的小型会议，研究农村社会主义教育问题，制定了《中共中央关于目前农村工作中若干问题的决定（草案）》。经中央政治局会议讨论通过，5 月 20 日正式发出，作为指导社会主义教育运动的纲领性文件。这个决定共分十条，后来简称"前十条"。

1963 年 9 月，中共中央根据各地试点中提出的问题，又召开了工作会议，进一步讨论了许多政策问题，起草了《关于农村社会主义教育运动中的一些具体政策问题》，即 1963 年 9 月的中央工作会议纪要。这个纪要经过反复讨论和修改，到 11 月 14 日，中央政治局扩大会议通过了《关于农村社会主义教育运动中一些具体政策的规定（草案）》，即"后十条"。11 月，中共中央发出通知，决定社会主义教育运动实行点面结合，后又派出大批工作队，在全国较大范围内开展了农村社会主义教育运动。

1964 年 12 月，中共中央政治局在北京召开全国工作会议，讨论农村社会主义教育运动问题。会议在毛泽东的主持下，制定了《农村社会主义教育运动中目前提出的一些问题》，简称"二十三条"。规定城乡社会主义教育运动一律简称"四清"运动，把"四清"正式定为清政治、清经济、清思想、清组织，强调运动的性质是解决"社会主义和资本主义的矛盾"，首次明确提出"运动的重点，是整党内那些走资本主义道路的当权派"。在"二十三条"的指导下，1965 年"四清"运动在更大的范围内展开。"文化大革命"开始后，各地的"四清"运动已无法继续下去。1966 年 12 月 15 日，中共中央发出《关于农村无产阶级文化大革命的指示（草案）》，规定"把四清运动纳入文化大革命中去"。至此，"四清"运动为"文革"运动所取代。

历时三年的社会主义教育运动，是中国共产党发动和领导的一次大规模的群众性的政治运动。这场运动对于纠正干部中存在的多吃多占、强迫命令、欺压群众等作风和集体经济经营管理方面的许多缺点，起了一定的作用；对于打击贪污盗窃、投机倒把和刹住封建迷信活动等歪风，也起到了一定作用。但是，由于它是在"阶级斗争为纲"的方针指导下，搞阶级斗争扩大化，使不少干部和群众受到不应有的打击和错误的处理，使"左"的错误有了进一步发展。

（五）中苏关系破裂

在 20 世纪 60 年代，中苏之间发生了一场长期而激烈的争论，从两党之间的争论发展到两国之间的争端。这场争论的发生，是由 1957 年莫斯科会议开始的中苏分歧逐步引起的。1957 年 11 月，毛泽东率党政代表团访苏，参加十月革命 40 周年庆祝大会，并出席在莫斯科召开的社会主义国家共产党和工人党代表会议及 64 个共产党和工人党代表会议。会议期间，中共代表团和苏共代表团在一些问题上发生了原则性争论。会议最后通过的《莫斯科宣言》，对苏共提出的草案中关于"和平过渡"问题作出了重大修改，吸收了中共代表团的一些意见，但也未能充分表明中国共产党的观点。为此，中共代表团于 11 月 10 日向苏共中央提交一份《关于和平过渡问题的意见提纲》，全面系统地阐明了中国共产党的观点。

1958 年 7 月 31 日至 8 月 3 日，苏共中央第一书记赫鲁晓夫访华。中国领导人毛泽东等严正拒绝了苏联不久前提出的企图侵犯中国主权的关于建立联合舰队和长波电台的建议，赫鲁晓夫大为不满。以后，苏联采取了恶化两国关系的一系列步骤。

1960 年 6 月，彭真率中共代表团参加社会主义国家共产党和工人党布加勒斯特会谈。会谈前夕，苏共代表团突然散发苏共 6 月 21 日致中共中央的通知书，对中国共产党进行全面攻击。7 月 16 日苏联违背《中苏友好同盟互助条约》，突然照会中国，单方面决定撤走全部在华专家，撕毁 343 个协定和合同，废除 257 个科技合作项目，停止供应重要设备。苏联这种背信弃义的行动，加重了中国的经济困难，进一步破坏了两国关系。

1966 年 3 月,苏共召开二十三大,中共决定不派代表出席。从此中苏关系全面破裂。造成这种局面的原因是苏联当权者执行大国沙文主义政策,把两党之间的意识形态分歧任意扩大到国与国之间的关系,并在党与党之间的关系上违背了独立自主、完全平等、互相尊重、互不干涉内部事务的原则。

(六) 对外关系的新发展

1957 年到 1966 年 10 年间,中国在顶住来自美苏等方面压力的情况下,继续以国际主义与爱国主义相结合作为处理对外关系的根本出发点,奉行独立自主的外交政策。

为了加强同亚非拉发展中国家的团结和合作,1963 年 4 月到 5 月,中华人民共和国主席刘少奇,先后访问了印度尼西亚、缅甸、柬埔寨和越南,进一步发展了同这些国家的友好合作关系。周恩来总理一行于 1963 年 12 月到 1964 年 2 月,先后访问了非洲的阿拉伯联合共和国(今埃及和叙利亚)、阿尔及利亚、摩洛哥、突尼斯、加纳、马里、几内亚、苏丹、埃塞俄比亚、索马里等 10 国,接着,又访问了南亚的缅甸、巴基斯坦和锡兰(今斯里兰卡)。周恩来总理对亚非 13 国的访问,是中国一次重大而成功的外交活动,增进了中国同亚非国家的友好合作关系,加强了中国同亚非国家人民的友谊和团结。

这一时期,中国还逐步解决了同周边一些国家的历史遗留问题,遵循和平共处五项原则,通过和平协商的方式,先后与缅甸、尼泊尔、蒙古、巴基斯坦、阿富汗等国签订了边界和约和边界协定。从 1956 年到 1965 年的 10 年间,出现了新中国成立以来同其他国家建交的第二个高潮,在这些国家中,既有亚洲、非洲的国家,也有拉美的古巴和西欧的法国。这表明新中国的对外关系有了新的发展。

本章重、难点提示

重点掌握名词

《论十大关系》	人民公社化运动	庐山会议
中共八大	七千人大会	社会主义教育运动
社会主义建设总路线	西楼会议	
"大跃进"运动	《关于正确处理人民内部矛盾的问题》	

第十三章 "文化大革命"(1966—1976 年)

考点详解

一、从五一六通知到全面内乱

(一) 批判历史剧《海瑞罢官》

1965 年 11 月 10 日,上海《文汇报》发表了姚文元的文章《评新编历史剧〈海瑞罢官〉》,指名批判北京市副市长、著名明史学家吴晗。这种超出学术范围的政治批判成为了"文化大革命"的导火索。

吴晗的剧本《海瑞罢官》,是在毛泽东提倡学习海瑞"直言敢谏"精神鼓舞下创作的,剧本宣扬了明代清官海瑞刚直不阿、不畏强暴、敢于斗争的精神。但姚文元的文章把剧中所写的有关海瑞"退田"、"平冤狱"等情节,强行与 1962 年以来受到批判的所谓"单干风"、"翻案风"联系在一起。实际上这是一种捕风捉影的政治陷害。这篇文章是江青伙同上海市委书记处书记张春桥,秘密指使姚文元炮制出来的,其真正的目的是要把攻击的矛头指向所谓吴晗的后台,即北京市委和中央第一线领导。这篇错误的批判文章却得到了毛泽东的支持。

(二)《二月提纲》

为了对已出现的极左倾向加以适当的约束,把运动置于正常的学术讨论范围内和中央的领导下,1966 年 2 月 3 日,中共中央书记处书记彭真召集"文化大革命五人小组"(1964 年成立,彭真为组长)扩大会议。会议拟定的《文化革命五人小组关于当前学术讨论的汇报提纲》(简称《二月提纲》)认为:吴晗的问题只是学术问题,与彭德怀无关,学术讨论要以理服人,不要像学阀一样武断和以势压人,不赞成把学术讨论变为严重的政治批判。《二月提纲》经中央政治局常委同意(毛泽东未表示反对)后,于 2 月 12 日转发全国。

（三）中央文革小组与《五一六通知》

经毛泽东提议，1966 年 5 月 4 日至 26 日在北京召开了中共中央政治局扩大会议。会议决定撤销以彭真为首的文化革命五人小组，重新设立文化革命小组（又称中央文革小组），隶属政治局常委之下。中央文革小组组长陈伯达，顾问康生，副组长江青、张春桥，成员有王力、关锋、戚本禹、姚文元等人。这个小组掌握了中央很大一部分权力，逐步取代了中央政治局和中央书记处，实际上是只受毛泽东领导的"文化大革命"的指挥部，为发动"文化大革命"做了组织上的准备。

5 月 16 日，会议通过了毛泽东主持制定的《中国共产党中央委员会通知》（即《五一六通知》）。《通知》对党内和国内的政治形势做了完全错误的估计，认为当前学术界、教育界、新闻界、文艺界、出版界的领导权，都不在无产阶级手里。在中共中央和中央人民政府的各机关，各省、市、自治区，都有一批资产阶级代表人物。并据此要求全党"高举无产阶级文化革命的大旗，彻底揭露那批反党反社会主义的所谓'学术权威'的资产阶级反动立场，彻底批判学术界、教育界、文艺界、出版界的资产阶级反动思想，夺取在这些文化领域中的领导权。"同时批判混进党里、政府里、军队里和文化领域的各界里的资产阶级代表人物。

《通知》是一个集中"左"倾方针的纲领性文件，反映了毛泽东关于"无产阶级文化大革命"的主要论点，也是"无产阶级专政下继续革命的理论"的重要内容。

（四）《十六条》

为了进一步清除发动"文化大革命"的"阻力"，8 月 1 日至 12 日，毛泽东在北京主持召开了中共八届十一中全会。全会通过了《中共中央关于无产阶级文化大革命的决定》（简称《十六条》），《十六条》规定：这场运动的目的是"斗垮走资本主义道路的当权派，批判资产阶级的反动学术'权威'，批判资产阶级和一切剥削阶级的意识形态，改革教育，改革文艺，改革一切不适应社会主义经济基础的上层建筑，以利于巩固和发展社会主义制度。""运动的重点，是整党内那些走资本主义道路的当权派"；要求人们要"敢字当头"，"不要怕出乱子"。中共八届十一中全会的召开和《十六条》的通过，说明毛泽东错误发动的"文化大革命"为中央全会所接受，为它在全党和全国推行得到了正式批准。

（五）红卫兵运动

全国大动乱局面的形成是从红卫兵运动开始的。1966 年 5 月 29 日，清华大学附属中学的部分学生秘密组织了红卫兵组织。在他们的影响下，北京大学附中等校也相继成立了红卫兵组织。清华附中的红卫兵在 6、7 月份先后贴出三论所谓《无产阶级革命造反精神万岁》的大字报，并请江青将他们的大字报转给毛泽东。8 月 1 日，毛泽东亲自写信给清华大学附中红卫兵，认为他们"对反动派造反有理"，向他们"表示热烈的支持"。此信的发表导致红卫兵运动迅速在全国发展，并成为一种狂热的政治力量。

（六）上海"一月风暴"与"二月抗争"

1967 年 1 月 4 日和 5 日，上海"造反派"相继夺了《文汇报》和《解放日报》的权。6 日，32 个"造反"组织联合召开"彻底打倒以陈丕显、曹荻秋为首的上海市市委大会"。会上批斗了陈丕显、曹荻秋等一批领导干部，宣布不再承认陈丕显、曹荻秋为上海市委书记和上海市长。会后，上海市委、市政府、市人大所有机构被迫停止办公。这就是所谓的"一月风暴"。毛泽东对上海"造反派"的夺权给予充分肯定。从而，在很短的时间内引发了从中央各部门到中央各级党政机关乃至各行各业的全面夺权风暴。夺权狂潮很快发展成"打倒一切"的全面内乱，全国的动荡混乱局面更加严重。

面对这种严重危害国家的动乱，一批老一辈革命家挺身而出，抵制"文化大革命"的错误和林彪、江青等人的倒行逆施。这就是著名的"二月抗争"。2 月 11 日和 16 日，在周恩来主持的怀仁堂碰头会上，谭震林、陈毅、叶剑英、李富春、李先念、徐向前、聂荣臻等，围绕着"文化大革命"要不要党的领导，应不应该将老干部统统打倒，要不要稳定军队等重大问题，与张春桥一伙展开了针锋相对的斗争。会后，张春桥、姚文元、王力整理了会议记录，向毛泽东做了汇报。毛泽东在听了中央文革小组成员的汇报后，对这些老同志深感不满。从 2 月 25 日起至 3 月 18 日，中央多次开会，江青、康生、陈伯达又在政治局生活会上，以"资产阶级复辟逆流"为罪名，连续七次组织对他们的批判和围攻，指责他们的抗争是"二月逆流"。随后，中央政治局停止了活动，中央文革小组基本上取代了中央政治局。

二、批林批孔

（一）中共九大

1969 年 4 月，中国共产党第九次全国代表大会在北京召开。大会的议程是：林彪代表中共中央做政治报告;修改中国共产党章程;选举中央委员会。林彪代表中央作政治报告,核心内容是阐述"无产阶级专政下继续革命的理论"。大会通过的党章取消了党员的权利,把林彪作为"毛泽东同志的亲密战友和接班人"写入总纲。这完全违背了党的组织原则,在党的历史上从未有过。

中共九大使"文化大革命"的错误理论和实践合法化,加强了林彪、江青等人在党中央的地位。这次大会规定的思想上、政治上、组织上的指导方针都是错误的。

(二)斗、批、改运动

中共九大以后,"文化大革命"进入所谓"斗、批、改"阶段。"斗、批、改"的主要内容是:建立三结合的革命委员会,大批判、清理阶级队伍、整党、精简机构、改革不合理的规章制度、下放科室人员,在实际工作中还包含"教育革命"、知识青年上山下乡等。其目的是彻底否定所谓"反革命的修正主义路线",达到"天下大治",建立起毛泽东设想的社会主义模式。

"斗、批、改"运动,实际上是把"文化大革命"的"左"倾错误具体化。它完全否认了新中国成立后17年由全党全国人民经过艰苦奋斗取得的伟大成就和宝贵经验,是"左"倾错误的继续和发展。

(三)九一三事件

1970年8月23日至9月6日,在江西庐山举行中共九届二中全会,中心议题之一是讨论修改宪法问题。会上,林彪以颂扬毛泽东个人为幌子,大讲"天才",继续坚持设国家主席。为配合林彪讲话,陈伯达等人连夜炮制"称天才"的材料,并拟了国家主席一节宪法条文,发出吹捧林彪的华北组会议第二号简报,从而制造了一场混乱。毛泽东觉察到了林彪一伙的宗派阴谋活动,8月25日召开中央政治局常委扩大会议,决定立即停止讨论林彪的讲话,收回华北组第二号简报,并责令陈伯达作检讨。8月31日,毛泽东在全会上印发《我的一点意见》。全会讨论了这篇文章,开展了对陈伯达的批判,挫败了林彪集团夺取最高权力的阴谋。

林彪继续玩弄两面手法,一方面指挥其集团成员假检讨,企图掩盖真相,蒙混过关;另一方面,则开始策划反革命政变的阴谋活动,1971年3月制订了《"571工程"纪要》。1971年8、9月间,毛泽东视察南方,同沿途各地的党政军负责人谈庐山会议的斗争,指名批评林彪搞突然袭击,进行地下活动,林彪对这件事"要负一些责任"。林彪得知毛泽东谈话内容后,9月8日下达发动政变手令,由林立果具体策划在上海及其附近地区谋杀毛泽东的办法。

毛泽东对林彪的反常活动有所觉察,11日突然离开上海,12日安全抵达北京。林彪集团阴谋杀害毛泽东的计划破产。13日凌晨,林彪、叶群、林立果等乘256号专机仓皇出逃,向北飞越中蒙边境。该机途经蒙古温都尔汗附近坠落,机毁人亡。这就是震惊中外的九一三事件。九一三事件是"文化大革命"推翻了党的一系列基本原则的结果,客观上宣告了"文化大革命"的理论和实践的失败。

(四)批林批孔

1973年7月,毛泽东在同王洪文、张春桥谈话中认为,林彪是"尊孔反法"的,提出要把批判林彪同批判中国历史上的孔子、儒家和推崇法家联合起来。于是,江青等利用九一三事件后从林彪家中清查出来的一些儒家人物的语录卡片和条幅、笔记等,编辑林彪与孔孟之道的材料,并于1974年1月写信给毛泽东,建议把《林彪与孔孟之道》转发全国。毛泽东批准了这个建议。中共中央于1974年1月18日将这份材料作为中央文件的附件转发全党,一场"批林批孔"运动立即在全国开展起来。

毛泽东发动这场批判运动,不仅是因为林彪私下推崇孔孟之道,借此从思想根源上批判林彪集团,而且要借宣传所谓历史上法家坚持变革和儒家反对变革,维护"文化大革命",进一步肯定"文化大革命"的理论和实践。而江青集团竭力推行"批林批孔"运动则是另有图谋,企图通过这次运动打倒以周恩来为首的党政军领导人,扫除他们"组阁"的障碍,以夺取国家的最高权力。通过这场"批林批孔",一大批刚恢复工作的老干部又被重新打倒,各级领导班子再次瘫痪;中国伦理道德中的优秀部分,如"尊老爱幼"、"尊师爱生"等传统被否定,代之而起的是"斗争哲学"。

"批林批孔"使"左"的错误更加广泛地渗透到历史、哲学、伦理道德等各个思想文化领域和社会生活各方面,使九一三事件以后经过艰苦努力刚刚趋于稳定的形势又遭到破坏。

三、从反击右倾翻案风到粉碎"四人帮"

(一)1975年全面整顿

九一三事件后,周恩来在毛泽东支持下主持中央日常工作,为纠正"文化大革命"中的"左"倾错误,进行了大量的工作,使各方面的工作一时出现了转机。四届人大后,周恩来病重住院治疗,邓小平在毛泽东支持下主持中央日常工作。

为了实施 1975 年的国民经济计划,邓小平根据毛泽东关于要安定团结、把国民经济搞上去的指示,明确提出:全国的工业、农业、商业、财贸、文教、科技、军队等各方面的工作都要整顿,核心是党的整顿,关键是领导班子。邓小平主持中央日常工作期间的全面调整,获得了中央政治局和国务院许多领导人的支持,并迅速调动了广大群众的生产积极性,有效地扭转了社会生活和经济工作的混乱局面,使 1975 年的形势明显地好转。

(二)反击右倾翻案风

邓小平的全面整顿,实质上是对"文化大革命"错误理论和"左"倾政策的否定。这是毛泽东所不能容忍的,江青集团也以此作为反对邓小平的"依据"。毛泽东听信了江青集团的诬告,决定停止邓小平的大部分工作,让他"专管外事",开始了所谓"批邓、反击右倾翻案风"运动。毛泽东发动"批邓、反击右倾翻案风"的根本原因,是他不能容忍邓小平系统地纠正"文化大革命"的错误。

"批邓、反击右倾翻案风"运动,实际上是在江青集团直接控制下进行的。他们控制的写作班子在报刊上发表大批文章,把当时为发展生产力而采取的措施说成是"唯生产力论",横加批判。于是,整顿中提出的许多正确政策和措施被否定,一些地区的派性斗争严重泛滥,交通堵塞,停工停产。

(三)四五运动和江青集团的覆灭

1976 年 1 月 8 日,周恩来在北京逝世。在为周恩来治丧期间,江青集团发出种种禁令,竭力阻挠和污蔑群众悼念周恩来的活动。4 月初,在全国范围内掀起了以天安门为中心的悼念周恩来、反对"四人帮"的强大抗议活动。4 月 4 日是清明节,天安门的悼念活动达到高潮。

4 月 4 日晚,华国锋主持召开中共中央政治局会议,讨论连日来天安门广场发生的事态。这次会议在江青等人的左右下,把天安门广场的事态定为反革命事件,并认为它干扰了当时运动的大方向,决定当晚采取清理天安门广场的花圈、标语等措施。4 月 5 日清晨,群众看到天安门广场所有的花圈、诗词、挽联等都被撤走,异常气愤。群众同一部分民兵、警察和战士发生严重冲突。这就是震惊中外的"天安门事件",又称四五运动。以天安门事件为代表的悼念周恩来、反对"四人帮"的强大抗议运动,实际上是拥护以邓小平为代表的党的正确领导。这场运动为后来粉碎江青反革命集团奠定了群众基础。

9 月 9 日,毛泽东在北京逝世,江青集团加紧了夺取党和国家最高领导权的活动。在党和国家前途面临严重危机之际。10 月 6 日晚,以华国锋、叶剑英、李先念等为核心的中央政治局采取断然措施,对王洪文、江青、张春桥、姚文元实行隔离审查。

(四)"文化大革命"的历史教训

持续十年之久的"文化大革命",终于以粉碎江青反革命集团的胜利而告结束。实践证明,"文化大革命"不是任何意义上的革命和社会进步,它是一场由领导者错误发动,被反革命集团利用,给党、国家和各族人民带来严重灾难的内乱。

"文化大革命"以尖锐的形式,暴露出党和国家的工作、体制等方面的缺陷,提供了许多有益的经验教训。第一,必须正确认识和处理社会主义社会的阶级和阶级斗争问题。第二,必须坚持集体领导原则,禁止任何形式的个人崇拜。第三,必须发展社会主义民主、健全社会主义法制。

(五)"文革"时期的外交

1971 年 10 月 25 日,第 26 届联合国大会以压倒多数票数通过决议,恢复中华人民共和国在联合国的合法席位,并立即把台湾国民党集团的代表从联合国的一切机构中驱逐出去。这是我国外交工作的重大胜利。

1972 年 2 月,美国总统尼克松访问中国。周恩来总理同尼克松总统举行了会谈,并于 2 月 28 日在上海发表了联合公报。宣布中美双方依和平共处五项原则来处理国与国的关系;声明任何一方都不应该在亚洲—太平洋地区谋求霸权;美国政府第一次公开正式承认"在台湾海峡两边的所有的中国人都认为只有一个中国,台湾是中国的一部分";双方同意扩大中美两国之间的了解,并为发展贸易和科学、技术、体育、新闻和文化等方面的交流提供便利。

中美关系的改善直接促进了中日建交。1972 年 9 月 25 日日本内阁总理大臣田中角荣访问中国。中日双方经过会谈,于 9 月 29 日签署了建立外交关系的联合声明。宣布两国结束不正常状态;中国放弃对日本的战争赔偿要求;中国政府重申台湾是中华人民共和国领土不可分割的一部分,日本政府表示充分理解和尊重;两国任何一方都不应在亚洲和太平洋地区谋求霸权,每一方都反对其他国家或国家集团建立这种霸权的努力;双方决定在和平共处五项原则的基础上建立持久的友好和平关系;宣布自即日起建立外交关系。

1974 年初,毛泽东根据国际形势的新变化,形成并提出了三个世界划分的理论观点。他认为美国和苏联两个超级大国属于第一世界,美苏以外的欧洲、日本、加拿大等属于第二世界,亚洲、非洲、拉丁美洲的广大发展中国家属于第三世界。三个世界的划分,体现了毛泽东的世界战略构想,对国际反霸斗争,对整个世界局势,对中国的外交政策,都产生了很大的影响。

本章重、难点提示

重点掌握名词

《二月提纲》	一月风暴	九一三事件
中央文革小组	二月抗争	批林批孔
《五一六通知》	中共九大	反击右倾翻案风
《十六条》	斗、批、改运动	四五运动
红卫兵运动		

第十四章 拨乱反正(1976—1978 年)

考点详解

一、"两个凡是"与真理标准大讨论

(一)"两个凡是"

华国锋为粉碎江青反革命集团作过重要的贡献,也试图结束混乱状态,打开局面。但是他在指导思想上延续了毛泽东的"左"的错误,坚持毛泽东的"左"倾论点,继续肯定"文化大革命"。提出和坚持"两个凡是"方针就是他的这种指导思想的集中体现。

1977 年 2 月 7 日,根据华国锋的意见,《人民日报》、《红旗》杂志、《解放军报》发表题为《学好文件抓住纲》的社论,其中公开提出"凡是毛主席做出的决策,我们都坚决维护,凡是毛主席的指示,我们都始终不渝地遵循"。这就是"两个凡是"的方针。它的实质是要把毛泽东晚年的"左"的错误延续下来。这就大大增加了拨乱反正的艰巨性。

(二)真理标准问题大讨论

"两个凡是"的方针严重地阻碍拨乱反正的进行。首先起来旗帜鲜明地批评"两个凡是"方针的是邓小平。早在 1977 年 4 月 10 日,他就写信给华国锋、叶剑英和中共中央,针对"两个凡是"的观点,着重提出要用准确的完整的毛泽东思想来指导我们全党、全军和全国人民。邓小平倡导恢复和发扬实事求是的优良传统,批评"两个凡是",开了解放思想、实现思想路线拨乱反正的先导。

当时,胡耀邦被任命为中共中央党校副校长,主持中央党校的工作。在胡耀邦的直接领导下,1978 年 5 月 10 日,中央党校的内部刊物《理论动态》第 60 期上发表《实践是检验真理的唯一标准》一文。1978 年 5 月 11 日,《光明日报》以特约评论员的名义公开发表《实践是检验真理的唯一标准》这篇文章,新华社全文转发全国。次日,《人民日报》、《解放军报》全文转载。随后绝大多数省、市、自治区的报纸也陆续转载。这篇文章指出,检验真理的标准只能是社会实践。理论与实践的统一,是马克思主义的一个最根本的原则。任何理论都要不断接受检验。马克思主义理论的宝库并不是一堆僵死不变的教条,它要在实践中不断增加新的观点、新的结论,抛弃那些不适合新情况的个别旧观点、旧结论。这篇文章从理论上否定了"两个凡是",在全党和全国引起了强烈反响,由此引发了关于真理标准问题的讨论。

关于真理标准问题的大讨论,使人们的思想从教条主义和个人崇拜的禁锢下解放出来,摆脱了过去长期以来形成的而当时仍然存在的"左"倾错误的束缚,恢复和发扬了实事求是的思想和作风,这是思想路线的拨乱反正。这次大讨论为中共十一届三中全会的召开做了思想上和理论上的准备。

二、中共十一届三中全会

（一）中共十一届三中全会

1978 年 12 月 18 日至 22 日,中共十一届三中全会在北京举行。全会讨论了关系党和国家命运的各项重大问题,作出了一系列重大决策,取得了开创性的具有深远意义的成果。主要内容是:重新确立了解放思想、实事求是的思想路线;作出了把党和国家工作中心转移到社会主义现代化建设上来的战略决策;决定调整国民经济,加快农业发展,重视科学、教育;作出了实行改革、开放的伟大决策;审查和解决了历史上遗留的一批重大问题和一些重要领导人的功过是非问题;决定加强党的领导机构,健全党的民主集中制,健全党规,严肃党纪。

中共十一届三中全会是新中国成立以来党的历史上具有深远意义的伟大转折,也是我国历史上的一个伟大转折点。全会从根本上冲破了长期"左"倾错误的严重束缚,端正了指导思想,使广大干部和群众从过去盛行的个人崇拜和教条主义中解放出来,在思想上、政治上和组织上恢复和确立了马克思主义的正确路线,结束了1976 年 10 月以来党的工作在徘徊中前进的局面,开始认真地全面纠正"文化大革命"中及其以前的"左"倾错误,把党和国家工作重点转移到现代化建设上来,实行改革开放的政策,实现国家发展战略的根本转变,因而成为开辟有中国特色社会主义道路,开创中国社会主义事业发展新时期的伟大起点。

（二）调整、改革、整顿、提高方针的制定

中共十一届三中全会做出工作重心转移的战略决策以后,党和政府的主要精力日益集中到经济建设上来。国民经济进行了新的调整,并逐步走上健康发展的轨道。1979 年 4 月 5 日至 28 日,中共中央召开工作会议讨论经济问题,正式决定对国民经济实行"调整、改革、整顿、提高"的八字方针。会议还通过了调整后的 1979 年国民经济计划的安排(草案)和《中共中央关于调整国民经济的决定》等文件。1979 年 6 月,全国人民代表大会五届二次会议正式通过上述八字方针。实现八字方针,就是要调整国民经济各种比例关系,使国民经济走向健康发展轨道;改革现行的经济管理体制,充分发挥中央、地方、企业和职工的积极性;继续整顿现有企业,建立和健全良好的生产秩序和工作秩序;提高生产水平、技术水平和管理等方面的水平。

（三）《关于建国以来党的若干历史问题的决议》

1981 年 6 月 27 日至 29 日,中共十一届六中全会在北京召开,审议和通过了《关于建国以来党的若干历史问题的决议》。

《决议》对新中国成立 32 年来党的重大历史事件特别是"文化大革命"作了正确的总结。决议指出,党在新中国成立后的历史,总的来说,是我们党在马列主义、毛泽东思想指导下,领导全国各族人民进行社会主义革命和建设并取得巨大成就的历史。由于我们党领导社会主义建设的经验不多,党的领导对形势的分析和国情的认识有主观主义的偏差,因而发生过把阶级斗争扩大化和经济建设上急躁冒进的错误,后来又发生了"文化大革命"这样全局性的、长时间的严重错误。决议从根本上否定了"无产阶级专政下继续革命的理论"。

《决议》实事求是地评价了毛泽东的历史地位,充分论述了毛泽东思想作为党的指导思想的伟大意义。决议指出,毛泽东是伟大的马克思列宁主义者,是伟大的无产阶级革命家、战略家和理论家。他虽然在"文化大革命"中犯了严重错误,但是就他的一生来看,他对中国革命的功绩远远大于他的过失。他的功绩是第一位的,错误是第二位的。毛泽东思想是马克思列宁主义普遍原理和中国革命具体实践相结合的产物,是马克思列宁主义在中国的运用和发展,是被实践证明了的关于中国革命的正确理论原则和经验总结,是中国共产党集体智慧的结晶。

《决议》肯定了中共十一届三中全会以来逐步确立的适合我国国情的建设社会主义现代化强国的正确道路,进一步指明了我国社会主义事业和党的工作继续前进的方向。《决议》指出,党在新的历史时期的奋斗目标,就是要把我国逐步建设成为具有现代农业、现代工业、现代国防和现代科学技术的具有高度民主和高度文明的社会主义强国。

《关于建国以来党的若干历史问题的决议》,对于统一全党和全国人民的思想,维护全党和全国人民的团结,开辟有中国特色的社会主义道路,保证社会主义事业的健康发展,起了重大的作用。《决议》的通过标志着指导思想上拨乱反正任务的胜利完成。

本章重、难点提示

重点掌握名词

"两个凡是"　　　　　　　　　　　中共十一届三中全会

真理标准问题大讨论　　　　　　　　《关于建国以来党的若干历史问题的决议》

第十五章　改革开放的进程(1978—1992 年)

考点详解

一、农村与城市经济体制改革

(一) 以联产承包责任制为中心的农村经济改革

中共十一届三中全会实现了历史的转折,打破了"左"的陈旧观念的束缚,开始纠正农村工作中的"左"倾错误,为农村体制改革指明了前进的方向。这次全会制定并在十一届四中全会正式通过的《关于加快农业发展若干问题的决定》,强调对农业的领导一定要从实际出发,要尊重和保护社员群众的民主权利;生产队有权决定经营管理方法;要建立和健全农业生产责任制;各级行政机关对农村集体经济组织的生产和建设的计划指导。这就为农村改革的起步提供了先决条件。

农村改革最初在安徽、四川等地兴起,出现了各种形式的农业生产责任制。1978 年底到 1979 年初,皖东地区部分生产队以及合肥、芜湖等地的一些生产队开始实行包产到户,效果极好。其中凤阳县小岗生产队首创包干到户,包干后第一个秋收就比上年增产 6 倍多。1980 年 9 月,中共中央召开省、市、自治区党委第一书记座谈会,讨论农业生产责任制问题,并形成了座谈会纪要,即《关于进一步加强和完善农村生产责任制的几个问题》,中共中央以 1980 年 75 号文件下发。文件提出,加强和完善农业生产责任制,在不同地方、不同社队,要根据实际情况,采取各种不同的形式,不可拘泥于一种模式,搞一刀切。文件肯定包产到户的社会主义性质。

1980 年冬到 1981 年,农村的改革进入家庭联产承包责任制大发展阶段。"双包"不仅在边远地区和长期贫困地区普及,而且在一般地区迅速扩展。包产到户和包干到户都属于家庭联产承包责任制,都是把土地包给社员,以家庭为单位分散经营,两者在生产过程中并没有本质的差别,只是在分配方式上有所不同,前者以产量定工分,后者则直接联产计酬,即"交够国家的,留足集体的,剩下的都是自己的",所以也叫"大包干"。

1982 年 1 月 1 日,中共中央批发《全国农村工作会议纪要》,进一步肯定双包到户是社会主义集体经济的生产责任制。到 1982 年 8 月,全国农村实行包产到户的生产队达到 74%。家庭联产承包责任制成为农业生产责任制的主要形式。此后,这种形式的责任制又进一步发展和完善,成为农业生产责任制的基本形式。

家庭联产承包责任制的实行,改变了束缚农业生产力的旧体制,使农业生产摆脱了长期停滞的困境,农村面貌发生了深刻的变化,广大城乡人民都得到实惠,并且带动了整个改革和建设事业。

(二) 以城市为重点的整个经济体制改革

1984 年 10 月,中共十二届三中全会在北京举行。全会通过了《中共中央关于经济体制改革的决定》。这个决定总结了新中国成立以来特别是中共十一届三中全会以来经济体制改革的经验,比较系统地提出和阐明了经济体制改革中的一系列重大理论和实践问题,是全面进行经济体制改革的纲领性文献。

中共十二届三中全会后,我国的经济体制改革开始进入以城市为重点的全面改革阶段。到 1987 年,整个经济体制改革取得明显的进展。主要体现在:(1) 在坚持公有制经济的主体地位并使之进一步壮大的前提下,多种经济成分得到发展,原来那种与现实生产力水平不完全适应的单一公有制结构有很大变化。所有制结构的这种变化,对发展经济、方便生活和安置就业起了积极作用。(2) 按照政企分开、所有权和经营权适当分离的原则,改变了统收统支的国营企业经营方式,扩大了企业的生产经营自主权。在企业内部,也进行了以实行厂长(经理)负责制为主要内容的改革。(3) 改革计划管理体制,国家宏观调控的范围和方式得到调整和改进。经济杠杆在宏观调控中的作用明显增强。(4) 改革不合理的价格体系和过于集中的价格管理体制。从 1979 年到 1987 年的九年里,价格改革是按照"调放结合"的方针进行的。就是合理调整价格,逐步放开价格。(5) 改革工资制度和劳动制度。1985 年 6 月 4 日,中共中央、国务院发出《关于国家机关和事业单位工作人员工资制度改革问题的通知》,决定国家机关和事业单位实行以职务工资为主的结构工资制,包括基本工资、职务工资、工龄工资三部分。1986 年 9 月,国务院公布了改革劳动制度的四项暂时规定,对劳动制度进行了重大改革,企业新招收的工人开始实行合同制。此外,在财政、金融、税收、商业流通等方面也进行了不同程度的改革。

城市经济体制改革的全面开展,冲破了长期僵化的计划经济体制,克服了一些弊病,搞活了经济,为国民经济的发展注入了新的生机和活力。

二、特区建设与改革开放

(一)经济特区的建立

1980 年 5 月,中共中央和国务院决定在广东的深圳、珠海、汕头和福建的厦门,各划出一定范围的区域,试办经济特区。在经济特区实行特殊的经济政策和管理体制。建设资金的来源,以吸收外资为主;经济形式,以中外合资经营企业、中外合作经营企业、外商独资企业即"三资"企业为主,多种经济成分并存;产品销售,以外销为主;经济运行,以市场调节为主。在特区内,对投资外商在税收、土地使用、入境出境管理等方面,给予特殊的优惠和方便。1985 年以前,深圳、珠海、汕头、厦门四个经济特区主要进行以创建投资环境为重点的基础设施建设,从 1986 年起,致力于发展以工业为主、工贸结合、农牧渔和旅游业并举的外向型经济。1988 年 4 月 13 日,全国人大七届一次会议通过设立海南省的决定。同日,还通过了建立海南经济特区的决定,在海南经济特区实行更加灵活开放的经济政策。海南经济特区是我国第五个经济特区,也是最大的一个经济特区。

(二)对外开放格局的基本形成

1984 年 3 月,中央召开沿海部分城市座谈会。着重研究了深圳、珠海、汕头、厦门四个特区和海南岛开放的经验和政策,论证了沿海港口城市进一步开放的条件和设想。5 月 4 日,中共中央、国务院批转了《沿海部分城市座谈会纪要》,决定全部开放中国沿海港口城市,从北到南,包括大连、秦皇岛、天津、烟台、青岛、连云港、南通、上海、宁波、温州、福州、广州、湛江、北海 14 个大中港口城市。

在沿海港口城市开放的基础上,1985 年 2 月,中共中央、国务院决定将长江三角洲、珠江三角洲和闽南三角地区划为沿海经济开发区,并指出这是我国实施对内搞活经济、对外实行开放的具有重要战略意义的布局。1988 年初,又决定将辽东半岛和山东半岛全部对外开放,与已经开放的大连、秦皇岛、天津、烟台、青岛等连成一片,形成环渤海开发区,从而,使我国形成了"经济特区—沿海开放城市—沿海经济开放区—内地"这样一个多层次、有重点、点面结合的对外开放格局。

(三)一国两制

为了实现包括台湾、香港、澳门在内的国家统一,中国政府提出了"一国两制"的构想。1984 年 2 月,邓小平在会见美国乔治城大学战略与国际研究中心代表团时,第一次公开使用"一国两制"的提法。1984 年 5 月,"一国两制"的构想写进了全国人大六届二次会议通过的《政府工作报告》中,成为具有法律效力的基本国策。

"一国两制"的基本内容是:在一个中国的前提下,国家的主体坚持社会主义制度;香港、澳门、台湾是中华人民共和国不可分离的部分,他们作为特别行政区保持原有的资本主义制度不变。在国际上代表中国的,只能是中华人民共和国。

1984 年 9 月 26 日,中英关于香港问题的联合声明和三个附件在北京草签。联合声明确认:中华人民共和国于 1997 年 7 月 1 日对香港恢复行使主权,英国政府将在同日把香港交还给中国。中国政府在联合声明中阐述了对香港的基本方针政策,这些基本方针政策五十年内不变。1984 年 12 月 19 日中英两国政府首脑在北京正式签署了关于香港问题的联合声明。继解决香港问题之后,中葡两国政府于 1987 年 3 月 26 日在北京草签了关于澳门问题的联合声明。联合声明称,"中华人民共和国政府和葡萄牙共和国政府声明:澳门地区(包括澳门半岛、凼仔岛和路环岛,以下称澳门)是中国领土,中华人民共和国政府将于 1999 年 12 月 20 日对澳门恢复行使主权。4 月 13 日,中葡关于澳门问题的联合声明在北京正式签署。

三、邓小平南方谈话与社会主义市场经济的确立

(一)邓小平南方谈话

邓小平于 1992 年 1 月 18 日至 2 月 21 日先后视察了武昌、深圳、珠海、上海等地,发表了重要谈话。他的谈话的要点是:要坚持党的基本路线,要抓住有利时机,大胆解放思想,加快经济发展,把有中国特色的社会主义事业全面推向前进。

谈话的内容可分为 6 个部分。(1)深刻阐明了社会主义的本质,强调要坚持党的基本路线一百年不动摇。(2)改革开放胆子要大一些,敢于试验,大胆地闯。(3)抓住时机,发展自己,关键是发展经济。(4)要坚持两手抓,两手都要硬。(5)正确的政治路线要靠正确的组织路线来保证。(6)坚信马克思主义是科学,坚信社会主义经历一个长过程发展后必然代替资本主义。

邓小平的重要谈话是在分析了当时的国际国内形势的基础上,经过深思熟虑后发表的。谈话科学地总结了中共十一届三中全会以来社会主义建设和改革开放的基本实践和基本经验,从理论上明确地回答了长期困扰和束缚人们思想的许多重大认识问题,是他十多年来关于建设有中国特色社会主义思想的高度概括和发展。谈话为即将召开的中共十四大奠定了思想和理论基础。

(二) 建设有中国特色社会主义理论的形成

1992年10月中国共产党在北京召开了第十四次全国代表大会。江泽民在会上作了《加快改革开放和现代化建设步伐 夺取有中国特色社会主义事业的更大胜利》的报告,总结了十一届三中全会以来14年的实践经验,确定了加快社会主义现代化建设和改革开放的方针和战略部署,对建设有中国特色的社会主义理论作了新的概括,并把它确定为全党工作的指导方针。

主要内容有:(1) 在社会主义的发展道路问题上,强调走自己的路,不把书本当教条,不照搬外国模式,以马克思主义为指导,以实践作为检验真理的唯一标准,解放思想,实事求是,尊重群众的首创精神,建设有中国特色的社会主义。(2) 在社会主义的发展阶段问题上,作出了我们还处在社会主义的初级阶段的科学论断,强调这是一个至少上百年的很长的历史阶段,制定一切方针政策必须以这个基本国情为依据,不能脱离实际,超越阶段。(3) 在社会主义的根本任务问题上,指出社会主义的本质是解放生产力,发展生产力,消灭剥削,消除两极分化,最终达到共同富裕。强调现阶段我国社会的主要矛盾是人民日益增长的物质文化需要同落后的社会生产之间的矛盾,必须把发展生产力摆在首要地位,以经济建设为中心,推动社会全面进步。(4) 在社会主义的发展动力问题上,强调改革也是一场革命,也是解放生产力,是中国现代化的必由之路。经济体制改革的目标,是在坚持公有制和按劳分配为主体、其他经济成分和分配方式为补充的基础上,建立和完善社会主义市场经济体制,政治体制改革的目标,是以完善人民代表大会制度、共产党领导的多党合作和政治协商制度为主要内容,发展社会主义民主政治。同经济、政治的改革和发展相适应,以"有理想、有道德、有文化、有纪律"为目标,建设社会主义精神文明。(5) 在社会主义建设的外部条件的问题上,指出和平与发展是当代世界的两大主题,必须坚持和平自主的和平外交政策,为我国现代化建设争取有利的国际环境。(6) 在社会主义建设的政治保证问题上,强调坚持社会主义道路、坚持人民民主专政、坚持中国共产党的领导、坚持马克思列宁主义毛泽东思想。这四项基本原则是立国之本,是改革开放和现代化建设健康发展的保证,又从改革开放和现代化建设获得新的时代内容。(7) 在社会主义建设的战略步骤问题上,提出基本实现现代化分三步走。在现代化建设的长过程中要抓住时机,争取出现若干个发展速度快、效益又比较好的阶段,每隔几年上一个台阶。贫穷不是社会主义,同步富裕又是不可能的,必须允许和鼓励一部分地区先富起来,以带动越来越多的地区和人们逐步达到共同富裕。(8) 在社会主义事业的领导力量和依靠力量的问题上,强调作为工人阶级先锋队的共产党是社会主义事业的领导核心,党必须适应改革开放和现代化建设的需要,不断改善和加强对各方面工作的领导,改善和加强自身建设。(9) 在祖国统一的问题上,提出"一个国家,两种制度"的创造性构想。在一个中国的前提下,国家的主体坚持社会主义制度,香港、澳门、台湾保持原有的资本主义制度长期不变,按照这个原则来推进祖国和平统一大业的完成。

建设有中国特色社会主义的理论,是在和平与发展成为时代主题的历史条件下,在我国改革开放和社会主义现代化建设的实践过程中,在总结我国社会主义胜利和挫折的历史经验并借鉴其他国家社会主义兴衰成败历史经验的基础上,逐步形成和发展起来的。这一理论第一次比较系统地初步回答了在中国这样的经济文化比较落后的国家如何建设社会主义、如何巩固和发展社会主义的一系列基本问题,用新的思想、观念,继承和发展了马克思主义。

(三) 社会主义市场经济体制的确立

建立社会主义市场经济体制是中共十四大提出的我国经济体制改革的目标。1993年11月,中共十四届三中全会在北京举行。全会审议并通过了《中共中央关于建立社会主义市场经济体制若干问题的决定》。《决定》明确指出,社会主义市场经济体制是同社会主义基本制度结合在一起的。建立社会主义市场经济体制,就是要使市场在国家宏观调控下对资源配置起基础性作用。通过改革建立新体制的目的是要最大限度地解放和发展生产力,增强国家的综合国力,提高人民的生活水平。

《决定》对中国社会主义市场经济体制的框架做出了如下规定:(1) 要坚持以公有制为主体,多种经济成分共同发展的方针,进一步转换国有企业经营机制,建立适应市场经济要求,产权清晰、权责明确、政企分开、管理科学的现代企业制度,这是建立社会主义市场经济体制的基础和中心环节。(2) 建立全国统一开放的市场体系,实现城乡市场紧密结合,国内市场与国际市场相互衔接,促进资源的优化配置;(3) 转变政府管理经济的职能,建立以间接手段为主的完善的宏观调控体系,保证国民经济的健康运行。(4)建立以按劳分配为主体,效率优先、兼顾公平的收入分配制度,鼓励一部分人先富起来,走共同富裕的道路;(5)建立多层次的社会保障制度,为城乡居民提供同我国国情相适应的社会保障,促进经济发展和社会稳定。此外,《决定》还提出要深化农村、对外经贸、科技、教育等方面体制的改革,强调指出市场经济本质上是法制经济,社会主义市场经济体制的建立和完善,必须有完备的法制来规范和保障。

《中共中央关于建立社会主义市场经济体制若干问题的决定》是根据邓小平建设有中国特色社会主义的理论和中共十四大精神,把中共十四大提出的经济体制改革的目标和基本原则加以具体化,在许多方面又进一步发展,制定了社会主义市场经济体制的总体规划,构建了社会主义市场经济体制的基本框架,由此成为下一步进行经济体制改革的行动纲领。

本章重、难点提示

重点掌握名词

家庭联产承包责任制   一国两制   南方谈话

第十六章 共和国时期的民族关系与区域发展

考点详解

一、民族区域自治制度

实行民族区域自治,就是在祖国统一的大家庭里,在中央人民政府的统一领导下,以少数民族聚居区为基础,按照民族聚居的人口多少和区域大小,分别建立不同级别的民族自治地区和自治机关。首次规定在全国范围内实行民族区域自治的文件,是《中国人民政治协商会议共同纲领》。《共同纲领》明确指出:"各少数民族聚居地区,应实行民族的区域自治"。

1952年2月政务院召开第125次会议,会议通过了《中华人民共和国民族区域自治实施纲要》,《纲要》规定:"各民族自治区统为中华人民共和国领土的不可分离的一部分。各民族自治区的自治机关统为中央人民政府统一领导下的一级地方政府,并受上级人民政府的领导。"《纲要》的主要内容载入了1954年的《中华人民共和国宪法》。宪法明文规定:"中华人民共和国是统一的多民族国家","各少数民族聚居的地方实行区域自治。各民族自治地方都是中华人民共和国不可分离的一部分。"

我国最早建立的省级民族自治政府,是1947年5月在中国共产党领导和帮助下建立的内蒙古自治区。1955年10月成立了新疆维吾尔自治区。1958年3月成立了广西壮族自治区,10月成立了宁夏回族自治区。1965年成立了西藏自治区。

实行民族区域自治,保障了各少数民族的权益,使他们能当家作主,管理本民族内部事务,既保证了各民族的平等地位,又保证了祖国统一和各民族的团结,共同抵御帝国主义的侵略,充分发挥各民族参加国家政治生活和建设社会主义的积极性,促进我国社会主义事业的健康发展。

二、三线建设

1964年8月,美国悍然轰炸越南北方,中国周边形势紧张起来。中国估计越南战争扩大的可能性很大,于是在进行援越抗美斗争的同时,根据毛泽东的提议,加强战备,进行三线建设。中共中央确定的三线建设的总目标,是要在西南、西北、中南纵深地区建立起工农业结合的、为国防和农业服务的比较完整的战略后方基地。从1965年夏天起,三线建设正式进入实施阶段。国家大幅度增加了三线建设的投资,1965年占国家基建总投资的近1/3,1966年占到1/2。为统一协调和指挥三线建设,于1965年4月成立国家建设委员会,谷牧任主任。起步阶段的三线建设进展很快,仅1965年就完成全部搬迁计划的40%,当年建成和部分建成的项目占在建项目的近40%。原计划1966年三线建设将进一步展开,但由于"文化大革命"的爆发而受到严重影响。

本章重、难点提示

重点掌握名词

民族区域自治制度　　　　　　　三线建设

第十七章　共和国时期的文化、教育与科技

考点详解

一、共和国时期的文化

（一）百花齐放、百家争鸣

1951 年毛泽东为中国戏剧研究院题词"百花齐放，推陈出新"。1953 年前后，毛泽东针对学术研究中的不同观点的争论，提出了"百家争鸣"。1956 年 4 月，中央政治局在讨论十大关系时，把"百花齐放，百家争鸣"作为我国发展科学和艺术的重要方针。1956 年 5 月 26 日，中宣部长陆定一应邀向在京的自然科学家、社会科学家、文学家和艺术家作了题为《百花齐放，百家争鸣》的报告，全面系统地阐述了双百方针。

"百花齐放，百家争鸣"方针的提出，吸取了我国历史上学术、文化发展的经验，总结了中国共产党领导科学文化事业的经验教训，也借鉴了外国党领导科学文化事业的经验，是中国共产党领导科学文化工作的基本性和长期性的正确方针。这个方针提出后，在科学界和文艺界引起了强烈的反响。它开阔了人们的眼界，活跃了人们的思想，使科学文化艺术界的各部门出现了生机勃勃的景象。

（二）史学

新中国建立后，历史学所取得的成就，是北京大学等全国综合性大学和北京师范大学等师范院校历史系的改造和组建，中国科学院历史研究所等全国和各省市自治区历史研究机构的建立，中央档案馆、中国第一历史档案馆和中国第二历史档案馆等国家级档案馆的建立，中国历史博物馆、中国革命博物馆、中国人民解放军军事博物馆等中央级和地方性历史博物馆的建立，《历史研究》等全国性史学刊物的出版。

在古籍校点、资料汇集、档案整理方面：《资治通鉴》和《二十四史》的校点、出版，是古籍整理方面的重大工程。1962 年编纂完成《中国丛书综录》，这是我国历史上收辑范围最广的一部古籍目录书，历史资料汇集方面中国近代史的成果最为突出，《中国近代史料丛刊》、《中国近代经济史资料丛刊》和《中国近代经济史参考资料丛刊》，都是历史资料汇集方面的巨著。

新中国成立后，我国著名的历史学家纷纷出版了新的研究成果。范文澜改写了他的《中国通史简编》（后改称《中国通史》）。郭沫若主编了《中国史稿》，初稿在 60 年代初已经完成。吕振羽修订了他的《简明中国通史》。翦伯赞主编了《中国史纲要》。侯外庐完成了《中国思想通史》五卷六册的巨著和编著了《中国封建社会史论》等。这些著作是当时我国马克思主义史学的代表作。

八九十年代新的研究成果不断出现，在通史方面，出版了白寿彝主编的《中国通史纲要》。出版了两套大型的中国通史巨著，一套是由范文澜主编、蔡美彪续编的《中国通史》10 卷本；一套是由白寿彝任总主编的《中国通史》12 卷本。

二、共和国时期的教育

（一）院系调整

院系调整工作从 1952 年开始，到 1953 年基本结束。经过院系调整，全国共有高校 182 所，计综合大学 14 所，工业院校 38 所，师范院校 31 所，农林院校 29 所，医药院校 29 所，财经院校 6 所，政法院校 4 所，语文、艺术、体育、少数民族等院校 31 所。学校的性质、任务更加明确，基本上实现了"以培养工业建设人才和师资为重点，发展专门学院，整顿和加强综合性大学"的方针。这次调整也有不恰当之处，如机械搬用苏联经验，不适当地取消了一些学科，有的专业设置过细，对人才的成长和合理使用不利。

（二）恢复高考

"文革"后高等教育工作的一项重要改革。从 1966 年秋季起，全国高等学校暂停招生工作。1970 年重新开

始高校招生,但废除进行全国统一招生考试的制度,实行由群众推荐、领导审批的招生办法。鉴于这种招生制度所造成的高等学校学生质量下降,导致各条战线科技人员严重不足的状况,邓小平在1977年7月至9月间多次同有关方面负责人谈话,提出"今年就要下决心恢复从高中毕业生中直接招考学生,不要再搞群众推荐。从高中直接招生。"同年8月13日至9月25日,教育部在北京召开全国高等学校招生工作会议。在邓小平的推动下,《关于1977年高等学校招生工作的意见》及时出台。自1977年起高等院校招生恢复了统一考试制度。

(三)教育体制改革

1980年12月,中共中央、国务院作出了《关于普及中学教育若干问题的决定》,开始了中等教育体制的改革。

1985年5月,中共中央、国务院在北京召开全国教育工作会议。会议认真讨论了《中共中央关于教育体制改革的决定》,《决定》要求:有系统地进行教育体制改革,扩大学校办学自主权;把发展基础教育的责任交给地方,有步骤地实行九年义务教育;调整中等教育结构,大力发展职业技术教育;改革高等教育的招生计划和毕业生分配制度;相应地改革劳动人事制度;改革同社会主义现代化不相适应的教育思想、教育内容与教育方法。改革的目的,是使各级各类教育能够主动适应经济和社会发展的多方面的需要。《决定》的颁布,加快了教育体制改革的步伐。1986年6月,国务院制定了《高等教育管理职责暂行规定》,明确了高校拥有办学、财务、基本建设、人员、教师职称评定和职务聘任、教学、科研、对外学术交流等八个方面的自主权。《规定》改进了国家对高等教育的宏观指导和管理,扩大了高校的管理权限,对增强高校适应社会和经济发展需要的能力,促进高校的教育体制改革,产生了积极作用。

1986年4月,全国人大六届四次会议通过《中华人民共和国义务教育法》,并开始正式实施。各地从实际出发,分别不同的经济条件和教育基础,制定了普及义务教育规划,有步骤地把实施9年制义务教育推向全国。

教育体制改革不仅为我国的教育事业注入了新的活力,推动了教育事业的蓬勃发展,而且为我国社会主义现代化建设输送了大量人才,支援了各条战线的建设事业。

三、共和国时期的科技

(一)中国科学院

1949年11月1日,在原中央研究院和北平研究院的基础上建立了中国科学院,郭沫若任院长。它是中国最高学术领导机构和综合研究中心,主要研究基本的科学理论问题和国家建设中的关键性、综合性的科学技术问题。后来逐步发展,在上海等地建立分院,拥有120多个研究所。1955年6月,科学院建立学部,由全国各方面优秀的科学家233人担任学部委员。学部委员大会是该院的最高权力机构,由其选举院主席团;主席团推选院长、副院长,领导全院工作。中国科学院的建立为我国科学事业有组织有计划的发展,奠定了良好的基础。

(二)全国科学大会

1978年3月中共中央召开了有6 000名代表参加的全国科学大会,讨论通过了《1978—1985年全国科学技术发展规划纲要》。《纲要》对中国自然资源、农业、工业、国防等27个领域和基础科学、技术科学两大门类的科学技术任务作了全面安排,从中确定了108个全国重点研究项目。其中农业、能源、材料、电子计算机、激光、空间、高能物理、遗传工程等8个影响全局的综合性课题被放在突出的地位。科学大会的召开,尤其是同年12月中共十一届三中全会确定党的工作重点转移到现代化建设上来,对中国科学技术事业的发展带来了深刻的影响。

(三)科技计划的实施

面向经济建设主战场的科技攻关计划始于1982年,其宗旨是集中全国主要科技力量,对在国民经济和社会发展中遇到的重大科学技术问题进行联合攻关。计划实施以来,获得大量科研成果,取得巨大经济效益。

"星火计划"是面向农村发展经济的科技计划,1986年开始实施,宗旨是把先进适用的科技项目像星火一样撒向农村,指导农民依靠科技振兴农业,引导乡镇企业依靠科技提高水平,促进农村经济发展。到1998年底,"星火计划"已组织实施项目50 634项。现在,"星火计划"的发展已逐步从"短、平、快"单个技术试点项目,向培育支柱企业和星火技术密集区的方向发展。

为跟踪世界高科技发展前沿,自1986年起国家开始实施高新技术研究发展计划(又称863计划)。到1998年底,863计划囊括的生物科技、航天技术、信息技术、激光技术、自动化技术、能源技术、新材料技术、海洋技术,已有1 398项完成并取得了成果鉴定。其中,550项达到国际先进水平。

为引导和推动技术成果商品化、产业化和国际化,尽快建立起我国的高新技术产业,1988年,国家开始实施

"火炬计划"。到 1998 年底,我国"火炬计划"共组织实施了国家级项目 3 536 项,地方项目 9 036 项,由于这些项目以银行贷款和自筹款项作为资金来源,完全按照市场经济的方式来实施,因而对国家经济的贡献特别明显。

为发展基础研究,赶超世界水平,从 1991 年起,我国开始实施"攀登计划"。目前我国基础性研究工作在许多领域取得了举世瞩目的成就,已建立起北京正负电子对撞机、兰州重离子加速器、合肥同步辐射装置、太阳磁场望远镜等一批达到国际先进水平的实验装置;在高温超导研究方面,我国一直处在世界的前列;在材料科学、生命科学等领域也涌现了一批具有世界先进水平的成果。

(四) 共和国取得的科技成就

1956 年 7 月 19 日,第一架喷气式飞机(歼 5)试飞成功,1958 年 6 月 30 日,由苏联援助建成的中国第一座实验性原子能反应堆开始运转,同时建成回旋加速器。这座原子反应堆是实验性重水型,它的热功率是 7 000 ~ 10 000kM。它的建成,标志着中国已开始跨进原子能时代。1959 年 9 月,第一台每秒钟运算一万次的快速通用电子数字计算机试制成功。1960 年 2 月 19 日,第一枚液体燃料探空火箭发射成功。同年 11 月 5 日近程导弹发射成功。1964 年 6 月,在中国西部地区爆炸了第一颗原子弹,它的成功标志着中国科学技术当时所达到的最高水平。

1961 年 3 月,中国科学院上海实验生物研究所借助人工单性生殖方法培育出世界上第一只"没有外祖父的癞蛤蟆"。1965 年 9 月,中国科学院上海生物化学研究所经过六年多的努力,获得了人工合成牛胰岛素结晶。这是世界上第一次人工合成的一种具有生物活力的结晶蛋白质。人工合成牛胰岛素的成功,标志着人类在探索生命的征途中向前跨出了重要的一步,开始用人工合成方法来研究蛋白质解构与功能的新阶段。

1966 年 10 月 27 日第一次成功地进行了导弹试验,1967 年 6 月 17 日爆炸了中国第一颗氢弹。1969 年 9 月 23 日中国首次进行地下核试验成功,1969 年中远程战略导弹发射成功。1970 年 4 月 24 日成功地发射了第一颗人造地球卫星"东方红 1 号"。1975 年 11 月 26 日又成功发射了一颗返回型遥感卫星,在正常运行 3 天后按预定计划返回地面,中国成为世界上第三个掌握回收技术的国家。1973 年 8 月,中国第一台每秒运算 100 万次的集成电路电子计算机问世。

本章重、难点提示

重点掌握名词

百花齐放、百家争鸣	中国科学院	863 计划
院系调整	全国科学大会	火炬计划
恢复高考	星火计划	攀登计划

第三部分　世界古代中世纪史

Ⅰ. 考查要点

苏美尔-阿卡德文明;古巴比伦王国;腓尼基和以色列历史;波斯帝国;古埃及主要王朝;埃赫那吞改革;吠陀文明;婆罗门教;种姓制度;佛教;古印度主要王朝;梭伦改革;克利斯提尼改革;希腊城邦制度;希波战争;伯罗奔尼撒战争;雅典民主政治;亚历山大东征;古希腊哲学;塞尔维乌斯改革;早期罗马共和国平民与贵族的斗争;罗马共和国时期的政治制度;罗马的扩张;马略军事改革;前三头同盟;后三头同盟;屋大维的内外政策;基督教的兴起与传播;戴克里先与君士坦丁的统治;罗马共和国时期的文化;罗马帝国时期的文化;查理曼帝国;封君封臣制度;诺曼征服;英法百年战争;皇权与教权的斗争;十字军东征;中世纪基督教文化;伊斯兰教的兴起;阿拉伯帝国;奥斯曼土耳其的扩张;查士丁尼的统治;拜占庭文化;基辅罗斯;莫斯科公国;大化改新;幕藩体制;德里苏丹国;莫卧儿帝国。

Ⅱ. 试题综述

《历史学基础考试大纲》规定世界古代中世纪史内容占试卷的比例为20%,约60分。下表为2007—2011年历史学基础试题中,世界古代中世纪史内容在单项选择题、名词解释、史料分析题、论述(简答)题等四类题型中的题量与分值分布。

题型 年份	单项选择题		名词解释		史料分析题		论述(简答)题		合计
	题量	分值	题量	分值	题量	分值	题量	分值	
2011	3	6分	1	10分			1	40分	56分
2010	5	10分	2	20分			1	30分	60分
2009	5	10分	2	20分	1	30分			60分
2008	5	10分	2	20分			1	30分	60分
2007	5	10分	3	20分			1	30分	60分

上表显示,在2007—2011年历史学基础试题中,世界古代中世纪史内容多以单项选择题、名词解释、论述(简答)题三种题型出现,史料分析题仅2009年出现。总题量为5～8题,分值约为60分。2007—2011年世界古代中世纪史题型题量分布大致为单项选择题3～5道、名词解释1～2道、论述(简答)题0～1道。

世界古代中世纪史涉及国家众多,为考生记忆难点。第五章"古代希腊文明"与第六章"古代罗马文明"为世界古代史命题重点,2007—2009年、2011年所考史料分析题和论述(简答)题均出自这两章内容,其中2011年世界古代中世纪史论述题同时考查了希腊和罗马的历史。第七章"中世纪的西欧"亦为重要章节,考生复习时须予以重视。从试题考查内容看,主要为重大战争、政治制度、宗教文化等。

第一章　史前人类

考点详解

一、人类的起源与进化

（一）关于人类起源的主要理论

1. 神创论

神创论认为人是神创造出来的。世界各地、各民族关于神创造人的传说非常多，如中国流传的女娲造人的传说；古代埃及则认为人是由一个叫哈奴姆的神在陶器场里塑造而成；而在古希腊则流传着普罗米修斯神以泥土塑人的传说。基督教的创世说对人类的起源问题做了比较系统的说明。《圣经·创世记》中说：上帝用泥土造出了第一个人亚当，后来从他身上抽出一根肋骨造了夏娃，并使他们成为夫妻。亚当和夏娃由于偷吃禁果而被逐出伊甸园，开始在人间繁衍后代。基督教的创世说在西方广为流传，至今仍有相当影响。

2. 进化论

1809 年，法国学者拉马克发表《动物哲学》一书，广泛论述了动物界的进化，指出高等动物起源于低等动物，特别指出人类起源于猿。半个世纪以后，英国博物学家、生物进化论的创始人达尔文于 1859 年出版了《物种起源》一书，提出了动植物由简单到复杂、由低级到高级不断变化发展的进化学说。这一学说对科学认识人类起源问题起到了非常重要的作用。1871 年达尔文出版了另一名著《人类起源和性选择》，其中论述了人类在生物界中的位置，人与高等动物的亲缘关系及其区别。他认为人类起源于动物，人类和猿类有着共同的祖先，人类是由已灭绝的古猿进化而来的。

英国生物学家赫胥黎于 1863 年发表了《人类在自然界的位置》一书，运用比较解剖学和胚胎学等方面的科研成果，找出了从猿到人的过渡类型，明确提出了人猿同祖论。随后，德国学者海克尔也在 1868 年发表的《自然创造史》中运用大量事实进一步论证了人猿同祖论，还把人类出现以前的动物划分为若干"祖先级"，从而建立了人类起源的谱系树。以达尔文为代表的早期进化论者的理论的提出在人类起源的认识历史上是一个新的转折点，对人类起源问题的研究也起到了非常重要的作用。但是他们没能够彻底解决人类是如何从动物界中分化出来，以及远古人类怎样发展为现代人的问题。

3. 劳动创造人

马克思、恩格斯运用辩证唯物主义和历史唯物主义的观点，论证了劳动在从猿到人转变中的主导作用，提出了劳动创造人的理论。1876 年恩格斯写了《劳动在从猿到人转变过程中的作用》一文，他在这篇论文中运用辩证唯物主义的观点，揭示了人类起源和人类社会产生的规律，提出了劳动创造人的理论。

（二）人类的进化

1. 从猿到人的过渡

猿类从猴类分出，是在第三纪的渐新世。现在所知的最早的古猿是原上猿，其化石在 1911 年发现于埃及的法雍，生存年代为 3500 万—3000 万年前。1966—1967 年在法雍又发现了埃及古猿，生存年代约为 2800 万—2600 万年前。

比埃及古猿更晚的化石古猿是森林古猿，1856 年首次发现于法国，后来在欧、亚、非三洲陆续皆有发现，其生存年代大约距今 2300 万—1000 万年前。森林古猿后来分化出巨猿、西瓦古猿和腊玛古猿，其中腊玛古猿的体质形态和人类比较接近，所以有些学者认为腊玛古猿可能是最早的从猿到人过渡期间的生物。

腊玛古猿的生存年代约为 1400 万—700 万年之前。最早的化石是 1932 年美国学者刘易斯在印度北部西瓦立克山地发现的。目前对腊玛古猿的系统地位还没有统一的意见。

在腊玛古猿之后出现了南方古猿。这是已经可以确定的从猿到人的过渡期间的生物。最早于 1924 年在南非汤恩发现一个幼儿头骨，后来在东非和南非的其他一些地方也发现了不少南方古猿化石。南方古猿的体质特征和人类接近。

从猿到人的过渡时期，古猿学会了制造工具。工具的制造是从猿到人转变过程中的飞跃，它标志着从猿到人过渡时期的结束。从此,人类的发展进入了完全形成的人的阶段。

2. 人属的出现

最早的人属成员,一般是指直立人之前的人类,首先是"能人"。能人化石最早是 1960 年起在坦桑尼亚奥杜瓦伊峡谷陆续发现的,1964 年定名为"能人",其脑容量为 680 毫升,比南方古猿大,手骨及足骨与现代人相似。

能人之后是直立人阶段,在中国一般称之为猿人。目前发现的直立人化石地点主要集中在亚洲、非洲和欧洲,年代距今约 200 万—20 万年,地质时代属于更新世早期至中期,直立人的化石最早是由荷兰青年医生杜布瓦于 1890 年在印度尼西亚的东爪哇发现的。

早期智人过去曾称为古人,生活于距今 25 万年至 4 万年前,地质时代属更新世中期至晚期。最早引起人们注意的早期智人化石是 1856 年在德国杜塞尔多夫城附近尼安德特河谷的一个洞穴中发现的。早期智人的体质形态已和现代人接近,其脑容量达 1300~1750 毫升。一般认为早期智人是由直立人演化来的。

在距今 5 万年至 4 万年前人类发展到了晚期智人阶段。晚期智人亦称现代智人,过去曾叫新人,已相当接近现代人。晚期智人的化石分布相当广泛,除亚洲、非洲、欧洲外,美洲和大洋洲也有发现。最早被确认为晚期智人的化石是法国的克罗马农人。

3. 旧石器时代的人群

旧石器时代在地质上属更新世,生产工具以打制石器为主,也使用木器、骨器和角器。它又可分为中、早、晚三期。旧石器时代早期大致相当于最早的人属和直立人的阶段。在旧石器时代早期,人类已能用火。最早的用火遗迹发现于非洲肯尼亚的切萨瓦尼亚,有 40 块烧过的粘土小碎块,可能是篝火的遗迹,其年代约为 142 万年前。旧石器时代中期相当于早期智人阶段。旧石器时代晚期相当于晚期智人阶段。

二、农业革命与文明的产生

(一) 新石器时代的农业革命

1. 中石器时代

中石器时代是旧石器时代向新石器时代的过渡阶段,年代距今 1.5 万年至 1 万年。中石器时代技术发展的主要标志是弓箭的发明。它的制造,促进了狩猎的发展,这是原始社会技术显著进步的一个标志。德国北部汉堡附近的斯坦尔莫,发现人类最早使用弓箭的证据,时代约为公元前 8500 年。中石器时代的另一项成就是开始驯养家畜,最早被驯养的是狗,狗成为猎人打猎时的有力助手,在当时人类的狩猎生活中起着重要的作用。

中石器时代文化,在欧洲南部以法国、西班牙的阿齐尔文化为代表(公元前 9000—前 8000 年)。北部以马格尔莫斯文化(公元前 6000 年)为代表,其分布范围是从波罗的海向西跨西北欧到英国。中石器时代在各地出现和持续时间不一,中石器时代文化的特征在不同地区表现的程度也有所不同。

2. 新石器时代的特征

考古学上通常把磨制石器的流行和陶器的使用作为新石器时代的标志。新石器时代是母系氏族公社的全盛时期。由于生产力的发展,氏族人口不断增加,族外群婚已变得难以维持,于是逐渐出现了对偶婚。对偶婚是指一对男女在一定时间内比较固定地生活在一起,以妇女为主体。但这种婚姻并不牢固,可以轻易离散。

3. 畜牧业的起源

畜牧业在狩猎的基础上产生,新石器时代的人们是在自然环境和社会经济条件不尽相同的地区各自独立地驯养动物的。伊朗西部阿里·库什等遗址的动物骨骼表明,公元前 7000 年前后,西亚已饲养绵羊和山羊。与此同时,西亚和欧洲的希腊等地还开始饲养猪。土耳其的恰约尼遗址是最早饲养猪的地点。西亚和希腊也是最早饲养牛的地区。中国也是世界上家畜饲养的中心之一,黄河、长江流域的广大农业部落在新石器时代除驯养狗以外,还饲养了猪、羊、牛以及鸡等家畜、家禽。畜牧业和农业一样,为人们提供了大量的经常的肉食及其他原料,扩大了生活资料,改善了人们的生活。

4. 农业革命及其影响

新石器时代,人类发明了农业、畜牧业。农业的产生是人类历史上的一次巨大革命。这场革命被称为农业革命或新石器革命。原始农业的发生地有三个中心,即西亚、东亚和中南美洲。亚洲西部是最早的农业发源地,年代可推至公元前 8000 年,这里的人们栽培了大麦、小麦、豌豆等农作物。东亚地区的早期农业文明主要分布在中国、印度和泰国等地。中国的长江下游地区在距今约 7000 年前就已种植水稻,黄河中上游地区居民在大约公元前 6000 年前就开始培植粟;泰国则在公元前 7000 年时开始种植豆类、葫芦、黄瓜等作物。中南美洲的秘鲁等地也在公元前 5000 年左右最早培植了玉米、马铃薯、南瓜等作物。新石器时代的农业革命具有十分深远的意义。农业、畜牧业的产生,使人类的经济从旧石器时代以采集、狩猎为基础的攫取性经济转变为以农业、畜牧业为基础的生产性经济。

(二) 文明的产生

1. 金属的冶炼

金属器的出现始于新石器时代末期,最初人们利用的是天然铜和天然金,后来逐渐学会了从熔点较低的铜矿中提炼红铜。公元前 3000 年,人类发明了青铜。青铜是铜和锡或铅的合金,与红铜相比具有熔点低、硬度大等优点,所以很快取代了红铜。世界上最早发明炼铁技术的,是位于两河流域北部的米坦尼王国,时间为公元前 1400 多年。公元前 1370 年,米坦尼王国被赫梯王国征服后,赫梯垄断冶铁术并禁止任何铁器出口达两个世纪之久。后来冶铁术才传入两河流域和埃及。

2. 社会大分工

金属器使用的一个重要经济后果是,促进了社会大分工的出现。定居的农业部落和游动的畜牧部落的出现,这是人类历史上第一次社会大分工。农业和畜牧业的进一步发展,交换的经常化,对手工业的发展产生决定性影响。于是,又发生了人类历史上第二次社会大分工:手工业与农业分离。第二次社会大分工使劳动生产率进一步提高,产品的种类和数量都显著增多。于是出现了以直接交换为目的的生产,即商品生产。

3. 私有制、阶级和国家的产生

到原始社会末期,由于金属工具的使用,大大提高了劳动生产率,促进了生产劳动的个体化和剩余产品的出现。第二次社会大分工以后,生产劳动日益个体化,出现以交换为目的的商品生产,从而进一步瓦解了氏族部落的公有制。私有制和阶级也就出现了。随着私有制和阶级矛盾的发展,国家应运而生。

国家的产生标志着原始社会的结束,人类开始进入阶级社会。人类历史上第一个出现的国家类型是奴隶制国家。最早的奴隶制国家,先后出现于北非尼罗河流域、西亚两河流域、南亚印度河流域、中国黄河流域以及爱琴海地区。

三、史前文化

(一) 文字的产生

1. 刻痕与结绳记事

为了把信息传到远方,并且达到记忆的目的,原始人常用刻痕和结绳的办法。世界各地都曾找到刻画有点、线的骨块,时代为 2 万—3 万年前。虽然我们还不了解这些刻痕的意义,但它表明,早在旧石器时代晚期,原始人可能已尝试贮存某些信息,帮助记忆。

结绳也是一种特殊的传达信息和帮助记忆的符号。古代中国、日本、波斯、埃及、墨西哥、秘鲁都曾盛行结绳记事。其中古代秘鲁印加印第安人的结绳记事最为发达。他们使用一种打结的绳,叫做"魁普",意思就是"结子"。绳子和结子的数目、大小、颜色,以及结与结之间的距离都有一定的含义。

2. 图画文字

图画文字约产生于新石器时代,它常常将一整套图画刻画在树皮、石、骨或皮革上,来表现某种完整的事件或思想。北美印第安人、因纽特人、西伯利亚北部一些部族、美拉尼西亚人、密克罗尼西亚人都擅长图画文字。图画文字一般只能反映所要叙述的内容,而不反映语言的形式,也难以表现抽象和复杂的概念,它介于图画和文字之间,是文字产生的第一阶段。

3. 象形文字

象形文字是用一定物体的形象符号来表示一定意义的文字,有一定的读音,它已是真正的文字。文字发展的很关键的一步是符号不仅表示一定的意义,而且代表一定的发音。象形文字后来又演进为表意文字,在表意文字中,形象逐渐为定形化的符号所代替,并且与一定的读音相联系。最早的文字产生于公元前 4000 年代末,在西亚的塞姆语区,创造者是苏美尔人。

(二) 宗教的萌芽

1. 自然崇拜

自然崇拜是最原始的宗教形式之一。在生产力水平十分低下的情况下,原始人对自然现象不理解,对许多自然物(河流、山岳、日、月)和自然力(风雨、雷电)既有所依赖,又有所畏惧。他们把自然物和自然力看作具有生命、意志及能力的对象而加以崇拜。在所有自然崇拜中,以太阳崇拜最为流行,民族志和考古发现都证明了

这一点。

2. 图腾崇拜

图腾崇拜产生于旧石器时代晚期,它也是最古老的宗教形态之一。图腾是标志或象征某一群体或个人的一种动物、植物或其他物件。图腾一词源于北美印第安人奥季布瓦族方言,原意为"它的亲属"。图腾崇拜是世界范围内的普遍现象,但在各民族中图腾的含义不尽相同,有的把图腾当作氏族标志或象征,有的把图腾认作氏族或部落的血缘亲属,有的视图腾为自己的祖先或保护神,有的以图腾为具有多种意义的生物或无生物。

3. 巫术

巫术是一种原始的宗教现象。原始人不能理解各种自然现象的客观规律及其因果关系,幻想出自然界对于人存在着一种不可见的影响,而人也可以按照自己的愿望采取相应的方式影响自然界和人,这样就产生了巫术。巫术的种类很多,著名的人类学家弗雷泽曾根据施行巫术的不同方式,分为模拟巫术和接触巫术两种。各种巫术活动后来演变为各种宗教仪式。

此外,原始人还有祖先崇拜、死人崇拜、巨石崇拜、动物崇拜、性器官崇拜等宗教观念。

(三)史前艺术

绘画、雕刻、装饰、音乐舞蹈是原始艺术的重要形式。原始绘画大多发现于洞穴内或岩石上。最常见的题材是日常狩猎的各种野兽。法国拉斯科洞穴、西班牙的阿尔塔米拉等都是重要的原始壁画遗址。

原始人的雕刻作品,有的刻在岩壁上,有的雕刻在石头、骨头或兽骨上。按表现手法可分两类。一类是用雕刻器,在石板、工具、饰物上刻画线条状符号或图案,有深线刻、浅线刻、轮廓线刻等不同类型。另一类雕刻艺术包括浮雕、立雕和透雕,尤以石头或象牙刻成的妇女小雕像最为著名。

在装饰艺术方面,原始人的纹身和装饰品异常突出。

最早的音乐就是一种"劳动号子",主要是有节拍的呼声,后来才有了旋律。乐器是伴随声乐而出现的,一般认为打击乐器是最早出现的。最早的舞蹈可能是一种"模拟式"艺术,如模拟狩猎场面、动物的某些特征等。

本章重、难点提示

重点掌握名词

神创论	早期智人	图画文字
进化论	晚期智人	象形文字
森林古猿	旧石器时代	自然崇拜
腊玛古猿	中石器时代	图腾崇拜
能人	新石器时代	巫术
直立人	农业革命	

第二章 古代西亚诸文明

考点详解

一、苏美尔–阿卡德文明

两河流域,古希腊人称之为美索不达米亚,意为"两河之间的土地",大致包括今伊拉克的大部分地区。两河指的是底格里斯河和幼发拉底河,它们都发源于亚美尼亚高原。在古代,两河流域分为南北两部分,大体以今之希特—萨马腊为界,北部称亚述,南部称巴比伦尼亚。巴比伦尼亚又分为南、北两部,尼普尔(今名努法尔)以北称阿卡德,以南称苏美尔。

(一)苏美尔文明

1. 苏美尔早期文明

美索不达米亚国家形成的过程大体上经历了三个文化时期:欧贝德文化时期(约公元前4300—前3500年)、乌鲁克文化时期(公元前3500—前3100年)和捷姆迭特·那色文化时期(公元前3100—前2700年)。欧贝德文化时期属于铜石并用时代晚期,是美索不达米亚由野蛮向文明转变的过渡时期。此时出现了初期的以神庙为中心的城镇;已能用陶轮制陶;出现男性雕像,表明母权制社会正在向父权制社会过渡。

乌鲁克文化时期,各地出现小城市和神庙建筑。晚期出现象形文字和标志所有权的陶制圆筒印章,铜器大量出现,陶器制作普遍使用陶轮,社会分化更为加剧。到捷姆迭特·那色文化时期,文字普遍应用,出现泥版文书,在记数上则采用了十进制和六十进制。文书上有表示"女奴"和"男奴"的词汇。在两河流域南部,这时期已经形成了数以十计的奴隶制城邦,主要有埃利都、乌尔、乌鲁克、拉伽什、乌玛、基什、西帕尔等。捷姆迭特·那色文化期之后,两河流域南部进入苏美尔早王朝时期(约公元前2800—前2371年)。

2. 苏美尔城邦的政治与社会状况

(1)政治制度

城邦有三个政治机构:城邦首领、贵族会议和人民大会。它们分别是从军事民主制时期的军事首领、氏族长老会议和民众会议演变而来的。城邦首领有"恩"、"恩西"和"卢伽尔"(或王)三种称号。城邦首领兼有宗教和世俗双重职能。在宗教方面,他们是城邦主神最高祭司,主持城邦的祭祀活动,掌握神庙经济和神庙的修建。作为世俗统治者,他们主管城邦水利工程的修筑,平时参加政权管理,战时统帅军队。贵族会议(阿巴·乌鲁)和人民大会(古鲁什·乌鲁)在苏美尔语中又有一个共同名称"温肯",其义为"人民组织",即城邦会议。贵族会议由贵族组成;人民大会则由成年男子组成,它们限制和制约着王权。

(2)社会经济状况

在苏美尔各国中,土地大致可分为三类:神庙土地、公社土地和私人土地。神庙土地在苏美尔各邦土地中占有重要地位。公社也占有相当数量的土地,这些土地已分配给了各个家族,可以转让和买卖。除了神庙土地和私有化了的公社土地外,少数权贵人物还可能拥有私人土地。

苏美尔各邦的居民由以下四种成分构成:其一,奴隶主贵族,包括以神庙高级祭司为代表的氏族贵族和以国王为代表的世俗新贵族,他们或者拥有大块地产,或者支配神庙地产,剥削失去公社份地的自由民和奴隶;其二,在公社中拥有土地的公社成员,他们拥有公民权,也负担相应的义务;其三,丧失土地和公民身份的依附民,称为苏布路伽尔或古鲁什;其四,处于社会最底层的奴隶。

3. 城邦混战与乌鲁卡基那改革

苏美尔各邦之间为争夺土地、奴隶和霸权展开长期战争。至早王朝末期,南部两河流域形成两大军事同盟。南方同盟(拉伽什除外)以乌尔和乌鲁克为霸主,北方同盟以基什为霸主。连年的争霸战争加剧了苏美尔各邦内部的阶级矛盾。各邦土地兼并严重,城市公民内部分化加剧,尤以拉伽什为甚。

公元前2378年,卢伽尔安达的统治被推翻,贵族出身的乌鲁卡基那乘机夺取政权,成为新的统治者(约公元前2378—前2371年),为缓和阶级矛盾而实行了一系列改革。他将卢伽尔安达霸占的神庙土地和建筑归还给神庙,取消改革前向部分祭司征收的捐税;免除平民所欠王室之赋税;撤销派往各地的监督和税吏;禁止以人身作为债务抵押,释放因债务而被奴役或遭拘禁的平民;降低丧葬费用;改革军事制度,建立以平民为军队主力的制度,由平民组成的步兵代替由贵族组成的战车兵。改革限制了贵族的利益,减轻了平民的负担;扩大了公民人数;废除了先前的种种弊政,实际上是对平民反对贵族斗争胜利成果的承认。

乌鲁卡基那执政仅八年,乌玛王卢伽尔扎吉西就率军入侵拉伽什,残酷蹂躏了这个城市。乌鲁卡基那的改革彻底失败。苏美尔各邦之间的长期混战,使各邦实力均大为削弱,北面的阿卡德王国趁机兴起,并最终击败苏美尔霸主乌玛王卢伽尔扎吉西,统一了苏美尔和阿卡德。

(二)阿卡德王国

1. 阿卡德王国的统一

阿卡德王国(约公元前2371—前2191年)的创立者是萨尔贡(约公元前2371—前2316年)。公元前2371年,基什王乌尔·扎巴巴的近臣萨尔贡推翻了基什王的统治,自建新城阿卡德,创立了阿卡德王国。

萨尔贡先后出征34次,击败卢伽尔扎吉西,接着萨尔贡挥兵南下,降服乌尔,攻取乌鲁克,征伐拉伽什。在东方,萨尔贡远征埃兰,略取苏撒等城市。萨尔贡建立了中央集权统治,组建了两河流域历史上第一支常备军。

2. 阿卡德王国的衰亡

纳拉姆·辛(约公元前2291—前2255年)统治时期,阿卡德王国的势力再度扩张。纳拉姆·辛死后,阿卡德王国逐渐衰落。约公元前2191年,来自东北面山区游牧的库提人入侵南部两河流域,灭亡了阿卡德王国。

(三)乌尔第三王朝

1. 乌尔第三王朝的建立

约公元前 2120 年,乌鲁克王乌图赫伽尔(约公元前 2120—前 2114 年)赶走了库提人。不久,乌尔王乌尔纳姆(约公元前 2113—前 2096 年)战胜乌图赫伽尔,统一南部两河流域,建立乌尔第三王朝(约公元前 2113—前 2006 年,乌尔第一、二王朝存在于苏美尔早王朝时期)。乌尔第三王朝时期,中央集权统治大大增强。

2.《乌尔纳姆法典》

乌尔纳姆颁布了现今所知世界历史上第一部法典——《乌尔纳姆法典》,以法律的形式确立自己在南部两河流域的最高统治。基本内容为规定不准非法占用他人田地;不许女奴擅居其女主人的地位;反对行巫术;带回逃往城外的奴隶,主人要给予适当的报酬;伤害他人肢体、器官要处以罚款等。

乌尔第三王朝为加强中央集权统治,采取了一系列措施:国王独揽军政大权,官吏被视为"国王的奴隶"。原先的城邦成为地方行政单位。恩西为地方官员,由国王任免,其职责主要与神庙事务有关。他们从神庙领取俸禄,向国家缴纳贡赋。

3. 乌尔第三王朝的衰亡

国王伊比辛统治时期(约公元前 2029—前 2006 年),东南面的埃兰人和西面的阿摩利人不断侵袭。最后,伊比辛被埃兰人所俘,乌尔第三王朝覆灭。乌尔第三王朝灭亡后,南部两河流域又陷入诸邦分立的局面。

二、古巴比伦王国、亚述帝国、新巴比伦王国

(一) 古巴比伦王国

1. 古巴比伦王国的兴起与汉谟拉比的统治

巴比伦城市出现较早,但作为一个城邦大约是在公元前 1894 年由阿摩利人苏穆阿布姆建立的。立国之初,巴比伦只是一个依附邻国的小邦。到第六代国王汉谟拉比(约公元前 1792—前 1750 年)时,巴比伦逐渐强大起来。汉谟拉比登上王位后,即着手进行统一两河流域的战争。汉谟拉比在位时,除亚述和埃什嫩那未被最后征服外,基本上统一了两河流域。

汉谟拉比在统一两河流域过程中建立了中央集权专制制度。汉谟拉比还自称"众神之王",专制王权和神权趋于统一。他不仅设立中央政府机构,还派总督管理较大的地区,城市和较小的地区则派行政长官管理。汉谟拉比建立了严格的军事制度,军队的最高指挥官称将军,由国王任命。阿摩利人是其军队的核心。汉谟拉比还加强对国内经济的控制。他把神庙经济完全纳入王室经济,使其成为王室经济的一部分。国家对地方征收各种赋税,并将水利系统置于统一管理之下。

2.《汉谟拉比法典》及其反映的社会

汉谟拉比在统一了两河流域之后,制定了著名的《汉谟拉比法典》。《汉谟拉比法典》的石碑是 1901 年 12 月至 1902 年 1 月由摩尔根率领的法国考古队在埃兰古都苏撒遗址发现的。石碑上部刻有太阳神、正义之神沙马什授予汉谟拉比王权标的浮雕,下部是用阿卡德语楔形文字刻写的法典铭文,共 3 500 行,石碑现存巴黎卢浮宫。

法典由前言、正文和结语三部分组成。前言主要宣扬王权神授,颂扬汉谟拉比的功绩。结语则表示,汉谟拉比遵奉神意,保护黎民,故创立公正的法典,以垂久远;后世有敢不遵法典之王,必因违反神意而受神罚。正文共 282 条,内容包括诉讼程序、盗窃、军人份地、租佃、雇佣、商业、高利贷、婚姻、继承、伤害、债务、奴隶等方面,比较全面地反映了古巴比伦时期的社会情况。《汉谟拉比法典》是古代第一部比较完整的法典。

古巴比伦社会内部存在着等级制度。人们被分为阿维鲁、穆什根努、奴隶三个等级。阿维鲁是拥有公民权的自由民。穆什根努是无公民权的自由民,大概来源于破产失地的公民或原无公民权的自由民。

汉谟拉比土地制度的最基本格局是王室土地和私人占有土地并存,汉谟拉比在征服过程中,不断地把被征服地区的土地划归王室所有,因此王室占有大量的土地。王室土地大体上可分为以下三部分:第一部分是王室直接享用的土地,包括王室庄园和皇家牧场、花园等。第二部分是分配给为王室服务的人员的土地,称为"服役田"或"供养田"。第三部分为出租地。王室将这类土地出租出去,以收取租税,这是王室的主要收入来源之一。古巴比伦时期私人占有土地的现象比较普遍。

《汉谟拉比法典》是传世较早的法典中较完整的一部法典。法典在法律上肯定了自乌尔第三王朝灭亡以来两河流域在社会经济方面出现的新秩序,从而有利于巩固奴隶制经济的基础,促进私有制和奴隶制经济的迅速发展。

3. 古巴比伦王国的衰亡

汉谟拉比建立的统一国家并不稳固,内部阶级矛盾十分尖锐。至萨姆苏伊鲁纳统治时期,乌尔、乌鲁克、伊

新等地都发生了大规模暴动。萨姆苏伊鲁纳曾被迫宣布解负令,以缓和阶级矛盾。东部山区的加喜特人这时也开始侵袭巴比伦。古巴比伦王国在内外交困中日益衰弱,约公元前1595年,被北方入侵的赫梯人所灭。

(二) 亚述帝国

亚述位于两河流域北部,在底格里斯河中游地区。亚述历史可分为三个阶段:早期亚述(约公元前3000年代末—前16世纪)、中期亚述(公元前15世纪—前10世纪)、亚述帝国(公元前10世纪—前612年),其中亚述帝国又称新亚述,是其历史上最强盛的时期。

1. 早期亚述与中期亚述

公元前3000年代末,阿卡德王国灭亡之后,在亚述形成了以亚述城为中心的国家,开始了早期亚述时期。亚述城邦在其早期曾臣属于巴比伦尼亚。它曾是阿卡德的属邦,乌尔第三王朝曾派恩西前往治理。到国王沙马什阿达德一世时(约公元前1815—前1783年),亚述城邦逐渐强大起来,并开始扩张。沙马什阿达德一世以后,亚述的势力逐渐衰落。公元前16—前15世纪时,亚述曾分别隶属于当时的西亚强国米坦尼和统治南部两河流域的加喜特人。但从公元前15世纪末叶以后,亚述又强盛起来,进入中期亚述时期。

中期亚述不仅打败了两河流域南部的加喜特人,将亚述的边界大大向南推进,而且还两度同米坦尼强国作战,迫使米坦尼同自己的竞争对手埃及结为盟友。最后,亚述彻底战败了米坦尼,占有了它的全部国土。公元前13世纪初,亚述甚至威胁到赫梯的安全,使赫梯与自己争霸的对手埃及缔结和约。从公元前11世纪起,属于塞姆语系的阿拉美亚人大批入侵,亚述又陷入分崩离析之中。

2. 亚述帝国的兴起

从公元前10世纪开始,亚述重新崛起。当时埃及新王国的势力日趋衰落,赫梯帝国、加喜特巴比伦也萎靡不振,因此亚述在对外扩张中处于有利地位。亚述经过两个多世纪连续不断的征服战争,建立起一个地跨西亚北非的奴隶制帝国,将两河流域南部和埃及这两大文明中心置于自己的统治之下,成为铁器时代的第一个帝国。

3. 提格拉特帕拉沙尔三世改革

提格拉特帕拉沙尔三世(公元前745—前727年)上台以后进行了一系列政治、军事改革。在行政方面,他将大区改为小行省,对于不能并入版图的国家,一方面保留原自治政府,另一方面派监察官予以控制。把军队分成若干专门的兵种,如战车兵、骑兵、重装步兵、轻装步兵、攻城兵、辎重兵、工兵等,大大加强了亚述的军事力量,为进一步进行对外征服战争创造了条件。实行强迫移民是提格拉特帕沙拉尔三世的另一独创。他把被征服的整个地区、整个城市的居民全部赶走,让他们移居边远;然后用武力驱使别国一些人来填充上述地区和城市。这种制度一直存在到亚述灭亡。

4. 亚述帝国的灭亡

公元前626年,巴比伦尼亚宣告独立,由亚述派去驻守巴比伦尼亚的迦勒底贵族那波帕拉沙尔自立为王,建立新巴比伦王国,并与伊朗高原西北部的米底人结成同盟,于公元前612年攻陷亚述首都尼尼微,亚述帝国灭亡。

(三) 新巴比伦王国

1. 新巴比伦王国的建立

新巴比伦王国又称迦勒底王国(公元前626—前538年),是塞姆语系的迦勒底人建立的。他们原住在波斯湾沿岸,约在公元前1000年代初进入巴比伦尼亚,长期与亚述斗争。公元前626年,亚述人派迦勒底人领袖那波帕拉沙尔率军驻守巴比伦。他到巴比伦后,却发动了反对亚述统治的起义,建立了新巴比伦王国,并与伊朗高原西北部的米底王国联合,共同反对亚述。公元前612年,亚述帝国灭亡,它的遗产被新巴比伦王国同米底王国瓜分,其中新巴比伦王国分取了亚述帝国的西半壁河山,即两河流域南部、叙利亚、巴勒斯坦和腓尼基。

2. 尼布甲尼撒二世的统治

公元前604年,尼布甲尼撒二世即位为新巴比伦王国国王。公元前604年—前602年,尼布甲尼撒二世向西扩张,叙利亚、巴勒斯坦地区诸小国纷纷纳贡称臣。公元前601年,尼布甲尼撒二世再度与埃及交战,双方损失惨重,已臣服于尼布甲尼撒二世的犹太王国趁机脱离新巴比伦。

公元前587年,尼布甲尼撒二世第二次进军巴勒斯坦。他迫使埃及放弃了对巴勒斯坦的野心,并围困犹太人的圣城耶路撒冷,犹太国王齐德启亚突围失败,落入新巴比伦王国军队之手,被挖去双眼后送往巴比伦尼亚。公元前586年,耶路撒冷城在经过一年半的围困后被攻破,惨遭劫掠破坏,大部分居民被俘往巴比伦尼亚,史称"巴比伦之囚"。

尼布甲尼撒二世对巴比伦城进行了大规模建设,使巴比伦城成为当时世界上最繁华的城市。为取悦其米底籍的王后,宽慰她的思乡之情,尼布甲尼撒二世下令以人工堆起梯形山丘,其上遍植奇花异木,这就是被誉为世界七大奇观之一的"空中花园"。

3. 新巴比伦王国的灭亡

新巴比伦王国存在的时间很短,其中尼布甲尼撒二世在位的40多年是该国的最强盛时期。尼布甲尼撒二世死后,新巴比伦开始衰落。势力一直很强大的神庙祭司工商业奴隶主集团操纵着国王的废立。末代皇帝那波尼德(公元前555—前539年)即位后,企图削弱神庙祭司工商业奴隶主集团的影响,把受阿拉米亚人崇拜的月神提高到与巴比伦主神马都克同等的地位,因祭司们的反对而收效甚微。与此同时,东方的波斯崛起,在灭掉当时的两大强国米底和吕底亚后,于公元前539年进攻两河流域,打败了新巴比伦的军队。公元前539年(或前538年),祭司们打开城门,迎接波斯军进入巴比伦,新巴比伦王国灭亡。

三、赫梯、腓尼基和以色列历史

(一) 赫梯

1. 赫梯的发现

赫梯国家是由讲赫梯语的哈梯人和公元前2000年代迁来的讲涅西特语(属印欧语系)的涅西特人共同创造的。1906—1912年在小亚的波伽兹科伊进行的考古发掘,获得大量楔形文字泥版,根据它们提供的资料,人们才最终确知了赫梯存在的确切位置和时间。

赫梯兴起于公元前2000年代前期,其历史可分为古王国时期、中王国时期和新王国时期。

2. 古王国时期的赫梯与铁列平改革

赫梯古王国的历史开始于塔巴尔纳统治时期。塔巴尔纳不断征服,使赫梯统治的地区从小亚北部的黑海沿岸达于南部地中海沿岸。其子哈吐什尔一世时,征服了小亚若干地方,赫梯始成为一个国家的名字,首都设在哈图沙。他的继任者穆尔西里一世,不仅征服了阿勒颇,还于公元前1595年远征并灭亡了古巴比伦王国。但是,穆尔西里一世却死于宫廷阴谋,赫梯王国亦陷入长达数十年之久的王位争夺的内战之中。

为了解决赫梯王国的王位继承问题,平息内乱,公元前16世纪后期,赫梯国王铁列平进行了改革。其改革的主要内容为确定王位继承法。他规定,王位应由国王诸子按长幼顺序继承,在没有王子时则由长女婿继承,其他人均无权继承王位。他还规定,由彭库斯会议保证王位继承法的执行,王子犯法,不得诛连其他亲属,也不得剥夺他们的田产和奴隶。改革调整了王室内部的关系,巩固了王权。

3. 新王国时期的赫梯

赫梯王国最强盛的时期是公元前15世纪末至公元前13世纪中叶,这是赫梯历史上的新王国时期。赫梯征服了小亚西南部总名为阿尔查瓦的地区;在南方征服了与赫梯有血缘关系的努维亚人;在北方和东北方征服了黑海沿岸的卡斯克人。

新王国时期,赫梯在叙利亚与埃及进行了争霸战争。公元前14世纪上半叶,当埃及国王埃赫那吞忙于国内改革,无暇顾及埃及在叙利亚的领地之时,赫梯乘机插手进去,征服了埃及在这里的若干领地,并使另一些埃及领地离开埃及而依附于赫梯。

埃及第19王朝前期的法老们同赫梯进行了激烈的争夺。尤其是拉美西斯二世统治时期,同赫梯国王穆瓦塔鲁在叙利亚的卡迭什城下进行的会战,使这一争霸战争达到了顶峰。赫梯重创了埃及军队,并险些俘虏了拉美西斯二世。但赫梯军亦遭重大损失,以致无力再战。在赫梯新王哈吐什里三世执政时,赫梯同埃及的拉美西斯二世在公元前1283年签订了历史上所谓的《银板和约》,因条约刻写在银板上,故名。双方同意互不侵犯,相互援助和支持,相互引渡避难者,保护对方王位继承人等。这个条约是至今所知人类历史上第一个国际性的、具有真正平等意义的平等条约。

赫梯新王国时期,曾编定过一部法典,史称《赫梯法典》。共两表,其内容反映了奴隶制度、土地制度、商品货币关系等多方面的情况,是研究赫梯社会历史的重要资料。公元前13世纪末,"海上民族"席卷了东部地中海地区,赫梯王国亦被其肢解。公元前8世纪,残存的赫梯王国被亚述帝国所灭。

4. 海上民族

公元前13—前12世纪从海上入侵埃及、巴勒斯坦和小亚细亚等地的一个成分驳杂的民族集团。其名称常见于当时的古埃及文献以及赫梯文学和考古材料,据研究,包括腓力斯丁人、吕基亚人、亚加亚人、撒丁人、西库尔人等。所有这些民族都来自欧洲的迈锡尼世界或安纳托利亚西部地区。被当地居民打败后,他们有的定居在巴勒斯坦沿海地区,有的返回家乡,还有的转向西部地中海寻找殖民地。有学者认为,赫梯王国的灭亡以及特洛伊战争都同他们有关。

(二) 腓尼基

1. 腓尼基概况

腓尼基地处地中海东岸,其北为小亚,南为巴勒斯坦,东为叙利亚,西邻地中海,约相当于今天的黎巴嫩这个地方。古代腓尼基文化是由迦南人和胡里特人共同创造的。"腓尼基"原是紫红色的意思,它起源于这个地方出产的一种紫红色染料。

腓尼基不是一个国家的名称,而是一个地区、一个民族的名称。公元前30世纪末至公元前20世纪初,腓尼基境内出现了若干个独立的城市国家。其中著名的有推罗、西顿、乌伽里特、毕布勒等。这些城市国家之间很少来往,甚至往往互相对立。

公元前20世纪中叶以后,腓尼基诸城市国家处于埃及和赫梯的统治下,后来又遭到海上民族的入侵。公元前10世纪左右,它们虽一度独立和复兴,但公元前8世纪以后,又遭亚述帝国和新巴比伦王国的入侵和占领。到公元前6世纪,腓尼基终于被波斯帝国兼并。

2. 腓尼基的政治与经济

腓尼基各城邦的政治制度发展很不平衡。乌伽里特、格巴尔、西顿和推罗等邦国先后建立起国王统治。但是,腓尼基各邦的王权没有像古埃及、古巴比伦那么大。有的邦国仍有长老会议或议事会或公民会议等权力机构。在推罗,共和制的残余在一定时期还出现过,国家行政最高执行者由选举产生。

腓尼基人的殖民活动大约开始于公元前1000年代前后,其最著名的殖民地莫过于北非的迦太基。腓尼基的殖民地主要分布于西部地中海。在意大利的西海岸、塞浦路斯岛的南部沿海地区以及爱琴海的一些岛屿上,腓尼基人也建立了自己的殖民地。腓尼基人同其殖民地之间保持着商业关系,而没有宗主国和殖民地之间的隶属关系。

(三) 以色列

1. 以色列的兴起与士师时代

据《圣经》的记载,希伯来人的祖先亚伯拉罕在公元前2000年代初就率领他们从两河流域来到了巴勒斯坦地区。由于气候干旱等原因,一部分希伯来人在亚伯拉罕之孙的时代到了埃及,在埃及居住了几百年之久。后来埃及统治者对他们的统治逐渐残酷起来,于是,在摩西率领下,他们走出埃及,回到巴勒斯坦。他们同已住于此的迦南人争夺地盘,后一部分迦南人与之融合;另一部分则与之为敌,关系十分紧张。

这时,以色列犹太人尚未形成国家,而是处在部落联盟时代(他们有以色列部落和犹太部落),这在以色列犹太史上叫做"士师时代"。所谓"士师"是以色列人的先知、统帅和救世主三位一体的,被看作是上帝选定的、被赋予上帝智慧的一些人,实际上就是军事民主制时代的"王"或"军事首领"。士师时代包括了从以色列犹太人占领迦南(约公元前1230年)到扫罗称王(公元前1020年)之间的两个世纪左右的时间,这是以色列犹太人的氏族部落制度解体的时期。

2. 统一王国时代

公元前13世纪末—前12世纪初,海上民族侵入巴勒斯坦地区,他们被称为"腓力斯丁人"。希伯来人在同腓力斯丁人的斗争中加速了其内部的阶级分化,并形成了国家。一般认为,从扫罗开始(公元前1020—前1000年),以色列犹太人进入了王国时代。扫罗的统治得到多数希伯来人的承认。在他的领导下,建立了一支强有力的军队,战胜了腓力斯丁人。但扫罗的统治并不为所有希伯来人所拥护。犹太部落联盟的领袖大卫背叛了他,率领南方犹太人的军队投奔了腓力斯丁人,使扫罗遭到失败。扫罗死后,大卫脱离腓力斯丁人,即位为王,统一了犹太和以色列,定都耶路撒冷。他同腓尼基的推罗结成同盟,同腓力斯丁人作斗争,并征服约旦河以东、死海以南地区。其子所罗门继续同推罗结盟,还同埃及友好,积极发展海外贸易,尤其是发展对红海一带的贸易。他将以色列犹太国家划分为12个行省,建立赋税和徭役制度,建立常备军,巩固君主专制统治。

3. 南北分治时代:犹太与以色列

所罗门死后,国家分裂为北方的以色列王国(都撒马利亚)和南方的犹太王国(都耶路撒冷)。其中,以色列王国存在了约200年,便从历史上消失了;南方的犹太王国则断断续续地存在到罗马人统治之初,不过也是多灾多难,亚述人、埃及人、新巴比伦王国、波斯帝国、亚历山大帝国、罗马人都曾征服过它。尤其是新巴比伦王国时期的尼布甲尼撒二世在公元前586年第二次征服它,攻陷耶路撒冷时,曾将该城居民掳至巴比伦尼亚,史称"巴比伦之囚",直到波斯帝国的居鲁士灭了新巴比伦王国之后,才将他们放回了耶路撒冷。

4. 以色列的衰亡

公元前 63 年，罗马帝国灭亡犹太王国。公元 135 年犹太人反罗马起义遭镇压，被逐出巴勒斯坦，流散于世界各地。

四、波斯帝国

（一）波斯帝国的兴起

公元前 6 世纪中叶，波斯兴起于伊朗高原的西南部。公元前 558 年，居鲁士二世在波斯称王，都帕塞波里斯。公元前 553 年，波斯人在居鲁士二世的领导之下，起兵反抗米底人的统治。公元前 550 年，波斯人争得独立，并灭了米底王国，米底王国的首都埃克巴塔那成了波斯的第二个首都。原属米底的埃兰、帕提亚、基尔卡尼亚、亚美尼亚等在公元前 549—前 548 年之间也相继归降了波斯。

公元前 547—前 546 年波斯人同小亚强国吕底亚发生战争。波斯人灭了吕底亚王国，随后又灭了曾与吕底亚结盟的小亚希腊诸城邦。公元前 545—前 539 年，居鲁士又把扩张的矛头指向了中亚，征服了巴克特里亚（即大夏）等许多地区。公元前 539 年，居鲁士率军远征巴比伦尼亚。他利用当时新巴比伦王国内部尖锐的各种矛盾，轻而易举地征服了巴比伦尼亚。公元前 530 年，居鲁士远征中亚游牧部落马萨格泰人，遭失败身亡。居鲁士死后，冈比西即位。公元前 526 年，冈比西远征埃及。第二年，他利用埃及统治集团内部的矛盾，征服了埃及，并在埃及建立了第 27 王朝。

（二）高墨达暴动与大流士改革

1. 高墨达暴动

公元前 522 年，当冈比西在埃及的军事行动受挫时，在波斯国内的庇里什瓦德的阿尔卡德里什山地方爆发了高墨达暴动。高墨达是打着冈比西的弟弟巴尔狄亚的旗号起兵的。暴动得到包括波斯人、米底人在内的各地人民的响应。正在埃及的冈比西得到高墨达暴动的消息后，即刻起身回波斯，但在途中死去。

公元前 522 年 9 月，出身阿黑明尼德氏族的大流士同其他 6 个波斯贵族一起谋杀了高墨达及暴动的其他领导人，镇压了各地起义。暴动历时 7 个月。高墨达暴动被镇压后，大流士当了国王。在大流士夺得王位后，曾两次爆发反对大流士的起义。大流士残酷地镇压了这些起义。其过程被用三种语言（古波斯语、阿卡德语巴比伦方言、埃兰语）刻在贝希斯敦山崖上，故称之为《贝希斯敦铭文》。

2. 大流士改革

公元前 517 年，大流士远征印度，夺取了印度河流域。约在公元前 515—前 513 年之间，他又远征巴尔干的斯基泰人，虽遭失败，但却征服了色雷斯地区，并使马其顿向其纳贡称臣，从而使波斯帝国成为古代世界第一个地跨亚、非、欧三大洲的大帝国。

大流士采取了一系列措施，以巩固波斯帝国并加强其个人的专制统治，这就是所谓的大流士改革。

（1）加强王权，确立了君主专制的统治形式。大流士神化自己的权力，宣称其权力是善神阿胡拉·马兹达恩赐于他的。他控制了行政权、军权、司法权，建立起王室经济。大流士将全国划分为若干行省，设总督治理。总督负责行政和税收，各行省每年要向波斯交纳规定的赋税。（2）他将全国划分为五个大军区，每个军区下辖若干省军区。军事长官和总督互不相属，使其互相牵制。波斯军队由步兵、骑兵、象兵、海军、工兵等兵种组成，分常备兵和战时临时征召的两部分。（3）统一铸币制度。他规定，帝国中央铸造金币、行省铸造银币、自治市可铸造铜币。金币称"大流克"，每枚重 8.4 克。（4）大流士在全国建立驿道制度，以便于传达国王的命令和下情上达，传递各种信息，并便于军队的调动。（5）奉琐罗亚斯德教为国教，但对各地原有宗教也并不排斥和干涉，各地区仍保存自己的民族宗教。

大流士一世的改革在政治上虽然未能消除波斯帝国内尖锐的阶级矛盾和民族矛盾，未能消除各被征服地区人民的反抗，但毕竟大大加强了中央集权，并为专制王权寻求宗教上的根据，加强了帝国的统治，使波斯帝国维系了近二百年之久。在经济上，修筑驿道、开凿运河、统一币制等，在客观上也促进了帝国内部各地经济文化交流，有利于落后地区经济上的发展。

（三）波斯帝国的衰亡

大流士一世统治时期，波斯帝国的强盛已达到顶点。公元前 492 年，发动军队出征希腊，但公元前 492 年和前 490 年两次出兵均遭失败。大流士一世死后，其子薛西斯一世（公元前 486—前 465 年）继位，并继续进行希波战争，但在公元前 480 年和前 479 年遭大败，海军败于萨拉米，陆军败于普拉提亚，波斯在爱琴海上米卡尔海角的战船被希腊人烧毁，此后，波斯帝国再无力西侵。到公元前 449 年，波斯和希腊人缔结和约，波斯放弃对爱琴海的霸权,承认小亚西海岸希腊城邦独立。

希波战争严重地削弱了波斯帝国的实力,加剧了国内的阶级矛盾和民族矛盾,从此波斯国势渐趋衰落。公元前334年,希腊马其顿的亚历山大为了称霸希腊,打着为希腊复仇的旗帜,率军远征波斯帝国,经过格拉尼库斯河战役、伊苏斯战役和高加美拉战役,摧垮了波斯帝国的军事实力,大流士三世在逃到巴克特里亚后被杀。公元前330年,波斯帝国被亚历山大所灭。

(四)西亚北非古代文明的终结

古代世界第一个地跨亚非欧三大洲的波斯帝国的兴起,打断了西亚北非原有古代文明独立发展的进程;而波斯帝国在公元前4世纪末叶被希腊马其顿亚历山大帝国所取代,则标志了西亚北非古代文明的终结。代之而起的亚历山大帝国及其后继者罗马帝国,无疑从波斯帝国的传统中吸取了不少有用的东西。因此,波斯帝国既为西亚北非的古代文明作了总结,又为后来的希腊罗马古典文明提供了借鉴,起了承先启后的桥梁作用。

五、古代西亚文字与宗教

(一)楔形文字与腓尼基字母

1. 楔形文字

苏美尔人最伟大的文化成就之一是文字的发明。楔形文字是苏美尔人发明的。公元前4000年代后期的乌鲁克时期,在苏美尔地区出现了图画文字,后来演变成了楔形文字。楔形文字是由表意符号、表音符号和限定符号3部分组成。其表意符号和限定符号与埃及象形文字的同类符号作用相同,而表音符号在构造上与埃及的表音符号有所不同。苏美尔语楔形文字对西亚许多民族语言文字的形成和发展有着重要影响。

公元前后,楔形文字逐渐被人遗忘而变成一种死文字。1857年,楔形文字释读成功,由此诞生了一门研究两河流域及其附近使用楔形文字诸民族的语言、文字、历史和文化的科学——亚述学(因最初以发掘和研究亚述的楔形文字为主,故名)。

2. 腓尼基字母

腓尼基人对古代世界文明所作出的最大贡献就是创造了一套腓尼基字母文字。公元前2000年代,喜克索斯人在埃及文字的基础上创造了26个字母,称做"西奈文字"。它的产生对腓尼基人有很大影响。公元前2000年代中叶,在腓尼基北部的乌伽里特出现了楔形的29个字母符号,南部格巴尔创造了线形的22个字母符号。后来乌伽里特的字母被淘汰,格巴尔的22个字母发展为腓尼基通行的字母文字。腓尼基字母共22个,是线形符号,只有辅音而无元音;元音要由阅读者根据上下文的意思自己推测出来。

腓尼基人把字母传入希腊,希腊人在此基础上加入了元音,形成希腊字母;罗马人又在希腊字母基础上形成拉丁字母,从而为后来西方各国字母奠定了基础。在东方,阿拉美亚字母也是在腓尼基字母的影响下形成的,而希伯来字母、古波斯字母、安息字母和阿拉伯字母都渊源于腓尼基人的字母文字。

(二)波斯琐罗亚斯德教与以色列犹太教

1. 波斯琐罗亚斯德教

波斯帝国产生了统一的宗教——琐罗亚斯德教(袄教)。琐罗亚斯德教认为,世界上有善、恶二神,善神即阿胡拉·马兹达,也是光明之神、正义之神;恶神即阿胡拉·曼尼,也是黑暗之神、邪恶之神,代表风暴、沙漠。善恶二神始终处于斗争之中。该教要人们站在善神一边,去同恶神斗争。该教崇拜光明、崇拜火,故也称拜火教。琐罗亚斯德教的经典是《阿维斯塔》,在萨珊王朝时编定成书。《阿维斯塔》不仅是宗教经典,而且也具有重要的史料价值。在大流士统治时期,琐罗亚斯德教成了波斯帝国的国教。

2. 以色列犹太教

犹太教是希伯来人的宗教,它崇拜上帝耶和华。犹太教坚持信仰一神,即耶和华上帝,宣称希伯来人是上帝的选民,与神订有契约。当大批犹太人被虏往巴比伦时,犹太人中产生了希望耶和华会派救世主来拯救他们并恢复犹太国家的思想。波斯人灭亡新巴比伦王国,大批犹太人返回耶路撒冷后,犹太教逐渐形成。犹太教的经典是《圣经》,共39卷,约于公元前12—前2世纪用希伯来文写成,后来基督教从犹太教中脱胎而出,犹太教的《圣经》成了基督教圣经的一部分,即《旧约》。

(三)古代西亚的文学、建筑与科技

1. 文学

苏美尔—巴比伦文学作品多是宗教神话和史诗。其中最有代表性的是《吉尔伽美什史诗》。它是已知的世界上最早的英雄叙事诗,其基本内容早在苏美尔和阿卡德时代就已具雏形,至亚述帝国时代才出现最完备的编

辑本。史诗的情节大致可分为 4 个部分:第一部分写主人公吉尔伽美什在乌鲁克的残暴统治,及他与恩启都的友谊;第二部分叙述了他与恩启都的英雄业绩——战胜林中妖怪洪巴和杀死残害乌鲁克居民的天牛;第三部分写吉尔伽美什为探索人生奥秘而进行的努力;第四部分叙述了他与恩启都的幽灵的谈话。

这部史诗反映了古代两河流域人民同各种暴力进行斗争的某种情景,歌颂了为民建立功勋的英雄和英雄壮举,在一定程度上表达了人们认识自然法则和探索人生奥秘的愿望。

2. 建筑与科技

塔庙是苏美尔建筑的典型代表,它是建筑在层级高台上的神庙。苏美尔人习惯在旧神庙原址上建新神庙。由于历代续建,神庙地基变成了高台。苏美尔城市都有塔庙,它是城市中的重要建筑物,其中最为著名的是乌尔大塔庙。亚述帝国时出现了规模巨大的王宫建筑。现存于霍尔萨巴德的萨尔贡二世的王宫遗址,可说是最典型的亚述建筑之一。亚述的王宫一般都建在一块长方形的土地上,四面高墙围绕,设有供保卫用的塔楼。

本章重、难点提示

一、重点掌握名词

苏美尔文明	亚述帝国	腓尼基
欧贝德文化时期	提格拉特帕拉沙尔三世改革	士师时代
乌鲁克文化时期	新巴比伦王国	波斯帝国
捷姆迭特·那色文化时期	尼布甲尼撒二世	高墨达暴动
乌鲁卡基那改革	巴比伦之囚	《贝希斯敦铭文》
阿卡德王国	赫梯	大流士改革
萨尔贡	铁列平改革	楔形文字
乌尔第三王朝	卡迭什会战	腓尼基字母
《乌尔纳姆法典》	《银板和约》	琐罗亚斯德教
古巴比伦王国	《赫梯法典》	犹太教
《汉谟拉比法典》	海上民族	《吉尔伽美什史诗》

二、论述题

1. 简述《汉谟拉比法典》的内容及其反映的社会。参见本章二、(一)。
2. 简述波斯大流士改革的主要内容及其影响。参见本章四、(二)。

第三章　古代埃及文明

考点详解

一、古代埃及的主要王朝

现代历史学将上古埃及的历史分为以下几个时期:前王朝时期(约公元前 4500—前 3100 年);早王朝时期(第 1—2 王朝,约公元前 3100—前 2686 年);古王国时期(第 3—6 王朝,约公元前 2686—前 2181 年);第一中间期(第 7—10 王朝,约公元前 2181—前 2040 年);中王国时期(第 11—12 王朝,约公元前 2040—前 1786 年);第二中间期(第 13—17 王朝,约公元前 1786—前 1567 年);新王国时期(第 18—20 王朝,约公元前 1570—前 1085 年);后王朝时期(第 21—31 王朝,约公元前 1085—前 332 年)。

(一)埃及文明的产生与早王朝时期

1. 埃及文明的产生

约从公元前 4500 年,埃及进入新石器时代或铜石并用时代。根据考古材料,埃及铜石并用文化的典型代表是巴达里文化、涅加达文化Ⅰ和涅加达文化Ⅱ。习惯上把这三种文化称为前王朝文化。

巴达里文化(约公元前 4500—前 4000 年)最初发现于上埃及的巴达里村落。巴达里文化居民经营农业、畜牧业,渔业在经济生活中占有重要地位。农作物有大麦、小麦,畜类有绵羊、山羊等。当时,普遍使用的生产工具是石器、木器和骨器,也出现了铜器。在巴达里文化遗址上曾发现一些裸体妇女的小雕像,用象牙和陶土制作而成。同时,妇女的墓一般比男子的墓大一些。由此可以推断,巴达里文化时期还处于母系氏族社会阶段。

涅加达文化Ⅰ时期(又称阿姆拉特时期,约公元前 4000—前 3500 年),埃及出现了私有制和阶级关系的萌芽。在属于这个时期的一些墓穴里发现的陶器上,刻一些符号;各个墓中都有其自己的统一符号。这反映了在涅加达文化Ⅰ时期,居民中已经出现了贫富分化和社会地位不平等的现象。考古学家在涅加达 1540 号墓和 1610 号墓,分别发现了象征荷鲁斯神鹰的图像(是后来埃及王朝时期荷鲁斯式王衔符号的最早材料)和下埃及王冠标志的红冠图案。王衔、红冠都是埃及王权的重要标志,上述文物证明,在涅加达文化Ⅰ末期埃及已处于阶级社会和国家产生的前夕。

涅加达文化Ⅱ时期(约公元前 3500—前 3100 年),又称格尔塞文化(取名于法尤姆东面尼罗河流域附近的格尔塞墓地)。这一时期出土的陶器、石器等器皿上,出现了具有一定意义的图画文字。文字的发明是涅加达文化Ⅱ时期最大的成就之一,这是埃及进入文明时代的重要标志。

2. 早王朝时期

早王朝时期包括第 1—2 王朝,时间约为公元前 3100—前 2686 年。据曼涅托(生活于公元前 4—前 3 世纪之交的一个埃及祭司)记载,古代埃及国王美尼斯创建了第一王朝,但考古学家至今未发现有美尼斯名字的文物。因此,不少埃及学家常把美尼斯与纳尔迈和阿哈视为一人。纳尔迈是希拉康波里的国王,他的文物《纳尔迈调色板》、《纳尔迈权标头》均出土于此。这些文物表明他曾对三角洲进行过胜利的战争,其规模很大。

但是纳尔迈并未完成埃及的统一。纳尔迈以后的第一王朝诸王和第二王朝诸王继续进行统一战争。直到第二王朝最后一个王哈谢海姆威时,他才采用了"荷鲁斯和塞特"双重王衔,这意味着埃及传说中的两个部分(以塞特为代表的上埃及和以荷鲁斯为代表的下埃及)的统一。

(二)古王国时期与第一中间期

1. 古王国的建立

古王国时期包括第 3—6 王朝,时间约为公元前 2686—前 2181 年,建都孟斐斯。金字塔的修建开始于此时期,而且最大的金字塔也修建于此时期,所以,古王国时期又被称为金字塔时期。

2. 古王国时期王权的加强

从第 3 王朝起,中央集权的君主专制已经出现,国王是全国最高的统治者,掌管全国的行政、司法、经济、军事和宗教大权。行政上设有各级官吏,最高的职位是宰相,由国王直接任命,辅佐国王处理全国政务。为了加强中央集权的专制统治,大肆宣扬王权神授思想,从第 3 王朝以后,拉神(太阳神)被尊奉为全国崇拜的最高神。第 5 王朝时,国王被尊为"太阳神拉之子"。

3. 古王国的衰落

古王国末期,由于阶级矛盾的激化,王权更加依赖神权势力和地方贵族。国王为了巩固自身的地位,取得地方贵族和神庙祭司的支持,经常把土地和财物赠给他们。第 5、6 王朝的国王还常常颁布敕令,豁免神庙的赋税,其结果导致了地方贵族和神庙势力的膨胀。这种形势愈演愈烈,到第 6 王朝第五代国王培比二世当政时达到了顶点。培比二世死后,继任诸王均未能应付第 6 王朝末期出现的政治经济危机,历时五百年之久的古王国君主专制统治终于崩溃了。

4. 第一中间期

第 7 王朝至第 10 王朝(约公元前 2181—前 2040 年)是古代埃及历史上的第一个动乱时期,史称"第一中间期"。古代埃及文献中,有几部作品,如《聂菲尔列胡预言》、《祭司安虎对自己心灵的谈话》和《对美里卡拉王的教谕》反映了第一中间期的情况。第一中间期埃及四分五裂的局面,经过第 7、8 王朝,逐渐形成两个中心:中部埃及的赫拉克列奥波里和南方的底比斯。

从公元前 22 世纪中叶起,赫拉克列奥波里和底比斯就开始为争夺优势和统一埃及进行了长期的争斗,赫拉克列奥波里先后建立了第 9 王朝和第 10 王朝,南方在底比斯的控制下,一度向南发展到第一瀑布。双方的斗争,互有胜负,最后胜利归于底比斯的统治者孟图霍特普二世,他最终战胜了赫拉克列奥波里的第 10 王朝,重新统一了埃及,定都底比斯。埃及进入一个新的发展时期——中王国时期。

(三)中王国时期与第二中间期

1. 中王国的兴起

中王国时期(公元前 2040—前 1786 年)包括第 11—12 王朝,首都底比斯,主要崇拜的神祇为阿蒙神。在第 11 王朝中期的孟图霍特普二世时期,底比斯完全战胜了赫拉克列奥波里王朝,重新统一了埃及。

中王国时期,埃及在社会经济方面获得了显著的发展,其在阶级关系上的反映就是涅杰斯的兴起并活跃于政治舞台之上;在政治上,这时王权依靠涅杰斯战胜了地方贵族的势力;在对外关系上,埃及开始越出尼罗河谷,进行扩张;在文化上,这时被称为埃及的古典时期,出现了若干著名的文学作品。

2. 涅杰斯

中王国时期埃及社会出现了一个中小奴隶主阶层——"强有力的涅杰斯",并且,涅杰斯作为一支独立的政治力量登上了中王国的政治舞台。涅杰斯原意为"小人"。他们原是下层自由民,是非贵族门第的人,与贵族和大人物相对立的人。在第一中间期里,他们成为一个私有者阶层,是当时各诺姆军队中的重要组成部分。

在中王国时期,涅杰斯中的一些人占有了土地和奴隶,还有的人担任了高级官吏,或成为高级祭司。涅杰斯在政治上的发展与王权的加强息息相关。涅杰斯是中王国时期王权同地方贵族进行斗争的主要社会支柱,因而成了统治阶级的一个组成部分。

3. 王权与地方贵族的斗争

在中王国初年(第 11 王朝时期),以诺马尔赫为代表的地方贵族势力成为加强王权的重大障碍。第 12 王朝的建立者阿美涅姆赫特一世上台后,对以诺马尔赫为代表的地方贵族势力采取严厉的政策:划定各诺姆的边界,阻止各诺姆间为扩大地盘而进行的无休止的战争;他严令各诺马尔赫履行自己的职责,保证尼罗河水的分配、保证国家要求的各项供应、保证船队和军队的征集。

阿美涅姆赫特一世以后诸王继续同地方势力进行斗争。到辛努塞尔特三世时,这一政策收到很大成效,地方贵族的势力受到了沉重的打击,此后再也不能独树一帜与王权抗争,君主专制再次强化起来。

4. 中王国时期的征服

从第 12 王朝开始,埃及便开始了对外征服。阿美涅姆赫特一世时就对努比亚发动战争。中王国时期最大的征服者是辛努塞尔特三世,他曾四次用兵努比亚,是中王国时期埃及南方边界的最后确定者。中王国时期对外战争的目的除掠夺土地、人口及其他财富以外,一个重要目的是掠夺西奈的铜矿和努比亚的金矿。

5. 第二中间期

第 12 王朝末期,埃及中央政权再度削弱,又出现了分裂局面。从第 13 王朝起,埃及进入了第二中间期(第 13—17 王朝,约公元前 1786—前 1567 年)。第 13 王朝在南方的底比斯,第 14 王朝在三角洲的西北部(以科索伊斯为中心),这两个王朝同时并存。第 15、16 王朝是外来的喜克索斯人在三角洲东北部建立的王朝(以阿瓦里斯为首都)。第 13 王朝之后在底比斯又建立了第 17 王朝。

政局的混乱,阶级矛盾的激化,导致了贫民奴隶大起义。起义的情况曲折地反映在《一个埃及贤人的训诫》(或译《伊普味陈辞》)中。

第二中间期里,埃及还遭到喜克索斯人的入侵和统治。喜克索斯人在埃及建立了第 15、16 两个王朝,统治过大半个埃及。埃及南方底比斯的第 17 王朝国王卡美斯领导的反喜克索斯人战争取得了重大胜利,收复了不少失地,但他未能完成驱逐喜克索斯人出埃及的使命。其弟雅赫摩斯时攻占了喜克索斯人首都阿瓦利斯并将喜克索斯人赶出了埃及。雅赫摩斯建立了第 18 王朝,埃及由此进入了新王国时期(第 18—20 王朝)。

(四)新王国时期

新王国时期包括第 18—20 王朝(约公元前 1567—前 1085 年)。这是古代埃及最繁荣的时期。此时埃及通过征服,成为一个地跨西亚、北非两大洲的帝国。

1. 埃及帝国的扩张

埃及在驱逐喜克索斯人后,即开始了对外侵略和掠夺的战争,历时约一百年之久。对外侵略战争在雅赫摩斯一世时就已开始,其方向是南方的努比亚和东北方的叙利亚巴勒斯坦。雅赫摩斯的继承者阿蒙霍特普一世执政时期,不仅继续南征努比亚到达第二瀑布附近,还对西方的利比亚用兵。

阿蒙霍特普一世的继承人图特摩斯一世(公元前 1526—前 1512 年)又把埃及南部的国界推展到尼罗河第三瀑布。他通过对巴勒斯坦和叙利亚的远征,把埃及军队开进西亚腹地,前锋达幼发拉底河畔,并打败了觊觎北部叙利亚的强国米坦尼军队。

埃及帝国的完成者是著名的图特摩斯三世(公元前 1504—前 1450 年)。他一生征战,击溃了由米坦尼支持的、以卡迭什为首的叙利亚联军,进而打败了米坦尼王国,使其不再与埃及为敌,转而成为埃及的盟友,从而巩固了埃及在叙利亚的统治。图特摩斯三世在叙利亚的胜利震撼了整个西亚,使亚述和巴比伦尼亚也纷纷与埃及建立友好关系。在南方,图特摩斯三世将埃及边境推进到了尼罗河第四瀑布以外。

第 18 王朝的对外侵略战争,建立了一个西亚、北非强大的埃及军事帝国。这个军事帝国北起小亚细亚,南达尼罗河第四瀑布,是埃及疆土最大、国势最强盛的时期。征服战争给埃及本身带来的影响是双重性的:帝国的版图扩大了,大量财富和劳动力涌入埃及,极大地促进了埃及奴隶制经济的发展;但战争也加速了国内的阶级分化,加深了国内的阶级矛盾,并造成埃及和被征服地区尖锐的民族矛盾。

2. 埃及帝国的统治

新王国时期,特别是其初期,君主专制更加强化。埃及的国王被称为"法老"大约是从图特摩斯三世时开始的。在国王之下的宰相(维西尔)之职,在新王国时被一分为二,即设立了两个维西尔。其中之一主管上埃及事务;另一个分管下埃及的事务。地方上仍以诺姆为单位,但诺马尔赫的权力已大不如前,他们已无力向王权提出挑战。这时埃及军队增加了一个新的兵种——战车兵。对被征服地区,埃及人一方面派总督治理,派军队驻防;另一方面,还利用当地土著王公贵族进行统治。

3. 埃赫那吞改革

新王国第 18 王朝中期,神庙祭司集团通过插手王室内部争夺王权的斗争,扩大了其政治实力,逐渐威胁到王权。阿蒙霍特普四世(公元前 1379—前 1362 年)统治时期,法老和神庙祭司集团的矛盾达到了相当尖锐的程度。

阿蒙霍特普四世采取独特的宗教改革形式,与阿蒙神庙祭司集团展开了斗争。先是重新推出对拉神的崇拜,以对抗对阿蒙神的崇拜。在遭到阿蒙神庙祭司的激烈反对后,阿蒙霍特普四世决定同神庙势力决裂。公元前 1373 年,阿蒙霍特普四世采取了如下一些断然措施:

(1) 取消对阿蒙神及其他一切神的崇拜而只准崇拜阿吞神;(2) 没收阿蒙神庙及其他一切神庙的财产,将其转交给阿吞神庙;(3) 铲除一切建筑物上的阿蒙字样;(4) 将首都从底比斯迁至埃及中部的阿马尔那(新首都取名为"埃赫塔吞",意为"阿吞的视界"),以摆脱阿蒙祭司集团的影响;(5) 国王本人的名字亦改为埃赫那吞(意为"阿吞的光辉");(6) 提拔一些出身中下层的人(涅木虎)担任高级官吏,以实施和推进改革。

改革遭到阿蒙神庙祭司及其他祭司、贵族的激烈反对和抵抗。埃赫那吞死后,他的继承者图坦哈蒙放弃了改革,恢复了对阿蒙神的信仰,发还了阿蒙神庙被没收的财产,首都也迁回到了底比斯。埃赫那吞改革彻底失败。

改革在相当一段时期内打击了阿蒙神庙祭司集团的保守势力,加强了王权,提高了中小奴隶主阶层的地位,促进了当时社会尤其是文学艺术的发展。

4. 埃及与赫梯的争霸

埃及同赫梯的争霸于公元前 14 世纪至前 13 世纪初发生在叙利亚巴勒斯坦地区。争霸战争的决定性战役是在埃及法老拉美西斯二世和赫梯国王穆瓦塔努统治时进行的。

约公元前 1300 年,拉美西斯二世率领 3 万大军向叙利亚推进,在奥伦特河畔的卡迭什城与赫梯军队开战。赫梯国王穆瓦塔努设计,使拉美西斯二世陷入埋伏。拉美西斯二世拼死抵抗,险些被俘,后来幸亏援军及时赶到,他才被解救。此战双方损失惨重,均无力再战。

埃及与赫梯的战争及最后和约的签订是人类历史上第一次两个不同地区的强国为了争夺彼此国境外的一个重要地区的霸权和划分势力范围而长期进行的战争与交涉。争霸战争给叙利亚巴勒斯坦人民带来巨大灾难,因而遭到该地人民的激烈反抗。战争也削弱了两霸自身的实力,加剧了两国内部的矛盾,给两霸带来严重后果。

5. 新王国的衰落

新王国时期的埃及在经历了第 18 王朝后期的埃赫那吞改革、同赫梯长达一个世纪之久的争霸战争,尤其是"海上民族"的入侵之后,已被严重削弱。埃及国内外矛盾十分尖锐。同时,王权与阿蒙神庙祭司集团的矛盾再度激化。国王麦尔涅普塔赫不信奉阿蒙神,而推崇普塔赫神。他把赶走"海上民族"的功劳归之于普塔赫。但这次王权又遭失败,王权对神庙祭司的依赖更为加强。

公元前 1085 年,阿蒙神庙祭司赫利霍尔篡夺了王位,这标志着第 20 王朝的终结,也标志着新王国时期的结束。埃及进入后王朝时期。

(五) 后王朝时期与波斯统治时期

1. 后王朝时期

大约公元前 1085 年,埃及进入后王朝时期。利比亚·舍易斯王朝是后王朝时期历史的第一个阶段。包括第 21—26 王朝(约公元前 1085—前 525 年)。第 21—25 王朝时,埃及南北分裂,北方受到利比亚人控制;南方底比斯实际保持独立,后努比亚人在南方建立第 25 王朝(约公元前 730—前 656 年)。最后,舍易斯的普萨姆提克建立了第 26 王朝(前 664—前 525 年),再度统一埃及。

后王朝时期,埃及的社会经济得到了一定发展。铁器被广泛使用,手工业和商业贸易都很发达。但战乱不断,加剧了埃及内部的阶级分化,许多自由民丧失自由,变成债务奴隶,这可能已危及国家的兵源。因此,第 24 王朝时的法老波克霍利斯不得不进行改革,宣布废除债务奴隶制。波克霍利斯改革的主要内容是:(1) 禁止本利之和超过本金双倍,即利息不得超过本金;(2) 债权人只能索取债务人的财产作抵偿,而不能占有债务人的人身,因为财产属于个人,而公民人身属于国家,国家需要他们服役。

2. 波斯统治时期

波斯统治时期。第 27—31 王朝(约前 525—前 332 年)。公元前 525 年,波斯帝国征服埃及,建立第 27 王朝。公元前 404 年,埃及终于摆脱波斯的统治而获得独立,先后建立第 28、29、30 王朝。公元前 341 年,波斯再次征服埃及,波斯对埃及的第二次统治,称作第 31 王朝。公元前 332 年,马其顿国王亚历山大率领大军占领埃及,结束了波斯人在埃及的统治。

二、宗教崇拜与墓葬习俗

(一) 宗教崇拜

早王朝时期,荷鲁斯成了全国崇拜的主神和王权的保护神。古王国时期,拉神逐渐取代了荷鲁斯的地位成了全国崇拜的主神和王权的保护神。中王国时期,底比斯统一了埃及,该地的阿蒙神地位逐渐上升,特别是在第 18 王朝中期以后,取代了拉神的地位,上升为全国崇拜的主神和王权的保护神,并又与拉神结合为阿蒙-拉神。

古代埃及王权与神权结盟,宗教往往成为政治斗争的工具,全国崇拜的主神和王权保护神因政治斗争而时有变化。如新王国时期埃赫那吞改革时推出阿吞神作为全国唯一崇拜的神,而废除对其他一切神的崇拜;麦尔涅普塔赫时又推出普塔赫神以取代对阿蒙神的崇拜等。

古埃及是一个农业国,对农业神奥西里斯的崇拜占有重要地位,其主要祭祀地是阿卑多斯。

古埃及的宗教总的说还很原始,其宗教学说中只有保护或惩罚,或神带来恩惠的说教,而没有救赎的理论。另外,埃及的神虽已从氏族部落神发展成了国家神,但还未发展成为世界神。

(二) 墓葬习俗

埃及宗教的一个重要特点是关心死后生活,其形式表现在通过金字塔式的坟墓、用木乃伊保存尸体,由祭司诵读祷文、咒语以求死者的灵魂升入永生之界。早王朝时期,埃及贵族的主要墓葬形式为马斯塔巴墓。马斯塔巴是阿拉伯文的音译,意为石凳。马斯塔巴墓多用泥石建造,呈梯形平顶斜坡,一般分地下墓穴和地上祭堂两部分。

从第 3 王朝起,开始把马斯塔巴墓改造成金字塔。埃及历史上第一座金字塔是第 3 王朝初期的国王乔塞尔的"层级金字塔"。第四王朝的斯尼弗鲁时期是从层级金字塔向角锥体金字塔过渡的时期。最大的金字塔是第四王朝国王胡夫所建,地点在今开罗附近尼罗河西岸的基泽,设计师为海米昂。

古王国时期国王坟墓修成金字塔形,一方面是古埃及王墓形式的自然发展的结果,即从前王朝时的画墓,到早王朝的马斯塔巴,到第三王朝的层级金字塔,最后发展成角锥体金字塔;另一方面也是当时埃及宗教观念变化的产物,即对太阳神拉的崇拜占了上风,因为角锥体的棱线,犹如太阳的光芒。

古埃及的金字塔现存约 80 座,起自第 3 王朝,止于第二中间期(新王国时期王墓不再用金字塔的形式,而是采用了岩墓的形式)。它们分布于孟斐斯附近尼罗河西岸。

三、古代埃及的文化

(一) 象形文字

公元前 4000 年代中期,埃及人发明了文字,到公元前 3100 年,古埃及文字已日臻完善,形成具有完整文字体系的象形文字。象形文字是从图画文字演变而来的,具有表意和表音的特点。象形文字是由意符(表意符号)、音符(表音符号)和限定符号(部首符号)三部分组成,共约七百个符号。把意符、音符和限定符号适当组合起来,就构成了一个完整的词,成为"音、形、义"俱全的象形文字。象形文字刻在石碑、石柱、墓碑、金属器和木器上,或书写在神庙墙壁和纸草纸上,但保留在石头上的象形文字原文最多。

古代埃及象形文字在几千年的使用过程中也几经变化。在第一中间期里演化出一种祭司体;后期埃及时又演化出一种世俗体,到希腊罗马人统治时发展为科普特文字等。公元 7 世纪,阿拉伯人征服埃及,科普特文字被阿拉伯字母取代,象形文字无人使用,成为一种无人知晓的死文字。

1822 年,法国语言学家商博良根据罗塞塔碑文和另一块尖碑上的铭文,成功地译读了埃及象形文字,解开了这古老文字之谜,同时创立了一门新兴学科——埃及学。这是一门研究古代埃及的语言文字、宗教、文字、艺术、建筑和科技等内容的综合性学科。

(二) 古埃及文学

古埃及人没有创作出大部头的文学著作,甚至也没有史诗性著作传世。但他们留下了形式多样的文学作品:神话、短篇小说、诗歌、战记、教谕、寓言、格言、祈祷文等。

在神话传说中,有关奥西里斯死而复活的故事最为著名。短篇小说有《两兄弟的故事》、《一个能言善辩的农夫》、《辛努海特的故事》、《船舶遇难记》、《占领尤巴城》等。诗歌内容多种多样:劳动者的歌、爱情诗、颂诗等。反映劳动者生活的诗歌非常朴实,如《打谷歌》、《搬谷歌》等;颂诗著名的有《尼罗河颂》和《阿谷颂》等,歌颂了尼罗河和阿吞神给埃及、给人类带来的恩惠。

最著名的战记是《图特摩斯三世年代记》,其中记述了图特摩斯三世第一次远征西亚时的作战会议,确定进攻路线的情节。

教谕性的作品以箴言形式出现。这类作品是奴隶主贵族训示其子弟、臣下如何统治人民的教谕,绝大多数出自贵族之手,甚至出自法老之手,如古王国时期的《普塔霍特普的教谕》,反映两个中间期社会状况的《聂菲尔列胡预言》、《伊浦味陈辞》、《对美里卡拉王的教谕》以及中王国时期的《杜阿乌夫之子赫琪给其子柏比的教谕》等。《对美里卡拉王的教谕》是赫拉克列奥波里第 10 王朝国王阿赫托依三世向其子和继承者美里卡拉王传授如何实行统治的训示。阿赫托依阐述了新国王应采取的国内外政策,包括对贵族、平民、军队、人民起义和贵族反叛的政策,对贝督英人和底比斯的政策,尤其对如何加强王权做了较多的论述。

(三) 古埃及科学、建筑与艺术

1. 科学

古埃及人在应用科学(如天文、历法、医学、数学等)方面作出了自己的贡献。历法上,古埃及人制定了太阳历,把一年分为三季,每季 4 个月,共 12 个月,每月 30 天,共 360 天,其余 5 天作为节日之用。古埃及的太阳历对罗马共和国晚期恺撒制定的儒略历有很大影响。

古埃及保存下来若干数学纸草文献:莫斯科数学纸草、林德纸草、阿那斯塔西纸草。埃及人创造了自己的十进位的计数制度,并创造了用以表示数字的若干符号。

古埃及的医学也很发达。由于制作木乃伊,埃及人已了解到人体内部构造,积累了比较多的解剖学知识,掌握了心脏与血液的循环关系。

2. 建筑

古埃及的建筑以其雄伟浑厚而为世人所瞩目。除金字塔外,在底比斯修建的卡尔纳克神庙和卢克索尔神庙,也是古代埃及人的杰作。

3. 艺术

古埃及留下了丰富的艺术作品。雕刻有浮雕和圆雕。圆雕的数量很多,大者如哈佛拉金字塔前的狮身人面像、阿布-辛贝尔庙前的巨大雕像、门隆巨像等,小者如著名的埃赫那吞的王后涅菲尔提提像等。古代埃及的绘画作品,如中王国时期的《纸草丛中的猫》,新王国时期的《三个女音乐家》等都是杰作。

本章重、难点提示

一、重点掌握名词

巴达里文化	图特摩斯三世	金字塔
涅加达文化	埃赫那吞改革	波克霍利斯改革
涅杰斯	拉美西斯二世	象形文字

二、论述题

1. 简述埃及帝国对外扩张的过程。参见本章一、(四)。
2. 论述埃赫那吞改革的背景、内容与结果。参见本章一、(四)。
3. 简述新王国时期埃及与赫梯的争霸过程与影响。参见本章一、(四)。
4. 简述古埃及的主要文化成就。参见本章三。

第四章　古代印度文明

考点详解

一、印度河流域的早期文明

（一）哈拉巴文化的发现

20 世纪 20 年代以前，人们认为，印度历史是从公元前 2000 年代中期雅利安人入侵南亚次大陆后开始的。

1922 年，考古学者在印度河流域的信德和旁遮普地区发现了摩亨佐·达罗和哈拉巴两个文化遗址，印度河流域的上古文明才为世人所知。从那以后，考古学者在印度河流域各地陆续发现了许多属于同一文化系统的遗址，共有城市村落 200 余处，统称为哈拉巴文化。哈拉巴文化分布的区域十分广大，东起今印度的北方邦，西到今巴基斯坦的俾路支，北自今巴基斯坦的旁遮普，南达今印度的古吉拉特邦。

（二）哈拉巴文化

哈拉巴文化的年代范围，约为公元前 2500—前 1750 年。哈拉巴和摩亨佐·达罗是其文明的典型代表。从考古发掘的材料看，哈拉巴文化已进入了青铜器时代。当时已有大量的铜器和青铜器，但尚无铁器。居民以从事农业和畜牧业为生。哈拉巴文化已经有文字，主要保存在石、陶、象牙等制成的印章上。迄今所知的符号已有 500 个，其中有些是发音符号，有些是表意字。哈拉巴文化的主要经济部门是农业，已发现了镰刀等农具，当时栽培的作物有大麦、小麦、豆类、芝麻、蔬菜、棉花等。纺织和制陶是哈拉巴文化的两个重要手工业部门。哈拉巴文明存在了几百年，后来突然衰亡。哈拉巴文化衰亡的原因有不同说法，主要有雅利安人入侵说、洪水泛滥说和气候干旱说。

二、吠陀文明、婆罗门教与种姓制度

（一）吠陀文明

雅利安人侵入印度之后的历史史料主要保存在《吠陀》以及解释《吠陀》的《梵书》、《森林书》、《奥义书》等书中。因此这一时期就被称为"吠陀时代"。"吠陀"原意为知识、学问，是印度雅利安人的圣书，是婆罗门祭司们祭神用的颂诗、经文和咒语的汇编，也是古代印度人的思想、伦理、道德和法律的依据，具有最高的权威。《吠陀》共四部，即《梨俱吠陀》、《沙摩吠陀》、《耶柔吠陀》和《阿闼婆吠陀》。

《梨俱吠陀》产生最早，约编撰于公元前 12—前 9 世纪，其中某些部分可能产生于公元前 1500 年左右。因此，《梨俱吠陀》所反映的时代被称为"早期吠陀时代"（约公元前 1500—前 900 年）。《沙摩吠陀》、《耶柔吠陀》、《阿闼婆吠陀》产生较晚，被称为"后期吠陀"。在后期吠陀产生的时期，又逐渐出现了解释吠陀的文献，即《梵书》、《森林书》和《奥义书》。这些文献所反映的时代被称为"后期吠陀时代"（约公元前 900—前 600 年）。

1. 早期吠陀时代

早期吠陀时代又称梨俱吠陀时代，是雅利安人的军事民主制时代。最初进入南亚次大陆的雅利安人以畜牧业为主，后来进入定居以后，他们又从当地居民那里学会了木犁牛耕、人工灌溉。战争频繁是这个时代的主要特点。早期吠陀时代的战争，一开始主要是在雅利安人与"达萨"之间进行的。后来，在雅利安人各部落之间也不断发生掠夺财富和争夺地盘的战争。

早期吠陀时代，还有两种会议，一种叫萨巴，一种叫萨米提。萨巴可能是部落的长老会议，由部落中少数上层分子即长老们组成。萨米提是部落的民众大会，由部落的全体成年男子组成。它们与军事首领"罗阇"一起构成军事民主制时期的主要权力机构。

在早期吠陀时代，雅利安人的宗教基本上还是一种简单的自然崇拜。他们崇拜的神主要有：天神梵伦那、太阳神弥陀罗、雷神因陀罗、暴风雨之神楼陀罗、风神伐育、雨神巴健耶、地神普利色毗、火神阿耆尼等。

2. 后期吠陀时代

在后期吠陀时代，雅利安人由西向东、南两方面扩展，到达恒河下游和纳巴达河流域，进而向南扩张到德干高原，成为整个南亚次大陆的主要居民。在早期吠陀时代晚期开始出现的铁器，到后期吠陀时代又有了一定的

推广。

随着阶级和阶级矛盾的发生与发展，从前的军事民主制的机构逐渐变成了国家。大约在公元前 7 世纪，古印度的北部从印度河上游到恒河中游出现了一些比较重要的国家，如犍陀罗、马德拉、居楼、般阇罗、迦尸、居萨罗等。

后期吠陀时代，对印度历史影响深远的婆罗门教和种姓制度正式形成。

（二）婆罗门教

1. 形成

早期吠陀时代的原始宗教，到后期吠陀时代逐渐发展成有完整体系的婆罗门教。随着阶级矛盾的激化和国家的出现，婆罗门祭司集团为了巩固贵族奴隶主阶级的统治及抬高自己的地位，便把雅利安人原始的自然崇拜加以整理，赋予某些自然神新的生活职能。同时，又创造了一个主宰整个宇宙和人间的梵天大神婆罗摩。这样，原始的宗教信仰逐渐转变成了阶级社会的宗教——婆罗门教。

2. 基本教义

婆罗门教以《吠陀》为圣书，基本教义是：（1）梵天是宇宙的创造者，是永恒、唯一、真实的存在，世界万物只不过是梵天的化身，是虚幻无常的。婆罗门教要人们信仰梵天，以便超脱虚幻的现实，最后达到"梵我一致"，即重新与梵天合为一体。（2）婆罗门教把原始的万物有灵和灵魂转移的观念加以改造，并在此基础上创造出一种"业力轮回"的理论。按照这种理论，人在现实社会中必造业，造业必有果报，善有善报，恶有恶报，善报与恶报在轮回转世中实现。（3）婆罗门祭司还制定了各等级所应遵循的行为规范"达摩"（法），作为区分善行与恶行的标准。各等级只有按照达摩行动才能有好报，才能超脱轮回转世之苦，最终达到"梵我一致"。

3. 主要经典

婆罗门教的主要经典是四部《吠陀》以及解释它的《梵书》、《森林书》和《奥义书》。

（三）种姓制度

种姓制度，是中国古代文献中对印度的一种复杂的等级制度（包括瓦尔那制度和后来从中衍生出的阇提制度）的泛称，玄奘又曾将它译称族姓制度。西方史学界称之为喀斯特制度。这种制度的正式产生在后期吠陀时代，而其萌芽则可追溯到早期吠陀时代。

1. 瓦尔那制的产生与发展

瓦尔那原意为颜色、品质，是在印度发展起来的一种严格的等级制度。这一制度产生于雅利安人侵入次大陆之初。新来到的雅利安人自称为"雅利安瓦尔那"，而称当地原居民为"达萨瓦尔那"。

在早期吠陀时代晚期，随着雅利安人社会的分化，在雅利安人内部也出现了三个不同的等级划分，即婆罗门、罗阇尼亚和吠舍。原来的达萨成为首陀罗，罗阇尼亚转化成为刹帝利，从而萌芽为四个瓦尔那。到后期吠陀时代，四瓦尔那制度正式形成。

2. 瓦尔那制的主要内容与特点

婆罗门教的典籍规定了各个瓦尔那的地位以及不同瓦尔那成员的不同权利和义务。

（1）第一等级是婆罗门种姓。主要掌管宗教祭祀，充任不同层级的祭司。他们不仅掌握宗教和文化方面的大权，而且其中一些人还直接参与政权，充当国王的顾问。他们的生活来源主要是接受布施和赠礼。

（2）第二等级是刹帝利种姓。刹帝利的基本职业是充当武士。国王一般仍属于刹帝利瓦尔那，但是刹帝利瓦尔那并不限于王和王族。刹帝利是掌握军事和政治大权的等级。

（3）第三等级是吠舍种姓。吠舍是平民，没有政治上的特权，必须以布施（捐赠）和纳税的形式供养完全不从事生产劳动的婆罗门和刹帝利，主要从事农业、牧业和商业。

（4）第四等级是首陀罗种姓。他们的职业是为以上三个种姓服务，从事手工业与作奴仆。他们一般不参加婆罗门教的宗教活动，也没有任何权利。他们中的大多数属于雇工，但也有奴隶。

古代印度的种姓制有以下几个特点：① 各种姓社会等级世袭，地位固定不变。② 各种姓职业固定不变，世代相传。③ 实行种姓内婚制。婆罗门和刹帝利两个瓦尔那为了保证自己的特权和地位不致因通婚而发生混乱，遂制定了种姓内婚制原则。这是古代印度种姓制的一条基本原则和突出特点。在种姓内婚制下，同一种姓的人通婚受到赞美，不同种姓的人通婚受到歧视，甚至惩罚。④ 各种姓的宗教地位不平等。四个种姓中的前三个种姓都为雅利安族，因此，皆可以举行再生仪式，死后可以转世为人，所以称为再生族。第四种姓首陀罗不能举行再生仪式，死后也不能转世为人，所以称为一生族。

3. 阇提

印度中古时期的种姓制度。该制度按行业划分成众多种姓,种姓内职业世袭,设管理机构监督成员遵守规章制度和风俗习惯,违章者要受到惩罚。阇提之间互相隔绝,不准通婚。随着手工业分工的加细,各种手工业阇提的数目不断增加。城乡居民全被组织于阇提之中,处于封建主的统治之下。该制度成为印度社会进步和国家强盛的障碍。

三、列国时代的新兴宗教与思想

(一)列国时代

公元前 6—前 4 世纪为次大陆各国由分立逐渐走向统一的时代,历史上通称为列国时代,因佛教产生于这一时代,所以亦称早期佛教时代。据佛教文献,在公元前 6 世纪初,次大陆主要有 16 个国家。16 国中最强大的是摩揭陀、居萨罗等,这些国家都以一个大城市为首都,作为政治、经济、文化的中心。其国家政体大致有两种类型,即君主国和共和国,其中多数是君主国,只有跋祇和末罗是共和国。

列国时期大国间为争夺领土和霸权而不断发生战争。最初,恒河中游的伽尸国强盛一时。它同居萨罗进行了长期的争霸战争。后来,居萨罗征服了伽尸,发展成为强国。与此同时,摩揭陀开始强大起来,并逐渐走上了向外扩张的道路。

(二)摩揭陀的兴起与难陀王朝

公元前 6 世纪中叶,摩揭陀在哈尔扬卡王朝频毗沙罗王(即"瓶沙王",约公元前 544—前 493 年)统治下开始强大起来。他对外采取远交近攻的政策,与犍陀罗、居萨罗等国通好,然后,集中全力吞并东邻鸯伽;对内则加强专制统治,以严刑苛法维护王权。其子阿阇世(约公元前 493—前 462 年)即位后,大肆兴兵,向外扩张,他与居萨罗国争夺伽尸,并最后将其吞并。后来又经十余年征战灭跋祇国。从此,摩揭陀开始在列国中称霸。在阿阇世以后,首都由王舍城迁至华氏城。

约公元前 364 年,出身于首陀罗瓦尔那宫廷理发师摩诃帕德摩·难陀发动宫廷政变,建立了难陀王朝(约公元前 364—前 324 年),都于华氏城。他征服了最大的劲敌居萨罗,统一了恒河流域。摩揭陀难陀王朝向印度河流域扩张的步伐,被马其顿亚历山大的东侵阻断。

(三)顺世论派与阿什斐迦派

列国时代社会经济的发展和阶级关系的变化,导致思想领域里也发生相应的变化。各种新的思潮纷纷兴起,不过它们往往都有一个共同点,就是具有反婆罗门教的倾向。其中思想最激进的是顺世论派,而影响最久远的则是耆那教和佛教。

1. 顺世论派

顺世论派是古代印度唯物主义哲学派别。该派学说早在后期吠陀时代就已出现,传说其创始人是毗诃跋提。列国时代是它最活跃的时代,当时的代表人物是被称为六大师之一的阿夷多翅舍钦婆罗,又称阿耆多。顺世论派主张世界是由物质,即由地、水、火、风四大因素组成的,人体和人的意识也是由四大因素构成,人死后各因素又复归各因素。

该学派还主张人的意识和身体是不能分开的,意识随身体的毁灭而毁灭,否认有能脱离肉体而独立存在的灵魂,反对一切宗教宣扬的轮回转世说。它否认祭祀的必要,也否认祭司存在的必要,否定《吠陀》的权威。顺世论的唯物主义为统治阶级所不容,其著述均被毁,只有个别论断载在其敌手的著述之中。

2. 阿什斐迦派

阿什斐迦派(或译为"邪命外道"),是一个主张彻底的宿命论的学派。末伽黎·拘舍罗是这一派的代表人物,也是佛教文献中所说的六大师之一。末伽黎·拘舍罗认为,整个世界都是按既定的程序绝对地安排好了的,在这个既定的世界上,每一个生命单子都必须反复再生 84 000 次。

该派认为,人的意志和行为,不论是善是恶都影响不了整个的既定过程,修行并不能加快解脱的进程,作恶也不能起延缓的作用。人生历程不由自己定,也不由他人定,而是由宿命来定。这种彻底的宿命论在一方面固然否定了各种宗教的善恶各有报应的说教,但在另一方面也否定了人的一切能动作用,可以使人安于无所作为。

(四)耆那教

1. 耆那教的兴起

耆那教是公元前 6 世纪时在印度兴起的一大宗教。耆那教的创始人通常认为是筏驮摩那。传说他 30 岁出家,苦行 12 年得道,被称为大雄,并获得"耆那"(情欲的战胜者)称号。耆那教这一名称即由此而来。公元前 3

世纪初,耆那教徒在华氏城举行第一次大结集,把大雄的教义整理、编纂成耆那教的经典《十二支》。

2. 耆那教的基本教义

耆那教的基本教义是业报轮回、灵魂解脱、非暴力和苦行主义。它的最高理想是超脱轮回,达到解脱,使灵魂进入永恒的极乐境地。摆脱轮回,达到解脱的方法是谨持三宝,即:(1)正智,正确学习并理解耆那教的经典和教义;(2)正信,信仰该教的经典和教义;(3)正行,正确实行该教的教义和戒律。其戒律是:不杀生、不欺诳、不偷盗、不奸淫、戒私财。不杀生和严格的苦行主义是耆那教最突出的特征。

(五)早期佛教

1. 佛教的兴起

佛教是与耆那教同时兴起的另一个大宗教。它的创始人是释迦牟尼,原名为悉达多,姓乔达摩,他是伽毗罗卫城的统治者净饭王之子,属刹帝利种姓。释迦牟尼是他得道后所获的称号,意为释迦族的圣人。同时又被门人奉为佛陀,意为觉悟者。

佛教从公元前6世纪创立到公元前273年阿育王将其定为国教为早期佛教,或称为原始佛教。

2. 佛教的基本教义

佛陀所传的最根本的教义是"四谛",即四条神圣的真理。四谛包括苦谛、集谛、灭谛、道谛。(1)苦谛是佛陀讲道的起点,主要讲现实存在的种种痛苦。佛教认为人生一切皆苦。(2)集谛是说明人生多苦的原因。(3)灭谛就是指消灭痛苦、消灭苦因、消灭欲望的真理,佛教称这种境界为涅槃。(4)道谛是指为实现佛教理论所应遵循的手段和方法。要达到消灭痛苦的方法,就要学习教义,遵守戒律和八正道。

佛陀的教义和婆罗门教有一个很大的不同之处,就是主张"众生平等"。佛陀所传的教义适应了当时各种姓(尤其是刹帝利和富有的吠舍)反对婆罗门种姓特权的要求。佛教反对苦行,并用比较易懂的通俗语言传教。因此,佛教得到了摩揭陀等国君主的支持,受到了富人的大量布施,也从各种姓中获得了大批的信徒,很快地就发展成了一个大的宗教。

四、孔雀帝国与佛教的传播

(一)孔雀帝国的建立

公元前4世纪下半叶,东部恒河流域已为摩揭陀难陀王朝所统一,西北部印度河流域仍处于波斯帝国的统治之下(公元前518年侵入)。公元前330年,马其顿王亚历山大灭亡了波斯帝国。公元前327年,希腊马其顿亚历山大征服了印度河流域。他一方面派总督治理,并有军队驻防;另一方面又扶植当地人作傀儡。公元前325年,亚历山大远征军从印度河口兵分两路回返巴比伦。

公元前324年,旃陀罗崛多(公元前324—前300年)在考底利耶辅佐之下,领导印度河流域人民推翻了希腊侵略者的统治,他自立为王,建立孔雀王朝(公元前324—前187年),并东进推翻了统治恒河流域的难陀王朝,统一了北部印度。

旃陀罗崛多的儿子宾头沙罗(公元前300—前273年)继位后,不断向德干高原扩张,征服了温德亚山脉以南到迈索尔的大片领土。孔雀帝国到第三代王阿育王(公元前273—前236年)统治时期,又对南印度的羯陵伽发动了大规模的进攻并征服了它。阿育王的扩张活动,使孔雀帝国的版图达于半岛南端,成为古代南亚统治地区最广的一个王朝,南亚也由此进入帝国时代。

(二)帝国的政治制度

孔雀帝国实行的是君主专制。国王集行政、司法、军事大权于一身。国王之下设有庞大的官僚机构,其中由贵族组成的咨询会议,称为帕利沙德。在行政方面,宰相主持日常政务。宰相下面有管理行政、军事、经济、司法、城市和乡村等事务的各类机构。

在司法制度方面,中央有最高法院,国王往往亲自过问审判事宜。为了强化其统治,加强君主对大臣及地方官吏的控制,建立了庞大的密探组织。

孔雀帝国时期,全国被划分为若干个行省,设总督治理。重要边远行省由王族成员任总督。一些落后地区享有自治权,由各部族首领统治。

(三)阿育王宣扬圣法

阿育王在完成帝国统一以后,对国策做了重大的变更。他在征服羯陵伽以后,对这次战争的伤亡表示忏悔。随后,阿育王的政治、伦理思想及对内政策发生了重大改变,他放弃了孔雀帝国传统的武力征服的政策,结束了帝国的军事扩张。与此同时阿育王开始宣扬"圣法"。

"圣法"的基本精神和主要内容是,在国家行政、社会生活、人际关系、民族关系和对外政策中实行非暴力和宽容的原则。这一原则的内容包括:慈悲为怀,对众生一视同仁地予以尊重,放弃战争征服,对所有宗教兼容,人道地善待奴隶等。

阿育王的圣法是一种宗教政策,同时也是维护帝国统治的国策。

(四) 佛教的传播

1. 佛教的分裂

释迦牟尼涅槃后,随着社会经济的发展,佛教僧团对佛教教义和戒律的解释逐渐发生了分歧。为了解决佛教僧团内部产生的分歧,公元前 376 年,佛教徒在吠舍厘城举行了第二次大结集。在这次结集大会上,佛教学说分裂成了"大众部"和"上座部"。到公元 1 世纪,从大众部演变出了大乘佛教,他们主张神话释迦牟尼,崇拜偶像,以自修成佛和普度众生并重;而原上座部则恪守原始教义,只尊释迦为教主(不是神),只求个人自修解脱,被大乘部贬为"小乘"。

2. 大乘佛教

大乘佛教源于大众部佛学,公元 1 世纪从原始佛教中分裂出来,公元 2 世纪在印度河其他国家有了广泛的传播。在贵霜王伽腻色伽时代,由于国王崇信、提倡和支持大乘佛教,因此大乘佛教发展很快,在佛教中占了上风。伽腻色伽在位期间,以护法王名义,支持佛教徒在迦湿弥罗举行了第四次大集会。在这次集结大会上,与会僧侣按照大众部佛学学说对佛陀的教义和戒律做了新的解释,确定了大乘佛教的教义,并编纂和注释了"三藏",使经、律、论各成十万颂。大乘佛教至此在理论和实践上被确立为佛教主要教派。

3. 大乘佛教与小乘佛教的教义

大乘佛教和小乘佛教在教义理论和实践上都有所不同,主要是:(1) 在哲学宇宙观上,大乘佛教主张"法我皆空",小乘佛教主张"我空法有"。(2) 在佛陀观方面,小乘把佛陀看成是凡人出身的创教者和最高教主,不是神,所以不崇拜佛的偶像,重视礼仪,祭祀佛陀。(3) 在修道途径和目标上,大乘佛教主张普度众生,小乘主张"自度"、"出家苦行"。(4) 在戒律上,大乘佛教的戒律比较自由,在一定程度上放弃了原始佛教强调的禁欲主义,小乘佛教保持了原始佛教的戒律,要求严格。(5) 在经典方面,大乘佛教经典是用梵文写成的,主要有《大般若波罗蜜多经》、《维摩经》、《妙法莲花经》(即《法华经》、《华严经》、《金刚经》)等经典。小乘佛教的经典是巴利文"三藏"(经、律、论),其中经藏主要有《长阿含经》、《中阿含经》、《杂阿含经》等经典。

4. 佛教的传播途径

佛教于公元 1 世纪由大月氏僧人传入中国。大乘佛教又通过中国传入朝鲜和日本。小乘佛教则主要流行于斯里兰卡、缅甸、泰国等东南亚国家。

(五) 巽伽王朝与贵霜帝国

公元前 187 年,孔雀王朝末代国王被杀,出身于巽伽族的普沙弥多罗·巽伽(约公元前 187—前 151 年)建立了巽伽王朝(约公元前 187—前 75 年)。但其统治地区比孔雀王朝时要小得多,主要是恒河流域的中下游地区,而且统治时间不长,仅百余年。公元前 2 世纪初以后,北印先后为外族入侵:大夏希腊人、安息人和斯基泰人。公元 1 世纪中期,大月氏人建立的贵霜帝国(约公元 1 至 3 世纪),其版图包括中亚、北印的广大地区,其首都原在中亚,后迁至富楼沙。到公元 3 世纪时,贵霜帝国分裂为若干小国。

公元 4 世纪时,笈多王朝兴起于摩揭陀,并很快统治了北印广大地区,印度进入封建时代。

(六) 古代印度文化

1. 文字

公元前 3000 年代中期,即哈拉巴文化时期,印度人就创造了文字。大约公元前 1000 年初期,印度才又有了自己的字母文字——婆罗谜文、佉卢文、梵文和巴利文,其中梵文流传最广。古代印度人的宗教圣书《吠陀》和著名史诗《摩诃婆罗多》、《罗摩衍那》等文学作品都是用梵文写成的,大乘佛教的经典也是用梵文写成的。巴利文是小乘佛教经典所用文字。

2. 文学

古代印度在文学领域里取得很高的成就。以梵文写成的四部《吠陀》,不仅是印度人的宗教圣书而且是印度最早的文学作品,被称为吠陀文学。在四部吠陀中,《梨俱吠陀》的文学价值最高。《梨俱吠陀》主要以诗歌形式(共有 1 028 首诗歌)记述了雅利安人对所崇拜的诸神的赞颂。

古代印度最著名的文学作品是《摩诃婆罗多》和《罗摩衍那》两部史诗。《摩诃婆罗多》原意为婆罗多的战争。其中心故事是讲述婆罗多族的后裔居楼王族的堂兄弟之间的斗争。该史诗包含了丰富的知识,是古代南亚的一部百科全书。《罗摩衍那》即罗摩的故事,全书共7篇,其中心故事是讲述阿瑜陀国十车王的长子罗摩远征楞伽岛的恶魔十首王罗波那的故事。

佛教出现后产生了佛教文学,最著名的作品是用巴利文写成的《佛本生经》。《佛本生经》名义上是讲佛陀前生前世的经历的,实际上是搜罗民间故事加工而成的。此书有故事500多个,约编于公元前3世纪,反映了列国时期社会上多方面的情况。

《摩奴法典》是古代印度法制史上第一部正规的权威法律典籍,是在公元前2—2世纪期间陆续编成的。现行版本分为12卷,内容包括:梵我一致、轮回、解脱的宗教哲学、伦理道德和法律规范,其核心是维护种姓制度。

《政事论》又译作《利论》,古代印度的一部重要著作,记述孔雀帝国政事。相传为孔雀帝国开国大臣考底利耶所著。但据学者考证,成书年代晚于孔雀时代,在2—3世纪时最后修订。《政事论》系统论述君主如何统治国家的种种问题,主张实行中央集权统治,国王掌握国家的最高权力。1905年初该书完整手抄本被发现,对研究古代印度的土地所有制、财产关系、奴隶制度和种姓制度等有重要价值。

印度民间长期形成的故事、寓言和童话大多保存在《五卷书》和《嘉言集》中。

3. 数学

古代印度在数学方面取得了相当大的成就,对世界数学的发展作出了巨大贡献。早在公元前3000年代,印度人就采用二进制和十进制记数法。后来,印度人发明了0—9十个数字符号。这些数字符号经中亚传到阿拉伯,当时阿拉伯人称它为"印度数字"。以后阿拉伯人将这些数字符号略加改造,传到欧洲,欧洲人称其为"阿拉伯数字",这一名称被世界各国沿用至今。

本章重、难点提示

一、重点掌握名词

哈拉巴文化	顺世论派	巽伽王朝
《吠陀》	阿什斐迦派	贵霜帝国
《梨俱吠陀》	耆那教	《摩诃婆罗多》
婆罗门教	早期佛教	《罗摩衍那》
瓦尔那制	孔雀帝国	《佛本生经》
阐提	阿育王	《摩奴法典》
摩揭陀	大乘佛教	《政事论》
难陀王朝		

二、论述题

1. 简述婆罗门教形成的背景与基本教义。参见本章二、(二)。
2. 简述瓦尔那制形成的背景及其主要内容。参见本章二、(三)。
3. 简述早期佛教的基本教义及佛教传播的基本情况。参见本章三、(五)和四、(四)。
4. 论述孔雀帝国对外扩张的过程与帝国制度。参见本章四、(一)、(二)。
5. 试比较大乘佛教与小乘佛教在教义上差异。参见本章四、(四)。
6. 简述上古印度主要文化成就。参见本章四、(六)。

第五章 古代希腊文明

考点详解

古代希腊的历史大致分为五个阶段:(1) 爱琴文明或克里特—迈锡尼文明时代(公元前20—前12世纪);(2) 荷马时代(公元前11世纪—前9世纪);(3) 古风时代(公元前8—前6世纪);(4) 古典时代(公元前5—前4世纪中期);(5) 马其顿统治时代(公元前4世纪晚期—前2世纪中期)。

以纷立的城邦而取得突出的文明成就,这是希腊不同于东方文明的一大特点。它在一定程度上是和爱琴海岛屿密布、希腊本土又被群山分割为无数小块区域的地理环境特点有关。

一、克里特文明和迈锡尼文明

古希腊文明始于爱琴文明时代。它的中心在爱琴海上的克里特岛和希腊半岛南部的迈锡尼城,故又称"克里特—迈锡尼文明时代"(公元前 20—前 12 世纪)。

(一) 克里特文明

克里特文化亦名米诺斯文明。根据考古材料,以王宫为中心的克里特文明的演进可分成两个时期:古王宫时期(约公元前 2000—前 1700 年)和新王宫时期(约公元前 1700—前 1400 年)。

古王宫时期是克里特文明的形成和初步发展期。克里特此时出现了欧洲地区最早的文字,初呈图形,后字体逐渐简化为线形,向音节符号演进,人称线形文字 A,至今仍未被释读。新王宫时期是克里特文明的繁荣期。此时克诺索斯的米诺斯王朝统治克里特岛,还建立了海上霸权,控制现在希腊海的大部分。公元前 1400 年,讲希腊语的亚细亚人入主克里特,标志克里特文明的衰落。

(二) 迈锡尼文明

迈锡尼文明是希腊本土青铜文明的通称,约形成于公元前 1600 年。这时的王朝按考古发掘的资料而称之为竖井墓王朝,到公元前 1500 年前后为圆顶墓王朝取代,形成了迈锡尼线形文字。迈锡尼城是迈锡尼文明的中心,位于伯罗奔尼撒半岛东北部。此后从公元前 1400—前 1200 年,迈锡尼达到其文明的盛期,其势力伸展到整个爱琴海,并约在公元前 1240 年联合攻打小亚细亚的强国特洛伊。此战打了十年之久,最后希腊联军攻下特洛伊城。约在公元前 12 世纪,多利亚人从北部侵入,灭亡了迈锡尼文明。

(三) 荷马时代

多利亚人毁灭迈锡尼各国之后并未建立自己的国家,希腊的文明传统断绝了两三百年。从公元前 1100 到公元前 800 年间,希腊各地出现倒退,这是一个相对落后的黑暗时代,反映它的历史情况的文献主要是荷马史诗,因而又称为"荷马时代"。

荷马史诗包括两部作品:《伊利亚特》和《奥德赛》,传为盲诗人荷马所著,实际上是特洛伊战争以来数百年希腊民间文学的结晶。两诗题材都和特洛伊战争有关。《伊利亚特》共 15 693 行,叙述希腊联军围攻小亚城市特洛伊,以联军统帅迈锡尼国王阿伽门农和大将阿喀琉斯的争吵为中心,集中描写了战争第十年即结束前几十天发生的事。《奥德赛》则介绍希腊军中智勇双全的英雄奥德修斯战后回国时漂泊十年、历经艰险的故事。

多利亚人和其他入侵部族的军事民主制社会组织比较严密,代替了迈锡尼的国家体制而普遍流行于希腊全境。当时已形成了一套以贵族阶层为骨干的政制模式,主要有三个机构:其一,议事会。其成员由氏族贵族组成,部落内大事必须经议事会决议,它是常设的行政机构。其二,民众大会。由全体成年男子组成,民众大会原则上讲是最高权力机构,部落间宣战媾和之类的大事必须由该会议决。不过从史诗看,贵族操纵的议事会的权力常大于民众大会。其三,军事首长,与日后的国王同义,但此时尚无国王的专制权力,由选举产生,实际上往往为某一贵族家族(王族)世袭。他的主要职责是统率军队作战,也掌管宗教祭祀。其后古风时代的城邦政制正是从此脱胎而来的。

二、希腊城邦制度

(一) 古风时代

古风时代(公元前 8—前 6 世纪),"古风"和"古典"之说均出自希腊美术史中的术语,因为这两个时期的作品风格保持着古朴到古典的连续性。"古风"突出古朴之意,是后来辉煌的古典时代的基础和序幕。

古风时代前期又称赫西奥德时期。公元前 8 世纪是希腊地区在爱琴文明灭亡后重新普遍出现国家的时期,此时的国家皆以一个城市或市镇为中心,结合周围农村而成,一城一邦,独立自主,故称希腊城邦。留传至今有关这一时期的文献史料较多集中于诗人赫西奥德(约生活于公元前 750—前 700 年间)的诗篇中,史学界遂称之为赫西奥德时期,这是希腊城邦最初形成的时期。赫西奥德出生于希腊中部的彼奥提亚,有《神谱》和《田功农时》等诗篇传世,前者记述了希腊的神话传说,后者则抒写农业劳作和农村生活,是了解当时社会状况主要的、最生动的材料。赫西奥德这位农民诗人的诗歌创作,不仅为希腊文学揭开了新的篇章,也为世界文学宝库留下了不朽的典范作品。

(二) 城邦的形成与特点

一般而言,世界各民族从原始社会进入文明社会,最早建立的国家都是城邦类型的小国,再由小国演变为大国以至帝国。希腊文明的特点却是,它保留城邦纷立的局面远较其他文明为长,而且是在城邦体制下达到其文明的繁荣昌盛的高峰。这种形式上小国寡民的城邦最本质的特征就是其公民政治获得了较充分的发展,乃至建立起了奴隶制民主政治。

希腊城邦是在古风时代社会经济发展的大背景下逐渐形成的一种国家形态。希腊城邦的形成途径,有通过氏族部落转化而来,也有通过殖民活动建立。希腊城邦最显著的特点是:第一,它的统治者是由一部分特权社会成员组成的公民集体。公民集体则是占有数量不等的私有财产的公民共同体,他们把奴隶和非公民的自由人,甚至整个外族人集体当做主要的剥削对象。第二,每个公民拥有一定数量的土地,丧失土地即丧失公民权;非公民大多从事工商业等,无权拥有土地。第三,公民集体的最高治权体现在各邦定期召开的公民大会上。除公民大会外,城邦还存在贵族议事会或公民代表议事会和各级行政、军事主管部门,这些部门同公民大会隶属关系的强弱决定了一个城邦的政体性质。第四,城邦政制时,尚无职业官僚,各职司主要是履行义务,不给工资。第五,实行公民兵制,军队由全体成年男性公民组成,公民平时务农,战时从军,服兵役时装备、给养一律自备。第六,城邦的国土一般分为农区和城区两部分,两者地位平等。城邦内没有独立的僧侣集团和神庙单位,没有古埃及、两河流域那样的神庙经济。

(三) 希腊的海外殖民

公元前 8 至前 6 世纪,希腊人进行了广泛的殖民运动,殖民者的足迹遍及整个地中海、黑海沿岸,殖民成为古风时代希腊史的主要内容之一。据统计,在此期间参加殖民的希腊城邦共有 44 个,在上述各地共建殖民城邦至少在 139 座以上。

希腊的海外殖民不仅和古代一般的民族迁移不同,更与近现代的资本主义殖民侵略有别。从过程上看,海外殖民通常是由某一城邦发起,它就称为母邦;母邦把部分公民迁移到海外某地另立家园,它就是子邦——殖民城邦。因此,这种殖民活动是城邦(母邦)为解决自身发展问题而采取的措施,也可说是古风时代希腊国家形成和扩散过程的一种表现形式。参加殖民的是母邦公民团体的一分子,殖民后便是新邦公民团体的成员,而殖民城邦和母邦在政治经济关系上都是平等的。

殖民的原因是多方面的,最常见的是由于人口增加、耕地有限而到海外寻找土地,也有因土地兼并破产失地而到海外另谋生路;经济上的另一重要原因是商业发展谋求原料和开辟市场,它在早期不太明显,愈到后期便愈为重要。也有在政治斗争中失败而被遣送出国或安插于外者;在遇到严重灾荒时,也有殖民海外以求渡过难关者。因此,总的说来,海外殖民是为了解决城邦内部的困难,但它是城邦有组织的活动。

海外殖民不仅缓解了希腊城邦发展过程中的内在矛盾,还大大促进了整个希腊世界的经济发展、尤其是商品经济的发展,有助于公民集体的稳定和城邦制度的巩固。而随着经济发展而出现的工商业奴隶主阶层的壮大,也加强了平民阵营的力量,有助于平民反对贵族的斗争和民主政治的建立。殖民活动大大促进了希腊世界的商品经济和外贸市场,形成一个前所未有的海洋与大陆、东方与西方相互联系日益密切的商贸和文化交流圈。从此希腊人更方便地从古埃及和古代美索不达米亚等文明地区吸收先进文化,因此公元前 7 世纪又称为希腊史上的"东方化时期"。

(四) 斯巴达的强盛

1. 来库古改革

斯巴达地处伯罗奔尼撒半岛的拉哥尼亚平原,是领土面积最大的希腊城邦之一。公元前 9 世纪末开始建立国家。据说,建国之初斯巴达由来库古主持国政、订立法制,才逐渐形成了其特有的国家制度,这就是传说中的来库古改革。

来库古大约在公元前 825—前 800 年间推行了他的改革。来库古宣称他是从德尔菲的阿波罗神谕《大瑞特拉》中获得有关改革的基本思想的。改革的主要内容:(1) 组成了新的部落和选区。这意味着用国家组织的户籍原则取代氏族组织的血缘原则。(2) 实行双王制,两位国王职位世袭。(3) 建立包括两位国王在内的 30 人的议事会,并按季节召开民众大会。议事会向大会提建议并宣布休会,公民大会由 30 岁以上的斯巴达男性公民组成,对国家事务有决定权。另外来库古还设立了 5 名监察官。

2. 美塞尼亚战争

公元前 8 世纪中期到前 7 世纪中期,斯巴达对其邻邦美塞尼亚进行了两次大规模的战争,终于完全征服其地,将其居民变为希洛人。第一次美塞尼亚战争进行于约公元前 740—前 720 年间。斯巴达占领了整个美塞尼亚,把属于同族的美塞尼亚多利安人也变成希洛人。约公元前 640—前 620 年,美塞尼亚人发动声势浩大的起义,史称"第二次美塞尼亚战争"。斯巴达人在平息起义而结束第二次美塞尼亚战争之后,当地所有肥田沃土皆被作为斯巴达国有土地而归其"平等人"公民分享。

3. 斯巴达的政治制度

斯巴达的政治制度基本按来库古改革确定的体制发展,双王制和议事会继续保持,监察官的权力则大为加强。

(1) 双王制。两位国王分别由两个王族家族世袭,权位均等,平时只能作为贵族会议一员活动,战时则由其一人统军出征。当监察官权力扩大以后,国王出征时往往有监察官随军监督,他们还可以审判国王并在两王族中决定王位继承人。

(2) 贵族元老议事会。由双王和二十八位 60 岁以上的贵族元老组成。总揽军政大权,国家大事都由它讨论决定,再交民众会通过,它还是最高司法机关,并协助一些主要官员处理政务。斯巴达的公民大会由所有年满 30 岁的男性公民参加,名义上监察官和贵族会议成员都由它选出、决议也由它通过,但在欢呼表决法限制之下它实际上没有任何权力,一切听监察官和贵族会议操纵,也由监察官主持召开。

(3) 监察官会议。五名监察官从 30—60 岁的公民中选出,不限出身,任期一年。职责很宽:负责日常民事诉讼,对包括国王在内的公职人员进行监督或惩罚。战时动员征兵,由两名监察官随王出征维持军纪。自公元前 5 世纪始,监察官的权力日益膨胀,发展到主持元老会议和公民大会,成为最高公职人员。

斯巴达国家实行极为严格的军事制度和教育制度。斯巴达男性公民必须按国家要求终生过着严格的军事生活,直到 60 岁才能解甲归田过平民生活。精神上,也以培养绝对服从视死如归的军人气质为首义。这使斯巴达拥有一支希腊世界实力最强、纪律最严的军队,但其他文化建设则完全被忽视了。

4. 斯巴达的社会等级

斯巴达社会由三个阶级组成:(1) 奴隶主阶级,即斯巴达公民。成年男性最多时仅 9 000—10 000 人,完全脱离生产,专事军训和政治、宗教等活动。这个国家自称"平等人公社"。(2) 小生产者阶级,即庇里阿西人,是没有公民权的自由民,人口有 10 余万,居住在山区和沿海地带的村镇中,主要从事农业,少数从事手工业和商业。他们有权占有一定量的土地和其他财产,在斯巴达官员的监察下实行居民区自治,承担纳贡和服兵役,不能与斯巴达人通婚。(3) 奴隶阶级,即希洛人。名称源出斯巴达征服拉哥尼亚南部之美塞尼亚人,人口 20～30 万,以家庭为单位固着在斯巴达公民的份地上。希洛人须将其农产品的一半左右交给主人。希洛人属于国家所有公民占有,国家对他们有生杀予夺之权,公民个人则没有。

(五) 雅典的兴起

1. 提秀斯改革

雅典位于中希腊的阿提卡半岛,是唯一可和斯巴达相比的领土面积最大的一个希腊城邦。大约在公元前 9—前 8 世纪,传说中的国王提秀斯完成了统一,并进行了改革。所谓提秀斯改革,是指当时雅典某位头领和民众共同进行的创建城邦制宪的活动,它的中心内容是联合境内各村社建立中央议事会和行政机构。另一重要内容是把国内公民分为贵族、农民和手工业者三个等级,规定贵族充任官职、执行法律,农民和手工业者只在公民大会中有一席之地,绝不能当官掌权。提秀斯改革奠定了雅典城邦形成的基础。

2. 梭伦改革

公元前 7 世纪末,平民反对贵族的斗争不断升级。在经济上他们不满氏族贵族的高利贷和债奴制,因为债奴制导致农民人口外流,国内市场萎缩;政治上他们不满氏族贵族的权力垄断,要求分享政治权力。

公元前 594 年,梭伦当选"执政兼仲裁",全权进行宪政改革。第一,颁布《解负令》,即解除债务及由于负债而遭受的奴役。根据这个法令,平民所欠公私债务一律废除,雅典公民沦为债奴者一律解放,同时永远禁止放债时以债务人的人身作担保,也就是在公民中取消债务奴隶制。

第二,按财产多少划分公民的等级并规定相应的义务和权利,取消以前的贵族、农民、手工业者三级之分。第一等级的财产资格为每年收入按谷物、油、酒等总计达 500 麦斗以上,称"五百麦斗级";第二等级是收入 300麦斗以上者,称"骑士级";第三等级的标准则是 200 麦斗以上,称"牛轭级"(有牛耕田者);其余收入不及 200 麦斗者统归入第四等级,他们靠打工为生,故称"日佣级"。分等级的目的是为了分配政治权利:第一级可任执政、司库及其他一切官职;第二级与第一级同,惟不得任司库;第三级可任低级官职,与执政官等高官则无缘;第四级则依旧不得担任一切官职,但可和其他等级一样充当陪审法庭的陪审员。

第三,设立新的政权机构,贵族会议大受限制。新机构中最重要的是四百人会议,由 4 部落各选 100 人组成,除第四级外,其他公民都可当选。四百人会议获得原属贵族会议的众多权力,如为公民大会拟订议程,提出议案,成为公民大会的常设机构等。另一新机构是陪审法庭,它不仅参与例行审判还接受上诉案件,相当于雅典的最高法院。各级公民都可通过抽签任职,审案时投票作出判决。

第四,颁布促进工商业的法规,例如奖励国外技工迁居雅典,对携眷移民给予公民权;雅典公民必须让儿子学一门手艺,否则儿子可拒绝赡养其父;禁止除橄榄油以外的其他粮食出口;对度量衡和币制进行改革,使雅典更好地开展对外贸易。

梭伦改革对雅典历史发展具有深远意义。改革是雅典平民反对贵族斗争的一次重大胜利。它消灭了债务奴隶制,恢复并稳定了独立的小农经济,缓和了公民社会的矛盾,为雅典公民集体的健康发展、形成自主独立的公民意识奠定了牢固的经济基础。改革打破了贵族对政权的垄断,重新配置了国家权力,提高了平民的政治地位,使普通公民能够参与决定国家命运和自身利益的政治活动,使政体向着民主制方向发展迈出了至关重要的第一步。改革采取与斯巴达截然不同的措施,鼓励工商业的发展,为雅典的经济繁荣创造了良好的条件。

3. 庇西特拉图的僭主政治

梭伦改革之后,雅典政治斗争仍在继续。公元前 560 年左右,形成了 3 个政治分野明显的派别。代表贵族的平原派,代表小农的山地派和代表工商业者的海岸派。持续斗争的结果是山地派领袖、梭伦之友庇西特拉图建立了僭主政治。

公元前 560 年,庇西特拉图第一次政变上台,后经三次进退曲折到公元前 541 年才巩固统治。他继续执行梭伦的立法,使雅典仍然按梭伦改革确定的路线发展。在把司法权集中于城邦政府的同时,又设立乡村巡回法庭,就地解决纠纷,削弱贵族对地方司法的干扰。他在雅典大兴土木,既促进了建筑业和有关行业的发展,也使雅典开始成为希腊建筑和雕刻艺术的中心。他还积极发展工商业和外贸,雅典的陶器因此流行于地中海、黑海地区。庇西特拉图的僭主政治在客观上巩固和发展了梭伦改革的成果,使雅典摆脱内乱,因而具有积极意义。

公元前 527 年,庇西特拉图病逝,其子希庇亚斯和希巴库斯继位,共理国政。后滥用权力,引起公民的普遍不满,贵族出身的平民领袖克利斯提尼于公元前 510 年设法请来斯巴达军队,结束了庇西特拉图父子两代的统治。

4. 克利斯提尼改革

公元前 509 年(或 508 年),执政官克利斯提尼的改革方案在公民大会上通过。他针对梭伦改革犹未深入触动的雅典选举体制和血缘团体做了较彻底的改革。

其内容之一是废除传统的 4 个血缘部落而代之以 10 个新的地区部落,按新部落体制进行选举。他将阿提卡的平原、山地、海岸三大地区各分成十个小区,称三一区,然后在三大区中各取一小区"三结合",组成十个新行政区即地域部落。这样阿提卡就从原 4 部落的基本划分变为 10 部落划分,每个部落包括 3 个不相邻的三一区。

在组成新的选区之后,克利斯提尼便以 10 个部落各选 50 人组成新的五百人会议,取代梭伦的四百人会议。五百人会议的成员是所有公民不分等级皆可担任,比四百人会议更民主。

克利斯提尼改革还导致雅典军队组成的改动,以前按血缘部落征兵的办法现在改为按地区部落征兵,每部落提供一队重装步兵、若干骑兵及水手,并且选举一名将军为统领。10 名将军组成将军委员会,由军事执政官任主席。

克利斯提尼改革的最后一个措施是实行陶片放逐法(陶片是指选票),它是按公民投票来决定是否对某一公民实行政治放逐,因投票时把定罪人的名字写在陶片上而得名。操作程序为每年召开一次特别公民大会,讨论国内是否存在危害民主制度的公民。如果大会认为有这样的人,便召集另一次特别大会,公民可将危害者的名字写在碎陶片上。写有同一人名的陶片数量超过 6 000 即表示多数通过,此人应被放逐国外 10 年。放逐期间不牵连家属并保留被放逐者财产。10 年期满,被放逐者恢复公民权。

克利斯提尼改革结束了雅典平民反对贵族的长期斗争,肃清了氏族制残余,最终结束了雅典国家政体从贵族制向民主制的过渡,从而在世界文明史上首次确立了一整套民主体制。

三、希波战争与伯罗奔尼撒战争

(一) 古典时代

古典时代(公元前 5—前 4 世纪中叶)前期是城邦的繁荣昌盛时代,后期则盛极而衰。这一重要历史阶段的起点是希腊与波斯的战争。希波战争以希腊一方的获胜而结束,雅典式民主政治高度发展并广泛传播。同时雅典与斯巴达为争霸希腊,引发伯罗奔尼撒战争。战后希腊陷入城邦危机。

(二) 希波战争

希波战争的直接原因在于波斯对小亚希腊人的压迫以及因此引起的反抗和雅典等邦的干预,较深层的原因在于波斯统治者拓疆辟土的野心。希腊波斯战争的导火线是公元前500年小亚的米利都发动爱奥尼亚诸邦起义,反抗波斯对小亚沿岸希腊城邦的统治。在起义中,雅典曾派兵给予援助。起义被波斯镇压后,波斯便以雅典援助起义为由,渡海入侵希腊。

希波战争从公元前492年开始,至前449年止,大体分做两个阶段:前期(至公元前479年)为波斯的进攻阶段,后期(公元前479年以后)为希腊人的反攻和相持的阶段。公元前492年,大流士一世派大军水陆并进,对希腊发动第一次进攻,但其海军中途遭遇风暴,陆军在征服马其顿后受色雷斯人反击,无果而返。

公元前490年,波斯军队在雅典流亡僭主希庇亚斯引导下,乘舰600艘,取海路再次侵略希腊。波斯军在攻下厄律特里亚后,在雅典东北部的马拉松平原登陆。雅典倾其全部兵力1万余人对抗波斯近5万人的军队。在雅典指挥官米太亚德的正确指挥下,马拉松战役以雅典以少胜多结束。此战役极大地鼓励了希腊人的斗志和团结。到公元前481年,31个城邦集会于斯巴达,决定组成全希腊的同盟,一致对抗波斯。大会推举斯巴达为海陆军统帅,重要决策则由同盟各邦共同商定。

公元前480年,波斯国王薛西斯一世亲率大军约50万,战舰1000多艘,发动了第三次入侵。在中希腊的主要道口温泉关,波斯陆军主力和希腊人进行了首次大战。波斯军队战胜了斯巴达国王列奥尼达率领的希腊联军。突破温泉关后,波斯人长驱直入中希腊。公元前480年秋,希腊和波斯的海军在萨拉米湾展开决战。以雅典舰队为主的希腊海军利用有利地形充分发挥自己灵活机动的特点,重创波斯舰队,战局遂起根本变化。

公元前479年8月,联军11万与波军15万在中希腊普拉提亚展开陆上会战,斯巴达重装步兵击毙敌统帅,致使波军阵势崩溃,伤亡达10万之多,被彻底赶出欧洲。在陆战开始时,在米卡列海角附近全歼敌舰队。自此,希腊军从防御转入进攻,战争进入第二阶段。公元前478年,原联军主力斯巴达退出作战,雅典继任领导。这一阶段(公元前478—前449年)的军事行动主要是希腊人乘胜追击,进一步解放爱琴海上和小亚沿岸的希腊城邦。

公元前449年,精疲力竭的交战双方签订了《卡里阿斯和约》。波斯承认了"雅典帝国"的势力范围,允许小亚希腊城邦恢复独立。雅典则表示不再干涉波斯的东方事务。历时43年的希波战争以希腊胜利而告结束。

希腊波斯战争以希腊的胜利告终,在世界历史上影响深远。此后,世界文明发展的格局便逐渐形成东西方并立共存之势,一直延续至今。希腊的胜利不仅使希腊各邦得以继续发展,尤其使雅典达到空前的繁荣,遂为日后的西方文明奠定了基础。希波战争波斯虽败,但对整个帝国说来仍只是局部的边境事件,希腊人还无力越过小亚进入东方,因此波斯帝国仍在继续发展,它所继承的古代东方文明的传统后来又经安息、萨珊波斯和伊斯兰文明而持续不绝,这就是世界文明分为东西方的大格局,而它的最初的分水岭可以说就是希波战争。

(三)伯罗奔尼撒同盟与提洛同盟

1. 伯罗奔尼撒同盟

到公元前6世纪后期,伯罗奔尼撒半岛上的各个城邦,除阿哥斯和西北部阿卡亚少数小邦外,都被斯巴达纠集起来组成了伯罗奔尼撒同盟,由斯巴达分别与盟邦签订双边盟约组成,因此斯巴达是同盟当然的核心和领袖。同盟是军事性质的,决策依斯巴达利害为准。斯巴达的军队占绝对优势,召集会议之权也归斯巴达。一般而言,入盟城邦仍保持自己的独立,只在外交、军事问题上按同盟决议一致行动,若个别盟邦自行作战,不经斯巴达同意便得不到同盟的支持。盟约还特别规定,若斯巴达国内希洛人起义,入盟各邦就必须派兵援助斯巴达并受其指挥。斯巴达利用伯罗奔尼撒同盟作为控制入盟各邦的工具。

2. 提洛同盟

普拉提亚战役后,斯巴达退出希波战争,把战争领导权让于雅典。公元前478年,主张继续作战的小亚、爱琴海岛屿、色雷斯沿岸诸邦代表与雅典代表会聚提洛岛,正式结盟,史称"提洛同盟"。入盟各邦原则上一律平等,在盟会上各有一票表决权。但由于雅典拥有绝对军事优势,掌握盟军指挥权,实际控制了同盟。同盟在提洛岛的阿波罗神庙设立共同金库,入盟各邦依本邦岁入的多少以及承担同盟义务的大小交纳盟金。

公元前454年,盟军海军在尼罗河口损失军舰200余艘,提洛岛暴露在波军威胁之下。雅典把同盟金库从提洛岛移到本国卫城。在此期间,一些城邦试图退出同盟,遭到雅典镇压。同盟至此成为雅典控制外邦的工具,盟金转变为雅典的财政收入。雅典海上霸权的建立为雅典自身的发展提供了优厚条件,是使雅典在公元前5世纪经济文化全面繁荣的一个重要因素。希波战争结束后,提洛同盟与伯罗奔尼撒同盟之间的矛盾逐渐激化,引发了伯罗奔尼撒战争,公元前404年,雅典战败,提洛同盟解散。

(四)伯罗奔尼撒战争

战争起因于雅典与斯巴达争霸希腊,从而导致分别以两国为首的提洛同盟与伯罗奔尼撒同盟的激烈对抗,终于爆发了历时二十余年的伯罗奔尼撒战争(公元前431—前404年,其中公元前421—前415年一度休战)。

公元前431—前421年为第一阶段,史称"十年战争",这是战争的相持阶段。公元前431年春,加入伯罗奔尼撒同盟的中希腊城邦底比斯袭击雅典的盟友普拉提亚。公元前431年6月,斯巴达军侵入雅典,战争遂全面爆发。在第一阶段的战争中,双方互有胜负,呈相持之势,最后雅典主和派得势,双方遂缔结和约,规定各自退出占领对方的领土,交换战俘,保持50年和平。

战争第二阶段(公元前415—前404年)以雅典发动西西里远征开始。公元前405年的羊河之役,雅典海军被全部歼灭,只好屈膝求和。公元前404年的和约规定解散提洛同盟;雅典只能保留12艘警卫用的舰只,拆除长垣通道和海港防御工事,并加入伯罗奔尼撒同盟。此后希腊历史进入城邦危机阶段,希腊古典文明亦由全盛走向衰落。

(五) 城邦危机

伯罗奔尼撒战争结束后,希腊参战的城邦均相继陷入危机。危机的表现为邦际战争频仍,各邦丧失充分自卫能力,公民兵越来越明显地被雇佣兵所代替。伯罗奔尼撒战争后,斯巴达成为希腊霸主,又引起新的矛盾。

公元前395—前387年间爆发了科林斯战争,雅典、科林斯、底比斯、麦加拉等竟在波斯暗地支持下联合起来向斯巴达宣战。此战使斯巴达穷于应付,遂向波斯请和,由波斯出面拢合双方缔结和约。和约规定,波俄提亚同盟应立即解散,但盟主底比斯不肯屈从,斯巴达于公元前382年攻占底比斯,建立了寡头政权。公元前379—前378年,底比斯的民主派起义,赶走了斯巴达驻军,推翻了寡头政制,重建了民主制并恢复了波俄提亚同盟。

公元前371年,底比斯在留克特拉一役痛歼斯巴达军,次年冲入伯罗奔尼撒,解散其同盟,斯巴达虽未亡国,却已失去一切强权地位。但底比斯的霸权未能长久,当时乘机组成第二次海上同盟的雅典又对底比斯的强大深感不安,反而和斯巴达联络以抵制底比斯。公元前362年的曼丁尼亚战役,底比斯主将伊帕密南达阵亡,底比斯的霸权迅速瓦解。接着,雅典又重蹈覆辙,对第二次海上同盟的盟邦摆出霸主架势,引起同盟战争(公元前357—前355年),雅典失败,第二次海上同盟亦告解体。这几十年中,各邦的混战和同盟的分合层出不穷,始终未能找出摆脱战乱和危机之路,而城邦危机却为马其顿王国的兴起及其控制希腊提供了方便。

四、雅典民主政治

(一) 雅典民主政治的发展

雅典的民主政治在希波战争中不断取得新的进展。公元前487年,执政官不再经过选举,而是像五百人会议成员那样抽签产生。到公元前457年,公民大会便决定可让第三等级公民任执政官,后来又扩大到第四等级,并一律由抽签产生。到希波战争结束,雅典政治可说是已达到在古代奴隶制条件下最民主的程度。

(二) 雅典民主政治的内容

公元前443年,伯里克利成为首席将军,并连选连任此职多年。在他的领导下,民主制更加完善。虽然当选高级公职的财产资格限制未正式废除,但实际已失去意义。历史上把雅典的这一时期称作"伯里克利时代"。

首先,各级官职向一切公民开放,并都以抽签方式产生。当然,抽签方法也依职位轻重而略有区别。执政官这类最高官职尚须各选区按比例提出一定数量的候选人,然后再从候选人中抽签决定,但候选资格已尽量放宽,无任何财产、等级、资历的限制。其他各级官职和五百人会议成员则在各选区从合格公民中直接抽签产生。其次,民主政治的主要机构公民大会、五百人会议和民众法庭握有充分的权力。特别是公民大会,这时成为名副其实的国家最高权力机关,所有公民都是大会成员,都有参加讨论发言和投票表决之权,它实行的是直接民主制。第三,在公民大会和公民获得国家主权的同时,原有的氏族贵族势力则被铲除殆尽。贵族会议丧失了一切政治权力,只处理与宗教有关的事务。第四,为担任公职和参加城邦政治活动的公民发给工资和补贴。

(三) 雅典民主政治的积极意义与局限

民主政治为雅典公民的主观能动性和聪明才智提供了尽情发挥的可能,使雅典在政治、经济和思想文化方面成为全希腊的学校和样板,产生出大批彪炳史册的政治家、哲学家、戏剧家、历史学家,为人类文明做出了卓越的贡献。

但作为奴隶制民主政治,它的局限性也相当明显。首先是广大奴隶不仅毫无权利可言,而且被列为专政对象。其次,这个民主政治的范围即使在自由民中也是很有限的,妇女皆不能参政,外邦人也无任何权利,这就使自由民人口总数一半以上与它无缘。第三,雅典对内虽行民主,对外特别是提洛同盟的盟邦却是极端专横残暴的,毫无民主可言。最后,还要看到这个民主政治的领导权仍掌握在奴隶主上层手中,只是这些上层分子不再属反对平民的贵族而是支持平民利用民主的工商业奴隶主。

（四）希腊奴隶制经济的特点

公元前5世纪的希腊奴隶制经济,就其自身的发展过程说,可说是达到了充分的繁荣。雅典是当时希腊各邦中经济最发达的,不仅包括奴隶在内的人口总数和工农业生产居全希腊之冠,它的产品还远销整个地中海区域和黑海地区,以它为代表也最能说明希腊奴隶制经济的一些特色。大致表现在以下四个方面:（1）希腊奴隶使用虽很普遍,却以小规模为主,而且,可称为大奴隶主的公民和小奴隶主之间的差别也不是很大。（2）在上述特点的基础上,各等级在国民经济的重要地位也是以第三等级为首。（3）奴隶劳动使用于商品生产的比重较大,或者说,以雅典为代表的希腊社会经济中商品经济的比重较之其他古代社会为大。（4）希腊各邦一般不以本城公民为奴,所使用的奴隶都是外邦人和蛮族人。由于这些特点,希腊奴隶制可称为古典奴隶制,与古典城邦体制有不可分割的联系。

五、马其顿帝国与希腊化时代

（一）马其顿的兴起与科林斯会议

马其顿位于希腊北部,由上、下马其顿两地区组成。约在公元前6世纪下半叶,马其顿完成了统一。马其顿的真正强大是在腓力二世之时。腓力当政之后,在政治、军事和经济方面进行了一系列改革:（1）加强王权,削弱贵族会议和公民大会的职能,把它们变成听命于他的工具。（2）改革币制,确立了金、银币的兑换价格,促进了商业的发展。（3）建立起一支忠于个人的常备军,创造了具有极强打击力的马其顿方阵,其核心是贵族组成的重装骑兵,称"王友"。腓力的改革使马其顿成为巴尔干半岛的军事强国。

公元前355年,毗邻马其顿的中希腊发生城邦混战。腓力借机南下,控制了希腊中北部地区,马其顿的崛起使一些与北希腊有利益关系的城邦感到了威胁。雅典四方串联,组成反马其顿联盟。公元前338年,以雅典和底比斯人为主的希腊联军在彼奥提亚的喀罗尼亚与马其顿军队决战,联军大败。这是一次决定希腊城邦命运的战役。从此之后,希腊城邦实际上失去了政治独立,反马其顿派彻底失败了。

公元前337年春,腓力在科林斯城召开全希腊会议,成立了"希腊联盟"（又称科林斯联盟）,奥林匹斯山以南的所有城邦（斯巴达除外）和许多岛国都成了联盟的成员。各成员国承担如下义务:保持和平;尊重各邦现存宪法;禁止死刑、土地财产再分配以及一切与当前法律相抵触的行为;镇压抢劫者与海盗。联盟的常务机构是"希腊人议事会",议员数目根据军事力量的比例决定并选出,议事会通过的决议对所有成员国都有约束力。每次会议的五个主席从议员中抽签选出。在联盟的第一次正式会议上,联盟与马其顿国家（腓力和他的后代）签订了永久性攻守同盟条约,然后共同向波斯宣战,报复薛西斯对希腊神庙的亵渎。大会一致选举腓力为同盟的最高领袖,全权统帅军队。

（二）亚历山大帝国的兴衰

公元前336年,腓力二世遇刺身亡,其子亚历山大继位,以铁腕镇压了希腊人反马其顿运动。亚历山大继承了父亲东征的遗愿,并于公元前335年组建起一支由3万步兵、5000骑兵构成的远征军,在第二年初春渡过赫勒斯滂海峡,开始了历史性的东侵征程。

公元前333年,在伊苏斯城与大流士三世亲率的大军相遇,双方展开会战。波斯军全线溃败。公元前332年,亚历山大在腓尼基的推罗遇到了出师以来最顽强的抵抗。经过七个月的围攻,推罗陷落。公元前332年11月,亚历山大进入埃及,当地祭司倾心欢迎,称他为"埃及的法老"、"阿蒙神之子"。亚历山大在尼罗河口亲自勘选了以他命名的亚历山大里亚城的城址,这是他在东方建立的第一座城市。公元前331年,亚历山大返回推罗,东渡幼发拉底河,10月1日,在尼尼微附近的高加米拉原野与大流士三世的军队再次决战。亚历山大采取让开正面,攻其两翼的战术,大败波斯军。大流士三世在逃亡中被他的巴克特里亚总督贝索斯杀害。亚历山大的征服并未停止,他在中亚转战三年,于公元前327年进入印度西北部。但在他还要继续东进时,部下表示强烈的反对,亚历山大无奈,只得于公元前326年秋率军沿印度河南下,由海陆两路西返。公元前325年回到巴比伦。十年东侵至此结束。公元前323年,亚历山大在筹备远征阿拉伯半岛时突然病亡,时年33岁。

经过十年的征伐。他的统治区域扩展到了印度河流域、尼罗河流域,亚历山大建立了横跨欧亚非三大洲的大帝国。远征在客观上使希腊文明与埃及、巴比伦和印度的文明得以接触、交流、融会,扩大了各民族已知世界的范围,加快了人类历史由分散走向整体的进程。亚历山大帝国的建立在世界史上具有划时代的意义。亚历山大的远征给东方人民带来了深重的灾难,使他们饱受战争之苦。

（三）希腊化时代

1. 希腊化时代

自亚历山大帝国建立到最后一个希腊人统治的王国——托勒密王国灭亡为止这段时间,是希腊文化在北非、西亚广泛传播的时期,也是希腊文化和东方文化广泛交流的时期,因此在历史上,被称为"希腊化时代"。

2. 马其顿安提柯王朝

亚历山大死后,部将们就为继承人问题展开了争夺。从公元前 323 年起,继位者间的混战一直持续了 20 多年。公元前 301 年,安提柯与塞琉古、吕辛马库斯、卡山达(安提帕特之子)组成的联盟在弗里基亚的伊浦苏斯展开了一场大血战,安提柯兵败阵亡。伊浦苏斯之战标志着大帝国统一梦想的彻底破产。从此,马其顿、西亚、埃及三足鼎立的大局已定,它们走上了基本相同、但各有特色的发展道路。

伊浦苏斯之战后,马其顿几易其主,最后在马其顿及希腊建立长期统治的是安提柯的孙子安提柯·贡那特。安提柯王朝(公元前 276—前 168 年)成为与托勒密、塞琉古并驾齐驱的三大希腊化王朝之一。

在南部希腊,反马其顿的势力一直存在。亚历山大死后,雅典很快联合其他希腊城邦发起反马其顿战争(公元前 323—前 322 年),不久即告失败。公元前 314 年,地处中希腊西北部的埃陀利亚地区的城邦组成埃陀利亚同盟,长期同马其顿抗衡。公元前 280 年,南希腊阿卡亚地区的小邦也组成了阿卡亚同盟,科林斯、墨加拉等大邦也相继入盟,包括伯罗奔尼撒大部分地区。这两个同盟和原先的伯罗奔尼撒同盟、提洛同盟不同,完全是独立国家的联合体,每个入盟城邦具有相等的一票表决权。两个同盟之间既联合又斗争。公元前 168 年马其顿本土首先亡于罗马,到公元前 146 年,希腊全境都落入罗马统治之下。

3. 埃及托勒密王国

托勒密王国由亚历山大的主要将领托勒密在埃及所建,疆域基本上局限于尼罗河流域。首都亚历山大里亚。托勒密王国继承了埃及法老的君主专制制度,国王集军、政、财、宗教大权于一身,以神在人间的代表自居。国家保持了古埃及以州为单位的行政区划,各州州长、财政官和下属区级官员均由马其顿人和其他希腊占领者担任,国王掌握着他们的任命权,并在各地驻军。

公元前 3 世纪,托勒密埃及与塞琉古王国争夺巴勒斯坦与南叙利亚一带,先后发生五次战争,史称"叙利亚战争"。这场战争以塞琉古王国的胜利告终。公元前 2 世纪,托勒密王国因统治集团内部的权力斗争以及社会矛盾的激化而走向衰落。公元前 1 世纪,托勒密王国沦为罗马的被保护国,末代女王克娄巴特拉在罗马内战中左右逢源,以便维持国家的存在。后因支持罗马将军安东尼,于公元前 31 年为安东尼的政敌屋大维所灭。

4. 塞琉古王国

塞琉古王国的建立者是塞琉古一世(公元前 305—前 280 年),首都为奥伦特河畔的安条克城,中心地区是叙利亚,故又称叙利亚王国。中国史书称之为条支,其名来自首都安条克。公元前 3 世纪以后,中央权力衰落,塞琉古王国逐渐分裂出一系列独立的国家,如中亚的大夏(巴克特里亚)、伊朗高原的安息(帕提亚)王国。公元前 142 年,巴勒斯坦的犹太人起义获胜,建独立国家。安息几乎同时夺取了两河流域地区。塞琉古国土仅限于叙利亚一地,公元前 64 年亡于罗马大将庞培之手,叙利亚成了罗马的一个行省。

六、古代希腊的宗教与文化

(一) 古希腊的宗教与神话

古希腊宗教始终没有越出多神教阶段,从家庭、部落到地区、城邦乃至泛希腊等不同层次的崇拜应有尽有。这同希腊城邦林立和政治的长期多元化密切相关。希腊人最信奉的是以宙斯为首的新一代天神,其神宫建于奥林匹亚山上,故通称奥林匹亚众神。奉祀宙斯的最重要圣地为奥林匹亚,而在其地举行的最盛大的全希腊运动会即称为奥林匹亚赛会。

奥林匹亚诸神的主神是宙斯。他是众神和人类之父,大地的最高统治者。宙斯的神庙以南希腊的埃利斯奥林匹亚神殿最为著名。赫拉为宙斯的妹妹兼合法妻子,负责妇女的生活,尤其是婚配和生育。雅典娜是宙斯之女,从其父头上生出,在中希腊有特殊的地位,是雅典的保护神。阿波罗通常被视为光明、青春、音乐之神,又称太阳神。

源于民间信仰的希腊宗教观念在城邦政治的条件下带有一些民主色彩,其中最重要的就是通常所谓的希腊宗教的"神人同形同性论",认为神就是人的最完美体现,无论主神宙斯、太阳神阿波罗、智慧女神雅典娜等,都与人的形象与性格相同,只不过天神更能青春常驻、威力无边、更有智慧、更为健美而已。希腊宗教的"神人同形同性论"的思想促使整个希腊文明带有人本主义的色彩,即以人作为衡量一切的尺度和出发点,这有助于哲学与科学的发展。

(二) 早期希腊文化

公元前 8—前 6 世纪的早期希腊文化可分为后期几何形风格(公元前 800—前 720 年)、东方化风格(公元前720—前630年)、古朴风格(公元前630—前500年)三个阶段,有时也把整个早期希腊文化通称为古朴文化或古风文化。这一时期也是在世界文化史上极有特色的希腊文明的形成时期,为日后古典文明的繁荣辟路奠基。经过公元前7世纪东方化时期对东方文明成果充分吸收之后,到公元前6世纪希腊文化便在哲学和艺术上取得了突出的进展。

希腊最早的哲学是自然哲学,即对于自然界本身的探讨和解释,与人生没有关系。小亚的米利都产生了第一个希腊哲学家泰勒斯(约公元前624—547),他认为万物起源于水,改变了自古相传的神造世界的迷信。其门生阿那克西曼德(约公元前610—前546)主张万物本原是"无限",一切生于无限又归于无限,阿那克西美尼(约公元前585—前525)又认为万物之源为气,由气而生自然界之千变万化。这三位早期哲学家均是米利都人,且保持着师承关系,因而被称作"米利都学派"。继米利都学派之后有"毕达哥拉斯学派"。毕达哥拉斯是数学家,在寻找世界万物本原和变化动因时特别强调数,认为抽象的数是万物之本。由数而有形,由形而有物。赫拉克利特(约公元前540—前470年)的哲学是米利都学派的继续和发展,但他认为万物的本源是火,他是辩证法哲学的奠基人。

在艺术方面的突破则是希腊的雕刻绘画迈向现实主义并有空前进展。以神庙为主的希腊建筑也奠定了两种基本的柱式风格:厚重朴实的多利亚柱式和秀巧优雅的爱奥尼亚柱式。它们以后一直是西方古典建筑的基础。

(三) 希腊古典文化

一般而言,公元前5世纪和前4世纪都属希腊文明的古典时期,但若按城邦危机发生和发展的程度,通常又把公元前5世纪称为古典盛期,公元前4世纪则是古典后期。

1. 古典哲学

希腊古典哲学在公元前5世纪继续发展了自然哲学的唯物主义传统,其较早的代表有西西里岛的希腊哲学家恩培多克勒(约公元前495—前435)和阿那克萨哥拉斯(约公元前500—前428)。

恩培多克勒承认事物的客观独立存在及其不断的运动变化,主张认识源于感觉,客观事物是经过流射而引起人的感觉,其认识论属于一种朴素的反映论。他提出本原应有四种,即水、火、气、土,合四根而为一物,引导出物质可分为更细成分之思想。

阿那克萨哥拉斯发挥了物质可分之说,认为一切事物都是许多性质不同的微粒组成,称为"种子",从而直接启发了日后的原子论。最后完成原子理论的希腊哲学家则是德谟克里特(约公元前460—前370),他奠定的原子学说是公认的古代唯物主义最高体系。他的哲学的基本内核是原子论。他认为,宇宙的本原是原子和虚空;原子是物质,内部无空隙,不再可分,构成世界上的一切事物;原子和原子之间只有量的多少,无质的差异;各种物质现象的变化、生灭均由于原子在空间的排列不同所致。

在德谟克里特之后,古希腊的唯物主义哲学趋向没落;而唯心主义哲学则随着苏格拉底、柏拉图哲学的发展而逐渐占据了优势地位。苏格拉底(公元前469—前399)是开创希腊哲学研究新方向的划时代的思想家,他把研究对象从自然转向了社会和人类的内心世界。提倡知德合一说,认为美德基于知识,而两者之获得皆有赖于教育。

古希腊唯心主义哲学的最大代表是苏格拉底的学生柏拉图(公元前427—前347)。他的哲学思想是一个庞大的体系,其核心为"理念论",其他理论均以此为基础。在他看来,世界分为感觉中的自然世界和理念中的超自然世界两部分。由于感知的世界总在不停地变化,人们对它的认识因时、因地、因人、因情而异,因而感觉世界是不真实的,唯一真实的是永恒存在的理念世界,而感受到的现实世界只是理念世界的反映。柏拉图否认现时世界的真实性和感觉经验的可靠性,认为理念是人心之外的一种实体,真理认识只能靠对它的直接感悟,所以他的哲学是客观唯心论。他的理念论用于现实社会的改造,便产生了他的理想国的设计。主要作品以对话体写就,著名的有《申辩篇》、《会饮篇》、《理想国》等,内容涉及哲学、政治伦理、教育问题。

亚里士多德(公元前384—前322)是集古希腊科学文化知识之大成的渊博学者,哲学是他最擅长的领域。他师从柏拉图20年,一度任马其顿王亚历山大的教师,后回雅典办学。他的哲学与他的导师柏拉图的关系是批判与继承的关系,其中批判要多于继承。他有句科学认识史上的名言:"吾爱吾师,吾更爱真理"。他在《形而上学》中认为自然界是客观的、真实的存在,人们的认识来自对客观世界的感觉,没有感觉就没有知识。但他的唯物论亦不彻底,虽承认物质客观存在,却认为物质受形式的支配,只有属于精神世界的形式才赋予物质以确定性和现实性。亚里士多德还是逻辑学的创始人,他把逻辑学看作哲学的一部分,提出归纳和演绎两种方法。

2. 自然科学

古典时期天文学的研究已开始探索天体运行的客观规律。恩培多克勒首先正确解释了日食形成的规律。阿那克萨哥拉斯又正确解释了月食。此后天文学家更热衷于用几何数学和物理原理解释天文现象,到公元前4世纪时,天文学家欧多克索斯(约公元前408—前355)便根据实际观测和几何原理,尝试构想宇宙的几何模型。尽管他以地球为中心的模式是错误的,但却第一次在人类文化史上提出了天体运行的全方位的科学概念。

在数学、几何学方面,希腊学者们也努力探求公理、公式以获难题的解决。开俄斯岛的希波克拉底(约公元前470—前400)还致力于化圆为方之类难题的解决,得出了求以两不等径圆弧为边的月牙形面积的方法。他的学生美尼克穆斯(约公元前375—前325)更开展了圆锥曲线的研究。

在地理学方面,天文学家欧多索克斯提出根据恒星视角以定地球上某一地点正确纬度的方法,可说是开科学的地图学之先河。

毕达哥拉斯学派的阿尔克芒(公元前6—前5世纪),据说他认识到大脑的思维与感觉功能,研究过人体解剖。古希腊最著名的医生是希波克拉底(约公元前460—前377),他的生命平衡的医学理论和处理内外科病症的经验具有很高的价值。他为医生确立的职业道德仍然是今天医生们所遵循的道德准则。

3. 史学

史学领域先后出现三位伟大的古典史学家:希罗多德(约公元前484—前425)、修昔底德(约公元前460—前400)和色诺芬(约公元前431—前354)。希罗多德被西方人士尊为"史学之父"。希罗多德的传世之作名为《历史》,是以希波战争为主轴的通史般的巨著。希罗多德述史着重探究核实,所采史事皆经过一定的筛选、比较和分析,力求历史真实性与艺术性的完美结合,为后世的历史叙述体奠定了基础。

修昔底德的著作是《伯罗奔尼撒战争史》。他的特点是在纪实求真方面更为精到,非常注意对史事去粗取精、辨伪存真,因此他的著作具有很高的科学性,为古代其他史家所难及。

色诺芬是古代非常多产的作者,代表作是《长征记》,这是西方史学史上的第一部回忆录。他的《希腊史》是修昔底德的《伯罗奔尼撒战争史》的续篇,它将修昔底德缺失的部分,即伯罗奔尼撒战争后期(公元前411—前401)的历史补足,并尽力依循修昔底德按夏季和冬季顺序展开叙述,为古典时代希腊史的延续性作出了难以替代的巨大贡献。

4. 文学艺术

公元前5世纪希腊文学的重要成果是悲剧和喜剧,这时产生了三位伟大的悲剧诗人:爱斯奇里斯(公元前525—前456)、索福克利斯(公元前496—前406)和幼里披底斯(公元前485—前406);以及一位最杰出的喜剧大师:阿里斯多芬(约公元前450—前385)。

爱斯奇里斯是悲剧体裁的奠基者,被奉为"悲剧之父",他的作品慷慨激昂,充满爱国热情,同时也对人在命运之前的奋勇反抗备至歌颂。著名的有《被缚的普罗米修斯》、《波斯人》。索福克利斯的剧作则在艺术上最为完美。他的风格庄重和谐、气魄宏伟,叙事抒情都恰到好处,代表作《俄狄浦斯王》。幼里披底斯特别注重写实和激情,代表作《美狄亚》。阿里斯多芬的喜剧也和当时的悲剧一样,被后世目为难以超越的杰作,他的喜剧多取材于现实生活,代表作《阿卡奈人》、《骑士》、《云》等。

希腊艺术在古典时期得到进一步发展。希腊雕刻的题材以表现各种形态的神和人物为主,材料则多为大理石、青铜。最著名的雕刻家是菲迪亚斯、米隆、波里克列伊托斯。

菲迪亚斯在伯里克利执政时期主持了雅典卫城的重建工作,创作了卫城广场和帕台农神庙中的两尊雅典娜像,还创作出奥林匹亚神庙中的宙斯像,被誉为古代世界七大奇迹之一。米隆以塑青铜雕像而闻名,代表作之一是《掷铁饼者》。波里克列伊托斯确立了描绘人体身高、年龄等的一系列基本规则,代表作之一是《执矛者》。

(四)希腊化时期的文化

希腊化时期的文化是指从亚历山大东征以来,到最后一个希腊化王国托勒密埃及被并入罗马帝国为止这一新的历史时期的文化。希腊一体化和地方多元性相结合,消极没落的个人主义和眼界开阔的世界主义相并存,乃是这一文化的基本特征。希腊化时期的文化中心也从雅典移到了埃及的亚历山大里亚。

1. 哲学

由于城邦理想的破灭和现实世界的扩大,人们的思想走上了两个极端,即都脱离城邦相背而行,一方面进而拥抱广阔的世界;另一方面却对这个世界厌弃失望,退而只顾个人。当时流行的斯多亚派、伊壁鸠鲁派、犬儒学派和怀疑主义就是这两种思潮的反映。

斯多亚派的创始人是来自塞浦路斯岛的芝诺(公元前335—前263年)。斯多亚派的学说以兼有唯物与唯心的因素,重视现实世界为特征。它承认事物是物质的、发展的、运动的,但认为发展变化的决定因素是世界理性,亦即神性和命运。

与斯多亚派并立的是坚持唯物主义、提倡快乐主义的伊壁鸠鲁派。伊壁鸠鲁继承和发展了德谟克里特的原子论,既承认必然性又承认偶然性,看到了内因的作用。他最有特色的是伦理哲学,认为人生的目的和准则都是趋乐避苦,快乐并非肉体感官的愉悦,而是身心摆脱了痛苦和纷扰,至善就是至乐。他主张人们在追求个人的欢娱享受时要以不损害国家和社会的利益为原则,国家的宗旨则是保障公民的生活幸福。

犬儒学派的创始人是安提斯尼斯(公元前444—前370)。他认为万事皆空,惟善德可致幸福。犬儒派人士坚持个人自由、自我满足,鼓吹根据"自然"生活,对社会持批判态度,对财富、地位等无所追求。这种主张对抵制当时雅典社会腐化有一定意义,对后来各教派的苦修主义影响较大。

怀疑主义派,其创始人是曾跟随亚历山大远征到过印度的皮洛(公元前365—前275)。皮洛派的核心思想是:一切不可知,"肯定"是得不到的,"你不妨享受目前,因为未来还无从把握"。

2. 文学与艺术

这一时期文学上的成就不太显著,但在形式和内容上都有所创新。出现了一种科普诗,即用诗的语言来介绍科学研究的成果,索里的阿拉图斯是创始人。他用六步韵诗体改写了天文学家欧多克苏斯关于星座的论著,名为《太空万象》。

这时最著名的剧作家是米南德(公元前348—前292),他著有105出喜剧,但只有极少数流传于世。此外,被誉为"牧歌之父"的叙拉古诗人提奥克里图斯(约公元前310—前240)创作出了美丽的田园诗。

希腊化时期的艺术与古典时代相比,在形式上,特别在内容上有一定的变化:个人肖像剧增,群体雕塑、风俗雕塑和纪念性雕塑出现,城市建筑有了总体规划,东方的建筑技术得到应用。亚历山大里亚、帕加马、罗得斯岛是当时的三大雕塑中心。

3. 史学

这一时期历史著作的体例大为增加,出现了年代记、回忆录、人物传记、国别史、世界性通史、断代史,以及区别于政治史的文明史。其中最著名的有阿卡亚同盟首领阿拉图斯(公元前271—前213)的回忆录(30多卷),埃及人曼涅托的《埃及史》,巴比伦人贝鲁苏斯的《巴比伦史》,狄凯尔库斯的《希腊生活》。

4. 科学

天文学的成就最大。利用巴比伦几千年的天文观测资料,亚里斯托库斯(约公元前310—前230)提出了"太阳中心说"。希帕库斯(公元前160—前125)错误地提出了"地球中心说"。地理学家厄拉托斯梯尼主张"地圆说",在埃及实测了子午线。波赛东尼厄斯(公元前135—前51)著有《论海洋》,提出五带的划分,把潮汐之因归于月之盈亏。

数学家欧几里德(约公元前310—前230)著《几何原本》。

物理学以阿基米德(公元前287—前212)为代表。他发现了杠杆原理、比重原理、斜面定律、浮力定律等,并将科学用于实践。

希罗菲洛斯是"古代最伟大的解剖家",扩大了人们对大脑、眼睛、十二指肠、肝脏和再生器官的认识。厄拉西斯托拉图斯是"最伟大的生理学家",他主张用自然原因解释一切生理现象,通过合理的生活来预防疾病。这二人共同发现了神经系统。

提奥弗拉斯图斯写了巨著《植物史》和《植物的本原》。

这一时期文化的另一成就是对以前希腊古典作品的整理。这项工作主要是在亚历山大里亚图书馆完成的。《荷马史诗》的第一个校定本出自芝诺多德斯之手。卡利马库斯(约公元前310—前245)编写了120卷本的《希腊图书总目》。希腊语《圣经》(即七十子之本)据说也是这时在亚历山大里亚译出的。

本章重、难点提示

一、重点掌握名词

克里特文明	赫西奥德时期	梭伦改革
迈锡尼文明	希腊城邦	僭主政治
荷马时代	来库古改革	克利斯提尼改革
荷马史诗	美塞尼亚战争	希波战争
古风时代	提秀斯改革	马拉松战役

萨拉米湾海战	安提柯王朝	柏拉图
普拉提亚战役	伊浦苏斯之战	亚里士多德
伯罗奔尼撒同盟	托勒密王国	希罗多德
提洛同盟	塞琉古王国	修昔底德
伯罗奔尼撒战争	神人同形同性论	色诺芬
城邦危机	米利都学派	斯多亚派
科林斯联盟	毕达哥拉斯学派	伊壁鸠鲁派
亚历山大帝国	德谟克里特	犬儒学派
高加米拉战役	苏格拉底	怀疑主义派
希腊化时代		

二、论述题

1. 论述古希腊城邦的政治制度特点及其影响。参见本章二、（二）。
2. 论述古希腊海外殖民的原因、特征及其影响。参见本章二、（三）。
3. 结合来库古改革,论述斯巴达的政治制度及其社会等级。参见本章二、（四）。
4. 简述雅典梭伦改革的主要内容及其历史影响。参见本章二、（五）。
5. 论述克利斯提尼改革的主要内容及其意义。参见本章二、（五）。
6. 概述希波战争的经过及其历史影响。参见本章三、（二）。
7. 简述伯罗奔尼撒战争的经过及其影响。参见本章三、（四）。
8. 论述雅典民主政治的特征及其意义。参见本章四、（二）、（三）。
9. 论述亚历山大东征及其历史影响。参见本章五、（二）。
10. 概述希腊古典哲学的代表人物及其思想。参见本章六、（三）。
11. 简述希腊古典时期史学所取得的成就。参见本章六、（三）。
12. 简述希腊化时期希腊哲学的主要流派及其主要思想。参见本章六、（四）。

第六章 古代罗马文明

考点详解

一、罗马共和国制度和罗马的扩张

（一）伊达拉里亚文明与罗马城的起源

1. 伊达拉里亚文明

大约从公元前1000年起,意大利进入铁器时代。公元前8世纪,伊达拉里亚人来到意大利,起初活动于亚努河和第伯河之间地区,后又向外扩展势力范围。大约在公元前7世纪,伊达拉里亚出现了城市国家,重要的有卡勒、塔魁尼、伏尔西、维图洛尼亚、沃尔西尼和维爱等,国王称作卢库摩,执掌国家大权。伊达拉里亚人始终没有建立统一的国家,各城市国家皆独立自主,各自为政。

公元前6世纪,伊达拉里亚势力达到鼎盛,其势力范围南达拉丁姆和坎佩尼亚,北抵波河流域。传说伊达拉里亚人曾入主罗马,建立了所谓塔克文王朝。但由于内部纷争和外遇强敌,伊达拉里亚渐趋衰落。公元前524年和公元前474年两次丘米战争都败于希腊人之手,拉丁人乘机反抗,萨莫奈人又攻占他们在坎佩尼亚的重要据点卡普亚,迫使伊达拉里亚人退出意大利中部地区。公元前5世纪末,他们所控制的波河流域也为高卢人所侵占。后来罗马兴起,伊达拉里亚城市国家相继被征服,终于全部被兼并。

伊达拉里亚文字至今尚未释读成功。他们借用希腊字母,然后又传授给罗马人,由此而产生拉丁字母,后来成为欧洲多种字母的基础。

2. 罗马城的起源

根据传说,罗马人的始祖是特洛伊战争时期特洛伊城的王子埃涅阿斯。希腊人攻陷特洛伊城以后,埃涅阿斯幸免于难,从城中逃离出来,最后渡海到达意大利的拉丁乌姆地区,其后代罗慕路斯于公元前753年建立罗马城。

(二) 王政时代与塞尔维乌斯改革

根据罗马历史的传统说法,从公元前753年罗慕路斯建城起到公元前510年高傲者塔克文被推翻为止,先后有七个王统治罗马,这个时期称为王政时代。传统认为,罗马共有7位国王,他们分别是罗慕路斯、努玛、图努斯、安库斯、老塔克文、塞尔维乌斯和小塔克文。据说第一和第三王为拉丁人,第二和第四王为萨宾人,第五、第六和第七王为伊达拉里亚人。

在王政前期即所谓前四王统治时期(约公元前8—前7世纪),罗马人生活在氏族社会末期的军事民主制之下,管理机构有王、元老院和库里亚大会。作为公社首领的王,掌握军事指挥权、审判权和宗教权,其职位虽为终身职,但并非世袭的;元老院是王的咨询机构,在王决策和处理内外事务中发挥顾问作用;库里亚大会则是按库里亚召集的全体公社成员大会,决定公社一切重要问题,如宣布战争、选举王和审判重大案件等。到王政后期,伊达拉里亚人在罗马建立了统治,即所谓的塔克文王朝(约公元前6世纪)。

王政时代后期,为了适应当时社会发展和对外扩张的需要,增强罗马的实力,调整社会内部关系,第六王塞尔维乌斯实行了一系列改革。(1)建立新的地域部落,代替原来按照血缘关系组织起来的3个氏族部落。塞尔维乌斯把罗马分为4个城区部落,又把罗马的乡村分为15(或16)个乡村部落。(2)对公民及其财产进行普查,在此基础上按财产多寡把公民划分为5个等级,并确定其相应的权利和义务。各等级提供数目不同的森都利亚(或称百人队)。第1等级出80个,第2、3、4等级各出20个,第5等级出30个森都利亚。第1等级中最富有者还组成18个骑兵森都利亚。(3)创设森都利亚大会,作为新的公民大会。森都利亚大会实行集体投票制,每个森都利亚只有一票表决权。投票顺序先是骑兵,后是5个等级依次进行。第1等级公民拥有98个森都利亚,超过总数之半,控制着大会的多数票。因此,富有公民在居民中虽占少数,他们在森都利亚大会中却居于统治地位。塞尔维乌斯改革标志着罗马国家的产生。

(三) 早期罗马共和国

1. 共和国的建立

王政时代统治罗马的最后一个伊达拉里亚王高傲者塔克文(公元前534—前510年),相传是个暴君。他压制打击贵族势力,使王权和贵族的矛盾日趋尖锐。公元前510年,贵族联合平民的力量,终于驱逐了塔克文及其家族,继而建立了共和国。

罗马废除王权统治后,取代王掌管国家最高权力的是两个执政官。两名执政官由百人队大会选举产生,二人权力相等,任期一年,一般不能连任。执政官在军事、行政、司法和财政方面拥有最高权力。元老院在共和初期地位显赫,但按照惯例,执政官遇到重大事情,必须提交元老院讨论。元老院在共和初期的国家政权机构中处于中心地位。罗马共和国的实质是贵族共和国,不但执政官从贵族中选举,政府的公职、神职和决策机关元老院都由贵族垄断。与贵族相比,平民则基本上处于无权地位。

2. 平民与贵族的斗争

平民反对贵族的斗争是罗马共和国早期的另一主题。平民和贵族在政治、经济和社会地位上的不平等关系,导致社会矛盾日益尖锐。平民展开反对贵族的斗争,要求分得土地,取消债务奴役,同时在政治上也要求维护人身自由和合法权益,特别是富裕平民要求享受与贵族平等的权利,参与政权,结束贵族独揽大权的局面。

平民对贵族斗争的第一个胜利是保民官的设立。公元前494年平民因不堪忍受债务奴役举行第一次撤离,当时罗马面临外敌侵袭的紧张局势,平民的撤离使贵族大为惊慌。贵族不得不与平民协商,承认平民有权选举自己的官员——保民官。保民官的职责是保护平民利益、帮助平民反对官吏的侵犯和迫害,无行政权。保民官的人身不受侵犯,行为自由不受执政官和元老院的限制。如果贵族官吏通过损害平民利益的法令,保民官可以否决。保民官不能由贵族担任,必须纯粹由平民担任。保民官监督两名执政官,开始是二人,后来增加到十人。

公元前474年,平民按特里布斯(地域部落)召集会议已获正式承认,称作平民会议,经该会议通过的议案称为平民决议,起初只对平民有效,后来围绕其法律效力问题展开了长期的斗争。为了限制贵族滥用职权,随意解释习惯法,平民要求制定成文法。经过一番斗争,成立了拥有全权制定法律的十人团,于公元前451年—前450年公布了十二铜表法。该法典基本上是习惯法的汇编,其实质是维护贵族奴隶主的私有财产。然而,法律既已编订成明确的条文,量刑定罪以此为准,这就在一定程度上限制了贵族在司法上的专横行为。平民达到公布法律的目的后,继续为争取政治权利而斗争。

公元前449年瓦列里乌斯和荷拉提乌斯当选为执政官,实施了一项重要法案,规定全体公民都必须遵守平民决议。公元前445年,根据坎努利尤斯法,废除了十二铜表法中平民与贵族通婚的禁令。但是,贵族坚决不同意坎努利尤斯的另一提议:平民也应有当选执政官的权利。最后,两方面达成妥协,从公元前444年开始,停选执政官,选举具有执政官权力的军政官,军政官初为三人,后增至六人。虽然按规定平民和贵族皆可当选,实际上却由贵族把持,但毕竟平民可以当选,这是贵族的一大让步,这可能是因为当时罗马对外战事频繁,贵族出于军事上的需要而作出的让步。

公元前367年通过了著名的《李锡尼和绥克斯图法案》,规定:所有债务的已付债息折作本金计算,尚欠部分分三年偿清;占有公有地的最高限额为500犹格;取消军政官,重选执政官,两执政官之一须由平民担任。该法案的通过,是平民反对贵族斗争胜利的一个里程碑。平民可以担任最高官职,其他原有的和新设的官职也陆续对平民开放,这就使平民上层有可能逐渐跻身最高权势者的行列,平民和贵族的关系随之有所缓和。公元前326年通过了《波提利阿法》,禁止以人身抵债,实际上废止了债务奴役制。公元前287年,平民举行最后一次撤离。结果,平民出身的霍腾西阿被任命为独裁官,颁布了《霍滕西阿法案》,重申平民决议对全体公民都有法律效力。这一事件标志着平民反对贵族斗争的胜利结束。

经过对贵族的长期斗争,平民在法律上取得了罗马公民在政治和社会方面的全部权利,这对罗马国家的发展产生了重大影响。(1)政治上,首先是消灭了氏族残余,促进了罗马共和国民主政治的发展,其次,在平民与贵族的斗争中,新法律的颁布,新官职的设立,新社会组织制度的创立,使罗马国家机构不断完善,国家制度日臻完备。(2)经济上,国家结束内战,转而对外扩张,这有利于奴隶制经济的发展。由于废除了债务奴役,划清了自由民和奴隶的界限,罗马人不能再奴役本国人为奴隶,从此走上了奴役外籍人的道路。(3)军事上,平民和贵族的斗争使罗马共和国自由民内部关系得到一定程度的调整,扩大了共和国的社会基础,巩固了罗马公民兵制度,加强了罗马的军事力量。罗马就是靠着一支坚强的公民兵进行对外扩张,使自己由一个小小城邦发展成为统一意大利半岛、进而征服了整个地中海世界的强大国家。

3. 早期政治军事制度

在平民反对贵族斗争和征服意大利的过程中,罗马不断增设国家机构,逐步完善国家政治制度。执政官是共和国的首脑和军队的统帅,拥有最高统治权,在行政、军事、审判等方面掌握着很大权力。国家遇到非常情况,元老院旋即宣布国家处于紧急状态,由执政官宣布任命独裁官,而独裁官再任命骑兵长官作为助手。独裁官拥有绝对权力,任期六个月,期满后必须卸权。

公元前443年设立两位监察官,负责公民和财产普查。公元前366年添置了一名执法官,在公元前242年又增至两人,其主要职权为审理诉讼。共和之初,已有两个财务官作为执政官在司法和军事方面的助手,到公元前421年增至四人,其职责改为管理财政和保管档案。公元前367年另设两名高级市政官,他们的职权逐渐划一,负责城市治安和社会秩序,管理市场,主办节庆娱乐活动等。

公元前494年,平民通过第一次撤离运动,迫使贵族妥协承认平民有权选举保民官。起初,保民官在罗马不被视作国家官职,后来由于他们主持召开的平民会议取得立法权,以及他们从运用否决权保护平民发展到否决任何国家机构和官员的决定,地位日益提高,实际上成为罗马国家一种特殊的监督机构。罗马的行政长官有常设和临时、高级和低级之分。常设的高级官职都由选举产生,一年一任(监察官除外)。同官阶的职位都实行双位制或多位制,彼此具有协议性。所有高级官职都无薪俸。

在共和早期罗马国家政权机构中,元老院占有突出的地位。元老院在名义上仍是咨询机构,但由于接连不断地发生战争,应急的决策措施往往在元老院商议决定,元老院实际权力逐渐扩大,军事领导权、外交权、财政权和宗教监督权后来都掌握在元老院手中。因此,元老院实际上成为罗马国家最高的行政和监督机构。

森都利亚大会拥有决定战争以及其他立法权,选举产生执政官、执法官和监察官等,并审理牵涉公民重刑的上诉案件,作出最终裁决。平民会议最初是平民按特里布斯召集的会议,后经长期斗争,发展成为主要的立法机构。

共和初期,罗马沿袭公民兵制和重装步兵方阵制,不过把王政后期建立的军队一分为二,组成两个军团,分属两个执政官指挥。随着战争的扩大和时间的延长,为了适应对外扩张的需要,公元前4世纪罗马实行了军事改革。据说在围攻维爱战争中,卡米路斯开始实施军饷制,以解决低等级公民不胜负担购置武器的经费和维持在战争期间的给养问题。大约在高卢战争后,卡米路斯又改进了军团组织和战斗阵形,根据年龄、经验和训练程度将重装步兵分为枪兵、主力兵和后备兵,排成三列队。三列队阵式优越于密集方阵,既能灵活机动,阵线又较巩固,适宜任何地形作战,所以一直沿用到共和后期。罗马军队的基本战术单位是军团。共和早期罗马一般有2个军团,战争紧急时增至4个军团,军团人数也增至4 200人至5 000人。罗马军队由执政官担任最高司令官,两个执政官同在军中时,则逐日轮流指挥军队。

(四) 罗马的扩张

1. 罗马对意大利的征服及其政策

罗马对意大利的征服,一般分为三个阶段:第一阶段主要是对伊达拉里亚人的征服,第二阶段主要是对意大利中部地区的征服,第三阶段主要是对南部意大利的征服。

罗马与伊达拉里亚的战争又称"维爱战争"。从公元前477年到公元前396年,一共打了三次。伊达拉里亚人最后失败。罗马占领了伊达拉里亚的主要城市维爱城。通过这场战争罗马基本上控制了台伯河北岸地区,确保了罗马在拉丁地区的霸主地位。

罗马对意大利中部地区的征服是通过三次"萨莫奈战争"完成的。通过第一次萨莫奈战争(公元前343—前341年),罗马占领了坎佩尼亚重镇卡普亚。第二次萨莫奈战争(公元前327—前304年)中,罗马军队曾屡遭失败,后经长期苦战才取得胜利。不久,不甘失败的萨莫奈人联合伊达拉里亚人、翁布里亚人和高卢人同罗马作战,发生第三次萨莫奈战争(公元前298—前290年),最后被罗马击败。从此意大利中部地区都落到罗马手中。

国势日强的罗马,在征服中部意大利以后,随即插手南部意大利。公元前280年,罗马舰队开进塔兰托湾,遭到塔兰托人的攻击,罗马与塔兰托之间的战争爆发。公元前280年,伊庇鲁斯国王皮洛士受塔兰托之邀帮助塔兰托人与罗马作战,史称"皮洛士战争"。公元前280年,皮洛士率领大军在意大利登陆,在赫拉克里亚和阿斯库伦战役中接连击败罗马军队,但自己也遭到很大损失,皮洛士提议和谈,罗马拒不接受。罗马趁皮洛士移兵西西里之际,占领了南意大利一些希腊殖民城邦。公元前275年皮洛士重返意大利,在贝尼温敦决战中被罗马击溃,率残部退回希腊。公元前272年他林敦见大势已去,投降罗马,南意大利一些城市和部落也先后被罗马降服。至此,除高卢人占据波河流域以外,意大利半岛其余地区都臣服于罗马。

罗马征服意大利后,并未组成统一的国家,而是根据被征服者的不同情况,采取分而治之政策进行统治。罗马按照各地区在被征服过程中所持立场及其在军事、经济上的战略地位,将它们划分为下列六种主要类型:(1)罗马公民殖民地。罗马为了控制被征服地区并缓和罗马土地问题,将被征服地区部分土地收归国有,进行移民。罗马公民殖民地具有军事性质,初为罗马管理,后实行自治,其居民与罗马公社公民享有同等权利。(2)有投票权的拉丁自治市。其居民具有本市和罗马的公民权,有权参加罗马公民大会,行使投票表决权以及在军团中服役。(3)无投票权的非拉丁自治市。其居民享有部分罗马公民权,有与罗马通商通婚等权利,但不能参加罗马公民大会,也不能担任官职。(4)拉丁殖民地。这是拉丁同盟城市在罗马征服地区建立的殖民地,其内部实行自治,居民只有迁居罗马才能得到罗马公民权。(5)同盟者地区。这是在罗马扩张中愿意归顺罗马的城市。它们内政保留自治,但外部事务要完全听命于罗马。它们必须按与罗马签订的条约履行各种义务,如向罗马提供军队、战舰、军费等。(6)迫降地区。这是坚决抵抗过罗马的城市或部落。他们几乎没有任何权利,由罗马派官管理。

罗马人这种"分而治之"的目的在于使被征服者处于不同的政治和法律地位,罗马又根据它们的忠诚程度予以升降,不时加以调整,使各被征服者政治经济利益有别,产生矛盾和分裂,使他们不能结成反对罗马的同盟。罗马靠"分而治之"的政策保持着对意大利的统治,但这一政策也引起了意大利人争取罗马公民权的斗争。直到公元前88年,罗马让全部意大利人成为罗马公民才算完成了对意大利的统一。

2. 罗马在地中海的扩张与统治

(1) 布匿战争与罗马在西地中海的扩张

罗马在征服意大利后向海外扩张,与西地中海强国迦太基发生了争夺西部地中海霸权的斗争。这场战争从公元前264年开始,至公元前146年结束,历经3次。因为罗马人称腓尼基人为"布匿人",而迦太基又是腓尼基人的一个殖民地,因此历史上常常称这场战争为"布匿战争"。

第一次布匿战争(公元前264—前241年),是因为争夺西西里岛而引起的。导火线是麦撒那事件。皮洛士战争期间,西西里岛东部叙拉古的意大利雇佣兵强占了西西里东北角的麦撒那。叙拉古派兵围困该城。城中的意大利人分成两派,分别向罗马和迦太基求援,两强为争夺对西西里的控制权进行了第一次布匿战争。战争开始后,罗马军队首先挫败迦太基人,然后占领叙拉古。迦太基则以强大海军封锁西西里和意大利海岸,进行回击。为增强海上实力,罗马迅速组建了一支海军,取得了米列和埃克诺穆斯海战的胜利。但进攻迦太基本土的远征军遭到失败。公元前241年,双方在西西里海岸附近的伊伽特群岛决战,罗马取胜,迦太基被迫求和。根据和约,罗马人不仅获得迦太基的大量赔款,而且全部占领了西西里及其附近的意大利岛屿。不久,罗马乘迦太基雇佣兵和奴隶暴动之机,强占了撒丁岛和科西嘉,也置为罗马行省。

迦太基不甘心失败,战后在西班牙拓展势力范围,营建反击罗马的基地。当迦太基人在经营西班牙时,罗马人则迅速向意大利北部进军。罗马人在吞并了山南高卢后,越过阿尔卑斯山,把势力扩展到那尔旁高卢(今法国南部一带)。这时,罗马和迦太基都把目光投向西班牙北部。公元前219年,迦太基主将汉尼拔在经过多年的经营以后,率军攻打罗马在西班牙的同盟者萨贡托。罗马遂向迦太基人宣战,第二次布匿战争(公元前218—前201年)爆发。

公元前218年,汉尼拔率领雇佣军从西班牙出发,翻越阿尔卑斯山,突入意大利本土。公元前217年,罗马军队在特拉西美诺湖附近遭到汉尼拔军的伏击,几乎全军覆灭。于是罗马元老院宣布紧急状态,贵族出生的费边被任命为独裁官。费边采取保存实力的拖延战术,不与汉尼拔正面冲突,避免主力决战,用拖延战术消耗汉尼拔的有生力量。战争的拖延使意大利城乡遭到严重破坏,引起普遍不满,因此在罗马要求速战速决的呼声日高。公元前216年,费边的独裁官任期结束,罗马军与汉尼拔军的激战随即开始。双方的激战发生在坎尼一带,汉尼拔发挥骑兵优势,采用两翼包抄战术,重创罗马军队。坎尼战役对罗马的打击十分沉重。不久,南部、中部和北部意大利的一些地区纷纷脱离罗马。罗马重新恢复费边的战略,避免决战,积蓄力量,严惩倒向汉尼拔的城市,破坏敌人的补给线。战争的优势渐渐转到罗马一边。公元前204年,罗马遣军直趋北非,把战火引入迦太基本土。公元前202年,迦太基军与罗马军激战于北非的扎马,汉尼拔惨遭失败。次年,双方订立和约,规定:迦太基放弃阿非利加以外的全部领土;除保留10艘舰船外,其余一律交与罗马;50年内向罗马赔款1万塔兰特;没有得到罗马的许可,不得与任何国家交战。第二次布匿战争正式结束。

第二次布匿战争以后,罗马唯恐迦太基强盛,于是在公元前149年发动了第三次布匿战争(公元前149—前146年)。公元前146年,迦太基城被罗马攻陷,城市被夷为平地,幸存者5万余人皆被卖为奴隶。罗马在迦太基的废墟上设置了一个新的行省,称为"阿非利加"。

第二次布匿战争结束后,罗马实际上已经征服了西部地中海。因为,除了迦太基沦为罗马的附属国以外,罗马在第二次布匿战争中就占领了西班牙的东部和南部,并于公元前197年设置近西班牙和远西班牙两个行省。但罗马在向西班牙内地推进过程中,遇到当地部族的猛烈反抗。直到公元前133年,罗马才控制了除西北地区以外的西班牙大部分地区。至此,罗马完全控制了地中海西部地区。

(2)马其顿战争与罗马在东地中海的扩张

布匿战争期间,罗马就已经开始向地中海东部地区扩张。当时,地中海东部地区的马其顿王国、塞琉古王国(叙利亚王国)以及埃及的托勒密王国都开始衰落,为罗马东侵提供了可乘之机。第二次布匿战争期间,马其顿和迦太基结为联盟,罗马则联合埃陀利亚同盟反击马其顿,史称第一次马其顿战争(公元前215—前204年),但这次战争未获结果。

战后,马其顿国王腓力五世和塞琉古国王安条克三世合伙瓜分埃及的海外领地,引起东地中海地区局势动荡。罗马乘机插手,联合一些希腊城邦组成反马其顿联盟,并成功地使安条克三世保持中立,派兵在阿波罗尼亚登陆,展开军事行动,第二次马其顿战争(公元前200—前197年)爆发。公元前197年,弗拉弥尼乌斯统率罗马军队和马其顿腓力五世在辛诺塞法利进行决战,罗马军团打败马其顿方阵,取得了决定性的胜利。马其顿被迫接受和约,放弃本土以外全部领地,交出舰队,赔款1 000塔兰特。

第三次马其顿战争(公元前171—前168年)则是罗马由于害怕马其顿复兴而发动的。战后,罗马把马其顿分为四个"自治区"。后来,罗马在镇压了马其顿人民的起义后,取消其自治,变为罗马的一个行省。罗马又陆续把伊庇鲁斯、伊利里亚南部以及希腊中南部也并入马其顿行省。

罗马在征服马其顿过程中,于公元前192年至公元前188年对叙利亚的塞琉古王国发动了战争。塞琉古战败沦为罗马属国,被迫放弃了它在小亚细亚西部和中部的领地。公元前132年至公元前129年,因帕加马国王阿塔洛斯三世把王国遗赠给罗马,在帕加马爆发了阿里斯东尼克领导的奴隶和贫民起义。起义遭到罗马军队镇压,帕加马终为罗马所吞并,置为亚细亚行省。至此,罗马控制了东地中海地区,建立起横跨欧、亚、非三洲的霸国。

3. 扩张战争对罗马社会的影响

罗马的对外战争以及随之而来的一系列胜利,不仅确立了罗马人在地中海地区的霸主地位,而且也为罗马和意大利经济走上畸形发展的道路创造了条件。正是在征服和战争的影响下,罗马的社会发生了很大的变化。这些变化主要表现在:奴隶制经济有了充分的发展;大土地所有制明显增长;金融高利贷资本和商业资本有了巨大的增加;骑士阶层的兴起与发展。

首先,成功的对外征服给罗马带来了大量的奴隶,给意大利带来了大量的廉价劳动力。大土地所有制的发展造成严重的社会后果。大量使用奴隶劳动的各种庄园的出现,开始排挤小农经济,产生严重的土地兼并和土地集中现象。

大土地所有制的增长和小农的破产在意大利各地发展也不平衡,一般说来,在意大利南部和中部发展比较迅速,奴隶制庄园占据着优势,北部特别是波河流域发展较为迟缓,在那里还保存着相当数量的小农。

伴随着海外扩张,罗马的海外贸易以及金融和高利贷活动却飞速发展起来,对于沟通地中海区域的贸易起着重要作用。罗马和意大利商人,利用罗马国家提供的优惠条件,经营居间贸易,将各种商品转运各地市场。约在公元前3世纪初,罗马出现了铸币,最初为铜币,以阿司为单位,不久又铸造银币。大约在公元前211年罗马实行币制改革,发行新的银币第纳里,相当于10个阿司,从此奠定了银本位制的基础。作为交换媒介的铸币流通,促进了商品货币关系的发展,引起了对金融业的需要。

随着海外扩张以及海外贸易和金融商业的发展,一些商人因经商、包税、承包和信贷活动而发财致富,在罗马社会中形成了一个新兴的富有阶层即骑士。骑士名称来源于森都利亚大会中由第一等级最富有公民组成的骑兵森都利亚,但在后来则指财产相当于这一等级的新兴的金融商业奴隶主。随着骑士经济地位的兴起,他们对政治权力的要求也越来越高,一支新的政治力量开始在罗马政坛悄然兴起。

4. 罗马行省制度与奴隶制的发展

(1)罗马行省制度

罗马在对外征服过程中,在被征服地区建立了行省制度。到公元前2世纪30年代前后,罗马共有九个行省:西西里、撒丁尼亚—科西嘉、近西班牙、远西班牙、伊利里亚、阿非利加、马其顿、阿卡亚和亚细亚。罗马向行省委派总督实施统治。起初,总督由选任的高级官员担任。后来,由于行省数目增多,元老院委任卸任执政官和执法官为行省总督。这一原则逐渐成为惯例,后又获得法律上的认可作为制度固定下来。行省总督任期一年,如遇特殊情况,任期可延长到2至3年。

从公元前2世纪中叶起,罗马逐渐形成一套行省的组织管理制度。每当筹建一个行省时,元老院首先对此行省作出原则决定,并派出十人委员会协同征服该地区的军事统帅具体执行,共同制定有关该行省的基本法规,确定行省内城市或公社的行政划分和法律地位。总督拥有该行省的军事、民政和司法全权。因为行省远离罗马,总督实际上不受同僚官员协议性和保民官否决权的限制,在司法方面除了涉及罗马公民的案件,也不受上诉权的束缚,所以,总督在行省中握有绝对权力。

在行省中各城市地位不一,视它们对待罗马的态度而定。少数对罗马忠实而友好的城市,列为自由城市。这种城市又分为同盟城市和非同盟城市两类,前者与罗马缔结盟约,其地位较为独立和稳固,后者根据元老院颁布的法令取得地位,随时都有被改变的可能。它们享有全部或部分自治权,居民保有土地,平时免税,战时为罗马提供军队或舰船。向罗马降服的城市占据大多数,被列为纳税城市。这些城市虽然保留自治机构和处理一些内部事务的权利,但必须置于行省管辖和监督之下,其居民保有土地,每年须向罗马缴纳赋税。至于对罗马抵抗到底的城市,则被彻底摧毁,土地充作罗马公有地。

罗马对行省课征赋税,一般沿袭该地区以前统治者的旧制,所以,各行省税收制度因地而异,不尽相同。税收的主要来源是土地税,由耕地和种植园的所有者负担。罗马在行省通常实行包税制。除了实行贡赋制的行省,其直接税由地方当局办理,交给财务官以外,其他行省一切直接税和间接税的征集,都包给罗马或当地的包税人。公有土地和财产的经营,公共工程的兴修,也都包给承包商办理。包税人按合同预付税额,然后对行省居民加捐加税,肆意搜刮,甚至进行公开的敲诈勒索。

(2)奴隶制的发展

奴隶制是罗马共和时期最为重要的社会制度之一。在长期的对外征服和扩张战争中,罗马掠夺了大量财富和土地,也俘获了大批奴隶,为奴隶制迅速发展提供了条件。公元前3至公元前2世纪,罗马从家内奴隶制发展到发达的奴隶制。被征服地区的军民俘虏,源源不断地流入罗马,成为罗马奴隶的主要来源。罗马奴隶的另一个来源是债务奴隶。公元前326年罗马废除了债务奴役制,但在意大利各地无罗马公民权的居民以及行省居民中还流行债务奴役,贫困者及其家属沦为债奴者甚多。奴隶的第三个来源是海盗的抢劫。在罗马共和国后期,地中海上海盗猖獗,这些海盗不但抢掠财物,而且还劫夺居民,将他们变卖为奴。提洛岛是奴隶贸易的中心。奴隶来源还有奴隶生育的子女。

当时罗马社会经济出现高涨,使大规模使用奴隶劳动成为可能。奴隶广泛被使用于农业、畜牧业、采矿业和手工业,逐渐成为罗马社会的主要生产者。罗马奴隶的地位十分低下。奴隶被视为主人的财产,是"会说话的工具",与牲口和其他财物并列一起。他们既没有财产权,也没有婚姻和家庭权,男女奴隶同居所生的子女属于奴隶主的财产。法律上不承认奴隶有独立的人格,不能在法庭上作证。奴隶对任何公民造成损害,则由奴隶主赔偿损失,或把奴隶交给受害人,任其处置。奴隶和奴隶主阶级之间的矛盾和斗争,逐渐发展成为罗马社会的主要矛盾。奴隶制的发展改变了罗马的经济结构,同时也对罗马的政治结构产生了重要的影响。

(五)晚期罗马共和国

罗马共和国晚期也被称为"内战时期",这个时期也是罗马共和国逐步衰亡的时期。罗马在结束大征服成了地中海世界名副其实的霸主以后,由于社会经济结构发生变化,罗马社会阶级关系日趋复杂。到公元前2世纪下半叶,在罗马社会中,奴隶和奴隶主阶级的矛盾,小土地所有者和大土地所有者的矛盾,罗马和同盟者、被征服者的矛盾,统治阶级内部元老贵族和骑士阶层的矛盾,都充分暴露,日益尖锐。这些矛盾交织在一起,构成了罗马"内战时期"的主要内容。

1. 西西里奴隶起义

（1）第一次西西里奴隶起义

第一次西西里奴隶起义(公元前137—前132年)揭开了罗马"内战时期"的序幕。公元前137年,西西里奴隶不堪虐待,在叙利亚籍奴隶优勒斯率领下揭竿而起;不久,他们又与另一支由西里西亚籍奴隶克里昂率领的队伍汇合。起义军以恩纳城为中心建立"新叙利亚王国",推优勒斯为王。起义军多次击败前来镇压的罗马军队,坚持起义达五年之久。公元前132年,起义军在罗马军队的残酷镇压下失败。起义虽遭镇压,但影响波及意大利本土、希腊和小亚等地。这种影响首先表现在解决罗马的兵源问题上,就是在这次起义后发生的格拉古兄弟改革和马略改革。

（2）第二次西西里奴隶起义

第二次西西里奴隶起义与罗马当时的兵源匮乏有很大的关系。公元前2世纪末叶,罗马外战不断,兵源严重不足,元老院为此曾下达释放因债务而被卖为奴隶的行省自由居民,以扩充兵源。西西里总督涅尔瓦受命释放了800名奴隶,后来却受奴隶主的贿赂而中止释放。于是西西里奴隶再次发动起义(公元前104—前101年)。他们以特里奥卡拉为中心,推叙利亚籍奴隶萨维阿斯为王,取名特里丰,建立自己的国家。不久,起义队伍发展到3万人,他们转战西西里各地,屡败罗马军。这次起义在黑海北岸地区和希腊等地同样引起巨大反响。公元前101年,马略的副将玛尼乌斯·阿奎里乌斯率军镇压了第二次西西里奴隶起义。

两次西西里奴隶起义,具有重要的历史意义。起义奴隶曾建立自己的政权和军队,标志着罗马奴隶起义斗争发展到较高水平。西西里奴隶起义沉重地打击了罗马奴隶主阶级的统治,揭开了共和后期大规模社会斗争的序幕,产生广泛而深远的影响。

2. 格拉古兄弟改革

第一次西西里奴隶起义之时,罗马城乡平民在格拉古兄弟领导下,掀起了一场以土地改革为中心的社会改革运动。当时罗马土地集中和农民破产已造成严重社会后果,失地农民迫切要求重新获得土地,而贵族中一些有识之士鉴于农民破产有损兵源和安定,试图从上至下推行土地改革,解决土地问题,以缓解自由民内部矛盾,巩固共和国的社会基础。

公元前133年,在罗马平民和贵族改革派的支持和拥护下,提比略·格拉古就任保民官,随即提出土地改革法案。其内容为:每一家长占有公有土地不得超过500犹格,连同其子占地,每户最高限额为1000犹格,超过此数的部分收归国有,再由国家统一以份地的形式将其分给无地公民。法案同时规定,这些份地不得出卖,只许世袭使用。法案通过后,提比略及其岳父以及弟弟盖约·格拉古三人被选入土地委员会,开展了限田和分配土地的工作。

为了实施土地法案,提比略竞选连任下一年保民官,但当时罗马法律是不允许保民官连任的。元老贵族以此为借口,诬蔑提比略想做国王。在选举保民官那天,他们武装冲进会场,当众打死提比略及其追随者三百余人,投尸于第伯河。

公元前123年,提比略·格拉古的弟弟盖约·格拉古出任保名官,继续推行改革。他在吸取提比略·格拉古改革失败教训的基础上,提出了《土地法》、《粮食法》(向贫民廉价出售粮食)、《审判法》(从骑士中任命法官)、《亚细亚行省法》(亚细亚行省的税收交由骑士承包)、设置迦太基殖民地的《迦太基殖民地法》、授予意大利同盟者公民权的《公民法》等包罗广泛的激进改革方案,并获得民众的大力支持,盖约·格拉古也因此取得了连任保民官的殊荣,但不久元老贵族故伎重演,武装袭击改革派,盖约·格拉古及其3000余支持者罹难。格拉古兄弟改革遭到失败。

格拉古兄弟实行改革,企图通过限制占用公有地和分配土地给农民的立法,遏止土地兼并,保护小农经济,以维护罗马国家的社会基础和军事力量。但是,当时罗马处在城邦危机时期,小农的分化和破产已成历史发展必然趋势,已不可能维持小土地所有制。格拉古兄弟改革在历史上仍有重要意义。改革在一定程度上缓和了土地集中进程,改善了部分平民的生活条件,特别是盖约在形势推动下由单纯的土地改革发展到实行多方面的社会改革,沉重地打击了元老贵族势力,改进了国家行政和司法管理机能。

3. 马略军事改革

格拉古兄弟改革失败后,罗马社会内部斗争继续发展,形成所谓民主派和贵族派,双方在朱古达战争(公元前111—前105年)期间和战后展开激烈的斗争。当时,努米底亚王室发生内讧,朱古达占领塞尔塔城后,利用当地居民反罗马情绪,杀死了住在该城的罗马和意大利商人以及高利贷者。罗马于公元前111年向朱古达宣战。战争开始后,朱古达用金钱贿赂执政官等军政要员,致使战争一拖再拖。

公元前107年,马略在平民的拥护下当选为执政官,出任朱古达战争中罗马军队的总指挥。并在后几年中连任执政官,率军作战。在此期间,为了增强罗马军事力量,取得战争胜利,马略实行了军事改革。主要内容为:

(1)以募兵制代替公民兵制。原公民兵制按财产等级征兵编队,有限的公民数量不能满足连年争战日益增大的征兵需要。募兵制取消了财产资格限制,吸收无产者入伍。实行这一制度,使他很快征集到补充北非军团所需的新兵,大约有5 000~6 000人。不过,马略采用募兵制后,公民兵制并未完全废除,在公元前1世纪,当招募志愿兵不能满足需要时,往往又强制征集公民参军。马略实行募兵制后,士兵除获得薪饷外,还可得到国家提供的武器给养,不再在军饷中扣除。

(2)明确兵役期限。原公民兵制无兵役期限,公民临战从军,休战务农。马略明确规定了16年为募兵制期限,使士兵复员有期可望,缓解了征兵难度。

(3)规定了军饷和复员优待制度。凡军人都有规定的军饷。一般情况下,士兵一年发1 200阿司,百人队长发加倍,骑兵发三倍。明确和稳定的军饷标志着军队的职业化,军人从公民中分离出来。特别重要的是,规定了复员军人由国家分给一份土地体现安置和优待,极大地调动了应征入伍者的积极性。

(4)改革军队编制。为了加强军团的机动灵活性,马略在军团中推行联队制。联队是介于军团和连队之间的组织,配有600名重装步兵,能够单独执行战术任务,独立进行军事行动。每个军团有10个联队,每个联队辖3个连队(6个百人队)。联队制军团的作战阵式仍保持三列队法。

(5)马略还统一军队的武器装备,重装步兵一律配备投枪和短剑,并改进了投枪构造和运载工具。此外,马略对军队进行严格训练,把当时角斗学校的训练方法引入军中,以提高士兵的战术技能。

经过军事改革和整顿,罗马军队的战斗力大为提高。马略依靠改组的军队,于公元前105年胜利结束了朱古达战争。从公元前104年开始,马略用了四年时间,击退了侵入那尔旁高卢和意大利帕杜斯河流域的北方日耳曼人的两支部落——森布里人和条顿人,保卫了意大利北部边疆。

马略军事改革具有重要的历史意义。这次改革冲破旧的城邦制度的传统,改变了罗马以公民兵为基础的军事制度。募兵制代替公民兵制,使得大批无业游民加入军队,部分地解决了小农破产而引起的社会问题,在一定程度上有利于国家安定。通过广开兵源和提高军队战斗力,解决当时罗马军队出现的问题,符合奴隶主阶级加强统治和进行对外战争的需要,进一步推动了罗马奴隶制国家的发展。改革导致罗马军队社会成分的变化,使罗马军队由农民为骨干的公民兵变成了以无产者为主要来源的职业军队。改革后逐步建立起来的老兵分配份地的制度,也改变罗马土地问题的性质,即由破产农民要求恢复土地的斗争变为老兵争份地的斗争。职业兵的出现改变了罗马共和国领导军队的局面,从而为军事将领实施独裁统治奠定了基础。

4. 同盟者战争

罗马征服意大利两个世纪以来,意大利人在与拉丁人的经济文化交流中逐步罗马化。但众多意大利同盟者的政治地位不但没有改善,反而更为恶化了。他们在名义上是罗马的同盟者,实际上则是罗马统治下的属民。同盟者没有罗马公民权,不能参与罗马政治活动和担任官职,也分不到公有地和战利品,但却要为罗马提供辅助部队,而这种"血税"随着战争的频繁和扩大日益加重。

公元前91年,保民官德鲁苏企图调和矛盾,实施粮食法和殖民地法,向贫穷公民廉价售粮并分配坎佩尼亚和西西里余下的公有地,还提议法庭成员由元老和骑士共同组成,授予意大利同盟者以罗马公民权。可是,这个妥协方案遭到普遍反对,不久德鲁苏也被暗杀了。

意大利同盟者通过和平和合法途径争取罗马公民权的希望完全破灭,于是他们愤然拿起武器,发动了同盟者战争。意大利同盟者以马尔西人为核心,秘密结成反罗马联盟。起义的同盟者建立联盟共和国,定都于皮里根尼的城市科菲尼姆,更名为意大利,并按罗马国家模式,设立公民大会、元老院、执政官等。战争初期,起义军在南北战场都占据明显的优势。

迫于形势的严重性,罗马元老院采取让步政策,对同盟者进行分化瓦解。公元前90年底,罗马通过《尤利乌斯法》,向所有迄今仍忠于罗马的意大利同盟者和拉丁殖民地以及在罗马军队服役的同盟者授予罗马公民权。这一法案的公布,有效地制止了起义的扩展,加强了罗马的统治基础。伊达拉里亚人和翁布里亚人率先取得了公民权。其他进行抵抗的意大利人也纷纷放下武器,反罗马同盟随即解体,同盟战争迅速结束。

同盟者战争是意大利同盟者要求罗马公民权,即争取与罗马人在政治和社会方面平等权利而发生的,因而具有民主运动的性质。罗马不得不把公民权授予波河以南所有的意大利同盟者。然而,罗马对这些新公民作了限制,把他们单独编成8个(或10个)特里布斯,使他们在表决中对拥有35个特里布斯的老公民处于劣势地位。意大利人也享受到罗马公民权带来的财产权、婚姻权、税务豁免权以及人身的保障权等,从而扩大了罗马国家的社会基础。同时,这次战争冲破了旧的城邦制度的框架,改变了意大利社会政治结构,把罗马控制下的意大利各城市和部落组成的联盟,变成了以罗马为核心的意大利统一国家,因而也加速了意大利各地区和罗马的融合过程。

5. 苏拉独裁

公元前82年—前79年的苏拉统治,史称"苏拉独裁"。正当罗马和同盟者酣战之时,在小亚细亚发生了密特里达提战争。本都国王密特里达提六世乘罗马无暇东顾之机,于公元前89年进军亚细亚行省。占领小亚细亚后,密特里达提派兵从色雷斯进入马其顿,同时本都舰队控制了爱琴海。希腊各邦纷纷倒向密特里达提一边。因此,罗马在东方的霸权地位受到严重的威胁。

公元前88年,在元老院主持下,担任当年执政官的苏拉抽签获得了指挥权。可是,苏拉的军队尚未离开意大利,马略和保民官卢福斯结盟,在公民大会通过提案,免除苏拉的指挥权而代之以马略。苏拉旋即带兵向罗马进军,开创了罗马人进攻自己祖国的先例。苏拉攻下罗马后,杀害了卢福斯和大批民主派分子,并宣布马略等人为"公敌"。苏拉掌控罗马后,迅速采取捕杀马略党人的措施,马略及其支持者皆被宣布为"罗马人民的公敌",任何人皆可逮捕之。此外,他还从"最好的公民"中选定300人为元老,以弥补元老之不足,增强自己在罗马政坛的实力。

苏拉于公元前87年率军出征东方。他在希腊围攻雅典,血洗了这座文明古城。接着又战胜本都和希腊联军。公元前85年,密特里达提在付出巨大的代价后,被迫向苏拉求和,和约规定:本都王必须退出自战争以来所占领的所有土地,同时还须向苏拉交纳一定数量的赔款。第一次密特里达提战争结束。

当苏拉在小亚同密特里达提进行战争时,马略派重新夺回了对罗马的控制权,并迫害苏拉派。公元前83年春,苏拉带着得胜的军队回到意大利,他们在南部意大利的布林迪西港登陆,罗马内战再次爆发。克拉苏、庞培等罗马显贵纷纷投向苏拉。公元前82年冬,苏拉再次以胜利者的姿态进入罗马。稳定局势后,苏拉开始实行所谓宪政改革。元老院宣布苏拉为无限期独裁官。这在实际上破坏了共和制的基本原则,但他却又维持共和机构和官职,并在共和体制下实行了一系列措施。选拔300人补充元老院,使元老名额增至600人。元老院恢复了旧日的权力和特权,在立法上任何提案非经元老院审议不得提交公民大会;在司法上原由骑士控制的常设刑事法庭收归元老院掌握。保民官的权力被剥夺殆尽,其立法创制权受到元老院的钳制,司法指控权也被废除,否决权则受限制,还被禁止继任其他高级官职。苏拉把执法官由6人增至8人,财务官由12人增至20人。2名执政官和8名执法官任职期满后出任10个行省的总督,他们就职于哪个行省则由元老院决定。并规定行省总督无权发起战争,禁止总督带兵离开行省或把军队调出行省境外。苏拉还重申和规定高级官职的年龄资格、任职间隔期,以及财务官以上高级官员卸任后进入元老院等制度。设立了7个常设刑事法庭,制定了审判程序。法庭的法官由元老担任。此外,他把卢比孔河定为意大利北界,变更了意大利行政区的划分。

公元前79年苏拉放弃独裁官职位隐退,次年死去。在苏拉死后不久,他所颁布的法律随即被废弃了。

苏拉独裁是在罗马奴隶制城邦严重危机的情况下,元老贵族企图挽救其衰败命运而采取的个人军事专政。因为苏拉独裁在共和体制规范内实施,目的在于恢复和巩固元老贵族统治地位,所以,其政策措施带有保守甚至反动的性质,尽管迫于形势需要,也做了某些调整和改革。苏拉建立独裁统治,并没有解决当时罗马面临的问题。苏拉依靠军队实行独裁统治,给共和制度以沉重打击,为日后恺撒等人的独裁开了先河。

6. 斯巴达克起义

公元前73年—前71年,意大利本土爆发了以斯巴达克为首的奴隶大起义,史称斯巴达克起义。斯巴达克是色雷斯人,在与罗马的战争中被俘并沦为角斗奴。公元前73年,斯巴达克联络在卡普亚角斗士训练所的其他奴隶起义,率70余角斗士逃往维苏威火山。起义者举斯巴达克为领袖,克里克苏和恩诺玛伊为副将。罗马派官军围剿,起义军出奇兵成功突围并顺利进入意大利中部地区,公元前72年秋,起义军击溃罗马正规军团,队伍迅速扩大到7万人。

但此时,起义军内部为进军方向发生分歧。斯巴达克主张挥师北上,越阿尔卑斯山,让奴隶们重返家园;克里克苏则主张留在意大利进攻罗马,他的主张得到意大利破产农民出身的起义者的拥护。克里克苏率领3万多起义军脱离主力,不久就被罗马军队消灭。斯巴达克率军北上,沿途击败罗马军队。

起义军到达帕杜斯河流域,来到阿尔卑斯山脚下后,却没有翻越此山,而是调头南下,直逼罗马。元老院任命克拉苏为军队统帅,征集6个军团迎击斯巴达克。公元前71年春双方在阿普利亚发生激战,斯巴达克在战斗中牺牲。此役起义军阵亡6万人,6 000名起义奴隶被俘后全部被克拉苏钉死在卡普亚到罗马的大道旁。

斯巴达克起义沉重地打击了罗马奴隶主阶级的统治,迫使罗马迅速调整主人与奴隶之间的关系。同时,这次起义促使罗马的奴隶制剥削关系发生变化。授产制和隶农制在罗马开始出现,这些对于罗马社会经济的发展都有很大的促进作用。

7. 前三头同盟与恺撒独裁

(1) 前三头同盟

公元前1世纪中叶,罗马政坛上出现了三个重要人物,他们是庞培、克拉苏和恺撒。庞培和克拉苏分别镇压了西班牙和意大利起义后,成了罗马显赫人物。公元前70年两人一起当选为执政官。此后,庞培又以进剿海盗和结束密特里达提战争而声名显赫,成为共和后期最具影响力的政治人物。克拉苏是苏拉的部将,以经营高利贷和投机商业、建筑业而大发横财,又以残酷镇压斯巴达克起义而获取政治资本。恺撒出身贵族,以其慷慨好施而在平民中有一定的影响。公元前62年,恺撒出任行政长官,次年出任西班牙总督。公元前60年,庞培、恺撒和克拉苏三人结成秘密军事同盟,史称"前三头同盟"。

根据同盟协议,恺撒出任公元前59年的执政官。在任期间,恺撒实行了一系列有利于平民和骑士的改革措施,任满后又被委任为山南高卢总督,任期5年。此后,恺撒以罗马占领下的高卢为据点,率领3个军团,经3年苦战,占领了大部分高卢领土,并把罗马西北边界扩展到莱茵河岸。恺撒的势力日见膨胀。公元前56年,为弥合三头的裂痕,协调三头间未来的行动,前三头在意大利北部路卡会晤,会议决定:恺撒续任高卢总督5年;庞培、克拉苏任公元前55年执政官,卸任后,他们分掌西班牙、叙利亚各5年。路卡会议的决议很快得到了落实。公元前55年,庞培和克拉苏顺利当选执政官。克拉苏还提前进入叙利亚,就任叙利亚总督。

公元前54年,恺撒的女儿尤利娅去世,恺撒和庞培的联姻关系即告结束。次年,克拉苏死于帕提亚战争,三头同盟只剩下两雄对峙。恺撒权势的增长引起庞培与元老院的严重不安,他们要求恺撒在公元前49年交出总督职权、放弃兵权。恺撒却针锋相对,决不让步。公元前49年初,恺撒率军渡过卢比康河,迅速攻占罗马和意大利。庞培偕同大批元老仓皇逃往希腊。恺撒巩固政权后,出兵西班牙,肃清了庞培的势力,后挥师东进,在法萨卢决战中大败庞培。庞培逃往埃及,为托勒密廷臣杀害。恺撒进兵埃及,转战小亚细亚,随后又翦灭了北非和西班牙的庞培残部。到公元前45年,罗马内战以恺撒的胜利暂告结束。

(2) 恺撒独裁

公元前46年,恺撒被元老院任命为任期10年的独裁官。两年以后,元老院改变初衷决议任命他为终身独裁官,并授予他具有宣战、媾和以及控制国家收入的全部大权。恺撒执政期间,对罗马社会进行了一系列改革。

① 改组元老院,安插亲信,把一些军人、被释放奴隶以及意大利和行省奴隶主选入元老院,并把元老院名额增至900人。② 增加高级官职的数目,执法官由8人增至16人,市政官由4人增至6人,财务官由20人增至40人。③ 改善行省管理制度,提高行省各城市的自治权,改进行省的税收制度。在亚细亚诸行省和西西里,废除了什一税的包税制,代之以课征固定数额的土地税,在山北高卢实行固定的贡赋制。④ 扩大授予罗马公民权的范围,山南高卢和西班牙的一些城市得到罗马公民权,山北高卢和西西里的一些城市获得拉丁公民权。⑤ 在意大利和行省建立了至少有20个殖民地,安置老兵和贫民10万人。此外,恺撒还在文化建设方面做了许多有益的工作,如改进历法,制定儒略历(亦译朱里亚历),把每年确定为365天,每4年外加1天,使罗马历法达到了当时世界最先进的水平。

恺撒的独裁统治及其改革措施,加上当时流传恺撒企图登位称王,引起了部分固守共和传统的元老贵族极端的不满。经过一番精心策划,公元前44年,以布鲁图和喀西约为首的阴谋者,在元老院刺杀了恺撒。

8. 后三头同盟与共和国的覆灭

继恺撒而起的政治人物是安东尼、骑兵长官雷必达和恺撒的养子屋大维。他们于公元前43年10月在意大利北部波诺尼亚城附近举行会晤,公开结盟,史称"后三头同盟"。与前三头政治同盟的私人协议性质不同,后三头政治同盟后来获得罗马公民大会的承认,授权他们颁布法令和任命高级官员,统治国家五年,因此具有公开和合法的性质。他们三分罗马西部行省:安东尼统治高卢;屋大维控制阿非利加、西西里和撒丁尼亚;雷比达掌握西班牙。意大利则为三人共管。另外,雷比达担任公元前42年执政官,安东尼和屋大维负责征讨占领东方行省的共和派。

后三头结盟后便进军罗马,大肆屠杀政敌,没收财产,大约有300名元老和2 000名骑士被杀。公元前42年,安东尼和屋大维率领28个军团出征希腊,在腓力比决战中击败共和派军队,喀西约和布鲁图相继自杀身亡。腓力比决战之后,屋大维回到意大利,解决老兵的安置问题,而安东尼则前往亚细亚,征讨共和派的最后残余。公元前40年夏,三头在布林迪西聚会,重新确定了各自的势力范围:安东尼统治东方行省,负责对帕提亚的战争;屋大维统治西方行省,负责征战共和派残余;雷必达统治阿非利加。安东尼和屋大维都可以自由地在意大利征募同等数目的士兵。

公元前37年,安东尼又回到意大利,同屋大维在他林敦缔结了一项新协定,将三头权力延长五年,并商定在战争中相互支援。公元前36年,屋大维和雷必达联合进攻小庞培获胜。战后,屋大维剥夺了雷必达的兵权,授予他大祭司长的虚衔。从此,三头同盟剩下两雄对峙。

公元前31年,安东尼和屋大维会战于亚克兴海角,安东尼大败。次年,屋大维进兵亚历山大里亚,安东尼自刎。埃及女王克娄巴特拉被俘后不久,也自杀而死,托勒密王朝宣告结束,埃及并入罗马版图。至此,长期陷于内战和分裂的罗马重新统一起来。公元前27年,罗马元老院赠给屋大维"奥古斯都"称号,正式确立元首制,标志着罗马从共和时代进入帝国时代。

二、元首政治与早期罗马帝国

(一) 元首制的建立与屋大维的内外政策

1. 元首制的建立

屋大维战胜安东尼后,成为罗马唯一的最高统治者。但由于共和制度的影响和维护共和传统的势力仍然存在,他并未直接称帝,而是采用"元首"称号实行个人的军事独裁,建立了元首制的统治形式。元首乃元老院中首席元老和公民中第一公民。屋大维采用这一称号,显示自己忠于共和制,而非实行军事独裁。所谓元首制,实际上就是指用第一公民的名义来对罗马进行统治的制度。

屋大维在公元前32年—前23年连任执政官。公元前29年,屋大维从东方返回罗马,获得"元首"称号。当年,他还被赋予监察官权力,次年即改组了元老院,在重新确定的元老名单中,屋大维名列首位,成为首席元老。公元前27年1月,元老院授予他"奥古斯都"(意为至圣至尊)的尊称和其他荣誉,并恳请他直接管辖高卢、西班牙和叙利亚3个行省,统率20个军团,为期10年,后来这个期限又得到延长。公元前23年,屋大维辞去执政官职务,但得到卸任执政官至高无上的统治权和保民官权力。公元前12年,他又担任作为宗教最高职务的大祭司长。公元前2年,屋大维重又担任执政官,并获得"祖国之父"的荣誉称号。至此,屋大维的权力达到顶峰。

屋大维建立的元首制是披着共和外衣的帝制,实质上是隐蔽的专制君主制。从表面上来看,屋大维统治时期共和制的各种政治机构和官职依然存在,他所拥有的各种职权都是由元老院和公民大会授予的,其中有些职务和权力在共和时代也不乏先例。其实,屋大维假共和之名,独揽国家大权,加上他在当时享有崇高的威望,使他凌驾于元老院和其他各种官职之上,特别是他掌握着军队的领导权,保证了他对国家事务的最高决定权。

2. 屋大维的国内政策

(1) 重新整顿和调整社会等级。屋大维提高元老院的政治地位和社会荣誉,削弱其实际权限。屋大维先后5次对元老院进行调整,将元老名额减为600人,他自己列为所有元老之首。同时明确规定:只有拥有100万塞斯退斯财产的人,才有资格成为元老的候选人。元老可以担任由共和国遗留下来的高级长官,也可以担任军事长官和行省总督。次于元老的是骑士,其财产资格为40万塞斯退斯。骑士不仅可以担任督察使等财务官员,而且还可以担任重要的军政职务,从舰队司令、供粮总监到埃及总督和近卫军长官。骑士可以候选元老,元老之子在进入元老院前列作骑士。这样,共和后期彼此争斗的这两个等级,在帝国社会中逐渐联合起来,共同支持元首制并成为其主要的社会基础。

(2) 行省政策。行省分为元老院行省和直隶元首的行省,前者包括业已安定的各省,由元老院任命卸任执政官治理,后者包括高卢、西班牙和叙利亚,埃及则属于元首的私产,不在行省之列。在行省中推行自治市制度,把罗马公民权授予行省上层分子。在行省中,城市依次分为罗马殖民地、自治市、享有拉丁权的城市和纳税城市四个等级,享受不同的权利。还实施恺撒业已开始的税制改革,对各行省实行人口和财产普查,在此基础上重新确定直接税。

（3）军事改革。屋大维军事改革的最大特点是建立常备军。内战结束后,屋大维把他统率的60余个军团缩编为28个精锐军团,每个军团有5 500名步兵和120名骑兵,并辅以相应的辅助部队,组成常备军。军团主要是从罗马公民中招募,辅助部队约有15万人,来自行省居民和依附部落。军团士兵服役期限为20年,辅助部队为25年,他们驻扎在行省和边疆。海军舰只停泊于拉温那和墨萨纳等地。此外,还创设近卫军9个大队,每个大队1 000人,拱卫罗马和意大利。经过整顿和改编军队,屋大维使罗马军队最后完成了向职业常备军的过渡。

3. 屋大维的对外政策

屋大维的对外政策有和平和武力两种方式:在东方,他利用帕提亚和亚美尼亚内部争夺王位的斗争,以军事力量为后盾采取灵活外交手腕,控制了亚美尼亚,幼发拉底河被定为罗马和帕提亚的界河。

在西方,他对西班牙和高卢继续进行征服战争,扩展帝国的疆界。经过连年苦战,公元前19年才把西班牙西北部的山地部落完全征服。接着,进军多瑙河上、中游地区,建立了里底亚、诺里克、潘诺尼亚和米西亚行省。公元前12年,罗马军队又越过莱茵河,侵入莱茵河和易北河之间的地区,建立了日耳曼行省。不久,日耳曼人又掀起反抗斗争。公元9年,罗马统帅发鲁斯率领3个军团和9个辅助部队前去镇压,结果被日耳曼部落首领阿尔米尼乌斯诱入条顿堡森林中,遭到围攻而全军覆没,发鲁斯自杀身亡。莱茵河以东地区重归日耳曼人,罗马向北扩张受到阻遏,帝国北部边疆就限于莱茵河以南。

屋大维的一系列改革措施稳定了帝国的统治秩序,奠定了帝国早期罗马经济和文化发展的基础,在罗马史上占有非常重要的地位。

（二）早期罗马帝国的政治

公元14年,屋大维去世,其养子提比略继位。从此罗马开始了帝位继承制和王朝统治。早期罗马帝国共经历了三个王朝:朱里亚·克劳狄王朝(公元14—68年)、弗拉维王朝(公元69—96年)、安敦尼王朝(公元96—192年)。

1. 朱里亚·克劳狄王朝的统治

朱里亚·克劳狄王朝共有提比略、卡里古拉、克劳狄和尼禄4位元首。这一时期是元首权力的进一步加强期,同时也是官僚体系的初步建立期。提比略的集权措施主要有:第一,架空和削弱元老院的权力,把一切重要事务交给元首顾问会议处理。第二,把原先部署在意大利各城的9个近卫军大队全部集中至首都,以保卫首都的安全,加强罗马的防卫力量。

从提比略时代起,争夺皇位继承权的斗争层出不穷。近卫军则在废立皇帝过程中扮演愈来愈重要的角色。提比略及其继位者卡里古拉,均为近卫军所杀,克劳狄(公元41—54年在位)则在近卫军的拥戴下当上了皇帝。克劳狄为加强统治,逐步建立起一套官僚体系,设立了枢机处、财务处和司法处等中央管理机关。枢机处掌握内政、外交和军事;财务处经管财政和税收;司法处处理法律事务。他还扩大帝国政权的社会基础,进一步推行行省罗马化;授予行省居民以罗马公民权;允许高卢贵族担任罗马公职、进入元老院。此外,克劳狄改善了帝国财政状况,大兴公共工程建设,如修建水道和港口等。

克劳狄在宫廷政变中被妻子阿格里皮娜毒死后,尼禄继位(公元54—68年在位)。尼禄的残暴和腐败引发了各地人民起义。尼禄在众叛亲离中自杀身亡。朱里亚·克劳狄王朝随之结束。

2. 弗拉维王朝的统治

尼禄死后,行省军团纷纷拥立皇帝,互相战争,形成所谓四皇帝时代(公元68—69年)。结果,东部行省和多瑙河区军团拥立的皇帝韦柏芗战胜西部行省和近卫军推举的皇帝,建立了弗拉维王朝(公元69—96年)。为了加强皇权,扩大帝国的社会基础,韦柏芗采取了一系列措施:迫使元老院通过全权法,赋予他广泛的权力;扩大帝国的社会基础,广泛吸收行省贵族参政;广泛授予行省居民公民权;整顿军队,严肃军纪,采用省内招募、轮流省外驻屯的方法,以防军人割据。弗拉维王朝最后一个皇帝图密善在政变中被杀。

3. 安敦尼王朝的统治

公元96年,元老院推举涅尔瓦(公元96—98年)为皇帝,开始了安敦尼王朝的统治(公元96—192年)。安敦尼王朝自涅尔瓦起,历经图拉真(公元98—117年)、哈德良(公元117—138年)、安敦尼(公元138—161年)、马可·奥勒略(公元161—180年)和康茂德(公元180—192年),后五个皇帝全是行省贵族出身,他们在内外政策方面都采取有利于整个地中海区域奴隶主的措施。在安敦尼王朝统治时期,罗马帝国达到鼎盛,在罗马历史上被称为“黄金时代”。

安敦尼王朝的一个最大的特点是放弃了屋大维以来的边疆防御政策,主动向外拓展。涅尔瓦本是高龄元老,登位后把战功卓著的上日耳曼行省总督图拉真收为养子,立为继承人。这就打破了以血统为基础的大位继承制度,开创了以过继为基础的新的皇位继承制度的先河。图拉真即位后,积极推行对外扩张政策,把罗马帝国疆域扩大到极点:东起美索不达米亚,西至大西洋,北抵达西亚和不列颠岛,南达北非。

哈德良当政后对图拉真的政策作了局部的调整。他与帕提亚人言和,退出美索不达米亚和亚美尼亚。在北疆和不列颠修筑"边墙"加强防守。哈德良致力于整顿内政。他完善官僚机构,实行官阶俸禄制;命令法学家把以前行政长官的一切敕令汇编成册,批准其为《永久敕令》,以此作为帝国的法制基础。哈德良对犹太人进行野蛮压迫。公元131年,他禁止犹太教徒举行割礼和阅读犹太律法,并要在耶路撒冷建立罗马殖民地和罗马神庙。公元132年,忍无可忍的20多万犹太人在西门(绰号"星辰之子")的领导下,再度起义。哈德良用兵三年才把起义镇压下去。

安敦尼在位时期,采取对外防御、对内与元老院保持良好关系的政策,并且大力发展经济,促使罗马帝国出现繁荣局面。但是到康茂德继位时,帝国已处于公元3世纪危机的前夜。

(三)早期罗马帝国的经济

1. 农业与手工业

公元1至2世纪,罗马帝国出现了相对安定的局面,进入所谓"罗马的和平"时期。在此时期内,社会政治的相对稳定、交通的恢复、文化技术的传播和交流,以及行省和城市地位的改善,都有利于社会经济的发展。在希腊和意大利北部出现了带轮的犁,在高卢出现了割谷器。水磨也在公元前1世纪由小亚细亚传入西方,得到推广。农业中普遍采用轮作制,并种植豆类以恢复土壤肥力。在意大利,谷物生产开始衰退;但各行省的农业却发展起来。帝国前期意大利和行省的手工业也得到显著的发展,生产工具和技术较前有所改进,水磨在磨粉和矿业中逐步推广,建筑业开始应用复滑车和起重装置,矿山则使用排水器械。手工业生产部门增加,产品种类繁多,技术分工细密。

2. 商业与城市

帝国的统一使各地交往畅通无阻,商业活动活跃起来。行省经济的发展也促进了交换。交换的商品除奢侈品以外,还有大量的农产品和手工业原料和产品,这使得帝国内部的区域性贸易和对外贸易空前兴旺发达。

在手工业和商业发展的基础上,帝国前期的城市达到前所未有的繁荣。罗马和亚历山大里亚成为内外贸易的枢纽和商品集散地。在西部行省中,新的城市纷纷兴起,成为手工业和商业中心,如西班牙的加迪斯,高卢的鲁格敦(里昂),多瑙河地区的文都波那(维也纳)和新吉敦(贝尔格莱德),不列颠的伦丁尼姆(伦敦)等。新的城市也随着罗马建立的殖民地和在边防地区的要塞与营地而成长起来。这些城市一般都获得一定程度的自治权。

3. 隶农制的发展

隶农(又音译作科洛尼)最早在公元前2世纪出现于意大利,最初是指承租别人土地的佃户。这种佃户有大小之分,小佃户大多是失地或少地的农民;大佃户则是拥有雄厚资金和众多奴隶而以经营农业获利的人。他们都是享有公民权和其他法律权利的自由民,通过契约从土地所有者手中租用土地,地租一般支付货币,租约为5年左右。隶农可把租来的土地转租给别人,也可以在租地外耕种自己的土地。起初,小佃农承租土地限于偏远地区和山区各地,隶农制尚不流行。后来,由于受到斯巴达克起义的冲击,一些大奴隶主鉴于集中使用奴隶劳动存在危险,转而把一部分土地作为特许析产交给奴隶经营,或出租给隶农耕作。于是,隶农数量日益增多,存在范围较前广泛。

公元1至2世纪,由于意大利土地关系的变化,奴隶制出现危机征兆以及劳动力来源紧张,隶农制在意大利逐渐盛行,并扩展到许多行省。公元3世纪的危机则使隶农在实际上丧失了自由民身份和独立的经济地位,终于导致隶农转变为罗马奴隶制解体时期介于自由民和奴隶之间的一种特殊类型的依附农民,在某种意义上成为中世纪农奴的先驱。

三、基督教的兴起与传播

(一)基督教的兴起

基督教大约产生于公元1世纪中叶。基督教最初是作为犹太教的一个支派或"异端"而出现的。它继承了犹太教的一神论和救世主观念以及创世神话,同时接受犹太教的《圣经》而称之为《旧约》。但它与犹太教又有不同,信奉耶稣为救世主,说他是上帝之子,为了拯救人类降临世间,到处传道显灵,后被钉死在十字架上,但死后三天又复活升天。

早期基督教的原罪说、救世主观念以及一神论的思想显然与犹太教有关。除犹太教外,基督教还从埃及、叙利亚、小亚和伊朗等地所流行的宗教中吸纳思想,如神为拯救信徒而复生、赎罪献祭和一神教等观念。希腊、罗马的哲学思想,尤其是斯多亚的哲学对基督教的形成也有重要的影响。

由于原始基督教徒具有反对阶级压迫和民族压迫的斗争精神,又不信奉罗马旧神,不礼拜皇帝,拒不服兵役,因此遭到罗马统治者的迫害和镇压。

(二) 基督教的发展与传播

原始基督教的根本特点是打破了民族宗教的狭隘性,建立一种新的世界性信仰。基督教不分民族,不分阶级,只要信奉耶稣,遵守教义,都可成为教徒,得到上帝的拯救和赐福。加上基督教改革礼仪,废除了原始宗教大量献祭和繁琐仪式,为其在罗马城乡居民中尤其是社会下层中的广泛流传打下了基础。

从公元 2 世纪中叶开始,随着基督教的传播和教会的建立,有一部分富人加入教会,他们因为掌握一定的钱财以及有一定的社会管理经验,因此逐渐取得教会的领导权,从而使基督教的组织形式和社会成分发生变化。而这些变化又对早期基督教的思想产生了重大影响,那种平等博爱、敌视富人的精神渐趋消失,而劝人驯服、希冀来世等方面的教义则被提到主要地位。

在基督教流传过程中,其教义也逐步变化。基督教内部出现了以彼得为代表的犹太基督教徒和以保罗为代表的非犹太人或称"外邦人"基督教徒。他们对原始基督教义的解释存在分歧,进行论争,结果保罗派占据上风,其思想观点在基督教经典中占有优势,成为正统,并在组织上控制了各地教会。他们在改造教义和编纂《圣经·新约》过程中,大量吸收了希腊罗马庸俗哲学,特别是吸收了斐洛学说和新斯多亚派的伦理思想。他们将斐洛学说中的逻各斯与救世主思想结合起来,演化为圣父、圣子、圣灵三位一体的教义,接受新斯多亚派的神主宰一切,以及忍耐顺从、精神忏悔、禁欲主义、宿命论等观点,作为基督教义的思想元素,从而给原始基督教义加入新的内容。

在公元 3 世纪危机中,基督教获得进一步发展,并继续演变。据统计,公元 3 世纪已有基督教徒 600 万人,许多大地主、富有工商业者和官吏、皇族也都加入基督教,教会日益增多,罗马、拜占庭、迦太基、亚历山大里亚等城市的教会逐渐发展为所在地区教会的中心,居于领导地位。

(三) 基督教的国教化

君士坦丁(306—337 年)十分重视基督教的作用。在他以前,教会与罗马帝国政府的关系是:教会日益向帝国政府靠拢,争取帝国政权的谅解和支持;而帝国政府对教会则还是采取怀疑甚至迫害的政策,不承认基督教会的合法地位。公元 313 年,君士坦丁和当时统治帝国东部的李基尼乌斯联合发布了《米兰敕令》,正式承认基督教与其他宗教并存,使其取得合法地位,并归还从前所没收的基督教堂和财产。《米兰敕令》是基督教史上的转折点,标志着罗马帝国统治者对基督教从镇压和宽容相结合的政策转为保护和利用的政策,而基督教也开始与帝国政权合流,为奴隶主统治阶级服务。

在基督教广泛传播的情况下,由于在教义和组织等方面不统一,教派争端十分激烈。当时正统教会对教义有着严重分歧,主要分为两大派,争论不休。以阿塔纳西乌斯为代表的正教派,主张圣父、圣子、圣灵三位一体,圣父圣子同性同体;亚历山大里亚主教阿里乌斯则反对三位一体说,否认基督的神性。阿里乌斯派还主张基督教徒安于清贫,反对教会上层享受特权,聚敛钱财,因而反映了基督教下层教徒的思想。

为了把基督教变为帝国政权可靠的支柱,便以皇帝权力来解决基督教内部的纷争,帮助教会统一教义和组织。公元 325 年,君士坦丁在尼西亚召集了 318 名主教举行会议,这是基督教历史上第一次宗教大集结。会议制定了所有基督教徒必须遵奉的教义即"尼西亚信条",确认基督与圣父圣灵同体,因而是永恒的,树立三位一体派为正统,斥责阿里乌斯派,并革除阿里乌斯教籍,予以放逐。以后,虽有反复,但阿里乌斯派在斗争中终归失败,后来仅流行于埃及和叙利亚以及一些蛮族居民中。经过尼西亚大会,基督教已具有统一的教义和组织,受着罗马帝国皇帝的庇护和控制,完全蜕化为奴隶主阶级进行统治的工具,因此,这次大会标志着原始基督教质变的最后完成。

392 年,罗马皇帝提奥多西一世(379—395 年)颁布法令,关闭一切异教神庙,禁止献祭活动。历史上一般以 392 年作为基督教正式定为罗马国教之年。

四、罗马帝国的危机

(一) 罗马 3 世纪危机

从公元 2 世纪末到 3 世纪末,罗马帝国爆发了严重的社会危机,史称 3 世纪危机。危机表现为农业萎缩,商业萧条,城市衰落,财政枯竭,政治混乱,以及贫民奴隶不断起义和大批蛮族乘机入境,帝国政权陷于风雨飘摇、岌岌可危的境地。这种在罗马帝国社会中发生的全面而深刻的危机,究其根源,是由于奴隶制的衰落和奴隶制社会矛盾激化而造成的。

（二）罗马帝国后期的政治

伴随着社会经济的深刻危机,罗马帝国在3世纪又发生了严重的政治危机。这表现为政治混乱和内乱外患加剧,中央集权的帝国政府陷入瘫痪状态。

1. 塞维鲁王朝

安敦尼王朝的末帝康茂德公元192年被杀后,内乱长达四年之久。后来,潘诺尼亚总督塞维鲁战胜对手,建立塞维鲁王朝(193—235年)。塞维鲁提高军饷,优待士兵,另建近卫军,任用军人为行政官员。同时又改组元老院,使元首顾问会议成为国家最高机关,任命骑士出身的官员对元老担任总督的行省实行监督,推行军队与官僚相结合的政策。

塞维鲁的儿子卡拉卡拉(212—217年)继位后,继续巩固军事独裁,并于212年发布敕令,把罗马公民权授予帝国境内全体自由民,史称《卡拉卡拉敕令》。《卡拉卡拉敕令》的主要目的在于扩大税源,使帝国境内一切自由民都和罗马公民一样担负遗产税及其他捐税,弥补财政空虚。不过,《卡拉卡拉敕令》的历史作用和影响在于:既然行省的所有自由民都享有罗马公民权,行省的地位则相应地提高,行省和意大利的差别也进一步缩小。

公元235年,塞维鲁王朝灭亡,此后罗马政局长期陷入混乱。后又经历了253—268年的"三十僭主"的动荡;268—283年"伊利里亚诸帝"的统治,直到284年,近卫军长官戴克里先被拥戴为皇帝。

2. 戴克里先的统治

公元284年,宫廷近卫军首领戴克里先取得帝国政权。戴克里先为了加强中央的统治,挽救罗马帝国的危机,采取了一系列改革措施:

（1）在政治上,改元首称号为君主,正式采用君主制的政治形式和礼仪。同时,他又把帝国划分为四部分,实行"四帝共治",即由四个统治者来共同治理罗马帝国。其中戴克里先和马克西米努斯称"奥古斯都",加列里乌斯和君士坦丁乌斯二人称"恺撒"。奥古斯都卸任或死后,由其副手继任。戴克里先力图以此规范帝国最高统治者的继承秩序。此外,为防止行省分裂倾向,他缩小行省规模,将原来47个省重新划为100个行省,分属12个行政区,行省内实行军政分立,行省总督没有兵权。

（2）在军事上,把军队分为边防军和巡防军,边防军和巡防军之间分工明确。前者管边疆事务,后者负责帝国内部事务。军队数量增至60万左右,军团数增至72个。有大量的隶农和日耳曼人开始进入罗马军队,他们成为罗马军队的重要力量。

（3）进行税制改革。为了改变帝国各地税种不一的现状,戴克里先规定赋税以实物为主,并统一税制。为扩大税收,他规定对农村人口一律收土地税和人头税,市民只纳货币人头税,税额加大,但男子全税,妇女减半,而官兵、无产者和奴隶则免税。与此同时,他为了稳定帝国的经济,又对币制和物价进行改革。铸造新金币,规定每个标准金币的含金量为5.45克;颁布《物价敕令》,规定各种物品和各种工资的最高和最低标准,力图从稳定经济入手达到稳定社会的目的。

（4）在宗教政策方面,戴克里先以崇拜朱庇特为其统治的思想支柱,对基督教则采取高压政策。303年,他颁布敕令,禁止基督教徒举行宗教仪式。随后又在各地逮捕、刑讯和处决了一些基督教徒,捣毁基督教堂,没收教会财产。基督教徒还被清除出军队和官吏的队伍。

戴克里先采取一系列政策措施,以加强专制统治来克服社会经济和政治危机,强化国家对社会经济生活的干预,对于帝国出现的社会危机固然起到暂时缓和的作用。但由于缺乏经济管理经验,所以很快就失去了效用。公元305年戴克里先退位,他所制定的各种措施也就名存实亡。

3. 君士坦丁的统治

公元305年,戴克里先和马克西米安同时退位。经过一番争夺帝位的混战,李锡尼和君士坦丁分别控制了帝国东西部的政权,形成两个奥古斯都并立的局面。323年君士坦丁战败李锡尼,成为全国唯一的奥古斯都。继戴克里先之后,君士坦丁继续加强中央集权的专制统治,在政治、军事和财政等方面推行一系列改革措施。他废除四帝共治制,委任自己的子侄治理帝国部分地区,从而把罗马君主专制制推到一个新的阶段。同时将帝国划分为高卢、意大利、伊利里亚和东方四大行政区,其下设行政区,行政区下辖各行省。他继承并完成了由戴克里先开始的把军队分为边防军团和内地机动军团的军事改革,以及在行省中实行军政分开的政策,并以宫廷禁卫队代替近卫军,把军事大权完全集中到皇帝手中。

330年,君士坦丁把帝国首都从罗马迁到东方的拜占庭,取名君士坦丁堡,号为新罗马。他在新都建立了一个与在罗马的元老院并列的元老院,但两个元老院都无实际作用,此时君主专制制度已经最终确立。君士坦丁顽固维护奴隶制度,他多次重申奴隶主有权杀死奴隶,并竭力把隶农降到与奴隶相似的地位,限制隶农制的发展。君士坦丁是利用基督教和蛮族军队力量取得王位的,为了继续取得基督教的支持,他决定利用基督教作为帝国的思想统治工具。

4. 罗马帝国的分裂

帝国后期在政治上更是混乱不堪。君士坦丁死后,统治集团内部发生争夺帝位的长期混战,后因内外交困也无法建立稳固的政权。提奥多西一世执政时,对蛮族采取怀柔政策,尊奉基督教为国教,一度恢复了帝国的统一,但在他死后却把帝国分给两个儿子,于是在395年罗马帝国正式分裂为以君士坦丁堡为都城的东罗马帝国和以罗马为都城的西罗马帝国。

罗马帝国分裂为东西两部,是帝国内外交困、统治阶级内部纷争的结果,同时也有很深的经济和文化背景。从经济上说,是由于经济衰落,各地经济联系瓦解的结果;从文化上说,罗马帝国一直未能处理好政治上统一和文化上分裂的状况,帝国的西部和东部地区分属于拉丁、希腊两种文化体系,因此,很早就蕴藏着分裂的因素。帝国的分裂标志着罗马帝国的历史已经进入了它的最后阶段。

(三) 蛮族入侵

罗马帝国的分裂加深了民众与统治者之间的矛盾,削弱了帝国自身的力量,西哥特人乘机发动反抗罗马的大规模起义。他们在新推选的领袖阿拉里克的领导下从巴尔干半岛出发,挺进意大利。410年阿拉里克再次围困罗马,城内起义的奴隶打开了城门,放进了西哥特人,于是这座被誉为"永恒之城"的罗马城在奴隶和蛮族的内外夹攻下首次陷落。西哥特人入城后大肆劫掠。不久,他们向西进入高卢南部,继而将前已占领西班牙的汪达尔人逐走,于419年建立了以土鲁斯为都城的西哥特王国。

429年,汪达尔人在遭受西哥特人的严重打击后,被迫从西班牙渡直布罗陀海峡进入北非。439年,他们征服了阿非利加,并在迦太基的故地建立了汪达尔王国。455年,汪达尔国王该萨里克率领大批舰队渡海北上,攻陷了罗马,又把罗马洗劫一空。劫后罗马仅存居民7 000人。

5世纪初,匈奴人攻占了多瑙河盆地,到20年代建立了阿提拉帝国,日渐强盛。447年,匈奴人在阿提拉率领下进犯东罗马帝国,皇帝提奥多西二世被迫纳贡求和。451年匈奴大军进入高卢,罗马联合西哥特人、勃艮第人和法兰克人共同抗击,于高卢北部的沙龙附近发生激战,双方均损失惨重,阿提拉引兵而退。452年,阿提拉把意大利作为其进攻的首选地,而且很快就兵临罗马城下。不久,双方缔结城下之盟,阿提拉撤军回国。次年,阿提拉死于新婚之夜,匈奴帝国的实力也随之衰落。

(四) 西罗马帝国的灭亡

在"蛮族"入侵的同时,帝国内部的奴隶、隶农和贫民也不断地爆发起义。高卢的"巴高达"运动和北非的"阿哥尼斯特"(意为"斗士"或"勇士")运动都沉重地打击了帝国的统治,动摇了帝国的基础。正是在外族入侵和人民起义的不断冲击和打击下,西罗马帝国江河日下,日益走向灭亡。公元476年,日耳曼雇佣军首领奥多亚克废黜了西罗马帝国最后一个皇帝罗慕路斯,标志着西罗马帝国的最后灭亡。

五、古代罗马文化

(一) 共和国时期的文化

罗马文化在西方文化史上占有十分重要的地位,它是在吸纳地中海地区多种先进文化的基础上发展起来的。在这些文化中既有伊达拉里亚和希腊文化的成分,又有东方文化的成就。

1. 宗教

罗马的原始宗教是多神教。罗马人保有万物有灵的原始信仰,而罗马宗教在本族传统信仰基础之上,接受了希腊宗教的神人同形同性论和有关的神话传说。罗马神话与希腊神话之间有继承发展的关系。罗马人通常最信奉的是战神马尔斯和灶神维斯塔,前者决定战争的胜负,后者保护家庭和国家的福祉。此外,罗马还长期盛行对祖先的崇拜,相信死者的亡灵是家庭和氏族的保护者。为了祭祀神祇,罗马人建造神庙殿堂,制定节庆仪规,供养祭司团体。

2. 文学

公元前3世纪罗马文学才开始形成。罗马历史上第一个诗人安德罗尼库斯(公元前284—前204),首次将荷马史诗《奥德赛》译成拉丁文,又改编了希腊的悲剧和喜剧,使希腊史诗和戏剧在罗马传播开来。诗人尼维阿斯(公元前270—前200)和埃涅乌斯(公元前239—前169)不仅翻译多部希腊悲剧和喜剧,而且还创作罗马的历史剧和杂体诗。

公元前2世纪,罗马出现了戏剧的繁荣。戏剧分为悲剧和喜剧两种,取材则模仿希腊戏剧,或反映罗马历史和现实生活。悲剧作家阿克齐乌斯(公元前170—前85)一生写了40余部悲剧。著名的喜剧作家普罗塔斯写过130部剧本,保存至今的有20部,如《孪生兄弟》、《一坛黄金》和《吹牛的军人》等。泰伦提乌斯(公元前190—前159年)的喜剧以家庭生活为题材,代表作有《婆母》和《两兄弟》。

拉丁散文的开创者是加图(公元前234—前149),他曾用拉丁文写了一部《创始记》,今只保存残篇,但他有一些演说辞和一部《农业志》保存了下来。

共和末期的文学家首推西塞罗,他的演说辞保存完整的有57篇,西塞罗的文体被誉为拉丁文学的典范,对后世有着重要影响。

3. 史学

历史著作迟至布匿战争期间才出现。第一位罗马的历史学家是法比乌斯·皮克托(约生于公元前254年),他曾用希腊文写了一部《罗马史》。罗马史学的真正奠基者是加图,他所写的《创始记》共7卷,前3卷追溯罗马城邦的起源,后4卷描述布匿战争的经过以及他生活时代的大事。杰出的希腊历史学家波里比阿(公元前204—前112年)著有《通史》,系以罗马对外扩张及其政制演变为中心,始自公元前218年,止于公元前146年。

共和末期的历史学家萨路斯提乌斯(公元前86—前34年),写作了《喀提林阴谋》和《朱古达战争》,对共和后期罗马重要史事有翔实的记载。恺撒留下的《高卢战记》和《内战记》,也是研究共和末期历史以及高卢和日耳曼人历史的重要文献资料。

4. 哲学

罗马人不像希腊人那样善于思辨,富于创造性,而是比较注重实用。西塞罗是罗马共和时期主要的哲学家,其哲学著作主要有《论善与恶的定义》、《神性论》、《图斯库兰讨论集》等。西塞罗宣扬神灵永恒存在和灵魂不死的观点,主张顺乎自然,"不生欲念"以求"心灵的快乐"。西塞罗是罗马历史上第一位把许多希腊哲学的专门术语译成拉丁语的拉丁学者。

卢克莱修是共和后期罗马唯物论哲学家的杰出代表,他的主要著作是《物性论》。他继承并发展了德谟克里特和伊壁鸠鲁的"原子论",认为宇宙万物都是由原子所构成,并按物质本身所特有的规律发展。他力求使人们摆脱宗教迷信,主张人应按理性原则生活。此书是拉丁唯物主义思想的主要奠基之作。

5. 罗马法

(1)公民法

公民法是罗马国家"为了本国公民颁布的法律"。从法律的角度看,公元前3世纪以前的罗马法,全都属于公民法。公民法在保护公民的权利方面曾经起过很大的作用。罗马最古老的成文法是公元前5世纪中叶制定的十二铜表法。十二铜表法基本上是习惯法的汇编,它后来成为罗马法发展的基础。公元前4世纪末,弗拉维优斯把诉讼程序和法庭术语汇编成册,公诸于众,并公布了法庭开庭日和不开庭日,这就完全打破了贵族祭司对世俗法律和历法的垄断,使得法学家的活动成为可能,促进了法学的发展。

(2)万民法

万民法实际上是罗马统治范围内的国际法,其内容主要是调整财产关系,特别是有关所有权和契约关系的规范。它除了包含罗马法原有的部分规范外,还吸收了与罗马有贸易关系的其他民族和国家的法律规范。与公民法相比较,这种被罗马法学家称之为"各民族共有"的万民法,是以自然理性为依据的,颇为接近自然法的观念,没有公民法那样狭隘的民族性和形式主义的缺点,因而更能满足罗马奴隶主阶级的利益要求和整个社会的普遍要求。

(二)帝国时期的文化

罗马帝国的建立,促进了地中海周围广大地区经济和文化的交流。在当时社会经济发展和政治相对稳定的基础上,帝国前期罗马文化吸收了许多民族的文化成果,进入了兴盛时代。

1. 文学

屋大维统治时期被称为罗马文学的"黄金时代"。罗马诗坛兴盛,维吉尔、贺拉西和奥维德是当时最著名的3位诗人。

维吉尔(公元前70—前19年)是最具影响的罗马诗人。维吉尔的早期作品为田园抒情诗《牧歌》,诗歌描写了意大利恬静的田园风光。从公元前29年开始,维吉尔共耗时10年,写就长达12卷的巨篇史诗《埃涅阿斯纪》,记述了罗马人的祖先埃涅阿斯在特洛伊城被希腊人攻陷后,渡海到达意大利台伯河口,并在这里定居建城的经历。

贺拉西(公元前65—前8年)是奥古斯都时代最主要的讽刺诗人、抒情诗人和文艺评论家。他的主要作品是《颂歌》和《诗简》。

奥维德擅长写作爱情诗,他的名著《变形记》在神话题材中穿插爱情故事,成为古代神话的宝库。帝国前期还有各种形式的散文作品。

讽刺小说作家佩特洛尼乌斯著有《撒提里康》,阿普列优斯著有《金驴记》。

2. 史学

帝国前期出现了不少著名历史学家和卷帙浩瀚的历史巨著。李维(公元前59—公元17年)竭毕生之力,写了《罗马建城以来的历史》,叙述始自罗马建城,止于屋大维时代末年。全书142卷,今仅存35卷及少数残篇。

塔西佗(约公元55—120年)是共和思想的最后代表人物。他的主要著作是《编年史》和《历史》,分别叙述从屋大维统治末年到尼禄,以及弗拉维王朝的历史。他在《日耳曼尼亚志》中描述了日耳曼诸部落在氏族公社后期的社会概况。

普鲁塔克(公元46—120年),曾写了一部《希腊罗马名人传》,包括有50篇传记。他所写的传记,都是通过具体历史人物的生平事迹,来发挥他自己的伦理思想。历史学家斯韦东尼阿斯(公元75—160年)著有《罗马十二恺撒传》,这部著作为传记汇编,从恺撒到图密善各有一篇传记。普鲁塔克和斯韦东尼阿斯的著作,开创了西方史学传记体的先河。

阿庇安(约公元95—165年)用希腊文写了《罗马史》,共24卷,今仅存11卷,记述从王政时代到图拉真时代的历史。他在编写体例上按国别或重大事件来命名,叙述其前因后果,本末始终。

阿里安(约公元96—175年),著有《亚历山大远征记》等,对亚历山大东侵活动做了翔实而生动的描述。

3. 哲学

帝国时期唯心主义占据着统治地位。新斯多亚派相当流行,它抛弃了早期斯多亚派的唯物论因素,宣扬宿命论和禁欲主义,主张以个人道德修养求得社会的和谐,完全蜕化为宗教伦理思想。其主要代表有尼禄的老师辛尼加(公元前4—公元65年),主要的作品有《道德论集》等,辛尼加主张:提高道德、智慧,保持精神上的安宁是人的唯一任务。他鼓吹禁欲主义,要求人们放弃现实生活和欲望,以等待神的启示和精神上的解脱。辛尼加的这种思想对未来基督教影响较大。

马尔库斯·奥里略(公元121—180年)是新斯多亚派哲学家的杰出代表。他的主要思想保存在其《沉思录》之中,中心是强调人要遵循自然规则,按照人的本性生活,一方面要积极参与社会活动,另一方面又要退隐心灵,保持精神的安宁。此书对后世影响很大。

公元1世纪,亚历山大里亚的斐洛创立了逻各斯观念,并说逻各斯为神的最初启示和创造力,号召人们要克服物质罪恶,向神忏悔求救。

普罗提诺斯(公元204—270年)是新柏拉图主义主要思想体系的主要创立者之一。所谓新柏拉图主义是以柏拉图的理念论和神秘主义思想为基础,在吸取亚里士多德学派、斯多亚学派部分内容和东方宗教哲学的基础上建立起来的一种神秘主义哲学。普罗提诺斯提出的世界的本原是"太一"或"元一"、万物皆来自"太一"的思想对于基督教的教义有非常明显的影响。

公元2世纪唯物论哲学思想的代表是琉善(约公元120—200年),其主要作品有《神的对话》等。琉善推崇伊壁鸠鲁的唯物论思想,抨击宗教迷信,主张财产公有,人人平等。他的唯物论和无神论思想对后世颇有影响。

4. 法学

到帝国前期,罗马法发展到鼎盛时期。当时皇帝的诏令成为法律的主要来源,法学家经皇帝授权对法律的解释也是法律的一个来源。帝国初期的著名法学家是拉比奥和卡皮托,他们曾为屋大维整理过罗马法。公元2世纪,法学家盖约著有《法学阶梯》,是最早的民法和诉讼法教材。3世纪末和4世纪初,法学家编纂了《格里哥里安法典》和《赫尔摩格尼安法典》,前者包括3世纪下半叶的法律,后者包括294年以后30年的法律。到提奥多西二世时,颁布了《提奥多西法典》,这是帝国最早的一部官方法典。它包括4世纪以后的皇帝敕令,共16卷。后来,在东罗马帝国皇帝查士丁尼时,则在前述基础上编成了集罗马法大成的《国法大全》。

5. 自然科学

古代罗马人注重实用,自然科学研究着重于应用科学,如农学、地理、天文学、医学等。继共和时代农学家加图和瓦罗之后,公元1世纪出现了农学家科鲁麦拉,著有《论农业》,分为12卷,不仅涉及农牧业生产技术和管理经验,而且论述了社会经济关系。

在地理学方面,公元 1 世纪初,希腊人斯特拉波编著了一部《地理学》,共 17 卷,较为详细地描述了古代欧、亚、非的地理情况,并探讨了地理学的一些理论和研究方法。《地理学》被誉为内容最全面、资料最丰富的欧洲古代的地理学专著。

公元 2 世纪托勒密所著的《天文学大全》,对天文学有所贡献,但他继承并完善了地心说天文学体系,其谬说后来统治欧洲达 1 400 年之久。

盖伦(公元 129—199 年)著述甚丰。著名的有《解剖过程》、《身体各部分的机能》等,对解剖学、生物学、病理学和医疗学等均有建树,长期在西方医学界被奉为经典。

老普林尼(公元 23—79 年)是位百科全书式的自然科学家。他的著作甚多,但仅有 37 卷本的《自然史》传世。这是一部包含天文、地理、生物学、矿物学、医药学、艺术以及各种实用科学知识的百科全书,是研究罗马自然科学史的重要文献。

6. 建筑艺术

罗马的建筑采用希腊的营造法,但也有创新,即普遍采用石拱结构,使建筑物不仅坚固耐久,而且显得庄严肃穆。罗马最宏伟的神庙是供奉朱庇特等神的万神庙。公元 1—2 世纪罗马帝国经济进入高度的繁荣发展期,这可以从当时建筑的大量出现中看出。凯旋门、纪功柱、宏大的会场、浴池、剧场、竞技场等是这一时期的主要建筑,它们纷纷矗立于罗马广场以及帝国的其他城市。其中著名的有韦柏芗至提图斯时代建造的大圆形竞技场。罗马的宏伟庄严的建筑及其装饰艺术,对后世建筑艺术的发展产生了重要的影响。

本章重、难点提示

一、重点掌握名词

伊达拉里亚文明	同盟者战争	戴克里先
王政时代	《尤利乌斯法》	四帝共治
塞尔维乌斯改革	苏拉独裁	君士坦丁
保民官	斯巴达克起义	阿拉里克
十二铜表法	前三头同盟	西哥特王国
《李锡尼和绥克斯图法案》	路卡会议	汪达尔王国
执政官	恺撒独裁	阿提拉
元老院	后三头同盟	加图
森都利亚大会	元首制	波里比阿
维爱战争	条顿堡森林战役	西塞罗
萨莫奈战争	克劳狄王朝	《物性论》
皮洛士战争	弗拉维王朝	万民法
布匿战争	安敦尼王朝	维吉尔
坎尼战役	隶农制	《埃涅阿斯纪》
马其顿战争	《米兰敕令》	李维
罗马行省制度	尼西亚大会	塔西佗
第一次西西里奴隶起义	阿里乌斯派	普鲁塔克
第二次西西里奴隶起义	3 世纪危机	新柏拉图主义
格拉古兄弟改革	塞维鲁王朝	托勒密
马略军事改革	卡拉卡拉敕令	盖伦
朱古达战争		

二、论述题

1. 简述塞尔维乌斯改革的主要内容及其意义。参见本章一、(二)。

2. 概述罗马共和国早期,平民与贵族的斗争及其历史意义。参见本章一、(三)。

3. 论述罗马对意大利的征服及其统治政策。参见本章一、(四)。

4. 简述罗马在地中海的扩张及其对罗马社会的影响。参见本章一、(四)。

5. 简述罗马的行省制度及其意义。参见本章一、(四)。

6. 论述格拉古兄弟改革及其意义。参见本章一、(五)。

7. 论述马略军事改革的主要内容及其历史意义。参见本章一、(五)。

8. 简述同盟者战争的经过及其影响。参见本章一、(五)。

9. 概述屋大维的内外政策及其影响。参见本章二、(一)。

10. 简述公元 4 世纪基督教的罗马国教化历程。参见本章三、(三)。

11. 论述戴克里先的统治政策及其影响。参见本章四、(二)。

12. 分析罗马帝国分裂的政治、经济、文化原因。参见本章四、(二)。

13. 概述罗马共和国时期的文化成就。参见本章五、(一)。

14. 概述罗马帝国时期的文化成就。参见本章五、(二)。

第七章　中世纪的西欧

考点详解

一、法兰克王国

(一) 法兰克王国的建立

法兰克人是日耳曼人的一支,原住莱茵河中下游右岸,其中活动于莱茵河下游滨海地区的称萨利克法兰克人。4 世纪起,萨利克法兰克人越过莱茵河,进入高卢,不断扩张。486 年,法兰克王克洛维率军大败罗马军队于苏瓦松,奠定了法兰克王国的基础。而他本人则从一个部落联盟的军事首领变成真正的国王,开始了以其祖父墨洛温命名的墨洛温王朝(486—751 年)。

496 年,克洛维击退阿勒曼人的进攻,并采取一个重大的政治措施——改信基督教。从此,罗马基督教在法兰克国家的政治生活中发挥重要作用,拉丁语成为官方通用语言。507—510 年克洛维反对西哥特的战争就是在罗马教会支持下打着反对异端的旗帜进行的。

克洛维死后,他的儿子们按法兰克人旧习瓜分王国,于是分裂兼并战争不断。法兰克大致分为奥斯达拉西亚、勃艮第、纽斯特里亚三部分,三地有时各有国王,有时共拥一主。613 年,纽斯特里亚王洛塔尔二世(584—629 年)再度统一法兰克王国,但达戈贝尔特王(629—639 年)死后墨洛温王朝彻底衰落,大权旁落宫相手中,国王不视政事,开始长达一百多年的所谓"懒王时期。"

(二)《萨利克法典》

萨利克法兰克人的习惯法汇编,507—511 年克洛维统治末期编纂并颁布。克洛维死后陆续有所增补,并两度重新颁布。主要内容是刑法,法典维护贵族利益,规定各种罪行及其惩罚。民法中最重要的内容是宣布女子不得继承土地,到瓦卢瓦王朝后期,一直被作为妇女不能继承王位的依据。

(三) 查理·马特及其采邑改革

720 年,查理平定各地叛乱,成为法兰克王国实际统治者,仍称宫相。732 年又在普瓦提埃粉碎阿拉伯人的进攻,维护了法兰克国家的独立,从此声威大震,被称为"马特"(锤子)。查理·马特采取的根本政策是加强王权,为王权建立强大的军事支柱。他希望通过土地制度的改革来达到这个目的。

查理·马特实行采邑制,将国家掌握土地、没收叛乱贵族土地和部分没收教会的土地,分封给官员和将领,条件是必须服兵役和履行臣民义务(如缴纳租税、交出盗匪),只限终身不得世袭;受封者不履行义务,收回采邑;封主或封臣一方死亡,也收回采邑,分封关系终止;继承人如愿继续以前的关系,必须重新进行分封。

查理·马特的采邑改革影响重大。中央把土地作为采邑封给大封建主,大封建主再把它封给自己的臣下为采邑,层层分封,层层结成主从关系,形成像阶梯似的等级制。采邑改革后,骑兵逐渐代替步兵,奠定西欧骑士制度的基础,也为日后加洛林朝的强盛创造了条件。

(四) 加洛林王朝的建立和丕平献土

747 年,查理之子矮子丕平独自执政,图谋篡夺早已名存实亡的王位。丕平于 751 年在苏瓦松的贵族集会上经公认为国王,从此开始了加洛林王朝的统治。矮子丕平建立加洛林王朝时曾得到教皇支持,教皇又于 754

年为丕平加冕。

为了报答教皇,754 和 756 年,丕平两次出兵意大利打败伦巴德人,将夺得的拉温那到罗马之间的"五城区"赠给教皇。这件事被称为"丕平献土",奠定教皇国的基础。大约同时,教皇为掩盖其领土野心,伪造所谓"君士坦丁赠礼",诡称罗马帝国皇帝君士坦丁为感谢罗马主教西尔维斯特治好他的病,将罗马和帝国西部的统治权赠给他和他的继承人,自己迁到君士坦丁堡去。15 世纪意大利人文主义者罗伦佐·瓦拉用考证的方法予以彻底揭穿。

(五) 查理曼帝国强盛

768 年矮子丕平死,按传统由他的两个儿子查理和卡洛曼平分国土。771 年卡洛曼早死,由查理独揽大权。在查理统治时期,加洛林王朝臻于极盛。他在位 46 年,进行 50 多次战争,将法兰克国家的版图几乎扩充一倍,成为一个囊括西欧大部地区的庞大帝国即加洛林帝国,本人也被称为查理大帝(或音译查理曼)。

800 年前后,查理统治下的法兰克王国的版图大致与西罗马帝国的欧洲部分相合,史称"查理帝国"。查理大帝是法兰克国家杰出的政治家,为了统治庞大的帝国,他设立中央和地方行政机构,并派巡按使出巡以监视地方;他常驻亚琛,直接处理政务;他还注重立法,奖掖文化教育,聘请知名学者讲学,为巩固新兴的封建统治做出重大贡献,并对后来西欧的封建社会有很大影响。

(六) 查理曼帝国的分裂

查理之子、虔诚者路易(814—840 年)在位时,他的几个儿子多次叛乱。路易死后,长子罗退尔继位,他的兄弟日耳曼路易和秃头查理联合起来反对他,战争不断。

843 年三兄弟在凡尔登缔结条约,约定路易得莱茵河右岸地区和巴伐利亚,其所得大致与今天德国西部相合,地理上称日耳曼。查理所得地区大致与今天的法国相合,地理上称法兰西。罗退尔得到意大利中部、北部及路易、查理所占地区之间的狭长地带,后者后来得名为洛林。罗退尔保留皇帝称号。凡尔登条约奠定了法兰西、德意志和意大利三个国家疆域的基础。870 年 8 月,日耳曼人路易和秃头查理签订墨尔森条约,瓜分了夹在他们中间的罗退尔的领地。

二、封君封臣制度和农奴制

(一) 封君封臣制度

封君封臣制度是西欧封建国家制度的基石,它由两个要素构成:封君封臣关系和封土制。11 世纪时,西欧封建主之间普遍结成封君封臣关系。

封君封臣关系的结成有一套仪式,如臣服礼、宣誓礼、亲吻礼等。臣服者将自己的双手置于封君手中,宣称愿为封君之人,封君表示接纳。封臣以圣物为凭宣誓永远效忠封君。经此公开的仪式,封君封臣关系结成。

封臣对封君承担许多义务。其一是"效忠"。封臣不能做危害封君的事,包括不得损伤封君的肢体,不得败坏他的声誉,不得违抗他作为法官的权威,不得损害他的财产,等等。其二是"帮助"。这是封臣最主要的也是最重要的义务,包括为封君服军役、向他提供协助金和物资。其三是"劝告"。封臣有义务出席封君召集的会议,提出意见来帮助封君,这种会议兼具封君法庭和封建主议事会的性质,审理的案件主要是封臣之间或封臣与封君之间发生的纠纷。

封君对封臣也有义务,主要是"保护"和"维持"封臣,不得伤害后者的荣誉、财产和生命。"保护"就是封臣若受到他人攻打,封君有义务不惜以武力保护;"维持"就是封君要提供条件保证封臣能承担军役,或是直接供给封臣及其家庭以衣食。

"封土"与封君封臣关系的结合,是封君封臣制度形成的关键。封臣为封君服役,封君赐给封臣以维持生活的土地。10 世纪以后封土制十分盛行,它同封臣制的紧密结合是这一时期封臣制的重要特点,但也有无封土的封臣。封君封臣关系与重大的政治、军事和经济利益相联系,一经缔结无论封臣还是封君都不能随意解除。封君封臣任何一方若不履行其义务,就可能导致封君封臣关系破裂,酿成武装冲突。封君为取得更多的封臣,封臣为取得更多的封土,以及封土的世袭,使封君封臣关系日益复杂化。

(二) 骑士制度

封君封臣所奉行的一整套道德规范和培养后代的制度,出自这些封建主所处的生活环境和他们的生活方式,构成所谓"骑士制度"的主要内容。骑士的品格应是忠诚和勇敢。骑士作为封臣必须严守自己的效忠誓言,不背叛封君,竭尽全力为他服务,甚至不惜为他付出生命。这样一种理想化的封臣品格虽然未在现实中的骑士身上得到完美的体现,但却是维系封君封臣制度所需要的,所以很受封建主重视,成为骑士精神的核心。

（三）封建庄园

9—13世纪是封建庄园兴盛时期。9世纪起,一种新的封建农业经济组织形式——农奴劳役制庄园开始在西欧流行。典型的庄园采用劳役地租的剥削方式,庄园的土地划分成领主自营地和农奴份地两部分。领主自营地主要由服劳役的封建依附农民耕种,自营地上的收获全归封建主,农奴靠耕种份地维持生活。农奴份地的所有权也归封建主,农奴子弟继承份地要向封建主交纳继承金。典型的庄园主要集中在法国中部和英格兰,13世纪成为庄园直接经营的兴盛时期。14、15世纪,随着经济的衰退,自营地经营又变得无利可图,庄园最终走向解体。

（四）农奴制

农奴制与庄园制互为表里,构成了西欧农村社会的基石。农奴制是中世纪西欧农业生产中控制和使用奴役劳动的诸多习惯、法律或者制度的总称。经济上农奴和其他封建农民一样,是一个独立的小生产者。农奴的特性在于他须在庄园上耕种领主自营地,受劳役地租剥削,这种封建主与农奴在生产中的统治与服从的关系以法律形式和其他非经济手段(如习惯、道德、舆论)固定下来就体现为封建地主对农奴的超经济强制。从法律地位讲,农奴没有婚姻自由,与所在庄园以外的人结婚要交结婚税;没有财产权,要纳"死手捐"(即继承税),主人还可按自己的需要临时向农奴勒索钱物。随着社会经济的变迁,农奴制度在14、15世纪逐渐走向消亡。

三、西欧主要国家的君主制度

（一）英法王权的加强和议会君主制的形成

1. 诺曼征服和英国王权的加强

1066年,诺曼底公爵威廉以要求继承英国王位为由,在教皇的支持下,亲率大军渡海进攻英国。威廉在哈斯丁斯战役中击败了英王哈罗德的军队,威廉进入伦敦,加冕为王,称威廉一世,开始了诺曼王朝(1066—1154年)的统治,他对英国的征服被称为"诺曼征服"。

威廉一世在征服的基础上,形成了比较集中强大的王权。他曾命令全体封建主向他宣誓效忠,以保证政令统一。1086年,他下令对全国土地进行调查,对土地的归属,财产状况,耕作者身份等,做了详细调查和登记。由于清查项目细致无遗,调查过程极为严厉,人们好像面临"末日审判"一样,因而将调查册称为《末日审判书》。这一调查结果保存到今天,是英国中古时期的珍贵经济史料。

亨利二世(1154—1189年)是威廉一世的孙女玛提尔达的儿子,即法国的安茹伯爵,他因封建继承关系开创了英国史上的安茹王朝(1154—1399年),或称金雀花王朝。在政治上,他整顿中央行政机构,恢复诺曼王朝的御前贵族会议,作为国王的咨询机构。他重建国王宫廷和财政部,设置枢密大臣和财政大臣等官职。在军事上,附庸缴纳"盾牌钱"后可以免服兵役,国王用这部分钱雇佣骑士服役,自由民则必须按财产状况自备装备为国王服军役。大力推行司法改革,限制封建主的司法权力,国王法庭开始在全国范围内比较有效地行使司法权。

2. 大宪章和议会的起源

约翰王统治时期(1199—1216年),丧失了英国在法国的大部分领地,从而加剧了国内的不满情绪。他利用其父建立的有力王权横施压力,以封建习惯法所不允许的方式,任意没收附庸的领地,干涉领主法庭的审判权力,从而激起大封建主的愤怒。于是一些大封建主利用社会的普遍不满,在骑士和市民的支持下,策划用武力迫使国王做出让步,于1215年6月15日迫使国王签署《自由大宪章》。

《大宪章》对亨利二世以来王权在司法和行政方面的发展进行了清算,规定大封建主所属封臣之间的财产纠纷应由封建主自己来审理,国王法庭不得干涉;不经教会和封建主的同意,国王不得征收额外的协助金和盾牌钱。《大宪章》所确定的法律至上和保障人权的基本原则,逐渐被承认为英国立宪政治的基础,至今仍有积极意义。

英国的国会产生于13世纪。1258年,亨利于牛津召开讨论征税的大会议,封建贵族全副武装来见亨利,提出改革纲领,这个纲领后来被称为《牛津条例》,规定由15位贵族组成一个委员会,国王采取的任何措施均须取得他们同意,始能付诸施行。这实际上剥夺了国王的行政权力。亨利被迫同意《牛津条例》,但控制了政府的大贵族为自己的私利而行动,致使贵族阵营发生分裂。

1261年,亨利得教皇允诺,下令废除《牛津条例》,于是导致内战。1264年,以西门·德·孟福尔为首的反对派贵族,率军与亨利的军队战于路易斯。结果王党战败,亨利与爱德华等均作了俘虏。西门实际上掌握了英国的政权。1265年,西门召集国会讨论国是,出席的除教俗大贵族外,还有各郡郡守选派两名骑士,各城市选派两名市民参加。这次会议开了以后英国国会有骑士、市民参加的先例。1295年，爱德华一世为解决各项重大问题召集国会，这次国会和西门所召开的类似，不但有大贵族参加，而且有城市和骑士代表参加。这次国会后来被称为"模范国会"，并被认为是英国国会的开始。

爱德华三世时期（1327—1377年），议会形成上下两院，上院由教俗封建主组成，有权审理重要的司法案件，纠正下级法庭的错误，有权进谏国王，批准税收和制定法律；下院由骑士和市民的代表共同组成。1399年，下院才定期召开，并与上院分别集会，商讨和提出一般请愿书，还取得投票决定税收和批准法律的权利。

3. 加佩王朝和法国王权的加强

834年《凡尔登条约》以后，秃头查理领属的西法兰克（纽斯特里亚）逐渐发展成为法兰西王国。987年，加洛林王朝最后一个国王路易五世（986—987年）死，休·卡佩被兰斯主教等大封建主拥立为王。法国从此开始了加佩王朝的统治（987—1328年）。加佩王朝初期，王权依然软弱，王室仅有塞纳河和罗亚尔河之间的土地，包括巴黎和奥尔良在内，称为"法兰西岛"。

法国王权的加强是从路易六世开始的。路易六世（1108—1137年）不但保护教会利益，而且支持城市反对封建领主争取自治的公社运动，目的都是为了反对封建领主。菲利普二世（1180—1223年）首先是利用英国王子的反叛，继而借口约翰王不履行封建义务，宣布剥夺他在法国的领地，先后夺得诺曼底、安茹、缅因和屠棱等地，使王室领地面积扩大一倍。后来法王又先后夺取普瓦都（1224年）和阿奎丹（1258年）。根据1259年的巴黎和约，英王在法国的领地仅剩下西南部的基恩和加斯科尼等少数地方。

路易九世（1226—1270年）大力推行司法改革，规定王室法庭有权审理重大案件和复审地方法庭的判决。在政治上，他委派巡回检察官，监督地方官吏。路易严禁领主之间私斗，实行"国王四十日"，即有纷争可在40日内向国王上诉，由王室法庭裁决。在军事上，他开始推行募兵制，建立训练有素的常备军，逐渐取代骑士服军役制度。在经济上，他下令铸造通行全国的货币，限制劣质货币的流通，促进国内的经济统一。菲利普四世时期（1285—1314年），法国王权进一步加强。菲利普四世进一步夺取勃艮第和里昂，并力图夺取富庶的佛兰德尔。

法国加强王权和争取国家独立的斗争，导致了与罗马教皇的冲突。为支撑军队和维持政府的庞大开支，法王腓力四世（1285—1314年）开始向教会征税，并派人到意大利囚禁为此同法王发生激烈冲突的教皇卜尼法斯八世（1294—1303年）。1305年选出的新教皇是法国人，他宣布取消卜尼法斯加于法王的一切罪名，并移居靠近法国边界的阿维农，连他在内连续七任教皇都是法王控制下的傀儡，都驻在阿维农，史称"阿维农之囚"。

4. 三级会议

腓力四世在同教皇斗争异常紧张的时刻，为了取得国内的支持，于1302年第一次召开了三级会议，通过了反对教皇的决议。参加会议的是三个等级：第一等级为高级教士，第二等级为世俗贵族，第三等级为富裕市民，三个等级分别开会讨论议案，每个等级只有一票表决权。法国的三级会议与英国的议会不同，它的咨议性质特别突出。三级会议的召开完全取决于国王，开会时三个等级分别讨论议案，每个等级有一票表决权，只有向国王作出答复时三个等级才集合在一起。不过，三级会议有时要求国王答应某种改革，作为通过决议的交换条件。

（二）英法百年战争和红白玫瑰战争

1. 英法百年战争

1337—1453年，英法两国发生了长达一百多年的战争，史称"百年战争"。这次战争有其复杂的起因，包括王位继承问题、领土争端以及对佛兰德尔的争夺。

1328年法王查理四世死，加佩王朝绝嗣。法国三级会议推举瓦罗亚家族的腓力继位，是为腓力六世（1328—1350年），开始了瓦罗亚王朝（1328—1589年）。英王爱德华三世之母是腓力四世之妹，他以法王外孙资格要求继承法国王位，但法国以《萨利克法典》中女子无继承权为由拒绝。英国的诺曼王朝（1066—1154年）和安茹王朝（1154—1399年）都由法国封建主创立，因此英王室在法国有大片领地。后来一些领地相继被法王收回，但这时南部的阿基坦和加斯科尼仍在英国手中。于是英国想扩大领土，法国想完成统一，时起纠纷。

法国北部的佛兰德尔毛纺织业发达，物富民殷，是封建主垂涎的一块宝地。佛兰德尔一向为法王臣属，腓力六世又在当地建立起直接统治。当地纺织用羊毛一向来自英国，羊毛输出是英国重要财源，所以英王也想控制佛兰德尔。爱德华三世下令禁止羊毛出口，以对法国施加压力，腓力六世则下令没收英王在法国的领地。

百年战争大致可分为三个阶段：

第一阶段（1337—1360年），法军屡战屡败。战争开始后，英国先在海上击败法国海军，使英军可以顺利通过海峡,进攻诺曼底。1346 年,英军在克莱西大败法军。1356 年,从南部登陆的由英王长子黑太子率领的军队,又在普瓦提埃大败法军,法王约翰二世(1350—1364 年)及大批贵族被俘。战争失败使法国内部矛盾激化,发生了巴黎起义和扎克雷起义。1360 年双方签订《布勒丁尼和约》,爱德华三世放弃对法国王位的要求,法国则把加莱港和西南部地区割让给英国,并许以重金赎回国王。

第二阶段(1369—1380 年),法国收回大部分失地,英军只占有沿海少数据点。查理五世(1364—1380 年)即位后,励精图治,整顿税收,改善军队,组织了炮兵并改组海军。在陆地上他任命德·盖斯林为统帅,实行据守要塞、避免和英军正面决战,以精锐不断袭扰英军,消灭其有生力量的战术,因而使战局改观。到 1380 年时,法军几乎收复全部失地,英国只保留一些沿海据点如加莱等。

第三阶段(1415—1453 年),英军又占领北部半个法国,终被法国军民驱逐出去,最后只控制加莱港一地。法国在查理六世时期(1380—1422 年),王权衰落,内讧迭起,封建贵族分为奥尔良和勃艮第两大集团,互相斗争,削弱了国家力量。英国亨利五世(1413—1422 年)利用法国内部一片混战之机,联合勃艮第党作内应,从 1415 年起大举进攻法国,1415 年,在阿金库尔战役,英军大败法军,俘获奥尔良公爵,重新占领诺曼底。法国王太子查理逃往南方,勃艮第党掌握国家政权。

1428 年,英军围攻奥尔良。奥尔良是卢瓦河上的要冲,是通往南方的门户,保卫奥尔良是关系法国命运的决战。法国农村姑娘贞德于 1429 年晋见国王,获准率领军队解救奥尔良。5 月间,经艰苦奋战,大败英军,奥尔良之围解除,贞德荣获"奥尔良姑娘"的尊号。1430 年,在康边附近的战役中贞德为勃艮第党人所俘,并以 4 万法郎的价格卖给英国人。1431 年 5 月 24 日,贞德在卢昂被宗教法庭判以女巫的罪名并处以火刑,骨灰被扔进塞纳河。

英国人的残暴激起法国军民的普遍愤怒,他们连续打击英军,不断收复北方失地。1453 年,英军在波尔多决战中全军覆没。1453 年英法百年战争宣告结束。英国除在法保留加莱一港外,撤出全部法国领土。以后法王又经过数十年的惨淡经营,收回一些独立的封建主领地,包括勃艮第公爵领地,到 15 世纪末年完成统一。

2. 红白玫瑰战争

英国于百年战争结束后,立即开始了内战,即兰开斯特家族和约克家族的战争,史称玫瑰战争(1455—1485 年)。兰开斯特家族以红玫瑰为徽,约克家族以白玫瑰为徽。最后都铎家族的亨利战胜,夺得英国国王,开始了都铎王朝(1485—1603 年)的统治。

3. 扎克雷起义和瓦特·泰勒起义

扎克雷起义是 1358 年法国北部爆发的一次大规模起义。"扎克雷"意为乡下佬,是贵族对农民的蔑称。14 世纪法国已流行货币地租,封建主的剥削不断加强,加之百年战争使人民深受兵役之苦,1348 年黑死病蔓延,农民处境急剧恶化。太子查理(后法王查理五世)在其父约翰二世被俘后,向农民征发额外徭役,成为起义导火线。起义首先爆发于法国西北部的博韦地区,迅速席卷毕加底和香槟等省。领导者是富有军事经验的农民吉约姆·卡尔。参加者有农民,也有小骑士、城市平民及乡村神父,共约 10 万人。起义口号为"消灭一切贵族",旗帜上绘有国王的徽记百合花。1358 年 6 月,起义军和封建主军队在麦洛相峙,卡尔应那瓦尔国王查理之约前去谈判被俘。随后,封建主军队对农民军发起猛攻,2 万农民被屠杀,起义失败。这次起义尽管没有取得胜利,但有助于法国农民摆脱人身依附关系。

瓦特·泰勒起义是 1381 年爆发的英国农民大起义。英法百年战争使英国农民处境不断恶化。1381 年 5 月,东撒克斯和肯特两郡农民为反对重税而首先起义。起义很快席卷英国大部分地区。起义农民推举泥瓦匠瓦特·泰勒为领袖。6 月中旬攻占首都伦敦。起义者到处占据封建庄园,焚毁赋税簿册,处死罪大恶极的封建主。国王被迫与起义者进行谈判。泰勒代表农民提出废除农奴制度、取消封建主的一切特权、没收教会土地分给农民等要求。在第二次进行谈判时,泰勒被伦敦市长刺死。接着,封建主对起义者进行大屠杀。起义虽然失败,但沉重打击了英国的封建制度,加快了英国农民摆脱农奴身份的进程。

(三) 中世纪德意志

1. 奥托一世和神圣罗马帝国的建立

查理曼帝国分裂后的东部被称为东法兰克王国。962 年萨克森王朝奥托一世(936—973 年)进入罗马,由教皇约翰十二世涂油加冕为皇帝,是为神圣罗马帝国的开始。奥托在位的最后十几年,集中精力侵略意大利,一再操纵教皇的废立,并企图染指南意大利,从而与盘踞那里的拜占庭和阿拉伯势力发生冲突。970 年,奥托与拜占庭议和,被迫放弃对南意大利的野心。奥托二世(973—983 年)继承其父遗志,一度攻占那不勒斯和塔兰托,但 982 年被阿拉伯人击败。奥托一世及其继承者对意大利的侵略,不仅给意大利人民带来痛苦和灾难,而且也给德意志民族带来不幸,使已经成功在望的国家统一事业化为泡影。

2. 皇权与教权的斗争

从奥托一世起,萨克森王朝诸王依靠教会的支持,打击部落公爵势力,加强王权。那时,皇帝直接任命主教甚至教皇,教会成了帝国政权的一个支柱。11 世纪中叶,一批激进的克吕尼派修士强调教皇的至高无上地位,在全西欧范围内向世俗政权、向国王进攻。

1075 年,格里高利七世(1073—1085 年)召开宗教会议,规定世俗国王不得有主教授职权,指责德皇亨利四世(1056—1106 年)属下的几位贵族和主教犯有买卖圣职罪。次年 2 月,教皇又下诏开除亨利教籍,废其帝位,解除其臣民的效忠誓约,煽动德意志大封建主反对皇帝。亨利迫于形势不得不向教皇求免,于 1077 年 1 月到意大利教皇居住的卡诺莎城堡前赤足冒雪哀求三天才得以晋见,教皇表示同意恢复亨利四世的教籍和统治权力。亨利四世回国后立即与反对派发生战争,获胜后进军意大利,教皇格里高利七世随同前来救援的诺曼人离开罗马,客死他乡。

1122 年,教皇与皇帝暂时达成妥协,订立有利于教皇的《沃尔姆斯宗教协定》,规定德意志主教一律依照教会法选举,即由高级教士的会议选举;皇帝或者他的代表出席选举会议,新主教由皇帝授予象征世俗权力的权节,由教皇或其他高级神职人员授予象征宗教权力的牧杖和指环,皇帝的神职授予权大为削弱。

3. 皇权与诸侯

为了实现从罗马统治基督教世界的理想,德意志皇帝经常入侵意大利,干涉罗马教廷事务,同教皇发生正面冲突,从而分散了统治德意志的力量,最终受制于德意志各大诸侯。腓特烈二世(1211—1250 年)统治时期确立了德意志的割据分裂状态。霍亨斯陶芬王朝在德意志的统治于 1254 年告终,其领地也为诸侯瓜分,皇权急剧衰落。此后 20 年德国未能选出皇帝,处于"大空位时代"(1254—1273 年)。随后是哈布斯堡王朝和卢森堡王朝,皇帝政权也是有名无实。

1356 年,卢森堡王朝查理四世(1347—1378 年)颁布《黄金诏书》,因盖有金色印玺,故名,规定皇帝由七大选侯选举产生。七大选侯是德意志最有势力的大封建主,他们是莱茵地区三个大主教区美因斯、特里尔和科伦的大主教以及莱茵的宫廷伯爵、萨克森公爵、勃兰登堡边地侯和捷克国王。皇位虚悬时由萨克森公爵和莱茵的宫廷伯爵摄政,教皇不得兼任代理皇帝,诸侯享有的其他一切特权也得到了确认,于是诸侯的独立地位得到完全的肯定。《金玺诏书》标志着德意志分裂割据的合法化,标志着诸侯对皇帝和中央集权的胜利,也是德意志封建主推行侵略扩张政策的必然结果。

(四)意大利的分裂割据

中古时期的意大利政治上四分五裂。北部意大利长期是神圣罗马帝国的一部分。1254 年霍亨斯陶芬王朝完结后,北意大利实际上脱离了帝国,那里的一些城市趁机扩大统治区域,发展成巨大的城市共和国,最著名的是威尼斯和热那亚,中部意大利主要是教皇领地,教皇领地的西面也有一些城市共和国如佛罗伦萨、比萨、锡耶纳等。南意大利在 14、15 世纪时则是法国和西班牙争夺的对象。

中古时期意大利最有名的城市共和国是威尼斯和佛罗伦萨。威尼斯是一个国际城市,以经营东西方的中介贸易而著称。佛罗伦萨是纺织业、银行业和信贷业中心。

(五)西班牙统一国家的形成

8 世纪初阿拉伯人越直布罗陀海峡征服西班牙,直到 15 世纪末格林纳达陷落为止,阿拉伯人在西班牙的存在长达 8 个世纪。大马士革的倭马亚王朝灭亡后,其后裔逃亡到西班牙,756 年建立起西班牙的倭马亚王朝(756—1031 年)。

阿拉伯人占领西班牙以后,在西班牙北部沿海和山区逐渐形成了一些信仰基督教的小王国。10 世纪时,形成了卡斯提国家,1037 年它合并莱昂,成为卡斯提王国。11 世纪在半岛西部兴起了葡萄牙,12 世纪成为王国。12 世纪在半岛东北部又形成阿拉冈王国。主要由这几个国家进行了对穆斯林的反攻,完成了西班牙的再征服运动。

再征服运动,又称收复失地运动,是指西班牙的基督教小王国对伊斯兰教徒的战争,直到最后把伊斯兰教徒赶出西班牙,过直布罗陀而终止。1212 年,西班牙诸国和欧洲十字军的联军在托罗萨大败北非阿尔摩哈德王朝的军队,从此以后西班牙阿拉伯人和柏尔人的势力一蹶不振。到 13 世纪末,再征服运动基本完成,阿拉伯人统治的地区只剩下偏居半岛南端的格林纳达。1492 年,阿拉伯人最后被赶出格林纳达。

再征服运动的胜利,大大促进了西班牙各地区间的经济文化联系。卡斯提和阿拉冈是伊比利亚半岛上两个重要的基督教王国。1469 年,卡斯提王位女继承人伊萨贝拉(1451—1504 年)嫁给阿拉冈王子斐迪南

(1452—1516 年)。1474 年和 1479 年,伊萨贝拉和斐迪南分别继承王位,两国于 1479 年合并,正式形成为中央集权的西班牙王国。

(六)十字军东征

十字军东征是罗马教廷、西欧封建主和意大利城市对近东各国发动的侵略战争。他们借口反对异教徒,打着圣战的旗号,对东部地中海各国进行长达两个世纪之久的侵略战争。每个参加出征的人,包括骑士、农民、小手工业者在内,胸前和臂上都佩有"十"字标记,故称"十字军"。

1. 背景

由于城市的兴起和商品货币经济的发展,西欧封建主对商品和货币的需求越来越高,仅靠固定的封建地租的收入已经不能满足日益增长的奢侈生活的需要,另一方面,随着世袭领地制的确立,为了防止领地的分割,西欧大多实行长子继承制,幼子不能继承领地,成为无地的骑士贵族,加上西欧人口的增长、封建战争和灾荒等原因,造成西欧社会危机。西欧封建主为了克服日益严重的社会危机,攫取东方的土地和财富,策划对富庶的近东地区发动殖民战争。

十字军东征的第二个原因是罗马教廷和西欧教会的怂恿。他们追求物质财富的增加,又向往扩大西方教会的势力,企图把东方正教教会置于罗马的控制之下,同时梦想从伊斯兰教徒手中夺回失去的地盘。西欧商人,尤其威尼斯、热那亚、比萨等意大利城市的商人,企图从阿拉伯人和拜占庭人手中夺取地中海东部地区的贸易港口和市场,垄断地中海贸易,因而积极支持十字军向东扩张。11 世纪,近东各国政治形势的变化,为十字军东征造成了客观条件。1071 年,塞尔柱突厥人占领基督教的发源地耶路撒冷。1091 年,一支突厥人准备进攻拜占庭首都君士坦丁堡,帝国危在旦夕。走投无路的皇帝阿历克塞一世(1081—1118 年)不得不向罗马教皇和神圣罗马帝国皇帝求援。拜占庭帝国的困境,终于成为西欧封建主发动侵略战争的借口。1095 年,教皇乌尔班二世(1088—1099 年)在法国的克勒芒宗教大会上号召组织十字军。

2. 经过

十字军东征从 1096 年开始,到 1291 年结束,先后进行了八次。其中第一次和第四次影响最大。第一次东征发生于 1096—1099 年。骑士是十字军东征的主力。1096 年秋,来自法国、德国和意大利的骑士,分四路向君士坦丁堡进发。1099 年 7 月攻陷耶路撒冷。不久在被占领地区建立几个十字军国家,即爱德萨伯国、的黎波里伯国、安条克公国和耶路撒冷王国。这几个伯国和公国名义上都依附于耶路撒冷王国,但实际上独立。

1144 年,塞尔柱突厥人、摩苏尔总督赞古攻占爱德萨,教皇为此曾组织了第二次十字军东征,时间为 1147—1149 年,结果失败。1187 年,埃及苏丹萨拉丁夺取耶路撒冷,西欧震惊,于是又组织了第三次十字军东征。虽然这次有英、法、德三国国王参加,但他们之间矛盾重重,战略不一,未能夺回耶路撒冷。

第四次东征时(1202—1204 年),十字军在威尼斯商人的唆使下不去进攻伊斯兰教徒,而是改变进军路线去攻打拜占庭帝国,占领君士坦丁堡,破坏文物,抢劫珍宝,又征服拜占庭的大部领土,建立所谓"拉丁帝国"(1204—1261 年)。拉丁帝国包括色雷斯、帖撒罗尼亚、雅典和伯罗奔尼撒四个公国,领土包括色雷斯、南希腊大部和小亚细亚北部。1261 年,尼西亚皇帝米海尔·巴列奥略攻占了君士坦丁堡,驱逐了十字军,恢复了拜占庭帝国。第四次十字军东征充分暴露了为讨伐异教徒而组织的东征具有侵略和掠夺的性质。

教会为了维护和巩固十字军国家的统治,建立一种特殊的军事组织——僧侣骑士团,驻守东方,计有"神庙骑士团",主要由法国骑士组成;"医生骑士团",主要由意大利骑士组成;后来德意志骑士又组成了"条顿骑士团"。骑士团直接隶属于教皇,拥有大量的土地和财富并享有特权;其内部有严格的纪律。

1291 年,穆斯林收复十字军的最后一个据点阿克,耶路撒冷王国灭亡,结束了历时两个世纪之久的十字军东征。

3. 影响

对东方人民来说,十字军东征无疑是一场浩劫,它破坏了生产力,摧残了文化,洗劫了许多城市和乡村,断送了无数人的宝贵生命,严重地阻碍了近东各国社会的发展。同时,也使欧洲的广大劳动人民蒙受了巨大的牺牲,成千上万的人死于非命。

十字军东征,打破了拜占庭和阿拉伯商人在东方贸易中的垄断地位,西欧商人特别是意大利北部和西部地中海的一些城市(如威尼斯、热那亚、马赛、巴塞罗那等),取得了地中海的商业霸权。

十字军东征,对西欧社会政治生活产生一定的影响。一部分封建主在东征战争中由于死亡或失败而消耗了力量,而城市却在贸易增长的刺激下得到较快的发展,提高了城市市民的地位,从而导致等级议会君主制的产生。在城市市民的支持下,王权日益加强起来,进而为西欧各国消除封建割据,实现政治统一创造了条件。

十字军东征的失败,大大降低了教会威信,教皇权力走向衰落。十字军东征以后,作为欧洲文化中心的拜占庭已失去昔日的繁荣,而西欧人却从拜占庭人和阿拉伯人那里获得许多科学知识和文化素养。

四、中世纪的城市

(一) 城市的兴起

中世纪西欧的城市主要有两个来源:一是幸存的罗马城市,二是新兴的日耳曼城市。10世纪以后,随着农业经济的恢复,手工业和贸易的发展,西欧城市开始勃兴。从产生的时间和地区上来看,最早的城市出现在意大利北部和法国南部,这些地方在9世纪或者更早已有城市,其他地区则稍显晚。10—11世纪,法国北部、尼德兰、莱茵河流域以及邻近地中海和北海、波罗的海两大贸易区一带的城市纷纷兴起。14—15世纪以后,一些西欧城市逐步由政治、宗教和文化中心发展成地区性的经济中心,其中少数则成为全国性的经济中心或国际大都市。

由于历史条件的不同,新兴的城市大体可分为三种类型。首先是为满足地方市场需要而生产的中小城市,其经济活动受地方市场的制约,这种城市各国都有,数量最多。其次是主要生产和经营某种专业产品的城市,其中,意大利的佛罗伦萨最具代表性。最后是主要从事国际贸易的商业城市,靠经营中介贸易起家,其手工业占次要地位,意大利的威尼斯、热那亚、阿马尔非和德国北方的汉堡、吕贝克等,都属于这一类城市。从人口数量上看,中古西欧的城市规模不大,许多小城市不到1 000人。而拥有数千人到1万人的,已是中等城市。城市居民除手工业者和商人外,还有大封建主、高级教士和为数众多的下层群众(平民)。

(二) 城市争取自治权的斗争

城市争取自治的斗争,始于11世纪,直至13世纪,遍及西欧各地。由于城市所处的具体条件不同,斗争形式和斗争所取得的结果也不尽相同。大体说来,一些比较富庶的城市,常以大笔金钱从领主那里赎买自治权,如法国南部和意大利的一些城市;另一种形式是通过武装斗争获得自由或自治权利,法国东北部有40多个城市是这样取得胜利的,其中琅城的斗争最为突出。

经过曲折复杂的斗争,西欧城市大多摆脱了封建主的直接控制,取得了不同程度的自治权。意大利、德意志和法国北部的一些城市获得了较为充分的自治权,在法国,康布雷、苏瓦松、琅城等一批城市建立了城市公社;在德意志,出现了律伯克、纽伦堡、乌尔姆、奥格斯堡等一批所谓的帝国自由城市。

自治城市享有行政、司法、财政和军事大权。它们自行组建市政机构,审理案件,征收租税,铸造货币,建立军队,决定战争与媾和,俨然是独立的城邦。自治城市只在名义上属于皇帝或大封建主,它们对领主所应尽义务,仅限于纳一定数量的定额捐税,战时提供少量军队。他们根据城市法规选举自己的代议机关、市议会和市政官员。市议会是最高权力机构,城市的一切重大事项由它讨论和投票决定。自治城市的居民全部为自由民,他们可以随意来往、自由支配自己的财产、自由从事商业活动。

但是,并非所有西欧城市都获得了上述那样的自由或自治权。有些城市只取得了某些优惠和特权,如法国的奥尔良、南特、里昂等。英国王权比较强大,城市从未获得过自治权。

(三) 手工业行会

城市兴起之初,手工业者为了对抗封建势力的侵犯,避免新来的逃亡农奴的竞争,保护本行业的共同利益,按行业建立了各自的同业团体组织行会。行会通过市政当局阻挠外来商人和手工业者的活动,又严格规定本行业的制造工艺、产品规格、原料的质地和用量、各作坊人手的多寡,目的是防止有人上升或沦落。行会顽固地不许在行会内部进行分工,也不轻易同意由于分工而建立新行会,这对生产力的发展是不利的。行会正式成员是作坊主,称师傅。作坊内还有学徒,学徒期满成为帮工,这时为师傅干活可取得报酬。帮工通过行会组织的技术考核后取得师傅资格,然后才可以独立开设作坊。

行会的存在是和当时社会生产力发展水平相适应的。在手工业兴起的初期,它保护了小手工业者的利益,为商品生产的进一步发展奠定了基础。行会还参与城市的市政管理,促进手工业者的互助团结,是他们的政治组织和社会组织。

(四) 商业经济

市集是一种规模较大的贸易集市,它不仅是区域性的,而且有时是国际性的贸易交换场所,一般每年举办一次或几次。中世纪西欧著名的市集有:法国的香槟市集、里昂市集,佛兰德尔的布鲁日市集。

随着地区性和国际性贸易的发展,逐渐形成欧洲两大贸易区。地中海贸易区主要经营奢侈品如香料、丝绸、瓷器、宝石、象牙、明矾等,特别是香料贸易占有非常重要的地位。意大利商人在地中海贸易区的东西方国际贸易中起主导作用。北海和波罗的海贸易区主要从事北欧和东欧的转运贸易,经营范围有粮食、木材、盐、毛皮、蜂蜜、鱼类等生产和生活用品,这个北方贸易区把北海和波罗的海沿岸国家联结起来。东欧的罗斯国家也通过诺夫哥罗德与这个贸易区的国家发展贸易关系。

(五) 城市同盟

德意志政治上的分裂状态对国内外工商业的发展极为不利,商人们经常受到封建诸侯和骑士的勒索和抢劫。为保护商路的安全,对付外地商人的竞争,掌握垄断贸易的特权,有共同利害关系的城市,建立了城市同盟。

在 13 至 15 世纪,德意志主要有 3 个城市同盟:南方多瑙河流域有士瓦本同盟;西北方莱茵河流域有莱茵同盟;北方波罗的海沿岸的城市组织汉萨同盟。

1381 年,士瓦本同盟与莱茵同盟合并,参加者是莱茵河沿岸一系列重要城市,还联合了一些诸侯和中小封建主,同盟的宗旨是以武力打击那些在封建主鼓励下骚扰四乡的匪徒。1389 年士瓦本—莱茵同盟在美因斯大主教、勃兰登堡边地侯和条顿骑士团的镇压下瓦解。

汉萨同盟正式成立于 1358 年,最重要的成员是波罗的海沿岸的吕贝克、施特拉尔松、吕恩堡等城市,在鼎盛时期据说有 160 个以上的城市参加,包括德国内地的一些城市。同盟城市完全垄断了波罗的海和北海的贸易,将东欧和北欧各国的木材、粮食和其他农产品等运到西欧,再把西欧的呢绒、金属制品和奢侈品等运往斯堪的纳维亚、波兰和俄国。14 世纪 60 年代和 70 年代,汉萨同盟的军队同丹麦国王开战,迫使丹麦在 1370 年订立《施特拉尔松和约》,承认同盟商人的一切特权,同意同盟的船只可以在松德海峡自由航行。15 世纪以后,随着新航路开辟和欧洲国际贸易中心的转移,随着西、英、法等民族国家和专制王权的形成,汉萨同盟的势力日益衰落。16 世纪中叶,荷兰控制了北海和波罗的海的贸易,逐渐取而代之。1669 年,汉萨同盟正式解散。

(六) 城市兴起的影响

从经济方面来看,城市和商品经济的发展,极大地冲击着农村的自然经济。从 13 世纪起,西欧许多国家的劳役和实物地租逐渐被货币地租取代,英国的货币地租甚至占了支配地位。从政治方面来看,城市兴起的政治影响是巨大的,市民要求为工商业的发展创造有利的条件,反对封建割据,支持国家统一和王权强化,13、14 世纪的英国和法国先后形成议会君主制,实现王权的强化,逐渐形成了以强大王权为基础的民族国家。从思想文化方面来看,城市的兴起和繁荣,也引起文化方面的巨大变动,反映市民利益的世俗文化逐渐发展,唯名论哲学和罗马法开始复兴,并为文艺复兴和宗教改革的兴起创造了条件。

五、中世纪基督教文化

(一) 欧洲的基督教化

整个欧洲的基督教化是由法兰克王国和拜占庭帝国经过几个世纪的长期努力才最后完成的。查理大帝时代(768—814 年)是西欧地区基督教化广泛深入发展的历史时期。查理曼帝国解体后,西法兰克和意大利基本上已经基督教化。德意志神圣罗马帝国的国王和皇帝,随着领土的扩张把基督教传给匈牙利人、斯拉夫人和丹麦人,同时又有大批信仰基督教的德意志人移居东方和北方。中欧和北欧地区大约在 10—11 世纪实现了基督教化。

东欧和巴尔干地区的基督教化是由拜占庭帝国希腊正教教会完成的。随着拜占庭的势力向北方扩张,基督教也传到巴尔干和东欧各地。保加利亚在 9 世纪、基辅罗斯在 10 世纪先后皈依了东正教,经过长期的历史过程,东欧也逐步实现了基督教化。

西罗马帝国灭亡后,东方教会希腊化、西方教会拉丁化的趋势异常明显。因此,经过长期的发展过程,东方教会具有注重神学理论和神秘主义化的特点;西方教会则具有伦理化、法律化和讲求实际的特点。1054 年,东西方教会正式分裂,东方教会自称为正教,亦称东正教、希腊正教;西方教会自称公教、世界宗教,亦称罗马公教。

(二) 西欧教会的统治

1. 教阶制和修院

西欧封建教会沿用古代罗马基督教会的教阶制为组织原则,以大主教和主教为教会高级主管教士,分别管辖大主教区和主教区。教会的基层组织是乡镇的教区,由教区神父负责管理。

在各级教区之外,教会组织还有另一种组织形态,即集体隐居修行的修士所组成的修院。529 年,圣本尼狄克在那不勒斯附近的卡西诺山创立一所修院,后又制定了《修士守则》,即修院院规,主要内容是修士必须放弃个人财产、绝对服从修院院长和坚持集体隐修生活。

2. 圣礼与什一税

基督教诸圣礼是教会掌握民众的重要手段。早期基督教的圣礼比较简单,只有洗礼和圣餐礼两种。洗礼原是流行于中东的宗教洁净仪式,经基督教采用为入教仪式,新生婴儿或改信基督教者均须受洗。弥撒的主要内容是圣餐礼,即由教士给教徒分发少许面饼和葡萄酒,分别象征基督的身体和血,依次受餐如仪。

1215年,教皇英诺森三世主持召开"第四次拉特兰宗教会议",确定基督教圣礼为洗礼、坚信礼、婚礼、弥撒、忏悔、神职授任礼和临终涂圣油礼七项,要求每个教徒每年至少向神父忏悔一次、做弥撒一次。

教会规定俗人应纳什一税,把收入的十分之一交给教会。教区神父也负责征收什一税,收来后分成四份,分别用来上交主教、救济穷人、维持神父及其助手的生活和修缮本地教堂。

(三) 格里高利改革与教权的加强

910年,阿奎丹公爵威廉划出他的一块猎场创立克吕尼修院,呼吁世俗封建主尊重教会和修院的自主权力。克吕尼修院的另一特点是要求修士严守经过修订的圣本尼狄克院规,注重提高修士的文化水平和神学修养,以便在宗教上和政治上给世俗统治者以更有力的支持。到11世纪前期,服从克吕尼院规的修院已遍及英、法、德和西欧其他地区,组成修院的联合组织——修会。

克吕尼派修士积极推行他们的主张,在教会内部发动了一场改革运动。他们所推行的教会改革,历史统称为"格里高利改革"。1059年,教皇在拉特兰宫召开会议,规定教皇只能由掌管罗马近郊几个大教堂和教廷各部的枢机主教选举产生,重申教士不得结婚这一教会纪律,禁止教士以任何方式从俗界接受教会职务。

教皇的权势在改革以后仍时有消长,在英诺森三世(1198—1216年)任教皇时达到顶峰,这时形成了一系列具有中央集权性质、有利于教皇的教会管理制度。英诺森三世还整顿和扩大教皇宫廷的机构,并改进教皇使节制度,不再委任各地大主教兼任教皇使节,改派枢机主教监督各地教会。各地主教则应负责巡视下属教区和修院,随时撤换不称职的神父和修院院长。这一套制度为教皇干预地方教会事务和主教的任命开了方便之门。1199年,英诺森三世曾向各地教会征税,教皇在全西欧范围内的征税权自此始,教皇的财政收入因此大为增加。英诺森三世还曾迫使英王约翰纳贡称臣,干预德意志的皇位继承,组织发动了第四次十字军东征,并号召和支持封建主镇压法国南部的阿尔比派异端。

(四) 异端运动

异端运动以法国南部的阿尔比派、意大利北部的使徒兄弟派最为著称。

1. 阿尔比派(法国南部)

阿尔比派异端在12—13世纪流行于法国南部以阿尔比城为中心的地区。主张善恶二元论,认为世间物质的东西都是邪恶的;灵魂得救,摆脱罪恶才是高尚的;抨击教会财产,否定教会特权。它包括华尔多派和纯洁派两个支派。华尔多派的创立者是里昂商人彼得·华尔多,该派反对教会聚敛财富,主张每个人要像使徒一样过清贫的生活,他们否认以教皇为首的教阶制,反对到教堂做礼拜,坚持每个信徒都可宣传福音和举行圣礼。纯洁派得名于希腊文"纯洁"一词,其基本思想就是主张纯洁的灵魂与罪恶世界的对立。1208年,教皇英诺森三世组织十字军镇压,阿尔比派运动被绞杀。

2. 使徒兄弟派(意大利北部)

1260年,悉加列利在意大利北部的帕尔玛创立"使徒兄弟派",成员以兄弟姐妹相称,并实行财产公有。教皇派兵,疯狂镇压,1300年,悉加列利被捕烧死,其弟子多里奇诺和女修士玛格丽特继续领导这个运动。1304—1307年,意大利发生了多里奇诺农民起义。使徒兄弟派宣传千年王国不久会真的在人间实现,而多里奇诺号召为实现这一千年王国,要用强力推翻现存政权,消灭教皇、主教、僧侣等。他的宣传吸引了许多民众,在意大利西北部的皮埃蒙特的阿尔卑斯山中建立了自己的根据地。1307年,这次起义终被残酷镇压,多里奇诺及许多他的同伴英勇牺牲。

在14世纪的英国,已经出现两个鲜明不同的独立"异端",即以约翰·威克利夫为代表的市民派和以约翰·保尔为代表的农民平民派。

(五) 西欧封建文化

1. 七艺

中古前期,特别是城市学校和大学兴起以前,天主教会完全垄断了西欧的教育。当时的学校都设在教堂和修院里,学生主要是教士。初级学校主要讲授拉丁语和宗教仪式,中等学校则讲授文法、修辞、逻辑、算术、几何、天文和音乐,被称为"七艺"。七艺完全是根据宗教的需要而设置的,如文法是为了明确圣经的语法,修辞是为了训练传经布道的辩才等。这些学校主要是培养教士和封建统治者需要的人员。

2. 教父哲学

在4—5世纪,西方教父学出现了三位杰出的哲学家:奥古斯丁、安布罗斯和杰罗姆。安布罗斯(约339—397年),罗马帝国驻高卢总督之子,曾任米兰主教、皇帝狄奥多西一世的顾问。认为教会不属于国家,主张教会独立。主要著作有《论神职人员的使命》和《论信德》等。杰罗姆(约342—420)出生于罗马帝国巴尔干地区斯特利敦,曾把圣经译成通俗拉丁文本(405年),撰写圣经注疏和神学著作多种。

奥古斯丁(354—430年)是古罗马教父哲学的主要代表者和集大成者,主要著作有《忏悔录》、《论上帝之城》和《三位一体论》等。奥古斯丁的著作几乎对基督教神学的重大命题都做了论证,用新柏拉图主义哲学论证基督教教义,把哲学和神学结合起来,使教义更加理论化、系统化。奥古斯丁学说奠定了中世纪神学的基础,为西欧的教权至上提供了理论依据,以后的基督教各派神学和哲学都有影响。

3. 经院哲学

经院哲学是西欧封建统治阶级和天主教会的御用哲学。它起源于古代的教父哲学,是教会神父用以论证教义的神学理论。北非波希城主教奥古斯丁在《论上帝之城》一书中,利用古代哲学来解释基督教教义,奠定了基督教神学的基础,成为教父哲学的最高权威。

经院哲学产生于11世纪,13世纪达到顶峰,14世纪以后渐趋衰落。经院哲学是用古代哲学理论论证基督教教义,使其更加理论化、思辨化。它轻视经验,反对实践,只是从既定的教条演绎出空洞的结论,是哲学化的神学唯心论体系。最大的经院哲学家是意大利人托马斯·阿奎那(1225—1274年),被称为"神学之王"。他著有《神学大全》,是经院哲学的百科全书。他主张一切知识都是为了论证上帝的存在和伟大,否则任何知识都是罪恶。托马斯创立了"宇宙秩序论",强调宇宙的秩序和社会上人们不同等级的划分,皆为上帝有意安排的。人们对上帝的安排只能服从,不能更改。这种秩序论实质上是维护教会权威和封建秩序。

在经院哲学的范围内有唯名论和唯实论的斗争。争论的焦点是关于一般概念和个别事物的关系问题。唯实论者认为一般概念是先于个别事物而独立存在的精神实体,把一般概念看做第一性的,把个别事物看做第二性的,这是客观唯心主义理论。唯名论者与其相反,认为个别事物是先于一般概念而存在的,一般概念不过是事物名称,因而具有唯物主义倾向。唯名论同唯实论的斗争虽然是经院哲学内的派别斗争,但也是封建社会内部矛盾和阶级斗争在哲学上的反映,因此它具有重要的社会意义。

4. 哥特式教堂

哥特式教堂建筑物是12、13世纪西欧艺术主要的表现形式。这时的大教堂一般用石头建造,还用雕刻和绘画加以装饰。高耸入云的教堂尖塔和透过彩色玻璃从高处射进教堂内部的阳光象征着教徒期望接近上帝并最终进入天堂的愿望。

5. 拉丁语

拉丁语是中古西欧正规的书面语言,哲学、神学和法学著作,教会和国家的文件都用拉丁语书写。12世纪以后,世俗国家的文件逐渐开始使用本民族语言,但拉丁语直到18世纪仍是西欧通用的学术语言。

6. 文学

宗教文学是宣传基督教神学和教义的文学,基本内容是宣扬上帝至高无上,歌颂基督的伟大,颂扬圣徒、苦行僧、朝圣香客及殉道者的光辉业绩。比较有名的作品有法国的《耶稣受难记》、《亚当的故事》和《愚人节》等。

世俗文学就其思想倾向,可分为英雄史诗、骑士文学和城市文学。英雄史诗是在民间流传的英雄事迹和口头传说的基础上形成的。著名的作品有英国的《贝奥武甫》、法国的《罗兰之歌》、德国的《尼伯龙根之歌》。骑士文学主要是歌颂骑士对封建主的忠诚和勇武,11世纪末至14世纪在西欧广泛流传,最著名的作品是《破晓歌》。城市文学是反映市民要求的文学,其中《列那狐》俏皮地讽刺了封建贵族和教士,《玫瑰传奇》则透露出一种讲究实际的生活态度。

本章重、难点提示

一、重点掌握名词

法兰克王国	加洛林王朝	封土制度
克洛维	丕平献土	骑士制度
墨洛温王朝	君士坦丁赠礼	封建庄园
《萨利克法典》	查理帝国	农奴制
普瓦提埃战役	凡尔登条约	诺曼征服
采邑制	封君封臣制度	《末日审判书》

金雀花王朝	瓦特·泰勒起义	圣礼
盾牌钱	神圣罗马帝国	克吕尼修院
自由大宪章	卡诺莎觐见	格里高利改革
牛津条例	《沃尔姆斯宗教协定》	英诺森三世
模范国会	《黄金诏书》	阿尔比派
阿维农之囚	再征服运动	使徒兄弟派
三级会议	十字军东征	七艺
英法百年战争	拉丁帝国	教父哲学
阿金库尔战役	行会	奥古斯丁
圣女贞德	士瓦本-莱茵同盟	经院哲学
红白玫瑰战争	汉萨同盟	托马斯·阿奎那
扎克雷起义		

二、论述题

1. 论述查理·马特的采邑制改革及其影响。参见本章一、(三)。
2. 简述封君封臣制的主要内容及其意义。参见二、(一)。
3. 简述英法百年战争的过程及其对两国的历史影响。参见三、(二)。
4. 简述中世纪德意志皇权与教权的斗争。参见本章三、(三)。
5. 论述十字军东征的背景、经过及其历史影响。参见本章三、(六)。

第八章　伊斯兰文明的兴起与扩张

考点详解

一、伊斯兰教的兴起

(一) 早期阿拉伯社会

伊斯兰教产生以前,阿拉伯半岛社会发展不平衡,居住在半岛中部和北部从事游牧的阿拉伯人,叫作贝都因人。与北方不同,南方的社会经济基础是农业。居住在南部也门地区的早期阿拉伯人(塞白人),早在公元前数世纪就建立了文明昌盛的塞白国家。公元前2世纪末,希米亚人取代塞白人统治了南阿拉伯。4—6世纪,北方的两个大帝国拜占庭和波斯萨珊王朝以及东非的埃塞俄比亚王国,为争夺也门国际商路的控制权,进行了旷日持久的战争。525年,埃塞俄比亚占领也门,希米亚国灭亡,575年,波斯人驱逐埃塞俄比亚人,成为也门的统治者。

早期阿拉伯人信仰多神教,每个氏族部落都有其崇拜的自然物和偶像。由于受到古代宗教以及犹太教和基督教的影响,一神教观念日益发展。到伊斯兰教产生前夕,具有一神教意义的哈尼夫运动扩展到阿拉伯各地。哈尼夫运动反对多神崇拜,提倡隐修,以求"与神合一",穆罕默德受其影响,创造了伊斯兰教。6世纪后期,麦加成为阿拉伯半岛经济文化的中心,而伊斯兰教正是在这里产生的。

(二) 伊斯兰教及其基本教义

伊斯兰教创立者穆罕默德(约570—632年),出身于古莱西部落哈希姆家族。他受当时流行于阿拉伯半岛各地的犹太教、基督教和哈尼夫运动的影响,厌恶偶像崇拜,倾向于一神的信仰。610年,穆罕默德自称为安拉的使者,并把古莱西部落神安拉提高到全民族唯一真神的地位,从而创立了伊斯兰教。"伊斯兰"一词,原意为顺从,指顺从安拉的意志。信仰伊斯兰教者,称为"穆斯林",意为独尊安拉、服从先知的人。

伊斯兰教基本教义分为宗教信仰和宗教义务两个方面。宗教信仰包括六项基本信条:(1)信仰安拉是唯一的神(信安拉);(2)信仰穆罕默德是安拉的使者(信使者);(3)信天使;(4)信《古兰经》是安拉的"启示"(信经典);(5)信宇宙间一切事物皆为安拉前定(信前定);(6)信"死后复活"即"末日审判"(信末日)。

宗教义务包括五项基本功课,简称"五功":(1)念功。口涌:"万物非主,唯有真主。穆罕默德,真主使者"。

（2）拜功。穆斯林每天面向麦加方向祈祷五次,每周五到清真寺参加集体礼拜,称聚礼或主麻礼。（3）斋功。每年回历 9 月斋戒一个月,每天从黎明到日落禁止饮食和房事等。（4）课功。即交纳天课,以帮助穷人,资助伊斯兰宣教人员。起初是自愿捐献,后来逐渐发展成一种财产税。（5）朝功。即身体健康有经济能力的成年穆斯林在一生中有义务去麦加朝觐一次。

穆斯林以《古兰经》为经典,他们认为它是安拉的启示,是神圣无误的永恒真理。《古兰经》规定了伊斯兰教的基本信仰、教法、宗教义务和作为穆斯林必须恪守的道德规范。因此,《古兰经》不仅是伊斯兰教经典,也是阿拉伯国家关于宗教、政治、经济、军事和法律制度的经典。

（三）阿拉伯半岛统一国家的形成

伊斯兰教独尊独一无二的安拉,反对多神信仰和偶像膜拜。伊斯兰教的发展,直接威胁着麦加商人贵族的利益,因为它将使克尔白失掉其为宗教中心的地位。以苏非扬为首的麦加贵族,坚决反对伊斯兰教,他们采取各种手段迫害穆罕默德及其信徒,多次对穆斯林施加暴行。

当穆罕默德及其信徒在麦加遭受迫害时,麦地那的穆斯林派出代表,邀请穆罕默德前往麦地那。穆罕默德派遣信徒先行,他本人和少数亲信于 622 年逃出麦加,迁往麦地那,伊斯兰教称这一迁徙事件为"希吉拉"（旧译"徙志"）。后确定希吉拉为伊斯兰教纪元,并以迁徙的那一年作为阿拉伯太阴历的岁首（公元 622 年 7 月 16日）,即伊斯兰教历元年元旦。希吉拉是阿拉伯历史发展的一个重要转折点,它对伊斯兰教的胜利和阿拉伯统一国家的形成,具有决定性意义。

穆罕默德迁到麦地那后,便以此为根据地,把从麦加迁来的穆斯林（称为迁士）和麦地那的穆斯林（称为辅士）组织起来,建立了一个以共同信仰为基础的宗教社团"乌马",即穆斯林公社。"乌马"的组织条例共 47 条,称为《麦地那宪章》。其主要内容是,在公社内不分氏族部落,穆斯林皆以兄弟相待并互相援助;公社内部禁止互相仇杀,如有争议须请神或先知予以调解;维护社会秩序,保障私人财产权,对非法侵害他人财产者,予以严惩;为信仰真主受害或牺牲的人,全体公社成员必须为之复仇;犹太部落在遵守宪章的条件下,准其维持原来的信仰,并和穆斯林一样受法律保护等。

穆斯林公社既是宗教社团,又是军事和行政组织,实际上是政教合一的阿拉伯国家的雏形。在公社内,穆罕默德不仅是宗教领袖,同时也是政府首脑和军事统帅。后来的哈里发国家,就是在这个基础上发展起来的。

穆斯林公社建立以后,穆罕默德依靠穆斯林的支持,积极图谋发展和扩大伊斯兰教势力。624 年 3 月,穆罕默德率穆斯林武装袭击麦加古莱西贵族的商队,双方于麦地那西南的白德尔附近展开了激战。穆斯林军队在宗教狂热的鼓舞下,以少胜多,取得了胜利。此战大大提高了穆罕默德的声望。

627 年,麦加贵族联合贝杜因等 11 个部落,组成了一支万余人的武装队伍,大举进攻麦地那。穆罕默德利用麦地那三面环山的天险,在城北挖一条壕沟,据城坚守,史称"壕沟之战"。敌军围城一月不下,给养发生困难,被迫撤军。穆罕默德乘势追击,俘虏 400 余人,大获全胜。壕沟之战的胜利,被认为是得到"神助"的结果。

从此,穆罕默德和伊斯兰教的影响大增,附近的贝杜因部落纷纷皈依伊斯兰教。628 年,双方议和,订立了休战条约,麦加方面允许穆罕默德及其信徒每年有 3 天时间到麦加朝觐克而白。630 年 1 月,穆罕默德率万名穆斯林武装进驻麦加。麦加古莱西贵族迫于形势,宣布承认穆罕默德的权威,接受伊斯兰教。麦加的归顺,标志着伊斯兰教在阿拉伯半岛的胜利。此后,穆罕默德又征服了其他许多地区和部落,至 632 年,阿拉伯半岛大体上归于统一。

二、阿拉伯帝国

（一）初期四位哈里发及其扩张

穆罕默德死后,各派穆斯林为争当继承人展开了激烈的斗争。经过迁士和辅士之间的协商,穆罕默德的岳父和密友阿布·伯克尔被推举为阿拉伯国家第一任哈里发（632—634 年）。"哈里发"阿拉伯语意为先知的代理人或继承人,是集宗教、军事和行政大权于一身的阿拉伯国家元首。阿布·伯克尔在镇压内部反叛以后,向叙利亚方面发动了扩张战争,并成功地占领了加沙地区。

欧麦尔继位为第二任哈里发（634—644 年）。在他的任期内发动了阿拉伯历史上空前未有的大征服运动。635 年,分兵两路,对拜占庭和波斯帝国展开了全面进攻。东路大军在号称"真主之剑"的哈利德将军率领下,在雅穆克河畔一举歼灭了拜占庭 5 万大军,占领了叙利亚首府大马士革。雅穆克战役的胜利,极大地鼓舞了阿拉伯人的扩张欲望。637 年,卡迪西亚一战,力挫波斯军队,占领伊拉克。642 年,尼哈温战役彻底击溃了波斯军队,消灭了具有 1 200 多年文明史的波斯帝国。与此同时,由阿穆尔率领的西路大军,也是捷报频传。640 年攻入埃及。以后在科普特人的支持下不断取得胜利。642 年占领开罗,整个埃及纳入哈里发国家的版图。

第三任哈里发奥斯曼(644—656 年)继续进行扩张战争,先后征服呼罗珊、亚美尼亚、阿塞拜疆以及北非的利比亚等地区。656 年 6 月,奥斯曼被刺杀,阿里继立为第四任哈里发(656—661 年)。但是,以叙利亚总督穆阿维叶为首的倭马亚家族,拒不承认阿里政权。不久,拥护阿里的人发生分裂,一部分不满阿里政策的下层穆斯林脱离什叶派,另建军事民主派(哈瓦立吉派),661 年,军事民主派刺杀阿里。叙利亚总督穆阿维叶乘机夺取了哈里发的权位,开创阿拉伯帝国。

(二)倭马亚王朝及其扩张

1. 倭马亚王朝的建立

661 年穆阿维叶依靠埃及和叙利亚穆斯林大贵族的支持,在大马士革建立了倭马亚家族的哈里发政权,史称倭马亚王朝(661—750 年)。此后,哈里发不再选举产生,而由倭马亚家族世袭。倭马亚王朝旗帜尚白,中国史籍称为"白衣大食"。倭马亚王朝建立之初,一些阿拉伯贵族拒不承认它的统治。什叶派另立阿里之子侯赛因为哈里发。侯赛因死后,阿卜杜拉(第一任哈里发阿布·伯克尔之孙)据麦加独立,自称哈里发,并得到阿拉伯半岛和伊拉克等地反倭马亚政权的各派势力支持。经过长期的内战,到 692 年,倭马亚王朝终于消灭阿卜杜拉的反叛势力,平息了内乱,巩固了政权。

2. 倭马亚王朝的扩张

倭马亚王朝继续执行对外扩张政策。东线大军于 664 年占领阿富汗首城喀布尔,然后挥师北上,侵入中亚。先后征服布哈拉、撒马尔罕和花剌子模等广大地区,直至帕米尔始为中国唐朝军队所阻。与此同时,东方战场的另一支阿拉伯军队,攻入印度河流域,占领信德。在北非,侵入突尼斯,攻陷迦太基,消灭在北非的拜占庭人残余势力。接着,阿拉伯人把接受伊斯兰教的柏柏尔人组成骑兵,越过直布罗陀海峡,攻入欧洲。711 年,阿拉伯人消灭西班牙的西哥特王国,征服伊比利亚半岛。但是 732 年在普瓦提埃附近被法兰克王国宫相查理·马特的军队击败。至此,阿拉伯人基本上结束了大规模的征服运动。

初期四任哈里发和倭马亚王朝的两次大规模征服运动,为阿拉伯帝国奠定了疆域基础。到 8 世纪前半叶,阿拉伯帝国基本形成。它的版图,东起印度河和帕米尔高原,西至大西洋的比斯开湾,南自尼罗河下游,北达里海和咸海南缘,横跨亚、欧、非三大洲的土地,是当时世界上领域最大的帝国。

3. 倭马亚王朝的统治制度

阿拉伯帝国在麦地那国家的基础上,仿照东方国家的君主专制政体,建立了一整套完整的统治机构。哈里发集各种大权于一身,他是帝国的最高行政首脑、军事统帅和宗教领袖。在哈里发以下,设各部大臣,辅佐哈里发分掌行政、财政和宗教等方面的事务,其中以掌管财政、税务的部门最为重要。地方行政,全国分为 9 省(后来改为 5 省),行省总督称艾米尔,由哈里发任命,掌全省军政大权,具有相当大的独立性。另有税务官掌全省的税收,直接对哈里发负责。行省的宗教首领由总督或地方法官兼任。帝国以伊斯兰教为国教,阿拉伯语为通用语言,铸金币第纳尔和银币第尔汗流通全国。

(三)阿拔斯王朝及其统治制度

1. 阿拔斯王朝的建立

747 年,呼罗珊爆发阿布·穆斯林领导的人民大起义,阿布·阿拔斯利用起义推翻了倭马亚王朝的统治。750 年,阿拔斯在库法称哈里发(750—754 年),建立起以伊位克和伊朗封建贵族为主要支柱的阿拔斯王朝(750—1258 年),762 年迁都巴格达。阿拔斯王朝旗帜尚黑,我国史书称之为"黑衣大食"。幸存的倭马亚王朝后裔阿布杜勒·拉赫曼逃到西班牙,以科尔多瓦为中心建立独立的国家,史称后倭马亚王朝或科尔多瓦哈里发国家(756—1492 年)。

2. 阿拔斯王朝的统治制度

阿拔斯王朝在倭马亚王朝行政制度的基础上,参照萨珊王朝波斯帝国的行政体系,建立了一套专制主义的官僚体制。哈里发是独揽政治、军事和宗教大权的专制君主,他的权力是神圣不可侵犯的。官僚机构的最高行政长官,称"维齐尔",即首相。维齐尔由哈里发从亲信中选任,辅佐哈里发总理万机,权力极大。首相以下有各部大臣,分掌各部门的行政事务,重要的部有财政、驿站、司法、工商、农业和军事等。

地方建制,全国分为 24 个行省,省以下设县。各省总督由哈里发任命,掌全省军政大权(财政除外),地位显赫。但总督必须接受哈里发派驻各省的钦差大臣的监督。哈里发视财政收入为帝国的命脉,财政大臣和派驻各省的财政总监都由哈里发任命。财政总监的任务是测量土地和调查、统计人口,据以征收各种赋税。财政总监不受行省总督的辖制,直接对中央负责。

在阿拉伯帝国,宗教信仰和礼仪同民法、刑法和国家法密切结合。伊斯兰教教法"沙里亚"就是立法的基础,它的内容包括宗教、政治、社会、家庭、个人生活准则,以及民事和刑事等各个方面,是穆斯林必须遵行的法规。

阿拔斯王朝的军队与倭马亚王朝的军队不同,它不是以阿拉伯部落组成的军队为基础,而是在各地、各民族中征募,经过严格训练,领受军饷的正规军和常备军。它的核心是由波斯的呼罗珊人组成的近卫军,包括骑兵队、步兵队和弓弩队。

全国土地分为什一税地和贡税地两种。前者是哈里发赐予阿拉伯王公贵族的土地,只征收1/10的天课,其他捐税一律免除。后者即贡税地是一般地主的土地,征收全部贡税,阿拔斯王朝为了增加租税收入,把前朝"按人定税"的租税制度改为"按地定税"的租税制度,即不管什么人占有什一税地或贡税地,一律按所占土地征收什一税或全额贡税,而且租税不再以面积而以土地生产额作为纳税的基准。耕作什一税地和贡税地的农民,须向地主交纳收获的1/2的高额地租。

白益王朝剥夺了从前军人总督、高级官僚和大商人的包税特权,把它转给本朝军人,并开始对现役军人授予"伊克塔"(采邑),作为其服役的俸禄。伊克塔封建主一般只享有对该土地的征税权而没有土地所有权和行政支配权,并且不能世袭,伊克塔的大小和占有时间的长短,皆由白益王朝最高统治者的意志决定。受领伊克塔的军人封建主,其部下是从政府领受伊克塔或年俸,这是白益王朝军事伊克塔的特点。军事伊克塔制奠定了军人统治体制的基础,改变了阿拉伯帝国官僚统治体制的传统。

3. 阿拔斯王朝的社会矛盾

随着阶级矛盾的深化,9世纪中叶以后,人民起义遍及全国。其中最大的几次起义是:

(1)巴贝克起义(816—837年)。巴贝克是一个虔诚的胡拉米派教徒,见识过人,精明强干,后来成为胡拉米派的首领。胡拉米教是8世纪后期产生于中亚胡拉米(因而得名)地方的一个教派,该派受琐罗亚斯德教(祆教)的影响,认为世界存在着善恶二神,一切暴力、压迫和社会不平等,都是恶神造成的。主张同这种不公正的社会制度进行斗争,要求土地公有,取消捐税和徭役,建立平等公正的社会。816年,巴贝克在阿塞拜疆拉恩和比勒干地区率众起义。837年,巴贝克被叛徒出卖,起义群众遭到残酷镇压,坚持20多年的巴贝克起义,最终失败了。

(2)黑奴起义(869—883年)。869年3月,在巴士拉附近爆发了震撼全国的黑奴大起义。领导黑奴起义的领袖阿里·伊本·穆罕默德,是伊斯兰教哈瓦立吉派(军事民主派)的穆斯林。883年8月,穆赫塔赖陷落,伊本·穆罕默德被杀,坚持斗争14年之久的黑奴大起义,终于失败了。

(3)卡尔马特派起义。卡尔马特派是在黑奴起义过程中,由什叶派的伊斯玛仪派的信徒建立的秘密的教派组织。相传因创始人阿布·阿布杜拉的绰号"卡尔马特"而得名。该派承认伊斯玛仪派的领导,反对逊尼派哈里发政权,主张财产共有,社会平等。890年左右,该派在哈马丹·卡尔马特领导下于伊拉克南部库法附近举行起义,899年,在波斯湾西岸巴林建立国家,都艾赫萨。卡尔马特国家存在了两百余年,大约在12世纪衰亡。

(四)阿拉伯帝国的衰亡

阿拔斯王朝内部的阶级矛盾、民族矛盾和统治集团内部的矛盾错综复杂,统治者日益腐化,许多地方先后脱离阿拔斯王朝而独立,如西班牙的后倭马亚王朝,埃及和叙利亚的图伦王朝和北非的法蒂玛王朝。阿拔斯王朝统治下的阿拉伯帝国版图日益缩小,仅剩下巴格达周围美索不达米亚的一部分,突厥族马木路克近卫军将领控制着哈里发政府实权。1055年,塞尔柱突厥人侵入巴格达,哈里发的政治权力被解除,仅保留其宗教领袖地位。1258年,随着蒙古人的西征,阿拔斯王朝灭亡,阿拉伯帝国彻底瓦解。

三、阿拉伯文化及其传播

(一)伊斯兰教的发展

1. 什叶派与逊尼派

"什叶"一词为阿拉伯语音译,即指拥护阿里的派别。阿里是穆罕默德的堂弟及女婿,在争夺伊斯兰教继承权斗争中,阿里的追随者逐渐形成该派。因此该派以拥护阿里及其后裔担任穆斯林领袖(称伊玛目)为特征,只承认阿里一人是穆罕默德合法继承人,即哈里发,否认阿布·伯克尔、欧麦尔、奥斯曼的哈里发地位。

在教义方面,除信安拉、《古兰经》和穆罕默德外,非常推崇伊玛目,认为伊玛目是继穆罕默德之后穆斯林世界的领袖,受安拉护佑,只有阿里及其后裔才足以担任,最后一代伊玛目已经隐遁,将以救世主马赫迪身份再现。相信经典的天启性,认为《古兰经》有隐义,只有通过伊玛目的秘传,信徒才能知其奥秘。施行塔基亚原则,即受迫害时可以隐瞒其信仰。在教法原理方面,以《古兰经》和《圣训》为基础,并以伊玛目的判断为立法主要依据,反对"公议",注重教法学权威。由于该派教义上的分歧,又分成许多支派,如伊司马仪派、宰德派等。

逊尼派是伊斯兰教最大的教派,亦称正统派。全称为"逊奈和大众派",为"遵守逊奈者"。逊奈,指根据先知穆罕默德及其弟子的言行汇编而成的宗教典籍,被视为伊斯兰教立法的重要基础之一。该派既信仰《古兰经》,也遵守"逊奈",故名逊尼派。该派是在穆罕默德死后的争夺哈里发权位的斗争中所形成,是伊斯兰教中人数最多的派别。该派在政治上承认四大哈里发为穆罕默德的合法继承人,拥护历代哈里发当权派的统治,其主张代表各个时期封建主阶级的利益和愿望,故得到历代哈里发的支持,发展很快,被称为"正统派"。

2. 苏非主义

苏非主义并非独树一帜的宗教派别,亦无统一的社会组织,而是从禁欲主义发展起来的。融神秘主义、神智教和泛神论为一体的苏非主义,代表穆斯林的一种处世哲学和行为方式。由于参加者身穿粗制羊毛服装,表示简朴和苦行,所以被称为"苏非派"。阿拉伯语的"苏非"一词,就是"羊毛"的意思。他们中一部分人尊崇什叶派伊斯兰教,但是更多的人属于逊尼派穆斯林。苏非主义采取隐遁的消极形式,在伊斯兰世界广泛扩展,颇具影响。

（二）阿拉伯文化的主要成就

1. 天文学和数学

阿拉伯人十分重视天文学研究,他们在巴格达和大马士革、科尔多瓦、开罗、撒马尔罕等城市都设有当时最先进的天文台,利用天球仪、地球仪、日晷仪、星盘仪等精密天文仪器进行系统的观测。花剌子密制定的《天文表》,成为东西方各种天文表的蓝本;白塔尼比较准确地确定了黄道,回归年和四季之长,他编制了《萨比天文表》。

在数学方面,阿拉伯数字、零的使用和十进位法虽然不是阿拉伯人的首创,但他们在改进和传播上起了很大作用。阿拉伯人通过西班牙将印度数学传入欧洲,以代替繁琐的罗马数字,并使阿拉伯数字在全世界流传开来。阿拉伯最著名的数学家和天文学家是花剌子密。他所著的《积分和方程计算法》是第一部代数学专著,直到16世纪仍是欧洲大学里使用的课本。

2. 医学

拉齐斯和阿维森纳是阿拉伯医学两位杰出的代表。拉齐斯(865—925年)著有《医学集成》、《精神疗法》、《天花和麻疹》等,被誉为"阿拉伯的盖伦"。阿维森纳(即伊本·西那,980—1037年)是杰出的医学权威,被誉为"医中之王"。他的名著《医典》是阿拉伯医学的结晶,是当时世界上最高水平的医学著作。《医典》是一部医学百科全书,不仅有医学原理及治疗方法,而且还有药学专章。

3. 文学与艺术

文学名著《天方夜谭》是阿拉伯文化宝库的瑰宝。《天方夜谭》又名《一千零一夜》,该书起初由哲海什雅里起草,以6世纪波斯故事为蓝本,吸取印度、希腊、埃及等地的寓言童话、恋爱故事、冒险传说、名人轶事等,10世纪中叶初步形成,16世纪最后编定。书中故事集中地反映了阿拉伯各族人民的社会生活和风俗习惯,表现了他们丰富的想象力和智慧。

查希兹和哈利利是散文作家的杰出代表。查希兹的代表作《动物书》,哈利利的名著《麦噶麻特》。

阿拉伯的艺术,以建筑艺术最具特色,并且集中地表现在清真寺的结构和装饰方面。清真寺以圆顶寺为主体,大马士革清真寺和萨马拉清真寺,是阿拉伯帝国早期和晚期清真寺建筑的典型代表。阿拉伯建筑艺术对欧洲,尤其对西班牙产生了明显的影响。

4. 历史与地理

阿拉伯帝国时期,历史学和地理学的研究也达到了很高的水平。泰伯里、马苏迪和伊本·艾西尔是阿拉伯历史学家的杰出代表。泰伯里的名著为《历代先知与帝王史》和《古兰经注》。前者是一部世界编年通史,从真主创世至915年止。《古兰经注》被公认为《古兰经》注释的权威,其中保存了许多有价值的史料。

马苏迪是杰出的历史学家和地理学家,被誉为"阿拉伯的希罗多德"。代表作《黄金草原》30卷,依朝代、帝王、民族等项目叙事,是记事体的代表作,它自创世开始叙述到 947 年,叙述了帝国境内的历史、地理、社会风俗等多方面内容。

天文学家花剌子密,也是杰出的地理学家。他编写的《地形学》,是阿拉伯的第一部地理学专著。胡尔达兹贝著有《道程及郡国志》(又译《省道记》),是研究当时东西交通及商业贸易的重要参考文献。麦格迪西几乎游历了整个伊斯兰世界,著有《各地知识的最佳分类》,很有学术价值。雅古特编著的《地名辞典》,内容广泛,除地理学外,还涉及许多自然科学,材料十分宝贵。

5. 哲学

阿拉伯哲学,是以伊斯兰教教义学为基础,吸收东西方主要是吸收希腊的某些哲学思想而形成的哲学体系。阿拉伯哲学家,把柏拉图和亚里士多德的哲学思想同伊斯兰神学,把新柏拉图的"流出说"同伊斯兰教的真主"神质"观念加以糅合,从而形成了独具特色的阿拉伯哲学。早期著名哲学家有金迪、法拉比、阿维森纳等。阿拉伯哲学发展形成许多派别。各派的主要分歧是,关于"天启"(神的启示,即《古兰经》)在伊斯兰教义中的地位以及它与理性的关系问题。

(三) 阿拉伯文化的历史意义

阿拉伯学者把东西方文化融合为一体,创造出丰富多彩的阿拉伯—伊斯兰文化,为世界文化史的发展作出了卓越的贡献。他们在科学方面,特别在自然科学方面,建立了不可磨灭的功绩,他们的著作是世界文化宝库中的重要组成部分。阿拉伯—伊斯兰文化,在中世纪文化史上居于承先启后、继往开来的重要地位。

阿拉伯文化昌盛时期,西欧正处于文化低潮的所谓"黑暗"时代。那时的西欧,在基督教文化垄断下,辉煌的古代希腊罗马文化,几乎荡然无存,古典著作,鲜为人知。然而,阿拉伯学者却通过翻译保存了大量的希腊学术著作,并把这些著作通过拉丁文等译本,传回欧洲,弥补了欧洲文化的"断层",点燃了欧洲智慧的火种。从此,欧洲重新发现了希腊学术著作,为欧洲新文化——文艺复兴和近代自然科学的建立奠定了基础。

阿拉伯帝国各族人民,不仅创造了丰富多彩的阿拉伯—伊斯兰文化,促进了欧洲文化的复兴和发展,并且在东西方文化交流方面,作出了巨大的贡献。中国的造纸术、指南针、火药等重大发明和印度数学、稻米、棉花、食糖等,都是由阿拉伯人传入欧洲的,丰富了欧洲各国人民的经济文化生活,促进了欧洲社会发展的进程。

四、奥斯曼土耳其的扩张

(一) 奥斯曼土耳其的兴起

土耳其人是西突厥人的一支,原来居住在中亚呼罗珊一带,信仰伊斯兰教(逊尼派)。13 世纪初,由于受到蒙古西征的压力,西迁至小亚细亚,依附于塞尔柱突厥人所建立的罗姆苏丹国,领有位于小亚细亚西北部靠近拜占庭边境的一块采邑。13 世纪中叶以后,罗姆苏丹国因遭受蒙古的侵略而趋于衰落。1299 年,土耳其部落首领奥斯曼一世(1282—1326 年)乘势独立,建立奥斯曼土耳其国家。

(二) 奥斯曼帝国的扩张

1326 年,奥斯曼之子乌尔罕(1326—1359 年)夺取濒临马尔马拉海的布鲁萨,并定都于此。乌尔罕统治时期,土耳其人建立了由新军和封建主提供的采邑军所组成的常备军,分为步兵和骑兵,构成土耳其军队的核心力量,为鼓励士气,乌尔罕建立世界上第一支军乐队。乌尔罕死后,其子穆拉德一世(1359—1389 年)正式称苏丹,继续对外扩张。1362 年,土耳其人占领亚得里亚堡,1369 年迁都于此。1389 年,土耳其在科索沃战役中打败塞尔维亚、保加利亚、波斯尼亚、阿尔巴尼亚等国联军。1396 年,来自英格兰、法兰西、波兰、捷克、匈牙利、伦巴德、德意志的骑士,组成一支约有六七万人的十字军联军,在尼科堡战役中被土耳其军队击溃。

15 世纪初,奥斯曼帝国一度衰落,到 15 世纪中期,国力逐渐恢复。1451 年,穆罕默德二世即位后,采取的第一个重大行动就是夺取君士坦丁堡。1453 年,土军攻占君士坦丁堡,拜占庭帝国灭亡。东正教的中心君士坦丁堡从此成为信奉伊斯兰教的奥斯曼帝国的首都,改名为伊斯坦布尔。

16 世纪,土耳其人开始向东方扩张。1514 年,塞里姆一世(1512—1520 年)率领 10 余万军队进攻伊朗,一度占领其首都大不里士和巴格达。1516 年,在叙利亚阿勒颇附近大败埃及马木路克军,占领阿勒颇、大马士革等重镇以及叙利亚和巴勒斯坦地区。1517 年,攻陷开罗,灭埃及马木路克王朝。土耳其人还控制了包括圣城麦加和麦地那在内的西贾兹以及也门地区。这样,土耳其人不仅掌握了东地中海、红海的重要商道和埃及的巨大财富,并且成为伊斯兰教圣地的保护人。塞里姆及其后继者们利用哈里发的权威,为苏丹专制政权增添了神权的因素。奥斯曼帝国的苏丹成为哈里发,这对于帝国作为伊斯兰世界的政治宗教中心,对于帝国的政教合一的封建专制制度,都是一个重大事件。

16 世纪中叶,苏里曼一世统治时期(1520—1566 年),土耳其帝国臻于鼎盛。他于 1521 年派兵攻取贝尔格莱德,占领匈牙利;1529 年又夺取维也纳,使土耳其在欧洲的扩张达到极限。1555 年,苏里曼和伊朗订立和约,土耳其人拥有两河流域。在非洲,土耳其军队相继占领的黎波里(1536 年)、阿尔及利亚(1529 年)和突尼斯(1574 年),从而使奥斯曼土耳其帝国的版图囊括昔日拜占庭和阿拉伯帝国统治的大部分地区,形成一个地跨欧亚非三洲的大帝国。

(三)奥斯曼帝国的政治经济制度

苏丹是军队和国家的最高主宰,是"主在人间的影子",即伊斯兰教的哈里发。首相是苏丹的代表,以主席资格主持由主要官员组成的大臣会议。为制约首相权力,设立了 6 人组成的"宫相"。此外,帝国政府对财政税收实行中央集权,设在安纳托里亚和鲁米利亚的财政官,负责核算中央政府的收支。等级制是奥斯曼帝国的社会特征,全国分为乌莱玛(宗教封建主)、阿斯凯里(军事封建主)、梯加里(商人与所有市民)和拉雅(农民)四个等级。乌莱玛作为伊斯兰教上层和阿斯凯里一起组成了以苏丹为首的特权阶级。

在土地制度方面,根据 1530 年苏里曼颁布的法典,确定了苏丹是全国土地的最高所有者。他直接占有的土地称为"米尔"。他分封给皇族的俸田称为"哈斯",占有者常为达官贵人,如大臣、大区头领和军法官等。他赏赐给伊斯兰寺院的供养田称为"瓦克夫"。还有一种称之为"木尔克"的土地,它是可以买卖而不与国家服务相联系的私田。帝国在上述土地占有形式之外,广泛存在着独特的、保证军官薪俸的军事采邑制。有功的军人分别被授予"提马尔"或"扎克特"两种军功田封地。前者收入约在 3 000～20 000 艾克切,战时必须为国家提供 2～4 个骑兵服役,或者 2～4 个水手在海军服役。后者收入约在 2 万～10 万艾克切之间,受封人必须亲自服役,并带上自备粮食武器的 4～20 名士兵出征。

米勒特制是奥斯曼帝国宗教宽容政策的表现。这是土耳其人从阿拉伯人那里继承下来并赋予新内容的宗教自治制度。主要内容是:非穆斯林宗教团体或氏族(即"米勒特")在不损害帝国利益并承担规定的税捐义务的基础上,保持本民族语言文字、拥有专门宗教文化和教育机构,享受充分的内部自治权。它创始于穆罕默德二世占领君士坦丁堡后,任命真纳狄奥为希腊正教大主教之时。苏里曼一世批准成立了希腊正教、犹太教、亚美尼亚格里高利教等米勒特。1536 年,苏里曼一世同法国法兰西斯一世签订的条约中,又形成了天主教的米勒特。这个制度有助于多民族、多宗教的稳定,也有利于经济发展。

(四)奥斯曼帝国前期的文化

奥斯曼帝国建立和全盛时期的文化,有许多独特之处,在许多领域都有卓越的表现。16 世纪以后,帝国政府任命了正式史官写作历史。该世纪后期,出现了萨阿德·阿尔丁父子写的《历史之皇冠》的通史性著作。17 世纪中期的编年史学家克亚齐布·契列比(1609—1657 年)的著作《世界志》、《大事年代记》是有代表性的著作,他的《动物图书辞典》搜集了阿拉伯、土耳其、伊朗等中东作家的资料和著作目录。库乞拜伊的《对当今局势的控诉》具有丰富的关于 17 世纪土耳其封建社会矛盾的资料。

在地理学方面,皮利·赖伊斯绘制的大西洋地图和航海指南图是当时站在前沿的作品。哈只·赫勒法在 1648 年将《世界概览》献给苏丹,1654—1655 年将麦卡脱和洪迪亚的《小地图集》译成土耳其文,1656 年出版了奥斯曼海上力量史著作。

在法学方面,穆罕默德二世的法典值得称道。这部法典分三部分:1453—1456 年间颁布帝国臣民的义务和权利;1477—1478 年间颁布了帝国及统治阶级的组织结构;执政晚年颁布经济组织、财产和税收法规。苏里曼法典在受益于拜占庭帝国法律学的同时,充分吸收了古典伊斯兰法,并以此为基础,以各民族传统法为辅,制定了世俗法,1530 年编订完成奥斯曼帝国的最大法典——《群法总汇》。1532 年又整理完成了相当于宪法的完整的埃及法典。

土耳其人特别善于运用诗歌作为大众文化的传播形式。13 世纪的诗人苏丹·维列德用土耳其语写成《塞尔柱诗歌》。在他之后,尤努斯·埃姆列(约在 13—14 世纪间)的乡土风物和农村田园的口头诗歌,开创了口头文学的时期。一般认为,土耳其诗歌的创始人是阿里·阿什伊克,代表作《外国流浪者之书》是哲理诗集。穆罕默德·阿卜杜·巴基(1526—1599 年)被称为土耳其抒情诗之王。

(五)奥斯曼帝国的衰落

虽然奥斯曼帝国幅员辽阔,但国内民族矛盾、宗教矛盾和各种社会矛盾错综复杂。15 世纪初 16 世纪末和 17 世纪初,小亚细亚和巴尔干地区先后形成人民起义高潮。地方分裂主义和严峻的国际环境对帝国越来越不利。17 世纪中叶以后,内外交困、危机四伏的奥斯曼土耳其帝国逐渐衰落下去。

本章重、难点提示

一、重点掌握名词

哈尼夫运动	军事民主派	逊尼派
伊斯兰教	倭马亚王朝	苏非主义
五功	阿拔斯王朝	花刺子密
《古兰经》	后倭马亚王朝	阿维森纳
希吉拉	沙里亚	《天方夜谭》
穆斯林公社	伊克塔	马苏迪
《麦地那宪章》	胡拉米教	军事采邑制
壕沟之战	卡尔马特派起义	米勒特制
哈里发	什叶派	《群法总汇》

二、论述题

1. 简述伊斯兰教的基本教义。参见本章一、(二)。
2. 简述公元 7 世纪阿拉伯半岛统一国家的形成及其意义。参见本章一、(三)。
3. 简述阿拉伯初期四任哈里发的对外扩张。参见本章二、(一)。
4. 比较分析倭马亚王朝与阿拔斯王朝的统治制度。参见本章二、(二)、(三)。
5. 概述阿拉伯文化的主要成就及其历史意义。参见本章三、(二)、(三)。
6. 论述奥斯曼帝国的政治经济制度及其意义。参见本章四、(三)。
7. 简述奥斯曼帝国前期的主要文化成就。参见本章四、(四)。

第九章 中世纪的东欧

考点详解

一、查士丁尼时期的拜占庭

(一)拜占庭初期社会经济发展的特殊性

395 年,罗马帝国最终分为东西两部分。东部以君士坦丁堡为首都,自称是罗马帝国的继承者,故称东罗马帝国,领土包括巴尔干半岛、小亚细亚、叙利亚、巴勒斯坦、埃及和利比亚等富庶的地区,仍是一个地跨欧亚非三洲的大帝国。君士坦丁堡是古希腊移民城市拜占庭的旧址,又称拜占庭帝国。

拜占庭有稳定的工农业生产作基础,又有繁荣的国内外贸易,使国家的财政来源有了保障,增强了国家的实力。在蛮族入侵的社会大动荡时期,仍然保存了有效统治的帝国政府和训练有素的强大军队。拜占庭皇帝严格控制教会,打击异端教派的传播,按照古罗马的法律继续征收苛捐杂税,对其所辖领土进行严密统治。因而在西罗马帝国灭亡后,拜占庭又继续存在了近千年。

(二)查士丁尼的对内统治

6 世纪查士丁尼皇帝统治时期(527—565 年)被认为是拜占廷历史上第一个"黄金时代"。查士丁尼对内政策的核心是巩固奴隶主阶级的统治。532 年初,首都君士坦丁堡爆发声势浩大的尼卡起义(尼卡为起义者口号,希腊语意思是胜利),反对政府的贪官污吏和横征暴敛。查士丁尼在起义者中制造分裂,并派大将贝利撒留领兵镇压,被杀害的群众达 3 万多人。

查士丁尼在镇压尼卡起义后,实行了一些改革措施:明令禁止卖官鬻爵,惩治贪污,限制贵族特权,实行长子继承制,撤销执政官制度,提高行政效率。

为总结古罗马的统治经验,特成立罗马法编纂委员会,由法学家特里波尼安领导。委员会审订自哈德良皇帝(117—138 年)以来 400 多年间罗马历代元老院的决议和皇帝诏令,删除其中已失效和互相矛盾部分,于 529 年编成《查士丁尼法典》,共 10 卷。后来又把历代法学家解释法律的论文汇总整理,于 533 年编成《学说汇纂》

50 卷,同年又颁布《法理概要》(又称《法学家指南》),它简明扼要,是学习罗马法的教材。最后又将 534 年以后颁布的法令于 565 年汇编成《新法典》(又称《新律》),作为《查士丁尼法典》的续编。

上述所有法律文献统称《罗马民法大全》。这部法律文献肯定皇帝的专制权力,把皇权视为至高无上。它是欧洲历史上第一部系统完备的法律文献,对后世立法影响深远。

(三) 查士丁尼的对外扩张

查士丁尼对外征服的方针是,对东方和平,对西方战争。他急于结束从 527 年开始的对波斯的战争,不惜以赔款为代价于 532 年缔结《永久和约》,规定拜占庭以代守边境的名义向波斯缴纳 1.1 万磅黄金。

拜占庭稳定了东方,出动大军进攻西方。534 年,贝利撒留统帅拜占庭的军队一举攻灭北非的汪达尔王国,陷其首都迦太基,将其全部领土纳入拜占庭的版图。533—553 年,经过 20 年艰苦奋战,贝利撒留才征服东哥特王国,占领意大利。553 年,查士丁尼基本上征服了原属罗马帝国的大部领土。

查士丁尼在被征服地区明令恢复罗马旧制。554 年颁布"国务诏书",废除托提拉打击奴隶主的法令和措施,重新恢复奴隶主的土地、财产和特权。但是,由于诏令难以推行,不得不顺乎形势,承认既成事实。

二、拜占庭帝国的政治和文化

(一) 希拉克略王朝与军区制改革

610 年,希拉克略登上皇位,建立希拉克略王朝(610—711 年)。为了拯救帝国于危亡,希拉克略施行了三项重要改革:(1) 把北非、意大利实行的军区制移植到东方各省。全部部队分驻在三个大区,各设督军一名。后来希拉克略之孙康斯坦斯二世(641—668 年)更加完善军区制,使其成为以将军为长官的地方军事行政区,以军区代替行省,地方军事长官兼有行政管辖权,一身二任。实际上全国都处于军事管制之下。(2) 希拉克略建立军役和封建义务合一的军事屯田制。战乱时期没收大贵族的土地和财产被分给服军役的自由农民,作为世袭份地。他们战时作战,平时种地,向政府缴纳赋税,免除徭役。这一改革加强了军队的经济基础。(3) 为了保证战争的需要,希拉克略采取了大批动用教产的措施,利用教会的物质力量和精神力量,号召全国军民,同仇敌忾,进行"圣战",以打败异教徒和敢于入侵之敌。希拉克略这一改革对后来的"圣像破坏运动"产生了一定影响。

(二) 圣像破坏运动

8 世纪初,阿拉伯人对拜占庭又发动新的进攻。716 年,阿拉伯人开始进攻小亚细亚,并推进到小亚西部的帕加马。皇帝狄奥多西三世(715—717 年)束手无策,但是小亚军区督军立奥击退了敌人的进攻。于是立奥强迫皇帝退位,自己登上皇帝宝座,称立奥三世(717—741 年)。从此开始伊苏里亚王朝的统治(717—797 年)。

717—718 年,阿拉伯人出动水陆大军再次围攻君士坦丁堡,形势万分紧急。立奥巧妙地利用"希腊火"粉碎了敌人对首都的围攻。立奥三世竭力整顿租税的征收,改善帝国财政状况;加强和完善军区制,在亚洲部分建立 7 个军区,欧洲部分建立 4 个军区。立奥为了保障新兴军事贵族的利益,安定军士生活,需要大量土地和财产,分封给各级军事长官。但是土地大部分掌握在教会和修院之手,它们还享有免税和免徭役特权,从而严重影响国家的税收和军队的巩固。于是立奥从 726 年起宣布反对圣像崇拜,掀起一个全社会破坏圣像运动。

730 年 1 月立奥召集御前会议,要求僧俗高级贵族在他制定的反对圣像崇拜的法令上签字,拒绝签字者立即免职。主张和参加破坏圣像的主要是东方各军区的军事贵族、开明僧侣、保罗派信徒以及其他反教会的下层群众;坚持圣像崇拜的主要是正教高级教士、旧贵族、修士以及欧洲地区的民众。运动开始后,教会和修院的圣像、圣迹和圣物被捣毁,土地和财产被没收,修士被迫还俗,参加生产,承担国家赋税和徭役。

君士坦丁五世时期(741—775 年),圣像破坏运动达到最高峰。753 年皇帝在查尔西顿召开宗教会议,有300 多主教和修院院长参加,会上通过了反对圣像崇拜、拥护皇帝宗教政策的决议。女皇伊琳娜在 787 年召开尼西亚宗教会议,谴责圣像破坏运动,宣布恢复圣像崇拜。运动的第一阶段至此结束。

813 年立奥五世(813—820 年)继位,圣像破坏运动重新兴起,进入它的第二阶段。843 年狄奥多拉重新宣布恢复圣像崇拜。历时 117 年的圣像破坏运动至此终止。但是皇权高于教权的原则继续存在,教会被没收的土地和财产也无法收回。

圣像破坏运动是促进拜占庭封建化的杠杆。教会和修院的地产多半采用奴隶和农奴耕种。皇帝下令将没收的教产分赠给新兴军事贵族和士兵,或者用以奖励在反对阿拉伯人入侵作战中有功的军队官兵,从而培植了一大批新兴的军事贵族和领有份地的军士阶层。这就使拜占庭的封建关系得到进一步发展。

(三) 马其顿王朝与帝国的强盛

从 9 世纪 20 年代到 11 世纪中叶的 200 多年间,是拜占庭封建关系得到迅速发展、封建制度最终确立的时期。10 世纪以后,由于国内外矛盾的发展,阿拉伯帝国趋于衰落,拜占庭在马其顿王朝(867—1056 年)的统治下,加强了封建制度,社会经济和文化得到进一步发展,进入帝国历史上第二个"黄金时代"。

(四)科穆宁王朝与普洛尼亚制

科穆宁王朝(1081—1185 年)是大封建主利益的代表者。此时军区制已经瓦解,改行"普洛尼亚"(监领地)制度,又称"恩准制",与法兰克的采邑制相似。政府将国家和农村公社的土地分给公职贵族监领,终身享用监领地的租税,不得世袭。监领主必须为国家服役,并按照监领地的面积提供相应的兵员为国家服军役。监领主同时也取得对领地上农民的支配权,农民必须向监领主缴纳租税,并服劳役。后来监领主又取得领地的行政和司法权。监领地变成封闭型的封建大地产。普洛尼亚制的实施暂时加强了国家和军队的实力,但潜伏着离心倾向,导致分裂割据的加剧。

(五)拜占庭文化

1. 拜占庭文化的形成与特点

拜占庭在地理位置上处于欧亚非三洲的交界处,是连接东西方的桥梁。它在文化发展上也是贯穿古今、融汇东西的。促使拜占庭文化在中世纪繁荣发展的主要因素有三个:一是古典希腊罗马的文化传统(包括希腊化时代的文化传统);二是新兴的基督教文化因素;三是近东文明古国的文化影响。这三种文化因素交互作用的结果,最终形成了中世纪的拜占庭文化。

2. 查士丁尼时代的文化

查士丁尼统治时期,随着政治、经济和军事的发展,文化学术也有显著进步。

查士丁尼时代杰出的历史学家是恺撒里亚的普罗科匹厄斯(约 500—565 年)。普罗科匹厄斯留下的著作有三部:《战争》、《建筑》和《秘史》。《战争》记述查士丁尼时代拜占庭对汪达尔王国和东哥特王国的征服战争,其中也包括在东方对波斯帝国的战争。另一部著作《建筑》(6 卷),大概成书于 560 年,它记述查士丁尼在全国各地大兴土木的情况,兴建教堂、军事设施、民用工程等,名目繁多。第三部著作《秘史》,约完成于 550 年左右,抨击查士丁尼的专制统治,揭露宫廷黑暗和帝王将相的隐私,是从反面了解查士丁尼时代的珍贵资料。普罗科匹厄斯是垂训史观的真正体现者,他极为重视历史的训育启迪作用。

6 世纪拜占庭的地理学也达到相当高的水平。科斯马斯是这方面成就的代表者。查士丁尼时代在艺术上享有"第一个黄金时代"的美名。这个时代建筑艺术的里程碑乃是圣索菲亚大教堂。

3. 圣像破坏运动时期的文化

圣像破坏运动时期传下来三部重要历史著作。乔治·辛克鲁斯著有《编年史》,叙述从远古至戴克里先上台(284 年)的历史。狄奥方内斯(758—约 818 年)的《编年通史》,从戴克里先即位(284 年)写到米凯尔一世下台(813 年)。尼基福鲁斯(约 758—829 年)的《简史》,叙述摩里斯逝世(602 年)至君士坦丁五世统治中期(769 年)的历史。修士乔治,又称哈马托洛斯,是圣像破坏运动末期的历史学家,他在米凯尔三世时期(842—867 年)完成一部内容丰富的《编年史》,叙述从亚当直至狄奥菲勒斯逝世(842 年)之间的历史。

4. 马其顿王朝及以后的文化

马其顿王朝时期,拜占庭不仅在文化教育方面有所前进,而且学术艺术也得到迅速发展。这个时期拜占庭学术发展的重要特点,是世俗因素与神学因素的逐渐融合,形成拜占庭文化发展的"第二个黄金时代"。主要成就是佛提乌斯的《群书摘要》,君士坦丁七世的《狄奥方内斯著作续编》、《帝国行政论》,普塞路斯的《编年史》。

科穆宁王朝(1081—1185 年)和安基卢斯王朝(1185—1204 年)时期拜占庭的文化和学术又有发展,其显著特点是狂热地追求和模仿古典希腊的作品。

三、东欧诸国的起源和发展

东欧的封建大国,除拜占庭之外,主要有俄罗斯、波兰、立陶宛和捷克。俄罗斯是从莫斯科公国的基础上发展起来的。14 世纪初,莫斯科公国巧妙地利用蒙古金帐汗国的支持,兼并其他公国,最终形成俄罗斯中央集权国家。中古时期波兰和立陶宛以及捷克的势力也很强。为了对付东方的俄罗斯和西方的条顿骑士团,从 14 世纪后期起,波兰和立陶宛一直采取联合的形式,波兰立陶宛君合国在东欧处于举足轻重的地位。捷克与神圣罗马帝国联系密切,关系复杂,时合时分,斗争激烈,尤以胡司派战争最为突出。

(一)波兰

1. 波兰统一国家的形成

波兰属于斯拉夫人的西支,世居东欧平原的西部。9 世纪后半期以一个城市为中心把整个波兰地区联合起来,形成了"部落公国"。10 世纪后半期,大波兰统一其他各部,形成古波兰国。10 世纪末勇者波列斯拉夫时期(992—1025 年)基本上完成了国家的初步统一。11 世纪后期,波兰的封建制度基本确立,12 世纪开始进入封建割据时期。由于封建经济的发展和外族入侵的威胁,在 14 世纪初开始出现国家统一的趋势。罗凯提克统一大小波兰之后,于 1320 年加冕称王。波兰统一国家开始形成。

2. 波兰立陶宛君合国

14 世纪后半期,波兰、立陶宛为了共同对付东方崛起的莫斯科大公国,共同对付两个德国骑士团的接近,逐步走上两国联合的道路。1385 年,波兰权贵与立陶宛国王亚盖洛缔结《克列沃协定》,规定雅德维佳将嫁给亚盖洛,由亚盖洛任波兰国王,改称弗拉迪斯拉夫二世;亚盖洛改奉天主教,在立陶宛境内推广天主教。《克列沃协定》使波兰立陶宛成为君合国。1410 年 7 月,波立联军在格伦瓦尔德战役(又称坦能堡战役)打败条顿骑士团。波立两国进入历史的光辉时期。

16 世纪后半期,两国同时感到莫斯科公国侵略的严重威胁,于是决定实现进一步的联合。1569 年,波兰贵族在卢布林召开的国会上,正式宣布波立合并。《卢布林合并条约》规定,波兰立陶宛组成一个国家,成立一个国会,共戴一个由国会选出的国王。对内各自保持自治,各有自己的行政机关、军队和法庭。卢布林的合并使波兰立陶宛王国成为东欧的封建强国。

3. 波兰议会君主制及其特点

波兰中世纪政治制度发展的特点是限制国王权力,削弱大贵族权力,加强小贵族权力,忽视市民权利,践踏农民权利。波兰议会君主制形成于 15 世纪末。全国议会分上下两院,上院由教俗大贵族代表组成,下院由各地"小议会"选派的小贵族代表组成,任何法案必须一致通过。这种表决制度成为中古后期波兰政治混乱的根源。

从 1496 年起,波兰国王由国会选举。大小贵族利用选举国王的机会迫使国王做出让步。国王必须两年召开一次国会,会期不得少于 6 个星期。国王无权做出重大决定,一切重大决策都由 16 个元老组成的御前会议做出;任命官吏,国王只能在贵族提出的三个候选人中任择其一;国王无权逮捕贵族或没收其财产;国王既无财权,又无军权,对外不能宣战媾和。1652 年,国会又实行"自由否决权"制,国会决议必须一致通过,任何一个代表都可行使自由否决权。这种制度使国会和政府实际上陷于瘫痪。

(二) 捷克

1. 捷克的早期国家

7 世纪中叶至 9 世纪初,捷克人处于原始公社制解体和国家产生的阶段。9 世纪初,在多瑙河中游和易北河上游建立了最早的封建国家——大摩拉维亚国(830—906 年)。第一任王公是莫伊米尔(830—846 年),首都在维列格勒。大摩拉维亚国处于东西欧之间,是东正教和天主教争夺的焦点。906 年,大摩拉维亚国被匈牙利人攻灭。10 世纪末逐渐形成以波西米亚为中心的捷克国家,第一个王朝是普舍美斯王朝(996—1306 年)。

2. 胡司宗教改革

捷克人民对封建制度和德国贵族的不满,集中表现为对教会的仇恨。领导捷克人民反教会斗争的领袖是捷克的宗教改革家和约翰·胡司(约 1371—1415 年)。胡司认为教会占有财产是一切罪恶的渊源,主张教产应该归国家所有,教士应该像早期基督徒那样过清贫生活;教权应该服从俗权,神职人员服从国家;取消享有特权的教士,改革奢华的宗教仪式,建立民族的廉俭教会;用捷克语讲经祈祷,并把圣经译成捷克文。胡司的宗教改革活动激起了罗马教廷和德意志高级教士的仇恨。1411 年,胡司被革除教籍,第二年又被逐出布拉格。1415 年,宗教会议宣判胡司为异端分子,处以火刑。

3. 胡司战争及其意义

1419 年,布拉格市民起义。参加起义的群众自认是胡司信徒,是胡司事业的继承者,故名"胡司战争"。1420 年,起义队伍基本上形成两大派:圣杯派和塔波尔派。

圣杯派的成员主要是中产阶级、小贵族、富裕农民。他们拟定了布拉格四条款,要求摆脱德意志的控制,没收教会财产,传教自由,用捷克语祈祷,俗人也可用酒杯领圣餐,强调宗教平等,要求用胡司派教会取代正宗教会。这些主张属于起义队伍中的温和派。

塔波尔派的成员主要是农民、平民、矿工和手工业者等。他们以塔波尔城为中心组织公社,实行财产共有,废除私有财产,不要国王,消灭等级特权,取消租税和封建义务,没收封建主的土地,建立人民当家作主的共和国。塔波尔派是胡司战争中的激进派。

从 1420 年至 1431 年,教皇和德皇先后组织五次十字军镇压捷克人民起义。随着战争的深入发展,起义军的内部分裂日趋明显。圣杯派已夺取天主教会的教产,为了保护自己的既得利益,他们希望尽早结束进行了 10

多年的战争。1433 年,教皇和德意志封建主与圣杯派秘密谈判并达成协议:允许俗人用圣杯领圣餐,已没收的教产可不归还。1434 年,圣杯派在天主教会和德国封建主的支持下,在里旁与塔波尔派进行会战。结果,塔波尔派战败,胡司战争结束。

胡司战争给以教皇德皇为首的教俗反动势力以沉重打击,保证了捷克国家在一定时期内的政治独立,同时促进了捷克民族语言和民族文化的发展。胡司和塔波尔派的思想对欧洲各国、特别是一个世纪后的德意志宗教改革和农民战争有着深远的影响。

(三) 基辅罗斯

1. 古罗斯国家

据古罗斯最早的编年史《往年纪事》记载,862 年,留里克在诺夫哥罗德建立第一个瓦里亚格人王朝——留里克王朝。留里克死后,他的亲属奥列格(879—912 年)继位。882 年,奥列格率部南下,占领基辅,形成以基辅为中心的古罗斯国家,通称基辅罗斯。其版图西起喀尔巴阡山,东达顿河,南到黑海,北至波罗的海。

古罗斯初期的王公们以征战劫掠和对外贸易作为主要任务。他们强迫被征服居民纳贡,每年都要举行"索贡巡行",挨家挨户征收贡物,索取毛皮、蜂蜜等物。征来的贡物都要在春季运到君士坦丁堡出售。

基辅罗斯曾多次发动对拜占庭帝国的战争,迫使其纳贡和订立屈辱性条约。911 年奥列格远征拜占庭,强迫拜占庭皇帝接受赔款条约,并使罗斯商人获得免税特权。伊戈尔(912—948 年)曾两次远征拜占庭(941、944年),签订了类似的条约。不过基辅罗斯与拜占庭交往的一个最重要结果,是罗斯从拜占庭那里接受了基督教。988 年,弗拉基米尔大公(980—1015 年)帮助拜占庭皇帝镇压了小亚细亚的暴动后,娶了拜占庭公主安娜(皇帝瓦西里二世的妹妹),接着,弗拉基米尔带头加入东正教,并宣布基督教(希腊正教派)为国教。雅罗斯拉夫大公(1019—1054 年)死后,几个儿子分割政权,混战多年,基辅罗斯解体。自 11 世纪后期到 13 世纪初,罗斯分裂成许多独立的公国。

2. 基辅罗斯的文化

在东斯拉夫人文化的基础上,接受瓦里亚格人文化和拜占庭文化的影响,最终形成独具特色的基辅罗斯文化。12 世纪初年成书的《往年纪事》,既是一部内容广泛的历史著作,又是一部优美流畅的文学作品。它是由基辅彼彻拉修院修士涅斯托尔完成的历史名著,是罗斯早期社会生活和历史事件的百科全书。

12 世纪成书的《伊戈尔公远征记》也是一部文史兼备的作品。它描述诺夫哥罗德—塞维尔斯克王公伊戈尔·斯维亚托斯拉维奇远征波洛伏齐人而遭失败的故事。作者借用战败的悲惨遭遇,谴责封建内讧,主张团结对敌。这是一篇充满爱国主义思想的作品。

《罗斯法典》的编成是基辅罗斯历史上的一件大事。它是在东斯拉夫人习惯法的基础上,结合罗斯历代大公颁布的法令,在 11 至 12 世纪编成的法令汇编。法典中反映了罗斯封建关系的形成过程,其目的是为了保护封建所有制,巩固封建制度。《罗斯法典》有简本和详本两种版本,是研究基辅罗斯历史的珍贵资料。

四、蒙古人的统治与莫斯科公国

(一) 蒙古的征服与统治

13 世纪初,蒙古国建立后,成吉思汗曾率军西征。1223 年从高加索进入黑海北岸草原地带,在卡尔卡河战役中,蒙古军击败了罗斯王公的联军,但未及深入罗斯本土,又回师蒙古。1235 年,蒙古大汗决定派拔都率军西征,1237 年蒙古军队进入东北罗斯,先灭里亚赞公国,随后攻击莫斯科和弗拉基米尔。1240 年 12 月攻陷罗斯古都基辅。1241 年转战波兰、匈牙利。1242 年,蒙古军在捷克阿罗木茨战败,不得不回师伏尔加河。

1243 年,拔都以伏尔加河为中心建立钦察汗国,欧洲人称"金帐汗国",首都设在萨莱。钦察汗国属于蒙古四大汗国之一,受以喀剌和林为首都的蒙古大汗国的节制。13 世纪后期,金帐汗对罗斯的统治在逐步加强。1257 年开始清查户口和土地,作为征税派役的依据,建立八思哈制度,八思哈,突厥语,意为"镇守官"。八思哈制度是一种军事政治组织,即由蒙古军官担任十户长、百户长、千户长、万户长,最后由八思哈统一指挥,其职责是征收贡赋和监督当地居民。13 世纪末,金帐汗把征税任务委托罗斯王公代管,14 世纪初废除八思哈制度。

(二) 莫斯科公国的兴起

莫斯科公国是在蒙古统治时期借助蒙古贵族的支持而发展起来的。莫斯科原为罗斯托夫–苏兹达尔公的领地。13 世纪末 14 世纪初,莫斯科开始登上政治舞台。莫斯科公与特维斯公拼死争夺弗拉基米尔全罗斯大公的权位。1328 年,金帐汗册封伊凡为"弗拉基米尔及全罗斯大公",替蒙古人征收赋税。

(三) 摆脱蒙古统治的斗争

伊凡的孙子底米特里·伊凡诺维奇统治时期(1359—1389 年),莫斯科公国日益强大。他不仅彻底战胜强劲对手特维尔,而且于 1380 年在库里科沃原野击败金帐汗率领的 20 万大军,被称为"顿斯科伊"(顿河英雄)。

到伊凡三世统治时期(1462—1505 年),进入统一东北罗斯和摆脱蒙古统治的决定性阶段。1463 年,伊凡三世吞并了雅罗斯拉夫尔公国,1474 年吞并了罗斯托夫。1471—1478 年,经过数次征服,最后消灭了强大的诺夫哥罗德公国,把反对派贵族和富商迁到莫斯科城郊,没收其土地分给自己的臣属。1485 年,伊凡三世又率兵讨伐并消灭了特维尔公国。这时东北罗斯基本上统一于莫斯科公国,莫斯科大公正式称"全罗斯大公"。1497 年颁布了第一部全国统一的法典,把封建主的特权从法律上固定下来,规定农民只有在每年秋后的尤利节(俄历 11 月 26 日)前后各一星期,才能离开主人外出。

1480 年,莫斯科彻底摆脱了蒙古人的统治。是年夏,阿合马汗再次远征莫斯科,指望得到波兰立陶宛的援助。伊凡三世陈兵奥卡河一带。阿合马汗为了与波兰立陶宛会师,军队西移。莫斯科军队调到乌格拉河堵截,防止敌人会师。后因克里米亚汗进攻波兰南部,波军不敢东进。后又听说克里米亚汗进攻金帐汗的后方,阿合马汗不得不撤兵,伊凡三世赢得胜利。蒙古贵族对罗斯 200 多年的统治,至此结束。

统一事业的最后完成,是在伊凡三世的儿子瓦西里三世统治时期(1505—1533 年)。他在 1510 年吞并了普斯科夫,1514 年吞并了立陶宛统治下的斯摩棱斯克,1521 年吞并了梁赞,完成了俄罗斯的国家统一。

(四)伊凡四世的专制统治

为了加强皇权,从 1549 年起伊凡四世开始推行政治、经济、司法和军事等方面的改革。他首先召开了第一次缙绅会议,有宫廷大贵族、高级教士和一部分中小贵族的代表参加。在这个会议上,沙皇宣布编纂新法典。翌年新法典为贵族会议通过,1551 年获得宗教会议的批准。1550 年法典与伊凡三世的 1497 年法典比较,加强了中央集权,限制了地方分权。法典规定农民在尤利节变换主人而迁移时须交一定费用。新法典的颁布是伊凡四世改革的开端。缙绅会议从此成为决定国家重大政策的机关。

1556 年颁布《兵役条例》,实行军事改革,以法律形式固定了莫斯科国家新军队的建设。采邑分封是新军的物质基础,新军的来源主要依靠中小贵族。16 世纪中叶,最后确立了政厅制度,健全了中央机关,又增设一部分管理国家事务的机构。大贵族担任各部门的首脑,小贵族处理日常事务。1549—1551 年实行县制改革,推行地方自治制度,地方行政长官为县令。地方大贵族仍然控制自治机关。伊凡四世的各种改革,加强了沙皇和中央政府的权力。

随着莫斯科国家实力的增强,伊凡四世开始走上了对外扩张的道路。1552 年夏,伊凡四世率 15 万大军进攻喀山。是年 10 月城陷,喀山汗国被并入莫斯科的版图。喀山的征服标志着莫斯科已越出统一国家的界限,开始对外扩张。1556 年,伊凡四世又吞并了阿斯特拉罕国。为了夺取波罗的海的出海口,于 1558—1583 年伊凡四世又挑起了立沃尼亚战争。但是他不仅没有得到出海口,反而丧失了自己原有的波罗的海沿岸的一些地方。俄国对西伯利亚的军事扩张开始于 1581 年,到 1584 年征服了乌拉尔山脉以东的蒙古人汗国,大约半个世纪之后,俄国的势力向东一直延伸到太平洋海岸。

在立窝尼亚战争进行期间,伊凡四世曾在国内实行所谓"特辖领地制"(1565—1572 年),严厉打击大贵族,加强沙皇专制。他将全国土地划分为特辖区和普通区两部分,中央地区和南方部分地区被定为特辖区,约占全国土地面积的一半,由沙皇直接管理。特辖区内原属大贵族的世袭领地一律改为王室领地,分封给为沙皇服役的中小贵族。其余远离中央的边陲地区则被定为普通区,由贵族组成的"杜马"管理,凡在特辖区被没收了世袭领地的贵族,可以在普通区获得土地作为补偿。为了对付大贵族的反抗,伊凡四世又从中小贵族中挑选了 1 000 人组成"特辖军团",那些反对特辖领地制的大贵族均受到了残酷的镇压。伊凡四世因此获得了"恐怖的伊凡"这个称号(即伊凡雷帝)。

特辖领地制的推行,大大削弱了大贵族的经济和政治力量,而沙皇的专制统治则在中小贵族和城市富裕阶层的支持下巩固了起来。

(五)罗曼诺夫王朝的建立及其初期的统治

1598 年,伊凡四世之子费奥多尔死后,留里克王朝绝嗣。缙绅会议选举波利斯·戈都诺夫为沙皇(1598—1605 年)。这时传出谣言,说伊凡四世幼子季米特里未死,在波兰避难,不久回国。波兰一些大贵族自动组织武装护送伪底米特里回莫斯科。

1606 年大贵族在莫斯科发动兵变,得到群众支持,推翻了伪季米特里的统治,大贵族夺取了政权,推举瓦西里·叔伊斯基为沙皇(1606—1610 年)。就在叔伊斯基统治时期,俄国各地农民纷纷起义,其中规模最大的是波洛特尼科夫领导的起义。波兰封建贵族趁俄国发生农民战争的机会,策划武装侵略俄国。他们推出第二个伪季米特里,由他率领的波兰贵族军队进入俄国。民军领导人 1612 年 10 月从波兰军手中夺回莫斯科城,并在

1613 年 2 月召集缙绅会议,选举国家首脑。大贵族米哈伊尔·罗曼诺夫当选为沙皇(1613—1645 年),俄国从此开始了罗曼诺夫王朝的统治(1613—1917 年)。

新政府的当务之急是结束波兰、瑞典的武装干涉。1615 年在普斯夫城下打败瑞典人,迫使它退还诺夫哥罗德及其附近地区。1618 年 12 月与波兰签订停战协定。在内政方面,罗曼诺夫王朝首先采取的重要措施就是恢复经济,健全机构,加强军事力量。为了促进生产的恢复,把王室土地和国家土地分赐给贵族,主要是小贵族,大部分作为世袭领地。

为了保证贵族土地上的劳动人手,政府规定农奴要固定在庄园里,对逃亡农奴以 10 年为追捕期限。新王朝第二代君主阿列克塞统治时期(1645—1676 年),由于政府增加税收,特别是征收盐税,群众极为不满。1648 年爆发了莫斯科市民起义。后来政府答应降低盐价,分化起义队伍,这次事件才被平息。起义后,沙皇制定《1649年法典》,其中规定搜捕农奴不受时间限制。逃亡农民在任何时候都可以被追回,他自己及其家庭、财产、打好的谷物及尚在田里的谷物全都应归原主人所有;地主对农奴有司法权及警察权,打死别人土地上的农民只需赔偿损失,而不需负刑事责任。这些规定表明农奴制在法律上得到完全确立。

五、俄罗斯帝国的兴起

(一)彼得一世改革

17 世纪,俄国与西欧各国相比,仍十分落后。尽管在冶金、制革、造纸、玻璃等行业中也出现了一些手工工场,但总计不过 30 余家,而且除个别外商开办的之外,全都使用农奴工人。商业也有所发展,以莫斯科为中心的全俄市场开始形成。正因为在落后的俄国出现了这些新的因素,所以社会上很多地主和商人便提出了改革的要求,希望国家为经济活动提供有利的条件。统治阶级中有眼光的人也在寻求摆脱国家落后状态的途径,彼得一世的改革便是在这种背景下实施的。

彼得一世 1682 年十岁时即位,1689 年亲政。他痛恨俄国的落后,亲政后便锐意革新,成就卓著,后被尊为"彼得大帝"。北方战争初期的失败使俄国的落后再次暴露。为取得战争的胜利,彼得开始了一系列改革。

(1) 军事上,实行义务征兵制,创建海军。根据这个制度,每年农民和农奴按一定比例都要征入伍,贵族服役也要从当兵开始,然后才能升任军官。为训练军官,他开办炮兵学校、海军学院和军医学校等,军官都要经过专门的学习。他引进国外的新式武器与战略战术,建立俄国第一支海军。

(2) 经济上,发展工商业,学习西欧先进科学技术。他大力提倡发展工商业,下令由政府出面兴办手工农场,也鼓励私人办工场。他调拨大批皇室农奴到工场做工,允许私人手工工场主购买农奴去做工,甚至可以整村购买。在外贸方面,他实行了高关税等保护主义政策。为发展工商业,从国外招聘大量技术专家,允许他们在俄国办厂,并给他们以宗教宽容与司法特权。与此同时,他还派遣大批留学生去西欧学习,学习西方的科学文化及工程技术。

(3) 政治上,改革行政机构和行政区划。他建立起了中央集权制度,以参政院为权力枢纽,下设行政、外交、陆军、海军、财政、司法、工商、矿务各部。为提高政府的工作效率,他参照西方的模式进行行政改革。他还把教会置于政府管辖下,设立宗教院进行管理,大教长的职位被取消,教士一律从国家领取薪金,这样,教会就成了国家政权的一部分。1708 年他把全国分为 8 个大省,大省长直属中央政府。1719 年他又重新划分全国为 50 个较小的省,省以下再设更小的区划。由于这些改革,完整的中央集权的行政体系建立起来。

(4) 文化上,简化俄文字母,提倡西欧生活方式。他仿效西方,创办科学院、医科学校、数学学校、出版报纸,组织人翻译外国书籍,引进公历与俄历并用,规定在宫廷中用法语对话,还引进了芭蕾舞艺术等。此外,他还下令进行了文字改革,改革后的文字一直沿用到十月革命前。

彼得一世的改革是一次强制性的现代化运动,为俄国经济的发展,国家体制的演进和跻身于欧洲强国的行列,作出了巨大的贡献。但彼得的现代化主要是以倡导科技发展实业为目标的,它没有也从来不想触动俄国的社会基础——农奴制。

(二)北方战争与俄罗斯帝国的建立

18 世纪初,彼得一世在芬兰湾附近的涅瓦河畔的沼泽上兴建了一座新城市彼得堡,并把首都从莫斯科迁移至此。为了争夺波罗的海的出海口,彼得一世发动了同瑞典之间的长达 21 年的"北方战争"(1700——1721年),结果瑞典被击败。1721 年,俄国与瑞典签订《尼斯塔得和约》,从中得到了芬兰湾和里加湾沿岸的大片土地,获得了波罗的海的出海口。同年,俄国参政院给予彼得一世以"全俄罗斯皇帝"的头衔,俄国成为正式意义上的帝国。

本章重、难点提示

一、重点掌握名词

查士丁尼	《卢布林合并条约》	八思哈制度
尼卡起义	胡司宗教改革	莫斯科公国
《罗马民法大全》	胡司战争	顿斯科伊
希拉克略	基辅罗斯	特辖领地制
圣像破坏运动	索贡巡行	罗曼诺夫王朝
立奥三世	普洛尼亚	《往年纪事》
《1649 年法典》	普罗科匹厄斯	《伊戈尔公远征记》
彼得一世改革	《克列沃协定》	《罗斯法典》
北方战争		

二、论述题

1. 论述拜占庭初期社会经济发展的特殊性。参见本章一、（一）。
2. 简述查士丁尼的内外统治政策。参见本章一、（二）（三）。
3. 概述圣像破坏运动的历程及其历史影响。参见本章二、（二）。
4. 论述拜占庭文化的特点及其主要成就。参见本章二、（五）。
5. 简述胡司宗教改革的内容及胡司战争的经过、意义。参见本章三、（二）。
6. 简述罗斯摆脱蒙古统治的斗争。参见本章四、（三）。
7. 论述俄国伊凡四世的专制统治及其影响。参见本章四、（四）。
8. 论述俄国彼得一世改革的内容及其历史影响。参见本章五、（一）。

第十章　中世纪的东亚与南亚

考点详解

一、从大化改新到幕藩体制

（一）大化改新

1. 圣德太子改革的背景、内容与意义

（1）6、7 世纪之交，中国重新实现统一，隋、唐两朝相继崛起。唐朝完善了自北朝以来实行的均田制和租庸调制，并在此基础上建立了法制完备的强大的中央集权制国家。在朝鲜半岛，高句丽、百济和新罗三国改革政治体制，加强集权化。日益强盛的新罗不仅驱逐了日本在朝鲜的侵略势力，并且威胁着日本的盟国百济。东亚政治形势的变化给日本带来巨大压力，特别是在朝鲜的失败，大和国不止丧失了一向赖以输入大陆先进文化的通道，在经济方面造成重大损失，而且政治威信也大大降低。（2）生产力的发展提高了生产过程的个体性，个别家族脱离部民组织独立生产的趋势日益强烈。这种现象使政府和贵族失去了对部民的控制，不仅减少了财政收入，而且动摇了部民制度，动摇了大和国家赖以存在的基础。

在日趋严峻的国内外形势的压力下，自推古朝（593—628 年）以来，以摄政圣德太子（593—621 年）为首的日本统治者开始改革政治体制，建立中央集权的天皇制国家。603 年（推古十一年），模拟中国官阶制，制定"冠位十二阶"，规定官阶晋升不再以氏族门第而以个人的才干和政绩为依据，以此遏制贵族特权，提高皇权权威。604 年又制定"宪法十七条"，作为贵族和官员必须遵守的政治规范，号召臣民"以和为贵"，"以礼为本"，奉诏承命，忠于职守。同时号召"笃敬三宝"（佛、法、僧），崇尚佛教，并在全国修建许多寺院，如四天王寺、法兴寺、法隆寺等。

为了更好地摄取中国文化，以促进国内政治改革，圣德太子在外交战略上采取了重要举措。607 年派小野妹子为遣隋使，谋求与隋朝建立对等的外交关系，从而一改从前那种单方面朝贡，请求中国皇帝册封的"藩属"

地位。同时改变从前主要通过朝鲜半岛输入中国文化的办法,直接向中国派遣使节和留学生,积极摄取为本国建设需要的文化、制度和技术。著名留学生高向玄理、南渊请安和僧旻等,都是在这时入隋留学的。

圣德太子改革主要是文化精神方面的,没有触及部民制的基础,加之受到贵族豪强势力的阻碍,其新政治的设想是无法实现的。但圣德太子改革,提高了日本的国际地位,奠定了中日平等友好邦交的基础。尤其是派遣留学生,积极输入中国文化,为未来的大化改新准备了必要条件。

2. 大化改新的内容与经过

大化改新是以中大兄为首的改新派在遣唐留学生的影响和支持下,以法制完备的唐代集权制国家为典范,为建立天皇中心主义的律令制国家而进行的政治体制改革。苏我氏大臣作为氏族豪强势力的代表,世代外戚,独揽朝政,擅权跋扈,是改新派建立天皇制中央集权国家的主要障碍。645 年 6 月 12 日,中大兄利用苏我入鹿出席朝廷接见朝鲜使节的机会,在中央豪族中臣镰足和归国留学生的协助下,发动政变,一举消灭以苏我入鹿为首的苏我氏家族势力,夺取了中央政权。14 日孝德天皇(645—654 年)即位,建年号"大化",立中大兄为皇太子兼摄政,任命阿倍内麻吕和苏我石川麻吕为左右大臣、中臣镰足为内臣、僧旻和高向玄理为国博士。新政府誓以"帝道唯一"为宗旨,建设新国家。646 年(大化二年)元旦,天皇颁布诏书,开始国制改革,史称"大化改新"。

改新诏书是新政权改革的基本纲领,主要内容有四个方面:(1)废除王室和贵族一切私有土地和部民,全国土地和人民都直接归属天皇,成为公地和公民。(2)实行"班田收授法",国家对农民班给口分田,六年一班,死后归还。另分给园地和宅地,可以世袭占有。另外,对贵族官僚授予食封,对功臣贵族另赐功田。(3)改革租税制度,实行租庸调法。(4)改革国家机构,建立中央集权制国家制度。中央政府设二官八省,分别掌握各项政务;地方行政设国、郡、里等单位,国司和郡司由中央任命,里长由地方土豪充任。

这些纲领的实施经过了一个长期的尖锐复杂的斗争过程。672 年(壬申年),坚持改新的大海人皇子(中大兄之弟)举兵反抗中央朝廷,史称"壬申之乱"。结果大海人打败了朝廷,夺取了皇位,即位后称天武天皇(672—686 年)。天武天皇废除了从前恢复贵族土地和部民的诏令,继续实行全面改革,万事独裁,确立了天皇专制的集权统治。681 年(天武九年),制定《飞鸟净御原令》,以立法形式巩固了大化改新的成果。到 701 年(大宝元年)修成《大宝律令》,标志着大化改新的完成。

3. 大化改新的意义

大化改新,把广大部民从氏族贵族的占有下解放出来,作为公民授予口分田,负担一定的租庸调,地位有所改善,提高了生产的积极性。改新确立了律令制的中央集权国家,把从前占有土地和部民、独立性很强的氏族豪强改造成为律令制国家服务的官僚,大大削弱了他们的传统特权,限制了为争夺土地和人民而进行的无休止的斗争,为经济和文化的发展创造了比较稳定的社会环境。

(二)奈良时代与平安时代

710 年,元明女皇把都城从飞鸟迁至奈良城(平城京),开始了日本史上著名的奈良时代(710—794 年)。794 年,桓武天皇又把京城迁往平安京(京都),开始平安时代(794—1192 年)。奈良和平安时代,一般(或名义上)由天皇掌权,不同于后来的实权在幕府(特别是德川幕府),所以又称王朝时代。

1. 律令制国家

所谓律令制,就是以律令作为国家基本法制体系。701 年(文武天皇大宝元年),日本参照中国律令制编成第一部律令法典《大宝律令》,确立了律令制国家法的基础。718 年(元正天皇养老二年),在《大宝律令》基础上修订成为《养老律令》。律令是国家的基本大法,它规定国家制度、政治体制和国民的权利义务。

基于律令制,建立了天皇专制主义的中央集权制的官僚政治体制;施行土地国有原则和班田收授法;确立了身份制度,将全国人民划分为良民和贱民两大等级,并以此作为律令国家的基本秩序。良民包括皇族、贵族和平民(主要是农民),属于公民,即自由民。但良民等级中又以有无位阶和官职而区分为统治阶级和被统治阶级,前者包括皇族、贵族和官僚,他们垄断国家政权,免除赋税和课役,享有种种特权,一般农民则属于不享有特权的平民阶级,亦即被统治阶级。在良民之下的是贱民,贱民分为陵户(为皇室守墓者)、官户(为朝廷服役者)、家人(为贵族服役者)、公奴婢(朝廷所有的奴隶)和私奴婢(个人所有的奴隶)五类,统称"五色贱民"。贱民没有公民权,人身处于不同程度的依附地位。

律令国家授予良民土地。一般良民授予口分田,6 岁以上男子每人 2 段,女子为其 2/3,6 年一班,死后归公。另外,按户分给均等的宅地和园地。这种土地分配制度,称为班田收授法。口分田限终身使用,不准世袭、买卖或转让,但可以出赁,限期 1 年。领取口分田的农民,即班田农民须对国家负担租、庸、调及杂徭等赋役。租是对口分田征课的田税,每段地缴纳稻谷 2 束 2 把(后改为 1 束 5 把),相当于收获的 3% 左右。庸和调是对成年男子的征课,庸为岁役,正丁每年 10 天,次丁减半。调为贡税,征收各地的特产物,主要是绢、丝、棉、布以及铁、盐、鱼、纸等物。

另外,律令国家对良民的上层,即贵族官僚阶级,按其官职、位阶、功勋分别授予不同数额的土地,称为职田、位田、功田或赐田。从 8 世纪末开始,班田制逐渐遭到破坏,庄园制得以发展。与此相对应,天皇权力衰弱,律令制国家基本解体。

2. 摄关和院政

平安时代是日本政治体制的转型时期,即由律令政治向武家政治的转换时期。858 年,清和天皇 9 岁即位,藤原良房出任摄政,实际上掌握了中央权力。877 年,藤原良房的儿子藤原基经又当上了阳成天皇(10 岁即位)的摄政,到宇多天皇(887—897 年)时,改任"关白"。摄政和关白便形成一种例行的政治体制,历史上称为"摄关政治",独占摄关职的藤原氏家族则被称为"摄关家"。天皇为了摆脱摄关家的控制,进行了一系列的斗争。1086 年,白河天皇为打击藤原氏势力,在自己宫殿里设"院厅",由近臣任官员处理政务,开始日本史上的"院政时代"(1086—1192 年)。

为了抑制庄园的发展,朝廷曾多次发布庄园整理令,但收效甚微。11 世纪下半叶到 12 世纪,官僚贵族以分割公领地而建立庄园的现象非常普遍,形成了所谓庄园公领制。针对这种情况,朝廷也采取了相应的措施,实行知行国制度。即把某国的支配权授予个别皇族、公卿或寺社,准其享有该国租税课役等的收益。实行知行国制最初旨在抑制公领私有化,然而,结果却成为公地私领化和庄园化的重要途径。地方豪强为了保护自己的庄园,扩大势力,把自己家族和仆从青壮男子武装起来,组成一种血缘关系和主从制相结合的军事集团,其成员称为"武士"。

(三)镰仓幕府与室町幕府

1. 镰仓幕府的建立与御家人制

11 世纪,形成两个最大的武士集团:关东的源氏和关西的平氏。1185 年,关东源氏击败平氏,控制中央政权。1192 年,源赖朝当上了"征夷大将军",在镰仓设立将军幕府,开始了武家政权镰仓幕府(1192—1333 年)的统治时代。

镰仓幕府成立后与天皇朝廷同时并存,名义上将军由天皇任命,实际上天皇朝廷只是象征性的传统中央政府,而以将军为首的幕府则是真正的中央权力机关。幕府设专门管理武士的机关——侍所。镰仓幕府还设立处理政务的公文所(后改称政所)和审理诉讼案件的问注所。各国设守护,负责军政。庄园设地头,负责治安和征收租赋。

将军和武士结成主从关系,武士作为将军的家臣,尊称为"御家人"。将军对家臣(御家人)赐予官职和土地并保护其既得权益,称为"御恩"。家臣对将军宣誓效忠,承担纳贡和服军役义务,称为"奉公"。这种主从制又称为"御家人制"。1199 年源赖朝死,幕府内部发生争夺最高权力的斗争。外戚北条义时政囚禁第二代将军源赖家,将他杀害,独揽大权。1205 年,北条义时自称"执权",即代替将军执掌幕府的军政大权。

幕府内部的斗争,给京都朝廷以倒幕良机。1221 年(承久三年),后鸟羽天皇发兵讨伐北条氏,但很快失败,史称"承久之乱"。此后,幕府加强了对京都朝廷的控制,在京都设立六波罗探题,监视朝廷和公卿,同时加强了幕府机构,形成了以执权为首,以北条氏为中心的封建军事贵族专制政权。1232 年,又制定《贞永式目》五十一条,作为幕府施政和统制御家人的基本法规。《贞永式目》不仅是武家法规,同时也适用于整个社会。由于实行了这些措施,13 世纪中叶以后,政治相对稳定,经济也有所发展。

2. 室町幕府的建立

1333 年,后醍醐天皇乘幕府势衰,联合不满北条氏的武士贵族,一举推翻了镰仓幕府,恢复了天皇权力,建年号建武,史称"建武中兴"。但是,不久建武政权又被另一个势力强大的武士贵族足利尊氏推翻。1336 年,足利尊氏攻入京都,自立为征夷大将军,在京都设将军幕府,开始了室町幕府(1336—1573 年)统治时代。

被废黜的后醍醐天皇逃到京都以南的吉野,另立朝廷,与北方京都政权对峙,史称"南北朝时代"(1336—1392 年)。1392 年,第三代将军足利义满合并南朝,南北对立基本结束。1467 年(应仁元年),因为第八代将军的继嗣问题,爆发了一场全国性的大混战,参与内战的武士达 20 多万人,几乎所有的守护都参与了战争,混战持续 10 年之久,京都化为一片焦土。这场内战,史称"应仁之乱"。应仁之乱开创了日本历史的一个新时代,即"战国时代"(1467—1573 年)。

3. 日本重新统一

经过长期混战,从16世纪中叶起日本逐步实现地域的统一。在兼并战争中,尾张国的一个中等封建主织田信长(1534—1582年)以名古屋为根据地向外扩张,逐渐压倒其他战国大名,奠定了日本统一的基础。1573年织田信长废掉了室町幕府的末代将军,室町幕府最后灭亡。1582年,信长遭叛变家臣袭击,自杀身亡。他虽然没有完成日本的再统一,但已控制六十多国的一半,为统一奠定了基础。

织田信长死后,部将丰臣秀吉(1536—1598年)讨平叛将,接着用打击和谈判的手法,确立领导地位,并平定四国、九州,基本实现日本统一。丰臣秀吉下令在全国丈量土地,按土地肥瘠分为三等,核定年贡,登录在册,这件事被称为"太阁检地"。他还奖励垦荒,大力兴修水利,强迫游手好闲者去务农。他鼓励发展工商业,统一度量衡,并修建大阪城,迁来其他地方的商人。1588年,丰臣秀吉发布"刀狩令",收缴百姓手里的刀、矛、武器,从此佩带武器成了武士的特权。他发布"身份统制令",不许农民任意迁徙,更不许弃农从商。禁止武士转业为农或从商,从而确定了兵农分离和士农工商四等身份制度。

织田信长和丰臣秀吉完成了日本的统一,结束长期分裂的历史局面,为日本经济和民族文化的发展创造了有利条件。

(四)德川幕府与幕藩体制

1. 德川幕府的建立

丰臣秀吉死后,部将德川家康(1542—1616年)掌握政权。在1600年的关原之战中,家康击败敌对的大名联军,奠定称霸全国的大局。1603年德川家康就任征夷大将军,在江户建立幕府,开始江户幕府(又称德川幕府)的长期统治(1603—1867年)。德川幕府实行幕藩体制,即实行以幕府为核心、诸藩为支柱的中央集权专制统治。

2. 幕藩体制

德川幕府较前两届幕府的统治机构更加完善,集权化程度更高。将军拥有强大的经济和军事力量,是全国人民和土地的最高支配者。将军以下,幕府设"大老"(一人)、"老中"和"若年寄"(各四人)等三个重要官职,合称"三役",辅佐将军管理幕府。三役以下设寺社、勘定、江户三奉行。地方政权是大名的藩国,藩主(大名)在藩国内享有行政、司法、税收和军事的全权,但必须接受幕府的严格监督。为了巩固幕藩体制,德川幕府实行严格的身份制度和兵农分离制度,即把全国居民分成士农工商四个等级,不得混淆;武士必须集居城里,农民固定在农村。

在对外关系方面,德川家康实行的是锁国政策。从1633年至1639年,幕府连续五次颁布"锁国令",其主要内容是:(1)禁止日本船出海贸易和日本人与海外往来,偷渡者处以死刑;(2)取缔天主教传教士,对潜入日本者应予以告发和逮捕,以防天主教在日本的蔓延;(3)对驶抵日本的外国船实行严密的监视,贸易活动也由幕府进行严格的管制。德川幕府奉行锁国政策长达两个多世纪之久,它虽然巩固了幕藩体制,却使日本与外界隔绝,不利于吸收外国先进科学技术和经济的进一步发展。

(五)中世纪日本文化

大化改新开辟了日本文化发展的新时代。吉备真备在唐留学17年,精通儒学、天文和兵法,回国后在太学教授三史、五经和律令等科目,他用汉字偏旁创造日本民族文字——片假名。后来空海又利用汉字行书体创造日本行书假名——平假名。8世纪中叶编成的汉诗集《怀风藻》,收录了64位诗人的120篇作品,内容大多是描写宫廷酒宴或行幸等生活场面。《万叶集》,约8世纪中叶由著名和歌诗人大伴家持主修,全书20卷,收录各种形式的诗歌近4 500首。712年,太安麻吕奉敕编成《古事记》三卷,内容上自神代下至推古朝,以天皇为中心,汉字音训混用,富有文学色彩,是日本第一部古代史著作。720年,舍人亲王又奉敕修成《日本书纪》30卷,上自神代下至持统天皇,采用中国正史编年纪事体,用汉文写成。到平安时代,又编成《续日本书纪》、《日本后纪》、《续日本后纪》、《文德实录》和《三代实录》,连同《日本书纪》合称"六国史"。

平安时代,日本逐渐摆脱了对唐朝文化的简单模仿,唐风文化与日本传统文化相融合,形成具有日本特色的所谓国风文化。和歌出现了著名的六歌仙和《古今和歌集》。著名的小说有《竹取物语》、《伊氏物语》、《源氏物语》等。镰仓以后,日本文化以反映武士的生活风尚为主要特色。在文学创作上反映武家兴亡和战争情况的战记小说繁荣起来,如《保元物语》、《平治物语》、《平家物语》等。艺术风格也发生变化,寺院建筑出现了天竺式和唐式。德川幕府时期的文化有新特色,涌现一批反映市民利益的作品,称"假名草子"和"浮世草子"。被称作"浮世绘"的风俗画和美人画开始流行。

二、中日文化交流

古代日本文化主要得益于对中国文化的吸取和融合。日本吸取中国文化是多方面的、长期的历史过程。

汉字和汉文、儒学、律令制度和佛教是日本吸取中国文化的主要内容。3世纪末,百济博士王仁把中国儒家典籍《论语》十卷和《千字文》一卷传至日本。5世纪,日本贵族已经能较好地运用汉字。继体天皇七年(513年),建立五经博士交代制度,要求百济定期向日本派遣谙熟儒家经典的汉学家,以后又增加医博士、历博士、天文、地理和阴阳五行等各方面的专门人才。到圣德太子时代(593—621年),直接向中国派遣留学生,全面摄取中国文明制度,为日本文化的发展奠定了基础。

大化改新以后,日本进一步大力汲取中国文化。自630年到894年间,日本向唐朝派遣了十几次遣唐使,随行的有许多留学生和求法僧。其中,吉备真备和阿倍仲麻吕是日本留学生最杰出的代表。与日本大批留学生来中国的同时,也有不少中国学者、高僧到日本去传播中国文化,为中日文化交流作出了贡献。8世纪中叶,年逾花甲、双目失明的中国高僧鉴真和他的弟子,经过许多周折,历尽艰险,东渡日本。他不仅带去了佛教各宗经典和汉学文化知识,还创立律宗佛教,为日本文化和佛教的发展作出了重大贡献。日本人民对鉴真的贡献给予极高的评价:"禅光耀百倍,戒月照千乡"。8世纪,留学生吉备真备利用汉字偏旁创造了日语标音文字——片假名,从此,日本有了自己的文字。后来留唐求法僧空海又利用汉字行书体创造日本行书假名——平假名。

奈良时代(710—789年),日本仿照唐朝教育体制创立了一套教育制度,中央设太学,地方设国学,各置博士、教授、助教,教授中国律令、经学、音韵、文学、书法和算术等科目。由于有了文字和学校,为文化的普及和繁荣奠定了基础,因而出现天平(729—748年)文化的高潮。佛教传入日本最晚不迟于6世纪初,佛教因宣扬因果报应,主张忍耐、顺从、寡欲、善行,引导人们脱离现实斗争,为统治阶级剥削和压迫人民提供了理论依据。另一方面,佛教本身又是一种文化体系,具有丰富而高度的文化内涵,因而佛教传到日本后就受到统治阶级的青睐和扶持,迅速发展起来。经过长期发展,到镰仓时期脱离了大陆佛教的特色,佛教日本化,成为日本人精神生活的基调,对日本的文化产生了巨大影响。

三、从笈多王朝到莫卧儿帝国

(一) 笈多王朝

1. 笈多王朝的建立

笈多王朝在4世纪初,以恒河流域中下游为基地,迅速统一北印度,形成一个政治稳定、经济繁荣和文化昌盛的大帝国。笈多王朝处于印度由奴隶制社会向封建社会过渡的阶段,在历史上占有重要地位。320年,旃陀罗笈多一世以吠舍离为首都,建立笈多王朝(320—540年)。旃陀罗笈多一世在位期间(320—335年),为新兴笈多王朝的强盛奠定牢固的基础。旃陀罗笈多一世之子沙摩陀罗笈多统治时期(335—380年),开始大规模向外扩张。

2. 超日王时期的强盛

沙摩陀罗笈多之子旃陀罗笈多二世时期(380—413年),笈多王朝的政治、经济、军事、文化实力达到鼎盛时期。旃陀罗笈多二世一般认为就是传说中的毗克罗摩阿迭多,即超日王。超日王继承父业,首先致力于国家的统一。388—409年间,超日王先后征服了马尔瓦、古吉拉特和卡提阿瓦。笈多王朝的领土扩及阿拉伯海沿岸,控制了北印度东西海岸的繁荣城市和港口,对于笈多王朝手工业和商业的发展有着积极的意义。超日王把首都迁到华氏城。在政治制度方面,笈多王朝实行中央集权制,最高统治者是大王,皇亲贵族和婆罗门高僧构成王室顾问和各部门重臣。全国划分为若干省,省下设县,各省总督多由大王任命王子或其他亲属充任,县级地方官由总督任命和管辖。协助国王进行统治的顾问大臣和各级官吏,都从国王府库中直接领取薪俸。笈多王朝国王虽信奉印度教,但对其他宗教信仰也能采取宽容态度。

3. 法显旅印

在超日王时期,中国求法僧人法显来到印度。399年从长安出发,经新疆,越葱岭,过中亚,历尽千辛万苦,约于402年进入北天竺(印度河流域),然后转入中天竺(恒河流域)。法显在印度遍访佛教中心地,探寻佛教经典。411年横渡印度洋,经耶婆提(苏门答腊),随风暴漂抵山东崂山登陆,413年回到东晋首都建康(今南京)。后来法显把历经十五年三十余国的印度求经见闻写成《佛国记》(又名《法显传》)。

4. 笈多王朝的衰亡

从5世纪中叶起,活跃在阿姆河流域的嚈哒人(与大月氏人混血的匈奴人,亦称白匈奴)开始侵入次大陆,6世纪初占领旁遮普、拉贾斯坦和古吉拉特,定都奢羯罗。528年,嚈哒人虽被北印度王公的联军击败,但笈多王朝解体,北印度重新陷于分裂混战局面。

(二) 戒日王朝

1. 戒日王朝的建立

6 世纪末,印度又呈分裂状态,主要有四个较强的王国:坦尼沙王国、穆克里王国、高达王国和摩腊婆王国,前两者和后两者分别结成两个互相敌对的政治、军事集团。606 年,曷利沙伐弹那(即戒日王)继承坦尼沙王国,经过六年的征战,终于征服了北印度诸国。612 年,在穆克里王国的贵族和廷臣的请求下,戒日王正式继承曲女城的王位,坦尼沙和穆克里合并,被称为"曷利沙帝国"或戒日帝国,定都曲女城。北印度的政治重心西移,恒河和朱木拿河流域的曲女城取代了恒河下游华氏城的地位。

2. 帝国的内外政策

612 年戒日帝国形成后,戒日王继续南攻北伐,东征西讨,使北印度基本上处于戒日王的统治之下。在 7 世纪 20 年代,戒日王曾企图征服南印度,完成次大陆的统一事业,但其扩张遭到挫败。戒日王对东方和西方的征服则取得了很大的成功。戒日王对东方恒河下游的征服经历了长期的战争过程。643 年,戒日王征服了康戈达地区,领土向东南扩展。在西方,戒日王征服了摩腊婆国西北的伐腊毗国,使其承认戒日王的宗主权,戒日帝国在西方的版图达到古吉拉特和信德地区。

戒日帝国的统治主要依靠中央和地方的行政机构以及庞大军事力量。作为国家君主的戒日王的权力非常大。此外中央有大臣会议,协助国王进行统治,讨论和制定对内对外政策。地方行政机构的独立性日益加强,迫使戒日王不断巡行各地,监督他们。至于承认戒日帝国宗主权的边远地区的藩国,依然由当地王公进行统治,只向戒日王纳贡。

3. 玄奘旅印

642 年,戒日王在首都曲女城为玄奘举行无遮大会,由玄奘宣讲大乘教教义,获得很高的声誉。玄奘求经归来撰写的《大唐西域记》,成为这个时期有关印度和中亚的珍贵的第一手资料。

4. 戒日王朝的衰亡

帝国末期,地方割据的倾向愈益强化,各省总督和藩王,俨然成为独立王国,中央的权力更加削弱,地方分权极为明显。647 年,戒日王死后,帝国随即瓦解,各地封建主纷纷割据,北印度重新陷于分裂的局面。

5. 印度教的兴起

印度教亦称新婆罗门教,是在婆罗门教的基础上,融合了佛教和耆那教的某些思想,又吸收了印度其他的民间信仰,最终演化而成。印度教形成的过程很长,从 4 世纪笈多王朝开始,中经 8—9 世纪商羯罗的改革,最后定型。

印度教没有公认的教祖,也没有统一的经典。因而印度教的信仰学说、哲学伦理观点相当繁杂,信仰印度教的各社会等级、阶层、集团之间,所信仰的内容和宗教实践都是不完全相同的。概括起来,印度教的信仰有以下几方面内容:(1)信奉吠陀。(2)信奉多神教的泛神论。各派印度教徒崇拜的天神湿婆、毗湿奴和梵天诸神,是作为梵的具体形态而显现的。印度教的重要经典之一《往世书》,把这种思想加以发挥称之为"三神一体"说。(3)相信业报轮回与灵魂解脱之说。

印度教大致有四个主要教派:即尸摩多派、毗湿奴派、湿婆派和性力派。尸摩多派崇拜佛教以前的古婆罗门教的传统,奉行多神信仰,承认泛神论是最高真理。毗湿奴派信徒崇拜毗湿奴为最高神。毗湿奴,被认为是兼有创造和破坏两种能力,是宇宙的维持者。湿婆派认为只有膜拜湿婆才能消除污秽,实现净化,最终才能得到解脱。性力派是从湿婆派分化出来的,崇拜的对象主要是湿婆的妻子难近母、毗湿奴的妻子吉祥天女、梵天的妻子辩才天女等。

(三)德里苏丹国

1. 德里苏丹国的建立

从 7 世纪中叶到 12 世纪末,北印度分裂为许多拉其普特人统治的小国家。12 世纪中叶,古尔王朝(1152—1206 年)兴起于阿富汗西部。古尔王朝灭加兹尼王朝以后,定都赫拉特,成为阿富汗和西北印度的统治者。1206 年,古尔苏丹部将,镇守德里总督库特卜·乌丁·艾巴克在德里自立为苏丹(1206—1210 年),统治印度北部地区。库特卜·乌丁和其后的两位苏丹均为来自阿富汗的突厥奴隶,因此他们建立的政权史称奴隶王朝。

德里苏丹国是印度历史上第一个较为稳固的伊斯兰教政权,共存在 320 年,先后经历了 5 个王朝:奴隶王朝(1206—1290 年)、卡尔基王朝(1290—1320 年)、图格拉王朝(1320—1414 年)、赛义德王朝(1414—1451 年)和罗第王朝(1451—1526 年)。以上 5 个王朝均以德里为首都,统治者皆称苏丹,故称德里苏丹国。图格拉王朝苏丹穆罕默德·图格拉(1325—1351 年)在位时期,德里苏丹国的疆域达到了顶峰:西起印度河流域,东至孟加拉,北抵克什米尔,南达科佛里河。

2. 德里苏丹国的政治与土地制度

德里苏丹国改变了印度传统的政权形式,采用政教合一的伊斯兰教神权政体。苏丹作为全国的最高统治者,集君权和教权于一身。德里苏丹国的中央政府由若干个部(即迪万)组成,分别掌管税收、司法、军事、驿政和文书等。德里苏丹国废除了印度传统的官吏世袭制度,各部长官由苏丹任命。

德里苏丹国统治的印度划分为若干省份。图格拉王朝时期,全国共有 23 个省。各省划分为若干称为"舍克"的行政区,"舍克"之下是"巴尔加那",村社构成最小的行政单位。各省的长官称"瓦利",直接隶属于德里苏丹。除直接隶属于中央的省份外,边远地区分布着印度教王公统治的众多土邦。这些土邦在承认德里苏丹的宗主权和缴纳贡税的条件下,处于半独立的状态,印度教王公在土邦内拥有广泛的权力。

德里苏丹国拥有规模较大的常备军,兵源来自阿富汗突厥人以及印度血统的穆斯林。全部军队分为骑兵、步兵和象兵,装备简单的火器。印度教徒为德里苏丹国提供辅助兵源。

德里苏丹国实行国家土地所有制,对印度封建土地制度的发展产生了很大影响。土地占有形式大体分为 3 种:"哈斯"是由苏丹直接支配的土地,由中央财政部门管理,收入供中央政府开支和宫廷消费;"伊克塔"是苏丹以服军役为条件分封给穆斯林战士的土地,这是德里苏丹国时期国有土地的主要占有形式;神庙土地包括苏丹国家赏赐给伊斯兰教神职人员的土地"伊纳姆"和赏赐给清真寺的土地"瓦克夫",占有者拥有世袭享用的权力。

3. 伊斯兰教在印度的传播与巴克提教派

德里苏丹国时期,伊斯兰教作为国教在整个印度的范围内得到广泛的传播。印度教与伊斯兰教之间无疑存在着明显的差异,多神崇拜和一神信仰的尖锐对立尤为突出。然而,土著的文化未能将外来的伊斯兰文明同化,伊斯兰教国家也无力消灭印度教的传统信仰。这两种截然不同的文化都具有强大的生命力,它们在印度的土地上同时存在下来。德里苏丹国时期伊斯兰教的广泛发展,对印度社会产生了深刻的影响。一方面,伊斯兰教的传播加深了印度教与伊斯兰教之间的对立,导致了尖锐的宗教矛盾;另一方面,占人口大多数的土著居民信奉的印度教与统治集团大力提倡的伊斯兰教频繁接触,相互之间形成了广泛的影响。巴克提教派运动就是印度教与伊斯兰教之间既彼此对立又相互影响的产物。

巴克提教派运动又称虔信运动,12 世纪兴起于印度南部,初期的代表人物是罗摩奴阇。13 世纪以后,巴克提教派运动由印度南部传入北方各地,主要流行于城市下层群众中,罗摩难陀和克比尔成为主要的代表人物。罗摩难陀(1360—1450 年)不仅认为"梵天"是宇宙万物的主宰,而且强调众生平等的原则,所有虔信"梵天"的人不论身世高低贵贱,皆可获得解脱。克比尔(1440—1518 年)吸取了印度教吠檀多派哲学和伊斯兰教苏非派教义,强调一神信仰,反对偶像崇拜和种姓制度,主张简化宗教仪式。

4. 德里苏丹国的衰亡

1517 年,帖木儿的后裔巴布尔从阿富汗侵入印度。1526 年,巴布尔在帕尼巴特击败罗第王朝苏丹易卜拉欣率领的军队,随后攻占德里,德里苏丹国最终灭亡。德里苏丹国是印度历史发展的重要阶段。德里苏丹国采取政教合一的政治制度,并将军事采邑制度传入印度,深刻地影响了印度封建社会的发展。德里苏丹国时期,印度的穆斯林人数剧增,伊斯兰教上升为与印度教并列的主要宗教。两大宗教之间的矛盾日趋尖锐,对印度社会影响极大。

(四) 莫卧儿帝国

1. 莫卧儿帝国的建立

1526 年 4 月,帖木儿的后裔巴布尔消灭德里苏丹政权,在德里建立莫卧儿帝国。经过三年的征服战争,到1529 年 5 月,统一了北印度,奠定了莫卧儿帝国的基础。到阿克巴时期(1556—1605 年),莫卧儿帝国达到极盛,版图超过了以前任何王朝,南方达到瓦利河,北方包括阿富汗和克什米尔,西至俾路支和信德,东抵孟加拉和阿萨姆。

2. 阿克巴的统治

阿克巴时代,帝国版图辽阔,各地规制不一,民族矛盾和宗教矛盾很尖锐。为了统一制度,缓和社会矛盾,加强中央集权统治,阿克巴进行了一系列改革。

在行政管理上,阿克巴集中了国家的行政、军事和司法等方面的最高权力。皇帝以下,设财政、军需、司法、宗教事务和监察等部,由宰相辅佐皇帝统辖中央机关,实际上宰相权力只限于掌握地方的财政税收,各部大臣直接对皇帝负责。阿克巴的政治特点是化行政为军事组织,官吏多授予军级,称为"曼萨布达尔制"。曼萨布达尔分 33 级,最高者可拥有 1 万士兵。拥有 5 000 名士兵以上的曼萨布达尔,只能由皇室王子担任。各级曼萨布达尔主要履行军务,也同赋税与司法有关。军队的来源是由各省长及军事采邑的封建主提供。

在财政和税制方面,阿克巴统一度量衡,然后丈量全国土地,测定土地单位面积的收获量,据此规定税额。

收实物税的地区税率为收获量的 1/3；在中央地区把实物税改为货币税，税率以过去 19 年内农产品平均价格为标准；取消了包税制的陋习，租税一律由中央派定的官员征收。税制改革，增加了政府收入，限制了封建主和商人滥用特权搜刮人民，在一定程度上减轻了人民的负担。

为了巩固统治，阿克巴改变宗教和民族歧视的传统政策，在统治阶级内部提拔了不少印度教封建主，充任中央和地方官吏。对印度教徒，取消他们的人头税和巡礼税，允许自由信仰，原先被迫改信伊斯兰教的人可以恢复原来的教籍。阿克巴企图把各派宗教糅合在一起，创立一种"神圣宗教"，自任教长，以便消除宗教分歧，巩固统治。

军事采邑制是莫卧儿帝国封建土地所有制的基本形式。皇帝是全国土地的最高所有者。他把土地以军事采邑（扎吉尔）形式分封给封建贵族。这种采邑不是世袭的，只有服役期间皇帝才授予这种采邑。这种封建主称为扎吉达尔，他有向国家提供骑兵的义务，提供骑兵的数目由封地大小而定。另一种土地占有形式称为柴明达尔制，它由承认莫卧儿帝国主权的边远地区的封建主组成，向帝国纳贡并提供士兵。

在经济方面，除注意发展农业生产外，支持工商业，统一货币和度量衡，在全国范围内修筑公路，扩大商业交通网，鼓励对外贸易，甚至他本人也投资商业。

阿克巴改革在一定程度上缓和了民族矛盾、宗教及阶级矛盾，巩固了莫卧儿帝国的统治，政治上出现了长期统一和安定的局面，促进了经济和文化的发展。但是阿克巴改革并没有消除莫卧儿帝国的根本矛盾。

3. 锡克教

莫卧儿帝国时期，实行宗教宽容政策，伊斯兰教和印度教长期并存。16 世纪，纳那克（1469—1538 年）融合了印度教和伊斯兰教的某些教义，创立了锡克教。"锡克"一词源于梵文，意为"门徒"。因信徒自称为教祖的"门徒"，故称锡克教。锡克教在印度虔信派的基础上吸收了伊斯兰教的一神论和无种姓差别的社会观，主张信徒在神的面前一律平等，主张业报轮回，提倡修行；反对种姓制度，反对偶像崇拜和消极遁世态度。锡克教有教团组织，宗教首领称为"师尊"（古鲁），主要信徒是低级种姓的下层人民。17 世纪以后，锡克教逐渐形成独立的政治宗教组织，成为反对莫卧儿帝国封建统治的重要力量。

本章重、难点提示

一、重点掌握名词

圣德太子改革	承久之乱	笈多王朝
大化改新	《贞永式目》	超日王
壬申之乱	建武中兴	戒日王朝
奈良时代	室町幕府	印度教
律令制	应仁之乱	德里苏丹国
班田收授法	织田信长	巴克提教派运动
平安时代	丰臣秀吉	莫卧儿帝国
摄关政治	太阁检地	阿克巴
院政	德川幕府	曼萨布达尔制
知行国制度	幕藩体制	柴明达尔制
镰仓幕府	锁国令	锡克教
御家人制	《日本书纪》	

二、论述题

1. 论述日本圣德太子改革的背景、内容与意义。参见本章一、（一）。
2. 论述日本大化改新的内容、经过及其历史意义。参见本章一、（一）。
3. 概述中世纪日本文化的主要成就。参见本章一、（五）。
4. 简述印度教的主要信仰与教派。参见本章三、（二）。
5. 论述德里苏丹国的政治与土地制度。参见本章三、（三）。
6. 简述阿克巴的统治政策及其影响。参见本章三、（四）。

第十一章 古代美洲文明

考点详解

一、古代中美洲文明

美洲大陆原有居民为印第安人。一般认为印第安人属于蒙古利亚种,约在5万年前通过白令海峡(当时有陆桥相连)进入阿拉斯加,然后逐渐分布到美洲各地。到15世纪末,欧洲殖民主义者侵入以前,印第安人约有1400万~4000万。印第安人社会发展极不平衡,北美和南美诸部落大都处在原始公社制的不同发展阶段。只有居住在墨西哥、中美洲和南美洲安第斯山区的印第安人形成了古代文明国家,他们创造了灿烂多彩的玛雅文明、阿兹特克文明以及印加文明。

(一)玛雅文明

玛雅人是美洲印第安人中文化最发达的一支,创造了发达的文字体系。玛雅人分布在今墨西哥瓦哈卡州以南、危地马拉全境、萨尔瓦多和洪都拉斯西部广阔地区。大约在公元前1000年代初,玛雅人已发展到定居的农业文明。

约在公元前后,玛雅人在尤卡坦半岛南部贝登湖周围建立起一些城市国家。4—9世纪,玛雅国家达到繁荣时期。根据考古资料证实,这个时期,有文字记载的城邦就有110个。但是,到了9世纪末,不知什么原因,尤卡坦南部各城邦突然衰落了。10—11世纪,又出现了一系列其他的城邦,重要的有玛雅潘和乌斯马里等。12世纪末,玛雅潘强大起来,在城邦中确立了霸主地位,并且一直维持到15世纪中叶。"玛雅"这个名称,大概就是在玛雅潘成为尤卡坦半岛北部的政治中心时形成的。1441年,乌斯马尔联合各邦打败玛雅潘,尤卡坦半岛各邦陷入了长期纷争。1541—1546年间,西班牙殖民者侵占了尤卡坦,玛雅人的独立发展被打断了。

城邦最高统治者称为哈拉奇·维尼克(意为"大人"),具有至高无上的权力,职位世袭。他以最高祭司为顾问,利用神权来维护政权。他任命贵族为地方行政长官——村长,管理各个村社。村长为终身职,他必须服从最高统治者"大人"。他们的任务是向村社农民征税,维持地方秩序,审理诉讼案件,战时指挥本村社的军队。

玛雅人社会组织以农村公社为基本单位,土地为公社所有,定期分给各家族使用,产品归用户所有。玛雅人社会,奴隶占有制已有相当的发展。奴隶的主要来源是战争俘虏,此外还有债务奴隶以及一些罪犯被贬为奴隶。奴隶买卖的风气也很盛行。

农业是玛雅人的主要经济,他们种植玉米、甘薯、西红柿、南瓜、豆类以及可可等。玛雅人没有家畜,只有少数家禽,如火鸡等,食肉依靠狩猎和捕鱼。

玛雅人创造了举世闻名的玛雅文化。他们由于生产和生活的需要,在天文、历法、算术、建筑以及文字等方面,取得了杰出的成就。著名的"玛雅历"是玛雅人创造的一种太阳历,以365日为1年,1年分为18个月,每月20天,另加5个无名日。玛雅历的精确程度不超过1分钟的误差。玛雅人能推算出月球和行星的运行周期,按星的运行来确定昼夜的时间。奇钦·伊查天文观象台是玛雅人的天文学成就之一。

玛雅人在数学上创造了20进位制。各种数目只用3种符号表示:黑点是1,短线是5,贝壳图形是0。玛雅人在公元初就创造了自己的象形文字,这种文字既表音又表意,每个字都用方格式环形花纹围起来。玛雅人还用毛发制笔,用榕树皮做纸,写下了大量书籍,内容有诗歌、历史、神话、戏剧、天文历法等,后大多被西班牙殖民者焚毁。现在仅存3种玛雅文古抄本:德累斯顿抄本、马德里抄本和巴黎抄本。玛雅各城邦都很重视自己的历史,习惯把国家的重大事件用象形文字刻在石碑或石柱上,一般每隔20年就立石记事一次。

(二)阿兹特克文明

阿兹特克人是讲纳瓦特尔语的印第安人。"阿兹特克"一名源于其故乡"阿兹特兰"(意为"白地")。在阿兹特克人到达墨西哥以前,控制墨西哥地区的是托尔托克人。托尔托克人也是讲纳瓦特尔语的民族,原来住在太平洋沿岸,后来移入墨西哥盆地,并在墨西哥以北约50英里处群山环抱的托兰,建立了自己的都城。12世纪初,游动的奇奇梅克人入侵,摧毁了托尔托克人在墨西哥中部的霸权地位,12世纪中叶,阿兹特克人毁掉托兰城。托尔托克人建造的"太阳金字塔",高64.5米,底部面积为220米×230米,塔分4级,呈方形,方位极正。太阳金字塔的建筑规模可与埃及最大的胡夫金字塔媲美。托尔托克文化对后来的阿兹特克人产生了重要影响。

12—13世纪,阿兹特克人开始向墨西哥迁徙。传说,太阳神兼战神辉齐罗波特利曾经启示他们,如果看到一只鹰站在仙人掌上啄食一条蛇,那就是他们应该定居的地方。祭司按着神的启示,领导阿兹特克人寻找定居住所,经过两个世纪,终于在特斯科科湖的小岛上发现了鹰啄蛇的地方。1325年,在那里建立了特诺奇蒂特兰城,即后来的墨西哥城。所以,鹰吃蛇的图案就是今天墨西哥合众国的国徽。

15世纪末,在墨西哥中、南部形成一个幅员辽阔的帝国,特诺奇蒂特兰城成为这一大帝国的政治中心。孟泰祖马二世(1502—1520年)时期,加强政治组织,将帝国划分为若干行省,构成一个庞大的政治、军事、宗教官僚体系。

阿兹特克人发明了一种独特的农业耕作法——"浮园耕作法",即在用芦苇编成的芦筏上堆积泥土,浮在水面,然后在这新造的土地上种植作物和果树,利用树根来巩固这些人造浮动园圃。土地归公社所有,分给各个家族共同耕种。此外,还有专门供养祭司和军事首领的土地以及供军需用的军用地。这些土地用公社成员和奴隶来耕作。奴隶主要由战俘和债务奴隶构成,贵族和祭司一般都占有奴隶,用以从事耕作和建筑等劳动。奴隶也是买卖的对象。

阿兹特克人在建筑方面的成就,更是举世闻名。特诺奇蒂特兰的建筑美观别致,全城分为4区,每区分为5街,这可能与部落、氏族的住地有关。阿兹特克人在长期的生产活动中,加深了对自然界的认识。他们能把1 200多种植物予以分类,能对动物和矿物进行分类研究。

阿兹特克人在吸收玛雅人和托尔托克人文化的基础上,创造了自己的象形文字和历法。他们的历法,1年为365日,闰年多加1天。他们把历法刻在直径近4米的圆形石柱上,称为"圆形历石"(又称"太阳石"),立在特诺奇蒂特兰城的中心广场,以便人们使用。1977年,又发现了一块直径为3.35米的大形历石——"月亮石"。阿兹特克人还有许多用象形文字书写的图书和画册,保存下来的两本《贡税册》,是研究阿兹特克人历史的珍贵资料。

二、印加文明

印加人是南美洲印第安人的一支,住在安第斯山中部肥沃谷地库斯科地区。12世纪,以库斯科(今秘鲁南部)为都城建立印加国家。15世纪初开始扩张,征服了许多邻近的部落,发展为幅员辽阔的大帝国。到1532年西班牙入侵时,它的版图西临太平洋,东至亚马逊河热带森林,北自厄瓜多尔北境,南达智利的马乌莱河,大致包括今日的秘鲁、厄瓜多尔、智利北部,以及玻利维亚和哥伦比亚的部分地区,南北长达4 900多公里,辖地面积80多万平方公里,统治将近1 200万居民。

印加帝国被称为"塔宛亭苏",意为"四方之国"。印加人是这个国家的统治阶层。国王享有很高的权威,被认为是太阳的化身,称为"印加·卡帕克"(意为"伟大的太阳子孙")。他依靠军队和贵族官僚机构进行统治,用严厉镇压手段推行政令。

印加社会的基层组织是称为"阿伊鲁"的农村公社,它是由氏族和大小不一的公社组成的政治、经济和宗教合一的社会基本单位。村社土地分为三种:一为"太阳田",供祭祀或宗教活动的费用,归祭司和寺庙所有;二为"印加田",供王室和公共开支需用,为王室所有;三为"公社田",是村社的共有地,分给各家庭耕种,原则上按人口变化每年重新分配。

印加人的农业发达,培植了40多种农作物,如玉米、豆类、花生、番茄、甘薯、可可等。已经知道用鸟粪施肥,在山坡上开辟梯田,把山溪引进渠道灌溉梯田,有一整套的水利灌溉系统。

印加人的采矿、冶金、建筑工程、驿道交通、纺织、医药等都达到较高水平。印加人虽不知用铁,但已掌握冶铜、锡、金、银、铝等技术,并能制造各种器具和装饰品。首都库斯科城,表现了印加人在建筑方面的卓越成就。这座城建立在海拔3 000米群山环抱的高原盆地里,城的中心有一个广场,是举行宗教仪式和节庆的地方。

印加帝国的交通建设,是一项巨大的工程。全国有两条南北走向的干道,一条沿太平洋岸自厄瓜多尔向南延伸,直到智利中部,全长3 600公里;另一条在内地,依安第斯山修筑,北起哥伦比亚,经厄瓜多尔、秘鲁、玻利维亚、阿根廷和智利,然后与沿海干道相接,长度与前一条相当。此外还有许多连结干道的支线道路,通向全国。

印加人没有文字,用结绳记事。各部落都有自己的方言,但克楚亚语是全国通用语言,在贵族子弟学校里,教授克楚亚语,并学习结绳记事和按照绳索的颜色和结子计算的方法。印加人初步掌握了外科学、解剖学、牙科学、麻醉学等医学知识。印加人崇拜天体,所以他们的天文知识和宗教有密切关系。首都库斯科建有观象台,用以观测太阳的位置,来确定农业生产节气和祭祀时间。他们以365日为1年,每年12个月,每月30天,10

天为 1 长周,剩余的 5 天为短周,以冬至日为岁首。

本章重、难点提示

重点掌握名词

玛雅文明	阿兹特克文明	印加文明
玛雅历	浮园耕作法	

第四部分　世界近现代史

I．考查要点

文艺复兴;新航路开辟;宗教改革;商业战争;科学革命;尼德兰革命;英国资产阶级革命;开明君主专制;启蒙运动;美国独立战争;法国大革命与拿破仑帝国;工业革命;19世纪的英国议会改革;美国内战;俄国农奴制改革;德意志的统一;第二次工业革命;马克思主义的诞生;拉丁美洲独立运动;日本明治维新;三十年战争与威斯特伐利亚和约;维也纳会议;第一次世界大战及其影响;日俄战争;俄国十月革命;战时共产主义与新经济政策;共产国际;巴黎和会;国际联盟;华盛顿会议;苏联的社会主义建设;德国赔款问题与道威斯计划;欧洲安全问题与《洛迦诺公约》;罗斯福新政;日本军国主义和德意法西斯;甘地主义;凯末尔主义;卡德纳斯改革;法西斯国家的侵略扩张;绥靖政策;反法西斯同盟的形成;欧洲战场与太平洋战场;开罗会议与德黑兰会议;雅尔塔会议;雅尔塔体系;布雷顿森林体系;联合国的建立;马歇尔计划;美苏争霸;殖民体系的解体与第三世界的兴起;西欧的一体化进程;当代科技革命;赫鲁晓夫的改革;戈尔巴乔夫改革。

II．试题综述

《历史学基础考试大纲》规定世界近现代史内容占试卷的比例为30%,约90分。下表为2007—2011年历史学基础试题中,世界近现代史内容在单项选择题、名词解释、史料分析题、论述(简答)题等四类题型中的题量与分值分布。

题型 年份	单项选择题		名词解释		史料分析题		论述(简答)题		合计
	题量	分值	题量	分值	题量	分值	题量	分值	
2011	7	14分	4	40分	1	30分			84分
2010	5	10分	2	20分	1	30分	1	30分	90分
2009	5	10分	2	20分			2	60分	90分
2008	5	10分	2	20分	1	30分	1	30分	90分
2007	5	10分	2	20分	1	30分	1	30分	90分

上表显示,在2007—2011年历史学基础试题中,世界近现代史内容大致以单项选择题、名词解释、史料分析题、论述(简答)题四类题型出现,总题量在9~12题,分值约为90分。世界近现代史内容众多,其重要性仅次于中国古代史。2007—2011年世界近现代史题型题量分布大致为单项选择5~7道、名词解释2~4道、史料分析题0~1道、论述(简答)题0~2道。2011年试题改革后,世界近现代史史料分析题与论述题同时出现的可能性不大。

从试题考查内容看,近代初期的欧洲、主要资本主义国家的历史(英、法、德、美、俄、日)与近现代国际关系为世界近现代史的考查重点,即世界近现代史的考查侧重于欧美历史。世界近现代史已考内容主要涉及政治、经济、国际关系等。

第一章　近代初期的欧洲

考点详解

一、文艺复兴

（一）文艺复兴运动的背景与实质

文艺复兴是 14 世纪中叶到 17 世纪初在欧洲发生的思想文化运动。11、12 世纪以来伴随着城市经济的发展而出现的思想文化的世俗化，为文艺复兴的发生奠定了基础。14、15 世纪以来，在西欧封建社会的母体内孕育了资本主义的萌芽。随着资本主义的产生，资产阶级开始形成并登上历史舞台。资产阶级需要为其服务的新文化，于是他们在思想文化领域内发动了一场反封建、反教会的新文化运动。

这场新文化运动是从复兴古典希腊、罗马文化开始的，因而被称为"文艺复兴"。文艺复兴运动最早发源于 14 世纪的意大利，以后逐渐扩大到西欧各国，一直持续到 17 世纪中期。文艺复兴运动不是古典文化艺术的简单复兴，而是资产阶级新文化的萌芽，是新兴的资产阶级利用古典文化作为反封建反教会的武器，吸收其有利于自己的因素并加以改造，从而创造出为自己利益服务的新文化。文艺复兴运动是一场新兴资产阶级的思想解放运动，它为欧洲早期资产阶级革命做了思想准备，也为欧洲近代资本主义文化奠定了基础。

（二）人文主义思想

人文主义思想是欧洲文艺复兴运动时期出现的一种新思潮，是新兴资产阶级的世界观和人生观，是文艺复兴运动的思想核心。其基本思想是提倡以人为中心，研究与人有关的世俗学问，如文化艺术、语言、历史、哲学等，主张与教会神学根本不同的人本文化，反对天主教会的蒙昧主义、禁欲主义和来世主义。人文主义思想的核心是资产阶级个人主义，它的理论基础是资产阶级"人性论"。

人文主义的世界观是以人为中心，反对以神为中心，提倡人性，反对神性，批判禁欲主义，赞扬追求享受追求幸福的人生观；提倡人权，反对神权，批判封建特权，主张自由平等的政治观；提倡理性和科学，猛烈抨击教会推行的愚民政策及其对文化科学的摧残。人文主义者的国家观是反对封建割据，拥护中央集权，反对外来干涉，主张民族独立。人文主义是一种以人为中心，为创造现世的幸福而奋斗的乐观进取的精神。新兴的资产阶级就是在这种精神的指引下开拓和发展西方资本主义社会的。

（三）意大利的文艺复兴

1. 历史条件

文艺复兴运动最早发生在意大利。14 世纪在意大利北部和中部一些发达的城市里，产生了资本主义的最初萌芽，资本主义的产生是资产阶级新文化运动发生的物质前提。此外，意大利还有适宜于新文化发展的政治环境，在北部和中部一些发达的城市里，如佛罗萨和威尼斯等，新兴的资产阶级掌握了政权，建立了独立的城市共和国，形成比较宽松的政治环境，由于统治者的提倡和鼓励，世俗文化比较容易发展起来。

意大利是古罗马文化的中心和继承者，较多地保留了古罗马文化，它优越的地理位置和在地中海贸易中的特殊地位，有利于直接吸收或通过拜占庭和阿拉伯人吸收希腊文化。这些都是意大利文艺复兴最早发生的有利条件。

2. 意大利早期文艺复兴

意大利文艺复兴分为前后两个时期：14 世纪至 15 世纪中叶为前期，15 世纪后半期至 16 世纪为后期。意大利前期文艺复兴是文学的繁荣时期，涌现出一大批文学巨匠，其中最著名的代表人物是文坛三杰：但丁、彼特拉克和薄伽丘。

但丁（1265—1321 年）是意大利文艺复兴的先驱，恩格斯称他是"中世纪的最后一位诗人，同时又是新时代的最初一位诗人"。但丁的不朽名作是《神曲》，它采用梦幻文学的形式，通过对但丁幻游地狱、炼狱和天堂三界过程中所遇到的各类人物的描写，抨击教会的贪婪腐化和封建统治的黑暗残暴，歌颂自由的理性和求知的精神，要求思想解放和宽待异教。

彼特拉克（1304—1374 年）是人文主义的鼻祖，被誉为"人文主义之父"，代表作是抒情诗集《歌集》。《歌集》用意大利文写成,共有 366 首抒情诗,其中多数是爱情诗,歌颂了对恋人劳拉的爱情。彼特拉克摆脱了教会的禁欲主义的束缚,表现了人文主义者以个人幸福为中心的爱情观。彼特拉克的抒情诗,创立了十四行诗这一欧洲诗歌中的重要诗体,为欧洲抒情诗的发展开辟了道路,被后人尊称为"诗圣"。

薄伽丘(1313—1375 年)的代表作是短篇小说集《十日谈》,揭露和讽刺了天主教僧侣和封建贵族腐朽糜烂的生活,批判了封建社会的阶级不平等和男女不平等,赞美了现世生活和青年男女的爱情,描写了商人、手工业者的智慧和勇敢,反映了新兴市民阶级对禁欲主义的反抗。《十日谈》以其通俗的格调,传播了人文主义思想,有力地促进了欧洲小说的发展。

早期文艺复兴的艺术,开始摆脱宗教的束缚,体现了人文主义的特征,具有一定的现实主义风格。佛罗伦萨的美术家乔托(1266—1337 年)是近代现实主义绘画的开拓者,"近代美术的奠基人"。乔托一生的主要成就就是壁画,其中以 1305—1308 年在帕多瓦的阿累那教堂绘制的壁画最为有名,被称为"14 世纪意大利艺术的重要纪念碑"。马萨乔(1401—1428 年),是最先探索人体结构和透视法的画家,并发现了远近透视的一些规律,代表作有《失乐园》和《纳税钱》。

3. 意大利后期文艺复兴

意大利后期文艺复兴是艺术空前繁荣的时期,涌现出一批杰出的艺术大师,特别是被称为"艺术三杰"的达·芬奇、米开朗基罗和拉斐尔。这一时期,也出现了以马基雅维利和康帕内拉为代表的近代资产阶级政治思想家和空想社会主义者。

达·芬奇(1452—1519 年)的绘画把人文主义思想内容和现实主义的表现手法完美地结合起来,使绘画艺术达到了前所未有的高度。他最有名的作品是《最后的晚餐》和《蒙娜丽莎》。《最后的晚餐》是 1495—1498 年为米兰圣玛利亚修道院食堂创作的一幅壁画,取材于圣经故事中关于犹大出卖耶稣的传说。《蒙娜丽莎》是达·芬奇在 1503—1506 年为佛罗伦萨银行家妻子创作的肖像画,是文艺复兴时期最杰出的肖像画之一。

米开朗基罗(1475—1564 年)是著名的雕刻家、画家和建筑师。米开朗基罗的艺术作品具有雄浑、豪放、宏伟和充满激情的特点。最有名的代表作是雕塑《大卫像》和《摩西像》。《大卫像》刻画了大卫在即将与巨人决一死战时的英雄气概。《摩西像》是 1513—1516 年为罗马教皇朱理亚二世陵墓雕刻的大理石雕像,表现出疾恶如仇、无比英勇和刚强坚定的神态,被认为是近代雕刻的最高成就。米开朗基罗的绘画杰作有罗马西斯廷教堂天顶壁画《创世纪》和墙壁上的祭坛画《末日审判》。

拉斐尔(1483—1520 年)是杰出的画家和建筑师,有"画圣"之称。拉斐尔以擅长画圣母像著称。代表作是《西斯廷圣母像》,画中圣母没有任何宗教神秘色彩,完全是一幅慈爱、温和的世俗母亲的形象,充分体现了作者的人文主义思想。

提香(1477—1576 年)是另一与米开朗基罗并世的画家,也是文艺复兴时期威尼斯画派的杰出代表。《圣母升天》是他最有名的宗教画,全画分上、中、下三部分,描绘在众多教徒目睹下上帝和天使迎接圣母升天的奇迹。

马基雅维利(1469—1527 年)是杰出的政治思想家、历史学家、文学家和军事家,近代资产阶级政治学的奠基人,被誉为近代"政治学之父"。《君主论》是他的代表作,完整地提出了资产阶级的国家学说。全书系统地阐述了君主统治的各种方式和君主夺权治国的策略思想与政治权术。马基雅维利从历史和现实的经验出发,以人的眼光来观察政治,使政治摆脱宗教和道德的束缚,对资产阶级政治学的发展具有重大影响。

康帕内拉(1568—1639 年)是杰出的思想家、空想社会主义的先驱。代表作《太阳城》通过叙述热那亚航海家与朝圣香客招待所管理员的对话,揭露和抨击了当时意大利的社会制度,并提出一种理想社会制度。

(四)西欧诸国的文艺复兴

15 世纪中叶起,文艺复兴运动传播到德意志、法国、英国、西班牙和尼德兰等地,在这些国家和地区涌现出一批著名的人文主义思想家、文学家和艺术家。

伊拉斯莫(约 1466—1536 年)是西欧著名的人文主义思想家。伊拉斯莫的主要功绩是,把圣经和早期教父的作品从希腊文译成拉丁文,并对原文作了人文主义解释,还翻译了许多古代希腊作家的作品,极大地推动了欧洲文艺复兴运动的发展。代表作是《基督战士手册》和《愚人颂》,前者强调教徒要内心虔诚,反对只注意宗教仪式和口传教义;后者通过"愚人"登台演说和夸耀自己,对教皇、僧侣、经院哲学家和封建贵族的愚昧进行嘲笑和咒骂。《基督战士手册》和《愚人颂》进一步丰富和发展了人文主义思想,对西欧的反封建反教会斗争,特别是对德国的宗教改革运动,起了积极作用。

拉伯雷(约 1494—1553 年)是继薄伽丘之后享誉欧洲的杰出人文主义作家,是法国文艺复兴的杰出代表。其代表作《巨人传》是一部反映 16 世纪上半叶法国社会现实的长篇讽刺小说。拉伯雷主张个性解放,通过教育解放人的力量,依靠知识巨人改造现实社会。《巨人传》在一定意义上也是教育史上的一部重要著作,它表述了新兴资产阶级的教育思想和原则。

塞万提斯(1547—1616年)是文艺复兴时期西班牙杰出的现实主义作家,代表作为长篇小说《堂吉诃德》,以虚构的穷乡绅堂吉诃德和他的侍从桑丘的游侠史,反映了16至17世纪初西班牙社会生活的各个方面。

乔叟(1340—1400年)是英国最早的人文主义作家,主要作品为《坎特伯雷故事集》。乔叟的作品反映了市民的立场和情感,在人物塑造、叙事和语言运用等方面都表现了现实主义精神。他运用伦敦方言来写作,语言生动活泼,是英语的奠基人之一。

文艺复兴时期英国文学以戏剧的成就为最大,其中以莎士比亚(1564—1616年)最为杰出。莎士比亚一生共撰写37部剧本、154首十四行诗、两部叙事长诗和其他诗歌,代表作有《威尼斯商人》和《罗密欧与朱丽叶》。《哈姆雷特》、《奥赛罗》、《李尔王》和《麦克白斯》被称为四大悲剧。莎士比亚的作品广泛而深刻地反映了16、17世纪英国社会的政治、经济、思想、文化和风俗习惯等各方面的现实,不仅抨击封建制度的腐朽和黑暗,而且揭露和批判资本主义原始积累时期的种种罪恶,表达了新兴资产阶级的思想感情和人文主义理想。莎士比亚的作品集中地代表欧洲文艺复兴文学的最高成就,对欧洲现实主义文学的发展有着深远的影响。

西欧诸国文艺复兴中出现的重要政治思想家有博丹和托马斯·莫尔。博丹(1530—1596年)是法国资产阶级政治思想家,著有《国家论》(6卷)。他系统地提出了关于国家主权的理论,认为国家起源于家庭,众多的家庭为了共同的利益和防卫需要而最终结合起来,共同接受一个主权,即国家。博丹的国家主权思想反映了欧洲民族国家正在形成的现实。

托马斯·莫尔(1478—1535年)是英国著名的人文主义思想家和空想社会主义的奠基人。代表作为《乌托邦》(1515年),描绘了理想的社会制度"乌托邦"。《乌托邦》揭露资本原始积累的罪恶,批判尚未出世的资本主义社会,并第一次在理性的基础上提出消灭私有制、建立公有制和按需分配等主张,具有重大的意义,对社会主义思想的发展产生深远影响。

(五) 文艺复兴运动的影响

文艺复兴的重大历史意义在于它促使欧洲人从以神为中心过渡到以人为中心,在于唤起人的觉醒,使人们把关注的重点从来世转移到现世。(1)它把人们从中世纪的基督教神学的桎梏下解放出来,发扬了为创造现世的幸福而奋斗的乐观进取的精神。资产阶级正是在这种精神的指引下创造近代资本主义世界的。(2)虽然文艺复兴在哲学上成就不大,但是它摧毁了僵化死板的经院哲学体系,提倡科学方法和科学实验,这就为17、18及19世纪的自然科学的大发展打下了基础。(3)文艺复兴为以后的思想进步扫清了道路;打破了经院哲学的统一局面,使各种世俗哲学兴起,其中有英国的经验论唯物主义;推动了政治学说的发展,为后来的启蒙思想的产生提供了思想渊源。(4)文艺复兴虽然没有从根本上否定教会神学,它造成的思想解放却动摇了教会精神统治的根基,促进了宗教改革运动的发展。

文艺复兴也不免有一些缺陷。首先,这个时期的艺术家、文人和学者们虽然大力表现和发扬人文主义精神,认识和揭露天主教会和教皇的腐朽、罪恶,但是他们还是乐于接受教皇及教会的保护和豢养,对教会势力抱和解的态度,而不愿走上宗教改革的道路。其次,大多数人文主义者把在古代受到维护的那些迷信落后的东西保留下来。

二、新航路开辟和早期殖民扩张

(一) 新航路开辟的历史背景

(1)对黄金的追求和原有商路不通是新航路开辟经济上的动因。15世纪的西欧,商品经济得到了广泛发展,货币需求量增加,与此同时,西欧的货币逐渐过渡到金本位制,黄金成为商品贸易中最主要的支付手段,但欧洲的黄金产量较小,而《马可·波罗行纪》的流传,使欧洲人把注意力集中到东方。15世纪中叶奥斯曼土耳其帝国兴起,先后占领小亚细亚和巴尔干半岛,控制传统商路,对过往商品征收重税,使运抵西欧的货物不仅量少,而且比原价高8~10倍。于是,西欧的商人、贵族,迫切希望另辟一条绕过地中海东岸直达中国和印度的新航路。

(2)传播基督教和人文主义思想的鼓舞是推动西欧人的海外发展的精神动力。15世纪时科学技术的提高和地理知识的进步,使远洋航行成为可能,为开辟新航路创造了必要的条件。当时的欧洲人已能制造多桅快速、载重数百吨甚至千吨适宜远航的大船。古代希腊的地圆说理论在当时的西欧广泛流行,罗盘针和占星仪则被应用于测定船在海上的方位。海上武器和战术的进步,使处于海外扩张时期的西欧在海上占据优势。

（3）专制政府的支持。统一政权的大力支持提供了远洋航行的财力和物力来源。在西欧国家中,在海上探险方面走在最前头的是伊比利亚半岛上的葡萄牙和西班牙两国。这是因为:第一,两国都在大西洋沿岸,这个地理位置使它们先天地倾向于向海外发展。第二,两个国家都掌握了航海技术,特别是葡萄牙亨利王子,他的绰号是:"航海家",他的业绩在于:使水手及造船技术的传统经验与理论知识相结合,从而改进葡萄牙船舶的航海性能。第三,葡萄牙人与西班牙人的宗教热情特别强烈,这是在与伊斯兰教的斗争中形成的。

（二）新航路开辟的过程

1. 西欧直通印度新航线的发现

最先探寻通往印度航路的是葡萄牙人。从15世纪初起,其统治者积极参加对非洲的航海探险和殖民活动,经过几代人的努力,终于开通绕道非洲南端直达印度的新航路。

1415年,葡萄牙殖民者占领摩洛哥的休达城,由王子亨利任总督。亨利大力支持航海事业,创办航海学校,被称为"航海家"。此后,葡萄牙人以休达为基地继续向南航行。

1487年,迪亚士率领船队到达非洲南端的好望角,并且向东继续航行了500余海里,从而为开辟通往印度的海上航路奠定了基础。1497年7月8日,葡萄牙贵族达·伽马率领一支由4艘航船和170名船员组成的船队从里斯本出发,沿迪亚士开辟的航线向南航行,绕过好望角后沿非洲东海岸向北航行,渡过印度洋,于1498年5月20日到达印度。达·伽马的航行使西欧直通印度的新航路终于开辟成功,促进了欧、亚两洲商业和航运业的发展,同时也开始了西方殖民者对东方的血腥殖民掠夺。

2. 哥伦布开辟美洲航线

葡萄牙人在非洲西海岸的航行和扩张,促使西班牙人积极寻找另一条通往东方的新航路。热那亚人哥伦布根据地圆说的理论,深信穿越大西洋的航行可以到达印度。1492年8月3日,哥伦布奉西班牙国王的命令,率领3艘帆船和87名船员从西班牙的巴罗斯港出发,于10月12日到达巴哈马群岛中的华特林岛,之后又到达古巴和海地。哥伦布宣布所发现的土地为西班牙国王的领地,并在海地建立据点。

1493年到1502年,哥伦布又先后三次西航,发现了波多黎各和多米尼加岛,哥伦布认为他所发现的土地就是印度,并称当地居民为印第安人。就在哥伦布探航期间,意大利佛罗伦萨人阿美利哥考察了南美海岸,证明这里并非印度,而是新的大陆。后来根据阿美利哥的考察结果,将这个新大陆命名为"阿美利加"。哥伦布的远航开辟了从西欧通向美洲的新航路,结束了美洲与世隔绝的状态,并为西班牙的海外掠夺和殖民统治奠定了基础。

3. 麦哲伦的环球航行

1519年9月20日,麦哲伦率领5艘帆船和260余名海员奉西班牙国王之命,从西班牙的圣卢卡尔港起航,穿越大西洋,达到南美巴西海岸。而后继续南下,经过南美南端的海峡(后称麦哲伦海峡)进入太平洋,于1521年3月到达菲律宾岛。麦哲伦为了征服菲律宾群岛,参与土著居民的内部冲突,结果丧命。其余船员继续西航,穿过印度洋,经过好望角,沿非洲西海岸北行,与1522年9月返回西班牙,从而完成了人类历史上的首次环球航行。麦哲伦的船队整整用3年时间,完成人类史上第一次的环球航行,无可辩驳地证明地圆学说是正确的,为人们地理知识的扩大和科学的发展做出重大贡献。

（三）新航路开辟的影响

新航路开辟对于欧洲经济生活产生了巨大影响。它首先引起了商业革命,表现为世界市场的扩大,流通商品种类的增多,商路贸易中心的转移。欧洲与亚洲、非洲之间的商业扩大了,并开始与美洲有了商业联系。亚、非美洲的众多商品,开始或大量出现在欧洲市场上。欧洲的商路和商业中心渐渐转移到大西洋沿岸,意大利的商业城市趋于衰落,里斯本、安特卫普、伦敦等日益繁荣。

新航路开辟的另一个经济后果便是"价格革命"。美洲的白银大量涌进欧洲,引起通货膨胀及物价上涨,这在历史上称为"价格革命"。货币的贬值和物价上涨对西欧国家社会各阶层的经济的地位产生了不同影响,加剧了阶级分化的过程,有力地推动了西欧封建制度的解体和资本主义关系的发展。在资本主义发展的道路上,西欧国家从此超越了亚洲、非洲和美洲的许多国家。

开辟新航路和随之而来的殖民掠夺,对世界各国的历史产生深远的影响。亚洲、非洲和美洲许多国家,从此逐渐沦为殖民地或半殖民地,成为西方殖民者掠夺的对象。葡萄牙和西班牙是殖民掠夺的总先锋,而后起的荷兰、英国和法国等,利用其强大的军事和经济力量挤掉西班牙和葡萄牙,继续在亚、非、美洲进行残酷的殖民掠夺,给这些地区的人民带来巨大的灾难。

（四）教皇子午线的划定

葡萄牙和西班牙积极探索新航路,也先于其他国家开始对亚、非和美洲的殖民掠夺。两国把所到之处都宣布为本国的领土,自然发生冲突。经过罗马教皇亚历山大六世的调停,两国于 1494 年 6 月签订《托尔德西里亚斯条约》,规定:在佛得角群岛以西约 370 里处(大致在西经 46 度),从北极到南极划一条分界线(称"教皇子午线"),线东发现的非基督教国土地归葡萄牙所有,线西归西班牙。当麦哲伦航行完成后,围绕摩鹿加群岛的归属问题,两国又起争执。于是两国于 1529 年又签订了《萨拉哥撒条约》,规定以摩鹿加群岛以东的 17 度线为界,划分两国在太平洋的势力范围。根据两个条约,西班牙几乎独占整个美洲,葡萄牙的势力范围在亚洲和非洲广大地区。这是世界上第一次瓜分殖民地。

(五) 西班牙对美洲的殖民扩张

西班牙在海外建立的殖民地,要比葡萄牙的殖民地大得多,其主体部分在美洲新大陆。1496 年,西班牙人在海地岛上建立第一个殖民统治中心圣多明各城。在 16 世纪初期西班牙殖民者又征服了牙买加(1509 年)、波多黎各(1509 年)和古巴(1510—1512 年)。此后,西班牙人开始向美洲大陆征服。

1519—1521 年,西班牙贵族科泰斯率领 600 多西班牙殖民者侵入墨西哥内地,于 1519 年 11 月攻陷阿兹特克人的都城铁诺第兰,俘获国王孟提祖玛,并利用其名义进行统治。1520 年,阿兹特克人举行起义,并将西班牙人赶出墨西哥首都,但是,1521 年 8 月,科泰斯再度攻陷铁诺第兰城,彻底征服阿兹特克人国家,墨西哥终于沦为西班牙殖民地。

1531—1533 年,另一名贵族皮萨罗,在西班牙国王的支持下,率远征军从巴拿马侵入秘鲁的印加人国家。1533 年 11 月,西班牙人攻陷印加人首都库斯科城。西班牙殖民者在征服秘鲁之后继续征服南美大陆。厄瓜多尔、哥伦比亚、智利、乌拉圭、阿根廷等在 16 世纪前半期先后沦为西班牙殖民地。到 16 世纪中叶,西班牙已侵占除巴西以外的中南美洲,建立起庞大的殖民帝国。

16 世纪初,西班牙成立直接对国王负责的印度事务委员会,主管美洲殖民地的行政、军事、财政、立法、宗教等事务。还成立贸易专署,负责西班牙与美洲的贸易。在美洲,设立新西班牙、新格林纳达、秘鲁和拉普拉塔四个总督区,派总督治理。西班牙在美洲推行"监护制"(又称"监护征赋制"、"大授地制"),其内容是将大量土地和印第安人分给西班牙贵族、宠臣、冒险家和天主教会(称"监护人")世袭占有,他们有权迫使印第安人从事建筑、开发矿藏、耕种土地、缴纳赋税和服种种劳役,有权使印第安人成为基督教徒。随着印第安人的灭绝,"监护制"被黑人奴隶制代替。

(六) 葡萄牙对亚非地区的殖民扩张

葡萄牙人从 15 世纪起就在非洲西海岸的几内亚、刚果、安哥拉等地设立了许多据点。16 世纪初,葡萄牙又占领了东非海岸的莫桑比克、索法拉、基尔瓦等地,并把这些据点作为从西欧到达东方这条航线上的补给站。为了控制绕非洲到印度的航路,葡萄牙夺取了作为红海和波斯湾锁钥的索科特拉岛和霍尔木兹岛。

1509 年,葡萄牙人在印度西北的第乌港打败阿拉伯、土耳其和印度的联合舰队,确立了在印度洋上的霸主地位。1510 年,攻占印度西海岸的果阿,在那里建立了印度总督府,成为葡萄牙在远东殖民统治的中心。1511 年占领马来半岛上的马六甲,接着进入苏门答腊、爪哇、摩鹿加等东印度群岛。印度洋成为葡萄牙的势力范围,垄断了东西方的贸易。葡萄牙殖民者在 1543 年到达日本,1553 年窃据中国领土澳门。在美洲新大陆,葡萄牙人于 1500 年到达巴西,巴西成为葡萄牙的领地。

(七) 西班牙、葡萄牙的衰落及其原因

16 世纪,西班牙和葡萄牙是世界上最强大的两个商业殖民帝国。两雄并立,展开了争霸斗争,结果西班牙获胜,于 1580 年合并了葡萄牙。葡萄牙虽然在 1640 年恢复独立,但是经过这次合并,它的地位一落千丈,海上贸易衰落了,许多海外殖民地被后起的荷兰夺去了。葡萄牙争霸失败及衰落的原因,首先是本国缺乏雄厚的工业基础。其次是没有军事实力去保卫海外基地。最后,葡萄牙的东方商业帝国是由分散在许多地方的要塞、据点及港口组成,容易被各个击破,而荷兰人就利用了葡萄牙的这个弱点。

尼德兰革命使西班牙失去荷兰这个富庶的属地,这是对其霸权的沉重打击。1588 年英国海军击溃了西班牙的"无敌舰队",有力地削弱了西班牙的海上实力。1655 年,英军攻占了西班牙在西印度群岛中的重要海岛——牙买加。在 1658 年的对英战争中,西班牙又失去欧洲西海岸的重要商港——敦刻尔克。西班牙王位继承战争(1701—1713 年)的结果,根据《乌特勒支条约》,西班牙又进一步丧失了欧洲的属地,把南尼德兰和在意大利的领地割让给奥地利,把对西属美洲殖民地的奴隶贸易独占权送给英国。

西班牙衰落的原因是多方面的:第一,在 16 世纪,西班牙一方面时常卷入欧洲大陆的王朝战争与宗教战争,另一方面又进行多次海上战争,这样就分散了力量。这与英国后来所奉行的方针形成鲜明的对比:英国置身于欧洲大陆的事务之外,只是在大陆均势遭到威胁时才介入欧洲事务,这个方针使英国有可能集中全力去从事海

外殖民扩张。第二,西班牙对于殖民地的统治和限制太严,这阻抑了殖民地的工农业发展和人口的增长(移民),从而使得西班牙在争霸战争中得不到殖民地的有力帮助。第三,西班牙的工业落后,造成国力不振,从而使其在争霸战争中缺乏经济后盾。

(八) 荷、法、英诸国的海外殖民扩张

早在17世纪前期,西班牙就失去霸权,代之而兴起的荷兰成为头等贸易及殖民强国。荷兰商人几乎垄断了全世界的贸易:波罗的海的全部贸易、对印度的贸易及对美洲的贸易都掌握在荷兰人手中。荷兰也夺取了广阔的海外殖民地:除了从葡萄牙人手中夺取的南非好望角殖民地、锡兰、印度马拉巴海岸、科罗曼德海岸及马六甲外,还占有北美的新尼德兰、南美的圭亚那、非洲的海岸殖民地以及亚洲的爪哇、苏门答腊和婆罗洲的一部分、马鲁古群岛和西里伯斯。在1622—1642年强占我国领土台湾。

荷兰兴起的原因主要有:第一,它有优越的地理条件。有好几条大河都从荷兰入海,荷兰有优良的港口面对英国及大西洋,背后有德国为腹地。第二,荷兰之所以能够独霸世界航运业,也得力于荷兰商人所利用的平底船,这种船造价便宜,载运量亦大。第三,独占贸易公司是荷兰向海外扩张的有力的组织形式。

17世纪,法国在美洲建立了加拿大和路易斯安那两个殖民地,并且开始征服印度,在印度沿海建立了昌达那加、本地治里等贸易站。法国又在西印度夺取马提尼克及瓜德罗普两个岛屿,在非洲侵略马达加斯加,占领戈雷及塞内加尔河口。

英国在17世纪初也开始了殖民活动,在北美大西洋沿岸开始建立殖民地,到1733年已经建立了13个殖民地。同时,英国也侵入印度,到1688年为止,英国在印度已经占领了3个重要据点:加尔各答、圣·乔治要塞及西海岸的孟买。在西印度,英国占有牙买加、巴巴多斯及巴哈马,在非洲占有冈比亚及黄金海岸。

三、君主专制时期的英法

欧洲君主专制制度是从封建国家向资产阶级国家转变过程中出现的一种政治形态,君主专制制度的特征是国王个人专权,他依据"君权神授"说,把立法、行政、司法权集于一身,并且依靠官僚制度和常备军,对全国实行集权统治。

(一) 英国都铎王朝的专制统治

英国封建专制君主制,始于都铎王朝(1485—1603年)的统治。为彻底消除内战隐患,1486年,亨利七世与约克家族爱德华四世的女儿伊丽莎白结婚,从而解决了兰开斯特家族与约克家族的长期对立和纷争。1487年和1504年,先后颁布法令,解散大贵族的家臣私兵,平毁贵族堡垒,特设"星室法庭",可不受一般法律程序的束缚,专门惩治叛乱贵族。在政府用人政策上,亨利七世进一步抑制大贵族势力,加强国王内廷权力,由国王直接控制,同时重用被称为乡绅的新贵族和资产阶级分子。亨利七世在地方各郡任命新贵族担任地方治安法官,掌管地方行政和治安工作。

亨利八世统治初期,在大臣托马斯·沃尔塞的大力扶持下,强化国王个人权力。后又在大臣托马斯·克伦威尔的辅佐下,实行宗教改革和行政改革。1534年,亨利八世促使国会通过《至尊法案》,确立国王在英国宗教事务中的"至尊"领袖地位,从此,英国教会成为专制王权的御用工具。同时又进行行政改革,亨利八世首先将原先的国王秘书提高为首席国务大臣,首席国务大臣上承王命,下辖专门官署,实为政府机构的首脑。担任首席国务大臣的人都出身低微,忠于国王,是国王的重要辅佐;其次是正式设立枢密院,成员多为新贵族。枢密院为政府的行政中枢,主持星室法庭,掌握最高司法权,负责任命和监督地方治安法官。伊丽莎白即位后,重申国王的"至尊"地位,巩固枢密院作为政府行政中枢的权力,有效实行专制统治。至此,都铎王朝的专制统治达到顶峰。

都铎王朝统治时期,国会对都铎王朝专制统治的逐步强化起了重要作用。这个时期大贵族在国会中的势力日益减弱,大量的新贵族进入国会,给专制王权以巨大支持。都铎王朝的专制统治具有双重作用:一方面,都铎王朝历代国王大都推行重商主义的经济政策,扶持工商业的发展,从而推动了资本主义关系的发展。另一方面,作为封建统治王朝,都铎王朝必然要维护封建剥削阶级的整体利益和贵族阶层的特权地位。

(二) 君主专制时期的法国

1. 法国专制制度的形成

15世纪中叶,英法百年战争结束,奠定了法国统一的民族国家的基础。接着,法王路易十一(1461—1483年)打败了勃艮第公爵"大胆查理",消灭了勃艮第公国,进一步扫除了中央集权的障碍。到法兰西斯一世(1515—1547年)统治时,王权比较强大,三级会议长期停止召开。法兰西斯一世设立的御前会议掌握着行政管

理大权,重大问题由他本人和近臣决策。他下令剥夺男爵的司法审判权,削弱贵族而加强王权。他又下令取消仍然保有自治权的那些城市的独立地位,削弱地方势力而加强中央集权。

随着王权的加强,政治的统一,从 15 世纪起,法国教会开始摆脱罗马教廷的控制,实现教会民族化。1516年,法兰西斯一世又同罗马教皇利奥十世签订了《波伦亚条约》。根据这个条约,国王有权任命教会的高级教职,有权向圣职界征税。1539 年,法兰西斯下令国家法定使用法语,不得使用教会惯用的拉丁文。

2. 胡格诺战争与《南特赦令》

早在 16 世纪 20 年代,加尔文教便开始在法国传播。法国南部有野心的大封建贵族也信奉加尔文教,企图利用宗教改革运动来达到夺取教会地产的目的,并且与专制君主对抗,梦想恢复往日的独立地位。加尔文教在法国称为胡格诺教。北方大封建贵族则仍信天主教,他们与王室关系密切,因此打着"保护王权,保护天主教信仰"的旗号,反对南方的胡格诺教贵族。南北两个封建集团的矛盾由教派冲突酿成争夺王权的战争,史称胡格诺战争(1562—1598 年)。

战争中两派互相残杀,在 1572 年的圣巴托罗缪节(8 月 23 日)晚上,天主教徒在王太后的策划下,在巴黎一地就屠杀了 2 000 多名胡格诺教徒,史称"圣巴托罗缪之夜",这激起了胡格诺派的强烈反抗。胡格诺派在南方建立了胡格诺联邦,这实际上是一个贵族共和国。天主教贵族则在北方建立了"天主教神圣同盟",使全国陷于分裂混乱状态。在混战中,天主教集团首领吉斯·亨利和国王亨利三世先后被刺死,胡格诺集团首领波旁·亨利于 1589 年即王位,称亨利四世(1589—1610 年),开始了法国波旁王朝的统治。

1593 年亨利四世改信天主教,次年加冕成为全国公认的国王,战争遂告结束。1598 年亨利四世颁布《南特赦令》,宣布天主教为国教,但同时规定胡格诺教徒享有宗教信仰自由,并且有权担任国家官职。为了保证胡格诺派贵族的权利,赦令又允许他们维持 25 000 人的兵力和保留若干个城堡。巴黎高等法院还由天主教徒和胡格诺教徒担任法官,共同处理宗教争端。胡格诺教在法国取得了合法地位。

3. 法国专制统治的确立

《南特赦令》初步解决胡格诺问题以后,亨利四世便把政策的重点放在强化专制王权和恢复生产上。他采取果断措施,清除决策机构里的大贵族反对派,另选 5 名亲信组成秘书处,为国王总揽大权;恢复和发展农业生产,下令降低人头税,豁免农民积欠的税款,禁止逼使农民以牲畜和农具抵债,同时引进桑树,推广玉米和甜菜种植,并从荷兰请来水利专家帮助兴修水利、排干沼泽、扩大耕地面积。

1624 年,路易十三(1610—1643 年)任命红衣主教黎塞留(1585—1642 年)为首席大臣。黎塞留执行"国家利益至上"的政策,把加强绝对君主专制和把法国建成欧洲最强国视为两项基本国策。1629 年 6 月,路易十三颁布《阿莱斯恩典赦令》,名义上仍然承认《南特赦令》,允许胡格诺教徒信仰自由,但必须解散军队和拆除一切城堡。这种将政治与宗教分开的做法收到积极效果,最终解决了法国的隐患,国中之国不复存在,从而大大巩固了法国的统一和君主专制制度。

为加强中央集权,黎塞留设立中央各部,选派权力很大的主计官监督地方的行政、司法和财政;他实行重商主义政策,奖励工商业,支持海外贸易和殖民掠夺。为支持对外掠夺和提高法国的国际地位,黎塞留积极扩建陆海军,在对外政策方面,黎塞留立意打破哈布斯堡家族势力对法国的三面包围,进而夺取欧洲霸权。

四、宗教改革和反宗教改革

(一) 马丁·路德与德国宗教改革

1.《九十五条论纲》

1517 年 10 月,教皇利奥十世派特使去德意志兜售赎罪券,宣称只要购买赎罪券,罪人的灵魂就立刻从炼狱跳上天堂。1517 年万圣节前夕(10 月 31 日),马丁·路德在维登堡的卡斯尔教堂大门上张贴了《九十五条论纲》。在论纲中痛斥出卖"赎罪券"的作法,并且提出了"信仰耶稣即可得救"的原则,反对用金钱赎罪的办法。论纲发布后很快传遍德意志和西欧、南欧各地,导致欧洲宗教改革运动的展开。

2. 沃尔姆斯帝国会议

1521 年神圣罗马帝国皇帝查理五世在德意志西部的沃尔姆斯召集首次帝国会议。除商议帝国政治、军事等事务外,还听取马丁·路德关于与教皇之争的陈述。1521 年 1 月教皇利奥十世革除路德教籍,而按皇帝与德意志诸侯达成的协议,在确认外国法院对德意志臣民的判决之前,皇帝必须给被告以陈述的机会。路德在 4 月 17 日的陈述中,拒绝对他的指责,坚持自己的立场,声称只承认上帝的话为最高权威。德皇不敢得罪支持路德的诸侯,路德安全离去。5 月 25 日查理五世签署《沃尔姆斯赦令》,宣布路德不受法律保护,查禁其著作。

3．德国农民战争

在宗教改革运动领袖闵采尔的宣传和组织下,1524 年德国农民战争爆发,起义中心在士瓦本、弗兰克尼亚、萨克森和图林根。士瓦本地区起义爆发于 1524 年夏天。次年 3 月,6 支农民起义军通过《十二条款》,明确提出废除农奴制。弗兰克尼亚地区起义爆发于 1525 年 3 月,起义军成分较复杂,起义军制定的《海尔布琅纲领》反映了不同阶级的要求。与此同时,闵采尔直接领导的图林根和萨克森地区的起义爆发。缪尔豪森城的平民和矿工推翻了城市贵族的统治,建立了新政权——"永久会议"。三个地区的起义在 1525 年先后失败,但这次具有资产阶级革命性质的反封建运动动摇了天主教会在德国的统治,沉重打击了封建制度。

4．路德教派的确立

路德进行宗教改革后,一部分诸侯已成为路德派新教国家。另一些诸侯鉴于宗教改革引起了农民起义,仍坚持旧的信仰。1529 年,帝国议会在斯拜尔召开。由于会上天主教诸侯占优势,会议重申 1521 年沃尔姆斯会议反对异端的禁令。路德教派诸侯拒绝接受这个决定,并提出抗议,到 1531 年他们成立了一个互相保护的同盟。1546 年终于爆发了路德派诸侯国与以皇帝为首的天主教诸侯国之间的战争。1555 年,双方缔结了《奥格斯堡和约》,和约规定:诸侯有权决定其臣民的信仰,即所谓"教随国定"的原则;1552 年以前为新教诸侯夺去的天主教会的财产,均应由其继续占有。路德派新教得到了正式承认,它主要限于德意志北部,南部仍为天主教国家。

（二）加尔文教与瑞士的宗教改革

继德国之后,瑞士也发生了宗教改革运动。在瑞士的宗教改革中,先后出现了两位领袖:慈温利和加尔文。

慈温利(1484—1531)与路德一样,都主张圣经是信仰的基础,否认教皇是上帝的代表,谴责斋戒、炼狱、赎罪券和教士独身,力主简化宗教仪式以建立廉俭的教会。不同的是,他比路德更激进,主张组织民主,信徒有权选举牧师,还主张废除圣经没有规定的仪式。慈温利的宗教改革在罗马教廷和瑞士反动势力的镇压下以失败告终,没有建立独立的教会组织,许多成员后来加入加尔文教会。

16 世纪 30 年代中期,瑞士宗教改革的中心转移到日内瓦,领袖是约翰·加尔文(1509—1564 年)。1536 年他出版了《基督教原理》一书,此书吸收了慈温利和路德的观点,并陈述己见,提出了系统的新教神学理论,是宗教改革时期影响最大的一部著作。加尔文的著作还有《教义问答》、《论教会改革之必要》等。

加尔文神学思想的核心是预定论。它是以路德的"因信称义"为基础,又吸收了奥古斯丁的预定论的内容而形成的。加尔文认为每个人在世界上所取得的成就,都是上帝事先确定了的。按照上帝的旨意,某些人可以得到永恒的幸福,是为上帝的选民;另一些人则受到永罚,是为上帝的弃民。人在现世生活中的成功与失败,就是"选民"和"弃民"的标志。这种"预定论"以宗教学说的形式,反映了资本主义原始积累时期的资产阶级意识形态。

加尔文教的圣礼体现了廉俭和平等的思想。圣礼只保留洗礼和圣餐礼两种。加尔文教教会神职人员大为减少,只设长老、牧师、教师、执事四职。长老负责监督每个人的行动和教会的管理;牧师负责解释圣经,施行圣礼;教师负责日内瓦学校的领导工作;执事由信徒选举产生,协助长老管理教会的财务工作。由议会选出长老12 人,牧师 5 人,组成长老会,独立行使教会的司法权。

加尔文教的教义适合新兴资产阶级的需要,因而在资本主义迅速发展的西欧国家得到广泛的传播。法国的胡格诺派教徒、英国和北美的清教徒、苏格兰的长老会教徒和荷兰的新教教派,都是加尔文派的教徒。

（三）英国的宗教改革

为了加强王权,使教会成为封建统治的支柱,亨利八世开始改革教会。英国的宗教改革是自上而下进行的,1533 年亨利八世公开和罗马教皇决裂,下令禁止向教廷缴纳岁贡。1534 年议会通过了《至尊法案》,宣布国王是英国教会唯一的最高首脑,对一切宗教事务具有最高的权力,可以任命教会的各种教职,决定教义,并将宗教法庭改为国王法庭,由国王来审判教徒,镇压"异端",改革教会,不承认罗马教廷的最高权力。改革后的教会称为英国国教,这样,国教便成了都铎王朝实行专制统治的工具。英国议会又以原罗马控制的天主教会腐化为理由,于 1536—1539 年通过了解散修道院并没收其全部财产的法令。被没收的土地和原属修道院的房产,尽归国王所有,朝廷里的一些大臣、宠幸和地方上的支持者都受到了亨利八世的赏赐。约有 2/3 的教会土地被抛入市场,转到新贵族和资产阶级手中,结果既充实了国库,又使贵族和资产阶级从中得利,他们因此更加拥护王权。

伊丽莎白在位(1558—1603 年)期间,英国教会在教义及实践方面最后固定下来。根据议会的一项法案,又断绝了英国教会与罗马天主教会的关系,并且再一次把英国教会置于王权的控制之下。1563 年议会制定、1571

年修订并最终通过的《三十九条信纲》规定了英国教会的教义,把《圣经》定为信仰的唯一准则,坚持"信仰耶稣即可免罪"的原则。改革后的英国民族教会称英国国教会,又称"安立甘教会"或英国圣公会。国王为教会最高首脑,教会必须服从国王的意志和国家的法令,成为都铎王朝专制统治的工具。

英国宗教改革是英国最高统治者为强化专制王权、适应资本主义关系的发展和民族意识的日益成长,自上而下进行的。因此,这场改革对16世纪英国社会经济的发展和专制制度的确立起了重要作用。

(四)罗马天主教会的反宗教改革运动

宗教改革运动的发展和传播,沉重地打击了天主教会。为挽回败局,罗马天主教会猖狂反扑,最重要的是成立耶稣会和召开特兰托会议。

1. 耶稣会

耶稣会是西班牙贵族军官罗耀拉于1534年创立的一个天主教修会,目的是反对宗教改革、保卫教皇和传播天主教。他着手编写《精神训练》(又译《神操》),奠定耶稣会的思想基础。耶稣会仿照军队形式组成,强调绝对服从。它的宗旨是重振罗马教会,重树教皇的权威,并且扩大天主教的影响。为了这个目的,耶稣会会员展开积极的活动,特别是到东亚、非洲及美洲传教。他们修建教堂、创建学校,在欧洲他们不穿僧衣,与俗人交往,深入社会各阶层特别是上层社会中进行活动,用潜移默化的手段施加思想影响。有时为了达到目的,甚至采取暗杀手段,其目标是欧洲新教的君主,如1594年在法国阴谋暗杀亨利四世。也有少数耶稣会会员到中国进行传教活动。在德国境内,耶稣会会员致力于团结统一天主教各派势力,以对付路德派势力,因而德国南部为天主教恢复了大片地区。

2. 特兰托会议

自路德发动宗教改革之日起,召开宗教会议以改革教会的呼声日益高涨。在1545年到1565年间,天主教会代表在特兰托召开多次会议,着手革除天主教内部的弊端:如停止兜售赎罪券,不再增加教会神职薪俸,加强对神职人员的监督等。但是在信仰问题上,天主教会对新教各派寸步不让。它宣布所有的新教为异端,罗马天主教会的教条和仪式全部正确无误,教皇是最高权威,唯有教会有权解释圣经,教徒只有靠教会神父施行"圣礼"才能得救。同时,异端裁判所加紧活动,对异教徒实行恐怖政策。它们也执行书刊检查的任务。

五、重商主义和商业战争

(一)重商主义

欧洲资本原始积累时期代表商业资产阶级利益的一种经济学说和政策体系。它流行于16—17世纪,是资产阶级对资本主义生产方式最初的理论考察,是在封建社会末期商业资产阶级和封建专制国家狂热追求金银货币的要求在理论和政策上的反映。他们认为:只有金银才是一国真正的财富;对外贸易是财富的真正源泉;利润只是在流通过程中产生;对外贸易的原则应是"少买多卖";国家还应干预经济生活,发展对外贸易,奖励和监督工业生产。早期重商主义只着眼于货币,又称"货币差额论",代表作是《对我国同胞某些控诉的评述》;晚期重商主义着眼于对外贸易,亦称"贸易差额论",主要代表人物有英国的托马斯·曼和法国的柯尔培尔。重商主义在资本原始积累时期,促进了货币资本的积累和资本主义生产的发展,到17世纪中叶已变成资本主义经济进一步发展的障碍,其体系逐步瓦解。

(二)商业战争

15—18世纪葡萄牙、西班牙、荷兰、英国和法国五个殖民强国,为了争夺殖民地和市场,以取得军事上和商业上的霸权地位,在世界各地进行的一系列战争。主要是英西、英荷和英法之间的战争。至18世纪中期,英国最终取胜,夺取了世界殖民地霸权和广阔的海外市场,掠取了大量财富,加速了英国资本原始积累的进程。

(三)《航海条例》与英荷战争

英国为争夺海上霸权,从17世纪中叶起颁布的一系列有关航海和海外贸易法令的总称。其中最重要的是1651年颁布的《扩大商船队和奖励英国航海事业条例》,条例规定:凡从欧洲运到英国的货物,必须由英国船只或原商品生产国的船只运送;凡是从亚洲、非洲、美洲运送到英国、爱尔兰以及英国各殖民地的货物,必须由英国船只或英国有关殖民地的船只运送;英国各港口的渔业进出口以及英国国境沿海的商业,应完全由英国船只运送。

英荷战争是17世纪下半叶英荷两国为争夺殖民霸权而进行的战争。前后共3次。1651年10月,英国公布《航海条例》,荷兰的海上航运业受到了很大打击。荷兰要求英国废除它,遭到英国拒绝,引起了1652—1654年第一次英荷战争,荷兰战败,被迫承认英国的《航海条例》。1665—1667年,爆发了第二次英荷战争,英国遭到失败,双方签订《布列达和约》。但在北美,英国夺取了荷兰殖民地新阿姆斯特丹,改名纽约。从此,荷兰殖民势力退出了北美。1672—1674 年发生了第三次英荷战争,英法结盟对荷兰开战,荷兰战败。1674 年,英荷签订《威斯敏斯特和约》。通过三次英荷战争,荷兰的殖民优势被摧毁,英国逐步掌握了海上霸权,成为世界上最大的殖民国家。

(四)奥格斯堡同盟战争

1688—1697 年法国同奥格斯堡同盟成员国间所进行的一场战争。奥格斯堡同盟是 1686 年荷兰联合奥地利和布兰登堡为反对法国而建立的,其成员包括德意志帝国、西班牙、萨伏依、瑞典、巴伐利亚、萨克森等,英国在 1688 年光荣革命后也站在联盟一边。这场法国同奥格斯堡同盟的战争是一次从陆地到海上几条战线同时进行的欧洲大战。在陆上,法国并未受到很大挫折,但在海上却遭到英国舰队的重创。1697 年,签订了《奥斯维克条约》,条约承认法国完全占有阿尔萨斯,归还自《尼姆维根条约》后从西班牙收复的大部土地;由荷军驻守西属尼德兰的主要要塞。战争使英国巩固了在地中海的地位,对法国则十分不利。

(五)西班牙王位继承战争

1701—1713 年英、荷、奥、法等国利用西班牙王位继承问题,争夺西属殖民地及其海上霸权的战争。西班牙哈布斯堡王朝的末代国王查理二世死后无嗣,法王路易十四宣布立其孙为西班牙国王,称菲利普五世,同时侵犯西班牙领地尼德兰。这场战争主要在意大利、尼德兰、德意志和美洲殖民地进行。英国海军打败了西班牙和法国的海军舰队,占领了直布罗陀。法军在各个战场上连遭失败。战争后期,法国在军事上稍有起色,菲利普五世在西班牙已站稳脚跟,英国一时难以打败法国军队。于是,英国率先与法国秘密谈判,并于 1713 年签订《乌得勒支和约》。奥、法也于 1714 年签订《拉斯塔德和约》。在这次战争中,英国扩大了殖民地、确保了海上优势地位;而法国的势力却大大削弱。

(六)奥地利王位继承战争

1740—1748 年因奥地利王位继承权问题引起的战争。1740 年奥皇查理六世(1685—1740 年)死后无嗣,其女玛丽亚·特蕾西亚依据《国本诏书》(1713 年)承袭王位。普鲁士、巴伐利亚、萨克森、法兰西、西班牙、那不勒斯、撒丁、瑞典等国企图乘机瓜分哈布斯堡王朝的领地,于 1740 年 12 月出兵西里西亚,对奥作战。英、荷、俄等国则支持奥地利,遂形成欧洲战争。1742 年普鲁士战胜奥地利,单独与奥地利签约,获得下西里西亚。1744 年普鲁士要求奥地利割让上西里西亚,再燃战火。1745 年普鲁士击败奥地利,与之签订《德累斯顿和约》,夺得上西里西亚。依据 1748 年的《亚琛和约》,玛丽亚·特蕾西亚获王位继承权,但奥地利却丧失了大片领土。普鲁士占有西里西亚后,成为欧洲强国。

(七)英法七年战争

1756—1763 年欧洲主要国家两大联盟之间的战争。一方是英国、普鲁士和汉诺威;另一方是法国、俄国、奥地利、萨克森、瑞典和西班牙。起因是英、法争夺殖民地和海上贸易霸权以及普、奥争夺西里西亚。除欧洲战场外,英、法两国战争主要在海上、西印度群岛和印度进行。在印度,英国东印度公司对法国及亲法的印度王公作战。1757 年普拉西战役中,英军打败亲法的孟加拉纳瓦布西拉杰·乌德·道拉,扩大了军事力量,并利用战争侵占许多印度领土。战争以法国失败告终。1763 年两国签订《巴黎和约》,法国几乎丧失在印度的所有领地,仅保留南印度本地治里等 5 个沿海的不设防城市。七年战争使东印度公司由一个商业强权变成了一个军事的和拥有领土的强权。

(八)英法海上争霸英国最终胜利的原因

在英法长期海上争霸中,英国最终战胜法国的主要原因有:一是法国对欧洲霸权的兴趣比对于海外殖民扩张的兴趣更大。自从 16 世纪以来,法国统治者就处心积虑夺取在意大利的地盘,并且与哈布斯堡王朝争雄。只有到波旁王朝被推翻之后,到了 19 世纪,法国才开始把注意力转向海外殖民扩张。而英国则自从 17 世纪革命以来,就把经营海外事业,争夺海上霸权放在首要地位。另一个原因在于:英国向殖民地移民的人数要比法国多。英属殖民地上的移民人数众多,在英法战争中大大增强了英方的战斗力,成为英国在北美战场上打败法国的主要原因。英国的工业发达,是英国胜利的第三个原因。法国工业倾向于奢侈品的生产,而英国工业则以纺织品及金属制品为主,因而在质的方面超过法国。英国工业的发展,既有利于建设强大的海军,也成为对法战争的有力的经济基础。第四个原因是英国素来就重视海军的建设,到 18 世纪英国海军之强,在欧洲是首屈一指的。英国海军在英法战争中作用最大,特别是它切断了法国殖民地与宗主国之间的联系,因而使法国海外殖民地陷入孤立无援的状态。

六、科学革命

(一)天文学革命

近代自然科学的兴起是从天文学革命开始的。哥白尼的"日心说",是天文学革命的开始,也是自然科学摆脱神学控制独立发展的标志。

哥白尼(1473—1543年)是波兰伟大的天文学家。他根据数十年对日月星辰的观察,并吸收前人的研究成果,写成《天体运行论》一书,创立"太阳中心说"("日心说")。他认为,地球不是宇宙的中心,而是月亮轨道的中心;一切行星包括地球都以太阳为中心,并围绕太阳公转,地球又以地轴为中心自转。"太阳中心说"否定"地心说",动摇了天主教会的神权统治,使天文学从神学的束缚下解放出来。

布鲁诺(1548—1600年)是意大利著名的天文学家和哲学家。他继承和发展了哥白尼的学说,提出新的宇宙理论。在1584年出版的《论无限性、宇宙和世界》中,他指出宇宙无论在空间上还是在时间上都是无限的,无边无际,也没有固定的中心;地球不是宇宙的中心,而是环绕太阳运转的一颗行星,不过是宇宙中一粒微小的尘埃;太阳也不是宇宙的中心,只是一个星系的中心,太阳系之外还有无数个庞大的行星系。布鲁诺的天才论述,纠正了哥白尼日心说的缺陷,从而发展了哥白尼的学说,推动了天文学向前发展。布鲁诺的新宇宙观遭到教会的极端仇视,1600年2月被烧死于罗马鲜花广场。

开普勒(1571—1630年)是德国杰出的天文学家和数学家。他通过对天体的长期观测和研究,提出了行星运动的三大规律。开普勒的行星运动三大规律,大大丰富和发展了哥白尼的"日心说",从数学和物理学角度证明哥白尼学说的正确性,为后来牛顿发现万有引力定律打下了基础,因而被誉为"天体力学的奠基人"。

伽利略(1564—1642年)是意大利伟大的天文学家、物理学家和力学家。他最先使用自制望远镜观察天体,从而揭开了天体中的许多奥秘,发现一系列重要的天文现象。他还根据自己对天体运动的长期观测,写成《关于两大世界体系的对话》一书,进一步论证哥白尼学说的科学性,批判"地心说"的荒谬,从根本上动摇了天主教会的神权统治,推动了天文学和唯物论思想的发展。

(二)其他自然科学

在文艺复兴时期,解剖学也有很大的进展。比利时医生维萨里(1514—1564年)是近代解剖学的奠基人,他以观察和实验为依据,于1543年发表了解剖学专著《人体结构论》。书中总结了当时解剖学的成就,按系统分别叙述了人体结构,纠正了古希腊学者盖伦解剖学中的许多错误,对于近代医学科学的发展起了很大的作用。

17世纪初西班牙神学家塞维塔斯第一次发现了心肺之间的血液循环。英国心理学家哈维(1578—1657),在大量实验的基础上,1628年出版了《心血运动论》一书。他在书中论证了血液的循环运动,特别强调心脏在血液循环中的作用。他把心脏比作水泵,它的收缩和扩张成为血液循环的原动力。这一发现给盖伦的灵气说以致命的打击,并使生理学发展为科学,哈维被誉为近代生理学之父。

在其他科学方面也有了重大成果。吉尔伯特(1540—1603)在1600年发表了论磁体的巨著。雷文胡克(1632—1723)发现精细胞,又发现原生动物,即单细胞有机体,甚至发现了细菌。

(三)新哲学的兴起

随着自然科学的发展,新的唯物主义哲学也发展起来。新哲学的主要代表人物有英国的弗兰西斯·培根、法国的笛卡尔和荷兰的斯宾诺莎。

弗兰西斯·培根(1561—1626)是近代归纳法的创始人。培根的重要著作有《崇学论》和《新工具》。他特别重视知识,说过"知识就是力量"的名言,认为人类借助科学发现和发明,就有驾驭自然的力量。他反对唯心主义和经院哲学,认为世界是物质的,由分子构成,并且是有规律地运动着的。但是同时他又提出"二重真理"论,把真理分成理性真理和启示真理,主张作为理性真理的科学与作为启示真理的神学互不干扰,这反映了他的唯物主义的不彻底性。作为研究自然科学的方法,培根提出了归纳法。

笛卡尔(1596—1650)是法国著名的哲学家、数学家和物理学家,著有《方法论》、《形而上学的沉思》和《哲学原理》等。笛卡尔对一切事物采取怀疑态度,主张用"怀疑"的方法审查过去的一切,扫除传统偏见,以便重新认识世界。笛卡尔是唯理论的创始人之一,他认为理性是知识的源泉,是检验真理的唯一标准。笛卡尔提出"二元论"哲学观点,他认为世界万物的本原有两个,即物质和心灵。物质的根本属性是广延性(即占有空间),心灵的根本属性是思维,二者互不依赖,独立存在,两者皆受上帝支配。他从二元论出发,建立自己的哲学体系,把哲学划分为"形而上学"和"物理学"两部分。笛卡尔的二元论哲学思想,在哲学史上产生了不同的影响,其唯心主义观点被法国神学家发展为僧侣主义,而唯物主义观点则为18世纪百科全书派奠定了基础。

斯宾诺莎(1632—1677)是荷兰哲学家和无神论者,主要著作有《神学政治学论》、《伦理学》和《知性改进论》等。斯宾诺莎继承和发展了笛卡儿的思想,把他的二元论改为一元论。他的基本哲学观点是从自然界的客观存在出发,提出整个自然界是一个实体,它是唯一的、永恒的。他认为,自然界的一切是必然的;意志自由的想法只能是想象和无知;对"必然性的认识就是自由"。他的这些观点从根本上否定了神学目的论和超自然的上帝创造世界的宗教神学宇宙观,对近代唯物主义的发展作出了重大贡献。

本章重、难点提示

一、重点掌握名词

文艺复兴	商业革命	英国国教
人文主义	价格革命	《三十九条信纲》
但丁	教皇子午线	耶稣会
彼特拉克	监护制	特兰托会议
薄伽丘	都铎王朝	重商主义
乔托	星室法庭	商业战争
达·芬奇	枢密院	《航海条例》
米开朗基罗	《波伦亚条约》	英荷战争
拉斐尔	胡格诺战争	奥格斯堡同盟战争
马基雅维利	圣巴托罗缪之夜	西班牙王位继承战争
康帕内拉	《南特敕令》	奥地利王位继承战争
伊拉斯莫	黎塞留	英法七年战争
拉伯雷	《阿莱斯恩典敕令》	天文学革命
塞万提斯	《九十五条论纲》	哥白尼
莎士比亚	沃尔姆斯帝国会议	布鲁诺
博丹	德国农民战争	开普勒
托马斯·莫尔	《奥格斯堡和约》	伽利略
新航路开辟	慈温利	哈维
迪亚士	《基督教原理》	弗兰西斯·培根
达·迦马	预定论	笛卡尔
哥伦布	加尔文教	斯宾诺莎
麦哲伦	《至尊法案》	

二、论述题

1. 论述文艺复兴运动的背景、实质及其影响。参见本章一、(一)、(五)。
2. 简述意大利文艺复兴的代表人物及其主要成就。参见本章一、(三)。
3. 论述新航路开辟的历史背景、过程及其影响。参见本章二、(一)、(二)、(三)。
4. 简述近代早期西班牙、葡萄牙的殖民扩张。参见本章二、(五)、(六)。
5. 论述近代早期殖民强国葡萄牙、西班牙衰落的原因。参见本章二、(七)。
6. 简述16世纪德国的宗教改革。参见本章四、(一)。
7. 简述16世纪英国的宗教改革。参见本章四、(三)。
8. 简述16世纪罗马天主教会采取的反宗教改革措施。参见本章四、(四)。
9. 论述近代英法海上争霸,英国最终胜利的原因。参见本章五、(八)。
10. 简述近代天文学革命的主要代表人物及其成就。参见本章六、(一)。

第二章 欧美主要国家的社会转型

考点详解

一、尼德兰革命

"尼德兰"意为"低地",指莱茵河下游及北海沿岸地势低洼的地区,包括今荷兰、比利时、卢森堡和法国北部的一小部分。尼德兰资产阶级革命是历史上第一次成功的资产阶级革命,同时又是反对西班牙统治的民族解放战争。

(一) 尼德兰革命的过程

1. 革命的爆发

尼德兰是欧洲资本主义萌芽发生较早的地区,商业比较发达,因而对西班牙独占海外贸易不满。查理一世之子腓力二世(1556—1598 年)为了保护西班牙的商业利益,禁止尼德兰商船到西属殖民地进行贸易。这时新教传入尼德兰,路德教和加尔文教都广泛传播,这是西班牙所不能接受的,它在尼德兰设立宗教裁判所惩治新教徒。尼德兰各省害怕宗教裁判所的设立会威胁到它们的自治和自由,于是一群贵族上书腓力二世,要求关闭宗教裁判所。以此为导火线,在 1566 年 8 月终于爆发了一场大规模起义,这在历史上称为"破坏圣像运动"。新教徒劫掠教堂,捣毁圣像。1567 年腓力二世派阿尔瓦公爵前去镇压。阿尔瓦设立"除暴委员会"审判参加过起义运动的人士。在血腥镇压的同时,阿尔瓦还开征新税,对不动产征税 1%;对所有商品的进出口关税、商品交易税,征税率为 10%。

2. 游击战争和北方起义

阿尔瓦的军事镇压和经济压迫,引起尼德兰举国强烈反对,不拉奔、佛兰德尔的手工工匠抵制征税,南方民众组成森林乞丐,北方则组成海洋乞丐,武装反抗西班牙的殖民统治。1572 年 4 月,信奉加尔文教的海洋乞丐攻占了泽兰的布里尔城,人民起义席卷北方各省,起义者还得到了英、法等国新教徒的援助。1572 年 7 月,北方起义各省,在多尔莱斯特城召开议会,威廉被推举为总督。这届议会还通过了措词谨慎的决议,表示继续效忠于国王,只对"篡夺者阿尔瓦"宣战。为了筹措作战经费,没收了一部分天主教会土地,并对富人实行强制征税。到 1573 年底,北方各省先后宣告独立。

3. 南方的斗争和《根特协定》

1576 年 9 月,南方的布鲁塞尔爆发了市民起义,推翻了西班牙在尼德兰的最高统治机关。南方各地纷纷响应。1576 年 11 月,南北各省代表求同存异,签订了《根特协定》,规定废除镇压新教徒的法令,所有外国军队撤出尼德兰,南北联合反对西班牙,荷兰、泽兰省默许加尔文教的合法地位,南方仍信仰天主教。

4. 南北分裂和联省共和国的成立

《根特协定》之后,尼德兰革命出现了复杂的形势。1579 年 1 月 6 日,阿尔土瓦和海诺特两省的叛乱贵族成立"阿拉斯同盟",撕毁《根特协定》,奉腓力二世为合法统治者。贵族与西班牙势力结合,改变了南方革命与反革命的力量对比,城市革命政权先后被逐个击破。到 1585 年安特卫普城陷落,南方的革命最后失败,西班牙政府又重新掌握了南方的政权。尼德兰南方后来形成为比利时和卢森堡两个国家。

阿拉斯同盟的建立破坏了《根特协定》,南北宣告分裂。1579 年 1 月 23 日,北方各省和南方的佛兰德尔、不拉奔成立了乌特勒支同盟。同盟以各省代表组成的三级会议为最高权力机关,议定征税、宣战、缔结和约和颁布根本法等一切重大事宜由三级会议以多数票决定,并规定统一货币和度量衡。同盟的协议奠定了北方共和国的政治基础。1581 年 7 月 26 日,奥兰治亲王在海牙召集联合省代表大会,宣布废黜腓力二世,正式脱离西班牙而独立,成立联省共和国,简称荷兰共和国。1609 年 4 月,荷兰共和国与西班牙签订了十二年休战协定,荷兰商人取得了和西属殖民地进行贸易的权利。欧洲三十年战争后,在 1648 年的《威斯特伐利亚和约》中,荷兰联省共和国正式得到国际承认。

(二) 尼德兰革命的影响

尼德兰革命是以反对西班牙专制统治的民族独立运动为表现形式的资产阶级革命,也是人类历史上第一次成功的资产阶级革命,在欧洲建立了第一个资产阶级共和国,为资本主义的发展开辟了道路。这次革命以加尔文教为旗帜,以城市平民和农民为主力,资产阶级和新贵族的联盟在革命中起了领导作用。

(三) 独立后的荷兰

革命胜利后的荷兰是一个联邦国家,三级会议是最高权力机关,每省不论代表多少只有一票表决权,重要问题须全体一致通过,其他问题根据多数意见决定。国务会议是三级会议的常设机关,有委员 12 人,委员的名额分配按每省纳税的多少决定。荷兰和西兰两省纳税最多,有 5 名委员,实际把持国务会议。执政是国务会议的首脑,拥有最高军政大权,由奥兰威廉家族世袭担任。执政出缺,由荷兰省长代理。首都设在海牙。

荷兰资产阶级政权的建立,为资本主义经济的发展创造了条件。17 世纪的荷兰,工商业和航运业突飞猛进。荷兰经济发展的特点是商业胜过工业、国际贸易胜过国内贸易。国家维护商业资产阶级的利益,商业税和航海税很低。荷兰的造船业最为发达,居当时世界首位,商船吨数占欧洲的 3/4。荷兰商船遍航世界各地,被称为"海上马车夫"。

17 世纪初,荷兰已开始血腥的殖民掠夺。1602 年,成立东印度公司,排挤葡萄牙在印尼的势力,垄断香料贸易;1621 年,成立西印度公司,垄断西非和美洲的贸易。在北美建立新阿姆斯特丹城,后被英国占领,改名"新约克",即今纽约。

二、英国资产阶级革命

(一) 革命的开始与第一次内战(1642—1646)

查理一世为了筹措军费去抵抗苏格兰人,不得不在 1640 年 4 月下令召集已停开了 11 年的议会。但这届议会非但拒绝通过国王所需要的经费,反而提出了议会应该享有的权利等问题。查理一世很快又解散了国会。新国会只存在 3 个星期,史称"短期国会"。国王的专横激怒了群众,伦敦人民举行了大示威,并冲进大主教洛德的住宅。苏格兰起义也在进一步发展,于 8 月发动了更强大的攻势。

查理一世走投无路,只好在 11 月 3 日又召开了新国会。这届国会存在 13 年多,史称"长期国会"。长期议会召开后,成了反对以查理一世为首的封建王党的领导中心,一般将它作为英国革命的开始。长期国会在 1641 年 11 月 22 日通过了资产阶级革命的纲领性文件——对国王的《大抗议》。这个由 204 项条款构成的文件,历数了国王在世俗、宗教、政治、经济、外交等各方面决策中所犯的过失,提出了废除各种封建特权和进行改革的要求。

1642 年 8 月,查理一世宣布讨伐议会叛乱分子,从此开始了第一次内战(1642—1646 年)。从交战双方的力量对比来看,议会占有绝对的优势。然而内战的初期阶段,议会军队却遭到一连串的失败。议会不得不在 1645 年初决定改组军队,通过了《自抑法》(又称《克己法》),规定议会两院的议员,必须放弃他们同时担任议会或军事职务当中的一项职务。这就使长老派的势力撤出了军队,军事指挥权转入独立派手中。改组后的议会军称"新模范军",主要由自耕农和手工业者组成,纪律严明。在 1645 年 6 月的纳斯比战役中彻底击败了王党军队,接着攻占了王党的大本营牛津,第一次内战即以议会军的胜利而结束。

(二) 两次内战之间的政治斗争(1646—1648)

两次内战之间(1646—1648)英国国内的政治斗争主要是在三个政治派别之间展开的。它们是代表大资产阶级和上层新贵族利益的长老派;代表中等贵族和资产阶级利益的独立派;代表社会中下层人民利益的平等派。第一次内战以王党的失败而告结束后,议会成了国内唯一的最高政权机关,在议会里掌权的长老派,为了独吞胜利的果实,便企图解散和他们意见不一致的军队,以消除军队对他们的威胁。

1647 年 2 月国会通过决议,将军队解散。这就激怒了军队。在平等派士兵群众的极力支持下,执掌军权的独立派召开全军会议,通过了军官与士兵的《庄严协议》和《军队宣言》,宣布抵制国会的决定,并且提出要解散国会,改革选举制度,选举新国会,保障出版、请愿等自由,以及士兵应有权过问国事等要求。8 月 6 日军队开进伦敦,清洗了长期国会中 11 名长老会派的首要分子。

独立派的地位加强了,他们依靠平等派士兵的支持挫败了长老派,但却没有接受平等派的要求。在军队开进伦敦时发表的《军队提案纲要》中,明确排斥了实行共和制的主张和建立一院制国会的要求,仍然宣布保留君主制和上议院,实行有财产资格限制的选举制度。这自然引起了平等派的不满。10 月,平等派在军队中提出了全面阐述自己主张的文件《人民公约》。

为了解决双方的分歧,1647 年 10 月 28 日起到 11 月 8 日,在伦敦城外的普特尼教堂召开了全军会议。在会上,以克伦威尔、艾尔顿为首的独立派高级军官和平等派的代表,围绕着关于未来国家制度等一系列重大问题进行了激烈的争论,这就是历史上有名的"普特尼辩论"。争论的焦点就是政体问题和选举制度问题。

（三）第二次内战和共和国的建立（1649—1660 年）

1648 年 2 月,南威尔士的王党进行暴动,从而开始了第二次内战。在克伦威尔领导下的军队,7 月间已将南威尔士的王党叛乱弭平。8 月,在普雷斯顿附近的决定性战斗中,王党军队被击溃。8 月 31 日,王党在东南方的最后根据地科尔切斯特投降,第二次内战在短短几个月内就以王党的彻底失败而结束。军队在 12 月 6 日清洗了不久前重新被长老会派控制的国会,只余下 50 人左右的议员,被称为"残阙国会";接着又对查理一世进行了审判,于 1649 年 1 月 30 日将他作为"暴君、叛徒、杀人犯和国家敌人"处死;3 月宣布取消国会上院和废除君主制;5 月间正式宣布英国为共和国。

1649 年 8 月,克伦威尔率军在爱尔兰登陆。爱尔兰人进行了顽强的抵抗。征服战争持续了 3 年,到 1652 年 5 月英军终于控制了爱尔兰全境。

在远征爱尔兰的同时,独立派政府还在国内镇压了带有原始共产主义色彩的掘地派运动。掘地派是在共和国成立之初出现的无地少地农民的群体。掘地派的代表人物是温斯坦莱。他曾著书立说,认为人们贫困的根源在于土地私有制,主张建立土地公有、共同劳动、共享劳动果实的社会。这些主张在当时没有多大影响,而掘地派运动的参加者人数也不多,其活动又只限于开垦荒地,因而没有引起社会的震动。1651 年,政府派军队将其驱散。

克伦威尔于 1653 年 4 月 20 日发动政变,解散国会。12 月 16 日他又宣布自己就任英格兰、苏格兰和爱尔兰的"护国主",建立起独裁统治。克伦威尔在就任护国主当天公布的《统治文件》（又译"施政文件"）,实际上就是护国政治时期的宪法。文件规定,护国主为终身职务,与国会共同掌握立法权,与国务会议共同行使行政权,与军队会议共同具有军事指挥权并担任总司令。一院制国会仍按传统拥有财政权力,但是必须保证 3 万军队的军需供应。显然,这是独裁式的集权政治的体制。护国时期全国被分成 11 个军区,每区派 1 名高级军官任总督,实行军事统治。

（四）斯图亚特王朝复辟（1660—1688 年）和光荣革命

1660 年 2 月蒙克的军队进抵伦敦。4 月 25 日召集了一个保守的议会,议会决定政权应该属于"国王、贵族和平民",并决定派人到荷兰去同查理一世的儿子查理谈判复辟君主制问题。查理在蒙克授意之下,已于 4 月 4 日在荷兰的布列达发表了一个《布列达宣言》,宣布在内战期间被没收的王党和教会的土地不予变更,停止实行宗教迫害,除了直接处死查理一世的人以外,其他反对过国王政府的人一律不予追究。5 月 25 日查理回国即王位,称查理二世,建立起复辟王朝。

王位继承人、查理二世之弟詹姆斯是天主教徒,并且娶了法国的公主为妻。面对这一威胁,国会中有人于1679 年提出了取消詹姆斯王位继承权和永远禁止他回国的《排斥法案》,引发了一场辩论。下院中多数议员支持这一法案,被称为"辉格党";少数议员加以反对,被称为"托利党"。在辩论中,为防止国王进行迫害,国会通过了《人身保护法》,规定不经法院签发拘票不得逮捕任何人,任何被捕者都应按时送法院审理,不得延时拘押。

1685 年查理二世死去,詹姆斯即位,称詹姆斯二世。这个亲法的天主教国王一上台便废除了《人身保护法》,而且立即降低法国商品的进口税,他急于恢复天主教,任命天主教徒充当高级军官。1687 年他再次颁布《容忍宣言》,公开宣布废除一切反对非国教徒和天主教徒的法律。

在反对恢复天主教问题上走到一起来的各派代表,包括辉格党和托利党的代表在内,终于在 1688 年共同作出决定,废黜詹姆斯二世,迎立他新教徒的女儿玛丽和其夫荷兰执政威廉为英国女王和国王。根据同荷兰商定的协议,威廉率军队于 1688 年 11 月在英国登陆。12 月,詹姆斯二世仓皇出逃法国。1689 年 2 月,威廉即英国王位,是为威廉三世。这就是 1688 年政变,历史上也称之为"光荣革命",因为它没有流血而获得成功。

光荣革命是英国资产阶级君主立宪制度最终确立的标志。1689 年 3 月,也就是威廉即王位后一个月,国会就通过了《权利法案》,明确规定,今后英国国王必须是新教徒,国王要尊重国会的意志,只有得到下院的同意,政府才能够征收新税和招募常备军。这种由国会制约王权的政体,完全是资产阶级性质的国家体制,已经是资产阶级责任内阁制的雏形。

（五）英国资产阶级革命的历史意义

在 17 世纪的英国资产阶级革命中,资产阶级和新贵族在城乡中、下层人民群众的推动和支持下,摧毁了封建专制制度,使资产阶级和新贵族掌握了政权,确立了资本主义的政治、经济制度,使英国的资本主义得以更快地向前发展,走在世界各国的前列。在这次革命过程中,经过多次反复和斗争,最后逐渐建立起立宪君主制度和议会高于王权的原则。这种制度比当时世界其他各国的政治制度都要优越,成为世界其他国家资产阶级效法的榜样,许多国家的资产阶级民主人士纷纷为建立这样的制度而进行反对封建专制统治的斗争。所以英国革命实际上对推动世界其他地区和国家的革命运动起了积极作用。

三、开明君主专制

在启蒙运动的影响下,"开明专制"成为一种潮流。所谓"开明专制",是指君主或实际掌权的大臣受启蒙思想影响,用专制手段推行一些人道主义的和提高政府效率的改革措施。奥地利的特蕾西亚女皇和约瑟夫二世、普鲁士的腓特烈二世以及俄国的叶卡捷琳娜二世,被时人视为突出的开明专制君主。

(一)奥地利特蕾西亚母子改革

1740—1748 年发生奥地利王位继承战争,奥地利在战争中失败。这促使帝国政府在 18 世纪下半期致力于改革。在奥地利,这些改革是在女皇玛丽亚·特蕾西亚(1740—1780 年)及其子约瑟夫二世(1780—1790 年)在位期间进行的,其主要内容有以下几个方面:

第一,实行土地改革。玛丽亚·特蕾西亚在 1771 年和 1775 年颁布法令,宣布减少农民劳役地租及代役租的数量,劳役固定为每周 3 天,每天 10 小时,并且减少农民为地主拉车运输的义务,同时宣布取消皇室领地上的农奴制度。约瑟夫二世在这方面更前进了一步。他于 1781 年宣布波希米亚、摩拉维亚和奥地利帝国其他地区的农奴为自由人。但是,留在地主庄园上的农民如果继续使用地主的份地,必须照旧为地主服劳役,并且缴纳其他贡赋。

第二,实行教会改革。1773 年宣布解散耶稣会,还开始审查奥地利与罗马教廷的关系。1781 年颁布宗教宽容令,宣布天主教以外的其他基督教各派都享受合法的地位,各派教徒与天主教徒享受同等的公民权利。

第三,改革国家机构,加强中央集权。1761 年,为协调中央各机构的工作,又成立最高咨询指导机关"国务会议",将宫廷事务部、宫廷审计处、宫廷财务署、宫廷军机处、最高司法处等都置于其下。在司法方面,实行司法和行政分离的原则,颁布刑法典,虽然废止了刑讯逼供,却规定了严厉的监禁、苦役和惩罚制度。在军事方面仿照普鲁士实行募兵制,建立常备军,兵力达到 27 万。

第四,约瑟夫二世为了奖励工商业,实行保护关税;成立国家工场,以增加国家收入。

(二)普鲁士腓特烈二世改革

普鲁士的统治者是霍亨索伦家族。自中世纪后期起,霍亨索伦家族就一直在扩张领土,在 15 世纪取得勃兰登堡领地和选侯称号,在 16 世纪获得莱茵河畔一块领土,在 17 世纪又取得波兰的附属国东普鲁士,勃兰登堡选侯成为勃兰登堡—普鲁士选侯。1701 年,选侯腓特烈一世以参加西班牙王位继承战争为条件,从神圣罗马帝国皇帝那里取得了普鲁士国王的称号。

腓特烈二世(1740—1786 年)鼓励并保护工商业的发展,特别对军火工业更为重视,甚至对其免税和给予津贴。为给工商业发展提供便利条件,他统一币制、创办银行、建立邮政,而且修公路、开运河等。在农业上则鼓励垦荒,将奥得河沼泽地改造成耕地。他果断地宣布在王室领地上废除农奴制,而王室领地占全国耕地面积的近 1/3。在发展科学文化方面,重建了普鲁士科学院,还支持艺术的发展。当然,他对改革军事更为重视,以便推行其传统的对外扩张政策。他在位时,常备军增到 20 万人,按人口比例已占欧洲第一位。他颁布全国教育法,对男性居民实行初等义务教育。腓特烈还正式宣布宗教宽容,允许法官独立审判,并制定了统一的法典。

在腓特烈二世统治下,普鲁士发展成为一个好勇斗狠的强国,先从奥地利手中夺取了西里西亚,后来与俄国、奥地利共同瓜分波兰,分得西普鲁士。腓特烈二世本人也获得"腓特烈大帝"的称号。

(三)俄国叶卡特琳娜改革

1762 年,叶卡捷琳娜通过宫廷政变篡夺了丈夫彼得三世的王位。叶卡捷琳娜在位 34 年(1762—1796 年),以"开明君主"自居,推进了彼得一世的事业。

叶卡捷琳娜在经济方面实行了一些开明政策。她强调发展农业生产,为此甚至允许一些批评农奴制的言论。她接纳许多外国移民进入俄国,把他们安置在南方新征服的空旷土地上。她还鼓励工商业发展,在她统治期间,手工工场增加一倍多,达到 1 000 多个;商业方面也开始逐步放弃实行国家控制的重商主义,开始容忍贸易自由。在政治上,叶卡捷琳娜执政初期宣布要进行开明改革。她召开了一个立法委员会,并发布一个《训喻》,引用启蒙思想家的言论为立法依据。后来据此编纂的一些法典对酷刑有所限制,并在一定程度上支持宗教宽容。

1772—1775 年,俄国爆发了普加乔夫起义。普加乔夫是一个贫穷的顿河哥萨克,他假称彼得三世,发动农民起义。他发布文告,宣布解放农奴、分配土地、惩罚贵族。在镇压了普加乔夫起义后,叶卡捷琳娜为强化统治,进行地方行政改革,重新设定省县,省县定期举行贵族会议,推举省长以下的官员,由此使贵族完全控制了地方行政。1785年,叶卡捷琳娜颁布《贵族宪章》,保障贵族的各种特权,免除贵族的服役义务。她还大力扶持艺术、戏剧、建筑和音乐。

对外,叶卡捷琳娜继承了彼得一世的扩张政策,使俄罗斯帝国版图不断扩大,向南延伸至黑海海岸,向西扩展到波兰边境。叶卡捷琳娜与奥地利、普鲁士三次瓜分波兰,极大地改变了欧洲政治格局。

总的来看,开明专制在欧洲各国都是以富国强兵为实际目标,同时也对启蒙思想的传播起了推波助澜的作用。但是,就国内而言,开明专制的基础是王权与贵族的联盟。对外,开明专制君主依然追求开疆拓土,为此不惜损害他国利益。

四、启蒙运动

启蒙运动是继文艺复兴之后的欧洲第二次思想解放运动,它在思想上有力地冲击了封建制度、专制制度及其精神支柱天主教会,并且为资产阶级革命提供了思想上、理论上的准备。

(一) 启蒙运动的背景

首先,它是资产阶级反封建反专制制度的时代要求。17、18世纪西欧资产阶级的力量日益强大,拥有雄厚的经济力量,但是垂死的封建专制制度是他们进一步发展的巨大障碍,为了推翻旧制度,资产阶级必须制造舆论。启蒙运动便是在这个要求下产生的。其次,启蒙运动之发生,也与自然科学的发展有密切的关系。在17、18世纪,自然科学有了突飞猛进的发展。自然科学的发展为启蒙思想提供了锐利的武器,因为启蒙思想家在许多方面是从新兴的自然科学中寻找理论根据和思想方法的。

(二) 启蒙思想的代表人物与学派

1. 霍布斯

英国资产阶级政治思想家。其政治思想的基础是人性论,认为人的本性是自私、傲慢、复仇;认为国家出现以前,人类生活在自然状态下,人们彼此相互为敌,为了和平相处,需要建立国家,人们通过相互订立契约,把权利交给一个人或一个会议,这就产生了国家;认为国家主权是绝对的、不可转让的、统一的和不可分割的。他把国家政体分为君主政体、贵族政体和民主政体三种,竭力推崇君主专制制度,反对"君权神授论";宣传无神论,但又主张利用国家宗教统治人民。其主要政治著作有《论公民》、《利维坦》和《论社会》等。

2. 洛克

英国资产阶级政治思想家。洛克反对君权神授论,认为在国家产生以前,人们生活在自然状态下,受体现理性的自然法支配,生命、自由与财产等自然权利是天赋的。在国家的起源和目的问题上,认为国家产生于社会契约。由于自然状态缺少一个公正的、强有力的裁判者而有许多不便,人们相互约定,放弃部分自然权力给社会,建立了国家。国家的目的主要是保护私有财产。统治者如违反契约,人民有权推翻他,并可另立统治者。他把国家政体分为民主制、寡头制和君主制。他还反对君主专制政体,拥护君主立宪政体。提出三权分立的思想,主张国家的立法权、执行权和对外权由不同的机关行使。其主要著作有《人类理解论》、《政府论》、《论宗教宽容》、《教育漫话》等。

3. 伏尔泰

法国哲学家、启蒙思想家、文学家。在政治思想上,他赞扬英国的君主立宪制度,揭露和批判法国的封建专制度,倡导法治,宣扬财产、言论、出版自由和信仰自由以及自由、平等;抨击天主教会的黑暗统治,认为宗教迷信是人类理性的主要敌人,主张没收教会土地,废除宗教裁判所,但又认为必须保持宗教以约束人民;论述了自然法思想,强调法律的作用,认为法律是由统治者制定的,其内容取决于立法者的感情、利益和意志,以及各国所处的地带性质。其主要著作有《哲学通讯》、《形而上学论》、《牛顿哲学原理》、《哲学辞典》、《查伊尔》等。

4. 孟德斯鸠

18世纪法国启蒙思想家,资产阶级国家和法学理论的奠基人,近代政治思想史上"三权分立"学说的正式提出者。他反对把人类社会发展规律的科学建立在神学的基础上,提出人类社会的发展是一个有规律的过程;论证了历史进程不依赖于上帝的意志,而依赖于自然的原因;用自然的理论说明国家和法的起源;把国家政体分为共和政体、君主政体和专制政体三种;提出了三权分立学说,即立法权由议会掌握,行政权由国王掌握,司法权独立,这三种权力各自分立而又彼此制约,保持平衡;主张以权力约束权力,防止权力滥用和杜绝专横。他的政治思想对法国大革命和其他各国资产阶级的政治实践产生了重要影响。其主要著作有《波斯人信札》、《罗马盛衰原因论》、《论法的精神》等。

5. 卢梭

法国启蒙思想家、哲学家、教育学家、文学家,出生于瑞士日内瓦一个钟表匠家庭,没有受过正规学校教育,靠自学掌握了丰富的学识。在社会观上,他以当时流行的"自然状态"说为出发点,断言在原始社会的"自然状态"中,人们过着自由、平等、独立的幸福生活,生产技术的发展和私有制的产生,使人们从"自然状态"过渡到文明社会,私有制是社会不平等的根源;分析了人类不平等发生和深化的过程,论证了以暴力推翻封建的专制暴君的合理性。他虽然看到私有制是社会不平等的根源,但并不主张废除它,而是主张建立一个由人民掌握主权,受公意指导和实行法治的国家,这样个人虽丧失了自然平等,却获得了道德和法律的平等,个人的生命财产也就有了保障。其主要著作有《论科学和艺术是否败坏或增进道德》、《论人类不平等的起源和基础》、《社会契约论》、《爱弥尔》、自传体的《忏悔录》等。

6. 百科全书派

1751年,在著名的唯物主义哲学家狄德罗主持下开始编撰一部《百科全书》,全名为《百科全书或科学、艺术、技艺详解辞典》。参加撰稿的多达160人,其中有老一辈的启蒙思想家伏尔泰、孟德斯鸠,自然科学家达朗贝尔、孔多塞,哲学家拉美特利、爱尔维修、霍尔巴赫,文学家博马舍,经济学家魁奈、杜尔阁等人。该书用科学成果对抗宗教神学的谬误;用民主思想反对专制统治,宣扬了理性主义、人道主义和唯物主义。参加编撰的作者被人们尊称为"百科全书派"。他们人数众多,影响极大,成为法国启蒙运动的中心。百科全书的编写,既吸收了当代自然科学和社会科学的最新成果,又有力地推动了启蒙运动的深入发展。

7. 重农学派

法国重农学派是启蒙运动的一个分支。弗朗索阿·魁奈(1694—1774年)是重农学派的创始人,他在1758年发表了《经济表》,系统地表述了重农主义理论。在他看来,抵消了全部生产费用以后剩余下来的产品,便是"纯产品"。而只有农业才能生产出"纯产品",因而农业是唯一的生产部门。他提出一系列经济改革建议:鼓励资本家向地主租地,以发展资本主义大农业;政府应该实行"放任政策",允许自由竞争和自由贸易;实行只向地主征税的"单一税制"等。

(三)启蒙运动的影响

文艺复兴与启蒙运动是世界近代史上两大思想运动,都为新兴资产阶级取得政治、经济上的统治地位作了思想上的准备。如果说文艺复兴所反对的是天主教神学思想,所追求的是现世的幸福的话,那么启蒙运动所反对的则是封建专制主义,所追求的是自由平等。18世纪法国启蒙运动中宣传的带有辩证法因素的唯物主义思想,解放思想并敢于否定一切腐朽事物的勇敢精神,保障人权和实行法治的主张,崇尚知识、提倡科学的态度,以及对未来理性社会的种种设想,都已超出了国界,跨越了时代,有着非常广泛而深远的影响。这些伟大的启蒙思想家在人类历史上写下了光辉的篇章。同时,他们卓越的见解也为法国大革命和随后而来的欧洲革命高潮奠定了思想基础。

五、美国独立战争

(一)英属北美殖民地的特点

从17世纪起,英国步西班牙的后尘,开始在北美大陆建立殖民地。1607年伦敦公司依据国王的"特许状",在北美大西洋沿岸的詹姆斯河口建立了詹姆斯城,从而揭开了英国在北美建立殖民地的序幕。至1733年为止,英国在北美大西洋沿岸共建立了13个殖民地。独立前,资本主义成分是这一地区经济发展的主流。资本主义经济主要集中在北部的4个殖民地,在北美殖民地的经济结构中,还有前资本主义的封建经济成分及种植园奴隶制经济。封建的经济成分主要在中部4个殖民地。从生产目的和动力来看,南部的种植园奴隶制经济已被纳入商品经济的轨道,对资本主义的发展起着某种配合作用。种植园奴隶制经济主要集中在南部5个殖民地。英国对北美殖民地采取了不同的统治形式,有直属王室的皇家殖民地,经英王批准的业主殖民地和自治殖民地。在殖民地,总督拥有行政、军事、司法和财政大权。每个殖民地虽然设置了立法议会,但总督有否决权。总之,实权掌握在以总督为代表的英国殖民当局手中。

(二)美利坚民族的形成与启蒙思想的传播

随着农业、工业及贸易的发展,原来处于隔绝状态的各殖民地之间的经济联系大大加强。到18世纪中叶,统一的北美市场形成了。随着统一市场的形成,各殖民地之间的文化交流也日益频繁,在这个基础上形成了共同的文化,而英语便是这个共同的文化的媒介。北美居民在开拓新世界的艰苦斗争中,养成了一种特有的性格——勇于创新、富于进取和个人奋斗的精神。因此,到18世纪中叶,在北美英属殖民地上已经形成了一个新兴的民族——美利坚民族。

在英、法启蒙思想的熏陶下，在北美殖民地上也产生了启蒙思想的传播者，其杰出代表人物是本杰明·富兰克林和托马斯·杰斐逊。

本杰明·富兰克林(1706—1790年)是资产阶级民主主义思想家、政治家。1730年创办《宾夕法尼亚报》，宣传资产阶级启蒙思想，1731年在费城建立北美第一个公共图书馆，1751年协助创办宾夕法尼亚大学。1754年代表宾夕法尼亚出席北美各殖民地会议，并参加起草《独立宣言》。1776—1785年出使法国，促使美法缔结军事同盟。1787年参加制宪会议，主张废除奴隶制，为美国资产阶级民主制度的确立做出重大贡献。在科学研究上，电学方面的成就举世闻名，是避雷针的发明者。

托马斯·杰斐逊(1743—1826年)是资产阶级民主派领袖，《独立宣言》的起草人和第三届美国总统。他主张自然法和自然权利的学说，反对奴隶制、封建等级制和君主立宪制政体，要求建立民主共和国；反对奴役，要求实现民主自由权利；反对殖民主义，要求民族独立；主张在人民中间成立政府，制定宪法，每隔二十年左右修改一次；确立审判独立的原则，以法律保障人民的天赋权利，其中包括生命、自由和追求幸福的权利。一旦政府违背了上述宗旨，人民有权改变和废除它。杰斐逊的政治法律思想，对美国资产阶级民主的形成产生了重大影响。

(三) 英国与北美殖民地矛盾激化

七年战争(1756—1763年)后，英国对北美殖民地的控制和掠夺空前加强了。英国与北美殖民地的矛盾也在加深，双方的矛盾主要表现在税收问题上。英国统治当局决定把税的负担转嫁到殖民地居民身上。1765年颁布的《印花税法案》和1767年颁布的《汤森法案》就是向北美人民征税的措施。这激起了北美人民的强烈抗议。英国政府不得不取消《汤森法案》，但保留了茶叶的入口税。

1770年，英国政府授予东印度公司在北美殖民地销售茶叶的专利权，该公司于11月将大批积存茶叶运抵波士顿。12月16日，波士顿群众采取行动，将公司船上的价值1.5万镑的茶叶抛入大海。这就是著名的"波士顿倾茶事件"。

英国政府大发雷霆。1774年3—4月，英国政府先后颁布了几项高压法令，主要内容为：封锁波士顿港；取消马萨诸塞的自治权；英国官兵在殖民地犯罪者必须送往英国或其他殖民地审判，马萨诸塞司法当局无权过问；在波士顿市内驻扎英国军队等。这在北美被称为《五项不可容忍法令》。为了执行上述法令，英王任命北美英军总司令盖奇将军为马萨诸塞总督，妄图以武力迫使殖民地屈服。

根据弗吉尼亚议会的倡议，1774年9—10月在费城召开了有12个殖民地代表参加的大陆会议。大陆会议通过了一项决议，要求英国政府取消对殖民地的各种经济限制和《五项不可容忍法令》，并且表示在英国接受这些要求前，中断同英国的一切贸易往来。

(四) 美国独立战争的进程

1775年4月18日夜，马萨诸塞州总督盖奇派800名英军前往波士顿附近的康克德搜查民兵所储备的军火。4月19日拂晓，当英军走近莱克星顿时遭到民兵的伏击。英军在败退波士顿的途中，又遭到民团的包围痛歼，死伤200余人。莱克星顿的胜利大大鼓舞了人民群众的斗争信心。这是北美人民的武装力量第一次与英国正规军交锋，它揭开了北美人民反英战争的序幕。

战争打响后，为了应付紧急局势，1775年5月10日，13个殖民地的66名代表云集费城，举行第二届大陆会议。大陆会议便果断地下令募集志愿军，并把民兵整编为大陆军，任命乔治·华盛顿为总司令。大陆会议还通过《必须采用武力的宣言》，通过关于发行纸币的决议。

第二届大陆会议期间，殖民地各阶层人民都强烈要求摆脱英国而独立。著名的政论家、资产阶级激进民主主义者潘恩所写的题为《常识》的小册子引起了很大的反响。

1776年7月4日，大陆会议通过了杰斐逊起草的《独立宣言》。宣言用天赋人权的思想表述了北美殖民地资产阶级的政治要求。它宣布，一切人生而平等，上帝赋予他们生存、自由和追求幸福等不可割让的权利。宣言向全世界宣告北美各殖民地脱离英国而独立。后来，7月4日被定为美国的独立日。《独立宣言》的颁布，使大陆会议实际上成为临时政府和各殖民地反英斗争的统一领导机构。

1777年6月，英将柏高英率兵8 000人由加拿大出发，沿哈德逊河谷南下，企图与据守纽约城的英军汇合，以钳形攻势切断新英格兰与其他各地的联系，结果被大陆军围困在萨拉托加。柏高英弹尽粮绝，于10月17日率残部5 600余人投降。萨拉托加大捷扭转了战局，增强了北美人民的必胜信念，成为独立战争中的重要转折点。

萨拉托加大捷提高了北美的国际地位,扩大了欧洲各国与英国的矛盾。法国于 1778 年 2 月公开承认北美独立,并正式对英宣战。西班牙也于 1779 年 6 月参加对英作战。随后,荷兰于 1780 年参战。此外,1780 年俄国联合普鲁士、丹麦、瑞典等国组成"武装中立同盟",冲破了英国对北美的海上封锁。英国陷入了孤立境地。

1781 年 10 月,英军主力在约克敦投降,标志了北美独立战争的胜利结束。1783 年 9 月 3 日,英美在巴黎签订和约,英国承认美国独立,并将阿巴拉契亚山和密西西比河之间的北起加拿大、南至佛罗里达的全部土地划归美国。

（五）1787 年《联邦宪法》

1.《邦联条例》

《邦联条例》于 1777 年 11 月 15 日由大陆会议通过,1781 年开始实施。按照这部宪法,成立起来的美国国家组织有以下几个特点:第一,各州保留了很大的独立性,宪法允许各州享有征税、征兵及发行纸币的权力。第二,中央最高机构是一院制的邦联国会,每州选出代表 2—7 人,但每州代表在投票时,只能投 1 票;中央不设置国家元首,只是在国会下面设立一个诸州委员会,委员由各州选出(每州 1 人),在国会休会时管理经常性事务。第三,中央权力极小,邦联国会只能宣战和媾和,派遣对外使节,调整各州的争端和掌管邮政。邦联制对赢得独立战争的胜利起了重大作用,但是,独立后它已不能适应国家发展的需要了。它无权实行统一的保护关税政策,也无法形成强有力的中央政府来稳定统治秩序和对外保卫国家利益与主权。

2. 谢斯起义

丹尼尔·谢斯是刚刚退役的、曾在独立战争中屡立战功的上尉。1786 年秋,他在独立战争爆发地康克德发动了当时规模最大的,有农民、手工业者参加的起义。他们提出的重新分配土地,取消一切债务,降低土地税和改革司法制度的主张,得到劳动群众的热烈响应,起义队伍一度发展到 1.5 万人。1787 年 2 月起义被镇压下去。谢斯起义使美国统治阶级认识到强化中央权力的必要性和迫切性,对《联邦宪法》的制定起到了推动作用。

3.《联邦宪法》

各州代表于 1787 年 5 月 25 日至 9 月 17 日在费城召开了制宪会议。经过反复讨论,终于制定了一部新宪法,即 1787 年宪法。宪法使美国从一个松散的邦联过渡为联邦制国家,使 13 个州真正联合成为统一的国家实体。

根据宪法,联邦的中央国家机关具有超出各州之上的权力。宪法体现三权分立的原则。国家最高行政首脑是总统,由选民间接选出,任期 4 年。总统既拥有行政大权,又是武装力量的最高统帅。总统及其任命的内阁不对国会负责。总统需要定期向国会提出国情报告,同时有权否决国会通过的法律。如国会两院重新以 2/3 的多数票通过该法律,即可直接生效。宪法规定的最高立法机构是国会,由参、众两院组成。参议院由每州议会选举两名代表组成,任期 6 年,每两年改选 1/3。众议院议员由选民直接选出,任期两年。国会拥有税收、贷款、发行货币、规定度量衡、邮政、宣战、征兵等权力。一切法律经国会通过,总统批准,即可生效。最高司法机关是最高法院。法官由总统任命并须取得参议院的同意,终身任职。最高法院有解释一切法律和条约的权力。

从国家体制来讲,这部宪法体现了分权和制衡的原则。它通过三权分立的体制来增强资产阶级的统治力量,协调资产阶级之间和社会上的许多矛盾,并且防止少数人权力过分膨胀以及个人独裁的产生。1789 年又制定出对宪法的 10 条修正案,规定了若干公民自由权利,使这部首次出现的资产阶级成文宪法更加完整。

根据宪法选出的美国第一任总统是华盛顿。在他任内(1789—1797 年两届连任),国会和总统制定与发布了一系列具体的条例和法令,使美国的立法趋向健全。此外,还在整顿货币、发行公债、保护关税、建立国家银行等方面采取了有效的措施。

（六）美国独立战争的意义

美国独立战争是一次大规模的殖民地人民争取民族独立的战争。独立战争的胜利,推翻了英国对北美的殖民统治,建立了美利坚合众国,使它实现了政治上的独立,并解放了它的生产力,为美国资本主义的顺利发展开辟了宽广的道路。独立战争是美国历史发展的里程碑。美国独立战争打开了英帝国殖民体系的缺口,为殖民地人民民族解放战争树立了范例。

六、法国大革命与拿破仑帝国

（一）三级会议和革命爆发

三级会议于 1789 年 5 月 5 日在凡尔赛王宫开幕。会议仍按传统方式进行,即三个等级的代表分别开会,表决时每个等级算一票,从而使第三等级的双倍代表名额失去作用。6 月 17 日又根据西哀耶斯的提议,自行组成国民议会,推举巴伊为主席。第三等级的代表组成为国民议会,意味着三级会议的历史已告终结。

6月20日,由于国王封闭会场,国民议会代表在一个网球场集会,进行了著名的网球场宣誓。在主席巴伊带领下,代表们庄严宣誓:不制定出一部王国宪法并使宪法得以实施,议会决不解散。"网球场宣誓"是资产阶级政治纲领已形成的标志。这个纲领的核心就是制定宪法,限制王权,建立君主立宪制度,以此作为推行改革的杠杆。

7月9日,国民议会为确切表明自己的使命,实践网球场的誓言,正式改名为国民制宪议会(简称制宪议会)。在这之前,两个特权等级的全体代表都加入了国民议会。因此,制宪议会包括了原三级会议的全体代表。

1789年7月14日巴黎人民攻克巴士底狱是法国大革命爆发的标志。

(二) 君主立宪派的统治(1789.7—1792.8)

1. 八月法令

随着巴黎革命的胜利,制宪议会成为国家正式的立法机构和革命领导机构,实际上掌握了全国政权。它虽然是由三级会议转化而来的,但是在其中起领导作用并具有决定性影响的是君主立宪派。在立宪派领导下,制宪议会为改造封建旧制度和奠定资本主义社会的基础,作出了十分重大的贡献。正是通过它,确立了代表整个大革命基本成果的"八九年原则"。制宪议会通过的第一个立法文件是八月法令。

8月4日夜晚,自由派贵族代表在制宪议会上纷纷宣布放弃封建义务。一夜之间,议会提出30个议案,宣布废除全部封建制度和贵族特权,包括教会什一税、领主裁判权、封建劳役、免税特权等,史称"八月四日之夜"。根据这一夜提出的议案,从5日到11日制宪议会连续通过了成文的法令,这就是八月法令。法令宣布"将封建制度全部予以废除"。按规定无偿废除的有:人身义务、狩猎、鸽舍特权、领主法庭、教会什一税、特权等级免税权、买卖官职制度等,还规定任何公民,不论出身如何,均可出任教会或国家的文武官职。法令宣布要制定"全国性宪法"。此外,对源于土地的封建义务,法令规定要以赎买的方式予以废除。八月法令从根本原则上废除了封建制度,在法律上否定了封建土地所有制,是改造国家的重要一步。

2. 人权宣言

8月26日,制定议会通过了《人权宣言》(全称《人权和公民权宣言》)。《人权宣言》是大革命的纲领性文件。它的核心内容是人权与法治。宣言强调天赋人权的原理,"在权利方面,人们生来是而且始终是自由平等的"。宣言提出,权力来自国民。权利"就是自由、财产、安全和反抗压迫"。它还宣布了法治原则,"法律是公共意志的体现",没有比法律更高的权力,"在法律面前,所有公民都是平等的"。法律保护公民的言论、出版、信仰等自由。宣言最后强调"财产是神圣不可侵犯的权利"。

《人权宣言》所宣布的人权、法治、保护私有财产等原则,就是通常所说的"八九年原则"。在君主立宪派领导时期所通过的立法和施行的政策,基本上是以这些原则为指导的。"八九年原则"是改造封建社会,引导法国走向近代资本主义社会的指针。

3. 反封建法令

制宪议会又制定了许多反封建立法,对旧制度进行了全面改造。这些立法大体上有以下几种类型。首先是改组旧政权。这方面的立法基本上都是在制定宪法过程中通过的,后来就成为宪法的组成部分。其次是消灭等级制度和改造原特权等级。最后,议会下令废除了各种阻碍资本主义发展的制度和规定。

4. 1791年宪法

1791年9月3日,制宪议会正式通过了宪法,国王路易十六于9月14日批准了该宪法,这就是1791年宪法。1791年宪法是法国历史上第一部宪法,它以《人权宣言》作为前言,表明总的原则。宪法规定法国为君主立宪制国家,实行三权分立原则。立法权由选举产生的一院制立法议会掌握,行政权属国王,司法权归选举出来的法官所组成的法院。宪法为公民规定了信仰、言论、出版、集会、结社等自由。在选举制度上,按照公民纳税额来确定选举权。每年缴纳直接税达三天工资以上者享有选举权,称"积极公民";未达到者无选举权,称"消极公民"。

1791年宪法是适应资本主义商品经济发展的国家根本大法,是法国从传统的贵族社会跨入近代公民社会的法律标志。宪法生效后,立即按规定进行了立法议会的选举。选举结束后,两年多来作出了巨大贡献的制宪议会于1791年9月30日闭幕,立法议会于10月1日开幕。

1792年8月10日,巴黎人民再次起义,强迫立法议会废除王权并按照普选权原则选举国民公会。8月10日起义是大革命的重要转折点。在革命受到内外反动势力威胁的情况下,它突破革命的预定目的,打倒了君主制,也结束了君主立宪政体,将革命推进到一个新阶段。

（三）吉伦特派的统治（1792.8—1793.6）

1792 年 8 月 10 日后，吉伦特派掌握了政权。在吉伦特派领导下，立法议会和行政会议采取了一系列重要的革命措施。立法议会还颁布了一些新的土地法令，包括将没收来的逃亡贵族土地作为"国有财产"分小块出租或出售的法令，在各农村公社按户无偿分配公有土地的法令。

1. 瓦尔密战役

法国大革命引起了外国武装干涉。1791 年 8 月 27 日，普鲁士、奥地利发表《庇尔尼茨宣言》，扬言法国如不恢复王权，解散议会，各国君主都将出面保障法国的君主体制。1792 年 9 月 20 日，法国革命军队在瓦尔密战役中，击溃了普鲁士的军队，随后又把敌军驱逐出国境之外，战争转移到普鲁士和比利时境内进行。

2. 法兰西第一共和国

瓦尔密战役之后的次日（9 月 21 日），根据普遍选举权原则选出的国民公会开幕了。9 月 21 日的会议上，通过了废除君主政体的法案，宣布成立共和国，9 月 22 日，法兰西共和国（第一共和国）诞生。接着国民公会讨论如何处置国王路易十六的问题，虽然吉伦特派反对，但会议仍然通过了山岳派关于处死路易十六的决议。1793 年 1 月 21 日，路易十六被送上断头台。

3. 第一次反法同盟

1793 年春夏，法国的局势再次恶化。法国革命在国内和国外的攻势，使欧洲各国君主深受震动。他们害怕"法兰西瘟疫"的传播，决心"剿灭"法国弑君者。英、荷、西、葡等与普、奥结成了第一次反法同盟。

战争局势造成物价上涨、物资短缺。各地民众纷纷递交请愿书，要求政府干预经济、限制物价。吉伦特派坚持经济自由的主张，镇压限价运动，下令逮捕巴黎公社的领导人。5 月 31 日到 6 月 2 日，雅各宾俱乐部和巴黎公社联合举行起义，逼迫国民公会拘捕了吉伦特派领袖。雅各宾派掌握了政权。

（四）雅各宾派专政（1793.6—1794.7）

雅各宾派政权迅速采取了一系列措施。为了回击吉伦特派的宣传，国民公会起草和通过了一部新的民主宪法，规定人民有起义权，宣布法国是统一的不可分割的共和国，取消了积极公民和消极公民的划分，实行男性普选制等。这部宪法称为共和元年宪法或 1793 年宪法。由于当时激烈的斗争环境，在罗伯斯比尔坚持下，宪法没有实行。

为了赢得农民的支持，国民公会先后颁布 3 个法令：将流亡贵族的地产分成小块出售，地价分 10 年付清；村社的公有土地可以按照人口平均分配；无偿废除剩余的一切封建权利。

1. 恐怖统治

从 1793 年秋，由罗伯斯比尔、圣茹斯特等 12 人组成救国委员会，在国民公会的支持下，集中权力，断然推行恐怖统治。所谓恐怖统治是指雅各宾派专政为抗击反法联军和镇压叛乱，实行战时总动员，用最严厉的措施，打击一切敌人和商业投机活动。恐怖统治包括政治、经济、宗教等几个方面的措施。

在政治方面，颁布《惩治嫌疑犯条例》，宣布逮捕一切明显或"所谓"反对革命的分子；改组革命法庭，加速审判。在经济方面实行经济统制：征集物资，供应军队；颁布全面限价法，对 40 种生活必需品实行最高限价；颁布法令，严禁囤积居奇；建立由巴黎无套裤汉组成的革命军，保证限价法令的执行。在宗教方面则推行"非基督教化"运动，包括关闭教堂，改用共和历法。

2. 热月政变

在局势缓和后，罗伯斯比尔把作为紧急措施的恐怖统治变成实现"美德共和国"的手段。丹东、德穆兰等人主张实行"宽容"政策，也被罗伯斯比尔送上了断头台。1794 年 7 月 27 日（热月 9 月），国民公会的一些代表发动政变，在"消灭暴君"的口号声中，逮捕了罗伯斯比尔、圣茹斯特等人。次日，这几位雅各宾派领袖被送上了断头台。恐怖统治结束了。

（五）热月党与督政府的统治（1794.7—1799.11）

1. 基贝隆战役

1795 年 6 月 8 日，在押的"路易十七"因病死去（年仅 10 岁），自封为"摄政王"的普罗旺斯伯爵便在 6 月 24 日发表告臣民书，自立为"路易十八"，继承其侄的"王位"。1795 年 6 月，逃亡贵族们在英国支持下，带领军队从海上进行反攻，在布列塔尼的西海岸登陆。热月党政府立即派奥什将军率军迎敌。在奥什部队攻击下，王党军队退到基贝隆半岛，双方形成对峙局面。7 月 21 日共和国军队发起总攻，一举歼灭了王党军。基贝隆战役是热月党打击王党复辟活动，维护革命成果的重要战役。

2. 1795 年宪法

1795 年 8 月,热月党的国民公会制订了一个新的宪法,这就是共和三年宪法(或称 1795 年宪法)。1795 年宪法仍规定法国为共和国。它规定的立法机构为两院制,上院称元老院,由 250 人组成,下院 500 人,就称五百人院。行政机构是由 5 名督政官组成的督政府,是集体的行政首脑,下设各部。督政府由立法机构任命。

3. 督政府的成立

根据宪法,1795 年 10 月 27 日新选出的立法院开幕,当天选出了巴拉斯、拉勒维里埃、勒图尔内、勒贝尔和卡诺组成的督政府。督政府建立不久就发生了巴贝夫领导的具有原始共产主义色彩的平等派运动。

巴贝夫主张建立公有制的国民公社,人人必须劳动,产品交公共仓库,以绝对平均的原则分给每个公民。这是一种财产公有、共同劳动、平均分配的农业共产主义。巴贝夫坚持要用暴力和实行革命专政的方式来实现这一理想。督政府于 5 月 10 日将其组织破坏,巴贝夫等 65 人被捕。

4. 第二次反法同盟

1797 年,波拿巴迫使奥地利签订了标志第一次反法同盟最终瓦解的《坎波·佛米奥和约》。但是,形势很快发生了变化。从 1798 年 4 月起,以英国为首的第二次反法同盟又逐渐组织起来,俄国、奥地利以及德意志和意大利的一些邦也参加进来。法国很快就处于劣势的地位。

5. 雾月政变

1799 年,波拿巴抛下远征埃及的军队,突然回到巴黎。11 月 9 日(雾月 18 日),在革命元老西哀耶斯等人的支持下,波拿巴发动政变,建立"执政府"。雾月政变结束了督政府统治时期,开始了波拿巴的独裁统治。

(六) 执政府与拿破仑的内外政策(1799—1804 年)

1. 共和八年宪法

雾月政变后建立了临时执政府,波拿巴任第一临时执政。12 月 24 日临时执政府公布了新宪法即共和 8 年宪法。宪法仍规定法国为共和国,但权力集中在第一执政手中。虽设有第二、第三执政,却只起咨询作用。

2.《教务专约》

波拿巴上台后,执行了以实现稳定为首要目标的政策,1801 年,波拿巴与罗马教皇签订了《教务专约》,承认天主教是多数法国人信仰的宗教,允许公开举行宗教仪式,但是教会不得收回被没收的地产,教会人员薪水由政府支付,主教由国家任命,由教皇授职。此后,波拿巴又将宗教自由的权利赋予新教和犹太教教徒。

3. 法兰西银行

1800 年 2 月 13 日两家大银行在政府支持下合并组建了法兰西银行,拥有资金 3 000 万法郎。1806 年该银行改由政府控制,并取得独家发行纸币的特权。这个银行作为金融中心,对振兴法国经济发挥了重大作用。执政府进行的币制改革也取得了成功。

4.《拿破仑法典》

1800 年 8 月,波拿巴任命了民法典的 4 人起草委员会,按照他的意图起草民法典。1801 年参政院开始非常认真地讨论法典的草案。民法典的最后定稿于 1804 年 3 月 21 日正式公布实行,名为《法国民法典》,1807 年改名《拿破仑法典》。它明确规定成年法国人都平等地享有民事权利,体现了在法律上公民平等的原则。法典严格规定了私有财产权的合法性,在任何情况下都不受侵犯。此外,还确定了契约自由和契约的法律效力。这是一部典型的资产阶级法典,对后来许多国家民法典的制定都产生了影响。

5. 对外战争

波拿巴在军事上取得的成就更为显赫。1800 年 6 月 14 日在马伦戈战役中,再次大败奥军,并向维也纳紧逼,奥地利只好再次退出了反法同盟。1801 年 2 月法奥签订的《吕内维尔和约》将比利时、卢森堡和莱茵河左岸割让给法国,并承认波拿巴在荷兰、瑞士和意大利建立的一系列附属国。俄国退出了同盟,普鲁士保持了中立。在这种情况下,英法在 1802 年 3 月 25 日签订了《亚眠和约》。和约规定,英国将它在西印度群岛和印度所占领的法国殖民地归还法国,并且要从马耳他岛和埃及撤军。法国则承认英国从荷兰手中夺取锡兰(斯里兰卡),从西班牙手中取得特立尼达。《亚眠和约》以大大有利于法国的内容使波拿巴赢得了光荣的和平。

(七) 拿破仑帝国的兴衰(1804—1810 年)

1. 拿破仑称帝

1804 年 5 月 18 日,元老院以法令形式修改共和十年宪法,宣布法国改制为帝国,第一执政为皇帝,号拿破仑一世。这就是历史上的法兰西第一帝国。12 月 2 日,拿破仑在巴黎圣母院举行了加冕礼。

2. 对外战争

英国在 1805 年 4 月同俄国订立了盟约,奥地利也于 8 月加入英俄一方,第三次反法同盟又形成了。10 月

20日,法军在德意志境内的乌尔姆消灭奥军3万人。虽然法西联合舰队于10月21日在特拉法加海角被英国海军摧毁,但是拿破仑在全局上是胜利者。11月13日拿破仑攻下维也纳,接着于12月2日在著名的奥斯特利茨战役中彻底打败了俄奥联军,第三次反法同盟又告瓦解。12月26日法奥签订《普列斯堡和约》,奥地利承认法国对意大利的占领,将威尼斯、伊斯特利亚、达尔马提亚割让给意大利王国;又将斯瓦比亚、提罗尔分别割让给了法国附庸符腾堡和巴伐利亚;还要向法国大量赔款。

1806年7月,拿破仑将德意志境内南部、西部的14个邦(后增至16个)组成"莱茵邦联",由拿破仑任"保护人",可在那里征兵收税。8月1日,莱茵邦联退出德意志帝国。存在了约9个世纪的"神圣罗马帝国"实际上解体了。

拿破仑在德意志的扩张,特别是莱茵邦联的建立,使已经保持了10年中立的普鲁士感到了极大的威胁。1806年9月,普鲁士和英、俄结成了第四次反法同盟,接着瑞典、西班牙、萨克森也加入了反法同盟。1806年10月,法军在耶拿地区与普军主力会战,大获全胜。6月14日,在埃劳东北的弗里德兰,法军同俄普联军进行了大会战,取得巨大胜利。随后,法军占领普鲁士全境,并推进到俄国边境的涅曼河。7月7日和9日法国先后同俄、普签订了《提尔西特和约》。根据和约,战败的俄国未损失任何领土,反而拿破仑同意俄国在东欧和北欧自由行动。俄国承认了莱茵邦联以及法国在意大利、德意志、荷兰的全部行动,而且与法国订立了反英同盟。11月7日,俄国对英宣战,加入大陆封锁体系。拿破仑对待普鲁士是十分苛刻的。除保留东普鲁士、波美拉尼亚、勃兰登堡和西里西亚外,普鲁士丧失了其余大片领土。其易北河以西领土的大部分划入了新成立的、由拿破仑幼弟热罗姆为国王的威斯特伐利亚王国。原来普鲁士在瓜分波兰时占领的土地被改为华沙大公国,由拿破仑的附庸萨克森国王兼任大公。普鲁士还要向法国赔款1亿法郎。《提尔西特和约》的缔结宣告了第四次反法同盟的瓦解。

3. 大陆封锁体系

拿破仑既已成为欧洲大陆的霸主,他便进一步动用大陆的力量去打击英国,实行大陆封锁政策,同时力图建立起一个大陆体系。在打败普鲁士后,他于1806年11月21日发布《柏林敕令》,宣布英国及其殖民地的船只一律不得进入大陆上帝国控制的任何港口。这是大陆封锁的开始。到1807年11月23日和12月17日在意大利两次发布《米兰敕令》,他已将大陆封锁政策推向了中立国家。敕令宣布,不属于英国及其殖民地的产品,必须出示原产地证明方能运进大陆;中立国船只凡曾在英国靠岸者,货船一并没收;在海上曾屈从于英国要求者,则视为已被"剥夺国籍",予以捕获。

严厉的大陆封锁政策曾使英国出口额锐减,蒙受很大损失。英国当即宣布从海上封锁大陆,同时力图打开英货进入大陆的通道。中立国葡萄牙成了重要的通道之一。为了阻止葡萄牙与英国的贸易,拿破仑出兵占领了葡萄牙。1808年,法军借道返回时,竟然占领了盟国西班牙。这时,法兰西帝国已控制着意大利所在的整个亚平宁半岛、西班牙和葡萄牙所在的伊比利亚半岛、莱茵邦联所在的德意志大片地区及与之相连的荷兰和比利时。但是,拿破仑的大陆体系充满着不可调和的矛盾。

1809年1月,英国联合奥地利又组成了第五次反法同盟。7月6日,法军与奥军主力在瓦格拉姆进行了决战。经过艰苦奋战,法军击溃奥军,奥地利求和。10月14日双方签订《肖恩布鲁恩和约》,奥地利对法赔款7 500万法郎,割让部分领土,损失人口350万。

(八)拿破仑帝国的崩溃(1810—1815年)

此时大陆上能够同法国对抗的只剩下了俄国。当时俄国已同英国接近,而且始终没有实行过封锁政策。1812年6月,拿破仑率领60万大军入侵俄国。俄军实行焦土战略,干扰和阻断拿破仑大军的给养。拿破仑大军占领了俄军弃守的首都莫斯科,结果遭到寒冬的重创。法军撤回到边界时,所剩不及1/10。

1813年2月28日,普鲁士与俄国签订了共同对法作战的条约,第六次反法同盟形成。奥地利出面进行调停,未获成功,遂于8月加入同盟,对法宣战。英国则向同盟各国提供了大量经费。10月18日至19日双方在莱比锡进行了大会战。这次战役被称为"民族之战",即决定欧洲各民族命运的战斗。莱比锡战役的结果是以拿破仑军队的大溃败而告终。

1814年3月9日,第六次反法同盟各国在法国的肖蒙签订了《肖蒙条约》,规定了对法作战的条件和对欧洲未来疆界和政权的安排,主要内容有:各国不得与法国单独媾和;详细规定了各国在对法作战中所提供的军队数额和英国为各国提供的补助金;保证在打败拿破仑后建立欧洲秩序。《肖蒙条约》缓和了同盟各国内部的分歧与矛盾,加强和巩固了同盟对法作战的团结,同时也反映出列强恢复欧洲旧秩序的企图。它的基本原则后来在维也纳会议上得到了确认和贯彻。

1814 年 3 月 20 日,反法同盟攻入巴黎。4 月 6 日拿破仑宣布退位,被流放到厄尔巴岛。5 月 3 日路易十六的弟弟普罗旺斯伯爵登上了法国王位,称为路易十八(1814—1824 年),波旁王朝复辟。路易十八在 6 月颁布了《钦赐宪章》,全面接受了元老院提出的关于制定新宪法的原则。宪章规定,法国实行立宪制度,立法机构由元老院和联盟院组成;国家保护私有财产,继续偿还公债和出卖国有财产;军队的军阶、勋章、薪俸均予以保留,荣誉军团仍继续存在。公民享有言论出版自由;宪章同时还规定国王与议会共同享有立法权,并且规定了较高的选举权的财产资格限制。《钦赐宪章》表现出,路易十八实际上承认了革命的成果,同时也说明大革命所体现的历史潮流是不可逆转的。

1815 年 3 月,拿破仑得知国内的不满情绪后返回法国,受到军队和民众的欢迎。路易十八仓皇出逃。于是拿破仑重登帝位,修改帝国宪法,又恢复了帝国。英、俄、普、奥立即组成第七次反法同盟,集结了七八十万大军向法国扑去。6 月 16—18 日双方在比利时境内的滑铁卢决战,拿破仑寡不敌众,终于遭到失败。败回巴黎的拿破仑于 6 月 22 日第二次宣告退位。这次重建的政权共维持近百天(97 天),历史上称之为"百日"王朝。随着"百日"政权的倒台,法国于 7 月 3 日同联军签订巴黎投降书,路易十八于 7 月 8 日再次复辟。拿破仑被送到大西洋南部的圣赫勒拿岛,1821 年 5 月 5 日死于该岛。

七、工业革命

(一) 英国工业革命

1. 英国工业革命的背景

1688 年光荣革命后,英国建立了一个稳定的君主立宪政体。宪政体制保证了国内的长期稳定和政府的重商主义政策。18 世纪中叶起,英国从私人圈地进入了国会圈地时期。英国的农业革命正是通过这次圈地运动以及伴之而来的农业技术革新完成的。这次圈地的直接动因是由于人口的增长特别是城镇人口的急剧膨胀所造成的对商品粮及原料的巨大需求。英国的农业革命为工业革命的开展创造了必要的前提条件。它不仅为工业革命提供了必需的粮食和原料,造就了一支自由劳动力大军和广阔的国内市场,而且也为工业革命积累了雄厚的资本。

对殖民地的掠夺和血腥的奴隶贸易是英国资本原始积累的又一重要手段。为了开拓海外市场和掠夺殖民地,英国进行了一系列对外战争,最终确立了海上和殖民地霸权。世界贸易的扩大和转型成为技术革命的直接刺激因素。英国发达的手工工场和科学技术的发展又为工业革命的实现准备了技术条件。到 18 世纪,手工工场内部已经有了比较精细的分工,生产过程被划分为一系列的简单操作,生产工具也实行了专门化。1662 年成立的英国皇家学会倡导科学家把兴趣集中于广泛的经济活动领域。国内外市场的迅速扩大推动了对工场手工业的技术改造。从 18 世纪 60 年代起出现了一个技术改造的热潮,英国进入了工业革命时代。

2. 英国工业革命的进程

(1) 棉纺织业中的机器发明

英国的工业革命首先是从棉纺织业开始的。棉织业是新兴的工业部门,较少受传统的约束,易于采用新的生产技术。1733 年兰开夏的机械师凯伊发明了飞梭,提高了织布的效率,引起了棉纱荒。1764 年织工哈格里沃斯发明的手摇纺纱机(即珍妮机)和 1768 年理发师阿克莱特制成的水力纺纱机,大大提高了纺纱的效率,引起对棉布的更大需求。1771 年阿克莱特在德比附近的克隆福德建立了英国第一座棉纺织工厂。从此,英国的纺织工业开始进入了近代机器大工厂时期。1779 年青年工人克隆普敦综合珍妮纺纱机和水力纺纱机的长处,制成了骡机(意为两种机器的综合),标志着新一代纺纱机械的产生。纺纱机的应用,使纺纱与织布出现了新的不平衡。1785 年工程师卡特莱特制成水力织布机,使织布工效提高 40 倍。1791 年建立了第一座织布厂。随着棉纺织工业的机械化,与纺织有关的其他行业如净棉、梳棉、漂白、印染等也渐次采用了机器。

(2) 采煤业和冶铁业中的技术革新

棉纺织工厂开始主要用水力来推动工具机。水力作为自然力受到地理和季节的限制。发明一种打破这些限制、适应性更强的动力机就成为工业发展的迫切需要。瓦特在前人成果的基础上,运用新的科学知识,研制出单向蒸汽机,1782 年他试制成双向蒸汽机。这种机器是普遍适用的高效率动力机。1785 年起,蒸汽机开始应用于棉纺织厂。蒸汽机的应用是工业革命中最重要的技术成就。蒸汽机紧随着各种新式机器进了工业部门,推动了一切工业部门的机械化和工厂的建立。

机器的大量制造,增加了对金属原料的需求,推动了冶金和采煤工业的发展。1735 年达比父子采用焦煤熔铁,提高了生铁铸品的产量。1760 年又加设鼓风设备,高熔点去掉了铁矿中的硫黄和其他杂质,焦煤炼铁获得了成功,近代大规模的冶铁业从此诞生。1784年工程师科特发明了生产熟铁的搅拌法和生产钢的碾压精炼法,提高了炼铁的质量和效率。

焦炭炼铁技术的推广、蒸汽机的应用和城市人口的增长等促进了原煤生产。在煤炭业中出现了许多新技术发明。采煤开始使用凿井机、蒸汽抽水机、安全灯等。技术革命、煤铁产量猛增,为其他工业部门的发展创造了条件。

工业产量的提高促进了商业的发展,同时促使交通工具也要有大的改进。18世纪中叶英国国会制订了开凿和疏浚运河的计划。蒸汽机的推广引起了交通工具的变革,1807年美国人富尔顿发明了汽船,1812年英国制造的汽船试航成功,1819年第一艘汽轮横渡大西洋成功。1814年史蒂芬森发明了第一台比较实用的蒸汽机车。19世纪30—40年代,英国大规模地修建铁路。铁路运输的勃兴使运河退居次要地位。交通运输的发展缩短了燃料、原料和产品的运输时间,降低了成本,促进了工业和国内外贸易的发展。

19世纪30—40年代,一个新的工业部门——机器制造业诞生了。机器制造业的出现标志着工业革命的完成。

(二) 工业革命的扩散

1. 法国工业革命

早在18世纪后期,在法国的个别工业企业中就已经开始使用机器和蒸汽动力。1815年拿破仑帝国倾覆后,随着国内外政治局势趋于稳定以及战争创伤的逐步恢复,法国的工业革命才真正大踏步地前进。50年代后,法国工业革命进入完成阶段,其重心转向重工业。第二帝国政府采取了一系列有利于工业发展的政策,诸如提供贷款和补助金、降低关税、实行自由贸易、资助铁路和港口建设、改善交通、兴办公共工程、鼓励外国投资、大量引进英国的人才与技术等,这些政策有力地促进了法国工业的高涨。到60年代末,机器大生产已成为法国工业生产的主要形式,至此,工业革命基本完成。

由于特殊的社会历史条件,法国的工业革命具有不同于英国的鲜明特点。首先,从资本原始积累方面看,法国对农民土地的剥夺主要是通过租税盘剥进行的。其次,从工业革命的进程看,小企业的长期和大量存在以及大企业的发展迟缓是法国工业革命的主要特点。小企业的大量存在造成企业经营分散,阻碍了新机器、新技术的发明和推广。法国农业中小农经济长期占据优势。小农经济把大批劳动力束缚在土地上,影响了工业劳动力的供应,并且造成农业生产落后和农民的贫困,限制了国内市场的扩大。此外,高利贷资本特别活跃是法国工业革命的另一个特点,发达的高利贷资本吸引了大量社会流动资金,从而减少了工业企业的投资。

由于上述种种不利因素,法国工业革命的规模和取得的成就远不及英国,同时,在发展速度上也比不上同期的美国和德国。

2. 美国工业革命

美国的工业革命从18世纪末就开始了。1789年,塞缪尔·斯莱特仿制英国的水力纺纱机成功,并在罗得岛建立了美国第一家水力纺纱厂,这通常被视为美国工业革命的开端。到19世纪50年代,工厂制度在美国东北部已占了主导地位。内战之后,南部也普遍采用机器生产,西部的开发也导致西部工业的兴起。19世纪70年代末,美国工业革命在全国范围内宣告完成。

美国政府较早地实行了专利制度。1790年美国第一届国会就通过了《专利法案》。1836年又制定了《专利法》,成立了专利局,使发明人的权利得到有效保障。美国最先采用和推广了机器零部件的标准化生产方法,使一些机器零件可以通用互换,从而降低了机器的生产成本。外国的移民源源不断地涌进美国,为美国工业革命提供了大量的自由劳动力。

与西进运动密切联系、互相促进、同步发展是美国工业革命所独具的特点。西进运动推动美国农业较早地实现了机械化和产业化。受西进运动的影响,美国的交通运输业发展特别迅速。由联邦政府投资修筑的坎伯兰大道,是当时从东部到中西部最重要的陆路通道。纽约州出资修建伊利运河,掀开了开凿运河的热潮。1869年中央太平洋铁路和联合太平洋铁路接轨,第一条横贯大陆的铁路线建成。

3. 德国工业革命

19世纪30年代,德国的工业革命开始起步。1848年革命后,德国进入了20多年工业持续高涨时期。1871年普法战争后,国家实现了最后统一,大大增强了德国的政治经济实力,进一步加速了工业革命的进程。到70年代末,德国工业革命终于宣告完成。

国家的分裂使德国工业革命面临的市场问题特别尖锐,这个问题通过关税同盟的建立得以缓解。1834年,德意志关税同盟成立。关税同盟对外作为一个经济整体实行统一税率,并先后与英、荷、比等国签订了双方平等的商约。关税同盟既适应了德国工业发展的需要,也成为德国政治统一的重要经济基础。以铁路建筑为中心的交通运输业也在德国工业革命中处于先导地位。大规模的铁路修建给予采矿、冶金、煤炭和机器制造业巨大推动,促使德国工业发展的重心较早地从轻工业转向重工业。国家政权积极干预是德国工业革命的另一突出特点。为尽快摆脱落后局面,促进经济腾飞,德国各邦政府都充分发挥了国家政权干预经济的作用,大力推进工业革命。

对工业革命影响最为深远的还在于政府重视发挥智力作用,积极推行教育改革,大力促进新技术的开发研究。从19世纪初,德意志各邦纷纷实行全民义务教育。在高等学校中,贯彻教育、科研与生产相结合、基础研究和应用研究相结合的方针。到70年代末工业革命结束时,德国不仅在生产技术上消除了与英国的差距,而且在电气、化学等新兴工业方面超过了英国,走在了世界前列。正是因为重视教育,重视发挥智力作用,所以,德国工业革命能够在较短的时间内完成,并取得了更大的成就。

(三) 工业革命的影响

工业革命既是生产技术的巨大革命,又是生产关系的深刻变革。机器大工业的建立,为资本主义制度奠定了物质基础,使资本主义最终战胜封建制度而居于统治地位。它促进了资本主义生产力的迅速发展,提高了生产社会化的程度。工业革命使机器生产逐步代替工场手工业,资本主义雇佣劳动制度普遍建立起来,引起了社会阶级关系的深刻变化,工业资产阶级和工业无产阶级最终形成。

八、19世纪的英国改革

(一) 1832年议会改革

19世纪英国政治发展的一个基本趋势是以三次议会改革为标志的政治民主化。19世纪初,在英国的政治舞台上,托利党独揽大权,土地贵族实行只有利于他们的政策。1815年英国政府又颁布了《谷物法》,规定只有当国内市场上的粮价达到每夸脱80先令时,才准许国外的粮食输入英国。这样就使国内粮价一直保持在很高的水平上,不但普通人民的生活状况更加恶化,而且也大大损害了工业资产阶级的利益。

18世纪20—30年代,欧洲大陆的革命事件,如希腊独立战争、法国和比利时七月革命,都在英国引起广泛的同情,也激发了英国民众的改革热情。1830年,坚决反对改革的托利党内阁倒台,支持改革的辉格党授命组阁。1832年6月,方案得到通过并经国王批准。这就是英国第一次国会选举制度改革。

改革的主要内容是:调整选区和重新分配各选区议员名额。56个人口不到2 000人的选区被取消,31个有2 000—4 000人口的选区各减少1个议员席位。余出的143个议席中,各大新兴工业城市得到65个,各郡选区特别是北方郡选区得到65个,其余分给了苏格兰和爱尔兰。在选民资格方面,城市居民凡年收入在10镑以上的房户主或年缴纳房租10镑以上的房客都有选举权;农村中年收入10镑以上的土地所有者和年收入50镑以上的租地农业家享有选举权。

1832年改革使工业资产阶级上层获得了参加政权的机会。议会在一些新立法中转向自由贸易原则,废除了《谷物法》(1846年)和实行近200年的《航海条例》(1849年)。

(二) 1867年议会改革

1832年改革也启发了工人阶级,随后兴起了争取普选权的宪章运动。工人群体的日益扩大使统治阶级两大政党自由党(原辉格党)和保守党(原托利党)都开始意识到争取工人支持的重要性。尤其是自由党领袖格拉斯顿和保守党领袖狄斯雷利把政治改革和社会改革视为执政的纲领。

19世纪60年代,激进派和英国工联领袖联合成立了"全国改革联盟",掀起第二次声势浩大的争取议会改革运动。到1867年春,改革运动进一步高涨,规模最大的一次是在海德公园举行的大会,参加集会者达20万人。尽管格拉斯顿的改革方案受阻,但狄斯雷利内阁的改革方案于1867年获得议会的通过。这一改革方案规定,在城镇,选举权应给予每一房主和租户,也给予支付租金每年不少于10镑和居住不少于一年的房客。在各郡,选票给予从私产承担租金每年所得不少于5镑的人。短期租户如有12镑收入,也可获得选举权。另有46个"衰败选区"被取消,所空余出来的席位,分配给各大城市。选民的总数从135万人增加到225万人,但是妇女仍无选举权。

1867年的议会改革完成了工业资产阶级争取参加政权的斗争。贵族地主的势力进一步减弱了,在"衰败选区"被取消后,贵族地主不能够再随心所欲地选送代表到下院去了,资产阶级在下议院的地位进一步得到加强。不过,直到这时,英国仍然只有1/2的成年男子享有选举权,工人中只有高工资的熟练工人才获得选举权。

(三) 1884—1885年议会改革

80年代,自由党推动了第三次议会改革。1884年,自由党提出的《人民代表制法》获得议会通过,把选举权扩大到农业工人,使英国大部分成年男子获得选举权。1885 年又通过了《重新分配席位法》。除 22 个城市外,其他各城市和各郡一律实行单一代表选区制,大体上每 5.4 万人选出一个代表,从而接近于平等代表制原则。

通过上述一系列改革,英国在 19 世纪实现了从贵族寡头政治向现代民主政治的转变。英国政治民主一步一步地扩大,其最显著的成果便是工人阶级可以参与政治生活,可以推动政府实行劳工立法。

九、19 世纪法国政治演进

(一)波旁王朝复辟时期(1814—1830 年)

1814 年波旁王朝在法国第一次复辟后,路易十八颁布《钦赐宪章》表示了对大革命基本成果的承认,宣布实行立宪君主制。1824 年,路易十八的弟弟、极端派首领阿图瓦伯爵即位,称查理十世。他颁布《亵渎圣物治罪法》,规定对亵渎圣物和圣餐者,先砍掉右手,然后处死。他还颁布法令,用 10 亿法郎公债券对革命时期流亡贵族的财产损失给予赔偿。查理十世的倒行逆施引起社会各阶层普遍的不满。

1830 年 7 月 26 日,查理十世颁布了四项敕令,取缔报纸出版自由,解散自由派占优势的众议院,只允许缴纳高额土地税者拥有被选举权等。四项敕令成了引爆革命的导火索。1830 年 7 月 27—29 日在历史上被称为"光荣的三天"。巴黎人民举行武装起义,经过 3 天激烈的战斗,终于攻下王宫。查理十世仓皇出逃,七月革命取得胜利。

(二)七月王朝(1830—1848 年)

起义胜利后,奥尔良公爵路易·菲利普为国王。与路易十八"钦赐宪章"不同,路易·菲利普宣誓"效忠宪法"。三色旗成为奥尔良王朝(亦称七月王朝)的国旗。1830 年 8 月 14 日颁布了七月王朝的宪章。宪章再现了三权分立的原则,国王掌握行政权,立法权归两院制议会,上下院议员一律由选举产生,司法独立。选举权仍有财产资格限制,但选民人数从复辟王朝时期的 9 万余人增至 20 多万人。公民的基本自由权利也得到了恢复。宪章规定,国王不得将天主教定为国教。

七月王朝是金融资产阶级的王朝。七月王朝的建立为经济的发展创造了有利条件。经过几十年的稳定发展以后,法国出现了以要求扩大选举权为中心的各种政治反对派。以梯也尔和巴罗为首的"王朝反对派"主张稍稍降低选举资格,扩大王朝的社会基础。以诗人拉马丁为首的共和派以大革命时期的吉伦特派为先驱,主张建立共和国。以律师赖德律·洛兰为首的民主派进一步提出普选权的口号。当时也有一些社会主义者要求建立保障劳动权的"社会共和国"。

1847 年下半年,反对派在全国发起了"宴会"运动,以举办"宴会"为名,进行群众性政治集会,宣传改革选举制度。但改革要求遭到了七月王朝的拒斥。1848 年 2 月 22 日,原定在巴黎举行的"宴会"遭到政府禁止,工人、学生和市民走上街头,示威很快变成了街垒战。事变很像是 1830 年"光荣的三天"的再现。2 月 24 日,路易·菲利普仓皇逃往英国。七月王朝结束。

(三)法兰西第二共和国(1848—1852 年)

二月革命胜利后,由拉马丁、赖德律·洛兰等人以及工人代表组成了临时政府。临时政府宣布共和国成立,史称法兰西第二共和国。临时政府颁布法令,实行最彻底的民主主张,包括普选权、劳动日减少一小时、保障工人的劳动权利、全民免费教育、新闻自由等。普选权使得法国选民立刻增加到 900 万人。劳动权更是史无前例地承认了工人阶级的地位。11 月 4 日议会正式通过宪法,21 日公布生效。宪法规定法国是民主、统一、不可分割的共和国,共和的原则是"自由、平等、博爱",基础是"家庭、劳动、财产权、公共秩序"。立法权属普选产生的一院制立法议会,共 750 名代表,任期 3 年。行政权由总统执掌,总统由普选产生,任期 4 年,不得连任。总统任命内阁,但内阁部长的人数和权限由议会规定。总统有权部署军队,但个人无权指挥。总统无权解散或延期议会。司法独立,法官由总统任命,法庭辩论公开。公民享有言论、新闻、结社、集会、请愿、信仰等自由。宪法规定,一切公民均可担任公职,但公职不准继承。宪法保护劳动自由、工业自由和财产权利。

在 12 月 10 日的总统选举中,拿破仑的侄子、从英国流亡归来的路易·波拿巴竟然以绝对多数票当选共和国总统。路易·波拿巴就任总统后,任命君主派组成"秩序党"内阁,来维护"秩序、财产、宗教"。秩序党内阁为了打击共和派和民主派,废除了普选权,控制了议会。但是,秩序党内两派分别要复辟波旁王朝或七月王朝,这与路易·波拿巴的称帝野心发生冲突。路易·波拿巴便以恢复普选权为借口,于 1851 年 12 月 2 日发动政变。他调集 7 万军队进入巴黎,宣布解散议会,逮捕反对派议员。

(四)法兰西第二帝国(1852—1870 年)

1852 年 12 月,经公民投票,路易·波拿巴将共和国改成帝国,史称法兰西第二帝国。第二帝国前期史称

"专制帝国"。拿破仑三世采取高压手段来稳定国内局势。经过几年的稳定发展,拿破仑三世开始逐步实行自由化措施,转向"自由帝国"。1859 年,拿破仑三世对政治犯实行大赦。1864 年,帝国政府废除了实行半个多世纪禁止工人结社的《夏普利埃法》,工人获得结社和罢工的权利。工人运动开始复兴。1868 年,当局恢复了新闻自由和集会自由,共和派活跃起来。

1870 年 7 月 19 日,法国向普鲁士宣战。9 月 2 日,法军在色当战役失败,御驾亲征的拿破仑三世下令 10 万法军投降。消息传来,立即发生了"9 月 4 日革命",巴黎民众涌入立法团,要求废黜负有战争失败责任的皇帝。共和派议员带领群众到市政厅,宣布废除帝制,成立共和国,组建"国防政府"。统治法国 18 年的第二帝国轰然倒塌。

(五) 巴黎公社

9 月 4 日革命后,国防政府无力挽回战争的败局。普军包围了巴黎,并向法国中部纵深挺进。由于法军频频失败,共和派的国防政府被迫议和。1871 年 2 月,新产生的法国国民议会选出梯也尔为临时政府首脑。梯也尔政府与普鲁士签订了《法兰克福条约》。条约规定:法国须赔偿 50 亿法郎,并割让阿尔萨斯和洛林东部,在赔款付清前普鲁士军留驻法国。巴黎人民唤起"93 年"的记忆,奋起保卫巴黎。他们武装起来,建立了 194 个营的国民自卫军,人数达 30 万人。

梯也尔政府与普鲁士媾和后,转而着手解除巴黎人民的武装,激起了 3 月 18 日起义。1871 年 3 月 18 日凌晨,政府军偷袭巴黎国民自卫军的蒙马特尔高地,企图夺取大炮,遭到民众的团团包围。政府军士兵倒戈,逮捕和枪毙了下令开枪的将军。中午,国民自卫军中央委员会组织了全面起义,占领政府重要部门。梯也尔出逃凡尔赛,并撤走了国家和首都的全部行政机关。

3 月 18 日起义胜利后,国民自卫军中央委员会决定举行公社选举。3 月 26 日巴黎各区选出了 86 名公社委员。两天以后,巴黎公社正式宣告成立,采用共和历法和标志社会主义的红旗。公社是一个代表工人的政府。委员中有工人约 30 名,其余是新闻记者、职员、教师和医生。他们大体上分属布朗基派、蒲鲁东派和新雅各宾派。布朗基派和新雅各宾派倾向暴力和专政,而蒲鲁东派大多是第一国际会员,更注重社会经济改革。公社宣布废除全部旧的国家机器:废除常备军和警察,解散军事法庭、封闭法院,释放在押政治犯。公社还通过政教分离的法令,查封或征用了一些教堂。公社实行立法与行政合一。公社委员既讨论和制定法律,又分担行政职责。公社下设 10 个委员会,公社委员分别担任各委员会委员。为了防止官员腐败,公社实行选举、汇报和罢免的制度,同时取消高薪和一切特权,规定公社职员的最高薪金大体相当于较好行业中优秀工人的工资。

公社采取的社会经济措施有:废除面包工人夜班制,禁止任意罚款和非法克扣工人工资,委托工人协会签订包工合同,等等。公社想方设法恢复一些被业主抛弃的工场的生产,把工人组成合作社。鉴于巴黎居民长期遭受围困之苦,公社还颁布一系列法令,如免除房租、允许债务延期偿还、要求当铺无偿退还小件生产工具和生活用品,等等。

凡尔赛政府把公社领袖和公社战士视为"罪犯"、"盗贼"。从 4 月初,集结起来的凡尔赛军开始对巴黎发动战争并大批枪杀俘虏。困守危城的公社战士只得进行殊死的抵抗。5 月初,梯也尔在与普鲁士的和约上签字后,俾斯麦放还了 10 万俘虏,使凡尔赛军大大加强。5 月 21 日,凡尔赛军攻入巴黎,开始了被称作"五月流血周"的大屠杀。公社战士构筑街垒进行顽强的巷战,最后在绝望中焚毁了杜伊勒里宫等建筑。5 月 28 日,最后一批公社战士约 200 人在拉雪兹神甫公墓壮烈牺牲。

巴黎公社仅仅存在了 72 天,但是它作为第一个工人民主政权的尝试而成为社会主义运动的一个纪念碑,为后来的无产阶级革命运动提供了极其宝贵的历史经验。

十、美国内战

(一) 美国内战的历史背景

1. 美国领土扩张与西进运动

(1) 美国领土扩张

美国独立后,走上了大规模扩张领土的道路。1812—1814 年的英美战争(史称第二次独立战争)以双方媾和结束,划分了美国与英属加拿大的东北边界,也排除了美国的最大外部威胁。1803 年从法国购得路易斯安那地区,1810—1811 年,美国强占了西属的西佛罗里达,1819 年又强行买下东佛罗里达。1835 年策动美国移民在墨西哥的德克萨斯搞武装暴动,成立德克萨斯傀儡国,1845 年将这块土地合并为美国的第 28 个州。通过美墨战争(1846—1849 年),美国夺取了从新墨西哥到加利福尼亚的广阔土地。1846 年,美国与英国签订协议,独占了北纬49度以南的俄勒冈地区。后来,美国于1867年以720万美元从俄国手中购得阿拉斯加,于1898年吞并了太平洋上的夏威夷。

这样,到19世纪中叶,美国的领土已经扩展到太平洋沿岸,土地从1783年的200余万平方公里扩大到内战前的约780万平方公里。

(2) 西进运动

在美国领土扩张的过程中,东部居民和新移民源源不断地向西移居,逐渐形成了大规模的"西进运动"。最初,移民主要到"旧西部"即密西西比河以东地区定居。从19世纪20年代起,出现了越过密西西比河向"新西部"移民的高潮。40年代兴起的"俄勒冈热"和"加利福尼亚热"(淘金热)导致了对这些地区的兼并。到19世纪60年代,俄亥俄河和密苏里河之间的广大地区发展成美国的"小麦王国",也被称作"面包篮"。与此同时,密西西比河下游地区逐渐形成"棉花王国"。自19世纪中叶起,各种工业陆续扩散到西部地区,工业中心逐渐西移。

在西进运动中,美国政府对印第安人进行大规模的驱杀,将多数印第安人部落迁出密西西比河以东地区。在迁徙过程中,大批印第安人死于疾病、饥饿和劳累。西进运动也有力地推动了美国民主化的进程。美国政府早就规定对新兼并的土地实行国有化并向移民出售(1785年法令)和平等建州(1787年《西北条约》)。《西北条约》规定凡有6万自由居民并建立民选议会的领地均可平等地加入合众国。

西进运动造就了大量的独立农民,经济平等促进了政治自由平等。新开拓的西部最初几乎没有有组织的政治生活,反而有利于社会流动和政治开放。在民主选举基础上建立的新州,不仅促进了联邦共和国在广袤大陆上的扩展,而且推动了东部各州普遍实现了成年男子普选权。也正是围绕西部新建州社会制度的斗争,最终导致了消灭奴隶制的内战。西进运动对美国民族精神的形成和发展影响巨大,那种"拓荒精神"(勇敢冒险、乐观进取、顽强自立、务实、自由平等)成为美利坚民族一份珍贵的文化遗产。

2. 南北经济发展的差异与两种制度的矛盾

(1) 南北经济发展的差异

美国独立后,依地区形成三种发展类型:东北部的工商业经济、西部自由农民土地所有制经济和南部棉花种植园经济。前两种都是以资本主义的自由劳动为基础的,而后一种则是以奴隶制为基础的。

随着英国棉纺织业蓬勃发展和美国北部工业革命的兴起,国内外市场对棉花的需求量激增;1793年伊莱·惠特尼发明的轧棉机极大地提高了清除棉籽的效率,降低了棉花生产的成本;种植棉花需要长年而简单的劳动,大量役使奴隶非常有利可图。这就使地处亚热带的美国南方奴隶制种植园经济得以迅速发展和扩大。

南北两种经济制度之间具有不可调和的矛盾。北部需要大量自由雇佣劳动力,南部奴隶主却把几百万黑奴禁锢在种植园内;北部需要大量的棉花等工业原料,南部奴隶制经济却具有殖民地经济性质,产品多数输往英、法及其他欧洲国家;北部需要南部作为商品销售市场,一贫如洗的黑奴却无力购买任何工业品;北部资产阶级需要提高关税以保护自己的工业,南部奴隶主却极力降低关税,以购买廉价的外国商品。南北双方上述矛盾,随着美国经济的发展以及领土的扩大,废奴运动的发展和黑人反抗斗争的加强而日益激化。

(2) 两种制度的矛盾

西部新开发领土的建州问题引起南北双方更大的冲突。南方种植园主极力扩张种植园经济,要求新建州中应有一定份额的蓄奴州。北方工商业集团和西进农民则要发展白人自由劳动制度,在新建州内禁止奴隶制度。新建州是作为自由州还是蓄奴州加入联邦,还关系到北方和南方谁能控制参议院的问题,因为在参议院中各州的议员都是两名。

1819年密苏里地区建州,申请加入联邦,南北双方经过激烈争执,于1820年通过《密苏里妥协案》,确定密苏里州为蓄奴州,同时从马萨诸塞州划出一个新州——缅因州作为自由州;还规定北纬36°30′以北永远禁止奴隶制。矛盾暂时得到缓和。

1849年加利福尼亚建州,制定了禁止奴隶制的州宪法。南方种植园主不顾他们一贯坚持的每个州有权处理内部事务的原则,拒绝加州加入联邦,并再次以南北分离相威胁。在国会中,南北双方代表再次发生激烈争论,达成《1850年妥协案》,确定加州作为自由州加入联邦,但规定国会要制定一部严峻的《逃亡奴隶法》,允许在全国缉捕逃亡奴隶,惩办拯救和收藏逃亡奴隶者。

1854年,国会决定在密苏里河以西的"处女地"建立堪萨斯和内布拉斯加两个州。这一地区位于北纬36°30′以北,按规定不准蓄奴。但是在南方的压力下,国会通过了《堪萨斯—内布拉斯加法案》,规定新州的奴隶制问题由当地居民自决。于是,南方组织数千人涌入堪萨斯,选出的议会立即制定了维护奴隶制的法律。自由民代表另行召开议会,制定了反对奴隶制的法律。堪萨斯出现了两个对立的政权。1856年,双方发生武装冲突,持续半年之久,史称"堪萨斯内战"。

两种制度的矛盾也因北部废奴运动的发展而尖锐起来。19世纪30年代,北部废奴运动形成了大规模的群众运动。1833年全国性废奴组织"美国反对奴隶制协会"的成立,标志着一个有组织有纲领的废奴运动的兴起。1859年10月16日,废奴主义者约翰·布朗带领16名白人(包括他的3个儿子)和5名黑人在弗吉尼亚的哈普斯渡口举行起义。起义的目标是在阿巴拉契亚山区建立一个废奴主义共和国。经过两天激战,终因众寡悬殊,被奴隶主镇压下去。

(二)美国内战的进程(1861—1865年)

共和党于1854年成立,以反对奴隶制扩张为宗旨,代表了北方工商业集团和西部农民的利益。1860年,美国进行总统选举,共和党候选人亚伯拉罕·林肯当选。林肯的当选,成为美国内战爆发的导火索。

从12月起,南卡罗来纳等7个蓄奴州相继宣布退出联邦。1861年2月,7州代表开会,宣布成立"美利坚联众国"即"南部同盟",将弗吉尼亚里士满定为首都。4月,南部军队炮击和占领了联邦军驻守的萨姆特要塞。林肯政府正式宣布对南部同盟作战。内战爆发后,南部又有4个州参加叛乱。

1862年5月24日,林肯政府颁布《宅地法》,规定凡支持、拥护共和国的成年公民,从1863年6月1日起,只要缴纳10美元登记费,就可从国有土地中领取160英亩土地,耕种5年后,成为私有财产。《宅地法》极大地鼓舞了联邦军队中广大士兵的战斗热情。

1862年9月,林肯发表了震动世界的预告性的《解放宣言》,宣布自1863年1月1日起,叛乱地区的奴隶从此永远获得自由;凡条件适合者可以在陆海军服役。1863年1月1日,正式的《解放宣言》发表。

林肯政府的这些措施对战局的转变产生了积极影响。工人、农民和黑人积极参加联邦军作战。北方的整体优势也逐渐显露出来。1863年7月初,东战场上南北两军在葛底斯堡会战。联邦军歼灭了敌军主力部队2.8万人。同时,在西战场上,雅克斯堡和哈德逊港的南方守军被迫投降。联邦军完全控制了密西西比河。1865年4月9日,南军主力罗伯特·李将军的部队陷入北军层层包围之中,只好向北军投降。持续4年之久的美国内战,以北方获得最后胜利而告结束,美国重新恢复了统一。

(三)南方重建(1867—1877年)

内战结束前,林肯政府就考虑战后国内和解的方案。1863年底,林肯就向国会提出一份《大赦重建宣言》。《宣言》规定,一切参加叛乱的人,只要宣誓效忠联邦、承认废除奴隶制,都可以得到赦免;只要有10%的选民举行效忠宣誓,就可以举行选举,成立新的州政府;剥夺少数南部邦联高级军政官员的选举权和担任官职的权利,但恢复其除奴隶之外的财产权。这个方案坚持了维护联邦统一和废除奴隶制这两个原则,对南方叛乱者极为宽大。

林肯去世后,副总统安德鲁·约翰逊依法继任为总统。他在1865年5月公布了一个与林肯的重建方案相似的《大赦宣言》。《宣言》还规定,原南部同盟的高级军政官员可以申请特赦。南方各州重新建立了州议会和州政府,其中多数或全部成员都是前叛乱分子,包括不少前南部同盟的高级军政官员。他们制定了一些压迫黑人的法律,总称《黑人法典》。还有一些白人组织了三K党等恐怖团体,秘密或公开地虐杀黑人和进步白人。

共和党激进派对南方的情况非常不满。1867年,国会不顾约翰逊的反对,强行通过了激进派重建南方方案,从而开始了民主重建南方的时期。激进派的重建方案宣布:按约翰逊有关重建宣言建立起来的各州政府无效;对南方10个州实行军管,划分为5个军区,由总统任命的军区司令统辖给包括黑人在内的全民以选举权,而剥夺"参加叛乱或犯法律上的重罪的人"的选举权,凡参加叛乱的人,均无资格成为州立法议会代表,也无资格担任州政府的官员。

在激进派重建南方期间,由于黑人代表的努力,南方各州都废除了《黑人法典》,并制定了保障黑人人权的法律。到1870年以后,北部资产阶级感到自己的政治统治权在南部已经巩固,也由于南部奴隶主逐步资产阶级化,二者的阶级利益日趋接近,更由于北部工农运动的发展威胁着资产阶级的统治,北部资产阶级便开始与南部种植园主妥协。1872年,格兰特政府颁布特赦令,恢复了参加原南部同盟政府首要分子的公民权。1877年2月,共和党总统海斯宣布将北方军队撤出南部各州,南方重建结束。

(四)美国内战的实质与历史意义

美国内战实质上是美国第二次资产阶级革命。这场革命由两个阶段组成:第一阶段是内战,通过战争打败南方军队;第二阶段是南方重建,对南方社会进行资本主义改造。美国内战又是一次成功的资产阶级性质的民主革命。美国内战的重大意义在于,它粉碎了奴隶主的政治势力,使工业资产阶级掌握了全部国家政权,使他们能够运用国家政权的力量迅速而全面地发展资本主义生产;内战消灭了严重阻碍社会生产力发展的奴隶制度,为资本主义无论在广度上还是深度上在美国的发展开辟了广阔的道路。内战也有力地推动了美国工人运动的发展。但是经过内战和重建,黑人并没有得到真正的解放,他们仍受到极其严重的种族歧视与迫害。他们争取真正解放的斗争还要继续下去。

十一、俄国农奴制改革

(一)俄国农奴制改革的背景

1. 农奴制危机

农奴制度严重阻碍俄国资本主义的发展和生产技术的提高,使俄国社会经济越来越落后于西欧。农民被束缚在土地上,无法满足工业对自由劳动力的需求。在地主巧取豪夺下,广大农民也一贫如洗,无力购买工业品,严重地限制着国内市场的扩大。

2. 革命民主主义思想

在俄国思想界,围绕着废除农奴制问题,到 1840 年出现了两个不同的派别——西方派和斯拉夫派。

西方派反对专制制度和农奴制度,但不赞成采取革命手段消灭它们,而是主张通过渐进的改革,废除农奴制,建立西欧式的君主立宪制,以实现俄国资本主义工业化。斯拉夫派反对走西方工业化的道路,他们主张在保留农村公社及地主土地所有制的前提下,自上而下地废除农奴制。斯拉夫派拥护沙皇制度,仅渴望在沙皇制度下享有言论自由。他们的政治理想是实现以沙皇俄国为中心的斯拉夫人的联合。

到 1848 年,西方派又分裂为革命民主主义派和自由派。革命民主主义者与坚持旧立场的自由派不同,是一个新型的知识分子阶层。他们的斗争目标是废除农奴制和推翻沙皇专制制度。到五六十年代,他们成为俄国解放运动的主要力量,其中最杰出的代表人物有赫尔岑、车尔尼雪夫斯基和杜勃罗留波夫。

3. 克里米亚战争

1853 年,俄国发动了侵略土耳其的克里米亚战争。战争的起因是巴勒斯坦"圣地"问题。巴勒斯坦此时在奥斯曼土耳其帝国境内。天主教会和东正教会为争夺"圣地"管辖权而发生争执。法国皇帝拿破仑三世支持天主教徒的要求。1852 年,土耳其政府宣布"圣地"的管辖权归于天主教会。

1853 年,沙皇尼古拉一世以保护东正教徒利益为名发动对土耳其的战争。1854 年,法国和英国担心俄国的扩张会威胁它们在中近东的利益,于是加入土耳其一方作战。战争很快转到俄国的克里米亚半岛。俄国在武器装备、军队训练、军需供应、交通运输等各个方面,都远远落后于英法。1855 年英法联军最后打败俄国,双方于 1856 年 3 月签订《巴黎和约》。根据和约,俄国丧失了在黑海保留舰队和在黑海沿岸设立要塞的权利以及放弃了以前吞并的一些领土。

(二)俄国农奴制改革的主要内容

1855 年继任的新沙皇亚历山大二世面临战争失败和财政危机的内外困境,感到改革的紧迫性,决定依靠自由派官员,推行以废除农奴制为中心的一系列改革。

1861 年,沙皇发布了《宣言》和《关于脱离农奴依附关系的农民法令》。按照《法令》,农民获得人身自由,有权订立契约、从事工商业活动,拥有动产和不动产,还可以改变身份,成为市民或商人;农民可以按照规定赎买一半土地,另一半土地归地主所有;农民由村社管理,村社负责征集赎金、赋税和治安。

农奴制废除以后,沙皇政府又在其他方面实行一系列改革。(1)建立地方自治机构。1864 年沙皇颁布《省、县地方机构法令》,在省、县都建立了地方自治机构(自治会议和自治局)。1870 年,在城市建立杜马和自治局。这些机构由选举产生,虽然贵族和富人在其中占绝对优势,但也有大约 1/10 的农民代表。(2)亚历山大二世还颁布《司法章程》,参照西欧模式进行司法改革,全面建立近代司法体系,章程规定,废除等级法院,实施统一的司法,建立陪审制度和律师制度,实行公开审判。司法改革在当时各项改革中是比较彻底的,但是真正落实却十分缓慢。(3)沙皇政府还进行了教育改革:建立了初等国民教育网;除了原有的古典中学外,增设了半职业教育性质的实科中学;大学一度恢复了教授自治权,但教授依然由政府任命。(4)1874 年还进行了军事改革,实行普遍义务兵役制,年满 20 岁的青年不分等级都要应征入伍,一部分服现役,一部分服预备役。

(三)俄国农奴制改革的影响

俄国农奴制度的废除和随后的一系列改革,是由沙皇政府进行的,但按其内容来说是资产阶级性质的。这次改革是俄国历史上从封建生产方式过渡到资本主义生产方式的转折点。可是这次改革又是不彻底的,它没有摧毁地主土地所有制和沙皇专制制度,国内保有大量封建残余,资本主义发展仍受到一定阻碍。

十二、德意志的统一、意大利的统一

(一)德意志统一的历史背景

1. 德意志关税同盟

德意志境内各邦国建立的经济同盟。1815 年建立的德意志邦联,并没有消除封建割据,各邦国之间关卡林立,关税税则和工商条例名目繁多,成为资本主义工商业发展的严重障碍。新兴资产阶级迫切要求消除各邦间的关税壁垒,实行政治、经济统一。1826 年,北部六邦成立"北德意志关税同盟";1828 年,南部各邦也成立了"南德意志关税同盟"。1834 年 1 月,两同盟合并,称"德意志关税同盟"。参加同盟的有十八个主要邦国,以普鲁士为其盟主。其主要内容:废除内地关税,同盟各邦的贸易免税;对外贸易实行统一的关税制度和税率。关税同盟把当时德意志 3/4 的人口、2/3 的领土联合成一个紧密的经济区域,为德意志统一民族市场的形成和政治上的统一创造了重要条件。

2. 大德意志派与小德意志派

1848 年法兰克福国民议会制定宪法时,奥地利宰相施瓦岑贝格提出:在奥地利领导下,奥地利帝国和德意志各邦联合组成中欧帝国。拥护这一方案的主要是奥地利和南德诸邦商业资产阶级代表,在议会中属少数派,被称为大德意志派。1862 年建立德意志改革联盟。1871 年以普鲁士为首的德意志帝国建立后,其影响仍在。

小德意志派与大德意志派相对立。1848 年法兰克福国民议会制定宪法时,以加格恩为首的资产阶级自由派提出:建立一个不包括奥地利在内的德意志联邦,然后再同奥地利签订条约,同其建立某种联盟关系。小德意志派实际上是排斥奥地利,主张在普鲁士的领导下统一德意志。拥护这一方案的主要是普鲁士和德意志北、西、中部各邦资产阶级代表,在议会中属多数派。

3. 宪法纠纷与铁血政策

宪法纠纷是 19 世纪 60 年代普鲁士专制王权和容克同议会中的资产阶级争夺统治权之争。1859 年罗恩被任命为陆军大臣和军事改革委员会主席,进行军事改革,要求议会同意拨款充作改革费用,但遭议会中资产阶级自由派反对。1862 年 3 月,国王威廉一世因议会否决政府提出的预算案,解散议会。5 月新选举的议会中,进步党获多数席位,以否决政府的军事提案为手段,要求实行宪法改革,扩大资产阶级自由派的参政权。9 月,在罗恩推荐下,威廉一世任命俾斯麦为首相。俾斯麦一上台即发表"铁血政策"演说。1862—1864 年他不顾议会反对强行拨款进行军事改革。普鲁士在 1864 年、1866 年的丹麦战争和普奥战争中均获胜后,资产阶级自由派在议会中失去了大量席位,乃同政府妥协,不仅"赦免"了俾斯麦四年来的违宪开支,且决定增加 1866 年的军费预算。这场纠纷终以资产阶级的失败而告结束。

铁血政策是普鲁士首相俾斯麦提出的由普鲁士通过战争统一德意志的政策。1862 年 9 月 30 日俾斯麦在议会预算委员会第一次会议上声称:"德意志的未来不在于普鲁士的自由主义,而在于强权。……当前的种种重大问题的解决不是演说词和多数决议所能解决的——这正是 1848 年和 1849 年所犯的错误——要解决它只有用铁和血。"他主张激发民族意识,减少内部纠纷,共同对外,以武力和强权统一德意志。

(二)德意志统一的进程

1. 普丹战争

德意志统一是由普鲁士发动三次战争最后完成的。第一次是 1864 年进行的对丹麦的战争。起因是石勒苏益格、荷尔施泰因两公国的归属问题。1863 年底,丹麦国王颁布了一部新宪法,把石勒苏益格划入丹麦版图。此举立即引起德意志人的反对,在全德出现了爱国热潮。1864 年,普奥结成同盟,发动对丹麦的战争,丹麦很快战败议和。根据 10 月签订的《维也纳和约》把石勒苏益格和荷尔施泰因割让给普奥两国。普奥双方达成《加斯坦条约》:石勒苏益格归普鲁士管辖,荷尔施泰因归奥地利管辖;普鲁士有权在荷尔施泰因开凿运河、修筑铁路和敷设电缆。

2. 普奥战争与北德意志联邦的成立

对丹麦战争结束后不久,俾斯麦便着手准备向最主要的敌手奥地利开战。他除得到俄、法中立的保证外,还与 1861 年刚建立的意大利王国订立了同盟条约,使奥地利被孤立。普鲁士于 1866 年 6 月出兵占领荷尔施泰因,挑起了对奥战争。开战后普军进展顺利,于 7 月 3 日在捷克境内的萨多瓦村大败奥军主力。

为避免法奥结盟,俾斯麦没有向维也纳进军并同意议和。根据 8 月签订的《布拉格和约》,奥地利退出德意志邦联并宣布解散邦联;承认普鲁士有权在美因河以北建立北德意志联邦;承认普鲁士占有荷尔施泰因和吞并在战争中协助奥地利的汉诺威、黑森、拿骚与法兰克福自由市;奥地利将威尼斯归还意大利。

普奥战争是俾斯麦统一德国道路上的关键性步骤。1867 年,以普鲁士为首的北德意志联邦宣告成立,它由美因河以北的 19 个邦和 3 个自由市组成,囊括了德意志 2/3 的领土和人口。只有南德 4 邦还在联邦之外。它有统一的议会,军、政、外交大权掌握在普鲁士手中,联邦主席是威廉一世,总理由俾斯麦兼任。北德意志联邦明显带有统一国家的性质,它的成立是统一过程中的决定性步骤。多民族的奥地利帝国被排除出德意志之外,使德意志具备了建立统一民族国家的条件。

1867 年,奥地利也进行改革,采取联邦制,允许匈牙利有自己的议会和宪法,但由奥地利皇帝兼任匈牙利国王,是为奥匈帝国。

3. 普法战争与统一的实现

北德意志联邦的建立,使整个德意志只剩下了美因河以南、邻近法国的巴伐利亚、巴登、符腾堡和黑森—达姆施塔德 4 个邦国仍维持着独立的地位。这 4 个邦国历来受法国影响较深,对普鲁士军国主义政策持抵制态度。在这种情况下,普鲁士要最后完成德意志的统一,就难免要同法国兵戎相见。

1870 年,普法战争爆发。9 月双方在色当会战,法军大败,被迫投降。1870 年 11 月,代表北德联邦的俾斯麦与南德 4 邦政府之间缔结了联合的条约,南德 4 邦正式与北德联邦合并,成立"德意志帝国"。1871 年 1 月 18 日,普鲁士国王威廉一世在法国凡尔赛宫正式即位为德意志帝国皇帝,德国统一终于完成。

（三）德意志统一的影响

德国的统一结束了长期的分裂状态,形成了统一的国内市场。此后,德国资本主义迅速发展,跨入了世界先进国家行列。统一后的德国成为欧洲和世界上举足轻重的强国,这导致了国际政治格局的重大变化。由于德国的统一是由普鲁士通过"自上而下"的王朝战争完成的,统一后的德国继承了普鲁士的君主制度、官僚警察制度和军国主义传统,容克阶级的社会政治经济势力原封不动地保存下来,这些封建残余使德国成为欧洲最富于侵略性的国家。

（四）意大利统一运动的两条路线

中世纪以来,意大利长期处于分裂割据状态并受到外族统治。1815 年的维也纳会议总决议维持了这一局面。北部、中部各邦国处在奥地利的直接或间接的控制下,罗马有法国驻军,南部的那不勒斯王国(两西西里)由西班牙的波旁王朝统治。只有萨瓦王朝统治的撒丁王国是唯一独立的君主立宪国家。

在如何实现国家统一的问题上,意大利资产阶级的两个派别——民主派和自由派有着不同的主张。资产阶级民主派主张通过自下而上的人民革命战争,驱逐外国侵略者,推翻封建制度,建立一个统一的资产阶级共和国。这一派的思想和政治领袖是共和主义者、"青年意大利"的创始人马志尼。他组织了 1853 年 2 月的米兰起义、1854 年刺死帕尔马大公、1856 年刺伤两西西里王国国王斐迪南二世、1857 年那不勒斯远征等行动。这些孤立的行动没有引爆预期的革命,但维系了意大利人民族复兴的决心和希望。

资产阶级自由派(包括资产阶级化的贵族)则主张用自上而下的王朝战争,驱逐外国势力,实现统一,通过有限的资产阶级改革,建立一个君主立宪制的国家。资产阶级自由派的领导人是撒丁王国首相加富尔。他在 1847 年主办《复兴报》,宣传政治改革,鼓吹由撒丁王国统一北方,深得撒丁国王赏识。

1848 年革命后,加富尔出任撒丁王国的财政大臣和首相,推行了一系列富国强兵的改革:改革财政税收制度,增加国家收入,资助铁路、港口和商船队的建设,取消一些限制性的工业法规,降低了关税,鼓励工商业活动和发展对外贸易。在政治上,他主张政教分离,允许一定范围的言论自由,允许报纸刊载反奥文章,允许意大利其他地区的人到撒丁王国政治避难。加富尔的这些措施增强了撒丁王国的国力,提高了撒丁王国在意大利和整个欧洲的地位和声望。

但撒丁王国靠自身的力量不足以对付像奥地利这样的大国。因此,加富尔也奉行"现实政治",借用各种力量来实现统一大业。1858 年,加富尔和拿破仑三世在普隆比埃尔会晤,达成秘密协议:法国将出兵帮助撒丁王国把奥地利从伦巴底和威尼斯赶出去,建立一个包括撒丁王国、伦巴底和威尼斯以及教皇领地罗曼那在内的上意大利王国;作为报答,撒丁王国将把萨伏依和尼斯两地割让给法国。

（五）意大利统一的进程

1. 1859 年对奥战争

按照德意志联邦的规定,如果奥地利进行先发制人的战争,其他各邦没有参战的义务。为了刺激奥地利开第一枪,加富尔大张旗鼓地进行扩军备战,在撒丁王国内发布总动员,并在全意大利境内征召志愿人员入伍。加富尔还建立一支志愿军,召加里波第回国担任总指挥。奥地利要求撒丁王国解除总动员,遭到拒绝,于是在 1859 年 4 月向撒丁王国宣战。

战争开始后，法撒联军接连取得胜利，奥军退守威尼斯的四方要塞。与此同时，奥地利所控制的意大利中部地区接连发生起义，托斯坎尼、帕尔玛、摩地那公国的王公纷纷逃亡。教皇领地之内的罗曼那也发生起义，摆脱了教皇的控制。这些地方都建立了自由派领导的临时政府。

拿破仑三世对意大利的革命形势感到担忧，害怕意大利统一会打乱他在意大利中部建立法国势力范围的计划。他背着撒丁王国，单独与奥地利签订了和约。和约规定，奥地利把伦巴底割让给法国，由法国转让给撒丁王国，但威尼斯仍归奥地利，恢复摩地那和托斯卡尼等各邦的君主统治。这一条约令意大利爱国者震惊和愤怒。托斯坎尼、摩地那、帕尔玛和罗曼那的临时政府都宣布和撒丁王国合并。

1860 年 3 月，加富尔在中部各邦举行了全民投票，正式肯定了中部各邦与撒丁王国的合并。4 月，在法军的监视下，萨伏依和尼斯也举行了所谓的公民票投，正式将这两地划归法国。这样，到 1860 年春，撒丁王国完成了意大利的局部统一。

2. 加里波第远征

1860 年春天，西西里爆发了大规模起义，遭到波旁王朝军队的血腥镇压。消息传到意大利北部之后，在加富尔的默许下，加里波第组织了"千人团"，又名"红衫军"，渡海远征。加里波第在西西里登陆，很快又渡过海峡进攻那不勒斯。波旁王朝军队望风披靡，许多军队不战而降。

加里波第占领首都那不勒斯后，接受加富尔的建议，举行公民票投。表决结果，南意大利两西西里合并于撒丁王国。随着两西西里并入撒丁王国，意大利的绝大部分领土已统一起来。建立统一国家的条件基本成熟了。1861 年 3 月 17 日，都灵议会正式宣布成立意大利王国，撒丁国王维克多·艾曼努尔二世为意大利国王。

3. 意大利统一的最后完成

意大利统一的最后实现是借助普鲁士的军事胜利取得的。1866 年，普奥战争爆发，意大利加入普方作战。意军在战斗中不断失败，但由于奥地利被普鲁士打败，根据战后和约，威尼斯归还意大利。

1870 年 7 月，普法战争爆发，拿破仑三世不得不调回驻罗马的军队。9 月 20 日，加里波第的志愿军和王国政府军同时开进罗马，教皇世俗政权被推翻。10 月举行公民投票的结果，罗马合并于意大利；意大利王国政府同意教皇避居梵蒂冈。至此，意大利统一最后完成。1871 年 1 月，意大利王国首都从佛罗伦萨迁往罗马。

（六）意大利统一运动的特点与意义

意大利统一运动的特点是：它始终贯串着"自下而上"和"自上而下"两条道路的斗争，而最后以"自上而下"道路的胜利而结束，因此在政治经济和社会诸方面都留下许多后遗症。在经济上，封建的土地制度——世代永佃制被保留下来。在政治上建立的是君主立宪政体，世袭的国王保留着很大的权力。他统率武装部队，任命内阁部长，有权否决议会的法案，有权任命参议员，等等。但意大利统一的完成无疑地是一个历史的进步，因为它为资本主义的发展扫清了很多障碍。统一后的意大利各邦间的关税壁垒消除了，统一了度量衡制度和货币制度，铁路和公路的建设蓬勃开展起来，形成了统一的民族市场，推动了意大利资本主义经济的发展。

十三、19 世纪晚期欧美主要国家的政治与经济

（一）19 世纪晚期的英国

1. 两党政治与工党的崛起

1832 年议会改革后，托利党改称为保守党，辉格党改称为自由党。1868 年，保守党率先把各选区委员会联合成为一个全国性的组织，因而赢得了 1874 年大选的胜利。1877 年，自由党也建立了全国性的党的组织系统。于是，英国两党的组织才臻于完善。1870 年以后，随着垄断组织的出现，两党都代表垄断资本的利益，阶级基础渐趋一致，都成为垄断资产阶级的政党。

1900 年，社会民主同盟、费边社、独立工党和 50 年代出现的工人联合会合并，组成工党。工党成立后发展迅速，很快取代自由党的地位，成为与保守党相抗衡的英国两大政党之一。

2. 文官制度改革

与此同时，英国还实行了文官制度的改革，使工业资产阶级的统治更加得到加强。1848 年财政大臣格拉斯顿组织专人就文官制度问题对财政部、海军部等部门作了详细调查，1853 年底写出了《关于建立常任文官制度的报告》。报告尖锐批评了当时文官制度中存在的弊端，对文官的录用、考试、晋升、分级等提出了一整套建议，建议的中心是要求确立公开竞争的考试制度，择优录用。

1855 年英国政府对文官制度进行了初步改革，要求在任命文官时要从被推荐的候选人中进行考试后录用，而且只限于以往充任低级职务的年轻人。1868 年上台的格拉斯顿自由党内阁，曾力争用公开竞争的考试制度

任用文官。1870 年 6 月,以枢密院名义颁布了关于文官制度改革的命令,规定以公开竞争考试来录用文官,但外交部和内务部除外,某些高级文官仍可不经考试直接由大臣任命。从此建立了公开竞争考试的原则。后来经过不断的补充修正,使文官任用制度逐渐完备起来。基本内容是:第一,对文官的录用实行公开竞争考试办法,择优录取;第二,定期考核,按能力和政绩大小予以升降奖惩;第三,文官常任,不与执政党共进退。

文官制度改革,提高了政府官员的素质,保证了一定的效率;而且他们一般任期较长,不随内阁更迭而更换,有利于政策的连续性和政局的稳定。

(二) 19 世纪晚期的法国

1. 法兰西第三共和国的建立与 1875 年宪法

1875 年 1 月 30 日法国国民议会以 1 票的微弱多数通过了宪法草案。这个宪法连同以后陆续通过的其他法律,构成了"1875 年宪法",它一直存在到第二次世界大战法国投降希特勒时为止。在这一时期内存在的共和国就是法兰西第三共和国。它确定的是总统制共和国。立法机关由参议院、众议院组成。参议院由间接选举产生,参议院有权否决众议院的决议;众议院由普选产生(妇女、军人无投票权)。行政权由总统和内阁掌握,总统权力很大,是国家元首、军队最高统帅,可任命文武官员,提出法案,可在参议院同意的条件下解散众议院;内阁由总统任命,但是对议会负责。

2. 布朗热事件

布朗热是 1886 年入阁的军政部长,他上任后进行了一些激进主义的改革,诸如清除贵族军官,宣布士兵决不与罢工者为敌,改善士兵待遇,改进武器装备,等等。他主张对德采取强硬态度。于是,布朗热受到了士兵和社会上有复仇情绪的大批群众的欢迎和拥护。1888 年新一届内阁上台,宣布解除布朗热的军职,结果引起普遍不满。王政派、残余的波拿巴派都乘机卷入,企图利用布朗热颠覆共和制,并且向布朗热提供活动经费。布朗热失去军籍后恢复了选举权,便借机参加总统竞选。1889 年 1 月在巴黎选区他取得了多数票,只等秋季大选结束后荣登总统宝座。这时的布朗热运动已是君主派、复仇派、教权派等混杂的并带有沙文主义性质的运动,威胁着共和制度。于是共和派紧急采取行动。内政部扬言要逮捕布朗热。布朗热匆忙逃往国外,1891 年因失去情妇而自杀。

3. 巴拿马运河丑闻

1892—1893 年原巴拿马运河公司贿赂政界、报界人士的丑闻此时被揭露出来,原苏伊士运河创议者德·莱塞普斯等人为开凿巴拿马运河而创立了巴拿马运河股份公司。公司为取得股票发行权而贿赂政府总理、部长和议员上百人。工程完成 1/3 时,公司宣布破产,90 万小股东受害。司法部长下令调查,终于将其中的贪腐案公诸于世,引起舆论大哗,原工程部长被判刑。

4. 德雷福斯事件

19 世纪末法国国内的激烈的政治斗争是围绕着"德雷福斯事件"而展开的。1894 年,军方在证据不足的情况下指控犹太血统军官德雷福斯向德国出卖情报,并将其流放到法属圭亚那。几年后,情报机关发现了真正的罪犯,但军方和政府极力掩盖真相,拒不认错。著名作家左拉在《震旦报》上发表了《我控诉》一文,痛斥冤案制造者和民族沙文主义、反犹主义的恶劣行径。法国舆论由此分裂为重审派和反重审派两大阵营。温和共和派政府因此案而威信扫地,1899 年激进共和派政府上台,释放德雷福斯,1906 年为其恢复名誉。法国人民呼吁为德雷福斯平反的运动实际上是一场保护人权和民主制度的斗争,促进了法国政治民主化的进程。

(三) 19 世纪晚期的德国

1.《非常法》

1878 年 10 月,俾斯麦政府借口这年 5 月发生的谋刺皇帝事件,操纵议会通过《镇压社会民主党企图危害治安的法令》,即《非常法》。该法令规定:凡是"社会民主党的、社会主义或共产主义的"组织、团体及其报刊和其他印刷品,一概加以禁止。《非常法》实施后,各地查禁报刊、封闭工会解散集会、逮捕社会民主党干部,工厂也解雇加入社会民主党的工人。但社会民主党在《非常法》实施期间不但没有削弱,反而加强了。1890 年,社会民主党人在选举中赢得 35 个议席,席位增加了一倍多,德皇威廉二世(1888—1918 年)下令停止实施《非常法》。

2. 俾斯麦政府的社会立法

为了消除社会民主党的基础,俾斯麦认为有必要由政府去实现一些合理的社会主义主张,改善工人处境。为此,俾斯麦主持颁布了 4 个社会保险法。1883 年,德国政府颁布了《疾病保险法》,该法为德国 300 万工人及其家属提供了医疗上的保障,费用由工人和雇主双方负担。1884 年颁布的《意外工伤保险法案》规定因工伤亡的工人可以得到医疗及丧葬费,费用完全由资本家负担。1886 年这个工伤及疾病保险法扩大到 700 万名农业工人。1889 年的《老年及残疾保险法》规定:工人到 70 岁时可以领取养老金,残疾工人也可以领取津贴。这笔钱由工人、雇主和政府三方共同负担。俾斯麦创设的养老和疾病保险制度开创了 20 世纪福利国家的先河。

3. 威廉二世的世界政策

1897 年威廉二世改组政府,最终抛弃了俾斯麦相对保守的大陆联盟政策,取而代之的是旨在争霸全球的"世界政策"。威廉二世"世界政策"的最终目的是建立"大德意志帝国"。为实现这一目标,威廉二世推行以实力为后盾的世界扩张主义政策,通过建立强大的海军获得制海权,在此基础上夺取其他列强的海外殖民地,建成幅员广阔的世界性殖民帝国。威廉二世"大德意志帝国"的构想分为两个步骤:先是征服欧洲,继而征服世界。

德国的扩张主要指向北非、远东(中国)和近东。德国于 1897 年侵占中国的胶州湾,于 1900 年参与八国联军。为了同法国争夺北非的摩洛哥,德国两次挑起摩洛哥危机(1905 年和 1911 年),把欧洲推向战争边缘。1903 年,德国与土耳其签约,修建巴格达铁路(又称三 B 铁路),把柏林、君士坦丁堡(拜占庭)、巴格达连接起来,使德国有可能既牵制土耳其,又将势力深入中东地区,而且对英国在埃及和印度的统治构成陆地上的威胁。

(四) 19 世纪晚期的美国

1. 美国两党制的形成

美国在建国初期就产生了两个对立的政党。在华盛顿第一任总统期间,形成了以杰斐逊为首的民主共和党和以汉密尔顿为首的联邦党。联邦党到 1820 年前后销声匿迹。到 19 世纪 20—30 年代,民主共和党分裂为民主党和辉格党。1850 年后,辉格党逐渐解体。

1854 年,在反对奴隶制的斗争中,北方工业资产阶级联合广大工人、农民,组成共和党。该党反对奴隶制向西部地区扩展,与主要代表南方奴隶主利益的民主党相对抗。内战结束后,特别是在 70 年代后,随着南方奴隶制经济向资本主义的过渡,垄断组织的形成和工农运动的发展,两大政党的阶级基础都发生变化,共和党成为与工农大众相对立的代表金融和大工业资产阶级的政党,民主党成为资产阶级化了的南部大种植园主、富农及南方资产阶级的政党。从内战结束到第一次世界大战前夕,共和、民主两党基本上是交互执政的。在 19 世纪末期,在美国也正式形成了两党制。

2. 黑幕揭发运动

19 世纪末和 20 世纪之交,在美国兴起一个声势浩大、有声有色的"黑幕揭发运动"。这个运动的先驱者亨利·乔治,在 1879 年出版了《进步与贫困》一书。他在书中呼吁人们注意当代一个重大问题。继亨利·乔治之后,莱斯特·华德在 1885 年出版《动态社会学》一书。他将人类的进化与自然界的进化区别开来,认为人类理智应该控制社会,不应该屈从于社会上各种不合理的力量。

黑幕揭发运动兴起于 19 世纪末 20 世纪初,参加运动的主要是新闻记者和知识分子。他们通过报刊杂志,从社会上的各种阴暗角落里揭露出许多臭不可闻的丑恶现象,特别是垄断资本集团的各种犯罪行为。这反映了中小资产阶级对垄断组织的罪恶行为的不满。

3. 进步运动

与黑幕揭发运动几乎并行的是进步运动,这个运动包括三方面内容:

第一,城市的改革运动。通过城市改革运动,实现了一系列有利于劳动的社会立法。马萨诸塞在 1912 年制定《最低工资法》,该法授权成立一个委员会来确定女工、童工的工资率。到 1916 年以前,已经有 30 个州实行了关于工人工伤的赔偿的法律。

第二,拉福莱特在任威斯康星州州长时发动的改革运动。1905 年威斯康星州议会在拉福莱特的授意下,通过了《铁路委员会法》,控制铁路垄断的发展,强制铁路公司缴纳税款。1908 年拉福莱特在州内征收累进所得税和累进继承税。他还在州内禁用童工,限制使用女工。

第三,西奥多·罗斯福和伍德罗·威尔逊推行的改革运动。这个运动反映了垄断资产阶级中的自由派的改革愿望。罗斯福和威尔逊都不反对托拉斯本身,只反对托拉斯的不法行为及犯罪活动。他们把托拉斯分为"好的"和"坏的"两种,主张限制托拉斯的"坏的"方面,而保存其"好的"方面。

4. 西奥多·罗斯福的改革

西奥多·罗斯福在其总统任期内推行了一系列改革,主要内容:一是反对托拉斯的不法行为。1903 年 2 月,在罗斯福总统的压力下,国会通过了一项法案,授权成立商业劳工部,还附带地成立公司管理局,其任务是调查各公司的财务状况,并且有责任公布和提供有关公司的情报。同年 2 月国会通过《埃尔金斯法案》,禁止铁路擅自规定价格。1906 年在罗斯福的授意下,国会通过了《赫伯恩法案》,授权州际商务委员会确定铁路最高运费。这个措施效果显著,到 1911 年,铁路运费减少一半。《赫伯恩法案》是联邦控制私人工业进程中的里程碑。罗斯福反托拉斯的斗争,其目的并不是消灭托拉斯本身,而是整顿资本主义经济秩序。

其次,罗斯福较大幅度地制定和推行了劳动立法。直到 19 世纪末,美国几乎没有颁布过真正的劳动立法,而且还曾几次以武力镇压罢工运动。罗斯福则一改传统的方针,下令对国家和州际铁路的工人实行 8 小时工作制;规定雇主要对因工伤亡的工人给予赔偿;要制定保护矿工安全的措施;对使用童工进行限制,等等。

最后,罗斯福还实行了一些颇有眼光的社会政策。他下令保护森林、自然资源和文物古迹,建立起 5 个国家自然公园,划定了禁猎区、禁伐区,并且为此而成立了国家资源保护委员会。他还重视卫生保健,颁布了食品、药物管理条例和肉类检验法。

罗斯福的继任者塔夫脱在某些方面继承了这些政策,如继续进行限制托拉斯的活动,推行劳动立法等。1913 年上任的民主党总统威尔逊在施政方针上与老罗斯福的政策也有许多共同之处。

5. 美西战争

1898 年 4 月,美国借口"缅因号"军舰突然爆炸事件,向西班牙宣战。美西战争爆发之后,美国军队在古巴革命军全力支持下,很快打败西班牙军队,占领了圣地亚哥。1898 年 12 月 10 日,美西两国签订了《巴黎和约》。根据和约规定:西班牙放弃对古巴的主权和所有权,古巴宣布独立,但实际上处于美国的军事控制之下;西班牙将波多黎各岛和西属西印度各岛、太平洋马里亚纳群岛中的关岛割让给美国;美国付出 2 000 万美元后获得了菲律宾群岛。

美西战争后,美国在国际舞台上的地位大为提高,成为新兴的世界强国。美国为了和欧洲列强竞争,先后出台了针对中国的"门户开放"政策和针对拉丁美洲的"大棒政策"和"金元外交"。

十四、第二次工业革命与工业文明

(一) 19 世纪自然科学的发展

第一次工业革命和资本主义的迅速发展,使自然科学的研究工作在 19 世纪进入空前活跃并取得重大突破的高峰期。在物理学方面,英国物理学家焦耳在 19 世纪 40 年代发现能量守恒和转化定律;英国科学家法拉第于 1831 年成功地发现电磁感应现象,提出发电机的理论基础,使电力工业得以建立。在生物学方面,19 世纪 30 年代末德国植物学家施莱登和德国动物学家施旺等在前人研究基础上,建立了具有重要意义的细胞学说;1859 年英国生物学家达尔文正式出版《物种起源》,提出进化论学说,对人类思想领域作出巨大贡献。在化学方面,俄国化学家门捷列夫于 1869 年发现了化学元素周期律,奠定了无机化学的基础;有机化学的绝大多数重要原理也在 1828 年到 1870 年的约 40 年间基本确立。

自然科学的新突破,为资本主义的发展所要求的新技术革命准备了条件。新技术革命的成果被广泛地运用于工业生产,从而引起了人类历史上的第二次工业革命。它从 19 世纪六七十年代开始,在 19 世纪末和 20 世纪初基本完成。

(二) 第二次工业革命的进程

第二次工业革命是以电力的广泛应用为其显著特点的,它使世界跨进了电气时代。从 19 世纪六七十年代起,出现了一系列电气发明。1866 年德国工程师西门子制成发电机;1870 年比利时人格拉姆发明了电动机,电力开始被用来带动机器,成为补充和取代蒸汽动力的新能源。1882 年,法国学者马·德普勒发现了远距离送电的方法,同年,美国著名发明家爱迪生在纽约创建了美国第一个火力发电站,把输电线联接成网络。电力作为一种新能源的广泛应用,不仅为工业提供了方便而价廉的新动力,而且有力地推动了一系列新兴工业的诞生。

内燃机的发明是这一时期应用技术上的又一重大成就。1876 年德国人奥托制造出一台以煤气为燃料的四冲程内燃机,成为颇受欢迎的小型动力机。1883 年,德国工程师戴姆又制成以汽油为燃料的内燃机。1892 年,又一名德国工程师狄塞尔发明了一种结构更简单、燃料更便宜的内燃机——柴油机,它虽比使用汽油的内燃机笨重,但却非常适用于重型运输工具。由于内燃机的发明解决了交通运输工具的发动机问题,在这一领域中发生了一次革命性的变革。19 世纪 80 年代,一种新型的交通工具——汽车诞生了。从 90 年代起,许多国家都建立起汽车工业。

内燃机的发明还推动了石油开采业的发展,加速了石油化学工业的产生。化学工业的建立也是 19 世纪晚期应用技术的一项重大突破。在无机化学工业方面,60—70 年代发明了以氨为媒介生产纯碱和利用氧化氮为催化剂生产硫酸的新方法。化学工业也随着煤焦油的综合利用得到迅速发展。从 80 年代起,人们开始从煤焦油中提炼氨、苯、人造染料等化学产品。人造染料成本低,性能好,很快就代替了天然染料。1884 年法国人圣·

夏尔东发明人造纤维，后来人们开始用粘胶丝来生产人造丝。化学工业的另一个重要的新部门，是与炸药有关的工业。1867 年诺贝尔发明火药，80 年代又改进了制造无烟火药的技术，并在军事上广泛应用。

新的技术革命也推动了一些老工业部门的发展。最突出的是钢铁工业。1856 年英国人贝西默发明的"吹气精炼"操作法很快得到推广，从 60 年代起许多国家都修建了贝氏转炉。1864 年法国人马丁和德国人西门子兄弟同时宣布发明了平炉炼钢法。平炉不仅可以熔化生铁和熟铁，还可以熔化废钢，使之变成优质钢。但这两种炼钢法都不能使用含磷的矿石。1875 年英国冶金技师托马斯成功地解决了这个问题。他发明的碱性转炉，使用含磷矿石也可炼出优质钢。冶炼技术的不断改进使钢的质量明显提高，产量持续增长。

（三）第二次工业革命的新特点

同第一次工业革命相比较，第二次工业革命具有一些新的特点：首先，在第一次工业革命时期，科学和技术尚未真正结合，许多技术上的发明都是一些不具备科学理论知识的工匠依据实践的经验而取得的成果。但在第二次工业革命期间，科学成为推动生产力发展的一个重要因素，它与技术的结合使第二次工业革命取得了更大的成果。

其次，第一次工业革命首先发生于英国，重要的新机器和新生产方法都是在英国发明的。就世界范围来看，则是以英国为中心，通过新技术的逐步传播来带动后进国家，其发展进程缓慢而不平衡。第二次工业革命几乎同时发生在几个先进的资本主义国家。新的技术和工业革命一开始就超出一国的范围，而具有更广泛的规模，发展的进程也是比较迅速的。在第二次工业革命开始后，第一次工业革命的一些重要部门仍在大发展，例如铁路业、钢铁业。

对于许多国家，两次工业革命是交叉进行的。以德国为例，它一方面积极地吸收、消化第一次工业革命的技术成果，另一方面又直接利用第二次工业革命的新技术，因而发展的速度异常迅速。起步更晚的日本则同时吸收两次工业革命的技术成果，在短期内就取得跳跃式的发展。

（四）第二次工业革命的影响

正由于第二次工业革命具有如上的一些特点，它的影响也远比第一次工业革命要广泛和深远。它在工业生产领域内部引起一系列的变革，极大地推动了生产力的发展，为资本主义向较为成熟的阶段——垄断阶段的过渡准备了条件。

在第一次工业革命中，产生了以纺织工业、机器制造业、铁路运输业和煤炭工业等为主的工业群。第二次工业革命一方面带动了一个新工业群的出现，如电力工业、电器工业、化学工业、石油工业、汽车工业等；另一方面也使旧的工业部门由于生产技术的改造而得到飞跃发展，钢铁工业就是一个突出的例子。重工业成为整个工业的主导。

第二次工业革命后，一些新兴的工业部门或者由于生产技术和产品结构复杂，如电力工业和化学工业，因此企业的规模日益扩大，以适应生产力发展的要求。正是在这种情况下，股份公司适应扩大企业规模的要求，在 19 世纪最后 30 年得到广泛的发展。第二次工业革命还为生产过程的合理安排和在生产中实行进一步分工创造了可能。由于利用电能作为动能和采用电动机，从而得以从合理地生产产品的角度出发安装工作机和机器体系。因此可以按照产品制造进程的各个阶段去组织生产过程；从而也就为机器生产中的进一步分工，为把复杂的控制和监督职能分为多个简单操作创造了前提，这自然会极大地促进生产力的发展。

第二次工业革命也在生产的管理方面引起了深刻的变革，科学化的管理开始兴起。19 世纪末，美国的工厂系统组织的咨询工程师和专家泰罗开始提倡"科学组织劳动"，发明了"泰罗制"的科学化管理方法，使劳动生产率有了很大提高。1913 年，福特发明了被称作"福特制"的流水线生产方式。这种大批量、标准化的生产组织模式极大地提高了生产效率。

（五）垄断组织的产生及其影响

第二次工业革命后，一些新兴的工业部门及煤铁行业投资较大、企业规模日益扩大，股份公司得到广泛的发展，各种垄断组织也纷纷形成。垄断组织有多种形式，如卡特尔、辛迪加、托拉斯、康采恩等。

卡特尔最早在 1857 年出现于德国，随后得到了迅速发展，1890 年猛增到 210 个，1905 年卡特尔已达 385 个。德国也有其他形式的垄断组织，但卡特尔是垄断组织最普遍的形式。德国也因此被称为卡特尔的国家。

托拉斯是美国垄断组织的主要形式。第一个托拉斯是 1879 年成立的洛克菲勒的美孚石油公司。到 1904 年，美国共有 318 个工业托拉斯，其中最著名的是美孚石油公司、美国钢铁公司、国际收割机公司、杜邦火药公司和福特、通用、克莱斯勒 3 家汽车公司等。

日本的近代工业一开始就操纵在得到政府特殊保护与扶持的少数特权资本手中。这类特权资本很快便转化为垄断资本,大多采取康采恩的形式,其主要代表是三井、三菱、安田、住友等从事"多角经营"的财阀。

垄断组织的积极作用主要表现在以下三个方面。首先,就客观的条件和影响而言,垄断组织的出现是生产力发展的结果,它产生后又促进了生产力的进一步发展。其次,从主观的动机来看,建立垄断组织的目的,自然是为了独占生产和市场,以攫取高额利润。最后,托拉斯和康采恩等高级形式的垄断组织,对于改善企业经营管理,降低成本,提高质量,提高劳动生产率也具有更为有利的条件。

垄断组织虽然有促进生产发展的积极一面,但是它也有其消极的一面:垄断组织的形成推动了殖民扩张。垄断资本的胃口更大,它不但继续要求扩大商品销售市场及原料供应地,而且也要求扩大资本输出地,因此出现了瓜分世界的狂潮,有更多的国家、地区沦为殖民地、半殖民地。垄断资本是战争的根源,垄断资本主义国家的殖民扩张,必然导致它们之间的争霸,争霸不可避免地导致战争。

十五、工人运动与社会主义运动

(一) 英国宪章运动

19世纪30—40年代,由于对1832年议会改革的结果强烈不满,英国工人进行了一场声势浩大的争取普选权的政治运动——宪章运动。1836年,熟练工匠威廉·洛维特创立伦敦工人协会。1838年协会发布了一份请愿书,命名《人民宪章》,提出6点要求:年满21岁的男子均有选举权,秘密投票,按居民人数分配选区和议员名额,每年改选一次国会,废除议员候选人的财产资格,议员领取薪金。此后10年间,为实现《人民宪章》,"全国宪章派协会"成立,在各地多次组织盛大集会和示威游行,有时还举行大规模的罢工。宪章派在1839年、1842年和1848年三次向国会递交请愿书,每次都有上百万人签名(第二次更高达300多万)。但是,每一次都遭到国会的否决。1848年后,随着英国经济的繁荣,宪章运动逐渐销声匿迹。

(二) 第一国际

1. 第一国际的建立

1864年,英国和法国的工会领袖在伦敦建立了国际工人协会,史称"第一国际"。英国工联领导人奥哲尔当选为主席,马克思任德国通讯书记。但马克思被公认是第一国际的实际领袖,国际的几乎所有纲领性文件和决议草案均出自他的手笔或体现了他的思想。

马克思受托起草了《国际工人协会成立宣言》和《共同章程》。《成立宣言》充分肯定了工人运动争取经济利益所取得的成绩,引导工人认识从经济斗争转向政治斗争和革命的必要性。《共同章程》规定由每年召开的代表大会选举总委员会,由总委员会负责处理日常事务,沟通协会各地组织之间的联系,提供行动建议。

国际工人协会成立后,就积极在各国建立支部。英国一些工联组织参加了国际,但没有改用支部的名称。国际的总委员会设在伦敦,英国的工联成为国际的主要群众基础和支柱。法国巴黎、里昂、马赛等地都成立了国际的支部。在瑞士、比利时、西班牙、意大利和美国也先后成立了一些国际的支部。有些国家的支部联合建立了总支部。加入国际的各国组织在处理国内事务时基本上自行其是,但是第一国际的存在体现了工人阶级的国际团结和斗争声势。

在建立各国支部的同时,国际努力把各国工人阶级的斗争联合起来,支持和参加各国工人的罢工斗争和一切进步运动。国际对英国、法国、比利时、瑞士等国工人的罢工斗争都曾给予积极的声援和支持。国际对民族解放运动也非常重视。

2. 蒲鲁东主义、工联主义和巴枯宁主义

国际在领导和支持各国工人阶级进行反抗资产阶级剥削和压迫的斗争中,同时也对国际内部的一些错误倾向进行了斗争,以端正指导思想。

在国际活动的前期(1864—1868年),主要进行了反对蒲鲁东主义的斗争。蒲鲁东主义是一种小资产阶级社会主义。蒲鲁东提出一个建立所谓"自由社会"的改革方案。他认为资本主义私有制造成贫富不均,是违反平等原则的;共产主义要消灭一切私有制,是违反独立的。他的任务就在于设计和建立一个综合"平等"和"独立"的、超乎资本主义和共产主义之外的第三种社会形式,即所谓"自由社会"。在前期几次代表大会上,浦鲁东主义者表达了反对政治斗争、反对罢工、反对成立工会、反对妇女参加生产等观点。这些观点遭到马克思和其他代表的反对。1868年9月召开的布鲁塞尔大会上,蒲鲁东主义者又提出保存小土地所有制的主张,挑起新的争论。蒲鲁东主义者在大会上遭到彻底失败,并于会后开始发生分化。

工联主义是19世纪50—60年代英国工会联合会所执行的政策的总称。工联是英国工人阶级的唯一组织,也是总委员直接依靠的唯一群众性组织,因此在国际上具有很大的影响。工联的领导人在反对蒲鲁东主义的

斗争中是支持马克思的，但他们坚持工联主义，夸大工会的作用而忽视政治斗争，不要求推翻资本主义，而只热衷于争取所谓"公平工资"。1866 年 6 月马克思在总委员会会议上作了《工资、价格和利润》的报告，肯定了工会组织的作用和进行经济斗争的必要性，但同时指出这还不是对资本主义制度本身进行斗争，而只是对资本主义的结果进行斗争。因此必须把经济斗争同政治斗争结合起来。此外，马克思、恩格斯还批判了工联主义者在对待爱尔兰民族解放斗争问题上的沙文主义错误。

在 1869—1876 年期间，国际又进行了反对巴枯宁主义的斗争。巴枯宁主义是 19 世纪 60 年代出现的小资产阶级社会主义，创始人是俄国的无政府主义者巴枯宁。巴枯宁和蒲鲁东一样也反对一切国家和否认任何权威，认为"无政府状态"的社会才是理想的、自由的社会。不同点在于，他主张用暴力立即消灭国家，建立"无政府状态"。他主张依靠流氓无产者进行暴动，幻想在一夜之间便能一举消灭国家，实现"社会清算"。他把废除继承权作为消灭私有制的手段。

在 1869 年巴塞尔代表大会上，马克思主义者同巴枯宁主义者在继承权问题上展开了尖锐的斗争。巴枯宁主义者认为，继承权是生产资料私有制的基础，消灭继承权是社会革命的起点。马克思为总委员会写了《关于继承权的报告》，指出继承权是以私有制为基础的现存社会经济制度在法律上的反映，它是私有制的结果，而不是起因。只有消灭了私有制，继承权才会随之消灭。大会进行表决时，巴枯宁分子的提案因赞成票未超过半数，而没有为大会通过。这样，巴枯宁分子篡夺国际领导权和篡改国际宗旨的阴谋，均遭到失败。

3. 第一国际的解散及其历史意义

1870—1871 年，普法战争和巴黎公社成为第一国际的关注中心。公社的失败使原来被社会主义者寄予厚望的法国工人运动几乎荡然无存。英国工联领袖不愿支持公社而退出国际。第一国际与当时欧洲两大主要的工人阶级群体丧失了联系，基本上成了流亡者的争吵场所。无政府主义的巴枯宁派进行分裂活动，另行召开代表大会。第一国际陷入极度的困境。为了摆脱无谓的纷争，第一国际总委员会从伦敦迁到美国，实际上停止了活动。1876 年，第一国际宣告解散。

第一国际存在了 12 年，在国际社会主义运动历史上有重要意义。首先，它用无产阶级团结的思想教育了各国无产阶级，使国际主义深入人心。其次，在国际内部斗争中，通过批判蒲鲁东主义、工联主义和巴枯宁主义等错误思潮，促进了马克思主义在工人中的传播。最后，它推动了欧洲各国工人运动的发展，为在各国建立无产阶级政党奠定了基础。

（三）第二国际

1. 19 世纪后期欧美工人运动与政党

19 世纪末，欧洲工人运动再次高涨。此时，工会运动发展很快，英国工联主义还有强大影响，法国工会中也出现比较有战斗力的工团主义。但工人政党很快就主导了工人运动。德国的李卜克内西和倍倍尔最早创建了社会民主工党（1869 年，最后改称社会民主党）。在七八十年代，在欧美其他国家也纷纷成立了工人政党。另外还出现了一些宣传社会主义的知识分子团体。

英国费边社是韦伯夫妇和萧伯纳等青年知识分子组成的社会主义团体，以古罗马将军费边的名字命名。他们欣赏费边的缓进待机的迂回战术，主张依靠市政当局来发展社会公用事业和福利事业，逐渐进入社会主义。费边主义在英国产生较大影响，成为工党的一个重要思想资源。

2. 第二国际的建立

1889 年 7 月 14 日，根据德、法两党的提议，在巴黎举行了国际社会主义者纪念攻克巴士底狱 100 周年的大会。这次大会成为新的国际组织（史称第二国际）的成立大会。第二国际无论在思想上还是在活动形式上都是第一国际的继续和发展。马克思主义的主导地位在第二国际得到承认。第二国际也是以召开代表大会为主要活动方式。不同的是，第二国际没有发表成立宣言和章程，也没有设立总委员会，即没有集中的领导机构。第二国际领导人承认有必要让各国政党根据各自的国情制定政策和纲领。另外，第一国际的成员以工会组织为主，也有个人会员加入；第二国际则主要是各国社会主义政党的联合，也有工会及其他社会主义者组织加入。

3. 第二国际的主要活动

第二国际在成立大会后到 1900 年共召开了 4 次代表大会，即：1891 年的布鲁塞尔大会、1893 年的苏黎世大会、1896 年的伦敦大会及 1900 年的巴黎大会。这些大会讨论了与欧洲工人运动有密切关系的一系列重大问题，如劳工立法问题、政治斗争与经济斗争问题、军国主义问题、斗争的目标和策略问题、民族殖民地问题以及土地问题等。这几次大会还通过了一系列决议，号召各国工人反对军国主义，反对战争，并且为实现劳工立法而斗争等。

第二国际还将国际社会运动扩展到欧美之外。拉丁美洲、澳大利亚以及日本都出现了社会党或社会主义研究会。一些拉美国家工人也举行五一游行。阿根廷、智利、澳大利亚、日本等都有代表出席第二国际代表大会。第二国际的社会主义主要以社会民主主义的面貌出现。许多政党采用"社会民主党"或"社会民主工党"的名称。

实践中,德国社会民主党不仅迫使政府废除了反社会主义法,而且成为议会第二大党。德国党的经验,鼓舞了其他国家的工人政党。各国社会党在选举中表现出了强大力量,推动了社会经济改革,许多国家通过了一些改善人民经济状况的社会立法。

在长期的合法斗争中,改良主义思潮在第二国际内部愈益发展。恩格斯去世后,德国社会民主党人爱德华·伯恩施坦公开提出对马克思主义进行全面修正,认为随着资本主义经济发展和现代民族国家的政治民主化,资本主义可以和平地进入社会主义,不再需要流血革命。伯恩施坦的主张虽然受到批判,但对德国社会民主党领导层思想的实际影响越来越大,并且在第二国际内与各种改良思潮(如英国费边主义)相互呼应。

1899年法国社会党人米勒兰加入资产阶级内阁这一事件,引起国际工人运动处于混乱和分裂的边缘。法国党分裂成以盖德和瓦扬为首的"反入阁派"和以饶勒斯为首的"入阁派"。在1900年巴黎大会上,第二国际内部展开激烈的争论,由于国际领导人考茨基起草了"橡皮决议案",即国际代表大会不对此发表意见,才暂时防止国际分裂。第一次世界大战爆发时,许多社会党的改良派领袖违背第二国际的反战决议,支持本国政府的战争政策。第二国际虽未正式宣布解散,但实际上已经瓦解。

十六、马克思主义的诞生

(一)马克思主义产生的历史条件及理论来源

1. 经济基础

19世纪40年代诞生的马克思主义是西欧资本主义的物质生产、阶级斗争、思想文化和自然科学发展到一定阶段的产物,也是马克思、恩格斯根据时代发展和无产阶级解放斗争的需要,针对新的实际进行的巨大的理论改造和划时代的理论创新。资本主义的发展及其固有矛盾的逐渐暴露,为科学地认识资本主义的本质及其发展趋势提供了可能。这就为马克思主义的诞生创造了社会经济的前提。

2. 政治斗争经验

从19世纪30年代开始,连续爆发了1831年和1834年法国里昂丝织工人起义、1836年至1848年英国宪章运动以及1844年德国西里西亚纺织工人起义。这表明无产阶级反对资产阶级的斗争已进入了一个新的阶段,由仅仅为改善生活条件反对个别资本家的经济斗争,发展到为争取政治权利把矛头指向资本主义制度的政治斗争。

3. 思想来源

德国古典哲学、英国古典政治经济学和空想社会主义学说则是马克思主义主要的、直接的理论来源。产生于18世纪末和19世纪初的德国古典哲学,反映了德国新兴资产阶级的愿望和要求。它的主要代表是黑格尔和费尔巴哈。黑格尔是德国著名的唯心主义哲学家,对辩证法作了重要的贡献,辩证法思想是黑格尔哲学中的"合理内核"。费尔巴哈批判了黑格尔的唯心主义哲学体系,唯物主义观点是费尔巴哈哲学的"基本内核"。英国古典政治经济学由威廉·配第创立,经过亚当·斯密的发展,到大卫·李嘉图完成。劳动价值论是他们的主要贡献。空想社会主义的主要代表是法国的圣西门、傅立叶和英国的欧文。

4. 自然科学理论基础

19世纪自然科学的三大发现,即"有机体细胞结构"学说、"能量守恒及转化"学说和达尔文关于"物种起源和发展"学说,以及复辟时期法国历史学家用阶级斗争观点撰写的有关法国大革命的历史著作等,也为马克思主义的创立提供了理论的前提。

(二)马克思主义的基本内容

1844—1847年,马克思、恩格斯先后创作了《神圣家族》、《英国工人阶级状况》、《关于费尔巴哈的提纲》、《德意志意识形态》和《哲学的贫困》等著作。在这个过程中,他们全面地制定了唯物主义的历史观,阐述了政治经济学的一些基本原理,论证了科学社会主义的一些基本思想,初步创立了马克思主义思想体系。

1. 唯物主义历史观

马克思、恩格斯批判地吸收了德国古典哲学中黑格尔的辩证法和费尔巴哈的唯物主义的合理部分,抛弃了黑格尔的唯心主义体系和费尔巴哈的形而上学及其唯心史观,创立了无产阶级的世界观——辩证唯物主义和历史唯物主义。《德意志意识形态》是第一部成熟的马克思主义著作,全面地构建了历史唯物主义的理论体系。在这部著作中,作者阐述了唯物主义历史观的一些基本概念,指出了生产力与生产关系之间的辩证联系及其矛盾运动的规律,指出两者间的矛盾是社会变革的根源。

2. 剩余价值学说

马克思运用唯物主义历史观,在政治经济学领域里实现了变革。他吸收了资产阶级政治经济学里面的劳动价值论。从这里入手,剖析资本主义经济关系,发现了剩余价值,从而揭开资本主义生产方式的运动规律。马克思在《哲学的贫困》中,开始在劳动价值论的基础上提出剩余价值理论的一些初步原理。在《雇佣劳动与资本》中,马克思进一步阐明了资本剥削雇佣劳动的原理。后来经过马克思长达 20 年的研究之后,变成了完整的理论,在《资本论》中得到了发挥。

3. 科学社会主义

唯物主义历史观和剩余价值学说的提出,使社会主义在从空想向科学发展的道路上迈出了重要一步。马克思、恩格斯以此为基础,批判地吸收了空想社会主义学说中有价值的部分,论证了共产主义战胜资本主义的历史必然性,阐述了科学社会主义的基本原理。

(三) 共产主义者同盟的建立

为了向工人阶级传播他们的理论,马克思、恩格斯于 1846 年在布鲁塞尔建立了“共产主义通讯委员会”,与德国、法国、比利时、英国等国的共产主义者和工人团体建立了联系。他们特别对德国流亡工人组织“正义者同盟”给予思想上的指导,批判了同盟中流行的魏特林主义、鼓吹“博爱”的“真正的”社会主义和蒲鲁东主义。同盟的领导人接受了他们的观点,请他们加入和改组同盟。1847 年 6 月,正义者同盟第一次代表大会在恩格斯的直接参加下将同盟改组为共产主义者同盟。同年底,同盟第二次代表大会通过了马克思、恩格斯参与起草的章程,取消密谋传统,实行民主集中制。这次大会表明,以科学社会主义为指导的、具有国际性的第一个无产阶级革命政党已经建成了。

(四)《共产党宣言》

1848 年 2 月,马克思、恩格斯受托为同盟起草的纲领《共产党宣言》发表。《共产党宣言》第一次较为完整系统地阐述了马克思主义的基本原理。

《宣言》始终贯彻的基本思想是:每一历史时代的经济生产以及必然由此产生的社会结构,是该时代政治的和精神的历史的基础;因此(从原始土地公有制解体以来)全部历史都是阶级斗争的历史,即社会发展各个阶段上被剥削阶级和剥削阶级之间、被统治阶级和统治阶级之间斗争的历史。

《宣言》以这个基本思想为指导,阐明了社会发展的客观规律,论证了资本主义必将被共产主义所取代的历史命运。《宣言》作为党纲阐述了共产党的性质、目的和策略原则。《宣言》指出,共产党是用科学理论武装起来的无产阶级的先进组织。它的最近目的是使无产阶级形成为阶级,推翻资产阶级的统治,由无产阶级掌握政权。它的策略原则是,支持一切反对现存社会制度和政治制度的革命运动。

《共产党宣言》是国际共产主义运动的第一个纲领性文件,它的问世标志着马克思主义的诞生。

十七、近代欧美文学艺术的主要流派

(一) 古典主义

文艺复兴后在欧洲产生的一种文艺思潮。以 17 世纪法国发展得最为完备,在欧洲曾居支配地位,对近代欧洲各国文学艺术的发展有很大影响。主张用民族规范语言、按照规定的创作原则(如戏剧的“三一律”)进行创作,崇尚理性和“自然”,主张通过类型化人物直接表达明晰的伦理内容,以之作为创作的指导思想。尊奉古代希腊、罗马的文学艺术为典范,甚至大量采用古代题材,古典主义由此得名。古典主义在一定程度上反映了当时社会生活的面貌,反映了反对封建专制主义和教权主义的斗争精神,但有较严重的保守性、抽象化、形式主义倾向。法国 17 世纪戏剧家莫里哀、拉辛、高乃依等可为代表。文艺批评方面有布瓦洛,其《诗的艺术》确定了古典主义创作规范。绘画方面有普桑、勒·布伦等。古典主义文艺延续到 18 世纪后期的资产阶级革命时期,成为资产阶级反对封建专制、宣传民主主义的文艺武器。以浪漫主义为主的新的文艺思潮兴起之后,古典主义的历史时期即告终结。

(二) 启蒙文学

18 世纪启蒙运动时期以启蒙思想为内容的文学。它既是启蒙运动的重要组成部分,又是启蒙运动的重要工具和思想武器。由于启蒙思想家大都也是启蒙作家,他们竭力宣传资产阶级的政治思想,表现资产阶级改革社会制度的要求,因而启蒙文学具有鲜明的倾向性和教诲性。启蒙文学作家强调作品的真实性,作品多取材于现实生活,而且对它进行分析和议论,因此作品具有哲理性和分析性。为了便于宣传启蒙思想,启蒙作家还创造了许多新的文学形式,如哲理小说、正剧、书信体小说、对话体小说、抒情小说、教育小说等。但启蒙文学作家往往不注意塑造个性鲜明的艺术形象,而把正面人物作为自己的代言人,使人物形象缺乏血肉。这在哲理小说中表现得最为明显。启蒙文学的典型代表是法国的孟德斯鸠、伏尔泰、狄德罗和卢梭。启蒙文学在英国的代表作家有笛福、斯威夫特和菲尔丁等。由于社会历史情况的不同,欧洲各国的启蒙文学有其独自的发展道路和民族特点。

(三) 浪漫主义

18世纪末19世纪初资产阶级革命时代出现在欧洲的一种文艺思潮。19世纪30—40年代是浪漫主义的鼎盛时期。它席卷全欧、并在一些国家发展成为强大的文艺运动。浪漫主义文学的兴起是当时欧洲的社会政治状况决定的。资本主义制度在先进国家确立和发展后,社会问题纷至沓来。现实使人们对"理性王国"失去信心,启蒙思想发生危机。面对社会的动荡,不同阶层的人们都表现了深刻的不满情绪。文学家们力图从自己的想象中寻找解决社会矛盾的途径,浪漫主义的文艺思潮便在这样的历史背景下,在英、法等国先后出现。浪漫主义文学最突出的特征是它的主观性:偏重于表现主观理想,抒发强烈的个人情感,冲破古典主义的"理性"束缚,以热烈的情感,激越的语言,丰富的想象呼唤自由世界的到来。在艺术形式和表现技巧上,好用夸张手法,追求强烈的对比和出人意料的艺术效果。由于作家的政治立场和思想基础不同,形成了积极浪漫主义和消极浪漫主义两个对立的派别,前者代表了资产阶级民主派的利益和愿望,以斗争精神和追求理想的勇气为其思想特征,代表作家有英国的拜伦、雪莱,法国的雨果和乔治·桑,德国的荷尔德林和海涅等。后者代表了封建贵族和胆小的资产阶级,他们站在保守的立场上,缅怀中世纪的封建宗法社会,消极悲观地逃避现实,代表作家有英国的"湖畔派"诗人华兹华斯、柯勒律治和骚塞,法国的夏多布里昂和拉马丁、德国的史雷格尔、布伦塔诺和诺瓦利斯。19世纪中期以后,现实主义文学逐渐取代了浪漫主义文学成为文坛主流,但浪漫主义的影响却一直延续到20世纪,成为现代主义的渊源。

(四) 现实主义

与浪漫主义相对的文学艺术创作方法之一。19世纪中期以后成为欧洲文学艺术的主流,其显著特征是继承和发展了文艺复兴以来现实主义文学中反映现实、揭露社会矛盾的传统。而批判现实主义在英法两国是资产阶级胜利和巩固时期的文学现象,也是资本主义社会内部矛盾激化的表现与反映。批判现实主义作家多半是本阶级的叛逆者,但思想上主要受启蒙思想、空想社会主义及基督教博爱思想的影响,其思想核心是人道主义和个人主义。他们面对冷酷现实,尤其对资产阶级的金钱关系和社会罪恶给予深刻的批判、揭露,因而在文学史上有它的进步作用。现实主义创作方法到七八十年代,批判力量明显削弱。批判现实主义的特征是:(1)真实性。他们以冷静的眼光,客观地和全面地反映社会的现实生活,力图使作品成为时代的记录,注重塑造典型环境中的典型人物和细节的真实性。(2)批判性。揭露社会罪恶,批判资本主义的弊端是它的主要特征。(3)宣扬人性。因为他们所处的地位与劳苦大众一样,都被排斥在政权之外。所以他们对资本主义社会抱批判的态度;另一方面对人民疾苦深表同情,不主张暴力,提倡以"道德感化"、"仁爱"、"以小人物"的诚挚感情来感化和唤醒统治者的"良知"。(4)高超的创作技艺和形式的多样性。他们把19世纪的西欧文学推向高潮,采用各类文学形式:中、长、短篇小说,戏剧、诗歌、杂记等,成功地塑造了大批典型人物形象。特别是长篇小说达到了前所未有的高度,巴尔扎克的《人间喜剧》是最典型的作品。杰出的批判现实主义代表作家有:法国的司汤达、巴尔扎克,英国的狄更斯、萨克雷,俄国的果戈理、托尔斯泰等人。

(五) 自然主义

19世纪60年代继法国浪漫主义运动后形成,并影响到欧洲其他一些国家。以孔德的实证主义哲学和泰纳的实证主义美学为理论基础,在左拉的《实验小说》、《戏剧中的自然主义》、《自然主义小说家》等理论著述中得到最充分的体现。其主要特征是:准确地按照事实描绘生活,既不需进行任何评价也不需深入事物本质;使用自然科学方法即"实验方法"进行创作,提倡在文学创作中运用生理学、遗传学、临床病理学、解剖学等原理去展示人的生物本性。从生物学的决定论出发,认为人只能消极地受生活环境支配,无法决定自己的命运。代表作家为左拉、龚古尔兄弟等。该派在德国、比利时等国也曾流行,对挪威剧作家易卜生和俄国斯坦尼斯拉夫斯基戏剧表演体系均有影响。

(六) 现代主义

现代主义始于19世纪末,确立于20世纪初,是一种同传统的创作方法相对立的西方文艺思潮,包括象征主义、印象主义、表现主义、超现实主义、新小说派、未来主义、存在主义文学、荒诞派戏剧、黑色幽默等陆续出现的各种流派。它是西方资本主义社会物质生产高度发展、精神文明陷入严重危机、异化现象普遍存在,特别是战争给人们造成的阴影的产物。现代主义文学是一种反传统的文学,它们反对文学反映客观现实生活,反对塑造典型环境中的典型性格,强调表现人对周围世界的主观感受,热衷于揭示人的内心世界和潜意识冲动。在艺术方法上,现代派文学反对传统的表现手法,反对故事情节的逻辑性、人物形象的完整性和语言的鲜明性,广泛运用暗示、象征、烘托、对比、意象等手法,以发掘人物内心的奥秘,表现人物的意识活动。故事情节怪诞、时空任意颠倒、变换、人物形象模糊抽象。代表作有奥地利小说家卡夫卡的《变形记》、爱尔兰小说家乔伊斯的《尤利西斯》、法国作家普鲁斯特的《追忆逝水年华》、英国诗人艾略特的《荒原》、美国小说家福克纳的《喧嚣与骚动》。

本章重、难点提示

一、重点掌握名词

尼德兰革命	萨拉托加大捷	1832 年议会改革
《根特协定》	《邦联条例》	《谷物法》
阿拉斯同盟	谢斯起义	1867 年议会改革
乌特勒支同盟	《联邦宪法》	第三次议会改革
短期国会	网球场宣誓	七月王朝
长期国会	制宪议会	法兰西第二共和国
《大抗议》	君主立宪派	法兰西第二帝国
《自抑法》	八月法令	《法兰克福条约》
普特尼辩论	《人权宣言》	巴黎公社
掘地派运动	《1791 年宪法》	西进运动
施政文件	吉伦特派	《西北条约》
《布列达宣言》	瓦尔密战役	《密苏里妥协案》
《排斥法案》	法兰西第一共和国	《堪萨斯—内布拉斯加法案》
光荣革命	雅各宾派专政	废奴运动
《权利法案》	恐怖统治	《宅地法》
开明专制	热月政变	《解放宣言》
特蕾西亚母子改革	基贝隆战役	南方重建
腓特烈二世改革	督政府	《大赦重建宣言》
叶卡特琳娜改革	平等派运动	《黑人法典》
普加乔夫起义	雾月政变	克里米亚战争
启蒙运动	《教务专约》	俄国农奴制改革
霍布斯	法兰西银行	德意志关税同盟
洛克	《拿破仑法典》	大德意志派
伏尔泰	《吕内维尔和约》	小德意志派
孟德斯鸠	《亚眠和约》	宪法纠纷
卢梭	法兰西第一帝国	铁血政策
百科全书派	奥斯特利茨战役	普丹战争
重农学派	《普列斯堡和约》	普奥战争
本杰明·富兰克林	莱茵邦联	北德意志联邦
托马斯·杰斐逊	《提尔西特和约》	普法战争
波士顿倾茶事件	大陆封锁体系	马志尼
《五项不可容忍法令》	莱比锡战役	加富尔
大陆会议	《肖蒙条约》	加里波第远征
莱克星顿枪声	《钦赐宪章》	保守党
《常识》	滑铁卢决战	自由党
《独立宣言》	瓦特	工党

文官制度改革	美西战争	费边社
法兰西第三共和国	泰罗制	第二国际
布朗热事件	福特制	橡皮决议案
巴拿马运河丑闻	卡特尔	共产主义者同盟
德雷福斯事件	托拉斯	《共产党宣言》
《非常法》	康采恩	古典主义
世界政策	宪章运动	启蒙文学
共和党	第一国际	浪漫主义
民主党	蒲鲁东主义	现实主义
黑幕揭发运动	工联主义	自然主义
进步运动	巴枯宁主义	现代主义
《赫伯恩法案》		

二、论述题

1. 简述尼德兰革命的过程及其影响。参见本章一。

2. 简述英国资产阶级革命的过程及其历史影响。参见本章二。

3. 简述奥地利特蕾西亚母子改革。参见本章三、(一)。

4. 简述普鲁士腓特烈二世改革。参见本章三、(二)。

5. 简述俄国叶卡捷琳娜改革。参见本章三、(三)。

6. 简述启蒙运动产生的背景、代表人物及其影响。参见本章四。

7. 简述 18 世纪法国启蒙思想的代表人物与学派的主张。参见本章四、(二)。

8. 简述美国独立战争的进程及其意义。参见本章五、(四)、(六)。

9. 论述 1787 年美国《联邦宪法》的主要内容。参见本章五、(五)。

10. 概述法国大革命的历史进程。参见本章六。

11. 简述拿破仑帝国的对外战争。参见本章六、(七)。

12. 论述拿破仑大陆封锁体系的形成及其影响。参见本章六、(七)。

13. 从棉纺织业、采煤业和冶铁业,概述英国第一次工业革命的进程。参见本章七、(一)。

14. 概述 19 世纪英国三次议会改革。参见本章八。

15. 简述 19 世纪美国的领土扩张。参见本章十、(一)。

16. 论述美国内战前,南北经济发展的差异与两种制度的矛盾。参见本章十、(一)。

17. 简述 19 世纪德意志统一进行的主要战争及其影响。参见本章十二、(二)、(三)。

18. 概述 19 世纪意大利统一的进程、特点及其意义。参见本章十二、(四)、(五)、(六)。

19. 简述美国西奥多·罗斯福改革。参见本章十三、(四)。

20. 论述第二次工业革命的背景、特点及其影响。参见本章十四、(一)、(三)、(四)。

21. 论述垄断组织的产生及其影响。参见本章十四、(五)。

22. 论述第一国际的主要活动及其历史意义。参见本章十五、(二)。

23. 简述第二国际的主要活动。参见本章十五、(三)。

24. 简述马克思主义产生的历史条件及理论来源。参见本章十六、(一)。

25. 概述近代欧美文学艺术的主要流派。参见本章十七。

第三章　近代的亚非拉

考点详解

一、大西洋奴隶贸易

从 15 世纪中叶到 19 世纪后半期的奴隶贸易，是西方殖民者掠夺撒哈拉以南非洲的主要手段。从非洲到欧洲和美洲的奴隶贸易早期为葡、西两国垄断，之后荷兰、法国、英国，甚至瑞典、丹麦和勃兰登堡，再加后起的美国也都加入了贩卖黑奴的行列。奴隶贸易大多是由私人出面经营，得到国家支持进行的。

到 17 世纪中叶，奴隶贸易的范围集中在大西洋东西两岸，一般称为大西洋奴隶贸易。来自欧洲的贩奴船，先从欧洲装载枪支、布匹、甜酒和糖等廉价物品，航行到非洲，换取奴隶，然后把非洲黑奴运往美洲，以高价卖给那里的白人种植园主或矿山主，换取当地的烟草、甘蔗和棉花等原料，最后运回欧洲，形成三角形的路线，史称"三角贸易"。

17 世纪中叶以后的 150 年间，奴隶贸易已经成为非洲与欧洲、美洲之间唯一的贸易活动。在贩奴活动的方式上，除了存在"三角贸易"外，英法等国相继成立贸易公司，垄断对非洲的奴隶贸易，其中最著名的有：1660 年英国成立的"皇家开发非洲公司"，1672 年创立的英国"皇家非洲贸易公司"，还有法国在 1664 年建立的"西印度公司"等。

从 18 世纪后期起，西方资本主义国家的经济迅速发展，要求把包括非洲在内的海外殖民地变成工业品销售市场和原料产地，甚至是资本输出场所。把非洲人留在非洲进行奴役，既无风险，又可得到远远超过从奴隶贸易中获得的利润。这些因素使西方资本家对奴隶贸易渐渐失去了强烈的兴趣。随着西方资本主义的发展，奴隶贸易大体上在 19 世纪 70 年代就停止了。

罪恶的奴隶贸易给非洲带来了灾难性的后果。非洲大陆损失了大量人口。奴隶贸易破坏了撒哈拉以南非洲的政治稳定。掠奴战争的恐怖造成了社会的极端混乱，许多古老王国纷纷瓦解，非洲原有的物质文化趋于毁灭。奴隶贸易使撒哈拉以南非洲的经济陷于崩溃的境地。随着黑奴贩卖的兴盛，歧视黑色人种的种族主义思潮也开始泛滥起来。

二、拉丁美洲独立运动

（一）西、葡在拉美的殖民制度

18 世纪，整个拉丁美洲都处于欧洲列强的殖民统治之下。除了巴西东北的荷属、英属和法属圭亚那、英牙买加等岛屿、法属海地外，其余均为西班牙和葡萄牙的殖民地。

18 世纪时，西属拉丁美洲殖民地共设 4 个总督区：新西班牙区，包括今墨西哥、中美洲、西印度群岛和北美西南部的大片土地；新格兰纳达区，包括今哥伦比亚、巴拿马、委内瑞拉和厄瓜多尔；秘鲁区，包括今秘鲁和智利；拉普拉塔区，包括今阿根廷、乌拉圭、巴拉圭和玻利维亚。葡萄牙在巴西设立一个总督区，由国王任命的总督进行统治。殖民地各城市一般都设有市参议会，其成员由总督指派，或由当地大地主中选出。参议院的权力很小，往往只限于讨论税收、公用建筑以及有关印第安人的问题。

西属殖民地社会的最上层是"半岛人"，即直接来自西班牙的白人，不到 30 万人。他们占据了殖民地行政、军事和教会的高级职位，把持着殖民地的工商业和对外贸易。在殖民地出生的白人后裔称克里奥人，即土生白人，约 300 万人。他们绝大多数是地主或资产阶级，但受到半岛人的歧视，只能充当下级官吏和教士。印欧、白黑和印黑混血人种约有 530 万人，多半是工匠、店员、小商人、小土地所有者和牧民。他们名义上是"自由人"，但没有公民权，不能承担公职。社会最底层是印第安人和黑人奴隶。

美国独立战争和法国资产阶级革命对拉丁美洲民族独立运动起了推动作用。法国启蒙思想家的著作、《人权宣言》等的传播，促使当地各族人民的民族意识日益增长，为拉丁美洲的大规模的革命运动准备了思想基础。宗主国统治力量的削弱，为殖民地民族独立运动的开展提供了有利的条件。1805 年特拉法加海战中，西班牙舰队被英国海军歼灭。1807 年葡萄牙和西班牙被迫参加拿破仑的"大陆封锁体系"，英国更加强对两国海岸的控制,宗主国与殖民地的交通联系被切断。随后,两国本土也被法国侵占。这使西、葡两国在拉丁美洲的殖民统治面临着严重的危机。

（二）海地革命

拉丁美洲民族独立战争首先在海地爆发。海地位于加勒比海北端的圣多明各岛西部,1502 年沦为西班牙殖民地,1697 年,西班牙被迫同法国签订《莱斯维克条约》,把海地岛的西部割让给法国。因法国称海地岛为圣多明各岛,故当时海地岛西部被称为法属圣多明各,东部仍归西班牙,被称为西属圣多明各,即今天的多米尼加。

1791 年 8 月 22 日夜,杜桑·卢维都尔领导黑人奴隶在海地角附近发动武装起义。到 1793 年,他已经建立了一支英勇善战、纪律严明的军队。他巧妙地利用法军、英军和西班牙军队之间的矛盾,先后打败了西、英军队。1801 年,杜桑占领西属圣多明各,统一了整个海地岛,建立了新政府。新政府颁布了海地第一部宪法,宣布废除奴隶制。

为了不给拿破仑干涉的口实,杜桑没有宣布独立。但是 1802 年,拿破仑还是派遣了 2 万人的远征军来恢复法国的统治。杜桑中计前往谈判,被法军逮捕,死于法国狱中。杜桑牺牲后,海地人民在杜桑的战友克里斯多芬和戴沙林的领导下继续进行战斗,给法军以沉重打击。

1803 年 10 月法军被迫投降,从而结束了法国在海地 100 多年的殖民统治。11 月 29 日,海地人民通过《独立宣言》。1804 年 1 月 1 日,海地正式宣告独立,在拉丁美洲建立了第一个独立的黑人共和国。它揭开了整个拉丁美洲革命的序幕。

（三）西班牙殖民地的独立战争

1. 概述

在海地革命的影响下,又由于西班牙已被拿破仑占领,西属拉丁美洲殖民地便利用时机于 1810 年开始了独立战争。到 1826 年取得胜利为止,独立战争大致可分为两个阶段:

1810 年至 1815 年是第一阶段。这是各地人民普遍发动武装起义的时期。1811 年许多地区都脱离西班牙,建立了革命政权。1814—1815 年,随着拿破仑帝国崩溃和西班牙波旁王朝复辟,殖民地各地政权都失去了合法性,大多被西班牙军队摧毁。

1815 年至 1826 年是第二阶段。杰出的军事领袖玻利瓦尔和圣马丁吸取了前段的教训,较明确地提出了革命目标和纲领,得到了群众的支持和拥护,各地的独立运动再次高涨。美国发表《门罗宣言》(1823 年),以拉丁美洲的保护者自居,反对神圣同盟国家在拉丁美洲卷土重来。殖民地当局再次失去宗主国的支援,西属拉丁美洲独立战争最终取得胜利。

西属拉丁美洲殖民地的独立战争主要在三个中心地区展开,即墨西哥和中美地区;以委内瑞拉为中心的南美洲北部地区;以拉普拉塔为中心的南美洲南部地区。

2. 墨西哥和中美洲的独立战争

墨西哥独立战争始于著名的"多洛雷斯呼声"。多洛雷斯教区神甫伊达尔哥(1753—1811 年)是克里奥人,出生在一个农场总管的家庭。他深受法国启蒙思想影响,同情印第安人的处境。1801 年,他组织"文学与社交会"密谋起义,伊达尔哥是其中的激进成员。计划泄漏后,伊达尔哥决定提前发动起义。

9 月 16 日清晨,伊达尔哥带人逮捕了镇上的西班牙人,然后敲响教堂的大钟,以西班牙国王斐迪南七世和天主教会的名义,号召印第安人武装起义。这就是墨西哥历史上著名的"多洛雷斯呼声"。他们占领了墨西哥中部的一些城市,乘胜向墨西哥城进军。1811 年,伊达尔哥在战斗中被俘,经宗教裁判所审判后处死。

伊达尔哥牺牲后,莫雷洛斯领导的起义军英勇善战,占领了墨西哥南部的大部分地区。1813 年 9 月 14 日,莫雷洛斯在奇尔潘辛戈召开了国民会议。11 月 6 日,国民会议通过了《墨西哥独立宣言》,宣告墨西哥独立。1814 年 10 月 22 日,国民会议颁布了墨西哥历史上的第一部宪法——《墨西哥美洲自由制宪法》,确定墨西哥为共和政体。1814 年,斐迪南七世复辟,派军队增援墨西哥殖民当局。起义军遭到镇压,莫雷洛斯被俘,被定为"宗教异端"后处死。

1820 年西班牙发生革命,引起墨西哥克里奥上层的担忧。1821 年 2 月,伊图维德在伊瓜拉城公布了他的独立纲领,即"伊瓜拉计划"。它提出了三项保证:实现墨西哥国家独立,维护天主教的特权,团结一切种族。为了实现伊瓜拉计划,伊图维德提出了建立所谓"三保证军"。9 月 27 日,伊图维德率三保证军进入墨西哥城,宣布墨西哥独立。第二年,伊图维德自封为墨西哥皇帝。但是,军队很快爆发了反帝制的起义,伊图维德只得退位。1824 年,制宪大会召开,宣布墨西哥为共和国。

墨西哥南部的中美洲原来与墨西哥同属新西班牙总督区管辖。在墨西哥独立运动的影响下,1821 年,中美洲地区宣布独立,1823 年,组织中美洲共和国联邦。1838 年,中美洲共和国联邦解体,危地马拉、洪都拉斯、尼加拉瓜、萨尔瓦多和哥斯达黎加分别成了独立的主权国家。

3. 委内瑞拉地区的独立战争(南美北部)

南美北部独立战争的中心在委内瑞拉。最初的革命领导人是克里奥军官弗朗西斯科·米兰达(1750—1816 年)。米兰达曾参加美国独立战争和法国大革命。1806 年,米兰达在国外组织一支志愿军在委内瑞拉登陆遭到失败。1810 年,委内瑞拉首府加拉加斯爆发独立运动,米兰达返回委内瑞拉。他组织和领导"爱国协会",进行独立和成立共和国的宣传。

1811 年 3 月 2 日,委内瑞拉首届国民代表会议在加拉加斯开幕。在米兰达和玻利瓦尔等为首的爱国力量敦促下,会议于 7 月 5 日通过《独立宣言》,宣告委内瑞拉共和国诞生,史称委内瑞拉第一共和国,并组成了以米兰达为首的共和国政府。1812 年,加拉加斯发生大地震,西班牙殖民军乘机大举进攻。第一共和国被扼杀,米兰达也落入西班牙殖民军之手,死于狱中。

米兰达被捕后,西蒙·玻利瓦尔(1783—1830 年)继续领导委内瑞拉人民进行斗争。1813 年,他率领一支队伍打回委内瑞拉,收复加拉加斯,成立了第二共和国。1814 年,第二共和国失败,玻利瓦尔被迫流亡。1816 年,玻利瓦尔在海地政府的支持下,打回委内瑞拉。玻利瓦尔吸取了以往斗争的经验教训,宣布废除奴隶制,承诺胜利后给战士分配土地,从而吸引了大批印第安人、黑人和混血种人参军。

1818 年 10 月,在安戈斯图拉(今玻利瓦尔城)召开了国民代表会议,成立委内瑞拉第三共和国,玻利瓦尔当选为共和国总统和爱国武装最高统帅。1819 年,他率领一支部队翻越安第斯山,解放了波哥大,宣布成立"大哥伦比亚共和国"。1802 年,乘西班牙发生革命之机,玻利瓦尔率军回到委内瑞拉,翌年收复加拉加斯。1822 年,他建立了包括委内瑞拉、哥伦比亚和厄瓜多尔的统一的共和国。南美北部的独立战争取得胜利。

4. 拉普拉塔地区的独立战争(南美南部)

南美南部独立战争的中心在拉普拉塔地区。领导拉普拉塔地区独立战争的主要领袖是何塞·圣马丁(1778—1850 年)。1816 年,在圣马丁的敦促下,国民议会宣告阿根廷独立。圣马丁制定了解放西班牙殖民统治中心秘鲁的计划。1817 年,圣马丁带领军队翻越终年积雪的安第斯山,于 1818 年和 1821 年先后解放智利和秘鲁,圣马丁出任秘鲁护国公。西班牙殖民总督逃到上秘鲁,负隅顽抗。

为了彻底完成西属拉美殖民地的解放大业,圣马丁和玻利瓦尔于 1822 年举行秘密会晤。会谈后,圣马丁退隐欧洲,玻利瓦尔率领军队进入秘鲁。1824 年,玻利瓦尔的战友苏克雷指挥秘鲁、智利、阿根廷和哥伦比亚联军,在阿亚库乔战役大获全胜。1825 年,上秘鲁宣告独立,为了纪念玻利瓦尔的功绩,取国名玻利维亚。

1826 年 1 月,盘踞在南美最后一个据点卡亚俄港的西班牙殖民军残部,向秘鲁政府投降。至此,西属拉丁美洲独立战争胜利结束。

(四)巴西的独立运动

西属殖民地取得独立时,巴西也以和平方式取得独立。1808 年,葡萄牙王室逃到巴西,建立了流亡政府,偏安美洲,提高了巴西的地位。1820 年,葡萄牙发生革命,实行立宪君主制。在新议会的要求下,国王被迫返回葡萄牙,任命他的儿子佩德罗为巴西摄政王。新议会还要求巴西恢复原来的殖民地地位,引起了巴西上层的不满。1822 年 10 月,佩德罗在巴西种植园主和大地主的拥护下,被尊为皇帝,称佩德罗一世。12 月 1 日,举行了加冕典礼,宣告巴西独立。

(五)拉丁美洲独立运动的历史意义

拉美独立战争是继法国大革命后又一波澜壮阔的革命运动,不仅摧毁了拉丁美洲的殖民体系,而且也打击了欧洲的殖民势力和复辟势力。在神圣同盟和维也纳体系建立后,拉美独立战争重新确认和传播了自由、独立、改革的观念。经过独立战争,除古巴、圭亚那和牙买加外,几乎整个拉丁美洲摆脱了欧洲的殖民统治获得独立。在西、葡和法国殖民地上出现了 17 个独立国家,基本形成了当今拉丁美洲的政治版图。

拉丁美洲各国在取得独立以后,都颁布宪法,建立了议会制共和国(巴西、海地除外),用本国地主资产阶级的统治代替了殖民者的专制统治。各国还先后废除了奴隶制,取消了对印第安人的人头税和强制劳役,削弱了天主教会的权势,取消了阻碍生产力发展的专卖制和对工商业的种种限制,为资本主义发展创造了有利条件。

但是,国家的独立并没有从根本上动摇旧的社会经济基础。由于拉丁美洲各国资本主义薄弱,资产阶级十分软弱,独立后各国的政权一般都转移到土生白人地主的手中,因而仍保留了原有的大土地所有制,也促成了"考迪罗"独裁权力的形成。独立战争后,考迪罗夺取和把持政权的现象肆虐拉美各国。

三、独立后拉美的政治与经济变化

（一）大地产制的发展

拉丁美洲独立战争后，殖民时期的社会经济结构基本保存下来，其中最重要的遗产就是大地产制。殖民地时期绝大多数克里奥地主的大地产不仅原封未动，而且他们又利用独立后掌权的有利条件，霸占了从殖民者那里没收来的大量土地。不仅如此，作为新的统治者，他们通常与天主教势力，甚至新殖民主义者串通一气，以极不光彩的手段兼并印第安人的土地，以至剥夺广大农民的耕地，使大地产制更加发展。19 世纪拉丁美洲各国大地主兼并的土地相当于以前 3 个世纪的总和。这些克里奥地主的大庄园，基本上仍保持中世纪的剥削形式，有的地方还盛行债务奴隶制。大庄园是自给自足的自然经济单位，它大大阻碍了民族资本主义的发展。

（二）考迪罗的统治

拉美各国独立后，除巴西实行帝制政体外，其余国家都建立了共和制。然而，多数国家很快就陷入了政治混乱、经济停滞的状态，普遍出现了军事独裁统治，即考迪罗的统治（又称为考迪罗主义）。

考迪罗（Caudillo，西班牙语）原意首领或领袖，后成为拉美国家中央和地方军事独裁者的专名。考迪罗多半出身于军官或是某一地区地主集团的首领。考迪罗主义实质是军人专政的军事独裁制度，是大地主专政的一种表现形式。它反映了拉丁美洲各国资产阶级力量薄弱、大地产制占优势的状况。考迪罗独裁者既不是世袭的，也不是通过选举产生的，而基本上是通过内战或武装政变而掌权。因此，各个地主集团为争得政权经常发动军事政变。也正因为如此，他们的政权总是很不稳定。

考迪罗主要依靠军队和克里奥大地主集团的支持。多数考迪罗也寻求教会的支持。阿根廷的罗萨斯（1793—1877 年）是拉美第一个著名的考迪罗主义独裁统治者。墨西哥的桑塔·安纳（1794—1876 年）是一个毁誉参半的考迪罗。巴拉圭的弗朗西亚（1766—1840 年）属于"平民的考迪罗"。

（三）门罗宣言与泛美主义

在拉美独立战争期间，英国持同情、支持态度。独立后拉美地区亲英势力比较强大，英国也积极扩张自己的影响。这样，英国便很快取代了西班牙和葡萄牙，成为拉丁美洲占统治地位的经济力量。19 世纪，英国对拉美社会的影响是多方面的。一方面，英国主要投资于交通运输和城市公共事业，促进了拉美经济基础设施的进步。英国还促使拉美国家废除奴隶贸易、建立开放市场。另一方面，英国资本诱导和迫使拉美发展单一商品生产，制约了拉美经济的发展。

1823 年，美国总统门罗在年度咨文中阐明美国对外政策的基本原则，史称门罗宣言或门罗主义。宣言表示：已获独立的美洲大陆各国，今后不得被任何欧洲列强当做将来的殖民对象；任何欧洲列强以压迫或控制它们命运的方式而进行的干涉，美国将视之为对美国的不友好表现。门罗主义继承了华盛顿以来美国政府一贯奉行的不卷入欧洲事务的孤立主义，并进一步要求把欧洲势力排斥出美洲大陆。门罗主义对维护新独立的拉美国家、制约欧洲列强起了一定作用，但也表现出美国把拉丁美洲看做自己的势力范围的企图。门罗主义里还隐含着扩张精神。

到 19 世纪末，美国为排挤英国，鼓吹"美洲人民利益一致"，提出"泛美主义"口号。1889 年，美国发起在华盛顿召开 18 个国家出席的美洲国家会议。在美国倡议下，会议成立了"美洲共和国国家联盟"（1901 年改称泛美联盟），并在华盛顿设立由美国国务卿领导的"美洲各国商务局"作为常设机构。1895 年，英属圭亚那与委内瑞拉发生边界纠纷，英国军舰封锁了委内瑞拉港口。美国出面干涉，迫使英国接受美国的仲裁。1897 年美国与委内瑞拉签订协定，双方同意成立有美国人参加的仲裁法庭，确定委内瑞拉与英属圭亚那之间的国界。这一事件是美国逐步取代英国在拉美优势地位的一个里程碑。

（四）墨西哥胡亚雷斯改革

从 19 世纪 50 年代中期起，阿尔瓦雷斯和胡亚雷斯领导的自由派发起了一场主要针对天主教会的改革运动。1854 年，阿尔瓦雷斯将军宣布起义，迫使墨西哥考迪罗桑塔·安纳下台。阿尔瓦雷斯担任临时总统，组建自由派政府，开始了大改革。改革旨在削弱教会与军人权利，并按照美国模式建立现代公民社会和市场经济。胡亚雷斯担任司法和国民教育部长，颁布关于中央和地方各级法院组织和司法管理的法令，即著名的《胡亚雷斯法》，该法取消了军人和教士不受普通法院审判的特权，宣布法律面前人人平等的原则。1857 年，墨西哥制宪议会通过了自由主义的新宪法，规定政教分离，进一步限制教会特权。

改革引起墨西哥社会内各种势力的强烈反应。1857 年底，保守派策动政变，占领首都墨西哥城。自由派随后在外省建立了以胡亚雷斯为首的政府。双方展开了残酷激烈的内战，史称"改革战争"。胡亚雷斯政府果断地颁布一系列改革措施,宣布没收教会的全部土地财产,将这些土地分成小块出售给农民;实行政教分离和信仰自由,取消什一税和教会其他捐税等。自由派赢得民众及温和派的支持,击败了保守派。1861 年,自由派政府胜利返回墨西哥城。按照 1857 年宪法,全国举行大选,胡亚雷斯成为美洲历史上第一个印第安人总统。

墨西哥政局的变化引起了西方列强的不安。1861 年 12 月 10 日法、英和西班牙悍然出兵侵入墨西哥(不久英、西军队撤回)。墨西哥人民进行了坚决的抵抗,经过 5 年多艰苦奋战,终于在 1867 年 7 月赶走法国侵略者。胡亚雷斯领导的改革运动和卫国战争成为拉美国家捍卫国家独立和争取社会进步的一个范例。

(五)巴拉圭战争

1864—1870 年,巴拉圭与巴西、阿根廷、乌拉圭三国同盟之间进行的战争,史称巴拉圭战争或三国同盟战争。由于巴拉圭是内陆国家,多年来与阿根廷、巴西有领土和关税等方面的纷争。1864 年在阿根廷和巴西的支持下,乌拉圭国内发生政变,颠覆了巴拉圭支持的乌拉圭政府。巴拉圭与巴西矛盾激化,同年 11 月巴拉圭对巴西宣战。

1865 年 5 月 1 日,巴西、阿根廷、乌拉圭三国正式结成反巴拉圭的同盟。阿根廷总统巴托洛梅·米特雷任同盟军陆军总司令,巴西的塔曼达雷中将任海军总司令。在双方力量对比上,三国同盟占有压倒优势。1865 年 9 月,巴拉圭的进攻战失败。1866 年 4 月,同盟军攻入巴拉圭,在 5 月 24 日的图尤蒂战役中巴拉圭损失惨重。1868 年 7 月,巴拉圭乌迈塔要塞陷落。1870 年 3 月 1 日,巴拉圭独裁者弗朗西斯科·索拉诺·洛佩斯被击毙,战争结束。

这场战争使双方付出了巨大代价,三国同盟在战争中死伤士兵 10 万人以上。巴拉圭更是损失惨重,领土丧失了一半;人口从 52 万减少到 22 万,男子已经不足 3 万;经济几乎完全毁灭。

(六)巴西的废奴运动与共和国的建立

巴西的奴隶贸易和奴隶制受到国际废奴潮流的强力冲击。英国于 1807 年废除奴隶贸易后,开始对相关国家施加压力。1845 年英国议会针对巴西,通过了《亚伯丁法案》,授权英国海军扣留任何巴西贩奴船只。在这种情况下,佩德罗二世在 1850 年宣布禁止奴隶贸易。1865 年美国经过内战废除了奴隶制,进一步推动了巴西的废奴运动。巴西各地先后出现废奴协会,广泛展开援救黑奴的活动。

佩德罗二世于 1871 年颁布"胎儿自由"法令,规定法令颁布后出生的黑奴婴儿可获得自由人身份。1888 年 5 月,伊莎贝拉公主摄政(佩德罗二世的女儿)签署了议会通过的废奴法令,宣布解放全部黑人奴隶。巴西废除奴隶制意义重大,标志着伴随近代殖民主义产生的奴隶贸易和奴隶制的终结。

废奴运动的胜利为共和政体的确立奠定了基础。1889 年 11 月 15 日,在种植园主的支持下,陆军元帅丰塞卡发动军事政变,宣布成立联邦共和国。

废奴运动的胜利和共和国的建立,是巴西历史上的第一次资产阶级革命。它完成了独立运动没有完成的任务,摧毁了奴隶制度和君主政体,消除了巴西资本主义发展道路上的最大障碍,使巴西进入了一个新的历史阶段。

(七)古巴独立战争

古巴位于加勒比海西北部,1511 年开始沦为西班牙的殖民地。1868 年 9 月,西班牙发生革命,推翻伊萨贝拉二世的统治,建立共和国。宗主国的政局剧变,给古巴革命提供了有利的时机。古巴爆发了史称"十年战争"的第一次独立战争。

1868 年 10 月 10 日以塞斯佩德斯为首的一批爱国志士,在奥连特省马埃斯特腊山区发动起义,宣布独立,并解放黑奴。起义很快蔓延开来。1869 年起义者制定了宪法,成立古巴共和国,选举塞斯佩德斯为总统。西班牙政府先后调集 20 万军队,进行残酷的镇压。塞斯佩德斯等人被俘就义。1878 年,双方举行谈判,签订了《桑洪条约》。起义者放下武器,停止斗争。西班牙允诺进行改革,同意古巴派代表进入西班牙议会,实行大赦,并承诺在 1880—1886 年废除奴隶制。

1892 年,流亡诗人何塞·马蒂(1853—1895 年)在纽约组建了以独立为目标的古巴革命党。1895 年,何塞·马蒂发动了第二次独立战争。他和戈麦斯率领一批流亡者在古巴登陆,与马赛奥等率领的起义军会合。不久,马蒂和马赛奥先后战死在沙场。起义军在戈麦斯领导下继续浴血奋战。到 1898 年,起义军解放了全国近 2/3 的土地,并包围了哈瓦那。

当独立战争胜利在望之际,美国进行了武装干涉。1898 年,停泊在哈瓦那的美国"缅因号"军舰突然爆炸。美国遂以此为借口向西班牙宣战。美西随后签订《巴黎和约》,和约承认古巴独立,并把波多黎各和菲律宾割让给美国。1901 年,在美国的操纵下,古巴的制宪会议将美国国会提出的《普拉特修正案》列入古巴宪法。该修正案规定美国有权在古巴建立军事基地;有权监督古巴内政;未经美国同意,古巴不得与任何外国签订条约等。1902 年,古巴共和国正式宣告成立。

四、19 世纪中后期亚洲反殖斗争

(一)伊朗巴布教徒起义

1794 年卡扎尔部族的阿加·穆罕默德统一全国,在德黑兰建立了卡扎尔王朝。卡扎尔王朝实行封建专制制度。

19 世纪初,伊朗逐渐成为英、法、俄等国争夺的对象。俄国利用地理上毗邻的有利条件,不断对伊朗发动侵略战争。它通过 1804—1813 年和 1826—1828 年的两次战争,侵占了格鲁吉亚、北高加索、北阿塞拜疆等大片土地,勒索了 2 000 万卢布的赔款,还获得了领事裁判权和各种政治、经济特权。英国为抵制俄国势力的扩张,巩固并扩大自己在伊朗的势力,在 1800—1841 年间,先后 4 次强迫伊朗签订不平等条约,获得了一系列特权。随后,法国、美国、奥地利等国也援例同伊朗签订了类似条约。这一系列不平等条约的签订,使伊朗走上半殖民地的道路。

巴布教是 19 世纪 40 年代伊朗阶级矛盾十分尖锐的条件下出现的伊斯兰教的一个教派,创始人是出身于设拉子棉布商人家庭的赛义德·阿里·穆罕默德。1844 年他自称为"巴布"(阿拉伯语和波斯语中的"门"),意即人们所渴望的"救世主"马赫迪的意志将通过此"门"传达给人民,他本人就是真主与人民的中介人。

1847 年,赛义德·阿里自称为先知马赫迪,发布巴布教的经典《默示录》。巴布的教义要点是:人类社会是新时代代替旧时代、新制度和法律代替旧制度和法律、新的先知代替旧的先知的过程;当前人类不公平与倾轧的原因在于当权的官员与僧侣以古兰经与教典维护旧制度,而巴布教的任务就是建立保障人身自由权、私有权和人人平等、没有压迫的"正义王国";它是一个世界性的宗教目标,现在以伊朗 5 省为圣地,凡不信教者,无论本国人还是外国人,都要赶出圣地并没收其财产。

第一次巴布教徒的起义是 1848—1849 年在马赞德兰省发生的。1850 年 5 月 8 日,巴布教徒又在里海西南的津章发动起义。1850 年 7 月 19 日国王下令杀害了巴布。此后,巴布教运动转入低潮,它的一些领导人走上了进行暗杀等恐怖活动的道路。1852 年 8 月,他们在德黑兰谋刺国王未遂,致使数百名教徒惨遭屠杀。至此,历经 4 年之久的巴布教徒起义失败。

(二)印度民族大起义

1857 年初的"涂油子弹事件"是大起义的导火索。这种新发的子弹用涂有牛脂和猪油的纸包装,使用时必须用牙咬开。印度教徒敬牛,伊斯兰教徒禁忌猪肉,所以使用这种新子弹伤害了印度士兵的宗教感情,激起了普遍的愤慨。英国军事当局对士兵的反抗加以压制,反而加速了起义的爆发。5 月 10 日,米鲁特的第三骑兵团首先发难,5 月 11 日进入德里,5 月 16 日全部占领德里。随后,起义者把莫卧儿王朝的末代皇帝巴哈杜尔·沙推上印度皇帝宝座。皇帝不过是一个政治象征,真正行使权力的是以下级军官和士兵组成的 10 人行政会议。行政会议以巴哈杜尔·沙的名义发表文告,号召印度教徒和伊斯兰教徒团结起来,对英国人进行圣战。

在随后的两个多月里,起义的浪潮席卷北印度和中印度。起义的中心是勒克瑙、康波尔和詹西。参加起义的主要是孟加拉军和一些新近被剥夺权利的王公,他们得到当地市民和农民的支持。但是,多数地区的土邦王公或不愿恢复莫卧儿统治,或囿于地方观念,要么袖手旁观,要么支持印英政府。1857 年 6 月,近 4 万起义者开始了 3 个月之久的艰苦的德里保卫战。英军破城后,起义者坚持了 6 天巷战,撤出德里城。

1858 年 3 月,英军进攻詹西。年轻而英勇的女王拉克什米·巴依领导军民同英军激战 8 天后突围,与康波尔的起义军汇合。6 月,起义军在瓜廖尔附近与英军会战,拉克什米·巴依身先士卒,壮烈牺牲。此后,起义转入游击战争阶段。15 万起义军由大部队化为小部队,转战于农村和山区。1859 年起义失败。

1857—1859 年的起义是印度人民反抗英国殖民统治的一次最大的起义,在印度民族运动史上占有非常重要的地位。

在受到印度民族大起义的沉重打击后,英国对印度的殖民政策有了一些改革,这也是起义的成果。1858 年 8 月,英国国会通过《改善印度管理法》,取消东印度公司,由维多利亚女王直接统治;内阁中设立了印度事务部;印度总督为副王,代表女王实施管理。11 月女王颁发诏书表示:"尊重当地王公的权利、尊严和荣誉","不干涉臣民中任何人的宗教信仰或崇拜"。

(三)越南反法斗争

1802 年,阮氏家族建立了阮朝,后接受中国清朝嘉庆帝册封为"越南王",定新国号为"越南"。阮朝与清朝

建立了宗藩关系。1862 年,阮朝被迫同法国和西班牙签订了第一次《西贡条约》。根据条约,越南把边和、嘉定、定祥及昆仑岛割让给法国,并向法国商人开放土伦、巴叻、广安三港和湄公河及其支流。1874 年,法国强迫阮朝签订了第二次《西贡条约》,越南南部全部割让给法国;开放河内、海防、归仁和红河;法国侨民在越南享有治外法权。1883 年法军再次以武力迫使阮朝签订《顺化条约》,取得了对越南的保护权。法国在顺化设立总督。

中法战争结束后,清政府同法国签订了《中法停战协定》和《中法会订越南条约》,承认法国对越南的殖民统治。1887 年,法国建立了由驻西贡总督统治的、由越南和柬埔寨组成的"印度支那联邦",接着在 1893 年兼并了老挝。

越南沦为法国殖民地以后,越南人民进行了反抗殖民统治的斗争,最突出的是农民的游击战争和爱国"文绅"的勤王运动。

越南的反抗斗争中心在越南北部。安世地区的农民游击战争持续时间达 20 年(1884—1913 年),史称"安世农民起义"。起义初期的领袖是贫民出身的梁文楠,在 1892 年被叛徒害死。继任的黄花探也表现出杰出的领导才能和军事才能。他统一了安世地区的各支游击队,以安世丛林地带为根据地,修建防御屯堡,采取"彼归则出,彼出则归"的机动战术开展游击战,活动范围扩展到河内和凉山,给法军以重创,迫使法国殖民者于 1894 年、1897 年两次停战媾和。此后,殖民当局软硬兼施,动用优势兵力,逐渐使游击队处于不利地位。1913 年,黄花探被叛徒杀害。安世农民战争失败。

1885—1896 年,越南"文绅"领导爱国抗法斗争。1884 年,咸宜帝阮福明继承王位,不甘心听命于法国殖民者。大臣尊室说于 1885 年 7 月 5 日向顺化的法国占领军发动进攻,终遭失败。咸宜帝出走顺化,向全国发出了反法勤王檄文。各地"文绅"纷纷响应,掀起了"勤王运动"。加入勤王运动的"文绅"大多是退休官吏或乡村中的举人,勤王起义军和农民反法军一样,凭借山林险要地势,采用灵活机动的游击战术。1888 年,法国殖民当局设法拘捕了咸宜帝,后将他放逐到阿尔及利亚。在殖民当局的军事"围剿"和政治诱降下,各地勤王运动先后失败。1896 年勤王运动结束。

(四) 朝鲜反日斗争

明治维新后,日本政府用西方列强的方式进行扩张,目标首先对准朝鲜。1876 年,日本舰队进入汉江口,迫使朝鲜在江华府同日本缔结了不平等条约《朝日修好条约》,即《江华条约》。《江华条约》共 20 条,其要点是:开放釜山等通商口岸;在指定港口内设领事馆,赋予日本领事裁判权;日本有权自由测量朝鲜沿海岛屿和绘制海图。

通商口岸开放后,外国商品源源流入,朝政腐败,卖官、行贿、奢靡风盛。1882 年(壬午年),被克扣军饷的汉城士兵举行兵变,包围王宫并袭击日本公使馆,史称"壬午兵变"。主持朝纲的闵氏外戚请求清朝出兵,日本也以兵变使馆被袭为由出兵。镇压兵变后,日本和清朝均在朝鲜驻军。

面对危机,朝鲜贵族分成要求改革的开化派和以闵妃为首的守旧派。开化派受到日本明治维新的启发,但昧于日本的侵略企图,主张借助日本势力来改革朝政。1884 年(甲申年)12 月 4 日,开化派依靠日本军队发动政变,建立了新政府,颁布改革行政机构的新政纲,并宣布与清朝断绝关系,是为甲申政变。6 日,袁世凯指挥的驻朝清军应闵妃守旧派的要求,开进王宫,打败日军,并攻下日本使馆。部分开化派领袖随日本公使逃到日本。闵妃重新掌权。此后,李鸿章与日本伊藤博文签订《天津条约》,双方同意把军队撤出朝鲜。

1894 年(甲午年),朝鲜爆发了东学党起义,亦称"甲午农民战争"。1894 年 2 月,东学党的地方领袖全琫准(1854—1895 年)在全罗道发动了农民起义,提出"辅国安民,斥倭斥洋,尽灭权贵"的口号。朝鲜请求清朝出兵协助镇压起义。日本政府则以保护使馆、帮助改革为名,出兵朝鲜、占领王宫,扶植亲日政权,宣布同清朝废约。6 月 25 日,日本海军袭击中国舰艇,中日甲午战争爆发。9 月,清军战败,退出朝鲜。10 月全琫准领导的农民军数万人同官军、日军激战。全琫准被叛徒告密,于 12 月被捕,次年 4 月就义。

甲午战争后,1895 年,根据《马关条约》,中国解除与朝鲜的宗藩关系,朝鲜实际上变成了日本的势力范围。1910 年,日本强迫朝鲜签订《日韩合并条约》,正式吞并朝鲜半岛。

(五) 菲律宾民族解放运动

1872—1896 年,以何塞·黎萨尔等人为代表的资产阶级知识分子掀起了一场资产阶级改良运动,史称"宣传运动"。黎萨尔建立了改良主义组织"菲律宾联盟"。"联盟"的宗旨是统一菲律宾群岛、反对一切暴力和不公正行为、发展教育和工农商业、互助和改革。殖民当局在 7 月 6 日逮捕了他,把他流放到棉兰老岛。

7 月 7 日,"联盟"成员安得列斯·波尼法秀建立了秘密组织"卡蒂普南"("人民儿女高尚和尊贵的联合会")。其宗旨是人人一律平等和热爱祖国。"卡蒂普南"发展迅速,有 3 万多会员。1896 年,一些"卡蒂普南"

成员遭到捕杀,在波尼法秀的号召下,各地先后爆发了起义。菲律宾革命开始了。尽管黎萨尔声明反对一切暴力,但殖民当局仍然以"组织非法团体"和"煽动造反"的罪名,处死了黎萨尔。

1897 年,起义方兴未艾之际,"卡蒂普南"发生内讧,崭露头角的军事领袖艾米利奥·阿奎那多杀害了波尼法秀。阿奎那多召开起义队伍代表会议,通过临时宪法,成立新政府,自任总统。但是,面对西班牙殖民当局的胁迫和利诱,阿奎那多很快同殖民当局签订《破石洞条约》,条约规定:阿奎那多停止军事行动,缴械离境到香港;西班牙当局给予 170 万比索的经济补偿,并对放下武器的人实行大赦。阿奎那多等 40 人领取 40 万比索后离菲赴香港。

随着革命运动的重新高涨,阿奎那多在香港成立了"爱国委员会"。美西战争爆发后,阿奎那多经过同美国密商,于 1898 年 5 月乘美舰回到菲律宾,重新领导革命,并于 6 月 12 日发表独立宣言,成立革命政府。革命军占领吕宋岛大部分,并选举产生了菲律宾议会。1899 年 1 月,菲律宾议会颁布菲律宾共和国宪法,阿奎那多出任共和国总统。新政府还进行了一系列改革,如没收西班牙王室和教团的财产,取消人头税,实行小学免费教育等。

1898 年 12 月,美国与西班牙缔结《巴黎和约》,西班牙以 2 000 万美元的代价将菲律宾"转让"给美国。菲律宾共和国政府要求美国承认菲律宾独立时,美国总统麦金莱以菲律宾"尚无能力进行自我管理"为由加以拒绝。1899 年 2 月,美军开始对革命军发动进攻。菲律宾革命军顽强抗击,共和国首都五次迁移,阿奎那多等人相继被俘。1902 年 4 月,美国最终占领菲律宾。

菲律宾独立战争失败了,但它毕竟结束了西班牙 300 多年的殖民统治。菲律宾革命是亚洲第一场近代民族主义革命,菲律宾共和国也是近代亚洲的第一个共和国。

(六) 印度民族主义启蒙运动

兰姆·摩罕·罗易(1772—1833 年)是印度最早的民族启蒙运动的代表人物。1828 年,他在加尔各答创建了以改革印度教及其社会习惯为宗旨的梵社。他的非宗教性启蒙贡献在于热心于印度的现代化教育事业,反对压迫农民的土地法和抗议对出版事业的限制。他还反对寡妇殉葬,曾著书论证维护妇女的平等地位,成为印度第一个女权运动者。

19 世纪后半期,在孟买出现了印度民族主义启蒙运动的另一派别,即印度国民经济学派。这个学派对英国殖民当局只征收捐税、维持秩序和保护边疆而未增加国民财富、提高人民物质和道德生活水平而从理论上提出了抗议。"印度复兴之父"马哈捷瓦·戈文达·伦那德(1842—1901 年)是这个学派的奠基人之一。他熟悉亚当·斯密和李嘉图等经济学家的著作,也注意印度的经济问题。他在浦那德干学院的《论印度政治经济学》的讲演,被称为印度经济思想发展的里程碑。他不但是系统经济理论家,而且在 1872—1873 年领导了第一次倡导国货的"自产"运动,1896 年积极赞助在加尔各答第一次举办的"自产"展览会。他还编辑《印度之光》和创办《浦那人民协会季刊》,鼓吹印度政治、经济、教育和社会的改革与复兴。

达达拜·纳奥罗吉(1825—1917 年)是印度早期启蒙活动家中第一个深入剖析英国对印度剥削问题的经济学家。他在《印度的贫困和非英国式统治》一书中,指出印度由于英国的变相商业和经济剥削而贫穷了,财富由于英国人垄断而外流是人民困苦的根源。由此出发,他要求降低税收、减少贡赋和行政、军事支出,在政治上加强印度人地位,让更多的印度人参加管理,扩大印度人在立法会议中的名额。

资产阶级争取改革的启蒙运动的开展,为成立印度民族统一组织奠定了基础。1885 年 12 月 28 日,印度国民大会党(简称国大党)在孟买举行成立大会。在休谟的建议下,班纳吉被选举为主席。要求民族主权和自治是大会的主要议题。大会对英国政府表示忠诚,同时要求改革行政、增加参政院中的民选议员和实行保护关税政策。国大党成立初期的活动,只限于宣传鼓动、向英国议会呈递请愿书和每年 12 月召开例行年会。

国大党是印度第一个民族主义的全国性政党,成为印度民族运动的领导力量。19 世纪末由于大量中小资产阶级及知识分子参加国大党,使该党的成分发生很大变化。随着这一变化,国大党内部逐渐形成了两大对立的派别,即以班纳吉为首的掌握领导权的温和派和以提拉克为首的激进派。

提拉克是一位坚强的正统印度教徒,精通梵文,是著名的学者、政治战略家和组织家。1880 年他创办《狮报》,揭露英国殖民统治罪行,宣传民主主义,反对稳健派元老们的妥协媚英行为,主张同英国殖民当局做一切形式的斗争,包括武装的暴力斗争在内,以实现印度自主。

国大党的成立及其早期活动,尤其是以提拉克为代表的"极端派"的活动,把印度的启蒙运动推向了革命的民族主义运动阶段。提拉克作为国大党新一代领袖的特征是强调群众性的革命政治行动,而国大党正是以这个特征迎接 20 世纪初的"亚洲觉醒"时代。

五、英国对印度的殖民统治

（一）英国东印度公司

1600 年英国东印度公司成立。公司的经营内容除建立商站、从事海上贸易外，还动用武力侵占土地，然后收取巨额土地税；开办种植场，种植鸦片，向中国走私输入，实行烟、盐专卖，铸造货币，进行海盗式私掠，等等。17 世纪后期，英国东印度公司得到英国政府授权，可以在海外行使占领、铸币、组建军队、结盟和宣战、签订和约以及审判的权利。公司在商站和居住地修筑防御工事，由英国人雇佣和训练的印度士兵来保卫，俨然国中之国。

（二）印度沦为英国的殖民地

1717 年，英国东印度公司从莫卧儿皇帝那里获得了对英国商站所在地马德拉斯和加尔各答周围地区的征税权。东印度公司由此开始逐步扩张，利用宗教、种族、地区之间的隔膜，用印度人打印度人，通过大大小小一百多次战争，控制了整个印度。

英国和法国为争夺印度进行了三次大规模的战争（1746—1749 年、1751—1752 年、1756—1761 年），结果法国势力被排挤出印度。1757 年，东印度公司的陆军上校克莱武在普拉西战役中战胜了当地省督，取得了孟加拉地区的税收权。英国进行了四次侵略迈索尔王国的战争（1767—1769 年、1780—1784 年、1790—1792 年、1799 年）、三次侵略马拉塔的战争（1775—1782 年、1803—1804 年、1817—1819 年），占领了南部和中部印度。1849 年吞并旁遮普，完成了对印度的全部占领。印度完全沦为英国殖民地。

（三）英国在印度的统治政策

普拉西战役之后，英国在印度各地实行双重管理制度，即保留土邦王公，地方事务由原有的地方政府管理，东印度公司凭借优势的军事力量消除匪患，维持治安，征收土地税。东印度公司的许多官员疯狂搜刮财富，对印度富人敲诈勒索，遭到英国舆论谴责。于是英国国会把英国在印度的统治权从官商公司转移给英印政府。

1773 年，英国国会通过"印度管理制度"，规定英国政府任命印度领地的总督，结束了孟加拉统治者管民事、公司掌田赋的"双重管理制度"。1784 年，英国国会通过《改善东印度公司和不列颠印度管理印度法案》，规定由内阁任命督察委员会处理印度一切重大事务，使英国政府获得了统治印度的最高权力。1813 年，东印度公司对印度的贸易垄断权被取消。

英印政府为了确保税收，在印度实行新的田赋制度。1793 年，印度总督康华礼在孟加拉、比哈尔和奥里萨等省实行"固定柴明达尔制"，废除了村社成员对土地的共有权，确认包税人（柴明达尔）为世袭地主，规定柴明达尔缴纳的田赋数额固定不变。哈斯丁总督（1813—1823 年）接着推行了两种田赋制度：在马德拉斯和孟买省实行"莱特瓦尔制"，确认莱特（村社农民）对所耕土地的所有权，规定莱特缴纳相当于全年收成 50% 左右的田赋；在中印度实行"不固定的柴明达尔制"，定期（25—35 年）修改柴明达尔向农民征收的田赋数额。这些田赋制度实际上确立了私有土地制度，加速了印度村社制度的瓦解和商品经济的发展。

六、瓜分非洲

（一）西方列强对非洲的争夺

19 世纪末 20 世纪初，帝国主义国家争夺的主要对象是非洲。就北非而言，埃及、苏丹先后于 1882 年和 1898 年落入英国手中。北非马格里布的阿尔及利亚、突尼斯和摩洛哥三国先后落入法国手中。

帝国主义瓜分的主要对象是撒哈拉以南的非洲。比利时国王利奥波德二世（1865—1909 年）急切希望建立海外殖民帝国。他于 1876 年在布鲁塞尔主持召开了国际地理会议。会上成立了"国际非洲协会"，其宗旨是对非洲进行科考和传播文明。由此欧洲列强开始抢占非洲内陆的土地。

1884—1885 年，俾斯麦主持召开了有 14 个国家参加的协商非洲问题的柏林会议。会议长达 90 天，最终同意将 200 万平方公里的"刚果自由邦"划为利奥波德二世的私人财产。会议也规定任何国家今后在非洲取得土地以"有效占领"为原则，并必须通知其他国家。柏林会议结束后，欧洲列强掀起了抢占非洲土地的狂潮。

在列强瓜分非洲的过程中，列强之间的冲突不断加剧，其中 1898 年英法为争夺非洲殖民地在苏丹发生的一场战争危机——法绍达事件尤为引人注目。英法两国在非洲都抱有极大的野心和宏伟的"计划"。法国计划扩大其在西非、中非的殖民地，向东推进，实现所谓的 S-S 计划，即建立一个从濒临大西洋岸边的塞内加尔至"非洲之角"的索马里横亘非洲大陆的殖民地。而英国则打算利用占有非洲南部开普敦和北部埃及的有利地位，计划南北并进，吞并东北部非洲、中非和南非的广袤土地，修建一条连接开罗和开普敦的铁路，实现所谓的

C-C计划,建立一个纵贯非洲的英属殖民帝国。英法的扩张计划都包括了尼罗河上游地区,从而诱发了两国间的冲突。1898年,法国和英国军队终于在苏丹南部尼罗河上游的法绍达村(今科多克)迎头相遇。两军对峙,战争一触即发。最终法军因实力不济被迫撤退。1899年3月,英法划出边界线,苏丹南部和白尼罗河流域归英国,苏丹以西的赤道非洲则属于法国。

(二)英布战争(1899—1902年)

1899—1902年,英国同荷兰移民后裔布尔人建立的南非共和国和奥兰治自由邦为争夺南非领土和地下资源进行了一场战争,史称英布战争或布尔战争。战争初期,布尔人作战非常顺利,取得一系列的胜利。1900年上半年,英国加强攻势,先后攻占了两个共和国的首都约翰内斯堡和比勒陀利亚,但布尔人继续坚持游击作战。1902年春,布尔人战败议和。5月31日签订《费雷尼欣条约》,根据条约,英国确立了在南非的最高统治权;德兰士瓦、奥兰治两个布尔共和国丧失了独立,承认臣属于大不列颠王国,但有相当大的自治权;英国还向布尔人保证维持其剥削非洲人地位。1910年5月,英国将德兰士瓦、奥兰治、纳塔尔和开普敦合并组成南非联邦,作为英国的自治领地。

(三)非洲反殖民斗争

帝国主义的侵略和奴役,遭到了非洲各族人民的顽强抵抗。影响比较大的反抗运动主要有阿拉比领导的埃及人民抗英斗争,苏丹马赫迪的大起义和埃塞俄比亚的抗意斗争。

1. 阿拉比领导的埃及反英斗争

1849年阿里死后,英、法加强了对埃及的侵略活动。英国开始在埃及修建铁路,架设电报线,开办工厂和银行,建立商船队;法国则取得了修建苏伊士运河的特许权。埃及国库日益空虚,一再被迫以高达7% ~9%的年利向英法等国借债。1874年,埃及将自己占有的44%的苏伊士运河公司股票全部廉价卖给英国,仍无法解决财政困难。1876年,埃及政府宣布财政破产,由债权国英、法接管财政大权,实行"双重监督"制度,即由英国人管理国家收入和预算,法国人管理支出。

1878年埃及组成努巴尔内阁,英国人任财政部长,法国人任公共工程部长,并拥有否决权,埃及人称之为"欧洲内阁"。"欧洲内阁"对埃及人民进行肆意搜刮,甚至以紧缩开支为名,解除了2 500名埃及军官的职务。"欧洲内阁"的反动政策激起了全国人民的强烈不满。

1879年1月,由陆军中校阿赫美德·阿拉比领导的埃及第一个民族主义组织"祖国党"宣告成立。参加者主要是资产阶级知识分子、爱国军官和青年学生等。祖国党提出了"埃及是埃及人的埃及"的口号,主张保卫民族独立,维护国家主权,实施宪政。1881年12月祖国党在议会选举中获胜,在议会中占了多数。次年2月,成立了以祖国党人为主的政府,阿拉比担任陆军部长,议会和政府采取了维护民族独立的政策。经修改后公布的宪法规定,内阁向议会负责,议会有权讨论国家预算,从而削弱了英法的财政监督权。

1882年7月11日英国舰队炮击亚历山大港,以2.5万大军强行登陆,悍然挑起侵埃战争。阿拉比领导军民进行英勇抵抗,9月,英军占领开罗,阿拉比等抗战领袖被俘。埃及人民的抗英战争遭到失败,埃及逐渐处于英国的统治之下。

2. 苏丹马赫迪起义

苏丹是非洲面积最大的国家,1819—1821年被埃及征服。英国控制埃及后,很快将势力渗入苏丹。英国殖民者逐渐取代埃及人,充任埃及政府驻苏丹官员,当上了各省省长直至全苏丹的总督。英国和埃及的双重压迫激起了苏丹人民的反抗。

1881年,爆发了非洲历史上最大的一次反殖民主义的全民起义——马赫迪反英大起义。起义领导者穆罕默德·艾哈迈德。1881年8月他宣布自己是马赫迪(意为救世主),声称要在世上重建真正的信仰和正义。他提出废除苛捐杂税,在真主面前人人平等,号召人民为摆脱外国奴役进行"圣战"。8月12日,起义军在阿巴岛击败了英埃军队。到1885年夏,除沿海的萨瓦金港外,起义军解放了苏丹全境。1885年,马赫迪死后,阿卜杜拉建立了新政权,定都恩图曼。阿卜杜拉自称哈里发,掌握军事、行政和宗教大权,是中央政府的首脑。全国实行统一政令,划全国为20个省,并宣布对破坏国家统一者进行严厉的镇压。

1885—1889年,英国唆使埃塞俄比亚对苏丹发动了进攻。阿卜杜拉虽然打败了这次进攻,但也极大地削弱了自身的力量。英国于1896年3月派出2.5万军队大举进犯苏丹。苏丹军民进行了两年的抵抗后,于1898年4月在阿特巴拉激战中遭到失败。9月2日双方在恩图曼进行了决战,苏丹军队主力几乎全军覆没。1899年11月在英军偷袭中阿卜杜拉牺牲。到1900年1月,起义最后失败。此后,在"英埃共管"名义下,苏丹沦为英国殖民地。

3. 埃塞俄比亚抗意卫国战争

1889 年 5 月 2 日意大利与埃塞俄比亚签订了《永久友好条约》,规定埃塞俄比亚割让北部一部分领土给意大利,为此可得到意大利提供的 3 万支步枪、28 门大炮和 200 万里拉的补偿。条约还规定,埃塞俄比亚与其他列强交涉时,"可以"借助意大利政府的协助。但是意大利政府单方面公布条约时,却把"可以"有意篡改为"必须",并公开宣布埃塞俄比亚已是意大利的保护国。意大利殖民者的卑劣手法和欺诈行为,激起埃塞俄比亚人民的极大愤怒。孟尼利克发表声明,提出抗议,并宣布从 1894 年 5 月 2 日起废除该条约。

1894 年 7 月意大利发动侵略埃塞俄比亚的战争,占领了北部的一些地方。1895 年 9 月孟尼利克发表《告全国人民书》,号召人民团结起来,为抗击侵略、保卫祖国而战。1896 年 3 月双方在阿杜瓦进行决战,埃塞俄比亚军队大败意大利侵略军。意大利被迫求和,双方于 10 月 26 日签订了《亚的斯亚贝巴条约》。意大利无条件承认埃塞俄比亚的完全独立,并赔款 1 000 万里拉。

埃塞俄比亚人民抗意战争的胜利,是帝国主义瓜分非洲时期非洲地区取得的唯一一次卫国战争的胜利,为非洲各国人民的反帝斗争树立了榜样。

七、埃及阿里改革

(一)穆罕默德·阿里改革的主要内容

1805 年,奥斯曼帝国驻埃及军官穆罕默德·阿里夺取了政权,自立为总督,奥斯曼帝国苏丹被迫承认了既成事实。阿里先后击退了入侵的英军和消灭了埃及原来的统治集团马木路克军团,建立了自己的专制统治,史称穆罕默德·阿里王朝。

阿里为巩固其政权进行了全面的改革。政治上铲除马木路克势力,改革行政制度,设立最高国务会议,确立中央集权制。经济上发展农业,没收寺院不动产,实行土地国有,取消包税制,将各种赋税统一为土地税;兴修水利,大力种植棉花,奖励工业,建立纺织厂、造船厂、军火厂等。军事上改组陆军、训练新军,开办步兵学校,从西欧聘任教官;发展海军,建立地中海和红海舰队。文化教育上,兴办各类专科学校和外语学校,翻译外国科技书籍,往西欧国家派送留学生。改革奠定了埃及近代机器工业的基础,增强了埃及的国力。

(二)埃及的对外战争

从 19 世纪初期起,埃及不断对外用兵,先后占领了苏丹、叙利亚和黎巴嫩等地。19 世纪 30—40 年代埃及为对外扩张而与土耳其进行了两次战争,史称土埃战争。

1. 第一次土埃战争(1831—1833 年)

1824 年土耳其苏丹马赫默德二世以叙利亚和克里特岛为诱饵,要求埃及总督协助出兵镇压希腊起义军。战后苏丹食言。1831 年穆罕默德·阿里派军攻入叙利亚。次年 7 月,土埃军队在霍姆斯激战,土军惨败。埃军进入土耳其境内,并不顾列强干涉,攻占屈塔希亚,进入伊斯坦布尔。1833 年 3 月,俄国出兵援助土耳其。埃及被迫在英法斡旋下,同土耳其签订《屈塔希亚协定》,规定:恢复埃及总督穆罕默德·阿里对埃及、叙利亚、克里特岛及阿拉伯半岛等地区的统治权;埃及军队撤出土耳其;阿里承认土耳其苏丹的宗主权。

2. 第二次土埃战争(1839—1841 年)

第一次土埃战争后,埃及积极谋求独立,引起欲进一步控制东方的英国恐慌,在其策动下,1839 年土军开始进攻埃及。同年 6 月,土埃军队在努赛宾决战,土军溃败。1840 年 11 月,英军占领阿克要塞,切断埃及同叙利亚的联系。穆罕默德·阿里被迫同意撤军,同英国签订《英埃协定》,规定:埃及承认土耳其的宗主权,每年将收入的 1/4 上交土耳其;总督一职由穆罕默德·阿里家族世袭,并由最年长者继承,阿里保留对埃及和苏丹的统治权;埃军缩减至 1.8 万人,关闭造船厂;接受 1838 年签订的《英土商约》,该商约规定,允许英国商人在奥斯曼帝国境内(包括埃及)自由贸易,实行低关税制,只对进口商品征收 5% 的关税,对出口商品征收 12% 的关税。1841 年初,土耳其苏丹颁布赦令,重新确定同埃及的主从关系。此战使埃及在阿拉伯地区的势力丧失殆尽,从此走上了半殖民地的道路。

八、土耳其坦志麦特

(一)坦志麦特

1839—1871 年间土耳其改革派为巩固奥斯曼的统治而实行的资产阶级改良主义运动。坦志麦特是土耳其文 Tanzimat 的音译,意为改革或改良。1839 年土耳其在土埃战争中失利,苏丹阿卜杜勒·迈吉德一世采纳改革派建议,实行改革。

1839 年 11 月,苏丹阿卜杜勒·迈吉德一世在首都的托普卡帕宫玫瑰园正式宣读了由雷希德起草的《御园赦令》(又称花厅御诏),宣布保证帝国臣民人身财产安全,保障人的名誉和尊严,废除租税包收制,实行公审制,帝国臣民不分信仰、教派在法律面前人人平等。

1856 年土耳其及其西欧联军在克里米亚战争中击败俄军,土耳其重新开始改革。同年,苏丹颁布《帝国诏书》,该诏书重申了 1839 年《御园赦令》的各项原则及内容,同时宣布废除人头税,非穆斯林臣民可以服兵役和携带枪支。

根据《御园赦令》和《帝国诏书》,在苏丹的支持下,改革派大臣推行了以法制改革为中心的改革,先后颁布了新刑法、新民法、商业法、海上法、土地法、省区行政法等,陆续实施了一系列改革措施:按照法国模式,改造金融系统、发行纸币;实行征兵制,规定服役期限;改革民法和刑法;设立公共教育委员会,开办第一批现代大学和科学院;废除对非穆斯林征收的人头税、允许非穆斯林参军,给予他们在省和市镇议会中的代表权;改善行政管理,扶持工商业发展;规定国歌和国旗;允许外国人购买土地。

1869—1871 年改革派主要领导人相继去世,同时由于此次改革以法国为蓝本,随着普法战争中法国的失败,土耳其改革运动逐渐停止。

(二)改革影响

坦志麦特的改革措施逐渐产生了深远的影响。各种新法律的颁布奠定了奥斯曼帝国世俗生活领域的法律基础;新式军队、新式银行、新式学校开始出现;非穆斯林的地位有所改善;根据土地法,土地私有权得到承认,一个稳定的地主阶级开始出现。一些犹太人有权购买巴勒斯坦的土地,开辟了犹太复国主义运动。新式学校造就了一批受过欧式教育、具有自由主义和民族主义思想的年轻人,其中包括穆斯塔法·凯末尔等未来的青年土耳其党人。

九、日本明治维新

(一)明治维新的背景

1. 西方列强的入侵

1853 年 7 月和 1854 年 2 月,美国海军准将培理率领舰队两次强行驶入江户湾的浦贺港,在美国的武力胁迫下,德川幕府接受了开港要求,于 1854 年 3 月在神奈川(今横滨)签订了《日美亲善条约》。日本被迫同意开放下田、函馆两港口,美国船只可以在这两个港口补给煤、水,并得到粮食等物品的供应。条约还允许美国在上述两港派驻领事,并享有最惠国待遇。不久,英、俄、荷等国援例而至,也和日本政府签订了类似条约。

1858 年 7 月(安政五年),美国又强迫日本政府签订了《日美友好通商条约》。这个条约规定除下田、函馆外,增开神奈川、长崎、新潟、兵库四个港口和江户、大阪两个城市,并给予美国领事裁判权、议定关税权、建居留地权和自由贸易权等特权。接着荷、俄、英、法等国又援例强迫日本签订类似条约。因这些不平等条约均签订于安政五年,故通称"安政五国条约"。

2. 尊王攘夷

迫在眉睫的民族危机以及中国在鸦片战争后的危机,使得一些改革派武士担忧日本的前途。他们提出"尊王攘夷"的口号,主张恢复天皇权威,改革幕政,驱逐外国势力。他们的代表人物有绪方洪庵、佐久间象山、桥本左内和吉田松阴等。吉田松阴在从事政治活动之余还成立"松下村塾",从事讲学。

最初,"尊王攘夷"派并不想推翻幕府,只希望幕府能够拥戴天皇,驱逐西方入侵者。但是在幕府签订《安政条约》后,尊攘派吉田松阴等与萨摩藩改革派西乡隆盛等开始密谋倒幕,事泄被捕。1859 年,主持幕政的大老井伊直弼处死吉田松阴等 7 人,流放了西乡隆盛,监禁了 100 多人,死者达 1/4,史称"安政大狱"。大迫害促使尊王攘夷运动走向激化。

3. 倒幕运动

19 世纪 30—40 年代,为摆脱危机,幕藩统治者相继进行改革,因正值天宝年间(1830—1843 年),史称天宝改革。西南四藩(长州、萨摩、土佐、肥前)的藩政改革以整顿财政和富国强兵为目标,鼓励发展商品经济,奖励西学,采用西式军事技术,缓和武士和农民的经济困境等。这些改革强化了西南四藩的经济军事实力,对日后倒幕运动有重大影响。幕府也进行了幕政改革,但其措施引起各阶层的不满,改革失败。

高山晋作(1839—1867 年)掌握了长州藩政之后,组织了第一支革莽武装——"奇兵队"。这是由武士、豪农豪商、农民、渔民、猎人、僧侣等组成的新型队伍。长州藩成了倒幕运动的基地。在此情况下,幕府决心粉碎这个基地。在 1864—1866 年间一共两次前往征讨,但是第二次征讨以失败而终。幕府征讨长州的失败,大大鼓舞了反幕府的各藩。它们纷纷联合起来,形成了萨摩、长州、土佐和安艺的同盟。木户孝允、大久保利通、西乡隆盛等人成为萨长倒幕派的领导核心。另外,倒幕派放弃了攘夷的口号,英国转而支持倒幕运动。

4. 戊辰战争

1866 年底,反对倒幕派的孝明天皇突然去世,由 14 岁的睦仁继位,是为明治天皇(1867—1912 年在位)。萨长倒幕派与宫廷倒幕派岩仓具视等公卿联合起来,获得天皇的"讨幕密诏"。1868 年(戊辰年)到 1869 年,倒幕派派军队先后战胜幕府军队和东北地方的叛乱诸藩。这场历时一年多的国内战争史称"戊辰战争"。统治日本长达 265 年的德川幕府最终结束,天皇制重新确立。

(二)废除封建制度的各项改革

在 1868 年 4 月,睦仁天皇宣布了新政府的政治纲领《五条誓文》。誓文表现了新政府改革封建旧制度和积极向西方学习的决心。7 月,新政府宣布改江户为东京,确定东京为日本首都,9 月,定年号为明治。明治政府采取了一系列果断的措施,在政治、经济和社会等方面废除封建制度,实施改革:

1. 奉还版籍与废藩置县

1869 年,新政府利用在戊辰战争中获得全面胜利的有利形势,诱使各藩藩主自动"奉还版籍"于朝廷,把藩主变为藩知事,剥夺了他们对土地和人民的领有权。1871 年又以武力为后盾,宣布"废藩置县",免除全国各藩知事的职务,一律迁往东京居住;废除藩制,把全国划分为 3 府 72 县,由中央政府任免知事。这就一举夺得地方政权,消灭了封建割据,形成中央集权的统一国家,并在事实上废除了封建领主土地所有制。

2. 改革身份制度与取消武士特权

在"奉还版籍"时,明治政府废除了公卿之称,改为华族,一般武士改为士族。1872 年,正式确定皇族、华族、士族和平民的身份制,农、工、商和贱民一律称为平民,并宣布"四民平等",允许居住、迁徙、择业、婚姻等自由。随后,又逐渐剥夺了旧统治等级所享有的各种特权:统治权、封建财产权、垄断军职的特权和武士对平民"格杀勿论"的特权。1876 年,明治政府向武士发放"金禄公债",赎买了武士所享有的俸禄。这样,武士作为一个特权等级被消灭了。

3. 改革土地制度与实施新地税

在废除封建领主土地所有制的同时,新政府又着手确定土地所有权。1868 年,政府宣布:"各村之地面均应作为农民占有之土地。"1872 年明令解除幕府禁止土地买卖的禁令,并在全国丈量土地,发给土地的实际所有者以土地执照,确认其土地所有权。接着,明治政府在 1873 年发布"地税改革法令",规定按照政府确定的地价每年征收 3% 的地税和 15% 的附加税,不因年景的丰歉而增减。地税一律用现金缴纳。

上述一系列土地改革措施,使日本的土地所有制发生了革命性变革,幕藩封建领主的土地所有制被彻底废除,自耕农和新地主成为合法的土地所有者,大体上确立了适应资本主义发展的近代土地所有制。明治政府实行的土地税制也属于近代税制,地税额虽不下于封建时代的贡租,但却成为明治政府初期资本原始积累的重要来源。

(三)明治政府的建国三大政策

1871 年 11 月,政府派出一个由岩仓具视为正使,木户孝允、大久保利通、伊藤博文为副使的大型使节团前往美国和欧洲各国。使团的使命是谈判修改条约,同时对西方进行全面的考察。使团用 1 年 9 个月的时间访问了欧美 11 个国家。尽管谈判修改条约一事未获结果,但是使团成员目睹了欧美的现代设施和制度,明确了日本向西方学习的具体内容。大久保利通等人归国后主持朝政,全面推进国家的现代化建设。他们的措施可以概括为"殖产兴业"、"文明开化"和"富国强兵"三大政策。

1. 殖产兴业

明治政府实行殖产兴业政策的具体内容就是运用国家政权的力量,以各种政策为杠杆,用国库资金来加速资本原始积累过程,并且以国营军工企业为主导,按照西方的样板,大力扶植日本资本主义的成长,大力扶植日本工业的成长。

1870 年 12 月成立工部省,作为全面负责推行殖产兴业政策的领导机关。工部省首先接管了幕府和各藩经营的矿山和工场,创办了官营企业,引进西方先进的生产技术和设备,并且兴建铁路。1873 年 11 月又成立内务省,与工部省配合,共同推行殖产兴业政策。内务省利用国家资金,创办了千住呢绒厂、新町纺纱厂和爱知纺纱厂等近代化的"模范工厂"。其目的是让它们起示范作用,以推动私人资本主义工业的发展。

为了加速工业化的进程,政府在 1880 年又发布"官业下放令",把官营企业转让给与政府有密切联系的、享有特权的大资本家。这标志着日本的"殖产兴业"政策的根本性转变,它放弃了以国营企业为主导的资本主义工业化方针,转而实行大力扶持和保护私人资本主义的方针。由于政府的大力扶持和保护,从 80 年代中期起,在日本出现了早期工业革命的热潮。它几乎扩展到一切主要产业部门,特别是以纺织业为中心的轻工业部门发展得异常迅猛,经过 10 年左右的时间,近代大工业便首先在这一部门占有了统治地位。

2. 文明开化

文明开化是明治政府在 19 世纪 70—80 年代推行的学习西方资本主义国家的教育、文化科学、生活方式等,借以改造日本封建文化,建立资本主义精神文明的文化运动。教育改革在文明开化运动中占有非常重要的地位。明治政府建立文部省,颁布教育改革文件《学制》,建立了包括小学教育、中学教育、实业教育和高等教育的近代学校体系,并努力在全民范围内普及初等教育。

在政府的文明开化政策影响下,一些洋学家和思想教育界名流于 1873 年(明治六年)成立了研究和传播西方民主思想的学术团体——"明六社",创办机关刊物《明六杂志》,积极宣传改革思想,提倡自由主义、欧化主义,对日本人民进行启蒙教育。明治政府还采取一系列具体措施,如"改历"、"易服"、"剪发"等,倡导西方人的生活方式。

3. 富国强兵

富国强兵是明治维新的总目标。在军队建设方面主要是取消旧的军制及建立新的军制。提出军制改革的是山县有朋。军制改革的主要内容便是模仿西方,实行征兵制,建立新式的常备军。1872 年颁布征兵诏书和 1873 年颁布征兵令,标志着建设新军的开始。实行征兵制就是军制上的革命,就是取消封建武士军队,剥夺武士垄断军队的特权,从民众中征兵,建立资产阶级军队。1878 年颁布的《军人训诫》要求军人把天皇当做神来崇拜,并且以提倡"忠君"、绝对服从、不怕死的"武士道"精神作为军人的行为准则。富国强兵政策的贯彻,使日本在明治维新后不久,就走上了疯狂的对外侵略的道路。

(四)明治维新的意义与局限性

明治维新取得的积极成果主要是:(1)它实现了社会形态的更替,使日本社会由落后的封建历史发展阶段过渡到资本主义的阶段,并在这个基础上使日本仅用半个世纪的时间就发展成为先进的资本主义国家;(2)它为日本摆脱沦为半殖民地的危机创造了条件,使日本成为亚洲唯一能够继续保持民族独立的国家。因此,明治维新基本上完成了民主和民族革命的任务,扭转了日本民族的历史命运,是日本历史上具有重大进步意义的事件。

但是,明治维新也有其消极的一面。这首先表现在,日本虽然经历了一次深刻的社会变革,但在政治、经济和意识形态中仍保留了大量的封建残余,如天皇制,半封建的地主土地所有制等。因此,作为一次资产阶级革命,它又是不彻底的。其次,正是由于上述原因,日本虽然通过明治维新顺利地摆脱了沦为半殖民地的危机,但却迅速地走上了侵略和压迫其他民族的道路,成为一个新兴的帝国主义国家。

(五)西南战争与自由民权运动

岩仓使团出访期间,留守主政的西乡隆盛、板垣退助等主张武力胁迫朝鲜开国。大久保利通归国后则为明治政府确立了"内治优先"的方针,"征韩派"被迫辞职下野。大久保利通等萨摩、长州两藩的改革派占据了政府要职,形成藩阀专权的局面。下野的"征韩派"极为不满,形成了两种不同的抗议运动。

西乡隆盛辞官回乡,在鹿儿岛开办私学,在各地设立分校,1877 年,鹿儿岛县抵制地税改革、废除俸禄等中央政策,最终导致了近 3 万武士参加的反抗政府的战争。因鹿儿岛地处日本西南,史称"西南战争"。明治政府派出 6 万大军,费时 7 个月才将武士叛乱平定。叛军的精神领袖西乡隆盛自杀身亡。

另外一些下野的士族知识分子则领导了旨在革除藩阀专制、争取代议制度的自由民权运动。自由民权运动是 19 世纪 70—80 年代日本士族知识分子领导的资产阶级民主运动。1874 年,板垣退助等人联名上书天皇,建议设立民选议院。请愿获得了广泛支持,引发了自由民权运动。在请愿运动中,板垣退助等人创建了日本历史上的第一个现代政党"自由党"。更温和的民权派随后也建立了"立宪改进党"。明治政府一方面作出了让步,对地方政府进行改革,设立了由选举产生的府县会议。府县会议享有地方立法权及决定地方税收和财政预算的权利。另一方面用收买党魁和挑拨离间的方法使民权派陷入分裂。到 80 年代中期,自由民权运动最终瓦解。

自由民权运动对日本政治的发展产生了广泛影响,运动期间日本产生了最早的政党,建立了地方代议机构,奠定了地方自治的基础;迫使天皇政府走上立宪道路。

（六）《大日本帝国宪法》

在自由民权运动的冲击下，明治政府任命伊藤博文负责起草宪法。经过近 10 年的准备，明治天皇于 1889 年颁布了《大日本帝国宪法》，亦称"明治宪法"。这部宪法是以德国宪法为蓝本制定的，它规定天皇作为国家元首是神圣不可侵犯的，天皇享有广泛的权力，包括召开和解散议会、批准法令、任免官吏、对外宣战与媾和、统帅陆海军等。国家立法权属于由贵族院和众议院组成的帝国议会。贵族院由皇族、华族和"敕选议员"组成，众议院由选举产生。根据宪法，只有缴纳直接国税（地税和所得税）15 日元以上、年满 25 岁的男子才有选举权。在 1890 年第一次选举时，选民仅占全国人口的 1.24%。议会的立法必须经天皇批准方能生效。财政预算案由内阁提出，如果被议会否决，政府可按上一年预算行事。由国务大臣组成的内阁对天皇负责，对议会只负有"道德上"的责任。其中，陆海军大臣有权直接上奏天皇。天皇身边还设有一个枢密院，它由天皇敕选的"元老"、"重臣"组成，名义上它是天皇的咨询机构，实际上是最高决策机关。宪法还规定了"臣民"在"法律范围内"的一些基本人权，包括言论、集会、出版、结社、信教、迁徙等自由，以及担任公职和非依法律不受逮捕、监禁、处罚等权利。

明治宪法是明治维新的重要成果。它是东亚地区的第一部宪法，规定了人民的某些基本权利，并确立了立宪君主制。但是日本没有实现男子普选权，没有实行对议会负责的责任内阁制，权力重心仍握在官僚寡头和军阀手中。

十、20 世纪初亚洲的觉醒

（一）伊朗立宪革命（1905—1911 年）

1905—1911 年的伊朗资产阶级革命。19 世纪中叶以后，伊朗沦为俄、英等帝国主义国家的半殖民地。在 1905 年俄国革命的影响下，德黑兰、大不里士等地的工农群众在年底成立革命民主组织和志愿部队，掀起强大的人民运动。国王穆扎法·厄丁在 1906 年 1 月宣布召开议会。10 月召开第一届议会并制定了宪法，规定伊朗为君主立宪制国家。1908 年 6 月，穆罕默德·阿里在德黑兰发动政变，大肆屠杀革命者。1909 年 7 月，北方革命部队联合反国王的诸汗的军队攻克德黑兰，推翻阿里的统治，召开第二届议会，建立了由自由派地主和资产阶级组成的新政权。1911 年底，英俄军队分别镇压了南部和北部的革命运动，12 月德黑兰发生反革命政变，革命失败，卡扎尔王朝又恢复了统治。这次革命推翻了君主专制政权，建立了君主立宪政体，动摇了封建制度，成为 20 世纪初亚洲民族解放运动高潮的重要组成部分。

（二）印度的自主自产运动（1906—1907 年）

印度总督寇松统治期间（1899—1905 年），为了巩固英国对印度的统治，他承袭了传统的"分而治之"的殖民统治原则。1905 年，他公布了把孟加拉省划分为两个行政管理区的法令。导致孟加拉民族内部不和的是阶级和宗教因素。在东孟加拉，上层统治阶级多信奉印度教，而占人口大多数的被奴役的农民则信奉伊斯兰教。西孟加拉的情况则完全相反。寇松把孟加拉分为东西两个行政实体，正是利用复杂的阶级和民族矛盾，煽动印度教徒和伊斯兰教徒之间的矛盾，破坏和分裂孟加拉民族的团结。

当孟加拉和全印度人民反对孟加拉分治运动展开时，提拉克在 1906 年国大党年会上提出了自主、自产、抵制英货和民族教育等四大纲领，并获得通过。自主是政治目标，即建立美国或法国式的民主共和国；自产是经济独立要求；抵制英货是新的斗争手段；民族教育为精神文明建设，重在启迪民族意识的复苏。这四大纲领成为民族斗争的旗帜。但是在国大党内，温和派领袖把自主权理解为有限的自治，而提拉克为代表的激进派则认为自主意味着完全独立。激进派是自主自产运动中的主要领导力量，他们在孟加拉、孟买和旁遮普等地进行了广泛的宣传和组织工作，形成了 1906—1907 年全国性的自主自产运动高潮。1907 年 12 月，在印度西部小城苏拉特举行的国大党年会上，两派发生公开冲突。后来争论发展到斗殴，警察帮助温和派将激进派驱逐出会场。年会决定终止自主自产运动。

（三）青年土耳其革命（1908—1909 年）

1908—1909 年的土耳其资产阶级革命。在俄国 1905 年革命的影响下，团结进步党（通称青年土耳其党）于 1907 年底在巴黎召开土耳其各资产阶级革命组织的联合代表大会，通过反对苏丹专制统治、建立君主立宪制的斗争纲领，决定在国内发动武装起义。1908 年 6 月 28 日青年土耳其党人在马其顿地区建立第一支游击队。从 7 月 3 日起，各地游击队相继出动，以恢复 1876 年宪法为号召向中心城市进军，沿途得到当地居民和驻军的热烈响应。7 月 23 日革命军开进马其顿首府萨洛尼卡和其他一些大城市，迫使苏丹哈米德二世连夜签署诏书，宣布恢复宪法，重开国会。革命取得初步胜利后，青年土耳其党人满足于在立宪制度下与苏丹和旧官僚分享政权,实行某些有利于资产阶级的上层改革。1909 年 4 月反动分子发动叛乱,青年土耳其党人在率军平定叛乱后,废黜了哈米德二世,立穆罕默德五世为苏丹,同时组织新政府接管了全部政权。新政权上台即同封建势力和帝国主义达成妥协,实行反人民的政策。这次革命虽然是一次不彻底的资产阶级革命,但它唤醒了土耳其人民的民族意识,有助于民族解放运动的进一步开展。

本章重、难点提示

一、重点掌握名词

三角贸易	《顺化条约》	《御园赦令》
海地革命	《江华条约》	《帝国诏书》
伊达尔哥	甲午农民战争	安政五国条约
多洛雷斯呼声	菲律宾联盟	安政大狱
伊瓜拉计划	卡蒂普南	天宝改革
玻利瓦尔	《破石洞条约》	倒幕运动
圣马丁	印度国民经济学派	戊辰战争
阿亚库乔战役	印度国民大会党	废藩置县
大地产制	提拉克	殖产兴业
考迪罗	英国东印度公司	文明开化
门罗宣言	法绍达事件	明六社
泛美主义	英布战争	富国强兵
胡亚雷斯改革	欧洲内阁	西南战争
巴拉圭战争	祖国党	自由民权运动
《普拉特修正案》	马赫迪起义	《大日本帝国宪法》
巴布教徒起义	穆罕默德·阿里改革	伊朗立宪革命
印度民族大起义	土埃战争	自主自产运动
《改善印度管理法》	坦志麦特	青年土耳其革命
《西贡条约》		

二、论述题

1. 概述大西洋奴隶贸易及其影响。参见本章一。
2. 概述拉丁美洲西班牙殖民地的独立战争。参见本章二、(三)。
3. 简述墨西哥胡亚雷斯改革。参见本章三、(四)。
4. 概述 19 世纪中后期亚洲反殖民斗争。参见本章四。
5. 概述 19 世纪中后期非洲反殖民斗争。参见本章六、(三)。
6. 简述埃及阿里改革的主要内容及其影响。参见本章七。
7. 简述土耳其坦志麦特改革的主要内容及其影响。参见本章八。
8. 简述日本明治政府废除封建制度的各项改革。参见本章九、(二)。
9. 论述日本明治政府的建国三大政策。参见本章九、(三)。
10. 论述日本自由民权运动及其影响。参见本章九、(五)。
11. 简述明治宪法的主要内容及其影响。参见本章九、(六)。

第四章 近代欧洲国际关系与第一次世界大战

考点详解

一、三十年战争与威斯特伐利亚和约

（一）三十年战争

三十年战争的起因是捷克人反抗神圣罗马帝国哈布斯堡王朝的统治。1618年神圣罗马帝国皇帝任命天主教徒斐迪南为捷克国王，引起捷克新教贵族的强烈反对。他们采取暴力手段进行抵制，冲入皇帝在布拉格的行宫，按当地惩罚叛逆的习俗，将皇帝派来的两名使节从窗户扔了出去。这一著名的"掷出窗外事件"成为三十年战争的导火索。

最初战争仅限于德意志境内，皇帝及支持他的天主教诸侯与新教诸侯两大集团之间作战。但是不久丹麦、尼德兰、瑞典、法国、西班牙等国相继加入战争，英国、俄国、教皇和波兰等则因支持不同的集团而纷纷介入，三十年战争遂演变为国际战争。三十年战争一般被分为四个阶段：波希米亚阶段（1618—1623年），丹麦阶段（1625—1629年），瑞典阶段（1630—1635年），瑞典—法国阶段（1635—1648年）。1648年，交战各方经过协商共同签署了《威斯特伐利亚和约》，从而结束了三十年战争。

（二）威斯特伐利亚和约

和约主要致力于解决三个问题。首先是领土问题。瑞士和荷兰不再属于神圣罗马帝国，成了独立国家，不再对帝国承担法律义务。法国获得了洛林和阿尔萨斯，占据了布雷萨克和菲利普斯堡，满足了天然疆界的要求。瑞典得到了波美拉尼亚的西半部和维斯马城以及不来梅、费尔登两个主教辖区。瑞典由此控制了德国奥得河、威悉河的入海口和波罗的海、北海沿岸的重要海港。在帝国内部，勃兰登堡得到了波美拉尼亚东部和马德堡大主教辖区的大部，奠定了日后普鲁士崛起的根基。巴伐利亚由于在战争中作为天主教同盟首领的重要地位得到了帕拉丁，取得了选帝侯的地位。

其次是宗教问题。和约重申了《奥格斯堡宗教和约》的"教随国定"原则，每个德意志邦都有权决定其宗教信仰。加尔文教也获得了和天主教、路德教同等的地位。和约还否定了"归还教产赦令"的有效性，恢复1624年的地产占有状况。和约实际上解决了宗教和教会在国家生活中的地位问题，它第一次根据世俗原则而非宗教原则解决争端，这是长期以来欧洲政治世俗化的重要成果。

最后是确定德意志国家的体制。实际上承认了三百多个德意志邦成为主权国家。各邦可以独立地实施外交和缔约权。皇帝不经由境内所有主权国家组成的帝国议会同意，不能立法、征税、招兵、宣战或媾和。

《威斯特伐利亚和约》开创了通过国际会议解决国际争端的先例，重新划定了欧洲大国的边界。哈布斯堡王朝和西班牙蒙受重大损失，法国成为最大的赢家，为其此后维持了两个世纪的欧洲霸主地位打下了基础。《威斯特伐利亚和约》第一次正式承认了加尔文教的合法地位，同时确定了新教与天主教权利平等的原则，罗马教皇"唯我独尊"的地位从此一去不返。

（三）现代国际关系原则

三十年战争和《威斯特伐利亚和约》在国际关系史上是一个划时代的事件。《和约》确定了一些现代国际关系原则，对欧洲国际体系的建立和欧洲未来的政治经济秩序影响深远。首先，它开创了一个先例，即以"会议"解决争端。其次，《威斯特伐利亚和约》明确规定了现代国际关系的重要法律原则，确定了国家主权的平等。第三，《威斯特伐利亚和约》首次创立并确认了条约必须遵守和对违约的一方可施加集体制裁的原则。第四，罗马教皇神权统治体制的世界主权论被打破。主权是国家的属性，国家主权的统一性、不可分割性和独立性的国家主权学说和观念得到进一步的发展和认同。这就否认和打破了罗马教皇神权统治体制的世界主权论，使国际关系中的世俗化倾向加强了。第五，世俗专制的封建王权体制得到了加强，其中，在法国体现得最为明显。最后，和约还确立了外交常驻代表机构的制度，为主权国家间经常性的政治经济交往提供了制度上的便利。

二、维也纳会议与欧洲国际体系

（一）维也纳会议与《最后议定书》

从 1814 年 10 月到 1815 年 6 月，列强在维也纳召开了全欧的国际会议，旨在恢复欧洲的秩序和重新划定各国的边界。出席这次盛会的 216 人都是王公重臣，其中有沙皇亚历山大一世、普鲁士国王腓特烈·威廉三世、奥地利皇帝弗朗西斯一世和他的宰相梅特涅、英国外交大臣卡斯尔累勋爵以及法国外交大臣塔列朗。会议由梅特涅主持，但是从未真正召开过正式会议和全体大会，所有重大事务主要由列强五国（俄、英、奥、普、法）协调决定。面临拿破仑东山再起的危险情势，列强于 1815 年 6 月 9 日匆忙通过了《最后议定书》，结束了维也纳会议。

《最后议定书》依据正统主义、遏制和补偿三原则重新规划了拿破仑战争后的欧洲，重建欧洲的均势与和平。主要内容如下：

第一，恢复欧洲许多国家封建王朝的统治。法国、西班牙、那不勒斯的波旁王朝、葡萄牙的布拉冈扎王朝以及德意志、意大利各邦的王朝都复辟了。罗马教皇也恢复了"自己的统治"。

第二，为了几个大国的利益，任意处置欧洲及海外领土。波兰遭到第四次瓜分：华沙大公国的大部分领土为沙俄所得，波兹南和格但斯克留给普鲁士，加里西亚仍归奥地利。沙俄继续占有芬兰和比萨拉比亚（罗马尼亚领土），但由于瑞典失去芬兰，就把挪威划归瑞典作为"补偿"。普鲁士得到萨克森的 2/5 的领土及其他一些邦的土地，结果使疆界扩大到莱茵河左岸和波罗的海南岸。英国取得马耳他岛，原法属多巴哥、圣卢西亚、毛里求斯等地，并且从荷兰人手中夺得南非开普敦殖民地和锡兰岛（斯里兰卡），从而控制了通往东方的战略要地，确立了它的世界殖民地霸权地位。

第三，建立德意志邦联，这个邦联由德意志 34 个邦和 4 个自由市（汉堡、不来梅、吕贝克和美因河上的法兰克福）组成，奥地利代表主持邦联会议。这个邦联是一个不折不扣的松弛的政治联盟，各邦享有独立的主权。

第四，维持意大利的分裂局面，并把它的大部分土地置于奥地利的主宰之下。奥地利取得了伦巴底和威尼西亚。以托斯坎纳大公国为奥地利斐迪南大公的世袭领地，以莫德纳公国为奥地利哈布斯堡家族出身的德埃斯特大公的世袭领地，以帕尔玛公国为前法兰西帝国皇后玛丽·路易丝的终身领地。撒丁王国收回萨伏依和尼斯二省，并且合并了热那亚。

决议还规定，将奥属南尼德兰（今比利时）与荷兰合并成尼德兰王国。瑞士作为永久中立国。

（二）《第二次巴黎和约》

拿破仑"百日"政权倒台后，1815 年 11 月 20 日反法同盟诸国与法国订立了《第二次巴黎和约》。据此，法国从 1792 年时的边界恢复到 1790 年时的边界，割出了菲利普维尔、萨尔布吕肯和尚贝里等地。同时还要交出全部兵舰，退还拿破仑从各国抢去的艺术品，赔款 7 亿法郎。偿清赔款前，同盟各国军队占领其军事要塞 3—5 年。

（三）神圣同盟与四国同盟

1. 神圣同盟

为了维护欧洲的封建专制制度和基督教教义，保持维也纳体系的长久稳定，1815 年 9 月 20 日，沙皇亚历山大一世、奥皇弗朗西斯一世与普王威廉三世在巴黎签订了《神圣同盟条约》。规定：参加同盟的国家要以基督教教义作为他们行动的唯一准则；三国根据基督教教义结成"真正的、牢不可破的"友谊关系，互相保证欧洲的正统统治。这个条约既未规定有效期限，也不受任何约束，具有宗教意味，故称"神圣同盟"。到 1815 年底，除了英国、罗马教皇国和奥斯曼土耳其外，其他欧洲国家都签字加入了"神圣同盟"。俄国和奥地利在"神圣同盟"中居于领导地位。

2. 四国同盟

1815 年 11 月 20 日在签订《第二次巴黎和约》的同时，根据英国的建议，英、俄、奥、普签订了《四国同盟条约》。四国同盟主要是针对法国，条约规定：维护《第二次巴黎和约》；任何一方如遭到法国攻击，各盟国将出兵 6 万人加以援助；缔约国为了本国的安定和繁荣，为了维持欧洲和平，定期召开会议；条约有效期为 20 年。这是一个军事同盟条约，目的是反对拿破仑家族在法国的统治，反对法国对欧洲政体均势构成威胁。四国同盟成了神圣同盟的补充。1818 年法国偿清赔款后，也加入了同盟。

（四）欧洲协调体制

《四国同盟条约》中规定，为了保证条约的执行和大国之间的协调一致，缔约国同意定期举行会议。这为欧洲协调的运行奠定了基础。欧洲协调的尝试体现在四次会议上。

1. 亚琛会议

欧洲协调的第一次会议定于 1818 年 9 月在德意志的亚琛召开。这次会议是应法国的要求召开的,是维也纳会议后各大国的第一次大聚会,俄、奥、普、英、法五国代表参加了会议。亚琛会议的主要议题是盟国占领军从法国撤退的问题。

大会一致同意了盟国撤军以及法国赔款的解决方案。10 月,各国签订了《亚琛条约》,各国接受了法国的建议,同意提前撤军。11 月,英、俄、奥、普四国发表联合声明,邀请法国参加四国同盟,法国表示同意。这样四国同盟就扩大为五国同盟。旧的四国同盟体现着战胜国对战败国的国际制裁,而新的五国同盟则具有持久同盟的性质,目的在于保持欧洲的协调。

2. 特洛波会议

梅特涅于 1820 年 10 月召集了第二次国际会议——特洛波会议。11 月 19 日,俄、普、奥签订了《特洛波议定书》,议定书规定:因革命而政权更迭的国家一律被排斥于"欧洲协调"之外;如出现改变现状而危及"欧洲协调"的成员国时,缔约国负有责任使破坏现状的国家回到"欧洲协调"内,必要时不惜使用武力。但是,英法都不赞成梅特涅干涉意大利革命。特洛波国际会议第一次破坏了四国同盟条约中所规定的大国会议协调一致原则,"欧洲协调"也开始变得不协调了。

3. 莱巴赫会议

1821 年 1 月—3 月,俄、普、奥、英四国在莱巴赫召开了第三次国际会议,同时邀请了那不勒斯国王参加。这次会议是特洛波会议的继续。在会议上,俄、普不遗余力地支持奥地利武装干涉意大利革命,但英国反对。英国和俄、普、奥三国之间的分歧和裂痕越来越大了。奥地利在俄、普的支持下,派出了一支军队,很快平定了那不勒斯革命,恢复了正统统治。

4. 维罗纳会议

为了对付西班牙革命,1822 年 10 月,欧洲协调体在意大利召开了第四次国际会议:维罗纳会议。会议上法国要干涉西班牙革命,除英国以外各国都表示支持。最后结局是法国派出军队平息了西班牙革命。维罗纳会议上关于干涉和不干涉别国内政的对外政策的大辩论,以主张干涉的四大国胜利,英国失败而告终。这一结果使以大国为主导的欧洲协调体制破裂了。维罗纳会议以后,欧洲列强再也没有举行过类似的会议来商议欧洲的重大问题。

三、两大军事同盟

(一) 三皇同盟

普法战争后,欧洲国际关系出现了新的格局:惨败的法国失去了在西欧和中欧大陆的霸权地位,而德意志帝国崛起,成为欧洲举足轻重的强国。由此,欧洲形成了一种五个大国之间的真正均势:德国、法国、奥匈、俄国和英国都保持独立的地位,谁也没有强大到足以支配其他的大国。此后 40 余年,欧洲没有发生大国间的战争,各大强国都把精力转向海外扩张。

在俾斯麦以及奥匈和俄国外交大臣的策划下,德国、奥匈和俄国结成了"三皇同盟"。1872 年,奥匈皇帝弗朗茨·约瑟夫和俄国沙皇亚历山大二世出访柏林,会见德国皇帝威廉一世。三国外交大臣相互协商。1873 年俄国和奥匈两国皇帝在维也纳郊区兴勃隆宫签订了一项政治协定,即《兴勃隆协定》。同年 10 月,威廉一世来到维也纳,加入《兴勃隆协定》。协定的内容主要是:维持欧洲既成的疆界;遏制革命运动;发生国际争端时相互磋商。

三皇同盟表面上是一个欧洲保守势力的神圣同盟,实际上是为了实现两个目的:孤立德国的敌人法国,协调奥匈与俄国在巴尔干的关系。与 1815 年建立的神圣同盟一样,三皇同盟也是一个松散的同盟,没有真正的约束力。1878 年"三皇同盟"条约到期,但没有续订。80 年代初,德俄关系一度出现缓和,三皇同盟在 1881 年和 1884 年曾分别续订。

(二) 1878 年柏林会议

19 世纪 70 年代初,巴尔干半岛的大部分地区处在奥斯曼帝国的统治之下,民族关系十分复杂,其中斯拉夫人居多数。罗马尼亚、塞尔维亚及门的内哥罗已获得自治地位,但名义上仍属奥斯曼帝国统治。

1875—1876 年,巴尔干半岛的黑塞哥维那、波斯尼亚、保加利亚先后爆发反抗土耳其统治的起义。起义遭到土耳其的残酷镇压。奥匈和俄国设法协调,要求土耳其改革,遭到拒绝。1877 年,俄国向土耳其宣战。1878 年,俄军逼近土耳其首都君士坦丁堡,土耳其被迫与俄国签订《圣斯特法诺和约》。和约规定:土耳其承认门的内哥罗、塞尔维亚和罗马尼亚完全独立;俄国获得比萨拉比亚西南部分;土耳其保证在波斯尼亚、黑塞哥维那实行改革;建立一个"大保加利亚"自治公国,其疆域包括保加利亚、东鲁米利亚全部及马其顿大部分,由俄国军事占领两年。

《圣斯特法诺和约》使俄国大大扩张了在巴尔干的势力,遭到英、奥匈两国的强烈反对。俾斯麦出面"调停",1878年6—7月在柏林召开国际会议。俄、英、德、奥匈、意、土等国代表出席,并最终签署了《柏林条约》。根据该条约,保加利亚公国的领土大大缩小;东鲁米利亚和马其顿仍归土耳其统治;波、黑两省划归奥匈管辖,并由奥匈军占领,尽管这两省在名义上仍属土耳其。俄国则获得比萨拉比亚、巴统、阿达汉和卡尔斯等地。

(三) 三国同盟

1. 1879年德奥同盟

俾斯麦看到很难同时维持与俄国和奥匈的友好关系,又担心俄国与法国结盟,于是决定加强德奥关系,谋求缔结反俄同盟。1879年10月,德奥在维也纳签订秘密的同盟条约。其主要内容是:如两帝国之一遭到俄国进攻,两缔约国应以其全部军事力量实行互助;如缔约国一方遭到另一国家进攻,缔约国另一方应对其盟国采取善意的中立,但是如果进攻的国家得到俄国的支持,缔约国双方应共同作战直到共同议和为止。德奥同盟旨在防患于未然,却反而促成了俄法接近。

2. 1882年三国同盟

1881年,意大利在同法国争夺突尼斯的斗争中遭到失败,感到有必要依靠与法国敌对的德国,因此要求与德奥同盟。1882年,德奥意签订秘密的三国同盟条约。条约规定:如意大利未有直接挑衅行为而遭到法国进攻,德、奥必须以它们的全部军队援助意大利;如德国未有直接挑衅行为而遭到法国侵略,意大利也担负同样的义务;缔约国之一在同其他任何一个大国(法国除外)发生战争时,缔约国另外两方必须对它们的盟国采取善意中立,这意味着如果俄奥发生战争,意大利将恪守中立。德奥意结成的同盟,史称"三国同盟"。

至此,俾斯麦建立了一个由三皇同盟、德奥同盟和三国同盟组成的、以德国为中心、以孤立法国为主旨的同盟体系。但是,该体系并不稳固,因为俄奥之间有太多的利益冲突。

(四) 两次《地中海协定》与《再保险条约》

在对待俄国问题上,俾斯麦一方面拉拢俄国,防止法俄接近;另一方面则促使英、奥、意合作对付俄国。

在德国的推动下,1887年2月12日,英意签订针对法国的《第一次地中海协定》,接着奥匈、西班牙也先后加入。《第一次地中海协定》中英意约定两国维持地中海、亚得里亚海和黑海的现状;英国支持意大利的北非政策,意大利支持英国在埃及的政策;但英国可以在意大利和法国冲突时不给予意大利援助。1887年12月12日,英奥签订《第二次地中海协定》,四天后,意大利也照会参加。该协定的主要内容是三国共同维持近东现状,保护黑海海峡,确认土耳其对保加利亚和小亚细亚的宗主权,共同抵制俄国势力在土耳其的扩展。该协定具有明显针对俄国的性质。

1887年三皇同盟条约期满,德国为博取沙皇的好感,提议用德俄双边协定或条约代替三皇同盟条约。1887年6月18日两国签订条约。条约规定:缔约国一方如与第三国交战(法国、奥匈除外),另一方应保持善意中立并尽力使战争局部化,德国承认俄国在保加利亚和东鲁米利亚优势的合法性;双方约定维持巴尔干半岛的现状并重申在1881年三皇同盟条约中已经同意的原则,维护俄国在黑海海峡的利益。在附属议定书中,德国同意在俄国采取行动保卫黑海入海口时,德国保持善意中立,并同时给予俄国以道义的和外交的支持。条约有效期3年。1879年的德奥同盟保证了奥匈在德法战争中保持中立,而1887年德俄条约又保证了俄国的中立,德国获得了双保险,所以,这个条约在历史上被称为《再保险条约》。

(五) 三国协约

三国同盟形成后,法俄都感到不安。1890年,德国皇帝威廉二世和新任首相卡普里维抛弃俾斯麦拉拢俄国的政策,转而极力支持奥匈,并与英国接近。法俄要打破各自的孤立状态,不得不加强合作。

1892年,法俄签订了《法俄军事协定》。军事协定规定:"如果德国或意大利在德国支持下进攻法国,俄国应用它的所有军队进攻德国;如果德国或奥地利在德国的支持下进攻俄国,法国应用它的所有军队与德国作战。""法国用于对付德国的军队应为130万人;俄国用于对付德国的军队应为70至80万人。这些军队应尽速全部参加战斗,迫使德国在东西两线同时作战。"《法俄军事协定》于1893年和1894年经法俄两国政府批准后开始生效,法俄同盟正式成立。

英国一直奉行"光荣孤立"的政策,但由于英德矛盾日益尖锐,特别是德国加紧扩充海军使英国深感威胁,于是在1904年同法国缔结了协约,调整了两国在殖民地问题上的矛盾。法国承认埃及为英国的殖民地,英国则同意法国夺取摩洛哥。1907 年,英国与俄国也订立协约,规定在波斯划分势力范围,北部属俄国势力范围,南部属英国势力范围,中部为中立地带;承认英国在阿富汗的利益;同意维持中国西藏现状,英俄互相承认对方在西藏的既得利益。法俄同盟再加上英法协约与英俄协约,便构成了三国协约。

两大军事集团加剧了欧洲的紧张局势。两大军事集团都是秘密缔结的,欧洲列强之间的疑惧愈益加深了。同盟的军事性质还加剧了军备竞赛。同盟的条约义务也使得所有的大国很可能因一个微小的争端而卷入战争。

四、第一次世界大战

(一) 第一次世界大战的起源

1. 资本主义经济政治发展的不平衡

19 世纪 70 年代以后,由于资本主义经济政治发展的不平衡,各国实力发生了重大变化。

后起的资本主义国家美国和德国,已经赶上并超过了老牌的资本主义国家英国。英、德两国在海外市场的竞争十分激烈,英国虽然能在其殖民地保持优势,但在拉丁美洲、中东和远东却输给了德国商人。

20 世纪初,世界已被瓜分完毕。德国经济迅速增长,它要求按照新的实力对比重新瓜分世界。19 世纪末德国外交政策发生了重大变化:抛弃了"大陆政策",开始推行"世界政策"。对于德国经济的强烈竞争和要求重新瓜分殖民地的咄咄逼人的姿态,英国深感恐惧,并不能容忍。英德矛盾遂成为帝国主义国家之间的主要矛盾。

2. 两大军事同盟的形成(见本章第三节)

3. 巴尔干问题

(1) 波斯尼亚危机

1908 年 10 月奥匈帝国宣布兼并波斯尼亚和黑塞哥维那,从而引发了一场持续半年之久的波斯尼亚危机。由于塞尔维亚政府一直把这两省看作是未来以塞尔维亚为主体建立的大南斯拉夫国家的一部分,因此对奥匈帝国的行为极为愤怒,遂进行战争动员并向俄国求援。但奥匈在德国的支持下态度强硬,向塞尔维亚发出最后通牒,要求后者放弃对兼并两省的抗议和补偿要求,解除动员,同时要求俄国同意这种兼并。由于俄国国力空虚,军队尚未做好战争准备,在再加上英法等盟国不愿为波黑两省问题卷入战争,只好在德奥的战争恫吓下让步。塞尔维亚政府也在俄国的劝告下屈服。这场波斯尼亚危机使塞、俄与奥、德之间的关系恶化到无可挽回的地步,俄国开始大规模重建军事力量。

(2) 第一次巴尔干战争

波斯尼亚危机后,1912 年爆发了第一次巴尔干战争。1912 年 3—8 月,保加利亚、塞尔维亚、希腊、门的内哥罗结成反对土耳其的巴尔干同盟,10 月发动了反土耳其的战争。土耳其很快战败,它在巴尔干的领土几乎丧失殆尽,被迫求和,并请求列强调停。

1913 年 5 月,土耳其与巴尔干同盟签订和约,同盟四国取得了大片领土,土耳其几乎丧失了全部欧洲的领土,仅保存了伊斯坦布尔及海峡北面的狭小地区。由于第一次巴尔干战争的结果,巴尔干半岛各民族终于摆脱了土耳其的统治。

(3) 第二次巴尔干战争

1913 年 6 月巴尔干各国之间因争夺领土而爆发了第二次巴尔干战争。巴尔干同盟各国在分配战果时发生了分歧。在奥匈的支持下,保加利亚在 1913 年 6 月 29 日向塞、希两国发起进攻,挑起了第二次巴尔干战争。土耳其也乘机参加了反保战争。保加利亚很快战败。1913 年 8 月,交战国双方在罗马尼亚首都布加勒斯特签订了和约,保加利亚被迫同意马其顿由塞尔维亚、希腊瓜分。9 月 29 日签订了保土和约,亚德里亚堡划归土耳其。

这次战争使巴尔干各国事实上分为两大集团:一方是塞尔维亚、希腊和罗马尼亚,它们处于俄国和法国的影响之下;另一方是保加利亚和土耳其,它们获得奥匈帝国和其背后的德国的支持。

(二) 第一次世界大战的爆发

1914 年 6 月 28 日,在波斯尼亚首府萨拉热窝,奥国皇位继承人弗兰茨·斐迪南夫妇在检阅军事演习时被出生于波斯尼亚的塞尔维亚青年普林西普枪杀。萨拉热窝谋杀事件成了第一次世界大战的导火线。7 月 28 日,奥匈帝国对塞尔维亚宣战,之后德、俄、法、英等欧洲大国相继卷入战争。到 1918 年 11 月大战结束时,全世界共有 31 个国家参战。战争中加入协约国集团的有英国、法国、俄国、意大利、日本、美国、中国等 27 国,参加同盟国集团的有德国、奥匈帝国、土耳其、保加利亚 4 国。

这场大战从同盟国和协约国双方来看,都是帝国主义战争,即侵略的、掠夺的战争。只有被侵略的塞尔维亚进行的战争,是抵抗侵略、维护国家主权的正义战争。但是,大战从一开始就是在各主要帝国主义大国之间进行的,塞尔维亚进行的正义战争,只有局部的影响和从属的意义,不能改变这次大战总的帝国主义性质。

(三)第一次世界大战的进程

第一次世界大战主要在欧洲大陆进行,欧洲战场有四条战线。西线:英、法、比军队与德军对抗;东线:俄国军队与奥匈、德国军队作战;巴尔干战线:主要是塞尔维亚、门的内哥罗以及后来的罗马尼亚、希腊的军队与奥匈、保加利亚的军队作战;意大利战线:意大利军队在英、法军队支持下对抗奥匈军队。此外还有近东战线:主要是英国军队与土耳其军队作战;高加索战线:俄国对土耳其。其中西线和东线是主要战线,西线具有决定性作用。

1. 战争的第一阶段:1914年

德军首先在西线发动进攻,其战略战术依据的是"施里芬计划"。施里芬计划是德国陆军元帅施里芬(1833—1913)在其担任总参谋长期间所制定的德国东西两线作战的战争计划。其要点是:德国在不可避免的两线作战中,集中优势兵力在西线,只用少数兵力监视和牵制俄国军队。

西线分为左右两翼:左翼的少数兵力守住洛林一带防线,强大的右翼部队越过比利时和卢森堡,直冲法国北部,然后自巴黎西部和南部迂回包抄法军,把压逼到巴黎以东一带的法军加以歼灭。对法作战将在4—6周内取得决定性胜利,然后再调主力去东线粉碎俄军。整个战争将在3—4个月内结束。但是战争爆发时德国面临的形势已经发生了很大变化,于是后任总参谋长小毛奇对这个计划做了一些修改,在一定程度上加强了西线左翼兵力和对付俄国的力量,这样便削弱了西线特别是西线右翼的力量。即便如此,施里芬计划还是低估了俄军和法军的动员与作战能力,也没有估计到比利时军队的顽强抵抗和英国远征军能很快参战,因此该计划的实施未获成功。

9月5—10日,德军主力与英法联军会战于马恩河畔。马恩河战役是第一次世界大战中的大规模的战略决战,它前后持续8天,双方参战人数达到150多万,以德军第一次撤退和失败,法英联军取得胜利而结束。这次战役也是大战的第一个转折点,它标志着德军所追求的在6周内打败法军的速决战的破产。

东线包括东普鲁士战线和加里西亚战线。8月17日,俄军首先攻入东普鲁士。8月底到9月中,德第8集团军司令兴登堡(1847—1934)及参谋长鲁登道夫(1865—1937),利用两路俄军没有密切配合作战的弱点,先在坦能堡战役中歼灭了俄国第2集团军,然后又进攻俄国第1集团军,迫使他们败退。9月13日,俄国退出东普鲁士。

在巴尔干战线,奥匈军队一度取胜,甚至于12月2日占领了塞尔维亚的首都贝尔格莱德,但塞军顽强抵抗,于12月15日收复贝尔格莱德,19日奥匈军队撤出塞尔维亚。

2. 战争的第二阶段:1915—1916年

1915年,德军把主攻方向转向东线,企图首先打败俄国,迫使其媾和,以摆脱两线作战的困境。在果尔利策战役中(5月2日—6月22日),德国和奥匈军队以优势兵力突破俄国防线,俄国西南方面军全线溃败,俄军后撤130公里。果尔利策战役是第一次世界大战中规模最大的防御战役之一,也是俄军在一战中损失最为惨重的一次败仗。

因德国满足了保加利亚占领塞尔维亚土地的要求,保加利亚于9月参加中欧同盟国方面作战。9月末保加利亚、奥匈和德国的65万军队大举进攻塞尔维亚,20万塞尔维亚军队虽奋勇血战,终因力量悬殊,很快被击溃,最后零散地退到亚得里亚海滨。

战前意大利曾与德奥结盟,但在战争爆发后它立即宣布中立,并以中立和参战为手段,同时与两个交战集团谈判。最后协约国方面满足了它的欲望,在双方签订《伦敦密约》之后,意大利于1915年5月23日向奥匈帝国宣战,开辟了意奥战线。意大利的参战,拖住了奥匈军队的四五十万兵力,但没有使东、西战线发生重大变化。

1916年2月,德军以优势兵力向凡尔登一带发动进攻。在凡尔登战役中,德军集中其前线所有的大炮进行轰击,还施放燃烧弹和毒瓦斯,并第一次使用了轰炸机。法军拼命抵抗,德军终未拿下凡尔登。历时10个月之久的凡尔登战役是第一次世界大战中时间最长的一次战役,双方伤亡共70多万人,因而凡尔登战场被称为"绞肉机"、"屠场"和"地狱"。

为了减轻凡尔登方面的压力,突破德军防线,英法联军发起了强大的索姆河攻势战役(6月24日至11月中)。索姆河战役双方先后投入兵力超过150个师,是大战中规模最大的一次战役,也是最大的一次消耗战,联军只夺回了240平方公里的土地,没有达到突破敌军防线的目标,但牵制了德军在凡尔登的攻势。

在东线,为了支援凡尔登战役和意大利战线,俄国西南方面军在勃鲁西洛夫的指挥下发起了夏季攻势(6月

4 日—9 月初),把 400 多公里的战线大大向前推进,重新占领了加里西亚的大部分。勃鲁西洛夫的进攻是第一次世界大战中俄军赢得的最大胜利。

在俄军胜利的刺激下,在与协约国签订了战后获得匈牙利的部分领土的条约之后,罗马尼亚于 1916 年 8 月对德奥宣战,并形成了罗马尼亚战线。尽管罗马尼亚的参战吸引了同盟国军队的东调,从而在一定程度上削弱了凡尔登的攻势,但是罗马尼亚连战皆败。12 月同盟国军队占领了布加勒斯特和罗马尼亚的大部分领土,并从这里获得了将战争经打下去的粮食和石油资源。

1916 年 5 月 31 日至 6 月 1 日发生了第一次世界大战中最大的一次海战——日德兰海战(又称斯卡格拉克海战)。1916 年初,英国实行海上封锁后欲把波罗的海的德国舰队作为主要攻击目标;德国为扭转不利形势迫切需要突破海上封锁,准备主动出击,寻机与对方决战。5 月 31 日下午,英德舰队在日德兰半岛西北海面上遭遇,发生战斗。英国参战的军舰共 151 艘,德国 101 艘。激战结果,英国损失军舰 14 艘,德国损失 11 艘。由于英国舰队拥有数量上的优势,仍掌握着制海权,德国仍没有摆脱被封锁的局面。

3. 战争的第三阶段:1917 年

从 1917 年 2 月 1 日起,为突破英国的海上封锁并断绝英国的海上供应,德军实行"无限制潜艇战"。凡是在英吉利海峡航行的一切船舰,包括中立国船舰,均要受到德国潜艇的袭击。德国这一战术,使协约国和中立国的船只遭受很大损失。但它并未能摧毁英国的海军,反而促使美国参加对德作战。

1917 年 4 月 6 日,美国以德国潜艇攻击了美国商船为口实,对德宣战。美国参战,加强了协约国的实力,并影响了一系列中立小国也倒向协约国一边。由于护航制和其他反潜措施,以及美国参战,德国的无限制潜艇战走向失败。协约国和中立国方面的商船损失逐渐减少。

1917 年俄国爆发了"二月革命"和"十月革命",1917 年 11 月 8 日俄国即向所有交战国提出休战建议,并宣布俄国退出战争。

4. 战争的第四阶段:1918 年

从 7 月中旬起西线方面的优势都在协约国方面。美国参战大大增强了协约国方面的力量。协约国方面还进一步协调了军事行动,1917 年 11 月 7 日建立最高军事委员会,1918 年 3 月 20 日任命法国元帅福煦(1851—1929)为最高统帅。从此协约国军队在福煦统一协调和指挥下向德军发起连续进攻。

正在西线德军节节败退之际,东线同盟各国已纷纷投降。保加利亚于 9 月 29 日投降,次日签订停战条款,退出战争。土耳其于 10 月 30 日投降。奥匈帝国已土崩瓦解,各非德意志民族纷纷起义,宣布独立。奥地利于 11 月 3 日被迫签订停战协定,无条件投降。德国统帅部仍企图进行最后的军事冒险,于 10 月 30 日命令海军出击决战,遭水兵拒绝。11 月 3 日,基尔港水兵起义,德国爆发十一月革命。德国威廉二世被迫退位,逃往荷兰。11 月 11 日,在贡比涅森林福煦将军的行军列车上,德国签署了停战协定,宣布投降。第一次世界大战告终。

(四) 第一次世界大战的影响

(1) 战争造成了巨大的人力、物力的损失与破坏。战争所带来最直接、最明显的后果是人力、物力的巨大损失和破坏。生产遭到沉重打击,纯粹从经济角度估计,欧洲的工业发展倒退了 8 年。

(2) 科学技术因战争的需要与刺激而得到了迅速的发展。在这次战争中,开始使用化学武器(毒气),无线电技术广泛应用于军事通信以及飞机、坦克、舰艇的导航等。

(3) 第一次世界大战深刻地改变了旧有的国际关系体系。战争导致欧洲地位下降,美国与日本开始在国际关系中发挥日益重要的作用。这在经济上表现得尤其明显。英国丧失了世界金融中心的地位。与此形成鲜明对比的是,美国在战后成为世界上最大的债权国和最大的资本输出国。日本经济也获得了极大的发展。

罗曼诺夫王朝统治的俄罗斯帝国、霍亨索伦王朝统治的德意志帝国、哈布斯堡王朝统治的奥匈帝国灭亡了。代之而兴的是人类第一个社会主义国家苏联和德意志共和国、奥地利共和国、波兰共和国、捷克斯洛伐克共和国、匈牙利共和国等一系列资产阶级共和国。

战争对殖民体系构成了强有力的冲击。由于战争供应的需要,列强在一定程度上放松了对殖民地半殖民地的控制,使其民族工业得以乘隙发展,民族资产阶级的力量和无产阶级的队伍都得以成长壮大起来,这也有力地推动了反帝民族解放运动的发展,因而战后相继爆发了中国的五四运动、印度的非暴力不合作运动和土耳其的凯末尔革命等。这些反帝民族解放斗争表明,任意宰割落后国家和民族的殖民主义政策已难以继续下去,帝国主义殖民体系开始陷入危机。

本章重、难点提示

一、重点掌握名词

三十年战争	维罗纳会议	第一次巴尔干战争
威斯特伐利亚和约	三皇同盟	第二次巴尔干战争
维也纳会议	《圣斯特法诺和约》	施里芬计划
《第二次巴黎和约》	三国同盟	马恩河战役
神圣同盟	《地中海协定》	凡尔登战役
四国同盟	《再保险条约》	索姆河战役
亚琛会议	三国协约	日德兰海战
特洛波会议	波斯尼亚危机	无限制潜艇战
莱巴赫会议		

二、论述题

1. 论述《威斯特伐利亚和约》的主要内容及其影响。参见本章一、(二)、(三)。

2. 简述维也纳会议的主要内容。参见本章二、(一)。

3. 概述欧洲协调体制的四次会议。参见本章二、(四)。

4. 简述三国同盟与三国协约的形成及其影响。参见本章三、(三)、(五)。

5. 论述第一次世界大战的影响。参见本章四、(四)。

第五章　俄国革命与共产国际

考点详解

一、1905 年革命

(一) 布尔什维克党的成立

俄国的第一个马克思主义团体——劳动解放社是普列汉诺夫于 1883 年在日内瓦创建的。1898 年,俄国社会民主工党成立,它是俄国工人阶级参加的第一个政党。列宁决定从内部改造这个政党,使它真正成为无产阶级的政党。

在 1903 年 7 月的俄国社会民主工党第二次代表大会上,列宁主张建立一个集中统一、组织严密的党,要求每个党员必须承认党纲,在物质上帮助党并参加党的一个组织。最后在选举中央委员会时,拥护列宁的人占了多数,称布尔什维克(多数派的俄文译音),反对者占少数,称孟什维克(少数派的俄文译音)。1903 年俄国社会民主工党第二次代表大会宣告了布尔什维克党的建立。

(二) 日俄战争

日俄战争是日本和俄国为争夺在朝鲜和中国东北的统治权所进行的帝国主义战争。1904 年 2 月 8 日,日本不宣而战,海军偷袭旅顺俄国舰队,同时在仁川登陆。10 日,日俄两国正式宣战。8 月下旬,在辽阳会战中,俄军战败,9 月 4 日,日军攻占辽阳。1905 年 1 月 1 日,旅顺俄军投降。3 月,日俄军队在奉天(今沈阳)附近决战,日军再次获胜。在海战方面,1904 年 8 月 10 日,日俄双方舰队在旅顺东南海面交战,俄方大败。1905 年 5 月 27日,俄国从欧洲增派的第二太平洋舰队(波罗的海舰队)驶抵对马海峡,与设伏已久、以逸待劳的日本海军展开决战,28 日俄国舰队被全部歼灭。

1905 年 8 月 9 日,在美国的调停下,日、俄在美国的朴次茅斯开始谈判。9 月 5 日,签订《朴次茅斯和约》,主要条款有:(1) 俄国承认日本在朝鲜的独占利益;(2) 俄国将辽东半岛(包括旅顺、大连)的租借权、南满铁路及有关特权均无偿转让给日本;(3) 以北纬 50 度为界,将库页岛南部及其附近岛屿让给日本;(4) 俄国自中国东北撤兵,除辽东半岛外,东北的一切地方均交还中国。

日俄战争不仅对日、俄两国,而且对世界历史都具有相当大的影响。俄国战败,加速了 1905 年革命的到来,而 1905 年革命又为具有世界影响的十月社会主义革命准备了条件。日本战胜了欧洲陆军强国俄国,从此跻身于世界列强,更加增强了其称霸东洋的野心。

(三) 1905 年革命及其历史意义

1905 年 1 月 22 日(俄历 1 月 9 日)是星期日,14 万工人举着圣幡、圣像和沙皇的肖像,前往冬宫向沙皇递递请愿书。结果遭到沙皇军警的野蛮枪杀,1 000 多人被打死,几千人受伤,制造了"流血星期日"事件。

布尔什维克党于 1905 年 4 月在伦敦召开第三次代表大会,主张无产阶级应积极领导当前的资产阶级民主革命,用武装起义推翻沙皇统治,实现工农民主专政,然后不失时机地把它转变为社会主义革命。10 月,全国主要铁路线的职工宣布总罢工,随即扩展到各大城市,形成全俄政治总罢工,有 100 多万人参加。

十月总罢工迫使沙皇作出重大让步。10 月 30 日(俄历 10 月 17 日),尼古拉二世签署《整顿国家秩序宣言》(即《十月十七日宣言》),宣言宣布:"依据确保人身不受侵犯、信仰自由、言论自由、集会自由、结社自由诸原则,恩赐平民以公民自由之坚实基础","任何法律未经国家杜马认可不得生效;民选机构得以确实参与监督朕所授予之权力执行是否合法"。

沙皇政府的立宪改革得到了资产阶级的欢迎。在《整顿国家秩序宣言》颁布后,"十月十七日同盟"、"立宪民主党"等资产阶级政党纷纷成立,资产阶级逐渐趋于联合,并积极参加代议制机构国家杜马的选举和进入首届内阁执政。

12 月 20 日,15 万莫斯科工人举行总罢工。23 日,罢工发展成为武装起义。政府调来炮队进行镇压。由于敌我力量对比悬殊,莫斯科苏维埃被迫决定从 1 月 1 日起停止战斗。12 月武装起义是 1905 年革命的顶点。这以后,革命转入退却时期。

1905 年革命沉重打击了沙皇专制制度,锻炼和教育了劳动大众和布尔什维克党,为十月革命的胜利作了良好准备。1905 年革命是帝国主义时代第一次人民革命,它不仅推动了欧洲工人运动的发展,而且促进了亚洲的革命运动。

(四) 斯托雷平土地改革

俄国 1905 年革命期间,为防止革命力量的增长,加强沙皇君主专制统治,总理大臣斯托雷平于 1906 年 11 月颁布《土地法》,规定:农民应退出村社,份地成为农民的私有财产,土地可以自由买卖。据此,划分土地时,富农得到最好的土地,并从贫农手中低价购得大量农田,成为沙皇政权在农村中新的支柱。该项改革同时将约 250 万农民迁往西伯利亚、中亚等边远地区,以分散对沙皇统治不满的人。它在一定程度上促进了农村的资本主义发展,但保留了浓厚的农奴制残余,加深了农民与地主的矛盾,农民因而不断掀起反抗。

二、二月革命

(一) 二月革命与罗曼诺夫王朝的灭亡

1917 年初,彼得格勒、莫斯科等地工人不堪忍受战争带来的苦难,不断举行抗议集会和罢工。3 月 8 日,首都普梯洛夫工厂工人从郊区走进城市中心,举行示威游行。3 月 8 日(俄历 2 月 23 日)这一天成为二月革命的开始。3 月 10 日,彼得格勒爆发了全城政治总罢工,参加人数超过 30 万。在革命形势的影响下,沙皇政府派来镇压革命的军队中有 6 万多名士兵转到工人一边。他们并肩战斗,占领了彼得保罗要塞和冬宫。

二月革命在彼得格勒取得胜利并迅速扩及全国。正在前线的沙皇尼古拉二世被迫于 3 月 15 日宣布退位。统治俄国 300 余年的罗曼诺夫王朝覆灭了。

(二) 两个政权并存局面的出现

1917 年 3 月 15 日,资产阶级临时政府成立。参加这个政府的大多数是资产阶级和资产阶级化地主的代表人物。大地主出身的李沃夫任临时政府主席兼内务部长。与此同时,在资产阶级临时政府之外还诞生了一个政权——工兵代表苏维埃。在罢工和起义过程中,彼得格勒工人和士兵根据 1905 年革命的经验,建立了新的革命政权——工兵代表苏维埃。这样,俄国在二月革命后出现了历史上罕见的两个政权并存的局面。

(三) 《四月提纲》

在两个政权并存的复杂形势下,布尔什维克党亟需确定自己的斗争方针。4 月 17 日,列宁在布尔什维克党代表会议上,作了《论无产阶级在这次革命中的任务》的报告,即著名的《四月提纲》。列宁指出:"俄国当前形势的特点是从革命的第一阶段向革命的第二阶段过渡,第一阶段由于无产阶级的觉悟和组织程度不够,政权落到了资产阶级手中,第二阶段则应当使政权转到无产阶级和贫苦农民手中"。新建的国家应是苏维埃共和国,而不是议会制共和国。要做到这点,必须推翻资产阶级临时政府。列宁认为,不能采取一般的暴力方式推翻。因为这样做会同支持临时政府的苏维埃发生对立,会脱离群众。列宁提出的口号是:"不给临时政府以任何支持"和"全部政权归苏维埃"。只要苏维埃把全部政权收回到自己手中,就可以和平地剥夺临时政府的权力。然后再在苏维埃内部开展斗争,把小资产阶级政党排除出苏维埃,建立无产阶级专政。

(四)七月危机与两个政权并存局面的结束

临时政府企图用前线的战斗来转移人民的斗争视线。7月1日,下令俄军在西方战线和西南战线发起进攻。但是,这次冒险失败了,十几天的进攻就损失了6万多人。消息传到首都后,工人、士兵群情激昂,要求武装起义推翻临时政府。布尔什维克党考虑到夺取政权的时机尚未成熟,决定引导群众进行和平示威。7月17日,50万士兵工人高举"全部政权归苏维埃"的标语牌游行示威。政府从前线调回军队,向示威群众开枪射击,打死56人,打伤600多人。接着,资产阶级展开了全面进攻,强行解散工人武装,捣毁党的刊物《真理报》。宣布布尔什维克党为非法。孟什维克和社会革命党人则宣布苏维埃承认临时政府是拯救革命的政府,并自愿把政权交给它。7月24日,成立了以克伦斯基为首的联合政府,政权完全转到资产阶级手里,两个政权并存的局面结束。

三、十月革命

(一)布尔什维克武装起义方针的确定

1917年8月8—16日,布尔什维克党在彼得格勒召开第六次代表大会。大会讨论了七月事件后的形势,制定了武装起义的方针。由于苏维埃已被小资产阶级政党所败坏,无法通过苏维埃夺取政权,因此大会决定暂时收回"全部政权归苏维埃"的口号,用"政权转归无产阶级和贫苦农民"的口号代替。

(二)平息科尔尼洛夫叛乱

1917年8月下旬,反动的旧俄政府将军科尔尼洛夫发动叛乱。克伦斯基被迫向彼得格勒工兵代表苏维埃求援,与布尔什维克结成反对科尔尼洛夫联盟。在苏维埃的帮助下,平息了科尔尼洛夫叛乱。科尔尼洛夫叛乱被粉碎后,国内阶级力量对比形势发生巨大变化。政府的支柱——军队陷于瓦解。广大士兵不再相信政府和军官的谎言,相继转向布尔什维克一边。

(三)彼得格勒武装起义的胜利

1917年10月20日,列宁秘密回到彼得格勒。10月29日,布尔什维克召开扩大会议,通过了关于武装起义的决议。临时政府企图阻止起义的爆发,11月6日清晨,派遣士兵和警察封闭了布尔什维克党机关报《工人之路报》的印刷厂。军事革命委员会根据党中央的决定,派革命士兵夺回了印刷厂。中午,《工人之路报》出版,号召人民起来实现全部政权归苏维埃。到11月7日(俄历10月25日)早晨,彼得格勒已经基本上掌握在起义队伍手中。11月8日(俄历10月26日)凌晨2时,夺取冬宫的任务胜利完成。彼得格勒武装起义取得辉煌胜利。由于11月7日这一天是俄历10月25日,所以人们称这次革命为十月革命。

(四)全俄苏维埃第二次代表大会

1. 和平法令

当起义者攻打冬宫之际,全俄工兵代表苏维埃第二次代表大会于11月7日晚在彼得格勒的斯莫尔尼宫正式开幕。8日清晨,攻下冬宫的消息传来后,大会通过了列宁起草的《告工人、士兵和农民书》,宣告"各地全部政权一律转归工兵农代表苏维埃"。8日晚,列宁向大会作了关于和平问题的报告,指出和平问题是现时最紧急、最迫切的问题。根据列宁的报告,大会一致通过了《和平法令》,谴责帝国主义战争罪行,建议各交战国立即开始和谈,实现不割地(即不侵占别国领土,不强迫合并别的民族)、不赔款的和约。

2. 土地法令

大会经过热烈讨论,通过了《土地法令》。法令规定,立刻无偿地没收地主土地,永远废除土地私有权,一切土地都是全民的财产。法令满足了农民平分土地的要求,宣布土地按劳动定额或消费定额分给劳动者使用。代表大会最后选举了自己的领导机构——全俄中央执行委员会。

(五)十月革命的胜利及其历史意义

彼得格勒起义的胜利是俄国十月革命胜利的开端。彼得格勒起义的消息传到莫斯科后,莫斯科苏维埃于7日傍晚成立军事革命委员会,领导工人士兵发动起义。11月11日,莫斯科布尔什维克党组织率领起义大军发起全面进攻。经过几天激战,于11月16日清晨攻进克里姆林宫,取得了革命的胜利。全国各地到1918年春相继建立了苏维埃政权。

十月革命的胜利冲破了世界帝国主义阵线,在世界1/6的土地上创建了第一个无产阶级专政国家。它不仅激励着各国无产阶级的斗争,而且鼓舞着被压迫人民、被压迫民族的民族解放斗争。十月革命的胜利是马克思主义基本原理同俄国革命实践相结合的产物,它推动了马列主义在世界的传播,并向各国人民展示了一条崭新的寻求解放的道路。

四、苏维埃社会主义国家的建立

(一)巩固苏维埃政权的重要措施

1918年1月23日,全俄苏维埃第三次代表大会开幕。大会通过了苏俄第一个宪法性文献——《被剥削劳动人民权利宣言》,进一步巩固了十月革命的成果。布尔什维克党巩固苏维埃政权的措施主要体现在以下三个方面。

1. 废除旧的国家制度

苏维埃首先废除了临时政府的各个部门,进而取缔了地方上的自治局、市杜马等机关。它创建了人民法院和工人民警,以代替旧法院和旧警察。1917年12月20日,成立了全俄肃清反革命和怠工非常委员会,简称"契卡"。十月革命后,政府宣布废除常备军,建立全民武装,但很快发现赤卫队无力承担保卫国家的任务,乃于1918年初宣布组建红军。为了彻底铲除封建残余,苏维埃政府颁布一系列法令,废除等级制度,取消爵位,实行国家与教会分离,学校与教会分离,宣布男女平等,国内各族人民的权利一律平等。

2. 经济制度改革

在经济方面,苏维埃政权于1917年11月21日颁布《工人监督条例》,对一切企业实行工人监督。不久,将银行、铁路、大工业收归国有,实行对外贸易垄断,并宣布废除沙皇和临时政府所借的160亿金卢布外债。为了统一管理和调节国民经济,1917年12月15日在人民委员会下设立最高国民经济委员会。

3. 农村经济调整

在农村,农民根据土地法令,没收了地主、皇室和寺院的全部土地。苏维埃于1918年5月9日宣布实行粮食专卖,规定全体农民必须把剩余的粮食按规定的价格卖给国家,违者将被逮捕判刑。6月11日,决定在各村乡建立贫农委员会,开展农村社会主义革命。同时,组织征粮队下乡征粮。经过这场斗争,农民得到数千万公顷的地主富农土地和大量农具牲畜。贫农委员会的活动严重打击了富农的力量,但也在一定程度上损害了中农的利益,特别是损害了有余粮的农民利益,引起农村局势的动荡。

(二)《布列斯特和约》

1918年3月3日,苏俄同德国、奥匈帝国、保加利亚、土耳其在布列斯特—立托夫斯克签订和约。和约规定:各方结束战争状态;波兰、立陶宛、白俄罗斯、拉脱维亚的部分地区近100万平方公里领土脱离苏俄;红军从拉脱维亚、爱沙尼亚、乌克兰、芬兰撤出;阿尔达汉、卡尔斯、巴统割让给土耳其;苏俄复员军队;苏俄承认乌克兰同德国签订的条约,并与乌克兰政府签订和约,重新划定两国边界。此外,苏俄还应向德国支付60亿马克的赔偿。3月14日,全俄第四次苏维埃非常代表大会批准《布列斯特和约》。3月17日,德国方面也批准《布列斯特和约》。条约正式生效。

《布列斯特和约》使苏俄在被迫接受极其屈辱的条件后退出世界大战,赢得了有限的喘息之机,保证了苏俄政权的生存。但是它加剧了布尔什维克党内的意见分歧,加剧了国内政治矛盾。1918年11月11日,德国宣布投降。两天后,苏维埃政权立即宣布废除《布列斯特和约》,命令红军收复德军占领的土地。

(三)外国武装干涉与国内战争

《布列斯特和约》签订后,协约国打起防止德国入侵和保护侨民利益的旗号,对苏俄进行武装干涉,妄图把刚刚诞生的苏维埃共和国扼杀在摇篮之中。1918年3月,英军在俄国北方港口摩尔曼斯克登陆,揭开了帝国主义武装干涉苏俄的序幕。4月,日军在海参崴登陆;8月,英、美军队也相继侵入海参崴。武装干涉者还从南方侵入苏俄。同时国内各地也发动武装叛乱,建立各种"临时政府"。

由战俘组成的捷克斯洛伐克军团在经西伯利亚遣返途中发动了叛乱,在萨马拉成立了"西伯利亚政府"。旧俄将军高尔察克在俄国东部的鄂木斯克建立了军事独裁政权。旧俄将军邓尼金自任"南俄武装力量总司令",在俄国南部组织反苏"志愿军"。在俄国南部和西部后来又有旧俄将军弗兰格尔组织白卫军,反对苏维埃政权的叛乱活动。

面对国内外反动势力的猖獗,苏维埃政府宣布实行"红色恐怖",无情镇压一切反叛活动。红军从12月起发起总攻,陆续解放了乌克兰和南方的重要城市哈尔科夫、基辅、察里津、新切尔卡斯克和罗斯托夫。在南部战线上红军节节胜利的同时,西北战线上的红军也粉碎了前沙皇政府步兵上将尤登尼奇叛军对彼得格勒的进攻。在东部战线,红军解放了高尔察克军队长期盘踞的鄂木斯克和克拉斯诺雅尔斯克,高尔察克军队被歼灭。协约国联合俄国国内反苏势力发起的武装干涉最终失败。

五、战时共产主义与新经济政策

（一）战时共产主义的实施与内容

"战时共产主义"是苏维埃政权在 1918 年夏至 1921 年春实行的一系列非常措施和政策的统称。"战时共产主义"既是一项政策，又是列宁和苏维埃政权直接向共产主义过渡的一种尝试。政府颁布了余粮收集制法令，要求农民按国家规定的数量交售粮食和其他农产品。政府组织工人征粮队下乡，以确保征粮任务的完成。在城市，除大工业外，中等工业也收归国有，对小工业则实行监督。国家通过最高国民经济委员会及其下属的各总管理局对工业的管理、产品的生产和分配实行严格的集中领导。排斥自由贸易，实行粮食和日用工业品的配给制。对全国成年人实行劳动义务制。

（二）战时共产主义的作用与后果

这一政策是在战争和经济被破坏的条件下被迫采取的。它对捍卫苏维埃政权，保证国内战争胜利起了积极作用。但是，"战时共产主义"政策中的许多措施超出了战时需要的限度，而且在 1920 年底国内战争基本结束的情况下，非常措施不仅没有收缩，反而进一步加强。由于政府实行粮食垄断进而实行余粮收集制，使占全国人口绝大多数比例的农民的基本生活受到了较大影响。1921 年春，全国普遍发生了饥荒，忍饥挨饿和生活无着落的农民自发地组织了一些暴乱，将目标指向苏维埃政权。

（三）新经济政策的实施及其内容

1921 年 3 月，俄共（布）召开了第十次代表大会。列宁在会上作了关于以实物税代替余粮收集制的报告。大会根据列宁的报告通过决议，决定废止余粮收集制实行粮食税。从此，开始了从战时共产主义政策向新经济政策的过渡。

新经济政策的主要内容为：在农业方面，废除余粮收集制，实行粮食税，允许出租土地和使用雇佣劳动力。在工业方面，推行国家资本主义政策，利用国内的民间资本和国外资本发展工业，鼓励私营商业企业的发展。同时还实行了将国内企业租让给外国资本家经营的政策，目的是利用国外资本、技术和管理手段。在流通方面，允许农民和小手工业者把自己的劳动产品拿到市场自由买卖，恢复国内的自由贸易。在各地成立国营百货公司等机构，以活跃商业往来。政府还从信贷税收等方面鼓励和促进私营商业的发展。在分配方面，废除平均主义的工资制度，实行按技术高低贡献大小付酬的办法。

（四）新经济政策的意义

新经济政策的实质即是苏维埃政权在采取直接向社会主义过渡的尝试失败后，转而利用市场、商品、外资等方式，维护工农联盟，巩固苏维埃政权，向社会主义逐步过渡。新经济政策具有重大历史意义，它使 1921 年春天的危机迅速消失，生产稳步恢复。它满足了劳动者的经济要求，受到广大农民工人的欢迎，使苏维埃政权日益巩固。

六、德国十一月革命

（一）基尔水兵起义与霍亨索伦王朝的结束

1918 年秋，德军在前线不断溃败，国内政局动荡。为了防止即将爆发的革命，10 月，德皇威廉二世下诏改革，成立了以巴登亲王马克斯为首的"国会制"政府。社会民主党右派谢德曼和鲍威尔参加了这个政府。马克斯政府确立了首相对国会负责制，对皇帝任命最高司令官等特权也实行了一些限制，并扩大了选举权范围。但这些改良措施已不能阻止人民群众的革命斗争。

1918 年 10 月底，海军统帅部下令海军舰队出海同英国海军决战。11 月 3 日，基尔的水兵们举行大规模抗议示威游行，次日发展为武装起义。基尔起义成为德国革命的开始。起义浪潮从北向南迅速扩展，汉堡、莱比锡、慕尼黑等城市相继取得革命胜利。巴登亲王被迫辞职，把政权交给右派社会民主党首领艾伯特。9 日中午，威廉二世被迫退位，随后逃亡荷兰。霍亨索伦王朝就此覆灭。

（二）艾伯特政府的建立

11 月 10 日，社会民主党与独立社会民主党达成组织临时政府协议。联合政府称为"人民全权代表委员会"。当天下午，召开了柏林苏维埃代表大会。大会批准了艾伯特政府。新选出的柏林苏维埃执行委员会由 7 名社会民主党人、7 名独立社会民主党人和 14 名士兵代表组成。

艾伯特政府成立后，实行了一些民主改革。它宣布取消戒严状态，保证言论集会结社的自由，大赦政治犯，恢复劳动保护法令，实行八小时工作制等。但政府没有触动旧的国家机器，也没有消除容克贵族、军阀势力和垄断资本家的经济政治特权。

（三）一月起义

斯巴达克团是独立社会民主党中的左派。它创建于 1916 年 1 月，领导人是卡尔·李卜克内西和罗莎·卢森堡。斯巴达克团早在 11 月 9 日就创办了自己的机关刊物《红旗报》，独立地宣传自己的观点。11 月 11 日，又改组成斯巴达克联盟，制定了联盟纲领，并选举了自己的中央委员会。这一切为建立独立政党奠定了基础。1918 年 12 月 30 日—1919 年 1 月 1 日，德国共产党成立大会在柏林举行。大会通过了党纲，选出以李卜克内西、卢森堡、皮克为首的中央领导机构。党纲明确规定德共的主要任务是建立苏维埃政权、实现无产阶级专政。

共产党的建立引起社会民主党领导人的不安。1919 年 1 月 4 日，艾伯特政府宣布解除在群众中颇有威望的独立社会民主党人埃喜荷恩的柏林警察总监的职务。这一挑衅激起了工人的愤怒。当晚举行了有独立社会民主党人、共产党人参加的联席会议，决定号召工人举行抗议示威游行并发动武装起义，推翻艾伯特政府。1 月 5—6 日柏林几十万工人发动总罢工。11 日，军队向起义工人发起进攻，德共总部和《红旗报》社被占。李卜克内西和卢森堡于 1 月 15 日被逮捕杀害。一月起义被血腥镇压下去。

（四）巴伐利亚苏维埃共和国

1919 年 4 月 13 日，德国南部巴伐利亚首府慕尼黑的工人举行武装起义，并夺取了政权，建立了巴伐利亚苏维埃共和国。共产党人列威纳担任政府首脑。新成立的苏维埃政权在极为困难的条件下采取了一系列革命措施：宣布铁路、银行归国有，建立工人监督企业的制度，没收存粮分配给工人，建立红军等。

艾伯特政府决定镇压巴伐利亚苏维埃共和国。4 月中旬，政府集结 10 多万军队进攻巴伐利亚。5 月 1 日，政府军队攻进慕尼黑。列威纳等数百名共产党人和群众遭杀害，6 000 多人被逮捕监禁。巴伐利亚苏维埃共和国的失败，结束了德国十一月革命。

（五）德国十一月革命的性质与意义

德国十一月革命按其性质来说是资产阶级民主革命。这次革命在某种程度上是用无产阶级的手段和方法进行的。它推翻了霍亨索伦王朝，使欧洲的一个反动君主大帝国崩溃。它打击了容克地主和军国主义势力，建立了资产阶级共和国。十一月革命锻炼了德国无产阶级，在斗争中产生了德国共产党。德国十一月革命是第一次世界大战后世界革命高潮的重要组成部分，它推动了欧洲各国的革命斗争，支援了世界第一个无产阶级专政国家苏俄。

七、匈牙利革命

（一）奥匈帝国的崩溃与东欧民族国家的建立

奥匈帝国是奥地利哈布斯堡王朝统治下的多民族国家。它的领土包括今天的奥地利、匈牙利、捷克、斯洛伐克、克罗地亚、斯洛文尼亚、波斯尼亚-黑塞哥维那以及波兰、罗马尼亚的一部分。境内的少数民族占帝国人口的 78%。

奥匈帝国在大战中的失败，使哈布斯堡王朝迅速土崩瓦解。反对哈布斯堡王朝的革命首先在捷克斯洛伐克爆发。这是奥匈帝国中经济最发达的地区。至 1918 年底，在奥匈帝国的土地上，先后建立了捷克斯洛伐克、塞尔维亚-克罗地亚-斯洛文尼亚（南斯拉夫）、波兰、匈牙利、奥地利等民族独立国家。

（二）秋玫瑰革命

匈牙利民族独立运动于 1918 年秋掀起高潮。10 月 30 日至 31 日晚，布达佩斯工人和士兵举行起义，推翻了哈布斯堡王朝在匈牙利的统治，赢得了匈牙利的独立。主张民族独立的卡罗利伯爵领导成立了包括社会民主党人、资产阶级激进派在内的联合政府。1918 年 11 月 16 日，匈牙利正式宣布为共和国，卡罗利当选为总统。旧议会被解散，议会的职权在立宪会议选举之前由国民会议代行。因起义者均佩戴秋天的玫瑰，历史上称为"秋玫瑰革命"。

（三）匈牙利苏维埃共和国

匈牙利资产阶级共和国建立后，卡罗利政府宣布实行普选制，保证言论、出版、集会自由，实行八小时工作制和有限的土地改革。但是它拒绝废除封建土地所有制，也不愿采取果断措施来解决日益严重的经济问题。群众斗争在新政府成立后继续不断发展。在斗争高潮中，匈牙利共产党于 1918 年 11 月 20 日宣告成立。匈牙利共产党中央委员会书记是库恩·贝拉。

1919 年 3 月 20 日，协约国通过其驻匈军事代表、法国的威克斯向匈牙利政府递交一份照会，要求匈牙利东界驻军在 10 天内后撤大约 100 公里。空出的地方一部分由罗马尼亚军队占领，另外 40～50 公里宽的地带划为中立区,由协约国军队驻守。这种侵犯匈牙利主权的侵略行径,引起全国人民的强烈抗议。卡罗利政府无力控制国内局势,又不能拒绝和不敢接受威克斯通牒,于是把政权交给了社会民主党。3 月 21 日下午,匈牙利社会民主党和共产党达成协议,决定两党合并成为匈牙利社会主义党。3 月 21 日晚,正式宣告匈牙利苏维埃共和国成立。

(四) 外国武装干涉与革命的失败

匈牙利苏维埃共和国成立后,协约国就加紧策划进攻匈牙利。4 月 16 日起,罗马尼亚、法国、捷克斯洛伐克、南斯拉夫军队 15 万人相继从东、北、南三个方面向匈牙利发动大规模进攻。1919 年 8 月,罗马尼亚军进军至布达佩斯只有 40 公里的地方,苏维埃政府被迫宣布辞职,匈牙利苏维埃共和国覆灭。

匈牙利苏维埃共和国一共只存在 133 天,就被帝国主义扼杀了。这场斗争是战后世界革命高潮的重要组成部分。它牵制了协约国的力量,支援了苏俄反对外国武装干涉的斗争。

八、共产国际

(一) 共产国际的建立

共产国际即第三国际,是国际无产阶级和世界工人运动的国际组织,在俄国十月革命后它成为世界无产阶级革命斗争的指挥、协调和联系的中心。共产国际成立大会于 1919 年 3 月 2—6 日在莫斯科的克里姆林宫举行。

共产国际是统一的世界共产党,各国共产党都作为它的支部,直接接受它的领导。它是高度集中的领导中心,统一领导各国革命运动,各国党必须执行它的决定。它有权决定各国党的路线、策略和各国党的领导人,可以否定或修改各国党的决定,开除和解散任何一个支部,向各国党派出常驻代表。只有俄共 (布) 在国际中占有与众不同的地位。

(二) 共产国际的初期活动 (1919—1924)

共产国际的活动分 3 个时期:1919 年 3 月到 1924 年 1 月列宁逝世,是共产国际活动前期,它帮助各国革命分子组成共产党,推动国际共产主义运动的发展。但是它对世界革命形势估计过于乐观,脱离实际,以致引出各种问题。1922 年 11 月 5 日,共产国际第四次代表大会在彼得格勒开幕。大会通过关于策略问题的提纲,肯定了"到群众中去"的口号。大会还讨论了东方民族和殖民地问题,要求东方各国共产党积极参加并领导民族民主革命。

(三) 共产国际中期的活动 (1924—1934)

从 1924 年 6 月第五次代表大会到 1934 年为共产国际活动中期,也是领导人多次变动、工作中失误较多时期。1924 年 6 月 17 日,共产国际在莫斯科举行第五次代表大会。大会指出:资本主义已进入局部的、相对的、暂时的稳定时期,各国共产党面临新的任务,各国党都应该按照列宁的建党原则来建党。

1928 年 7 月 17 日,共产国际在莫斯科举行第六次代表大会。大会着重讨论国际形势、战争危险以及殖民地半殖民地国家的革命运动等问题,批准了《共产国际纲领》和《共产国际章程》。大会错误地将社会民主党同法西斯主义相提并论并作为主要打击目标,从而影响了 20 世纪 30 年代的反法西斯斗争。

(四) 共产国际后期的活动与解散 (1935—1943)

1935 年共产国际第七次代表大会到 1943 年解散是共产国际活动后期。1935 年 7 月 25 日,共产国际在莫斯科举行第七次代表大会。共产国际总书记季米特洛夫作了《法西斯的进攻与共产国际的任务》的报告。报告强调,反法西斯主义和战争的关键是建立在工人阶级统一战线基础上的广泛人民阵线,而共产党在统一战线中必须保持无产阶级政党的特色。共产国际七大是共产国际最后一次代表大会,对于世界人民反法西斯斗争的发展具有重要意义。

为适应世界反法西斯战争的需要,1943 年 6 月 10 日,共产国际正式宣告解散。

本章重、难点提示

一、重点掌握名词

布尔什维克党	《整顿国家秩序宣言》	和平法令
日俄战争	斯托雷平土地改革	《布列斯特和约》
《朴次茅斯和约》	二月革命	战时共产主义
1905 年革命	《四月提纲》	新经济政策

基尔水兵起义　　　　　　德国十一月革命　　　　　　匈牙利苏维埃共和国
一月起义　　　　　　　　秋玫瑰革命　　　　　　　　共产国际
巴伐利亚苏维埃共和国

二、论述题

1. 简述 1904—1905 日俄战争及其影响。参见本章一、(二)。
2. 论述俄国十月革命及其历史意义。参见本章三。
3. 论述战时共产主义的内容及其影响。参见本章五、(一)、(二)。
4. 论述新经济政策的内容及其意义。参见本章五、(三)、(四)。
5. 简述共产国际的建立及其主要活动。参见本章八。

第六章　凡尔赛—华盛顿体系

考点详解

一、巴黎和会

(一)主要战胜国的战后设想

1. 主要战胜国对世界安排的共识

第一次世界大战对战前世界格局所造成的一系列变化与冲击,在不同程度上影响着主要战胜国的政治家们,使他们对战后世界的安排形成了一些共识。第一,英、法、美等主要战胜国都要求战败国承担发动战争的责任,并对它们在战争中对协约国造成的全部损失进行赔偿,从而使战胜国可以堂而皇之地掠夺战败国,使自己获得最大的利益。第二,在严惩战败国的同时适当地手下留情,从而使战败国尤其是德国成为日后反苏反共的屏障。第三,在处理战败国的领土问题方面有限地承认民族自决权,重建和建立一批民族国家。第四,建立具有约束力的国际法准则和超国家的常设国际组织,以保护战胜国的既得利益,维护主要根据战胜国的意志而建立的战后国际政治新秩序。

2. 十四点原则和美国争霸世界的计划

1918 年 1 月 8 日,美国总统威尔逊在国会讲演中针对苏俄的各项和平建议,提出了被称为"世界和平纲领"的"十四点原则",集中体现了美国对战后国际秩序的设想。它的主要内容是:第一,战后的世界应当是一个"开放的"世界。第二,抵制和消除苏俄的布尔什维主义影响。第三,要求在给欧洲及近东各民族以自决权的基础上恢复和建立民族国家,或建立受到列强保护、实行门户开放原则的保护国。第四,成立一个具有特定盟约的普遍性的国际联盟,使大小国家都能相互保证政治独立和领土完整,这是达到永久和平的全部外交结构的基础。这个文件涉及有关列强瓜分世界的原则、战争与和平、建立国际组织等一系列重大的国际政治问题。

为了实现这个纲领,美国力图在西半球巩固并发展对拉丁美洲的控制;在欧洲保持德国在政治军事上的较强大地位,使它成为抗衡英法的力量和反对苏俄的阵地;在经济上反对过分削弱德国,以避免产生使美国经济受到巨大损失的连锁反应;它还希望在东南欧建立一个由它控制的巴尔干联盟。在东半球,美国打算拆散英日同盟,要求列强承认"门户开放"原则,并夺取德国在太平洋上的一些岛屿,以削弱在亚太地区的争霸对手。

3. 力图维持世界霸权的英国

英国作为当年协约国中最有实力的国家,在大战中受到了削弱。但是战后的英国仍然拥有相当实力。在经济上它的国际金融地位尚未显露出永久衰落的迹象。在军事上,随着德国这个主要海上竞争对手的战败,英国仍然是世界上最大的海军强国。大战使它的殖民帝国进一步扩大,它不仅夺得了大部分德国殖民地,而且占领着对英国经济和战略具有极重要地位的原奥斯曼帝国的巴勒斯坦、美索不达米亚和阿拉伯地区。

英国的计划是保持海上霸权和巩固已经取得的殖民利益,制止法国在欧洲大陆建立霸权。它玩弄传统的大陆均势政策,反对过分削弱德国,以保持法德间的对抗使自己从中渔利。它既要利用美法矛盾来限制法国称霸欧洲大陆,又要力图维持英日同盟来同美国在太平洋地区相抗衡。

4. 争夺欧洲霸权的法国

法国作为大战的主要战场,其经济受到严重破坏。但是同盟国的失败使法国在欧洲大陆占有军事战略优势。

法国的战略总计划是:大大削弱甚至肢解德国,确立自己在欧洲大陆上的霸主地位。它要求收回在普法战争中失去的阿尔萨斯和洛林,占领萨尔矿区;主张莱茵河左岸地区脱离德国,建立一个受它保护的莱茵共和国;在德国南部建立一个新的巴伐利亚共和国,并把德国东部的一部分领土划给波兰、捷克斯洛伐克和罗马尼亚。彻底裁减德国军备,防止德国东山再起。法国还力图把德国以东的国家组成以它为盟主的同盟体系,并尽量夺取德国在非洲的殖民地和土耳其在小亚细亚的一些属地,通过实现控制中、东欧,插足巴尔干,巩固非洲和西亚阵地的方法确保称霸欧洲。

5. 日本的战后设想

日本利用西方列强在欧洲忙于战争无暇东顾的时机,夺取了德国在中国山东的权益和在太平洋上的岛屿属地。

战后日本的战略目标是:力图使它在战时侵吞的利益合法化,并妄图独占中国,称霸亚太地区。日本的野心与美国的打算发生了尖锐的冲突,也威胁到在远东有较大利益的英国,更为中国所不容。为了对付主要劲敌美国,日本希望利用英日同盟,以在欧洲问题上支持英国换取后者对它在亚太地区的支持。

6. 意大利的战后设想

意大利于1915年4月26日与英、法签订了伦敦密约,在获得后者允诺战后满足其领土要求的条件下于同年5月加入协约国一边作战。它要求得到南斯拉夫和土耳其的大块土地以及有争论的阜姆港,建立它在地中海东部的霸权。

(二)巴黎和会的召开

1919年1月18日,和会在巴黎的凡尔赛宫正式开幕。在出席和会的国家中,英、美、法、日、意五国各有5名全权代表,可以出席一切会议;其他国家只有1—3名全权代表,只能出席与他们有关的会议。其决策机构为最高委员会,最初由五大国的政府首脑和外长组成,因而也叫"十人会议",后来又缩小为由美、英、法、意四国首脑组成的"四人会议",而实际起操纵作用的是由威尔逊、劳合-乔治和克里孟梭组成的"三巨头"会议,他们有权决定和会的一切重大问题。五大国外长则另set"五人会议"以协助决策,解决次要问题。

和会一开始,主要战胜国便陷入激烈的争吵之中,它们争论的主要问题包括:(1)会议程序问题。(2)对德和约问题。这是和会讨论的中心问题。(3)波兰问题。(4)阜姆问题。(5)中国山东问题。虽然帝国主义列强在上述问题上争吵不休,但在反对苏维埃俄国方面却态度一致。和会决定对苏俄实行经济封锁,保留德国东线部队,建立由波兰、波罗的海三国和芬兰组成的所谓"防疫地带",还批准了武装干涉苏俄的计划。

(三)凡尔赛体系的建立

1.《凡尔赛和约》

6月28日,战胜国在巴黎近郊凡尔赛宫签订了《协约及参战各国对德和约》,简称《凡尔赛和约》。和约共15部分,440条,其中第一部分为《国际联盟盟约》。和约的主要内容是:

关于领土问题,和约规定:法国收回阿尔萨斯和洛林;萨尔煤矿由法国开采,萨尔区由国际联盟代管15年,期满后举行公民投票决定其归属;莱茵河西岸由协约国占领5—15年,东岸50公里以内为不设防地区;奥伊彭、马尔梅迪、莫列斯那3个地区划归比利时;德国与丹麦之间的疆界由边境地区(石勒苏益格)居民投票决定;梅梅尔由国际联盟代管;德国承认波兰独立;波兰得到波兹南、西普鲁士和东普鲁士及上西里西亚的部分领土,还得到穿过西普鲁士的所谓"波兰走廊"的狭隘出海口;但泽被宣布为国联管理下的"自由市";西里西亚的古尔琴地区划归捷克斯洛伐克。

关于军事问题,和约规定:德国废除普遍义务兵役制;撤销参谋总部;陆军总数不得超过10万人,其中军官不得超过4 000人;海军舰艇的最高限额为战斗舰和轻巡洋舰各6艘,驱逐舰和鱼雷艇各12艘;不得拥有坦克、装甲车、军用飞机和潜水艇;拆除西部边境的防御工事,保留东部边境的防御工事;德军从其所占领各国撤回。

关于德国的殖民地和势力范围问题,和约规定战前德国的全部海外殖民地由英、法、日、比等国以"委任统治"形式瓜分。

关于赔款与经济条款。和会未能对赔款总额达成一致协议,仅规定由赔偿委员会于1921年5月1日前确定总额;在此之前德国应偿付与 200 亿金马克价值相等之物,并承担占领军的一切费用。经济条款规定德国关税不得高于他国,战胜国对德国输出入货物不受限制;德境内几条主要河流为国际河流,基尔运河对外国军舰与商船开放。

《凡尔赛和约》确立了英法在欧洲的主导地位,维持了英国的海上霸权,巩固了日本在远东和太平洋地区的优势,而美国攫取世界霸权的计划遭到了失败。因此美国参议院拒绝批准和约。1921 年 8 月,美国与德国单独签订了和约。

2. 战胜国与奥、保、匈、土四国的条约

《凡尔赛和约》签订后,协约国与其他各战败国相继签订了一系列和约。

(1)《圣日耳曼条约》

1919 年 9 月 11 日,协约国与奥地利签订了《圣日耳曼条约》。条约确认奥匈帝国解体,匈牙利与奥地利分立;承认捷克斯洛伐克和南斯拉夫(1929 年以前称塞尔维亚-克罗地亚-斯洛文尼亚王国)独立,并接受协约国规定的奥地利与上述国家和与保加利亚、希腊、波兰、罗马尼亚的疆界,以及其他领土变更。宣布阜姆为自由港。条约还规定:禁止德奥合并;奥地利放弃在欧洲以外地区的一切利益和特权;废除强迫征兵制,交出全部军舰,不得拥有空军,陆军最高限额为 3 万人;支付赔款。

(2)《纳伊条约》

1919 年 11 月 27 日,协约国与保加利亚签订了《纳伊条约》。规定:保加利亚将其所属马其顿划归南斯拉夫,确认 1913 年《布加勒斯特条约》关于南多布罗加并入罗马尼亚的条款,将西色雷斯划归希腊,东色雷斯留待以后解决,但规定保加利亚将得到爱琴海的出海口。条约还规定:保加利亚交出全部军舰,拆毁正在建造中的军舰,取消义务兵役制,陆军兵员总额不得超过 2 万人;支付赔款。

(3)《特里亚农条约》

1920 年 6 月 4 日,在镇压了匈牙利无产阶级革命后,协约国与匈牙利订立了《特里亚农条约》。条约重述了对奥和约的主要条款。匈牙利和奥地利一样,承认了战胜国确定的几个新国家的疆界。根据条约,匈牙利将斯洛伐克和外喀尔巴阡乌克兰划归捷克斯洛伐克,将特兰西瓦尼亚和巴纳特东部划归罗马尼亚,将克罗地亚、巴纳特西部划归南斯拉夫。条约还规定:匈牙利废除强迫普及征兵制,限制保留陆军 3.5 万人和巡逻艇 3 艘,承担支付赔款义务。

(4)《色佛尔条约》与《洛桑条约》

1920 年 8 月 10 日,战胜国与土耳其苏丹政府签订了《色佛尔条约》。规定:土耳其的欧洲领土除伊斯坦布尔及附近地区外,东色雷斯和伊兹密尔地区割让给希腊,海峡地区为非军事区由国际共管,无论平时或战时均对一切国家的军舰商船及军、民用飞机开放;土耳其承认汉志和亚美尼亚独立;根据国际联盟的委任统治文件,叙利亚和黎巴嫩为法国的委任统治地;美索不达米亚和巴勒斯坦则委托给英国;土耳其领土仅剩下安纳托利亚高原地区。条约还规定恢复帝国主义列强在土耳其的领事裁判权,战胜国有权监督其财政经济和关税。

该条约使土耳其丧失了独立地位。因此由土耳其资产阶级革命领袖凯末尔领导的大国民议会坚决拒绝承认这个条约,致使《色佛尔条约》从未生效。

土耳其资产阶级革命胜利后,协约国与凯末尔政府于 1923 年 7 月 24 日另订《洛桑条约》以代替《色佛尔条约》。《洛桑条约》规定将小亚细亚全部领土和东色雷斯归还土耳其;承认土耳其领土完整和国家独立;废除领事裁判权;取消赔款,财政不受外国监督和关税自主等。但维持海峡地区非军事化和国际共管,对其他地区的委任统治安排也未改变。《洛桑条约》是凡尔赛体系中唯一的较平等条约,它使土耳其获得了民族独立,成为战后近东最稳定的国家。

(四)评价凡尔赛体系

《凡尔赛条约》和随后签订的各项条约,构成了凡尔赛体系。它标志着第一次世界大战结束后列强经过近 5 年的时间,终于在欧洲、近东和非洲建立了战后资本主义世界的新秩序。首先,由于构成这一体系的几个主要条约对战败国极为苛刻,其掠夺骇人听闻,因此,必然导致战败国与战胜国之间矛盾的加剧。其次,尽管战胜国一再标榜以民族自决原则处理领土问题,但实际上主要是根据掠夺战败国和它们自己的需要来实行这一原则的。第三,在建立凡尔赛体系的过程中,帝国主义列强最初以消灭苏俄为目的,继而以孤立苏俄为目标,把凡尔赛体系变成了反苏反共的工具。第四,凡尔赛体系是战胜国妥协分赃的产物,它没有也不可能消除它们之间的种种矛盾。

二、国际联盟

（一）国联的建立

1919 年 4 月 28 日，巴黎和会通过了国联盟约，并把它列为《凡尔赛和约》和对奥、匈、保各国和约的第一部分内容。1920 年 1 月 20 日《凡尔赛和约》生效，国际联盟正式成立。当时的会员国是 44 个，战败国和苏俄暂被排除在外，以后发展到 63 个，美国则始终未加入国联。

（二）国联的主要机构

国联的主要机构是会员国全体代表大会、行政院和常设秘书处。代表大会每年 9 月在日内瓦召开常会一次，必要时可召开特别会议。每个会员国所派代表不得超过 3 人，但只有一票表决权。行政院由美、英、法、意、日 5 个常任理事国和经大会选出的 4 个非常任理事国（后来增加到 9 个）组成，每年至少开会一次，后改为每年开会 4 次。大会和行政院的决议，除程序问题或盟约另有规定者外，必须全体一致通过。常设秘书处由行政院指定的一位秘书长领导，负责准备大会和行政院的文件、报告和新闻发布工作。除了这三个主要机构外，国联还设立了国际常设法院、国际劳工组织、常设委任统治委员会等 6 个常设机构和专门委员会以及许多辅助机构。

（三）国联盟约的主要内容

国联盟约共 26 条，主要内容包括国联的组织机构和职能，建立国联的目的和达到目的的手段，以及管理殖民地的委任统治制度。国联盟约宣称，国联成立的宗旨在于"促进国际合作，保证国际的和平与安全"，为此盟约提出了会员国为实现这一宗旨而应尽的主要义务与职责。第一，裁减军备。第二，会员国有相互尊重并保持领土完整和行政独立，以防御外来侵略的义务。凡是各国之间订立的与国联盟约不符合的条约均应废止。第四，盟约规定了"委任统治"制度，把德国的前殖民地和前奥斯曼帝国的领地交给国联，由国联把它们委托给英、法、比、日等主要战胜国进行统治。国联的"委任统治"制度，是帝国主义列强在战后世界被压迫民族风起云涌的反帝斗争形势下，为维护殖民统治而被迫对旧有的殖民体系进行的一种改造。

建立国联是美国总统威尔逊首先倡议和极力促成的，但国联成立后美国因控制它的目的没能达到而拒绝参加。这样，国联从建立后就为英法所操纵。第二次世界大战的爆发已使国联名存实亡，1946 年 4 月国际联盟正式宣告解散。

三、华盛顿会议

（一）战后远东太平洋的形势

巴黎和会主要是暂时调整了帝国主义在西方的关系，至于远东和太平洋地区，帝国主义还没有来得及根据其战后实力对比予以调整解决。此外，由于德国海军力量已被消灭，帝国主义列强的海上竞争的重心就从北海和大西洋转移到太平洋上来。因此，巴黎和会后，帝国主义列强在这一地区的矛盾就显得特别尖锐，其中美日之间和美英之间的争夺尤为激烈。

第一次世界大战后，帝国主义在亚太地区的争霸形势与战前相比有了新的变化。战前主要是英、法、俄、德、日、美六国相互角逐，斗争的中心是宰割衰弱的中国。战后，德国败北，沙俄消亡，法国则忙于医治战争创伤和处理欧洲事务，于是在亚太地区的国际政治斗争舞台上便形成了英、美、日三国继续争夺中国和太平洋海上霸权的新局面。这种新的争霸格局有三条主线：第一，日本在该地区实力的明显增强以及它独占中国势头的迅速发展，引起了英、美两国的极度不安。因此尽管它们之间存在着种种矛盾，但都力图遏制日本的扩张野心。第二，为争夺亚太地区的霸权，英、美、日三国展开了激烈的海军军备竞赛，使远东形势格外紧张。第三，中华民族的觉醒以及巴黎和会期间中国人民对帝国主义任意宰割中国所表现出来的强硬态度，使列强极为惊恐。

战后，英、美、日三国之间的相互关系发生了某些与战前不同的重要变化。英日关系逐渐从盟友走向了某种程度的对抗。美日两国在对华政策方面尖锐对立，战后矛盾日益突出。围绕对华关系，美国的"门户开放"原则与日本独霸中国政策之间的对立日益尖锐。在战后争夺远东及太平洋地区霸权的斗争中，美英两国既是对手，又是反对日本扩张的伙伴。

第一次世界大战前，激烈的海军军备竞赛主要围绕对欧洲、北海及大西洋的控制权，在英、德两国之间进行。大战结束后，随着德国海军的败亡和美、日两国的崛起，围绕争夺亚洲及太平洋地区的霸权，新的一轮海军军备竞赛的阴云又笼罩在美、日、英三国之间。大国为争夺亚太地区的霸权而展开的海军军备竞赛加剧了远东国际关系的紧张化。

（二）华盛顿会议与华盛顿体系的建立

1921 年 7 月，美国国务卿休斯向英、法、日、意、中五国提议在华盛顿召开国际会议。1921 年 11 月 12 日，华盛顿会议开幕。参加会议的国家有美、英、法、日、意、比、荷、葡、中九国。会议的正式议程有两项:一是限制海军军备问题;二是太平洋及远东问题。为此会议组成了两个委员会:由美、英、法、意、日五国组成的"缩减军备委员会"和由与会九国组成的"太平洋远东问题委员会",分别进行讨论。会议历时近3个月,于1922年2月6日闭幕。其主要内容是:关于废除英日同盟的四国条约;关于限制海军军备的五国条约和关于中国"门户开放"原则的九国公约与中日解决山东问题的条约。

1. 四国条约

会议签订的第一个重要条约是《关于太平洋区域岛屿属地和领地的条约》,即《四国条约》。美国发起召开华盛顿会议的一个重要目的是拆散英日同盟。《英日同盟条约》缔结于1902年,1911年修改续订。条约矛头原是针对俄国和德国的,但是到第一次世界大战后,由于俄国发生了革命,德国战败,都退出了在远东和太平洋地区的角逐,因此条约的主要矛头就指向了美国。

经过美、英、日代表私下的再三磋商和法国的同意,四国终于在1921年12月13日签订了《关于太平洋区域岛屿属地和领地的条约》,简称《四国条约》,有效期十年。条约规定:缔约各国同意相互尊重它们在太平洋区域内岛屿属地和岛屿领地的权利;如上述权利遭受任何国家侵略行为的威胁时,缔约各国彼此之间应全面地和坦白地进行协商,就应该采取的最有效措施达成协议;本条约生效后,英日同盟应予终止。

《四国条约》的签订无疑是美国外交的一大胜利。因为它埋葬了英日同盟,解除了英日联合与之对抗的威胁,为美国在远东和太平洋地区的扩张消除了一个障碍。《四国条约》对日本的影响是双重的。一方面,日本的扩张野心受到了美、英、法三国的遏制;另一方面,该条约又使日本在国际上第一次处于与欧美列强平起平坐的地位,它在太平洋上的权益得到了大国的正式承认,这无疑又是日本外交的成功。

2. 五国海军条约

限制海军军备问题是华盛顿会议的主要议题之一,在这个问题上各国矛盾尖锐。美国提出了一个限制海军军备的建议。建议的主要内容是:今后10年内停止建造主力舰,10年后也只能建用以替换退役舰的主力舰;参照与会国现有海军力量,确定各主要国家的主力舰吨位为:美英各50万吨,日本30万吨,即5:5:3的比例。美国的意图是消除英国主力舰对美国主力舰的优势,并确保自己对日本的海军优势。英国迫于战后财政困难,只得放弃传统的"两强标准"政策,接受美国的方案。日本被迫让步,但附有一个条件,即英美不得在太平洋西部地区建立和加强海军基地。

经过近3个月的讨价还价,1922年2月6日,美、英、日、法、意五国签订了了《美英法意日五国关于限制海军军备条约》即《五国海军条约》。条约规定:五国主力舰总吨位限额为,美英各52.5万吨,日本31.5万吨,法意各17.5万吨,即五国主力舰总吨位的比率依次为5:5:3.1:1.75:1.75;五国航母舰总吨位的限额为:美英各13.5万吨,日本8.1万吨,法意各6万吨;禁止建造排水量超过3.5万吨的主力舰。条约还规定:美、英、日三国在太平洋岛屿和领地的要塞维持现状;美国不得在菲律宾、关岛、萨摩亚和阿留申群岛,英国不得在香港及太平洋东经110度以东的岛屿修建海军基地和新的要塞,日本则主要承诺不在台湾设防。条约有效期至1936年12月31日。

《五国海军条约》使英国正式承认了美英海军力量的对等原则,标志着英国海上优势从此终结,并使日本的扩军计划受到限制,从这个意义上说,它是美国外交的又一胜利。然而美英在战舰基地方面对日本做出的让步,却潜伏着巨大危险。因为尽管日本在主力舰方面劣于美英,但由于后者丧失了在靠近日本水域拥有有效作战基地的可能性,使日本海军在新加坡以北的水域实际占有绝对优势。一旦发生战争,香港和菲律宾便会成为日本的囊中之物。因此这一规定是日本在战略上的胜利。

3. 山东问题的解决与《九国公约》

华盛顿会议的另一个重要议题是远东和太平洋问题,而其核心是中国问题。华盛顿会议上,在中国人民反帝斗争的推动下,中国政府提出了诸如取消《凡尔赛和约》中关于山东的条款、日本放弃"二十一条"等一系列正当要求。美国为了削弱日本在中国的势力,支持中国收回山东主权和废除"二十一条"的要求。但日本却坚持中日双方在会外"直接谈判"。最后达成妥协,由英美派观察员列席中日双边谈判。

1922年2月4日,中日签订了《解决山东问题悬案条约》和《附约》。条约规定:恢复中国对山东的主权,日军撤出山东,归还胶济铁路,但中国要用日本的贷款偿付5 340万金马克的铁路产值,在未偿清以前,中国政府应任用一日本人为车务长,一日本人为会计长。在附约中还规定了对日本人和外国侨民的许多特殊权利。因此,日本在山东仍保持了相当大的势力。但是条约毕竟修改了《凡尔赛和约》关于山东问题的规定,中国在山东的主权得到了一定程度的恢复。与此同时,在各种压力下,日本被迫声明放弃"二十一条"中的部分次要条款,宣布将它所获得的在南满及内蒙古东部修建铁路贷款的优先权转让给国际银行团,并放弃向南满派遣顾问、教官的优先权等。

　　1922年2月6日,出席华盛顿会议的九国签订了《九国关于中国事件应适用各原则及政策之条约》,即《九国公约》。公约共9条,美国代表起草的"四项原则"提案被列为第1条,是为中心内容。它规定:尊重中国的主权与独立、领土与行政完整;为中国建立一个稳固的政府提供方便;建立并维护各国在全中国的商务实业机会均等原则;不得利用中国的状况谋取有损于其他国家公民的特权。但对于中国向会议提出的关于取消列强在中国的治外法权和势力范围、废除外国在华租借地、撤退外国在华军警,以及恢复关税自主等收回主权的要求,除了同意撤销部分外国电台及英、法同意交还威海卫与广州湾之外,其他问题实际均未得到解决。

　　《九国公约》的核心是列强确认并同意把"门户开放"、"机会均等"作为它们共同侵略中国的基本原则。因此它们强加给中国的一切不平等条约仍然有效,它们的在华特权继续存在。《九国公约》的签订,是美国外交取得的重要成果。它使美国长期追求的"门户开放"在中国终于成为现实;它打破了日本对中国的独占,为美国进一步对华扩张和争夺亚太地区的霸权提供了条件。

(三) 华盛顿体系及其实质

　　华盛顿会议实质上是巴黎和会的补充和继续。巴黎和会暂时调整了帝国主义列强在西方的关系,华盛顿会议则确定了战后帝国主义在远东和太平洋地区的新秩序。华盛顿体系的建立,使英国在远东的势力受到削弱,标志着英国从远东撤退的序幕。日本的扩张野心遭到美英的遏制和中国人民的坚决抵制,但其独霸东亚的既定国策不会改变,在以后的年代中它不断寻找机会准备最终冲破华盛顿体系的束缚。美国作为该体系的主要规划者和潜在的保证者,力求保持远东及太平洋地区的新均势,因此美日矛盾终归不可调和。

　　华盛顿体系的建立,标志着战胜国帝国主义在全球范围内基本完成了对战后列强关系的调整和对世界秩序的重新安排。由凡尔赛体系和华盛顿体系构成的帝国主义国际关系新格局,史称"凡尔赛—华盛顿体系"。

本章重、难点提示

一、重点掌握名词

十四点原则	《色佛尔条约》	英日同盟
巴黎和会	《洛桑条约》	五国海军条约
《凡尔赛和约》	国际联盟	《解决山东问题悬案条约》
《圣日耳曼条约》	委任统治	《九国公约》
《纳伊条约》	华盛顿会议	凡尔赛—华盛顿体系
《特里亚农条约》	四国条约	

二、论述题

1. 概述第一次世界大战主要战胜国的战后设想。参见本章一、(一)。
2. 简述《凡尔赛和约》的主要内容及其影响。参见本章一、(三)。
3. 评价凡尔赛体系。参见本章一、(四)。
4. 分析一战后远东太平洋的国际形势。参见本章三、(一)。
5. 概述华盛顿体系的内容及其实质。参见本章三、(二)、(三)。

第七章　　两战之间的世界

考点详解

一、苏联的社会主义建设与斯大林模式

(一) 苏联的建立

1922年12月30日,在莫斯科召开了苏维埃社会主义共和国联盟第一次苏维埃代表大会。大会通过了苏

联成立宣言和联盟条约。当时加入苏联的有俄罗斯、乌克兰、白俄罗斯和外高加索4个共和国。大会选出了中央执行委员会,加里宁、彼得罗夫斯基、切尔维雅科夫和纳利马诺夫分别代表四个共和国出任中央执行委员会主席团主席。1924年1月,苏联第二次苏维埃代表大会批准了苏联宪法,从法律上把苏维埃共和国联盟的形式固定下来。

1924年,在中亚细亚进行了民族区域划界工作。原来的土耳其斯坦、布哈拉和花剌子模共和国不复存在。新建两个加盟共和国——土库曼和乌兹别克,于1925年加入苏联。另外,组建了塔吉克、哈萨克和吉尔吉斯三个自治共和国。1929年,塔吉克自治共和国改为加盟共和国。

(二) 社会主义工业化和计划经济的实施

1925年12月18日至31日,联共(布)第十四次代表大会召开。大会提出了苏联社会主义工业建设的任务,宣布国民经济恢复期结束,工业化新时期开始。大会宣布把俄国从一个输入机器和设备的国家变成生产机器和设备的国家,变成由新技术装备起来的现代化工业强国,并且规定将苏联工业化的重点首先放在发展重工业和机器制造业上。

苏联从1928年10月起,开始实行第一个五年计划。到1932年底,政府宣布提前完成这一计划。1933—1937年又实行了第二个五年计划。根据优先发展重工业的方针,对工业部门的投资主要是用于生产生产资料的工业部门。经过两个五年计划的努力,苏联基本实现了社会主义工业化,建立起强大的工业基础,形成了较为完备的工业体系。1937年,苏联工业总产值在世界工业总产值中所占的比例由战前1913年的2.6%上升到10%,全苏的工业生产水平由1913年的世界第五位和欧洲第四位变为世界第二位和欧洲第一位。

在工业化取得巨大成就的同时,也存在着重大问题:(1)片面发展重工业,造成农、轻、重经济发展严重失调,使农业和轻工业长期处于落后状态,直接影响到人民生活水平。(2)片面强调产值和产量,造成新产品单调,质量低劣。(3)盲目追求速度和扩大生产,经济粗放发展,生产效率低下,造成国家资源的大量消耗和浪费。

(三) 农业全盘集体化运动

1927年12月的联共(布)十五大,讨论了农村问题,大会作出了推动农业和农民集体化的决议。1927—1928年国内出现的越来越严重的粮食收购危机加速了全盘集体化的步伐。1929年11月,以斯大林发表《大转变的一年》为标志,在全国上下展开了轰轰烈烈的全盘集体化运动。

1930年1月,联共(布)中央政治局通过了《关于集体化的速度和国家帮助集体农庄建设的办法》决议。这份重要文件规定了不同地区实行集体化的时间表和实现集体化的形式。到1932年底第一个五年计划完成时,全国60%以上的农户走上集体化道路,建立了20多万个集体农庄。这一年,国营农场和集体农庄的播种面积达到总播种面积的80%。因此,联共中央在1933年1月宣布:把分散的个体小农经济纳入社会主义大农业的轨道的历史任务已经完成。

全盘集体化运动使农村发生翻天覆地的变化:富农阶级被消灭,个体农民变成集体农庄庄员,分散的小生产变成集中的大生产,农业成为直接听从党政机关指挥的部门。这一变化为社会主义工业化的实现提供了条件。另外,集体农业还为工业发展提供了相当数量的资金和劳动力。农业集体化是工业化运动的必然继续,是苏联社会主义建设事业的重要组成部分。

全盘集体化运动存在着严重的问题和错误。它违背了列宁提出的改造农民的自愿和逐步原则,使千百万农民以及少数民族地区的牧民在这场变动中遭受许多本可以避免的苦难与死亡。集体化运动中,建立起一套严密的行政命令体制,把农民束缚在农庄里,使农民失去生产和分配的自主权,甚至连迁徙自由也受到限制。政府忽视农民的物质利益,限制城乡间的商品货币关系,用超经济手段从农民身上拿走很多。所有这些使工农关系、城乡关系问题重重,农民生产积极性低下,农牧业生产长期停滞落后,严重阻碍了苏联经济的发展。

(四) 1936年苏联宪法与斯大林模式

1. 1936年苏联宪法

1936年11月25日,第八次苏维埃代表大会在莫斯科举行。大会讨论和通过了新宪法。宪法规定,苏联是工农社会主义国家,它的经济基础是社会主义经济制度和生产资料的社会主义所有制,政治基础是各级劳动者代表苏维埃。苏联新宪法的制定,宣告了第一个社会主义国家的建成,也标志着斯大林创建的经济政治体制的形成。

2. 斯大林模式的主要特点及其意义

斯大林模式在政治上的主要特点是:(1)限制以致取消党内民主。(2)强化苏共对国家政治、经济、文化、思想的绝对控制,以苏共中央取代中央政府职能。(3)总书记个人专权政治模式的建立。权力向苏共的最高领袖个人手中集中,使总书记变成全党的最高领袖和国家的首脑。

斯大林模式在经济上的主要特点是:(1)管理方式上的中央绝对的集中统一管理。最高管理机构是最高国民经济委员会,下设各部门的总管理局,以下是各加盟共和国专业部门和各行业的企业。(2)中央对地方、上级对下级实行严格的指令性计划。中央部门事无巨细地规定企业的年度计划、季度计划甚至月度计划,对于中央的计划,企业必须执行。与指令性计划的特点相关联和相适应,行政命令手段成为高度集中的经济体制的主要管理方法。

斯大林模式最大的优点就是可以在短时间内以执行命令手段迅速地调动全国的人力、物力、财力和技术力量集中于某一部门或某一重大项目。苏联第一个五年计划和第二个五年计划的顺利实施并提前完成,苏联的工业化和全盘农业集体化的顺利完成,以及卫国战争前苏联在极短的时间内完成了军事和军备的全国总动员,都足以证明这个体制的高效率。但这一模式没有解决社会主义民主政治建设和经济运行的一系列根本问题。它违背列宁关于把文化经济建设当作工作重心的指示,仍把政治斗争放在第一位。它忽视社会主义商品经济的要求,也不适应世界经济发展的集约化和一体化的要求。

(五) 大清洗运动

政治大清洗作为一场大规模的、有计划的和涉及面广的政治运动开始于 1934 年。1934 年 12 月 1 日,联共(布)中央政治局委员、中央书记、列宁格勒州委书记基洛夫惨遭暗杀是大清洗运动的直接导火线。发案当天,根据斯大林的提议,未经政治局讨论,以苏联中央执行委员会名义通过了一项决定,对现行刑事诉讼法作了修改,即:侦查部门应从快处理被控策划和执行恐怖行动的案件;司法机关不得推迟执行对这类罪犯的死刑判决并研究是否给予赦免;一旦对犯有上述罪行的罪犯作出死刑判决,内务人民委员部机关应立即执行。

从 1936 年下半年开始,大清洗运动进入高潮阶段,其标志是 1936 年 7 月 29 日斯大林以联共(布)中央的名义向各地党组织发出的关于托洛茨基—季诺维也夫联盟间谍恐怖活动的密信。信中号召一切党组织、全体党员必须保持警惕性,要善于识别党的敌人。1938 年 3 月 2—13 日,苏联法庭举行第三次公开审讯,指控布哈林、李可夫等人组织"右派和托派同盟",不仅充当外国间谍,阴谋推翻苏维埃政权,而且要赤裸裸地复辟资本主义。布哈林、李可夫等 19 人被判处死刑。由于存在对斯大林的个人崇拜,法制不健全且遭随意破坏,许多人无辜遭到迫害。

政治大清洗是大规模和空前的,在党内几乎涉及从中央到地方的所有党员,军队、知识分子、工人、农民、少数民族以及苏联国际友人被有不同程度地波及。1938 年末,大规模的逮捕处死浪潮逐渐平息。这场历时多年的大清洗给苏联社会主义事业和国际共产主义运动造成难以估量的损害。

二、西方国家的恢复与调整

(一) 20 年代的英国

英国在第一次世界大战中虽然取胜,但是失去了金融霸主和海上霸权地位。英国欠下美国债务 50 亿美元,由美国的债权国变成了债务国。英国在大战中丧失商船总数的 70%,1922 年被迫放弃了"两强标准"。英国对殖民地和自治领的控制力减弱,自治领"离心"倾向加强。1920 年,英国发生了经济危机。整个 20 世纪 20 年代,英国经济发展缓慢,出现了"英国病"的征兆。

由于战后工人阶级力量的壮大,标榜社会主义的工党势力大大增加,开始取代自由党与保守党轮流执政。1924 年 1 月,工党领袖麦克唐纳组成英国历史上第一届工党政府,标志着工党走上了执政党的地位。工党执政后,在资产阶级允许的范围内,进行了一系列社会福利改革,如通过"惠特利住宅计划",由国家补贴兴建低收入者居住的住宅;增加失业工人补贴,改善失业保险制度,增加养老金和抚恤金,等等。

在爱尔兰独立问题上,经过谈判,于 1921 年 12 月签订了《英爱条约》。条约规定:爱尔兰南部 26 郡组成爱尔兰自治邦,作为英国本土延伸的自治领;北部 6 郡正式并入英国;大不列颠及爱尔兰联合王国改名为"大不列颠及北爱尔兰联合王国"。为解决英国本土与自治领间的相互关系问题,英国于 1926 年 10 月召开了帝国会议,通过了《贝尔福宣言》,规定了英国和各自治领间的平等关系。但由于各自治领在防务上需要英国军队、特别是英国海军的保护,以及英国和自治领在经济上的密切联系,它们仍然承认自己是英帝国的成员,并宣布效忠于英王。1931 年 12 月,英国议会通过的《威斯敏斯特法》,批准了 1926 年帝国会议的决议。

1926 年,英国爆发历史上规模最大的工人总罢工。1927 年 7 月底,国会通过了《劳资争议与工会法》,宣布"任何罢工为非法",唆使和煽动罢工或歇业者要处以罚款或判刑,禁止组织罢工纠察队并严格限制向工会募捐等,因此被工人称为"工贼宪章"。1928 年,又成立了以大资本家阿尔弗雷德·蒙德为首的工业巨头、职工联合会领导人组成的混合委员会,推行劳资阶级合作政策,被称为"蒙德主义"。

(二) 20 年代的法国

法国在战争中的损失较英国严重得多。战争造成的损失,使法国在 20 年代长时间面临财政困难。1926 年普恩加莱再次出任总理后,把整理财政、稳定法郎作为治理内政的主要任务。到 20 年代后期,法国基本上完成了战争破坏地区的重建。

战后法国为了保障自身安全,与德国周围的中小国家缔结同盟关系。1920 年 9 月,法国与比利时签订了军事协定;1921 年 2 月和 1924 年 11 月又先后同波兰和捷克斯洛伐克缔结了同盟条约,从而在欧洲大陆建立了一个以法国为首的主要针对德国的同盟体系。除与一些国家结盟和签订安全保障条约外,法国还耗费巨资,修建了一条马其诺防线,以图在德军再次来犯时得以自保。

两次世界大战之间,法国政治上表现为政府更替频繁。由于法国政党较多,多采取联合组阁形式,政府在议会中缺乏稳定的多数,易为议会操纵,常为议会推翻,或因联合政府的内部分裂而自行瓦解。政府频繁更换,造成政局不稳,从而削弱了国家的力量。

(三) 魏玛共和国的建立

一月起义失败后,德国于 1919 年 1 月 19 日举行国民会议选举。在选举中,社会民主党和天主教中央党、德意志民主党等资产阶级政党取得多数选票。2 月 6 日,国民会议在远离柏林的一个小城市魏玛召开。大会选举艾伯特为总统,谢德曼被任命为总理,组成社会民主党、民主党和天主教中央党联合执政的内阁。

7 月 31 日,国民会议通过了新宪法。8 月 11 日起宪法生效,史称《魏玛宪法》。"魏玛共和国"也因此得名。宪法规定:德国是联邦共和国,但各邦的权力较帝国时代大为减少。外交、国防、财政、关税、邮电等事务归中央政府掌管。各邦设置自己的议会和政府,有权管理本地的行政、教育、警察等事务。德国立法机关由两院组成。参议院由各邦派送的代表组成,它主要起咨询作用,但各项立法须得到它的同意。德国国会由年满 20 岁的男女公民选举产生。它负责立法和决定预算,有权宣战和媾和。政府总理和部长都对国会负责,如果得不到国会信任,就必须辞职。总统由全体公民直接选举产生,任期七年,得连选连任。总统有权任免总理,解散国会。宪法根据三权分立的原则,还设最高法院于莱比锡。最高法院有权裁决联邦政府与地方政府之间、各邦之间的争执。废除等级特权及贵族称号,公民有人身、通信、居住、言论、集会等自由。

(四) 美国的繁荣

美国在第一次世界大战后经过 1920 年年中至 1921 年末的短期经济萧条后,经济开始复苏,并逐渐趋于繁荣。1922—1929 年,美国进入了它经济繁荣的"黄金时代",史称"柯立芝繁荣"。经济繁荣主要表现在工业生产的膨胀,特别是汽车工业、电气工业、建筑业和钢铁工业生产的高涨。

20 年代,美国实行限制性的移民政策。1921 年国会通过《移民紧急限额法》,规定每年从任何一国进入美国的移民数限制为 1910 年该国已居住美国的移民数的 3%。1924 年制定的《国别来源法》更把来自任何一国的移民数目,限制到 1890 年住在美国的该国后裔人口的估计数的 2%。由于到那一年为止大多数移民都来自北欧和西欧,这就进一步限制了南欧和东欧人移入美国。至于亚洲人更在实际上被法律所排斥。

(五) 德国赔款问题

1. 鲁尔危机

德国的赔款问题是凡尔赛和约中悬而未决的最复杂的国际问题之一。巴黎和会后,战胜国以争夺欧洲霸权为目的,继续围绕这一问题进行着激烈的争斗。1921 年 4 月,赔款委员会伦敦会议决定:德国的赔款总额为 1 320 亿金马克,30 年内偿清,每年赔付 20 亿金马克和出口商品价值的 26%。德国政府虽然被迫接受战胜国的赔款要求,但采取了"履行它,就要证明它无法履行"的策略。1922 年 7 月,德国政府以通货膨胀、财政危机为理由,请求延期支付赔款。英国政府支持德国的要求,提出减少赔款总数和延期付款方案;法国强烈反对,并准备采取军事行动来惩治德国。

1923 年 1 月 11 日,法国联合比利时,以德国不履行赔款义务为借口,出动约 10 万军队占领了德国的鲁尔工业区。德国政府采取"消极抵抗"政策,宣布停付一切赔款,责令鲁尔地区的官员拒绝服从占领当局的命令,企业一律停工,企业主的损失由国家补偿,失业工人由国家救济。

占领鲁尔使法德两败俱伤,并加深了英法之间的矛盾,为美国插手赔款问题创造了条件。

2. 道威斯计划

陷入困境的法国已无力抗拒英美对它与德国冲突的干预,被迫召开国际专家委员会。1923 年 11 月,赔款委员会成立了一个由美国银行家道威斯任主席的专家委员会。1924 年 4 月 9 日,该委员会向赔款委员会提出了关于德国赔款问题建议书,即"道威斯计划"。8 月,协约国伦敦国际会议正式通过了这个计划。

计划的主要内容是:(1)对德国赔款总数和支付年限未加确定,只规定该计划生效的第一年度德国应支付 10 亿金马克赔款,以后逐年增加,从第五年度起每年支付 25 亿金马克赔款。(2)德国赔款的支付来源是工业企业和铁路的利润,以及关税和日用品间接税。(3)向德国提供一笔 8 亿金马克的国际贷款,以帮助它平衡预算和稳定通货;贷款大部分由美国提供。德国的财政经济要受到以赔偿事务总管为核心的协约国代表的监督。

1924 年 9 月 1 日"道威斯计划"开始实行,1925 年 7 月法比军队撤出鲁尔。至此,鲁尔危机和德国赔款问题暂获解决。

道威斯计划对欧洲国际关系产生了深刻的影响。首先,巴黎和会赋予法国在解决德国赔款问题上的主宰地位被美英所取代,这就打击了法国的欧洲霸权计划;其次,道威斯计划给美国资本,特别是美国资本流入德国扫清了道路,从而为德国恢复经济大国地位和重整军备提供了条件。再次,道威斯计划使德国的赔款和美国的贷款发生了密切的联系,随着美元大量涌入德国,美国不但在德国赔款问题上,而且在整个欧洲事务上起着越来越重要的作用。

3. 杨格计划

1928 年,德国借口经济困难,要求修改"道威斯计划"。在美国支持下,1929 年 2 月 11 日由美、英、法、德、比、意、日等国专家组成的、以美国财政专家杨格为主席的"审议道威斯计划"委员会在巴黎召开会议。

6 月,该委员会制订出新的赔款方案,即"杨格计划"。此计划于 1930 年 1 月在海牙国际会议上得到有关政府批准。计划确定德国赔款总额为 1 139.5 亿金马克,限 59 年内付清。前 37 年,每年付款 19.88 亿金马克;后 22 年,每年付款数不等,平均 15 亿多金马克。计划取消对德国财政经济上的国际监督,由美、英、法、意、比五国合设一个国际结算银行,负责处理赔款方面的事宜。杨格计划进一步放松了《凡尔赛和约》对德国的限制,有利于德国经济、军事力量的发展。

4. 胡佛《延债宣言》

资本主义世界经济危机爆发后,德国以经济困难为理由,于 1931 年提出延期支付赔款和其他债务的要求。6 月 20 日胡佛根据兴登堡的要求发表了"延债宣言",提出:从当年 7 月起"在一年期内延付一切各政府间债务、赔款和救济借款的本利";重申德国赔款问题完全是一个欧洲问题,与美国无关;其他国家欠美国的债务不能取消。7 月 23 日美、英、法、比、日、意、德等国在伦敦会议上通过了各国之间债务延期一年偿付的决定。

5.《洛桑协定》

1932 年 1 月,德国宣布将无力也不会在任何条件下支付赔款,遂使赔款问题再度告急。6 月,在洛桑召开有关各国的会议再议赔款,7 月 9 日签订了《洛桑协定》,规定德国最后须缴付 30 亿马克,作为免除其赔款义务的补偿,但批准这个协定的前提条件是必须妥善解决协约国之间的债务。然而由于美国坚决反对勾销或减少战债,《洛桑协定》始终未获批准。德国从此停止支付赔款,协约各国也无意继续偿还战债。

(六)欧洲安全问题与《洛迦诺公约》

大战后的欧洲安全保障问题,是凡尔赛体系未能完全解决的另一个问题。战后法国的外交政策以保持《凡尔赛和约》所规定的现状和维护法国安全为核心。为了防止德国东山再起,法国积极地寻求他国的支持。20 世纪 20 年代初,法国分别与比利时、波兰建立联盟,并加强了与被称为"小协约国"的捷克斯洛伐克、罗马尼亚和南斯拉夫之间的关系,作为遏制德国侵略的屏障。

对作为战败国的德国来说,摆脱凡尔赛体系的束缚,重新恢复大国地位是它对外政策的主要目标。为此德国必须设法阻止协约国,尤其是法国对德国的任意制裁,逐步恢复被占领土莱茵兰,并调整东部边界。在英国授意下,1925 年 1—2 月,德国政府分别向英、法、比、意正式递交了关于缔结莱茵公约的备忘录,建议在莱茵地区有利害关系的国家缔结一项维持现状、相互保证安全与和平解决争端的安全保证公约。

1925 年 10 月 5—16 日,英、法、德、比、意、波、捷七国在瑞士小城洛迦诺举行国际会议。10 月 16 日草签了以《莱茵保证公约》为主的 7 个条约和一个议定书,同年 12 月 1 日在伦敦正式签字。这些文件总称为《洛迦诺公约》。公约的主要内容是:(1)德、法、比、英、意五国的相互保证条约,即《莱茵保证公约》,规定:德、法、比三国相互保证维持《凡尔赛和约》规定的德法之间和德比之间的领土现状,不得违反《凡尔赛和约》关于莱茵非军事区的规定,德法之间和德比之间互不侵犯,并在任何情况下不得诉诸战争。英意作为保证国承担援助被侵略国的义务。(2)德国分别与法、比、波、捷签订的仲裁条约。条约规定双方发生的一切争端,如通过正常的外交方式不能解决,应提交仲裁法庭或国际常设法院裁决。(3)法国分别和波、捷签订的相互保证条约,规定如一方遭受德国侵略,彼此立即给予支持和援助。

《洛迦诺公约》的签订是协约国在政治上正式承认德国作为一个平等国家的前提下,对凡尔赛体系作出的一次重大调整,它对欧洲国际关系和国际格局产生了重大影响。它暂时解决了安全问题,改善了协约国尤其是法国与德国的关系,使欧洲的国际关系进入了相对稳定时期,并为"道威斯计划"的继续实行和 20 年代中后期资本主义经济的发展创造了条件。法国在欧洲的政治地位因此受到了削弱。

《洛迦诺公约》没有对法国的东部盟国波兰、捷克斯洛伐克的西部边界提供保证,这使法国长期经营的欧洲同盟体系受到了严重打击。《洛迦诺公约》的签订,标志着法国对德国违反《凡尔赛和约》的行动实行单独制裁的时期已经结束。法国今后本身的边界安全却要依赖英国甚至意大利的保证。

《洛迦诺公约》使德国在未承担新义务的情况下实现了大部分外交目标。德国摆脱了战败国地位,争得了与法国的平等,并为收复莱茵兰创造了条件;它成功地拒绝对波、捷边界给予保证,为今后向东侵略打开了方便之门;该公约作为"道威斯计划"在政治上的继续,成为德国恢复政治大国地位的第一步。1926 年 9 月德国正式加入国联,并成为行政院常任理事国,终于重新跻身于西方大国的行列。

《洛迦诺公约》是英国实行均势外交的产物。英国终于以承担最小义务的办法获得了欧洲的安全,并成为德法之间的仲裁者,从而处于欧洲政治的支配地位,并在一定程度上达到了抑制法国、扶植并限制德国、加大德苏关系距离的目的。

(七)《非战公约》

1927 年 6 月 20 日,法国外交部长白里安照会美国政府提议两国缔结"永恒的友好"条约,庄严宣布谴责和摒弃战争、和平解决两国之间的一切争端。12 月 28 日,美国国务卿凯洛格复照法国政府,建议由美法联合倡议,先由美、法、英、德、意、日六个强国签署白里安提出的非战公约,然后邀请所有国家参加把双边公约改为多边公约。

经过各国之间的谈判,1928 年 8 月 27 日,德、美、比、法、英、意、日、波、捷等 15 个国家的代表在巴黎作为创始国签订了《关于废弃战争作为国家政策工具的一般条约》,即《非战公约》,又称《白里安—凯洛格公约》或《巴黎公约》。主要内容是:各缔约国谴责用战争来解决国际争端,并在相互关系中放弃以战争作为执行国家政策的工具;各缔约国之间可能发生的一切争端或冲突,不论其性质或起因如何,只能用和平方法来解决。

《非战公约》是一个重要的国际文件。它第一次正式宣布在国家关系中放弃以战争作为实行国家政策的工具,和平解决国际争端,从而在国际法上奠定了互不侵犯原则的法律基础,并且在第二次世界大战后成为国际军事法庭审判德、日战犯的重要法律依据。

三、世界经济危机与罗斯福新政

(一)世界经济危机(1929—1933)

1929 年 10 月 24 日的"黑色星期日",引发了 1929—1933 年的资本主义世界经济大危机。经济危机的风暴首先猛烈袭击美国,不久扩大到加拿大、德国、日本、英国、法国等国,并波及许多殖民地、半殖民地和不发达国家,迅速席卷了整个资本主义世界。这场持续到 1933 年的经济大危机,是资本主义世界有史以来最严重、最深刻、最持久的世界性危机。金融、工业、商业的衰退无法遏止,世界工业生产指数大幅度下降;金本位制彻底崩溃,国际货币秩序遭到破坏;国际贸易一片混乱,贸易额大幅度下降;失业悲剧接连不断。

危机爆发后,各国统治者纷纷向别国转嫁危机,展开了激烈的关税战、贸易战和货币战,出现了各种货币集团和经济集团。从 1931 年 11 月起,英国和英联邦国家陆续联合起来,组成英镑集团。同英国财政经济上有密切联系的瑞典、丹麦、葡萄牙、伊拉克、阿根廷、巴西等也都参加英镑集团。英镑集团成员国之间的贸易用英镑结算,其货币同英镑保持固定汇率,并把大部分外汇储存在伦敦。这时,法国、荷兰、意大利、比利时、瑞士、波兰等国组成维持金本位的集团,防止货币的贬值。

经济实力雄厚的美国于 1933 年 4 月正式放弃了金本位,宣布禁止黄金出口。1934 年美国政府宣布美元贬值 40%,并联合一些国家,组成美元集团(1939 年改称美元区)。美元集团的基本措施与英镑集团大致相同。参加者有:美国及其属地、菲律宾、加拿大以及大多数的拉美国家。到 1935 年,世界大部分地区分裂成 5 个货币集团,主要是英镑区、美元区、黄金本位区,此外还有日元区和德国统制下的外汇控制区。

(二)罗斯福新政的实施

"新政"的主要内容可以用"3R"来概括,即 Recovery(复兴)、Relief(救济)和 Reform(改革)。从 1933 年 3 月 9 日到 1933 年 6 月 16 日,罗斯福政府和国会先后颁布了 70 多个"新政"立法,史称"百日新政"。"新政"实施分为 1933—1935 年、1935—1939 两个阶段。第一阶段的重点在复兴和救济,第二阶段重点在改革。在"新政"实施期间,政府和国会总共颁发了 700 多个法令,涉及整顿财政金融、调整工业生产、节制农业发展、实行社会救济、举办公共工程、改革政治体制等方面。

1. 在财政金融方面:

1933 年 3 月 9 日,国会通过《紧急银行法案》,授权总统整顿破产银行的大权,由政府提供 35 亿美元贷款,帮助大银行复业。同时,又公布了《存款保险法》,由政府保障存款,以恢复存户对银行的信心,防止新的挤兑风潮。6 月 16 日,国会通过《格拉斯-斯蒂高尔法》,将商业银行与投资银行分开,以避免使用用户存款进行投机。1935 年政府又颁布了新的《银行法》,规定拥有 100 万美元资金以上的一切州银行都必须加入联邦储备银行,由一个中央委员会对各联邦银行进行直接管理。

为了加强美国对外经济地位,罗斯福政府于 1933 年 3 月 10 日宣布停止黄金出口,4 月 19 日正式宣布放弃金本位。到同年 10 月,美元贬值约 30%。这一举措,增强了美国在世界市场上的竞争力。

2. 在工业生产措施方面:

最主要的是国会于 1933 年 6 月 16 日通过了《全国工业复兴法》。该法是"新政"的核心与基础。规定将全国工业划分为 17 个部门,分别成立协商委员会,制定"公平竞争法规",确定各企业的生产规模、价格水平、市场分配和工资水平等,以避免盲目竞争而导致生产过剩。法令还对劳资关系作了规定,工人有组织工会和推选代表与资方集体商订雇佣合同的权利,资本家必须接受最高工作时数和最低工资额的限制。《全国工业复兴法》的实施对于恢复经济、缓和阶级矛盾起了较大的作用。

根据该法成立了"全国复兴署",由它召集工商界、劳工组织和消费者共同拟定公平竞争法规,凡是接受这些法规的企业,一律发给"蓝鹰"标志,上面书有"我们尽我们的职责"的字样。

3. 在节制农业方面:

1933 年 5 月 12 日,国会通过了《农业调整法》,根据该法,政府设立了农业经济调整署,主要任务是有计划地缩减农业生产,销毁"过剩"的农产品,以提高农产品价格,克服农业生产相对过剩的危机。政府对缩减农业产量的农业主进行补贴,并给予贷款。这些措施,使农产品价格逐渐回升,促进了农业的复苏。1938 年,联邦政府又颁布了新的《农业调整法》,规定在丰年时由政府收购剩余农产品,歉收时由政府控制市场价格。

4. 以工代赈,建立社会保障制度。

1933 年 5 月罗斯福促使国会通过了《联邦紧急救济法》,成立了联邦紧急救济署,直接救济失业者和贫穷者。除了直接救济外,政府更多地采用以工代赈的办法来对失业和贫穷者进行救济。政府先后成立了民间资源保护队、公共工程管理署、国民工程管理署和工程振兴署等公共工程机构,为数以万计的失业者提供就业机会。罗斯福的以工代赈措施,部分地解决了失业问题,增强了社会购买力,刺激了企业的发展;同时也改善了美国的基础设施,保护了森林、水利资源。

1935 年 8 月 14 日国会通过《社会保险法》(又称《社会保障法》)。该法包括养老金制度、失业保险制度和对无依无靠者提供救济三部分,改变了过去主要由慈善团体提供救济的传统,由联邦和州政府共同承担生活保障的责任,开始了"福利国家"的实验。

5. 制定劳工立法,调整劳资关系。

为缓和阶级矛盾,罗斯福敦促国会于 1935 年 7 月通过了《全国劳工关系法》,即《华格纳法》。该法规定:工人有组织工会和集体同资本家谈判合同的权利,资本家不能禁止工人罢工;成立劳资关系署,调查调解劳资纠纷。1938 年,国会又通过了《公平劳动标准法》,规定了每周的最高工作时数和每小时的最低工资额,并禁止使用童工。

6. 在政府体制改革方面:

"新政"时期,罗斯福全面扩张了总统权力,逐步确立了以总统为中心的三权分立新格局。他颁布行政命令改组、合并和取消一些行政机构。1939 年 4 月,国会通过了《政府机构改组法》。1939 年 9 月 8 日,总统颁布了第 8248 号行政改革命令,建立了包括白宫办公厅、预算局、国家资源计划处、人事管理联络处和政府报告署等总统办事机构,从而确立了以预算局为中枢的管理体系。

(三) 罗斯福新政的影响

罗斯福"新政"是在经济大危机威胁美国的形势下,试图在资本主义范围内对其中某些弊病加以改革,以保证资本主义的稳定和发展。罗斯福新政对美国历史产生了深远影响。首先,"新政"以资产阶级民主范围内的国家干预,在一定程度上恢复了人们对美国国家制度的信心,解脱了由于经济危机造成的法西斯势力对美国的威胁。其次,由于政府通过国会新的立法对美国社会经济生活实行前所未有的干预,从而大大扩大了联邦政府和总统的权力。第三,"新政"大大加强了美国的国家垄断资本主义,并成为现代美国国家垄断资本主义经济制度的开端。

(四) 凯恩斯主义

20世纪30年代英国经济学家凯恩斯创立的经济理论体系。1936年他的《就业、利息和货币通论》一书的出版,标志着凯恩斯理论体系的形成。凯恩斯抛开微观经济学的个量分析,研究整个资本主义社会的总需求或总收入与消费和投资总和的平衡关系,从而开创了现代宏观经济学。凯恩斯认为,社会总需求,即所谓的有效需求,是由总消费需求和总投资需求所组成。为了弥补"有效需求"的不足,就需要增加社会投资以引起消费需求的增加,并借此扩大总就业量。"有效需求"不足,正是资本主义经济病症的根源,为了解决问题,国家就必须通过变更利率、通货膨胀、公共投资和公共工程等手段来干预调节经济生活。

凯恩斯的经济理论首先在美国"新政"中得到了印证。自此以后,凯恩斯主义被各主要资本主义国家奉为国策,推动了国家垄断资本主义的发展。

四、日本军国主义与德意法西斯

(一) 日本军国主义

1. 日本政党政治的开始

1918年,在"米骚动"的强大冲击下,寺内军阀内阁被迫下台,取而代之的是以政友会总裁原敬为首的政友会党内阁。原敬组织了日本近代政治史上第一个政党内阁。继原敬内阁之后组成的是高桥是清内阁、加藤友三郎内阁、山本权兵卫内阁和清浦奎吾内阁。这几届内阁不是政党内阁,而是由官僚、军阀巨头组成的所谓"超然内阁"。

在大正民主运动和工农群众运动相继发展的形势下,宪政会、政友会、革新俱乐部接过民主势力的口号,高喊"打倒特权内阁"、"实行普选"、"改革贵族院和枢密院",自称"护宪三派",并把他们的活动称作"第二次护宪运动"。1924年5月,"护宪三派"在大选中获胜,加藤高明组织了护宪三派联合内阁。直到1932年的"五一五"事件,日本政府一直由议会中的多数党组阁。这一时期被正式称作"政党内阁"时期,也称"政党政治"时期。

在政党政治时期,日本的内外政策较之以前有所变化。1925年3月,加藤"护宪三派"内阁在第十五届议会上提出普选法案,并获得通过。新选举法取消纳税额和限制学生选举权的条件,年满25岁之男子均有选举权,年满30岁之男子均有被选举权。根据这个法案,全国选民自1919年的300万人扩大至1 200万人,增加4倍。

2. 协调外交

加藤内阁和若槻内阁的外务大臣都是币原喜重郎。币原在任内(1924年6月至1927年4月)推行了所谓的"协调外交"。主要内容为:(1)"维持和增进正当的权益";(2)尊重外交前后相承主义,以保持同外国的信任关系;(3)改善对美对苏关系;(4)在对华政策上贯彻不干涉内政。1925年1月,日苏签订了《关于规定两国关系基本原则的条约》,两国建立外交关系,随后日本从北库页岛撤兵。在对待中国问题上,币原外交较之过去的露骨干涉有所缓和,但必要时仍然诉诸武力,并非真正的"不干涉"。

3. 东方会议与《对华政策纲要》

随着中国第一次国内革命战争的发展和1927年3月日本金融危机的爆发,日本在野党和军部乘机攻击现内阁的内外政策,迫使若槻内阁辞职,由大军阀、政友会总裁田中义一登台组阁。在对外政策方面,田中批判币原外交"软弱",加紧对华武装干涉。

田中内阁的侵华政策,在1927年6月27日至7月7日召开的"东方会议"中表现得最为露骨。会议通过了《对华政策纲要》,明确指出:日本对"满蒙",特别是对东三省,应与中国本土区别看待,实即要将东北和内蒙古从中国分割出去,由日本侵占;凡对日本在"满蒙"的"特殊地位权益有侵害之虞时",则不论来自何方",都要决心为"防卫"而采取断然措施。

4. 军财抱合

1929年世界经济危机使持续萧条的日本经济遭到新的打击。当时,日本国内生产萎缩,国外竞争激烈。为了摆脱危机,日本统治者加强推行国民经济军事化,扩大军事支出和军事订货,以保证垄断资产阶级的利润。于是,通货膨胀与军需相结合,形成"军需通货膨胀",财阀与军阀进一步结合,称作"军财抱合",亦即军部与资本家的阶级联盟。军需通货膨胀政策是日本法西斯构筑"总体战"体制的组成部分,日本民间企业被加速纳入军事轨道。

5. 北一辉《日本改造法案大纲》

1919 年 8 月,北一辉(1883—1937)写了一本小册子,初名《国家改造案原理大纲》,后改名《日本改造法案大纲》,该书被日本法西斯分子奉为经典。北一辉狂热鼓吹天皇制,反对一切民主主义,包括资产阶级民主,说德谟克拉西是"极其幼稚的主张",选举制是以"投票神权"来反对"帝王神权",是适应低能之辈的"低能哲学"。他叫嚣侵略有理,认为中国、印度等均应在日本的"保护"之下。禁止罢工,一切纠纷均由国家裁决,对劳动人民实行军事统治。为了实现这些纲领,他要求动用"天皇大权"来改造日本国家,三年间停止实行宪法,解散议院,发布戒严令,建立"国家改造内阁",由天皇直接依靠军队和退伍军人进行统治。

北一辉的理论,与德、意法西斯的不同之处,仅在于它不是依靠建立法西斯政党来进行法西斯化,而是依靠日本现有的天皇制和军部势力来进行法西斯化。北一辉的理论是明治以来日本右翼军国主义思想在新形势下的发展。它立即与民间右翼势力结合,并迅速获得军部的支持。

在形形色色的法西斯组织中,力量最强、影响最大的是军部法西斯势力。20 世纪 20 年代,比民间法西斯运动的产生略晚一些时候,日本军队中也兴起了法西斯运动。一批中下级军官订立盟约,制定纲领,结成横向的联系,最重要的组织有一夕会、樱会等。1930 年 9 月,以陆军参谋本部中佐桥本欣至郎为首的少壮派军官组成了法西斯组织——"樱会"。军部的法西斯势力极力要求推翻政党内阁,建立天皇名义下的军事独裁专制,加紧进行对外扩张。

6. 五一五事件与政党内阁的结束

1932 年 5 月 15 日发生了震惊日本的"五一五"事件。以士官学校学生为主体的陆海军法西斯分子袭击首相官邸、内大臣官邸、警视厅、政友会本部、三菱银行总店、日本银行等,首相犬养毅被杀。"五一五"暴乱虽然被镇压,但在这一事件的冲击下,5 月 26 日,由海军大将斋藤实组织了包括军部、官僚和政党在内的所谓"举国一致内阁"。

总的来说,军部的政治发言权比以前大大加强,此后单独的政党内阁再未出现。日本的政党内阁时期(1924—1932 年)总共维持了不到十年,便告结束了。

7. 二二六事件与军部法西斯统治的确立

在法西斯化的过程中,陆军中的法西斯分子分成两派。一派主张继续搞政变,由天皇依靠军队直接进行统治,称作"皇道派"。其成员多为下层军官,与民间激进法西斯组织联成一气。另一派主张运用军部现有地位,联络官僚、财阀,掌握内阁实权,建立"高度国防国家",以加速对外侵略,为此就必须"统制"军队的行动,称作"统制派"。其成员永田铁山、东条英机,多为中坚干部。

在扩军备战过程中,皇道派与统制派的矛盾日趋激化。为了打击皇道派,1936 年 1 月,统制派下令将皇道派的一支重要力量——驻东京的第一师团换防"满洲",引起皇道派军人的极大不满。1936 年 2 月 26 日,皇道派军官率领 1 400 多名官兵发动军事政变,袭击了首相官邸和其他重要国家机关,刺杀了一些内阁重臣。因统制派掌握着陆海军的主要力量,天皇、官僚、财阀也反对皇道派的暴乱行动,政变被镇压,荒木、真崎等皇道派头目被勒令退出现役,参与兵变的一些下级军官被处死,皇道派在军部中被彻底清除。二二六事件后,以统制派为核心的军部法西斯势力确立了统治地位。

8. 广田内阁与《国策基准》

1936 年 3 月 5 日,外相广田弘毅受命组阁。广田内阁完全按军部的意图组织起来,它以军部提出的"加强国防"、"明证国体"、"稳定国民生活"、"刷新外交"4 项要求为国策,对内加强法西斯统治,对外全面推行战争政策。1936 年 5 月应陆军的要求,恢复了军部大臣现役武官制。这一制度的恢复,为军部控制政权提供了合法手段,从此军部可以操纵内阁。

在外交方面,广田内阁确立了扩大对外侵略的方针。1936 年 8 月 7 日,召开"五相会议"(首、外、陆、海、藏),制定了《国策基准》,把"外交和国防互相配合,在确保帝国在东亚大陆地位之同时,向南方海洋发展"定为日本的根本国策。要求"陆军军备以对抗苏联在远东所能使用的兵力为目标","海军军备应以对抗美国海军,确保西太平洋的制海权为目标",这样既反映了陆军的北进论,也反映了海军的南进论。

广田内阁的建立,标志着以军部为核心的日本天皇制法西斯体制基本形成。

(二) 德国法西斯

1. 民族社会主义德意志工人党与啤酒馆暴动

民族社会主义德意志工人党,原名德意志工人党,创建于 1919 年,是一个以工人群众为基础的、富有民族主义色彩的反犹主义的小党。1920 年,德意志工人党改名为民族社会主义德意志工人党("纳粹"是德语民族社会主义一词的缩写 Nazi 的汉语音译）。1921 年,希特勒当选为纳粹党主席,从此在党内实行独裁统治。同年,他建立了纳粹党的准军事组织——冲锋队。

1923 年 11 月 8 日晚,他趁巴伐利亚邦长官在慕尼黑一家啤酒馆集会的时机,率领一批冲锋队员闯进会场,企图推翻政府。由于纳粹党的力量这时还很薄弱,这次暴动很快就被平定下去了。希特勒被判刑五年,但一年后便被假释出狱。在狱中,他口授了《我的奋斗》一书,这是一部集种族主义、反犹主义、极权主义和帝国主义种种反动思想于一体的大杂烩。

2. 希特勒上台与法西斯专政的建立

1933 年 1 月,德国法西斯政党——"纳粹党"的党魁希特勒被任命为总理,开始在德国建立法西斯独裁专政。纳粹党终于上台的原因十分复杂,概括说来,有以下几点:第一,德国军事封建帝国主义的历史传统是法西斯上台的历史根源。第二,经济危机是纳粹运动产生和发展的客观条件。第三,希特勒迎合德国人民的社会主义和民族主义情绪,进行了蛊惑人心的宣传,骗取了人民的支持。这是希特勒上台的又一重要原因。第四,德国垄断资产阶级对纳粹党的大力扶植,是希特勒上台的根本原因。第五,在德国未能建立起以工人阶级为主体的广泛的反法西斯统一战线。

从 1933 年 1 月 30 日希特勒出任总理至 1934 年 8 月,是纳粹党通过一系列暴力和行政措施,巩固、扩大德国法西斯专政,确立法西斯制度的时期。希特勒及其党羽于 2 月 27 日晚策划了"国会纵火案",在冲锋队放火烧了国会大厦后,立即嫁祸于共产党。次日,根据希特勒政府的建议,由兴登堡签署《保护人民和国家的法令》,宣布暂停使用《魏玛宪法》中有关保障人身不可侵犯、保障结社、出版自由等条款。3 月 14 日,希特勒又以共产党制造内乱为借口,宣布共产党为非法组织,并把 81 名共产党议员清除出国会。

3 月 23 日,国会以 2/3 的票数通过了《消除人民和国家痛苦法》,即所谓《授权法》。规定:政府可以不经国会同意而制定法律,并同外国签订条约;德国政府所制定的法律如不以国会本身为对象,可以同德国宪法相异。《授权法》使希特勒获得了立法权,摆脱议会的任何约束。《魏玛宪法》实际被废除,国会名存实亡。6 月,下令查禁社会民主党,并令其他政党自动解散。7 月 14 日,宣布禁止组织新党的法律规定,凡是另外组织新政党者均视为叛国罪,并规定纳粹党是全国唯一合法政党。12 月 1 日,颁布《保障党和国家的统一法令》,确定纳粹党是"国家精神的体现者",使国家成为纳粹党的附庸。1934 年 1 月,根据纳粹党旨意,又由国会通过一项法令,取消各邦的立法权,邦政府首脑不再民选而改由中央政府指任,受内政部长管辖。据此,参议院随之被取消,德国由联邦制国家变成了中央集权制国家。

1934 年 8 月,兴登堡总统去世,内阁立即宣布一项法律,规定总统职务与总理职务合二为一,取消总统职务。自此,希特勒攫取了总理兼国家元首的桂冠,并掌握了国防军的最高统帅权,成为不受任何法律约束的独裁者,法西斯独裁政治体制在德国正式确立起来。

3. 德国的扩军备战

为了准备发动侵略战争,希特勒拼命扩军并以现代化武器进行装备。1933 年底,纳粹政府决定建立一支有 1 600 架飞机的空军。到 1936 年,德国已拥有 4 500 架飞机。1934 年,德国建造三艘主力舰。这些都违反了《凡尔赛和约》关于德国不得拥有空军和主力舰的规定。对希特勒的这种公开撕毁《凡尔赛和约》、疯狂推行扩军备战的政策,英法采取容忍态度。

1935 年 6 月,英国和德国签订海军协定,允许德国重建海军,德国海军可维持英国海军 35% 的实力,并允许德国潜水艇数量与英国相等。1936 年 3 月 7 日,希特勒政府公开派兵占领莱茵非武装区,撕毁了莱茵河东岸不许驻军的《凡尔赛和约》条款,同时宣布废除《洛迦诺公约》。同年 8 月,希特勒政府决定将服兵役的年限由 1 年延长为 2 年,使德国军队一下子拥有上百万兵员。通过一系列的扩军备战活动,德国的军事力量空前增强。

(三) 意大利法西斯政权的建立

意大利是最早建立法西斯组织并由法西斯组织掌握政权的国家。在 1921 年 11 月 7 日召开的第三次法西斯全国代表大会上,墨索里尼宣布正式成立"国家法西斯党",墨索里尼被推举为领袖。法西斯组织逐渐形成了一套礼节和仪式,确定了制服、歌曲和组织机构,采用荆条和棒束,作为团结意大利的象征。

1922 年 10 月 27 日,由 3 万名法西斯行动队员组成的"进军队伍"分三路向罗马进发,法克特总理要求国会颁布全国戒严令,遭到国王拒绝,法克特政府被迫辞职。29 日国王埃马努埃莱三世授权墨索里尼担任总理组阁。31 日墨索里尼组成第一届法西斯政府,法西斯党终于上台执政。

墨索里尼采取了一系列措施,进一步攫取权力,加强和完善法西斯的极权体制。在政治上,墨索里尼加强独裁统治,削弱地方自治权,向各地方政府和国家重要机关派特派员进行监督;颁布了一系列法令,为墨索里尼独裁统治提供法律保证。在经济上,墨索里尼政府取消了对保险业、电话业和火柴生产的国家垄断,改由私人经营;废除家族财产继承权、股票、红利税并降低房屋税;废除企业主和地主欠国家的债务;取消对地租的限制,废除占领荒地合法化法令;取消失业保险。

为了实现国家全面法西斯化,墨索里尼还积极推行法西斯主义职团制,作为巩固极权统治的重要步骤。1926 年 4 月和 7 月,墨索里尼法西斯政权又先后公布了《劳动职团法》和《劳动职团法实施准则》,取消了工人的罢工权利,在内阁设立职团部,并确定职团部为国家的行政机构,以"国家最高利益"的名义掌管生产纪律和协调工人联合会与雇主协会之间的矛盾。

1929 年 2 月,意大利政府同梵蒂冈教皇庇护十一世签订了《拉特兰协议》。意大利政府承认梵蒂冈为罗马教廷绝对所有;承认天主教为意大利国教;同意赔偿意大利统一期间没收的教会财产;同意在中等学校推广宗教教育。教皇则宣布承认意大利王国,同意在意大利实行政教分离,允诺意大利主教在就任教职前须向意大利国家元首宣誓效忠。这是墨索里尼利用天主教在国内外的广泛影响进一步巩固集权统治的另一个重要措施。

(四) 德、意、日法西斯的联合

1.《反共产国际协定》

德、日走上法西斯道路后,为了与英、法、美等国抗衡,对外进行侵略扩张,急欲在国际上寻求盟友。1936 年 11 月 25 日,德、日签订《反共产国际协定》。协定规定两国对共产国际的活动相互通报,并紧密合作采取必要的防卫措施。协定的秘密附件还规定当缔约一方同苏联作战时,另一方不得采取有利于苏联的措施,双方不同苏联缔结与该协定精神相违背的任何协定。随着德、意关系的接近,1937 年 11 月 6 日,意大利也加入了这个协定,德、意、日三国结成了法西斯侵略同盟。

2.《德意日三国同盟条约》

为了加快对外扩张侵略的战争步伐,德、意、日三国需要把政治同盟发展为军事同盟。1940 年 9 月 27 日,德、意、日三国在柏林签署《德意日三国同盟条约》,正式结成军事同盟。条约规定,日本承认德意在欧洲建立"新秩序"的领导权,德意承认日本在大东亚建立"新秩序"的领导权,当缔约国遭受到目前未参加欧战或中日冲突之国家的攻击时,三国应以一切政治经济和军事手段相互援助。条约的签订标志着德、日、意三国军事同盟正式形成。

五、甘地主义

(一) 甘地主义的基本内容

甘地主义属"宗教道德型"民族主义。它包括四个基本内容:(1) 宗教泛爱观和资产阶级人道主义真理观相结合的政治哲学;(2) 争取印度自治、独立,进而建立以村社为基础的分治联合体的政治思想;(3) 以经济正义和经济平等为支柱的农村经济思想,以及奠基于"不占有"和"财产委托制"的经济自主思想;(4) 发扬民族文化、重视民族教育、致力于印度教徒与穆斯林团结、反对歧视"不可接触者",以及和爱国主义结合在一起的小生产劳动者互助互爱的平等社会思想。

(二) 第一次非暴力不合作运动(1920—1922)

1.《罗拉特法案》

1919 年 3 月,殖民当局颁布了《罗拉特法案》。法案规定:在战时制定的《国防条例》仍然有效,政府继续保持特殊镇压权;授予英印总督以宣布戒严令、设立特别法庭和随意逮捕判决特权。

2. 阿姆利则惨案

《罗拉特法案》公布后,甘地决定组织一次非暴力抵抗运动予以回击。他号召人民在 1919 年 4 月 6 日举行总罢工,进行斋戒和祷告。4 月 6 日,全印度多数城市、农村纷纷加入运动,举行声势浩大的集会和游行,有的地方与军警发生了流血冲突。运动高涨的局面持续了一周。1919 年 4 月 10 日,英国殖民当局在旁遮普的阿姆利则城逮捕了 2 名印度民族解放运动活动家。三天后,约 2 万群众在阿姆利则城的贾连瓦拉·巴格广场举行抗议集会。英国将军戴尔命令军队截住广场出口,不经警告直接向赤手空拳的市民开枪扫射,制造了"阿姆利则惨案"。

3. 哈里发运动

1918 年,为了反对英国瓜分土耳其的计划,印度著名穆斯林活动家、国大党人穆罕默德·阿里和萨乌卡特·阿里兄弟成立了保卫哈里发委员会,开展了哈里发运动。

1920 年 3 月 19 日,甘地在哈里发运动中提出不合作运动计划。1920 年 8 月 1 日,甘地在未取得国大党大

会通过之前,率先退还英皇授予他的勋章,拉开了第一次非暴力不合作运动的序幕。9月,国大党加尔各答特别会议经过激烈争论,通过了甘地拟定的"非暴力不合作计划"。计划内容包括:(1) 所有印度人都应当放弃殖民政府授予的头衔和荣誉职位。(2) 如果第一条不发生效力,就对立法机关、政府机构、法院和学校实行普遍抵制;同时,恢复手工纺织,抵制英货。(3) 逐步走上抗税阶段。

4. 乔里乔拉村事件

国大党所发动的非暴力不合作运动得到了全国范围的广泛响应。但是,运动很快突破了非暴力的界限。1922年2月4日,联合省乔里乔拉村农民火烧警察局,21名警察被烧死。甘地认为这是破坏非暴力原则,在2月12日的巴多利国大党工作委员会上,主持通过了停止非暴力不合作运动的决议。

(三) 第二次非暴力不合作运动(1930—1934)

第二次不合作运动是从甘地领导的"食盐长征"开始的。1930年3月12日,他带领80名非暴力反抗者,从阿默达巴德步行3周,到达丹地海滨,自取海水制盐,以示破坏食盐专卖法。这次徒步前往西海岸,行程240英里的象征性挑战,被称为"食盐长征"。此后几个月期间,除了城市的声势浩大的不服从运动之外,农村的非暴力抗缴田赋运动也深入发展。为了平息事态,英印当局发布了镇压令。

1931年3月初,印度总督欧文同甘地谈判,签订了《德里协定》。协定宣布:国大党停止文明不服从运动;英国废除一切戒严令,释放政治犯,实行保护关税。同年9月7日至12月1日,甘地作为国大党的唯一代表出席了在伦敦举行的第二次圆桌会议。在会上,甘地提出了给予印度自治领地位的要求。甘地的要求遭到拒绝,会议再次无果而终。

鉴于第二次圆桌会议失败,国大党宣布恢复非暴力不合作运动。1933年7月,国大党决定停止群众性非暴力不合作运动,代之以个别的非暴力抵抗,以个人行动为主,将解救"贱民"作为运动的核心。1934年5月,国大党巴特那会议正式宣布无条件终止不合作运动。1930—1934年的第二次非暴力不合作运动就此结束。

六、凯末尔主义

(一) 凯末尔与凯末尔主义

凯末尔早年参加过1908—1909年的青年土耳其革命。在第一次世界大战中,指挥过保卫海峡战役。在1919—1931年的革命和改革过程中,他综合了民族民主运动的实践和理论,系统完成了东方的"世俗改革型"的民族主义——凯末尔主义。

1931年土耳其人民共和党第三次代表大会上通过的新党纲中,凯末尔主义被概括为六项原则,后来还写进1937年宪法,从而成为土耳其民族国家的主要政治意识形态。这六项原则是:(1) 共和主义或民主共和主义,它体现反对君主专制主义,坚持资产阶级共和国的国体原则;(2) 民族主义,它体现保卫土耳其的领土完整、民族独立和国际上应有的地位的原则;(3) 平民主义,它体现公民主权,即国家权力属于全体公民和在法律面前一律平等的原则;(4) 国家主义,它体现以国营经济为基础、同时鼓励私人工商业和坚持经济独立自主的发展民族资本主义的原则;(5) 世俗主义或反对教权主义,它体现反对伊斯兰封建神权势力干预国家政权、法律、教育和社会生活的原则;(6) 改革主义,它体现反对满足现状、盲目保守和听天由命的思想,体现坚持不懈地进行社会经济改革的原则。

凯末尔主义成为土耳其民族解放运动与世俗化改革的指导思想。

(二) 凯末尔革命

1. 凯末尔革命的背景

土耳其战败后,成为协约国集团瓜分的对象,国家陷入空前的民族危机。严重的经济危机接踵而来。农业、工业、交通运输、财政金融和对外贸易,都陷于破产的境地。土耳其民族处于危亡之秋。反对帝国主义瓜分和武装干涉,成为土耳其民族最紧急的任务,也是土耳其社会发展的前提条件。

2. 凯末尔革命的过程

1920年1月28日,苏丹政府召开奥斯曼帝国会议。会议最终通过了已于前一年9月提出的《国民公约》。公约的主要内容包括:宣布土耳其本土是不可分割的整体;开放海峡的前提是土耳其的领海不受侵犯;土耳其必须享受与任何国家一样的完全独立与自由,以保证国家进步、民族兴旺和经济发展;坚决废除一切阻碍土耳其政治、法律和经济发展的治外法权和各种限制;外债的偿还也不应与民族自决的原则相抵触。公约比较充分地表达了领土完整、国家独立、经济发展、内政与外交自主的原则,成为指导土耳其民族解放运动的纲领性文件。

《国民公约》的通过使协约国集团深感不安。1920 年 3 月英国以协约国名义派军占领了伊斯坦布尔。1920 年 4 月 23 日,凯末尔在安卡拉召开土耳其大国民议会,并组成了以代表委员会为中心的、对议会负责的国民议会政府,这标志着政治组织时期的结束。1921 年 8 月 23 日至 9 月 13 日的萨卡里亚战役中,土耳其国民军战胜希腊军,促使法国承认大国民议会政府和意大利停止对土耳其的干涉。1922 年 8 月 30 日,在多鲁—佩纳尔的决战中,希腊军总司令特里库皮斯被俘。9 月 18 日,土耳其国民军肃清了安纳托利亚的希腊侵略军。10 月 11 日,凯末尔政府与协约国签订停战协定,土耳其的民族解放战争以胜利告终。

1923 年 7 月 24 日,英、法、意、日、希、罗、南七国与土耳其签订了《洛桑条约》。条约确定了土耳其的边界,东色雷斯和伊兹密尔地区归还土耳其,亚美尼亚和库尔德斯坦少数民族地区仍归属土耳其;废除外国在土耳其的领事裁判权和财政监督权。同日,英、法、意、日、希、罗、南、保、土九国签订了《海峡公约》,规定黑海海峡无论在和平时期还是在战争时期海上和空中都通航自由的原则;海峡地区非军事化,由签字国组成的"海峡委员会"实行监督。《洛桑条约》为土耳其赢得了国家的主权和民族的独立,是土耳其人民反帝斗争的重大胜利。

1923 年 10 月 29 日,大国民议会宣布土耳其为共和国,凯末尔被选为总统。土耳其共和国的建立,标志着土耳其资产阶级革命的胜利。

3. 凯末尔革命的意义

土耳其共和国的成立,标志着土耳其结束了长达 600 多年的奥斯曼帝国统治,赢得了资产阶级革命的胜利,并将这一胜利成果以共和政体和宪法的形式确立下来。凯末尔革命的胜利,使土耳其摆脱了民族危机,为发展民族经济、文化和社会进步,创造了前提条件。土耳其革命的胜利体现了 20 世纪亚非民族民主运动发展的大趋势,具有重大历史意义。同时,土耳其共和国成立以后所进行的世俗化改革,作为民族独立国家现代化模式的一个典型范例,具有更为深远的影响。

(三)世俗化改革

在实现了民族独立、建立了统一的主权国家后,凯末尔立即着手施行一系列世俗化改革措施。

(1)政治领域世俗化改革的核心是废除苏丹制和哈里发制,实行政教分离,建立现代政治与法律体系。政治与宗教分离必然导致法律与宗教分离。1924 年 3 月,土耳其政府撤销了宗教基金事务部,废除了宗教法和宗教法院,确定了国民议会立法权。4 月 20 日,正式颁布了土耳其共和国宪法。法制改革将世俗化的成果以法律的形式确定下来,以世俗化的规范调节着国家和社会生活的各个领域,为现代化、世俗化改革提供了一个有力的维持与推动机制。

(2)教育与宗教的分离,是世俗化改革的重要内容,也是教育改革的中心问题。1924 年,大国民议会颁布教育世俗化、现代化法令,规定学校必须在国家监督之下;学校必须向受教育者提供非宗教的现代化教育;学校必须向受教育者传授西方科学技术、文化知识和思维方式;加强土耳其民族意识的教育。

(3)文化领域的世俗化改革以改造宗教精神,培养理性化、现代化的民族精神为基本目标。1928 年 11 月 3 日,大国民议会公布了文字改革方案,用拉丁字母代替阿拉伯字母,并决定于 1929 年元月开始实行。1932 年,土耳其语协会成立。

(4)经济领域的世俗化改革是围绕着发展民族工业、建立现代农业经营体制进行的。

(5)社会生活方面的世俗化改革主要表现为破除陈规陋习、提倡现代生活方式。1925 年,土耳其政府决定废除旧历,正式采用世界大多数国家通用的公元历。在解放妇女方面,凯末尔政府作出了富有成效的努力,在教育、就业、选举、婚姻等方面给予妇女平等权利。政府建立了女子学校,培养妇女工作的技能。1934 年 6 月,大国民议会通过采用姓氏的决定,改变了土耳其人以往有名无姓的习惯,取消了象征封建等级的旧称号和头衔。

凯末尔改革是一次以"世俗化"为核心内容的全面现代化的改革,推动土耳其走上了现代化的轨道。

七、卡德纳斯改革

(一)墨西哥 1917 年宪法

1910—1917 年,墨西哥爆发了资产阶级革命,并于 1917 年通过了一部宪法。1917 年宪法的重要性集中体现在关于土地问题的第 27 条和关于工人问题的第 123 条上。这两条关于土地问题和工人问题的宪法条文,涉及革命的主要问题,因而使这部宪法成为资产阶级宪法中空前民主和进步的宪法。

虽然 1917 年宪法体现了一些进步的内容,但是,由于 1910—1917 年革命并未使墨西哥的社会经济结构发生根本的变化,因此,宪法在很大程度上流于形式。为了确保这部凝聚着 1910—1917 年革命成果的宪法得到真正的实施,从革命结束到第二次世界大战之前,墨西哥又经历了 20 多年的护宪运动和 6 年的改革。

（二）卡德纳斯改革的主要内容

1934 年 7 月,卡德纳斯当选为墨西哥总统。在 1934—1940 的总统任期内,卡德纳斯进行了一系列政治、经济与社会改革。改革内容如下:

1. 政治改革

打击军事寡头势力,改组国民革命党,确立中央集权的资产阶级民主政治体制。卡德纳斯执政后,恢复了 1917 年宪法规定的有关民主权利,承认共产党的合法地位,承认工人罢工权利,支持工农运动,实行八小时工作制,赋予妇女基层选举权等。

2. 土地改革

在全国范围内分配土地。取消了对庄园主的补偿金制度,还取消了对债务役农分配土地的限制,使土地分配的规模和范围空前扩大。实行合作农场制,推动农村土地所有制结构和农业生产方式的改造。

3. 国有化运动

将服务业、铁路、石油等工业企业收归国有,打击外国垄断资本在本国的势力,以谋求民族经济的独立与发展。国有化推动了政府职能的相应变化。卡德纳斯政府引进凯恩斯主义的赤字财政政策,奉行国家干预政策,进行国家投资,保护民族工业的发展,刺激社会的有效需求。

4. 教育改革

教育改革的起点是扫盲教育。政府专门设立了印第安人事务司和士兵学校,在军队和印第安人中进行扫盲教育。在卡德纳斯执政期间,国会通过了修改宪法第三条的法令,规定宗教与教育分离,走教育世俗化的道路。卡德纳斯政府拨出大量款项用于开办学校。

（三）卡德纳斯改革的历史意义

卡德纳斯在 30 年代所进行的改革,是墨西哥民族资产阶级领导的反帝反封建的改革。改革打击了大地主的分裂性、地方性势力,加强了国家权力,扩大了国家政权的社会基础,有利于政局的稳定与国家发展。他在农业和工业领域进行的改革比较深刻地体现了 1917 年宪法的实质性内容,在很大程度上削弱了原有的大地产制和外资经济的垄断地位,使墨西哥的土地关系发生了重大变化。卡德纳斯改革对中央集权的强化、政府对经济干预的加强,为实现工业化和民族经济的发展,为以后墨西哥迈向工业化道路奠定了基础。

本章重、难点提示

一、重点掌握名词

农业全盘集体化运动	《农业调整法》	《拉特兰协议》
1936 年苏联宪法	《社会保险法》	《反共产国际协定》
斯大林模式	《华格纳法》	《德意日三国同盟条约》
大清洗运动	凯恩斯主义	甘地主义
《威斯敏斯特法》	护宪三派	《罗拉特法案》
蒙德主义	协调外交	阿姆利则惨案
魏玛共和国	《对华政策纲要》	哈里发运动
柯立芝繁荣	军财抱合	食盐长征
鲁尔危机	《日本改造法案大纲》	《德里协定》
道威斯计划	五一五事件	凯末尔主义
杨格计划	二二六事件	凯末尔革命
《延债宣言》	《国策基准》	《国民公约》
《洛桑协定》	啤酒馆暴动	《洛桑条约》
《洛迦诺公约》	民族社会主义德意志工人党	世俗化改革
《非战公约》	国会纵火案	1917 年宪法
罗斯福新政	《授权法》	卡德纳斯改革
《全国工业复兴法》	国家法西斯党	

二、论述题

1. 论述斯大林模式的主要特点及其意义。参见本章一、(四)。

2. 概述一战后德国赔款问题。参见本章二、（五）。

3. 论述道威斯计划的内容及其影响。参见本章二、（五）。

4. 论述《洛迦诺公约》的内容及其意义。参见本章二、（六）。

5. 简述《非战公约》的主要内容及其意义。参见本章二、（七）。

6. 论述罗斯福新政的主要内容及其影响。参见本章三、（二）、（三）。

7. 概述20世纪30年代日本走向军国主义的步骤。参见本章四、（一）。

8. 论述德国纳粹党上台的原因与法西斯专政的建立。参见本章四、（二）。

9. 概述印度两次非暴力不合作运动。参见本章五、（二）、（三）。

10. 简述凯末尔主义的主要内容。参见本章六、（一）。

11. 简述土耳其世俗化改革的内容及其影响。参见本章六、（三）。

12. 简述卡德纳斯改革的主要内容及其意义。参见本章七、（二）、（三）。

第八章　第二次世界大战

考点详解

一、法西斯国家的侵略扩张与欧美大国的对策

（一）意大利侵占埃塞俄比亚

1. 意大利侵占埃塞俄比亚

1935年10月3日凌晨，意大利军队未经宣战从厄立特里亚和索马里出动，分北、东、南三路侵入埃塞俄比亚。1936年5月5日，意军攻占了埃塞俄比亚首都亚的斯亚贝巴，塞拉西国王被迫逃往国外。5月9日，意大利宣布兼并埃塞俄比亚，并将其与意属索马里和厄立特里亚合并为意属东非。

2.《霍尔—赖伐尔协定》

1935年12月7—8日，英国外交大臣霍尔与法国外长赖伐尔在巴黎会谈，拟定了"意大利—埃塞俄比亚冲突的共同解决提纲"，通称《霍尔—赖伐尔协定》。按照这个协定，埃塞俄比亚把欧加登省和提格雷省的一部分土地割让给意大利；埃塞俄比亚还应将南部划为意大利经济发展和居留的地区。作为补偿，埃塞俄比亚接受意属厄里特里亚的一条狭小的沿海地带及一个出海口阿萨布港。这个协定不但意味着埃塞俄比亚要割让2/3的国土，而且还失去了独立的基本保证。两国部长的阴谋被揭露后引起各国的愤怒。霍尔与赖伐尔被迫先后辞职。

3. 美国《中立法》

1935年8月31日，在孤立主义的强大压力下，美国国会通过了《中立法》，规定对交战国实行武器禁运，但授权总统确定禁运武器的项目和实行武器禁运的时间；禁止美国船只向交战国运送武器。10月3日意大利侵入埃塞俄比亚后，美国于10月5日宣布对交战双方都实施《中立法》，但1935年《中立法》并不禁止向交战国输出石油等重要的战略物资。

在意埃战争中，美国《中立法》所起的作用并不是中立，而是援助了侵略者，打击了被侵略者。

4. 英法绥靖意大利的后果

英、法推行绥靖政策，纵容意大利吞并埃塞俄比亚的后果是十分严重的。第一，它使意大利向德国靠拢。第二，助长了德国的侵略野心。第三，摧毁了集体安全体系，使欧洲的一些小国不得不到国联以外去寻找出路。

（二）西班牙内战

30年代初，西班牙在经济危机的打击之下，国内矛盾日益激化。1931年4月，资产阶级共和派在选举中获胜，建立了资产阶级共和国，并在一定程度上进行了资产阶级民主改革。共和国的建立，遭到了西班牙各种反共和势力的极度仇视，他们于1933年成立了"西班牙自治权利联盟"，简称"塞达党"。1933年11月，塞达党在选举中获胜，建立了亲法西斯的勒鲁斯政府。勒鲁斯政府逐步取消了各项民主改革，安插了不少法西斯分子进入内阁，开始了西班牙历史上"黑暗的两年"。

勒鲁斯政府的倒行逆施,激起了西班牙人民的强烈反对,各地都开始了罢工斗争,一些城市还发生了武装起义。在反法西斯的斗争过程中,左翼政党逐渐联合起来。1936年1月,工人阶级的共产党、社会党以及资产阶级共和党等左翼政党组成了人民阵线,并在2月份的国会选举中取得胜利,成立了联合政府。人民阵线政府采取了解散法西斯组织、给农民分配土地、改善工人生活等一系列改革措施。

人民阵线政府的建立,使反动势力用合法手段谋取政权的计划落空,他们决心铤而走险,用武力推翻共和政府。1936年7月18日,圣胡尔霍等在西属摩洛哥发动了武装叛乱。7月19日,叛乱蔓延到西班牙本土。西班牙内战由此爆发。叛乱爆发后,西班牙政府军在人民的支持下,奋勇反击,很快打退了叛军的进攻,控制了局势。

在叛乱即将失败的情况下,德意法西斯开始进行公开的武装干涉。德意的武装干涉,使西班牙内战转变成为一场具有国际意义的反法西斯民族革命战争。面对德意支持的叛乱,西班牙各派民主力量联合起来,领导各阶层人民奋起保卫共和国。西班牙共和国的反法西斯战争,得到了世界反法西斯力量的大力援助。在共产国际的号召下,54个国家的近4万名反法西斯人士来到西班牙,组成了"国际纵队",与西班牙人民并肩作战。

但是,由于英法等国奉行"不干涉"政策,对德意的武装干涉坐视不管,共和国的形势越来越严峻。在严峻的形势面前,人民阵线内部的右翼势力开始叛变投降。在内外交困的形势下,共和国于1939年3月28日被颠覆。4月1日,叛军将领佛朗哥宣布战争结束,在全国建立起法西斯政权。

(三)二战前德国的侵略扩张

1. 德国吞并奥地利

由于英法推行绥靖政策,希特勒上台以后采取的备战和扩张行动,如大肆扩军,进军莱茵非军事区,伙同意大利武装干涉西班牙等,都进展得相当顺利,加上法西斯侵略集团的初步形成,希特勒决心加速实现建立"大德意志"的计划,准备向欧洲心脏地区进军。其目标首先对准了奥地利。

1938年3月11日,德国向奥地利发出最后通牒命令奥地利总理许士尼格辞职,把总理职务让给纳粹分子赛斯·英夸特。最后许士尼格完全屈服了。3月12日拂晓,希特勒军队入侵奥地利。3月13日,希特勒和赛斯·英夸特签署了《关于奥地利和德国重新统一法》,宣布德奥合并,奥地利成为德国的一个州。奥地利作为一个独立国家已不复存在。德国吞并奥地利后,不仅增加了700多万人口,而且从三面包围了捷克斯洛伐克,大大改进了它的战略地位。

2. 苏台德问题与《慕尼黑协定》

捷克斯洛伐克位处欧洲中心,战略地位十分重要。德国如能占领捷克斯洛伐克,则向东进攻苏联时,可用它作为桥头堡;向西进攻法国时,可无后顾之忧。捷克斯洛伐克是一个多民族国家,约有350万德意志人居住在西北边境的苏台德区。苏台德区战前属于奥匈帝国,从来不是德国的领土。

德国吞并奥地利后,希特勒就掀起了一个反捷运动,大肆宣传苏台德区德意志人遭受捷克人的"压迫"。希特勒乘机进行武力威胁,借口保卫捷境内德意志人的"民族利益",于1938年5月19日调动4个摩托化师向捷克边境集结,制造了"五月危机"。

面对这一威胁,英国决定继续其绥靖政策。9月29日,张伯伦第三次飞往德国,到慕尼黑与希特勒、墨索里尼、法国总理达拉第举行四国首脑会议。四国签署了《关于捷克斯洛伐克割让苏台德领土给德国的协定》(即《慕尼黑协定》)。协定规定苏台德区以及捷南部与奥地利接壤的地区割让给德国,捷方应于10月1日至10日间从上述领土撤退完毕;上述地区的任何设备都不得损害,无偿交给德国。协定的附件规定,英、法将保证捷克斯洛伐克新国界不受无端侵略;德、意则在捷克斯洛伐克境内的波兰和匈牙利少数民族问题已告解决时,才给予保证。

慕尼黑会议把英、法的绥靖政策推到了顶峰,它不是像张伯伦所吹嘘的那样,带来"我们时代的和平",而是加速了世界大战的爆发。《慕尼黑协定》不仅大大增强了德国的经济和军事实力,而且提高了希特勒在国内的威望,巩固了他的统治地位。

3. 德国吞并捷克斯洛伐克

《慕尼黑协定》签订后不久,希特勒就制定了一项绝密计划,决定"清算捷克斯洛伐克的残余部分",吞并整个捷克斯洛伐克。1939年3月15日,德国军队侵入捷克斯洛伐克领土并占领了整个捷克斯洛伐克。

捷克斯洛伐克的灭亡使其丰富的矿藏和发达的工业全部落入德国之手,其中仅斯科达兵工厂的产量就相当于英国兵工厂产量的总和。同时,捷克斯洛伐克的40多个师的兵力不再与德国为敌了。德国占领捷克斯洛伐克大大改善了它的战略地位,使它在同英法争霸的斗争中处于更加有利的地位。

（四）《苏德互不侵犯条约》

20世纪30年代的大部分时间内,苏联在欧洲一直致力于建立集体安全体系,但由于英法对法西斯国家的绥靖政策,这种努力没能取得成效。1938年9月,英法不顾苏联也是捷克斯洛伐克的盟国这一事实,在丝毫没有征求苏联意见的情况下,与德意法西斯一起肢解了捷克斯洛伐克,这对苏联的外交政策产生了重大影响。苏联担心英法在与德国搞交易、企图出卖东欧小国来鼓励德国向东进攻苏联。从此,苏联开始改变那种致力于欧洲集体安全体系的做法,把谋求自保作为外交政策的重点。

1939年8月2日,苏德两国在莫斯科签订了为期十年的《苏德互不侵犯条约》。条约规定:缔约双方保证不单独或联合其他国家彼此间进行任何武力行动、任何侵略行为或者任何攻击;如果缔约一方成为第三国敌对行为的对象时,另一方不向该第三国提供任何支持;缔约任何一方不加入直接或间接旨在反对另一方的任何国家集团。

《苏德互不侵犯条约》还附有《秘密附属议定书》,它划定了两国在东欧的势力范围:在属于波罗的海国家(芬兰、爱沙尼亚、拉脱维亚、立陶宛)的地区发生领土和政治变动时,立陶宛的北部疆界将成为德国和苏联势力范围的界限;属于波兰国家的地区如发生领土和政治变动时,德国和苏联的势力范围将大体上以纳雷夫河、维斯杜拉河和桑河一线为界。这一条约杜绝了英法德结成反苏阵线的任何可能,使苏联不致首先与德单独作战,并赢得了一段喘息时间,以加强战备。但条约的签订也使德国得以按既定计划发动对波兰的进攻,并避免了东西两线作战,第二次世界大战终于爆发。

（五）英法推行绥靖政策的原因

英、法的绥靖政策作为一项长期推行的政策,有其深刻的根源。就英、法两国而言,共同的原因有二:一是一战后人民普遍厌战,和平主义盛行。二是两国想靠牺牲东欧各国特别是苏联的利益来换取德国对其自身利益的尊重。

就英国而言,它长期在欧洲推行"均势外交",一战后总想扶持德国来牵制法国;而当德、日、意法西斯逐渐走上扩张道路、向其全面挑战时,英国作为一个在世界上拥有许多利益的世界性的殖民帝国,其实力却不足以维护所有利益,在这种情况下,英国首先关心的是大英帝国本身的安全,企图靠牺牲一些局部利益来保住其根本利益。因此,英国的绥靖政策是其战略摊子太大与其实力不足这一矛盾的产物。

就法国而言,它在一战后的外交活动基本上是建立在英法合作的基础之上的,每当它想实施其建立欧陆霸权的计划时,总会遭到英、美的联合反对,无法有所作为,不得不返回到英法合作的道路上来。当法西斯侵略势力日益膨胀、英国坚定地走上绥靖道路时,法国也只得尾随其后,执行绥靖法西斯侵略的政策。

二、第二次世界大战的爆发

第二次世界大战是由德、意、日三个法西斯国家发动的。1937年7月7日,日本发动侵华战争,第二次世界大战爆发。1939年9月1日,德军入侵波兰,第二次世界大战全面开始。第二次世界大战是人类有史以来规模最大的一次战争,战火遍布亚洲、欧洲、非洲、大洋洲,卷入的国家和地区有80多个,人口约20亿人。1945年9月2日,日本签署投降书,第二次世界大战终于以反法西斯国家的胜利而宣告结束。

（一）德国侵占波兰与西线战争

1. 德国侵占波兰

1939年9月1日,德国按照准备已久的侵略计划("白色方案"),向波兰发动突然袭击。英、法两国政府在国内外舆论的压力下,不得不根据以前同波兰签订的条约,于9月3日先后对德宣战,第二次世界大战终于全面开始。9月15日德国部队深入波兰。9月17日,苏军进入波兰东部边界,借口是为了保卫在白俄罗斯和乌克兰的同胞。波兰腹背受敌,华沙于9月28日沦陷,波军有组织的抵抗在10月5日结束。波兰成为德国"闪电战"的第一个牺牲品。

2. 西线战争

英法对德宣战后,按兵不动,坐视波兰的灭亡。从1939年9月到1940年5月,"西线无战事",这种奇特的现象被称作"静坐战争"、"假战争"或"奇怪战争"。由于英法并没有完全放弃绥靖政策,他们还指望希特勒会继续东进。这样,就使德国法西斯又一次坐大。希特勒占领波兰,解除了后顾之忧,随即挥师反戈西进。

（二）法国陷落与不列颠之战

1. 法国陷落

经过周密的准备之后,德军于1940年4月9日入侵丹麦和挪威。德国征服西欧的第一仗之所以从北欧开始,是因为攻占挪威和丹麦,可以保障德国侧翼的安全,又能保护船只将瑞典的铁矿石沿海岸运到德国,还可把挪威作为德国的海上战略基地。德军仅用半天就占领了丹麦。两个月后,德军占领了挪威全境。5 月 10 日,德军空军猛烈轰炸荷兰、比利时和法国北部的机场,同时在荷、比后方空降部队,夺取桥梁、机场和一些战略据点。15 日,荷兰投降。28 日,比利时投降。

法国统帅部根据第一次世界大战的经验,坚持"绵亘防线"这种过时的军事理论,企图依赖马其诺防线,固守阵地,等待敌人进攻时予以消灭。但马其诺防线中断于色当东部的蒙梅迪,从未伸展到海边,而德国装甲部队恰恰绕过防线的最北端,出其不意地穿过比利时南部多山多森林的阿登地区,其前锋于 12 日抵达马斯河。15 日,大批德国坦克突入北法平原,直逼英吉利海峡。英法联军近 40 万人被围困在敦刻尔克海岸地区。希特勒和德国统帅部对中路装甲部队竟能如此迅速挺进,由意外转为不安,唯恐孤军深入,遭到侧翼拦击,因此指挥迟疑不决,几次下令暂停前进,遂使联军绝处逢生。

英国政府抓住这一良机,从 5 月 26 日晚到 6 月 4 日中午,不顾德军轰炸和追击,在 9 天之内全力以赴组织渡海营救,终于将 33.8 万英法联军抢救回英国。联军损失了大量装备和辎重,但撤退到英国的部队成了日后反攻的骨干力量。

6 月 5 日,德军按照第二阶段的作战计划移师南下,全面突破法军防线,兵临巴黎城下。6 月 22 日,德法停战协定签字。根据协定,德国占领法国国土面积 2/3 的北部和西部工业发达地区;南部和东南部为非占领区,由贝当政府统治,政府所在地设在维希。维希政权实际上是德国的附庸。

在此之前,法国国防部副部长戴高乐将军流亡伦敦,在英国支持下,组织了"自由法国"运动,开展抗德斗争。

2. 不列颠之战

1940 年 7 月 16 日,希特勒签署第 16 号指令,要参谋总部制订在英国登陆的"海狮"作战计划。德国要入侵英国,必须渡过英吉利海峡。德国海军不如英国,但空军却强于英国,以此企图先取得制空权,然后对英国实施登陆。从 1940 年 7 月 10 日开始,德国空军连续不断地大规模空袭英国本土。

经过了 3 个月的激烈空战,到 10 月底德国空军共损失飞机 1 733 架,英国空军损失飞机 915 架。1941 年 1 月,希特勒下令,除了少数长期措施外,所有入侵英国本土的准备工作全部停止,实际上放弃了从海上进攻英国本土的计划。

(三)苏联建立东方战线与美国中立

战争爆发后,苏联从 1939 年 9 月到 1940 年 8 月把它的边界向西推进了 200—300 公里,建立了一条从波罗的海到黑海之间的所谓"东方战线"。苏联于 1939 年 9 月 17 日侵入波兰,占领了波兰东部的西乌克兰和西白俄罗斯。以后这两个地区在 1939 年 11 月分别并入苏联的乌克兰和白俄罗斯两个加盟共和国。

1939 年 11 月 30 日,苏军入侵芬兰。1940 年 3 月 12 日,苏芬签订和约,苏联获得了整个卡雷利阿地峡连同维堡湾、拉多加湖西北岸和芬兰湾中的一些岛屿,芬兰并将汉科半岛及其附近岛屿租给苏联,为期 30 年。3 月 31 日,苏联建立了卡雷利阿—芬兰共和国。苏联还吞并了波罗的海东岸的爱沙尼亚、拉脱维亚和立陶宛,以防德国从波罗的海方向进攻苏联。1940 年 8 月,它们分别被"接纳"为苏联的加盟共和国。

建立东方战线的最后一次行动,是苏联于 1940 年 6 月 30 日出兵占领了罗马尼亚的比萨拉比亚和北布科维纳。8 月 2 日,苏联将比萨拉比亚同摩达维亚自治共和国合并,成立了摩达维亚加盟共和国。北布科维纳并入乌克兰加盟共和国。

欧战爆发后,美国于 1939 年 9 月 5 日宣布中立。但它很快修改了《中立法》。11 月 4 日,罗斯福总统签署了"现款自运"法案,使英法得以利用美国的资源和武器。随着欧洲战局的演变,美国人的情绪也发生了变化,特别是法国败降及英国被赶出欧洲大陆以后,多数美国人希望援助英国,但仍反对参战。

(四)德意入侵北非与巴尔干

1. 德意入侵北非

1940 年 6 月意大利对英法宣战后,趁英法两国危难之机,在非洲和巴尔干发动了总攻,企图扩大自己的势力范围,称霸东北非和地中海。1940 年 7—9 月,意大利从东非的阿比西尼亚(今埃塞俄比亚)和北非的利比亚向英属索马里、肯尼亚、苏丹和埃及进攻。最初,意军进展顺利。到年底,英军集中兵力在东非展开反击,意军就接连败北。

希特勒为了维持轴心国影响并保持北非这块战略要地,1941 年 2 月,派隆美尔先率领两个师的"非洲军"去利比亚,统一指挥北非的德意军队。3 月 31 日,隆美尔发起攻势,逼近埃及边境,只用两周时间就使英军两个月的战果丧失殆尽。由于希特勒忙于准备进攻苏联,不能对"非洲军"及时增援补充,北非战线就在利、埃边界附近形成拉锯局面。

2. 德意入侵巴尔干

希特勒特别重视对巴尔干的控制,以便夺取战略资源和建立进攻苏联的出发阵地。希特勒用制造政治纠纷和军事入侵相结合的办法插手巴尔干。1940 年 9 月,德国法西斯在罗马尼亚策动政变,支持法西斯分子安东尼斯库上台,建立独裁统治。接着,德国派"教官"进驻罗马尼亚,并于 11 月 23 日拉拢罗马尼亚签订了参加德、意、日三国军事同盟的协定。1940 年 11 月 20 日和 1941 年 3 月 1 日,匈牙利和保加利亚两国反动政府也加入轴心国集团。德军占领了这三个国家。

1941 年 4 月 6 日,德国法西斯军队对南斯拉夫发动大规模突然袭击。意大利、匈牙利、保加利亚参与了进攻。4 月 17 日,南斯拉夫停止抵抗,被德意志等国占领和瓜分。4 月 6 日,德军在侵入南斯拉夫的同时,派另一支军队从保加利亚进攻希腊。4 月 27 日,雅典陷落。

三、反法西斯同盟的形成

(一)苏德战争的爆发

德军在西线获胜后,希特勒在 1940 年 7 月 21 日下令开始准备对苏作战,不久又要参谋总部制订在 1941 年春进攻苏联的方案。他认为英国之所以坚持不屈,是寄希望于美苏两国,如果苏联被摧毁,英国的最后希望就会破灭。这就是希特勒在侵英未遂就挥师东向进行军事冒险的主导思想。12 月 18 日,他批准了代号为"巴巴罗萨"的侵苏作战计划。

1941 年 6 月 22 日,德军从波罗的海至喀尔巴阡山一线约 1 500 公里宽的战线上,分北、中、南三路向苏联发动全线进攻。北路攻打波罗的海和列宁格勒,中路指向莫斯科,南路夺取乌克兰。苏联遭受了重大损失。但是,苏联军民的顽强抵抗,渐渐遏制了德军的攻势,粉碎了希特勒迅速溃击苏联的梦想,迫使德军于 1941 年 9 月将全线进攻改为重点进攻。

9 月 30 日,德军开始向莫斯科发动进攻,苏联军民进行了举世瞩目的莫斯科保卫战,并于 1942 年 4 月 20 日取得了莫斯科保卫战的最后胜利。这次战役,使德国遭受了战争以来的首次失败,打破了德军"不可战胜"的神话,极大鼓舞了世界人民反法西斯的信心。

(二)太平洋战争的爆发与日本南侵

为了南进,日本一方面于 1940 年 9 月 27 日与德、意缔结同盟条约,相互呼应,以德制美,共同对付英美;另一方面,又于 1941 年 4 月 13 日在莫斯科签订了《日苏中立条约》,以此调整关系稳住苏联。

1941 年 7 月 2 日御前会议确定首先南进。24 日,日本进军印度支那南部,作为南进的桥头堡。对此,美国立即作出反应,冻结日本在美资产,并对日禁运石油等战略物资。英、荷与美采取一致行动。

1941 年 12 月 7 日,日军向驻扎在太平洋珍珠港上的美国舰队发动了偷袭,太平洋战争爆发。日本偷袭后两个小时才向美、英正式宣战。翌日,美、英分别向日本宣战,此后又有 20 多个国家对日宣战。12 月 11 日,德国、意大利对美国宣战,美国等美洲国家也相继对德、意宣战。自此,第二次世界大战真正成为全球性的战争。

偷袭珍珠港的成功,使日军暂时掌握了太平洋上的制海权和制空权。到 1942 年 5 月,日本相继占领了东南亚和西太平洋上的许多国家和战略要地,英、荷、法、美等国在这一地区的岛屿和殖民地几乎全部落入日本之手。

(三)反法西斯同盟的建立

1940 年 9 月,英美达成协议,英国以西半球英国属地纽芬兰、百慕大等战略基地的租借权,换取美国 50 艘旧驱逐舰。1940 年 9 月 27 日德、意、日三国同盟条约签订后,英美联系进一步加强。

1941 年 3 月 11 日美国国会通过了《租借法案》,授权总统向他认为其防务对美国国防至关重要的任何国家出售、转让、交换、租借或其他方法处理任何国防物资。罗斯福立即请求国会拨款 70 亿美元,也得到同意。租借法的实施,实质上使美国由中立国变成非交战国。1941 年 3 月 27 日,美英两国制定了"ABC—1 计划",确定了以欧洲作为两国主要战场以及"先欧后亚"的战略决策。

苏德战争和太平洋战争的爆发终于促使被侵略国家联合起来,结成反法西斯联盟。1941 年 7 月 12 日,苏英两国在莫斯科签订了《苏英关于对德作战中联合行动的协定》,双方保证在战争中互相援助和支持,绝不单独对德停战或媾和。8 月 16 日,苏英又达成贸易、贷款和支付协定。

1941 年 8 月 14 日,罗斯福和丘吉尔在停靠大西洋纽芬兰阿根夏湾的军舰上举行会晤,发表了英美两国关于战争目的的联合声明,表达了反对纳粹暴政,尊重各国领土、主权和各国人民的民主、自由,以及致力于战后和平与合作的共同立场。此即《大西洋宪章》。它得到了苏联、中国等国的赞同,奠定了反法西斯国家联合的原则基础。

1941年9月29日至10月1日,苏、美、英三国代表在莫斯科举行会谈,签订了战时第一个三国协定——《对俄供应第1号议定书》。该协定实际上确认了战时三国同盟关系。

1942年1月1日,苏、中、美、英等26个国家在华盛顿签署了《联合国家宣言》。宣言规定:签字国政府保证运用全部军事、经济资源,打败法西斯轴心国集团,并保证相互合作,而不单独与敌人缔结停战协定或和约。至此,世界反法西斯联盟正式建立起来。反法西斯联盟的建立使战争的形势发生变化,是反法西斯战争取得最后胜利的决定性因素之一,并为联合国的成立奠定了基础。

四、欧洲战场与太平洋战场

(一) 欧洲战场

1. 苏德战场的转折

(1) 斯大林格勒战役

进攻莫斯科失败后,德军又于1942年7月17日向斯大林格勒发动了重点进攻。苏联军民殊死抵抗,与德军进行了十分惨烈的战斗,最终于1943年2月2日取得了斯大林格勒保卫战的完全胜利。斯大林格勒战役是欧洲战场的转折点,此次战役严重削弱了德军力量,迫使其在主要方向上转入战略防御。同时,德国的国际地位开始动摇,其仆从国开始对希特勒丧失信心。因此,斯大林格勒战役也是第二次世界大战的重要转折点。

(2) 库尔斯克战役

斯大林格勒战役后,德军为夺回战争主动权,于1943年7月5日向库尔斯克发起进攻。苏军经过一个多月的战斗,于8月23日取得了胜利。库尔斯克战役以德军彻底失败告终。从此,德军完全失去了东线主动权,苏军转入战略总反攻。

2. 英美在北非的胜利

(1) 阿拉曼战役

1942年1月,北非德军在得到增援后向英军发动了大规模进攻,于6月底打到英军在埃及的阿拉曼防线附近。为阻止德军占领埃及,保护英国的海上生命线,英军在阿拉曼附近投入了优势兵力和装备。10月23日,英军向德军发动进攻,拉开了阿拉曼战役的序幕。在英军强大的攻势下,德军向西节节败退,于1943年2月退至突尼斯边境固守。至此,阿拉曼战役以盟国的胜利宣告结束。此次战役使法西斯国家在北非的进攻势头完全丧失,而且使北非德意军队的生存受到威胁,因此成为北非战争的转折点。

(2) 突尼斯之战

1942年11月8日,另一支英美远征军在北非登陆,然后向东挺进,于11月底占领了摩洛哥和阿尔及利亚,并进入突尼斯境内,对突尼斯境内的德意军队形成了东西夹击之势。1943年5月7日,盟军攻占了突尼斯城和比塞大港。5月13日,无路可退的德意军队全部投降,北非战事至此结束。

突尼斯之战的胜利和阿拉曼战役一起,彻底扭转了北非和地中海战场的形势。这是反法西斯阵营继斯大林格勒战役之后的又一重大胜利,也是第二次世界大战中的战略转折之一。

(3) 意大利投降

1943年7月,盟军在结束了北非战事后开始进军西西里岛,于8月17日占领全岛。盟军的进攻,在意大利引起了深刻的政治危机。7月25日,意大利发生了政变,墨索里尼政府被推翻。9月3日,新政府正式签署了无条件投降书。10月13日,意大利正式宣布退出法西斯同盟,并对德宣战,法西斯集团开始瓦解。

3. 欧洲第二战场的开辟

慕尼黑会议后,英美两国为在欧洲开辟第二战场,实施"霸王"战役,进行了充分准备。美国艾森豪威尔将军被任命为盟国远征军总司令。

诺曼底战役分为两个阶段:第一阶段(6月6日到7月24日),双方争夺滩头阵地和集结必要的后备部队;第二阶段(7月25日到8月25日),盟军发动大规模进攻并解放巴黎。1944年6月5日夜间,盟军部队横渡英吉利海峡,出其不意地驶向法国北部的诺曼底海岸,随后又出动大量飞机对海岸进行密集轰炸。6月6日凌晨,英美3个空降师2.3万人,在德军防线后面着陆。经过49天的激烈战斗,到7月24日,盟军胜利完成了诺曼底登陆战,建立起纵深进攻的战线。诺曼底登陆战是第二次世界大战和世界战争史上规模最大的两栖登陆战役。

欧洲第二战场的开辟,使希特勒德国陷入两线作战的困境,极大地加快了反法西斯战争的胜利进程。1944年9月美英军队进入比利时、卢森堡,并对荷兰展开进攻。比利时游击队配合盟军解放了大部分领土。9月8日,比利时流亡政府从伦敦回到布鲁塞尔。到11月,盟军在亚琛和梅斯一带,进抵德国边境。德军利用英美军队进展缓慢之机,于1944年12月16日,出动20个师的兵力对阿登地区发动了突然袭击。盟军完全出乎意料,败退数十公里,损失惨重。1月12日,东线苏军发动全线攻势,配合盟军作战。西线德军在盟国空军猛烈袭击下,于1945年1月15日撤回原来出发阵地,损兵12万。

4. 苏军大反攻

经过1943年的苏联红军战略总反攻,到1944年初,苏德战线已远远西移。在1944年内,苏军发动了大规模冬季战役和夏季战役,进行"十次打击",连续追击德军,把敌人赶出苏联国境,并进入东南欧作战。到1944年底,苏军共歼灭德军138个师,收复了被占领的全部苏联国土,并进入波兰、罗马尼亚、保加利亚、南斯拉夫、匈牙利、捷克斯洛伐克等东南欧国家以及北欧的挪威,继续对德作战。

(二) 太平洋战场

1. 第一阶段:日攻盟守

1942年4月18日,美国16架B25中程轰炸机从航空母舰起飞,轰炸了东京、横滨、名古屋、神户等地。为了杜绝今后的空袭,日本军方统一了意见,决定向西南太平洋和中太平洋两个方向同时并进,摧毁美国舰队,扩大日本本土"防御圈"。这就导致了珊瑚海、中途岛和瓜达尔卡纳尔岛之战。

美国在1942年3月底把太平洋战场划分为两个战区:西南太平洋战区和太平洋战区,前者由陆军上将麦克阿瑟任总司令,后者由尼米兹海军上将担任总司令。美国参谋长联席会议决定在太平洋采取守势的基础上,力保阿留申—夏威夷—澳大利亚一线至美国西海岸的广大地区,重点是守住夏威夷和澳大利亚以及连接这两地的海上交通线,构成稳固的对日防御的战略前沿。

(1) 珊瑚海之战

1942年5月7—8日,日美两支舰队进行了珊瑚海之战,这是海战史上第一次完全由舰载飞机攻击对方船只的海战,双方水面舰队始终处于目视距离和舰炮射程之外,显示了航空母舰在海战中的重大作用。此战双方损失大致相当,但美国挫败了日军占领莫尔兹比港的战略目标,取得了太平洋战争爆发以来首次击退日军大规模进攻的胜利。

(2) 中途岛之战

珊瑚海之战虽未得手,日本舰队仍按原计划远距离转移到中太平洋,准备再来一次珍珠港式的突然袭击,主攻目标是中途岛。6月4—5日,双方舰队在中途岛海面展开了又一次海空大战。日军损失4艘航空母舰、1艘巡洋舰、322架飞机。美方损失航空母舰和驱逐舰各1艘、飞机147架。开战以来,日本赖以取胜的航空母舰以及训练有素的舰载机飞行员,在中途岛海战中,损失惨重。在现代海战中,制空权是掌握制海权的前提,日本从此丧失了中太平洋的战略主动权,太平洋战争出现转折。

(3) 瓜达尔卡纳尔岛之战

1942年8月7日,美军在所罗门群岛的战略要地瓜达尔卡纳尔岛进行登陆作战。瓜岛之战,持续整整半年,是一场陆海空军协同进行的岛屿争夺战,异常激烈。在这场巨大的消耗战中,日军死亡约2.3万人,其中约1.5万人是饿死或病死的。1943年2月1—7日,日军残部1.19万人撤离瓜岛。这是自太平洋开战以来,日本陆军第一次遭到惨败。此后,盟军以瓜岛的局部反攻为起点,逐步在整个太平洋战场转入全面反攻。

2. 第二阶段:盟攻日守

1943年,盟军在太平洋战场建立了两个作战区:一个是由美国海军上将尼米兹指挥的中部战区;一个是由美国陆军上将麦克阿瑟指挥的美、澳、新、英、荷等五国部队组成的西南部战区。1943年8月中旬,西南部战区的盟军,采取越岛进攻的新战术。

(1) 塞班岛海战

1944年盟军在太平洋发动了全面进攻。6月15日,美军在马里亚纳群岛中的塞班岛登陆,该岛处于日本计划进行决战的"绝对国防圈"的中心。19—20日,日美海军在马里亚纳群岛西部海域展开决战。结果,日军遭到惨败,3艘航空母舰被击沉,飞机损失395架。美方仅2艘航空母舰受伤,飞机损失37架。到8月11日,马里亚纳群岛的塞班岛、提尼安岛、关岛的日军相继覆灭,"绝对国防圈"完全破碎。从此,美国完全掌握了太平洋战争的制空制海权。这一仗对日本震动很大,东条内阁因此垮台。美军占据塞班岛后,以此为基地,对日本开始了大规模战略轰炸。

（2）菲律宾海战

1944年10月20日,美军在菲律宾中部莱特岛登陆。23—25日,日美双方在莱特湾进行了第二次世界大战中最大的一次海战。日本海军被打得溃不成军,从此不再成为一支战略力量。菲律宾海战的胜利,切断了日本本土与东南亚之间的联系以及日本的石油供应线,具有重要的意义。

（3）硫黄岛海战

1945年2月19日,美军开始在小笠原群岛中的硫黄岛登陆。硫黄岛距离东京和塞班岛都是1 200公里,是一个重要的中继点,占领该岛,就可以对日本本土进行更大规模的战略轰炸。硫黄岛战役至3月26日结束,历时约35天,是美军海军陆战队有史以来进行得最激烈的一次战斗。此役,日军战死2.1万多人,美军伤亡也多达2.3万人。

（4）冲绳岛登陆战

硫黄岛战役结束后,美国在3月末开始进攻冲绳岛。冲绳岛素有日本"国门"之称,距九州仅600公里,是日本守卫本土的最后一个易守难攻的海上据点。4月1日,美军在冲绳岛登陆。岛上驻有8万日军及两万多被日军强征的当地成年男子组成的防卫队,美国以18万人发起进攻,激战三个月,以伤亡4万人的代价,于6月底占领了冲绳岛,打死打伤日军9万人。至此,美英等国盟军占领了太平洋全部岛屿,通向日本的门户被打开。

五、国际反法西斯战争的胜利

（一）开罗会议与德黑兰会议

1943年是第二次世界大战进程发生根本转变的一年。同盟国在欧洲、北非和太平洋战场都转入了战略反攻和进攻。德意日法西斯转为守势并走向崩溃。在这种形势下,苏美英三国决定举行战时的首次政府首脑会晤,商讨尽快结束战争和战后安排问题。

1. 开罗会议

1943年11月22日至26日,美、英、中三国政府首脑罗斯福、丘吉尔、蒋介石在开罗举行会议。会议通过了中美英三国《开罗宣言》,12月1日正式发表,《开罗宣言》庄严声明:日本所窃取于中国之领土,例如满洲、台湾、澎湖群岛等,归还中国。《开罗宣言》明确承认了中国收复失地的神圣权利,是战后处理日本问题的重要法律依据。

2. 德黑兰会议

1943年11月28日至12月1日,斯大林、罗斯福、丘吉尔在德黑兰举行战时第一次苏、美、英三国首脑会议,主要议题是关于在西欧开辟第二战场。经过反复磋商和争论,由于苏美意见一致,英国只得放弃在地中海发动主攻的作战方案。最后商定,美英军队将于1944年5月从法国北部登陆开辟第二战场。三国首脑还就战后成立国际组织、波兰疆界、战后处置德国、苏联参加对日战争等问题进行了讨论。会议最后发表《德黑兰宣言》,宣布三国已经决定了消灭德军的计划并在战后继续合作。

《开罗宣言》和德黑兰会议,对于维护、巩固反法西斯联盟的团结和加速反法西斯战争的胜利,起了重大作用。

（二）雅尔塔会议

1945年2月4—11日,斯大林、罗斯福、丘吉尔在苏联克里米亚半岛的雅尔塔举行了战时第二次会议。会议发表了《雅尔塔会议公报》,签订了《雅尔塔会议议定书》和《雅尔塔协定》以及有关附录等文件。

在这次极其重要的会议上,主要讨论以下四个问题。第一,关于德国。决定在德国投降后,由苏、美、英、法分区占领,并在柏林设立管制委员会。德国必须赔偿盟国的损失,并实行非军国主义化。第二,关于波兰的疆界和政府的组成。最后达成原则协定:现今在波兰行使职权的临时政府(即受苏联支持的卢布林政府),应在更广泛的基础上改组,以容纳波兰国内外民主力量。关于波兰疆界,东部依照寇松线,而在西部和北部波兰应得到领土补偿,西疆的最后定界应待和会解决。第三,关于联合国。经过争论,解决了两个难题。一是乌克兰和白俄罗斯应成为创始会员国。二是提交安理会的问题分为两类:一类是实质性问题,美、苏、英、中、法五大国有否决权;另一类是程序问题,如果常任理事国为争端当事国,则该国不得参加投票。会议还决定,1945年4月25日在美国旧金山召开联合国成立大会。第四,关于苏联参加对日作战。最后达成秘密协定,苏联答应在德国投降后两三个月内参加对日作战,条件是:外蒙古的现状应予维持;由日本在1904年日俄战争中从沙俄手中夺取的"权益"须予恢复,包括归还库页岛南部及邻近一切岛屿、大连商港国际化、恢复苏联租用旅顺为海军基地、中东铁路和南满铁路由中苏共同经营;千岛群岛须交予苏联。

雅尔塔会议是战时苏、美、英三大国最重要的一次会议。它所确定的打败德国、肃清德国法西斯主义、对日作战、规划战后世界和平以及三大国合作等项基本原则,有一定的积极意义。但会议及其协议还贯穿了苏、美、英三大国主宰世界、划分势力范围的强权政治原则。

(三)德国投降与波茨坦会议

1. 德国投降

1945 年 2 月,德军已被压缩在东面的奥得河和西面的莱茵河之间。4 月 25 日苏军与美军在易北河会师后,完成了对柏林的大面积包围以及对柏林市郊的合围。4 月 27 日,苏军冲入柏林市中心,与德军进行了激烈争夺。4 月 30 日,苏军冲入国会大厦,将胜利的红旗插上大厦圆顶;希特勒绝望自杀。5 月 2 日,德国投降。5 月 8 日深夜,在柏林举行了德国无条件投降仪式。

2. 波茨坦会议

欧洲战事结束后,1945 年 7 月 17 日—8 月 2 日,苏、美、英三国首脑在柏林附近的波茨坦举行战时最后一次会议。出席会议的,苏联方面仍是斯大林,美国因罗斯福已于 4 月 12 日逝世,由继任总统杜鲁门率团;英国方面先是丘吉尔,后由当时大选获胜的新任首相艾德礼接替。

会议经过反复商讨和激烈争论,最后签署了包括 21 项内容的决定书。关于德国,会议确定了苏、美、英、法四国共同管制德国的政治和经济原则,并成立四国管制委员会以具体处理德国问题。在德国赔款问题上,分歧很大。最后达成的协议是:苏联除在苏占区获得赔偿外,还可在西方占领区获得拆迁工业设备 25% 的赔偿。关于波兰本部疆界,其最后确定应待和会解决,在此以前奥德—西尼斯河以东之地由波兰政府管辖;普鲁士的哥尼斯堡及其邻近地区划归苏联。会议再度讨论了对日作战问题,苏联重申保证履行对日作战的义务。7 月 26 日,发表了《中美英三国促令日本投降之波茨坦公告》,要求日本立即无条件投降,并重申开罗宣言之条件必须实施。

波茨坦会议是苏美英三大国首脑在战时举行的最后一次会议。会议决定对日作战,直到日本无条件投降。这对于加速反法西斯的第二次世界大战的彻底胜利具有积极意义。但是随着战争接近尾声,英美和苏联的分歧和争执也日趋激化。

(四)日本投降与二战胜利

7 月 26 日《波兹坦公告》发表后,日本仍拒绝无条件投降。1945 年 8 月 6 日和 9 日美军分别在广岛和长崎各投下一颗原子弹。1945 年 8 月 8 日,苏联对日宣战。号称日本陆军精锐的关东军由于自 1943 年以来不断调往其他战场,这时已兵力不足,而且缺乏武器。苏联红军以摧枯拉朽之势,迅速打败了关东军。8 月 18 日,日军停止抵抗。同时,苏军向朝鲜北部、库页岛南部和千岛群岛发动攻势。到 9 月 1 日上述各地的日军全部投降或被歼。苏军的胜利,加速了日本法西斯的投降。

8 月 15 日,日本天皇终于宣布接受《波茨坦公告》,颁诏投降。9 月 2 日,在东京湾美舰"密苏里"号上,正式举行了日本向盟国投降的签字仪式。至此,反法西斯的第二次世界大战胜利结束。

(五)第二次世界大战的影响

第二次世界大战给人类社会和世界文明带来了巨大灾难。全世界军民死亡 6 000 多万人,消耗军费 13 000 亿美元,物资损失 42 700 亿美元。但是以反法西斯力量的胜利而告结束的第二次世界大战,挽救了人类文明,恢复了世界和平。

战争彻底地打破了以欧洲为中心的国际关系格局,引起了世界范围内政治力量的重大变化。经过第二次世界大战,德、意战败,英、法削弱,欧洲尤其是西欧在国际事务中居于支配地位的时代已成为过去。与欧洲地位的衰落形成鲜明对比的是美、苏两个超级大国的兴起。美国已经成为世界第一经济和军事强国,并在政治上把西欧、美洲和日本置于自己的控制之下。苏联虽然在经济上逊于美国,但在军事和政治上十分强大,是战后唯一有力量与美国抗衡的国家,于是以美苏对峙的两极格局代替了以欧洲为中心的旧的国际政治格局。

第二次世界大战期间,战争又成了国家垄断资本主义加速发展的催化剂。这一时期,各主要资本主义国家都运用国家的力量把资本主义经济纳入战时轨道,使国家垄断资本主义获得了巨大发展,如对整个经济生活建立了一系列严格的管理机制,国家军事订货的规模空前庞大,国家投资在投资总额中所占比重大幅上升等,对第二次世界大战后资本主义各国的经济发展有着重大影响。

第二次世界大战推动了科学技术的发展。迫切的军事需要,使交战各国倾全力去发展相应的制胜武器,从而也推动了科学技术的发展。例如,原子弹的制造引发了一场能源革命;火箭技术的发展打开了人类进入太空的大门;电子计算机的发明导致了信息时代的到来。

第二次世界大战为一系列欧亚国家走上社会主义道路创造了条件,战后社会主义超越一国范围而成为世界体系。规模空前的反法西斯战争,使占世界人口大多数的殖民地、半殖民地人民参加了这场正义战争,从而促进了亚非拉地区民族解放运动的空前高涨。战后,殖民体系迅速瓦解,帝国主义的统治范围大大缩小。亚非拉一系列国家相继独立,加快了世界历史发展的进程。

本章重、难点提示

一、重点掌握名词

《霍尔-赖伐尔协定》	东方战线	珊瑚海之战
《中立法》	巴巴罗萨计划	中途岛之战
绥靖政策	偷袭珍珠港	塞班岛海战
西班牙内战	《租借法案》	菲律宾海战
苏台德问题	《大西洋宪章》	硫黄岛海战
《慕尼黑协定》	《联合国家宣言》	冲绳岛登陆战
《苏德互不侵犯条约》	斯大林格勒战役	《开罗宣言》
静坐战争	库尔斯克战役	德黑兰会议
敦刻尔克大撤退	阿拉曼战役	雅尔塔会议
维希政权	突尼斯之战	波茨坦会议
不列颠之战	诺曼底登陆战	

二、论述题

1. 概述二战前德国的侵略扩张步骤。参见本章一、(三)。
2. 论述二战前英法推行绥靖政策的原因。参见本章一、(五)。
3. 概述第二次世界大战反法西斯同盟建立的步骤。参见本章三、(三)。
4. 概述二战太平洋战场的主要战役。参见本章四、(二)。
5. 论述《开罗宣言》的内容及其历史意义。参见本章五、(一)。
6. 简述雅尔塔会议的主要内容及其历史影响。参见本章五、(二)。
7. 简述波茨坦会议的主要内容及其影响。参见本章五、(三)。
8. 论述第二次世界大战的历史影响。参见本章五、(五)。

第九章　第二次世界大战后的世界格局

考点详解

一、雅尔塔体系

(一) 雅尔塔体系

1. 雅尔塔体系的形成

1945 年 2 月 4—11 日,斯大林、罗斯福和丘吉尔在苏联的雅尔塔举行战时第二次苏、美、英三国首脑会议。此前 1943 年 10 月的苏联莫斯科三国外长会议、1943 年 11 月埃及开罗的三国首脑会议、1943 年 11—12 月伊朗德黑兰的三国首脑会议、1944 年 8—10 月美国华盛顿的敦巴顿橡树园三国首脑会议和 1944 年 11 月丘吉尔与斯大林在莫斯科的会谈已经大致确定了此次雅尔塔会议的基调。

此后举行的旧金山会议(1945 年 4 月 25 日—6 月 26 日)、波茨坦会议(1945 年 7 月 17 日—8 月 2 日)等则是对雅尔塔会议所确定原则的补充和具体化。雅尔塔体系指的就是上述所有协定的总和。

2. 雅尔塔体系的内容与性质

雅尔塔体系的内容,概括起来主要有四个方面:(1)如何最后打败德、日法西斯,如何处置战败国,以防止法西斯主义东山再起;(2)重新绘制战后欧亚的政治地图,特别是重新划定德、日、意法西斯国家的疆界及其被占领地区的归属和边界;(3)建立联合国组织,作为协调国际争端、维持战后世界和平的机构;(4)对德、日、意的殖民地以及国联的委任统治地实行托管计划,原则上承认被压迫民族的独立权利。

雅尔塔体系作为第二次世界大战这场具有反法西斯性质的正义战争的产物,与此前的凡尔赛—华盛顿体系相比,具有其历史进步性。首先,它大力倡导并在一定程度上遵循了和平、民主的原则,以民主原则对战败国进行了改造,承认了被压迫民族的权利。其次,它承认了不同社会制度国家的和平共处,对于巩固和扩大社会主义阵营在客观上起到了促进作用。但同时,雅尔塔会议上的有关决议以及雅尔塔体系是美英和苏联相互让步、妥协的产物,三国在涉及本国利益问题上既争夺又合作,既冲突又妥协,使雅尔塔体系具有大国强权政治的性质。

雅尔塔体系并没有全面维持战后世界和平以及不同政治制度和意识形态国家的和平共处,正是由于雅尔塔体系的某些规定造成了德国的分裂和欧洲的分裂,乃至世界分裂成两大阵营,进入"冷战"状态。

(二)对战败国的处置

1. 分区占领德国与纽伦堡审判

在1945年2月的雅尔塔会议上正式决定了苏美英对德分区占领,即英国占领西北部,美国占领西南部,苏联占领东部,首都柏林由三国共同占领。同时达成协议邀请法国作为第四国参与占领,其占领地区从美、英占领地区中划出。德国投降后,苏、美、英、法四国即分区占领了德国(包括柏林)。四国总司令组成盟国管制委员会,任务是保证各占领区协调行动,并就涉及德国整体的主要问题作出决定。

1945年11月20日欧洲国际军事法庭在德国纽伦堡开庭,开始了对21名纳粹德国首要战犯的审讯和判决。在经过长达10个多月的审讯之后,1946年9月30日,军事法庭依据大量确凿的证据,判处戈林、里宾特洛甫等12名首要战犯绞刑,赫斯等3人无期徒刑,4人被判处10~20年有期徒刑。判处德国政治领袖集团(即以希特勒为首组成的纳粹党组织机构)、秘密警察和保安勤务处、党卫队等为犯罪组织。

纽伦堡审判基本上是一次公正的审判,是人类历史上第一次公开给予侵略战争的密谋者、组织者、执行者应得的惩罚。这次审判也是同盟国在战后一次重要的国际行动。

2. 美国单独占领日本与《美日安全保障条约》

日本投降后,美国军队以盟军的名义占领了整个日本。1946年1月19日,同盟国授权远东盟军最高司令颁布特别法令,宣告由中、苏、美、英等11国代表组成远东国际军事法庭,在东京审判日本主要战犯。1946年5月3日,法庭开庭,1948年11月12日判决25名被告有罪。东条英机、广田弘毅等7人被判绞刑,荒木贞夫等16人被判无期徒刑。

美国独占日本的政策,引起苏联的强烈反对。经过争论,在1945年12月莫斯科外长会议上,美、英、苏达成协议,成立两个机构:在华盛顿设立远东委员会,由苏、美、中、英、法、荷、加、澳、新、印、菲11国组成;在东京设立盟国管制日本委员会,由苏、美、中各派一代表,英、澳、新、印合派一代表组成。由盟军最高统帅任主席。在形式上,远东委员会位于盟军最高统帅之上,但是由于其决定必须通过美国政府和占领军总部去执行,最后决定权仍掌握在美国手中。而盟国管制日本委员会只不过是最高统帅的咨询机构,并没有什么实权。因此,该两委员会的建立实际上并未改变美国在日本的支配地位。

1951年9月,在旧金山召开了由52个国家参加的对日媾和会议。会议签订了《旧金山和约》,规定:日本承认朝鲜独立,放弃对台湾、澎湖列岛、南威岛、西沙群岛、千岛群岛、南库页岛等岛屿的权利,但和约中只字不提这些岛屿的归属。和约还规定:盟国可与日本缔结协定,驻军日本;日本统一把琉球群岛、小笠原群岛等交美国托管。

1951年9月8日,美国日本签订《美日安全保障条约》,美国取得在日本领土及其周围无限制地驻军及设置军事基地的权利,美国可以出动军队镇压日本的内乱。美国还指使日本政府与台湾当局签订所谓"和约",日蒋宣布结束战争状态,建立"外交关系"。《旧金山和约》和《美日安保条约》签订后,以军事同盟为基础的日美特殊关系确定下来,日本完全被纳入美国世界战略轨道。

3. 五国和约

第二次世界大战后期,德国的欧洲仆从国先后投降,签订了停战协定。波茨坦会议决定设立苏、美、英、法、中五国外长会议,准备签订对意、罗、保、匈、芬的和约。1947年2月10日,在巴黎正式举行"五国和约"签字仪式,各有关国家分别在五个和约上签字。和约主要规定了五国的领土边界变更、政治民主化、限制军备和经济赔偿问题。

《五国和约》是战争结束时欧洲军事、政治形势在法律上的反映,是美英妥协的结果。和约的缔结巩固了反法西斯战争的胜利成果,对实现欧洲和平与民主具有重要意义,但在某些条约中包含了侵犯战败国领土主权的条款。

4. 对奥地利和约的签订

第二次世界大战结束后,奥地利及其首都维也纳,由苏、美、英、法四国分区占领。1955 年 5 月 15 日,苏、美、英、法、奥五国外长在维也纳签订了《重建独立和民主奥地利的国家条约》,同年 7 月 27 日生效。条约规定恢复奥地利主权、独立和 1938 年 1 月的边界;禁止奥地利与德国合并或缔结任何同盟;奥地利应组成民主政府,不得拥有、制造和试验原子武器及条约中指定的其他武器,盟国对奥管制自条约生效之日起废止,驻奥盟军在条约生效后 90 天内,至迟在 1955 年 12 月 31 日撤退完毕。

1955 年 10 月 26 日,奥地利国会通过关于中立的宪法条文,自愿宣布永久中立,不参加任何军事同盟,也不允许别国在自己的领土上建立军事基地。奥地利国家条约的签订,结束了四大国对奥地利的占领,解决了第二次世界大战的一大遗留问题,对世界局势特别是欧洲局势的缓和起了积极的作用。

(三) 布雷顿森林体系

1. 布雷顿森林体系的建立

1944 年 7 月 1 日至 22 日,来自美、苏、中、法等 44 个国家的 730 名代表在美国新罕布什尔州布雷顿森林举行联合国家货币金融会议。会议通过了三个重要文件:《联合国家货币金融会议的最后决议书》及其附件:《国际货币基金组织协定》和《国际复兴开发银行协定》,决定成立两个国际金融组织,总称"布雷顿森林体系"。

该体系规定:美元与黄金挂钩,硬性规定美国政府 1934 年决定的 35 美元等于 1 盎司,其他国家的货币必须同美元挂钩。实际上,美元等同于黄金,在国际货币体系中成为主要国际储备货币。同时规定:实行固定汇率制,各国货币的汇率一经确定,不能随意变更,如变动必须得到基金组织的同意。

2. 世界银行与国际货币基金组织

1945 年 12 月 27 日参加布雷顿森林会议的,包括中国在内的 29 个国家的代表(不包括苏联),在美国国务院举行了布雷顿森林协定签字仪式,宣告国际货币基金组织和国际复兴开发银行即世界银行正式成立。

1946 年 6 月 25 日世界银行正式开业,1947 年 11 月成为联合国的专门机构之一。其宗旨是:为成员国的经济恢复与发展提供和组织长期贷款;为私人银行向各成员国的长期贷款提供担保,以促进资金流动。

1947 年 3 月 1 日国际货币基金组织开业,同年 11 月 15 日成为联合国专门机构之一。其宗旨是:商讨和促进国际货币合作,通过提供中、短期资金解决会员国国际收支中出现的暂时不平衡,消除各国的外汇管制,促进国际汇兑的稳定,以便利国际贸易的发展。

3. 关税与贸易总协定

1945 年 12 月 6 日,美、英、法等 15 国召开关税谈判会议。1947 年 10 月,美国与 23 个国家举行双边关税谈判并陆续签订了 124 项双边协定。后来将这些双边协定用最惠国条款加以多边化;汇编成一个多边文件,即《关税及贸易总协定》(GATT)。该协定于 1948 年 1 月 1 日生效。总协定的最高权力机构是全体缔约国组成的缔约国大会,下设理事会及发展委员会。

关税与贸易总协定不是正式的国际组织,而只是国际性的多边协定,它与联合国有关系,但不是其专门机构。其宗旨是:减少关税和贸易障碍,取消歧视待遇,充分利用世界资源,促进各国生产;扩大国际交换,创造就业机会,保证实际收入,增加有效需求。总协定缔结后,多次进行减税谈判,这对国际贸易的发展起了促进的作用。

二、联合国的建立

(一) 敦巴顿橡树园会议

1943 年 10 月 30 日莫斯科三国外长会议结束时,中、苏、美、英四国共同发表声明,首次正式提出建立联合国的问题。1944 年 8 月 21 日,苏、美、英三国代表在美国首都华盛顿郊区的敦巴顿橡树园召开会议,会议直到 10 月 7 日结束。苏、美、英三国代表决定把未来的国际组织命名为"联合国"。敦巴顿会议最后通过了《关于建立普遍性国际组织的建议案》(《敦巴顿橡树园建议案》)。建议案的主要内容是关于成立新组织的宗旨与原则、会员国资格、主要机关及其职权,关于维持国际和平与安全及社会合作的各种安排。

(二) 旧金山会议与《联合国宪章》

根据雅尔塔会议的决定,1945 年 4 月 25 日,在美国旧金山召开了联合国家国际组织会议。出席会议的有

50 个国家的代表。会议经过激烈辩论,基本上按照敦巴顿橡树园会议的内容通过了《联合国宪章》,并按"雅尔塔公式"确定了安全理事会常任理事国的否决权。6 月 26 日,50 个国家的代表签署了《联合国宪章》。包括后来签字的波兰在内,51 个国家被称为联合国创始会员国。10 月 24 日,《联合国宪章》正式生效。这一天因此被定为"联合国日"。

(三) 联合国的宗旨与主要机构

1. 宗旨

《联合国宪章》规定了联合国的宗旨为:维持国际和平及安全;发展国际间以尊重人民平等权利及自决原则为根据的友好关系;促成国际合作,以解决国际间经济、社会、文化及人类福利性质的国际问题,增进并激励对于全体人类的人权和基本自由的尊重;构成一协调各国行动的中心,以达到上述共同目的。

2. 主要机构

联合国的主要机构有 6 个:(1) 大会。由全体会员国组成,是主要审议机构,重要议案需 2/3 多数通过。每年举行一届常会,于 9 月份第三个星期二开幕,持续到 12 月中旬,如半数以上会员国或安理会提出请求,可举行特别会议或紧急特别会议。(2) 安理会。是对维护和平与安全负有主要责任的机构,在联合国内处于首要的政治地位。由享有否决权的 5 个常任理事国和任期两年的非常任理事国组成。(3) 经济及社会理事会。在大会权力下,负责协调经济和社会活动,就发展、世界贸易、工业化、自然资源、人权、妇女地位、人口、社会福利、科学技术、防止犯罪以及许多其他经济和社会问题提出建议和开展活动。(4) 托管理事会。负责监督对 11 处托管领土的行政管理,促进它们向自治或独立的方向发展。(5) 国际法院。设于海牙,由 15 名"独立法官"组成,不代表任何国家,依《国际法院规约》而工作。(6) 秘书处。任务是为联合国其他机构服务,并执行它们的计划和政策。联合国秘书长是联合国的行政首脑,由安理会推荐,大会委派,任期 5 年,可以连任。

三、冷战与两大阵营的对峙

(一) 冷战的背景

冷战是指二战后美苏及其各自的盟国之间除采取直接交战方式之外的全面对抗。它成为 20 世纪中后期世界历史进程中的一个最显著的特征。冷战是两种不同社会制度斗争发展的产物,又是战后世界格局变化的必然。

二战结束后,世界格局发生了巨大变化,变化之一来自于资本主义世界内部。战前帝国主义六强中的德、意、日战败,听候处置,失去大国的地位;法国曾为德国所败,遭受重创,失去昔日的光彩;英国实力骤减,已无力问鼎世界霸主之位;只有美国因战得利,其经济、政治和军事力量全面迅速膨胀。变化之二是以苏联为首的社会主义势力在迅猛增长。二战使苏联的人力、物力、财力遭受严重损失,但战火却锤炼出一支强大的军事力量。苏联武装力量总数与美相近,但其陆军为世界之最。以此为后盾,苏联把其政治影响带到了所控之处。在东欧如南斯拉夫、阿尔巴尼亚、匈牙利、捷克斯洛伐克、保加利亚、波兰、罗马尼亚和德国东部地区,由苏联帮助和支持,从 1945 年到 1949 年先后建立了人民民主制度,走上了社会主义道路。

由于苏联和各国人民的革命力量妨碍了美国的称霸计划,导致二战期间美苏同盟的破裂和美国对苏"冷战"遏制的开始。

(二) 冷战政策的出台

1. 凯南遏制政策

1946 年 2 月美国驻苏代办乔治·凯南向美国国务院发回一份长达 8 000 字的电报,提出一整套"遏制"苏联的理论和政策。凯南所说的"遏制"政策的主要内容包括:(1) 保持西方社会内部的健康与活力。(2) 鼓励和利用苏联同其盟友之间的矛盾。(3) 促使苏联内部的和平变革。凯南"遏制"战略的最终目标是使苏联的内政、外交按西方的意愿发生变化。美国政府对"遏制"理论极为重视,使其成为对苏联政策的指导方针。凯南也由此而成为"遏制之父"。

2. 丘吉尔的铁幕演说

1946 年 3 月 5 日,丘吉尔在美国富尔敦发表演讲,宣称:"从波罗的海的什切青到亚得里亚海的里亚斯特,已经布下了一道横贯欧洲大陆的铁幕","铁幕"后边的中欧、东欧国家受到苏联的高压控制,毫无民主、自由。共产主义对西方文化造成巨大威胁。为此,英、美应结盟并联合其他西方国家来对付苏联的挑战。丘吉尔的铁幕演说是"冷战"初步展开的重要标志。

3. 杜鲁门主义

土耳其、希腊问题使美、苏产生对立。土、希两国原属英国的"势力范围"。由于英国的全面衰落,它已无力控制两国。苏联此时也想插手近东事务。1947 年 2 月 21 日,英国出于防止苏联对希、土两国控制的考虑,照会美国政府,要求美国挑起全面援助希、土的担子,美国政府欣然接受。

1947 年 3 月 12 日,杜鲁门总统在国会两院联席会议上宣读了一篇咨文。文中极力渲染"希土危机",强调对希、土两国不能坐视不救,要求国会向两国提供 4 亿美元的援助,且此后还要向其他国家提供类似的援助,以阻止再发生类似波兰、保加利亚和罗马尼亚的情况。杜鲁门强调美国的政策必须是支持"自由人民"抵制各种企图将"极权政体"强加于它们的行动。

杜鲁门主义是美国对外政策转变的完成。它标志着美国对外政策已彻底摆脱了孤立主义的影响,开始由局部扩张转变为全球扩张的时代。

(三) 北大西洋公约组织与西方阵营的形成

1. 马歇尔计划

1947 年 6 月 5 日,马歇尔在哈佛大学毕业典礼上发表演说,概述了美国援助欧洲的方针。他分析了援欧的原因、目的和方式,希望欧洲国家联合起来,主动向美国提出援助要求,然后美国将尽力支持。对此,西欧各国政府表示十分欢迎。6 月 27 日,英、法、苏三国在巴黎举行外长会议,讨论"马歇尔计划"。由于分歧严重,苏联代表退出会议,并对"马歇尔计划"猛烈抨击。1947 年 7—8 月,苏联则与东欧各国签订多项双边贸易协定,统称"莫洛托夫计划"。

1948 年 4 月 2 日,美国国会通过了《1948 年对外援助法》,使"马歇尔计划"法律化。4 月 7 日,经杜鲁门签署,"马歇尔计划"正式实施。"马歇尔计划"从 1948 年 4 月开始执行,到 1952 年 6 月宣布结束,美国共拨款 131.5 亿美元,其中 90% 为赠与、10% 为贷款。

"马歇尔计划"对战后世界形势的发展与变化无疑作用巨大。首先,它恢复和发展了欧洲经济,稳定了欧洲社会秩序。到 1952 年,西欧工业产量比战前提高 35%,农业产量比战前提高 10%。特别是西德,发展速度最快,到 1955 年其工业产值已跃居资本主义世界的第二位。其次,"马歇尔计划"也推动了西欧各国的经济协作。1951 年 4 月 18 日,联邦德国、法国、意大利、荷兰、比利时、卢森堡等六国签署"欧洲煤钢联营"协定,西欧开始趋向一体化。再次,"马歇尔计划"树立了美国在资本主义世界的领导地位。欧洲各国在接受美国的援助时,也就增加了对美国经济的依赖,并被美国纳入其称霸全球的战略部署,从而成为其与苏联争霸的棋子。而且,该计划也解决了战后美国生产过剩与市场相对狭小的矛盾,使美国经济保持了一段繁荣时期。

2. 第四点计划

1949 年 1 月 20 日,杜鲁门发表继任总统的就职演说,提出了美国今后外交政策的"四点行动原则":一是联合国;二是"马歇尔计划";三是北大西洋联盟;四是"新的大胆的计划",即"技术援助和开发落后地区的计划"。新闻界称之为"第四点计划"。

1950 年 6 月 5 日,美国国会通过《对外经济援助法案》,"第四点计划"列入该法案的第四节"国际开发法案"。法案规定,美国援助经济不发达地区的办法是鼓励交换技术知识和技能,向这些国家输出资本。法案为私人投资者提供了政策保证,为美国垄断组织争夺商品市场、原料产地和投资场所提供了法律依据。实施"第四点计划"的机构是国际开发咨询委员会和技术合作署,到 1953 年杜鲁门卸任时,美国已向 35 个国家和地区派出 2 245 名技术人员实施该计划,三年总计拨款 3.11 亿美元。

3. 北大西洋公约组织

战后美国实施"遏制战略"、推行冷战政策,在军事政治上的表现即为筹建北约。1947 年 3 月 4 日,英、法为防止德国军国主义的复活,在敦刻尔克签订了《军事同盟条约》。1948 年 3 月 17 日,英、法、俄、比、卢等西欧五国签订《布鲁塞尔条约》,组建了欧洲第一个集体防卫组织,因感到西欧防务若无美国参与,将毫无价值,3 月 22 日至 4 月 1 日,美、英、加三国在华盛顿举行会议,通过了"五角大楼文件",提出扩大布鲁塞尔条约组织,另外缔结北大西洋区域集体防务协定。

1949 年 4 月 4 日,美、加、英、法、比、荷、卢、丹、挪、冰、葡、意 12 国外长云集华盛顿举行北约签字仪式。公约由"序言"和 14 条条款构成,其中主要规定:缔约国任何一方遭到武装攻击时,应视为对全体缔约国的攻击,其他缔约国应立即协商,以便行驶单独或集体自卫的权利。条约有效期暂定为 20 年。1949 年 8 月 24 日,公约正式生效,北大西洋公约组织宣告成立。

(四) 华沙条约组织与社会主义阵营的形成

杜鲁门主义和马歇尔计划出台后,面对美国的冷战攻势,苏联政府在政治、经济方面采取了相应的反击措施,即建立了"情报局"和"经互会"。

1. 共产党情报局

1947年9月22日—27日,在波兰南部西里西亚举行欧洲九国共产党和工人代表大会。会议通过了《关于国际形势的宣言》。宣言指出世界已经分裂为两个对立的阵营,号召各国共产党在反帝民主纲领的基础上联合起来,反对帝国主义。会议决定成立欧洲共产党和工人情报局,由九国党各派两名代表组成,总部设在贝尔格莱德。其主要任务是组织交流经验,必要时协调和统一各国党的行动。

情报局自1947年9月到1956年4月,总共存在将近九年。它在反击美国冷战政策方面起了一定作用,但苏联通过情报局加强对东欧的控制和影响,甚至一度把内部斗争放在了首位,成为苏联推行大国沙文主义,压制各国的工具。

2. 经济互助委员会

1947年6月底,在巴黎召开的英、法、苏三国外长会议上,苏联断然拒绝了"马歇尔计划",并提出了"莫洛托夫计划"。其具体内容是缔结一系列苏联与东欧各国的双边经济协定,形成各国间的经济网络,使各国的对外贸易大多在苏联和东欧地区内部进行,以此减少对西方市场的依赖。

1949年1月5—8日,苏、保、波、匈、罗、捷六国代表在莫斯科举行会议,决定成立经济互助委员会,简称"经互会",总部设在莫斯科。下设经济互助委员会会议为最高权力机构,另设执行委员会、常设委员会和秘书处。经互会最初的宗旨是:在平等的基础上"交流经济经验,相互给予技术的援助,彼此在原料、粮食、机器、装备等方面提供协助",以实现成员国间更广泛的经济合作。经互会的成立,标志着战后欧洲不仅在政治上分裂,而且在经济上也被划分成两部分,出现了两种对立的世界经济体系。在这个组织中,苏联无论在组织上还是经济实力上都有特殊地位。经互会成为苏联与美国对抗、控制东欧的工具。

随着冷战的结束,经互会失去了存在的必要,1991年6月28日,其成员国代表在布达佩斯签署了解散经互会的议定书,宣告了存在42年之久的经互会正式解散。

3. 华沙条约组织与两大阵营对峙的最终形成

1955年5月5日,美国和西欧不顾苏联的强烈反对把联邦德国拉入北约,从而激化了美苏矛盾。5月14日,苏联、波兰、德意志民主共和国、匈牙利、捷克斯洛伐克、阿尔巴尼亚、保加利亚、罗马尼亚八国在华沙召开会议,签署《友好合作互助条约》,宣布成立华沙条约组织,简称"华约"。条约规定:缔约国准备"参加旨在保障国际和平与安全的国际行动",保证在"国际友好关系中不以武力相威胁或使用武力,并以和平方法解决它们的国际争端"。但同时规定:缔约国之间实行"联合防御"。

华约组织的主要机构是政治协商委员会,设有联合武装部队指挥机构,华约总部设在莫斯科。至此,在欧洲形成了北约和华约两大军事集团对立、在全球出现了资本主义阵营和社会主义阵营全面对抗的局面,世界政治形成了两极格局。两大阵营形成后,在政治、经济、军事、意识形态等方面展开了激烈的斗争。

(五)两大阵营内部的矛盾与分化

战后形成的两大对立阵营,随着国际局势的变化,其各自内部都在不断地发生冲突与分化。

1. 西方阵营的矛盾

资本主义阵营因美国、日本、西欧力量对比的变化以及对各自利益的考虑,出现分裂。战后初期受到美国控制的西欧、日本,随着经济力量的壮大,在政治上出现独立自主的倾向。1958年法国戴高乐重新上台执政,在对外政策上推行"戴高乐主义",反对一味追随美国的做法,坚持恢复法国在国际事务中的大国地位和独立自主的方针。1969年联邦德国勃兰特政府推行"新东方主义",积极主张同苏联和东欧各国实行缓和关系正常化的政策。日本随着经济力量的增强,政治上也提出相应的要求。最后,美国经济实力下降,引起美元地位的变化。1960年,1968年和1971年,美元发生三次危机。第三次危机时,尼克松政府放弃美元与黄金挂钩,从而导致以美元为中心的布雷顿森林国际货币体系瓦解。随着各国经济实力的变化、外交政策和战略的调整,资本主义国家间矛盾重重,资本主义阵营亦趋瓦解。

2. 社会主义阵营的分化

在社会主义阵营中,战后初期苏联强迫东欧各国照搬其模式,服从苏联利益,而南斯拉夫坚持独立自主的立场,对苏抵制。1948年6月28日,作为"情报局"的发起者,南斯拉夫居然被开除出该组织。次年初,苏联和东欧各国先后与南斯拉夫断绝外交关系,并陈兵边境对南斯拉夫进行军事威胁,苏南关系恶化。

20世纪50年代中期至60年代末,社会主义阵营因中苏关系破裂而解体。1956年2月苏共二十大,中苏两党在和平过渡等理论问题上和如何评价斯大林问题上存在着重大分歧。1958年以后,苏共把中苏意识形态上的分歧扩大到国家关系上来。1962 年 12 月 15 日—1964 年 7 月 14 日,中苏展开大论战。1965 年 3 月—5 月,苏共一手操纵的莫斯科会议的召开,表明共产国际主义运动内部从政治路线、理论观点的分歧发展为组织上的分裂,从此社会主义阵营不复存在。

四、殖民体系的解体与第三世界的兴起

(一)亚洲的民族独立运动

1. 印度与巴基斯坦的独立

1946 年 7 月,印度举行制宪会议选举,国大党获 209 席,穆斯林联盟获 75 席。印度两大政党之间存在尖锐分歧:国大党要求建立一个由它领导的统一的印度;穆斯林联盟则坚持分治,建立一个独立的巴基斯坦。国大党要求立即采取措施,成立临时政府制宪会议;穆斯林联盟则提出英国人在"分治后离开"。

1947 年 6 月 3 日,英国政府发表了允许印度独立,实行印、巴分治的《蒙巴顿方案》,宣布自 1947 年 8 月 15 日起在印度境内成立两个独立的自治领:印度和巴基斯坦。方案的主要内容是:(1)依据宗教原则把印度分为印度教徒的印度和伊斯兰教徒的巴基斯坦两个自治领,英国分别向两者移交政权。(2)分治前就孟加拉、旁遮普是否各划为两部分和各部分的归属问题,以及西北边省、信得和阿萨姆的锡尔赫特县的归属问题分别进行投票。(3)各土邦有权自行选择加入哪个自治领,如果不愿意加入任何一个自治领,可以保持原来与英国的关系,但得不到自治领的权利。

1947 年 8 月 14 日巴基斯坦宣告成立,真纳自任总督;同月 15 日印度宣告独立,尼赫鲁任总理。此后,印度在 1950 年 1 月 26 日宣布成立共和国,巴基斯坦在 1956 年 3 月 23 日颁布宪法,改自治领为巴基斯坦伊斯兰共和国。

印、巴独立标志着英国在印度长达 190 年的殖民统治的结束,但也遗留了严重的问题。印巴分治以后,出现了大迁徙的浪潮,成千上万的印度教徒和伊斯兰教徒离开原来的居住地。由于蒙巴顿方案没有明确划定印巴边界,东、西巴基斯坦相隔 1 600 公里,而恒河和印度河流经印巴两国,造成了印巴边界纠纷和河水争端问题。而且,分治使统一的经济和灌溉系统被人为分割开,给两国经济发展带来严重困难。克什米尔土邦的归属问题也成为印巴两国长期不和、发生多次武装冲突的原因之一。

2. 以色列建国与中东战争

英国在第一次世界大战期间占领巴勒斯坦,1922 年实行委任统治。1917 年,英国公开发表《贝尔福宣言》,支持犹太复国主义在巴勒斯坦建立一个"犹太民族国家",吸引世界各地犹太人来这里居住。委任统治当局奉行"扶犹排阿"政策,加剧了二者之间的矛盾冲突。

第二次世界大战爆发后,为了赢得阿拉伯世界的支持,英国于 1939 年发表白皮书,限制犹太人向巴勒斯坦移民,并提出让阿拉伯人政府掌管巴勒斯坦 10 年。美国为了扩大它在中东的利益,需要在中东寻找支持,故积极扶植犹太复国主义者,对英国施加压力。

联合国大会于 1947 年 11 月 29 日投票通过了《巴勒斯坦将来治理(分治计划)问题的决议》。决议规定:1948 年 8 月 1 日以前结束英国的委任统治,建立犹太国和阿拉伯国;耶路撒冷及其附近郊区由联合国管理。1948 年 5 月 14 日,本·古里安宣布建立犹太人国家:以色列。同时,杜鲁门总统宣布美国承认这个新国家。

在以色列建国的第二天,即 1948 年 5 月 15 日,阿拉伯联盟宣布对以色列进行"圣战",派兵越过以色列边界,第一次中东战争爆发。阿拉伯联军由埃及、伊拉克、叙利亚、黎巴嫩和约旦等国军队组成,总兵力 4 万人,在武器装备上占有优势。而以色列军只有 3 万人,基本上处于被包围状态。战争一开始,阿拉伯联军在巴勒斯坦从南到北的各条战线上迅速推进,以色列被迫退到沿海一带。在战争的关键时刻,以色列得到美国的支持,迅速扭转了战局,不但击退了阿拉伯人的进攻,还向前推进,占领了更多的领土。1949 年 2 月 4 日,埃及被迫与以色列签订了停战协定,接着,黎巴嫩、约旦、叙利亚等国也先后与以色列签订了停战协定。

1956 年 10 月 29 日,以色列出动 4.5 万兵力,向西奈半岛发动全线进攻。第二次中东战争爆发。英国和法国为报复纳赛尔将苏伊士运河收归国有,也参加了战争。在埃及的顽强抵抗和世界舆论的压力下,加上美苏的强烈反对,英、法、以三国政府被迫于 11 月 6 日宣布停火。1957 年 3 月,以军最后撤出西奈半岛和加沙地带。第二次中东战争以埃及的胜利而告终。

第三次中东战争又称"六五战争"。第二次中东战争以后,英法在中东的势力大大削弱,美苏趁机向中东渗透。苏联支持巴勒斯坦民族解放运动(简称"法塔赫")反对以色列的武装斗争;美国则进一步武装以色列,以抑制苏联在中东势力的发展。在此背景下,爆发了第三次中东战争。1967 年 5 月 22 日,埃及政府宣布封锁埃及

领海范围内的蒂朗海峡,禁止以色列运送战争物资的船只通过。以色列宣称埃及此举是"对以色列的侵略",于6月5—10日,发动了为期6天的闪电战,占领了约旦河西岸、耶路撒冷旧城、加沙地带、埃及的西奈半岛和叙利亚的戈兰高地。1967年11月,联合国安理会通过第242号决议,要求以军从其所占领的地区撤走。

1973年10月6日,埃、叙军队向以色列发起进攻,第四次中东战争爆发,又称十月战争、斋月战争、赎罪日之战。10月9日,埃军控制了运河东岸10—15公里的狭长地带。与此同时,叙军在戈兰高地全线突破以军阵地,收复了大部分失地。10月10日,以军在美国"空中桥梁"运输线的帮助下开始反攻。10月22日,联合国安理会通过338号决议,要求双方当天停火,埃以都表示接受。25日,安理会又通过监督中东停火的决议,埃叙以遂正式停火。此后两年内,经过一系列脱离军事接触的谈判,达成协议:埃及收复运河东岸的狭长地带,叙利亚收复包括首府库奈特拉在内的戈兰高地的部分地区。

十月战争开始后,阿拉伯诸国纷纷运用石油武器支持埃及、叙利亚。1968年成立的阿拉伯石油输出国组织于1973年10月17日和11月4日举行两次会议,决定通过石油提价、减产、禁运、国有化等措施打击支持以色列的美国和其他西方国家,从而导致了西方的石油危机。

3. 印度尼西亚独立

1949年8—11月,在海牙举行了有印尼共和国政府、荷兰、印尼各傀儡邦以及联合国印尼委员会的美国代表参加的圆桌会议。11月2日,与会各方签订了《圆桌会议协定》。协定规定:印尼共和国与荷兰在印尼建立的15个傀儡邦组成"印度尼西亚联邦共和国",后者再与荷兰、荷属苏里南和库拉索共同组成以荷兰女王为元首的"荷兰—印度尼西亚联邦";西伊里安继续由荷兰占领,其归属问题待以后双方协商解决;印尼偿付前殖民政府所欠的43亿荷盾的债务。协定虽规定除西伊里安外,荷兰应将主权移交给"印度尼西亚联邦共和国",但仍保留了荷兰在军事、外交、经济方面的许多特权。

《圆桌会议协定》签订以后,荷兰从印尼撤走。1949年12月19日,印度尼西亚联邦共和国成立,苏加诺任总统,哈达任总理。12月27日,荷兰向印尼联邦共和国"移交主权"。印尼人民反对和抵制保留荷兰特权的联邦制,要求取消各傀儡邦。1950年8月14日,联邦众议院宣布解散联邦。次日,苏加诺宣布成立统一的印度尼西亚共和国。

1953年7月,民族党人阿里·沙斯特罗阿米佐约组阁。阿里政府奉行反帝反殖、维护民族独立和不结盟政策。经过谈判斗争,1954年8月,印尼与荷兰达成了解散荷兰—印度尼西亚联邦的决议。1956年4月21日,印尼国会通过决议,宣布废除《圆桌会议协定》。1963年5月1日,印尼收回西伊里安,实现了国家的统一和领土完整。

(二)非洲的民族独立运动

1. 埃及七月革命

埃及"自由军官组织"成立于1945年,其成员大多为爱国的中下级年轻军官,其宗旨是反对英国占领和法鲁克王朝的统治,建立由埃及人自己管理的国家。

1952年7月23日清晨,"自由军官组织"发动武装起义。7月26日,法鲁克国王被废黜,逃往国外。这次革命被称为"七月革命"。9月,埃及新政府成立,纳吉布任总理,纳赛尔任副总理。新政府宣布:没收封建王室土地;取消社会等级和贵族称号;废除维护封建统治者利益的1923年宪法;禁止一切政党活动。

1953年6月18日,埃及新政府正式宣布永远废除君主政体,成立共和国,纳吉布任总统兼总理,并任革命指导委员会主席。1956年6月,埃及举行公民投票,通过新宪法。新宪法规定:埃及是一个民主共和国,实行总统制。纳赛尔当选为总统。

2. 阿尔及利亚独立

1954年11月1日,在奥雷斯山区爆发了反对法国殖民统治、争取民族独立的武装起义。1958年戴高乐上台后,为摆脱法国政府面临的困境,从1959年起,一再声称给阿尔及利亚人民以自决权,并建议进行法阿谈判。

1962年3月18日双方在瑞士签订《埃维昂协议》,规定:1962年3月19日在阿尔及利亚结束军事行动,并在3—6个月内举行公民投票,由阿尔及利亚人民决定是否独立。协议还规定:3年内法国分批从阿尔及利亚撤出全部军队,但保留米尔斯克比尔(现凯比尔港)的海军基地,租借期15年,并在一定时期内保留其他基地。

1962年7月1日,阿尔及利亚举行全国公民自决投票,99.73%的公民投票赞成独立。7月3日,阿尔及利亚正式宣告独立。同年9月,阿尔及利亚召开制宪国民大会,定国名为阿尔及利亚民主人民共和国。

3. 非洲民族独立运动的胜利

二战后非洲民族运动发展的基本趋势是:由北非向撒哈拉以南的非洲发展。从全过程看,大体经历了4个发展阶段。

第一阶段:从二战后初期到 20 世纪 50 年代中期。运动的中心在北非,形式以武装斗争为主。1952 年,埃及爆发了以纳赛尔为首的"自由军官组织"领导的"七月革命",用暴力推翻了以英国为靠山的法鲁克封建王朝。1954 年,阿尔及利亚在民族解放阵线的领导下,开始了近 8 年之久的民族解放战争。与此同时,摩洛哥和突尼斯也展开了反法武装斗争。1956 年 3 月,法国被迫承认摩洛哥和突尼斯独立。同年 1 月,非洲领土面积最大的国家苏丹也摆脱了英国的殖民统治,赢得了独立。此外,利比亚也通过和平手段赢得了独立。1949 年,联合国大会通过决议,规定英法军政府必须在 1952 年 1 月 1 日以前将政权移交利比亚政府。据此,1951 年 12 月 24日,利比亚宣布独立成立利比亚联合王国。到 1956 年,北非六国,除阿尔及利亚外,都获得了独立。1952 年肯尼亚爆发了被称为"茅茅运动"的武装起义。

第二阶段:从 20 世纪 50 年代中后期到 20 世纪 60 年代末期。运动在整个非洲大陆全面展开。1955 年亚非会议的召开和 1956 年埃及收回苏伊士运河斗争的胜利鼓舞、推动了非洲国家争取民族独立的斗争。以 1957—1958 年加纳和几内亚两国独立为契机,非洲大陆掀起了一次大规模的独立浪潮。从 1957—1968 年短短 12 年时间里,非洲大陆诞生了 32 个新独立国家。仅 1960 年,非洲大陆就有 17 个国家取得了政治独立。这一年因此被称为非洲年。

第三阶段:20 世纪 70 年代。葡属非洲殖民体系崩溃。葡萄牙是最早侵入非洲的老牌殖民主义国家,也是放弃殖民统治最晚的国家。到 70 年代,它还在非洲霸占有 6 块殖民地。1963 年 1 月,几内亚比绍率先掀起了反对葡萄牙殖民统治的斗争。1973 年 9 月,几内亚比绍共和国宣布成立。1964 年 9 月,莫桑比克解放阵线发表《武装大起义宣言》,掀起了民族解放战争。1974 年 4 月 25 日,葡萄牙发生军事政变,坚持殖民政策的卡埃塔诺政权被推翻。新政府改变政策,与各殖民地解放组织谈判,承认其国家的独立。莫桑比克、佛得角、圣多美和普林西比以及安哥拉先后于 1975 年 6 月 25 日、7 月 5 日、7 月 12 日和 11 月 11 日宣告独立。至此,历时 500 年之久的葡萄牙在非洲的殖民统治彻底崩溃。在葡属殖民地独立浪潮的推动下,法属科摩罗群岛和英属塞舌尔群岛先后于 1975 年 7 月、1976 年 6 月宣布独立。1977 年 6 月,法属索马里通过公民投票也宣布独立,成立吉布提共和国。

第四阶段:1980—1990 年。以津巴布韦和纳米比亚独立为标志,非洲大陆的非殖民化过程最终完成。1953年 10 月,英国将南罗得西亚、北罗得西亚(今赞比亚)和尼亚萨兰(今马拉维)联合组成为"中非联邦"。1963 年底"联邦"解体。1965 年 11 月,南罗得西亚白人右翼势力政府片面宣布独立,1970 年改名为罗得西亚共和国。由于白人统治集团实行种族歧视政策和种族隔离政策,激起由津巴布韦非洲人民联盟和津巴布韦非洲民族联盟领导的反对白人种族主义统治的武装斗争。1980 年 4 月 18 日,津巴布韦宣布独立,成立津巴布韦共和国。纳米比亚原名"西南非洲",1890 年沦为德国殖民地,1915 年被南非占领,1920 年由国际联盟"委任"南非统治。第二次世界大战后,纳米比亚成为联合国托管地。1949 年,南非通过《西南非洲事务修正法》,把纳米比亚当做南非的一个省。1960 年 4 月,西南非洲人民组织成立并于 1966 年 8 月开始领导争取民族独立的武装斗争。1968 年 6 月,西南非洲更名为纳米比亚。又经过长达 20 年的斗争和较量,1988 年 12 月,安哥拉、古巴、南非三国签署协议,规定从 1989 年 4 月 1 日起实施联合国于 1978 年 9 月通过的关于终止南非统治的第 435 号决议。1990 年 3 月 21 日,纳米比亚宣布独立。至此,非洲大陆完成了非殖民化的历史任务。

(三)拉丁美洲的民族民主运动

1. 古巴革命

1952 年 3 月 10 日,美国中央情报局支持的巴蒂斯塔在古巴发动军事政变,建立了亲美政府。巴蒂斯塔上台后,实行军事独裁统治。

1953 年 7 月 23 日清晨,卡斯特罗率领流亡海外的 150 名革命青年攻打圣地亚哥城东北的蒙卡达兵营,由于敌我力量对比极为悬殊,起义失败。卡斯特罗被捕,他在法庭上发表了以《历史将宣判我无罪》为题的著名辩护词。出狱后的卡斯特罗没有因这次行动失败而消沉,他于同年 7 月建立了革命组织"七二六运动",继续为新的革命行动做准备工作。

1957 年 10 月,卡斯特罗组织了爱国统一战线,成立了"古巴民族解放委员会",提出了打倒独裁政权、成立临时政府和举行普选的纲领。1958 年底,革命武装力量从古巴各地发起进攻,控制古巴大部分地区。1959 年元旦,革命武装力量逼近哈瓦那,城内的人民社会党配合发动全市总罢工和武装起义,从而加速了反动政权的崩溃。起义军攻占总统府,巴蒂斯塔逃亡国外。1959 年 1 月 2 日,古巴建立了以"七二六运动"为核心的革命临时政府。

1961 年 5 月 1 日，卡斯特罗正式宣布古巴为社会主义国家。他将"七二六运动"、人民社会党和"三·一三革命指导委员会"合并成社会主义革命统一党(1965 年改名为古巴共产党)，并担任了党的第一书记。

1962 年 10 月 22 日，美国借口苏联将导弹运往古巴而宣布对古实行武装封锁，还采取了包括出动飞机、舰只"加紧严密监视古巴"等七项措施，从而形成"古巴导弹危机"。虽然苏联最后向美国让步，同意撤走导弹，但 11 月 1 日卡斯特罗发表电视演说，坚决拒绝联合国视察古巴领土。60 年代后期美国继续利用美洲国家组织干涉古巴；70 年代初又策划了几次小规模的雇佣军入侵古巴，但均遭失败。

2. 巴拿马收回运河区主权

美国通过 1903 年的美巴条约占领了运河区并建立了军事基地。1961 年 11 月，巴拿马会议通过决议，要求签订新的《美巴条约》，提出收回运河主权、公平分配运河收入、在运河区悬挂巴拿马国旗、限期接管运河等 13 项要求。

1964 年初，美巴就悬挂国旗的问题发生冲突，美军枪杀了一名在运河区升起巴拿马国旗的巴拿马学生，并镇压示威的学生和群众，激起了空前的反美浪潮。1 月 12 日，巴拿马政府宣布与美国断交。1964 年 4 月 3 日，美国被迫同意就新运河条约与巴拿马进行谈判。

1974 年 2 月 7 日，美巴发表联合声明，公布了作为新运河条约谈判基础的 8 项原则，经过为期 3 年多的谈判，1977 年 9 月 7 日，巴拿马总理托里霍斯与美国总统卡特签署了《巴拿马运河条约》和《关于巴拿马运河永久中立和营运条约》。条约规定，巴拿马可以逐步参加运河的管理、保护和防务，可以参加与管理运河的日常营运，负责运河区内的海关、邮政、司法等事务。该条约的有效期为 22 年，至 1999 年 12 月 31 日满期后，运河区的主权和管辖权全部交还巴拿马。

(四) 第三世界的兴起

所谓第三世界是指那些在历史上受过殖民统治和剥削，独立后经济落后，在国际经济政治中处于不平等、受剥削、受压迫的地位，在地域上大多数位于南半球的亚非拉国家。这些国家也被称为民族独立国家、发展中国家、南方国家。第三世界是在战后民族独立运动蓬勃发展的基础上进一步走向联合的产物。万隆会议的召开、不结盟运动的诞生、七十七国集团的形成是第三世界形成与发展的三个重要标志。

1. 亚非会议

1955 年 4 月 18—24 日亚非会议在印尼万隆召开，有 29 个国家、340 名代表出席了会议。印度尼西亚总统苏加诺作了题为《让新亚洲和新非洲诞生吧》的长篇开幕词。会议议程共有五项：经济合作、文化合作、人权和自决权、附属国问题、世界和平和合作的促进。

会议通过了《关于促进世界和平与合作的宣言》，其中引申和发展了和平共处五项原则，提出了各国和平相处友好合作的十项原则，这是会议取得的一项最重大的成就。这个宣言连同其他有关经济、文化合作及人权、民族自决权等共七项决议，构成《亚非会议的最后公报》，并经最后一次全体会议一致通过。

亚非会议的意义在于它是历史上第一次没有西方殖民国家参加，而由亚非国家自己处理自己事务的国际会议。亚非会议的国际意义还在于它开始了或增进了亚非国家间的交往或相互了解，找到了消除隔阂、增强团结的共同基础。会议及其决议创造了一种"万隆精神"，这就是在维护民族独立，保卫世界和平、反帝反殖的斗争中，加强亚非国家团结战斗的精神。

2. 不结盟运动

1961 年 9 月，在南斯拉夫的贝尔格莱德举行首次不结盟国家首脑会议，有 25 个国家参加，形成了以独立自主、不结盟、非集团为基本原则的不结盟运动。此后，不结盟运动每隔 3 年召开一次首脑会议，根据形势的发展和中小国家的共同要求确定会议的内容和议题。不结盟运动形成以来，坚持了反帝、反殖、反霸以及反对种族主义的斗争方向。不结盟运动的兴起是发展中国家崛起的重要标志之一。

不结盟运动支持被压迫民族的解放斗争，推动了民族独立运动的发展；为打破美苏两个超级大国争霸的两极格局，争取中小国家的国际地位、争取国际关系民主化，为维护世界和平，促进人类进步与发展，做出了积极贡献，成为第三世界国家在国际舞台上的最主要的政治代表；它积极维护第三世界国家的经济权益，为建立国际经济新秩序而斗争，为提高第三世界国家的国际经济地位，为改善南北关系，促进南南合作，做出了重要贡献。

3. 七十七国集团

随着第三世界的兴起，发展中国家强烈要求改变剥削它们的旧的国际经济秩序，为维护民族利益、发展民族经济而进行共同的斗争。20 世纪 60 年代，另一个具有重大国际影响的组织——七十七国集团诞生。

1964 年在联合国第一届贸易与发展会议上,七十七个发展中国家和地区联合起来,发表了《七十七个发展中国家联合宣言》,明确提出了"建立一种新的公正的世界经济秩序"的主张,自此被称为"七十七国集团"。从此,七十七国集团的成员不断增加,几乎包括了所有发展中国家,但仍沿用"七十七国集团"这个名称。

七十七国集团反映了发展中国家为维护切身利益而走向联合斗争的共同愿望和历史趋势,是第三世界形成与发展的又一个里程碑。它以建立国际经济新秩序为目标,宗旨是在参加全球性国际经济会议之前,成员国之间协调立场,商讨共同的对策,表达发展中国家的共同愿望。七十七国集团以联合国为讲台,为维护发展中国家的经济权益,建立国际经济新秩序而做了大量工作,在争取建立国际经济新秩序的斗争中发挥了先导作用;它为推动南南合作,维护发展中国家的利益,做出了积极贡献;为推动南北对话,缓和并改善南北关系,做出了有益的贡献。

4. 第三世界的主要区域性国际组织

20 世纪 60 年代末 70 年代初,伴随着非殖民化运动的迅速发展,在第三世界,还出现了一系列区域性国际组织。其中影响较大的主要有:非洲统一组织、东南亚国家联盟、石油输出国组织等。

1963 年 5 月 25 日,在埃塞俄比亚首都亚的斯亚贝巴,31 个非洲国家召开大会,会议通过了《非洲统一组织宪章》,成立了非洲统一组织。该组织的宗旨是:促进非洲国家的团结与合作,保卫它们的主权与领土完整,根除殖民主义,提高非洲各国人民的生活水平,促进非洲国家与国际间的交往与合作。该组织在捍卫非洲国家民族独立、反对外来干涉以及发展民族经济等方面发挥着重要作用。

1967 年 8 月 6—8 日,马来西亚、菲律宾、新加坡、泰国和印度尼西亚五国外长在曼谷举行第一届部长会议,发表了《东南亚国家联盟成立宣言》,即《曼谷宣言》,宣布成立东南亚国家联盟。该联盟的宗旨是:"促进本地区的经济增长、社会进步与文化发展","促进地区的和平与稳定",使东南亚成为"和平、自由和中立地区"。东南亚联盟成立后,在处理该地区事务中发挥着积极的作用。

1960 年 9 月 14 日,伊朗、伊拉克、科威特、沙特阿拉伯、委内瑞拉在巴格达举行石油生产国会议,成立了石油输出国组织(简称"欧佩克")。后来阿尔及利亚、印尼、尼日利亚等国加入,共有 13 个成员国。其主要宗旨是:协调成员国的石油政策,共同发展石油工业,维护成员国利益,从产、运、销以及价格方面采取联合行动,同西方国家和石油垄断集团进行谈判等。它的成立,有利于反抗西方国家对石油资源的掠夺,维护石油生产国利益。

除此之外,还有阿拉伯石油输出国组织、中美洲共同市场等。这些区域性国际组织的发展,对于第三世界国家维护其政治独立和民族经济权益具有积极的意义。在一定程度上,它们的建立也提高了第三世界国家的国际地位,形成与超级大国相抗衡的力量,影响着国际关系的发展与演变。

本章重、难点提示

一、重点掌握名词

雅尔塔体系	凯南遏制政策	六五战争
纽伦堡审判	铁幕演说	十月战争
东京审判	杜鲁门主义	《圆桌会议协定》
《旧金山和约》	马歇尔计划	埃及七月革命
《美日安全保障条约》	第四点计划	《埃维昂协议》
五国和约	北大西洋公约组织	第三世界
《重建独立和民主奥地利的国家条约》	共产党情报局	亚非会议
布雷顿森林体系	经济互助委员会	不结盟运动
世界银行	莫洛托夫计划	七十七国集团
国际货币基金组织	华沙条约组织	非洲统一组织
关税与贸易总协定	《蒙巴顿方案》	东南亚国家联盟
敦巴顿橡树园会议	《贝尔福宣言》	石油输出国组织
《联合国宪章》	第一次中东战争	
冷战	第二次中东战争	

二、论述题

1. 论述雅尔塔体系的内容、性质及其影响。参见本章一、(一)。

第十章　第二次世界大战后的西方国家

考点详解

一、美国的内政与外交

(一) 美国的内政

1. 忠诚调查与麦卡锡主义

1947 年 3 月,杜鲁门发布第 9835 号行政命令,即《忠诚调查令》。根据这项法令,联邦调查局和文官委员会对联邦公务员进行"忠诚调查",结果有 2 000 多人被解雇或被迫辞职。

20 世纪 40 年代末 50 年代初,美国国会通过了一系列反共反劳工的立法,其中最臭名昭著的是 1947 年 6 月通过的《塔夫脱·哈特莱法》(即《劳资关系法》)和 1950 年 9 月通过的《麦卡伦法》(即《国内安全法》)。《塔夫脱·哈特莱法》从根本上修改了 1935 年的《华格纳法》,取消了工人在第二次世界大战前所争得的工会权利。《麦卡伦法》规定:共产党或所谓"共产主义外围组织"必须向司法部登记,并提供有关财务和组织的全部情况;禁止共产党员在政府机关和国防企业工作;禁止发出国护照给共产党员;禁止共产党人或任何属于"极权主义组织"的外国人移居美国。

1950 年 2 月 9 日,美国共和党参议员麦卡锡在西弗吉尼亚州惠灵发表煽动演说,虚构"共产主义威胁"和"共产主义渗透"活动,声称有 205 名共产党的"颠覆分子"钻进了国务院及其他政府机构,要求进行清洗。麦卡锡的演说得到一些财团、反共组织和社会右翼势力的支持;共和党也曾把麦卡锡作为党派斗争的工具,对杜鲁门的民主党政府发起攻击。从此,在美国社会中掀起了一股极端反共、反民主的政治潮流。

1953 年艾森豪威尔上台后,麦卡锡自恃为共和党上台效力有功,变本加厉地干预政府和军方内部事务。麦卡锡的猖狂活动不仅激起各界人士的义愤,也引起了统治集团的恐惧。1954 年 12 月 2 日,美国参议院以 67 票对 22 票通过了谴责麦卡锡的决议案,麦卡锡主义从此完全衰落。

2. 杜鲁门的公平施政

1949 年 1 月 5 日,杜鲁门在提交国会的年度咨文中,正式提出"公平施政"的政策纲领。把过去各种建议合并起来,形成一个更广泛、更系统、更具体的计划。计划包括,制订就业法案;继续冻结物价和房租,控制通货膨胀,建造廉价公共住宅;实行国民健康保险;扩大社会保险范围,提高最低工资限额;保护和开发自然资源等。其中最关键的一项是就业问题。1946 年 2 月,国会通过了《1946 年就业法》。法案规定:联邦政府必须负责协调和利用自己的一切计划、职能和资源,为失业者提供有益的就业机会。授权总统设立经济顾问委员会,制定旨在防止经济衰退、保持充分就业的财政金融政策。《就业法》把促进最大限度就业置于联邦政府的肩上,这是美国历史上的首创,因而是一项重要立法。

"公平施政"基本上是"罗斯福新政式"的社会经济改革在二战后初期条件下的继续,具有积极意义。但是它取得的成就非常有限,远远逊色于"新政"。

3. 艾森豪威尔的现代共和党主义

1953 年 1 月,艾森豪威尔就任美国总统,这是共和党人在民主党执政 20 年后再次入主白宫。艾森豪威尔政府在内政上走的是一条被称为"现代共和党主义"的中间道路。它表现为主要社会经济政策上的二重性:自由放任与政府干预互相渗透。一方面承袭 20 年代在共和党内居于统治地位的联邦政府不干预经济问题的某些传统思想,主张坚决压缩公共开支、缩小联邦政府的活动规模;一方面又认可甚至扩大罗斯福新政以来民主党政府所实行的某些社会经济政策。

"现代共和党主义"是传统的共和党主义和罗斯福新政的折中,是在国家对经济生活的干预问题上进行的折中调和。它是国家垄断资本主义本身发展矛盾的产物,适应了美国 20 世纪 50 年代垄断资本主义发展的需要。

4. 黑人民权运动

从 20 世纪 50 年代中期起,美国黑人掀起了大规模的反对种族歧视、争取民主权利的运动。1955—1956 年,美国民权运动领袖马丁·路德·金领导了阿拉巴马州蒙哥马利市黑人抵制公共汽车公司种族歧视的罢乘运动,迫使地方法院作出了不准在公共汽车上实行种族隔绝的判决。1961 年春,美国民权组织发起"自由乘客"运动,迫使南部诸州取消州际公共汽车乘坐上的种族隔离制。1963 年 3 月,马丁·路德·金等人在伯明翰组织抗议种族隔离的示威游行时,遭到残酷镇压。

伯明翰事件后,民权运动队伍迅速扩大。1963 年 8 月,举行了有 25 万人参加的向华盛顿进军,要求就业,要求自由、平等。马丁·路德·金发表了著名的《我有一个梦想》的演说。向华盛顿进军将战后黑人民权运动推向高峰。另外,有些城市黑人还开展了以暴力抗击暴力的斗争。1968 年 3 月,马丁·路德·金组织"贫民进军"(亦称"穷人运动"),4 月 4 日在途经田纳西州孟菲斯市时被种族主义分子刺杀。这一事件激起了黑人更大规模的抗暴斗争,抗暴运动迅速席卷了 172 个城市。

黑人民权运动,迫使美国国会和政府在 20 世纪 60 年代通过和颁布了一系列有关消除种族歧视的法律和法令。1964 年 6 月通过的民权法,基本上是肯尼迪政府遗留下来的,主要内容是禁止在公共场所实行种族隔离制度;1965 年民权法,又称选举权法,禁止在选民登记时采取文化测验和其他歧视性措施;1968 年民权法,又称开放住房法,禁止在出租和出售住房时实行种族歧视。

5. 肯尼迪的新边疆政策

1960 年,民主党人肯尼迪击败共和党候选人尼克松,当选美国总统。肯尼迪提出了雄心勃勃地开拓"新边疆"的口号,宣称要探索"未知的科学和空间领域",征服"尚未征服的无知与偏见的孤立地带",解决"尚未解答的贫困与过剩的课题",解决"和平与战争问题"。"新边疆"政策内容十分广泛,包括由联邦政府提供经费来刺激经济发展、减少失业、提高最低工资、稳定物价、改建城市贫民窟、改善老人医疗、援助教育事业和农场主、开发和保护国家资源、发展空间技术、改善社会保险、结束种族歧视等。肯尼迪政府制定了发展空间技术计划,开始实施规模巨大的"阿波罗计划"。推行赤字财政政策,把它作为刺激经济、实现"充分就业"的重要手段。

肯尼迪的"新边疆"政策国内改革从总体上看,只取得了为数不多的成就,许多提案因受到国会保守派联盟的反对而被否决。1963 年 11 月肯尼迪遇刺身亡,遗留下了众多亟待解决的问题。

6. 约翰逊的伟大社会

1964 年 5 月 22 日约翰逊在密歇根大学发表演说,声称当前有条件使美国走向"一个伟大社会",从此"伟大社会"成了约翰逊对内政策的标志。约翰逊政府时期,国会通过了 435 项法案,取得了前所未有的立法成就。(1)调整征收所得税的幅度。(2)扩大政府对教育和医疗卫生领域的干预。(3)改善和发展城镇居民住宅,保护环境。(4)提出一系列反贫困计划。(5)保障黑人民权,缓和日益尖锐的种族矛盾。

"伟大社会"计划是美国统治阶级所推行的自"新政"以来最雄心勃勃的社会改革计划,并且在立法上取得了成功。约翰逊任内,国会共通过 435 项立法,基本实现了"伟大社会"的主要目标。

7. 尼克松的新联邦主义

1969 年 1 月,共和党人尼克松就任美国总统,8 月 8 日,正式提出被称之为"新联邦主义"的内政措施,逐渐放弃前民主党政府扩大联邦政府机构和权力的政策。"新联邦主义以"还权于州"、"还权于民"为口号,旨在扭转自罗斯福以来权力从州和地方政府流向联邦政府的趋势,加强州和地方政府解决各种经济和社会问题中的作用,进而克服由于不断扩大联邦政府对经济和社会生活的干预而造成的积弊。"新联邦主义"是尼克松对美国内政方针的重大改变。

8. 水门事件

1972 年 6 月 7 日晚,5 名闯入华盛顿水门大厦的民主党全国委员会总部窃取情报的人被捕。案件涉及尼克松竞选连任班子的主要工作人员。1974 年,最高法院通过了起诉尼克松总统案。美国众议院司法委员会开始公开辩论弹劾尼克松的动议。8 月 8 日,尼克松被迫宣布辞职,福特接任总统。尼克松是美国历史上第一个引咎辞职的总统。

9. 里根革命

1980 年,共和党人罗纳德·里根击败在任总统卡特,当选为美国总统。在里根政府 8 年任期内,他一反传统的现代凯恩斯主流经济学派的经济政策,改行供应学派和货币学派的经济政策,兼顾凯恩斯主流经济学,出现了恢复和振兴经济的新局面。其具体措施为:(1)实行历史上最大的减税计划。(2)里根政府坚持紧缩货币政策,严格控制货币膨胀。(3)里根政府 1983 年推出"战略防御"计划(又称"星球大战"计划),以促进高科技、社会经济和国防力量的发展。此外,里根政府还致力于平衡预算,控制财政赤字,放松对企业的控制。

(二)美国的外交

1. 战后初期到 20 世纪 60 年代末,是美国在全球扩张的阶段。它以强大的军事、经济力量为后盾,妄图称霸世界,具有鲜明的攻击性、侵略性。其典型是杜鲁门主义。

(1)杜鲁门时期(1945—1953 年)。杜鲁门上台后,视苏联和社会主义国家为美国称霸世界的重大障碍,制定以反苏反共为中心的遏制战略。基本内容是:第一,确定大西洋政策,以欧洲为重点,同苏联全面对抗。实行马歇尔计划,建立北大西洋公约组织,重新武装联邦德国等,是其所采用的主要战略步骤。第二,在中国支持蒋介石打内战,新中国成立后,对中国实行政治上孤立、军事上包围、经济上封锁的敌视政策。扶植日本,缔结《美日安全条约》。第三,在亚、非、拉地区推行"第四点计划",以援助为名扶植亲美独裁政权,搞新殖民主义,镇压民族解放运动,扮演"世界宪兵"的角色。杜鲁门主义是美国战后对外政策的转折点。整个冷战时期,美国各界政府的对外政策基本没有离开遏制苏联这一基础。

(2)艾森豪威尔时期(1953—1961 年)。朝鲜战争后美国调整了它的全球战略。一是提出对社会主义国家实行"解放战略",企图用战争以外的手段,把社会主义国家纳入西方"自由世界"。军事上提出"大规模报复战略"和"战争边缘政策",对社会主义国家实行讹诈。二是在亚、非、拉加紧全面扩张,先后提出"多米诺骨牌理论"和"艾森豪威尔主义",在印度支那和中东地区大肆渗透。

(3)肯尼迪、约翰逊时期(1961—1969 年)。进入 60 年代,肯尼迪上台,提出"一手拿剑,一手拿橄榄枝"的"和平战略",实质是运用和平与战争的两手策略,在社会主义国家搞"和平演变",在亚、非、拉地区搞新殖民主义。具体内容是:第一,同苏联既对抗又对话,一面同苏联继续展开激烈的军备竞赛,大规模扩充核力量,并针对苏联、中国,在军事上提出"两个半战争"的战略,在柏林危机和古巴导弹危机时与苏联进行激烈的较量。一面又同苏联签订了部分禁止核试验和防止核扩散条约,鼓吹缓和。在缓和的幌子下,对苏联东欧国家进行广泛的渗透,促其演变。第二,在亚、非、拉地区,实行"恩威并用"的政策,既搞附有条件的援助,又在古巴进行武装颠覆,在越南发动特种战争。约翰逊继任总统后,把越南的特种战争发展为局部战争。

2. 20 世纪 60 年代末至 70 年代末,是美国全球战略调整的阶段。此时美国在世界上的霸权地位面临前所未有的挑战,因此,不得不对实施战略目标的手段和方法作出必要的调整。

(1)尼克松、福特时期(1969—1977 年)。1969 年 7 月,尼克松上台不久,正式提出尼克松主义,表示美国要从亚洲实行战略收缩,具体内容是:第一,把建立同盟国的"伙伴关系作为美国对外政策的基石"。第二,缓和同苏联的关系,提出"以谈判代替对抗"。第三,在军事上,提出"现实威慑战略",军事上将"打两个半战争"的战略改为"打一个半战争"的战略。第四,打开对华关系的大门,利用中国制约苏联。第五,在第三世界缩短战线,加强重点。尼克松主义是美国霸权地位衰落的产物和表现,是美国统治集团为了维持全球霸权而采取的一种政策。其实质是通过维持均势,确保美国的霸权。70 年代美国几届政府基本上都是实行这一政策。

(2)卡特时期(1977—1981 年)。卡特政府提出"世界秩序战略"。主要内容包括:强调美、日、欧的三边合作是美国对外政策的基本出发点;发展南北政治经济关系,减少第三世界对美国的敌视;突出缓和,强调以经济和道义的力量对付苏联的扩张;把美中关系放在重要位置,1979 年 1 月 1 日,两国正式建交;重视人权外交,以此扩大美国的影响,促进美国利益。卡特的战略基本上继承了尼克松主义,目标仍然是继续维护美国正在衰落中的霸权。然而卡特政府的政策效果不大,1979 年 12 月,苏联出兵阿富汗,导致美苏关系的全面紧张。

3. 20 世纪 80 年代初至 80 年代末,是美国全球战略新发展的阶段。

(1)里根时期(1981—1989 年)。里根上台,面对苏联咄咄逼人的攻势,放弃了前任的缓和与利用均势的战略,打出了"扩军抗苏、重振国威"的旗号,制订了"以实力求和平"的战略。主要举措是:第一,提出"重振国威"的口号,恢复和发展美国经济,扩充美国军事力量,1985 年以后,进一步提出"星球大战计划",妄图打破美苏在核武器上的"恐怖平衡"。第二,对苏推行强硬政策,美苏关系一度降到最低点。1986 年提出"里根主义",即综合运用军事、外交、经济和宣传等手段,把苏联在第三世界战略地区取得的政治、军事进展"推回去"。第三,美中关系起伏波折,中美经贸关系获得重大进展。

(2) 布什时期(1989—1993 年)。布什的总统任期跨越了冷战前后两个时期,美国的全球战略有了很大变化。第一,针对 80 年代末苏联、东欧的新情况,提出了"超越遏制"战略。"超越遏制"战略即在不放弃对苏联的军事遏制的前提下,抓住苏联、东欧改革的时机,以经济为诱饵,采取多种手段,促使这些国家改变政策和体制,并逐步融入西方的政治经济体系。较之以前的"遏制战略","超越遏制战略"的目标更大,空间更广,手段更多。正是在这一时期,苏联经历了社会动荡和全面危机,最终解体。第二,推出新大西洋主义,这是美国处理与欧洲、大洋洲两岸关系的新原则与新构想。即在北约、欧共体、欧安会等现有体制基础上通过调整改造,以加强欧洲与美国的合作,保证美国在欧洲的利益和领导地位不变。第三,对第三世界采取更加灵活务实的做法,加强防范地区危机对美国利益的损害,1991 年实施"沙漠风暴"计划,打击伊拉克。第四,对中国,维持中美关系的基本框架,同时又诱压中国进行"和平演变"。第五,倡导"世界新秩序",实质是美国领导下按美国价值观改造整个世界。

二、西欧主要国家的内政与外交

(一) 英国的内政与外交

1. 国有化与英国病

第二次世界大战后的英国由工党和保守党政府轮流执政。工党政府在 1945—1948 年间将英格兰银行、煤矿、煤气、电力、电报、国内运输、海外航空等部门实行国有化,以一定的计划性指导战后经济的恢复和发展。

第二次世界大战后英国经济发展的一个重要特点是经济增长缓慢。人们把这种在西方发达国家中长期发展缓慢、国力相对削弱的现象叫做"英国病"。导致英国经济增长缓慢的原因主要有:(1) 殖民体系瓦解。(2) 英国国内固定资本投资相对落后。(3) 科学技术成果在生产上的应用受到传统势力的限制,不能迅速转化为生产力。(4) 英国国内生产发展和国际收支之间存在着难以解决的矛盾。

2. 英美特殊关系与三环外交

英国为保持自己过去的大国地位,主张同美国继续保持大战期间的友好、合作关系。该政策最早是由温斯顿·丘吉尔提出的。他主张,为了反对"铁幕"后的国家,美英应建立军事同盟关系,并将这种特殊关系作为三环外交政策的基础。在这一方针的指导下,战后至 70 年代,英国在政治、经济和军事上都奉行依附和追随美国的政策。从 70 年代开始,随着英国国内经济状况的恶化,英联邦的逐步解体,美国霸权地位的衰落以及苏联威胁的增加,英国有限地松弛了与美国的特殊关系,于 1973 年宣布加入欧洲共同体。

三环外交是第二次世界大战后丘吉尔为英国外交政策提出的总方针设想。丘吉尔在 1944 年 5 月向议会下院提出的"三大实体"计划中提出该设想的基本轮廓,1948 年 10 月 9 日在保守党兰达诺年会上对这个外交原则作出了明确阐述,正式系统提出以英美特殊关系、欧洲联合和英联邦为基石的"三环外交"政策。一环是以英国为中心的英联邦,二环是包括英联邦及美国等所有讲英语的国家,三环是整个欧洲。三环同时并存,英联邦处于核心地位。通过"三环外交",把"欧洲、中东和非洲直至远东的巨大资源汇集起来",即把英国操纵下的一个松散的西欧联盟与英联邦以及西欧各国的殖民地结合起来,使英国重新取得昔日的霸主地位。这一外交思想成为英国长期制定对外政策的理论依据,并对今天英国的对外政策仍有影响。

3. 撒切尔政府的政策

在 1979 年 5 月大选中,玛格丽特·撒切尔夫人获胜组成保守党政府。她针对"英国病"和"滞涨"经济,吸取前几任政府的经验教训,一反传统的大政府、小社会的现代凯恩斯主义经济政策,实行货币主义经济政策,治理"英国病"取得了明显的效果。具体措施如下:(1) 收缩货币,控制货币发行和流通,压缩公共开支,削减税收,控制通货膨胀。(2) 推行企业民营化,发挥市场机制的活力。(3) 控制社会保障制度规模,逐步改革实施福利国家制度的弊端。

(二) 法国的内政与外交

1. 法兰西第四共和国

1946 年 10 月,制宪议会通过新宪法,宣告法兰西第四共和国正式成立。该宪法确定两院议会制,并对共和国总统的权力作了严格限制。第四共和国建立后,政府采取一系列经济改革措施,努力发展国民经济。总的政策仍然是坚持国有化的方向,继续实现重要经济部门的国有化。

1946 年,莫内组建计划总署,并编制出"现代化与装备计划"(1947—1953 年),简称"莫内计划"。它是资本主义国家中第一个全国性计划。重点是发展煤、电力、钢、水泥、运输、农机6个基础部门,以此来刺激法国经济的恢复、发展。从1954年起,法国又开始实施为期四年的第二个计划(1954—1957年,又称"伊尔斯计划")。此计划增加了制造业的现代化与发展这一新的内容,以降低成本、提高产量和生产率为目标。

法国积极参加了马歇尔的"欧洲复兴计划",是马歇尔欧洲复兴计划的主要受惠国,共获得30亿美元的援助。第四共和国历届政府坚持帝国主义殖民政策,先后发动对印度支那和阿尔及利亚的殖民战争。

2. 法兰西第五共和国

1958年5月13日,驻阿尔及利亚法军将领发动兵变,兵变迅速蔓延到法国境内,政府再度出现危机。6月1日,议会以多数票授权戴高乐组阁。随后又授予新政府以修改宪法和6个月的特别权力。9月,公民投票通过新宪法草案,产生了法兰西第五共和国宪法。10月5日,法兰西第五共和国宣告成立。12月,戴高乐以其崇高的威望当选总统,1959年1月正式就职。1965年12月,戴高乐再度当选法国总统。

第五共和国宪法的主要特点是削弱了议会的权力,降低了总理和内阁的作用,扩大了总统的权力。通过这部宪法,法国从议会制共和国演变为半总统制的共和国。这一改革适应了法国垄断资产阶级建立一个强有力的政权的需要,扭转了法国政局长期不稳、政府无力的状态,但也限制了资产阶级民主。

戴高乐上台后集中全力解决阿尔及利亚问题。1962年3月18日,法国同阿尔及利亚临时政府签署《埃维昂协议》,结束了8年殖民战争,承认阿尔及利亚独立。

3. 戴高乐主义与独立自主的外交政策

戴高乐主义是第二次世界大战后期至法兰西第五共和国初期这段时间里逐步演变形成的,这既是法兰西民族在战败之后民族复兴呼声的体现,也是法国在处理战后国际关系问题时的基本精神和基本原则。戴高乐主义的实质内容就是坚持独立自主的外交政策,在战后复杂的国际环境中掌握自己的命运,争取和维护法国在国际事务中的大国地位,并以欧洲联合为基础抗衡美国的政治控制。

戴高乐主义的独立自主政策的根本立足点是实现欧洲联合,即努力使欧洲成为欧洲人的欧洲。戴高乐主义的核心是捍卫国家主权,维护民族独立,恢复法国在国际舞台上的大国地位。它的主要内容是:第一,反对美国在联盟中的霸权,谋求法国独立地位。争做核大国,1960年核试验成功。第二,1966年退出北约军事一体化体系。第三,改善同苏联东欧国家的关系。第四,主动与中国建立外交关系。第五,积极推进欧洲联合,提出"欧洲人的欧洲"的口号。

戴高乐的独立自主外交政策提高了法国的国际地位。1968年,法国爆发了大规模的五月群众运动风暴。1969年4月,由于在两项关于社会改革提案的公民投票中受挫,戴高乐辞去总统职务。

（三）联邦德国的内政与外交

1. 德国的分裂与联邦德国的建立

1946年7月20日,美国首先提出合并占领区的建议,遭到苏联拒绝。但英国积极附议,美英便于1947年元旦合并占领区,建立了"双占区"。1948年春,法国加入,组成了"三占区"即"西占区"。1948年,为了推行"马歇尔计划",西占区于夏季开始单独实行币制改革,发行新货币,使用"B"记马克代替旧马克。西占区的币制改革使苏占区与西占区的经济联系被切断了,苏联在提出抗议之后,也宣布进行币制改革,使用"D"记马克代替旧马克。此后,东西方两大对立集团,都加紧了筹备成立独立德国的立法与组织活动。

1949年5月8日,德国议会委员会通过新宪法草案,5月12日,这个宪法草案得到占领当局批准,成为正式宪法。5月23日,德意志联邦共和国宣布成立,首都设在波恩。在苏占区,1949年5月15日进行了第三次德国人民代表大会代表的选举,选举产生的德国人民委员会于9月改名为德意志民主共和国临时人民议院,10月7日它宣布德意志民主共和国正式成立,并通过了新宪法。至此,德国战后的分裂终成定局,在欧洲出现了两个德国并存的局面。

2. 艾哈德的经济改革

西占区占领当局最初实行的是管制经济,在对德实施民主化改革过程中,一方面瓦解法西斯的中央统治经济,一方面支持德国自由主义经济学家实施的改革,促使联邦德国经济较快完成了模式转轨,走上战后高速发展道路。德国经济改革的主要倡导者和决策人是路德维希·艾哈德博士。

艾哈德结合德国实际,发展了新自由主义学派的理论,采用米勒·阿尔马克教授提出的"社会市场经济"理论来推动经济改革与发展。该理论认为,社会市场经济不是自由放任式的市场经济,而是有意识地从社会政策角度加以控制的市场经济。米勒·阿尔马克解释其"社会市场经济"是要按市场经济规律行事,并辅之以社会保障的经济制度。艾哈德推行社会市场经济机制的政策目标是,实现最大限度的全面经济发展,建立正常运转的货币秩序,保证价格稳定,实现社会安全、社会公平与社会进步。同时,在促进生产发展的前提下,进行以减税为内容的税收改革,刺激生产和投资的积极性。

1952 年,联邦德国经济的主要指标均已超过战前水平,顺利实现了经济复兴计划,开始进入经济高速增长时期。至 1970 年,国民生产总值较 1952 年提高了 6 倍。

促成联邦德国出现经济"奇迹"的因素较为复杂。从政治角度看,基督教民主联盟长期执政,形成了政策连续性、稳定性的政治气候,为社会经济发展提供了良好环境。从经济政策角度分析,一是德国原有的经济基础比较好,虽然固定资产遭到战争破坏,但企业布局、人员素质等方面仍有巨大的潜力,尤其是劳动力素质方面保持着较高水平,为经济发展提供了可靠保证。二是马歇尔计划援德资金的合理使用及其产生的社会影响,促使联邦德国能尽快完成经济模式转轨,对经济发展起了稳定和促进作用。三是长期保持较大规模的固定资本投资。四是对外贸易稳定、持续增长,促进了工业生产和整个国民经济的高速增长。五是非军事化立国的战后政策,使联邦德国可以集中有限的财力物力从事经济建设,不必为战后东西方对抗局势背上沉重的军备竞赛的包袱。

3. 哈尔斯坦主义

战后德国分裂,联邦德国一直不承认民主德国,视其为德国东部领土,并于 1955 年开始推行哈尔斯坦主义。1955 年 7 月 22 日,阿登纳政府发表声明,声称联邦德国代表整个德国,不同与民主德国建交的国家(苏联除外)建立或保持外交关系。但哈尔斯坦主义限制了联邦德国自己在国际舞台上活动的地盘。

4. 新东方政策

新东方政策是 1969 年西德勃兰特政府上台后推行的一条旨在与苏联、东欧缓和的外交政策。主要内容是:放弃主张东西方对立的"哈尔斯坦主义",宣布在加强与西方合作的同时,争取达成与东方的谅解;承认战后欧洲各国的现有边界,改善与苏联、东欧的关系;承认东德是一个独立的主权国家,表示愿意实现两德关系的正常化,并表示以和平方式谋求德国的统一。新东方政策的基础是缓和、均势与联盟。

1970 年,联邦德国先后与苏联、波兰签订条约,承认欧洲各国现存边界不可侵犯。1972 年,联邦德国同民主德国签订《基础条约》。条约规定:彼此承认是主权国家,双方"在平等的基础上发展相互之间的正常睦邻关系"。1973 年,两个德国同时加入联合国。

新东方政策使联邦德国在东西方关系中取得了主动权和发言权,在与自己切身利益相关的重大问题上可以直接同苏联、东欧打交道,而不必再仰仗美国。新东方政策使联邦德国积累起来的经济实力转化为有力的政治形态,使其在国际政治舞台上的政治地位发生重大变化。

三、战后的日本

(一) 政治民主化改革

日本战后民主化改革,在政治方面,主要涉及三个重要方面。一是非军事化改革。这是占领当局对日本改革的最基本的要求。采取的主要措施有:(1) 铲除日本军国主义的武装力量并撤销其军事机构。(2) 逮捕和审判战犯。(3) 进行整治整肃。1946 年 1 月,盟军总部发布整肃指令,宣布取缔一切支持日本军国主义的政党、社团组织,解除军国主义分子的公职。到 1948 年 3 月整肃结束时为止,有 20 余万人受到整肃。

二是"五大改革"。1945 年 10 月 11 日,占领当局指令币原内阁进行确保人权的五项改革,即赋予妇女参政权;保障工人团结权;教育制度自由主义化;废除专制政治;促进经济民主化。在一系列有关教育改革的法规中,废除了教育普及军国主义和军训等法西斯化的内容,提倡教育的自由化,教育要培养具有独立人格、热爱科学、追求真理正义、尊重学术自由的精神。

1945 年 10 月,麦克阿瑟指示日本政府修改 1889 年制定的《明治宪法》。1946 年 11 月 3 日公布新的《日本国宪法》,第二年 5 月 3 日正式施行。通过修改宪法,改革了日本的政治制度,主要表现在:取消了天皇总揽国家统治大权的权利,天皇只作为日本国的象征。确立了立法、司法、行政三权分立的资产阶级政治体制。新宪法扩大了日本国民的资产阶级民主权利,使妇女和男子一样享有了选举权和被选举权。此外,新宪法第九条规定,日本永久放弃用发动战争作为解决国际纠纷的手段,不保持陆海空军及其他战争力量,不承认国家的交战权。

通过修改宪法,在日本建立起较为完整的资产阶级民主政治体制。这在日本资产阶级政治制度发展史上无疑是一个巨大进步,对于第二次世界大战后日本政局的稳定、经济的迅速发展也具有重要意义。

(二) 经济民主化改革

为了彻底铲除日本法西斯军国主义的经济基础,战后日本经济民主化改革主要围绕着解散财阀、禁止垄断和农地改革两大问题展开。

（1）解散财阀，禁止垄断。以封建血缘家族为中心形成的日本财阀，具有封建性和封闭性的特点，是日本法西斯军国主义的经济基础。日本投降后，作为日本经济非军事化和民主化的一个重要内容，盟军总司令部指定日本政府解散财阀。1945年12月，日本政府提出解散财阀方案，经盟军总司令部批准后开始实施，至1947年基本完成。

（2）实行农地政策。在美国占领当局敦促下，日本政府先后于1945年12月、1946年10月两次颁布《农地改革法》。该法规定：不在村地主的全部出租地和在村地主超过1町步的出租地（北海道为4町步）由国家征购，专卖给农民；农民应付的地价，分24年还清；残存出租地的地租改为货币地租，地租率为水田25%以下。农地改革到1949年基本完成。经过农地改革，基本上消灭了寄生地主及其土地所有制，建立了以自耕农为主的小农经济，从而刺激了农民的生产积极性，促进了农业发展，并为日本经济起飞创造了条件。

（三）日本经济的高速发展

战后初期日本的政治经济民主化改革，是一次从思想意识到政治、经济诸制度方面较为彻底的变革。它完成了资产阶级民主革命的任务，为战后日本经济高速发展铺平了道路。从第二次世界大战结束到1973年底经济危机爆发，日本经济的发展大体上经历了两个阶段：第一阶段（1946—1955年）为恢复和调整时期，第二阶段（1956—1973年）为高速发展时期。到1968年，日本的国民生产总值跃居资本主义世界第二位，仅次于美国。此后一直保持这个地位，并逐渐缩小了同美国的差距。

日本战后的经济高速增长，是诸多因素共同作用的结果。第一，战争对日本社会经济产生了深刻影响，战后的民主改革既改革了社会经济结构，也对社会生产关系作了局部调整，这成为日本战后经济发展的前提条件。第二，朝鲜战争的特需订货以及由此而迅速发展起来的日美垄断资本的结合，为战后日本摆脱经济困境、迅速恢复经济并实现高速增长的起步提供了关键的推动力。第三，长期坚持推行高积累、高投资和强化资本积累的政策，实现低成本高效益的运行机制，这是日本战后经济长期高速增长的主要措施。第四，采用现代科学技术对国民经济进行全面革新和改造，重视和推动生产技术、经营管理方式和职工文化知识三方面的革新和改造同步进行，是战后日本经济高速增长的可靠技术保障。第五，确定"贸易立国"思想，积极有效地开拓国际市场，扩大进出口贸易，加强资本输出，是日本经济高速增长的有效途径。

（四）战后日本的外交

战后日本外交大体分4个阶段：

（1）战后初期的"追随外交"。当时日本被美国占领，丧失外交权。当务之急是争取美国支持，重返国际社会。1951年9月，签订片面合约，恢复了主权国家地位。1951年和1954年同美国签订《日美安全保障条约》和《共同防御援助条约》，驻日美军合法化，并组建日本防卫力量。1956年12月，加入联合国。

（2）20世纪50年代中期至60年代实行"经济外交"。此时，日本经济进入高速增长时期，但国内资源稀缺，岸信介政府提出"经济外交"口号，即在美国庇护下以经济力量为手段向外发展，达到发展经济、培育国力的目的。经济外交的重点是东南亚。日本通过战争赔偿、贸易、投资等向东南亚实行经济渗透。同时还不断加强与美欧的经济交流。

（3）20世纪70年代初，随着经济实力增长，推行"多边自主外交"。当时，面对中美关系正常化，石油和美元危机的冲击，美国战略收缩及调整亚洲政策，日本田中内阁改变了向美国"一边倒"的政策，走"多边自主外交"路线。具体内容是：以日美同盟为基轴，借助中国，抗衡苏联，1972年9月，中日两国建立正式外交关系，1978年8月签订了《中日友好和平条约》；加强同第三世界国家的经济联系，如制定了"新中东政策"，多方开展对中东、东南亚和非洲国家的经贸联系与合作。

（4）20世纪80年代以来，日本经济实力进一步增强，开始"政治大国外交"。1981年5月，铃木首相访美关于"第三次远航"的谈话是个标志，紧接着1982年中曾根内阁公开举起"要做政治大国"的旗帜。此后，历届政府都把"政治大国"当做对外政策的主要目标。为此，日本作了一系列的努力：调整经济发展战略，实行"科技立国"代替原来的"贸易立国"；增强日元的国际货币职能；扩充军费，由"专守防卫"转向"攻势防卫"；坚持"西方一员"的基本立场，加强同发展中国家的关系；稳定、发展中日关系，继续与苏联对抗，同时不放弃对话。

四、西欧的一体化进程

（一）欧共体成立的历史背景

第二次世界大战改变了欧洲形势和国际关系格局。自资本主义兴起以来一直居于世界中心地位的西欧被严重削弱,美苏崛起并形成了两极"冷战"对峙局面。为了抗衡美国和苏联势力的袭扰,西欧有联合起来的必要。

20世纪50年代,西欧发达国家生产力迅速发展,经济实力增强,要求摆脱美国控制的呼声日趋强烈。但这些国家的经济实力还远远落后于美苏,只有联合成为一个地区性组织,才能有效地在世界市场进行竞争,并在世界经济、政治中发挥作用。

战后,随着垄断资本对外扩张的加强和资本主义国家之间经济往来的日益密切,资本和生产国际化也越来越成为不可阻挡的趋势。因此,西欧国家要求打破国家经济壁垒,加强经济联合。战后西欧国家垄断资本主义的迅速发展和日益直接地干预、组织经济生活,使各国政府出面组织超国家经济集团,实行国际经济调节和干预成为可能。

(二) 欧共体的建立

1. 舒曼计划与欧洲煤钢联营

1950年5月,法国外长舒曼提出建立"欧洲煤钢共同体"(又称"欧洲煤钢联营")的计划(即"舒曼计划")。1951年4月18日,法国、联邦德国、意大利、荷兰、比利时和卢森堡6国,在巴黎签订了《欧洲煤钢联营协定》。1952年7月25日,条约生效,欧洲煤钢共同体正式宣告成立。欧洲煤钢共同体的建立促进了法德和解,为实现西欧联合奠定了基础。

2. 罗马条约

1957年3月25日,六国政府首脑和外长在意大利首都罗马签署了《欧洲经济共同体条约》和《欧洲原子能共同体条约》(统称《罗马条约》)。该条约的宗旨是创建共同的经济区,在各经济部门间逐步实现共同政策,为合理利用先进技术制定地区性竞争规则,内容涉及关税同盟、共同农业政策、运输和贸易政策及商品、劳务、资金的自由流通等政策。

1958年1月1日,《罗马条约》生效,"欧洲经济共同体"和"欧洲原子能共同体"同时成立。这样,在西欧就有三个共同体——"欧洲煤钢共同体"、"欧洲经济共同体"和"欧洲原子能共同体"并存。

3. 布鲁塞尔条约

1965年4月8日,六国签订《布鲁塞尔条约》,决定将上述三个组织的主要机构合并,统称"欧洲共同体"。1967年7月1日,三个组织的主要机构正式合并,欧共体正式成立。欧共体的总部设在比利时首都布鲁塞尔。主要机构有:(1)部长理事会,为最高决策机构。(2)执行委员会,为常设执行机构。(3)欧洲议会,为监督和咨询机构。(4)欧洲共同体法院,为司法仲裁机构。

(三) 欧共体的扩大

1973年1月1日英国、爱尔兰、丹麦正式成为共同体的新成员国。这是以共同体为主的西欧国家联合趋势的重大发展。接着,1981年1月1日,希腊正式成为其第10个成员国;1986年1月1日西班牙和葡萄牙加入共同体。至此,共同体增至12国,拥有260万平方公里土地和3亿以上的人口。

欧共体以经济一体化先行,带动和促进科技、政治的一体化。先后实现了关税同盟(1968年)、共同农业政策(1968年)、欧洲货币体系(1979年)。1985年6月,欧共体首脑会议决定实施"尤里卡计划",成立欧洲科技合作体制。1986年欧共体外长会议通过《单一欧洲文件》,决定在1992年12月底以前,建立12个成员国之间商品、劳务、人员自由流通的统一的内部市场。为此,欧共体提出的282项法令中的90%都转化为各成员国的法律,这表明欧洲统一大市场艰巨复杂的前期准备工作基本如期完成。1993年1月1日欧洲统一大市场诞生。

(四)《欧洲联盟条约》与欧盟的成立

欧洲联盟的建立和发展是欧洲一体化的新进展。1991年12月,欧共体12国在荷兰马斯特里赫特举行首脑会议,通过了包括建立经济和政治联盟的,《欧洲联盟条约》(又称《马斯特里赫特条约》)正式签署,确定了在2 000年前实现政治、经济和货币联盟的战略目标。

《马斯特里赫特条约》经各成员国的议会投票和公民公决后完成批准程序,于1993年11月正式生效。欧洲联盟的建立标志欧洲在一体化道路上迈上一个新的发展阶段,具有重要的意义与影响。

(五)《洛美协定》

《洛美协定》是1975年2月28日欧洲经济共同体九国同非洲、加勒比和太平洋地区46个发展中国家在多哥首都洛美签订的经济贸易协定,称为《洛美协定》。其主要内容是:非、加、太地区签字国的全部工业品和94.2%的农产品可免税不限量的进入欧共体成员国,欧共体成员国向46国出口时只享受最惠国待遇;欧共体建立稳定出口收入基金,以补偿46国12种初级产品出口下跌造成的损失;欧共体5年内向这些地区的国家提供

42 亿美元的经济援助。《洛美协定》明显地有利于非、加、太地区 46 个发展中国家。后来,欧共体曾 3 次续签《洛美协定》。

(六) 西欧联盟

西欧联盟前身为布鲁塞尔条约组织。1948 年 3 月 17 日,英、法、荷、比、卢五国签署《布鲁塞尔条约》,宣布成立布鲁塞尔条约组织。1954 年,布鲁塞尔条约组织成员国同意大利、联邦德国签订巴黎协定,决定将条约组织改组为西欧联盟,并吸收意大利和联邦德国参加。1955 年 5 月 6 日《巴黎协定》生效,西欧联盟正式成立。西欧联盟的宗旨是促进欧洲的团结和推动欧洲统一的进展;中心任务是协调成员国间的防务政策、武装部队和军火生产,以增强成员国的集体自卫,并促进各成员国在经济、社会和文化方面进行合作。条约规定在成员国遭到军事进攻时,相互有义务自动提供援助;并同北约组织保持密切联系。西欧联盟的总部设在伦敦。2000 年 11 月联盟召开最后一次部长理事会,决定从 2001 年起,西欧联盟正式并入欧洲联盟。

五、当代科技革命

20 世纪 40 年代末 50 年代初开始了以原子能、电子计算机和空间技术的广泛应用为代表的第三次技术革命,即新技术革命。这次革命在 50 年代中期到 70 年代初期达到高潮,到 80 年代以更大势头发展。新技术革命促进了信息革命与知识经济的兴起,推动了经济全球化的步伐。

(一) 第三次科技革命的背景

1. 科学理论的准备

第三次技术革命的理论准备应追溯到 19 世纪末 20 世纪初的物理学革命。爱因斯坦相对论的提出和量子力学的诞生,在物质观、时空观、运动观和方法论方面改变了牛顿力学体系,从而将人们对自然界的认识从宏观世界引向微观世界。30 年代原子物理学的迅速发展揭开了核裂变的奥秘,使人工利用原子能成为可能。形成于战后初期的“三论”即控制论、信息论和系统论,也是当代技术革命的主要理论依据。

2. 技术与物质前提

科学技术的发展具有继承性和连续性。第三次技术革命的兴起是与第二次技术革命创造的技术与物质条件分不开的。第二次技术革命中无线电技术的发展是电子计算机得以诞生的直接前提。战后初期,属于第二次技术革命领域的一些尖端技术开始从军用转为民用,进一步扩大了新兴产业,推动了第三次技术革命的到来。

3. 社会条件

第二次世界大战的爆发加速了第三次技术革命的到来。战后资本主义生产关系的调整,特别是国家垄断资本主义的发展对科学技术的发展有重要的作用。战后西方国家普遍重视教育,特别是通过发展高等教育来大力培养科技人才。随着战后国家垄断资本主义的发展,国家对科学技术发展的干预力度日趋加大。这不仅从人力、财力、物力方面提供了必要的保障,而且在很大程度上使科学技术的研究与开发可以有计划有组织地进行,减少自发性与盲目性的负面效应,直接推动了现代科技革命的产生和发展。

(二) 第三次科技革命的主要内容

1. 原子能技术的利用和发展

新技术革命首先是从原子能技术的利用和发展开始的。1945 年 7 月 16 日,美国试爆第一颗原子弹成功。1949 年 8 月,苏联成功地爆炸了第一颗原子弹。1951 年 5 月,第一颗氢弹在美国制成,1952 年 10 月 1 日试爆成功,其威力相当于投在广岛的原子弹的 600 倍。随后不久,1953 年 8 月,苏联在西伯利亚试爆氢弹成功。此外,从 1953—1964 年间,英、法、中等国相继宣布试制热核武器成功。

2. 电子计算机的利用与发展

1945 年制造的美国电子数值积分计算机(ENIAC)和 1952 年由美籍匈牙利科学家冯·诺依曼主持制成的通用电子计算机(EDVAC),标志着第一代电子管计算机的诞生。1958 年,美国 IBM 公司制成全部使用晶体管的计算机,运算速度每秒在 100 万次以上,高于第一代 200 倍。1964 年 IBM 公司制成 360 系列计算机,首次使用集成电路,计算机运算速度达每秒 300 万次以上,称为“电脑”。20 世纪 60 年代中期以后,出现每秒运算千万次的集成电路,第三代计算机问世。20 世纪 70 年代以后又研制出使用大规模集成电路的第四代计算机。

20 世纪 80 年代,美日竞相研制第五代人工智能计算机。20 世纪 90 年代以后,模仿人脑的判断与适应能力、具有可同时处理多种数据功能的神经网络第六代电子计算机,又成为电子计算机领域研究的最新方向。电子计算机在生产、流通、企业与行政管理、国防军事、教育乃至社会生活各个领域的广泛应用,推动了人类社会步入"信息时代"的历程和各个领域制度变革的方向,对现代化具有广泛而深刻的影响。

3. 空间技术的利用与发展

1949 年,苏联发射了 35 吨推力、645 公里射程的火箭;1950 年,完成 1 600 公里射程火箭的研制工作。美国则在 1953 年才发射了一颗射程 800 公里的火箭。1957 年 6 月,苏联首次成功地发射了洲际导弹;同年 10 月 4 日、11 月 3 日,苏联相继发射了两颗人造地球卫星"伴侣 1 号"和"伴侣 2 号",开创了空间技术发展的新纪元。1958 年 1 月 31 日,美国发射了重量小于苏联但质量很高的"探险者 1 号"人造地球卫星。1961 年 4 月 12 日,苏联宇航员加加林乘"东方一号"绕地球飞行成功。1969 年 7 月 21 日,美国宇航员阿姆斯特朗、奥尔德林成功登上了月球。20 世纪 70 年代以后,空间技术开始了由近地空间为主转向对太阳系行星和宇宙空间的探测研究。

新技术革命除了涉及以上领域外,还有人工合成材料的发展,分子生物学的发展,遗传工程的诞生和信息论、系统论和控制论的发展。

(三)第三次科技革命的特点

当代新技术革命具有一些不同于以前技术革命的特点:

(1)科学技术及其所推动的生产力的发展体现出持续性和加速发展的趋势。新技术革命期间,科学技术的发展速度比以前明显加快。科学知识的不断积累,科学、技术、生产的一体化趋势,科研成果应用周期和专门知识服务周期的缩短,使科学技术对社会生产的推动形成乘数效应,促进了生产能力的成倍提高。

(2)科学技术发展出现整体性趋势。首先,科学、技术与生产的结合日益紧密。其次,现代科学突破了学科壁垒与地域界限,自然科学各学科之间,自然科学与社会科学之间,自然科学与社会科学乃至人文科学之间,不同国家、不同地区的科学研究之间出现交叉融合、相互促进的趋势。

(3)科学技术对世界政治、经济格局和人们日常社会生活的影响不仅超过了以往任何历史时期,而且影响越来越大、越来越重要,揭开了"知识经济"的序幕。

(四)第三次科技革命的影响

(1)社会生产力的飞跃。信息技术、新能源技术、新材料技术、生物技术、空间技术和海洋技术等一系列新兴现代科学技术的发展与应用,使生产要素的性质发生了根本的变化,改善了生产工具、机器设备、原材料等生产资料的性能,提高了劳动者的综合素质,从而提高了劳动生产率和单位资本的有效利用率,降低了生产成本,带来了社会生产力的飞跃式发展。现代科技的发展不仅推动了现代工业的发展,也改造了传统农业。通过电子技术、信息技术和生物工程等现代科技手段,食品品质得到优化,单位产量大大提高。

(2)产业结构的变化与管理的现代化。第二产业在国民经济中所占比重进一步下降,非物质生产的第三产业产值和就业人数急剧上升。新技术革命还带来了企业组织与管理模式的变化。

(3)社会生活领域的变化。科学技术的发展推动了社会生产力的发展,带来了社会财富的增加与社会产品的丰富,从根本上改善了人们的生活质量,导致了生活方式与消费行为的变化。这在衣食住行以及日常生活的其他方面都有明显的体现。

(4)社会结构的变化。新技术革命是推动二战后社会结构变化的重要因素。科学技术的发展推动了产业结构的变化,产业结构的变化又带动了就业结构和社会结构的变迁。科技进步带来的生产自动化、智能化趋势导致制造业对劳动力数量需求的减少和对劳动力素质要求的提高。

(5)教育的现代化及价值观念的变化。现代技术手段的引进同样使教育和文化艺术生活得到了极大丰富和发展。

本章重、难点提示

一、重点掌握名词

忠诚调查	新边疆政策	尼克松主义
麦卡锡主义	伟大社会	世界秩序战略
公平施政	新联邦主义	里根主义
现代共和党主义	水门事件	英国病
黑人民权运动	里根革命	英美特殊关系
马丁·路德·金	和平战略	三环外交

法兰西第四共和国	哈尔斯坦主义	罗马条约
莫内计划	新东方政策	布鲁塞尔条约
法兰西第五共和国	《农地改革法》	《马斯特里赫特条约》
戴高乐主义	舒曼计划	《洛美协定》
艾哈德经济改革	欧洲煤钢共同体	西欧联盟

二、论述题

1. 概述二战后美国历届政府的内政措施。参见本章一、(一)。
2. 概述二战后美国历届政府的外交政策。参见本章一、(二)。
3. 简述英国三环外交的主要内容及其影响。参见本章二、(一)。
4. 论述戴高乐主义的主要内容及其影响。参见本章二、(二)。
5. 论述二战后联邦德国经济迅速发展的主要原因。参见本章二、(三)。
6. 论述联邦德国新东方政策的主要内容及其影响。参见本章二、(三)。
7. 简述二战后日本政治、经济民主化改革。参见本章三、(一)、(二)。
8. 论述二战后日本经济高速发展的主要原因。参见本章三、(三)。
9. 概述二战后日本外交阶段性特征。参见本章三、(四)。
10. 概述西欧一体化的历史背景及其进程。参见本章四、(一)、(二)、(三)。
11. 论述第三次科技革命的背景、内容及其影响。参见本章五、(一)、(二)、(四)。

第十一章　第二次世界大战后的苏联与东欧

考点详解

一、苏南冲突

(一) 苏南冲突

苏联与南斯拉夫的冲突有历史的原因。在二战期间,苏联为了维护和美英的联盟,在南斯拉夫问题上,支持资产阶级流亡政府,对铁托领导的南斯拉夫共产党却采取了冷漠的态度。1947 年秋至 1948 年初,在关于筹建巴尔干联邦问题上,两国分歧开始公开化。

1948 年 6 月,情报局第三次会议在布加勒斯特举行,会议通过了《关于南斯拉夫情况》的决议。决议"表示完全同意苏共中央对南共所犯错误的批评",并得出结论说,南共已"处于情报局的队伍之外"。决议号召南共的"健全分子"起来改变南共的领导及其路线。

对此,南共中央发表声明,认为情报局这个决议对南是"不公正"的。7 月,南共召开"五大",又通过了《关于南共对情报局的态度》的决议,驳斥了对南共的所有指责,并再次选举铁托为南共中央总书记。1949 年 11 月,情报局通过《关于南斯拉夫共产党在杀人犯和间谍手中》的决议,将苏南冲突推向高潮。

苏南公开冲突和情报局决议给南斯拉夫造成了极大的困难,也造成了战后国际共产主义运动的第一次分裂,引起了社会主义阵营的混乱。

(二) 南斯拉夫的改革运动

南斯拉夫的改革主要是实行社会主义自治制度,其建立和发展可分为三个阶段。第一阶段(1950—1963年):工人自治时期。1950 年 6 月,颁布《关于工人集团管理国营经济企业和高级经济联合组织的基本法令》,通称《工人自治法》。这一法令标志着自治制度的建立,也被认为是由国家所有制开始转变为所谓社会所有制。第二阶段(1963—1970 年):社会自治时期。1963 年 4 月通过第三部宪法,决定所有国家机关和事业单位也实行自治原则(党和军队除外),即由工人自治扩展到社会自治。第三阶段(从 1971 年开始):联合劳动自治时期。这时期在经济方面主要是实行联合劳动原则,加强契约协调。在政治方面主要实行"国家集体元首制"和"议会代表团制"。

二、赫鲁晓夫的改革

（一）赫鲁晓夫改革的主要内容

1953 年 9 月，赫鲁晓夫被选为苏共中央第一书记。赫鲁晓夫改革的主要内容有：第一，批判个人崇拜，加强社会主义民主和法制建设。这一时期苏联政治生活中最主要的特点就是开始了反对个人崇拜的斗争。在深入批判个人崇拜的基础上，苏联还进行了加强集体领导、改进苏维埃制度、建立干部更新制度等一系列政治体制的改革。

第二，调整农业政策和改进农业管理体制。如：提高农产品收购价格，改革收购制度；减轻私人副业税收，有限制地鼓励发展私人副业；在计划、管理方面，给农庄、农场以较大的自主权；大规模垦荒，种植玉米；取消拖拉机站；加强国家对农业的投资；等等。这些措施对苏联农业的发展发挥了重要作用。但也有些措施缺乏科学论证，急功近利，产生了严重的消极作用。

第三，改革工业管理体制。赫鲁晓夫执政后，针对旧的经济管理体制的弊端进行改革。（1）在计划方面，逐渐将权力从中央下放到各部和各加盟共和国，扩大加盟共和国和地方的预算权。（2）对工业和建筑业管理体制进行大改组。改组的基本原则是把工业和建筑业的领导中心从中央移到地方，由按部门管理改为按地区管理。（3）开展"利别尔曼建议"讨论，强调发挥经济核算和利润的刺激作用。1962 年 9 月 9 日，哈尔科夫工程经济学院教授利别尔曼在《真理报》上发表了《计划、利润、奖金》一文，认为促进生产的基本办法是加强利润刺激。他把国家与企业之间的关系建立在利润分配的基础上，以克服国家和企业之间在利益上的矛盾。"利别尔曼建议"讨论的意义在于明确指出了国家与企业之间客观存在的矛盾，为以后工业经济体制改革的进一步开展作了理论上的准备。

（二）苏共二十大与秘密报告

1956 年 2 月 14—24 日，苏共召开第二十次代表大会。赫鲁晓夫在总结报告中谈到国际形势时，提出了"和平共处"、"和平竞赛"和"和平过渡"三个理论问题。这部分论述很引人注目，后被人们称为"三和路线"。总结报告宣布坚决反对个人崇拜。大会最后一天深夜，赫鲁晓夫又突然召集内部会议，作了题为《关于个人崇拜及其后果》的"秘密报告"。该报告于 6 月 4 日被美国《纽约时报》全文发表，它由于通篇直接激烈谴责斯大林而震惊世界。苏共二十大后，苏联开始大规模地平反冤假错案、释放无辜者和批判个人崇拜，社会政治生活出现了巨大的转折。

三、东欧社会主义国家

（一）东欧社会主义国家的建立

第二次世界大战期间，东欧各国先后为德国所控制或占领，但各国共产党和工人党领导人民进行了反法西斯斗争。在德国法西斯最后崩溃的时刻，东欧各国人民在无产阶级政党的领导下，并在苏联的支持和援助下实行了民主改革和社会主义改造，建立了人民民主政权并走上了社会主义道路。

东欧国家人民民主政权的建立大致分为三类：（1）共产党在本国的政治力量对比中拥有绝对优势，这些国家人民民主政权主要是依靠本国人民革命力量建立的。南斯拉夫、阿尔巴尼亚属于此类。（2）依靠本国革命力量，又得到苏联的政治和军事支持。罗马尼亚、匈牙利、保加利亚、波兰、捷克斯洛伐克属于此类。（3）在苏联的军事管制下组织革命力量建立人民民主政权。德意志民主共和国属于此类。东欧一系列人民民主国家的建立，撕开了资本主义和帝国主义的欧洲体系，壮大了社会主义的力量。

（二）波兰

1939 年 9 月德国侵占波兰后，原政府流亡国外。1942 年 1 月，由前共产党党员为骨干组成了波兰工人党，并开始领导抵抗运动。1944 年 7 月苏军攻入波兰境内，波兰人民代表会议同时在莫斯科召开，宣布成立波兰民族解放委员会。12 月，民族解放委员会改组为临时政府。1945 年 1 月，华沙解放，波兰临时政府迁往华沙。6 月，根据雅尔塔会议决议，波兰组成了以临时政府为基础、吸收流亡政府部分代表参加的民族统一临时政府。1947 年 1 月，波兰举行议会选举，工人党为首的民主阵线获胜。2 月，波兰人民共和国宣布成立，工人党领导人贝鲁特出任总统。

1. 波兹南事件

1948 年 12 月，波兰工人党和社会党合并为波兰统一工人党，由贝鲁特任总书记。1956 年，波兰的波兹南地区爆发了大规模的政治动乱。这场动乱对波兰的政治和经济影响巨大。"波兹南事件"后，波兰统一工人党于

1956 年 10 月召开了二届八中全会,会上恢复了哥穆尔卡的党籍,并选举他为波兰统一工人党第一书记。

2. 哥穆尔卡改革

哥穆尔卡宣布立即按照二届八中全会的精神对波兰社会、政治和经济生活的各个方面进行改革。在政治改革方面,包括保障议会的立法权、扩大公民民主权利、实行新闻出版自由和宗教信仰自由。在经济上调整工业结构,改善工业管理,实行中央计划经济与企业工人自治相结合的体制。

哥穆尔卡的改革在初期取得了良好的效果。这一时期,波兰政治稳定,经济形势是波兰最好的一个时期。但不久,改革就受到来自左右两方面的批评。1970 年 12 月 20 日,波兰统一工人党召开五届七中全会,撤销了哥穆尔卡第一书记的职务。

（三）匈牙利

1. 匈牙利事件

1956 年 10 月 23 日,布达佩斯的大学生为声援波兰举行示威游行。示威游行者与保安队伍发生激烈冲突。10 月 24 日,苏联驻军应匈牙利政府请求出兵弹压,使国内的紧张事态逐步升级。10 月 25 日,卡达尔取代格罗任匈共总书记。10 月 27 日,纳吉复出,出任政府总理职务。纳吉宣布解散保安部和大赦暴动者,要求苏军撤出首都。11 月 1 日晚,卡达尔等人和纳吉政府决裂,重组劳动人民党,改名为社会主义工人党。11 月 4 日,以卡达尔为首的匈牙利工农革命政府宣告成立。应工农革命政府的请求,苏军于当天第二次开进布达佩斯。经过四五天战斗,武装冲突基本平息。

2. 匈牙利的新经济体制改革

1968 年元旦开始,匈牙利开始全面推行新经济体制。新经济体制的主要内容是:（1）改革计划管理体制。国家计划只确定国民经济各部门发展的主要比例,取消下达企业的指令性指标,但国防工业等重点工业部门除外;将国家投资预算拨款改为银行贷款,但规定信贷总限额。（2）改革价格和工资制度。实行三种价格,即固定价格、浮动价格和自由价格。直接涉及国计民生的产品价格由国家严格掌握。强调物价改革与工资、补贴和税收改革同步进行,并允许企业根据自身经营的优劣实行部分工资浮动。（3）允许雇工五人以内的私人小企业发展。1968—1973 年改革比较顺利,是匈牙利的黄金时期,被赞为稳健改革的"匈牙利模式"。

（四）捷克斯洛伐克

从 20 世纪 60 年代起,捷克斯洛伐克的工业产值不断下降,到 1967 年经济发展陷入严重困境,1968 年 1 月 5 日,杜布切克取代诺沃提尼,当选为捷克斯洛伐克共产党中央第一书记。

杜布切克等人执政后,大力推行全面改革。1968 年 4 月,捷共制定了《行动纲领》。纲领指出:（1）使生产资料实质上是国有化的公有制转变为全民所有制,即企业真正归工人和员工所有。（2）改革党的领导体制,实行党政分离。（3）坚持政策上的多元化,加强民族阵线的作用,广泛发扬民主。（4）执行独立的对外政策,同社会主义各国和世界进步力量结盟,同时发展同西方国家的关系,反对外来力量干涉本国事务。（5）法律上保证言论、集会、迁移自由,保障少数民族的权利。《行动纲领》的公布和实施,得到全国人民特别是知识分子的拥护。由此,捷克斯洛伐克出现了一个被人们称为"布拉格之春"的改革新局面。

《行动纲领》和"布拉格之春"改革运动在国内外都引起不同凡响,苏联尤为关注。苏共领导多次提出尖锐批评,声言不能坐视捷克斯洛伐克"脱离社会主义大家庭的危险"。它甚至不顾捷共中央和广大群众的强烈反对,不顾国际法的基本准则,纠集波、匈、保、民德几个华约国,于 8 月 20 日深夜突然出兵侵捷。随后,逼捷签署了《苏捷会谈公报》和《苏军暂驻捷境条约》,将捷实际置于苏军监视之下。1969 年 4 月 17 日,在苏联的支持下,胡萨克取代杜布切克任党的总书记。随后,在国内开始了清除杜布切克分子运动,先后有 50 万捷共党员被开除。

四、苏联超级大国地位的确立

（一）勃列日涅夫时期的内政

1. 勃列日涅夫上台后的政治调整

1964 年 10 月,勃列日涅夫上台执政。他采取措施,逐步对因赫鲁晓夫大规模的政治改革而造成的混乱局面进行调整:（1）在政党组织体制方面采取措施,加强政治体制的集中与统一,基本上恢复了赫鲁晓夫改革前的中央集权体制。（2）批评赫鲁晓夫的个人专断,再次强调党中央的集体领导和集体决策。（3）鉴于国内外对赫鲁晓夫搞"非斯大林化"的不满,由苏共中央组织有关人员为斯大林"半恢复名誉"。（4）加强人民监督机制,扩大人民团体参与社会管理的权力。（5）提高苏维埃的地位和作用,以多种形式吸收人民参加国家管理。（6）提出"发达社会主义理论"。勃列日涅夫于1967年11月宣布苏联"已经建成发达社会主义",并将这一提法写入1977年的新宪法中,以国家根本法的形式确定下来。

2. 新经济体制的实施

从1965年开始,由苏联部长会议主席柯西金主持实施了"新经济体制改革",即采用在1962年引起较大争议和广泛讨论的"利别尔曼建议",运用利润、奖金、核算等纯经济手段来改革和促进苏联工业的发展。

1965年苏共中央全会决定从1966年起在国民经济各部门的国营企业中,分期分批地推行改革。1965年10月4日,苏共中央和苏联部长会议通过了《关于完善计划工作和加强工业生产的经济刺激》的决议,部长会议还批准了《社会主义国营企业生产条例》,具体规定了各项措施。上述两个文件的核心是在对国民经济实行高度集中管理的同时,发挥市场机制在经济管理中的作用。主要内容包括:在统一计划、统一调拨、统一价格的前提下,扩大企业的经营自主权,减少国家规定的指令性指标,使企业间供求双方直接挂钩;国家以价格、利润、奖金、信贷等经济手段加强对企业的经济刺激;根本的原则就是领导和管理生产由原来的以纯粹的行政手段转向以经济手段为主的管理模式,使企业的经营者、管理者和第一线的生产者从物质利益方面关心企业的最终生产成果,协调国家、集体和个人三者的利益关系,促进生产的发展和人民生活水平的提高。

1973年3月,苏共中央和苏联部长会议又通过了《关于进一步完善工业管理的若干措施》的决议。主要内容是,进一步改组工业管理机构,成立各种联合公司,开始推行以集约化经营为核心的经济发展战略。

1979年7月,苏共中央和苏联部长会议又通过了《关于进一步完善经济体制及党和国家机关的任务》的决议和《关于改进计划工作和加强经济机制对提高生产效率和工作质量的作用》的决议。这些决议对计划工作、基本建设、刺激经济作了较为细致的规定。

"新经济体制改革"前后持续10余年,是苏联历史上重要的、大规模的经济改革之一。尽管改革没有根本触动斯大林体制,但是在当时对于促进经济发展的确起了巨大的作用。

3. 农业改革措施

勃列日涅夫时期在改革农业管理体制和发展农业方面也采取了一系列措施,并于1969年制定了新的《集体农庄示范章程》。其主要措施是:(1)改进农产品收购制度,提高收购价格。(2)对庄员实行有保障的劳动报酬制度。(3)支持发展个人副业。(4)推行农业集约化方针。(5)进行农工综合体试验。上述措施取得了一定效果,特别是在初期,农业发展很快。

4. 勃列日涅夫时期的外交

在外交方面,勃列日涅夫奉行霸权主义,提出了"有限主权论"。在他执政期间,苏联对外进行了一系列侵略扩张活动。1968年8月,出兵入侵捷克斯洛伐克。1969年3月和8月,侵犯我国东北领土珍宝岛和新疆的铁列提克地区。1978年12月,支持越南侵略柬埔寨。1979年12月,出兵入侵阿富汗。这些行动,受到国际舆论的严厉谴责。在苏联和西方的关系方面,勃列日涅夫执政前期,注意和西方搞缓和,并发展了同西方国家的经贸关系。

(二)美苏争夺世界霸权

20世纪60年代随着社会主义阵营的瓦解,苏联对外政策的变化和西方阵营内部矛盾的加剧,两大阵营的对峙演变为美苏两个超级大国的世界争霸。

1. 20世纪50年代中期至60年代末期

20世纪50年代中期至60年代末期,苏联竭力加强对社会主义国家的控制,同时利用民族解放运动作为同美国争夺的筹码,妄图实现美苏两国合作主宰世界。波匈事件、中苏关系的破裂、苏联出兵捷克斯洛伐克以及苏联提出的"戴维营精神"等都充分表现出这一点。美国在1962年的古巴事件中迫使苏联不得不从古巴撤退,说明苏联的实力还没有达到与美国势均力敌的程度,美国对苏联尚处于攻势。

(1)四国首脑会议与日内瓦精神

1955年7月18日,美、苏、英、法四国首脑会议在日内瓦开幕。这是自1945年波茨坦会议以来第一次四国最高级会议。出席四国会议的首脑是:美国总统艾森豪威尔、英国首相艾登、法国总理富尔、苏共中央第一书记赫鲁晓夫。会议的议程是有关德国、欧洲安全、裁军和促进东西方之间的接触等。四国首脑会议是战后东西方首脑首次坐在一起讨论问题,对缓和国际紧张局势有一定积极作用,创造了大国和平协商的所谓"日内瓦精神"。

(2)戴维营会谈

1959年9月15日至27日,赫鲁晓夫前往美国访问。在访美期间,赫鲁晓夫先到各地参观,然后在艾森豪威尔陪同下前往马里兰州的总统疗养地戴维营,与艾森豪威尔进行了两天会谈。会谈中双方就美苏关系、德国和柏林问题交换了意见,谁也不愿作出实质性让步。不过,会谈公报宣布双方在柏林问题上"恢复谈判",在国际争端中不诉诸武力,并宣布艾森豪威尔总统应邀于1960年春正式访苏。于是,会谈产生了"戴维营精神"式的美苏缓和。

(3)U-2飞机事件

1960年5月1日,一架美国U-2飞机被苏联导弹击落,飞行员鲍尔斯被生俘。美国为此3次编造谎言,最终才承认对苏联进行的侦查活动是根据"总统命令"进行的。这是历史上第一次美国总统公开承认曾下令美国政府对另一国家进行间谍活动。U-2飞机事件使美苏关系再度恶化。

(4)古巴导弹危机

1962年8月底,美国U-2高空侦察机在古巴上空发现近程导弹发射场。肯尼迪总统立刻在9月4日对苏联发出警告。苏联予以否认。但是在10月14日后,U-2飞机拍摄到苏联正在修建的中程与中远程导弹发射场的照片。10月22日晚,肯尼迪通过电视向全国正式通报苏联在古巴设置中程导弹的"惊人"消息,宣布对古巴实行名为"隔离"的海上封锁,以阻断正在运往古巴的武器运输线。最后,赫鲁晓夫在10月28日的复信中被迫同意从古巴撤出苏联的导弹。古巴导弹危机结束。

古巴导弹危机是美苏两国之间的一次核赌博。这场危机不仅对美苏关系,而且对整个国际关系产生了深远影响。在古巴导弹危机中,美苏把世界推到核战争的边缘,各自也深深受到核武器致命威胁的震动。在危机结束以后,美国和苏联从各自利益出发,设法避免用核讹诈方式处理两国之间的关系,开始作出努力缓和两国关系和国际紧张局势。

2.20世纪70年代

20世纪70年代苏联在军事力量方面大大改变了美国占优势的局面。1972年苏联的军费超过了美国。1975年欧安会正式承认战后雅尔塔体系所规定的苏联疆界,承认了苏联在东欧的势力范围。1975年以后,苏联更大规模地在第三世界扩张,特别是1979年公然直接出兵入侵阿富汗,使其侵略扩张的行径达到了顶峰。70年代,苏联咄咄逼人,美国处于守势,广阔的中间地带成为美苏争夺的焦点,军事竞赛不断升级,双方争夺的重点领域是核优势地位。美苏争霸处于苏攻美守的阶段。

(1)欧安会与《赫尔辛基宣言》

1975年7月30日—8月1日,35国首脑在赫尔辛基举行正式会议,签署了《欧洲安全与合作会议最后文件》(又称《赫尔辛基宣言》)。该文件确认了在欧洲范围内不诉诸武力和以和平方式解决争端的原则。宣言包括如下4个文件:《指导与会国关系的宣言》、《关于建立信任的措施和安全与裁军的文件》、《人道主义和其他方面的合作》、《经济、科学技术和其他方面的合作》。

《赫尔辛基宣言》的签署表明西方被迫承认战后东欧和中欧形成的政治和领土现状,双方放弃武力对抗政策而代之以合作。这在一定程度上有利于东西方关系的缓和和国际局势的稳定。

(2)苏联向南扩张

70年代,苏联加快了向外扩张的步伐。由于西线欧洲处于一时难以有重大改变的对峙状态,苏联把更多的力量放在南线,特别是以"欧洲的软腹部"中东和非洲地区作为主要扩张方向,同时进一步打入连接东西两个地区的中心环节——南亚次大陆,控制南下印度洋的战略通道。

苏联对外扩张主要采取的手法有:通过军援、经援进行渗透;通过签订各种"友好"、"合作"条约进行控制;通过扶持代理人乃至直接出兵进行侵略。在中东和非洲地区,先是重点经营埃及。1971年5月苏联与埃及签订《埃苏友好合作条约》,向埃及提供50亿美元的经济、军事援助,派遣军事专家顾问达1.8万多人。

在非洲之角,苏联大力支持埃塞俄比亚。1978年,两国签订友好合作条约,苏驻埃塞俄比亚的军事专家顾问达2000多人。在西亚、南亚地区,把阿富汗和印度作为其亚太战略和南下战略的两根支柱。1965年,印度和巴基斯坦冲突激化后,苏联乘机加紧向印度输出军火。及至70年代末,以苏联出兵阿富汗及支持越南侵柬为标志,苏联的霸权主义政策发展到了顶峰。而这恰恰成了苏联进一步陷入内外困境的标志。

3.20世纪80年代

20世纪80年代,美国采取了攻势,苏联处于守势。进入80年代,面对苏联咄咄逼人的战略进攻态势,美国改变了70年代初期开始实行的战略收缩政策,重新采取强硬姿态,同苏联展开全面争夺。80年代,苏联争霸的包袱越来越重,经济增长率不断下降。在军事方面的不断扩军备战和不断的军备竞赛升级,几乎拖垮了苏联。1985年戈尔巴乔夫上台,针对这种情况提出了"改革与新思维",开始放弃同美国对抗的政策,这成为两极格局终结的先声。

五、戈尔巴乔夫改革

（一）经济体制改革

1985 年 3 月 11 日,苏共中央全会选举戈尔巴乔夫为新一代的党中央总书记,苏联历史开始了一个新时期。

1986 年 2 月 25 日至 3 月 6 日,苏联共产党第二十七次代表大会在莫斯科召开。戈尔巴乔夫代表苏共中央作政治报告。戈尔巴乔夫在大会上所作的报告中强调苏共当前的任务是"发展和巩固社会主义,有计划地和全面地完善社会主义"。在经济方面,提出实现加速战略的"主要手段是科技进步和对社会生产力进行根本改革",并要求在 15 年内使国民收入和工业总产值翻一番。在政治方面,提出"进一步民主化"并"扩大公开性"。在对外政策方面,提出要广泛进行国际合作,"来建立一个无所不包的国际安全体系",并"解决全人类和全球的问题"。

大会通过了《苏共纲领新修订本》,它在保留原党纲中的基本理论和原则的同时,强调"社会主义世界的多样性"。代表大会后,苏联公布了关于经济体制改革的一系列决定,要求改进经营管理机制,扩大企业自主权。还颁布了《个体劳动法》及《合资企业法》,从法律上打破了单一的公有制。

1987 年 6 月又公布《根本改革经济体制的基本原则》,明确要求国家对经济的管理从主要依靠行政方法转向依靠经济方法。随后通过《国营企业(联合公司)法》,规定"企业是社会主义商品生产者",应转向全面经济核算,实行自负盈亏、自筹资金和自主经营。为此又相继通过有关计划、科技、物资供应、财政、价格、银行等方面进行改革的决定,并要求在两年内全部企业按新原则办事,向新体制过渡。

但是,"加速战略"仓促上马,阻力较大,对长期形成的畸形经济结构的调整和对农业体制的深入改革未予重视,对企业改革的宏观决策缺乏具体可行的配套措施,以致各项改革效果不佳。

（二）政治体制改革

在经济改革出师不利的情况下,苏联领导人的改革指导思想明显地发生了变化,其重点转向政治改革,政治思想向民主社会主义倾斜。

1988 年 6 月 28 日—7 月 1 日,举行了苏共第十九次代表会议。会议中心议题是讨论政治体制改革。戈尔巴乔夫在报告中首次完整地提出"人道的、民主的社会主义"的概念,并把"社会主义多元论"、"民主化"和"公开性"作为三大"革命性倡议"。会议通过了相应的决议,决定把一切权力归还苏维埃,并成立由全民直接选举产生的国家最高权力机构——人民代表大会,再由它选举组成最高苏维埃作为人代会的常设机关。苏共第十九次代表会议标志着苏共将改革重点从经济改革转向政治改革的重大转折。

公开性和民主化造成了社会政治的极度混乱和整个社会严重分化。苏共党内和社会的反对派势力迅速发展,国内政治局势和国民政治生活逐步向政治多元化和多党制发展。

1990 年 1 月,戈尔巴乔夫在立陶宛讲话,承认多党制的现实。随后苏联第三次人代会修改了规定苏共在政治体制中的领导地位的苏联宪法第 6 条。同年 2 月,戈尔巴乔夫以 59.2% 的得票当选首任苏联总统。

1990 年 7 月的苏共二十八大上通过《走向人道的、民主的社会主义》的纲领,宣布"改革的实质是从极权官僚制向人道的、民主的社会主义过渡"。苏联改革的目标从"完善社会主义"转向彻底摧毁原来的社会制度,向另一种新的社会制度过渡,标志着改革的方向发生了根本的转变。

（三）新思维外交

与政治体制改革同步,苏联领导人还开展"新思维外交",大幅度调整对外政策。1987 年,戈尔巴乔夫以俄文和英文同时在苏联和美国出版了《改革与新思维》一书,就苏联的政治改革、经济发展和对外关系提出了全面的看法。戈尔巴乔夫的"新思维"外交是一个内容庞杂的思想理论体系,其核心思想是"全人类的价值高于一切"。

戈尔巴乔夫"新思维"外交的基本目标:一是为国内的改革创造良好的外部环境,缓和国际紧张局势;二是保持超级大国的地位,发挥对世界的主导性影响。为了达到外交政策的基本目标,戈尔巴乔夫在涉及对外关系的诸领域中,以"新思维"为指导,进行了广泛的活动。如为缓和国际紧张局势和改善苏联的国际环境,苏联主动提出裁军,甚至单方面裁军,并和美国签署消除部署在欧洲的中程导弹条约;积极开展"富国外交",多方争取经济合作及援助;宣布不再干涉东欧各国事务,并开始主动从东欧撤军;减少对亚、非、拉一些国家的经济和军事援助,停止对一些国家的渗透、颠覆活动;开始逐步消除同中国关系正常化的三大障碍——苏联从阿富汗撤军、从蒙古撤军和削减中苏边境地区驻军、停止支持越南侵略柬埔寨,于 1989 年在和平共处五项原则基础上恢复苏中关系正常化等。

"新思维外交"过分热衷于追求苏美合作和所谓"欧洲大厦",依赖和幻想西方大量经济援助,不顾一切实行妥协和退让。同时,"新思维外交"也强调东欧国家根本变革的必要性,积极评价它们的"自由化"改革,并为西方干预这些国家开绿灯,从而催化了东欧各国的剧变,并导致华沙条约的崩溃和经互会的瓦解。

六、东欧剧变与苏联解体

(一)民主德国的剧变与两德统一

1989 年中期,在苏联推行"新思维"政策和东欧各国形势相继剧变的影响下,民德政局也开始急剧动荡和变化。大批公民通过第三国逃往联邦德国,国内反政府示威游行迭起。11 月 9 日,政府被迫宣布开放柏林墙和两德边界。

民德开放柏林墙和两德边界,诱发了两德立即实现统一的强烈愿望。两德之间的分歧主要集中于统一是两个主权德意志国家的对等联合,还是民德根据联邦德国《基本法》并入联邦德国。四大国之间的分歧主要集中在统一后德国的联盟归属和外国驻军问题上。民德新政府同意尽快按联邦德国《基本法》实现两德统一,并于 5 月 8 日在波恩正式签署了建立两德货币、经济和社会联盟的"国家条约"。条约规定,从 7 月 1 日起,联邦马克取代民德马克成为民德的法定货币。8 月 30 日,两德政府又签订了一项双边"统一条约",确定民主德国采用联邦德国宪法,于 10 月 3 日加入联邦德国,统一的德国首都定在柏林。

为解决德国统一的外部问题,从 5 月到 9 月,历经 4 轮"2+4"会谈终于达成协议,签订了《最终解决德国问题的条约》。条约说明:苏联同意统一的德国可自主决定联盟的归属,并将在 1994 年底以前分批撤回驻民德的全部苏军共 36 万人;与会国一致确认,目前的奥得—尼斯河边界为德国永久边界;从德国实现统一之日起,四大国取消作为占领国对整个德国和柏林的权利和职责,恢复德国在外交和内政方面的完全主权。

1990 年 10 月 3 日,按照联邦德国《基本法》,即以民主德国并入联邦德国的方式实现了两德的统一。

(二)东欧剧变

从 1989 年到 1991 年,东欧所有的社会主义国家连续发生了社会危机、政治危机、经济危机和民族危机。这些国家都先后试图通过政治多元化、多党制、议会民主制和私有制摆脱困境,但均告无效。在多重危机的作用之下,这些国家纷纷宣布放弃社会主义道路和马克思列宁主义思想,发生了被称之为"剧变"的历史事件。

1. 波兰

1989 年 2—4 月,波兰统一工人党召集有团结工会等社会力量和团体参加的社会和睦协调会议——"圆桌会议",最终达成关于团结工会合法化和实行议会民主制的协议。1989 年 6 月,以波兰统一工人党为首的执政联盟在议会大选中惨败,波兰独立自治"团结工会"大获全胜。在形式逼迫下,执政 45 年之久的波兰统一工人党丧失组阁权,由团结工会出面组阁,从而建立了波兰战后第一个非共产党人政权。雅鲁泽尔斯基当选波兰第一任总统,波兰国名也由"波兰人民共和国"改名为"波兰共和国"。1990 年 1 月,波兰统一工人党宣布停止活动,一些成员另组社会民主党。1990 年 12 月,团结工会主席瓦文萨当选总统。

2. 匈牙利

1988 年 5 月,匈牙利社会主义工人党召开党代表会议,提出实行社会主义多元化。1987 年,代表知识分子利益的"匈牙利民主论坛"和"自由民主者联盟"成立。1989 年,在一些社会政治势力的压力下,匈牙利的执政党社会主义工人党宣布为 1956 年的"十月事件"平反,并为前总理纳吉举行国葬。在 1989 年 10 月的社会主义工人党第十四次代表大会上,该党决定以"民主社会主义"为目标,并改党名为社会党,宣布走"混合经济、议会民主、政治多元"的道路。同年 10 月 18 日,改国名"匈牙利人民共和国"为"匈牙利共和国"。随后在 1990 年 3—4 月的议会大选中,主要的政治反对派"民主论坛"获胜,按规定由该党派建立政府,原执政党社会党成为在野党。

3. 捷克斯洛伐克

捷克斯洛伐克从 20 世纪 80 年代初开始陆续发生了严重的社会动荡和政治风波,形成了与执政党捷克斯洛伐克共产党对立的反对派"七七宪章"派。1989 年 11 月 7 日,布拉格大学生举行游行示威,要求为 1968 年的"布拉格之春"翻案,同时其他的政治反对派也借机向捷共的领导地位发起挑战。1989 年 11 月 29 日,联邦议会取消宪法中有关共产党领导作用的条款。12 月 10 日,捷克斯洛伐克组成了新的政府,捷克党员在其中只占少数。12 月下旬,杜布切克当选联邦议会主席,"七七宪章"组织的领导人哈韦尔当选总统。1990 年 4 月,决定删除国名中的"社会主义"字样,将国名定为"捷克斯洛伐克联邦共和国"。1992 年 1 月 1 日,捷克斯洛伐克分裂为捷克和斯洛伐克两个主权国家。

4. 保加利亚

1989 年 11 月,保加利亚全国的反对派组织联合成立了"民主力量联盟"。联盟组织大规模的反政府集会和游行。社会动乱日益加剧。1990 年 1 月,国民议会决定取消宪法中关于保共的领导地位的条文。1990 年 2 月,保共十四大召开,宣布保加利亚走民主社会主义的道路,即在政治上实行多党制、议会民主、自由选举和市场经济。4 月 3 日,保共改名为社会党,1991 年 11 月 15 日,保加利亚国名也由"保加利亚人民共和国"改名为"保加利亚共和国"。

5. 罗马尼亚

1989 年底,天主教神父托克什被政府抓走,后被驱逐。这一事件引发了群众性的示威行动。随后示威活动蔓延到首都布加勒斯特。12 月 22 日,齐奥塞斯库下令军队向游行队伍开枪。国防部长米列亚上将因拒绝执行命令而被撤职,后被枪毙。此事件激起了军队的强烈不满,促使军队倒向群众一边。忠于齐奥塞斯库的内务安全部队与倒向群众一边的国防部军队激烈交火。22 日晚,齐奥塞斯库夫妇被捕,25 日被处死。1990 年 5 月 20 日,罗马尼亚举行首届自由大选,伊利埃斯库领导的救国阵线获胜,伊利埃斯库当选总统。

6. 南斯拉夫

在 1989 年东欧政治风潮的推动下,1990 年 1 月,南共联盟非常第十四次代表大会宣布"放弃它受宪法保证的社会领导作用",并宣布实行多党制和政治多元化。随后在各共和国的多党制选举中,各种民族主义政党获胜。在西方国家的支持下,斯洛文尼亚和克罗地亚于 1991 年 6 月 25 日宣布独立,随后波黑、马其顿相继宣布独立。1992 年 4 月 27 日,南斯拉夫会议通过新宪法,宣布塞尔维亚和黑山两共和国联合成立南斯拉夫联盟共和国。

7. 阿尔及利亚

1989 年秋冬之交,阿尔巴尼亚开始酝酿实行"新经济机制"改革,并于 1990 年春迅速转入"民主化"进程,对国家生活各个领域进行全面调整。但是在国内外各种因素的交互作用下,很快出现了全国性的动荡不安和急剧变化。1991 年 3 月 31 日,阿尔巴尼亚举行解放以来的第一次多党会议选举。劳动党取得了选举的胜利。同年 4 月,阿尔巴尼亚人民议会决定把"阿尔巴尼亚社会主义人民共和国"改名为"阿尔巴尼亚共和国",宣布阿尔巴尼亚为"民主法治国家",实行"政治多元化"。6 月,阿尔巴尼亚劳动党召开十大,正式改名为社会党,1992 年 3 月 22 日,阿尔巴尼亚举行人民议会第二次多党选举,民主党获得议会 140 个席位中的 92 个,而社会党只获得 38 个席位。民主党以绝对优势取代社会党成为议会第一大党,而社会党由执政党变为在野党。

(三) 苏联解体

1. 八一九事变

1990 年 3 月 11 日,立陶宛议会通过了《独立宣言》,呼吁西方国家对此表示"政治上和道义上的支持"。其他加盟共和国也纷纷发表独立宣言和主权宣言,苏维埃社会主义共和国联盟处于分崩离析的边缘。

面对联盟解体的危险,为了维系联盟关系,戈尔巴乔夫一方面要求于 1991 年 3 月 17 日前就联盟前途举行全苏联的公民公决,另一方面竭力争取同各共和国签订新的联盟条约。1990 年 12 月 23 日,戈尔巴乔夫向苏联、各加盟共和国、自治共和国的最高苏维埃提交新的联盟条件草案。

1991 年 8 月 19 日,苏联部分领导人为了阻止新联盟条约的签署,实行紧急状态,宣布戈尔巴乔夫辞去总统职务,但"八一九事件"很快失败。它的失败加速了苏联的解体。

2. 阿拉木图宣言

1991 年 12 月 8 日,俄罗斯、乌克兰和白俄罗斯三国领导人在明斯克签署《独立国家联合体》协议,宣布苏联不复存在。12 月 21 日,除波罗的海三国和格鲁吉亚以外,11 个加盟共和国领导人在阿拉木图举行会议,通过《阿拉木图宣言》等文件,正式宣告建立"独立国家联合体",并宣布苏联已不复存在,取消苏联总统的设置。12 月 25 日戈尔巴乔夫宣布辞职,26 日,苏联最高苏维埃举行最后一次会议,确认了苏维埃社会主义共和国联盟解体和独联体的成立。

(四) 苏联解体的原因

首先,戈尔巴乔夫推行"人道的民主的社会主义"路线是苏联解体的最直接的原因。苏联的解体没有通过武力或战争,而是和平地解体的。除西方长期"和平演变"的政策外,主要还是苏联自身、苏共领导集团、主要领导人推行一系列错误路线与政策所致。

其次,传统的高度集权的体制是苏联解体的深层次的社会历史原因。传统体制后来越来越对社会经济发展起着阻碍作用,经济建设长期搞不上去,社会生产力发展和人民生活水平提高缓慢,甚至倒退。这严重挫伤了广大生产者的积极性和创造精神。在传统体制没有根本改变的情况下,苏联过去的改革屡屡失败,社会经济的发展由停滞走向危机,动摇了社会主义的基础和政权根基。复杂的民族矛盾和冲突以及执政党政治上集权过度,民主不足,个人专断,官员腐败,使苏联共产党日益严重地与群众脱离,招致群众的不满等,也是促成苏联解体的重要原因。

再次,争夺世界霸权的对外政策,大大地加重了苏联的沉重负担。庞大的军费开支和援外开支使国家的经济不堪重负。

最后,西方敌对势力的"和平演变"战略是苏联解体的强大助推力。

本章重、难点提示

一、重点掌握名词

苏南冲突	匈牙利事件	U-2 飞机事件
社会主义自治制度	《行动纲领》	古巴导弹危机
赫鲁晓夫改革	布拉格之春	《赫尔辛基宣言》
利别尔曼建议	新经济体制改革	新思维外交
苏共二十大	有限主权论	两德统一
三和路线	四国首脑会议	东欧剧变
《关于个人崇拜及其后果》	日内瓦精神	八一九事变
波兹南事件	戴维营会谈	阿拉木图宣言
哥穆尔卡改革		

二、论述题

1. 简述赫鲁晓夫改革的主要内容。参见本章二、(一)。
2. 论述勃列日涅夫的新经济体制改革的内容及其影响。参见本章四、(一)。
3. 概述二战后美苏争霸的主要表现。参见本章四、(二)。
4. 论述戈尔巴乔夫新思维外交的内容及其影响。参见本章五、(三)。
5. 论述苏联解体的过程与原因。参见本章六、(三)、(四)。

Ⅰ. 试卷结构分析

2011 年历史学基础试题严格按照 2011 年《考试大纲》规定的试卷内容结构和题型结构命制,具体情况列于表 1 中。具体到中国古代史、中国近现代史、世界古代中世纪史、世界近现代史的分专业试卷结构详见下表 2 至表 5。

表 1　2011 年历史学基础试卷结构

题型 / 学科	单项选择题 (2 分/题)	名词解释 (10 分/题)	史料分析题 (30 分/题)	论述题 (40 分/题)	题分 合计
中国古代史	4 题	2 题	1 题	1 题	98 分
中国近现代史	6 题	1 题		1 题	62 分
世界古代中世纪史	3 题	1 题		1 题	56 分
世界近现代史	7 题	4 题	1 题		84 分
题量合计	20 题	8 题	2 题	3 题	33 题
题分合计	40 分	80 分	60 分	120 分	300 分

表 1 显示,2011 年历史学基础试卷的 33 道试题,涵盖了中国古代史、中国近现代史、世界古代中世纪史、世界近现代史四个专业的内容,所占分值基本符合《考试大纲》所列比例。其中历史地理学、史学史、史学理论、历史文献学等方面内容分别体现在第 3 题、第 4 题、第 8 题、第 10 题与第 29 题(1)之中。从试题内容看,试题着重考查了考生对基本史实、基本理论的掌握情况,以及分析解读史料的能力。同时加强了对考生语言功底的考查。

表 2　2011 年中国古代史试卷结构

题型 / 章	单项选择题 (2 分/题)	名词解释 (10 分/题)	史料分析题 (30 分/题)	论述题 (40 分/题)	题分 合计
史前时代					
夏商西周	2 分				2 分
春秋战国					
秦汉			30 分		30 分
魏晋南北朝	2 分				2 分
隋唐五代					
宋辽西夏金元	2 分	10 分		40 分	52 分
明清(前期)	2 分	10 分			12 分
题量	4 题	2 题	1 题	1 题	8 题
题分合计	8 分	20 分	30 分	40 分	98 分

表2显示,中国古代史的8道试题涵盖了《考试大纲》所列5章内容,重点考查了秦汉、宋辽西夏金元、明清(前期)等3章的内容。从试题结构上看,试题虽重点突出,但宋辽西夏金元史所占分值较多,缺少对隋唐五代史的考查。从试题内容看,试题着重考查了考生对中国古代史的基本史实、基本理论的理解与掌握情况,以及分析解读史料的能力。

表3　2011年中国近现代史试卷结构

章＼题型	单项选择题 （2分/题）	名词解释 （10分/题）	史料分析题 （30分/题）	论述题 （40分/题）	题分合计
列强的对华侵略				20分	20分
清统治的衰落					
近代化的启动	2分				2分
清末改革与社会变迁					
辛亥革命	2分				2分
民初政局	2分				2分
五四运动与国民革命	2分				2分
南京国民政府的建立和苏维埃革命		10分			10分
抗日战争				20分	20分
国共和平谈判与全面内战					
共和国史（第11～17章）	4分				4分
题量	6题	1题		1题	8题
题分合计	12分	10分		40分	62分

表3显示,2011年中国近现代史的考点分布相对均匀,试题兼顾不同的历史时期,重点考查了列强的对华侵略、南京国民政府的建立和苏维埃革命、抗日战争3章的内容。从试题内容来看,试题主要考查了考生对近代两次中日战争(甲午战争、抗日战争)的理解和掌握程度,还着重考查了20世纪我国史学理论和史料汇编取得的成果。值得考生注意的是共和国史内容所占分值增加,题量由之前的一个单选题增加为两个单选题。

表4　2011年世界古代中世纪史试卷结构

章＼题型	单项选择题 （2分/题）	名词解释 （10分/题）	史料分析题 （30分/题）	论述题 （40分/题）	题分合计
史前人类					
古代西亚诸文明	2分				2分
古代埃及文明					
古代印度文明					
古代希腊文明				20分	20分
古代罗马文明				20分	20分
中世纪的西欧	4分	10分			14分
伊斯兰文明的兴起与扩张					
中世纪的东欧					
中世纪的东亚与南亚					
古代美洲文明					
题量	3题	1题		1题	5题
题分合计	6分	10分		40分	56分

表4显示,世界古代中世纪史的5道题涵盖了《考试大纲》中所列11章中4章的内容,重点考查了古代希腊文明、古代罗马文明、中世纪的西欧等3章内容,试题虽重点突出,但考点分布不够均匀。从试题内容看,考查了考生对世界古代中世纪史的基本知识、基本理论的理解与掌握情况,特别是对不同章节相似知识点(希腊、罗马的政体)的异同进行分析、比较和概括的能力。

表5　2011年世界近现代史试卷结构

题型 章	单项选择题 (2分/题)	名词解释 (10分/题)	史料分析题 (30分/题)	论述题 (40分/题)	题分合计
近代初期的欧洲	2分		15分		17分
欧美主要国家的社会转型	6分	10分	15分		31分
近代的亚非拉		10分			10分
近代欧洲国际关系与第一次世界大战	2分				2分
俄国革命与共产国际					
凡尔赛—华盛顿体系					
两战之间的世界		10分			10分
第二次世界大战					
第二次世界大战后的世界格局	4分	10分			14分
第二次世界大战后的西方国家					
第二次世界大战后的苏联与东欧					
题量	7题	4题	1题		12题
题分合计	14分	40分	30分		84分

表5显示,世界近现代史的12道试题涵盖了《考试大纲》所列6章内容,重点考查了近代初期的欧洲、欧美主要国家的社会转型、近代的亚非拉、两战之间的世界和第二次世界大战后的世界格局等5章内容。试题虽重点突出,但考点分布不够均匀。从试题内容看,试题着重考查了考生对世界近现代史的基本史实的理解与掌握情况,以及运用相关知识分析解读史料的能力。

Ⅱ．试题分析

一、单项选择题:1~20小题,每小题2分,共40分。下列每题给出的四个选项中,只有一个选项是符合题目要求的。

1. 下列古史传说人物被周族奉为始祖的是

A. 神农　　　　B. 后羿　　　　C. 后稷　　　　D. 契

[答案]　C

[分析]　本题旨在考查考生对周族起源的掌握情况。《史记·周本纪》载:"周后稷,名弃。其母有邰氏女,曰姜原……初欲弃之,因名曰弃……及为成人,遂好耕农,相地之宜,宜谷者稼穑焉,民皆法则之。帝尧闻之,举弃为农师……封弃于邰,号曰后稷,别姓姬氏。"后稷(弃)被周族奉为始祖。故本题的正确答案为C。

2. "王与马,共天下"一语中的"王"是指

A. 临川王氏　　　B. 太原王氏　　　C. 东海王氏　　　D. 琅琊王氏

[答案]　D

[分析]　本题旨在考查考生对东晋建立过程与东晋门阀政治的了解与掌握情况。316年,西晋灭亡,南方的官僚和南逃的北方士族的首领们于317年拥立琅琊王、扬州都督司马睿为晋王,次年立为帝,是为元帝,建都建康,史称东晋。司马睿称帝,王导及其族兄王敦的功劳最大。元帝以王导任丞相,掌大权;以王敦任镇东大将军、都督江扬荆湘交广六州诸军事、江州刺史,所以当时有"王与马,共天下"之说。王导属琅琊王氏,是北方士

族的代表人物。故本题的正确答案为 D。

3. 金完颜亮以燕京为首都，称为

A. 上京 B. 中都 C. 中京 D. 大都

[答案] B

[分析] 本题旨在考查考生对金代都城变迁问题的理解与掌握情况。绍兴十八年(1148 年)，海陵王完颜亮任右丞相。次年，完颜亮杀金熙宗，自立为帝(1149—1161 年在位)。绍兴二十三年(1153 年)，完颜亮正式宣布燕京为首都，命名为中都大兴府。故本题的正确答案为 B。

4. 以考证辨伪动摇宋明理学基础的清代学者是

A. 阎若璩、胡渭 B. 王念孙、王引之
C. 钱大昕、王鸣盛 D. 惠栋、戴震

[答案] A

[分析] 本题旨在考查考生对乾嘉学派的主要代表人物及其影响的理解与掌握情况。阎若璩(1636—1704)，字百诗。所著《古文尚书疏证》，用严谨的考据方法，证明东晋元帝时豫章内史梅赜所献的《古文尚书》和所附的《孔安国传》为伪造。胡渭(1633—1714)，字明生。所著《禹贡锥指》和《易图明辨》等，在辨别古书真伪等方面有较大的影响。在《易图明辨》中，他证明了河图洛书之妄。阎若璩、胡渭的考证辨伪动摇宋明理学基础。此后乾嘉考据学风受其影响甚大。故本题的正确答案为 A。

5. 百日维新期间颁布的变法方案包括

A. 废除科举制度 B. 废除八股文
C. 颁布《钦定学堂章程》 D. 授予学堂毕业生科举功名

[答案] B

[分析] 本题旨在考查考生对百日维新期间颁布的变法诏令的主要内容的掌握程度。百日维新期间颁布的变法诏令在文化教育方面主要有：废除八股文，改试策论；设立学校，创办京师大学堂，各地设立中小学堂，派人出国留学；提倡学习西学，设立译书局，翻译外国书籍；奖励新著作，奖励创办报刊，准许自由组织学会。故本题的正确答案为 B。

6. 民国时期专门维护商人各自行业利益的法定组织是

A. 行会 B. 商会 C. 会馆 D. 同业公会

[答案] D

[分析] 本题旨在考查考生对民国商业组织特别是同业公会的理解与掌握程度。同业公会为民国时期依法成立的工商业者的同业组织。1929 年国民党政府公布《工商同业公会法》后，所有的城市工商同业组织都改成同业公会。故本题的正确答案为 D。

本题题干中的"各自行业"指同行业。选项 B 商会是清末、民国时期由不同行业的工商业者组成的商业组织。选项 C 会馆是明清时期都市中由同乡或同业组成的商业团体。

7. 孙中山提出的袁世凯继任临时大总统的条件不包括

A. 国务总理须由同盟会会员担任

B. 临时政府地点设于南京

C. 遵守临时政府颁布之一切法制章程

D. 新总统在南京就职后孙中山再卸任

[答案] A

[分析] 本题旨在考查考生对南京临时政府时期袁世凯任临时大总统基本过程的掌握情况。1912 年 2 月，孙中山在宣布辞去临时大总统职务时，为了防范袁世凯日后专制独裁，在辞职咨文中提出了定都南京、新总统必须到南京就职和遵守临时政府颁布之一切法制章程等三项条件，申明在新总统到南京就职后他才正式辞职。故本题的正确答案为 A。

8. 在中国史学界提出"层累地造成的中国古史"观点的学者是

A. 王国维 B. 顾颉刚 C. 钱玄同 D. 胡适

[答案] B

[分析] 本题旨在考查考生对顾颉刚提出的"层累地造成的中国古史"观点的了解与掌握情况。1923 年 2 月，顾颉刚在《读书杂志》上发表《与钱玄同先生论古史书》一文，提出"层累地造成的中国古史"说。它包含三

层意思:(1)时代愈后,传说中的史期愈长。(2)时代愈后,传说中的中心人物愈放愈大。(3)即使不能知道某一件事的真确状况,但可知道某一件事在传说中的最早的状况,以此说明中国古史是各时代人层累造伪的产物。故本题的正确答案为 B。

9. "我们国内的主要矛盾,已经是人民对于建立先进的工业国的要求同落后的农业国的现实之间的矛盾"。提出这一论断的会议是

A. 中共七届二中全会　　　　　　　　B. 中共八大

C. 中共九大　　　　　　　　　　　　D. 中共十一届三中全会

[答案]　B

[分析]　本题旨在考查考生对中共八大提出的国内主要矛盾论断的理解与掌握情况。1956年9月召开的中共八大正确地分析了我国社会主义改造基本完成以后国内阶级关系和主要矛盾的变化,指出国内的主要矛盾,已经是人民对于建立先进的工业国的要求同落后的农业国之间的矛盾,是人民对于经济文化迅速发展的需要同当前经济文化不能满足人民需要的状况之间的矛盾。故本题的正确答案为 B。

10. 1960年后在中国内地出版、对近代史研究有重要参考价值的大型回忆录汇编是

A.《近代稗海》　　　　　　　　　　B.《中国近代史资料丛刊》

C.《近代中国史料丛刊》　　　　　　D.《文史资料选辑》

[答案]　D

[分析]　本题旨在考查考生对大型回忆录汇编《文史资料选辑》的了解和掌握情况。新中国成立后,为了保护和研究晚晴至民国时期的政治、军事、经济等历史,由政协文史资料编辑部以"三亲"(亲历、亲见、亲闻)为原则,于1960年开始编写《文史资料选辑》,由中华书局出版,发行至1965年8月第20辑,由于"文革"临近而停刊。后于1978年11月复刊,发行至今。故本题的正确答案为 D。

11. 基督教与犹太教的共同点是

① 产生于古代巴勒斯坦地区

② 接受"三位一体"的信条

③ 信奉"摩西五经"

④ 对伊斯兰教的产生有重大影响

A. ①②③　　　B. ②③④　　　C. ①②④　　　D. ①③④

[答案]　D

[分析]　本题旨在考查考生对基督教、犹太教的共同特点及其影响的理解与掌握程度。基督教与犹太教均产生于古代巴勒斯坦地区,并对伊斯兰教的产生有重大影响。"摩西五经"是《旧约》中的津法书,共5卷,即《创世记》、《出埃及记》、《利未记》、《民数记》和《申命记》,犹太教、基督教传称为摩西所作,故称"摩西五经",是两者的共同信仰。"三位一体"是基督教基本教义之一,认为上帝既是一神,又包括圣父、圣子、圣灵三个位格。但它不是犹太教的信仰,因而题干中②是错误的。故本题的正确答案为 D。

12. 1066年征服英格兰的是

A. 诺曼底公爵　　　　　　　　　　B. 安茹伯爵

C. 布列塔尼公爵　　　　　　　　　D. 佛兰德伯爵

[答案]　A

[分析]　本题旨在考查考生对1066年诺曼征服的理解与掌握情况。1066年,诺曼底公爵威廉以要求继承英国王位为由,在教皇的支持下,亲率大军渡海进攻英国,并在哈斯丁斯战役中击败了英王哈罗德的军队。接着,威廉在伦敦加冕为王,称威廉一世,开始了诺曼王朝(1066—1154年)的统治。诺曼底公爵威廉对英国的征服被称为诺曼征服。故本题的正确答案为 A。

13. 鼓动第一次十字军东征的罗马教皇是

A. 英诺森三世　　　　　　　　　　B. 格里哥利七世

C. 乌尔班二世　　　　　　　　　　D. 立奥三世

[答案]　C

[分析]　本题旨在考查考生对号召组织第一次十字军东征的罗马教皇乌尔班二世的了解情况。1091年,一支突厥人准备进攻拜占庭首都君士坦丁堡,拜占庭帝国皇帝阿历克塞一世向罗马教皇和神圣罗马帝国皇帝求援。1095年,教皇乌尔班二世(1088—1099年)在法国的克勒芒宗教大会上号召组织十字军。1096年,第一

次十字军出发东征。故本题的正确答案为 C。

14. 下列作品中,不属于意大利文艺复兴"艺术三杰"创作的是

A.《蒙娜丽莎》　　　　　　　　　　　B.《大卫》

C.《西斯廷圣母》　　　　　　　　　　D.《维纳斯的诞生》

[答案]　D

[分析]　本题旨在考查考生对意大利文艺复兴"艺术三杰"达·芬奇、米开朗基罗和拉斐尔的代表作品的掌握情况。《蒙娜丽莎》是达·芬奇创作的油画;《大卫》是米开朗基罗的名作;《西斯廷圣母》是拉斐尔的代表作之一。以上三者均为意大利文艺复兴"艺术三杰"的作品。《维纳斯的诞生》是意大利画家波提切利的名作,作于 1485 年。故本题的正确答案为 D。

15. 美国通过 1846—1848 年美墨战争夺取的领土是

A. 路易斯安纳、加利福尼亚、佛罗里达、新墨西哥

B. 路易斯安纳、加利福尼亚、内华达、新墨西哥

C. 亚利桑那、加利福尼亚、内华达、新墨西哥

D. 亚利桑那、阿拉斯加、内华达、新墨西哥

[答案]　C

[分析]　本题旨在考查考生对美国通过美墨战争获取的领土范围的了解情况。美国于 1846—1848 年发动美墨战争,强迫墨西哥签订《瓜达卢佩—伊达尔戈条约》,墨西哥割让德克萨斯、新墨西哥和加利福尼亚给美国。这片地区包括日后的加利福尼亚州、犹他州、内华达州和新墨西哥州与亚利桑那州的大部分,以及科罗拉多州和怀俄明州的一部分,约 235 万平方公里。故本题的正确答案为 C。

本题亦可用排除法解答。1803 年美国从法国购得路易斯安纳地区,排除选项 A、B;1867 年美国以 720 万美元的价格从俄国手中购得阿拉斯加,排除选项 D。

16. 19 世纪末德国威廉二世奉行"建立大德意志,争取阳光下的地盘"的外交政策。这一政策被称为

A. 大陆政策　　　　　　　　　　　　B. 世界政策

C. 大陆封锁政策　　　　　　　　　　D. 大棒政策

[答案]　B

[分析]　本题旨在考查考生对德皇威廉二世奉行的世界政策的理解与掌握程度。1897 年威廉二世改组政府,抛弃了俾斯麦相对保守的大陆政策,取而代之的是旨在争霸全球的"世界政策"。威廉二世"世界政策"的最终目的是建立"大德意志帝国"。故本题的正确答案为 B。

17. 1947 年印巴分治时,巴基斯坦的领导人是

A. 苏加诺　　　　　B. 尼赫鲁　　　　　C. 真纳　　　　　D. 纳赛尔

[答案]　C

[分析]　本题旨在考查考生对二战后印巴分治时巴基斯坦独立运动领导人的了解和掌握情况。1947 年 6 月 3 日,英国政府发表了允许印度独立,实行印、巴分治的《蒙巴顿方案》,宣布自 1947 年 8 月 15 日起在印度境内成立两个独立的自治领:印度和巴基斯坦。1947 年 8 月 14 日巴基斯坦宣告成立,真纳自任总督。故本题的正确答案为 C。

18. 20 世纪 50 年代肯尼亚人民进行的反英斗争,史称

A. 茅茅运动　　　　B. 卡弗尔战争　　　　C. 土兵起义　　　　D. 马赫迪起义

[答案]　A

[分析]　本题旨在考查考生对二战后非洲国家肯尼亚民族独立运动过程的掌握情况。茅茅运动是 20 世纪 50 年代肯尼亚人民反对英国殖民者的武装斗争运动。茅茅是该运动组织的名称,主张把欧洲人驱逐出肯尼亚,把白人抢去的土地夺回来,废除种族歧视,争取民族独立。它的主张得到各地农民的响应,力量迅速壮大。1952 年 10 月,英国殖民当局宣布肯尼亚进入"紧急状态",先后调动数万军队,对茅茅战士进行围剿和镇压,结果茅茅战士大批牺牲和被捕。这是肯尼亚历史上规模最大的一次反殖斗争。1953 年,茅茅运动战士又成立了"土地自由军"继续进行战斗。1957 年,茅茅运动的著名领导人基马蒂被杀害,运动逐步走向低潮。故本题的正确答案为 A。

19. 下列作品中,反映英国工业革命时期社会状况的是

A.《艰难时世》　　　　B.《萌芽》　　　　C.《镀金时代》　　　　D.《格列佛游记》

[答案]　A

[分析]　本题旨在考查考生对近代欧美主要文学流派与作品的了解与掌握情况。《艰难时世》是英国作家狄更斯的长篇小说作品,发表于1854年,故事描写英国一个工业市镇的生活,反映了英国工业革命时期的劳资矛盾。故本题的正确答案为A。

20. 20世纪的法兰克福学派属于

A. 存在主义　　　　　　B. 结构主义　　　　　　C. 西方马克思主义　　　D. 解构主义

[答案]　C

[分析]　本题旨在考查考生对西方史学流派法兰克福学派的属性的理解程度。法兰克福学派是西方马克思主义中影响最大的一个流派,因其活动中心在德国法兰克福而得名。1923年德国法兰克福成立了一个社会研究所,30年代,该研究所以霍克海默尔为中心形成了一个学术团体,被称为"法兰克福学派",主要代表人物有霍克海默尔、阿多诺、弗罗姆、施密特、涅格特等。法兰克福学派认为:当代资本主义已从自由竞争变为垄断,科学成为第一位的生产力,从而马克思主义的阶级理论和劳动价值学说过时了;科学技术既是生产力又是意识形态,成为资产阶级实行统治的最有力工具。故本题的正确答案为C。

二、名词解释:21~28小题,每小题10分,共80分。

21. 宣政院

[答案要点]

元世祖设立的中央政府官署,掌管全国佛教事务和吐蕃地区军事、行政,是中央政府最早设置的管理西藏地区的行政机构。名义上由帝师兼领,又设宣政院使等职官。地方上遇有特别事务,设行宣政院就便处理。

[分析]　本题旨在考查考生对宣政院性质、职权及其历史意义的理解与掌握情况。宣政院,1264年忽必烈始置,初名总制院。1288年因所统藏族地区军民财赋事关重要,改称宣政院。从性质上看,宣政院是元代掌管全国佛教及藏族地区军政事务的中央机构。在职权上,宣政院设于大都,在西藏境内设宣慰司。遇地方有事,设行宣政院驻地方处理;重大军事,则由宣政院与枢密院合议处理。从历史意义上看,宣政院是中央政府最早设置的管理西藏地区的行政机构。

22. 十三行

[答案要点]

鸦片战争前清政府在广州特许经营对外贸易的商行。十三行商人成立公行垄断进出口贸易,官府通过行商监督和管理外商。1842年《中英南京条约》签订后,十三行专营外贸的特权被取消。

[分析]　本题旨在考查考生对十三行的性质、职责及消亡情况的理解与掌握程度。清政府对外实行闭关政策,只许外商在广州一地经商,为限制外商在华活动,设立十三行。从十三行的性质上看,它是鸦片战争前清政府在广州特许经营对外贸易的商行。从职责上看,广州十三行对官府负有承保和缴纳外洋船货税饷、规礼,传达官府有关法令及管理外商等义务,并享有对外贸易特权,所有进出口商货都须经由十三行买卖。1842年《中英南京条约》签订后,十三行专营外贸的特权被取消。

23. 法币

[答案要点]

国民政府发行的一种不兑换纸币。1935年国民政府实行币制改革,禁止银元流通,以中央、中国、交通三银行发行的纸币为法定货币。曾促进国内经济发展,后来不断贬值,1948年为金圆券所取代。

[分析]　本题旨在考查考生对法币的性质、影响及法币改革的内容的理解和把握情况。1935年,国民政府在英国政府支持下,发布紧急法令,实行币制改革。规定自11月4日起,以中央、中国、交通三银行发行之钞票为法币(1936年又加入中国农民银行)。所有公私收付一律使用法币,不得使用现金;实行白银国有,所有白银必须在规定限期内兑换法币;改银本位制为外汇本位制。从性质上看,法币是国民政府发行的一种不兑换纸币。从历史影响上看,法币改革对于制止大量白银外流,扭转金融紧缩及工商不振的状况,曾起过积极作用。但后来发行过滥,不断贬值,1948年为金圆券所取代。

24. 汉萨同盟

[答案要点]

13—14世纪德国北部自治城市逐步结成的商业与政治联盟,定期召开会议,拥有宣战媾和之权。在14世纪达到鼎盛,垄断了欧洲北部的贸易。15世纪后,丧失贸易垄断权,渐趋瓦解。

[分析]　本题旨在考查考生对汉萨同盟存在时间、性质、主要活动的了解与掌握情况。汉萨同盟正式成立

于1358年,最重要的成员有吕贝克、施特拉尔松、吕恩堡等。从性质上看,汉萨同盟是德意志北部沿海城市为保护其贸易利益而结成的商业与政治联盟。1370年,汉萨同盟的舰队战胜丹麦,订立《施特拉尔松条约》,该条约使汉萨同盟具有北欧政治同盟的性质,扩大了贸易范围。同盟垄断波罗的海地区贸易,并在西起伦敦、东至诺夫哥罗德的沿海地区建立商站,实力雄厚。15世纪转衰,1669年解体。

25. 穆罕默德·阿里改革

[答案要点]

19世纪前半期,奥斯曼帝国埃及总督穆罕默德·阿里为清除马穆鲁克势力进行的改革,内容包括:强化中央集权;建设近代化陆、海军;推行土地国有制;发展近代工商业与教育;促使埃及向主权独立国家方向发展。后改革在英国军事干预下失败。

[分析]　本题旨在考查考生对穆罕默德·阿里改革的时间、主要内容、影响及失败情况的把握程度。1805年,奥斯曼帝国埃及军官穆罕默德·阿里夺取了政权,自立为总督。阿里为巩固其政权进行了全面的改革。改革的主要内容是:政治方面清除马穆鲁克势力,强化中央集权。军事方面建设近代化陆、海军。经济方面推行土地国有制,发展近代工商业与教育。从改革影响上看,阿里改革促进了生产的发展,但同时阿里走上了对外扩张道路,先后占领了苏丹、叙利亚和黎巴嫩等地。19世纪30—40年代埃及为对外扩张而与土耳其进行了两次土埃战争。对外战争损耗了改革成果,最后阿里改革在英国军事干预下失败。

26. 《黑人法典》

[答案要点]

南北战争后,美国南方各州制定的若干压迫黑人的法律的总称。规定黑人只能全家受雇于种植园主,任何白人都可以抓捕合同期未满离开雇主的黑人,禁止黑人携带武器、举行集会。黑人没有选举权和陪审权。

[分析]　本题旨在考查考生对《黑人法典》的制订情况、主要内容的了解与掌握情况。《黑人法典》不是某一特定法律的名称,而是1865—1867年美国南方各州制定的一系列压迫黑人的法律的总称。这些法律的主要规定是:黑人只能全家受雇于种植园主,任何白人都可以抓捕合同期未满离开雇主的黑人,禁止黑人携带武器、举行集会,禁止黑人与白人通婚。黑人没有选举权和陪审权。《黑人法典》颁布后,引起全国人民的强烈反对。由于共和党激进派占优势的国会从1867年开始,先后通过联邦宪法第14条、第15条修正案和《重建南方法案》,《黑人法典》被重建的南方各州废除或修改。

27. 魏玛共和国

[答案要点]

德意志第一个资产阶级议会民主制国家。1919年德国国民议会在魏玛召开,通过《魏玛宪法》,废除帝制,成立共和国。希特勒掌权后,废止《魏玛宪法》,共和国解体。

[分析]　本题旨在考查考生对魏玛共和国的性质、成立时间、解体过程的了解与掌握情况。德国十一月革命推翻德意志帝国后,德国社会民主党多数派与军人兴登堡妥协,于1919年2月在魏玛召开国民议会,选举艾伯特为总统。同年7月通过《魏玛宪法》,正式宣告废除帝制,成立共和国,史称"魏玛共和国"。魏玛共和国存在了14年,1933年3月,希特勒以法西斯手段停止实施《魏玛宪法》,共和国解体。从性质上看,魏玛共和国是1919—1933年德国建立的第一个资产阶级议会民主制共和国。

28. 两伊战争

[答案要点]

伊拉克与伊朗之间持续8年之久的边界战争。1980年伊拉克向伊朗发动突然进攻,此后双方互有攻守,最终在联合国的调解下停战。双方人员物资损失惨重;阿拉伯世界严重分裂。

[分析]　本题旨在考查考生对两伊战争的性质、主要过程及历史影响的了解与掌握情况。1980年9月,伊拉克向伊朗发动突然进攻。两伊战争爆发。1981年9月以后,伊朗不断发动反攻,收复大部失地。1982年7月以后,伊朗攻入伊拉克境内,战争主要在两国边境地区进行。1988年8月,两国最终在联合国的调解下停战。从性质上看,两伊战争是1980—1988年伊朗和伊拉克之间的大规模战争。从影响上看,两伊战争双方人员物资损失惨重,使阿拉伯世界陷入严重分裂之中。

三、史料分析题:29～30小题,每小题30分,共60分。

29. 阅读下列材料,回答问题:

陳丞相平者陽武戶牖鄉人也少時家貧好讀書有田三十畝獨與兄伯居伯常耕田縱平使遊學平爲人長大美色人或謂陳平曰貧何食而肥若是其嫂嫉平之不視家生產曰亦食糠覈耳有叔如此不如無有伯聞之逐其婦而棄之及

平长可娶妻富人莫肯与者贫者平亦耻之久之户牖富人有张负张负女孙五嫁而夫辄死人莫敢娶平欲得之邑中有丧平贫侍丧以先往后罢为助张负既见之丧所独视伟平平亦以故后去负随平至其家家乃负郭穷巷以弊席为门然门外多有长者车辙张负归谓其子仲曰吾欲以女孙予陈平张仲曰平贫不事事一县中尽笑其所为独奈何予女乎负曰人固有好美如陈平而长贫贱者乎卒与女

——《史记·陈丞相世家》

问题:

(1) 在答题纸上对材料加以句读。(10 分)

(2) 分析并概括材料中反映的各种社会观念。(15 分)

(3) "有田三十亩"而"家贫",试从社会经济的角度概括其原因。(5 分)

[答案要点]

(1) 陈丞相平者,阳武户牖乡人也。少时家贫,好读书,有田三十畝,独与兄伯居。伯常耕田,纵平使游学。平为人长大美色。人或谓陈平曰:"贫何食而肥若是?"其嫂嫉平之不视家生产,曰:"亦食糠覈耳。有叔如此,不如无有。"伯闻之,逐其妇而弃之。及平长,可娶妻,富人莫肯与者;贫者平亦耻之。久之,户牖富人有张负,张负女孙五嫁而夫辄死,人莫敢娶。平欲得之。邑中有丧,平贫 □ ,侍丧,以先往后罢为助。张负既见之丧所,独视伟平,平亦以故后去。负随平至其家,家乃负郭穷巷,以弊席为门,然门外多有长者车辙。张负归 □ ,谓其子仲曰:"吾欲以女孙予陈平。"张仲曰:"平贫不事事,一县中尽笑其所为,独奈何予女乎?"负曰:"人固有好美如陈平 □ ,而长贫贱者乎?"卒与女。(点断即可,每错断、漏断 1 处扣 0.5 分。加方框者不做要求)

(2) 农耕被视为最正当的职业(陈平"游学"、"不视家生产",被认为是"不事事","一县中尽笑其所为");读书求学仍受到重视(陈平家穷而其兄纵使游学,"门外多有长者车辙");女性不受尊重(陈平兄因其妻与弟矛盾而"弃之",张负决定"女孙"的婚姻);寡妇再嫁为当时社会所接受(张负"女孙"五嫁,陈平仍欲娶为妻);身材高大肥胖的男性被视为美男子,并被认为有发展前途。(以上所列,回答出三个方面即可。考生另有正确分析亦可。答案均须从材料内容分析得出,但不得照搬材料)

(3) 其时田亩面积远比现代小;产量很低("五口之家,百亩之田"为当时个体农户经济常态)。

[分析]　本题旨在通过《史记·陈丞相世家》中有关陈平早年生活经历的史料,考查考生阅读古籍文献资料的能力(特别是对史料进行断句),以及考生分析概括史料,获取有效信息的能力。

陈平是西汉王朝开国功臣之一,楚汉之争时曾多次献奇策辅佐刘邦。后与太尉周勃共同平定诸吕之乱,迎立代王为汉文帝。材料中记录之事发生在陈平参加秦末起义军之前,所反映的是秦末时期的各种社会观念。从陈平"游学"、"不视生产",被认为是"不事事","一县中尽笑其所为",可以看出农耕被视为最正当的职业;从陈平家穷而其兄纵使游学,"门外多有长者车辙"可以看出读书求学仍受到重视;从陈平兄因其妻与弟盾而"弃之",张负决定"女孙"的婚姻可以看出女性不受尊重;从张负"女孙"五嫁,陈平仍欲娶为妻可以看出寡妇再嫁为当时社会所接受;从张负所言"好美如陈平,而长贫贱?"并决定把"女孙"嫁给陈平,可以看出身材高大肥胖的男性被视为美男子,并被认为有发展前途。

《汉书·食货志》所载"五口之家,治百亩之田"为当时个体农户经济常态。由于秦末田亩面积远比现代小,并且亩产很低,因而出现"有田三十亩"而"家贫"的现象。

30. 阅读下列材料,回答问题:

材料一

君主制乃世间之最崇高者,国王不仅是上帝在尘世的代理,而且高居上帝的御座,甚而因上帝之名被尊为神……《圣经》里是把国君比作神,明确地把他们的权力与上帝的权力相提并论。国君还被比作一家之长。一位国王乃名副其实的"一国之主",是其臣民的政治家长。

……

臣民在议会(不过是国王的首要议事机构和工具)里所恳请之法律,只能由国王在议会的建议下制定。国王制定日常法令,推行他认为合宜之法令,并非出自议会或哪个等级的建议,没有国王的权威参与其间,议会无权制定任何法律或法令。

——英国国王詹姆斯一世:《对议会的演讲》(1610 年)

材料二

良好的政府必定有一以贯之、堪与一种哲学体系相媲美的观念。所有的举措必定是深思熟虑的,举凡财政、政治和军事,惟须朝向一个目标,即国家强盛,国势昌隆。如此一种体制只能源于一个人的头脑,此人非君主莫属。

君主是国家第一公仆。他有优厚之报酬,是为了维持职位之尊严,而且人们要求他为了国家的利益干练地工作,最起码要密切关注最重大的问题。

一个人如为其同等的人推许为杰出人才,这是希望他应该为他们服务。这些服务包括法律的维持、司法的严格执行……这个君主有责任重视农业,使商业和工业受到鼓励。他是一个应该时常警惕国家敌人行动的终身哨兵。

　　　　　　　　　　　　　　　　　　　　　　　　——普鲁士国王腓特烈二世:《政治典范》(1752年)

问题:

(1) 根据材料一并结合所学知识,分析詹姆斯一世演讲的意图。(10分)

(2) 腓特烈二世所谈到的君主制是一种什么政体? 具有哪些时代特征? (10分)

(3) 分析腓特烈二世与詹姆斯一世观点的异同。(10分)

[答案要点]

(1) 詹姆斯一世试图改变都铎王朝时期"国王在议会中"的君主与议会的合作关系,建立凌驾于议会之上的绝对君主专制。

(2) 开明君主专制政体。这一政体体现了欧洲启蒙思想的影响,主张法制,重视发展经济,追求富国强兵。

(3) 相同点:君主专制。不同点:詹姆斯一世强调君权神授、家长制,腓特烈二世强调君主的世俗性和对国家负责。

[分析]

本题旨在通过两段有关英国国王詹姆斯一世和普鲁士国王腓特烈二世政治观点的史料,考查考生对17世纪英国君主专制与18世纪普鲁士开明君主专制的了解和掌握程度,重点考查考生能否以科学的理论与方法分析解读史料,并从中获取有效信息的能力;以及能否对两者观点的异同进行分析、比较和概括的能力。

英国君主专制始于都铎王朝时期(1485—1603年),斯图亚特王朝的詹姆斯一世强调绝对君主专制。材料一选自1610年詹姆斯一世对议会的演讲,其第一段强调君权神授、家长制,第二段强调应建立凌驾于议会之上的绝对君主专制。

开明君主专制是受启蒙思想影响,开明君主用专制手段推行一些人道主义的和加强政府效率的改革措施。普鲁士国王腓特烈二世是开明专制君主的代表之一。材料二选自腓特烈二世的著作《政治典范》(1752年),他所谈到的君主制指的就是开明君主专制,体现了欧洲启蒙思想的影响以及主张法制、重视发展经济、追求富国强兵等特征。

詹姆斯一世与腓特烈二世所主张的都是君主专制,但由于时代与国情的不同,两者具有明显区别:詹姆斯一世强调君权神授、家长制;腓特烈二世由于受启蒙思想影响,强调君主的世俗性和对国家负责。

四、论述题:31~33小题,每小题40分(其中主体内容占30分,论述组织占10分),共120分。(要求:史实准确,史论结合,逻辑清楚,文字流畅)

评分标准:

(1) 按主体内容和论述组织两项分别评分,两项分数之和即为该题的得分,满分为40分。

(2) 主体内容见"主体内容要点",满分为30分。论述组织指答题的表述等,满分为10分,评分标准见下表。

论述组织评分标准

一等 (10~9分)	二等 (8~6分)	三等 (5~3分)	四等 (2~0分)
运用正确历史观分析问题,史论结合,准确反映学术动态;论证清晰、准确,叙述逻辑缜密,文字流畅。	运用正确历史观分析问题,论证较清晰、准确,叙述比较缜密,文字通顺。	论证模糊、欠缺,叙述缺乏逻辑,结构基本完整,文字大体通顺。	基本没有论证,逻辑混乱,文字不通。

考生注意: 2011 年历史学基础试卷题型结构出现较大变化,之前的四个简答题变成三个论述题,每道论述题分值增加到 40 分。论述题分值由 30 分的主体内容和论述组织 10 分构成。主体内容依然考查考生对基本史实的掌握情况以及正确运用辩证唯物主义和历史唯物主义的观点,分析、比较和评价重要的历史事件和人物的能力。论述组织重点考查考生论述时能否逻辑清楚、文字流畅。此项变化加强了对《考试大纲》"考查目标 4"所要求的史学写作能力的考查。

31. 从农业、手工业、对外贸易和货币几个方面,论述南宋经济的发展。

[答案要点]

主体内容要点(30 分):

通过兴修水利工程,扩大和改善耕地;圩田大量增加,粮食亩产提高("苏湖熟,天下足");占城稻的栽种进一步推广;茶叶、甘蔗等经济作物的种植扩大。

制瓷业和丝织业超过北方;棉纺织业初步发展;造纸和雕版印刷技术提高;造船业迅速发展。

海外贸易空前繁盛;瓷器开始成为主要输出品;泉州成为最大的对外贸易港口;泉州、广州等城市形成外国商人聚居区(蕃坊)。

广泛使用带有纸币性质的流通票券;政府设立专门机构负责印制、发行和管理。

论述组织(10 分)

[分析]　本题主体内容部分旨在考查考生对南宋经济发展的了解与掌握情况,以及能否从农业、手工业、对外贸易和货币四个方面分析、概括南宋经济发展的主要表现。本题论述组织部分旨在考查考生论述时是否论据确凿、论证严谨、逻辑合理、文字准确。

南宋社会经济的发展主要表现在农业、手工业、对外贸易和货币等方面,考生只要从这四个方面论述即可。农业发展表现为兴修水利、圩田大量增加、粮食亩产提高、占城稻的推广;经济作物的种植扩大等方面;手工业进步从制瓷业、纺织业、造船业、造纸和雕版印刷等行业的繁荣上得到体现;对外贸易繁盛体现在瓷器开始成为主要输出品;泉州成为最大的对外贸易港口等方面;南宋流行的纸币有钱引和会子两种。钱引流通于四川地区,取代了北宋时使用的四川交子。会子分东南会子、淮交、湖会三种。绍兴三十一年(1161 年),政府在杭州设立会子务,专门负责会子的印制、发行和管理。

32. 论述近代两次中日战争对中国政治、经济和国际地位的影响。

[答案要点]

主体内容要点(30 分):

第一次中日战争:中国战败,签订《马关条约》;列强掀起瓜分中国狂潮;对戊戌维新运动、孙中山领导的革命运动有重要影响。清政府财政经济危机加深;列强加紧对华资本输出;清政府允许民间设厂,民族工商业有了初步发展。中国半殖民地化程度进一步加深,国际地位进一步沉沦。

第二次中日战争:中华民族空前觉醒和团结,国共实现合作,抗日民族统一战线正式形成;国民党的专制与腐败进一步暴露;中国共产党的军事、政治力量壮大,成为影响中国前途命运的决定力量。中国经济遭到严重破坏,军民伤亡惨重,中国近代化进程受到严重阻碍;部分企业、高校等西迁,客观上促进了西南经济文化的发展。抗战的胜利是中华民族一百多年来抗击外国侵略的第一次全面胜利;废除了不平等条约,参与创建联合国,确立了大国地位。

论述组织(10 分)

[分析]　本题主体内容部分旨在考查考生对近代两次中日战争(甲午战争、抗日战争)的了解和掌握情况,以及考生能否从政治、经济和国际地位三个方面分析、比较和概括两次中日战争对中国的影响。本题论述组织部分旨在考查考生论述时是否论据确凿、论证严谨、逻辑合理、文字准确。

从题干上看,本题为比较分析题。考生在答题前必须理解题干中的"近代两次中日战争"是指甲午战争(1894—1895 年)、抗日战争(1937—1945 年),然后按题干要求,分别回答两者对中国政治、经济和国际地位的影响。

中日甲午战争(1894—1895 年)对中国的影响是:政治上,中国战败,签订《马关条约》;列强掀起瓜分中国狂潮;对戊戌维新运动、孙中山领导的革命运动有重要影响。经济上,清政府财政经济危机加深;列强加紧对华资本输出;清政府允许民间设厂,民族工商业有了初步发展。国际地位上,中国半殖民地化程度进一步加深,国际地位进一步沉沦。

抗日战争(1937—1945 年)对中国的影响是:政治上,中华民族空前觉醒和团结,国共实现合作,抗日民族统一战线正式形成;国民党的专制与腐败进一步暴露;中国共产党的军事、政治力量壮大,成为影响中国前途命运的决定力量。经济上,中国经济遭到严重破坏,军民伤亡惨重,中国近代化进程受到严重阻碍;部分企业、高校等西迁,客观上促进了西南经济文化的发展。国际地位上,抗战的胜利是中华民族一百多年来抗击外国侵略的第一次全面胜利;废除了不平等条约,参与创建联合国,确立了大国地位。

33. 比较雅典民主政体与罗马共和政体的异同。

[答案要点]

主体内容要点(30分):

相同:均以公民权为基础,保障成年男性公民的参政权。

不同:雅典民主政体以公民大会为最高权力机关,城邦所有重大事务由公民投票进行决策;500人议事会及陪审法庭成员从公民中抽签选出;绝大部分官员也从公民中抽签选出,任期一年,且所有官员职权行使均采用集体决策。

罗马共和政体采取权力分割和制衡的做法,以执政官为最高行政长官,两执政官多从贵族中选举产生;由贵族组成的元老院为事实上的最高行政机构,决定国家的军事、外交和财政事务;公民大会是主要的立法机构,亦负责选举高级行政长官,但均采取团体票制;平民选举的保民官,保障下层公民权益,拥有否决元老院和公民大会决议的权力。

雅典民主政体强调公民的平等参与和轮流管理,罗马共和政体具有明显的贵族政治特征。

论述组织(10分)

[分析]　本题主体内容部分旨在考查考生对雅典民主政体与罗马共和政体的理解和掌握程度,以及能否对两者的共同点和不同点进行分析、比较和概括的能力。本题论述组织部分旨在考查考生论述时是否论据确凿、论证严谨、逻辑合理、文字准确。

从题干上看,本题为比较分析异同题,要求考生在掌握雅典民主政体与罗马共和政体基本内容的情况下,比较分析两者的共同点与不同点。试题难度较大,对考生要求较高,具有一定的区分度。考生在解答此类试题时,首先需要总结两者的共同之处,然后分别论述其不同之处,并对两者的最主要差别进行概括总结。

雅典民主政体与罗马共和政体的相同点是两者均以公民权为基础,保障成年男性公民的参政权。两者最主要的不同是雅典民主政体强调公民的平等参与和轮流管理,罗马共和政体具有明显的贵族政治特征。

具体而言,雅典民主政体以公民大会为最高权力机关,城邦所有重大事务由公民投票进行决策;500人议事会及陪审法庭成员从公民中抽签选出;绝大部分官员也从公民中抽签选出,任期一年,且所有官员职权行使均采用集体决策。罗马共和政体采取权力分割和制衡的做法,以执政官为最高行政长官,两执政官多从贵族中选举产生;由贵族组成的元老院为事实上的最高行政机构,决定国家的军事、外交和财政事务;公民大会是主要的立法机构,亦负责选举高级行政长官,但均采取团体票制;平民选举的保民官,保障下层公民权益,拥有否决元老院和公民大会决议的权力。

参考书目

1. 朱绍侯.中国古代史:上下册[M].福州:福建人民出版社,2008.
2. 晁福林.中国古代史:上册[M].北京:北京师范大学出版社,2005.
3. 宁欣.中国古代史:下册[M].北京:北京师范大学出版社,2009.
4. 张传玺.简明中国古代史[M].北京:北京大学出版社,2007.
5. 张帆.中国古代简史[M].北京:北京大学出版社,2006.
6. 张岂之.中国历史:1~6卷[M].北京:高等教育出版社,2001.
7. 姜义华.中国通史教程[M].上海:复旦大学出版社,2006.
8. 翦伯赞.中国史纲要[M].北京:北京大学出版社,2006.
9. 吕思勉.中国通史[M].上海:上海古籍出版社,2009.
10. 周一良.新编中国通史:1~4册[M].福州:福建人民出版社,1996.
11. 李侃.中国近代史[M].北京:中华书局,1994.
12. 郑师渠.中国近代史[M].北京:北京师范大学出版社,2007.
13. 王桧林.中国现代史:上下[M].北京:高等教育出版社,2003.
14. 何蕊.中华人民共和国史[M].北京:高等教育出版社,2009.
15. 张宪文.中华民国史:1~4卷[M].南京:南京大学出版社,2006.
16. 张海鹏.中国近代通史:1~10卷[M].江苏人民出版社,2006.
17. 吴于廑.世界史:古代史编[M].北京:高等教育出版社,1994.
18. 周启迪.世界上古史[M].北京:北京师范大学出版社,2009.
19. 孔祥民.世界中古史[M].北京:北京师范大学出版社,2006.
20. 齐世荣.世界史:古代卷[M].北京:高等教育出版社,2006.
21. 齐涛.世界通史教程:古代卷[M].济南:山东大学出版社,2004.
22. 米辰峰.世界古代史[M].北京:中国人民大学出版社,2001.
23. 朱寰.世界上古中古史:上下[M].北京:高等教育出版社,2010.
24. 吴于廑.世界史:近代史编:上下[M].北京:高等教育出版社,2001.
25. 吴于廑.世界史:现代史编:上下[M].北京:高等教育出版社,1994.
26. 马世力.世界史纲:上、下[M].上海:上海人民出版社,1999.
27. 刘宗绪.世界近代史[M].北京:北京师范大学出版社,2004.
28. 张建华.世界现代史[M].北京:北京师范大学出版社,2008.
29. 齐世荣.世界史:近代卷[M].北京:高等教育出版社,2007.
30. 齐世荣.世界史:现代卷[M].北京:高等教育出版社,2006.
31. 齐世荣.世界史:当代卷[M].北京:高等教育出版社,2006.
32. 齐涛.世界通史教程近代卷[M].济南:山东大学出版社,2008.
33. 齐涛.世界通史教程现代卷[M].济南:山东大学出版社,2009.
34. 朱维之.外国文学简编:欧美[M].北京:中国人民大学出版社,2004.
35. 钱乘旦.大国通史英国通史[M].上海:上海社会科学院出版社,2007.
36. 吕一民.大国通史法国通史[M].上海:上海社会科学院出版社,2007.
37. 丁建弘.大国通史德国通史[M].上海:上海社会科学院出版社,2007.
38. 林太.印度通史[M].上海:上海社会科学院出版社,2007.
39. 刘绪贻.美国通史:1~6卷[M].北京:人民出版社,2008.
40. 王新生.日本简史[M].北京:北京大学出版社,2005.
41. [美]斯塔夫里阿诺斯.全球通史:上下[M].北京:北京大学出版社,2006.
42. 王觉非.欧洲五百年史[M].北京:高等教育出版社,2000.

43. 刘德斌. 国际关系史[M]. 北京:高等教育出版社,2003.

44. 白寿彝. 中国史学史教本[M]. 北京:北京师范大学出版社,2000.

45. 王树民. 中国史学史纲要[M]. 北京:中华书局,1997.

46. 张广智. 西方史学史[M]. 上海:复旦大学出版社,2004.

47. 郭小凌. 西方史学史[M]. 北京:北京师范大学出版社,1995.

48. 张全明. 中国历史地理论纲[M]. 武汉:华中师范大学出版社,1995.

49. 邹逸麟. 中国历史地理概述[M]. 上海:上海教育出版社,2005.

50. 蓝勇. 中国历史地理学[M]. 北京:高等教育出版社,2002.

51. 庞卓恒. 史学概论[M]. 北京:高等教育出版社,2006.

郑重声明

高等教育出版社依法对本书享有专有出版权。任何未经许可的复制、销售行为均违反《中华人民共和国著作权法》,其行为人将承担相应的民事责任和行政责任,构成犯罪的,将被依法追究刑事责任。为了维护市场秩序,保护读者的合法权益,避免读者误用盗版书造成不良后果,我社将配合行政执法部门和司法机关对违法犯罪的单位和个人给予严厉打击。社会各界人士如发现上述侵权行为,希望及时举报,本社将奖励举报有功人员。

反盗版举报电话:(010)58581897/58581896/58581879

传　　真:(010)82086060

E – mail:dd@ hep. com. cn

通信地址:北京市西城区德外大街4号
　　　　　高等教育出版社打击盗版办公室

邮　　编:100120

购书请拨打读者服务部电话:(010)58581114/5/6/7/8

特别提醒:"中国教育考试在线"http://www. eduexam. com. cn 是高教版考试用书专用网站。网站本着真诚服务广大考生的宗旨,为考生提供名师导航、下载中心、在线练习、在线考试、网上商城、网络课程等多项增值服务。高教版考试用书配有本网站的增值服务卡,该卡为高教版考试用书正版书的专用标识,广大读者可凭此卡上的卡号和密码登录网站获取增值信息,并以此辨别图书真伪。